COLLECTION
FOLIO CLASSIQUE

Victor Hugo

Les Misérables

*Édition présentée, établie et annotée
par Yves Gohin*
Nouvelle édition

I

Gallimard

INTRODUCTION

Victor Hugo avait soixante ans lorsqu'il termina Les Misérables. *Il estima qu'il pouvait mourir : son principal devoir était accompli. Quel devoir ? Avec quelle nécessité intérieure s'était-il imposé à lui ? En essayant d'explorer la longue genèse de ce roman, j'espère éclairer les raisons de sa force et de son unité.*

Ses plus profondes origines se laissent apercevoir aux débuts mêmes de la carrière de l'écrivain. Pendant que jeune royaliste, il s'engage vers la réussite sociale, ses premières fictions ont pour centre une figure de paria, pour nœud une exclusion inéluctable. Les modes littéraires de l'époque — roman noir, mélodrame, poésie du maudit — exercent là bien sûr leur influence ; mais Hugo est particulièrement porté à les suivre : les situations historiques d'où elles sont issues — du bouleversement révolutionnaire à l'effondrement de l'Empire — ont fortement marqué son enfance ; l'incertitude de sa propre place dans la société de la Restauration — aux frontières d'une bourgeoisie sans héritage et d'une aristocratie sans titre — apparente une part de leur contenu aux réalités de sa vie ; surtout, elles coïncident avec les données de son drame inconscient : un conflit œdipien dont les formes et la structure singulières tiennent notamment à son rang de benjamin précédé par deux frères, à la précoce interruption de la présence de sa mère, aux dissensions de ses parents, à son identification possible avec le proscrit Lahorie, enfin à sa rivalité avec son frère Eugène à qui échecs et démence donnèrent le sort de la victime. Dans ces perspectives, sommairement indiquées, on pourrait scruter les éléments à partir desquels ses œuvres se sont constituées. Mais c'est à l'intérieur même des œuvres que ce qui leur est essentiel se trouve ; en elles seules transparaît l'ensemble des fantasmes dont le dynamisme a déterminé leur création, ce qu'on appellera le « mythe personnel » de l'écrivain, selon la terminologie de Charles Mauron (les grands traits de l'analyse qui suit sont empruntés à une étude de ce critique, publiée au tome II des Œuvres complètes de Hugo par le Club Français du Livre).

En 1820, Hugo fait paraître son premier récit, une nouvelle intitulée Bug-Jargal. *Le héros que ce titre désigne est un nègre, esclave à Saint-Domingue ; son ascendance royale, sa noblesse d'âme le destinent plus qu'un autre à souffrir de son humiliation. L'action se noue autour de l'amitié qui l'unit à un blanc, le capitaine Delmar, neveu de son maître. L'insurrection des esclaves met à l'épreuve cette idéale fraternité. Soupçonné par Delmar de crimes qu'il a au contraire empêchés, Bug finit par mourir pour lui avoir sauvé la vie. Cette relation tragique se répète, quoique le dénouement soit inversé, dans le premier roman de Hugo,* Han d'Islande *(1823). Schumacker, chancelier de Norvège déchu et emprisonné, se situe par rapport à son ami Ordener, fils du vice-roi, comme Bug par rapport à Delmar. La variante de la structure tient à l'optimisme du roman : c'est le personnage placé du côté de la puissance sociale qui sauve celui qui en est exclu ; le dénouement récompense les bons et punit les méchants. Cet optimisme dérive en fait d'un développement du conflit fondamental, lequel entraîne l'apparition de deux figures nouvelles. Dans l'insurrection qui mène au dénouement, Schumacker ne joue aucun rôle — à la différence de Bug —, tandis que Ordener s'y trouve mêlé et accepte même d'en paraître responsable ; mais au fond, il y est étranger, plusieurs autres personnages en assument toute la malfaisance : au niveau social, ce sont les détenteurs du pouvoir, le comte d'Ahesfeld, ennemi et successeur de Schumacker, et son conseiller Musdaemon ; au niveau des forces fondamentales, c'est le monstre Han, figure même de la haine. Les rancunes, la misanthropie de Schumacker le rattacheraient à ce groupe de personnages, au dernier surtout, si n'apparaissait à ses côtés une autre figure, celle de l'objet d'amour, sa fille Ethel, seul adoucissement à sa captivité et mobile du dévouement d'Ordener ; aucune jalousie de la part du père n'assombrit le bonheur des héros. Cette structure dramatique se confirme et se forme définitivement avec la réfection de* Bug-Jargal, *en 1826. Deux personnages sont introduits dans la trame de la nouvelle de 1820 : Marie, la fiancée du capitaine d'Auverney (ex-Delmar), et l'esclave Habibrah, bouffon de son maître, nain disgracié et féroce. On peut établir ce schéma d'équivalences :*

		SCHUMACKER	BUG-JARGAL
A.	(figure de l'exclu)	SCHUMACKER	BUG-JARGAL
B.	(figure de l'objet d'amour)	ETHEL	MARIE
C.	(figure du puissant)	ORDENER	D'AUVERNEY
D.	(figure du malfaisant)	HAN	HABIBRAH

Les oppositions s'accentuent : l'axe principal du conflit a pour pôles A et D ; la haine latente entre A et C se transfère dans un duel entre C et D ; le couple B-C se constitue dans un ordre de puissance sociale d'où A et D sont plus ou moins rejetés (Bug plus que Schumacker, et son amour impossible pour Marie aggrave son exclusion). Ce qui est désigné ici par le mot « figure » est plus profondément une fonction dramatique, un point nodal du conflit psychique dont la mise en forme varie selon la répartition des forces qu'il mobilise. Alors que le couple A-B va se constituer un moment avec Hernani et Doña Sol, le troisième roman de Hugo, Notre-Dame de Paris, *généralise le tragique de l'exclusion : Quasimodo (A) n'étreindra que le cadavre de la Esmeralda, celle-ci (B) n'est pas vraiment*

*aimée de celui qu'elle aime, le capitaine Phœbus (C), per-
sonnage dérisoirement brillant, d'ailleurs au service de
l'injustice sociale comme l'est la justice du roi (D1);
enfin, avec Frollo et la Sachette (D2) apparaissent au fond
du drame les figures parentales sur qui se replie le malheur inéluctable, l'Anankè du désir.*

*Ces destinées individuelles sont soumises ou liées à des
institutions oppressives, mêlées à des combats collectifs.
L'appareil de la justice — tribunal, prison, échafaud —
introduit dans les premiers récits de Hugo des scènes de
cauchemar; la barbarie de l'ordre social y suscite des violences qui paraissent de plus en plus légitimes. Esclaves
de Saint-Domingue, mineurs de Norvège, truands de la
Cour des Miracles, les misérables échouent dans une
révolte dont un personnage attirant, Delmar, Ordener,
Jehan Frollo, se rapproche chaque fois davantage. Mais
il s'agit là pour l'auteur de mondes imaginaires, qui ne
reflètent la réalité que dans les lointains de l'espace et du
temps. Cet exotisme correspond aux goûts de l'époque.
Hugo ne s'en satisfait pas. L'horreur qui l'assaille au cœur
de ses fantasmes, il sait qu'elle existe hors de lui, dans la
réalité du monde où il vit; et peut-être a-t-il besoin de l'y
saisir pour la vaincre plus sûrement.*

*La première trace — indirecte, mais indubitable — du
projet de roman qui aboutira aux* Misérables *se situe en
novembre 1824; c'est dans une lettre de son naïf ami,
Gaspard de Pons, officier en garnison à Toulon, peu porté
par ailleurs à de telles indignations, ces lignes lourdes de
sens:* « Vous me demandez des renseignements sur le
bagne, où les forçats ne sont pas ce qu'il y a de pis; les
gardes-chiourme valent moins qu'eux. Le trait le plus
caractéristique, selon moi, c'est qu'il y a là un curé
condamné pour* sodomie *sur des enfants dont l'éducation
lui était confiée, et qui dit tous les soirs la prière à haute
voix. On fait faire silence aux autres galériens pour l'écouter, sous peine de bastonnade. J'ai soutenu que c'était horriblement scandaleux, mais on m'a dit que je n'y
entendais rien, ou que j'étais un ennemi de la religion.*

Du reste, le climat de Brest est bien plus en harmonie, mais prenez garde : n'allez pas si loin que dans Han d'Islande *! Je vous donnerai des détails plus sérieux que vous pourrez me demander, quand vous m'aurez promis d'être sage. »* À ce prudent informateur Hugo aurait pu répondre ce qu'il venait d'écrire dans la préface des Nouvelles odes : « *Quand il s'agit d'éclairer et d'être éclairé, il faut regarder où est le devoir, et non où est le péril.* » Mais nous ne connaissons ni sa demande ni les suites qu'il lui donna. Dans l'immédiat, le projet qu'on voit paraître là n'a pas pris forme.

Cependant, l'univers des prisons et des bagnes, les réalités de la justice les plus proches de Hugo ne cessaient de harceler son esprit. Sans remonter en deçà de ses dix-huit ans, rappelons qu'il avait été vivement frappé d'apercevoir Louvel, le meurtrier du duc de Berry, conduit à l'échafaud. Selon ses dires postérieurs, c'est alors qu'il aurait eu l'idée « d'écrire un livre contre la guillotine » (Victor Hugo raconté, chap. LII, t. III des Œuvres complètes *du Club Français du Livre*). Plus importante nous semble avoir été son émotion, à la fin de cette même année 1820, au spectacle de l'exécution du parricide Pierre-Louis Martin ; à la précision de ses souvenirs (même référence, voir aussi dans Le Dernier Jour d'un condamné, *chap.* XII, *et dans* Les Misérables, *ici p. 744* s'ajoute l'intérêt des deux seules erreurs qu'ils contiennent : sur la date de l'événement, toujours reportée par lui au-delà de 1820, comme si dans sa mémoire le fameux Louvel tendait à cacher l'obscur Pierre-Louis Martin ; et sur les prénoms de ce malheureux, qu'il transforme invariablement en celui du premier venu : Jean !

Il est certain que le récit qu'il écrit dans l'automne de 1828, Le Dernier Jour d'un condamné, *vise à inspirer* l'horreur de la peine de mort. Bouleversé à la fin de 1827 par le crime et l'exécution du jeune Ulbach, Hugo a commencé dès lors à se documenter pour cet ouvrage ; il a assisté au ferrement des galériens à Bicêtre, probablement visité la prison de la Conciergerie. Il voulait montrer

*à la société dans quelles ténèbres sont plongés les hommes
qu'elle rejette : qu'on frémît en assistant au départ de la
« chaîne » pour Toulon, en entendant la « hideuse » langue de l'argot, en écoutant un misérable, un « friauche »,
raconter sa vie — celle d'un Jean Valjean à qui la rencontre d'un Myriel aurait manqué. Mais il alla plus loin ;
imaginant le journal tenu par un condamné à mort
durant ses dernières heures d'attente, il s'identifia à son
personnage, il s'enfonça dans cette solitude absolue où
l'approche de la décapitation est le sens intime de ce supplice : être vivant rejeté de la vie, banni à jamais des
paradis qu'on rêve encore, soumis par la réalité même à
l'angoisse de la castration. On entrevoit ce qui put donner
cette force toute personnelle à l'écriture de ce livre en
1828 : les retentissements intérieurs de la mort de son
père ; l'approche d'une menace sur son amour ; la nostalgie déchirante des Feuillantines qu'il introduit dans les
rêveries du condamné (chap. XXIII) ; tout ce que semblent
exprimer les mots qu'il se murmure au printemps de cette
année-là :*

> Dieu me reprendra-t-il ce bonheur qui s'enfuit ?
> ... D'où me vint la lumière
> M'enverra-t-il la nuit ?

*Les recueils de vers qu'il va publier au cours des années
suivantes, leurs titres mêmes (Les Feuilles d'automne,
Les Chants du crépuscule) traduisent un trouble où se
mêlent ses incertitudes personnelles et le sentiment de la
précarité de l'ordre social aux débuts de la monarchie de
Juillet. Ses convictions ne s'affirment qu'avec plus de
force, surtout quand l'indignation l'éclaire et le porte au
combat. En 1832, il dit son inquiétude devant l'émeute
de juin, « folies noyées dans le sang » ; et la nouvelle préface du Dernier Jour d'un condamné invite ses contemporains à songer à l'abolition de la peine de mort, non
pas épisodiquement, pour assurer la survie de quatre
anciens ministres, mais à propos du « premier voleur de*

grand chemin venu, à propos d'un de ces misérables que vous regardez à peine quand ils passent près de vous dans la rue, auxquels vous ne parlez pas, dont vous évitez instinctivement le coudoiement poudreux ». Cette même année 1832, qui précède celle de la fin de l'action des Misérables, *son attention est attirée sur l'un de ces condamnés à mort en qui il voit la figure du peuple dans la société de son temps.* À la suite de l'exécution de Claude Gueux, meurtrier d'un gardien-chef de la prison de Clairvaux, il fixe en quelques pages les grandes lignes de ce qu'il appellera plus tard son « socialisme » : « Messieurs des centres, messieurs des extrémités, le gros du peuple souffre. [...] Le peuple a faim ; le peuple a froid. [...] Ayez pitié du peuple, à qui le bagne prend ses fils et le lupanar ses filles. [...] Songez au gros du peuple. Des écoles pour les enfants, des ateliers pour les hommes. » Il développe et publie cet appel deux ans plus tard, en conclusion du bref récit qu'il donne de l'histoire de Claude Gueux. Il annonce qu'il n'en a pas fini avec les questions qu'elle soulève : « Qui est réellement coupable ? Est-ce lui ? Est-ce nous ? [...] Questions poignantes [...] qui nous barreront un jour si complètement le chemin qu'il faudra bien les regarder en face et savoir ce qu'elles nous veulent. Celui qui écrit ces lignes essaiera de dire bientôt de quelle façon il les comprend. » À quel genre d'écrit songe-t-il ici ? On ne peut affirmer que ce soit à un roman. Mais comment imaginer que rien ne subsiste au fond de sa pensée du projet dont on a constaté l'existence en 1824 ? À cette époque, vers 1835, il recueille des informations sur la famille de Miollis et, à propos de l'évêque qui lui servira de modèle pour Mgr Myriel, quelques notes sur la ville de Digne ; il est vrai qu'il s'intéresse alors surtout au frère de Mgr Bienvenu, le général Sextus de Miollis, et à sa carrière sous l'Empire. Ne risquons pas d'hypothèses ; observons là seulement un faisceau d'associations que va préciser son voyage de 1839. Si c'est occasionnellement et rapidement qu'il avait vu le bagne de Brest en 1834, il visite en détail le bagne de Toulon, prend des notes sur la vie des forçats ;

*mais Toulon est marqué aussi par les débuts de Bona-
parte : non loin, Hugo s'attarde aux lieux du départ pour
l'île d'Elbe et du retour de 1815 ; enfin, passant par Bri-
gnoles où Bienvenu de Miollis commença sa carrière de
prêtre, et surtout par Aix où il vivait encore en 1839, retiré
chez sa sœur, Hugo n'a guère pu ne pas entendre parler
du légendaire évêque de Digne. Indice indirect mais sug-
gestif, cette inscription recopiée peu après sur une page
d'album où il est question de la ville de Troyes et de Claude
Gueux qui y fut exécuté : « l'an 1597 le 13ᵉ apvril ce ceme-
tière a este benist par reverend père en Dieu messire
Jehan le Meignen evesque de Dignes » ; dans le même
album Hugo a noté plusieurs phrases qu'il attribuera à
Mgr Myriel.*

*Pendant que fermentent ainsi les germes du roman
futur, c'est par le discours poétique que Hugo s'adresse
aux « puissants », pour les exhorter à s'inquiéter des
émeutes auxquelles ils doivent répondre autrement que
par le canon, à s'inquiéter de la misère à laquelle ils doivent opposer autre chose que leurs fêtes de charité (Les
Chants du crépuscule, XV et VI). Plus profondément,
c'est au théâtre qu'il tente de figurer la souffrance du peuple et sa révolte, à travers la figure de l'exclu ; cette recherche pointe dès 1829 avec le Didier de* Marion Delorme ;
elle se précise en 1833 avec l'ouvrier Gilbert de Marie
Tudor ; *elle s'explicite enfin dans la préface de* Ruy Blas
*en 1838. Mais ces drames n'évoquent qu'indirectement
les misères de son temps, et les perspectives sociales y
semblent occultées par la hantise de l'amour impossible.
Le conflit œdipien s'accuse dans les relations entre Didier
et la courtisane, Gilbert et l'orpheline, Ruy Blas et la reine.
Et la coïncidence de la figure de l'exclu avec celle du peuple se heurte aux contradictions où Hugo lui-même se
sent pris sous le règne de Louis-Philippe (qu'il sert et qu'il
combat), de telle sorte que sa réalisation la plus juste
aboutit au laquais démasqué, au bouffon du roi. Si l'on
voit en Triboulet, dans* Le roi s'amuse, *le personnage
hugolien de 1830-1840 le plus proche de Jean Valjean,*

*puisqu'il est condamné à la double tragédie de l'humilia-
tion sociale et de la paternité crucifiée, on mesure tout ce
qui sépare encore le Hugo de ce temps-là de celui qui
pourra commencer à écrire les futurs* Misérables. *En
1843, le drame des* Burgraves *marque la fin de cette
période de la création hugolienne : il en dénoue sans doute
les conflits, mais au prix, notamment, d'une fuite dans le
passé et surtout dans l'intemporalité de la légende.*

*Les ambitions et les succès du genre romanesque
frayaient alors la voie où Hugo devait s'engager pour
accomplir ses propres desseins. Depuis 1836, le roman-
feuilleton passionnait le public comme aucune autre
forme littéraire ne pouvait y parvenir. En 1842, Balzac
rassemble et présente ses œuvres sous le titre de* La Comédie humaine. *Et pendant plus d'une année, en 1842-1843,*
Les Mystères de Paris, *publiés dans le* Journal des
débats, *nourris par le dialogue qui s'instaure entre
Eugène Sue et ses lecteurs, font retentir à travers une intrigue mélodramatique les réactions — curiosité, peur, indignation — que suscite la misère croissante du prolétariat.
Avec de considérables différences, il y aura des analogies
entre Jean Valjean et le prince Rodolphe, Cosette et Fleur-
de-Marie, Thénardier et le Maître d'école, la Thénardier et
la Chouette, Gavroche et Tortillard ; et les personnages des*
Misérables *plongeront dans les mêmes « bas-fonds » que
ceux des* Mystères de Paris ; *ils correspondront comme
eux à une vision du peuple qui, pour insuffisante qu'elle
nous paraisse, répercutait alors dans l'idéologie domi-
nante une réalité explosive : l'identité des « classes labo-
rieuses » et des « classes dangereuses », l'inhumanité d'un
monde où croissaient et se confondaient chômeurs et criminels.*

*Les déterminations personnelles vont être décisives.
Hugo, pendant plus de deux ans, après le mariage de sa
fille Léopoldine, semble ne préparer aucune œuvre nouvelle. Le 17 novembre 1845, il se met à écrire un roman,
dont le titre provisoire, du nom de son héros, est* Jean
Tréjean *(il ne deviendra Valjean qu'en 1861). Quand a-t-il*

*commencé d'en fixer la composition ? On ne possède
aucune trace de son travail préliminaire durant cette
période, sauf peut-être ce schéma, postérieur à sa nomination comme pair de France le 13 avril 1845 : « Histoire
d'un saint. Histoire d'un homme. Histoire d'une femme.
Histoire d'une poupée. » Ce qui est certain, c'est qu'il a
vécu depuis le 5 juillet dans une réclusion forcée, à la
suite du flagrant délit d'adultère où Léonie Biard a été
surprise avec lui. La gravité de cet épisode de sa vie ne se
mesure pas à ses répercussions extérieures. L'affaire était
trop banale pour gêner longtemps la carrière politique à
laquelle il venait d'accéder. Mais dans son « mythe personnel », l'événement pouvait avoir le caractère d'une
catastrophe, de cette double catastrophe dont son œuvre
antérieure exprimait l'angoisse : humiliation de la puissance et condamnation de l'amour. À ce niveau, la réalisation de son roman de la misère lui ouvre la voie d'un
salut : à travers Jean Tréjean, forçat qui se démasque, père
qui s'écarte, il transformera en volonté dans son œuvre
ce qui a été fatalité dans sa vie.*

Inscrite au centre des Contemplations, *la date du
4 septembre 1843 est secrètement au cœur des* Misérables. *L'attachement de Jean Valjean pour Cosette,
l'épreuve suprême qu'il impose à sa destinée correspon-
dent au drame nodal de la vie de Hugo. Car on ne peut
comprendre comment la mort de Léopoldine bouleversa
son père, si l'on ne voit pourquoi son mariage l'avait accablé. « L'amour proprement dit était dans sa tendresse
énorme pour Cosette comme le filon d'or est dans la montagne, ténébreux et vierge » (t. II, p. 522). Filon d'or ténébreux et vierge... Hugo dit poétiquement ce qu'analysera
méthodiquement Freud quelque cinquante ans plus tard.
Avant* Les Misérables, *cet amour — déplacement de
l'Œdipe — ne se montre que sublimé. Mais le mythe de
Léopoldine enfant, forgé dès* Les Feuilles d'automne, *va
prendre Hugo au piège du conflit qu'il voulait surmonter.
Devenant femme, et femme pour un autre, Léopoldine
cesse d'être pour son père l'ange imperdable et purifica-*

teur que son amour exigeait. Une jalousie indicible trouve dans la noyade de Villequier le dénouement qui la condamne. Seul le renoncement au désir, c'est-à-dire l'accès à la mort, permet alors au père de rejoindre sa fille, dans l'au-delà rêvé où l'inceste s'efface. Au plus profond, si la souffrance de la paternité est pour Hugo une rédemption, c'est peut-être parce qu'à travers elle — dénouement de l'Œdipe — la fraternité se transfigure. Le père adoptif de Cosette apparaît à Marius, à la fin du roman, comme un « Caïn tendre » (t. II, p. 484). C'est l'aboutissement d'un difficile devenir. Le drame des Jumeaux, *interrompu lors du voyage de 1839 et jamais achevé par la suite, posait parallèlement le sacrifice du frère (emprisonné et masqué afin que règne Louis XIV) et la rivalité du père. Jean le proscrit se serait, semble-t-il, servi du pouvoir dont il était lui-même victime (l'intérêt de l'État) pour conserver sa fille, son « unique amour », à laquelle le prisonnier, éternel exclu, renonçait. À l'approche du mariage de Léopoldine, la composition des* Burgraves, *multipliant disjonctions et renversements, inventait une issue à l'impasse tragique dans laquelle le « mythe personnel » de Hugo se trouvait pris. Fosco le bâtard, qui avait voulu tuer jadis son frère Donato, amoureux comme lui de Ginevra, se rachetait en devenant Job, l'aïeul qui se sacrifiait au bonheur de son fils Otbert et de la jeune Regina ; et tandis que Ginevra devenue la vieille Guanhumara poursuivait Fosco d'une haine qui allait perpétuer la fatalité meurtrière, Donato reparaissant en Frédéric Barberousse faisait triompher la clémence. Ces conflits trop vite dépassés, le roman commencé en 1845 les affrontera directement, tout au long de la marche de son héros jusqu'à sa mort. Si sa rencontre avec l'évêque peut se résumer par ces mots : « Je m'appelle Jean Valjean. [...] — Vous vous appelez mon frère », c'est qu'ils disent à la fois en quoi cette rencontre est décisive et en quoi elle est initiale. Car le forçat n'accédera pas à la fraternité par l'effacement de son nom. La formule qu'il énonce en révélant à Marius une part de son passé : « Un nom, c'est un moi »* (t. II, p. 471), *cette formule, qui correspond bien incomplètement à la pensée de Hugo lui-même, est profondément justifiée par le sens de la vie de Jean Valjean dans la mythologie des* Misérables. *Car il devra se découvrir à Javert en sauvant Fauchelevent, ne pas laisser Champmathieu, cet autre lui-même, souffrir au bagne à sa place, pour avoir droit, comme frère de celui qu'il a sauvé, au refuge du couvent. Le rôle de sa paternité s'accomplira, plus tragiquement, par les mêmes sacrifices : sauvant Marius, abandonnant tout jusqu'au titre de père et au nom de Fauchelevent, disparaissant pour garantir à Cosette un bonheur sans ombre, il assumera entièrement une identité, qui est la vérité sociale de sa vie. À travers cette vie Hugo veut éclairer les deux voies de la responsabilité humaine : celle de la société et celle de l'individu ; l'humanité commencera dans l'une son règne en supprimant le mal qui dépend de sa volonté : la misère ; dans l'autre sa sublimation en acceptant le mal qui ne dépend pas d'elle quand il est irrémédiable : la souffrance.*

Au roman ainsi conçu il va consacrer l'essentiel de ses efforts durant les années 1846 et 1847. Il ne suspend son travail que pour préparer quelques interventions à la Chambre des pairs, en particulier un discours sur les prisons. La rédaction avance lentement d'abord, pendant cette année 1846 où la mort de la fille de Juliette approfondit son deuil de 1843, où il lit et traduit des passages de la Bible (notamment du livre de Job), où il compose des poèmes qui entreront dans Les Contemplations *(principalement dans les* Pauca meae*). Mais elle s'accélère en 1847 si bien qu'il peut, au mois de décembre, traiter avec ses éditeurs pour la publication de la première partie des* Misères *(nouveau titre alors adopté). En février 1848 il est en train d'achever ce qui en formera la quatrième partie (selon son habitude, ce n'est qu'au dernier moment qu'il introduira dans son texte les divisions et leurs titres) ; il aborde la scène de la rue de l'Homme-Armé au cours de laquelle le forçat découvre l'amour de Cosette et de Marius. « Le pair de France » doit alors s'interrompre .*

douze ans plus tard, « le proscrit » continuera. « Inter-
ruption pour cause de révolution », comme il le note vers
la fin de 1851 ? et pour cause de coup d'État aussitôt
après ? Certes, le chaos des événements, le combat poli-
tique de l'écrivain devenu représentant du peuple, l'évo-
lution de ses rapports avec le parti de l'Ordre, sa lutte
furieuse à Bruxelles et à Jersey contre l'instauration de
l'Empire, accaparent son esprit pendant une longue
période. Il peut à bon droit — mais il en éprouve le besoin
— se justifier ainsi de l'abandon de sa tâche :

Tu me dis : Finis donc ton livre des *Misères.*
Ami, pour achever ce vaste manuscrit,
Il me faut avant tout ma liberté d'esprit.
Quand un monde se meut dans le cerveau d'un homme,
Il ne peut pas songer aux affaires de Rome,
À monsieur Bonaparte, à Faucher, à Molé.
Rends-moi l'espace immense et le ciel étoilé !

Voilà précisément ce que lui apporte, surtout après la
publication des Châtiments, *la solitude de l'exil. Pourtant*
il éludera des années encore ce « devoir » que la Table lui
rappelle, lors de la séance de spiritisme du 15 septembre
1853 : « termine Les Misérables *». C'est en effet sous ce*
titre qu'il annonce désormais la publication de son
roman, mais après celle des Contemplations *et des* Petites
Épopées. *Une nouvelle maturation lui est nécessaire.*
L'interruption de 1848 a coïncidé avec « l'effondrement
intérieur » de son héros, au moment où il allait avec lui
s'avouer l'horreur de son désir, entrer dans la crise
suprême de son désespoir. Quoique le dénouement en fût
déjà conçu, il fallait sans doute pour qu'il parvînt à l'écrire
que dans le texte des Contemplations, *l'exil eût uni sa vie*
à la mort, son destin à celui de sa fille, que dans son
expérience poétique, l'effacement du moi fût devenu sa
dilatation, la plus obscure des nuits une promesse
d'aurore.
  Quand il rouvre le manuscrit des Misères, *au prin-*

temps de 1860, Hugo renonce provisoirement à terminer l'épopée à laquelle il travaille, La Fin de Satan. *Le mythe qu'elle développe n'était pas étranger à la conception des* Misères. *La « chute » du forçat, sa course dans l'enfer de sa solitude, l'apparition lumineuse qui dissipe ses ténèbres, c'était déjà les métamorphoses de Lucifer, tombé au fond de sa propre haine, souffrant d'être exilé du paradis, réconcilié avec Dieu par l'ange Liberté. Mais la rédemption de Satan, signifiant la nécessité de la révolte pour le progrès de l'Histoire, impliquait un symbolisme que ne pouvait comporter la rédemption du forçat, dont le sens était de s'accomplir dans les limites d'un sort individuel ; et si l'une et l'autre passaient par la paternité, c'était selon des voies bien distinctes, puisque l'intervention décisive de l'ange Liberté, fille à la fois de Satan et de Dieu, correspond beaucoup moins à la place de Cosette qu'au rôle de Myriel dans la vie de Valjean.*

La Fin de Satan *aurait constitué avec* Dieu *et* La Légende des siècles *la grande œuvre poétique de l'exil. L'une des raisons de son inachèvement fut sans doute le désir de Hugo d'entrer dans une phase nouvelle de sa création, dont l'achèvement des* Misérables *était nécessairement la première étape, sinon l'essentiel. Car il s'agissait d'une phase de prose où son message devait trouver l'audience la plus large possible. Le mouvement de l'Histoire, l'évolution de sa pensée (à quoi se joignait sa crainte d'une mort prochaine) le pressaient. Tout ce qu'il avait à dire dès avant son exil était devenu plus net, plus urgent. L'amélioration du sort de l'humanité par le progrès des sciences et des techniques, par la correction de la société, il voyait davantage tout à la fois les raisons d'en éclairer l'espoir et d'en marquer les limites. Car s'il n'hésitait plus à considérer que la souveraineté du peuple était immédiatement nécessaire, il s'était fortifié aussi dans la certitude que le devenir de chaque homme passe par l'insertion de son moi dans l'ordre universel où règne ce moi absolu qui s'appelle Dieu. Au chaos des appétits qui entretient la misère et entrechoque les haines, il pensait qu'il fallait opposer l'évidence d'une religion sans dogmes et sans prêtres, le lien direct de la fraternité des hommes à la paternité divine ; il voulait passionnément inspirer la conviction qu'une démocratie véritable, libératrice pour tous, ne se fonderait pas autrement.*

Cette pensée fait à ce point l'unité de son roman qu'avant d'entreprendre de le finir, il consacre « sept mois à pénétrer de méditation et de lumière l'œuvre entière présente à son esprit » (note sur son manuscrit, le 30-12 1860) ; il rédige alors un texte qui la développe et qu'il destine à être la préface des Misérables. Pendant la même période il prévoit certaines des grandes additions ou modifications auxquelles il doit procéder dans le roman inachevé des Misères. Ce travail prend le pas, dans les derniers mois de 1860, sur la rédaction de la préface. L'importance de ce texte abandonné est telle qu'il hésite à maintenir sa destination initiale et envisage de le réserver comme « préface générale » de ses œuvres (finalement, il ne sera publié qu'en 1908 ; on le trouve dans l'édition du Club Français du Livre au tome XII sous son titre exact : Philosophie). Il éprouve alors la nécessité de ne plus s'attarder à la révision des Misères. Du 30 décembre 1860 au 30 juin 1861, il écrit sans interruption la dernière partie des Misérables. Il termine le dénouement dans la plaine de Waterloo, avec l'espoir, dit-il à demi plaisamment, de n'avoir point perdu cette bataille. Mais le roman ne sera véritablement achevé qu'avec sa publication, car il emploie l'année suivante, même lorsqu'il corrige les épreuves, à reprendre ligne par ligne la rédaction de l'ensemble, changeant un mot, ajoutant une phrase, une page ou toute une partie, procédant aux remaniements nécessaires pour assurer l'unité de l'œuvre et pour en creuser le sens.

On le comprendra mieux peut-être si l'on voit se disposer les principaux personnages dans le schéma de la structure dramatique indiquée au début de cette introduction :

```
A . . . . . . . .  . . . JEAN VALJEAN
B . . . . . . . .  . . . COSETTE
C . . . . . . . . . . . . MARIUS
    ⎧ JAVERT  . . . . . THÉNARDIER . . . . . PATRON-MINETTE
D  ⎨                    GAVROCHE
    ⎩ MYRIEL  . . .  ————————  . . . . . . . . AMIS DE L'ABC
                      ÉPONINE
```

*On ne reviendra pas sur les trois premières figures, dont
les composantes et les relations mutuelles ne pourraient
être cernées davantage que si l'on étudiait leurs variations
à travers toutes les œuvres de Hugo. Mais la complexité
de la fonction D appelle quelques éclaircissements. On
voit s'amplifier le dédoublement qui était apparu dans
Les Burgraves : à chaque personnage, singulier ou col-
lectif, qui assure ce qui était à l'origine le propre de cette
fonction, la fatalité du mal, s'opposent les personnages
qui incarnent les forces de la délivrance. Cette opposition
fondamentale se retrouve dans toutes les luttes du roman.
Le personnage même de Valjean est éclairé par ses rapports d'identité et d'opposition avec les figures de la fonction D. Son effacement correspond à l'échec de l'insurrection, aux morts de Gavroche et d'Éponine. Le livre reste
ouvert, au-delà de la rédemption personnelle du héros, sur
cet « avenir latent dans le peuple » dont la fraternité des
Amis de l'ABC et des fils de Thénardier ne peut être que
l'aube. La promesse que ce livre prononce, ramifiée dans
toutes les promesses qui nouent l'action, est à lire dans
toutes les péripéties de la lumière. L'ordre significatif des
préludes aux trois premières parties du roman nous mène
du rayonnement de Myriel, en passant par la tombée
nécessaire de Napoléon, jusqu'au petit Gavroche, ennemi
des lanternes de Louis-Philippe et qui n'a qu'un « rat-de-
cave » pour dissiper la nuit. Fantine revient dans Éponine, en qui se reflète la souffrance de Jean Valjean, selon
l'équivalence des fonctions ABC et BCD, équivalence
manifeste notamment dans l'analogie des « trios » : Val-
jean/Cosette — Marius, Cosette — Marius/Éponine. La*

fille aînée de Thénardier est peut-être, dans l'ombre du héros, le personnage principal du roman, car elle se situe plus encore que lui aux troubles frontières de la Fatalité et de la Providence, du peuple et du moi. L'Anankè incarnée par Javert au niveau de la loi sociale devient irrémédiable en Thénardier. Or ce misérable est le double du héros, son moi du côté de la haine. Épié par Javert, faux protecteur de Cosette, faux sauveur du père de Marius, cachant son identité pour exploiter la charité qu'il inspire, ce « bourgeois manqué » se fera négrier, en gardant auprès de lui comme acolyte — suprême inversion du choix de Jean Valjean — sa fille Azelma. Derrière ce personnage grouille le « polype du mal », le monstre multiple, Patron-Minette. La coïncidence au cœur des Misérables du tragique social et du tragique personnel se marque fortement dans la similitude de deux textes, fruit de la dernière phase du travail de Hugo : présentation du bas-fond où la bande des quatre criminels s'est formée : « Là le désintéressement s'évanouit. Le démon s'ébauche vaguement ; chacun pour soi. Le moi sans yeux hurle, cherche, tâtonne et ronge. L'Ugolin social est dans ce gouffre » (p. 305) ; introduction à « l'effondrement intérieur » de Valjean : « Il sentit jusque dans la racine de ses cheveux l'immense réveil de l'égoïsme, et le moi hurla dans l'abîme de cet homme » (t. II, p. 204).

Les additions apportées au texte des Misères, tout en liant ainsi plus profondément les personnages et leurs fonctions, creusent les arrière-plans historiques du roman. Elles accentuent la tension entre le passé et l'avenir de l'époque où son action s'inscrit : entre le XVIIIe siècle qui y prolonge ses échos attardés mais aussi ses messages et l'horizon qu'on peut voir du haut de la barricade. L'intrication de la vie de Hugo dans l'histoire de son temps se manifeste par là davantage. Et situé désormais hors des limites de la société de la monarchie de Juillet où il chercha péniblement son chemin, il pense pouvoir définir clairement le sens de deux défaites, celle de Water-

loo et celle d'une insurrection dans laquelle se préfigurait la Révolution de 48.

On pourrait craindre qu'à travers toutes ces digressions concentriques, le discours éclatant de l'auteur ne recouvre les vies et les voix de ses personnages. Ce serait méconnaître la polyphonie dont il est capable. La multiplicité des tons, l'entrelacement de la narration et du dialogue, la concentration du sens dans un mot, dans une réplique, toute sa virtuosité d'écrivain est au service de son effacement. En Jean Valjean, c'est Hugo qui est atteint par le jugement de Montparnasse sur l'honnête vieillard qui lui a montré solennellement les dangers de la paresse : « Ganache ! » (t. II, p. 522), ou par la riposte de Gavroche au bourgeois charitable : « Petit vous-même ! » (t. II, p. 207) ; c'est lui qui est interrogé par la question de Cosette : « Père, qu'est-ce que c'est donc que cela, les galères ? » (t. II, p. 511).

Au fond des Misérables, il y a le silence de la stupeur. Hugo, en juillet 1849, invectivé dans l'Assemblée où il venait de dire qu'on pouvait supprimer la misère, voulut s'expliquer et balbutia presque : « La misère est une chose sans nom... » Le sentiment de l'indicible engendre le roman. L'histoire des personnages se compose de leurs rencontres successives avec une réalité si étrange qu'ils ne peuvent ni la comprendre, ni s'y reconnaître ; coup, choc, secousse, l'événement qui les atteint leur ouvre les yeux sur une immensité qui les déborde ; son sens se formule dans la conduite qu'il détermine plus que dans les éclairs d'une pensée dont il accroît le trouble. À cet écart entre la narration et le discours, abîme d'impuissance d'où le roman surgit, correspond la distance entre les grandes figures symboliques et des personnages aux limites de l'anonymat. Derrière Jean Valjean il y a Champmathieu, qui fait entendre directement la voix des Misérables, le marmonnement d'une existence où le « je » peut se confondre avec le « on », le malheur particulier avec le « ça » : « J'ai à dire ça. Que j'ai été charron à Paris, même que c'était chez Monsieur Baloup. C'est un état dur. Dans

la chose de charron, on travaille toujours en plein air [...].
L'hiver, [...] on se bat les bras pour se réchauffer [...].
Manier du fer quand il y a de la glace entre les pavés, c'est
rude. Ça vous use vite un homme. On est vieux tout jeune
dans cet état-là. À quarante ans, un homme est fini. Moi,
j'en avais cinquante-trois, j'avais bien du mal. Et puis
c'est si méchant les ouvriers ! » (p. 364). *Libéré, plus*
ahuri que jamais, le bonhomme s'en va ; il se perd à nou-
veau dans la masse de ses semblables. Ainsi disparaissent
du roman des personnages comme les frères de Gavroche,
ou la sœur et le neveu de Valjean : « *On l'en entretint un*
jour, ce fut un moment, un éclair, comme une fenêtre
brusquement ouverte sur la destinée de ces êtres qu'il
avait aimés, puis tout se referma ; il n'en entendit plus
parler, et ce fut pour jamais » (p. 139).

On a souvent souligné, et Hugo le premier, que le terme
« misérable » a un double sens : il désigne à la fois celui
qui fait le mal et celui qui le subit, il englobe dans le titre
du roman « les infortunés et les infâmes » (t. II, p. 330).
On oublie trop qu'il s'applique aussi à ce qui est presque
sans valeur, à ce qui n'existe presque pas. À propos de la
famille de Valjean, Javert a ce mot terrible : « Ces gens-là,
quand ce n'est pas de la boue, c'est de la poussière »
(p. 286). Poussière indistincte du chemin, poussière définitive des cadavres. À la limite, les misérables ne sont
rien, parce qu'ils sont « en dehors de tout » comme Fantine (p. 266), « en dehors de la société » comme Javert
lui-même (p. 240), « en dehors du reste des vivants »
comme les Jondrette dans leur bouge (t. II, p. 330). Cette
exclusion donne tout son sens au destin du héros. « N'être
rien », voilà sa vérité (t. II, p. 204) ; il peut rassurer
Marius : « Je ne suis rien à Cosette » (t. II, p. 465) ; et il
doit refuser de vivre avec le couple, de connaître un bonheur qui serait un mensonge : « Je ne suis d'aucune
famille, moi. Je ne suis pas de la vôtre. Je ne suis pas de
celle des hommes. *Les maisons où l'on est entre soi, j'y*
suis de trop. [...] Je suis le malheureux ; je suis dehors »
(t. II, p. 467).

*Pour les misérables le monde est aussi hallucinant :
« réalités pleines de spectres, fantasmagories pleines de
réalités » (p. 147). Plus l'existence les accable, plus ils y
assistent de l'extérieur. Et le point de vue du narrateur
coïncide si profondément avec celui des personnages, que
l'action du roman s'impose au lecteur lui-même avec
l'étrange présence du rêve, ou du cauchemar. L'espace où
elle se déroule est à la fois totalement réaliste, totalement
symbolique. Chaque épreuve morale est une épreuve physique, et réciproquement. Jean Valjean, Jean-le-Cric, soulève la charrette qui écrase Fauchelevent comme il a soulevé la misère pour se libérer lui-même ; sa conscience est
un champ de bataille comme la plaine de Waterloo, et la
chute des cavaliers dans le chemin creux d'Ohain préfi-
gure son « effondrement intérieur » ; la souffrance de son
exclusion finale prend la forme de ses visites dans « la
chambre d'en bas », de ses marches écourtées vers la rue
du Calvaire, de son retrait dans le petit appartement désert
de la rue de l'Homme-Armé. L'espace de Paris est au centre du roman. L'action s'en approche d'abord, allant de
Digne et de Montreuil à Montfermeil, elle y pénètre en se
déplaçant de ses quartiers périphériques au Marais, jusque dans ses entrailles, les égouts. On se rencontre, on se
guette, on se combat dans ses rues ; on y erre solitaire ;
ses demeures sont des pièges plus que des refuges ; on
s'évade de ses cimetières comme de ses prisons ; on peut
trouver abri dans le ventre de son éléphant de plâtre. Fas-
ciné, nostalgique, Hugo hante avec ses personnages la
ville de sa vie ; il accompagne leur marche somnambuli-
que en des lieux bizarres qui lui furent familiers ; le couvent du Petit-Picpus comme la maison de la rue Plumet
lui rouvrent l'espace privilégié des Feuillantines : il y avait
là aussi, au fond du jardin, un proscrit caché qui connut
peut-être, un moment, le bonheur sans partage de la passion amoureuse.*

*Son roman fini, Hugo put continuer à vivre, sourire
comme le grand-père Gillenormand, aimer encore furtivement les ombres d'une Cosette à jamais perdue, profiter*

de l'avenir de Marius pour devenir sénateur sous la
IIIe République et plaider l'amnistie des « Commu-
nards » ; le sens de sa vie s'est effacé sur une tombe.

« Ah ! insensé, qui crois que je ne suis pas toi ! » *Les
misérables*, ce sont les autres — et c'est nous-même. Chacun de nous est appelé à parcourir dans l'univers historique et symbolique de ce roman ses propres labyrinthes
ou ses propres chemins.

Yves Gohin.

Les Misérables

Tant qu'il existera, par le fait des lois et des mœurs, une damnation sociale créant artificiellement, en pleine civilisation, des enfers, et compliquant d'une fatalité humaine la destinée qui est divine ; tant que les trois problèmes du siècle, la dégradation de l'homme par le prolétariat, la déchéance de la femme par la faim, l'atrophie de l'enfant par la nuit, ne seront pas résolus ; tant que, dans de certaines régions, l'asphyxie sociale sera possible ; en d'autres termes, et à un point de vue plus étendu encore, tant qu'il y aura sur la terre ignorance et misère, des livres de la nature de celui-ci pourront ne pas être inutiles [1].

Hauteville House, 1er janvier 1862.

PREMIÈRE PARTIE

Fantine

UN JUSTE [1]

I

M. MYRIEL

En 1815, M. Charles-François-Bienvenu Myriel était évêque de Digne. C'était un vieillard d'environ soixante-quinze ans ; il occupait le siège de Digne depuis 1806.

Quoique ce détail ne touche en aucune manière au fond même de ce que nous avons à raconter, il n'est peut-être pas inutile, ne fût-ce que pour être exact en tout, d'indiquer ici les bruits et les propos qui avaient couru sur son compte au moment où il était arrivé dans le diocèse. Vrai ou faux, ce qu'on dit des hommes tient souvent autant de place dans leur vie et surtout dans leur destinée que ce qu'ils font. M. Myriel était fils d'un conseiller au parlement d'Aix ; noblesse de robe. On contait de lui que son père, le réservant pour hériter de sa charge, l'avait marié de fort bonne heure, à dix-huit ou vingt ans, suivant un usage assez répandu dans les familles parlementaires. Charles Myriel, nonobstant ce mariage, avait, disait-on, beaucoup fait parler de lui. Il était bien fait de sa personne, quoique d'assez petite taille, élégant, gracieux, spirituel ; toute la première partie de sa vie avait été donnée au monde et aux galanteries. La révolution survint, les événements se précipitè-rent, les familles parlementaires décimées, chassées, traquées, se dispersèrent. M. Charles Myriel, dès les premiers jours de la révolution, émigra en Italie [2]. Sa femme y mourut d'une maladie de poitrine dont elle était atteinte depuis longtemps. Ils n'avaient point d'enfants. Que se passa-t-il ensuite dans la destinée de M. Myriel ? L'écroulement de l'ancienne société française, la chute de sa propre famille, les tragiques spectacles de 93, plus effrayants encore peut-être pour les émigrés qui les voyaient de loin avec le grossissement de l'épouvante, firent-ils germer en lui des idées de renoncement et de solitude ? Fut-il, au milieu d'une de ces distractions et de ces affections qui occupaient sa vie, subitement atteint d'un de ces coups mystérieux et terribles qui viennent quelquefois renverser, en le frappant au cœur, l'homme que les catastrophes publiques n'ébranleraient pas en le frappant dans son existence et dans sa fortune ? Nul n'aurait pu le dire ; tout ce qu'on savait, c'est que, lorsqu'il revint d'Italie, il était prêtre.

En 1804, M. Myriel était curé de Brignolles. Il était déjà vieux, et vivait dans une retraite profonde.

Vers l'époque du couronnement, une petite affaire de sa cure, on ne sait plus trop quoi, l'amena à Paris. Entre autres personnes puissantes, il alla solliciter pour ses paroissiens M. le cardinal Fesch. Un jour que l'empereur était venu faire visite à son oncle, le digne curé, qui attendait dans l'antichambre, se trouva sur le passage de sa majesté. Napoléon, se voyant regardé avec une certaine curiosité par ce vieillard, se retourna, et dit brusquement :

— Quel est ce bonhomme qui me regarde ?

— Sire, dit M. Myriel, vous regardez un bonhomme, et moi je regarde un grand homme. Chacun de nous peut profiter [1].

L'empereur, le soir même, demanda au cardinal le nom de ce curé, et quelque temps après M. Myriel fut tout surpris d'apprendre qu'il était nommé évêque de Digne.

Qu'y avait-il de vrai, du reste, dans les récits qu'on faisait sur la première partie de la vie de M. Myriel ? Personne ne le savait. Peu de familles avaient connu la famille Myriel avant la révolution.

M. Myriel devait subir le sort de tout nouveau venu dans une petite ville où il y a beaucoup de bouches qui parlent et fort peu de têtes qui pensent. Il devait le subir, quoiqu'il fût évêque et parce qu'il était évêque. Mais, après tout, les propos auxquels on mêlait son nom n'étaient peut-être que des propos ; du bruit, des mots, des paroles ; moins que des paroles, des *palabres*, comme dit l'énergique langue du midi.

Quoi qu'il en fût, après neuf ans d'épiscopat et de résidence à Digne, tous ces racontages, sujets de conversation qui occupent dans le premier moment les petites villes et les petites gens, étaient tombés dans un oubli profond. Personne n'eût osé en parler, personne n'eût même osé s'en souvenir.

M. Myriel était arrivé à Digne accompagné d'une vieille fille, mademoiselle Baptistine, qui était sa sœur et qui avait dix ans de moins que lui [1].

Ils avaient pour tout domestique une servante du même âge que mademoiselle Baptistine, et appelée madame Magloire, laquelle, après avoir été *la servante de M. le Curé*, prenait maintenant le double titre de femme de chambre de mademoiselle et femme de charge de monseigneur.

Mademoiselle Baptistine était une personne longue, pâle, mince, douce ; elle réalisait l'idéal de ce qu'exprime le mot « respectable » ; car il semble qu'il soit nécessaire qu'une femme soit mère pour être vénérable. Elle n'avait jamais été jolie ; toute sa vie, qui n'avait été qu'une suite de saintes œuvres, avait fini par mettre sur elle une sorte de blancheur et de clarté ; et, en vieillissant, elle avait gagné ce qu'on pourrait appeler la beauté de la bonté. Ce qui avait été de la maigreur dans sa jeunesse était devenu, dans sa maturité, de la transparence ; et cette diaphanéité laissait voir l'ange. C'était une âme plus encore que ce n'était une vierge. Sa personne semblait faite d'ombre ; à peine assez de corps pour qu'il y eût là un sexe ; un peu de matière contenant une lueur ; de grands yeux toujours baissés ; un prétexte pour qu'une âme reste sur la terre.

Madame Magloire était une petite vieille, blanche, grasse, replète, affairée, toujours haletante, à cause de son activité d'abord, ensuite à cause d'un asthme.

À son arrivée, on installa M. Myriel en son palais épiscopal avec les honneurs voulus par les décrets impériaux qui classent l'évêque immédiatement après le maréchal de camp. Le maire et le président lui firent la première visite, et lui de son côté fit la première visite au général et au préfet.

L'installation terminée, la ville attendit son évêque à l'œuvre.

II

M. MYRIEL DEVIENT
MONSEIGNEUR BIENVENU

Le palais episcopal de Digne était attenant à l'hôpital.

Le palais épiscopal était un vaste et bel hôtel bâti en pierre au commencement du siècle dernier par monseigneur Henri Puget, docteur en théologie de la faculté de Paris, abbé de Simore, lequel était évêque de Digne en 1712. Ce palais était un vrai logis seigneurial. Tout y avait grand air, les appartements de l'évêque, les salons, les chambres, la cour d'honneur, fort large, avec promenoirs à arcades, selon l'ancienne mode florentine, les jardins plantés de magnifiques arbres. Dans la salle à manger, longue et superbe galerie qui était au rez-de-chaussée et s'ouvrait sur les jardins, monseigneur Henri Puget avait donné à manger en cérémonie le 29 juillet 1714 à messeigneurs Charles Brûlart de Genlis, archevêque-prince d'Embrun, Antoine de Mesgrigny, capucin, évêque de Grasse, Philippe de Vendôme, grand prieur de France, abbé de Saint-Honoré

de Lérins, François de Berton de Grillon, évêque-baron
de Vence, César de Sabran de Forcalquier, évêque-seigneur de Glandève, et Jean Soanen prêtre de l'oratoire,
prédicateur ordinaire du roi, évêque-seigneur de Senez.
Les portraits de ces sept révérends personnages déco-
raient cette salle, et cette date mémorable, 29 *juillet*
1714, y était gravée en lettres d'or sur une table de marbre blanc.

L'hôpital était une maison étroite et basse à un seul
étage avec un petit jardin.

Trois jours après son arrivée, l'évêque visita l'hôpital.
La visite terminée, il fit prier le directeur de vouloir bien
venir jusque chez lui.

— Monsieur le directeur de l'hôpital, lui dit-il,
combien en ce moment avez-vous de malades ?

— Vingt-six, monseigneur.

— C'est ce que j'avais compté, dit l'évêque.

— Les lits, reprit le directeur, sont bien serrés les uns
contre les autres.

— C'est ce que j'avais remarqué.

— Les salles ne sont que des chambres, et l'air s'y
renouvelle difficilement.

— C'est ce qui me semble.

— Et puis, quand il y a un rayon de soleil, le jardin
est bien petit pour les convalescents.

— C'est ce que je me disais.

— Dans les épidémies, nous avons eu cette année le
typhus, nous avons eu une suette militaire il y a deux
ans, cent malades quelquefois ; nous ne savons que
faire.

— C'est la pensée qui m'était venue.

— Que voulez-vous, monseigneur ? dit le directeur, il
faut se résigner.

Cette conversation avait lieu dans la salle à manger-
galerie du rez-de-chaussée.

L'évêque garda un moment le silence, puis il se tourna
brusquement vers le directeur de l'hôpital.

— Monsieur, dit-il, combien pensez-vous qu'il tiendrait de lits rien que dans cette salle ?

— La salle à manger de monseigneur ! s'écria le directeur stupéfait.

L'évêque parcourait la salle du regard et semblait y faire avec les yeux des mesures et des calculs.

— Il y tiendrait bien vingt lits ! dit-il, comme se parlant à lui-même ; puis élevant la voix : — Tenez, monsieur le directeur de l'hôpital, je vais vous dire. Il y a évidemment une erreur. Vous êtes vingt-six personnes dans cinq ou six petites chambres. Nous sommes trois ici, et nous avons place pour soixante. Il y a erreur, je vous dis. Vous avez mon logis, et j'ai le vôtre. Rendez-moi ma maison. C'est ici chez vous.

Le lendemain, les vingt-six pauvres étaient installés dans le palais de l'évêque et l'évêque était à l'hôpital [1].

M. Myriel n'avait point de bien, sa famille ayant été ruinée par la révolution. Sa sœur touchait une rente viagère de cinq cents francs qui, au presbytère, suffisait à sa dépense personnelle. M. Myriel recevait de l'état comme évêque un traitement de quinze mille francs. Le jour même où il vint se loger dans la maison de l'hôpital, M. Myriel détermina l'emploi de cette somme une fois pour toutes de la manière suivante. Nous transcrivons ici une note écrite de sa main.

Note pour régler les dépenses de ma maison.

Pour le petit séminaire	quinze cents livres.
Congrégation de la mission	cent livres.
Pour les lazaristes de Montdidier	cent livres.
Séminaire des missions étrangères à Paris	deux cents livres.
Congrégation du Saint-Esprit	cent cinquante livres.
Établissements religieux de la Terre-Sainte	cent livres.
Sociétés de charité maternelle	trois cents livres.
En sus, pour celle d'Arles	cinquante livres.
Œuvre pour l'amélioration des prisons . . .	quatre cents livres.
Œuvre pour le soulagement et la délivrance des prisonniers	cinq cents livres.
Pour libérer des pères de famille prisonniers pour dettes	mille livres.

Supplément au traitement des pauvres maîtres d'école du diocèse	deux mille livres.
Grenier d'abondance des Hautes-Alpes . . .	cent livres.
Congrégation des dames de Digne, de Manosque et de Sisteron, pour l'enseignement gratuit des filles indigentes . . .	quinze cents livres.
Pour les pauvres	six mille livres.
Ma dépense personnelle	mille livres.
Total	quinze mille livres.

Pendant tout le temps qu'il occupa le siège de Digne, M. Myriel ne changea presque rien à cet arrangement. Il appelait cela, comme on voit, *avoir réglé les dépenses de sa maison*.

Cet arrangement fut accepté avec une soumission absolue par mademoiselle Baptistine. Pour cette sainte fille, M. de Digne était tout à la fois son frère et son évêque, son ami selon la nature et son supérieur selon l'église. Elle l'aimait et elle le vénérait tout simplement. Quand il parlait, elle s'inclinait ; quand il agissait, elle adhérait. La servante seule, madame Magloire, murmura un peu. M. l'évêque, on l'a pu remarquer, ne s'était réservé que mille livres, ce qui, joint à la pension de mademoiselle Baptistine, faisait quinze cents francs par an. Avec ces quinze cents francs, ces deux vieilles femmes et ce vieillard vivaient.

Et quand un curé de village venait à Digne, M. l'évêque trouvait encore moyen de le traiter, grâce à la sévère économie de madame Magloire et à l'intelligente administration de mademoiselle Baptistine.

Un jour, — il était à Digne depuis environ trois mois, — l'évêque dit :

— Avec tout cela je suis bien gêné !

— Je le crois bien ! s'écria madame Magloire, Monseigneur n'a seulement pas réclamé la rente que le département lui doit pour ses frais de carrosse en ville et de tournées dans le diocèse. Pour les évêques d'autrefois c'était l'usage.

— Tiens ! dit l'évêque, vous avez raison, madame Magloire.

Il fit sa réclamation.

Quelque temps après, le conseil général, prenant cette demande en considération, lui vota une somme annuelle de trois mille francs, sous cette rubrique : *Allocation à M. l'évêque pour frais de carrosse, frais de poste et frais de tournées pastorales.*

Cela fit beaucoup crier la bourgeoisie locale, et, à cette occasion, un sénateur de l'empire, ancien membre du conseil des cinq-cents favorable au dix-huit brumaire et pourvu près de la ville de Digne d'une sénatorerie magnifique, écrivit au ministre des cultes, M. Bigot de Préameneu, un petit billet irrité et confidentiel dont nous extrayons ces lignes authentiques :

« — Des frais de carrosse ? pourquoi faire dans une ville de moins de quatre mille habitants ? Des frais de poste et de tournées ? à quoi bon ces tournées d'abord ? ensuite comment courir la poste dans un pays de montagnes ? Il n'y a pas de routes. On ne va qu'à cheval. Le pont même de la Durance à Château-Arnoux peut à peine porter des charrettes à bœufs. Ces prêtres sont tous ainsi. Avides et avares. Celui-ci a fait le bon apôtre en arrivant. Maintenant il fait comme les autres. Il lui faut carrosse et chaise de poste. Il lui faut du luxe comme aux anciens évêques. Oh ! toute cette prêtraille ! Monsieur le comte, les choses n'iront bien que lorsque l'empereur nous aura délivrés des calotins. À bas le pape ! (les affaires se brouillaient avec Rome). Quant à moi, je suis pour César tout seul. Etc., etc. »

La chose, en revanche, réjouit fort madame Magloire.

— Bon, dit-elle à mademoiselle Baptistine, Monseigneur a commencé par les autres, mais il a bien fallu qu'il finît par lui-même. Il a réglé toutes ses charités. Voilà trois mille livres pour nous. Enfin !

Le soir même, l'évêque écrivit et remit à sa sœur une note ainsi conçue :

Frais de carrosse et de tournees.

Pour donner du bouillon de viande aux malades de l'hôpital	quinze cents livres.
Pour la société de charité maternelle d'Aix	deux cent cinquante livres.
Pour la société de charité maternelle de Draguignan	deux cent cinquante livres.
Pour les enfants trouvés	cinq cents livres.
Pour les orphelins	cinq cents livres.
Total	trois mille livres.

Tel était le budget de M. Myriel.

Quant au casuel épiscopal, rachats de bans, dispenses, ondoiements, prédications, bénédictions d'églises ou de chapelles, mariages, etc., l'évêque le percevait sur les riches avec d'autant plus d'âpreté qu'il le donnait aux pauvres.

Au bout de peu de temps, les offrandes d'argent affluèrent. Ceux qui ont et ceux qui manquent frappaient à la porte de M. Myriel, les uns venant chercher l'aumône que les autres venaient y déposer. L'évêque, en moins d'un an, devint le trésorier de tous les bienfaits et le caissier de toutes les détresses. Des sommes considérables passaient par ses mains ; mais rien ne put faire qu'il changeât quelque chose à son genre de vie et qu'il ajoutât le moindre superflu à son nécessaire.

Loin de là. Comme il y a toujours encore plus de misère en bas que de fraternité en haut, tout était donné, pour ainsi dire, avant d'être reçu ; c'était comme de l'eau sur une terre sèche ; il avait beau recevoir de l'argent, il n'en avait jamais. Alors il se dépouillait.

L'usage étant que les évêques énoncent leurs noms de baptême en tête de leurs mandements et de leurs lettres pastorales, les pauvres gens du pays avaient choisi, avec une sorte d'instinct affectueux, dans les noms et prénoms de l'évêque, celui qui leur présentait un sens, et ils ne l'appelaient que monseigneur Bienvenu. Nous ferons comme eux, et nous le nommerons ainsi dans l'occasion. Du reste, cette appellation lui plaisait. —

J'aime ce nom-là, disait-il. Bienvenu corrige monseigneur.

Nous ne prétendons pas que le portrait que nous
faisons ici soit vraisemblable ; nous nous bornons à dire
qu'il est ressemblant.

III

À BON ÉVÊQUE DUR ÉVÊCHÉ

M. l'évêque, pour avoir converti son carrosse en
aumônes, n'en faisait pas moins ses tournées. C'est un
diocèse fatigant que celui de Digne. Il a fort peu de plaines, beaucoup de montagnes, presque pas de routes, on
l'a vu tout à l'heure ; trente-deux cures, quarante et un
vicariats et deux cent quatre-vingt-cinq succursales.
Visiter tout cela, c'est une affaire. M. l'évêque en venait
à bout. Il allait à pied quand c'était dans le voisinage,
en carriole dans la plaine, en cacolet dans la montagne.
Les deux vieilles femmes l'accompagnaient. Quand le
trajet était trop pénible pour elles, il allait seul.

Un jour, il arriva à Senez, qui est une ancienne ville
épiscopale, monté sur un âne. Sa bourse, fort à sec dans
ce moment, ne lui avait pas permis d'autre équipage.
Le maire de la ville vint le recevoir à la porte de l'évêché
et le regardait descendre de son âne avec des yeux scan-
dalisés. Quelques bourgeois riaient autour de lui. —
Monsieur le maire, dit l'évêque, et messieurs les bourgeois, je vois ce qui vous scandalise ; vous trouvez que
c'est bien de l'orgueil à un pauvre prêtre de monter une
monture qui a été celle de Jésus-Christ. Je l'ai fait par
nécessité, je vous assure, non par vanité.

Dans ses tournées, il était indulgent et doux, et prêchait moins qu'il ne causait. Il ne mettait aucune vertu
sur un plateau inaccessible. Il n'allait jamais chercher
bien loin ses raisonnements et ses modèles. Aux habi-

tants d'un pays il citait l'exemple du pays voisin. Dans
les cantons où l'on était dur pour les nécessiteux, il
disait : — Voyez les gens de Briançon. Ils ont donné aux
indigents, aux veuves et aux orphelins le droit de faire
faucher leurs prairies trois jours avant tous les autres.
Ils leur rebâtissent gratuitement leurs maisons quand
elles sont en ruines. Aussi est-ce un pays béni de Dieu.
Durant tout un siècle de cent ans, il n'y a pas eu un
meurtrier.

Dans les villages âpres au gain et à la moisson, il
disait : — Voyez ceux d'Embrun. Si un père de famille,
au temps de la récolte, a ses fils au service à l'armée et
ses filles en service à la ville, et qu'il soit malade et empêché, le curé le recommande au prône ; et le dimanche,
après la messe, tous les gens du village, hommes, femmes, enfants, vont dans le champ du pauvre homme lui
faire sa moisson, et lui rapportent paille et grain dans
son grenier. — Aux familles divisées par des questions
d'argent et d'héritage, il disait : — Voyez les montagnards de Devoluy, pays si sauvage qu'on n'y entend pas
le rossignol une fois en cinquante ans. Eh bien, quand
le père meurt dans une famille, les garçons s'en vont
chercher fortune, et laissent le bien aux filles, afin
qu'elles puissent trouver des maris. — Aux cantons qui
ont le goût des procès et où les fermiers se ruinent en
papier timbré, il disait : — Voyez ces bons paysans de
la vallée de Queyras. Ils sont là trois mille âmes. Mon
Dieu ! c'est comme une petite république. On n'y
connaît ni le juge, ni l'huissier. Le maire fait tout. Il
répartit l'impôt, taxe chacun en conscience, juge les
querelles gratis, partage les patrimoines sans honorai-
res, rend des sentences sans frais ; et on lui obéit, parce
que c'est un homme juste parmi des hommes simples.
— Aux villages où il ne trouvait pas de maître d'école,
il citait encore ceux de Queyras : — Savez-vous
comment ils font ? disait-il. Comme un petit pays de
douze ou quinze feux ne peut pas toujours nourrir un
magister, ils ont des maîtres d'école payés par toute la

vallée, qui parcourent les villages, passant huit jours
dans celui-ci, dix dans celui-là, et enseignant. Ces
magisters vont aux foires, où je les ai vus. On les reconnaît à des plumes à écrire qu'ils portent dans la ganse
de leur chapeau. Ceux qui n'enseignent qu'à lire ont une
plume, ceux qui enseignent la lecture et le calcul ont
deux plumes ; ceux qui enseignent la lecture, le calcul
et le latin ont trois plumes. Ceux-là sont de grands
savants. Mais quelle honte d'être ignorants ! Faites
comme les gens de Queyras.

Il parlait ainsi, gravement et paternellement, à défaut
d'exemples inventant des paraboles, allant droit au but,
avec peu de phrases et beaucoup d'images, ce qui était
l'éloquence même de Jésus-Christ, convaincu et persua-
dant.

IV

LES ŒUVRES
SEMBLABLES AUX PAROLES

Sa conversation était affable et gaie. Il se mettait à la
portée des deux vieilles femmes qui passaient leur vie
près de lui ; quand il riait, c'était le rire d'un écolier.

Madame Magloire l'appelait volontiers *Votre Gran
deur.* Un jour, il se leva de son fauteuil et alla à sa bibliothèque chercher un livre. Ce livre était sur un des rayons
d'en haut. Comme l'évêque était d'assez petite taille, il
ne put y atteindre. — *Madame Magloire,* dit-il, *apportez-
moi une chaise. Ma Grandeur ne va pas jusqu'à cette
planche.*

Une de ses parentes éloignées, madame la comtesse
de Lô, laissait rarement échapper une occasion d'énu-
mérer en sa présence ce qu'elle appelait « les espérances » de ses trois fils. Elle avait plusieurs ascendants
fort vieux et proches de la mort dont ses fils étaient

naturellement les héritiers. Le plus jeune des trois avait
à recueillir d'une grand'tante cent bonnes mille livres
de rentes ; le deuxième était substitué au titre de duc de
son oncle ; l'aîné devait succéder à la pairie de son aïeul.
L'évêque écoutait habituellement en silence ces innocents et pardonnables étalages maternels. Une fois
pourtant, il paraissait plus rêveur que de coutume,
tandis que madame de Lô renouvelait le détail de toutes
ces successions et de toutes ces « espérances ». Elle
s'interrompit avec quelque impatience : — Mon Dieu,
mon cousin ! mais à quoi songez-vous donc ? — Je
songe, dit l'évêque, à quelque chose de singulier qui est,
je crois, dans saint Augustin : « Mettez votre espérance
dans celui auquel on ne succède point. »

Une autre fois, recevant une lettre de faire-part du
décès d'un gentilhomme du pays, où s'étalaient en une
longue page, outre les dignités du défunt, toutes les qua-
lifications féodales et nobiliaires de tous ses parents :
— Quel bon dos a la mort ! s'écria-t-il. Quelle admirable
charge de titres on lui fait allégrement porter, et comme
il faut que les hommes aient de l'esprit pour employer
ainsi la tombe à la vanité !

Il avait dans l'occasion une raillerie douce qui contenait presque toujours un sens sérieux. Pendant un
carême, un jeune vicaire vint à Digne et prêcha dans la
cathédrale. Il fut assez éloquent. Le sujet de son sermon
était la charité. Il invita les riches à donner aux indigents, afin d'éviter l'enfer qu'il peignit le plus effroyable
qu'il put et de gagner le paradis qu'il fit désirable et
charmant. Il y avait dans l'auditoire un riche marchand
retiré, un peu usurier, nommé M. Géborand, lequel avait
gagné un demi-million à fabriquer de gros draps, des
serges, des cadis et des gasquets. De sa vie M. Géborand
n'avait fait l'aumône à un malheureux. À partir de ce
sermon, on remarqua qu'il donnait tous les dimanches
un sou aux vieilles mendiantes du portail de la cathédrale. Elles étaient six à se partager cela. Un jour, l'évêque le vit faisant sa charité et dit à sa sœur avec un

sourire : — *Voilà monsieur Géborand qui achète pour un sou de paradis.*

Quand il s'agissait de charité, il ne se rebutait pas, même devant un refus, et il trouvait alors des mots qui faisaient réfléchir. Une fois, il quêtait pour les pauvres dans un salon de la ville. Il y avait là le marquis de Champtercier, vieux, riche, avare, lequel trouvait moyen d'être tout ensemble ultra-royaliste et ultra-voltairien. Cette variété a existé. L'évêque, arrivé à lui, lui toucha le bras : *Monsieur le marquis, il faut que vous me donniez quelque chose.* Le marquis se retourna et répondit sèchement : — *Monseigneur, j'ai mes pauvres.* — *Donnez-les-moi*, dit l'évêque.

Un jour, dans la cathédrale, il fit ce sermon :

« Mes très chers frères, mes bons amis, il y a en France treize cent vingt mille maisons de paysans qui n'ont que trois ouvertures, dix-huit cent dix-sept mille qui ont deux ouvertures, la porte et une fenêtre, et enfin trois cent quarante-six mille cabanes qui n'ont qu'une ouverture, la porte. Et cela, à cause d'une chose qu'on appelle l'impôt des portes et fenêtres. Mettez-moi de pauvres familles, des vieilles femmes, des petits enfants, dans ces logis-là, et voyez les fièvres et les maladies ! Hélas ! Dieu donne l'air aux hommes, la loi le leur vend. Je n'accuse pas la loi, mais je bénis Dieu. Dans l'Isère, dans le Var, dans les deux Alpes, les hautes et les basses, les paysans n'ont pas même de brouettes, ils transportent les engrais à dos d'hommes, ils n'ont pas de chandelles, et ils brûlent des bâtons résineux et des bouts de corde trempés dans la poix résine. C'est comme cela dans tout le pays haut du Dauphiné. Ils font le pain pour six mois, ils le font cuire avec de la bouse de vache séchée. L'hiver, ils cassent ce pain à coups de hache et ils le font tremper dans l'eau vingt-quatre heures pour pouvoir le manger. — Mes frères, ayez pitié ! voyez comme on souffre autour de vous. »

Né provençal, il s'était facilement familiarisé avec tous les patois du midi. Il disait : — *Eh bé ! moussu, sès*

sagé ? comme dans le bas Languedoc. — *Onté anaras
passa ?* comme dans les basses Alpes. — *Puerte un
bouen moutou embe un bouen froumage grase,* comme
dans le haut Dauphiné. Ceci plaisait au peuple, et
n'avait pas peu contribué à lui donner accès près de
tous les esprits. Il était dans la chaumière et dans la
montagne comme chez lui. Il savait dire les choses les
plus grandes dans les idiomes les plus vulgaires. Parlant
toutes les langues, il entrait dans toutes les âmes.

Du reste, il était le même pour les gens du monde et
pour les gens du peuple.

Il ne condamnait rien hâtivement, et sans tenir
compte des circonstances environnantes. Il disait :
Voyons le chemin par où la faute a passé.

Étant, comme il se qualifiait lui-même en souriant,
un *ex-pécheur,* il n'avait aucun des escarpements du
rigorisme, et il professait assez haut, et sans le froncement de sourcil des vertueux féroces, une doctrine
qu'on pourrait résumer à peu près ainsi :

« L'homme a sur lui la chair qui est tout à la fois son
fardeau et sa tentation. Il la traîne et lui cède.

« Il doit la surveiller, la contenir, la réprimer, et ne lui
obéir qu'à la dernière extrémité. Dans cette obéissance-
là, il peut encore y avoir de la faute ; mais la faute, ainsi
faite, est vénielle. C'est une chute, mais une chute sur
les genoux, qui peut s'achever en prière.

« Être un saint, c'est l'exception ; être un juste, c'est
la règle. Errez, défaillez, péchez, mais soyez des justes.

« Le moins de péché possible, c'est la loi de l'homme.
Pas de péché du tout est le rêve de l'ange. Tout ce qui
est terrestre est soumis au péché. Le péché est une gra-
vitation [1]. »

Quand il voyait tout le monde crier bien fort et s'indigner bien vite : — Oh ! oh ! disait-il en souriant, il y a
apparence que ceci est un gros crime que tout le monde
commet. Voilà les hypocrisies effarées qui se dépêchent
de protester et de se mettre à couvert.

Il était indulgent pour les femmes et les pauvres sur

qui pèse le poids de la société humaine. Il disait : — Les fautes des femmes, des enfants, des serviteurs, des faibles, des indigents et des ignorants sont la faute des maris, des pères, des maîtres, des forts, des riches et des savants.

Il disait encore : — À ceux qui ignorent, enseignez-leur le plus de choses que vous pourrez ; la société est coupable de ne pas donner l'instruction gratis ; elle répond de la nuit qu'elle produit. Cette âme est pleine d'ombre, le péché s'y commet. Le coupable n'est pas celui qui y fait le péché, mais celui qui y a fait l'ombre.

Comme on voit, il avait une manière étrange et à lui de juger les choses. Je soupçonne qu'il avait pris cela dans l'évangile.

Il entendit un jour conter dans un salon un procès criminel qu'on instruisait et qu'on allait juger. Un misérable homme, par amour pour une femme et pour l'enfant qu'il avait d'elle, à bout de ressources, avait fait de la fausse monnaie. La fausse monnaie était encore punie de mort à cette époque. La femme avait été arrêtée émettant la première pièce fausse fabriquée par l'homme. On la tenait, mais on n'avait de preuves que contre elle. Elle seule pouvait charger son amant et le perdre en avouant. Elle nia. On insista. Elle s'obstina à nier. Sur ce, le procureur du roi avait eu une idée. Il avait supposé une infidélité de l'amant, et était parvenu, avec des fragments de lettres savamment présentés, à persuader à la malheureuse qu'elle avait une rivale et que cet homme la trompait. Alors, exaspérée de jalousie, elle avait dénoncé son amant, tout avoué, tout prouvé. L'homme était perdu. Il allait être prochainement jugé à Aix avec sa complice. On racontait le fait, et chacun s'extasiait sur l'habileté du magistrat. En mettant la jalousie en jeu, il avait fait jaillir la vérité par la colère, il avait fait sortir la justice de la vengeance. L'évêque écoutait tout cela en silence. Quand ce fut fini, il demanda :

— Où jugera-t-on cet homme et cette femme ?

— À la cour d'assises.

Il reprit : — Et où jugera-t-on monsieur le procureur du roi ?

Il arriva à Digne une aventure tragique. Un homme fut condamné à mort pour meurtre. C'était un malheureux pas tout à fait lettré, pas tout à fait ignorant, qui avait été bateleur dans les foires et écrivain public. Le procès occupa beaucoup la ville. La veille du jour fixé pour l'exécution du condamné, l'aumônier de la prison tomba malade. Il fallait un prêtre pour assister le patient à ses derniers moments. On alla chercher le curé. Il paraît qu'il refusa en disant : Cela ne me regarde pas. Je n'ai que faire de cette corvée et de ce saltimbanque ; moi aussi, je suis malade ; d'ailleurs ce n'est pas là ma place. On rapporta cette réponse à l'évêque qui dit : — *Monsieur le curé a raison. Ce n'est pas sa place, c'est la mienne.*

Il alla sur-le-champ à la prison, il descendit au cabanon du « saltimbanque », il l'appela par son nom, lui prit la main et lui parla. Il passa toute la journée et toute la nuit près de lui, oubliant la nourriture et le sommeil, priant Dieu pour l'âme du condamné et priant le condamné pour la sienne propre. Il lui dit les meilleures vérités qui sont les plus simples. Il fut père, frère, ami ; évêque pour bénir seulement. Il lui enseigna tout, en le rassurant et en le consolant. Cet homme allait mourir désespéré. La mort était pour lui comme un abîme. Debout et frémissant sur ce seuil lugubre, il reculait avec horreur. Il n'était pas assez ignorant pour être absolument indifférent. Sa condamnation, secousse profonde, avait en quelque sorte rompu çà et là autour de lui cette cloison qui nous sépare du mystère des choses et que nous appelons la vie. Il regardait sans cesse au dehors de ce monde par ces brèches fatales, et ne voyait que des ténèbres. L'évêque lui fit voir une clarté.

Le lendemain, quand on vint chercher le malheureux, l'évêque était là. Il le suivit. Il se montra aux yeux de la

foule en camail violet et avec sa croix épiscopale au cou,
côte à côte avec ce misérable lié de cordes.

Il monta sur la charrette avec lui, il monta sur l'échafaud avec lui. Le patient, si morne et si accablé la veille,
était rayonnant. Il sentait que son âme était réconciliée
et il espérait Dieu. L'évêque l'embrassa, et, au moment
où le couteau allait tomber, il lui dit : « — Celui que
l'homme tue, Dieu le ressuscite ; celui que les frères
chassent retrouve le Père. Priez, croyez, entrez dans la
vie ! le Père est là. » Quand il redescendit de l'échafaud,
il avait quelque chose dans son regard qui fit ranger le
peuple. On ne savait ce qui était le plus admirable de
sa pâleur ou de sa sérénité. En rentrant à cet humble
logis qu'il appelait en souriant *son palais*, il dit à sa
sœur : *Je viens d'officier pontificalement.*

Comme les choses les plus sublimes sont souvent
aussi les choses les moins comprises, il y eut dans la
ville des gens qui dirent, en commentant cette conduite
de l'évêque : *C'est de l'affectation.* Ceci ne fut du reste
qu'un propos de salons. Le peuple, qui n'entend pas
malice aux actions saintes, fut attendri et admira.

Quant à l'évêque, avoir vu la guillotine fut pour lui
un choc, et il fut longtemps à s'en remettre.

L'échafaud, en effet, quand il est là, dressé et debout,
a quelque chose qui hallucine. On peut avoir une certaine indifférence sur la peine de mort, ne point se prononcer, dire oui et non, tant qu'on n'a pas vu de ses yeux
une guillotine ; mais si l'on en rencontre une, la
secousse est violente, il faut se décider et prendre parti
pour ou contre. Les uns admirent, comme de Maistre,
les autres exècrent, comme Beccaria. La guillotine est
la concrétion de la loi ; elle se nomme *vindicte* ; elle n'est
pas neutre, et ne vous permet pas de rester neutre. Qui
l'aperçoit frissonne du plus mystérieux des frissons.
Toutes les questions sociales dressent autour de ce couperet leur point d'interrogation. L'échafaud est vision.
L'échafaud n'est pas une charpente, l'échafaud n'est pas
une machine, l'échafaud n'est pas une mécanique inerte

faite de bois, de fer et de cordes. Il semble que ce soit une sorte d'être qui a je ne sais quelle sombre initiative ; on dirait que cette charpente voit, que cette machine entend, que cette mécanique comprend, que ce bois, ce fer et ces cordes veulent. Dans la rêverie affreuse où sa présence jette l'âme, l'échafaud apparaît terrible et se mêlant de ce qu'il fait. L'échafaud est le complice du bourreau ; il dévore ; il mange de la chair, il boit du sang. L'échafaud est une sorte de monstre fabriqué par le juge et par le charpentier, un spectre qui semble vivre d'une espèce de vie épouvantable faite de toute la mort qu'il a donnée.

Aussi l'impression fut-elle horrible et profonde ; le lendemain de l'exécution et beaucoup de jours encore après, l'évêque parut accablé. La sérénité presque violente du moment funèbre avait disparu : le fantôme de la justice sociale l'obsédait. Lui qui d'ordinaire revenait de toutes ses actions avec une satisfaction si rayonnante, il semblait qu'il se fît un reproche. Par moments, il se parlait à lui-même, et bégayait à demi-voix des monologues lugubres. En voici un que sa sœur entendit un soir et recueillit : — Je ne croyais pas que cela fût si monstrueux. C'est un tort de s'absorber dans la loi divine au point de ne plus s'apercevoir de la loi humaine. La mort n'appartient qu'à Dieu. De quel droit les hommes touchent-ils à cette chose inconnue ?

Avec le temps ces impressions s'atténuèrent, et probablement s'effacèrent. Cependant on remarqua que l'évêque évitait désormais de passer sur la place des exécutions.

On pouvait appeler M. Myriel à toute heure au chevet des malades et des mourants. Il n'ignorait pas que là était son plus grand devoir et son plus grand travail. Les familles veuves ou orphelines n'avaient pas besoin de le demander, il arrivait de lui-même. Il savait s'asseoir et se taire de longues heures auprès de l'homme qui avait perdu la femme qu'il aimait, de la mère qui avait perdu son enfant. Comme il savait le moment de se taire, il savait aussi le moment de parler. Ô admirable consolateur ! il ne cherchait pas à effacer la douleur par l'oubli, mais à l'agrandir et à la dignifier par l'espérance. Il disait : — « Prenez garde à la façon dont vous vous tournez vers les morts. Ne songez pas à ce qui pourrit. Regardez fixement. Vous apercevrez la lueur vivante de votre mort bien-aimé au fond du ciel. » Il savait que la croyance est saine. Il cherchait à conseiller et à calmer l'homme désespéré en lui indiquant du doigt l'homme résigné, et à transformer la douleur qui regarde une fosse en lui montrant la douleur qui regarde une étoile.

V

QUE MONSEIGNEUR BIENVENU
FAISAIT DURER TROP LONGTEMPS
SES SOUTANES

La vie intérieure de M. Myriel était pleine des mêmes pensées que sa vie publique. Pour qui eût pu la voir de près, c'eût été un spectacle grave et charmant que cette pauvreté volontaire dans laquelle vivait M. l'évêque de Digne.

Comme tous les vieillards et comme la plupart des penseurs, il dormait peu. Ce court sommeil était profond. Le matin il se recueillait pendant une heure, puis il disait sa messe, soit à la cathédrale, soit dans son oratoire. Sa messe dite, il déjeunait d'un pain de seigle trempé dans le lait de ses vaches. Puis il travaillait.

Un évêque est un homme fort occupé ; il faut qu'il reçoive tous les jours le secrétaire de l'évêché, qui est d'ordinaire un chanoine, presque tous les jours ses grands vicaires. Il a des congrégations à contrôler, des privilèges à donner, toute une librairie ecclésiastique à examiner, paroissiens, catéchismes diocésains, livres d'heures, etc., des mandements à écrire, des prédications à autoriser, des curés et des maires à mettre d'accord, une correspondance cléricale, une correspondance administrative, d'un côté l'état, de l'autre le saint-siège, mille affaires.

Le temps que lui laissaient ces mille affaires, ses offices et son bréviaire, il le donnait d'abord aux nécessiteux, aux malades et aux affligés ; le temps que les affligés, les malades et les nécessiteux lui laissaient, il le donnait au travail. Tantôt il bêchait la terre dans son jardin, tantôt il lisait et écrivait. Il n'avait qu'un mot pour ces deux sortes de travail ; il appelait cela *jardiner*. « L'esprit est un jardin », disait-il.

À midi, il dînait. Le dîner ressemblait au déjeuner.

Vers deux heures, quand le temps était beau, il sortait et se promenait à pied dans la campagne ou dans la ville, entrant souvent dans les masures. On le voyait cheminer seul, tout à ses pensées, l'œil baissé, appuyé sur sa longue canne, vêtu de sa douillette violette ouatée et bien chaude, chaussé de bas violets dans de gros souliers, et coiffé de son chapeau plat qui laissait passer par ses trois cornes trois glands d'or à graine d'épinards.

C'était une fête partout où il paraissait. On eût dit que son passage avait quelque chose de réchauffant et de lumineux. Les enfants et les vieillards venaient sur le seuil des portes pour l'évêque comme pour le soleil. Il bénissait et on le bénissait. On montrait sa maison à quiconque avait besoin de quelque chose.

Çà et là, il s'arrêtait, parlait aux petits garçons et aux petites filles et souriait aux mères. Il visitait les pauvres tant qu'il avait de l'argent ; quand il n'en avait plus, il visitait les riches.

Comme il faisait durer ses soutanes beaucoup de temps, et qu'il ne voulait pas qu'on s'en aperçût, il ne sortait jamais dans la ville autrement qu'avec sa douillette violette. Cela le gênait un peu en été.

Le soir à huit heures et demie il soupait avec sa sœur, madame Magloire debout derrière eux et les servant à table. Rien de plus frugal que ce repas. Si pourtant l'évêque avait un de ses curés à souper, madame Magloire en profitait pour servir à Monseigneur quelque excellent poisson des lacs ou quelque fin gibier de la montagne. Tout curé était un prétexte à bon repas ; l'évêque se laissait faire. Hors de là, son ordinaire ne se composait guère que de légumes cuits dans l'eau et de soupe à l'huile. Aussi disait-on dans la ville : _Quand l'évêque fait pas chère de curé, il fait chère de trappiste._

Après son souper, il causait pendant une demi-heure avec mademoiselle Baptistine et madame Magloire ; puis il rentrait dans sa chambre et se remettait à écrire, tantôt sur des feuilles volantes, tantôt sur la marge de quelque in-folio. Il était lettré et quelque peu savant. Il a laissé cinq ou six manuscrits assez curieux ; entre autres une dissertation sur le verset de la Genèse : _Au commencement l'esprit de Dieu flottait sur les eaux._ Il confronte avec ce verset trois textes : la version arabe qui dit : _Les vents de Dieu soufflaient ;_ Flavius Josèphe qui dit : _Un vent d'en haut se précipitait sur la terre ;_ et enfin la paraphrase chaldaïque d'Onkelos qui porte : _Un vent venant de Dieu soufflait sur la face des eaux._ Dans une autre dissertation, il examine les œuvres théologiques de Hugo, évêque de Ptolémaïs, arrière-grand-oncle de celui qui écrit ce livre, et il établit qu'il faut attribuer à cet évêque les divers opuscules publiés, au siècle dernier, sous le pseudonyme de Barleycourt [1].

Parfois au milieu d'une lecture, quel que fût le livre qu'il eût entre les mains, il tombait tout à coup dans une méditation profonde, d'où il ne sortait que pour écrire quelques lignes sur les pages mêmes du volume. Ces lignes souvent n'ont aucun rapport avec le livre qui les contient. Nous avons sous les yeux une note écrite par lui sur une des marges d'un in-quarto intitulé : _Correspondance du lord Germain avec les généraux Clinton, Cornwallis et les amiraux de la station de l'Amérique. À Versailles, chez Poinçot, libraire, et à Paris, chez Pissot, libraire, quai des Augustins._

Voici cette note :

« Ô vous qui êtes !

« L'Ecclésiaste vous nomme Toute-Puissance, les Macchabées vous nomment Créateur, l'Épître aux Éphésiens vous nomme Liberté, Baruch vous nomme Immensité, les Psaumes vous nomment Sagesse et Vérité, Jean vous nomme Lumière, les Rois vous nomment Seigneur, l'Exode vous appelle Providence, le Lévitique Sainteté, Esdras Justice, la création vous nomme Dieu, l'homme vous nomme Père ; mais Salomon vous nomme Miséricorde, et c'est là le plus beau de tous vos noms [1]. »

Vers neuf heures du soir, les deux femmes se retiraient et montaient à leurs chambres au premier, le laissant jusqu'au matin seul au rez-de-chaussée.

Ici il est nécessaire que nous donnions une idée exacte du logis de M. l'évêque de Digne.

VI

PAR QUI IL FAISAIT

GARDER SA MAISON

La maison qu'il habitait se composait, nous l'avons dit, d'un rez-de-chaussée et d'un seul étage : trois pièces au rez-de-chaussée, trois chambres au premier, au-dessus un grenier. Derrière la maison, un jardin d'un quart d'arpent. Les deux femmes occupaient le premier. L'évêque logeait en bas. La première pièce, qui s'ouvrait sur la rue, lui servait de salle à manger, la deuxième de chambre à coucher, et la troisième d'oratoire. On ne pouvait sortir de cet oratoire sans passer par la chambre à coucher, et sortir de la chambre à coucher sans passer par la salle à manger. Dans l'oratoire, au fond, il y avait une alcôve fermée, avec un lit pour les cas d'hospitalité. M. l'évêque offrait ce lit aux curés de campagne

que des affaires ou les besoins de leur paroisse ame-
naient à Digne.

La pharmacie de l'hôpital, petit bâtiment ajouté à la
maison et pris sur le jardin, avait été transformée en
cuisine et en cellier.

Il y avait en outre dans le jardin une étable qui était
l'ancienne cuisine de l'hospice et où l'évêque entretenait
deux vaches. Quelle que fût la quantité de lait qu'elles
lui donnassent, il en envoyait invariablement tous les
matins la moitié aux malades de l'hôpital. *Je paye ma
dîme,* disait-il.

Sa chambre était assez grande et assez difficile à
chauffer dans la mauvaise saison. Comme le bois est
très cher à Digne, il avait imaginé de faire faire dans
l'étable à vaches un compartiment fermé d'une cloison
en planches. C'était là qu'il passait ses soirées dans les
grands froids. Il appelait cela son *salon d'hiver.*

Il n'y avait dans ce salon d'hiver, comme dans la salle
à manger, d'autres meubles qu'une table de bois blanc,
carrée, et quatre chaises de paille. La salle à manger
était ornée en outre d'un vieux buffet peint en rose à la
détrempe. Du buffet pareil, convenablement habillé de
napperons blancs et de fausses dentelles, l'évêque avait
fait l'autel qui décorait son oratoire.

Ses pénitentes riches et les saintes femmes de Digne
s'étaient souvent cotisées pour faire les frais d'un bel
autel neuf à l'oratoire de monseigneur ; il avait chaque
fois pris l'argent et l'avait donné aux pauvres. — Le plus
beau des autels, disait-il, c'est l'âme d'un malheureux
consolé qui remercie Dieu.

Il avait dans son oratoire deux chaises prie-Dieu en
paille, et un fauteuil à bras également en paille dans sa
chambre à coucher. Quand par hasard il recevait sept
ou huit personnes à la fois, le préfet, ou le général, ou
l'état-major du régiment en garnison, ou quelques
élèves du petit séminaire, on était obligé d'aller chercher dans l'étable les chaises du salon d'hiver, dans l'oratoire les prie-Dieu, et le fauteuil dans la chambre à cou-

cher ; de cette façon, on pouvait réunir jusqu'à onze sièges pour les visiteurs. À chaque nouvelle visite on démeublait une pièce.

Il arrivait parfois qu'on était douze ; alors l'évêque dissimulait l'embarras de la situation en se tenant debout devant la cheminée si c'était l'hiver, ou en proposant un tour dans le jardin si c'était l'été.

Il y avait bien encore dans l'alcôve fermée une chaise, mais elle était à demi dépaillée et ne portait que sur trois pieds, ce qui faisait qu'elle ne pouvait servir qu'appuyée contre le mur. Mademoiselle Baptistine avait bien aussi dans sa chambre une très grande bergère en bois jadis doré et revêtue de pékin à fleurs, mais on avait été obligé de monter cette bergère au premier par la fenêtre, l'escalier étant trop étroit ; elle ne pouvait donc pas compter parmi les en-cas du mobilier.

L'ambition de mademoiselle Baptistine eût été de pouvoir acheter un meuble de salon en velours d'Utrecht jaune à rosaces et en acajou à cou de cygne, avec canapé. Mais cela eût coûté au moins cinq cents francs, et, ayant vu qu'elle n'avait réussi à économiser pour cet objet que quarante-deux francs dix sous en cinq ans, elle avait fini par y renoncer. D'ailleurs qui est-ce qui atteint son idéal ?

Rien de plus simple à se figurer que la chambre à coucher de l'évêque. Une porte-fenêtre donnant sur le jardin, vis-à-vis le lit ; un lit d'hôpital, en fer avec baldaquin de serge verte ; dans l'ombre du lit, derrière un rideau, les ustensiles de toilette trahissant encore les anciennes habitudes élégantes de l'homme du monde ; deux portes, l'une près de la cheminée, donnant dans l'oratoire ; l'autre, près de la bibliothèque, donnant dans la salle à manger ; la bibliothèque, grande armoire vitrée pleine de livres ; la cheminée, de bois peint en marbre, habituellement sans feu ; dans la cheminée, une paire de chenets en fer ornés de deux vases à guirlandes et cannelures jadis argentés à l'argent haché, ce qui était un genre de luxe épiscopal ; au-dessus, à l'endroit où d'ordinaire on met la glace, un crucifix de cuivre désargenté fixé sur un velours noir râpé dans un cadre de bois dédoré. Près de la porte-fenêtre, une grande table avec un encrier, chargée de papiers confus et de gros volumes. Devant la table, le fauteuil de paille. Devant le lit, un prie-Dieu, emprunté à l'oratoire.

Deux portraits dans des cadres ovales étaient accrochés au mur des deux côtés du lit. De petites inscriptions dorées sur le fond neutre de la toile à côté des figures indiquaient que les portraits représentaient, l'un, l'abbé de Chaliot, évêque de Saint-Claude, l'autre, l'abbé Tourteau, vicaire-général d'Agde, abbé de Grand-Champ, ordre de Cîteaux, diocèse de Chartres. L'évêque, en succédant dans cette chambre aux malades de l'hôpital, y avait trouvé ces portraits et les y avait laissés. C'étaient des prêtres, probablement des donateurs : deux motifs pour qu'il les respectât. Tout ce qu'il savait de ces deux personnages, c'est qu'ils avaient été nommés par le roi, l'un à son évêché, l'autre à son bénéfice, le même jour, le 27 avril 1785. Madame Magloire ayant décroché les tableaux pour en secouer la poussière, l'évêque avait trouvé cette particularité écrite d'une encre blanchâtre sur un petit carré de papier jauni par le temps, collé avec quatre pains à cacheter derrière le portrait de l'abbé de Grand-Champ.

Il avait à sa fenêtre un antique rideau de grosse étoffe de laine qui finit par devenir tellement vieux que, pour éviter la dépense d'un neuf, madame Magloire fut obligée de faire une grande couture au beau milieu. Cette couture dessinait une croix. L'évêque le faisait souvent remarquer. — Comme cela fait bien ! disait-il.

Toutes les chambres de la maison, au rez-de-chaussée ainsi qu'au premier, sans exception, étaient blanchies au lait de chaux, ce qui est une mode de caserne et d'hôpital.

Cependant, dans les dernières années, madame Magloire retrouva, comme on le verra plus loin, sous le papier badigeonné, des peintures qui ornaient l'appar-

tement de mademoiselle Baptistine. Avant d'être l'hôpital, cette maison avait été le parloir aux bourgeois. De
là cette décoration. Les chambres étaient pavées de
briques rouges qu'on lavait toutes les semaines, avec
des nattes de paille tressée devant tous les lits. Du reste,
ce logis, tenu par deux femmes, était du haut en bas
d'une propreté exquise. C'était le seul luxe que l'évêque
permit. Il disait : — *Cela ne prend rien aux pauvres.*

Il faut convenir cependant qu'il lui restait de ce qu'il
avait possédé jadis six couverts d'argent et une grande
cuiller à soupe que madame Magloire regardait tous les
jours avec bonheur reluire splendidement sur la grosse
nappe de toile blanche. Et comme nous peignons ici
l'évêque de Digne tel qu'il était, nous devons ajouter
qu'il lui était arrivé plus d'une fois de dire : — Je renon-
cerais difficilement à manger dans de l'argenterie.

Il faut ajouter à cette argenterie deux gros flambeaux
d'argent massif qui lui venaient de l'héritage d'une
grand'tante. Ces flambeaux portaient deux bougies de
cire et figuraient habituellement sur la cheminée de
l'évêque. Quand il avait quelqu'un à dîner, madame
Magloire allumait les deux bougies et mettait les deux
flambeaux sur la table.

Il y avait dans la chambre même de l'évêque, à la tête
de son lit, un petit placard dans lequel madame
Magloire serrait chaque soir les six couverts d'argent et
la grande cuiller. Il faut dire qu'on n'en ôtait jamais la
clef.

Le jardin, un peu gâté par les constructions assez
laides dont nous avons parlé, se composait de quatre
allées en croix rayonnant autour d'un puisard ; une
autre allée faisait tout le tour du jardin et cheminait le
long du mur blanc dont il était enclos. Ces allées laissaient entre elles quatre carrés bordés de buis. Dans
trois, madame Magloire cultivait des légumes ; dans le
quatrième, l'évêque avait mis des fleurs. Il y avait çà et
là quelques arbres fruitiers.

Une fois madame Magloire lui avait dit avec une sorte

de malice douce : — Monseigneur, vous qui tirez parti de tout, voilà pourtant un carré inutile. Il vaudrait mieux avoir là des salades que des bouquets. — Madame Magloire, répondit l'évêque, vous vous trompez. Le beau est aussi utile que l'utile. — Il ajouta après un silence : Plus peut-être.

Ce carré, composé de trois ou quatre plates-bandes, occupait M. l'évêque presque autant que ses livres. Il y passait volontiers une heure ou deux, coupant, sarclant, et piquant çà et là des trous en terre où il mettait des graines. Il n'était pas aussi hostile aux insectes qu'un jardinier l'eût voulu. Du reste, aucune prétention à la botanique ; il ignorait les groupes et le solidisme ; il ne cherchait pas le moins du monde à décider entre Tournefort et la méthode naturelle ; il ne prenait parti ni pour les utricules contre les cotylédons, ni pour Jussieu contre Linné. Il n'étudiait pas les plantes ; il aimait les fleurs. Il respectait beaucoup les savants, il respectait encore plus les ignorants, et, sans jamais manquer à ces deux respects, il arrosait ses plates-bandes chaque soir d'été avec un arrosoir de fer-blanc peint en vert.

La maison n'avait pas une porte qui fermât à clef. La porte de la salle à manger qui, nous l'avons dit, donnait de plain-pied sur la place de la cathédrale, était jadis armée de serrures et de verrous comme une porte de prison. L'évêque avait fait ôter toutes ces ferrures, et cette porte, la nuit comme le jour, n'était fermée qu'au loquet. Le premier passant venu, à quelque heure que ce fût, n'avait qu'à la pousser. Dans les commencements, les deux femmes avaient été fort tourmentées de cette porte jamais close ; mais M. de Digne leur avait dit : « Faites mettre des verrous à vos chambres, si cela vous plaît. » Elles avaient fini par partager sa confiance ou du moins par faire comme si elles la partageaient. Madame Magloire seule avait de temps en temps des frayeurs. Pour ce qui est de l'évêque, on peut trouver sa pensée expliquée ou du moins indiquée dans ces trois lignes écrites par lui sur la marge d'une bible : « Voici la nuance : la porte du médecin ne doit jamais être fermée ; la porte du prêtre doit toujours être ouverte. »

Sur un autre livre, intitulé *Philosophie de la science médicale*, il avait écrit cette autre note : « Est-ce que je ne suis pas médecin comme eux ? Moi aussi j'ai mes malades ; d'abord j'ai les leurs, qu'ils appellent les malades ; et puis j'ai les miens, que j'appelle les malheureux. »

Ailleurs encore il avait écrit : « Ne demandez pas son nom à qui vous demande un gîte. C'est surtout celui-là que son nom embarrasse qui a besoin d'asile. »

Il advint qu'un digne curé, je ne sais plus si c'était le curé de Couloubroux ou le curé de Pompierry, s'avisa de lui demander un jour, probablement à l'instigation de madame Magloire, si Monseigneur était bien sûr de ne pas commettre jusqu'à un certain point une imprudence en laissant jour et nuit sa porte ouverte à la disposition de qui voulait entrer, et s'il ne craignait pas enfin qu'il n'arrivât quelque malheur dans une maison si peu gardée. L'évêque lui toucha l'épaule avec une gravité douce et lui dit : *Nisi Dominus custodierit domum, in vanum vigilant qui custodiunt eam* [1]. Puis il parla d'autre chose.

Il disait assez volontiers : « Il y a la bravoure du prêtre comme il y a la bravoure du colonel de dragons. » — « Seulement, ajoutait-il, la nôtre doit être tranquille. »

VII

CRAVATTE

Ici se place naturellement un fait que nous ne devons pas omettre, car il est de ceux qui font le mieux voir quel homme c'était que M. l'évêque de Digne.

Après la destruction de la bande de Gaspard Bès qui avait infesté les gorges d'Ollioules, un de ses lieutenants,

Cravatte, se réfugia dans la montagne [1]. Il se cacha quelque temps avec ses bandits, reste de la troupe de Gaspard Bès, dans le comté de Nice, puis gagna le Piémont, et tout à coup reparut en France, du côté de Barcelonnette. On le vit à Jauziers d'abord, puis aux Tuiles. Il se cacha dans les cavernes du Joug-de-l'Aigle, et de là il descendait vers les hameaux et les villages par les ravins de l'Ubaye et de l'Ubayette. Il osa même pousser jusqu'à Embrun, pénétra une nuit dans la cathédrale et dévalisa la sacristie. Ses brigandages désolaient le pays. On mit la gendarmerie à ses trousses, mais en vain. Il échappait toujours ; quelquefois il résistait de vive force. C'était un hardi misérable. Au milieu de toute cette terreur, l'évêque arriva. Il faisait sa tournée. Au Chastelar, le maire vint le trouver et l'engagea à rebrousser chemin. Cravatte tenait la montagne jusqu'à l'Arche, et au delà. Il y avait danger, même avec une escorte. C'était exposer inutilement trois ou quatre malheureux gendarmes.

— Aussi, dit l'évêque, je compte aller sans escorte.

— Y pensez-vous, monseigneur ? s'écria le maire.

— J'y pense tellement, que je refuse absolument les gendarmes et que je vais partir dans une heure.

— Partir ?

— Partir.

— Seul ?

— Seul.

— Monseigneur ! vous ne ferez pas cela.

— Il y a là, dans la montagne, reprit l'évêque, une humble petite commune grande comme ça, que je n'ai pas vue depuis trois ans. Ce sont mes bons amis. De doux et honnêtes bergers. Ils possèdent une chèvre sur trente qu'ils gardent. Ils font de fort jolis cordons de laine de diverses couleurs, et ils jouent des airs de montagne sur de petites flûtes à six trous. Ils ont besoin qu'on leur parle de temps en temps du bon Dieu. Que diraient-ils d'un évêque qui a peur ? Que diraient-ils si je n'y allais pas ?

— Mais, monseigneur, les brigands ! Si vous rencontrez les brigands !

— Tiens, dit l'évêque, j'y songe. Vous avez raison. Je puis les rencontrer. Eux aussi doivent avoir besoin qu'on leur parle du bon Dieu.

— Monseigneur ! mais c'est une bande ! c'est un troupeau de loups !

— Monsieur le maire, c'est peut-être précisément de ce troupeau que Jésus me fait le pasteur. Qui sait les voies de la Providence ?

— Monseigneur, ils vous dévaliseront.

— Je n'ai rien.

— Ils vous tueront.

— Un vieux bonhomme de prêtre qui passe en marmottant ses momeries ? Bah ! à quoi bon ?

— Ah ! mon Dieu ! si vous alliez les rencontrer !

— Je leur demanderai l'aumône pour mes pauvres.

— Monseigneur, n'y allez pas, au nom du ciel ! vous exposez votre vie.

— Monsieur le maire, dit l'évêque, n'est-ce décidément que cela ? Je ne suis pas en ce monde pour garder ma vie, mais pour garder les âmes [1].

Il fallut le laisser faire. Il partit, accompagné seulement d'un enfant qui s'offrit à lui servir de guide. Son obstination fit bruit dans le pays, et effraya très fort.

Il ne voulut emmener ni sa sœur ni madame Magloire. Il traversa la montagne à mulet, ne rencontra personne, et arriva sain et sauf chez ses « bons amis » les bergers. Il y resta quinze jours, prêchant, administrant, enseignant, moralisant. Lorsqu'il fut proche de son départ, il résolut de chanter pontificalement un *Te Deum*. Il en parla au curé. Mais comment faire ? pas d'ornements épiscopaux. On ne pouvait mettre à sa disposition qu'une chétive sacristie de village avec quelques vieilles chasubles de damas usé ornées de galons faux.

— Bah ! dit l'évêque. Monsieur le curé, annonçons toujours au prône notre *Te Deum*. Cela s'arrangera.

On chercha dans les églises d'alentour. Toutes les magnificences de ces humbles paroisses réunies n'auraient pas suffi à vêtir convenablement un chantre de cathédrale.

Comme on était dans cet embarras, une grande caisse fut apportée et déposée au presbytère pour M. l'évêque par deux cavaliers inconnus qui repartirent sur-le-champ. On ouvrit la caisse ; elle contenait une chape de drap d'or, une mitre ornée de diamants, une croix archiépiscopale, une crosse magnifique, tous les vêtements pontificaux volés un mois auparavant au trésor de Notre-Dame d'Embrun. Dans la caisse, il y avait un papier sur lequel étaient écrits ces mots : *Cravatte à monseigneur Bienvenu.*

— Quand je disais que cela s'arrangerait ! dit l'évêque. Puis il ajouta en souriant : À qui se contente d'un surplis de curé, Dieu envoie une chape d'archevêque.

— Monseigneur, murmura le curé en hochant la tête avec un sourire, Dieu, — ou le diable.

L'évêque regarda fixement le curé et reprit avec autorité : — Dieu !

Quand il revint au Chastelar, et tout le long de la route, on venait le regarder par curiosité. Il retrouva au presbytère du Chastelar mademoiselle Baptistine et madame Magloire qui l'attendaient, et il dit à sa sœur :

— Eh bien, avais-je raison ? Le pauvre prêtre est allé chez ces pauvres montagnards les mains vides, il en revient les mains pleines. J'étais parti n'emportant que ma confiance en Dieu ; je rapporte le trésor d'une cathédrale.

Le soir, avant de se coucher, il dit encore : — Ne craignons jamais les voleurs ni les meurtriers. Ce sont là les dangers du dehors, les petits dangers. Craignons-nous nous-mêmes. Les préjugés, voilà les voleurs ; les vices, voilà les meurtriers. Les grands dangers sont au dedans de nous. Qu'importe ce qui menace notre tête ou notre bourse ! Ne songeons qu'à ce qui menace notre âme.

Puis se tournant vers sa sœur : — Ma sœur, de la part du prêtre jamais de précaution contre le prochain. Ce que le prochain fait, Dieu le permet. Bornons-nous à prier Dieu quand nous croyons qu'un danger arrive sur nous. Prions-le, non pour nous, mais pour que notre frère ne tombe pas en faute à notre occasion.

Du reste, les événements étaient rares dans son existence. Nous racontons ceux que nous savons ; mais d'ordinaire il passait sa vie à faire toujours les mêmes choses aux mêmes moments. Un mois de son année ressemblait à une heure de sa journée.

Quant à ce que devint « le trésor » de la cathédrale d'Embrun, on nous embarrasserait de nous interroger là-dessus. C'étaient là de bien belles choses, et bien tentantes, et bien bonnes à voler au profit des malheureux. Volées, elles l'étaient déjà d'ailleurs. La moitié de l'aventure était accomplie ; il ne restait plus qu'à changer la direction du vol, et qu'à lui faire faire un petit bout de chemin du côté des pauvres. Nous n'affirmons rien du reste à ce sujet. Seulement on a trouvé dans les papiers de l'évêque une note assez obscure qui se rapporte peut-être à cette affaire, et qui est ainsi conçue : *La question est de savoir si cela doit faire retour à la cathédrale ou à l'hôpital.*

VIII

PHILOSOPHIE APRÈS BOIRE

Le sénateur dont il a été parlé plus haut était un homme entendu qui avait fait son chemin avec une rectitude inattentive à toutes ces rencontres qui font obstacle et qu'on nomme conscience, foi jurée, justice, devoir ; il avait marché droit à son but et sans broncher une seule fois dans la ligne de son avancement et de son intérêt. C'était un ancien procureur, attendri par le succès, pas méchant homme du tout, rendant tous les petits services qu'il pouvait à ses fils, à ses gendres, à ses parents, même à des amis ; ayant sagement pris de la vie les bons côtés, les bonnes occasions, les bonnes aubaines. Le reste lui semblait assez bête. Il était spirituel, et juste assez lettré pour se croire un disciple d'Épicure en n'étant peut-être qu'un produit de Pigault-Lebrun [1]. Il riait volontiers, et agréablement, des choses infinies et éternelles, et des « billevesées du bonhomme évêque ». Il en riait quelquefois, avec une aimable autorité, devant M. Myriel lui-même, qui écoutait.

À je ne sais plus quelle cérémonie demi-officielle, le comte*** (ce sénateur) et M. Myriel durent dîner chez le préfet. Au dessert, le sénateur, un peu égayé, quoique toujours digne, s'écria :

— Parbleu, monsieur l'évêque, causons. Un sénateur et un évêque se regardent difficilement sans cligner de l'œil. Nous sommes deux augures. Je vais vous faire un aveu. J'ai ma philosophie.

— Et vous avez raison, répondit l'évêque. Comme on fait sa philosophie on se couche. Vous êtes sur le lit de pourpre, monsieur le sénateur.

Le sénateur, encouragé, reprit :

— Soyons bons enfants.

— Bons diables même, dit l'évêque.

— Je vous déclare, reprit le sénateur, que le marquis d'Argens, Pyrrhon, Hobbes et M. Naigeon ne sont pas des maroufles [2]. J'ai dans ma bibliothèque tous mes philosophes dorés sur tranche.

— Comme vous-même, monsieur le comte, interrompit l'évêque.

Le sénateur poursuivit :

— Je hais Diderot ; c'est un idéologue, un déclamateur et un révolutionnaire, au fond croyant en Dieu, et plus bigot que Voltaire. Voltaire s'est moqué de Needham, et il a eu tort ; car les anguilles de Needham prouvent que Dieu est inutile [3]. Une goutte de vinaigre dans une cuillerée de pâte de farine supplée le *fiat lux*. Supposez la goutte plus grosse et la cuillerée plus grande, vous avez le monde. L'homme, c'est l'anguille. Alors à quoi bon le Père éternel ? Monsieur l'évêque, l'hypothèse Jéhovah me fatigue. Elle n'est bonne qu'à produire des gens maigres qui songent creux. À bas ce grand Tout qui me tracasse ! Vive Zéro qui me laisse tranquille ! De vous à moi, et pour vider mon sac, et pour me confesser à mon pasteur comme il convient, je vous avoue que j'ai du bon sens. Je ne suis pas fou de votre Jésus qui prêche à tout bout de champ le renoncement et le sacrifice. Conseil d'avare à des gueux. Renoncement ! pourquoi ? Sacrifice ! à quoi ? Je ne vois pas qu'un loup s'immole au bonheur d'un autre loup. Restons donc dans la nature. Nous sommes au sommet ; ayons la philosophie supérieure. Que sert d'être en haut, si l'on ne voit pas plus loin que le bout du nez des autres ? Vivons gaîment. La vie, c'est tout. Que l'homme ait un autre avenir, ailleurs, là-haut, là-bas, quelque part, je n'en crois pas un traître mot. Ah ! l'on me recommande le sacrifice et le renoncement, je dois prendre garde à tout ce que je fais, il faut que je me casse la tête sur le bien et le mal, sur le juste et l'injuste, sur le *fas* et le *nefas*. Pourquoi ? parce que j'aurai à rendre compte de mes actions. Quand ? après ma mort. Quel bon rêve ! Après ma mort, bien fin qui me pincera. Faites donc saisir une poignée de cendre par une main d'ombre. Disons le vrai, nous qui sommes des initiés et qui avons levé la jupe d'Isis : il n'y a ni bien, ni mal ; il y a de la végétation. Cherchons le réel. Creusons tout à fait. Allons au fond, que diable ! Il faut flairer la vérité, fouiller sous terre, et la saisir. Alors elle vous donne des joies exquises. Alors vous devenez fort, et vous riez. Je suis carré par la base, moi. Monsieur l'évêque, l'immortalité de l'homme est un écoute-s'il-pleut. Oh ! la charmante promesse ! Fiez-vous-y. Le bon billet qu'a Adam ! On est âme, on sera ange, on aura des ailes bleues aux omoplates. Aidez-moi donc, n'est-ce pas Tertullien qui dit que les bienheureux iront d'un astre à l'autre ? Soit.

On sera les sauterelles des étoiles. Et puis, on verra Dieu. Ta ta ta. Fadaises que tous ces paradis. Dieu est une sornette monstre. Je ne dirais point cela dans le *Moniteur,* parbleu ! mais je le chuchote entre amis. *Inter pocula* [1]. Sacrifier la terre au paradis, c'est lâcher la proie pour l'ombre. Être dupe de l'infini ! pas si bête. Je suis néant. Je m'appelle monsieur le comte Néant, sénateur. Étais-je avant ma naissance ? Non. Serai-je après ma mort ? Non. Que suis-je ? un peu de poussière agrégée par un organisme. Qu'ai-je à faire sur cette terre ? J'ai le choix. Souffrir ou jouir. Où me mènera la souffrance ? Au néant. Mais j'aurai souffert. Où me mènera la jouissance ? Au néant. Mais j'aurai joui. Mon choix est fait. Il faut être mangeant ou mangé. Je mange. Mieux vaut être la dent que l'herbe. Telle est ma sagesse. Après quoi, va comme je te pousse, le fossoyeur est là, le Panthéon pour nous autres, tout tombe dans le grand trou. Fin. *Finis.* Liquidation totale. Ceci est l'endroit de l'évanouissement. La mort est morte, croyez-moi. Qu'il y ait là quelqu'un qui ait quelque chose à me dire, je ris d'y songer. Invention de nourrices. Croquemitaine pour les enfants, Jéhovah pour les hommes. Non, notre lendemain est de la nuit. Derrière la tombe, il n'y a plus que des néants égaux. Vous avez été Sardanapale, vous avez été Vincent de Paul, cela fait le même rien. Voilà le vrai. Donc vivez, par-dessus tout. Usez de votre moi pendant que vous le tenez. En vérité, je vous le dis, monsieur l'évêque, j'ai ma philosophie, et j'ai mes philosophes. Je ne me laisse pas enguirlander par des balivernes. Après ça, il faut bien quelque chose à ceux qui sont en bas, aux va-nu-pieds, aux gagne-petit, aux misérables. On leur donne à gober les légendes, les chimères, l'âme, l'immortalité, le paradis, les étoiles. Ils mâchent cela. Ils le mettent sur leur pain sec. Qui n'a rien a le bon Dieu. C'est bien le moins. Je n'y fais point obstacle, mais je garde pour moi monsieur Naigeon Le bon Dieu est bon pour le peuple.

L'évêque battit des mains.

— Voilà parler ! s'écria-t-il. L'excellente chose, et vraiment merveilleuse, que ce matérialisme-là ! Ne l'a pas qui veut. Ah ! quand on l'a, on n'est plus dupe ; on ne se laisse pas bêtement exiler comme Caton, ni lapider comme Étienne, ni brûler vif comme Jeanne d'Arc. Ceux qui ont réussi à se procurer ce matérialisme admirable ont la joie de se sentir irresponsables, et de penser qu'ils peuvent dévorer tout, sans inquiétude, les places, les sinécures, les dignités, le pouvoir bien ou mal acquis, les palinodies lucratives, les trahisons utiles, les savoureuses capitulations de conscience, et qu'ils entreront dans la tombe, leur digestion faite. Comme c'est agréable ! Je ne dis pas cela pour vous, monsieur le sénateur. Cependant il m'est impossible de ne point vous féliciter. Vous autres grands seigneurs, vous avez, vous le dites, une philosophie à vous et pour vous, exquise, raffinée, accessible aux riches seuls, bonne à toutes les sauces, assaisonnant admirablement les voluptés de la vie. Cette philosophie est prise dans les profondeurs et déterrée par des chercheurs spéciaux. Mais vous êtes bons princes, et vous ne trouvez pas mauvais que la croyance au bon Dieu soit la philosophie du peuple, à peu près comme l'oie aux marrons est la dinde aux truffes du pauvre.

IX

LE FRÈRE RACONTÉ PAR LA SŒUR

Pour donner une idée du ménage intérieur de M. l'évêque de Digne et de la façon dont ces deux saintes filles subordonnaient leurs actions, leurs pensées, même leurs instincts de femmes aisément effrayées, aux habitudes et aux intentions de l'évêque, sans qu'il eût même à prendre la peine de parler pour les exprimer, nous ne pouvons mieux faire que de transcrire ici une lettre de mademoiselle Baptistine à madame la vicomtesse de Boischevron, son amie d'enfance. Cette lettre est entre nos mains.

Digne, 16 décembre 18...

« Ma bonne madame, pas un jour ne se passe sans que nous parlions de vous. C'est assez notre habitude, mais il y a une raison de plus. Figurez-vous qu'en lavant et époussetant les plafonds et les murs, madame Magloire a fait des découvertes ; maintenant nos deux chambres tapissées de vieux papier blanchi à la chaux ne dépareraient pas un château dans le genre du vôtre. Madame Magloire a déchiré tout le papier. Il y avait des choses dessous. Mon salon, où il n'y a pas de meubles, et dont nous nous servons pour étendre le linge après les lessives, a quinze pieds de haut, dix-huit de large carrés, un plafond peint anciennement avec dorure, des solives comme chez vous. C'était recouvert d'une toile, du temps que c'était l'hôpital. Enfin des boiseries du temps de nos grand'mères. Mais c'est ma chambre qu'il faut voir. Madame Magloire a découvert, sous au moins dix papiers collés dessus, des peintures, sans être bonnes, qui peuvent se supporter. C'est Télémaque reçu chevalier par Minerve, c'est lui encore dans les jardins. Le nom m'échappe. Enfin où les dames romaines se rendaient une seule nuit. Que vous dirai-je ? j'ai des romains, des romaines (*ici un mot illisible*), et toute la suite. Madame Magloire a débarbouillé tout cela, et cet été elle va réparer quelques petites avaries, revernir le tout, et ma chambre sera un vrai musée. Elle a trouvé aussi dans un coin du grenier deux consoles en bois, genre ancien. On demandait deux écus de six livres pour les redorer, mais il vaut bien mieux donner cela aux pauvres ; d'ailleurs c'est fort laid, et j'aimerais mieux une table ronde en acajou.

« Je suis toujours bien heureuse. Mon frère est si bon. Il donne tout ce qu'il a aux indigents et aux malades. Nous sommes très gênés. Le pays est dur l'hiver, et il faut bien faire quelque chose pour ceux qui manquent. Nous sommes à peu près chauffés et éclairés. Vous voyez que ce sont de grandes douceurs.

« Mon frère a ses habitudes à lui. Quand il cause, il dit qu'un évêque doit être ainsi. Figurez-vous que la porte de la maison n'est jamais fermée. Entre qui veut, et l'on est tout de suite chez mon frère. Il ne craint rien, même la nuit. C'est là sa bravoure à lui, comme il dit.

« Il ne veut pas que je craigne pour lui, ni que madame Magloire craigne. Il s'expose à tous les dangers, et il ne veut même pas que nous ayons l'air de nous en apercevoir. Il faut savoir le comprendre.

« Il sort par la pluie, il marche dans l'eau, il voyage en hiver. Il n'a pas peur de la nuit, des routes suspectes ni des rencontres.

« L'an dernier, il est allé tout seul dans un pays de voleurs. Il n'a pas voulu nous emmener. Il est resté quinze jours absent. À son retour, il n'avait rien eu, on le croyait mort, et il se portait bien, et il a dit : Voilà comme on m'a volé ! Et il a ouvert une malle pleine de tous les bijoux de la cathédrale d'Embrun, que les voleurs lui avaient donnés.

« Cette fois-là, en revenant, comme j'étais allée à sa rencontre à deux lieues avec d'autres de ses amis, je n'ai pu m'empêcher de le gronder un peu, en ayant soin de ne parler que pendant que la voiture faisait du bruit, afin que personne autre ne pût entendre.

« Dans les premiers temps, je me disais : il n'y a pas de dangers qui l'arrêtent, il est terrible. À présent j'ai fini par m'y accoutumer. Je fais signe à madame Magloire pour qu'elle ne le contrarie pas. Il se risque comme il veut. Moi j'emmène madame Magloire, je rentre dans ma chambre, je prie pour lui, et je m'endors. Je suis tranquille, parce que je sais bien que s'il lui arrivait malheur, ce serait ma fin. Je m'en irais au bon Dieu avec mon frère et mon évêque. Madame Magloire a eu plus de peine que moi à s'habituer à ce qu'elle appelait ses imprudences. Mais à présent le pli est pris. Nous prions toutes les deux, nous avons peur ensemble, et nous nous endormons. Le diable entrerait dans la maison qu'on le laisserait faire. Après tout, que craignons-nous dans cette maison ? Il y a toujours quelqu'un avec nous, qui est le plus fort. Le diable peut y passer, mais le bon Dieu l'habite.

« Voilà qui me suffit. Mon frère n'a plus même besoin de me dire un mot maintenant. Je le comprends sans qu'il parle, et nous nous abandonnons à la Providence.

« Voilà comme il faut être avec un homme qui a du grand dans l'esprit.

« J'ai questionné mon frère pour le renseignement que vous me demandez sur la famille de Faux. Vous savez comme il sait tout et comme il a des souvenirs, car il est toujours très bon royaliste. C'est de vrai une très ancienne famille normande de la généralité de Caen. Il y a cinq cents ans d'un Raoul de Faux, d'un Jean de Faux et d'un Thomas de Faux, qui étaient des gentilshommes, dont un seigneur de Rochefort. Le dernier était Guy-Étienne-Alexandre, et était mestre de camp, et quelque chose dans les chevau-légers de Bretagne. Sa fille Marie-Louise a épousé Adrien-Charles de Gramont, fils du duc Louis de Gramont, pair de France, colonel des gardes françaises et lieutenant général des armées. On écrit Faux, Fauq et Faoucq.

« Bonne madame, recommandez-nous aux prières de votre saint parent, M. le cardinal. Quant à votre chère Sylvanie, elle a bien fait de ne pas prendre les courts instants qu'elle passe près de vous pour m'écrire. Elle se porte bien, travaille selon vos désirs, m'aime toujours. C'est tout ce que je veux. Son souvenir par vous m'est arrivé. Je m'en trouve heureuse. Ma santé n'est pas trop mauvaise, et cependant je maigris tous les jours davantage. Adieu, le papier me manque et me force de vous quitter. Mille bonnes choses.

                                        « Baptistine.

« P. S. — Madame votre belle-sœur est toujours ici
avec sa jeune famille. Votre petit-neveu est charmant.
Savez-vous qu'il a cinq ans bientôt ! Hier il a vu passer
un cheval auquel on avait mis des genouillères, et il
disait : Qu'est-ce qu'il a donc aux genoux ? — Il est si
gentil, cet enfant ! Son petit frère traîne un vieux balai
dans l'appartement comme une voiture, et dit : Hu ! »

Comme on le voit par cette lettre, ces deux femmes
savaient se plier aux façons d'être de l'évêque avec ce
génie particulier de la femme qui comprend l'homme
mieux que l'homme ne se comprend. L'évêque de Digne,
sous cet air doux et candide qui ne se démentait jamais,
faisait parfois des choses grandes, hardies et magnifiques, sans paraître même s'en douter. Elles en tremblaient, mais elles le laissaient faire. Quelquefois
madame Magloire essayait une remontrance avant ;
jamais pendant ni après. Jamais on ne le troublait, ne
fût-ce que par un signe, dans une action commencée. À
de certains moments, sans qu'il eût besoin de le dire,
lorsqu'il n'en avait peut-être pas lui-même conscience,
tant sa simplicité était parfaite, elles sentaient vaguement qu'il agissait comme évêque ; alors elles n'étaient
plus que deux ombres dans la maison. Elles le servaient
passivement, et, si c'était obéir que de disparaître, elles
disparaissaient. Elles savaient, avec une admirable délicatesse d'instinct, que de certaines sollicitudes peuvent
gêner. Aussi, même le croyant en péril, elles comprenaient, je ne dis pas sa pensée, mais sa nature, jusqu'au
point de ne plus veiller sur lui. Elles le confiaient à Dieu.

D'ailleurs Baptistine disait, comme on vient de le lire,
que la fin de son frère serait la sienne. Madame
Magloire ne le disait pas, mais elle le savait.

X

L'ÉVÊQUE EN PRÉSENCE
D'UNE LUMIÈRE INCONNUE [1]

À une époque un peu postérieure à la date de la lettre citée dans les pages précédentes, il fit une chose, à en croire toute la ville, plus risquée encore que sa promenade à travers les montagnes des bandits.

Il y avait près de Digne, dans la campagne, un homme qui vivait solitaire. Cet homme, disons tout de suite le gros mot, était un ancien conventionnel. Il se nommait G.

On parlait du conventionnel G. dans le petit monde de Digne avec une sorte d'horreur. Un conventionnel, vous figurez-vous cela ? Cela existait du temps qu'on se tutoyait et qu'on disait : citoyen. Cet homme était à peu près un monstre. Il n'avait pas voté la mort du roi, mais presque. C'était un quasi-régicide. Il avait été terrible. Comment, au retour des princes légitimes, n'avait-on pas traduit cet homme-là devant une cour prévôtale ? On ne lui eût pas coupé la tête, si vous voulez, il faut de la clémence, soit ; mais un bon bannissement à vie. Un exemple enfin ! etc., etc. C'était un athée d'ailleurs, comme tous ces gens-là. — Commérages des oies sur le vautour.

Était-ce du reste un vautour que G. ? Oui, si l'on en jugeait parce qu'il y avait de farouche dans sa solitude. N'ayant pas voté la mort du roi, il n'avait pas été compris dans les décrets d'exil et avait pu rester en France [2].

Il habitait, à trois quarts d'heure de la ville, loin de tout hameau, loin de tout chemin, on ne sait quel repli perdu d'un vallon très sauvage. Il avait là, disait-on, une espèce de champ, un trou, un repaire. Pas de voisins ;

pas même de passants. Depuis qu'il demeurait dans ce vallon, le sentier qui y conduisait avait disparu sous l'herbe. On parlait de cet endroit-là comme de la maison du bourreau.

Pourtant l'évêque songeait, et de temps en temps regardait l'horizon à l'endroit où un bouquet d'arbres marquait le vallon du vieux conventionnel, et il disait : Il y a là une âme qui est seule.

Et au fond de sa pensée il ajoutait : Je lui dois ma visite.

Mais, avouons-le, cette idée, au premier abord naturelle, lui apparaissait, après un moment de réflexion, comme étrange et impossible, et presque repoussante. Car, au fond, il partageait l'impression générale, et le conventionnel lui inspirait, sans qu'il s'en rendît clairement compte, ce sentiment qui est comme la frontière de la haine et qu'exprime si bien le mot éloignement.

Toutefois, la gale de la brebis doit-elle faire reculer le pasteur ? Non. Mais quelle brebis !

Le bon évêque était perplexe. Quelquefois il allait de ce côté-là, puis il revenait.

Un jour enfin le bruit se répandit dans la ville qu'une façon de jeune pâtre qui servait le conventionnel G. dans sa bauge était venu chercher un médecin ; que le vieux scélérat se mourait, que la paralysie le gagnait, et qu'il ne passerait pas la nuit. — Dieu merci ! ajoutaient quelques-uns.

L'évêque prit son bâton, mit son pardessus à cause de sa soutane un peu trop usée, comme nous l'avons dit, et aussi à cause du vent du soir qui ne devait pas tarder à souffler, et partit.

Le soleil déclinait et touchait presque à l'horizon, quand l'évêque arriva à l'endroit excommunié. Il reconnut avec un certain battement de cœur qu'il était près de la tanière. Il enjamba un fossé, franchit une haie, leva un échalier, entra dans un courtil délabré, fit quelques pas assez hardiment, et tout à coup, au fond de la friche, derrière une haute broussaille, il aperçut la caverne.

C'était une cabane toute basse, indigente, petite et propre, avec une treille clouée à la façade.

Devant la porte, dans une vieille chaise à roulettes, fauteuil du paysan, il y avait un homme en cheveux blancs qui souriait au soleil.

Près du vieillard assis se tenait debout un jeune garçon, le petit pâtre. Il tendait au vieillard une jatte de lait.

Pendant que l'évêque regardait, le vieillard éleva la voix :

— Merci, dit-il, je n'ai plus besoin de rien. Et son sourire quitta le soleil pour s'arrêter sur l'enfant.

L'évêque s'avança. Au bruit qu'il fit en marchant, le vieux homme assis tourna la tête, et son visage exprima toute la quantité de surprise qu'on peut avoir après une longue vie.

— Depuis que je suis ici, dit-il, voilà la première fois qu'on entre chez moi. Qui êtes-vous, monsieur ?

L'évêque répondit :

— Je me nomme Bienvenu Myriel.

— Bienvenu Myriel ! j'ai entendu prononcer ce nom. Est-ce que c'est vous que le peuple appelle monseigneur Bienvenu ?

— C'est moi.

Le vieillard reprit avec un demi-sourire :

— En ce cas, vous êtes mon évêque ?

— Un peu.

— Entrez, monsieur.

Le conventionnel tendit la main à l'évêque, mais l'évêque ne la prit pas. L'évêque se borna à dire :

— Je suis satisfait de voir qu'on m'avait trompé. Vous ne me semblez, certes, pas malade.

— Monsieur, répondit le vieillard, je vais guérir.

Il fit une pause et dit :

— Je mourrai dans trois heures.

Puis il reprit :

— Je suis un peu médecin ; je sais de quelle façon la
dernière heure vient. Hier, je n'avais que les pieds
froids ; aujourd'hui, le froid a gagné les genoux ; maintenant je le sens qui monte jusqu'à la ceinture ; quand
il sera au cœur, je m'arrêterai. Le soleil est beau, n'est-ce
pas ? je me suis fait rouler dehors pour jeter un dernier
coup d'œil sur les choses. Vous pouvez me parler, cela
ne me fatigue point. Vous faites bien de venir regarder
un homme qui va mourir. Il est bon que ce moment-là
ait des témoins. On a des manies ; j'aurais voulu aller
jusqu'à l'aube. Mais je sais que j'en ai à peine pour trois
heures. Il fera nuit. Au fait, qu'importe ! Finir est une
affaire simple. On n'a pas besoin du matin pour cela.
Soit. Je mourrai à la belle étoile.

Le vieillard se tourna vers le pâtre.

— Toi, va te coucher. Tu as veillé l'autre nuit. Tu es
fatigué.

L'enfant rentra dans la cabane.

Le vieillard le suivit des yeux et ajouta comme se parlant à lui-même :

— Pendant qu'il dormira, je mourrai. Les deux som-
meils peuvent faire bon voisinage.

L'évêque n'était pas ému comme il semble qu'il aurait
pu l'être. Il ne croyait pas sentir Dieu dans cette façon
de mourir. Disons tout, car les petites contradictions
des grands cœurs veulent être indiquées comme le reste,
lui qui, dans l'occasion, riait si volontiers de Sa Grandeur, il était quelque peu choqué de ne pas être appelé
monseigneur, et il était presque tenté de répliquer :
citoyen. Il lui vint une velléité de familiarité bourrue,
assez ordinaire aux médecins et aux prêtres, mais qui
ne lui était pas habituelle, à lui. Cet homme, après tout,
ce conventionnel, ce représentant du peuple, avait été
un puissant de la terre ; pour la première fois de sa vie
peut-être, l'évêque se sentit en humeur de sévérité.

Le conventionnel cependant le considérait avec une
cordialité modeste, où l'on eût pu démêler l'humilité qui
sied quand on est si près de sa mise en poussière.

L'évêque, de son côté, quoiqu'il se gardât ordinairement de la curiosité, laquelle, selon lui, était contiguë à l'offense, ne pouvait s'empêcher d'examiner le conventionnel avec une attention qui, n'ayant pas sa source dans la sympathie, lui eût été probablement reprochée par sa conscience vis-à-vis de tout autre homme. Un conventionnel lui faisait un peu l'effet d'être hors la loi, même hors la loi de charité.

G., calme, le buste presque droit, la voix vibrante, était un de ces grands octogénaires qui font l'étonnement du physiologiste. La révolution a eu beaucoup de ces hommes proportionnés à l'époque. On sentait dans ce vieillard l'homme à l'épreuve. Si près de sa fin, il avait conservé tous les gestes de la santé. Il y avait dans son coup d'œil clair, dans son accent ferme, dans son robuste mouvement d'épaules, de quoi déconcerter la mort. Azraël, l'ange mahométan du sépulcre, eût rebroussé chemin et eût cru se tromper de porte. G. semblait mourir parce qu'il le voulait bien. Il y avait de la liberté dans son agonie. Les jambes seulement étaient immobiles. Les ténèbres le tenaient par là. Les pieds étaient morts et froids, et la tête vivait de toute la puissance de la vie et paraissait en pleine lumière. G., en ce grave moment, ressemblait à ce roi du conte oriental, chair par en haut, marbre par en bas.

Une pierre était là. L'évêque s'y assit. L'exorde fut *ex abrupto*.

— Je vous félicite, dit-il du ton dont on réprimande. Vous n'avez toujours pas voté la mort du roi.

Le conventionnel ne parut pas remarquer le sous-entendu amer caché dans ce mot : toujours. Il répondit. Tout sourire avait disparu de sa face.

— Ne me félicitez pas trop, monsieur ; j'ai voté la fin du tyran.

C'était l'accent austère en présence de l'accent sévère.

— Que voulez-vous dire ? reprit l'évêque.

— Je veux dire que l'homme a un tyran, l'ignorance. J'ai voté la fin de ce tyran-là. Ce tyran-là a engendré la royauté qui est l'autorité prise dans le faux, tandis que la science est l'autorité prise dans le vrai. L'homme ne doit être gouverné que par la science.

— Et la conscience, ajouta l'évêque.

— C'est la même chose. La conscience, c'est la quantité de science innée que nous avons en nous.

Monseigneur Bienvenu écoutait, un peu étonné, ce langage très nouveau pour lui.

Le conventionnel poursuivit :

— Quant à Louis XVI, j'ai dit non. Je ne me crois pas le droit de tuer un homme ; mais je me sens le devoir d'exterminer le mal. J'ai voté la fin du tyran. C'est-à-dire la fin de la prostitution pour la femme, la fin de l'esclavage pour l'homme, la fin de la nuit pour l'enfant. En votant la république, j'ai voté cela. J'ai voté la fraternité, la concorde, l'aurore ! J'ai aidé à la chute des préjugés et des erreurs. Les écroulements des erreurs et des préjugés font de la lumière. Nous avons fait tomber le vieux monde, nous autres, et le vieux monde, vase des misères, en se renversant sur le genre humain, est devenu une urne de joie.

— Joie mêlée, dit l'évêque.

— Vous pourriez dire joie troublée, et aujourd'hui, après ce fatal retour du passé qu'on nomme 1814, joie disparue. Hélas, l'œuvre a été incomplète, j'en conviens ; nous avons démoli l'ancien régime dans les faits, nous n'avons pu entièrement le supprimer dans les idées. Détruire les abus, cela ne suffit pas ; il faut modifier les mœurs. Le moulin n'y est plus, le vent y est encore.

— Vous avez démoli. Démolir peut être utile ; mais je me défie d'une démolition compliquée de colère.

— Le droit a sa colère, monsieur l'évêque, et la colère du droit est un élément du progrès. N'importe, et quoi qu'on en dise, la révolution française est le plus puissant pas du genre humain depuis l'avènement du Christ. Incomplète, soit ; mais sublime. Elle a dégagé toutes les inconnues sociales. Elle a adouci les esprits ; elle a calmé, apaisé, éclairé ; elle a fait couler sur la terre des

flots de civilisation. Elle a été bonne. La révolution française, c'est le sacre de l'humanité.

L'évêque ne put s'empêcher de murmurer :

— Oui ? 93 !

Le conventionnel se dressa sur sa chaise avec une
solennité presque lugubre, et, autant qu'un mourant
peut s'écrier, il s'écria :

— Ah ! vous y voilà ! 93 ! J'attendais ce mot-là. Un
nuage s'est formé pendant quinze cents ans. Au bout de
quinze siècles, il a crevé. Vous faites le procès au coup
de tonnerre.

L'évêque sentit, sans se l'avouer peut-être, que quelque chose en lui était atteint. Pourtant il fit bonne conte-
nance. Il répondit :

— Le juge parle au nom de la justice ; le prêtre parle
au nom de la pitié, qui n'est autre chose qu'une justice
plus élevée. Un coup de tonnerre ne doit pas se tromper.

Et il ajouta en regardant fixement le conventionnel :

— Louis XVII ?

Le conventionnel étendit la main et saisit le bras de
l'évêque :

— Louis XVII ! voyons. Sur qui pleurez-vous ? Est-ce
sur l'enfant innocent ? alors, soit. Je pleure avec vous.
Est-ce sur l'enfant royal ? je demande à réfléchir. Pour
moi, le frère de Cartouche, enfant innocent, pendu sous
les aisselles en place de Grève jusqu'à ce que mort
s'ensuive, pour le seul crime d'avoir été le frère de Cartouche, n'est pas moins douloureux que le petit-fils de
Louis XV, enfant innocent, martyrisé dans la tour du
Temple pour le seul crime d'avoir été le petit-fils de
Louis XV.

— Monsieur, dit l'évêque, je n'aime pas ces rapprochements de noms.

— Cartouche ? Louis XV ? pour lequel des deux
réclamez-vous ?

Il y eut un moment de silence. L'évêque regrettait
presque d'être venu, et pourtant il se sentait vaguement
et étrangement ébranlé.

Le conventionnel reprit :

— Ah ! monsieur le prêtre, vous n'aimez pas les crudités du vrai. Christ les aimait, lui. Il prenait une verge
et il époussetait le temple. Son fouet plein d'éclairs était
un rude diseur de vérités. Quand il s'écriait : *Sinite par-
vulos,* il ne distinguait pas entre les petits enfants. Il ne
se fût pas gêné de rapprocher le dauphin de Barabbas
du dauphin d'Hérode. Monsieur, l'innocence est sa couronne à elle-même. L'innocence n'a que faire d'être
altesse. Elle est aussi auguste déguenillée que fleurdelysée.

— C'est vrai, dit l'évêque à voix basse.

— J'insiste, continua le conventionnel G. Vous
m'avez nommé Louis XVII. Entendons-nous. Pleu-
rons-nous sur tous les innocents, sur tous les martyrs,
sur tous les enfants, sur ceux d'en bas comme sur ceux
d'en haut ? J'en suis. Mais alors, je vous l'ai dit, il faut
remonter plus haut que 93, et c'est avant Louis XVII
qu'il faut commencer nos larmes. Je pleurerai sur les
enfants des rois avec vous, pourvu que vous pleuriez
avec moi sur les petits du peuple.

— Je pleure sur tous, dit l'évêque.

— Également ! s'écria G., et si la balance doit pencher, que ce soit du côté du peuple. Il y a plus longtemps
qu'il souffre.

Il y eut encore un silence. Ce fut le conventionnel qui
le rompit. Il se souleva sur un coude, prit entre son
pouce et son index replié un peu de sa joue, comme on
fait machinalement lorsqu'on interroge et qu'on juge, et
interpella l'évêque avec un regard plein de toutes les
énergies de l'agonie. Ce fut presque une explosion.

— Oui, monsieur, il y a longtemps que le peuple souffre. Et puis, tenez, ce n'est pas tout cela, que venez-vous
me questionner et me parler de Louis XVII ? Je ne vous
connais pas, moi. Depuis que je suis dans ce pays, j'ai
vécu dans cet enclos, seul, ne mettant pas les pieds
dehors, ne voyant personne que cet enfant qui m'aide.
Votre nom est, il est vrai, arrivé confusément jusqu'à

moi, et, je dois le dire, pas très mal prononcé ; mais cela
ne signifie rien ; les gens habiles ont tant de manières
d'en faire accroire à ce brave bonhomme de peuple. À
propos, je n'ai pas entendu le bruit de votre voiture,
vous l'aurez sans doute laissée derrière le taillis, là-bas,
à l'embranchement de la route. Je ne vous connais pas,
vous dis-je. Vous m'avez dit que vous étiez l'évêque,
mais cela ne me renseigne point sur votre personne
morale. En somme, je vous répète ma question. Qui
êtes-vous ? Vous êtes un évêque, c'est-à-dire un prince
de l'église, un de ces hommes dorés, armoriés, rentés,
qui ont de grosses prébendes, — l'évêché de Digne,
quinze mille francs de fixe, dix mille francs de casuel,
total, vingt-cinq mille francs, — qui ont des cuisines,
qui ont des livrées, qui font bonne chère, qui mangent
des poules d'eau le vendredi, qui se pavanent, laquais
devant, laquais derrière, en berline de gala, et qui ont
des palais, et qui roulent carrosse au nom de Jésus-
Christ qui allait pieds nus ! Vous êtes un prélat ; rentes,
palais, chevaux, valets, bonne table, toutes les sensualités de la vie, vous avez cela comme les autres, et
comme les autres vous en jouissez, c'est bien, mais cela
en dit trop ou pas assez ; cela ne m'éclaire pas sur votre
valeur intrinsèque et essentielle, à vous qui venez avec
la prétention probable de m'apporter de la sagesse. À
qui est-ce que je parle ? Qui êtes-vous ?

L'évêque baissa la tête et répondit : — *Vermis sum*.

— Un ver de terre en carrosse ! grommela le conventionnel.

C'était le tour du conventionnel d'être hautain, et de
l'évêque d'être humble.

L'évêque reprit avec douceur :

— Monsieur, soit. Mais expliquez-moi en quoi mon
carrosse, qui est là à deux pas derrière les arbres, en
quoi ma bonne table et les poules d'eau que je mange
le vendredi, en quoi mes vingt-cinq mille livres de rentes, en quoi mon palais et mes laquais prouvent que la

pitié n'est pas une vertu, que la clémence n'est pas un devoir, et que 93 n'a pas été inexorable.

Le conventionnel passa la main sur son front comme pour en écarter un nuage.

— Avant de vous répondre, dit-il, je vous prie de me pardonner. Je viens d'avoir un tort, monsieur. Vous êtes chez moi, vous êtes mon hôte. Je vous dois courtoisie. Vous discutez mes idées, il sied que je me borne à combattre vos raisonnements. Vos richesses et vos jouissances sont des avantages que j'ai contre vous dans le débat, mais il est de bon goût de ne pas m'en servir. Je vous promets de ne plus en user.

— Je vous remercie, dit l'évêque.

G. reprit :

— Revenons à l'explication que vous me demandiez. Où en étions-nous ? Que me disiez-vous ? que 93 a été inexorable ?

— Inexorable, oui, dit l'évêque. Que pensez-vous de Marat battant des mains à la guillotine ?

— Que pensez-vous de Bossuet chantant le *Te Deum* sur les dragonnades ?

La réponse était dure, mais elle allait au but avec la rigidité d'une pointe d'acier. L'évêque en tressaillit ; il ne lui vint aucune riposte, mais il était froissé de cette façon de nommer Bossuet. Les meilleurs esprits ont leurs fétiches, et parfois se sentent vaguement meurtris des manques de respect de la logique.

Le conventionnel commençait à haleter ; l'asthme de l'agonie, qui se mêle aux derniers souffles, lui entrecoupait la voix ; cependant il avait encore une parfaite lucidité d'âme dans les yeux. Il continua :

— Disons encore quelques mots çà et là, je veux bien. En dehors de la révolution qui, prise dans son ensemble, est une immense affirmation humaine, 93, hélas ! est une réplique. Vous le trouvez inexorable, mais toute la monarchie, monsieur ? Carrier est un bandit ; mais quel nom donnez-vous à Montrevel ? Fouquier-Tinville est un gueux, mais quel est votre avis sur Lamoignon-

Bâville ? Maillard est affreux, mais Saulx-Tavannes, s'il vous plaît ? Le père Duchêne est féroce, mais quelle épithète m'accorderez-vous pour le père Letellier ? Jourdan-Coupe-Tête est un monstre, mais moindre que M. le marquis de Louvois. Monsieur, monsieur, je plains Marie-Antoinette, archiduchesse et reine, mais je plains aussi cette pauvre femme huguenote qui, en 1685, sous Louis le Grand, monsieur, allaitant son enfant, fut liée, nue jusqu'à la ceinture, à un poteau, l'enfant tenu à distance ; le sein se gonflait de lait et le cœur d'angoisse ; le petit, affamé et pâle, voyait ce sein, agonisait et criait ; et le bourreau disait à la femme, mère et nourrice : Abjure ! lui donnant à choisir entre la mort de son enfant et la mort de sa conscience [1]. Que dites-vous de ce supplice de Tantale accommodé à une mère ? Monsieur, retenez bien ceci : la révolution française a eu ses raisons. Sa colère sera absoute par l'avenir. Son résultat, c'est le monde meilleur. De ses coups les plus terribles, il sort une caresse pour le genre humain. J'abrège. Je m'arrête, j'ai trop beau jeu. D'ailleurs je me meurs.

Et, cessant de regarder l'évêque, le conventionnel acheva sa pensée en ces quelques mots tranquilles :

— Oui, les brutalités du progrès s'appellent révolutions. Quand elles sont finies, on reconnaît ceci : que le genre humain a été rudoyé, mais qu'il a marché.

Le conventionnel ne se doutait pas qu'il venait d'emporter successivement l'un après l'autre tous les retranchements intérieurs de l'évêque. Il en restait un pourtant, et de ce retranchement, suprême ressource de la résistance de monseigneur Bienvenu, sortit cette parole où reparut presque toute la rudesse du commencement :

— Le progrès doit croire en Dieu. Le bien ne peut pas avoir de serviteur impie. C'est un mauvais conducteur du genre humain que celui qui est athée.

Le vieux représentant du peuple ne répondit pas. Il eut un tremblement. Il regarda le ciel, et une larme germa lentement dans ce regard. Quand la paupière fut

pleine, la larme coula le long de sa joue livide, et il dit
presque en bégayant, bas et se parlant à lui-même, l'œil
perdu dans les profondeurs :

— Ô toi ! ô idéal ! toi seul existes !

L'évêque eut une sorte d'inexprimable commotion.

Après un silence, le vieillard leva un doigt vers le ciel,
et dit :

— L'infini est. Il est là. Si l'infini n'avait pas de moi,
le moi serait sa borne ; il ne serait pas infini ; en d'autres
termes, il ne serait pas. Or il est. Donc il a un moi. Ce
moi de l'infini, c'est Dieu.

Le mourant avait prononcé ces dernières paroles
d'une voix haute et avec le frémissement de l'extase,
comme s'il voyait quelqu'un. Quand il eut parlé, ses
yeux se fermèrent. L'effort l'avait épuisé. Il était évident
qu'il venait de vivre en une minute les quelques heures
qui lui restaient. Ce qu'il venait de dire l'avait approché
de celui qui est dans la mort. L'instant suprême arrivait.

L'évêque le comprit, le moment pressait, c'était
comme prêtre qu'il était venu ; de l'extrême froideur, il
était passé par degrés à l'émotion extrême ; il regarda
ces yeux fermés, il prit cette vieille main ridée et glacée,
et se pencha vers le moribond :

— Cette heure est celle de Dieu. Ne trouvez-vous pas
qu'il serait regrettable que nous nous fussions ren-
contrés en vain ?

Le conventionnel rouvrit les yeux. Une gravité où il y
avait de l'ombre s'empreignit sur son visage.

— Monsieur l'évêque, dit-il, avec une lenteur qui
venait peut-être plus encore de la dignité de l'âme que
de la défaillance des forces, j'ai passé ma vie dans la
méditation, l'étude et la contemplation. J'avais soixante
ans quand mon pays m'a appelé, et m'a ordonné de me
mêler de ses affaires. J'ai obéi. Il y avait des abus, je les
ai combattus ; il y avait des tyrannies, je les ai détruites ;
il y avait des droits et des principes, je les ai proclamés
et confessés. Le territoire était envahi, je l'ai défendu ;
la France était menacée, j'ai offert ma poitrine. Je n'étais

pas riche ; je suis pauvre. J'ai été l'un des maîtres de
l'État, les caves du Trésor étaient encombrées d'espèces
au point qu'on était forcé d'étançonner les murs, prêts
à se fendre sous le poids de l'or et de l'argent, je dînais
rue de l'Arbre-Sec à vingt-deux sous par tête. J'ai
secouru les opprimés, j'ai soulagé les souffrants. J'ai
déchiré la nappe de l'autel, c'est vrai ; mais c'était pour
panser les blessures de la patrie. J'ai toujours soutenu
la marche en avant du genre humain vers la lumière, et
j'ai résisté quelquefois au progrès sans pitié. J'ai, dans
l'occasion, protégé mes propres adversaires, vous
autres. Et il y a à Peteghem en Flandre, à l'endroit même
où les rois mérovingiens avaient leur palais d'été, un
couvent d'urbanistes, l'abbaye de Sainte-Claire en Beaulieu, que j'ai sauvé en 1793. J'ai fait mon devoir selon
mes forces, et le bien que j'ai pu. Après quoi j'ai été
chassé, traqué, poursuivi, persécuté, noirci, raillé,
conspué, maudit, proscrit. Depuis bien des années déjà,
avec mes cheveux blancs, je sens que beaucoup de gens
se croient sur moi le droit de mépris, j'ai pour la pauvre
foule ignorante visage de damné, et j'accepte, ne haïssant personne, l'isolement de la haine. Maintenant, j'ai
quatre-vingt-six ans ; je vais mourir. Qu'est-ce que vous
venez me demander ?

— Votre bénédiction, dit l'évêque.

Et il s'agenouilla.

Quand l'évêque releva la tête, la face du conventionnel était devenue auguste. Il venait d'expirer.

L'évêque rentra chez lui profondément absorbé dans
on ne sait quelles pensées. Il passa toute la nuit en
prière. Le lendemain, quelques braves curieux essayè-
rent de lui parler du conventionnel G. ; il se borna à
montrer le ciel. À partir de ce moment, il redoubla de
tendresse et de fraternité pour les petits et les souffrants.

Toute allusion à ce « vieux scélérat de G. » le faisait
tomber dans une préoccupation singulière. Personne ne
pourrait dire que le passage de cet esprit devant le sien

et le reflet de cette grande conscience sur la sienne ne fût pas pour quelque chose dans son approche de la perfection.

Cette « visite pastorale » fut naturellement une occasion de bourdonnement pour les petites coteries locales :

« — Était-ce la place d'un évêque que le chevet d'un tel mourant ? Il n'y avait évidemment pas de conversion à attendre. Tous ces révolutionnaires sont relaps. Alors pourquoi y aller ? Qu'a-t-il été regarder là ? Il fallait donc qu'il fût bien curieux d'un emportement d'âme par le diable. »

Un jour, une douairière, de la variété impertinente qui se croit spirituelle, lui adressa cette saillie : — Monseigneur, on demande quand Votre Grandeur aura le bonnet rouge.

— Oh ! oh ! voilà une grosse couleur, répondit l'évêque. Heureusement que ceux qui la méprisent dans un bonnet la vénèrent dans un chapeau.

XI

UNE RESTRICTION

On risquerait fort de se tromper si l'on concluait de là que monseigneur Bienvenu fût « un évêque philosophe » ou « un curé patriote ». Sa rencontre, ce qu'on pourrait presque appeler sa conjonction avec le conventionnel G., lui laissa une sorte d'étonnement qui le rendit plus doux encore. Voilà tout.

Quoique monseigneur Bienvenu n'ait été rien moins qu'un homme politique, c'est peut-être ici le lieu d'indiquer, très brièvement, quelle fut son attitude dans les événements d'alors, en supposant que monseigneur Bienvenu ait jamais songé à avoir une attitude.

Remontons donc en arrière de quelques années.

Quelque temps après l'élévation de M. Myriel à l'épiscopat, l'empereur l'avait fait baron de l'empire, en même temps que plusieurs autres évêques. L'arrestation du pape eut lieu, comme on sait, dans la nuit du 5 au 6 juillet 1809 ; à cette occasion, M. Myriel fut appelé par Napoléon au synode des évêques de France et d'Italie convoqué à Paris. Ce synode se tint à Notre-Dame et s'assembla pour la première fois le 15 juin 1811 sous la présidence de M. le cardinal Fesch. M. Myriel fut du nombre des quatre-vingt-quinze évêques qui s'y rendirent [1]. Mais il n'assista qu'à une séance et à trois ou quatre conférences particulières. Évêque d'un diocèse montagnard, vivant si près de la nature, dans la rusticité et le dénûment, il paraît qu'il apportait parmi ces personnages éminents des idées qui changeaient la température de l'assemblée. Il revint bien vite à Digne. On le questionna sur ce prompt retour, il répondit : — *Je les gênais. L'air du dehors leur venait par moi. Je leur faisais l'effet d'une porte ouverte.*

Une autre fois il dit : — *Que voulez-vous ? ces messeigneurs-là sont des princes. Moi, je ne suis qu'un pauvre évêque paysan.*

Le fait est qu'il avait déplu. Entre autres choses étranges, il lui serait échappé de dire, un soir qu'il se trouvait chez un de ses collègues les plus qualifiés : — Les belles pendules ! les beaux tapis ! les belles livrées ! Ce doit être bien importun ! Oh ! que je ne voudrais pas avoir tout ce superflu-là à me crier sans cesse aux oreilles : Il y a des gens qui ont faim ! il y a des gens qui ont froid ! il y a des pauvres ! il y a des pauvres !

Disons-le en passant, ce ne serait pas une haine intelligente que la haine du luxe. Cette haine impliquerait la haine des arts. Cependant, chez les gens d'église, en dehors de la représentation et des cérémonies, le luxe est un tort. Il semble révéler des habitudes peu réellement charitables. Un prêtre opulent est un contre-sens. Le prêtre doit se tenir près des pauvres. Or peut-on toucher sans cesse, et nuit et jour, à toutes les détresses, à toutes les infortunes, à toutes les indigences, sans avoir soi-même sur soi un peu de cette sainte misère, comme la poussière du travail ? Se figure-t-on un homme qui est près d'un brasier, et qui n'a pas chaud ? Se figure-t-on un ouvrier qui travaille sans cesse à une fournaise, et qui n'a ni un cheveu brûlé, ni un ongle noirci, ni une goutte de sueur, ni un grain de cendre au visage ? La première preuve de la charité chez le prêtre, chez l'évêque surtout, c'est la pauvreté.

C'était là sans doute ce que pensait M. l'évêque de Digne.

Il ne faudrait pas croire d'ailleurs qu'il partageait sur certains points délicats ce que nous appellerions « les idées du siècle ». Il se mêlait peu aux querelles théologiques du moment et se taisait sur les questions où sont compromis l'église et l'état ; mais si on l'eût beaucoup pressé, il paraît qu'on l'eût trouvé plutôt ultramontain que gallican. Comme nous faisons un portrait et que nous ne voulons rien cacher, nous sommes forcé d'ajouter qu'il fut glacial pour Napoléon déclinant. À partir de 1813, il adhéra ou il applaudit à toutes les manifestations hostiles. Il refusa de le voir à son passage au retour de l'île d'Elbe, et s'abstint d'ordonner dans son diocèse les prières publiques pour l'empereur pendant les Cent-Jours.

Outre sa sœur, mademoiselle Baptistine, il avait deux frères : l'un général, l'autre préfet. Il écrivait assez souvent à tous les deux. Il tint quelque temps rigueur au premier, parce qu'ayant un commandement en Provence, à l'époque du débarquement de Cannes, le général s'était mis à la tête de douze cents hommes et avait poursuivi l'empereur comme quelqu'un qui veut le laisser échapper. Sa correspondance resta plus affectueuse pour l'autre frère, l'ancien préfet, brave et digne homme qui vivait retiré à Paris, rue Cassette [1].

Monseigneur Bienvenu eut donc, aussi lui, son heure d'esprit de parti, son heure d'amertume, son nuage. L'ombre des passions du moment traversa ce doux et grand esprit occupé des choses éternelles. Certes, un pareil homme eût mérité de n'avoir pas d'opinions politiques. Qu'on ne se méprenne pas sur notre pensée, nous ne confondons point ce qu'on appelle « opinions politiques » avec la grande aspiration au progrès, avec la sublime foi patriotique, démocratique et humaine, qui, de nos jours, doit être le fond même de toute intelligence généreuse. Sans approfondir des questions qui ne touchent qu'indirectement au sujet de ce livre, nous disons simplement ceci : Il eût été beau que monseigneur Bienvenu n'eût pas été royaliste et que son regard ne se fût pas détourné un seul instant de cette contemplation sereine où l'on voit rayonner distinctement, au-dessus du va-et-vient orageux des choses humaines, ces trois pures lumières, la Vérité, la Justice, la Charité.

Tout en convenant que ce n'était point pour une fonction politique que Dieu avait créé monseigneur Bienvenu, nous eussions compris et admiré la protestation au nom du droit et de la liberté, l'opposition fière, la résistance périlleuse et juste à Napoléon tout-puissant. Mais ce qui nous plaît vis-à-vis de ceux qui montent nous plaît moins vis-à-vis de ceux qui tombent. Nous n'aimons le combat que tant qu'il y a danger ; et, dans tous les cas, les combattants de la première heure ont seuls le droit d'être les exterminateurs de la dernière. Qui n'a pas été accusateur opiniâtre pendant la prospérité doit se taire devant l'écroulement. Le dénonciateur du succès est le seul légitime justicier de la chute. Quant à nous, lorsque la Providence s'en mêle et frappe, nous la laissons faire. 1812 commence à nous désarmer. En 1813, la lâche rupture de silence de ce corps législatif taciturne enhardi par les catastrophes n'avait que de quoi indigner, et c'était un tort d'applaudir ; en 1814, devant ces maréchaux trahissant, devant ce sénat passant d'une fange à l'autre, insultant après avoir divinisé, devant cette idolâtrie lâchant pied et crachant sur l'idole, c'était un devoir de détourner la tête ; en 1815, comme les suprêmes désastres étaient dans l'air, comme la France avait le frisson de leur approche sinistre, comme on pouvait vaguement distinguer Waterloo ouvert devant Napoléon, la douloureuse acclamation de l'armée et du peuple au condamné du destin n'avait rien de risible, et, toute réserve faite sur le despote, un cœur comme l'évêque de Digne n'eût peut-être pas dû méconnaître ce qu'avait d'auguste et de touchant, au bord de l'abîme, l'étroit embrassement d'une grande nation et d'un grand homme.

À cela près, il était et il fut, en toute chose, juste, vrai, équitable, intelligent, humble et digne ; bienfaisant, et bienveillant, ce qui est une autre bienfaisance. C'était un prêtre, un sage, et un homme. Même, il faut le dire, dans cette opinion politique que nous venons de lui reprocher et que nous sommes disposé à juger presque sévèrement, il était tolérant et facile, peut-être plus que nous qui parlons ici. — Le portier de la maison de ville avait été placé là par l'empereur. C'était un vieux sous-officier de la vieille garde, légionnaire d'Austerlitz, bonapartiste comme l'aigle. Il échappait dans l'occasion à ce pauvre diable de ces paroles peu réfléchies que la loi d'alors qualifiait *propos séditieux*. Depuis que le profil impérial avait disparu de la légion d'honneur, il ne s'habillait jamais *dans l'ordonnance*, comme il disait, afin de ne pas être forcé de porter sa croix. Il avait ôté lui-même dévotement l'effigie impériale de la croix que Napoléon lui avait donnée, cela faisait un trou, et il n'avait rien voulu mettre à la place. *Plutôt mourir*, disait-il, *que de porter sur mon cœur les trois crapauds !* Il raillait volontiers tout haut Louis XVIII. *Vieux goutteux à guêtres d'anglais !* disait-il, *qu'il s'en aille en Prusse avec son salsifis* [1] *!* Heureux de réunir dans la même imprécation les deux choses qu'il détestait le plus, la Prusse et l'Angleterre. Il en fit tant qu'il perdit sa place. Le voilà sans pain sur le pavé avec femme et enfants. L'évêque le fit venir, le gronda doucement, et le nomma suisse de la cathédrale.

M. Myriel était dans le diocèse le vrai pasteur, l'ami de tous.

En neuf ans, à force de saintes actions et de douces manières, monseigneur Bienvenu avait rempli la ville de Digne d'une sorte de vénération tendre et filiale. Sa conduite même envers Napoléon avait été acceptée et comme tacitement pardonnée par le peuple, bon troupeau faible, qui adorait son empereur, mais qui aimait son évêque.

XII

SOLITUDE
DE MONSEIGNEUR BIENVENU [1]

Il y a presque toujours autour d'un évêque une escouade de petits abbés comme autour d'un général une volée de jeunes officiers. C'est là ce que ce charmant saint François de Sales appelle quelque part « les prêtres blancs-becs ». Toute carrière a ses aspirants qui font cortège aux arrivés. Pas une puissance qui n'ait son entourage ; pas une fortune qui n'ait sa cour. Les chercheurs d'avenir tourbillonnent autour du présent splendide. Toute métropole a son état-major. Tout évêque un peu influent a près de lui sa patrouille de chérubins séminaristes, qui fait la ronde et maintient le bon ordre dans le palais épiscopal, et qui monte la garde autour du sourire de monseigneur. Agréer à un évêque, c'est le pied à l'étrier pour un sous-diacre. Il faut bien faire son chemin ; l'apostolat ne dédaigne pas le canonicat.

De même qu'il y a ailleurs les gros bonnets, il y a dans l'église les grosses mitres. Ce sont les évêques bien en cour, riches, rentés, habiles, acceptés du monde, sachant prier, sans doute, mais sachant aussi solliciter, peu scrupuleux de faire faire antichambre en leur personne à tout un diocèse, traits d'union entre la sacristie et la diplomatie, plutôt abbés que prêtres, plutôt prélats qu'évêques. Heureux qui les approche ! Gens en crédit qu'ils sont, ils font pleuvoir autour d'eux, sur les empressés et les favorisés, et sur toute cette jeunesse qui sait plaire, les grasses paroisses, les prébendes, les archidiaconats, les aumôneries et les fonctions cathé-drales, en attendant les dignités épiscopales. En avan-çant eux-mêmes, ils font progresser leurs satellites ; c'est tout un système solaire en marche. Leur rayonne-ment empourpre leur suite. Leur prospérité s'émiette sur la cantonade en bonnes petites promotions. Plus grand diocèse au patron, plus grosse cure au favori. Et puis Rome est là. Un évêque qui sait devenir archevê-que, un archevêque qui sait devenir cardinal, vous emmène comme conclaviste, vous entrez dans la rote, vous avez le pallium, vous voilà auditeur, vous voilà camérier, vous voilà monsignor, et de la Grandeur à l'Éminence il n'y a qu'un pas, et entre l'Éminence et la Sainteté il n'y a que la fumée d'un scrutin. Toute calotte peut rêver la tiare. Le prêtre est de nos jours le seul homme qui puisse régulièrement devenir roi ; et quel roi ! le roi suprême. Aussi quelle pépinière d'aspirations qu'un séminaire ! Que d'enfants de chœur rougissants, que de jeunes abbés ont sur la tête le pot au lait de Perrette ! Comme l'ambition s'intitule aisément voca-tion, qui sait ? de bonne foi peut-être et se trompant elle-même, béate qu'elle est !

Monseigneur Bienvenu, humble, pauvre, particulier, n'était pas compté parmi les grosses mitres. Cela était visible à l'absence complète de jeunes prêtres autour de lui. On a vu qu'à Paris « il n'avait pas pris ». Pas un avenir ne songeait à se greffer sur ce vieillard solitaire. Pas une ambition en herbe ne faisait la folie de verdir à son ombre. Ses chanoines et ses grands vicaires étaient de bons vieux hommes, un peu peuple comme lui, murés comme lui dans ce diocèse sans issue sur le cardinalat, et qui ressemblaient à leur évêque, avec cette différence qu'eux étaient finis, et que lui était achevé.

On sentait si bien l'impossibilité de croître près de monseigneur Bienvenu qu'à peine sortis du séminaire, les jeunes gens ordonnés par lui se faisaient recommander aux archevêques d'Aix ou d'Auch, et s'en allaient bien vite. Car enfin, nous le répétons, on veut être poussé. Un saint qui vit dans un excès d'abnégation est un voisinage dangereux ; il pourrait bien vous communiquer par contagion une pauvreté incurable, l'ankylose des articulations utiles à l'avancement, et, en somme, plus de renoncement que vous n'en voulez ; et l'on fuit cette vertu galeuse. De là l'isolement de monseigneur Bienvenu. Nous vivons dans une société sombre. Réussir, voilà l'enseignement qui tombe goutte à goutte de la corruption en surplomb.

Soit dit en passant, c'est une chose assez hideuse que le succès. Sa fausse ressemblance avec le mérite trompe les hommes. Pour la foule, la réussite a presque le même profil que la suprématie. Le succès, ce ménechme du talent, a une dupe : l'histoire. Juvénal et Tacite seuls en bougonnent. De nos jours, une philosophie à peu près officielle est entrée en domesticité chez lui, porte la livrée du succès, et fait le service de son antichambre. Réussissez : théorie. Prospérité suppose Capacité. Gagnez à la loterie, vous voilà un habile homme. Qui triomphe est vénéré. Naissez coiffé, tout est là. Ayez de la chance, vous aurez le reste ; soyez heureux, on vous croira grand. En dehors des cinq ou six exceptions immenses qui font l'éclat d'un siècle, l'admiration contemporaine n'est guère que myopie. Dorure est or. Être le premier venu, cela ne gâte rien, pourvu qu'on soit le parvenu. Le vulgaire est un vieux Narcisse qui s'adore lui-même et qui applaudit le vulgaire. Cette faculté énorme par laquelle on est Moïse, Eschyle, Dante, Michel-Ange ou Napoléon, la multitude la décerne d'emblée et par acclamation à quiconque atteint son but dans quoi que ce soit. Qu'un notaire se transfigure en député, qu'un faux Corneille fasse *Tiridate*, qu'un eunuque parvienne à posséder un harem

qu'un Prudhomme militaire gagne par accident la
bataille décisive d'une époque, qu'un apothicaire
invente les semelles de carton pour l'armée de Sambre-
et-Meuse et se construise, avec ce carton vendu pour du
cuir, quatre cent mille livres de rente, qu'un porte-balle
épouse l'usure et la fasse accoucher de sept ou huit millions dont il est le père et dont elle est la mère, qu'un
prédicateur devienne évêque par le nasillement, qu'un
intendant de bonne maison soit si riche en sortant de
service qu'on le fasse ministre des finances, les hommes
appellent cela Génie, de même qu'ils appellent Beauté
la figure de Mousqueton et Majesté l'encolure de
Claude [1]. Ils confondent avec les constellations de
l'abîme les étoiles que font dans la vase molle du bourbier les pattes des canards.

XIII

CE QU'IL CROYAIT

Au point de vue de l'orthodoxie, nous n'avons point
à sonder M. l'évêque de Digne. Devant une telle âme,
nous ne nous sentons en humeur que de respect. La
conscience du juste doit être crue sur parole. D'ailleurs,
de certaines natures étant données, nous admettons le
développement possible de toutes les beautés de la vertu
humaine dans une croyance différente de la nôtre.

Que pensait-il de ce dogme-ci ou de ce mystère-là ?
Ces secrets du for intérieur ne sont connus que de la
tombe où les âmes entrent nues. Ce dont nous sommes
certain, c'est que jamais les difficultés de foi ne se résol-
vaient pour lui en hypocrisie. Aucune pourriture n'est
possible au diamant. Il croyait le plus qu'il pouvait.
Credo in Patrem, s'écriait-il souvent. Puisant d'ailleurs
dans les bonnes œuvres cette quantité de satisfaction

qui suffit à la conscience, et qui vous dit tout bas : Tu es avec Dieu.

Ce que nous croyons devoir noter, c'est que, en dehors, pour ainsi dire, et au delà de sa foi, l'évêque avait un excès d'amour. C'est par là, *quia multum amavit* [1] qu'il était jugé vulnérable par les « hommes sérieux », les « personnes graves » et les « gens raisonnables », locutions favorites de notre triste monde où l'égoïsme reçoit le mot d'ordre du pédantisme Qu'était-ce que cet excès d'amour ? C'était une bienveillance sereine, debordant les hommes, comme nous l'avons indiqué déjà, et, dans l'occasion, s'étendant jusqu'aux choses. Il vivait sans dédain. Il était indulgent pour la création de Dieu. Tout homme, même le meilleur, a en lui une dureté irréfléchie qu'il tient en réserve pour l'animal. L'évêque de Digne n'avait point cette dureté-là, particulière à beaucoup de prêtres pourtant. Il n'allait pas jusqu'au bramine, mais il semblait avoir médité cette parole de l'Ecclésiaste : « Sait-on où va l'âme des animaux ? » Les laideurs de l'aspect, les difformités de l'instinct, ne le troublaient pas et ne l'indignaient pas. Il en était ému, presque attendri. Il sem blait que, pensif, il en allât chercher, au delà de la vie apparente, la cause, l'explication ou l'excuse. Il semblait par moments demander à Dieu des commutations. Il examinait sans colère, et avec l'œil du linguiste qui déchiffre un palimpseste, la quantité de chaos qui est encore dans la nature. Cette rêverie faisait parfois sortir de lui des mots étranges. Un matin, il était dans son jardin ; il se croyait seul, mais sa sœur marchait derrière lui sans qu'il la vît ; tout à coup, il s'arrêta, et il regarda quelque chose à terre ; c'était une grosse araignée, noire, velue, horrible. Sa sœur l'entendit qui disait : — Pauvre bête ! ce n'est pas sa faute [2].

Pourquoi ne pas dire ces enfantillages presque divins de la bonté ? Puérilités, soit ; mais ces puérilités sublimes ont été celles de saint François d'Assise et de

Marc-Aurèle. Un jour il se donna une entorse pour n'avoir pas voulu écraser une fourmi.

Ainsi vivait cet homme juste. Quelquefois, il s'endormait dans son jardin, et alors il n'était rien de plus vénérable.

Monseigneur Bienvenu avait été jadis, à en croire les récits sur sa jeunesse et même sur sa virilité, un homme passionné, peut-être violent. Sa mansuétude universelle était moins un instinct de nature que le résultat d'une grande conviction filtrée dans son cœur à travers la vie et lentement tombée en lui, pensée à pensée ; car, dans un caractère comme dans un rocher, il peut y avoir des trous de gouttes d'eau. Ces creusements-là sont ineffaçables ; ces formations-là sont indestructibles.

En 1815, nous croyons l'avoir dit, il atteignit soixante-quinze ans, mais il n'en paraissait pas avoir plus de soixante. Il n'était pas grand ; il avait quelque embonpoint, et, pour le combattre, il faisait volontiers de longues marches à pied, il avait le pas ferme et n'était que fort peu courbé, détail d'où nous ne prétendons rien conclure ; Grégoire XVI, à quatre-vingts ans, se tenait droit et souriant, ce qui ne l'empêchait pas d'être un mauvais évêque. Monseigneur Bienvenu avait ce que le peuple appelle « une belle tête », mais si aimable qu'on oubliait qu'elle était belle.

Quand il causait avec cette gaîté enfantine qui était une de ses grâces, et dont nous avons déjà parlé, on se sentait à l'aise près de lui, il semblait que de toute sa personne il sortît de la joie. Son teint coloré et frais, toutes ses dents bien blanches qu'il avait conservées et que son rire faisait voir, lui donnaient cet air ouvert et facile qui fait dire d'un homme : C'est un bon enfant, et d'un vieillard : C'est un bonhomme. C'était, on s'en souvient, l'effet qu'il avait fait à Napoléon. Au premier abord et pour qui le voyait pour la première fois, ce n'était guère qu'un bonhomme en effet. Mais si l'on restait quelques heures près de lui, et pour peu qu'on le vît pensif, le bonhomme se transfigurait peu à peu et pre

nait je ne sais quoi d'imposant ; son front large et
sérieux, auguste par les cheveux blancs, devenait
auguste aussi par la méditation ; la majesté se dégageait
de cette bonté, sans que la bonté cessât de rayonner ;
on éprouvait quelque chose de l'émotion qu'on aurait si
l'on voyait un ange souriant ouvrir lentement ses ailes
sans cesser de sourire. Le respect, un respect inexprimable, vous pénétrait par degrés et vous montait au
cœur, et l'on sentait qu'on avait devant soi une de ces
âmes fortes, éprouvées et indulgentes, où la pensée est
si grande qu'elle ne peut plus être que douce.

Comme on l'a vu, la prière, la célébration des offices
religieux, l'aumône, la consolation aux affligés, la
culture d'un coin de terre, la fraternité, la frugalité,
l'hospitalité, le renoncement, la confiance, l'étude, le
travail remplissaient chacune des journées de sa vie.
Remplissaient est bien le mot, et certes cette journée de
l'évêque était bien pleine jusqu'aux bords de bonnes
pensées, de bonnes paroles et de bonnes actions. Cependant elle n'était pas complète si le temps froid ou plu-
vieux l'empêchait d'aller passer, le soir, quand les deux
femmes s'étaient retirées, une heure ou deux dans son
jardin avant de s'endormir. Il semblait que ce fût une
sorte de rite pour lui de se préparer au sommeil par la
méditation en présence des grands spectacles du ciel
nocturne. Quelquefois, à une heure même assez avancée de la nuit, si les deux vieilles filles ne dormaient pas,
elles l'entendaient marcher lentement dans les allées. Il
était là, seul avec lui-même, recueilli, paisible, adorant,
comparant la sérénité de son cœur à la sérénité de
l'éther, ému dans les ténèbres par les splendeurs visibles
des constellations et les splendeurs invisibles de Dieu,
ouvrant son âme aux pensées qui tombent de l'Inconnu.
Dans ces moments-là, offrant son cœur à l'heure où les
fleurs nocturnes offrent leur parfum, allumé comme
une lampe au centre de la nuit étoilée, se répandant en
extase au milieu du rayonnement universel de la création, il n'eût pu peut-être dire lui-même ce qui se passait

dans son esprit, il sentait quelque chose s'envoler hors de lui et quelque chose descendre en lui. Mystérieux échanges des gouffres de l'âme avec les gouffres de l'univers !

Il songeait à la grandeur et à la présence de Dieu ; à l'éternité future, étrange mystère ; à l'éternité passée, mystère plus étrange encore ; à tous les infinis qui s'enfonçaient sous ses yeux dans tous les sens ; et, sans chercher à comprendre l'incompréhensible, il le regardait. Il n'étudiait pas Dieu, il s'en éblouissait. Il considérait ces magnifiques rencontres des atomes qui donnent des aspects à la matière, révèlent les forces en les constatant, créent les individualités dans l'unité, les proportions dans l'étendue, l'innombrable dans l'infini, et par la lumière produisent la beauté. Ces rencontres se nouent et se dénouent sans cesse ; de là la vie et la mort.

Il s'asseyait sur un banc de bois adossé à une treille décrépite, et il regardait les astres à travers les silhouettes chétives et rachitiques de ses arbres fruitiers. Ce quart d'arpent, si pauvrement planté, si encombré de masures et de hangars, lui était cher et lui suffisait.

Que fallait-il de plus à ce vieillard, qui partageait le loisir de sa vie, où il y avait si peu de loisir, entre le jardinage le jour et la contemplation la nuit ? Cet étroit enclos, ayant les cieux pour plafond, n'était-ce pas assez pour pouvoir adorer Dieu tour à tour dans ses œuvres les plus charmantes et dans ses œuvres les plus sublimes ? N'est-ce pas là tout, en effet, et que désirer au delà ? Un petit jardin pour se promener, et l'immensité pour rêver. À ses pieds ce qu'on peut cultiver et cueillir ; sur sa tête ce qu'on peut étudier et méditer ; quelques fleurs sur la terre et toutes les étoiles dans le ciel.

XIV

CE QU'IL PENSAIT [1]

Un dernier mot.

Comme cette nature de détails pourrait, particulièrement au moment où nous sommes, et pour nous servir
d'une expression actuellement à la mode, donner à l'évêque de Digne une certaine physionomie « panthéiste »,
et faire croire, soit à son blâme, soit à sa louange, qu'il
y avait en lui une de ces philosophies personnelles,
propres à notre siècle, qui germent quelquefois dans les
esprits solitaires et s'y construisent et y grandissent
jusqu'à y remplacer les religions, nous insistons sur ceci
que pas un de ceux qui ont connu monseigneur Bienvenu ne se fût cru autorisé à penser rien de pareil. Ce
qui éclairait cet homme, c'était le cœur. Sa sagesse était
faite de la lumière qui vient de là.

Point de systèmes, beaucoup d'œuvres. Les spécula-
tions abstruses contiennent du vertige ; rien n'indique
qu'il hasardât son esprit dans les apocalypses. L'apôtre
peut être hardi, mais l'évêque doit être timide. Il se fût
probablement fait scrupule de sonder trop avant de certains problèmes réservés en quelque sorte aux grands
esprits terribles. Il y a de l'horreur sacrée sous les
porches de l'énigme ; ces ouvertures sombres sont là
béantes, mais quelque chose vous dit, à vous passant
de là vie, qu'on n'entre pas. Malheur à qui y pénètre !
Les génies, dans les profondeurs inouïes de l'abstraction et de la spéculation pure, situés pour ainsi dire au-
dessus des dogmes, proposent leurs idées à Dieu. Leur
prière offre audacieusement la discussion. Leur adoration interroge. Ceci est la religion directe, pleine
d'anxiété et de responsabilité pour qui en tente les escarpements.

La méditation humaine n'a point de limite. À ses risques et périls, elle analyse et creuse son propre éblouissement. On pourrait presque dire que, par une sorte de réaction splendide, elle en éblouit la nature ; le mystérieux monde qui nous entoure rend ce qu'il reçoit, il est probable que les contemplateurs sont contemplés. Quoi qu'il en soit, il y a sur la terre des hommes — sont-ce des hommes ? — qui aperçoivent distinctement au fond des horizons du rêve les hauteurs de l'absolu, et qui ont la vision terrible de la montagne infinie. Monseigneur Bienvenu n'était point de ces hommes-là, monseigneur Bienvenu n'était pas un génie. Il eût redouté ces sublimités d'où quelques-uns, très grands même, comme Swedenborg et Pascal, ont glissé dans la démence. Certes, ces puissantes rêveries ont leur utilité morale, et par ces routes ardues on s'approche de la perfection idéale. Lui, il prenait le sentier qui abrège : l'évangile. Il n'essayait point de faire faire à sa chasuble les plis du manteau d'Élie, il ne projetait aucun rayon d'avenir sur le roulis ténébreux des événements, il ne cherchait pas à condenser en flamme la lueur des choses, il n'avait rien du prophète et rien du mage. Cette âme simple aimait, voilà tout.

Qu'il dilatât la prière jusqu'à une aspiration surhumaine, cela est probable ; mais on ne peut pas plus prier trop qu'aimer trop ; et, si c'était une hérésie de prier au delà des textes, sainte Thérèse et saint Jérôme seraient des hérétiques.

Il se penchait sur ce qui gémit et sur ce qui expie. L'univers lui apparaissait comme une immense maladie ; il sentait partout de la fièvre, il auscultait partout de la souffrance, et, sans chercher à deviner l'énigme, il tâchait de panser la plaie. Le redoutable spectacle des choses créées développait en lui l'attendrissement ; il n'était occupé qu'à trouver pour lui-même et à inspirer aux autres la meilleure manière de plaindre et de soulager. Ce qui existe était pour ce bon et rare prêtre un sujet permanent de tristesse cherchant à consoler.

Il y a des hommes qui travaillent à l'extraction de l'or ; lui, il travaillait à l'extraction de la pitié. L'universelle misère était sa mine. La douleur partout n'était qu'une occasion de bonté toujours. *Aimez-vous les uns les autres* ; il déclarait cela complet, ne souhaitait rien de plus, et c'était là toute sa doctrine. Un jour, cet homme qui se croyait « philosophe », ce sénateur, déjà nommé, dit à l'évêque : — Mais voyez donc le spectacle du monde ; guerre de tous contre tous ; le plus fort a le plus d'esprit. Votre *aimez-vous les uns les autres* est une bêtise. — *Eh bien*, répondit monseigneur Bienvenu sans disputer, *si c'est une bêtise, l'âme doit s'y enfermer comme la perle dans l'huître*. Il s'y enfermait donc, il y vivait, il s'en satisfaisait absolument, laissant de côté les questions prodigieuses qui attirent et qui épouvantent, les perspectives insondables de l'abstraction, les précipices de la métaphysique, toutes ces profondeurs convergentes, pour l'apôtre à Dieu, pour l'athée au néant : la destinée, le bien et le mal, la guerre de l'être contre l'être, la conscience de l'homme, le somnambulisme pensif de l'animal, la transformation par la mort, la récapitulation d'existences que contient le tombeau, la greffe incompréhensible des amours successifs sur le moi persistant, l'essence, la substance, le Nil et l'Ens, l'âme, la nature, la liberté, la nécessité ; problèmes à pic, épaisseurs sinistres, où se penchent les gigantesques archanges de l'esprit humain ; formidables abîmes que Lucrèce, Manou, saint Paul et Dante contemplent avec cet œil fulgurant qui semble, en regardant fixement l'infini, y faire éclore des étoiles [1].

Monseigneur Bienvenu était simplement un homme qui constatait du dehors les questions mystérieuses sans les scruter, sans les agiter, et sans en troubler son propre esprit, et qui avait dans l'âme le grave respect de l'ombre.

Livre deuxième

LA CHUTE

I

LE SOIR D'UN JOUR DE MARCHE

Dans les premiers jours du mois d'octobre 1815, une heure environ avant le coucher du soleil, un homme qui voyageait à pied entrait dans la petite ville de Digne. Les rares habitants qui se trouvaient en ce moment à leurs fenêtres ou sur le seuil de leurs maisons regardaient ce voyageur avec une sorte d'inquiétude. Il était difficile de rencontrer un passant d'un aspect plus misérable. C'était un homme de moyenne taille, trapu et robuste, dans la force de l'âge. Il pouvait avoir quarante-six ou quarante-huit ans. Une casquette à visière de cuir rabattue cachait en partie son visage brûlé par le soleil et le hâle et ruisselant de sueur. Sa chemise de grosse toile jaune, rattachée au col par une petite ancre d'argent, laissait voir sa poitrine velue ; il avait une cravate tordue en corde, un pantalon de coutil bleu, usé et râpé, blanc à un genou, troué à l'autre, une vieille blouse grise en haillons, rapiécée à l'un des coudes d'un morceau de drap vert cousu avec de la ficelle, sur le dos un sac de soldat fort plein, bien bouclé et tout neuf, à la main un énorme bâton noueux, les pieds sans bas dans des souliers ferrés, la tête tondue et la barbe longue.

La sueur, la chaleur, le voyage à pied, la poussière, ajoutaient je ne sais quoi de sordide à cet ensemble délabré.

Les cheveux étaient ras, et pourtant hérissés ; car ils

commençaient à pousser un peu, et semblaient n'avoir pas été coupés depuis quelque temps.

Personne ne le connaissait. Ce n'était évidemment qu'un passant. D'où venait-il ? Du midi. Des bords de la mer peut-être. Car il faisait son entrée dans Digne par la même rue qui sept mois auparavant avait vu passer l'empereur Napoléon allant de Cannes à Paris. Cet homme avait dû marcher tout le jour. Il paraissait très fatigué. Des femmes de l'ancien bourg qui est au bas de la ville l'avaient vu s'arrêter sous les arbres du boulevard Gassendi et boire à la fontaine qui est à l'extrémité de la promenade. Il fallait qu'il eût bien soif, car des enfants qui le suivaient le virent encore s'arrêter, et boire, deux cents pas plus loin, à la fontaine de la place du marché.

Arrivé au coin de la rue Poichevert, il tourna à gauche et se dirigea vers la mairie. Il y entra, puis sortit un quart d'heure après. Un gendarme était assis près de la porte sur le banc de pierre où le général Drouot monta le 4 mars pour lire à la foule effarée des habitants de Digne la proclamation du golfe Juan. L'homme ôta sa casquette et salua humblement le gendarme.

Le gendarme, sans répondre à son salut, le regarda avec attention, le suivit quelque temps des yeux, puis entra dans la maison de ville.

Il y avait alors à Digne une belle auberge à l'enseigne de *la Croix-de-Colbas*. Cette auberge avait pour hôtelier un nommé Jacquin Labarre, homme considéré dans la ville pour sa parenté avec un autre Labarre, qui tenait à Grenoble l'auberge des *Trois-Dauphins* et qui avait servi dans les guides. Lors du débarquement de l'empereur, beaucoup de bruits avaient couru dans le pays sur cette auberge des *Trois-Dauphins*. On contait que le général Bertrand, déguisé en charretier, y avait fait de fréquents voyages au mois de janvier, et qu'il y avait distribué des croix d'honneur à des soldats et des poignées de napoléons à des bourgeois. La réalité est que l'empereur, entré dans Grenoble, avait refusé de s'installer à l'hôtel de la préfecture ; il avait remercié le maire en disant : *Je vais chez un brave homme que je connais*, et il était allé aux *Trois-Dauphins*. Cette gloire du Labarre des *Trois-Dauphins* se reflétait à vingt-cinq lieues de distance jusque sur le Labarre de *la Croix-de-Colbas*. On disait de lui dans la ville : *C'est le cousin de celui de Grenoble*.

L'homme se dirigea vers cette auberge, qui était la meilleure du pays. Il entra dans la cuisine, laquelle s'ouvrait de plain-pied sur la rue. Tous les fourneaux étaient allumés ; un grand feu flambait gaîment dans la cheminée. L'hôte, qui était en même temps le chef, allait de l'âtre aux casseroles, fort occupé et surveillant un excellent dîner destiné à des rouliers qu'on entendait rire et parler à grand bruit dans une salle voisine. Quiconque a voyagé sait que personne ne fait meilleure chère que les rouliers. Une marmotte grasse, flanquée de perdrix blanches et de coqs de bruyère, tournait sur une longue broche devant le feu ; sur les fourneaux cuisaient deux grosses carpes du lac de Lauzet et une truite du lac d'Alloz.

L'hôte, entendant la porte s'ouvrir et entrer un nouveau venu, dit sans lever les yeux de ses fourneaux :

— Que veut monsieur ?

— Manger et coucher, dit l'homme.

— Rien de plus facile, reprit l'hôte. En ce moment il tourna la tête, embrassa d'un coup d'œil tout l'ensemble du voyageur, et ajouta : ... en payant.

L'homme tira une grosse bourse de cuir de la poche de sa blouse et répondit :

— J'ai de l'argent.

— En ce cas on est à vous, dit l'hôte.

L'homme remit sa bourse en poche, se déchargea de son sac, le posa à terre près de la porte, garda son bâton à la main, et alla s'asseoir sur une escabelle basse près du feu. Digne est dans la montagne. Les soirées d'octobre y sont froides.

Cependant, tout en allant et venant, l'homme considérait le voyageur.

— Dîne-t-on bientôt ? dit l'homme.

— Tout à l'heure, dit l'hôte.

Pendant que le nouveau venu se chauffait, le dos tourné, le digne aubergiste Jacquin Labarre tira un crayon de sa poche, puis il déchira le coin d'un vieux journal qui traînait sur une petite table près de la fenêtre. Sur la marge blanche il écrivit une ligne ou deux, plia sans cacheter et remit ce chiffon de papier à un enfant qui paraissait lui servir tout à la fois de marmiton et de laquais. L'aubergiste dit un mot à l'oreille du marmiton, et l'enfant partit en courant dans la direction de la mairie.

Le voyageur n'avait rien vu de tout cela.

Il demanda encore une fois : — Dîne-t-on bientôt ?

— Tout à l'heure, dit l'hôte.

L'enfant revint. Il rapportait le papier. L'hôte le déplia avec empressement, comme quelqu'un qui attend une réponse. Il parut lire attentivement, puis hocha la tête, et resta un moment pensif. Enfin il fit un pas vers le voyageur qui semblait plongé dans des réflexions peu sereines.

— Monsieur, dit-il, je ne puis vous recevoir.

L'homme se dressa à demi sur son séant.

— Comment ! avez-vous peur que je ne paye pas ? voulez-vous que je paye d'avance ? J'ai de l'argent, vous dis-je.

— Ce n'est pas cela.

— Quoi donc ?

— Vous avez de l'argent...

— Oui, dit l'homme.

— Et moi, dit l'hôte, je n'ai pas de chambre.

L'homme reprit tranquillement : — Mettez-moi à l'écurie.

— Je ne puis.

— Pourquoi ?

— Les chevaux prennent toute la place.

— Eh bien, repartit l'homme, un coin dans le grenier. Une botte de paille. Nous verrons cela après dîner.

— Je ne puis vous donner à dîner.

Cette déclaration, faite d'un ton mesuré, mais ferme, parut grave à l'étranger. Il se leva.

— Ah bah ! mais je meurs de faim, moi. J'ai marché dès le soleil levé. J'ai fait douze lieues. Je paye. Je veux manger.

— Je n'ai rien, dit l'hôte.

L'homme éclata de rire et se tourna vers la cheminée et les fourneaux.

— Rien ! et tout cela ?

— Tout cela m'est retenu.

— Par qui ?

— Par ces messieurs les rouliers.

— Combien sont-ils ?

— Douze.

— Il y a là à manger pour vingt.

— Ils ont tout retenu et tout payé d'avance.

L'homme se rassit et dit sans hausser la voix :

— Je suis à l'auberge, j'ai faim, et je reste.

L'hôte alors se pencha à son oreille, et lui dit d'un accent qui le fit tressaillir : — Allez-vous en.

Le voyageur était courbé en cet instant et poussait quelques braises dans le feu avec le bout ferré de son bâton, il se retourna vivement, et, comme il ouvrait la bouche pour répliquer, l'hôte le regarda fixement et ajouta toujours à voix basse : — Tenez, assez de paroles comme cela. Voulez-vous que je vous dise votre nom ? Vous vous appelez Jean Valjean. Maintenant voulez-vous que je vous dise qui vous êtes ? En vous voyant entrer, je me suis douté de quelque chose, j'ai envoyé à la mairie, et voici ce qu'on m'a répondu. Savez-vous lire ?

En parlant ainsi il tendait à l'étranger, tout déplié, le papier qui venait de voyager de l'auberge à la mairie, et de la mairie à l'auberge. L'homme y jeta un regard. L'aubergiste reprit après un silence :

— J'ai l'habitude d'être poli avec tout le monde. Allez-vous-en.

L'homme baissa la tête, ramassa le sac qu'il avait déposé à terre, et s'en alla.

Il prit la grande rue. Il marchait devant lui au hasard, rasant de près les maisons, comme un homme humilié et triste. Il ne se retourna pas une seule fois. S'il s'était retourné, il aurait vu l'aubergiste de *la Croix-de-Colbas* sur le seuil de sa porte, entouré de tous les voyageurs de son auberge et de tous les passants de la rue, parlant vivement et le désignant du doigt, et, aux regards de défiance et d'effroi du groupe, il aurait deviné qu'avant peu son arrivée serait l'événement de toute la ville.

Il ne vit rien de tout cela. Les gens accablés ne regardent pas derrière eux. Ils ne savent que trop que le mauvais sort les suit.

Il chemina ainsi quelque temps, marchant toujours, allant à l'aventure par des rues qu'il ne connaissait pas, oubliant la fatigue, comme cela arrive dans la tristesse. Tout à coup il sentit vivement la faim. La nuit approchait. Il regarda autour de lui pour voir s'il ne découvrirait pas quelque gîte.

La belle hôtellerie s'était fermée pour lui ; il cherchait quelque cabaret bien humble, quelque bouge bien pauvre.

Précisément une lumière s'allumait au bout de la rue ; une branche de pin, pendue à une potence en fer, se dessinait sur le ciel blanc du crépuscule. Il y alla.

C'était en effet un cabaret. Le cabaret qui est dans la rue de Chaffaut.

Le voyageur s'arrêta un moment, et regarda par la vitre l'intérieur de la salle basse du cabaret, éclairée par une petite lampe sur une table et par un grand feu dans la cheminée. Quelques hommes y buvaient. L'hôte se chauffait. La flamme faisait bruire une marmite de fer accrochée à la crémaillère.

On entre dans ce cabaret, qui est aussi une espèce

d'auberge, par deux portes. L'une donne sur la rue, l'autre s'ouvre sur une petite cour pleine de fumier.

Le voyageur n'osa pas entrer par la porte de la rue. Il se glissa dans la cour, s'arrêta encore, puis leva timidement le loquet et poussa la porte.

— Qui va là ? dit le maître.

— Quelqu'un qui voudrait souper et coucher.

— C'est bon. Ici on soupe et on couche.

Il entra. Tous les gens qui buvaient se retournèrent. La lampe l'éclairait d'un côté, le feu de l'autre. On l'examina quelque temps pendant qu'il défaisait son sac.

L'hôte lui dit : — Voilà du feu. Le souper cuit dans la marmite. Venez vous chauffer, camarade.

Il alla s'asseoir près de l'âtre. Il allongea devant le feu ses pieds meurtris par la fatigue ; une bonne odeur sortait de la marmite. Tout ce qu'on pouvait distinguer de son visage sous sa casquette baissée prit une vague apparence de bien-être mêlée à cet autre aspect si poignant que donne l'habitude de la souffrance.

C'était d'ailleurs un profil ferme, énergique et triste. Cette physionomie était étrangement composée ; elle commençait par paraître humble et finissait par sembler sévère. L'œil luisait sous les sourcils comme un feu sous une broussaille.

Cependant un des hommes attablés était un poissonnier qui, avant d'entrer au cabaret de la rue de Chaffaut, était allé mettre son cheval à l'écurie chez Labarre. Le hasard faisait que le matin même il avait rencontré cet étranger de mauvaise mine, cheminant entre Bras d'Asse et… (j'ai oublié le nom. Je crois que c'est Escoublon). Or, en le rencontrant, l'homme, qui paraissait déjà très fatigué, lui avait demandé de le prendre en croupe ; à quoi le poissonnier n'avait répondu qu'en doublant le pas. Ce poissonnier faisait partie, une demi-heure auparavant, du groupe qui entourait Jacquin Labarre, et lui-même avait raconté sa désagréable rencontre du matin aux gens de *la Croix-de-Colbas*. Il fit de sa place au cabaretier un signe imperceptible. Le cabaretier vint à lui. Ils échangèrent quelques paroles à voix basse. L'homme était retombé dans ses réflexions.

Le cabaretier revint à la cheminée, posa brusquement sa main sur l'épaule de l'homme, et lui dit :

— Tu vas t'en aller d'ici.

L'étranger se retourna et répondit avec douceur :

— Ah ! vous savez ?

— Oui.

— On m'a renvoyé de l'autre auberge.

— Et l'on te chasse de celle-ci.

— Où voulez-vous que j'aille ?

— Ailleurs.

L'homme prit son bâton et son sac, et s'en alla.

Comme il sortait, quelques enfants, qui l'avaient suivi depuis *la Croix-de-Colbas* et qui semblaient l'attendre, lui jetèrent des pierres. Il revint sur ses pas avec colère et les menaça de son bâton ; les enfants se dispersèrent comme une volée d'oiseaux.

Il passa devant la prison. À la porte pendait une chaîne de fer attachée à une cloche. Il sonna.

Un guichet s'ouvrit.

— Monsieur le guichetier, dit-il en ôtant respectueusement sa casquette, voudriez-vous bien m'ouvrir et me loger pour cette nuit ?

Une voix répondit :

— Une prison n'est pas une auberge. Faites-vous arrêter. On vous ouvrira.

Le guichet se referma.

Il entra dans une petite rue où il y a beaucoup de jardins. Quelques-uns ne sont enclos que de haies, ce qui égaye la rue. Parmi ces jardins et ces haies, il vit une petite maison d'un seul étage dont la fenêtre était éclairée. Il regarda par cette vitre comme il avait fait pour le cabaret. C'était une grande chambre blanchie à la chaux, avec un lit drapé d'indienne imprimée, et un berceau dans un coin, quelques chaises de bois et un fusil à deux coups accroché au mur. Une table était servie au milieu de la chambre. Une lampe de cuivre éclai-

rait la nappe de grosse toile blanche, le broc d'étain luisant comme l'argent et plein de vin et la soupière brune
qui fumait. À cette table était assis un homme d'une
quarantaine d'années, à la figure joyeuse et ouverte, qui
faisait sauter un petit enfant sur ses genoux. Près de lui,
une femme toute jeune allaitait un autre enfant. Le père
riait, l'enfant riait, la mère souriait.

L'étranger resta un moment rêveur devant ce spectacle doux et calmant. Que se passait-il en lui ? Lui seul
eût pu le dire. Il est probable qu'il pensa que cette maison joyeuse serait hospitalière, et que là où il voyait tant
de bonheur il trouverait peut-être un peu de pitié.

Il frappa au carreau un petit coup très faible.

On n'entendit pas.

Il frappa un second coup.

Il entendit la femme qui disait : — Mon homme, il
me semble qu'on frappe.

— Non, répondit le mari.

Il frappa un troisième coup.

Le mari se leva, prit la lampe, et alla à la porte qu'il
ouvrit.

C'était un homme de haute taille, demi-paysan, demi-
artisan. Il portait un vaste tablier de cuir qui montait
jusqu'à son épaule gauche, et dans lequel faisaient ventre un marteau, un mouchoir rouge, une poire à poudre,
toutes sortes d'objets que la ceinture retenait comme
dans une poche. Il renversait la tête en arrière ; sa chemise largement ouverte et rabattue montrait son cou de
taureau, blanc et nu. Il avait d'épais sourcils, d'énormes
favoris noirs, les yeux à fleur de tête, le bas du visage
en museau, et sur tout cela cet air d'être chez soi qui
est une chose inexprimable.

— Monsieur, dit le voyageur, pardon. En payant,
pourriez-vous me donner une assiettée de soupe et un
coin pour dormir dans ce hangar qui est là dans ce jardin ? Dites, pourriez-vous ? En payant ?

— Qui êtes-vous ? demanda le maître du logis.

L'homme répondit : — J'arrive de Puy-Moisson. J'ai

marché toute la journée. J'ai fait douze lieues. Pourriez-vous ? En payant ?

— Je ne refuserais pas, dit le paysan, de loger quelqu'un de bien qui payerait. Mais pourquoi n'allez-vous pas à l'auberge.

— Il n'y a pas de place.

— Bah ! pas possible. Ce n'est pas jour de foire ni de marché. Êtes-vous allé chez Labarre ?

— Oui.

— Eh bien ?

Le voyageur répondit avec embarras : — Je ne sais pas, il ne m'a pas reçu.

— Êtes-vous allé chez chose, de la rue de Chaffaut ?

L'embarras de l'étranger croissait. Il balbutia :

— Il ne m'a pas reçu non plus.

Le visage du paysan prit une expression de défiance, il regarda le nouveau venu de la tête aux pieds, et tout à coup il s'écria avec une sorte de frémissement :

— Est-ce que vous seriez l'homme ?...

Il jeta un nouveau coup d'œil sur l'étranger, fit trois pas en arrière, posa la lampe sur la table et décrocha son fusil du mur.

Cependant aux paroles du paysan : *Est-ce que vous seriez l'homme ?...* la femme s'était levée, avait pris ses deux enfants dans ses bras et s'était réfugiée précipitamment derrière son mari, regardant l'étranger avec épouvante, la gorge nue, les yeux effarés, en murmurant tout bas : *Tsomaraude* [a].

Tout cela se fit en moins de temps qu'il ne faut pour se le figurer. Après avoir examiné quelques instants *l'homme* comme on examine une vipère, le maître du logis revint à la porte et dit :

— Va-t'en.

— Par grâce, reprit l'homme, un verre d'eau.

— Un coup de fusil ! dit le paysan.

Puis il referma la porte violemment, et l'homme

___

a. Patois des Alpes françaises. *Chat de Maraude* [1].

l'entendit tirer deux gros verrous. Un moment après, la fenêtre se ferma au volet, et un bruit de barre de fer qu'on posait parvint au dehors.

La nuit continuait de tomber. Le vent froid des Alpes soufflait. À la lueur du jour expirant, l'étranger aperçut dans un des jardins qui bordent la rue une sorte de hutte qui lui parut maçonnée en mottes de gazon. Il franchit résolûment une barrière de bois et se trouva dans le jardin. Il s'approcha de la hutte ; elle avait pour porte une étroite ouverture très basse et elle ressemblait à ces constructions que les cantonniers se bâtissent au bord des routes. Il pensa sans doute que c'était en effet le logis d'un cantonnier ; il souffrait du froid et de la faim ; il s'était résigné à la faim, mais c'était du moins là un abri contre le froid. Ces sortes de logis ne sont habituellement pas occupés la nuit. Il se coucha à plat ventre et se glissa dans la hutte. Il y faisait chaud, et il y trouva un assez bon lit de paille. Il resta un moment étendu sur ce lit, sans pouvoir faire un mouvement tant il était fatigué. Puis, comme son sac sur son dos le gênait et que c'était d'ailleurs un oreiller tout trouvé, il se mit à déboucler une des courroies. En ce moment un grondement farouche se fit entendre. Il leva les yeux. La tête d'un dogue énorme se dessinait dans l'ombre à l'ouverture de la hutte.

C'était la niche d'un chien.

Il était lui-même vigoureux et redoutable ; il s'arma de son bâton, il se fit de son sac un bouclier, et sortit de la niche comme il put, non sans élargir les déchirures de ses haillons.

Il sortit également du jardin, mais à reculons, obligé, pour tenir le dogue en respect, d'avoir recours à cette manœuvre du bâton que les maîtres en ce genre d'escrime appellent *la rose couverte*.

Quand il eut, non sans peine, repassé la barrière et qu'il se retrouva dans la rue, seul, sans gîte, sans toit, sans abri, chassé même de ce lit de paille et de cette niche misérable, il se laissa tomber plutôt qu'il ne s'assit sur une pierre, et il paraît qu'un passant qui traversait l'entendit s'écrier :

— Je ne suis pas même un chien !

Bientôt il se releva et se remit à marcher. Il sortit de la ville, espérant trouver quelque arbre ou quelque meule dans les champs, et s'y abriter.

Il chemina ainsi quelque temps, la tête toujours baissée. Quand il se sentit loin de toute habitation humaine, il leva les yeux et chercha autour de lui. Il était dans un champ ; il avait devant lui une de ces collines basses couvertes de chaume coupé ras, qui après la moisson ressemblent à des têtes tondues.

L'horizon était tout noir ; ce n'était pas seulement le sombre de la nuit ; c'étaient des nuages très bas qui semblaient s'appuyer sur la colline même et qui montaient, emplissant tout le ciel. Cependant, comme la lune allait se lever et qu'il flottait encore au zénith un reste de clarté crépusculaire, ces nuages formaient au haut du ciel une sorte de voûte blanchâtre d'où tombait sur la terre une lueur.

La terre était donc plus éclairée que le ciel, ce qui est un effet particulièrement sinistre, et la colline, d'un pauvre et chétif contour, se dessinait vague et blafarde sur l'horizon ténébreux. Tout cet ensemble était hideux, petit, lugubre et borné. Rien dans le champ ni sur la colline qu'un arbre difforme qui se tordait en frissonnant à quelques pas du voyageur.

Cet homme était évidemment très loin d'avoir de ces délicates habitudes d'intelligence et d'esprit qui font qu'on est sensible aux aspects mystérieux des choses ; cependant il y avait dans ce ciel, dans cette colline, dans cette plaine et dans cet arbre, quelque chose de si profondément désolé qu'après un moment d'immobilité et de rêverie, il rebroussa chemin brusquement. Il y a des instants où la nature semble hostile.

Il revint sur ses pas. Les portes de Digne étaient fermées. Digne, qui a soutenu des sièges dans les guerres de religion, était encore entourée en 1815 de vieilles murailles flanquées de tours carrées qu'on a démolies depuis. Il passa par une brèche et rentra dans la ville.

Il pouvait être huit heures du soir. Comme il ne connaissait pas les rues, il recommença sa promenade à l'aventure.

Il parvint ainsi à la préfecture, puis au séminaire. En passant sur la place de la cathédrale, il montra le poing à l'église.

Il y a au coin de cette place une imprimerie. C'est là que furent imprimées pour la première fois les proclamations de l'empereur et de la garde impériale à l'armée, apportées de l'île d'Elbe et dictées par Napoléon lui-même.

Épuisé de fatigue et n'espérant plus rien, il se coucha sur le banc de pierre qui est à la porte de cette imprimerie.

Une vieille femme sortait de l'église en ce moment. Elle vit cet homme étendu dans l'ombre. — Que faites-vous là, mon ami ? dit-elle.

Il répondit durement et avec colère : — Vous le voyez, bonne femme, je me couche.

La bonne femme, bien digne de ce nom en effet, était madame la marquise de R.

— Sur ce banc ? reprit-elle.

— J'ai eu pendant dix-neuf ans un matelas de bois, dit l'homme, j'ai aujourd'hui un matelas de pierre.

— Vous avez été soldat ?

— Oui, bonne femme. Soldat.

— Pourquoi n'allez-vous pas à l'auberge ?

— Parce que je n'ai pas d'argent.

— Hélas, dit madame de R., je n'ai dans ma bourse que quatre sous.

— Donnez toujours.

L'homme prit les quatre sous. Madame de R. continua : — Vous ne pouvez vous loger avec si peu dans une auberge. Avez-vous essayé pourtant ? Il est impossible que vous passiez ainsi la nuit. Vous avez sans doute froid et faim. On aurait pu vous loger par charité.

— J'ai frappé à toutes les portes.

— Eh bien ?

— Partout on m'a chassé.

La « bonne femme » toucha le bras de l'homme et lui montra de l'autre côté de la place une petite maison basse à côté de l'évêché.

— Vous avez, reprit-elle, frappe à toutes les portes ?

— Oui.

— Avez-vous frappé à celle-là ?

— Non.

— Frappez-y.

II

LA PRUDENCE
CONSEILLÉE À LA SAGESSE

Ce soir-là, M. l'évêque de Digne, après sa promenade en ville, était resté assez tard enfermé dans sa chambre. Il s'occupait d'un grand travail sur les *Devoirs*, lequel est malheureusement demeuré inachevé [1]. Il dépouillait soigneusement tout ce que les Pères et les Docteurs ont dit sur cette grave matière. Son livre était divisé en deux parties ; premièrement les devoirs de tous, deuxièmement les devoirs de chacun, selon la classe à laquelle il appartient. Les devoirs de tous sont les grands devoirs. Il y en a quatre. Saint Matthieu les indique : devoirs envers Dieu (*Matth.*, VI), devoirs envers soi-même (*Matth.*, V, 29, 30), devoirs envers le prochain (*Matth.*, VII, 12), devoirs envers les créatures (*Matth.*, VI, 20, 25). Pour les autres devoirs, l'évêque les avait trouvés indiqués et prescrits ailleurs ; aux souverains et aux sujets, dans l'Épître aux Romains ; aux magistrats, aux épouses, aux mères et aux jeunes hommes, par saint Pierre ; aux maris, aux pères, aux enfants et aux serviteurs, dans l'Épître aux Éphésiens ; aux fidèles, dans l'Épître aux Hébreux ; aux vierges, dans l'Épître aux Corinthiens. Il faisait laborieusement de toutes ces prescriptions un ensemble harmonieux qu'il voulait présenter aux âmes.

Il travaillait encore à huit heures, écrivant assez incommodément sur de petits carrés de papier avec un gros livre ouvert sur ses genoux, quand madame Magloire entra, selon son habitude, pour prendre l'argenterie dans le placard près du lit. Un moment après, l'évêque, sentant que le couvert était mis et que sa sœur l'attendait peut-être, ferma son livre, se leva de sa table et entra dans la salle à manger.

La salle à manger était une pièce oblongue à cheminée, avec porte sur la rue (nous l'avons dit), et fenêtre sur le jardin.

Madame Magloire achevait en effet de mettre le couvert.

Tout en vaquant au service, elle causait avec mademoiselle Baptistine.

Une lampe était sur la table ; la table était près de la cheminée. Un assez bon feu était allumé.

On peut se figurer facilement ces deux femmes qui avaient toutes deux passé soixante ans : madame Magloire petite, grasse, vive ; mademoiselle Baptistine, douce, mince, frêle, un peu plus grande que son frère, vêtue d'une robe de soie puce, couleur à la mode en 1806, qu'elle avait achetée alors à Paris et qui lui durait encore. Pour emprunter des locutions vulgaires qui ont le mérite de dire avec un seul mot une idée qu'une page suffirait à peine à exprimer, madame Magloire avait l'air d'une *paysanne* et mademoiselle Baptistine d'une *dame*. Madame Magloire avait un bonnet blanc à tuyaux, au cou une jeannette d'or, le seul bijou de femme qu'il y eût dans la maison, un fichu très blanc sortant de la robe de bure noire à manches larges et courtes, un tablier de toile de coton à carreaux rouges et verts, noué à la ceinture d'un ruban vert, avec pièce d'estomac pareille rattachée par deux épingles aux deux coins d'en haut, aux pieds de gros souliers et des bas jaunes comme les femmes de Marseille. La robe de mademoiselle Baptistine était coupée sur les patrons de 1806, taille courte, fourreau étroit, manches à épaulettes, avec pattes et boutons. Elle cachait ses cheveux gris sous une perruque frisée dite *à l'enfant*. Madame Magloire avait l'air intelligent, vif et bon ; les deux angles de sa bouche inégalement relevés et la lèvre supérieure plus grosse que la lèvre inférieure lui donnaient quelque chose de bourru et d'impérieux. Tant que monseigneur se taisait, elle lui parlait résolûment avec un mélange de respect et de liberté ; mais dès que monseigneur parlait, on a vu cela, elle obéissait passivement comme mademoiselle. Mademoiselle Baptistine ne parlait même pas. Elle se bornait à obéir et à complaire. Même quand elle était jeune, elle n'était pas jolie, elle avait de gros yeux bleus à fleur de tête et le nez long et busqué ; mais tout son visage, toute sa personne, nous l'avons dit en commençant, respiraient une ineffable bonté. Elle avait toujours été prédestinée à la mansuétude ; mais la foi, la charité, l'espérance, ces trois vertus qui chauffent doucement l'âme, avaient élevé peu à peu cette mansuétude jusqu'à la sainteté. La nature n'en avait fait qu'une brebis, la religion en avait fait un ange. Pauvre sainte fille ! doux souvenir disparu ! Mademoiselle Baptistine a depuis raconté tant de fois ce qui s'était passé à l'évêché cette soirée-là, que plusieurs personnes qui vivent encore s'en rappellent les moindres détails.

Au moment où M. l'évêque entra, madame Magloire parlait avec quelque vivacité. Elle entretenait *mademoiselle* d'un sujet qui lui était familier et auquel l'évêque était accoutumé. Il s'agissait du loquet de la porte d'entrée.

Il paraît que, tout en allant faire quelques provisions pour le souper, madame Magloire avait entendu dire des choses en divers lieux. On parlait d'un rôdeur de mauvaise mine ; qu'un vagabond suspect serait arrivé, qu'il devait être quelque part dans la ville, et qu'il se pourrait qu'il y eût de méchantes rencontres pour ceux qui s'aviseraient de rentrer tard chez eux cette nuit-là. Que la police était bien mal faite du reste, attendu que M. le préfet et M. le maire ne s'aimaient pas, et cherchaient à se nuire en faisant arriver des événements. Que c'était donc aux gens sages à faire la police eux-mêmes et à se bien garder, et qu'il faudrait avoir soin de dûment clore, verrouiller et barricader sa maison, *et de bien fermer ses portes.*

Madame Magloire appuya sur ce dernier mot ; mais l'évêque venait de sa chambre où il avait eu assez froid, il s'était assis devant la cheminée et se chauffait, et puis il pensait à autre chose. Il ne releva pas le mot à effet que madame Magloire venait de laisser tomber. Elle le répéta. Alors, mademoiselle Baptistine, voulant satisfaire madame Magloire sans déplaire à son frère, se hasarda à dire timidement :

— Mon frère, entendez-vous ce que dit madame Magloire ?

— J'en ai entendu vaguement quelque chose, répondit l'évêque. Puis tournant à demi sa chaise, mettant ses deux mains sur ses genoux, et levant vers la vieille servante son visage cordial et facilement joyeux, que le feu éclairait d'en bas : — Voyons. Qu'y a-t-il ? qu'y a-t-il ? Nous sommes donc dans quelque gros danger ?

Alors madame Magloire recommença toute l'histoire, en l'exagérant quelque peu, sans s'en douter. Il paraîtrait qu'un bohémien, un va-nu-pieds, une espèce de mendiant dangereux serait en ce moment dans la ville. Il s'était présenté pour loger chez Jacquin Labarre qui n'avait pas voulu le recevoir. On l'avait vu arriver par le boulevard Gassendi et rôder dans les rues à la brume. Un homme de sac et de corde avec une figure terrible.

— Vraiment ? dit l'évêque.

Ce consentement à l'interroger encouragea madame Magloire ; cela lui semblait indiquer que l'évêque n'était pas loin de s'alarmer ; elle poursuivit triomphante :

— Oui, monseigneur. C'est comme cela. Il y aura

quelque malheur cette nuit dans la ville. Tout le monde le dit. Avec cela que la police est si mal faite (répétition inutile). Vivre dans un pays de montagnes, et n'avoir pas même de lanternes la nuit dans les rues ! On sort. Des fours, quoi ! Et je dis, monseigneur, et mademoiselle que voilà dit comme moi...

— Moi, interrompit la sœur, je ne dis rien. Ce que mon frère fait est bien fait.

Madame Magloire continua comme s'il n'y avait pas eu de protestation :

— Nous disons que cette maison-ci n'est pas sûre du tout ; que, si monseigneur le permet, je vais aller dire à Paulin Musebois, le serrurier, qu'il vienne remettre les anciens verrous de la porte ; on les a là, c'est une minute ; et je dis qu'il faut des verrous, monseigneur, ne serait-ce que pour cette nuit ; car je dis qu'une porte qui s'ouvre du dehors avec un loquet, par le premier passant venu, rien n'est plus terrible ; avec cela que monseigneur a l'habitude de toujours dire d'entrer, et que d'ailleurs, même au milieu de la nuit, ô mon Dieu ! on n'a pas besoin d'en demander la permission...

En ce moment, on frappa à la porte un coup assez violent.

— Entrez, dit l'évêque.

III

HÉROÏSME DE L'OBÉISSANCE PASSIVE

La porte s'ouvrit.

Elle s'ouvrit vivement, toute grande, comme si quelqu'un la poussait avec énergie et résolution.

Un homme entra.

Cet homme, nous le connaissons déjà. C'est le voyageur que nous avons vu tout à l'heure errer cherchant un gîte.

Il entra, fit un pas, et s'arrêta, laissant la porte ouverte derrière lui. Il avait son sac sur l'épaule, son bâton à la main, une expression rude, hardie, fatiguée et violente dans les yeux. Le feu de la cheminée l'éclairait. Il était hideux. C'était une sinistre apparition.

Madame Magloire n'eut pas même la force de jeter un cri. Elle tressaillit, et resta béante.

Mademoiselle Baptistine se retourna, aperçut l'homme qui entrait et se dressa à demi d'effarement, puis, ramenant peu à peu sa tête vers la cheminée, elle se mit à regarder son frère et son visage redevint profondément calme et serein.

L'évêque fixait sur l'homme un œil tranquille.

Comme il ouvrait la bouche, sans doute pour demander au nouveau venu ce qu'il désirait, l'homme appuya ses deux mains à la fois sur son bâton, promena ses yeux tour à tour sur le vieillard et les femmes, et, sans attendre que l'évêque parlât, dit d'une voix haute :

— Voici. Je m'appelle Jean Valjean. Je suis un galérien. J'ai passé dix-neuf ans au bagne. Je suis libéré depuis quatre jours et en route pour Pontarlier qui est ma destination. Quatre jours et que je marche depuis Toulon. Aujourd'hui, j'ai fait douze lieues à pied. Ce soir, en arrivant dans ce pays, j'ai été dans une auberge, on m'a renvoyé à cause de mon passeport jaune que j'avais montré à la mairie. Il avait fallu. J'ai été à une autre auberge. On m'a dit : Va-t-en ! Chez l'un, chez l'autre. Personne n'a voulu de moi. J'ai été à la prison, le guichetier n'a pas ouvert. J'ai été dans la niche d'un chien. Ce chien m'a mordu et m'a chassé, comme s'il avait été un homme. On aurait dit qu'il savait qui j'étais. Je m'en suis allé dans les champs pour coucher à la belle étoile. Il n'y avait pas d'étoile. J'ai pensé qu'il pleuvrait, et qu'il n'y avait pas de bon Dieu pour empêcher de pleuvoir, et je suis rentré dans la ville pour y trouver le renfoncement d'une porte. Là, dans la place, j'allais me coucher sur une pierre. Une bonne femme m'a montré votre maison et m'a dit : Frappe là. J'ai frappé. Qu'est-ce que c'est ici ? êtes-vous une auberge ? J'ai de l'argent. Ma masse. Cent neuf francs quinze sous que j'ai gagnés au bagne par mon travail en dix-neuf ans. Je payerai. Qu'est-ce que cela me fait ? j'ai de l'argent. Je suis très fatigué, douze lieues à pied, j'ai bien faim. Voulez-vous que je reste ?

— Madame Magloire, dit l'évêque, vous mettrez un couvert de plus.

L'homme fit trois pas et s'approcha de la lampe qui était sur la table. — Tenez, reprit-il, comme s'il n'avait pas bien compris, ce n'est pas ça. Avez-vous entendu ? Je suis un galérien. Un forçat. Je viens des galères. — Il tira de sa poche une grande feuille de papier jaune qu'il déplia. — Voilà mon passeport. Jaune, comme vous voyez. Cela sert à me faire chasser de partout où je suis. Voulez-vous lire ? Je sais lire, moi. J'ai appris au bagne. Il y a une école pour ceux qui veulent. Tenez, voilà ce qu'on a mis sur le passeport : « Jean Valjean, forçat libéré, natif de... — cela vous est égal... — Est resté dix-neuf ans au bagne. Cinq ans pour vol avec effraction. Quatorze ans pour avoir tenté de s'évader quatre fois. Cet homme est très dangereux. » — Voilà ! Tout le monde m'a jeté dehors. Voulez-vous me recevoir, vous ? Est-ce une auberge ? Voulez-vous me donner à manger et à coucher ? avez-vous une écurie ?

— Madame Magloire, dit l'évêque, vous mettrez des draps blancs au lit de l'alcôve.

Nous avons déjà expliqué de quelle nature était l'obéissance des deux femmes.

Madame Magloire sortit pour exécuter ces ordres.

L'évêque se tourna vers l'homme.

— Monsieur, asseyez-vous et chauffez-vous. Nous allons souper dans un instant, et l'on fera votre lit pendant que vous souperez.

Ici l'homme comprit tout à fait. L'expression de son visage, jusqu'alors sombre et dure, s'empreignit de stupéfaction, de doute, de joie, et devint extraordinaire. Il se mit à balbutier comme un homme fou :

— Vrai ? quoi ? vous me gardez ? vous ne me chassez pas ! un forçat ! Vous m'appelez *monsieur !* vous ne me tutoyez pas ! Va-t-en, chien ! qu'on me dit toujours. Je croyais bien que vous me chasseriez. Aussi j'avais dit tout de suite qui je suis. Oh ! la brave femme qui m'a enseigné ici ! Je vais souper ! un lit ! Un lit avec des matelas et des draps ! comme tout le monde ! il y a dix-neuf ans que je n'ai couché dans un lit ! Vous voulez bien que je ne m'en aille pas ! Vous êtes de dignes gens ! D'ailleurs j'ai de l'argent. Je payerai bien. Pardon, monsieur l'aubergiste, comment vous appelez-vous ? Je payerai tout ce qu'on voudra. Vous êtes un brave homme. Vous êtes aubergiste, n'est-ce pas ?

— Je suis, dit l'évêque, un prêtre qui demeure ici.

— Un prêtre ! reprit l'homme. Oh ! un brave homme de prêtre ! Alors vous ne me demandez pas d'argent ? Le curé, n'est-ce pas ? le curé de cette grande église ? Tiens ! c'est vrai, que je suis bête ! je n'avais pas vu votre calotte !

Tout en parlant, il avait déposé son sac et son bâton dans un coin, puis remis son passeport dans sa poche, et il s'était assis. Mademoiselle Baptistine le considérait avec douceur. Il continua :

— Vous êtes humain, monsieur le curé. Vous n'avez pas de mépris. C'est bien bon un bon prêtre. Alors vous n'avez pas besoin que je paye ?

— Non, dit l'évêque, gardez votre argent. Combien avez-vous ? ne m'avez-vous pas dit cent neuf francs ?

— Quinze sous, ajouta l'homme.

— Cent neuf francs quinze sous. Et combien de temps avez-vous mis à gagner cela ?

— Dix-neuf ans.

— Dix-neuf ans !

L'évêque soupira profondément.

L'homme poursuivit : — J'ai encore tout mon argent. Depuis quatre jours je n'ai dépensé que vingt-cinq sous que j'ai gagnés en aidant à décharger des voitures à Grasse. Puisque vous êtes abbé, je vais vous dire, nous

avions un aumônier au bagne. Et puis un jour j'ai vu
un évêque. Monseigneur, qu'on appelle. C'était l'évêque
de la Majore, à Marseille. C'est le curé qui est sur les
curés. Vous savez, pardon, je dis mal cela, mais pour
moi, c'est si loin ! — Vous comprenez, nous autres ! —
Il a dit la messe au milieu du bagne, sur un autel, il
avait une chose pointue, en or, sur la tête. Au grand jour
de midi, cela brillait. Nous étions en rang. Des trois
côtés. Avec les canons, mèche allumée, en face de nous.
Nous ne voyions pas bien. Il a parlé, mais il était trop
au fond, nous n'entendions pas. Voilà ce que c'est qu'un
évêque.

Pendant qu'il parlait, l'évêque était allé pousser la
porte qui était restée toute grande ouverte.

Madame Magloire rentra. Elle apportait un couvert
qu'elle mit sur la table.

— Madame Magloire, dit l'évêque, mettez ce couvert
le plus près possible du feu. — Et se tournant vers son
hôte : — Le vent de nuit est dur dans les Alpes. Vous
devez avoir froid, monsieur ?

Chaque fois qu'il disait ce mot *monsieur*, avec sa voix
doucement grave et de si bonne compagnie, le visage
de l'homme s'illuminait. *Monsieur* à un forçat, c'est un
verre d'eau à un naufragé de la *Méduse*. L'ignominie a
soif de considération.

— Voici, reprit l'évêque, une lampe qui éclaire bien
mal.

Madame Magloire comprit, et elle alla chercher sur
la cheminée de la chambre à coucher de monseigneur
les deux chandeliers d'argent qu'elle posa sur la table
tout allumés.

— Monsieur le curé, dit l'homme, vous êtes bon. Vous
ne me méprisez pas. Vous me recevez chez vous. Vous
allumez vos cierges pour moi. Je ne vous ai pourtant
pas caché d'où je viens et que je suis un homme malheureux.

L'évêque, assis près de lui, lui toucha doucement la
main. — Vous pouviez ne pas me dire qui vous étiez.

Ce n'est pas ici ma maison, c'est la maison de Jésus-Christ. Cette porte ne demande pas à celui qui entre s'il a un nom, mais s'il a une douleur. Vous souffrez ; vous avez faim et soif ; soyez le bienvenu. Et ne me remerciez pas, ne me dites pas que je vous reçois chez moi. Personne n'est ici chez soi, excepté celui qui a besoin d'un asile. Je vous le dis à vous qui passez, vous êtes ici chez vous plus que moi-même. Tout ce qui est ici est à vous Qu'ai-je besoin de savoir votre nom ? D'ailleurs, avant que vous me le dissiez, vous en avez un que je savais.

L'homme ouvrit des yeux étonnés.

— Vrai ? vous saviez comment je m'appelle ?

— Oui, répondit l'évêque, vous vous appelez mon frère.

— Tenez, monsieur le curé ! s'écria l'homme, j'avais bien faim en entrant ici ; mais vous êtes si bon qu'à présent je ne sais plus ce que j'ai ; cela m'a passé.

L'évêque le regarda et lui dit :

— Vous avez bien souffert ?

— Oh ! la casaque rouge, le boulet au pied, une planche pour dormir, le chaud, le froid, le travail, la chiourme, les coups de bâton ! La double chaîne pour rien. Le cachot pour un mot. Même malade au lit, la chaîne. Les chiens, les chiens sont plus heureux ! Dix-neuf ans ! J'en ai quarante-six. À présent, le passeport jaune ! Voilà.

— Oui, reprit l'évêque, vous sortez d'un lieu de tristesse. Écoutez. Il y aura plus de joie au ciel pour le visage en larmes d'un pécheur repentant que pour la robe blanche de cent justes. Si vous sortez de ce lieu douloureux avec des pensées de haine et de colère contre les hommes, vous êtes digne de pitié ; si vous en sortez avec des pensées de bienveillance, de douceur et de paix, vous valez mieux qu'aucun de nous.

Cependant madame Magloire avait servi le souper. Une soupe faite avec de l'eau, de l'huile, du pain et du sel, un peu de lard, un morceau de viande de mouton, des figues, un fromage frais, et un gros pain de seigle.

Elle avait d'elle-même ajouté à l'ordinaire de M. l'évêque une bouteille de vieux vin de Mauves.

Le visage de l'évêque prit tout à coup cette expression de gaîté propre aux natures hospitalières : — À table ! dit-il vivement. — Comme il en avait coutume lorsque quelque étranger soupait avec lui, il fit asseoir l'homme à sa droite. Mademoiselle Baptistine, parfaitement paisible et naturelle, prit place à sa gauche.

L'évêque dit le bénédicité, puis servit lui-même la soupe, selon son habitude. L'homme se mit à manger avidement.

Tout à coup l'évêque dit : — Mais il me semble qu'il manque quelque chose sur cette table.

Madame Magloire en effet n'avait mis que les trois couverts absolument nécessaires. Or c'était l'usage de la maison, quand l'évêque avait quelqu'un à souper, de disposer sur la nappe les six couverts d'argent, étalage innocent. Ce gracieux semblant de luxe était une sorte d'enfantillage plein de charme dans cette maison douce et sévère qui élevait la pauvreté jusqu'à la dignité.

Madame Magloire comprit l'observation, sortit sans dire un mot, et un moment après les trois couverts réclamés par l'évêque brillaient sur la nappe, symétriquement arrangés devant chacun des trois convives.

IV

DÉTAILS SUR LES FROMAGERIES
DE PONTARLIER [1]

Maintenant, pour donner une idée de ce qui se passa à cette table, nous ne saurions mieux faire que de transcrire ici un passage d'une lettre de mademoiselle Baptistine à madame de Boischevron, où la conversation du forçat et de l'évêque est racontée avec une minutie naïve :

. . . .

« ... Cet homme ne faisait aucune attention à personne. Il mangeait avec une voracité d'affamé. Cependant, après la soupe, il a dit :

« — Monsieur le curé du bon Dieu, tout ceci est encore bien trop bon pour moi, mais je dois dire que les rouliers qui n'ont pas voulu me laisser manger avec eux font meilleure chère que vous.

« Entre nous, l'observation m'a un peu choquée. Mon frère à répondu :

« — Ils ont plus de fatigue que moi.

« — Non, a repris cet homme, ils ont plus d'argent. Vous êtes pauvre. Je vois bien. Vous n'êtes peut-être pas même curé. Êtes-vous curé seulement ? Ah ! par exemple, si le bon Dieu était juste, vous devriez bien être curé.

« — Le bon Dieu est plus que juste, a dit mon frère.

« Un moment après il a ajouté :

« — Monsieur Jean Valjean, c'est à Pontarlier que vous allez ?

« — Avec itinéraire obligé.

« Je crois bien que c'est comme cela que l'homme a dit. Puis il a continué :

« — Il faut que je sois en route demain à la pointe du jour. Il fait dur voyager. Si les nuits sont froides, les journées sont chaudes.

« — Vous allez là, a repris mon frère, dans un bon pays. À la révolution, ma famille a été ruinée, je me suis réfugié en Franche-Comté d'abord, et j'y ai vécu quelque temps du travail de mes bras. J'avais de la bonne volonté. J'ai trouvé à m'y occuper. On n'a qu'à choisir. Il y a des papeteries, des tanneries, des distilleries, des huileries, des fabriques d'horlogerie en grand, des fabriques d'acier, des fabriques de cuivre, au moins vingt usines de fer, dont quatre à Lods, à Châtillon, à Audincourt et à Beure qui sont très considérables...

« Je crois ne pas me tromper et que ce sont bien là

les noms que mon frère a cités, puis il s est interrompu et m'a adressé la parole :

« — Chère sœur, n'avons-nous pas des parents dans ce pays-là ?

« J'ai répondu :

« — Nous en avions, entre autres M. de Lucenet qui était capitaine des portes à Pontarlier dans l'ancien régime.

« — Oui, a repris mon frère, mais en 93 on n'avait plus de parents, on n'avait que ses bras. J'ai travaillé. Ils ont dans le pays de Pontarlier, où vous allez, monsieur Valjean, une industrie toute patriarcale et toute charmante, ma sœur. Ce sont leurs fromageries qu'ils appellent fruitières.

« Alors mon frère, tout en faisant manger cet homme, lui a expliqué très en détail ce que c'était que les fruitières de Pontarlier ; — qu'on en distinguait deux sortes : — les *grosses granges,* qui sont aux riches, et où il y a quarante ou cinquante vaches, lesquelles produisent sept à huit milliers de fromages par été ; les *fruitières d'association,* qui sont aux pauvres ; ce sont les paysans de la moyenne montagne qui mettent leurs vaches en commun et partagent les produits. — Ils prennent à leurs gages un fromager qu'ils appellent le *grurin ;* — le grurin reçoit le lait des associés trois fois par jour et marque les quantités sur une taille double ; — c'est vers la fin d'avril que le travail des fromageries commence ; c'est vers la mi-juin que les fromagers conduisent leurs vaches dans la montagne.

« L'homme se ranimait tout en mangeant. Mon frère lui faisait boire de ce bon vin de Mauves dont il ne boit pas lui-même parce qu'il dit que c'est du vin cher. Mon frère lui disait tous ces détails avec cette gaîté aisée que vous lui connaissez, entremêlant ses paroles de façons gracieuses pour moi. Il est beaucoup revenu sur ce bon état de grurin, comme s'il eût souhaité que cet homme comprît, sans le lui conseiller directement et durement, que ce serait un asile pour lui. Une chose m'a frappée.

Cet homme était ce que je vous ai dit. Eh bien ! mon frère, pendant tout le souper, ni de toute la soirée, à l'exception de quelques paroles sur Jésus quand il est entré, n'a pas dit un mot qui pût rappeler à cet homme qui il était ni apprendre à cet homme qui était mon frère. C'était bien une occasion en apparence de faire un peu de sermon et d'appuyer l'évêque sur le galérien pour laisser la marque du passage. Il eût paru peut-être à un autre que c'était le cas, ayant ce malheureux sous la main, de lui nourrir l'âme en même temps que le corps et de lui faire quelque reproche assaisonné de morale et de conseil, ou bien un peu de commisération avec exhortation de se mieux conduire à l'avenir. Mon frère ne lui a même pas demandé de quel pays il était, ni son histoire. Car dans son histoire il y a sa faute, et mon frère semblait éviter tout ce qui pouvait l'en faire souvenir. C'est au point qu'à un certain moment, comme mon frère parlait des montagnards de Pontarlier, qui ont *un doux travail près du ciel et qui*, ajoutait-il, *sont heureux parce qu'ils sont innocents*, il s'est arrêté court, craignant qu'il n'y eût dans ce mot qui lui échappait quelque chose qui pût froisser l'homme. À force d'y réfléchir, je crois avoir compris ce qui se passait dans le cœur de mon frère. Il pensait sans doute que cet homme, qui s'appelle Jean Valjean, n'avait que trop sa misère présente à l'esprit, que le mieux était de l'en distraire, et de lui faire croire, ne fût-ce qu'un moment, qu'il était une personne comme une autre, en étant pour lui tout ordinaire. N'est-ce pas là en effet bien entendre la charité ? N'y a-t-il pas, bonne madame, quelque chose de vraiment évangélique dans cette délicatesse qui s'abstient de sermon, de morale et d'allusion, et la meilleure pitié, quand un homme a un point douloureux, n'est-ce pas de n'y point toucher du tout ? Il m'a semblé que ce pouvait être là la pensée intérieure de mon frère. Dans tous les cas, ce que je puis dire, c'est que, s'il a eu toutes ces idées, il n'en a rien marqué, même pour moi ; il a été d'un bout à l'autre le même homme que tous les soirs, et il a soupé avec ce Jean Valjean du même air et de la même façon qu'il aurait soupé avec M. Gédéon Le Prévost ou avec M. le curé de la paroisse.

« Vers la fin, comme nous étions aux figues, on a cogné à la porte. C'était la mère Gerbaud avec son petit dans ses bras. Mon frère a baisé l'enfant au front, et m'a emprunté quinze sous que j'avais sur moi pour les donner à la mère Gerbaud. L'homme pendant ce temps-là ne faisait pas grande attention. Il ne parlait plus et paraissait très fatigué. La pauvre vieille Gerbaud partie, mon frère a dit les grâces, puis il s'est tourné vers cet homme, et il lui a dit : Vous devez avoir bien besoin de votre lit. Madame Magloire a enlevé le couvert bien vite. J'ai compris qu'il fallait nous retirer pour laisser dormir ce voyageur, et nous sommes montées toutes les deux. J'ai cependant envoyé madame Magloire un instant après porter sur le lit de cet homme une peau de chevreuil de la Forêt-Noire qui est dans ma chambre. Les nuits sont glaciales, et cela tient chaud. C'est dommage que cette peau soit vieille ; tout le poil s'en va. Mon frère l'a achetée du temps qu'il était en Allemange, à Tottlingen, près des sources du Danube, ainsi que le petit couteau à manche d'ivoire dont je me sers à table.

« Madame Magloire est remontée presque tout de suite, nous nous sommes mises à prier Dieu dans le salon où l'on étend le linge, et puis nous sommes rentrées chacune dans notre chambre sans nous rien dire »

V

TRANQUILLITÉ

Après avoir donné le bonsoir à sa sœur, monseigneur Bienvenu prit sur la table un des deux flambeaux d'argent, remit l'autre à son hôte, et lui dit :

— Monsieur, je vais vous conduire à votre chambre.

L'homme le suivit.

Comme on a pu le remarquer dans ce qui a été dit plus haut, le logis était distribué de telle sorte que, pour passer dans l'oratoire où était l'alcôve ou pour en sortir, il fallait traverser la chambre à coucher de l'évêque.

Au moment où ils traversaient cette chambre, madame Magloire serrait l'argenterie dans le placard qui était au chevet du lit. C'était le dernier soin qu'elle prenait chaque soir avant de s'aller coucher.

L'évêque installa son hôte dans l'alcôve. Un lit blanc et frais y était dressé. L'homme posa le flambeau sur une petite table.

— Allons, dit l'évêque, faites une bonne nuit. Demain matin, avant de partir, vous boirez une tasse de lait de nos vaches, tout chaud.

— Merci, monsieur l'abbé, dit l'homme.

À peine eut-il prononcé ces paroles pleines de paix que, tout à coup et sans transition, il eut un mouvement étrange et qui eût glacé d'épouvante les deux saintes filles si elles en eussent été témoins. Aujourd'hui même il nous est difficile de nous rendre compte de ce qui le poussait en ce moment. Voulait-il donner un avertissement ou jeter une menace ? Obéissait-il simplement à une sorte d'impulsion instinctive et obscure pour lui-même ? Il se tourna brusquement vers le vieillard, croisa les bras, et, fixant sur son hôte un regard sauvage, il s'écria d'une voix rauque :

— Ah çà ! décidément ! vous me logez chez vous près de vous comme cela !

Il s'interrompit et ajouta avec un rire où il y avait quelque chose de monstrueux :

— Avez-vous bien fait toutes vos réflexions ? Qui est-ce qui vous dit que je n'ai pas assassiné ?

L'évêque leva les yeux vers le plafond et répondit :

— Cela regarde le bon Dieu.

Puis, gravement et remuant les lèvres comme quelqu'un qui prie ou qui se parle à lui-même, il dressa les deux doigts de sa main droite et bénit l'homme qui ne se courba pas, et, sans tourner la tête et sans regarder derrière lui, il rentra dans sa chambre.

Quand l'alcôve était habitée, un grand rideau de serge tiré de part en part dans l'oratoire cachait l'autel. L'évêque s'agenouilla en passant devant ce rideau et fit une courte prière.

Un moment après, il était dans son jardin, marchant, rêvant, contemplant, l'âme et la pensée tout entières à ces grandes choses mystérieuses que Dieu montre la nuit aux yeux qui restent ouverts.

Quant à l'homme, il était vraiment si fatigué qu'il n'avait même pas profité de ces bons draps blancs. Il avait soufflé sa bougie avec sa narine à la manière des forçats et s'était laissé tomber tout habillé sur le lit, où il s'était tout de suite profondément endormi.

Minuit sonnait comme l'évêque rentrait de son jardin dans son appartement.

Quelques minutes après, tout dormait dans la petite maison.

VI

JEAN VALJEAN

Vers le milieu de la nuit, Jean Valjean se réveilla.

Jean Valjean était d'une pauvre famille de paysans de

la Brie. Dans son enfance, il n'avait pas appris à lire.
Quand il eut l'âge d'homme, il était émondeur à Faverolles. Sa mère s'appelait Jeanne Mathieu ; son père
s'appelait Jean Valjean, ou Vlajean, sobriquet probablement, et contraction de *Voilà Jean*.

Jean Valjean était d'un caractère pensif sans être
triste, ce qui est le propre des natures affectueuses.
Somme toute, pourtant, c'était quelque chose d'assez
endormi et d'assez insignifiant, en apparence du moins,
que Jean Valjean. Il avait perdu en très bas âge son père
et sa mère. Sa mère était morte d'une fièvre de lait mal
soignée. Son père, émondeur comme lui, s'était tué en
tombant d'un arbre. Il n'était resté à Jean Valjean qu'une
sœur plus âgée que lui, veuve, avec sept enfants, filles
et garçons. Cette sœur avait élevé Jean Valjean, et tant
qu'elle eut son mari elle logea et nourrit son jeune frère.
Le mari mourut. L'aîné des sept enfants avait huit ans,
le dernier un an. Jean Valjean venait d'atteindre, lui, sa
vingt-cinquième année. Il remplaça le père, et soutint à
son tour sa sœur qui l'avait élevé. Cela se fit simplement, comme un devoir, même avec quelque chose de
bourru de la part de Jean Valjean. Sa jeunesse se dépen-
sait ainsi dans un travail rude et mal payé. On ne lui
avait jamais connu de « bonne amie » dans le pays. Il
n'avait pas eu le temps d'être amoureux.

Le soir il rentrait fatigué et mangeait sa soupe sans
dire un mot. Sa sœur, mère Jeanne, pendant qu'il mangeait, lui prenait souvent dans son écuelle le meilleur
de son repas, le morceau de viande, la tranche de lard,
le cœur de chou, pour le donner à quelqu'un de ses
enfants ; lui, mangeant toujours, penché sur la table,
presque la tête dans sa soupe, ses longs cheveux tombant autour de son écuelle et cachant ses yeux, avait
l'air de ne rien voir et laissait faire. Il y avait à Faverolles, pas loin de la chaumière Valjean, de l'autre côté de
la ruette, une fermière appelée Marie-Claude ; les
enfants Valjean, habituellement affamés, allaient quelquefois emprunter au nom de leur mère une pinte de

lait à Marie-Claude, qu'ils buvaient derrière une haie ou dans quelque coin d'allée, s'arrachant le pot, et si hâtivement que les petites filles s'en répandaient sur leur tablier et dans leur goulotte. La mère, si elle eût su cette maraude, eût sévèrement corrigé les délinquants. Jean Valjean, brusque et bougon, payait en arrière de la mère la pinte de lait à Marie-Claude, et les enfants n'étaient pas punis.

Il gagnait dans la saison de l'émondage vingt-quatre sous par jour, puis il se louait comme moissonneur, comme manœuvre, comme garçon de ferme bouvier, comme homme de peine. Il faisait ce qu'il pouvait. Sa sœur travaillait de son côté, mais que faire avec sept petits enfants ? C'était un triste groupe que la misère enveloppa et étreignit peu à peu. Il arriva qu'un hiver fut rude. Jean n'eut pas d'ouvrage. La famille n'eut pas de pain. Pas de pain. À la lettre. Sept enfants !

Un dimanche soir, Maubert Isabeau, boulanger sur la place de l'Église, à Faverolles, se disposait à se coucher, lorsqu'il entendit un coup violent dans la devanture grillée et vitrée de sa boutique. Il arriva à temps pour voir un bras passé à travers un trou fait d'un coup de poing dans la grille et dans la vitre. Le bras saisit un pain et l'emporta. Isabeau sortit en hâte ; le voleur s'enfuyait à toutes jambes ; Isabeau courut après lui et l'arrêta. Le voleur avait jeté le pain, mais il avait encore le bras ensanglanté. C'était Jean Valjean.

Ceci se passait en 1795. Jean Valjean fut traduit devant les tribunaux du temps « pour vol avec effraction la nuit dans une maison habitée ». Il avait un fusil dont il se servait mieux que tireur au monde, il était quelque peu braconnier ; ce qui lui nuisit. Il y a contre les braconniers un préjugé légitime. Le braconnier, de même que le contrebandier, côtoie de fort près le brigand. Pourtant, disons-le en passant, il y a encore un abîme entre ces races d'hommes et le hideux assassin des villes. Le braconnier vit dans la forêt ; le contrebandier vit dans la montagne ou sur la mer. Les villes font des hommes féroces parce qu'elles font des hommes corrompus. La montagne, la mer, la forêt, font des hommes sauvages. Elles développent le côté farouche, mais souvent sans détruire le côté humain.

Jean Valjean fut déclaré coupable. Les termes du code étaient formels. Il y a dans notre civilisation des heures redoutables ; ce sont les moments où la pénalité prononce un naufrage. Quelle minute funèbre que celle où la société s'éloigne et consomme l'irréparable abandon d'un être pensant ! Jean Valjean fut condamné à cinq ans de galères.

Le 22 avril 1796, on cria dans Paris la victoire de Montenotte remportée par le général en chef de l'armée d'Italie, que le message du Directoire aux Cinq-Cents, du 2 floréal an IV, appelle Buona-Parte ; ce même jour une grande chaîne fut ferrée à Bicêtre. Jean Valjean fit partie de cette chaîne. Un ancien guichetier de la prison, qui a près de quatre-vingt-dix ans aujourd'hui, se souvient encore parfaitement de ce malheureux qui fut ferré à l'extrémité du quatrième cordon dans l'angle nord de la cour. Il était assis à terre comme tous les autres. Il paraissait ne rien comprendre à sa position, sinon qu'elle était horrible. Il est probable qu'il y démêlait aussi, à travers les vagues idées d'un pauvre homme ignorant de tout, quelque chose d'excessif. Pendant qu'on rivait à grands coups de marteau derrière sa tête le boulon de son carcan, il pleurait, les larmes l'étouffaient, elles l'empêchaient de parler, il parvenait seulement à dire de temps en temps : *J'étais émondeur à Faverolles*. Puis, tout en sanglotant, il élevait sa main droite et l'abaissait graduellement sept fois comme s'il touchait successivement sept têtes inégales, et par ce geste on devinait que la chose quelconque qu'il avait faite, il l'avait faite pour vêtir et nourrir sept petits enfants.

Il partit pour Toulon. Il y arriva après un voyage de vingt-sept jours, sur une charrette, la chaîne au cou. À Toulon, il fut revêtu de la casaque rouge. Tout s'effaça de ce qui avait été sa vie, jusqu'à son nom ; il ne fut même plus Jean Valjean ; il fut le numéro 24601. Que devint la sœur ? que devinrent les sept enfants ? Qui est-ce qui s'occupe de cela ? Que devient la poignée de feuilles du jeune arbre scié par le pied ?

C'est toujours la même histoire. Ces pauvres êtres vivants, ces créatures de Dieu, sans appui désormais, sans guide, sans asile, s'en allèrent au hasard, qui sait même ? chacun de leur côté peut-être, et s'enfoncèrent peu à peu dans cette froide brume où s'engloutissent les destinées solitaires, mornes ténèbres où disparaissent successivement tant de têtes infortunées dans la sombre marche du genre humain. Ils quittèrent le pays. Le clocher de ce qui avait été leur village les oublia ; la borne de ce qui avait été leur champ les oublia ; après quelques années de séjour au bagne, Jean Valjean lui-même les oublia. Dans ce cœur où il y avait eu une plaie, il y eut une cicatrice. Voilà tout. À peine, pendant tout le temps qu'il passa à Toulon, entendit-il parler une seule fois de sa sœur. C'était, je crois, vers la fin de la quatrième année de sa captivité. Je ne sais plus par quelle voie ce renseignement lui parvint. Quelqu'un, qui les avait connus au pays, avait vu sa sœur. Elle était à Paris. Elle habitait une pauvre rue près de Saint-Sulpice, la rue du Gindre [1]. Elle n'avait plus avec elle qu'un enfant, un petit garçon, le dernier. Où étaient les six autres ? Elle ne le savait peut-être pas elle-même. Tous les matins elle allait à une imprimerie rue du Sabot, n° 3, où elle était plieuse et brocheuse. Il fallait être là à six heures du matin, bien avant le jour l'hiver. Dans la maison de l'imprimerie il y avait une école, elle menait à cette école son petit garçon qui avait sept ans. Seulement, comme elle entrait à l'imprimerie à six heures et que l'école n'ouvrait qu'à sept, il fallait que l'enfant attendît, dans la cour, que l'école ouvrît, une heure ; l'hiver, une heure de nuit, en plein air. On ne voulait pas que l'enfant entrât dans l'imprimerie, parce qu'il gênait, disait-on. Les ouvriers voyaient le matin en passant ce pauvre petit être assis sur le pavé, tombant de sommeil, et souvent endormi dans l'ombre, accroupi et plié sur son panier. Quand il pleuvait, une vieille femme, la portière, en avait pitié ; elle le recueillait dans son bouge où il n'y avait qu'un grabat, un rouet et deux chaises de bois, et le petit dormait là dans un coin, se serrant contre le chat pour avoir moins froid. À sept heures, l'école ouvrait et il y entrait. Voilà ce qu'on dit à Jean Valjean. On l'en entretint un jour, ce fut un moment, un éclair, comme une fenêtre brusquement ouverte sur la destinée de ces êtres qu'il avait aimés, puis tout se referma ; il n'en entendit plus parler, et ce fut pour jamais. Plus rien n'arriva d'eux à lui ; jamais il ne les revit, jamais il ne les rencontra, et, dans la suite de cette douloureuse histoire, on ne les retrouvera plus.

Vers la fin de cette quatrième année, le tour d'évasion de Jean Valjean arriva. Ses camarades l'aidèrent comme cela se fait dans ce triste lieu. Il s'évada. Il erra deux jours en liberté dans les champs ; si c'est être libre que d'être traqué ; de tourner la tête à chaque instant ; de tressaillir au moindre bruit ; d'avoir peur de tout, du toit qui fume, de l'homme qui passe, du chien qui aboie, du cheval qui galope, de l'heure qui sonne, du jour parce qu'on voit, de la nuit parce qu'on ne voit pas, de la route, du sentier, du buisson, du sommeil. Le soir du second jour, il fut repris. Il n'avait ni mangé ni dormi depuis trente-six heures. Le tribunal maritime le condamna pour ce délit à une prolongation de trois ans, ce qui lui fit huit ans. La sixième année, ce fut encore son tour de s'évader ; il en usa, mais il ne put consommer sa fuite. Il avait manqué à l'appel. On tira le coup de canon, et à la nuit les gens de ronde le trouvèrent caché sous la quille d'un vaisseau en construction ; il résista aux gardes-chiourme qui le saisirent. Évasion et rébellion. Ce fait prévu par le code spécial fut puni d'une aggravation de cinq ans, dont deux ans de double chaîne. Treize ans. La dixième année, son tour revint, il en profita encore. Il ne réussit pas mieux. Trois ans pour cette nouvelle tentative. Seize ans. Enfin, ce fut, je crois, pendant la treizième année qu'il essaya une dernière fois et ne réussit qu'à se faire reprendre après quatre heures d'absence. Trois ans pour ces quatre heures. Dix-neuf ans. En octobre 1815 il fut libéré ; il était entré là en 1796 pour avoir cassé un carreau et pris un pain.

Place pour une courte parenthèse. C'est la seconde fois que, dans ses études sur la question pénale et sur la damnation par la loi, l'auteur de ce livre rencontre le vol d'un pain, comme point de départ du désastre d'une destinée. Claude Gueux avait volé un pain [1] ; Jean Valjean avait volé un pain. Une statistique anglaise constate qu'à Londres quatre vols sur cinq ont pour cause immédiate la faim.

Jean Valjean était entré au bagne sanglotant et frémissant ; il en sortit impassible. Il y était entré désespéré ; il en sortit sombre.

Que s'était-il passé dans cette âme ?

VII

LE DEDANS DU DÉSESPOIR

Essayons de le dire.

Il faut bien que la société regarde ces choses puisque c'est elle qui les fait.

C'était, nous l'avons dit, un ignorant ; mais ce n'était pas un imbécile. La lumière naturelle était allumée en lui. Le malheur, qui a aussi sa clarté, augmenta le peu de jour qu'il y avait dans cet esprit. Sous le bâton, sous la chaîne, au cachot, à la fatigue, sous l'ardent soleil du bagne, sur le lit de planches des forçats, il se replia en sa conscience et réfléchit.

Il se constitua tribunal.

Il commença par se juger lui-même.

Il reconnut qu'il n'était pas un innocent injustement puni. Il s'avoua qu'il avait commis une action extrême et blâmable ; qu'on ne lui eût peut-être pas refusé ce pain s'il l'avait demandé ; que dans tous les cas il eût mieux valu l'attendre, soit de la pitié, soit du travail ; que ce n'est pas tout à fait une raison sans réplique de dire : peut-on attendre quand on a faim ? que d'abord il est très rare qu'on meure littéralement de faim ; ensuite que, malheureusement ou heureusement, l'homme est ainsi fait qu'il peut souffrir longtemps et beaucoup, moralement et physiquement, sans mourir ; qu'il fallait donc de la patience ; que cela eût mieux valu même pour ces pauvres petits enfants ; que c'était un acte de folie, à lui, malheureux homme chétif, de prendre violemment au collet la société tout entière et de se figurer qu'on sort de la misère par le vol ; que c'était, dans tous les cas, une mauvaise porte pour sortir de la misère que celle par où l'on entre dans l'infamie ; enfin qu'il avait eu tort.

Puis il se demanda :

S'il était le seul qui avait eu tort dans sa fatale histoire ? Si d'abord ce n'était pas une chose grave qu'il eût, lui travailleur, manqué de travail, lui laborieux, manqué de pain. Si, ensuite, la faute commise et avouée, le châtiment n'avait pas été féroce et outré. S'il n'y avait pas plus d'abus de la part de la loi dans la peine qu'il n'y avait eu d'abus de la part du coupable dans la faute. S'il n'y avait pas excès de poids dans un des plateaux de la balance, celui où est l'expiation. Si la surcharge de la peine n'était point l'effacement du délit, et n'arrivait pas à ce résultat : de retourner la situation, de remplacer la faute du délinquant par la faute de la répression, de faire du coupable la victime et du débiteur le créancier, et de mettre définitivement le droit du côté de celui-là même qui l'avait violé. Si cette peine, compliquée des aggravations successives pour les tentatives d'évasion, ne finissait pas par être une sorte d'attentat du plus fort sur le plus faible, un crime de la société sur l'individu, un crime qui recommençait tous les jours, un crime qui durait dix-neuf ans.

Il se demanda si la société humaine pouvait avoir le droit de faire également subir à ses membres, dans un cas son imprévoyance déraisonnable, et dans l'autre cas sa prévoyance impitoyable, et de saisir à jamais un pauvre homme entre un défaut et un excès, défaut de travail, excès de châtiment. S'il n'était pas exorbitant que la société traitât ainsi précisément ses membres les plus mal dotés dans la répartition de biens que fait le hasard, et par conséquent les plus dignes de ménagements.

Ces questions faites et résolues, il jugea la société et la condamna.

Il la condamna à sa haine.

Il la fit responsable du sort qu'il subissait, et se dit qu'il n'hésiterait peut-être pas à lui en demander compte un jour. Il se déclara à lui-même qu'il n'y avait pas équilibre entre le dommage qu'il avait causé et le dommage qu'on lui causait ; il conclut enfin que son châtiment n'était pas, à la vérité, une injustice, mais qu'à coup sûr c'était une iniquité.

La colère peut être folle et absurde ; on peut être irrité à tort ; on n'est indigné que lorsqu'on a raison au fond par quelque côté. Jean Valjean se sentait indigné.

Et puis, la société humaine ne lui avait fait que du mal. Jamais il n'avait vu d'elle que ce visage courroucé qu'elle appelle sa justice et qu'elle montre à ceux qu'elle frappe. Les hommes ne l'avaient touché que pour le meurtrir. Tout contact avec eux lui avait été un coup. Jamais, depuis son enfance, depuis sa mère, depuis sa sœur, jamais il n'avait rencontré une parole amie et un regard bienveillant. De souffrance en souffrance il arriva peu à peu à cette conviction que la vie était une guerre ; et que dans cette guerre il était le vaincu. Il n'avait d'autre arme que sa haine. Il résolut de l'aiguiser au bagne et de l'emporter en s'en allant.

Il y avait à Toulon une école pour la chiourme tenue par des frères ignorantins où l'on enseignait le plus nécessaire à ceux de ces malheureux qui avaient de la bonne volonté. Il fut du nombre des hommes de bonne volonté. Il alla à l'école à quarante ans, et apprit à lire, à écrire, à compter. Il sentit que fortifier son intelligence, c'était fortifier sa haine. Dans de certains cas, l'instruction et la lumière peuvent servir de rallonge au mal.

Cela est triste à dire, après avoir jugé la société qui avait fait son malheur, il jugea la providence qui avait fait la société.

Il la condamna aussi.

Ainsi, pendant ces dix-neuf ans de torture et d'esclavage, cette âme monta et tomba en même temps. Il y entra de la lumière d'un côté et des ténèbres de l'autre.

Jean Valjean n'était pas, on l'a vu, d'une nature mauvaise. Il était encore bon lorsqu'il arriva au bagne. Il y condamna la société et sentit qu'il devenait méchant, il y condamna la providence et sentit qu'il devenait impie.

Ici il est difficile de ne pas méditer un instant.

La nature humaine se transforme-t-elle ainsi de fond en comble et tout à fait ? L'homme créé bon par Dieu peut-il être fait méchant par l'homme ? L'âme peut-elle être refaite tout d'une pièce par la destinée, et devenir mauvaise, la destinée étant mauvaise ? Le cœur peut-il devenir difforme et contracter des laideurs et des infirmités incurables sous la pression d'un malheur disproportionné, comme la colonne vertébrale sous une voûte trop basse ? N'y a-t-il pas dans toute âme humaine, n'y avait-il pas dans l'âme de Jean Valjean en particulier, une première étincelle, un élément divin, incorruptible dans ce monde, immortel dans l'autre, que le bien peut développer, attiser, allumer, enflammer et faire rayonner splendidement, et que le mal ne peut jamais entièrement éteindre ?

Questions graves et obscures, à la dernière desquelles tout physiologiste eût probablement répondu *non*, et sans hésiter, s'il eût vu à Toulon, aux heures de repos qui étaient pour Jean Valjean des heures de rêverie, assis, les bras croisés, sur la barre de quelque cabestan, le bout de sa chaîne enfoncé dans sa poche pour l'empêcher de traîner, ce galérien morne, sérieux, silencieux et pensif, paria des lois qui regardait l'homme avec colère, damné de la civilisation qui regardait le ciel avec sévérité.

Certes, et nous ne voulons pas le dissimuler, le physiologiste observateur eût vu là une misère irrémédiable, il eût plaint peut-être ce malade du fait de la loi, mais il n'eût pas même essayé de traitement ; il eût détourné le regard des cavernes qu'il aurait entrevues dans cette âme ; et, comme Dante de la porte de l'enfer, il eût effacé de cette existence le mot que le doigt de Dieu écrit pourtant sur le front de tout homme : *Espérance !*

Cet état de son âme que nous avons tenté d'analyser était-il aussi parfaitement clair pour Jean Valjean que nous avons essayé de le rendre pour ceux qui nous lisent ? Jean Valjean voyait-il distinctement, après leur formation, et avait-il vu distinctement, à mesure qu'ils se formaient, tous les éléments dont se composait sa misère morale ? Cet homme rude et illettré s'était-il bien nettement rendu compte de la succession d'idées par laquelle il était, degré à degré, monté et descendu jusqu'aux lugubres aspects qui étaient depuis tant d'années déjà l'horizon intérieur de son esprit ? Avait-il bien conscience de tout ce qui s'était passé en lui et de tout ce qui s'y remuait ? C'est ce que nous n'oserions dire ; c'est même ce que nous ne croyons pas. Il y avait trop d'ignorance dans Jean Valjean pour que, même après tant de malheur, il n'y restât pas beaucoup de vague. Par moments il ne savait pas même bien au juste ce qu'il éprouvait. Jean Valjean était dans les ténèbres ; il souffrait dans les ténèbres ; il haïssait dans les ténèbres ; on eût pu dire qu'il haïssait devant lui. Il vivait habituellement dans cette ombre, tâtonnant comme un aveugle et comme un rêveur. Seulement, par intervalles, il lui venait tout à coup, de lui-même ou du dehors, une secousse de colère, un surcroît de souffrance, un pâle et rapide éclair qui illuminait toute son âme, et faisait brusquement apparaître partout autour de lui, en avant et en arrière, aux lueurs d'une lumière affreuse, les hideux précipices et les sombres perspectives de sa destinée.

L'éclair passé, la nuit retombait, et où était-il ? il ne le savait plus.

Le propre des peines de cette nature, dans lesquelles domine ce qui est impitoyable, c'est-à-dire ce qui est abrutissant, c'est de transformer peu à peu, par une sorte de transfiguration stupide, un homme en une bête fauve. Quelquefois en une bête féroce. Les tentatives d'évasion de Jean Valjean, successives et obstinées, suffiraient à prouver cet étrange travail fait par la loi sur l'âme humaine. Jean Valjean eût renouvelé ces tentatives, si parfaitement inutiles et folles, autant de fois que l'occasion s'en fût présentée, sans songer un instant au résultat, ni aux expériences déjà faites. Il s'échappait impétueusement comme le loup qui trouve la cage ouverte. L'instinct lui disait : sauve-toi ! Le raisonnement lui eût dit : reste ! Mais, devant une tentation si violente, le raisonnement avait disparu ; il n'y avait plus que l'instinct. La bête seule agissait. Quand il était repris, les nouvelles sévérités qu'on lui infligeait ne servaient qu'à l'effarer davantage.

Un détail que nous ne devons pas omettre, c'est qu'il était d'une force physique dont n'approchait pas un des habitants du bagne. À la fatigue, pour filer un câble, pour virer un cabestan, Jean Valjean valait quatre hommes. Il soulevait et soutenait parfois d'énormes poids sur son dos, et remplaçait dans l'occasion cet instrument qu'on appelle cric et qu'on appelait jadis orgueil, d'où a pris nom, soit dit en passant, la rue Montorgueil près des halles de Paris. Ses camarades l'avaient surnommé Jean-le-Cric. Une fois, comme on réparait le balcon de l'hôtel de ville de Toulon, une des admirables cariatides de Puget qui soutiennent ce balcon se descella et faillit tomber. Jean Valjean, qui se trouvait là, soutint de l'épaule la cariatide et donna le temps aux ouvriers d'arriver.

Sa souplesse dépassait encore sa vigueur. Certains forçats, rêveurs perpétuels d'évasions, finissent par faire de la force et de l'adresse combinées une véritable science. C'est la science des muscles. Toute une statique mystérieuse est quotidiennement pratiquée par les prisonniers, ces éternels envieux des mouches et des oiseaux. Gravir une verticale, et trouver des points d'appui là où l'on voit à peine une saillie, était un jeu pour Jean Valjean. Étant donné un angle de mur, avec la tension de son dos et de ses jarrets, avec ses coudes et ses talons emboîtés dans les aspérités de la pierre, il se hissait comme magiquement à un troisième étage. Quelquefois il montait ainsi jusqu'au toit du bagne.

Il parlait peu. Il ne riait pas. Il fallait quelque émotion extrême pour lui arracher, une ou deux fois l'an, ce lugubre rire du forçat qui est comme un écho du rire du démon. À le voir, il semblait occupé à regarder continuellement quelque chose de terrible.

Il était absorbé en effet.

À travers les perceptions maladives d'une nature incomplète et d'une intelligence accablée, il sentait confusément qu'une chose monstrueuse était sur lui. Dans cette pénombre obscure et blafarde où il rampait, chaque fois qu'il tournait le cou et qu'il essayait d'élever son regard, il voyait, avec une terreur mêlée de rage, s'échafauder, s'étager et monter à perte de vue au-dessus de lui, avec des escarpements horribles, une sorte d'entassement effrayant de choses, de lois, de préjugés, d'hommes et de faits, dont les contours lui échappaient, dont la masse l'épouvantait, et qui n'était autre chose que cette prodigieuse pyramide que nous appelons la civilisation. Il distinguait çà et là dans cet ensemble fourmillant et difforme, tantôt près de lui, tantôt loin et sur des plateaux inaccessibles, quelque groupe, quelque détail vivement éclairé, ici l'argousin et son bâton, ici le gendarme et son sabre, là-bas l'archevêque mitré, tout en haut, dans une sorte de soleil, l'empereur couronné et éblouissant. Il lui semblait que ces splendeurs lointaines, loin de dissiper sa nuit, la rendaient plus funèbre et plus noire. Tout cela, lois, préjugés, faits, hommes, choses, allait et venait au-dessus de lui, selon le mouvement compliqué et mystérieux que Dieu imprime à la civilisation, marchant sur lui et l'écrasant avec je ne sais quoi de paisible dans la cruauté et d'inexorable dans l'indifférence. Âmes tombées au fond de l'infortune possible, malheureux hommes perdus au plus bas de ces limbes où l'on ne regarde plus, les réprouvés de la loi sentent peser de tout son poids sur leur tête cette société humaine, si formidable pour qui est dehors, si effroyable pour qui est dessous.

Dans cette situation, Jean Valjean songeait, et quelle pouvait être la nature de sa rêverie ?

Si le grain de mil sous la meule avait des pensées, il penserait sans doute ce que pensait Jean Valjean.

Toutes ces choses, réalités pleines de spectres, fantasmagories pleines de réalités, avaient fini par lui créer une sorte d'état intérieur presque inexprimable.

Par moments, au milieu de son travail du bagne, il s'arrêtait. Il se mettait à penser. Sa raison, à la fois plus mûre et plus troublée qu'autrefois, se révoltait. Tout ce qui lui était arrivé lui paraissait absurde ; tout ce qui l'entourait lui paraissait impossible. Il se disait : c'est un rêve. Il regardait l'argousin debout à quelques pas de lui ; l'argousin lui semblait un fantôme ; tout à coup le fantôme lui donnait un coup de bâton.

La nature visible existait à peine pour lui. Il serait presque vrai de dire qu'il n'y avait point pour Jean Valjean de soleil, ni de beaux jours d'été, ni de ciel rayonnant, ni de fraîches aubes d'avril. Je ne sais quel jour de soupirail éclairait habituellement son âme.

Pour résumer, en terminant, ce qui peut être résumé et traduit en résultats positifs dans tout ce que nous venons d'indiquer, nous nous bornerons à constater qu'en dix-neuf ans, Jean Valjean, l'inoffensif émondeur

de Faverolles, le redoutable galérien de Toulon, était
devenu capable, grâce à la manière dont le bagne l'avait
façonné, de deux espèces de mauvaises actions : premièrement, d'une mauvaise action rapide, irréfléchie,
pleine d'étourdissement, toute d'instinct, sorte de repré-
saille pour le mal souffert ; deuxièmement, d'une mauvaise action grave, sérieuse, débattue en conscience
et méditée avec les idées fausses que peut donner un
pareil malheur. Ses préméditations passaient par les
trois phases successives que les natures d'une certaine trempe peuvent seules parcourir, raisonnement,
volonté, obstination. Il avait pour mobiles l'indignation
habituelle, l'amertume de l'âme, le profond sentiment
des iniquités subies, la réaction, même contre les bons,
les innocents et les justes, s'il y en a. Le point de départ
comme le point d'arrivée de toutes ses pensées était la
haine de la loi humaine ; cette haine qui, si elle n'est
arrêtée dans son développement par quelque incident
providentiel, devient, dans un temps donné, la haine de
la société, puis la haine du genre humain, puis la haine
de la création, et se traduit par un vague et incessant et
brutal désir de nuire, n'importe à qui, à un être vivant
quelconque. — Comme on voit, ce n'était pas sans raison que le passeport qualifiait Jean Valjean d'*homme
très dangereux*.

D'année en année, cette âme s'était desséchée de plus
en plus, lentement, mais fatalement. À cœur sec, œil
sec. À sa sortie du bagne, il y avait dix-neuf ans qu'il
n'avait versé une larme.

VIII

L'ONDE ET L'OMBRE [1]

Un homme à la mer !
Qu'importe ! le navire ne s'arrête pas. Le vent souffle,

ce sombre navire-là a une route qu'il est forcé de continuer. Il passe.

L'homme disparaît, puis reparaît, il plonge et remonte à la surface, il appelle, il tend les bras, on ne l'entend pas ; le navire, frissonnant sous l'ouragan, est tout à sa manœuvre, les matelots et les passagers ne voient même plus l'homme submergé ; sa misérable tête n'est qu'un point dans l'énormité des vagues.

Il jette des cris désespérés dans les profondeurs. Quel spectre que cette voile qui s'en va ! Il la regarde, il la regarde frénétiquement. Elle s'éloigne, elle blêmit, elle décroît. Il était là tout à l'heure, il était de l'équipage, il allait et venait sur le pont avec les autres, il avait sa part de respiration et de soleil, il était un vivant. Maintenant, que s'est-il donc passé ? Il a glissé, il est tombé, c'est fini.

Il est dans l'eau monstrueuse. Il n'a plus sous les pieds que de la fuite et de l'écroulement. Les flots déchirés et déchiquetés par le vent l'environnent hideusement, les roulis de l'abîme l'emportent, tous les haillons de l'eau s'agitent autour de sa tête, une populace de vagues crache sur lui, de confuses ouvertures le dévorent à demi ; chaque fois qu'il enfonce, il entrevoit des précipices pleins de nuit ; d'affreuses végétations inconnues le saisissent, lui nouent les pieds, le tirent à elles ; il sent qu'il devient abîme, il fait partie de l'écume, les flots se le jettent de l'un à l'autre, il boit l'amertume, l'océan lâche s'acharne à le noyer, l'énormité joue avec son agonie. Il semble que toute cette eau soit de la haine.

Il lutte pourtant, il essaie de se défendre, il essaie de se soutenir, il fait effort, il nage. Lui, cette pauvre force tout de suite épuisée, il combat l'inépuisable.

Où donc est le navire ? Là-bas. À peine visible dans les pâles ténèbres de l'horizon.

Les rafales soufflent ; toutes les écumes l'accablent. Il lève les yeux et ne voit que les lividités des nuages. Il assiste, agonisant, à l'immense démence de la mer. Il est supplicié par cette folie. Il entend des bruits

étrangers à l'homme qui semblent venir d'au delà de la
terre et d'on ne sait quel dehors effrayant.

Il y a des oiseaux dans les nuées, de même qu'il y a
des anges au-dessus des détresses humaines, mais que
peuvent-ils pour lui ? Cela vole, chante et plane, et lui,
il râle.

Il se sent enseveli à la fois par ces deux infinis, l'océan
et le ciel ; l'un est une tombe, l'autre est un linceul.

La nuit descend, voilà des heures qu'il nage, ses forces
sont à bout ; ce navire, cette chose lointaine où il y avait
des hommes, s'est effacé ; il est seul dans le formidable
gouffre crépusculaire, il enfonce, il se roidit, il se tord,
il sent au-dessous de lui les vagues monstres de l'invisible ; il appelle.

Il n'y a plus d'hommes. Où est Dieu ?

Il appelle. Quelqu'un ! quelqu'un ! Il appelle toujours.
Rien à l'horizon. Rien au ciel.

Il implore l'étendue, la vague, l'algue, l'écueil ; cela est
sourd. Il supplie la tempête ; la tempête imperturbable
n'obéit qu'à l'infini.

Autour de lui, l'obscurité, la brume, la solitude, le
tumulte orageux et inconscient, le plissement indéfini
des eaux farouches. En lui l'horreur et la fatigue. Sous
lui la chute. Pas de point d'appui. Il songe aux aventures
ténébreuses du cadavre dans l'ombre illimitée. Le froid
sans fond le paralyse. Ses mains se crispent et se fer-
ment, et prennent du néant. Vents, nuées, tourbillons,
souffles, étoiles inutiles ! Que faire ? Le désespéré
s'abandonne, qui est las prend le parti de mourir, il se
laisse faire, il se laisse aller, il lâche prise, et le voilà qui
roule à jamais dans les profondeurs lugubres de
l'engloutissement.

Ô marche implacable des sociétés humaines ! Pertes
d'hommes et d'âmes chemin faisant ! Océan où tombe
tout ce que laisse tomber la loi ! Disparition sinistre du
secours ! Ô mort morale !

La mer, c'est l'inexorable nuit sociale où la pénalité
jette ses damnés. La mer, c'est l'immense misère.

L'âme, à vau-l'eau dans ce gouffre, peut devenir un cadavre. Qui la ressuscitera ?

IX

NOUVEAUX GRIEFS

Quand vint l'heure de la sortie du bagne, quand Jean Valjean entendit à son oreille ce mot étrange : *tu es libre !* le moment fut invraisemblable et inouï, un rayon de vive lumière, un rayon de la vraie lumière des vivants pénétra subitement en lui. Mais ce rayon ne tarda point à pâlir. Jean Valjean avait été ébloui de l'idée de la liberté. Il avait cru à une vie nouvelle. Il vit bien vite ce que c'était qu'une liberté à laquelle on donne un passe-port jaune.

Et autour de cela bien des amertumes. Il avait calculé que sa masse, pendant son séjour au bagne, aurait dû s'élever à cent soixante et onze francs. Il est juste d'ajouter qu'il avait oublié de faire entrer dans ses calculs le repos forcé des dimanches et fêtes qui, pour dix-neuf ans, entraînait une diminution de vingt-quatre francs environ. Quoi qu'il en fût, cette masse avait été réduite, par diverses retenues locales, à la somme de cent neuf francs quinze sous, qui lui avait été comptée à sa sortie.

Il n'y avait rien compris, et se croyait lésé. Disons le mot, volé.

Le lendemain de sa libération, à Grasse, il vit devant la porte d'une distillerie de fleurs d'oranger des hommes qui déchargeaient des ballots. Il offrit ses services. La besogne pressait, on les accepta. Il se mit à l'ouvrage. Il était intelligent, robuste et adroit ; il faisait de son mieux ; le maître paraissait content. Pendant qu'il travaillait, un gendarme passa, le remarqua, et lui demanda ses papiers. Il fallut montrer le passeport jaune. Cela fait, Jean Valjean reprit son travail. Un peu auparavant, il avait questionné l'un des ouvriers sur ce qu'ils gagnaient à cette besogne par jour ; on lui avait répondu : *trente sous*. Le soir venu, comme il était forcé de repartir le lendemain matin, il se présenta devant le maître de la distillerie et le pria de le payer. Le maître ne proféra pas une parole, et lui remit vingt-cinq sous. Il réclama. On lui répondit : *cela est assez bon pour toi*. Il insista. Le maître le regarda entre les deux yeux et lui dit : *Gare le bloc* [a].

Là encore il se considéra comme volé.

La société, l'état, en lui diminuant sa masse, l'avait volé en grand. Maintenant, c'était le tour de l'individu qui le volait en petit.

Libération n'est pas délivrance. On sort du bagne, mais non de la condamnation.

Voilà ce qui lui était arrivé à Grasse. On a vu de quelle façon il avait été accueilli à Digne.

X

L'HOMME RÉVEILLÉ

Donc, comme deux heures du matin sonnaient à l'horloge de la cathédrale, Jean Valjean se réveilla.

Ce qui le réveilla, c'est que le lit était trop bon. Il y avait vingt ans bientôt qu'il n'avait couché dans un lit, et quoiqu'il ne se fût pas déshabillé, la sensation était trop nouvelle pour ne pas troubler son sommeil.

Il avait dormi plus de quatre heures. Sa fatigue était passée. Il était accoutumé à ne pas donner beaucoup d'heures au repos.

Il ouvrit les yeux, et regarda un moment dans l'obs-

a. La prison.

curité autour de lui, puis il les referma pour se rendormir.

Quand beaucoup de sensations diverses ont agité la journée, quand des choses préoccupent l'esprit, on s'endort, mais on ne se rendort pas. Le sommeil vient plus aisément qu'il ne revient. C'est ce qui arriva à Jean Valjean. Il ne put se rendormir, et il se mit à penser.

Il était dans un de ces moments où les idées qu'on a dans l'esprit sont troubles. Il avait une sorte de va-et-vient obscur dans le cerveau. Ses souvenirs anciens et ses souvenirs immédiats y flottaient pêle-mêle et s'y croisaient confusément, perdant leurs formes, se grossissant démesurément, puis disparaissant tout à coup comme dans une eau fangeuse et agitée. Beaucoup de pensées lui venaient, mais il y en avait une qui se représentait continuellement et qui chassait toutes les autres. Cette pensée, nous allons la dire tout de suite : — il avait remarqué les six couverts d'argent et la grande cuiller que madame Magloire avait posés sur la table.

Ces six couverts d'argent l'obsédaient. — Ils étaient là. — À quelques pas. — À l'instant où il avait traversé la chambre d'à côté pour venir dans celle où il était, la vieille servante les mettait dans un petit placard à la tête du lit. — Il avait bien remarqué ce placard. — À droite, en entrant par la salle à manger. — Ils étaient massifs. — Et de vieille argenterie. — Avec la grande cuiller, on en tirerait au moins deux cents francs. — Le double de ce qu'il avait gagné en dix-neuf ans. — Il est vrai qu'il eût gagné davantage si l'*administration* ne l'avait pas *volé*.

Son esprit oscilla toute une grande heure dans des fluctuations auxquelles se mêlait bien quelque lutte. Trois heures sonnèrent. Il rouvrit les yeux, se dressa brusquement sur son séant, étendit le bras et tâta son havresac qu'il avait jeté dans le coin de l'alcôve, puis il laissa pendre ses jambes et poser ses pieds à terre, et se trouva, presque sans savoir comment, assis sur son lit.

Il resta un certain temps rêveur dans cette attitude

qui eût eu quelque chose de sinistre pour quelqu'un qui l'eût aperçu ainsi dans cette ombre, seul éveillé dans la maison endormie. Tout à coup il se baissa, ôta ses souliers et les posa doucement sur la natte près du lit, puis il reprit sa posture de rêverie et redevint immobile.

Au milieu de cette méditation hideuse, les idées que nous venons d'indiquer remuaient sans relâche son cerveau, entraient, sortaient, rentraient, faisaient sur lui une sorte de pesée ; et puis il songeait aussi, sans savoir pourquoi, et avec cette obstination machinale de la rêverie, à un forçat nommé Brevet qu'il avait connu au bagne, et dont le pantalon n'était retenu que par une seule bretelle de coton tricoté. Le dessin en damier de cette bretelle lui revenait sans cesse à l'esprit.

Il demeurait dans cette situation, et y fût peut-être resté indéfiniment jusqu'au lever du jour, si l'horloge n'eût sonné un coup, — le quart ou la demie. Il sembla que ce coup lui eût dit : allons !

Il se leva debout, hésita encore un moment, et écouta ; tout se taisait dans la maison ; alors il marcha droit et à petits pas vers la fenêtre qu'il entrevoyait. La nuit n'était pas très obscure ; c'était une pleine lune sur laquelle couraient de larges nuées chassées par le vent. Cela faisait au dehors des alternatives d'ombre et de clarté, des éclipses, puis des éclaircies, et au dedans une sorte de crépuscule. Ce crépuscule, suffisant pour qu'on pût se guider, intermittent à cause des nuages, ressemblait à l'espèce de lividité qui tombe d'un soupirail de cave devant lequel vont et viennent des passants. Arrivé à la fenêtre, Jean Valjean l'examina. Elle était sans barreaux, donnait sur le jardin et n'était fermée, selon la mode du pays, que d'une petite clavette. Il l'ouvrit, mais, comme un air froid et vif entra brusquement dans la chambre, il la referma tout de suite. Il regarda le jardin de ce regard attentif qui étudie plus encore qu'il ne regarde. Le jardin était enclos d'un mur blanc assez bas, facile à escalader. Au fond, au delà, il distingua des têtes d'arbres également espacées, ce qui indiquait que ce mur séparait le jardin d'une avenue ou d'une ruelle plantée.

Ce coup d'œil jeté, il fit le mouvement d'un homme déterminé, marcha à son alcôve, prit son havresac, l'ouvrit, le fouilla, en tira quelque chose qu'il posa sur le lit, mit ses souliers dans une des poches, referma le tout, chargea le sac sur ses épaules, se couvrit de sa casquette dont il baissa la visière sur ses yeux, chercha son bâton en tâtonnant, et l'alla poser dans l'angle de la fenêtre, puis revint au lit et saisit résolûment l'objet qu'il y avait déposé. Cela ressemblait à une barre de fer courte, aiguisée comme un épieu à l'une de ses extrémités.

Il eût été difficile de distinguer dans les ténèbres pour quel emploi avait pu être façonné ce morceau de fer. C'était peut-être un levier ? C'était peut-être une massue ?

Au jour on eût pu reconnaître que ce n'était autre chose qu'un chandelier de mineur. On employait alors quelquefois les forçats à extraire de la roche des hautes collines qui environnent Toulon, et il n'était pas rare qu'ils eussent à leur disposition des outils de mineur. Les chandeliers des mineurs sont en fer massif, terminés à leur extrémité inférieure par une pointe au moyen de laquelle on les enfonce dans le rocher.

Il prit ce chandelier dans sa main droite, et retenant son haleine, assourdissant son pas, il se dirigea vers la porte de la chambre voisine, celle de l'évêque, comme on sait. Arrivé à cette porte, il la trouva entre-bâillée. L'évêque ne l'avait point fermée.

XI

CE QU'IL FAIT

Jean Valjean écouta. Aucun bruit.
Il poussa la porte.

Il la poussa du bout du doigt, légèrement, avec cette douceur furtive et inquiète d'un chat qui veut entrer.

La porte céda à la pression et fit un mouvement imperceptible et silencieux qui élargit un peu l'ouverture.

Il attendit un moment, puis poussa la porte une seconde fois, plus hardiment.

Elle continua de céder en silence. L'ouverture était assez grande maintenant pour qu'il pût passer. Mais il y avait près de la porte une petite table qui faisait avec elle un angle gênant et qui barrait l'entrée.

Jean Valjean reconnut la difficulté. Il fallait à toute force que l'ouverture fût encore élargie.

Il prit son parti, et poussa une troisième fois la porte, plus énergiquement que les deux premières. Cette fois il y eut un gond mal huilé qui jeta tout à coup dans cette obscurité un cri rauque et prolongé.

Jean Valjean tressaillit. Le bruit de ce gond sonna dans son oreille avec quelque chose d'éclatant et de formidable comme le clairon du jugement dernier.

Dans les grossissements fantastiques de la première minute, il se figura presque que ce gond venait de s'animer et de prendre tout à coup une vie terrible, et qu'il aboyait comme un chien pour avertir tout le monde et réveiller les gens endormis.

Il s'arrêta, frissonnant, éperdu, et retomba de la pointe du pied sur le talon. Il entendait ses artères battre dans ses tempes comme deux marteaux de forge, et il lui semblait que son souffle sortait de sa poitrine avec le bruit du vent qui sort d'une caverne. Il lui paraissait impossible que l'horrible clameur de ce gond irrité n'eût pas ébranlé toute la maison comme une secousse de tremblement de terre ; la porte, poussée par lui, avait pris l'alarme et avait appelé ; le vieillard allait se lever, les deux vieilles femmes allaient crier, on viendrait à l'aide ; avant un quart d'heure, la ville serait en rumeur et la gendarmerie sur pied. Un moment il se crut perdu.

Il demeura où il était, pétrifié comme la statue de sel, n'osant faire un mouvement.

Quelques minutes s'écoulèrent. La porte s'était ouverte toute grande. Il se hasarda à regarder dans la chambre. Rien n'y avait bougé. Il prêta l'oreille. Rien ne remuait dans la maison. Le bruit du gond rouillé n'avait éveillé personne.

Ce premier danger était passé, mais il y avait encore en lui un affreux tumulte. Il ne recula pas pourtant. Même quand il s'était cru perdu, il n'avait pas reculé. Il ne songea plus qu'à finir vite. Il fit un pas et entra dans la chambre.

Cette chambre était dans un calme parfait. On y distinguait çà et là des formes confuses et vagues qui, au jour, étaient des papiers épars sur une table, des in-folio ouverts, des volumes empilés sur un tabouret, un fauteuil chargé de vêtements, un prie-Dieu, et qui à cette heure n'étaient plus que des coins ténébreux et des places blanchâtres. Jean Valjean avança avec précaution en évitant de se heurter aux meubles. Il entendait au fond de la chambre la respiration égale et tranquille de l'évêque endormi.

Il s'arrêta tout à coup. Il était près du lit. Il y était arrivé plus tôt qu'il n'aurait cru.

La nature mêle quelquefois ses effets et ses spectacles à nos actions avec une espèce d'à-propos sombre et intelligent, comme si elle voulait nous faire réfléchir. Depuis près d'une demi-heure un grand nuage couvrait le ciel. Au moment où Jean Valjean s'arrêta en face du lit, ce nuage se déchira, comme s'il l'eût fait exprès, et un rayon de lune, traversant la longue fenêtre, vint éclairer subitement le visage pâle de l'évêque. Il dormait paisiblement. Il était presque vêtu dans son lit, à cause des nuits froides des Basses-Alpes, d'un vêtement de laine brune qui lui couvrait les bras jusqu'aux poignets. Sa tête était renversée sur l'oreiller dans l'attitude abandonnée du repos ; il laissait pendre hors du lit sa main ornée de l'anneau pastoral et d'où étaient tombées tant

de bonne œuvres et de saintes actions. Toute sa face
s'illuminait d'une vague expression de satisfaction,
d'espérance et de béatitude. C'était plus qu'un sourire
et presque un rayonnement. Il y avait sur son front
l'inexprimable réverbération d'une lumière qu'on ne
voyait pas. L'âme des justes pendant le sommeil
contemple un ciel mystérieux.

Un reflet de ce ciel était sur l'évêque.

C'était en même temps une transparence lumineuse,
car ce ciel était au dedans de lui. Ce ciel, c'était sa
conscience.

Au moment où le rayon de lune vint se superposer,
pour ainsi dire, à cette clarté intérieure, l'évêque
endormi apparut comme dans une gloire. Cela pourtant
resta doux et voilé d'un demi-jour ineffable. Cette lune
dans le ciel, cette nature assoupie, ce jardin sans un
frisson, cette maison si calme, l'heure, le moment, le
silence, ajoutaient je ne sais quoi de solennel et d'indicible au vénérable repos de ce sage, et enveloppaient
d'une sorte d'auréole majestueuse et sereine ces cheveux blancs et ces yeux fermés, cette figure où tout était
espérance et où tout était confiance, cette tête de vieillard et ce sommeil d'enfant.

Il y avait presque de la divinité dans cet homme ainsi
auguste à son insu.

Jean Valjean, lui, était dans l'ombre, son chandelier
de fer à la main, debout, immobile, effaré de ce vieillard
lumineux. Jamais il n'avait rien vu de pareil. Cette
confiance l'épouvantait. Le monde moral n'a pas de plus
grand spectacle que celui-là : une conscience troublée
et inquiète, parvenue au bord d'une mauvaise action, et
contemplant le sommeil d'un juste.

Ce sommeil, dans cet isolement, et avec un voisin tel
que lui, avait quelque chose de sublime qu'il sentait
vaguement, mais impérieusement.

Nul n'eût pu dire ce qui se passait en lui, pas même
lui. Pour essayer de s'en rendre compte, il faut rêver ce
qu'il y a de plus violent en présence de ce qu'il y a de

plus doux. Sur son visage même on n'eût rien pu distinguer avec certitude. C'était une sorte d'étonnement hagard. Il regardait cela. Voilà tout. Mais quelle était sa pensée ? Il eût été impossible de le deviner. Ce qui était évident, c'est qu'il était ému et bouleversé. Mais de quelle nature était cette émotion ?

Son œil ne se détachait pas du vieillard. La seule chose qui se dégageât clairement de son attitude et de sa physionomie, c'était une étrange indécision. On eût dit qu'il hésitait entre les deux abîmes, celui où l'on se perd et celui où l'on se sauve. Il semblait prêt à briser ce crâne ou à baiser cette main.

Au bout de quelques instants, son bras gauche se leva lentement vers son front, et il ôta sa casquette, puis son bras retomba avec la même lenteur, et Jean Valjean rentra dans sa contemplation, sa casquette dans la main gauche, sa massue dans la main droite, ses cheveux hérissés sur sa tête farouche.

L'évêque continuait de dormir dans une paix profonde sous ce regard effrayant.

Un reflet de lune faisait confusément visible au-dessus de la cheminée le crucifix qui semblait leur ouvrir les bras à tous les deux, avec une bénédiction pour l'un et un pardon pour l'autre.

Tout à coup Jean Valjean remit sa casquette sur son front, puis marcha rapidement, le long du lit, sans regarder l'évêque, droit au placard qu'il entrevoyait près du chevet ; il leva le chandelier de fer comme pour forcer la serrure ; la clef y était ; il l'ouvrit ; la première chose qui lui apparut fut le panier d'argenterie ; il le prit, traversa la chambre à grands pas sans précaution et sans s'occuper du bruit, gagna la porte, rentra dans l'oratoire, ouvrit la fenêtre, saisit un bâton, enjamba l'appui du rez-de-chaussée, mit l'argenterie dans son sac, jeta le panier, franchit le jardin, sauta par-dessus le mur comme un tigre, et s'enfuit.

XII

L'ÉVÊQUE TRAVAILLE

Le lendemain, au soleil levant, monseigneur Bienvenu se promenait dans son jardin. Madame Magloire accourut vers lui toute bouleversée.

— Monseigneur, monseigneur, cria-t-elle, votre grandeur sait-elle où est le panier d'argenterie ?

— Oui, dit l'évêque.

— Jésus-Dieu soit béni ! reprit-elle. Je ne savais ce qu'il était devenu.

L'évêque venait de ramasser le panier dans une plate-bande. Il le présenta à madame Magloire.

— Le voilà.

— Eh bien ? dit-elle. Rien dedans ! et l'argenterie ?

— Ah ! repartit l'évêque. C'est donc l'argenterie qui vous occupe ? Je ne sais où elle est.

— Grand bon Dieu ! elle est volée ! C'est l'homme d'hier soir qui l'a volée !

En un clin d'œil, avec toute sa vivacité de vieille alerte, madame Magloire courut à l'oratoire, entra dans l'alcôve et revint vers l'évêque. L'évêque venait de se baisser et considérait en soupirant un plant de cochléaria des Guillons que le panier avait brisé en tombant à travers la plate-bande. Il se redressa au cri de madame Magloire.

— Monseigneur, l'homme est parti ! l'argenterie est volée !

Tout en poussant cette exclamation, ses yeux tombaient sur un angle du jardin où l'on voyait des traces d'escalade. Le chevron du mur avait été arraché.

— Tenez ! c'est par là qu'il s'en est allé. Il a sauté dans la ruelle Cochefilet ! Ah ! l'abomination ! Il nous a volé notre argenterie !

L'évêque resta un moment silencieux, puis leva son œil sérieux, et dit à madame Magloire avec douceur :

— Et d'abord, cette argenterie était-elle à nous ?

Madame Magloire resta interdite. Il y eut encore un silence, puis l'évêque continua :

— Madame Magloire, je détenais à tort et depuis longtemps cette argenterie. Elle était aux pauvres. Qu'était-ce que cet homme ? Un pauvre évidemment.

— Hélas Jésus ! repartit madame Magloire. Ce n'est pas pour moi ni pour mademoiselle. Cela nous est bien égal. Mais c'est pour monseigneur. Dans quoi monseigneur va-t-il manger maintenant ?

L'évêque la regarda d'un air étonné.

— Ah çà mais ! est-ce qu'il n'y a pas des couverts d'étain ?

Madame Magloire haussa les épaules.

— L'étain a une odeur.

— Alors, des couverts de fer.

Madame Magloire fit une grimace significative.

— Le fer a un goût.

— Eh bien, dit l'évêque, des couverts de bois.

Quelques instants après, il déjeunait à cette même table où Jean Valjean s'était assis la veille. Tout en déjeunant, monseigneur Bienvenu faisait gaîment remarquer à sa sœur qui ne disait rien et à madame Magloire qui grommelait sourdement qu'il n'est nullement besoin d'une cuiller ni d'une fourchette, même en bois, pour tremper un morceau de pain dans une tasse de lait.

— Aussi a-t-on idée ! disait madame Magloire toute seule en allant et venant, recevoir un homme comme cela ! et le loger à côté de soi ! et quel bonheur encore qu'il n'ait fait que voler ! Ah mon Dieu ! cela fait frémir quand on songe !

Comme le frère et le sœur allaient se lever de table, on frappa à la porte.

— Entrez, dit l'évêque.

La porte s'ouvrit. Un groupe étrange et violent apparut sur le seuil. Trois hommes en tenaient un quatrième

au collet. Les trois hommes étaient des gendarmes ;
l'autre était Jean Valjean.

Un brigadier de gendarmerie, qui semblait conduire
le groupe, était près de la porte. Il entra et s'avança vers
l'évêque en faisant le salut militaire.

— Monseigneur... dit-il.

À ce mot Jean Valjean, qui était morne et semblait
abattu, releva la tête d'un air stupéfait.

— Monseigneur ! murmura-t-il. Ce n'est donc pas le
curé ?...

— Silence ! dit un gendarme. C'est monseigneur
l'évêque.

Cependant monseigneur Bienvenu s'était approché
aussi vivement que son grand âge le lui permettait.

— Ah ! vous voilà ! s'écria-t-il en regardant Jean Valjean. Je suis aise de vous voir. Et bien mais ! je vous
avais donné les chandeliers aussi, qui sont en argent
comme le reste et dont vous pourrez bien avoir deux
cents francs. Pourquoi ne les avez-vous pas emportés
avec vos couverts ?

Jean Valjean ouvrit les yeux et regarda le vénérable
évêque avec une expression qu'aucune langue humaine
ne pourrait rendre.

— Monseigneur, dit le brigadier de gendarmerie, ce
que cet homme disait était donc vrai ? Nous l'avons rencontré. Il allait comme quelqu'un qui s'en va. Nous
l'avons arrêté pour voir. Il avait cette argenterie...

— Et il vous a dit, interrompit l'évêque en souriant,
qu'elle lui avait été donnée par un vieux bonhomme de
prêtre chez lequel il avait passé la nuit ? Je vois la chose.
Et vous l'avez ramené ici ? C'est une méprise.

— Comme cela, reprit le brigadier, nous pouvons le
laisser aller ?

— Sans doute, répondit l'évêque.

Les gendarmes lâchèrent Jean Valjean qui recula.

— Est-ce que c'est vrai qu'on me laisse ? dit-il d'une
voix presque inarticulée et comme s'il parlait dans le
sommeil.

— Oui, on te laisse, tu n'entends donc pas ? dit un gendarme.

— Mon ami, reprit l'évêque, avant de vous en aller, voici vos chandeliers. Prenez-les.

Il alla à la cheminée, prit les deux flambeaux d'argent et les apporta à Jean Valjean. Les deux femmes le regardaient faire sans un mot, sans un geste, sans un regard qui pût déranger l'évêque.

Jean Valjean tremblait de tous ses membres. Il prit les deux chandeliers machinalement et d'un air égaré.

— Maintenant, dit l'évêque, allez en paix. — À propos, quand vous reviendrez, mon ami, il est inutile de passer par le jardin. Vous pourrez toujours entrer et sortir par la porte de la rue. Elle n'est fermée qu'au loquet jour et nuit.

Puis se tournant vers la gendarmerie :

— Messieurs, vous pouvez vous retirer.

Les gendarmes s'éloignèrent.

Jean Valjean était comme un homme qui va s'évanouir.

L'évêque s'approcha de lui, et lui dit à voix basse :

— N'oubliez pas, n'oubliez jamais que vous m'avez promis d'employer cet argent à devenir honnête homme.

Jean Valjean, qui n'avait aucun souvenir d'avoir rien promis, resta interdit. L'évêque avait appuyé sur ces paroles en les prononçant. Il reprit avec une sorte de solennité :

— Jean Valjean, mon frère, vous n'appartenez plus au mal, mais au bien. C'est votre âme que je vous achète ; je la retire aux pensées noires et à l'esprit de perdition, et je la donne à Dieu.

XIII

PETIT-GERVAIS

Jean Valjean sortit de la ville comme s'il s'échappait. Il se mit à marcher en toute hâte dans les champs, prenant les chemins et les sentiers qui se présentaient sans s'apercevoir qu'il revenait à chaque instant sur ses pas. Il erra ainsi toute la matinée, n'ayant pas mangé et n'ayant pas faim. Il était en proie à une foule de sensations nouvelles. Il se sentait une sorte de colère ; il ne savait contre qui. Il n'eût pu dire s'il était touché ou humilié. Il lui venait par moments un attendrissement étrange qu'il combattait et auquel il opposait l'endurcissement de ses vingt dernières années. Cet état le fatiguait. Il voyait avec inquiétude s'ébranler au dedans de lui l'espèce de calme affreux que l'injustice de son malheur lui avait donné. Il se demandait qu'est-ce qui remplacerait cela. Parfois il eût vraiment mieux aimé être en prison avec les gendarmes, et que les choses ne se fussent point passées ainsi ; cela l'eût moins agité. Bien que la saison fût assez avancée, il y avait encore çà et là dans les haies quelques fleurs tardives dont l'odeur, qu'il traversait en marchant, lui rappelait des souvenirs d'enfance. Ces souvenirs lui étaient presque insupportables, tant il y avait longtemps qu'ils ne lui étaient apparus.

Des pensées inexprimables s'amoncelèrent ainsi en lui toute la journée.

Comme le soleil déclinait au couchant, allongeant sur le sol l'ombre du moindre caillou, Jean Valjean était assis derrière un buisson dans une grande plaine rousse absolument déserte. Il n'y avait à l'horizon que les Alpes. Pas même le clocher d'un village lointain. Jean Valjean pouvait être à trois lieues de Digne. Un sentier qui coupait la plaine passait à quelques pas du buisson.

Au milieu de cette méditation qui n'eût pas peu contribué à rendre ses haillons effrayants pour quelqu'un qui l'eût rencontré, il entendit un bruit joyeux.

Il tourna la tête, et vit venir par le sentier un petit savoyard d'une dizaine d'années qui chantait, sa vielle au flanc et sa boîte à marmotte sur le dos ; un de ces doux et gais enfants qui vont de pays en pays, laissant voir leurs genoux par les trous de leur pantalon.

Tout en chantant l'enfant interrompait de temps en temps sa marche et jouait aux osselets avec quelques pièces de monnaie qu'il avait dans sa main, toute sa fortune probablement. Parmi cette monnaie il y avait une pièce de quarante sous.

L'enfant s'arrêta à côté du buisson sans voir Jean Valjean et fit sauter sa poignée de sous que jusque-là il avait reçue avec assez d'adresse tout entière sur le dos de sa main.

Cette fois la pièce de quarante sous lui échappa, et vint rouler vers la broussaille jusqu'à Jean Valjean.

Jean Valjean posa le pied dessus.

Cependant l'enfant avait suivi sa pièce du regard, et l'avait vu.

Il ne s'étonna point et marcha droit à l'homme.

C'était un lieu absolument solitaire. Aussi loin que le regard pouvait s'étendre, il n'y avait personne dans la plaine ni dans le sentier. On n'entendait que les petits cris faibles d'une nuée d'oiseaux de passage qui traversaient le ciel à une hauteur immense. L'enfant tournait le dos au soleil qui lui mettait des fils d'or dans les cheveux et qui empourprait d'une lueur sanglante la face sauvage de Jean Valjean.

— Monsieur, dit le petit savoyard, avec cette confiance de l'enfance qui se compose d'ignorance et d'innocence, — ma pièce ?

— Comment t'appelles-tu ? dit Jean Valjean.

— Petit-Gervais, monsieur.

— Va-t'en, dit Jean Valjean.

— Monsieur, reprit l'enfant, rendez-moi ma pièce.

Jean Valjean baissa la tête et ne répondit pas.

L'enfant recommença :

— Ma pièce, monsieur !

L'œil de Jean Valjean resta fixé à terre.

— Ma pièce ! cria l'enfant, ma pièce blanche ! mon argent !

Il semblait que Jean Valjean n'entendît point. L'enfant le prit au collet de sa blouse et le secoua. Et en même temps il faisait effort pour déranger le gros soulier ferré posé sur son trésor.

— Je veux ma pièce ! ma pièce de quarante sous !

L'enfant pleurait. La tête de Jean Valjean se releva. Il était toujours assis. Ses yeux étaient troubles. Il considéra l'enfant avec une sorte d'étonnement, puis il étendit la main vers son bâton et cria d'une voix terrible : — Qui est là ?

— Moi, monsieur, répondit l'enfant. Petit-Gervais ! moi ! moi ! Rendez-moi mes quarante sous, s'il vous plaît ! Ôtez votre pied, monsieur, s'il vous plaît !

Puis irrité, quoique tout petit, et devenant presque menaçant :

— Ah çà, ôterez-vous votre pied ? Ôtez donc votre pied, voyons.

— Ah ! c'est encore toi ! dit Jean Valjean, et se dressant brusquement tout debout, le pied toujours sur la pièce d'argent, il ajouta : — Veux-tu bien te sauver !

L'enfant effaré le regarda, puis commença à trembler de la tête aux pieds, et, après quelques secondes de stupeur, se mit à s'enfuir en courant de toutes ses forces sans oser tourner le cou ni jeter un cri.

Cependant à une certaine distance l'essoufflement le força de s'arrêter, et Jean Valjean, à travers sa rêverie, l'entendit qui sanglotait.

Au bout de quelques instants l'enfant avait disparu.

Le soleil s'était couché.

L'ombre se faisait autour de Jean Valjean. Il n'avait pas mangé de la journée ; il est probable qu'il avait la fièvre.

Il était resté debout, et n'avait pas changé d'attitude depuis que l'enfant s'était enfui. Son souffle soulevait sa poitrine à des intervalles longs et inégaux. Son regard, arrêté à dix ou douze pas devant lui, semblait étudier avec une attention profonde la forme d'un vieux tesson de faïence bleue tombé dans l'herbe. Tout à coup il tressaillit ; il venait de sentir le froid du soir.

Il raffermit sa casquette sur son front, chercha machinalement à croiser et à boutonner sa blouse, fit un pas, et se baissa pour reprendre à terre son bâton.

En ce moment il aperçut la pièce de quarante sous que son pied avait à demi enfoncée dans la terre et qui brillait parmi les cailloux.

Ce fut comme une commotion galvanique. — Qu'est-ce que c'est que ça ? dit-il entre ses dents. Il recula de trois pas, puis s'arrêta, sans pouvoir détacher son regard de ce point que son pied avait foulé l'instant d'auparavant, comme si cette chose qui luisait là dans l'obscurité eût été un œil ouvert fixé sur lui.

Au bout de quelques minutes, il s'élança convulsivement vers la pièce d'argent, la saisit, et, se redressant, se mit à regarder au loin dans la plaine, jetant à la fois ses yeux vers tous les points de l'horizon, debout et frissonnant comme une bête fauve effarée qui cherche un asile.

Il ne vit rien. La nuit tombait, la plaine était froide et vague, de grandes brumes violettes montaient dans la clarté crépusculaire.

Il dit : Ah ! et se mit à marcher rapidement dans une certaine direction, du côté où l'enfant avait disparu. Après une centaine de pas, il s'arrêta, regarda, et ne vit rien.

Alors il cria de toute sa force : Petit-Gervais ! Petit-Gervais !

Il se tut, et attendit.

Rien ne répondit.

La campagne était déserte et morne. Il était environné de l'étendue. Il n'y avait rien autour de lui qu'une ombre où se perdait son regard et un silence où sa voix se perdait.

Une bise glaciale soufflait, et donnait aux choses autour de lui une sorte de vie lugubre. Des arbrisseaux secouaient leurs petits bras maigres avec une furie incroyable. On eût dit qu'ils menaçaient et poursuivaient quelqu'un.

Il recommença à marcher, puis il se mit à courir, et de temps en temps il s'arrêtait, et criait dans cette solitude, avec une voix qui était ce qu'on pouvait entendre de plus formidable et de plus désolé : Petit-Gervais ! Petit-Gervais !

Certes, si l'enfant l'eût entendu, il eût eu peur et se fût **bien** gardé de se montrer. Mais l'enfant était sans doute déjà bien loin.

Il rencontra un prêtre qui était à cheval. Il alla à lui et lui dit :

— Monsieur le curé, avez-vous vu passer un enfant ?

— Non, dit le prêtre.

— Un nommé Petit-Gervais ?

— Je n'ai vu personne.

Il tira deux pièces de cinq francs de sa sacoche et les remit au prêtre.

— Monsieur le curé, voici pour vos pauvres. — Monsieur le curé, c'est un petit d'environ dix ans qui a une marmotte, je crois, et une vielle. Il allait. Un de ces savoyards, vous savez ?

— Je ne l'ai point vu.

— Petit-Gervais ? il n'est point des villages d'ici ? pouvez-vous me dire ?

— Si c'est comme vous dites, mon ami, c'est un petit enfant étranger. Cela passe dans le pays. On ne les connaît pas.

Jean Valjean prit violemment deux autres écus de cinq francs qu'il donna au prêtre.

— Pour vos pauvres, dit-il.

Puis il ajouta avec égarement :

— Monsieur l'abbé, faites-moi arrêter. Je suis un voleur.

Le prêtre piqua des deux et s'enfuit très effrayé.

Jean Valjean se remit à courir dans la direction qu'il avait d'abord prise.

Il fit de la sorte un assez long chemin, regardant, appelant, criant, mais il ne rencontra plus personne. Deux ou trois fois il courut dans la plaine vers quelque chose qui lui faisait l'effet d'un être couché ou accroupi ; ce n'était que des broussailles ou des roches à fleur de terre. Enfin, à un endroit où trois sentiers se croisaient, il s'arrêta. La lune s'était levée. Il promena sa vue au loin et appela une dernière fois : Petit-Gervais ! Petit-Gervais ! Petit-Gervais ! Son cri s'éteignit dans la brume, sans même éveiller un écho. Il murmura encore : Petit-Gervais ! mais d'une voix faible et presque inarticulée. Ce fut là son dernier effort ; ses jarrets fléchirent brusquement sous lui comme si une puissance invisible l'accablait tout à coup du poids de sa mauvaise conscience ; il tomba épuisé sur une grosse pierre, les poings dans ses cheveux et le visage dans ses genoux, et il cria : Je suis un misérable !

Alors son cœur creva et il se mit à pleurer. C'était la première fois qu'il pleurait depuis dix-neuf ans.

Quand Jean Valjean était sorti de chez l'évêque, on l'a vu, il était hors de tout ce qui avait été sa pensée jusque-là. Il ne pouvait se rendre compte de ce qui se passait en lui. Il se roidissait contre l'action angélique et contre les douces paroles du vieillard. « Vous m'avez promis de devenir honnête homme. Je vous achète votre âme. Je la retire à l'esprit de perversité et je la donne au bon Dieu. » Cela lui revenait sans cesse. Il opposait à cette indulgence céleste l'orgueil, qui est en nous comme la forteresse du mal. Il sentait indistinctement que le pardon de ce prêtre était le plus grand assaut et la plus formidable attaque dont il eût encore été ébranlé ; que son endurcissement serait définitif s'il résistait à cette clémence ; que, s'il cédait, il faudrait renoncer à cette haine dont les actions des autres hommes avaient rempli son âme pendant tant d'années, et qui lui plaisait ; que cette fois il fallait vaincre ou être vaincu, et que la lutte, une lutte colossale et décisive, était engagée entre sa méchanceté à lui et la bonté de cet homme.

En présence de toutes ces lueurs, il allait comme un homme ivre. Pendant qu'il marchait ainsi, les yeux hagards, avait-il une perception distincte de ce qui pourrait résulter pour lui de son aventure à Digne ? Entendait-il tous ces bourdonnements mystérieux qui avertissent ou importunent l'esprit à de certains moments de la vie ? Une voix lui disait-elle à l'oreille qu'il venait de traverser l'heure solennelle de sa destinée, qu'il n'y avait plus de milieu pour lui, que si désormais il n'était pas le meilleur des hommes il en serait le pire, qu'il fallait pour ainsi dire que maintenant il montât plus haut que l'évêque ou retombât plus bas que le galérien, que s'il voulait devenir bon il fallait qu'il devînt ange ; que s'il voulait rester méchant il fallait qu'il devînt monstre ?

Ici encore il faut se faire ces questions que nous nous sommes déjà faites ailleurs, recueillait-il confusément quelque ombre de tout ceci dans sa pensée ? Certes, le malheur, nous l'avons dit, fait l'éducation de l'intelligence ; cependant il est douteux que Jean Valjean fût en état de démêler tout ce que nous indiquons ici. Si ces idées lui arrivaient, il les entrevoyait plutôt qu'il ne les voyait, et elles ne réussissaient qu'à le jeter dans un trouble insupportable et presque douloureux. Au sortir de cette chose difforme et noire qu'on appelle le bagne, l'évêque lui avait fait mal à l'âme comme une clarté trop vive lui eût fait mal aux yeux en sortant des ténèbres. La vie future, la vie possible qui s'offrait désormais à lui toute pure et toute rayonnante le remplissait de frémissements et d'anxiété. Il ne savait vraiment plus où il en était. Comme une chouette qui verrait brusquement se lever le soleil, le forçat avait été ébloui et comme aveuglé par la vertu.

Ce qui était certain, ce dont il ne se doutait pas, c'est qu'il n'était déjà plus le même homme, c'est que tout était changé en lui, c'est qu'il n'était plus en son pouvoir de faire que l'évêque ne lui eût pas parlé et ne l'eût pas touché.

Dans cette situation d'esprit, il avait rencontré Petit-Gervais et lui avait volé ses quarante sous. Pourquoi ? Il n'eût assurément pu l'expliquer ; était-ce un dernier effet et comme un suprême effort des mauvaises pensées qu'il avait apportées du bagne, un reste d'impulsion, un résultat de ce qu'on appelle en statique *la force acquise* ? C'était cela, et c'était aussi peut-être moins encore que cela. Disons-le simplement, ce n'était pas lui qui avait volé, ce n'était pas l'homme, c'était la bête qui, par habitude et par instinct, avait stupidement posé le pied sur cet argent, pendant que l'intelligence se débattait au milieu de tant d'obsessions inouïes et nouvelles. Quand l'intelligence se réveilla et vit cette action de la brute, Jean Valjean recula avec angoisse et poussa un cri d'épouvante.

C'est que, phénomène étrange et qui n'était possible que dans la situation où il était, en volant cet argent à cet enfant, il avait fait une chose dont il n'était déjà plus capable.

Quoi qu'il en soit, cette dernière mauvaise action eut sur lui un effet décisif ; elle traversa brusquement ce chaos qu'il avait dans l'intelligence et le dissipa, mit d'un côté les épaisseurs obscures et de l'autre la lumière, et agit sur son âme, dans l'état où elle se trouvait, comme de certains réactifs chimiques agissent sur un mélange trouble en précipitant un élément et en clarifiant l'autre.

Tout d'abord, avant même de s'examiner et de réfléchir, éperdu, comme quelqu'un qui cherche à se sauver, il tâcha de retrouver l'enfant pour lui rendre son argent, puis, quand il reconnut que cela était inutile et impos-

sible, il s'arrêta désespéré. Au moment où il s'écria : je
suis un misérable ! il venait de s'apercevoir tel qu'il était,
et il était déjà à ce point séparé de lui-même, qu'il lui
semblait qu'il n'était plus qu'un fantôme, et qu'il avait
là devant lui, en chair et en os, le bâton à la main, la
blouse sur les reins, son sac rempli d'objets volés sur le
dos, avec son visage résolu et morne, avec sa pensée
pleine de projets abominables, le hideux galérien Jean
Valjean.

L'excès du malheur, nous l'avons remarqué, l'avait fait
en quelque sorte visionnaire. Ceci fut donc comme
une vision. Il vit véritablement ce Jean Valjean,
cette face sinistre devant lui. Il fut presque au moment
de se demander qui était cet homme, et il en eut horreur.

Son cerveau était dans un de ces moments violents et
pourtant affreusement calmes où la rêverie est si profonde qu'elle absorbe la réalité. On ne voit plus les objets
qu'on a autour de soi, et l'on voit comme en dehors de
soi les figures qu'on a dans l'esprit.

Il se contempla donc, pour ainsi dire, face à face, et
en même temps, à travers cette hallucination, il voyait
dans une profondeur mystérieuse une sorte de lumière
qu'il prit d'abord pour un flambeau. En regardant avec
plus d'attention cette lumière qui apparaissait à sa
conscience, il reconnut qu'elle avait la forme humaine,
et que ce flambeau était l'évêque.

Sa conscience considéra tour à tour ces deux hommes
ainsi placés devant elle, l'évêque et Jean Valjean. Il
n'avait pas fallu moins que le premier pour détremper
le second. Par un de ces effets singuliers qui sont
propres à ces sortes d'extases, à mesure que sa rêverie
se prolongeait, l'évêque grandissait et resplendissait à
ses yeux, Jean Valjean s'amoindrissait et s'effaçait. À un
certain moment il ne fut plus qu'une ombre. Tout à coup
il disparut. L'évêque seul était resté.

Il remplissait toute l'âme de ce misérable d'un rayonnement magnifique.

Jean Valjean pleura longtemps. Il pleura à chaudes larmes, il pleura à sanglots, avec plus de faiblesse qu'une femme, avec plus d'effroi qu'un enfant.

Pendant qu'il pleurait, le jour se faisait de plus en plus dans son cerveau, un jour extraordinaire, un jour ravissant et terrible à la fois. Sa vie passée, sa première faute, sa longue expiation, son abrutissement extérieur, son endurcissement intérieur, sa mise en liberté réjouie par tant de plans de vengeance, ce qui lui était arrivé chez l'évêque, la dernière chose qu'il avait faite, ce vol de quarante sous à un enfant, crime d'autant plus lâche et d'autant plus monstrueux qu'il venait après le pardon de l'évêque, tout cela lui revint et lui apparut, clairement, mais dans une clarté qu'il n'avait jamais vue jusque-là. Il regarda sa vie, et elle lui parut horrible ; son âme, et elle lui parut affreuse. Cependant un jour doux était sur cette vie et sur cette âme. Il lui semblait qu'il voyait Satan à la lumière du paradis.

Combien d'heures pleura-t-il ainsi ? que fit-il après avoir pleuré ? où alla-t-il ? on ne l'a jamais su. Il paraît seulement avéré que, dans cette même nuit, le voiturier qui faisait à cette époque le service de Grenoble et qui arrivait à Digne vers trois heures du matin, vit en traversant la rue de l'évêché un homme dans l'attitude de la prière, à genoux sur le pavé, dans l'ombre, devant la porte de monseigneur Bienvenu.

Livre troisième

EN L'ANNÉE 1817

I

L'ANNÉE 1817 [1]

1817 est l'année que Louis XVIII, avec un certain aplomb royal qui ne manquait pas de fierté, qualifiait la vingt-deuxième de son règne. C'est l'année où M. Bruguière de Sorsum était célèbre. Toutes les boutiques des perruquiers, espérant la poudre et le retour de l'oiseau royal, étaient badigeonnées d'azur et fleurdelysées. C'était le temps candide où le comte Lynch siégeait tous les dimanches comme marguillier au banc d'œuvre de Saint-Germain-des-Prés en habit de pair de France, avec son cordon rouge et son long nez, et cette majesté de profil particulière à un homme qui a fait une action d'éclat. L'action d'éclat commise par M. Lynch était ceci : avoir, étant maire de Bordeaux, le 12 mars 1814, donné la ville un peu trop tôt à M. le duc d'Angoulême. De là sa pairie. En 1817, la mode engloutissait les petits garçons de quatre à six ans sous de vastes casquettes en cuir maroquiné à oreillons assez ressemblantes à des mitres d'esquimaux. L'armée française était vêtue de blanc, à l'autrichienne ; les régiments s'appelaient légions ; au lieu de chiffres ils portaient les noms des départements. Napoléon était à Sainte-Hélène, et, comme l'Angleterre lui refusait du drap vert, il faisait retourner ses vieux habits. En 1817, Pellegrini chantait, mademoiselle Bigottini dansait ; Potier régnait ; Odry n'existait pas encore. Madame Saqui succédait à

Forioso. Il y avait encore des Prussiens en France. M. Delalot était un personnage. La légitimité venait de s'affirmer en coupant le poing, puis la tête, à Pleignier, à Carbonneau et à Tolleron. Le prince de Talleyrand, grand chambellan, et l'abbé Louis, ministre désigné des finances, se regardaient en riant du rire de deux augures ; tous deux avaient célébré, le 14 juillet 1790, la messe de la Fédération au Champ de Mars ; Talleyrand l'avait dite comme évêque, Louis l'avait servie comme diacre. En 1817, dans les contre-allées de ce même Champ de Mars, on apercevait de gros cylindres de bois, gisant sous la pluie, pourrissant dans l'herbe, peints en bleu avec des traces d'aigles et d'abeilles dédorées. C'étaient les colonnes qui, deux ans auparavant, avaient soutenu l'estrade de l'empereur au Champ de Mai. Elles étaient noircies çà et là de la brûlure du bivouac des Autrichiens baraqués près du Gros-Caillou. Deux ou trois de ces colonnes avaient disparu dans les feux de ces bivouacs et avaient chauffé les larges mains des kaiserlicks. Le Champ de Mai avait eu cela de remarquable qu'il avait été tenu au mois de juin et au Champ de Mars. En cette année 1817, deux choses étaient populaires : le Voltaire-Touquet et la tabatière à la Charte. L'émotion parisienne la plus récente était le crime de Dautun qui avait jeté la tête de son frère dans le bassin du Marché-aux-Fleurs. On commençait à faire au ministère de la marine une enquête sur cette fatale frégate de *la Méduse* qui devait couvrir de honte Chaumareix et de gloire Géricault. Le colonel Selves allait en Égypte pour y devenir Soliman pacha. Le palais des Thermes, rue de la Harpe, servait de boutique à un tonnelier. On voyait encore sur la plate-forme de la tour octogone de l'hôtel de Cluny la petite logette en planches qui avait servi d'observatoire à Messier, astronome de la marine sous Louis XVI. La duchesse de Duras lisait à trois ou quatre amis, dans son boudoir meublé d'X en satin bleu ciel, *Ourika* inédite. On grattait les N au Louvre. Le pont d'Austerlitz abdiquait et s'intitulait pont du Jardin du Roi, double énigme qui déguisait à la fois le pont d'Austerlitz et le jardin des Plantes. Louis XVIII, préoccupé, tout en annotant du coin de l'ongle Horace, des héros qui se font empereurs et des sabotiers qui se font dauphins, avait deux soucis : Napoléon et Mathurin Bruneau. L'académie française donnait pour sujet de prix : *Le bonheur que procure l'étude.* M. Bellart était officiellement éloquent. On voyait germer à son ombre ce futur avocat général de Broë, promis aux sarcasmes de Paul-Louis Courier. Il y avait un faux Chateaubriand appelé Marchangy, en attendant qu'il y eût un faux Marchangy appelé d'Arlincourt. *Claire d'Albe* et *Malek-Adel* étaient des chefs-d'œuvre ; madame Cottin était déclarée le premier écrivain de l'époque. L'Institut laissait rayer de sa liste l'académicien Napoléon Bonaparte. Une ordonnance royale érigeait Angoulême en école de marine, car, le duc d'Angoulême étant grand amiral, il était évident que la ville d'Angoulême avait de droit toutes les qualités d'un port de mer, sans quoi le principe monarchique eût été entamé. On agitait en conseil des ministres la question de savoir si l'on devait tolérer les vignettes représentant des voltiges qui assaisonnaient les affiches de Franconi et qui attroupaient les polissons des rues. M. Paër, auteur de *l'Agnese,* bonhomme à la face carrée qui avait une verrue sur la joue, dirigeait les petits concerts intimes de la marquise de Sassenaye, rue de la Ville-l'Évêque. Toutes les jeunes filles chantaient *l'Ermite de Saint-Avelle,* paroles d'Edmond Géraud. *Le Nain jaune* se transformait en *Miroir.* Le café Lemblin tenait pour l'empereur contre le café Valois qui tenait pour les Bourbons. On venait de marier à une princesse de Sicile M. le duc de Berry, déjà regardé du fond de l'ombre par Louvel. Il y avait un an que madame de Staël était morte. Les gardes du corps sifflaient mademoiselle Mars. Les grands journaux étaient tout petits. Le format était restreint, mais la liberté était grande. *Le Constitutionnel* était constitutionnel. *La Minerve* appelait Chateaubriand *Chateaubriant*. Ce *t* faisait beaucoup rire les bourgeois aux dépens du grand écrivain. Dans des journaux vendus, des journalistes prostitués insultaient les proscrits de 1815 ; David n'avait plus de talent, Arnault n'avait plus d'esprit, Carnot n'avait plus de probité ; Soult n'avait gagné aucune bataille ; il est vrai que Napoléon n'avait plus de génie. Personne n'ignore qu'il est assez rare que les lettres adressées par la poste à un exilé lui parviennent, les polices se faisant un religieux devoir de les intercepter. Le fait n'est point nouveau ; Descartes banni s'en plaignait. Or, David ayant, dans un journal belge, montré quelque humeur de ne pas recevoir les lettres qu'on lui écrivait, ceci paraissait plaisant aux feuilles royalistes qui bafouaient à cette occasion le proscrit. Dire : *les régicides*, ou dire : *les votants*, dire : *les ennemis*, ou dire : *les alliés*, dire : *Napoléon*, ou dire : *Buonaparte*, cela séparait deux hommes plus qu'un abîme. Tous les gens de bon sens convenaient que l'ère des révolutions était à jamais fermée par le roi Louis XVIII, surnommé « l'immortel auteur de la charte ». Au terre-plein du Pont-Neuf, on sculptait le mot *Redivivus*, sur le piédestal qui attendait la statue de Henri IV. M. Piet ébauchait, rue Thérèse, n° 4, son conciliabule pour consolider la monarchie. Les chefs de la droite disaient dans les conjonctures graves : « Il faut écrire à Bacot ». MM. Canuel, O'Mahony et de Chappedelaine esquissaient, un peu approuvés de Monsieur, ce qui devait être plus tard « la conspiration du bord de l'eau ». L'Épingle Noire complotait de son côté. Delaverderie s'abouchait avec Trogoff. M. Decazes, esprit dans une certaine mesure libéral, dominait. Chateaubriand, debout tous les matins devant sa fenêtre du n° 27 de la rue Saint-Dominique, en pantalon à pieds et en pantoufles, ses cheveux gris coiffés d'un madras, les yeux fixés sur un miroir, une trousse complète de chirurgien dentiste ouverte devant lui, se curait les dents, qu'il avait charmantes, tout en dictant des variantes de *la Monarchie selon la Charte* à M. Pilorge, son secrétaire.

La critique faisant autorité préférait Lafon à Talma. M.
de Féletz signait A. ; M. Hoffmann signait Z. Charles
Nodier écrivait _Thérèse Aubert._ Le divorce était aboli.
Les lycées s'appelaient collèges. Les collégiens, ornés au
collet d'une fleur de lys d'or, s'y gourmaient à propos
du roi de Rome. La contre-police du château dénonçait
à son altesse royale Madame le portrait, partout exposé,
de M. le duc d'Orléans, lequel avait meilleure mine en
uniforme de colonel général des houzards que M. le duc
de Berry en uniforme de colonel général des dragons ;
grave inconvénient. La ville de Paris faisait redorer à
ses frais le dôme des Invalides. Les hommes sérieux se
demandaient ce que ferait, dans telle ou telle occasion,
M. de Trinquelague ; M. Clausel de Montals se séparait,
sur divers points, de M. Clausel de Coussergues ; M. de
Salaberry n'était pas content. Le comédien Picard, qui
était de l'Académie dont le comédien Molière n'avait pu
être, faisait jouer _les deux Philibert_ à l'Odéon, sur le fron-
ton duquel l'arrachement des lettres laissait encore lire
distinctement : THÉÂTRE DE L'IMPÉRATRICE. On prenait
parti pour ou contre Cugnet de Montarlot. Fabvier était
factieux ; Bavoux était révolutionnaire. Le libraire Pélicier publiait une édition de Voltaire, sous ce titre :
Œuvres de Voltaire, de l'Académie française. « Cela fait
venir les acheteurs », disait cet éditeur naïf. L'opinion
générale était que M. Charles Loyson, serait le génie du
siècle ; l'envie commençait à le mordre, signe de gloire ;
et l'on faisait sur lui ce vers :

Même quand Loyson vole, on sent qu'il a des pattes.

— Le cardinal Fesch refusant de se démettre, M. de
Pins, archevêque d'Amasie, administrait le diocèse de
Lyon. La querelle de la vallée des Dappes commençait
entre la Suisse et la France par un mémoire du capitaine Dufour, depuis général. Saint-Simon, ignoré,
échafaudait son rêve sublime. Il y avait à l'académie des
sciences un Fourier célèbre que la postérité a oublié et

dans je ne sais quel grenier un Fourier obscur dont l'avenir se souviendra. Lord Byron commençait à poindre ; une note d'un poème de Millevoye l'annonçait à la France en ces termes : *un certain lord Baron.* David d'Angers s'essayait à pétrir le marbre. L'abbé Caron parlait avec éloge, en petit comité de séminaristes, dans le cul-de-sac des Feuillantines, d'un prêtre inconnu nommé Félicité Robert qui a été plus tard Lamennais. Une chose qui fumait et clapotait sur la Seine avec le bruit d'un chien qui nage allait et venait sous les fenêtres des Tuileries, du pont Royal au pont Louis XV ; c'était une mécanique bonne à pas grand'chose, une espèce de joujou, une rêverie d'inventeur songe-creux, une utopie : un bateau à vapeur. Les Parisiens regardaient cette inutilité avec indifférence. M. de Vaublanc, réformateur de l'Institut par coup d'État, ordonnance et fournée, auteur distingué de plusieurs académiciens, après en avoir fait, ne pouvait parvenir à l'être. Le faubourg Saint-Germain et la pavillon Marsan souhaitaient pour préfet de police M. Delaveau, à cause de sa dévotion. Dupuytren et Récamier se prenaient de querelle à l'amphithéâtre de l'École de médecine et se menaçaient du poing à propos de la divinité de Jésus-Christ. Cuvier, un œil sur la Genèse et l'autre sur la nature, s'efforçait de plaire à la réaction bigote en mettant les fossiles d'accord avec les textes et en faisant flatter Moïse par les mastodontes. M. François de Neufchâteau, louable cultivateur de la mémoire de Parmentier, faisait mille efforts pour que *pomme de terre* fût prononcée *parmentière*, et n'y réussissait point. L'abbé Grégoire, ancien évêque, ancien conventionnel, ancien sénateur, était passé dans la polémique royaliste à l'état « d'infâme Grégoire ». Cette locution que nous venons d'employer : *passer à l'état de*, était dénoncée comme néologisme par M. Royer-Collard. On pouvait distinguer encore à sa blancheur, sous la troisième arche du pont d'Iéna, la pierre neuve avec laquelle, deux ans auparavant, on avait bouché le trou de mine pratiqué par Blücher pour faire sauter le pont. La justice appelait à sa barre un homme qui, en voyant entrer le comte d'Artois à Notre-Dame, avait dit tout haut : *Sapristi ! je regrette le temps où je voyais Bonaparte et Talma entrer bras dessus bras dessous au Bal-Sauvage.* Propos séditieux. Six mois de prison. Des traîtres se montraient déboutonnés ; des hommes qui avaient passé à l'ennemi la veille d'une bataille ne cachaient rien de la récompense et marchaient impudiquement en plein soleil dans le cynisme des richesses et des dignités ; des déserteurs de Ligny et des Quatre-Bras, dans le débraillé de leur turpitude payée, étalaient leur dévouement monarchique tout nu ; oubliant ce qui est écrit en Angleterre sur la muraille intérieure des water-closets publics : *Please adjust your dress before leaving.*

Voilà, pêle-mêle, ce qui surnage confusément de l'année 1817, oubliée aujourd'hui. L'histoire néglige presque toutes ces particularités, et ne peut faire autrement ; l'infini l'envahirait. Pourtant ces détails, qu'on appelle à tort petits, — il n'y a ni petits faits dans l'humanité, ni petites feuilles dans la végétation, — sont utiles. C'est de la physionomie des années que se compose la figure des siècles.

En cette année 1817, quatre jeunes Parisiens firent « une bonne farce ».

II

DOUBLE QUATUOR

Ces Parisiens étaient l'un de Toulouse, l'autre de Limoges, le troisième de Cahors et le quatrième de Montauban ; mais ils étaient étudiants, et qui dit étudiant dit parisien ; étudier à Paris, c'est naître à Paris.

Ces jeunes gens étaient insignifiants ; tout le monde a vu ces figures-là ; quatre échantillons du premier venu ; ni bons ni mauvais, ni savants ni ignorants, ni des génies ni des imbéciles ; beaux de ce charmant avril qu'on appelle vingt ans. C'étaient quatre Oscars quelconques, car à cette époque les Arthurs n'existaient pas encore. *Brûlez pour lui les parfums d'Arabie,* s'écriait la romance, *Oscar s'avance, Oscar, je vais le voir !* On sortait d'Ossian, l'élégance était scandinave et calédonienne, le genre anglais pur ne devait prévaloir que plus tard, et le premier des Arthurs, Wellington, venait à peine de gagner la bataille de Waterloo.

Ces Oscars s'appelaient l'un Félix Tholomyès, de Toulouse ; l'autre Listolier, de Cahors ; l'autre Fameuil, de Limoges ; le dernier Blachevelle, de Montauban. Naturellement chacun avait sa maîtresse. Blachevelle aimait Favourite, ainsi nommée parce qu'elle était allée en Angleterre ; Listolier adorait Dahlia, qui avait pris pour nom de guerre un nom de fleur ; Fameuil idolâtrait Zéphine, abrégé de Joséphine ; Tholomyès avait Fantine, dite la Blonde à cause de ses beaux cheveux couleur de soleil.

Favourite, Dahlia, Zéphine et Fantine étaient quatre ravissantes filles, parfumées et radieuses, encore un peu ouvrières, n'ayant pas tout à fait quitté leur aiguille, dérangées par les amourettes, mais ayant sur le visage un reste de la sérénité du travail et dans l'âme cette fleur d'honnêteté qui dans la femme survit à la première chute. Il y avait une des quatre qu'on appelait la jeune, parce qu'elle était la cadette ; et une qu'on appelait la vieille. La vieille avait vingt-trois ans. Pour ne rien celer, les trois premières étaient plus expérimentées, plus insouciantes et plus envolées dans le bruit de la vie que Fantine la Blonde, qui en était à sa première illusion.

Dahlia, Zéphine, et surtout Favourite, n'en auraient pu dire autant. Il y avait déjà plus d'un épisode à leur roman à peine commencé, et l'amoureux, qui s'appelait Adolphe au premier chapitre, se trouvait être Alphonse au second, et Gustave au troisième. Pauvreté et coquetterie sont deux conseillères fatales ; l'une gronde, l'autre flatte ; et les belles filles du peuple les ont toutes les deux qui leur parlent bas à l'oreille, chacune de son côté. Ces âmes mal gardées écoutent. De là les chutes qu'elles font et les pierres qu'on leur jette. On les accable avec la splendeur de tout ce qui est immaculé et inaccessible. Hélas ! si la Yungfrau avait faim ?

Favourite, ayant été en Angleterre, avait pour admiratrices Zéphine et Dahlia. Elle avait eu de très bonne heure un chez-soi. Son père était un vieux professeur de mathématiques brutal et qui gasconnait ; point marié, courant le cachet malgré l'âge. Ce professeur, étant jeune, avait vu un jour la robe d'une femme de chambre s'accrocher à un garde-cendre ; il était tombé amoureux de cet accident. Il en était résulté Favourite. Elle rencontrait de temps en temps son père, qui la saluait. Un matin, une vieille femme à l'air béguin était entrée chez elle et lui avait dit : — Vous ne me connaissez pas, mademoiselle ? — Non. — Je suis ta mère. — Puis la vieille avait ouvert le buffet, bu et mangé, fait apporter un matelas qu'elle avait, et s'était installée. Cette mère, grognon et dévote, ne parlait jamais à Favourite, restait des heures sans souffler mot, déjeunait, dînait et soupait comme quatre, et descendait faire salon chez le portier, où elle disait du mal de sa fille.

Ce qui avait entraîné Dahlia vers Listolier, vers d'autres peut-être, vers l'oisiveté, c'était d'avoir de trop jolis ongles roses. Comment faire travailler ces ongles-là ? Qui veut rester vertueuse ne doit pas avoir pitié de ses mains. Quant à Zéphine, elle avait conquis Fameuil par sa petite manière mutine et caressante de dire : Oui, monsieur.

Les jeunes gens étant camarades, les jeunes filles étaient amies. Ces amours-là sont toujours doublés de ces amitiés-là.

Sage et philosophe, c'est deux ; et ce qui le prouve, c'est que, toutes réserves faites sur ces petits ménages irréguliers, Favourite, Zéphine et Dahlia étaient des filles philosophes, et Fantine une fille sage.

Sage, dira-t-on ? et Tholomyès ? Salomon répondrait que l'amour fait partie de la sagesse. Nous nous bornons à dire que l'amour de Fantine était un premier amour, un amour unique, un amour fidèle.

Elle était la seule des quatre qui ne fût tutoyée que par un seul.

Fantine était un de ces êtres comme il en éclôt, pour ainsi dire, au fond du peuple. Sortie des plus insondables épaisseurs de l'ombre sociale, elle avait au front le signe de l'anonyme et de l'inconnu. Elle était née à Montreuil-sur-mer. De quels parents ? Qui pourrait le dire ? On ne lui avait jamais connu ni père ni mère. Elle se nommait Fantine. Pourquoi Fantine [1] ? On ne lui avait jamais connu d'autre nom. À l'époque de sa naissance, le Directoire existait encore. Point de nom de famille, elle n'avait pas de famille ; point de nom de baptême, l'église n'était plus là. Elle s'appela comme il plut au premier passant qui la rencontra toute petite, allant pieds nus dans la rue. Elle reçut un nom comme elle recevait l'eau des nuées sur son front quand il pleuvait. On l'appela la petite Fantine. Personne n'en savait davantage. Cette créature humaine était venue dans la vie comme cela. À dix ans, Fantine quitta la ville et s'alla mettre en service chez des fermiers des environs. À quinze ans, elle vint à Paris « chercher fortune ». Fantine était belle et resta pure le plus longtemps qu'elle put. C'était une jolie blonde avec de belles dents. Elle avait de l'or et des perles pour dot, mais son or était sur sa tête et ses perles étaient dans sa bouche.

Elle travailla pour vivre ; puis, toujours pour vivre, car le cœur a sa faim aussi, elle aima.

Elle aima Tholomyès.

Amourette pour lui, passion pour elle. Les rues du quartier latin, qu'emplit le fourmillement des étudiants et des grisettes, virent le commencement de ce songe. Fantine, dans ces dédales de la colline du Panthéon, où tant d'aventures se nouent et se dénouent, avait fui long-temps Tholomyès, mais de façon à le rencontrer toujours. Il y a une manière d'éviter qui ressemble à chercher. Bref, l'églogue eut lieu.

Blachevelle, Listolier et Fameuil formaient une sorte de groupe dont Tholomyès était la tête. C'était lui qui avait l'esprit.

Tholomyès était l'antique étudiant vieux ; il était riche ; il avait quatre mille francs de rente ; quatre mille francs de rente, splendide scandale sur la montagne Sainte-Geneviève. Tholomyès était un viveur de trente ans, mal conservé. Il était ridé et édenté ; et il ébauchait une calvitie dont il disait lui-même sans tristesse : _crâne à trente ans, genou à quarante_. Il digérait médiocrement, et il lui était venu un larmoiement à un œil. Mais à mesure que sa jeunesse s'éteignait, il allumait sa gaîté ; il remplaçait ses dents par des lazzis, ses cheveux par la joie, sa santé par l'ironie, et son œil qui pleurait riait sans cesse. Il était délabré, mais tout en fleurs. Sa jeunesse, pliant bagage bien avant l'âge, battait en retraite en bon ordre, éclatait de rire, et l'on n'y voyait que du feu. Il avait eu une pièce refusée au Vaudeville. Il faisait çà et là des vers quelconques. En outre, il doutait supérieurement de toute chose, grande force aux yeux des faibles. Donc, étant ironique et chauve, il était le chef. _Iron_ est un mot anglais qui veut dire fer. Serait-ce de là que viendrait ironie ?

Un jour Tholomyès prit à part les trois autres, fit un geste d'oracle, et leur dit :

— Il y a bientôt un an que Fantine, Dahlia, Zéphine et Favourite nous demandent de leur faire une surprise. Nous la leur avons promise solennellement. Elles nous en parlent toujours, à moi surtout. De même qu'à Naples les vieilles femmes crient à saint Janvier : _Faccia gialluta, fa o miracolo_. Face jaune, fais ton miracle ! nos belles me disent sans cesse : Tholomyès, quand accoucheras-tu de ta surprise ? En même temps nos parents nous écrivent. Scie des deux côtés. Le moment me semble venu. Causons.

Sur ce, Tholomyès baissa la voix, et articula mystérieusement quelque chose de si gai qu'un vaste et enthousiaste ricanement sortit des quatre bouches à la fois et que Blachevelle s'écria : — Ça, c'est une idée !

Un estaminet plein de fumée se présenta, ils y entrèrent, et le reste de leur conférence se perdit dans l'ombre.

Le résultat de ces ténèbres fut une éblouissante partie de plaisir qui eut lieu le dimanche suivant, les quatre jeunes gens invitant les quatre jeunes filles.

III

QUATRE À QUATRE

Ce qu'était une partie de campagne d'étudiants et de grisettes, il y a quarante-cinq ans, on se le représente malaisément aujourd'hui. Paris n'a plus les mêmes environs ; la figure de ce qu'on pourrait appeler la vie circumparisienne a complètement changé depuis un demi-siècle ; où il y avait le coucou, il y a le wagon ; où il y avait la patache, il y a le bateau à vapeur ; on dit aujourd'hui Fécamp comme on disait Saint-Cloud. Le Paris de 1862 est une ville qui a la France pour banlieue.

Les quatre couples accomplirent consciencieusement toutes les folies champêtres possibles alors. On entrait dans les vacances, et c'était une chaude et claire journée d'été. La veille, Favourite, la seule qui sût écrire, avait écrit ceci à Tholomyès au nom des quatre : « C'est un bonne heure de sortir de bonheur. » C'est pourquoi ils se levèrent à cinq heures du matin. Puis ils allèrent à Saint-Cloud par le coche, regardèrent la cascade à sec, et s'écrièrent : Cela doit être bien beau quand il y a de l'eau ! déjeunèrent à la *Tête-Noire*, où Castaing [1] n'avait pas encore passé, se payèrent une partie de bagues au quinconce du grand bassin, montèrent à la lanterne de Diogène, jouèrent des macarons à la roulette du pont de Sèvres, cueillirent des bouquets à Puteaux, achetèrent des mirlitons à Neuilly, mangèrent partout des chaussons de pommes, furent parfaitement heureux.

Les jeunes filles bruissaient et bavardaient comme des fauvettes échappées. C'était un délire. Elles donnaient par moments de petites tapes aux jeunes gens. Ivresse matinale de la vie ! Adorables années ! L'aile des libellules frissonne. Oh ! qui que vous soyez, vous souvenez-vous ? Avez-vous marché dans les broussailles, en écartant les branches à cause de la tête charmante qui vient derrière vous ? Avez-vous glissé en riant sur quelque talus mouillé par la pluie avec une femme aimée qui vous retient par la main et qui s'écrie : — Ah ! mes brodequins tout neufs ! dans quel état ils sont [1] !

Disons tout de suite que cette joyeuse contrariété, une ondée, manqua à cette compagnie de belle humeur, quoique Favourite eût dit en partant, avec un accent magistral et maternel : *Les limaces se promènent dans les sentiers. Signe de pluie, mes enfants.*

Toutes quatre étaient follement jolies. Un bon vieux poëte classique, alors en renom, un bonhomme qui avait une Éléonore, M. le chevalier de Labouïsse, errant ce jour-là sous les marronniers de Saint-Cloud, les vit passer vers dix heures du matin ; il s'écria : *Il y en a une de trop*, songeant aux Grâces. Favourite, l'amie de Blachevelle, celle de vingt-trois ans, la vieille, courait en avant sous les grandes branches vertes, sautait les fossés, enjambait éperdument les buissons, et présidait cette gaîté avec une verve de jeune faunesse. Zéphine et Dahlia, que le hasard avait faites belles de façon qu'elles se faisaient valoir en se rapprochant et se complétaient, ne se quittaient point, par instinct de coquetterie plus encore que par amitié, et, appuyées l'une à l'autre, prenaient des poses anglaises ; les premiers *keepsakes* venaient de paraître, la mélancolie pointait pour les femmes, comme, plus tard, le byronisme pour les hommes, et les cheveux du sexe tendre commençaient à s'éplorer. Zéphine et Dahlia étaient coiffées en rouleaux. Listolier et Fameuil, engagés dans une discussion sur leurs professeurs, expliquaient à Fantine la différence qu'il y avait entre M. Delvincourt et M. Blondeau.

Blachevelle semblait avoir été créé expressément pour porter sur son bras le dimanche le châle-ternaux boiteux de Favourite.

Tholomyès suivait, dominant le groupe. Il était très gai, mais on sentait en lui le gouvernement ; il y avait de la dictature dans sa jovialité ; son ornement principal était un pantalon jambes-d'éléphant, en nankin, avec sous-pieds de tresse de cuivre ; il avait un puissant rotin de deux cents francs à la main, et, comme il se permettait tout, une chose étrange appelée cigare, à la bouche. Rien n'étant sacré pour lui, il fumait.

— Ce Tholomyès est étonnant, disaient les autres avec vénération. Quels pantalons ! quelle énergie !

Quant à Fantine, c'était la joie. Ses dents splendides avaient évidemment reçu de Dieu une fonction, le rire. Elle portait à sa main plus volontiers que sur sa tête son petit chapeau de paille cousue, aux longues brides blanches. Ses épais cheveux blonds, enclins à flotter et facilement dénoués et qu'il fallait rattacher sans cesse, semblaient faits pour la fuite de Galatée sous les saules. Ses lèvres roses babillaient avec enchantement. Les coins de sa bouche voluptueusement relevés, comme aux mascarons antiques d'Érigone, avaient l'air d'encourager les audaces ; mais ses longs cils pleins d'ombre s'abaissaient discrètement sur ce brouhaha du bas du visage comme pour mettre le holà. Toute sa toilette avait on ne sait quoi de chantant et de flambant. Elle avait une robe de barège mauve, de petits souliers-cothurnes mordorés dont les rubans traçaient des X sur son fin bas blanc à jour, et cette espèce de spencer en mousseline, invention marseillaise, dont le nom, canezou, corruption du mot *quinze août* prononcé à la Canebière, signifie beau temps, chaleur et midi. Les trois autres, moins timides, nous l'avons dit, étaient décolletées tout net, ce qui, l'été, sous des chapeaux couverts de fleurs, a beaucoup de grâce et d'agacerie ; mais, à côté de ces ajustements hardis, le canezou de la blonde Fantine, avec ses transparences, ses indiscrétions et ses réticences, cachant et montrant à la fois, semblait une trouvaille provocante de la décence, et la fameuse cour d'amour, présidée par la vicomtesse de Cette aux yeux vert de mer, eût peut-être donné le prix de la coquetterie à ce canezou qui concourait pour la chasteté. Le plus naïf est quelquefois le plus savant. Cela arrive.

Éclatante de face, délicate de profil, les yeux d'un bleu profond, les paupières grasses, les pieds cambrés et petits, les poignets et les chevilles admirablement emboîtés, la peau blanche laissant voir çà et là les arborescences azurées des veines, la joue puérile et fraîche, le cou robuste des Junons éginétiques, la nuque forte et souple, les épaules modelées comme par Coustou, ayant au centre une voluptueuse fossette visible à travers la mousseline ; une gaîté glacée de rêverie ; sculpturale et exquise ; telle était Fantine ; et l'on devinait sous ces chiffons une statue, et dans cette statue une âme.

Fantine était belle, sans trop le savoir. Les rares songeurs, prêtres mystérieux du beau, qui confrontent silencieusement toute chose à la perfection, eussent entrevu en cette petite ouvrière, à travers la transparence de la grâce parisienne, l'antique euphonie sacrée. Cette fille de l'ombre avait de la race. Elle était belle sous les deux espèces, qui sont le style et le rhythme. Le style est la forme de l'idéal ; le rhythme en est le mouvement.

Nous avons dit que Fantine était la joie ; Fantine était aussi la pudeur.

Pour un observateur qui l'eût étudiée attentivement, ce qui se dégageait d'elle, à travers toute cette ivresse de l'âge, de la saison et de l'amourette, c'était une invincible expression de retenue et de modestie. Elle restait un peu étonnée. Ce chaste étonnement-là est la nuance qui sépare Psyché de Vénus. Fantine avait les longs doigts blancs et fins de la vestale qui remue les cendres du feu sacré avec une épingle d'or. Quoiqu'elle n'eût rien refusé, on ne le verra que trop, à Tholomyès, son visage, au repos, était souverainement virginal ; une sorte de dignité sérieuse et presque austère l'envahissait soudainement à de certaines heures, et rien n'était singulier et troublant comme de voir la gaîté s'y éteindre si vite et le recueillement y succéder sans transition à l'épanouissement. Cette gravité subite, parfois sévèrement accentuée, ressemblait au dédain d'une déesse. Son front, son nez et son menton offraient cet équilibre de ligne, très distinct de l'équilibre de proportion, et d'où résulte l'harmonie du visage ; dans l'intervalle si caractéristique qui sépare la base du nez de la lèvre supérieure, elle avait ce pli imperceptible et charmant, signe mystérieux de la chasteté qui rendit Barberousse amoureux d'une Diane trouvée dans les fouilles d'Icône.

L'amour est une faute ; soit. Fantine était l'innocence surnageant sur la faute.

IV

THOLOMYÈS EST SI JOYEUX
QU'IL CHANTE
UNE CHANSON ESPAGNOLE

Cette journée-là était d'un bout à l'autre faite d'aurore. Toute la nature semblait avoir congé, et rire. Les parterres de Saint-Cloud embaumaient ; le souffle de la Seine remuait vaguement les feuilles ; les branches gesticulaient dans le vent ; les abeilles mettaient les jasmins au pillage ; toute une bohème de papillons s'ébattait dans les achillées, les trèfles et les folles avoi-

nes ; il y avait dans l'auguste parc du roi de France un
tas de vagabonds, les oiseaux.

Les quatre joyeux couples, mêlés au soleil, aux
champs, aux fleurs, aux arbres, resplendissaient.

Et, dans cette communauté de paradis, parlant, chantant, courant, dansant, chassant aux papillons, cueil-
lant des liserons, mouillant leurs bas à jour roses dans
les hautes herbes, fraîches, folles, point méchantes,
toutes recevaient un peu çà et là les baisers de tous,
excepté Fantine, enfermée dans sa vague résistance
rêveuse et farouche, et qui aimait. — Toi, lui disait
Favourite, tu as toujours l'air chose.

Ce sont là les joies. Ces passages de couples heureux
sont un appel profond à la vie et à la nature, et font
sortir de tout la caresse et la lumière. Il y avait une fois
une fée qui fit les prairies et les arbres exprès pour les
amoureux. De là cette éternelle école buissonnière des
amants qui recommence sans cesse et qui durera tant
qu'il y aura des buissons et des écoliers. De là la popularité du printemps parmi les penseurs. Le patricien et
le gagne-petit, le duc et pair et le robin, les gens de la
cour et les gens de la ville, comme on parlait autrefois,
tous sont sujets de cette fée. On rit, on se cherche, il y
a dans l'air une clarté d'apothéose, quelle transfiguration que d'aimer ! Les clercs de notaire sont des dieux.
Et les petits cris, les poursuites dans l'herbe, les tailles
prises au vol, ces jargons qui sont des mélodies, ces ado-
rations qui éclatent dans la façon de dire une syllabe,
ces cerises arrachées d'une bouche à l'autre, tout cela
flamboie et passe dans des gloires célestes. Les belles
filles font un doux gaspillage d'elles-mêmes. On croit
que cela ne finira jamais. Les philosophes, les poëtes,
les peintres regardent ces extases et ne savent qu'en
faire, tant cela les éblouit. Le départ pour Cythère !
s'écrie Watteau ; Lancret, le peintre de la roture,
contemple ses bourgeois envolés dans le bleu ; Diderot
tend les bras à toutes ces amourettes, et d'Urfé y mêle
des druides.

Après le déjeuner les quatre couples étaient allés voir, dans ce qu'on appelait alors le carré du roi, une plante nouvellement arrivée de l'Inde, dont le nom nous échappe en ce moment, et qui à cette époque attirait tout Paris à Saint-Cloud ; c'était un bizarre et charmant arbrisseau haut sur tige, dont les innombrables branches fines comme des fils, ébouriffées, sans feuilles, étaient couvertes d'un million de petites rosettes blanches ; ce qui faisait que l'arbuste avait l'air d'une chevelure pouilleuse de fleurs. Il y avait toujours foule à l'admirer.

L'arbuste vu, Tholomyès s'était écrié : J'offre des ânes ! et, prix fait avec un ânier, ils étaient revenus par Vanves et Issy. À Issy, incident. Le parc, Bien National possédé à cette époque par le munitionnaire Bourguin, était d'aventure tout grand ouvert. Ils avaient franchi la grille, visité l'anachorète mannequin dans sa grotte, essayé les petits effets mystérieux du fameux cabinet des miroirs, lascif traquenard digne d'un satyre devenu millionnaire ou de Turcaret métamorphosé en Priape. Ils avaient robustement secoué le grand filet balançoire attaché aux deux châtaigniers célébrés par l'abbé de Bernis. Tout en y balançant ces belles l'une après l'autre, ce qui faisait, parmi les rires universels, des plis de jupe envolée où Greuze eût trouvé son compte, le toulousain Tholomyès, quelque peu espagnol, Toulouse est cousine de Tolosa, chantait, sur une mélopée mélancolique, la vieille chanson *gallega* probablement inspirée par quelque belle fille lancée à toute volée sur une corde entre deux arbres :

> *Soy de Badajoz.*
> *Amor me llama.*
> *Toda mi alma*
> *Es en mi ojos*
> *Porque enseñas*
> *A tus piernas* [1].

Fantine seule refusa de se balancer.

— Je n'aime pas qu'on ait du genre comme ça, murmura assez aigrement Favourite.

Les ânes quittés, joie nouvelle ; on passa la Seine en bateau, et de Passy, à pied, ils gagnèrent la barrière de l'Étoile. Ils étaient, on s'en souvient, debout depuis cinq heures du matin ; mais, bah ! *il n'y a pas de lassitude le dimanche,* disait Favourite ; *le dimanche, la fatigue ne travaille pas.* Vers trois heures les quatre couples, effarés de bonheur, dégringolaient aux montagnes russes, édifice singulier qui occupait alors les hauteurs Beaujon et dont on apercevait la ligne serpentante au-dessus des arbres des Champs-Élysées.

De temps en temps Favourite s'écriait :

— Et la surprise ? je demande la surprise.

— Patience, répondait Tholomyès.

V

CHEZ BOMBARDA

Les montagnes russes épuisées, on avait songé au dîner ; et le radieux huitain, enfin un peu las, s'était échoué au cabaret Bombarda, succursale qu'avait établie aux Champs-Élysées ce fameux restaurateur Bombarda, dont on voyait alors l'enseigne rue de Rivoli à côté du passage Delorme.

Une chambre grande, mais laide, avec alcôve et lit au fond (vu la plénitude du cabaret le dimanche, il avait fallu accepter ce gîte) ; deux fenêtres d'où l'on pouvait contempler, à travers les ormes, le quai et la rivière ; un magnifique rayon d'août effleurant les fenêtres ; deux tables ; sur l'une une triomphante montagne de bouquets mêlés à des chapeaux d'hommes et de femmes ; à l'autre les quatre couples attablés autour d'un joyeux encombrement de plats, d'assiettes, de verres et de bou-

teilles ; des cruchons de bière mêlés à des flacons de
vin ; peu d'ordre sur la table, quelque désordre dessous ;

> *Ils faisaient sous la table*
> *Un bruit, un trique-trac de pieds épouvantable*

dit Molière.

Voilà où en était vers quatre heures et demie du soir
la bergerade commencée à cinq heures du matin. Le
soleil déclinait, l'appétit s'éteignait.

Les Champs-Élysées, pleins de soleil et de foule,
n'étaient que lumière et poussière, deux choses dont se
compose la gloire. Les chevaux de Marly, ces marbres
hennissants, se cabraient dans un nuage d'or. Les car-
rosses allaient et venaient. Un escadron de magnifiques
gardes du corps, clairon en tête, descendait l'avenue de
Neuilly ; le drapeau blanc, vaguement rose au soleil couchant, flottait sur le dôme des Tuileries. La place de la
Concorde, redevenue alors place Louis XV, regorgeait
de promeneurs contents. Beaucoup portaient la fleur de
lys d'argent suspendue au ruban blanc moiré qui, en
1817, n'avait pas encore tout à fait disparu des bouton-
nières. Çà et là au milieu des passants faisant cercle et
applaudissant, des rondes de petites filles jetaient au
vent une bourrée bourbonienne alors célèbre, destinée
à foudroyer les Cent-Jours, et qui avait pour ritournelle :

> *Rendez-nous notre père de Gand,*
> *Rendez-nous notre père.*

Des tas de faubouriens endimanchés, parfois même
fleurdelysés comme les bourgeois, épars dans le grand
carré et dans le carré Marigny, jouaient aux bagues et
tournaient sur les chevaux de bois ; d'autres buvaient ;
quelques-uns, apprentis imprimeurs, avaient des
bonnets de papier ; on entendait leurs rires. Tout était
radieux. C'était un temps de paix incontestable et de
profonde sécurité royaliste ; c'était l'époque où un rap-

port intime et spécial du préfet de police Anglès au roi sur les faubourgs de Paris se terminait par ces lignes : « Tout bien considéré, sire, il n'y a rien à craindre de ces gens-là. Ils sont insouciants et indolents comme des chats. Le bas peuple des provinces est remuant, celui de Paris ne l'est pas. Ce sont tous petits hommes. Sire, il en faudrait deux bout à bout pour faire un de vos grenadiers. Il n'y a point de crainte du côté de la populace de la capitale. Il est remarquable que la taille a encore décru dans cette population depuis cinquante ans ; et le peuple des faubourgs de Paris est plus petit qu'avant la révolution. Il n'est point dangereux. En somme, c'est de la canaille bonne. »

Qu'un chat puisse se changer en lion, les préfets de police ne le croient pas possible ; cela est pourtant, et c'est là le miracle du peuple de Paris. Le chat d'ailleurs, si méprisé du comte Anglès, avait l'estime des républiques antiques ; il incarnait à leurs yeux la liberté, et, comme pour servir de pendant à la Minerve aptère du Pirée, il y avait sur la place publique de Corinthe le colosse de bronze d'un chat. La police naïve de la restauration voyait trop « en beau » le peuple de Paris. Ce n'est point, autant qu'on le croit, de la « canaille bonne ». Le Parisien est au Français ce que l'Athénien était au Grec ; personne ne dort mieux que lui, personne n'est plus franchement frivole et paresseux que lui, personne mieux que lui n'a l'air d'oublier ; qu'on ne s'y fie pas pourtant ; il est propre à toute sorte de nonchalance, mais, quand il y a de la gloire au bout, il est admirable à toute espèce de furie. Donnez-lui une pique, il fera le 10 août ; donnez-lui un fusil, vous aurez Austerlitz. Il est le point d'appui de Napoléon et la ressource de Danton. S'agit-il de la patrie ? il s'enrôle ; s'agit-il de la liberté ? il dépave. Gare ! ses cheveux pleins de colère sont épiques ; sa blouse se drape en chlamyde. Prenez garde. De la première rue Grenéta venue, il fera des fourches caudines [1]. Si l'heure sonne, ce faubourien va grandir, ce petit homme va se lever, et il regardera d'une façon terrible, et son souffle deviendra tempête, et il sortira de cette pauvre poitrine grêle assez de vent pour déranger les plis des Alpes. C'est grâce au faubourien de Paris que la révolution, mêlée aux armées, conquiert l'Europe. Il chante, c'est sa joie. Proportionnez sa chanson à sa nature, et vous verrez ! Tant qu'il n'a pour refrain que la *Carmagnole*, il ne renverse que Louis XVI ; faites-lui chanter la *Marseillaise*, il délivrera le monde.

Cette note écrite en marge du rapport Anglès, nous revenons à nos quatre couples. Le dîner, comme nous l'avons dit, s'achevait.

VI

CHAPITRE OÙ L'ON S'ADORE

Propos de table et propos d'amour ; les uns sont aussi insaisissables que les autres ; les propos d'amour sont des nuées, les propos de table sont des fumées.

Fameuil et Dahlia fredonnaient ; Tholomyès buvait ; Zéphine riait, Fantine souriait. Listolier soufflait dans une trompette de bois achetée à Saint-Cloud. Favourite regardait tendrement Blachevelle et disait :

— Blachevelle, je t'adore.

Ceci amena une question de Blachevelle :

— Qu'est-ce que tu ferais, Favourite, si je cessais de t'aimer ?

— Moi ! s'écria Favourite. Ah ! ne dis pas cela, même pour rire ! Si tu cessais de m'aimer, je te sauterais après, je te grifferais, je te grafignerais, je te jetterais de l'eau, je te ferais arrêter.

Blachevelle sourit avec la fatuité voluptueuse d'un homme chatouillé à l'amour-propre. Favourite reprit :

— Oui, je crierais à la garde ! Ah ! je me gênerais par exemple ! Canaille !

Blachevelle, extasié, se renversa sur sa chaise et ferma orgueilleusement les deux yeux.

Dahlia, tout en mangeant, dit bas à Favourite dans le brouhaha :

— Tu l'idolâtres donc bien, ton Blachevelle ?

— Moi, je le déteste, répondit Favourite du même ton en ressaisissant sa fourchette. Il est avare. J'aime le petit d'en face de chez moi. Il est très bien, ce jeune homme-là, le connais-tu ? On voit qu'il a le genre d'être acteur. J'aime les acteurs. Sitôt qu'il rentre, sa mère dit : — Ah ! mon Dieu ! ma tranquillité est perdue. Le voilà qui va crier. Mais, mon ami, tu me casses la tête ! — Parce qu'il va dans la maison, dans des greniers à rats, dans des trous noirs, si haut qu'il peut monter, — et chanter, et déclamer, est-ce que je sais, moi ? qu'on l'entend d'en bas ! Il gagne déjà vingt sous par jour chez un avoué à écrire de la chicane. Il est fils d'un ancien chantre de Saint-Jacques-du-Haut-Pas. Ah ! il est très bien. Il m'idolâtre tant qu'un jour qu'il me voyait faire de la pâte pour des crêpes, il m'a dit : *Mamselle, faites des beignets de vos gants et je les mangerai.* Il n'y a que les artistes pour dire des choses comme ça. Ah ! il est très bien. Je suis en train d'être insensée de ce petit-là. C'est égal, je dis à Blachevelle que je l'adore. Comme je mens ! Hein ? comme je mens !

Favourite fit une pause, et continua :

— Dahlia, vois-tu, je suis triste. Il n'a fait que pleuvoir tout l'été, le vent m'agace, le vent ne décolère pas, Blachevelle est très pingre, c'est à peine s'il y a des petits pois au marché, on ne sait que manger, j'ai le spleen, comme disent les Anglais, le beurre est si cher ! et puis, vois, c'est une horreur, nous dînons dans un endroit où il y a un lit, ça me dégoûte de la vie.

VII

SAGESSE DE THOLOMYÈS [1]

Cependant, tandis que quelques-uns chantaient, les autres causaient tumultueusement, et tous ensemble ; ce n'était plus que du bruit. Tholomyès intervint :

— Ne parlons point au hasard ni trop vite, s'écria-t-il. Méditons si nous voulons être éblouissants. Trop d'improvisation vide bêtement l'esprit. Bière qui coule n'amasse point de mousse. Messieurs, pas de hâte. Mêlons la majesté à la ripaille ; mangeons avec recueillement ; festinons lentement. Ne nous pressons pas. Voyez le printemps ; s'il se dépêche, il est flambé, c'est-à-dire gelé. L'excès de zèle perd les pêchers et les abricotiers. L'excès de zèle tue la grâce et la joie des bons dîners. Pas de zèle, messieurs ! Grimod de la Reynière est de l'avis de Talleyrand.

Une sourde rébellion gronda dans le groupe.

— Tholomyès, laisse-nous tranquilles, dit Blachevelle.

— À bas le tyran ! dit Fameuil.

— Bombarda, Bombance et Bamboche ! cria Listolier.

— Le dimanche existe, reprit Fameuil.

— Nous sommes sobres, ajouta Listolier.

— Tholomyès, fit Blachevelle, contemple mon calme.

— Tu en es le marquis, répondit Tholomyès.

Ce médiocre jeu de mots fit l'effet d'une pierre dans une mare. Le marquis de Montcalm était un royaliste alors célèbre. Toutes les grenouilles se turent.

— Amis, s'écria Tholomyès, de l'accent d'un homme qui ressaisit l'empire, remettez-vous. Il ne faut pas que trop de stupeur accueille ce calembour tombé du ciel. Tout ce qui tombe de la sorte n'est pas nécessairement

digne d'enthousiasme et de respect. Le calembour est
la fiente de l'esprit qui vole. Le lazzi tombe n'importe
où ; et l'esprit, après la ponte d'une bêtise, s'enfonce
dans l'azur. Une tache blanchâtre qui s'aplatit sur le
rocher n'empêche pas le condor de planer. Loin de moi
l'insulte au calembour ! Je l'honore dans la proportion
de ses mérites ; rien de plus. Tout ce qu'il y a de plus
auguste, de plus sublime et de plus charmant dans
l'humanité, et peut-être hors de l'humanité, a fait des
jeux de mots. Jésus-Christ a fait un calembour sur saint
Pierre, Moïse sur Isaac, Eschyle sur Polynice, Cléopâtre
sur Octave. Et notez que ce calembour de Cléopâtre a
précédé la bataille d'Actium, et que, sans lui, personne
ne se souviendrait de la ville de Toryne, nom grec qui
signifie cuiller à pot. Cela concédé, je reviens à mon
exhortation. Mes frères, je le répète, pas de zèle, pas de
tohu-bohu, pas d'excès, même en pointes, gayetés,
liesses et jeux de mots. Écoutez-moi, j'ai la prudence
d'Amphiaraüs et la calvitie de César. Il faut une limite,
même aux rébus. *Est modus in rebus.* Il faut une limite,
même aux dîners. Vous aimez les chaussons aux pommes, mesdames, n'en abusez pas. Il faut, même en
chaussons, du bon sens et de l'art. La gloutonnerie châ-
tie le glouton. Gula punit Gulax. L'indigestion est chargée par le bon Dieu de faire de la morale aux estomacs.
Et, retenez ceci : chacune de nos passions, même
l'amour, a un estomac qu'il ne faut pas trop remplir. En
toute chose il faut écrire à temps le mot *finis*, il faut se
contenir, quand cela devient urgent, tirer le verrou sur
son appétit, mettre au violon sa fantaisie et se mener
soi-même au poste. Le sage est celui qui sait à un
moment donné opérer sa propre arrestation. Ayez quelque confiance en moi. Parce que j'ai fait un peu mon
droit, à ce que me disent mes examens, parce que je
sais la différence qu'il y a entre la question mue et la
question pendante, parce que j'ai soutenu une thèse en
latin sur la manière dont on donnait la torture à Rome
au temps où Munatius Demens était questeur du Par-

ricide, parce que je vais être docteur, à ce qu'il paraît, il ne s'ensuit pas de toute nécessité que je sois un imbécile. Je vous recommande la modération dans vos désirs. Vrai comme je m'appelle Félix Tholomyès, je parle bien. Heureux celui qui, lorsque l'heure a sonné, prend un parti héroïque, et abdique comme Sylla, ou Origène.

Favourite écoutait avec une attention profonde.

— Félix ! dit-elle, quel joli mot ! j'aime ce nom-là. C'est en latin. Ça veut dire Prosper.

Tholomyès poursuivit :

— Quirites, gentlemen, caballeros, mes amis ! voulez-vous ne sentir aucun aiguillon et vous passer de lit nuptial et braver l'amour ? Rien de plus simple. Voici la recette : la limonade, l'exercice outré, le travail forcé, éreintez-vous, traînez des blocs, ne dormez pas, veillez, gorgez-vous de boissons nitreuses et de tisanes de nymphæas, savourez des émulsions de pavots et d'agnuscastus, assaisonnez-moi cela d'une diète sévère, crevez de faim, et joignez-y les bains froids, les ceintures d'herbes, l'application d'une plaque de plomb, les lotions avec la liqueur de Saturne et les fomentations avec l'oxycrat.

— J'aime mieux une femme, dit Listolier.

— La femme ! reprit Tholomyès, méfiez-vous-en. Malheur à celui qui se livre au cœur changeant de la femme ! La femme est perfide et tortueuse. Elle déteste le serpent par jalousie de métier. Le serpent, c'est la boutique en face.

— Tholomyès, cria Blachevelle, tu es ivre !

— Pardieu ! dit Tholomyès.

— Alors sois gai, reprit Blachevelle.

— J'y consens, répondit Tholomyès.

Et, remplissant son verre, il se leva :

— Gloire au vin ! *Nunc te, Bacche, canam !* Pardon, mesdemoiselles, c'est de l'espagnol. Et la preuve, señoras, la voici : tel peuple, telle futaille. L'arrobe de Castille contient seize litres, le cantaro d'Alicante douze,

l'almude des Canaries vingt-cinq, le cuartin des
Baléares vingt-six, la botte du czar Pierre trente. Vive
ce czar qui était grand, et vive sa botte qui était plus
grande encore ! Mesdames, un conseil d'ami : trom-
pez-vous de voisin, si bon vous semble. Le propre de
l'amour, c'est d'errer. L'amourette n'est pas faite pour
s'accroupir et s'abrutir comme une servante anglaise
qui a le calus du scrobage aux genoux. Elle n'est pas
faite pour cela, elle erre gaîment, la douce amourette !
On a dit : l'erreur est humaine ; moi je dis : l'erreur est
amoureuse. Mesdames, je vous idolâtre toutes. Ô
Zéphine, ô Joséphine, figure plus que chiffonnée, vous
seriez charmante, si vous n'étiez de travers. Vous avez
l'air d'un joli visage sur lequel, par mégarde, on s'est
assis. Quant à Favourite, ô nymphes et muses ! un jour
que Blachevelle passait le ruisseau de la rue Guérin-
Boisseau, il vit une belle fille aux bas blancs et bien tirés
qui montrait ses jambes. Ce prologue lui plut, et Blachevelle aima. Celle qu'il aima était Favourite. Ô Favourite, tu as des lèvres ioniennes. Il y avait un peintre grec,
appelé Euphorion, qu'on avait surnommé le peintre des
lèvres. Ce Grec seul eût été digne de peindre ta bouche.
Écoute ! avant toi, il n'y avait pas de créature digne de
ce nom. Tu es faite pour recevoir la pomme comme
Vénus ou pour la manger comme Ève. La beauté
commence à toi. Je viens de parler d'Ève, c'est toi qui
l'as créée. Tu mérites le brevet d'invention de la jolie
femme. Ô Favourite, je cesse de vous tutoyer, parce que
je passe de la poésie à la prose. Vous parliez de mon
nom tout à l'heure. Cela m'a attendri ; mais, qui que
nous soyons, méfions-nous des noms. Ils peuvent se
tromper. Je me nomme Félix et ne suis pas heureux. Les
mots sont des menteurs. N'acceptons pas aveuglément
les indications qu'ils nous donnent. Ce serait une erreur
d'écrire à Liège pour avoir des bouchons et à Pau pour
avoir des gants. Miss Dahlia, à votre place, je m'appel-
lerais Rosa. Il faut que la fleur sente bon et que la femme
ait de l'esprit. Je ne dis rien de Fantine, c'est une son-

geuse, une rêveuse, une pensive, une sensitive ; c'est un fantôme ayant la forme d'une nymphe et la pudeur d'une nonne, qui se fourvoie dans la vie de grisette, mais qui se réfugie dans les illusions, et qui chante, et qui prie, et qui regarde l'azur sans trop savoir ce qu'elle voit ni ce qu'elle fait, et qui, les yeux au ciel, erre dans un jardin où il y a plus d'oiseaux qu'il n'en existe ! Ô Fantine, sache ceci : moi Tholomyès, je suis une illusion ; mais elle ne m'entend même pas, la blonde fille des chimères ! Du reste, tout en elle est fraîcheur, suavité, jeunesse, douce clarté matinale. Ô Fantine, fille digne de vous appeler marguerite ou perle, vous êtes une femme du plus bel orient. Mesdames, un deuxième conseil : ne vous mariez point ; le mariage est une greffe ; cela prend bien ou mal ; fuyez ce risque. Mais, bah ! qu'est-ce que je chante là ? Je perds mes paroles. Les filles sont incurables sur l'épousaille ; et tout ce que nous pouvons dire, nous autres sages, n'empêchera point les giletières et les piqueuses de bottines de rêver des maris enrichis de diamants. Enfin, soit ; mais, belles, retenez ceci : vous mangez trop de sucre. Vous n'avez qu'un tort, ô femmes, c'est de grignoter du sucre. Ô sexe rongeur, tes jolies petites dents blanches adorent le sucre. Or, écoutez bien, le sucre est un sel. Tout sel est desséchant. Le sucre est le plus desséchant de tous les sels. Il pompe à travers les veines les liquides du sang ; de là la coagulation, puis la solidification du sang ; de là les tubercules dans le poumon ; de là la mort. Et c'est pourquoi le diabète confine à la phthisie. Donc ne croquez pas de sucre, et vous vivrez ! Je me tourne vers les hommes. Messieurs, faites des conquêtes. Pillez-vous les uns aux autres sans remords vos bien-aimées. Chassez-croisez. En amour, il n'y a pas d'amis. Partout où il y a une jolie femme l'hostilité est ouverte. Pas de quartier, guerre à outrance ! Une jolie femme est un *casus belli* ; une jolie femme est un flagrant délit. Toutes les invasions de l'histoire sont déterminées par des cotillons. La femme est le droit de l'homme. Romulus a enlevé les Sabines, Guillaume a enlevé les Saxonnes, César a enlevé les Romaines. L'homme qui n'est pas aimé plane comme un vautour sur les amantes d'autrui ; et quant à moi, à tous ces infortunés qui sont veufs, je jette la proclamation sublime de Bonaparte à l'armée d'Italie : « Soldats, vous manquez de tout. L'ennemi en a. »

Tholomyès s'interrompit.

— Souffle, Tholomyès, dit Blachevelle.

En même temps, Blachevelle, appuyé de Listolier et de Fameuil, entonna sur un air de complainte une de ces chansons d'atelier composées des premiers mots venus, rimées richement et pas du tout, vides de sens comme le geste de l'arbre et le bruit du vent, qui naissent de la vapeur des pipes et se dissipent et s'envolent avec elle. Voici par quel couplet le groupe donna la réplique à la harangue de Tholomyès :

> *Les pères dindons donnèrent*
> *De l'argent à un agent*
> *Pour que mons Clermont-Tonnerre*
> *Fût fait pape à la Saint-Jean ;*
> *Mais Clermont ne put pas être*
> *Fait pape, n'étant pas prêtre ;*
> *Alors leur agent rageant*
> *Leur rapporta leur argent.*

Ceci n'était pas fait pour calmer l'improvisation de Tholomyès ; il vida son verre, le remplit, et recommença.

— À bas la sagesse ! oubliez tout ce que j'ai dit. Ne soyons ni prudes, ni prudents, ni prud'hommes. Je porte un toast à l'allégresse ; soyons allègres ! Complétons notre cours de droit par la folie et la nourriture. Indigestion et digeste. Que Justinien soit le mâle et que Ripaille soit la femelle ! Joie dans les profondeurs ! Vis, ô création ! Le monde est un gros diamant ! Je suis heureux. Les oiseaux sont étonnants. Quelle fête partout ! Le rossignol est un Elleviou gratis. Été, je te salue. Ô

Luxembourg, ô Géorgiques de la rue Madame et de l'allée de l'Observatoire ! ô pioupious rêveurs ! ô toutes ces bonnes charmantes qui, tout en gardant des enfants, s'amusent à en ébaucher ! Les pampas de l'Amérique me plairaient, si je n'avais les arcades de l'Odéon. Mon âme s'envole dans les forêts vierges et dans les savanes. Tout est beau. Les mouches bourdonnent dans les rayons. Le soleil a éternué le colibri. Embrasse-moi, Fantine !

Il se trompa, et embrassa Favourite.

VIII

MORT D'UN CHEVAL [1]

— On dîne mieux chez Edon que chez Bombarda, s'écria Zéphine.

— Je préfère Bombarda à Edon, déclara Blachevelle. Il a plus de luxe. C'est plus asiatique. Voyez la salle d'en bas. Il y a des glaces sur les murs.

— J'en aime mieux dans mon assiette, dit Favourite. Blachevelle insista ·

— Regardez les couteaux. Les manches sont en argent chez Bombarda, et en os chez Edon. Or, l'argent est plus précieux que l'os.

— Excepté pour ceux qui ont un menton d'argent, observa Tholomyès.

Il regardait en cet instant-là le dôme des Invalides, visible des fenêtres de Bombarda.

Il y eut une pause.

— Tholomyès, cria Fameuil, tout à l'heure, Listolier et moi, nous avions une discussion.

— Une discussion est bonne, répondit Tholomyès, une querelle vaut mieux.

— Nous disputions philosophie.

— Soit.

— Lequel préfères-tu de Descartes ou de Spinosa ?

— Désaugiers, dit Tholomyès.

Cet arrêt rendu, il but et reprit :

— Je consens à vivre. Tout n'est pas fini sur la terre, puisqu'on peut encore déraisonner. J'en rends grâces aux dieux immortels. On ment, mais on rit. On affirme, mais on doute. L'inattendu jaillit du syllogisme. C'est beau. Il est encore ici-bas des humains qui savent joyeusement ouvrir et fermer la boîte à surprises du paradoxe. Ceci, mesdames, que vous buvez d'un air tranquille, est du vin de Madère, sachez-le, du cru de Coural das Freiras qui est à trois cent dix-sept toises au-dessus du niveau de la mer ! Attention en buvant ! trois cent dix-sept toises ! et monsieur Bombarda, le magnifique restaurateur, vous donne ces trois cent dix-sept toises pour quatre francs cinquante centimes !

Fameuil interrompit de nouveau :

— Tholomyès, tes opinions font loi. Quel est ton auteur favori ?

— Ber...

— Quin ?

— Non. Choux.

Et Tholomyès poursuivit :

— Honneur à Bombarda ! il égalerait Munophis d'Éléphanta s'il pouvait me cueillir une almée, et Thygélion de Chéronée s'il pouvait m'apporter une hétaïre ! car, ô mesdames, il y avait des Bombarda en Grèce et en Égypte. C'est Apulée qui nous l'apprend. Hélas ! toujours les mêmes choses et rien de nouveau. Plus rien d'inédit dans la création du créateur ! *Nil sub sole novum*, dit Salomon ; *amor omnibus idem*, dit Virgile ; et Carabine monte avec Carabin dans la galiote de Saint-Cloud, comme Aspasie s'embarquait avec Périclès sur la flotte de Samos. Un dernier mot. Savez-vous ce que c'était qu'Aspasie, mesdames ? Quoiqu'elle vécût dans un temps où les femmes n'avaient pas encore d'âme, c'était une âme ; une âme d'une nuance rose et pourpre, plus embrasée que le feu, plus fraîche que l'aurore. Aspasie était une créature en qui se touchaient les deux extrêmes de la femme ; c'était la prostituée déesse. Socrate, plus Manon Lescaut. Aspasie fut créée pour le cas où il faudrait une catin à Prométhée.

Tholomyès, lancé, se serait difficilement arrêté, si un cheval ne se fût abattu sur le quai en cet instant-là même. Du choc, la charrette et l'orateur restèrent court. C'était une jument beauceronne, vieille et maigre et digne de l'équarrisseur, qui traînait une charrette fort lourde. Parvenue devant Bombarda, la bête, épuisée et accablée, avait refusé d'aller plus loin. Cet incident avait fait de la foule. À peine le charretier, jurant et indigné, avait-il eu le temps de prononcer avec l'énergie convenable le mot sacramentel : *mâtin !* appuyé d'un implacable coup de fouet, que la haridelle était tombée pour ne plus se relever. Au brouhaha des passants, les gais auditeurs de Tholomyès tournèrent la tête, et Tholomyès en profita pour clore son allocution par cette strophe mélancolique :

> *Elle était de ce monde où coucous et carrosses*
> *Ont le même destin,*
> *Et, rosse, elle a vécu ce que vivent les rosses,*
> *L'espace d'un : mâtin !*

— Pauvre cheval, soupira Fantine.

Et Dahlia s'écria :

— Voilà Fantine qui va se mettre à plaindre les chevaux ! Peut-on être fichue bête comme ça !

En ce moment, Favourite, croisant les bras et renversant la tête en arrière, regarda résolûment Tholomyès et dit :

— Ah çà ! et la surprise ?

— Justement. L'instant est arrivé, répondit Tholomyès. Messieurs, l'heure de surprendre ces dames a sonné. Mesdames, attendez-nous un moment.

— Cela commence par un baiser, dit Blachevelle.

— Sur le front, ajouta Tholomyès.

Chacun déposa gravement un baiser sur le front de sa maîtresse ; puis ils se dirigèrent vers la porte tous les quatre à la file, en mettant leur doigt sur la bouche.

Favourite battit des mains à leur sortie.

— C'est déjà amusant, dit-elle.

— Ne soyez pas trop longtemps, murmura Fantine. Nous vous attendons.

IX

FIN JOYEUSE DE LA JOIE

Les jeunes filles, restées seules, s'accoudèrent deux à deux sur l'appui des fenêtres, jasant, penchant leur tête et se parlant d'une croisée à l'autre.

Elles virent les jeunes gens sortir du cabaret Bombarda bras dessus bras dessous ; ils se retournèrent, leur firent des signes en riant, et disparurent dans cette poudreuse cohue du dimanche qui envahit hebdomadairement les Champs-Élysées.

— Ne soyez pas longtemps ! cria Fantine.

— Que vont-ils nous rapporter ? dit Zéphine.

— Pour sûr ce sera joli, dit Dahlia.

— Moi, reprit Favourite, je veux que ce soit en or.

Elles furent bientôt distraites par le mouvement du bord de l'eau qu'elles distinguaient dans les branches des grands arbres et qui les divertissait fort. C'était l'heure du départ des malles-poste et des diligences. Presque toutes les messageries du midi et de l'ouest passaient alors par les Champs-Élysées. La plupart suivaient le quai et sortaient par la barrière de Passy. De minute en minute, quelque grosse voiture peinte en jaune et en noir, pesamment chargée, bruyamment attelée, difforme à force de malles, de bâches et de valises, pleine de têtes tout de suite disparues, broyant la chaussée, changeant tous les pavés en briquets, se ruait à travers la foule avec toutes les étincelles d'une forge, de la poussière pour fumée, et un air de furie. Ce vacarme réjouissait les jeunes filles. Favourite s'exclamait :

— Quel tapage ! on dirait des tas de chaînes qui s'envolent.

Il arriva une fois qu'une de ces voitures qu'on distinguait difficilement dans l'épaisseur des ormes, s'arrêta un moment, puis repartit au galop. Cela étonna Fantine.

— C'est particulier ! dit-elle. Je croyais que la diligence ne s'arrêtait jamais.

Favourite haussa les épaules.

— Cette Fantine est surprenante. Je viens la voir par curiosité. Elle s'éblouit des choses les plus simples. Une supposition ; je suis un voyageur, je dis à la diligence : je vais en avant, vous me prendrez sur le quai en passant. La diligence passe, me voit, s'arrête, et me prend. Cela se fait tous les jours. Tu ne connais pas la vie, ma chère.

Un certain temps s'écoula ainsi. Tout à coup Favourite eut le mouvement de quelqu'un qui se réveille.

— Eh bien, fit-elle, et la surprise ?

— À propos, oui, reprit Dahlia, la fameuse surprise ?

— Ils sont bien longtemps ! dit Fantine.

Comme Fantine achevait ce soupir, le garçon qui avait servi le dîner entra. Il tenait à la main quelque chose qui ressemblait à une lettre.

— Qu'est-ce que cela ? demanda Favourite.

Le garçon répondit :

— C'est un papier que ces messieurs ont laissé pour ces dames.

— Pourquoi ne l'avoir pas apporté tout de suite ?

— Parce que ces messieurs, reprit le garçon, ont commandé de ne le remettre à ces dames qu'au bout d'une heure.

Favourite arracha le papier des mains du garçon. C'était une lettre en effet.

— Tiens ! dit-elle. Il n'y a pas d'adresse. Mais voici ce qui est écrit dessus :

CECI EST LA SURPRISE.

Elle décacheta vivement la lettre, l'ouvrit et lut (elle savait lire) :

« Ô nos amantes !

« Sachez que nous avons des parents. Des parents, vous ne connaissez pas beaucoup ça. Ça s'appelle des pères et mères dans le code civil, puéril et honnête. Or, ces parents gémissent, ces vieillards nous réclament, ces bons hommes et ces bonnes femmes nous appellent enfants prodigues, ils souhaitent nos retours, et nous offrent de tuer des veaux. Nous leur obéissons, étant vertueux. À l'heure où vous lirez ceci, cinq chevaux fougueux nous rapporteront à nos papas et à nos mamans. Nous fichons le camp, comme dit Bossuet. Nous partons, nous sommes partis. Nous fuyons dans les bras de Laffitte et sur les ailes de Caillard. La diligence de Toulouse nous arrache à l'abîme, et l'abîme c'est vous, ô nos belles petites ! Nous rentrons dans la société, dans le devoir et dans l'ordre, au grand trot, à raison de trois lieues à l'heure. Il importe à la patrie que nous soyons, comme tout le monde, préfets, pères de famille, gardes champêtres et conseillers d'État. Vénérez-nous. Nous nous sacrifions. Pleurez-nous rapidement et remplacez-nous vite. Si cette lettre vous déchire, rendez-le-lui. Adieu.

« Pendant près de deux ans, nous vous avons rendues heureuses. Ne nous en gardez pas rancune.

« Signé : Blachevelle.
« Fameuil.
« Listolier.
« Félix Tholomyès.

« POST-SCRIPTUM. Le dîner est payé. »

Les quatre jeunes filles se regardèrent.

Favourite rompit la première le silence.

— Eh bien ! s'écria-t-elle, c'est tout de même une bonne farce.

— C'est très drôle, dit Zéphine.

— Ce doit être Blachevelle qui a eu cette idée-là, reprit Favourite. Ça me rend amoureuse de lui. Sitôt parti, sitôt aimé. Voilà l'histoire.

— Non, dit Dahlia, c'est une idée à Tholomyès. Ça se reconnaît.

— En ce cas, reprit Favourite, mort à Blachevelle et vive Tholomyès !

— Vive Tholomyès ! crièrent Dahlia et Zéphine.

Et elles éclatèrent de rire.

Fantine rit comme les autres.

Une heure après, quand elle fut rentrée dans sa chambre, elle pleura. C'était, nous l'avons dit, son premier amour ; elle s'était donnée à ce Tholomyès comme à un mari, et la pauvre fille avait un enfant.

Livre quatrième

CONFIER,
C EST QUELQUEFOIS LIVRER

I

UNE MÈRE QUI EN RENCONTRE UNE AUTRE

Il y avait, dans le premier quart de ce siècle, à Montfermeil [1], près de Paris, une façon de gargote qui n'existe plus aujourd'hui. Cette gargote était tenue par des gens appelés Thénardier, mari et femme. Elle était située dans la ruelle du Boulanger. On voyait au-dessus de la porte une planche clouée à plat sur le mur. Sur cette planche était peint quelque chose qui ressemblait à un homme portant sur son dos un autre homme, lequel avait de grosses épaulettes de général dorées avec de larges étoiles argentées ; des taches rouges figuraient du sang ; le reste du tableau était de la fumée et représentait probablement une bataille. Au bas on lisait cette inscription : AU SERGENT DE WATERLOO.

Rien n'est plus ordinaire qu'un tombereau ou une charrette à la porte d'une auberge. Cependant le véhicule ou, pour mieux dire, le fragment de véhicule qui encombrait la rue devant la gargote du Sergent de Waterloo, un soir du printemps de 1818, eût certainement attiré par sa masse l'attention d'un peintre qui eût passé là.

C'était l'avant-train d'un de ces fardiers, usités dans les pays de forêts, et qui servent à charrier des madriers et des troncs d'arbres. Cet avant-train se composait d'un massif essieu de fer à pivot où s'emboîtait un lourd timon, et que supportaient deux roues démesurées. Tout

cet ensemble était trapu, écrasant et difforme. On eût
dit l'affût d'un canon géant. Les ornières avaient donné
aux roues, aux jantes, aux moyeux, à l'essieu et au
timon, une couche de vase, hideux badigeonnage jaunâtre assez semblable à celui dont on orne volontiers
les cathédrales. Le bois disparaissait sous la boue et le
fer sous la rouille. Sous l'essieu pendait en draperie une
grosse chaîne digne de Goliath forçat. Cette chaîne faisait songer, non aux poutres qu'elle avait fonction de
transporter, mais aux mastodontes et aux mammons
qu'elle eût pu atteler ; elle avait un air de bagne, mais
de bagne cyclopéen et surhumain, et elle semblait déta-
chée de quelque monstre. Homère y eût lié Polyphème
et Shakespeare Caliban.

Pourquoi cet avant-train de fardier était-il à cette
place dans la rue ? D'abord, pour encombrer la rue ;
ensuite pour achever de se rouiller. Il y a dans le vieil
ordre social une foule d'institutions qu'on trouve de la
sorte sur son passage en plein air et qui n'ont pas pour
être là d'autres raisons.

Le centre de la chaîne pendait sous l'essieu assez près
de terre, et sur la courbure, comme sur la corde d'une
balançoire, étaient assises et groupées, ce soir-là, dans
un entrelacement exquis, deux petites filles, l'une d'environ deux ans et demi, l'autre de dix-huit mois, la plus
petite dans les bras de la plus grande. Un mouchoir
savamment noué les empêchait de tomber. Une mère
avait vu cette effroyable chaîne, et avait dit : Tiens ! voilà
un joujou pour mes enfants.

Les deux enfants, du reste gracieusement attifées, et
avec quelque recherche, rayonnaient ; on eût dit deux
roses dans de la ferraille ; leurs yeux étaient un triomphe ; leurs fraîches joues riaient. L'une était châtain,
l'autre était brune. Leurs naïfs visages étaient deux
étonnements ravis ; un buisson fleuri qui était près de
là envoyait aux passants des parfums qui semblaient
venir d'elles ; celle de dix-huit mois montrait son gentil
ventre nu avec cette chaste indécence de la petitesse.

Au-dessus et autour de ces deux têtes délicates, pétries dans le bonheur et trempées dans la lumière, le gigantesque avant-train, noir de rouille, presque terrible, tout enchevêtré de courbes et d'angles farouches, s'arrondissait comme un porche de caverne. À quelques pas, accroupie sur le seuil de l'auberge, la mère, femme d'un aspect peu avenant du reste, mais touchante en ce moment-là, balançait les deux enfants au moyen d'une longue ficelle, les couvant des yeux de peur d'accident avec cette expression animale et céleste propre à la maternité ; à chaque va-et-vient, les hideux anneaux jetaient un bruit strident qui ressemblait à un cri de colère ; les petites filles s'extasiaient, le soleil couchant se mêlait à cette joie, et rien n'était charmant comme ce caprice du hasard, qui avait fait d'une chaîne de titans une escarpolette de chérubins.

Tout en berçant ses deux petites, la mère chantonnait d'une voix fausse une romance alors célèbre :

> « Il le faut, disait un guerrier...

Sa chanson et la contemplation de ses filles l'empêchaient d'entendre et de voir ce qui se passait dans la rue.

Cependant quelqu'un s'était approché d'elle, comme elle commençait le premier couplet de la romance, et tout à coup elle entendit une voix qui disait très près de son oreille :

— Vous avez là deux jolis enfants, madame.

> À la belle et tendre Imogine.

répondit la mère, continuant sa romance, puis elle tourna la tête.

Une femme était devant elle, à quelques pas. Cette femme, elle aussi, avait un enfant qu'elle portait dans ses bras.

Elle portait en outre un assez gros sac de nuit qui semblait fort lourd.

L'enfant de cette femme était un des plus divins êtres qu'on pût voir. C'était une fille de deux à trois ans. Elle eût pu jouter avec les deux autres pour la coquetterie de l'ajustement ; elle avait un bavolet de linge fin, des rubans à sa brassière et de la valenciennes à son bonnet. Le pli de sa jupe relevée laissait voir sa cuisse blanche, potelée et ferme. Elle était admirablement rose et bien portante. La belle petite donnait envie de mordre dans les pommes de ses joues. On ne pouvait rien dire de ses yeux, sinon qu'ils devaient être très grands et qu'ils avaient des cils magnifiques. Elle dormait.

Elle dormait de ce sommeil d'absolue confiance propre à son âge. Les bras des mères sont faits de tendresse ; les enfants y dorment profondément.

Quant à la mère, l'aspect en était pauvre et triste. Elle avait la mise d'une ouvrière qui tend à redevenir paysanne. Elle était jeune. Était-elle belle ? peut-être ; mais avec cette mise il n'y paraissait pas. Ses cheveux, d'où s'échappait une mèche blonde, semblaient fort épais, mais disparaissaient sévèrement sous une coiffe de béguine, laide, serrée, étroite, et nouée au menton. Le rire montre les belles dents quand on en a ; mais elle ne riait point. Ses yeux ne semblaient pas être secs depuis très longtemps. Elle était pâle ; elle avait l'air très lasse et un peu malade ; elle regardait sa fille endormie dans ses bras avec cet air particulier d'une mère qui a nourri son enfant. Un large mouchoir bleu, comme ceux où se mouchent les invalides, plié en fichu, masquait lourdement sa taille. Elle avait les mains hâlées et toutes piquées de taches de rousseur, l'index durci et déchiqueté par l'aiguille, une mante brune de laine bourrue, une robe de toile et de gros souliers. C'était Fantine.

C'était Fantine. Difficile à reconnaître. Pourtant, à l'examiner attentivement, elle avait toujours sa beauté. Un pli triste, qui ressemblait à un commencement d'ironie, ridait sa joue droite. Quant à sa toilette, cette

aérienne toilette de mousseline et de rubans qui semblait faite avec de la gaîté, de la folie et de la musique,
pleine de grelots et parfumée de lilas, elle s'était éva-
nouie comme ces beaux givres éclatants qu'on prend
pour des diamants au soleil ; ils fondent et laissent la
branche toute noire.

Dix mois s'étaient écoulés depuis « la bonne farce ».

Que s'était-il passé pendant ces dix mois ? on le
devine.

Après l'abandon, la gêne. Fantine avait tout de suite
perdu de vue Favourite, Zéphine et Dahlia ; le lien, brisé
du côté des hommes, s'était défait du côté des femmes ;
on les eût bien étonnées, quinze jours après, si on leur
eût dit qu'elles étaient amies ; cela n'avait plus de raison
d'être. Fantine était restée seule. Le père de son enfant
parti, — hélas ! ces ruptures-là sont irrévocables, — elle
se trouva absolument isolée, avec l'habitude du travail
de moins et le goût du plaisir de plus. Entraînée par sa
liaison avec Tholomyès à dédaigner le petit métier
qu'elle savait, elle avait négligé ses débouchés ; ils
s'étaient fermés. Nulle ressource. Fantine savait à peine
lire et ne savait pas écrire ; on lui avait seulement appris
dans son enfance à signer son nom ; elle avait fait écrire
par un écrivain public une lettre à Tholomyès, puis une
seconde, puis une troisième. Tholomyès n'avait
répondu à aucune. Un jour, Fantine entendit des
commères dire en regardant sa fille : — Est-ce qu'on
prend ces enfants-là au sérieux ? on hausse les épaules
de ces enfants-là ! — Alors elle songea à Tholomyès qui
haussait les épaules de son enfant et qui ne prenait pas
cet être innocent au sérieux ; et son cœur devint sombre
à l'endroit de cet homme. Quel parti prendre pourtant ?
Elle ne savait plus à qui s'adresser. Elle avait commis
une faute, mais le fond de sa nature, on s'en souvient,
était pudeur et vertu. Elle sentit vaguement qu'elle était
à la veille de tomber dans la détresse, et de glisser dans
le pire. Il fallait du courage ; elle en eut, et se roidit
L'idée lui vint de retourner dans sa ville natale, à Mon-

treuil-sur-mer. Là quelqu'un peut-être la connaîtrait et lui donnerait du travail. Oui ; mais il faudrait cacher sa faute. Et elle entrevoyait confusément la nécessité possible d'une séparation plus douloureuse encore que la première. Son cœur se serra, mais elle prit sa résolution. Fantine, on le verra, avait la farouche bravoure de la vie.

Elle avait déjà vaillamment renoncé à la parure, s'était vêtue de toile, et avait mis toute sa soie, tous ses chiffons, tous ses rubans et toutes ses dentelles sur sa fille, seule vanité qui lui restât, et sainte celle-là. Elle vendit tout ce qu'elle avait, ce qui lui produisit deux cents francs ; ses petites dettes payées, elle n'eut plus que quatre-vingts francs environ. À vingt-deux ans, par une belle matinée de printemps, elle quittait Paris, emportant son enfant sur son dos. Quelqu'un qui les eût vues passer toutes les deux eût eu pitié. Cette femme n'avait au monde que cet enfant, et cet enfant n'avait au monde que cette femme. Fantine avait nourri sa fille ; cela lui avait fatigué la poitrine, et elle toussait un peu.

Nous n'aurons plus occasion de parler de M. Félix Tholomyès. Bornons-nous à dire que, vingt ans plus tard, sous le roi Louis-Philippe, c'était un gros avoué de province, influent et riche, électeur sage et juré très sévère ; toujours homme de plaisir.

Vers le milieu du jour, après avoir, pour se reposer, cheminé de temps en temps, moyennant trois ou quatre sous par lieue, dans ce qu'on appelait alors les Petites Voitures des Environs de Paris, Fantine se trouvait à Montfermeil, dans la ruelle du Boulanger.

Comme elle passait devant l'auberge Thénardier, les deux petites filles, enchantées sur leur escarpolette monstre, avaient été pour elle une sorte d'éblouissement, et elle s'était arrêtée devant cette vision de joie.

Il y a des charmes. Ces deux petites filles en furent un pour cette mère.

Elle les considérait, toute émue. La présence des anges est une annonce de paradis. Elle crut voir au-

dessus de cette auberge le mystérieux ICI de la providence. Ces deux petites étaient si évidemment heureuses ! Elle les regardait, elle les admirait, tellement attendrie qu'au moment où la mère reprenait haleine entre
deux vers de sa chanson, elle ne put s'empêcher de lui
dire ce mot qu'on vient de lire :

— Vous avez là deux jolis enfants, madame.

Les créatures les plus féroces sont désarmées par la
caresse à leurs petits. La mère leva la tête et remercia,
et fit asseoir la passante sur le banc de la porte, elle-
même étant sur le seuil. Les deux femmes causèrent.

— Je m'appelle madame Thénardier, dit la mère des
deux petites. Nous tenons cette auberge.

Puis, toujours à sa romance, elle reprit entre ses
dents :

> *Il le faut, je suis chevalier*
> *Et je pars pour la Palestine.*

Cette madame Thénardier était une femme rousse,
charnue, anguleuse ; le type femme-à-soldat dans toute
sa disgrâce. Et, chose bizarre, avec un air penché qu'elle
devait à des lectures romanesques. C'était une minau-
dière hommasse. De vieux romans qui se sont éraillés
sur des imaginations de gargotières ont de ces effets-là.
Elle était jeune encore ; elle avait à peine trente ans. Si
cette femme, qui était accroupie, se fût tenue droite,
peut-être sa haute taille et sa carrure de colosse ambu-
lant propre aux foires, eussent-elles dès l'abord effarouché la voyageuse, troublé sa confiance, et fait évanouir
ce que nous avons à raconter. Une personne qui est
assise au lieu d'être debout, les destinées tiennent à cela.

La voyageuse raconta son histoire, un peu modifiée :

Qu'elle était ouvrière ; que son mari était mort ; que
le travail lui manquait à Paris, et qu'elle allait en chercher ailleurs ; dans son pays ; qu'elle avait quitté Paris,
le matin même, à pied ; que, comme elle portait son
enfant, se sentant fatiguée, et ayant rencontré la voiture

de Villemomble, elle y était montée ; que de Villemomble elle était venue à Montfermeil à pied, que la petite
avait un peu marché, mais pas beaucoup, c'est si jeune,
et qu'il avait fallu la prendre, et que le bijou s'était
endormi.

Et sur ce mot elle donna à sa fille un baiser passionné
qui la réveilla. L'enfant ouvrit les yeux, de grands yeux
bleus comme ceux de sa mère, et regarda, quoi ? rien,
tout, avec cet air sérieux et quelquefois sévère des petits
enfants, qui est un mystère de leur lumineuse innocence devant nos crépuscules de vertus. On dirait qu'ils
se sentent anges et qu'ils nous savent hommes. Puis
l'enfant se mit à rire, et, quoique la mère la retint, glissa
à terre avec l'indomptable énergie d'un petit être qui
veut courir. Tout à coup elle aperçut les deux autres sur
leur balançoire, s'arrêta court, et tira la langue, signe
d'admiration.

La mère Thénardier détacha ses filles, les fit descendre de l'escarpolette, et dit :

— Amusez-vous toutes les trois.

Ces âges-là s'apprivoisent vite, et au bout d'une
minute les petites Thénardier jouaient avec la nouvelle
venue à faire des trous dans la terre, plaisir immense.

Cette nouvelle venue était très gaie ; la bonté de la
mère est écrite dans la gaîté du marmot ; elle avait pris
un brin de bois qui lui servait de pelle, et elle creusait
énergiquement une fosse bonne pour une mouche. Ce
que fait le fossoyeur devient riant, fait par l'enfant.

Les deux femmes continuaient de causer.

— Comment s'appelle votre mioche ?

— Cosette.

Cosette, lisez Euphrasie [1]. La petite se nommait
Euphrasie. Mais d'Euphrasie la mère avait fait Cosette,
par ce doux et gracieux instinct des mères et du peuple
qui change Josefa en Pepita et Françoise en Sillette. C'est
là un genre de dérivés qui dérange et déconcerte toute
la science des étymologistes. Nous avons connu une
grand'mère qui avait réussi à faire de Théodore, Gnon.

— Quel âge a-t-elle ?

— Elle va sur trois ans.

— C'est comme mon aînée.

Cependant les trois petites filles étaient groupées dans une posture d'anxiété profonde et de béatitude ; un événement avait lieu ; un gros ver venait de sortir de terre ; et elles avaient peur, et elles étaient en extase.

Leurs fronts radieux se touchaient ; on eût dit trois têtes dans une auréole.

— Les enfants, s'écria la mère Thénardier, comme ça se connaît tout de suite ! les voilà qu'on jurerait trois sœurs !

Ce mot fut l'étincelle qu'attendait probablement l'autre mère. Elle saisit la main de la Thénardier, la regarda fixement, et lui dit :

— Voulez-vous me garder mon enfant ?

La Thénardier eut un de ces mouvements surpris qui ne sont ni le consentement ni le refus.

La mère de Cosette poursuivit :

— Voyez-vous, je ne peux pas emmener ma fille au pays. L'ouvrage ne le permet pas. Avec un enfant, on ne trouve pas à se placer. Ils sont si ridicules dans ce pays-là. C'est le bon Dieu qui m'a fait passer devant votre auberge. Quand j'ai vu vos petites si jolies et si propres et si contentes, cela m'a bouleversée. J'ai dit : voilà une bonne mère. C'est ça ; ça fera trois sœurs. Et puis, je ne serai pas longtemps à revenir. Voulez-vous me garder mon enfant ?

— Il faudrait voir, dit la Thénardier.

— Je donnerais six francs par mois.

Ici une voix d'homme cria du fond de la gargote :

— Pas à moins de sept francs. Et six mois payés d'avance.

— Six fois sept quarante-deux, dit la Thénardier.

— Je les donnerai, dit la mère.

— Et quinze francs en dehors pour les premiers frais, ajouta la voix d'homme.

— Total cinquante-sept francs, dit la madame Thénardier. Et à travers ces chiffres, elle chantonnait vaguement :

Il le faut, disait un guerrier.

— Je les donnerai, dit la mère, j'ai quatre-vingts francs. Il me restera de quoi aller au pays. En allant à pied. Je gagnerai de l'argent là-bas, et dès que j'en aurai un peu, je reviendrai chercher l'amour.

La voix d'homme reprit :

— La petite a un trousseau ?

— C'est mon mari, dit la Thénardier.

— Sans doute elle a un trousseau, le pauvre trésor. J'ai bien vu que c'était votre mari. Et un beau trousseau encore ! un trousseau insensé. Tout par douzaines ; et des robes de soie comme une dame. Il est là dans mon sac de nuit.

— Il faudra le donner, repartit la voix d'homme.

— Je crois bien que je le donnerai ! dit la mère. Ce serait cela qui serait drôle si je laissais ma fille toute nue !

La face du maître apparut.

— C'est bon, dit-il.

Le marché fut conclu. La mère passa la nuit à l'auberge, donna son argent et laissa son enfant, renoua son sac de nuit dégonflé du trousseau et léger désormais, et partit le lendemain matin, comptant revenir bientôt. On arrange tranquillement ces départs-là, mais ce sont des désespoirs.

Une voisine des Thénardier rencontra cette mère comme elle s'en allait, et s'en revint en disant :

— Je viens de voir une femme qui pleure dans la rue, que c'est un déchirement.

Quand la mère de Cosette fut partie, l'homme dit à la femme :

— Cela va me payer mon effet de cent dix francs qui échoit demain. Il me manquait cinquante francs.

Sais-tu que j'aurais eu l'huissier et un protêt ? Tu as fait
là une bonne souricière avec tes petites.

— Sans m'en douter, dit la femme.

II

PREMIÈRE ESQUISSE
DE DEUX FIGURES LOUCHES

La souris prise était bien chétive ; mais le chat se
réjouit même d'une souris maigre.

Qu'était-ce que les Thénardier ?

Disons-en un mot dès à présent. Nous compléterons
le croquis plus tard.

Ces êtres appartenaient à cette classe bâtarde composée de gens grossiers parvenus et de gens intelligents
déchus, qui est entre la classe dite moyenne et la classe
dite inférieure, et qui combine quelques-uns des défauts
de la seconde avec presque tous les vices de la première,
sans avoir le généreux élan de l'ouvrier ni l'ordre honnête du bourgeois.

C'étaient de ces natures naines qui, si quelque feu
sombre les chauffe par hasard, deviennent facilement
monstrueuses. Il y avait dans la femme le fond d'une
brute et dans l'homme l'étoffe d'un gueux. Tous deux
étaient au plus haut degré susceptibles de l'espèce de
hideux progrès qui se fait dans le sens du mal. Il existe
des âmes écrevisses reculant continuellement vers les
ténèbres, rétrogradant dans la vie plutôt qu'elles n'y
avancent, employant l'expérience à augmenter leur difformité, empirant sans cesse, et s'empreignant de plus
en plus d'une noirceur croissante. Cet homme et cette
femme étaient de ces âmes-là.

Le Thénardier particulièrement était gênant pour le
physionomiste. On n'a qu'à regarder certains hommes
pour s'en défier, on les sent ténébreux à leurs deux extré-

mités. Ils sont inquiets derrière eux et menaçants devant eux. Il y a en eux de l'inconnu. On ne peut pas plus répondre de ce qu'ils ont fait que de ce qu'ils feront. L'ombre qu'ils ont dans le regard les dénonce. Rien qu'en les entendant dire un mot ou qu'en les voyant faire un geste on entrevoit de sombres secrets dans leur passé et de sombres mystères dans leur avenir.

Ce Thénardier, s'il fallait l'en croire, avait été soldat ; sergent, disait-il ; il avait fait probablement la campagne de 1815, et s'était même comporté assez bravement, à ce qu'il paraît. Nous verrons plus tard ce qu'il en était. L'enseigne de son cabaret était une allusion à l'un de ses faits d'armes. Il l'avait peinte lui-même, car il savait faire un peu de tout ; mal.

C'était l'époque où l'antique roman classique, qui, après avoir été *Clélie*, n'était plus que *Lodoïska*, toujours noble, mais de plus en plus vulgaire, tombé de mademoiselle de Scudéri à madame Barthélemy-Hadot, et de madame de Lafayette à madame Bournon-Malarme, incendiait l'âme aimante des portières de Paris et ravageait même un peu la banlieue. Madame Thénardier était juste assez intelligente pour lire ces espèces de livres. Elle s'en nourrissait. Elle y noyait ce qu'elle avait de cervelle ; cela lui avait donné, tant qu'elle avait été très jeune, et même un peu plus tard, une sorte d'attitude pensive près de son mari, coquin d'une certaine profondeur, ruffian lettré à la grammaire près, grossier et fin en même temps, mais, en fait de sentimentalisme, lisant Pigault-Lebrun, et pour « tout ce qui touche le sexe », comme il disait dans son jargon, butor correct et sans mélange. Sa femme avait quelque douze ou quinze ans de moins que lui. Plus tard, quand les cheveux romanesquement pleureurs commencèrent à grisonner, quand la Mégère se dégagea de la Paméla, la Thénardier ne fut plus qu'une grosse méchante femme ayant savouré des romans bêtes. Or on ne lit pas impunément des niaiseries. Il en résulta que sa fille aînée se nomma Éponine [1]. Quant à la cadette, la pauvre petite faillit se nommer Gulnare ; elle dut à je ne sais quelle heureuse diversion faite par un roman de Ducray-Duminil, de ne s'appeler qu'Azelma.

Au reste, pour le dire en passant, tout n'est pas ridicule et superficiel dans cette curieuse époque à laquelle nous faisons ici allusion, et qu'on pourrait appeler l'anarchie des noms de baptême. À côté de l'élément romanesque, que nous venons d'indiquer, il y a le symptôme social. Il n'est pas rare aujourd'hui que le garçon bouvier se nomme Arthur, Alfred ou Alphonse, et que le vicomte — s'il y a encore des vicomtes — se nomme Thomas, Pierre ou Jacques. Ce déplacement qui met le nom « élégant » sur le plébéien et le nom campagnard sur l'aristocrate n'est autre chose qu'un remous d'égalité. L'irrésistible pénétration du souffle nouveau est là comme en tout. Sous cette discordance apparente, il y a une chose grande et profonde : la révolution française.

III

L'ALOUETTE

Il ne suffit pas d'être méchant pour prospérer. La gargote allait mal.

Grâce aux cinquante-sept francs de la voyageuse, Thénardier avait pu éviter un protêt et faire honneur à sa signature. Le mois suivant ils eurent encore besoin d'argent ; la femme porta à Paris et engagea au Mont-de-Piété le trousseau de Cosette pour une somme de soixante francs. Dès que cette somme fut dépensée, les Thénardier s'accoutumèrent à ne plus voir dans la petite fille qu'un enfant qu'ils avaient chez eux par charité, et la traitèrent en conséquence. Comme elle n'avait plus de trousseau, on l'habilla des vieilles jupes et des vieilles chemises des petites Thénardier, c'est-à-dire de haillons.

On la nourrit des restes de tout le monde, un peu mieux que le chien et un peu plus mal que le chat. Le chat et le chien étaient du reste ses commensaux habituels ; Cosette mangeait avec eux sous la table dans une écuelle de bois pareille à la leur.

La mère qui s'était fixée, comme on le verra plus tard, à Montreuil-sur-mer, écrivait, ou, pour mieux dire, faisait écrire tous les mois afin d'avoir des nouvelles de son enfant. Les Thénardier répondaient invariablement : Cosette est à merveille.

Les six premiers mois révolus, la mère envoya sept francs pour le septième mois, et continua assez exactement ses envois de mois en mois. L'année n'était pas finie que le Thénardier dit : — Une belle grâce qu'elle nous fait là ! que veut-elle que nous fassions avec ses sept francs ? Et il écrivit pour exiger douze francs. La mère, à laquelle ils persuadaient que son enfant était heureuse « et venait bien », se soumit et envoya les douze francs.

Certaines natures ne peuvent aimer d'un côté sans haïr de l'autre. La mère Thénardier aimait passionnément ses deux filles à elle, ce qui fit qu'elle détesta l'étrangère. Il est triste de songer que l'amour d'une mère peut avoir de vilains aspects. Si peu de place que Cosette tînt chez elle, il lui semblait que cela était pris aux siens, et que cette petite diminuait l'air que ses filles respiraient. Cette femme, comme beaucoup de femmes de sa sorte, avait une somme de caresses et une somme de coups et d'injures à dépenser chaque jour. Si elle n'avait pas eu Cosette, il est certain que ses filles, tout idolâtrées qu'elles étaient, auraient tout reçu ; mais l'étrangère leur rendit le service de détourner les coups sur elle. Ses filles n'eurent que les caresses. Cosette ne faisait pas un mouvement qui ne fît pleuvoir sur sa tête une grêle de châtiments violents et immérités. Doux être faible qui ne devait rien comprendre à ce monde ni à Dieu, sans cesse punie, grondée, rudoyée, battue et voyant à côté d'elle deux petites créatures comme elle, qui vivaient dans un rayon d'aurore !

La Thénardier étant méchante pour Cosette, Éponine et Azelma furent méchantes. Les enfants, à cet âge, ne sont que des exemplaires de la mère. Le format est plus petit, voilà tout.

Une année s'écoula, puis une autre.

On disait dans le village :

— Ces Thénardier sont de braves gens. Ils ne sont pas riches, et ils élèvent un pauvre enfant qu'on leur a abandonné chez eux !

On croyait Cosette oubliée par sa mère.

Cependant le Thénardier, ayant appris par on ne sait quelles voies obscures que l'enfant était probablement bâtard et que la mère ne pouvait l'avouer, exigea quinze francs par mois, disant que « la créature » grandissait et « *mangeait* », et menaçant de la renvoyer. « Quelle ne m'embête pas ! s'écriait-il, je lui bombarde son mioche tout au beau milieu de ses cachotteries. Il me faut de l'augmentation. » La mère paya les quinze francs.

D'année en année, l'enfant grandit, et sa misère aussi.

Tant que Cosette fut toute petite, elle fut le souffre-douleur des deux autres enfants ; dès qu'elle se mit à se développer un peu, c'est-à-dire avant même qu'elle eût cinq ans, elle devint la servante de la maison.

Cinq ans, dira-t-on, c'est invraisemblable. Hélas, c'est vrai. La souffrance sociale commence à tout âge. N'avons-nous pas vu, récemment, le procès d'un nommé Dumolard, orphelin devenu bandit, qui, dès l'âge de cinq ans, disent les documents officiels, étant seul au monde « travaillait pour vivre, et volait. »

On fit faire à Cosette les commissions, balayer les chambres, la cour, la rue, laver la vaisselle, porter même des fardeaux. Les Thénardier se crurent d'autant plus autorisés à agir ainsi que la mère qui était toujours à Montreuil-sur-mer commença à mal payer. Quelques mois restèrent en souffrance.

Si cette mère fût revenue à Montfermeil au bout de

ces trois années, elle n'eût point reconnu son enfant. Cosette, si jolie et si fraîche à son arrivée dans cette maison, était maintenant maigre et blême. Elle avait je ne sais quelle allure inquiète. Sournoise ! disaient les Thénardier.

L'injustice l'avait faite hargneuse et la misère l'avait rendue laide. Il ne lui restait plus que ses beaux yeux qui faisaient peine, parce que, grands comme ils étaient, il semblait qu'on y vît une plus grande quantité de tristesse.

C'était une chose navrante de voir, l'hiver, ce pauvre enfant, qui n'avait pas encore six ans, grelottant sous de vieilles loques de toile trouées, balayer la rue avant le jour avec un énorme balai dans ses petites mains rouges et une larme dans ses grands yeux.

Dans le pays on l'appelait l'Alouette[1]. Le peuple, qui aime les figures, s'était plu à nommer de ce nom ce petit être pas plus gros qu'un oiseau, tremblant, effarouché et frissonnant, éveillé le premier chaque matin dans la maison et dans le village, toujours dans la rue ou dans les champs avant l'aube.

Seulement la pauvre Alouette ne chantait jamais.

Livre cinquième

LA DESCENTE

I

HISTOIRE D'UN PROGRÈS
DANS LES VERROTERIES NOIRES

Cette mère cependant qui, au dire des gens de Mont-fermeil, semblait avoir abandonné son enfant, que deve-nait-elle ? où était-elle ? que faisait-elle ?

Après avoir laissé sa petite Cosette aux Thénardier, elle avait continué son chemin et était arrivée à Mon-treuil-sur-mer [1].

C'était, on se le rappelle, en 1818.

Fantine avait quitté sa province depuis une dizaine d'années. Montreuil-sur-mer avait changé d'aspect. Tandis que Fantine descendait lentement de misère en misère, sa ville natale avait prospéré.

Depuis deux ans environ, il s'y était accompli un de ces faits industriels qui sont les grands événements des petits pays.

Ce détail importe, et nous croyons utile de le déve-lopper ; nous dirions presque, de le souligner.

De temps immémorial, Montreuil-sur-mer avait pour industrie spéciale l'imitation des jais anglais et des ver-roteries noires d'Allemagne. Cette industrie avait tou-jours végété, à cause de la cherté des matières premières qui réagissait sur la main-d'œuvre. Au moment où Fan-tine revint à Montreuil-sur-mer, une transformation inouïe s'était opérée dans cette production des « articles noirs ». Vers la fin de 1815, un homme, un inconnu, était venu s'établir dans la ville et avait eu l'idée de substituer, dans cette fabrication, la gomme laque à la résine et, pour les bracelets en particulier, les coulants en tôle simplement rapprochée aux coulants en tôle soudée. Ce tout petit changement avait été une révolution.

Ce tout petit changement en effet avait prodigieusement réduit le prix de la matière première, ce qui avait permis, premièrement, d'élever le prix de la main-d'œuvre, bienfait pour le pays ; deuxièmement, d'améliorer la fabrication, avantage pour le consommateur ; troisièmement, de vendre à meilleur marché tout en triplant le bénéfice, profit pour le manufacturier.

Ainsi pour une idée trois résultats.

En moins de trois ans, l'auteur de ce procédé était devenu riche, ce qui est bien, et avait tout fait riche autour de lui, ce qui est mieux. Il était étranger au département. De son origine, on ne savait rien ; de ses commencements, peu de chose.

On contait qu'il était venu dans la ville avec fort peu d'argent, quelques centaines de francs tout au plus.

C'est de ce mince capital, mis au service d'une idée ingénieuse, fécondé par l'ordre et par la pensée, qu'il avait tiré sa fortune et la fortune de tout ce pays.

À son arrivée à Montreuil-sur-mer, il n'avait que les vêtements, la tournure et le langage d'un ouvrier.

Il paraît que, le jour même où il faisait obscurément son entrée dans la petite ville de Montreuil-sur-mer, à la tombée d'un soir de décembre, le sac au dos et le bâton d'épine à la main, un gros incendie venait d'éclater à la maison commune. Cet homme s'était jeté dans le feu, et avait sauvé, au péril de sa vie, deux enfants qui se trouvaient être ceux du capitaine de gendarmerie ; ce qui fait qu'on n'avait pas songé à lui demander son passeport. Depuis lors, on avait su son nom. Il s'appelait *le père Madeleine*.

II

MADELEINE

C'était un homme d'environ cinquante ans, qui avait l'air préoccupé et qui était bon. Voilà tout ce qu'on en pouvait dire.

Grâce aux progrès rapides de cette industrie qu'il avait si admirablement remaniée, Montreuil-sur-mer était devenu un centre d'affaires considérable. L'Espagne, qui consomme beaucoup de jais noir, y commandait chaque année des achats immenses. Montreuil-sur-mer, pour ce commerce, faisait presque concurrence à Londres et à Berlin. Les bénéfices du père Madeleine étaient tels que, dès la deuxième année, il avait pu bâtir une grande fabrique dans laquelle il y avait deux vastes ateliers, l'un pour les hommes, l'autre pour les femmes. Quiconque avait faim pouvait s'y présenter, et était sûr de trouver là de l'emploi et du pain. Le père Madeleine demandait aux hommes de la bonne volonté, aux femmes des mœurs pures, à tous de la probité. Il avait divisé les ateliers afin de séparer les sexes et que les filles et les femmes pussent rester sages. Sur ce point, il était inflexible. C'était le seul où il fût en quelque sorte intolérant. Il était d'autant plus fondé à cette sévérité que, Montreuil-sur-mer étant une ville de garnison, les occasions de corruption abondaient. Du reste sa venue avait été un bienfait, et sa présence était une providence. Avant l'arrivée du père Madeleine, tout languissait dans le pays ; maintenant tout y vivait de la vie saine du travail. Une forte circulation échauffait tout et pénétrait partout. Le chômage et la misère étaient inconnus. Il n'y avait pas de poche si obscure où il n'y eût un peu d'argent, pas de logis si pauvre où il n'y eût un peu de joie.

Le père Madeleine employait tout le monde. Il n'exigeait qu'une chose : soyez honnête homme ! soyez honnête fille !

Comme nous l'avons dit, au milieu de cette activité dont il était la cause et le pivot, le père Madeleine faisait sa fortune, mais, chose assez singulière dans un simple homme de commerce, il ne paraissait point que ce fût là son principal souci. Il semblait qu'il songeât beaucoup aux autres et peu à lui. En 1820, on lui connaissait une somme de six cent trente mille francs placée à son nom chez Laffitte ; mais avant de se réserver ces six cent trente mille francs, il avait dépensé plus d'un million pour la ville et pour les pauvres.

L'hôpital était mal doté ; il y avait fondé dix lits. Montreuil-sur-mer est divisé en ville haute et ville basse. La ville basse, qu'il habitait, n'avait qu'une école, méchante masure qui tombait en ruine ; il en avait construit deux, une pour les filles, l'autre pour les garçons. Il allouait de ses deniers aux deux instituteurs une indemnité double de leur maigre traitement officiel, et un jour, à quelqu'un qui s'en étonnait, il dit : « Les deux premiers fonctionnaires de l'état, c'est la nourrice et le maître d'école. » Il avait créé à ses frais une salle d'asile, chose alors presque inconnue en France, et une caisse de secours pour les ouvriers vieux et infirmes. Sa manufacture étant un centre, un nouveau quartier où il y avait bon nombre de familles indigentes avait rapidement surgi autour de lui ; il y avait établi une pharmacie gratuite.

Dans les premiers temps, quand on le vit commencer, les bonnes âmes dirent : C'est un gaillard qui veut s'enrichir. Quand on le vit enrichir le pays avant de s'enrichir lui-même, les mêmes bonnes âmes dirent : C'est un ambitieux. Cela semblait d'autant plus probable que cet homme était religieux, et même pratiquait dans une certaine mesure, chose fort bien vue à cette époque. Il allait régulièrement entendre une basse messe tous les dimanches. Le député local, qui flairait partout des

concurrences, ne tarda pas à s'inquiéter de cette religion. Ce député, qui avait été membre du corps législatif
de l'empire, partageait les idées religieuses d'un père de
l'oratoire connu sous le nom de Fouché, duc d'Otrante,
dont il avait été la créature et l'ami. À huis clos il riait
de Dieu doucement. Mais quand il vit le riche manufacturier Madeleine aller à la basse messe de sept heures, il entrevit un candidat possible, et résolut de le
dépasser ; il prit un confesseur jésuite et alla à la
grand'messe et à vêpres. L'ambition en ce temps-là était,
dans l'acception directe du mot, une course au clocher.
Les pauvres profitèrent de cette terreur comme le bon
Dieu, car l'honorable député fonda aussi deux lits à
l'hôpital ; ce qui fit douze.

Cependant en 1819 le bruit se répandit un matin dans
la ville que, sur la présentation de M. le préfet, et en
considération des services rendus au pays, le père
Madeleine allait être nommé par le roi maire de Montreuil-sur-mer. Ceux qui avaient déclaré ce nouveau
venu « un ambitieux », saisirent avec transport cette
occasion que tous les hommes souhaitent de s'écrier :
« Là ! qu'est-ce que nous avions dit ? » Tout Montreuil-
sur-mer fut en rumeur. Le bruit était fondé. Quelques
jours après, la nomination parut dans *le Moniteur*. Le
lendemain, le père Madeleine refusa.

Dans cette même année 1819, les produits du nouveau procédé inventé par Madeleine figurèrent à l'exposition de l'industrie ; sur le rapport du jury, le roi
nomma l'inventeur chevalier de la Légion d'honneur.
Nouvelle rumeur dans la petite ville. Eh bien ! c'est la
croix qu'il voulait ! Le père Madeleine refusa la croix.

Décidément cet homme était une énigme. Les bonnes
âmes se tirèrent d'affaire en disant : Après tout, c'est
une espèce d'aventurier.

On l'a vu, le pays lui devait beaucoup, les pauvres lui
devaient tout ; il était si utile qu'il avait bien fallu qu'on
finît par l'honorer, et il était si doux qu'il avait bien fallu
qu'on finît par l'aimer ; ses ouvriers en particulier l'ado-

raient, et il portait cette adoration avec une sorte de gravité mélancolique. Quand il fut constaté riche, « les personnes de la société » le saluèrent, et on l'appela dans la ville monsieur Madeleine ; ses ouvriers et les enfants continuèrent de l'appeler *le père Madeleine*, et c'était la chose qui le faisait le mieux sourire. À mesure qu'il montait, les invitations pleuvaient sur lui. « La société » le réclamait. Les petits salons guindés de Montreuil-sur-mer qui, bien entendu, se fussent dans les premiers temps fermés à l'artisan, s'ouvrirent à deux battants au millionnaire. On lui fit mille avances. Il refusa.

Cette fois encore les bonnes âmes ne furent point empêchées. — C'est un homme ignorant et de basse éducation. On ne sait d'où cela sort. Il ne saurait pas se tenir dans le monde. Il n'est pas du tout prouvé qu'il sache lire.

Quand on l'avait vu gagner de l'argent, on avait dit : c'est un marchand. Quand on l'avait vu semer son argent, on avait dit : c'est un ambitieux. Quand on l'avait vu repousser les honneurs, on avait dit : c'est un aventurier. Quand on le vit repousser le monde, on dit : c'est une brute.

En 1820, cinq ans après son arrivée à Montreuil-sur-mer, les services qu'il avait rendus au pays étaient si éclatants, le vœu de la contrée fut tellement unanime, que le roi le nomma de nouveau maire de la ville. Il refusa encore, mais le préfet résista à son refus, tous les notables vinrent le prier, le peuple en pleine rue le suppliait, l'insistance fut si vive qu'il finit par accepter. On remarqua que ce qui parut surtout le déterminer, ce fut l'apostrophe presque irritée d'une vieille femme du peuple qui lui cria du seuil de sa porte avec humeur : *Un bon maire, c'est utile. Est-ce qu'on recule devant du bien qu'on peut faire ?*

Ce fut là la troisième phase de son ascension. Le père Madeleine était devenu monsieur Madeleine, monsieur Madeleine devint monsieur le maire.

III

SOMMES DÉPOSÉES CHEZ LAFFITTE

Du reste, il était demeuré aussi simple que le premier jour. Il avait les cheveux gris, l'œil sérieux, le teint hâlé d'un ouvrier, le visage pensif d'un philosophe. Il portait habituellement un chapeau à bords larges et une longue redingote de gros drap, boutonnée jusqu'au menton. Il remplissait ses fonctions de maire, mais hors de là il vivait solitaire. Il parlait à peu de monde. Il se dérobait aux politesses, saluait de côté, s'esquivait vite, souriait pour se dispenser de causer, donnait pour se dispenser de sourire. Les femmes disaient de lui : Quel bon ours ! Son plaisir était de se promener dans les champs.

Il prenait ses repas toujours seul, avec un livre ouvert devant lui où il lisait. Il avait une petite bibliothèque bien faite. Il aimait les livres ; les livres sont des amis froids et sûrs. À mesure que le loisir lui venait avec la fortune, il semblait qu'il en profitât pour cultiver son esprit. Depuis qu'il était à Montreuil-sur-mer, on remarquait que d'année en année son langage devenait plus poli, plus choisi et plus doux.

Il emportait volontiers un fusil dans ses promenades, mais il s'en servait rarement. Quand cela lui arrivait par aventure, il avait un tir infaillible qui effrayait. Jamais il ne tuait un animal inoffensif. Jamais il ne tirait un petit oiseau.

Quoiqu'il ne fût plus jeune, on contait qu'il était d'une force prodigieuse. Il offrait un coup de main à qui en avait besoin, relevait un cheval, poussait à une roue embourbée, arrêtait par les cornes un taureau échappé. Il avait toujours ses poches pleines de monnaie en sortant et vides en rentrant. Quand il passait dans un village, les marmots déguenillés couraient joyeusement

après lui et l'entouraient comme une nuée de mouche-
rons.

On croyait deviner qu'il avait dû vivre jadis de la vie
des champs, car il avait toutes sortes de secrets utiles
qu'il enseignait aux paysans. Il leur apprenait à détruire
la teigne des blés en aspergeant le grenier et en inon-
dant les fentes du plancher d'une dissolution de sel
commun, et à chasser les charançons en suspendant
partout, aux murs et aux toits, dans les héberges et dans
les maisons, de l'orviot en fleur. Il avait des « recettes »
pour extirper d'un champ la luzette, la nielle, la vesce,
la gaverolle, la queue-de-renard, toutes les herbes parasites qui mangent le blé. Il défendait une lapinière
contre les rats rien qu'avec l'odeur d'un petit cochon de
Barbarie qu'il y mettait.

Un jour il voyait des gens du pays très occupés à arracher des orties. Il regarda ce tas de plantes déracinées
et déjà desséchées, et dit : — C'est mort. Cela serait
pourtant bon si l'on savait s'en servir. Quand l'ortie est
jeune, la feuille est un légume excellent ; quand elle
vieillit, elle a des filaments et des fibres comme le chanvre et le lin. La toile d'ortie vaut la toile de chanvre.
Hachée, l'ortie est bonne pour la volaille ; broyée, elle
est bonne pour les bêtes à cornes. La graine de l'ortie
mêlée au fourrage donne du luisant au poil des animaux ; la racine mêlée au sel produit une belle couleur
jaune. C'est du reste un excellent foin qu'on peut faucher deux fois. Et que faut-il à l'ortie ? Peu de terre, nul
soin, nulle culture. Seulement la graine tombe à mesure
qu'elle mûrit, et est difficile à récolter. Voilà tout. Avec
quelque peine qu'on prendrait, l'ortie serait utile ; on la
néglige, elle devient nuisible. Alors on la tue. Que
d'hommes ressemblent à l'ortie ! — Il ajouta après un
silence : Mes amis, retenez ceci, il n'y a ni mauvaises
herbes ni mauvais hommes. Il n'y a que de mauvais
cultivateurs [1].

Les enfants l'aimaient encore parce qu'il savait faire

de charmants petits ouvrages avec de la paille et des noix de coco.

Quand il voyait la porte d'une église tendue de noir, il entrait ; il recherchait un enterrement comme d'autres recherchent un baptême. Le veuvage et le malheur d'autrui l'attiraient à cause de sa grande douceur ; il se mêlait aux amis en deuil, aux familles vêtues de noir, aux prêtres gémissant autour d'un cercueil. Il semblait donner volontiers pour texte à ses pensées ces psalmodies funèbres pleines de la vision d'un autre monde. L'œil au ciel, il écoutait, avec une sorte d'aspiration vers tous les mystères de l'infini, ces voix tristes qui chantent sur le bord de l'abîme obscur de la mort.

Il faisait une foule de bonnes actions en se cachant comme on se cache pour les mauvaises. Il pénétrait à la dérobée, le soir, dans les maisons ; il montait furtivement des escaliers. Un pauvre diable, en rentrant dans son galetas, trouvait que sa porte avait été ouverte, quelquefois même forcée, dans son absence. Le pauvre homme se récriait : quelque malfaiteur est venu ! Il entrait, et la première chose qu'il voyait, c'était une pièce d'or oubliée sur un meuble. « Le malfaiteur » qui était venu, c'était le père Madeleine.

Il était affable et triste. Le peuple disait : « Voilà un homme riche qui n'a pas l'air fier. Voilà un homme heureux qui n'a pas l'air content. »

Quelques-uns prétendaient que c'était un personnage mystérieux, et affirmaient qu'on n'entrait jamais dans sa chambre, laquelle était une vraie cellule d'anachorète meublée de sabliers ailés et enjolivée de tibias en croix et de têtes de mort. Cela se disait beaucoup, si bien que quelques jeunes femmes élégantes et malignes de Montreuil-sur-mer vinrent chez lui un jour, et lui demandèrent : — Monsieur le maire, montrez-nous donc votre chambre. On dit que c'est une grotte. — Il sourit, et les introduisit sur-le-champ dans cette « grotte ». Elles furent bien punies de leur curiosité. C'était une chambre garnie tout bonnement de meubles d'acajou assez laids comme tous les meubles de ce genre et tapissée de papier à douze sous. Elles n'y purent rien remarquer que deux flambeaux de forme vieillie qui étaient sur la cheminée et qui avaient l'air d'être en argent, « car ils étaient contrôlés ». Observation pleine de l'esprit des petites villes.

On n'en continua pas moins de dire que personne ne pénétrait dans cette chambre et que c'était une caverne d'ermite, un rêvoir, un trou, un tombeau.

On se chuchotait aussi qu'il avait des sommes « immenses » déposées chez Laffitte, avec cette particularité qu'elles étaient toujours à sa disposition immédiate, de telle sorte, ajoutait-on, que M. Madeleine pourrait arriver un matin chez Laffitte, signer un reçu et emporter ses deux ou trois millions en dix minutes. Dans la réalité ces « deux ou trois millions » se réduisaient, nous l'avons dit, à six cent trente ou quarante mille francs.

IV

M. MADELEINE EN DEUIL

Au commencement de 1821, les journaux annoncèrent la mort de M. Myriel, évêque de Digne, « surnommé *monseigneur Bienvenu* », et trépassé en odeur de sainteté à l'âge de quatre-vingt-deux ans.

L'évêque de Digne, pour ajouter ici un détail que les journaux omirent, était, quand il mourut, depuis plusieurs années aveugle, et content d'être aveugle, sa sœur étant près de lui.

Disons-le en passant, être aveugle et être aimé, c'est en effet, sur cette terre où rien n'est complet, une des formes les plus étrangement exquises du bonheur. Avoir continuellement à ses côtés une femme, une fille, une sœur, un être charmant, qui est là parce que vous avez

besoin d'elle et parce qu'elle ne peut se passer de vous,
se savoir indispensable à qui nous est nécessaire, pouvoir incessamment mesurer son affection à la quantité
de présence qu'elle nous donne, et se dire : puisqu'elle
me consacre tout son temps, c'est que j'ai tout son
cœur ; voir la pensée à défaut de la figure, constater la
fidélité d'un être dans l'éclipse du monde, percevoir le
frôlement d'une robe comme un bruit d'ailes, l'entendre
aller et venir, sortir, rentrer, parler, chanter, et songer
qu'on est le centre de ces pas, de cette parole, de ce
chant, manifester à chaque minute sa propre attraction,
se sentir d'autant plus puissant qu'on est plus infirme,
devenir dans l'obscurité, et par l'obscurité, l'astre autour
duquel gravite cet ange, peu de félicités égalent celle-là.
Le suprême bonheur de la vie, c'est la conviction qu'on
est aimé ; aimé pour soi-même, disons mieux, aimé malgré soi-même ; cette conviction, l'aveugle l'a. Dans cette
détresse, être servi, c'est être caressé. Lui manque-t-il
quelque chose ? Non. Ce n'est point perdre la lumière
qu'avoir l'amour. Et quel amour ! un amour entièrement
fait de vertu. Il n'y a point de cécité où il y a certitude.
L'âme à tâtons cherche l'âme, et la trouve. Et cette âme
trouvée et prouvée est une femme. Une main vous soutient, c'est la sienne ; une bouche effleure votre front,
c'est sa bouche ; vous entendez une respiration tout près
de vous, c'est elle. Tout avoir d'elle, depuis son culte
jusqu'à sa pitié, n'être jamais quitté, avoir cette douce
faiblesse qui vous secourt, s'appuyer sur ce roseau iné-
branlable, toucher de ses mains la providence et pouvoir la prendre dans ses bras, Dieu palpable, quel ravissement ! Le cœur, cette céleste fleur obscure, entre dans
un épanouissement mystérieux. On ne donnerait pas
cette ombre pour toute la clarté. L'âme ange est là, sans
cesse là ; si elle s'éloigne, c'est pour revenir ; elle s'efface
comme le rêve et reparaît comme la réalité. On sent de
la chaleur qui approche, la voilà. On déborde de sérénité, de gaîté et d'extase ; on est un rayonnement dans
la nuit. Et mille petits soins. Des riens qui sont énormes

dans ce vide. Les plus ineffables accents de la voix féminine employés à vous bercer, et suppléant pour vous à
l'univers évanoui. On est caressé avec de l'âme. On ne
voit rien, mais on se sent adoré. C'est un paradis de
ténèbres.

C'est de ce paradis que monseigneur Bienvenu était
passé à l'autre.

L'annonce de sa mort fut reproduite par le journal
local de Montreuil-sur-mer. M. Madeleine parut le lendemain tout en noir avec un crêpe à son chapeau.

On remarqua dans la ville ce deuil, et l'on jasa. Cela
parut une lueur sur l'origine de M. Madeleine. On en
conclut qu'il avait quelque alliance avec le vénérable
évêque. *Il drape pour l'évêque de Digne,* dirent les salons ;
cela rehaussa fort M. Madeleine, et lui donna subitement et d'emblée une certaine considération dans le
monde noble de Montreuil-sur-mer. Le microscopique
faubourg Saint-Germain de l'endroit songea à faire cesser la quarantaine de M. Madeleine, parent probable
d'un évêque. M. Madeleine s'aperçut de l'avancement
qu'il obtenait à plus de révérences des vieilles femmes
et à plus de sourires des jeunes. Un soir, une doyenne
de ce petit grand monde-là, curieuse par droit d'ancien-
neté, se hasarda à lui demander : — Monsieur le maire
est sans doute cousin du feu évêque de Digne ?

Il dit : — Non, madame.

— Mais, reprit la douairière, vous en portez le deuil ?

Il répondit : — C'est que dans ma jeunesse j'ai été
laquais dans sa famille.

Une remarque qu'on faisait encore, c'est que, chaque
fois qu'il passait dans la ville un jeune savoyard courant
le pays et cherchant des cheminées à ramoner, M. le
maire le faisait appeler, lui demandait son nom, et lui
donnait de l'argent. Les petits savoyards se le disaient,
et il en passait beaucoup.

V

VAGUES ÉCLAIRS À L'HORIZON

Peu à peu, et avec le temps, toutes les oppositions étaient tombées. Il y avait eu d'abord contre M. Madeleine, sorte de loi que subissent toujours ceux qui s'élèvent, des noirceurs et des calomnies, puis ce ne fut plus que des méchancetés, puis ce ne fut que des malices, puis cela s'évanouit tout à fait ; le respect devint complet, unanime, cordial, et il arriva un moment, vers 1821, où ce mot : monsieur le maire, fut prononcé à Montreuil-sur-mer presque du même accent que ce mot : monseigneur l'évêque, était prononcé à Digne en 1815. On venait de dix lieues à la ronde consulter M. Madeleine. Il terminait les différends, il empêchait les procès, il réconciliait les ennemis. Chacun le prenait pour juge de son bon droit. Il semblait qu'il eût pour âme le livre de la loi naturelle. Ce fut comme une contagion de vénération qui, en six ou sept ans et de proche en proche, gagna tout le pays.

Un seul homme, dans la ville et dans l'arrondissement, se déroba absolument à cette contagion, et, quoi que fît le père Madeleine, y demeura rebelle, comme si une sorte d'instinct, incorruptible et imperturbable, l'éveillait et l'inquiétait. Il semblerait en effet qu'il existe dans certains hommes un véritable instinct bestial, pur et intègre comme tout instinct, qui crée les antipathies et les sympathies, qui sépare fatalement une nature d'une autre nature, qui n'hésite pas, qui ne se trouble, ne se tait et ne se dément jamais, clair dans son obscurité, infaillible, impérieux, réfractaire à tous les conseils de l'intelligence et à tous les dissolvants de la raison, et qui, de quelque façon que les destinées soient faites, avertit secrètement l'homme-chien de la présence de

l'homme-chat, et l'homme-renard de la présence de
l'homme-lion.

Souvent, quand M. Madeleine passait dans une rue,
calme, affectueux, entouré des bénédictions de tous, il
arrivait qu'un homme de haute taille, vêtu d'une redingote gris de fer, armé d'une grosse canne et coiffé d'un
chapeau rabattu, se retournait brusquement derrière
lui, et le suivait des yeux jusqu'à ce qu'il eût disparu,
croisant les bras, secouant lentement la tête, et haussant sa lèvre supérieure avec sa lèvre inférieure jusqu'à
son nez, sorte de grimace significative qui pourrait se
traduire par : « Mais qu'est-ce que c'est que cet homme-
là ? — Pour sûr je l'ai vu quelque part. — En tout cas,
je ne suis toujours pas sa dupe. »

Ce personnage, grave d'une gravité presque mena-
çante, était de ceux qui, même rapidement entrevus,
préoccupent l'observateur.

Il se nommait Javert, et il était de la police.

Il remplissait à Montreuil-sur-mer les fonctions péni-
bles, mais utiles, d'inspecteur. Il n'avait pas vu les
commencements de Madeleine. Javert devait le poste
qu'il occupait à la protection de M. Chabouillet, le secrétaire du ministre d'état comte Anglès, alors préfet de
police à Paris. Quand Javert était arrivé à Montreuil-
sur-mer, la fortune du grand manufacturier était déjà
faite, et le père Madeleine était devenu monsieur Madeleine.

Certains officiers de police ont une physionomie à
part et qui se complique d'un air de bassesse mêlé à un
air d'autorité. Javert avait cette physionomie, moins la
bassesse.

Dans notre conviction, si les âmes étaient visibles aux
yeux, on verrait distinctement cette chose étrange que
chacun des individus de l'espèce humaine correspond
à quelqu'une des espèces de la création animale ; et l'on
pourrait reconnaître aisément cette vérité à peine entrevue par le penseur, que, depuis l'huître jusqu'à l'aigle,
depuis le porc jusqu'au tigre, tous les animaux sont dans

l'homme et que chacun d'eux est dans un homme. Quelquefois même plusieurs d'entre eux à la fois.

Les animaux ne sont autre chose que les figures de nos vertus et de nos vices, errantes devant nos yeux, les fantômes visibles de nos âmes. Dieu nous les montre pour nous faire réfléchir. Seulement, comme les animaux ne sont que des ombres, Dieu ne les a point faits éducables dans le sens complet du mot ; à quoi bon ? Au contraire, nos âmes étant des réalités et ayant une fin qui leur est propre, Dieu leur a donné l'intelligence, c'est-à-dire l'éducation possible. L'éducation sociale bien faite peut toujours tirer d'une âme, quelle qu'elle soit, l'utilité qu'elle contient.

Ceci soit dit, bien entendu, au point de vue restreint de la vie terrestre apparente, et sans préjuger la question profonde de la personnalité antérieure et ultérieure des êtres qui ne sont pas l'homme. Le moi visible n'autorise en aucune façon le penseur à nier le moi latent. Cette réserve faite, passons.

Maintenant, si l'on admet un moment avec nous que dans tout homme il y a une des espèces animales de la création, il nous sera facile de dire ce que c'était que l'officier de paix Javert.

Les paysans asturiens sont convaincus que dans toute portée de louve il y a un chien, lequel est tué par la mère, sans quoi en grandissant il dévorerait les autres petits.

Donnez une face humaine à ce chien fils d'une louve, et ce sera Javert.

Javert était né dans une prison d'une tireuse de cartes dont le mari était aux galères. En grandissant, il pensa qu'il était en dehors de la société et désespéra d'y rentrer jamais. Il remarqua que la société maintient irrémissiblement en dehors d'elle deux classes d'hommes, ceux qui l'attaquent et ceux qui la gardent ; il n'avait le choix qu'entre ces deux classes ; en même temps il se sentait je ne sais quel fond de rigidité, de régularité et de probité, compliqué d'une inexprimable haine pour cette race de bohèmes dont il était. Il entra dans la police.

Il y réussit. À quarante ans il était inspecteur.

Il avait dans sa jeunesse été employé dans les chiourmes du midi.

Avant d'aller plus loin, entendons-nous sur ce mot face humaine que nous appliquions tout à l'heure à Javert.

La face humaine de Javert consistait en un nez camard, avec deux profondes narines vers lesquelles montaient sur ses deux joues d'énormes favoris. On se sentait mal à l'aise la première fois qu'on voyait ces deux forêts et ces deux cavernes. Quand Javert riait, ce qui était rare et terrible, ses lèvres minces s'écartaient, et laissaient voir, non seulement ses dents, mais ses gencives, et il se faisait autour de son nez un plissement épaté et sauvage comme sur un mufle de bête fauve. Javert sérieux était un dogue ; lorsqu'il riait, c'était un tigre. Du reste, peu de crâne, beaucoup de mâchoire, les cheveux cachant le front et tombant sur les sourcils, entre les deux yeux un froncement central permanent comme une étoile de colère, le regard obscur, la bouche pincée et redoutable, l'air du commandement féroce.

Cet homme était composé de deux sentiments très simples, et relativement très bons, mais qu'il faisait presque mauvais à force de les exagérer : le respect de l'autorité, la haine de la rébellion ; et à ses yeux le vol, le meurtre, tous les crimes, n'étaient que des formes de la rébellion. Il enveloppait dans une sorte de foi aveugle et profonde tout ce qui a une fonction dans l'État, depuis le premier ministre jusqu'au garde champêtre. Il couvrait de mépris, d'aversion et de dégoût tout ce qui avait franchi une fois le seuil légal du mal. Il était absolu et n'admettait pas d'exceptions. D'une part il disait : — Le fonctionnaire ne peut se tromper ; le magistrat n'a jamais tort. — D'autre part il disait : — Ceux-ci sont irrémédiablement perdus. Rien de bon n'en peut sortir. — Il partageait pleinement l'opinion de ces esprits extrêmes qui attribuent à la loi humaine je ne sais quel pouvoir de faire ou, si l'on veut, de constater des damnés, et qui mettent un Styx au bas de la société. Il était stoïque, sérieux, austère ; rêveur triste ; humble et hautain comme les fanatiques. Son regard était une vrille. Cela était froid et cela perçait. Toute sa vie tenait dans ces deux mots : veiller et surveiller. Il avait introduit la ligne droite dans ce qu'il y a de plus tortueux au monde ; il avait la conscience de son utilité, la religion de ses fonctions, et il était espion comme on est prêtre. Malheur à qui tombait sous sa main ! Il eût arrêté son père s'évadant du bagne et dénoncé sa mère en rupture de ban. Et il l'eût fait avec cette sorte de satisfaction intérieure que donne la vertu. Avec cela une vie de privations, l'isolement, l'abnégation, la chasteté, jamais une distraction. C'était le devoir implacable, la police comprise comme les Spartiates comprenaient Sparte, un guet impitoyable, une honnêteté farouche, un mouchard marmoréen, Brutus dans Vidocq.

Toute la personne de Javert exprimait l'homme qui épie et qui se dérobe. L'école mystique de Joseph de Maistre, laquelle à cette époque assaisonnait de haute cosmogonie ce qu'on appelait les journaux ultras, n'eût pas manqué de dire que Javert était un symbole. On ne voyait pas son front qui disparaissait sous son chapeau, on ne voyait pas ses yeux qui se perdaient sous ses sourcils, on ne voyait pas son menton qui plongeait dans sa cravate, on ne voyait pas ses mains qui rentraient dans ses manches, on ne voyait pas sa canne qu'il portait sous sa redingote. Mais l'occasion venue, on voyait tout à coup sortir de toute cette ombre, comme d'une embuscade, un front anguleux et étroit, un regard funeste, un menton menaçant, des mains énormes ; et un gourdin monstrueux.

À ses moments de loisir, qui étaient peu fréquents, tout en haïssant les livres, il lisait ; ce qui fait qu'il n'était pas complètement illettré. Cela se reconnaissait à quelque emphase dans la parole.

Il n'avait aucun vice, nous l'avons dit. Quand il était content de lui, il s'accordait une prise de tabac. Il tenait à l'humanité par là.

On comprendra sans peine que Javert était l'effroi de toute cette classe que la statistique annuelle du ministère de la justice désigne sous la rubrique : *Gens sans aveu*. Le nom de Javert prononcé les mettait en déroute ; la face de Javert apparaissant les pétrifiait.

Tel était cet homme formidable.

Javert était comme un œil toujours fixé sur M. Madeleine. Œil plein de soupçon et de conjectures. M. Madeleine avait fini par s'en apercevoir, mais il sembla que cela fût insignifiant pour lui. Il ne fit pas même une question à Javert, il ne le cherchait ni ne l'évitait, et il portait, sans paraître y faire attention, ce regard gênant et presque pesant. Il traitait Javert comme tout le monde, avec aisance et bonté.

À quelques paroles échappées à Javert, on devinait qu'il avait recherché secrètement, avec cette curiosité qui tient à la race et où il entre autant d'instinct que de volonté, toutes les traces antérieures que le père Madeleine avait pu laisser ailleurs. Il paraissait savoir, et il disait parfois à mots couverts, que quelqu'un avait pris certaines informations dans un certain pays sur une certaine famille disparue. Une fois il lui arriva de dire, se parlant à lui-même : — Je crois que je le tiens ! — Puis il resta trois jours pensif sans prononcer une parole. Il paraît que le fil qu'il croyait tenir s'était rompu.

Du reste, et ceci est le correctif nécessaire à ce que le sens de certains mots pourrait présenter de trop absolu, il ne peut y avoir rien de vraiment infaillible dans une créature humaine, et le propre de l'instinct est précisément de pouvoir être troublé, dépisté et dérouté. Sans quoi il serait supérieur à l'intelligence, et la bête se trouverait avoir une meilleure lumière que l'homme.

Javert était évidemment quelque peu déconcerté par le complet naturel et la tranquillité de M. Madeleine.

Un jour pourtant son étrange manière d'être parut faire impression sur M. Madeleine. Voici à quelle occasion.

VI

LE PÈRE FAUCHELEVENT

M. Madeleine passait un matin dans une ruelle non pavée de Montreuil-sur-mer. Il entendit du bruit et vit un groupe à quelque distance. Il y alla. Un vieux homme, nommé le père Fauchelevent, venait de tomber sous sa charrette dont le cheval s'était abattu.

Ce Fauchelevent était un des rares ennemis qu'eût encore M. Madeleine à cette époque. Lorsque Madeleine était arrivé dans le pays, Fauchelevent, ancien tabellion et paysan presque lettré, avait un commerce qui commençait à aller mal. Fauchelevent avait vu ce simple ouvrier qui s'enrichissait, tandis que lui, maître, se ruinait. Cela l'avait rempli de jalousie, et il avait fait ce qu'il avait pu en toute occasion pour nuire à Madeleine. Puis la faillite était venue, et, vieux, n'ayant plus à lui qu'une charrette et un cheval, sans famille et sans enfants du reste, pour vivre il s'était fait charretier.

Le cheval avait les deux cuisses cassées et ne pouvait se relever. Le vieillard était engagé entre les roues. La chute avait été tellement malheureuse que toute la voiture pesait sur sa poitrine. La charrette était assez lourdement chargée. Le père Fauchelevent poussait des râles lamentables. On avait essayé de le tirer, mais en vain. Un effort désordonné, une aide maladroite, une secousse à faux pouvaient l'achever. Il était impossible de le dégager autrement qu'en soulevant la voiture pardessous. Javert, qui était survenu au moment de l'accident, avait envoyé chercher un cric.

M. Madeleine arriva. On s'écarta avec respect.

— À l'aide ! criait le vieux Fauchelevent. Qui est-ce qui est bon enfant pour sauver le vieux ?

M. Madeleine se tourna vers les assistants :

— A-t-on un cric ?

— On en est allé quérir un, répondit un paysan.

— Dans combien de temps l'aura-t-on ?

— On est allé au plus près, au lieu Flachot, où il y a un maréchal ; mais c'est égal, il faudra bien un bon quart d'heure.

— Un quart d'heure ! s'écria Madeleine.

Il avait plu la veille, le sol était détrempé, la charrette s'enfonçait dans la terre à chaque instant et comprimait de plus en plus la poitrine du vieux charretier. Il était évident qu'avant cinq minutes il aurait les côtes brisées.

— Il est impossible d'attendre un quart d'heure, dit Madeleine aux paysans qui regardaient.

— Il faut bien !

— Mais il ne sera plus temps ! Vous ne voyez donc pas que la charrette s'enfonce ?

— Dame !

— Écoutez, reprit Madeleine, il y a encore assez de place sous la voiture pour qu'un homme s'y glisse et la soulève avec son dos. Rien qu'une demi-minute, et l'on tirera le pauvre homme. Y a-t-il ici quelqu'un qui ait des reins et du cœur ? Cinq louis d'or à gagner !

Personne ne bougea dans le groupe.

— Dix louis, dit Madeleine.

Les assistants baissaient les yeux. Un d'eux murmura :

— Il faudrait être diablement fort. Et puis, on risque de se faire écraser !

— Allons ! recommença Madeleine, vingt louis ! Même silence.

— Ce n'est pas la bonne volonté qui leur manque, dit une voix.

M. Madeleine se retourna, et reconnut Javert. Il ne l'avait pas aperçu en arrivant.

Javert continua :

— C'est la force. Il faudrait être un terrible homme pour faire la chose de lever une voiture comme cela sur son dos.

Puis, regardant fixement M. Madeleine, il poursuivit en appuyant sur chacun des mots qu'il prononçait :

— Monsieur Madeleine, je n'ai jamais connu qu'un seul homme capable de faire ce que vous demandez là.

Madeleine tressaillit.

Javert ajouta avec un air d'indifférence, mais sans quitter des yeux Madeleine :

— C'était un forçat.

— Ah ! dit Madeleine.

— Du bagne de Toulon.

Madeleine devint pâle.

Cependant la charrette continuait à s'enfoncer lentement. Le père Fauchelevent râlait et hurlait :

— J'étouffe ! Ça me brise les côtes ! Un cric ! quelque chose ! Ah !

Madeleine regarda autour de lui.

— Il n'y a donc personne qui veuille gagner vingt louis et sauver la vie à ce pauvre vieux ?

Aucun des assistants ne remua. Javert reprit :

— Je n'ai jamais connu qu'un homme qui pût remplacer un cric. C'était ce forçat.

— Ah ! voilà que ça m'écrase ! cria le vieillard.

Madeleine leva la tête, rencontra l'œil de faucon de Javert toujours attaché sur lui, regarda les paysans immobiles, et sourit tristement. Puis, sans dire une parole, il tomba à genoux, et avant même que la foule eût eu le temps de jeter un cri, il était sous la voiture.

Il y eut un affreux moment d'attente et de silence.

On vit Madeleine presque à plat ventre sous ce poids effrayant essayer deux fois en vain de rapprocher ses coudes de ses genoux. On lui cria : — Père Madeleine ! retirez-vous de là ! — Le vieux Fauchelevent lui-même lui dit : — Monsieur Madeleine ! allez-vous-en ! C'est qu'il faut que je meure, voyez-vous ! Laissez-moi ! Vous

allez vous faire écraser aussi ! — Madeleine ne répondit
pas.

Les assistants haletaient. Les roues avaient continué
de s'enfoncer, et il était déjà devenu presque impossible
que Madeleine sortît de dessous la voiture.

Tout à coup on vit l'énorme masse s'ébranler, la charrette se soulevait lentement, les roues sortaient à demi
de l'ornière. On entendit une voix étouffée qui criait :
Dépêchez-vous ! aidez ! C'était Madeleine qui venait de
faire un dernier effort.

Ils se précipitèrent. Le dévouement d'un seul avait
donné de la force et du courage à tous. La charrette fut
enlevée par vingt bras. Le vieux Fauchelevent était
sauvé.

Madeleine se releva. Il était blême, quoique ruisselant
de sueur. Ses habits étaient déchirés et couverts de
boue. Tous pleuraient. Le vieillard lui baisait les genoux
et l'appelait le bon Dieu. Lui, il avait sur le visage je ne
sais quelle expression de souffrance heureuse et céleste,
et il fixait son œil tranquille sur Javert qui le regardait
toujours.

VII

FAUCHELEVENT DEVIENT
JARDINIER À PARIS

Fauchelevent s'était démis la rotule dans sa chute. Le
père Madeleine le fit transporter dans une infirmerie
qu'il avait établie pour ses ouvriers dans le bâtiment
même de sa fabrique et qui était desservie par deux
sœurs de charité. Le lendemain matin, le vieillard
trouva un billet de mille francs sur sa table de nuit, avec
ce mot de la main du père Madeleine : *Je vous achète
votre charrette et votre cheval.* La charrette était brisée
et le cheval était mort. Fauchelevent guérit, mais son

genou resta ankylosé. M. Madeleine, par les recommandations des sœurs et de son curé, fit placer le bonhomme comme jardinier dans un couvent de femmes du quartier Saint-Antoine à Paris.

Quelque temps après, M. Madeleine fut nommé maire. La première fois que Javert vit M. Madeleine revêtu de l'écharpe qui lui donnait toute autorité sur la ville, il éprouva cette sorte de frémissement qu'éprouverait un dogue qui flairerait un loup sous les habits de son maître. À partir de ce moment, il l'évita le plus qu'il put. Quand les besoins du service l'exigeaient impérieusement et qu'il ne pouvait faire autrement que de se trouver avec M. le maire, il lui parlait avec un respect profond.

Cette prospérité créée à Montreuil-sur-mer par le père Madeleine avait, outre les signes visibles que nous avons indiqués, un autre symptôme qui, pour n'être pas visible, n'était pas moins significatif. Ceci ne trompe jamais. Quand la population souffre, quand le travail manque, quand le commerce est nul, le contribuable résiste à l'impôt par pénurie, épuise et dépasse les délais, et l'état dépense beaucoup d'argent en frais de contrainte et de rentrée. Quand le travail abonde, quand le pays est heureux et riche, l'impôt se paye aisément et coûte peu à l'état. On peut dire que la misère et la richesse publiques ont un thermomètre infaillible, les frais de perception de l'impôt. En sept ans, les frais de perception de l'impôt s'étaient réduits des trois quarts dans l'arrondissement de Montreuil-sur mer, ce qui faisait fréquemment citer cet arrondissement entre tous par M. de Villèle, alors ministre des finances [1].

Telle était la situation du pays, lorsque Fantine y revint. Personne ne se souvenait plus d'elle. Heureusement la porte de la fabrique de M. Madeleine était comme un visage ami. Elle s'y présenta, et fut admise dans l'atelier des femmes. Le métier était tout nouveau pour Fantine, elle n'y pouvait être bien adroite, elle ne tirait donc de sa journée de travail que peu de chose, mais enfin cela suffisait, le problème était résolu, elle gagnait sa vie.

VIII

MADAME VICTURNIEN DÉPENSE
TRENTE-CINQ FRANCS
POUR LA MORALE

Quand Fantine vit qu'elle vivait, elle eut un moment de joie. Vivre honnêtement de son travail, quelle grâce du ciel ! Le goût du travail lui revint vraiment. Elle acheta un miroir, se réjouit d'y regarder sa jeunesse, ses beaux cheveux et ses belles dents, oublia beaucoup de choses, ne songea plus qu'à sa Cosette et à l'avenir possible, et fut presque heureuse. Elle loua une petite chambre et la meubla à crédit sur son travail futur ; reste de ses habitudes de désordre.

Ne pouvant pas dire qu'elle était mariée, elle s'était bien gardée, comme nous l'avons déjà fait entrevoir, de parler de sa petite fille.

En ces commencements, on l'a vu, elle payait exactement les Thénardier. Comme elle ne savait que signer, elle était obligée de leur écrire par un écrivain public.

Elle écrivait souvent. Cela fut remarqué. On commença à dire tout bas dans l'atelier des femmes que Fantine « écrivait des lettres » et qu'« elle avait des allures ».

Il n'y a rien de tel pour épier les actions des gens que ceux qu'elles ne regardent pas. — Pourquoi ce monsieur ne vient-il jamais qu'à la brune ? pourquoi monsieur un tel n'accroche-t-il jamais sa clef au clou le jeudi ? pourquoi prend-il toujours les petites rues ? pourquoi madame descend-elle toujours de son fiacre avant d'arriver à la maison ? pourquoi envoie-t-elle acheter un cahier de papier à lettres, quand elle en a « plein sa papeterie » ? etc., etc. — Il existe des êtres qui, pour connaître le mot de ces énigmes, lesquelles leur sont du reste parfaitement indifférentes, dépensent plus d'argent, prodiguent plus de temps, se donnent plus de peine qu'il n'en faudrait pour dix bonnes actions ; et cela, gratuitement, pour le plaisir, sans être payés de la curiosité autrement que par la curiosité. Ils suivront celui-ci ou celle-là des jours entiers, feront faction des heures à des coins de rue, sous des portes d'allées, la nuit, par le froid et par la pluie, corrompront des commissionnaires, griseront des cochers de fiacre et des laquais, achèteront une femme de chambre, feront acquisition d'un portier. Pourquoi ? pour rien. Pur acharnement de voir, de savoir et de pénétrer. Pure démangeaison de dire. Et souvent ces secrets connus, ces mystères publiés, ces énigmes éclairées du grand jour, entraînent des catastrophes, des duels, des faillites, des familles ruinées, des existences brisées, à la grande joie de ceux qui ont « tout découvert » sans intérêt et par pur instinct. Chose triste.

Certaines personnes sont méchantes uniquement par besoin de parler. Leur conversation, causerie dans le salon, bavardage dans l'antichambre, est comme ces cheminées qui usent vite le bois ; il leur faut beaucoup de combustible ; et le combustible, c'est le prochain.

On observa donc Fantine.

Avec cela, plus d'une était jalouse de ses cheveux blonds et de ses dents blanches.

On constata que dans l'atelier, au milieu des autres, elle se détournait souvent pour essuyer une larme. C'étaient les moments où elle songeait à son enfant ; peut-être aussi à l'homme qu'elle avait aimé.

C'est un douloureux labeur que la rupture des sombres attaches du passé.

On constata qu'elle écrivait, au moins deux fois par mois, toujours à la même adresse, et qu'elle affranchissait la lettre. On parvint à se procurer l'adresse : *Mon-*

sieur, Monsieur Thénardier, aubergiste, à Montfermeil.
On fit jaser au cabaret l'écrivain public, vieux bonhomme qui ne pouvait pas emplir son estomac de vin
rouge sans vider sa poche aux secrets. Bref, on sut que
Fantine avait un enfant. « Ce devait être une espèce de
fille. » Il se trouva une commère qui fit le voyage de
Montfermeil, parla aux Thénardier, et dit à son retour :
« Pour mes trente-cinq francs, j'en ai eu le cœur net. J'ai
vu l'enfant ! »

La commère qui fit cela était une gorgone appelée
madame Victurnien, gardienne et portière de la vertu
de tout le monde. Madame Victurnien avait cinquante-
six ans, et doublait le masque de la laideur du masque
de la vieillesse. Voix chevrotante, esprit capricant. Cette
vieille femme avait été jeune, chose étonnante. Dans sa
jeunesse, en plein 93, elle avait épousé un moine
échappé du cloître en bonnet rouge et passé des bernardins aux jacobins. Elle était sèche, rêche, revêche,
pointue, épineuse, presque venimeuse ; tout en se souvenant de son moine dont elle était veuve, et qui l'avait
fort domptée et pliée. C'était une ortie où l'on voyait le
froissement du froc. À la restauration, elle s'était faite
bigote, et si énergiquement que les prêtres lui avaient
pardonné son moine. Elle avait un petit bien qu'elle
léguait bruyamment à une communauté religieuse. Elle
était fort bien vue à l'évêché d'Arras. Cette madame Victurnien donc alla à Montfermeil, et revint en disant :
J'ai vu l'enfant.

Tout cela prit du temps. Fantine était depuis plus d'un
an à la fabrique, lorsqu'un matin la surveillante de l'atelier lui remit, de la part de M. le maire, cinquante francs,
en lui disant qu'elle ne faisait plus partie de l'atelier et
en l'engageant, de la part de M. le maire, à quitter le
pays.

C'était précisément dans ce même mois que les Thénardier, après avoir demandé douze francs au lieu de
six, venaient d'exiger quinze francs au lieu de douze.

Fantine fut atterrée. Elle ne pouvait s'en aller du pays,

elle devait son loyer et ses meubles. Cinquante francs
ne suffisaient pas pour acquitter cette dette. Elle balbutia quelques mots suppliants. La surveillante lui signifia
qu'elle eût à sortir sur-le-champ de l'atelier. Fantine
n'était du reste qu'une ouvrière médiocre. Accablée de
honte plus encore que de désespoir, elle quitta l'atelier
et rentra dans sa chambre. Sa faute était donc maintenant connue de tous !

Elle ne se sentit plus la force de dire un mot. On lui
conseilla de voir M. le maire ; elle n'osa pas. M. le maire
lui donnait cinquante francs, parce qu'il était bon, et la
chassait, parce qu'il était juste. Elle plia sous cet arrêt.

IX

SUCCÈS DE MADAME VICTURNIEN

La veuve du moine fut donc bonne à quelque chose.

Du reste, M. Madeleine n'avait rien su de tout cela.
Ce sont là de ces combinaisons d'événements dont la
vie est pleine. M. Madeleine avait pour habitude de
n'entrer presque jamais dans l'atelier des femmes. Il
avait mis à la tête de cet atelier une vieille fille, que le
curé lui avait donnée, et il avait toute confiance dans
cette surveillante, personne vraiment respectable,
ferme, équitable, intègre, remplie de la charité qui
consiste à donner, mais n'ayant pas au même degré la
charité qui consiste à comprendre et à pardonner. M.
Madeleine se remettait de tout sur elle. Les meilleurs
hommes sont souvent forcés de déléguer leur autorité.
C'est dans cette pleine puissance et avec la conviction
qu'elle faisait bien, que la surveillante avait instruit le
procès, jugé, condamné et exécuté Fantine.

Quant aux cinquante francs, elle les avait donnés sur
une somme que M. Madeleine lui confiait pour

aumônes et secours aux ouvrières et dont elle ne rendait pas compte.

Fantine s'offrit comme servante dans le pays ; elle alla d'une maison à l'autre. Personne ne voulut d'elle. Elle n'avait pu quitter la ville. Le marchand fripier auquel elle devait ses meubles, quels meubles ! lui avait dit : « Si vous vous en allez, je vous fais arrêter comme voleuse. » Le propriétaire auquel elle devait son loyer, lui avait dit : « Vous êtes jeune et jolie, vous pouvez payer. » Elle partagea les cinquante francs entre le propriétaire et le fripier, rendit au marchand les trois quarts de son mobilier, ne garda que le nécessaire, et se trouva sans travail, sans état, n'ayant plus que son lit, et devant encore environ cent francs.

Elle se mit à coudre de grosses chemises pour les soldats de la garnison, et gagnait douze sous par jour. Sa fille lui en coûtait dix. C'est en ce moment qu'elle commença à mal payer les Thénardier.

Cependant une vieille femme qui lui allumait sa chandelle quand elle rentrait le soir, lui enseigna l'art de vivre dans la misère. Derrière vivre de peu, il y a vivre de rien. Ce sont deux chambres ; la première est obscure, la seconde est noire.

Fantine apprit comment on se passe tout à fait de feu en hiver, comment on renonce à un oiseau qui vous mange un liard de millet tous les deux jours, comment on fait de son jupon sa couverture et de sa couverture son jupon, comment on ménage sa chandelle en prenant son repas à la lumière de la fenêtre d'en face. On ne sait pas tout ce que certains êtres faibles, qui ont vieilli dans le dénûment et l'honnêteté, savent tirer d'un sou. Cela finit par être un talent. Fantine acquit ce sublime talent et reprit un peu de courage.

À cette époque, elle disait à une voisine : — Bah ! je me dis : en ne dormant que cinq heures et en travaillant tout le reste à mes coutures, je parviendrai bien toujours à gagner à peu près du pain. Et puis, quand on est triste, on mange moins. Eh bien ! des souffrances, des inquiétudes, un peu de pain d'un côté, des chagrins de l'autre, tout cela me nourrira.

Dans cette détresse, avoir sa petite fille eût été un étrange bonheur. Elle songea à la faire venir. Mais quoi ! lui faire partager son dénûment ! Et puis, elle devait aux Thénardier ! comment s'acquitter ? Et le voyage ! comment le payer ?

La vieille qui lui avait donné ce qu'on pourrait appeler des leçons de vie indigente était une sainte fille nommée Marguerite, dévote de la bonne dévotion, pauvre, et charitable pour les pauvres et même pour les riches, sachant tout juste assez écrire pour signer *Margeritte*, et croyant en Dieu, ce qui est la science.

Il y a beaucoup de ces vertus-là en bas ; un jour elles seront en haut. Cette vie a un lendemain.

Dans les premiers temps, Fantine avait été si honteuse qu'elle n'avait pas osé sortir.

Quand elle était dans la rue, elle devinait qu'on se retournait derrière elle et qu'on la montrait du doigt ; tout le monde la regardait et personne ne la saluait ; le mépris âcre et froid des passants lui pénétrait dans la chair et dans l'âme comme une bise.

Dans les petites villes, il semble qu'une malheureuse soit nue sous les sarcasmes et la curiosité de tous. À Paris, du moins, personne ne vous connaît, et cette obscurité est un vêtement. Oh ! comme elle eût souhaité venir à Paris ! Impossible.

Il fallut bien s'accoutumer à la déconsidération, comme elle s'était accoutumée à l'indigence. Peu à peu elle en prit son parti. Après deux ou trois mois elle secoua la honte et se remit à sortir comme si de rien n'était.

— Cela m'est bien égal, dit-elle.

Elle alla et vint, la tête haute, avec un sourire amer, et sentit qu'elle devenait effrontée.

Madame Victurnien quelquefois la voyait passer de sa fenêtre, remarquait la détresse de « cette créature », grâce à elle « remise à sa place », et se félicitait. Les méchants ont un bonheur noir.

L'excès du travail fatiguait Fantine, et la petite toux sèche qu'elle avait augmenta. Elle disait quelquefois à sa voisine Marguerite : « Tâtez donc comme mes mains sont chaudes. »

Cependant le matin, quand elle peignait avec un vieux peigne cassé ses beaux cheveux qui ruisselaient comme de la soie floche, elle avait une minute de coquetterie heureuse.

X

SUITE DU SUCCÈS [1]

Elle avait été congédiée vers la fin de l'hiver ; l'été se passa, mais l'hiver revint. Jours courts, moins de travail. L'hiver, point de chaleur, point de lumière, point de midi, le soir touche au matin, brouillard, crépuscule, la fenêtre est grise, on n'y voit pas clair. Le ciel est un soupirail. Toute la journée est une cave. Le soleil a l'air d'un pauvre. L'affreuse saison ! L'hiver change en pierre l'eau du ciel et le cœur de l'homme. Ses créanciers la harcelaient.

Fantine gagnait trop peu. Ses dettes avaient grossi. Les Thénardier, mal payés, lui écrivaient à chaque instant des lettres dont le contenu la désolait et dont le port la ruinait. Un jour ils lui écrivirent que sa petite Cosette était toute nue par le froid qu'il faisait, qu'elle avait besoin d'une jupe de laine, et qu'il fallait au moins que la mère envoyât dix francs pour cela. Elle reçut la lettre, et la froissa dans ses mains tout le jour. Le soir elle entra chez un barbier qui habitait le coin de la rue, et défit son peigne. Ses admirables cheveux blonds lui tombèrent jusqu'aux reins.

— Les beaux cheveux ! s'écria le barbier.

— Combien m'en donneriez-vous ? dit-elle.

— Dix francs.

— Coupez-les.

Elle acheta une jupe de tricot et l'envoya aux Thénardier.

Cette jupe fit les Thénardier furieux. C'était de l'argent qu'ils voulaient. Ils donnèrent la jupe à Éponine. La pauvre Alouette continua de frissonner.

Fantine pensa : — Mon enfant n'a plus froid. Je l'ai habillée de mes cheveux. — Elle mettait de petits bonnets ronds qui cachaient sa tête tondue et avec lesquels elle était encore jolie.

Un travail ténébreux se faisait dans le cœur de Fantine. Quand elle vit qu'elle ne pouvait plus se coiffer, elle commença à tout prendre en haine autour d'elle. Elle avait longtemps partagé la vénération de tous pour le père Madeleine ; cependant, à force de se répéter que c'était lui qui l'avait chassée, et qu'il était la cause de son malheur elle en vint à le haïr lui aussi, lui surtout. Quand elle passait devant la fabrique aux heures où les ouvriers sont sur la porte, elle affectait de rire et de chanter.

Une vieille ouvrière qui la vit une fois chanter et rire de cette façon dit : — Voilà une fille qui finira mal.

Elle prit un amant, le premier venu, un homme qu'elle n'aimait pas, par bravade, avec la rage dans le cœur C'était un misérable, une espèce de musicien mendiant, un oisif gueux, qui la battait, et qui la quitta comme elle l'avait pris, avec dégoût.

Elle adorait son enfant.

Plus elle descendait, plus tout devenait sombre autour d'elle, plus ce doux petit ange rayonnait dans le fond de son âme. Elle disait : Quand je serai riche, j'aurai ma Cosette avec moi ; et elle riait. La toux ne la quittait pas, et elle avait des sueurs dans le dos.

Un jour elle reçut des Thénardier une lettre ainsi conçue .

« Cosette est malade d'une maladie qui est dans le

pays. Une fièvre miliaire, qu'ils appellent. Il faut des drogues chères. Cela nous ruine et nous ne pouvons plus payer. Si vous ne nous envoyez pas quarante francs avant huit jours, la petite est morte. »

Elle se mit à rire aux éclats, et elle dit à sa vieille voisine : — Ah ! ils sont bons ! quarante francs ! que ça ! ça fait deux napoléons ! Où veulent-ils que je les prenne ? Sont-ils bêtes, ces paysans !

Cependant elle alla dans l'escalier près d'une lucarne et relut la lettre.

Puis elle descendit l'escalier et sortit en courant et en sautant, riant toujours.

Quelqu'un qui la rencontra lui dit : — Qu'est-ce que vous avez donc à être si gaie ?

Elle répondit : — C'est une bonne bêtise que viennent de m'écrire des gens de la campagne. Ils me demandent quarante francs. Paysans, va !

Comme elle passait sur la place, elle vit beaucoup de monde qui entourait une voiture de forme bizarre, sur l'impériale de laquelle pérorait tout debout un homme vêtu de rouge. C'était un bateleur dentiste en tournée, qui offrait au public des râteliers complets, des opiats, des poudres et des élixirs.

Fantine se mêla au groupe et se mit à rire comme les autres de cette harangue où il y avait de l'argot pour la canaille et du jargon pour les gens comme il faut. L'arracheur de dents vit cette belle fille qui riait, et s'écria tout à coup : — Vous avez de jolies dents, la fille qui riez là. Si vous voulez me vendre vos deux palettes, je vous donne de chaque un napoléon d'or.

— Qu'est-ce que c'est que ça, mes palettes ? demanda Fantine.

— Les palettes, reprit le professeur dentiste, c'est les dents de devant, les deux d'en haut.

— Quelle horreur ! s'écria Fantine.

— Deux napoléons ! grommela une vieille édentée qui était là. Qu'en voilà une qui est heureuse !

Fantine s'enfuit, et se boucha les oreilles pour ne pas

entendre la voix enrouée de l'homme qui lui criait : —
Réfléchissez, la belle ! deux napoléons, ça peut servir.
Si le cœur vous en dit, venez ce soir à l'auberge du *Tillac
d'argent,* vous m'y trouverez.

Fantine rentra, elle était furieuse et conta la chose à
sa bonne voisine Marguerite :

— Comprenez-vous cela ? ne voilà-t-il pas un abominable homme ? comment laisse-t-on des gens comme
cela aller dans le pays ! M'arracher mes deux dents de
devant ! mais je serais horrible ! Les cheveux repous-
sent, mais les dents ! Ah ! le monstre d'homme !
j'aimerais mieux me jeter d'un cinquième la tête la première sur le pavé ! Il m'a dit qu'il serait ce soir au *Tillac
d'argent.*

— Et qu'est-ce qu'il offrait ? demanda Marguerite.

— Deux napoléons.

— Cela fait quarante francs.

— Oui, dit Fantine, cela fait quarante francs.

Elle resta pensive, et se mit à son ouvrage. Au bout
d'un quart d'heure, elle quitta sa couture et alla relire
la lettre des Thénardier sur l'escalier.

En rentrant, elle dit à Marguerite qui travaillait près
d'elle :

— Qu'est-ce que c'est donc que cela, une fièvre
miliaire ? Savez-vous ?

— Oui, répondit la vieille fille, c'est une maladie.

— Ça a donc besoin de beaucoup de drogues ?

— Oh ! des drogues terribles.

— Où ça vous prend-il ?

— C'est une maladie qu'on a comme ça.

— Cela attaque donc les enfants ?

— Surtout les enfants.

— Est-ce qu'on en meurt ?

— Très bien, dit Marguerite.

Fantine sortit et alla encore une fois relire la lettre
sur l'escalier.

Le soir elle descendit, et on la vit qui se dirigeait du
côté de la rue de Paris où sont les auberges.

Le lendemain matin, comme Marguerite entrait dans la chambre de Fantine avant le jour, car elles travaillaient toujours ensemble et de cette façon n'allumaient qu'une chandelle pour deux, elle trouva Fantine assise sur son lit, pâle, glacée. Elle ne s'était pas couchée. Son bonnet était tombé sur ses genoux. La chandelle avait brûlé toute la nuit et était presque entièrement consumée.

Marguerite s'arrêta sur le seuil, pétrifiée de cet énorme désordre, et s'écria :

— Seigneur ! la chandelle qui est toute brûlée ! il s'est passé des événements !

Puis elle regarda Fantine qui tournait vers elle sa tête sans cheveux.

Fantine depuis la veille avait vieilli de dix ans.

— Jésus ! fit Marguerite, qu'est-ce que vous avez, Fantine ?

— Je n'ai rien, répondit Fantine. Au contraire. Mon enfant ne mourra pas de cette affreuse maladie, faute de secours. Je suis contente.

En parlant ainsi, elle montrait à la vieille fille deux napoléons qui brillaient sur la table.

— Ah, Jésus Dieu ! dit Marguerite. Mais c'est une fortune ! Où avez-vous eu ces louis d'or ?

— Je les ai eus, répondit Fantine.

En même temps elle sourit. La chandelle éclairait son visage. C'était un sourire sanglant. Une salive rougeâtre lui souillait le coin des lèvres, et elle avait un trou noir dans la bouche.

Les deux dents étaient arrachées.

Elle envoya les quarante francs à Montfermeil.

Du reste c'était une ruse des Thénardier pour avoir de l'argent. Cosette n'était pas malade.

Fantine jeta son miroir par la fenêtre. Depuis longtemps elle avait quitté sa cellule du second pour une mansarde fermée d'un loquet sous le toit ; un de ces galetas dont le plafond fait angle avec le plancher et vous heurte à chaque instant la tête. Le pauvre ne peut aller au fond de sa chambre comme au fond de sa destinée qu'en se courbant de plus en plus. Elle n'avait plus de lit, il lui restait une loque qu'elle appelait sa couverture, un matelas à terre et une chaise dépaillée. Un petit rosier qu'elle avait s'était désséché dans un coin, oublié. Dans l'autre coin, il y avait un pot à beurre à mettre l'eau, qui gelait l'hiver, et où les différents niveaux de l'eau restaient longtemps marqués par des cercles de glace. Elle avait perdu la honte, elle perdit la coquetterie. Dernier signe. Elle sortait avec des bonnets sales. Soit faute de temps, soit indifférence, elle ne raccommodait plus son linge. A mesure que les talons s'usaient, elle tirait ses bas dans ses souliers. Cela se voyait à de certains plis perpendiculaires. Elle rapiéçait son corset, vieux et usé, avec des morceaux de calicot qui se déchiraient au moindre mouvement. Les gens auxquels elle devait, lui faisaient « des scènes », et ne lui laissaient aucun repos. Elle les trouvait dans la rue, elle les retrouvait dans son escalier. Elle passait des nuits à pleurer et à songer. Elle avait les yeux très brillants, et elle sentait une douleur fixe dans l'épaule, vers le haut de l'omoplate gauche. Elle toussait beaucoup. Elle haïssait profondément le père Madeleine, et ne se plaignait pas. Elle cousait dix-sept heures par jour ; mais un entrepreneur du travail des prisons, qui faisait travailler les prisonnières au rabais, fit tout à coup baisser les prix, ce qui réduisit la journée des ouvrières libres à neuf sous. Dix-sept heures de travail, et neuf sous par jour ! Ses créanciers étaient plus impitoyables que jamais. Le fripier, qui avait repris presque tous les meubles, lui disait sans cesse : Quand me payeras-tu, coquine ? Que voulait-on d'elle, bon Dieu ! Elle se sentait traquée et il se développait en elle quelque chose de la bête farouche. Vers le même temps, le Thénardier lui écrivit que décidément il avait attendu avec beaucoup trop de bonté, et qu'il lui fallait cent francs, tout de suite ; sinon qu'il mettrait à la porte la petite Cosette, toute convalescente de sa grande maladie, par le froid, par les chemins, et qu'elle deviendrait ce qu'elle pourrait, et qu'elle crèverait, si elle voulait. — Cent francs, songea Fantine ! Mais où y a-t-il un état à gagner cent sous par jour ?

— Allons ! dit-elle, vendons le reste.

L'infortunée se fit fille publique.

XI

« CHRISTUS NOS LIBERAVIT [1] »

Qu'est-ce que c'est que cette histoire de Fantine ? C'est la société achetant une esclave.

À qui ? À la misère.

À la faim, au froid, à l'isolement, à l'abandon, au dénûment. Marché douloureux. Une âme pour un morceau de pain. La misère offre, la société accepte.

La sainte loi de Jésus-Christ gouverne notre civilisation, mais elle ne la pénètre pas encore. On dit que l'esclavage a disparu de la civilisation européenne. C'est une erreur. Il existe toujours, mais il ne pèse plus que sur la femme, et il s'appelle prostitution.

Il pèse sur la femme, c'est-à-dire sur la grâce, sur la faiblesse, sur la beauté, sur la maternité. Ceci n'est pas une des moindres hontes de l'homme.

Au point de ce douloureux drame où nous sommes arrivés, il ne reste plus rien à Fantine de ce qu'elle a été autrefois. Elle est devenue marbre en devenant boue. Qui la touche a froid. Elle passe, elle vous subit et elle vous ignore ; elle est la figure déshonorée et sévère. La vie et l'ordre social lui ont dit leur dernier mot. Il lui est arrivé tout ce qui lui arrivera. Elle a tout ressenti, tout supporté, tout éprouvé, tout souffert, tout perdu, tout pleuré. Elle est résignée de cette résignation qui ressemble à l'indifférence comme la mort ressemble au sommeil. Elle n'évite plus rien. Elle ne craint plus rien.

Tombe sur elle toute la nuée et passe sur elle tout l'océan ! que lui importe ! c'est une éponge imbibée.

Elle le croit du moins, mais c'est une erreur de s'imaginer qu'on épuise le sort et qu'on touche le fond de quoi que ce soit.

Hélas ! qu'est-ce que toutes ces destinées ainsi poussées pêle-mêle ? où vont-elles ? pourquoi sont-elles ainsi ?

Celui qui sait cela voit toute l'ombre.

Il est seul. Il s'appelle Dieu.

XII

LE DÉSŒUVREMENT
DE M. BAMATABOIS

Il y a dans toutes les petites villes, et il y avait à Montreuil-sur-mer en particulier, une classe de jeunes gens qui grignotent quinze cents livres de rente en province du même air dont leurs pareils dévorent à Paris deux cent mille francs par an. Ce sont des êtres de la grande espèce neutre ; hongres, parasites, nuls, qui ont un peu de terre, un peu de sottise et un peu d'esprit, qui seraient des rustres dans un salon et se croient des gentilshommes au cabaret, qui disent : mes prés, mes bois, mes paysans, sifflent les actrices du théâtre pour prouver qu'ils sont gens de goût, querellent les officiers de la garnison pour montrer qu'ils sont gens de guerre, chassent, fument, bâillent, boivent, sentent le tabac, jouent au billard, regardent les voyageurs descendre de diligence, vivent au café, dînent à l'auberge, ont un chien qui mange les os sous la table et une maîtresse qui pose les plats dessus, tiennent à un sou, exagèrent les modes, admirent la tragédie, méprisent les femmes, usent leurs vieilles bottes, copient Londres à travers Paris et Paris à travers Pont-à-Mousson, vieillissent hébétés, ne travaillent pas, ne servent à rien et ne nuisent pas à grand'chose.

M. Félix Tholomyès, resté dans sa province et n'ayant jamais vu Paris, serait un de ces hommes-là.

S'ils étaient plus riches, on dirait : ce sont des élégants ; s'ils étaient plus pauvres, on dirait : ce sont des fainéants. Ce sont tout simplement des désœuvrés. Parmi ces désœuvrés, il y a des ennuyeux, des ennuyés, des rêvasseurs, et quelques drôles.

Dans ce temps-là, un élégant se composait d'un grand col, d'une grande cravate, d'une montre à breloques, de trois gilets superposés de couleurs différentes, le bleu et le rouge en dedans, d'un habit couleur olive à taille courte, à queue de morue, à double rangée de boutons d'argent serrés les uns contre les autres et montant jusque sur l'épaule, et d'un pantalon olive plus clair, orné sur les deux coutures d'un nombre de côtes indéterminé, mais toujours impair, variant de une à onze, limite qui n'était jamais franchie. Ajoutez à cela des souliers-bottes avec de petits fers au talon, un chapeau à haute forme et à bords étroits, des cheveux en touffe, une énorme canne, et une conversation rehaussée des calembours de Potier. Sur le tout des éperons et des moustaches. À cette époque, des moustaches voulaient dire bourgeois et des éperons voulaient dire piéton.

L'élégant de province portait les éperons plus longs et les moustaches plus farouches.

C'était le temps de la lutte des républiques de l'Amérique méridionale contre le roi d'Espagne, de Bolivar contre Morillo. Les chapeaux à petits bords étaient royalistes et se nommaient des morillos ; les libéraux portaient des chapeaux à larges bords qui s'appelaient des bolivars.

Huit ou dix mois donc après ce qui a été raconté dans les pages précédentes, vers les premiers jours de janvier 1823, un soir qu'il avait neigé, un de ces élégants, un de ces désœuvrés, un « bien pensant », car il avait un morillo, de plus chaudement enveloppé d'un de ces grands manteaux qui complétaient dans les temps froids le costume à la mode, se divertissait à harceler une créature qui rôdait en robe de bal et toute décolletée avec des fleurs sur la tête devant la vitre du café des officiers. Cet élégant fumait, car c'était décidément la mode.

Chaque fois que cette femme passait devant lui, il lui jetait, avec une bouffée de la fumée de son cigare, quelque apostrophe qu'il croyait spirituelle et gaie, comme : — Que tu es laide ! — Veux-tu te cacher ! — Tu n'as pas de dents ! etc., etc. — Ce monsieur s'appelait monsieur Bamatabois. La femme, triste spectre paré qui allait et venait sur la neige, ne lui répondait pas, ne le regardait même pas, et n'en accomplissait pas moins en silence et avec une régularité sombre sa promenade qui la ramenait de cinq minutes en cinq minutes sous le sarcasme, comme le soldat condamné qui revient sous les verges. Ce peu d'effet piqua sans doute l'oisif qui, profitant d'un moment où elle se retournait, s'avança derrière elle à pas de loup et en étouffant son rire, se baissa, prit sur le pavé une poignée de neige et la lui plongea brusquement dans le dos entre ses deux épaules nues. La fille poussa un rugissement, se tourna, bondit comme une panthère, et se rua sur l'homme, lui enfonçant ses ongles dans le visage, avec les plus effroyables paroles qui puissent tomber du corps de garde dans le ruisseau. Ces injures, vomies d'une voie enrouée par l'eau-de-vie, sortaient hideusement d'une bouche à laquelle manquaient en effet les deux dents de devant. C'était la Fantine.

Au bruit que cela fit, les officiers sortirent en foule du café, les passants s'amassèrent, et il se forma un grand cercle riant, huant et applaudissant, autour de ce tourbillon composé de deux êtres où l'on avait peine à reconnaître un homme et une femme, l'homme se débattant, son chapeau à terre, la femme frappant des pieds et des poings, décoiffée, hurlant, sans dents et sans cheveux, livide de colère, horrible.

Tout à coup un homme de haute taille sortit vivement de la foule, saisit la femme à son corsage de satin couvert de boue, et lui dit : Suis-moi !

La femme leva la tête ; sa voix furieuse s'éteignit subitement. Ses yeux étaient vitreux, de livide elle était devenue pâle, et elle tremblait d'un tremblement de terreur. Elle avait reconnu Javert.

L'élégant avait profité de l'incident pour s'esquiver.

XIII

SOLUTION DE QUELQUES QUESTIONS
DE POLICE MUNICIPALE

Javert écarta les assistants, rompit le cercle et se mit à marcher à grands pas vers le bureau de police qui est à l'extrémité de la place, traînant après lui la misérable. Elle se laissait faire machinalement. Ni lui ni elle ne disaient un mot. La nuée des spectateurs, au paroxysme de la joie, suivait avec des quolibets. La suprême misère, occasion d'obscénités.

Arrivé au bureau de police qui était une salle basse chauffée par un poêle et gardée par un poste, avec une porte vitrée et grillée sur la rue, Javert ouvrit la porte, entra avec Fantine, et referma la porte derrière lui, au grand désappointement des curieux qui se haussèrent sur la pointe du pied et allongèrent le cou devant la vitre trouble du corps de garde, cherchant à voir. La curiosité est une gourmandise. Voir, c'est dévorer.

En entrant, la Fantine alla tomber dans un coin, immobile et muette, accroupie comme une chienne qui a peur.

Le sergent du poste apporta une chandelle allumée

sur une table. Javert s'assit, tira de sa poche une feuille de papier timbré et se mit à écrire.

Ces classes de femmes sont entièrement remises par nos lois à la discrétion de la police. Elle en fait ce qu'elle veut, les punit comme bon lui semble, et confisque à son gré ces deux tristes choses qu'elles appellent leur industrie et leur liberté. Javert était impassible ; son visage sérieux ne trahissait aucune émotion. Pourtant il était gravement et profondément préoccupé. C'était un de ces moments où il exerçait sans contrôle, mais avec tous les scrupules d'une conscience sévère, son redoutable pouvoir discrétionnaire. En cet instant, il le sentait, son escabeau d'agent de police était un tribunal. Il jugeait. Il jugeait, et il condamnait. Il appelait tout ce qu'il pouvait avoir d'idées dans l'esprit autour de la grande chose qu'il faisait. Plus il examinait le fait de cette fille, plus il se sentait révolté. Il était évident qu'il venait de voir commettre un crime. Il venait de voir, là dans la rue, la société, représentée par un propriétaire-électeur, insultée et attaquée par une créature en dehors de tout. Une prostituée avait attenté à un bourgeois. Il avait vu cela, lui Javert. Il écrivait en silence.

Quand il eut fini, il signa, plia le papier et dit au sergent du poste, en le lui remettant : — Prenez trois hommes, et menez cette fille au bloc. — Puis se tournant vers la Fantine : — Tu en as pour six mois.

La malheureuse tressaillit.

— Six mois ! six mois de prison ! Six mois à gagner sept sous par jour ! Mais que deviendra Cosette ? ma fille ! ma fille ! Mais je dois encore plus de cent francs aux Thénardier, monsieur l'inspecteur, savez-vous cela ?

Elle se traîna sur la dalle mouillée par les bottes boueuses de tous ces hommes, sans se lever, joignant les mains, faisant de grands pas avec ses genoux.

— Monsieur Javert, dit-elle, je vous demande grâce. Je vous assure que je n'ai pas eu tort. Si vous aviez vu le commencement, vous auriez vu ! je vous jure le bon Dieu que je n'ai pas eu tort. C'est ce monsieur le bourgeois que je ne connais pas qui m'a mis de la neige dans le dos. Est-ce qu'on a le droit de nous mettre de la neige dans le dos quand nous passons comme cela tranquillement sans faire de mal à personne ? Cela m'a saisie. Je suis un peu malade, voyez-vous ! Et puis il y avait déjà un peu de temps qu'il me disait des raisons. Tu es laide ! tu n'as pas de dents ! Je le sais bien que je n'ai plus mes dents. Je ne faisais rien, moi ; je disais : c'est un monsieur qui s'amuse. J'étais honnête avec lui, je ne lui parlais pas. C'est à cet instant-là qu'il m'a mis de la neige. Monsieur Javert, mon bon monsieur l'inspecteur ! est-ce qu'il n'y a personne là qui ait vu pour vous dire que c'est bien vrai ? J'ai peut-être eu tort de me fâcher. Vous savez, dans le premier moment, on n'est pas maître. On a des vivacités. Et puis, quelque chose de si froid qu'on vous met dans le dos à l'heure que vous ne vous y attendez pas ! J'ai eu tort d'abîmer le chapeau de ce monsieur. Pourquoi s'est-il en allé ? Je lui demanderais pardon. Oh ! mon Dieu, cela me serait bien égal de lui demander pardon. Faites-moi grâce pour aujourd'hui cette fois, monsieur Javert. Tenez, vous ne savez pas ça, dans les prisons on ne gagne que sept sous, ce n'est pas la faute du gouvernement, mais on gagne sept sous, et figurez-vous que j'ai cent francs à payer, ou autrement on me renverra ma petite. Ô mon Dieu ! je ne peux pas l'avoir avec moi. C'est si vilain ce que je fais ! Ô ma Cosette, ô mon petit ange de la bonne sainte Vierge, qu'est-ce qu'elle deviendra, pauvre loup ! Je vais vous dire, c'est les Thénardier, des aubergistes, des paysans, ça n'a pas de raisonnement. Il leur faut de l'argent. Ne me mettez pas en prison ! Voyez-vous, c'est une petite qu'on mettrait à même sur la grande route, va comme tu pourras, en plein cœur d'hiver, il faut avoir pitié de cette chose-là, mon bon monsieur Javert. Si c'était plus grand, ça gagnerait sa vie, mais ça ne peut pas, à ces âges-là. Je ne suis pas une mauvaise femme au fond. Ce n'est pas la lâcheté et la gourmandise qui ont fait de moi ça J'ai bu de l'eau-de-vie, c'est par

misère. Je ne l'aime pas, mais cela étourdit. Quand
j'étais plus heureuse, on n'aurait eu qu'à regarder dans
mes armoires, on aurait bien vu que je n'étais pas une
femme coquette qui a du désordre. J'avais du linge,
beaucoup de linge. Ayez pitié de moi, monsieur Javert !

Elle parlait ainsi, brisée en deux, secouée par les sanglots, aveuglée par les larmes, la gorge nue, se tordant
les mains, toussant d'une toux sèche et courte, balbu-
tiant tout doucement avec la voix de l'agonie. La grande
douleur est un rayon divin et terrible qui transfigure les
misérables. À ce moment-là, la Fantine était redevenue
belle. À de certains instants, elle s'arrêtait et baisait tendrement le bas de la redingote du mouchard. Elle eût
attendri un cœur de granit, mais on n'attendrit pas un
cœur de bois.

— Allons ! dit Javert, je t'ai écoutée. As-tu bien tout
dit ? Marche à présent ! Tu as tes six mois ; le Père éternel en personne n'y pourrait plus rien.

À cette solennelle parole, *Le Père éternel en personne
n'y pourrait plus rien*, elle comprit que l'arrêt était prononcé. Elle s'affaissa sur elle-même en murmurant ·

— Grâce !

Javert tourna le dos.

Les soldats la saisirent par les bras.

Depuis quelques minutes, un homme était entré sans
qu'on eût pris garde à lui. Il avait refermé la porte, s'y
était adossé, et avait entendu les prières désespérées de
la Fantine.

Au moment où les soldats mirent la main sur la malheureuse, qui ne voulait pas se lever, il fit un pas, sortit
de l'ombre, et dit :

— Un instant, s'il vous plaît !

Javert leva les yeux et reconnut M. Madeleine. Il ôta
son chapeau, et saluant avec une sorte de gaucherie
fâchée :

— Pardon, monsieur le maire...

Ce mot, monsieur le maire, fit sur la Fantine un effet
étrange. Elle se dressa debout tout d'une pièce comme

un spectre qui sort de terre, repoussa les soldats des deux bras, marcha droit à M. Madeleine avant qu'on eût pu la retenir, et le regardant fixement, l'air égaré, elle cria :

— Ah ! c'est donc toi qui es monsieur le maire !

Puis elle éclata de rire et lui cracha au visage.

M. Madeleine s'essuya le visage, et dit :

— Inspecteur Javert, mettez cette femme en liberté.

Javert se sentit au moment de devenir fou. Il éprouvait en cet instant, coup sur coup, et presque mêlées ensemble, les plus violentes émotions qu'il eût ressenties de sa vie. Voir une fille publique cracher au visage d'un maire, cela était une chose si monstrueuse que, dans ses suppositions les plus effroyables, il eût regardé comme un sacrilège de le croire possible. D'un autre côté, dans le fond de sa pensée, il faisait confusément un rapprochement hideux entre ce qu'était cette femme et ce que pouvait être ce maire, et alors il entrevoyait avec horreur je ne sais quoi de tout simple dans ce prodigieux attentat. Mais quand il vit ce maire, ce magistrat, s'essuyer tranquillement le visage et dire : *mettez cette femme en liberté*, il eut comme un éblouissement de stupeur ; la pensée et la parole lui manquèrent également ; la somme de l'étonnement possible était dépassée pour lui. Il resta muet.

Ce mot n'avait pas porté un coup moins étrange à la Fantine. Elle leva son bras nu et se cramponna à la clef du poêle comme une personne qui chancelle. Cependant elle regardait tout autour d'elle et elle se mit à parler à voix basse, comme si elle se parlait à elle-même.

— En liberté ! qu'on me laisse aller ! que je n'aille pas en prison six mois ! Qui est-ce qui a dit cela ? Il n'est pas possible qu'on ait dit cela. J'ai mal entendu. Ça ne peut pas être ce monstre de maire ! Est-ce que c'est vous, mon bon monsieur Javert, qui avez dit qu'on me mette en liberté ? Oh ! voyez-vous ! je vais vous dire et vous me laisserez aller. Ce monstre de maire, ce vieux gredin de maire, c'est lui qui est cause de tout. Figurez-

vous, monsieur Javert, qu'il m'a chassée ! à cause d'un
tas de gueuses qui tiennent des propos dans l'atelier. Si
ce n'est pas là une horreur ! renvoyer une pauvre fille
qui fait honnêtement son ouvrage ! Alors je n'ai plus
gagné assez, et tout le malheur est venu. D'abord il y a
une amélioration que ces messieurs de la police
devraient bien faire, ce serait d'empêcher les entrepre-
neurs des prisons de faire du tort aux pauvres gens. Je
vais vous expliquer cela, voyez-vous. Vous gagnez douze
sous dans les chemises, cela tombe à neuf sous, il n'y a
plus moyen de vivre. Il faut donc devenir ce qu'on peut.
Moi, j'avais ma petite Cosette, j'ai bien été forcée de
devenir une mauvaise femme. Vous comprenez à présent, que c'est ce gueux de maire qui a tout fait le mal.
Après cela, j'ai piétiné le chapeau de ce monsieur bourgeois devant le café des officiers. Mais lui, il m'avait
perdu toute ma robe avec sa neige. Nous autres, nous
n'avons qu'une robe de soie, pour le soir. Voyez-vous, je
n'ai jamais fait de mal exprès, vrai, monsieur Javert, et
je vois partout des femmes bien plus méchantes que
moi qui sont bien plus heureuses. Ô monsieur Javert,
c'est vous qui avez dit qu'on me mette dehors, n'est-ce
pas ? Prenez des informations, parlez à mon propriétaire, maintenant je paye mon terme, on vous dira bien
que je suis honnête. Ah ! mon Dieu, je vous demande
pardon, j'ai touché, sans faire attention, à la clef du
poêle, et cela fait fumer.

M. Madeleine l'écoutait avec une attention profonde.
Pendant qu'elle parlait, il avait fouillé dans son gilet, en
avait tiré sa bourse et l'avait ouverte. Elle était vide. Il
l'avait remise dans sa poche. Il dit à la Fantine :

— Combien avez-vous dit que vous deviez ?

La Fantine, qui ne regardait que Javert, se retourna
de son côté :

— Est-ce que je te parle à toi !

Puis s'adressant aux soldats :

— Dites donc, vous autres, avez-vous vu comme je te
vous lui ai craché à la figure ? Ah ! vieux scélérat de

maire, tu viens ici pour me faire peur, mais je n'ai pas peur de toi J'ai peur de monsieur Javert. J'ai peur de mon bon monsieur Javert !

En parlant ainsi elle se retourna vers l'inspecteur :

— Avec ça, voyez-vous, monsieur l'inspecteur, il faut être juste. Je comprends que vous êtes juste, monsieur l'inspecteur. Au fait, c'est tout simple, un homme qui joue à mettre un peu de neige dans le dos d'une femme, ça les faisait rire, les officiers, il faut bien qu'on se divertisse à quelque chose, nous autres nous sommes là pour qu'on s'amuse, quoi ! Et puis, vous, vous venez, vous êtes bien forcé de mettre l'ordre, vous emmenez la femme qui a tort, mais en y réfléchissant, comme vous êtes bon, vous dites qu'on me mette en liberté, c'est pour la petite, parce que six mois en prison, cela m'empêcherait de nourrir mon enfant. Seulement n'y reviens plus, coquine ! Oh ! je n'y reviendrai plus, monsieur Javert ! on me fera tout ce qu'on voudra maintenant, je ne bougerai plus. Seulement, aujourd'hui, voyez-vous, j'ai crié parce que cela m'a fait mal, je ne m'attendais pas du tout à cette neige de ce monsieur, et puis, je vous ai dit, je ne me porte pas très bien, je tousse, j'ai là dans l'estomac comme une boule qui me brûle, que le médecin me dit : soignez-vous. Tenez, tâtez, donnez votre main, n'ayez pas peur, c'est ici.

Elle ne pleurait plus, sa voix était caressante, elle appuyait sur sa gorge blanche et délicate la grosse main rude de Javert, et elle le regardait en souriant.

Tout à coup elle rajusta vivement le désordre de ses vêtements, fit retomber les plis de sa robe qui en se traînant s'était relevée presque à la hauteur du genou, et marcha vers la porte en disant à demi-voix aux soldats avec un signe de tête amical :

— Les enfants, monsieur l'inspecteur a dit qu'on me lâche, je m'en vas.

Elle mit la main sur le loquet. Un pas de plus, elle était dans la rue.

Javert jusqu'à cet instant était resté debout, immobile, l'œil fixé à terre, posé de travers au milieu de cette scène comme une statue dérangée qui attend qu'on la mette quelque part.

Le bruit que fit le loquet le réveilla. Il releva la tête avec une expression d'autorité souveraine, expression toujours d'autant plus effrayante que le pouvoir se trouve placé plus bas, féroce chez la bête fauve, atroce chez l'homme de rien.

— Sergent, cria-t-il, vous ne voyez pas que cette drôlesse s'en va ! Qui est-ce qui vous a dit de la laisser aller ?

— Moi, dit Madeleine.

La Fantine à la voix de Javert avait tremblé et lâché le loquet comme un voleur pris lâche l'objet volé. À la voix de Madeleine, elle se retourna, et à partir de ce moment, sans qu'elle prononçât un mot, sans qu'elle osât même laisser sortir son souffle librement, son regard alla tour à tour de Madeleine à Javert et de Javert à Madeleine, selon que c'était l'un ou l'autre qui parlait.

Il était évident qu'il fallait que Javert eût été, comme on dit, « jeté hors des gonds » pour qu'il se fût permis d'apostropher le sergent comme il l'avait fait, après l'invitation du maire de mettre Fantine en liberté. En était-il venu à oublier la présence de monsieur le maire ? Avait-il fini par se déclarer à lui-même qu'il était impossible qu'une « autorité » eût donné un pareil ordre, et que bien certainement monsieur le maire avait dû dire sans le vouloir une chose pour une autre ? Ou bien, devant les énormités dont il était témoin depuis deux heures, se disait-il qu'il fallait revenir aux suprêmes résolutions, qu'il était nécessaire que le petit se fît grand, que le mouchard se transformât en magistrat, que l'homme de police devînt homme de justice, et qu'en cette extrémité prodigieuse l'ordre, la loi, la morale, le gouvernement, la société tout entière, se personnifiaient en lui Javert ?

Quoi qu'il en soit, quand M. Madeleine eut dit ce *moi* qu'on vient d'entendre, on vit l'inspecteur de police Javert se tourner vers monsieur le maire, pâle, froid, les lèvres bleues, le regard désespéré, tout le corps agité d'un tremblement imperceptible, et, chose inouïe, lui dire, l'œil baissé, mais la voix ferme :

— Monsieur le maire, cela ne se peut pas.

— Comment ? dit M. Madeleine.

— Cette malheureuse a insulté un bourgeois.

— Inspecteur Javert, repartit M. Madeleine avec un accent conciliant et calme, écoutez. Vous êtes un honnête homme, et je ne fais nulle difficulté de m'expliquer avec vous. Voici le vrai. Je passais sur la place comme vous emmeniez cette femme, il y avait encore des groupes, je me suis informé, j'ai tout su, c'est le bourgeois qui a eu tort et qui, en bonne police, eût dû être arrêté.

Javert reprit :

— Cette misérable vient d'insulter monsieur le maire.

— Ceci me regarde, dit M. Madeleine. Mon injure est à moi peut-être. J'en puis faire ce que je veux.

— Je demande pardon à monsieur le maire. Son injure n'est pas à lui, elle est à la justice.

— Inspecteur Javert, répliqua M. Madeleine, la première justice, c'est la conscience. J'ai entendu cette femme. Je sais ce que je fais.

— Et moi, monsieur le maire, je ne sais pas ce que je vois.

— Alors contentez-vous d'obéir.

— J'obéis à mon devoir. Mon devoir veut que cette femme fasse six mois de prison.

M. Madeleine répondit avec douceur :

— Écoutez bien ceci. Elle n'en fera pas un jour.

À cette parole décisive, Javert osa regarder le maire fixement, et lui dit, mais avec un son de voix toujours profondément respectueux :

— Je suis au désespoir de résister à monsieur le maire, c'est la première fois de ma vie, mais il daignera me permettre de lui faire observer que je suis dans la limite de mes attributions. Je reste, puisque monsieur le maire le veut, dans le fait du bourgeois. J'étais là. C'est cette fille qui s'est jetée sur monsieur Bamatabois, qui est électeur et propriétaire de cette belle maison à balcon qui fait le coin de l'esplanade, à trois étages et toute en pierre de taille. Enfin, il y a des choses dans ce monde ! Quoi qu'il en soit, monsieur le maire, cela, c'est un fait de police de la rue qui me regarde, et je retiens la femme Fantine.

Alors M. Madeleine croisa les bras et dit avec une voix sévère que personne dans la ville n'avait encore entendue :

— Le fait dont vous parlez est un fait de police municipale. Aux termes des articles neuf, onze, quinze et soixante-six du code d'instruction criminelle, j'en suis juge. J'ordonne que cette femme soit mise en liberté.

Javert voulut tenter un dernier effort.

— Mais, monsieur le maire...

— Je vous rappelle, à vous, l'article quatre-vingt-un de la loi du 13 décembre 1799 sur la détention arbitraire.

— Monsieur le maire, permettez

— Plus un mot.

— Pourtant...

— Sortez, dit M. Madeleine.

Javert reçut le coup, debout, de face, et en pleine poitrine comme un soldat russe. Il salua jusqu'à terre monsieur le maire, et sortit.

Fantine se rangea de la porte et le regarda avec stupeur passer devant elle.

Cependant elle aussi était en proie à un bouleversement étrange. Elle venait de se voir en quelque sorte disputée par deux puissances opposées. Elle avait vu lutter devant ses yeux deux hommes tenant dans leurs mains sa liberté, sa vie, son âme, son enfant ; l'un de ces hommes la tirait du côté de l'ombre, l'autre la ramenait vers la lumière. Dans cette lutte, entrevue à travers les grossissements de l'épouvante, ces deux hommes lui étaient apparus comme deux géants ; l'un parlait comme son démon, l'autre parlait comme son bon ange. L'ange avait vaincu le démon, et, chose qui la faisait frissonner de la tête aux pieds, cet ange, ce libérateur, c'était précisément l'homme qu'elle abhorrait, ce maire qu'elle avait si longtemps considéré comme l'auteur de tous ses maux, ce Madeleine ! et au moment même où elle venait de l'insulter d'une façon hideuse, il la sauvait ! S'était-elle donc trompée ? Devait-elle donc changer toute son âme ?... Elle ne savait, elle tremblait. Elle écoutait éperdue, elle regardait effarée, et à chaque parole que disait M. Madeleine, elle sentait fondre et s'écrouler en elle les affreuses ténèbres de la haine et naître dans son cœur je ne sais quoi de réchauffant et d'ineffable qui était de la joie, de la confiance et de l'amour.

Quand Javert fut sorti, M. Madeleine se tourna vers elle, et lui dit avec une voix lente, ayant peine à parler comme un homme sérieux qui ne veut pas pleurer :

— Je vous ai entendue. Je ne savais rien de ce que vous avez dit. Je crois que c'est vrai, et je sens que c'est vrai. J'ignorais même que vous eussiez quitté mes ateliers. Pourquoi ne vous êtes-vous pas adressée à moi ? Mais voici : je payerai vos dettes, je ferai venir votre enfant, ou vous irez la rejoindre. Vous vivrez ici, à Paris, où vous voudrez. Je me charge de votre enfant et de vous. Vous ne travaillerez plus, si vous voulez. Je vous donnerai tout l'argent qu'il vous faudra. Vous redeviendrez honnête en redevenant heureuse. Et même, écoutez, je vous le déclare dès à présent, si tout est comme vous le dites, et je n'en doute pas, vous n'avez jamais cessé d'être vertueuse et sainte devant Dieu. Oh ! pauvre femme !

C'en était plus que la pauvre Fantine n'en pouvait supporter. Avoir Cosette ! sortir de cette vie infâme ! vivre libre, riche, heureuse, honnête, avec Cosette ! voir brusquement s'épanouir au milieu de sa misère toutes ces réalités du paradis ! Elle regarda comme hébétée cet homme qui lui parlait, et ne put que jeter deux ou trois sanglots : oh ! oh ! oh ! Ses jarrets plièrent, elle se mit à genoux devant M. Madeleine, et, avant qu'il eût pu l'en empêcher, il sentit qu'elle lui prenait la main et que ses lèvres s'y posaient.

Puis elle s'évanouit.

Livre sixième

JAVERT

I

COMMENCEMENT DU REPOS

M. Madeleine fit transporter la Fantine à cette infirmerie qu'il avait dans sa propre maison. Il la confia aux
sœurs qui la mirent au lit. Une fièvre ardente était survenue. Elle passa une partie de la nuit à délirer et à
parler haut. Cependant elle finit par s'endormir.

Le lendemain vers midi Fantine se réveilla, elle entendit une respiration tout près de son lit, elle écarta son
rideau et vit M. Madeleine debout qui regardait quelque
chose au-dessus de sa tête. Ce regard était plein de pitié
et d'angoisse et suppliait. Elle en suivit la direction et
vit qu'il s'adressait à un crucifix cloué au mur.

M. Madeleine était désormais transfiguré aux yeux de
Fantine. Il lui paraissait enveloppé de lumière. Il était
absorbé dans une sorte de prière. Elle le considéra longtemps sans oser l'interrompre. Enfin elle lui dit timidement :

— Que faites-vous donc là ?

M. Madeleine était à cette place depuis une heure. Il
attendait que Fantine se réveillât. Il lui prit la main, lui
tâta le pouls, et répondit :

— Comment êtes-vous ?

— Bien, j'ai dormi, dit-elle, je crois que je vais mieux.
Ce ne sera rien.

Lui reprit, répondant à la question qu'elle lui avait

adressée d'abord, comme s'il ne faisait que de l'enten-
-dre :

— Je priais le martyr qui est là-haut.

Et il ajouta dans sa pensée : « Pour la martyre qui est
ici-bas. »

M. Madeleine avait passé la nuit et la matinée à
s'informer. Il savait tout maintenant. Il connaissait dans
tous ses poignants détails l'histoire de Fantine. Il continua :

— Vous avez bien souffert, pauvre mère. Oh ! ne vous
plaignez pas, vous avez à présent la dot des élus. C'est
de cette façon que les hommes font des anges. Ce n'est
point leur faute ; ils ne savent pas s'y prendre autrement. Voyez-vous, cet enfer dont vous sortez est la première forme du ciel. Il fallait commencer par là.

Il soupira profondément. Elle cependant lui souriait
avec ce sublime sourire auquel il manquait deux dents.

Javert dans cette même nuit avait écrit une lettre. Il
remit lui-même cette lettre le lendemain matin au
bureau de poste de Montreuil-sur-mer. Elle était pour
Paris, et la suscription portait : *À monsieur Chabouillet,
secrétaire de monsieur le préfet de police.* Comme l'affaire
du corps de garde s'était ébruitée, la directrice du
bureau de poste et quelques autres personnes qui virent
la lettre avant le départ et qui reconnurent l'écriture de
Javert sur l'adresse, pensèrent que c'était sa démission
qu'il envoyait.

M. Madeleine se hâta d'écrire aux Thénardier. Fantine leur devait cent vingt francs. Il leur envoya trois
cents francs en leur disant de se payer sur cette somme,
et d'amener tout de suite l'enfant à Montreuil-sur-mer
où sa mère malade la réclamait.

Ceci éblouit le Thénardier. — Diable ! dit-il à sa
femme, ne lâchons pas l'enfant. Voilà que cette mau-
viette va devenir une vache à lait. Je devine. Quelque
jocrisse se sera amouraché de la mère.

Il riposta par un mémoire de cinq cents et quelques
francs fort bien fait. Dans ce mémoire figuraient pour

plus de trois cents francs deux notes incontestables, l'une d'un médecin, l'autre d'un apothicaire, lesquels avaient soigné et médicamenté dans deux longues maladies Éponine et Azelma. Cosette, nous l'avons dit, n'avait pas été malade. Ce fut l'affaire d'une toute petite substitution de noms. Thénardier mit au bas du mémoire : *reçu à compte trois cents francs*.

M. Madeleine envoya tout de suite trois cents autres francs et écrivit : « Dépêchez-vous d'amener Cosette. »

— Christi ! dit le Thénardier, ne lâchons pas l'enfant.

Cependant Fantine ne se rétablissait point. Elle était toujours à l'infirmerie.

Les sœurs n'avaient d'abord reçu et soigné « cette fille » qu'avec répugnance. Qui a vu les bas-reliefs de Reims se souvient du gonflement de la lèvre inférieure des vierges sages regardant les vierges folles. Cet antique mépris des vestales pour les ambubaïes [1] est un des plus profonds instincts de la dignité féminine ; les sœurs l'avaient éprouvé, avec le redoublement qu'ajoute la religion. Mais, en peu de jours, Fantine les avait désarmées. Elle avait toutes sortes de paroles humbles et douces, et la mère qui était en elle attendrissait. Un jour les sœurs l'entendirent qui disait à travers la fièvre : — J'ai été une pécheresse, mais quand j'aurai mon enfant près de moi, cela voudra dire que Dieu m'a pardonné. Pendant que j'étais dans le mal, je n'aurais pas voulu avoir ma Cosette avec moi, je n'aurais pas pu supporter ses yeux étonnés et tristes. C'était pour elle pourtant que je faisais le mal, et c'est ce qui fait que Dieu me pardonne. Je sentirai la bénédiction du bon Dieu quand Cosette sera ici. Je la regarderai, cela me fera du bien de voir cette innocente. Elle ne sait rien du tout. C'est un ange, voyez-vous, mes sœurs. À cet âge-là, les ailes, ça n'est pas encore tombé.

M. Madeleine l'allait voir deux fois par jour, et chaque fois elle lui demandait :

— Verrai-je bientôt ma Cosette ?

Il lui répondait :

— Peut-être demain matin D'un moment à l'autre elle arrivera, je l'attends.

Et le visage pâle de la mère rayonnait.

— Oh ! disait-elle, comme je vais être heureuse !

Nous venons de dire qu'elle ne se rétablissait pas. Au contraire, son état semblait s'aggraver de semaine en semaine. Cette poignée de neige appliquée à nu sur la peau entre les deux omoplates avait déterminé une suppression subite de transpiration à la suite de laquelle la maladie qu'elle couvait depuis plusieurs années finit par se déclarer violemment. On commençait alors à suivre pour l'étude et le traitement des maladies de poitrine les belles indications de Laënnec. Le médecin ausculta Fantine et hocha la tête.

M. Madeleine dit au médecin :

— Eh bien ?

— N'a-t-elle pas un enfant qu'elle désire voir ? dit le médecin.

— Oui.

— Eh bien, hâtez-vous de le faire venir.

M. Madeleine eut un tressaillement.

Fantine lui demanda :

— Qu'a dit le médecin ?

M. Madeleine s'efforça de sourire.

— Il a dit de faire venir bien vite votre enfant. Que cela vous rendra la santé.

— Oh ! reprit-elle, il a raison ! Mais qu'est-ce qu'ils ont donc ces Thénardier à me garder ma Cosette ! Oh ! elle va venir. Voici enfin que je vois le bonheur tout près de moi !

Le Thénardier cependant ne « lâchait pas l'enfant » et donnait cent mauvaises raisons. Cosette était un peu souffrante pour se mettre en route l'hiver. Et puis il y avait un reste de petites dettes criardes dans le pays dont il rassemblait les factures, etc., etc.

— J'enverrai quelqu'un chercher Cosette, dit le père Madeleine. S'il le faut, j'irai moi-même.

Il écrivit sous la dictée de Fantine cette lettre qu'il lui fit signer :

« Monsieur Thénardier,
« Vous remettrez Cosette à la personne.
« On vous payera toutes les petites choses.
« J'ai l'honneur de vous saluer avec considération.
« Fantine. »

Sur ces entrefaites, il survint un grave incident. Nous avons beau tailler de notre mieux le bloc mystérieux dont notre vie est faite, la veine noire de la destinée y reparaît toujours.

II

COMMENT JEAN PEUT DEVENIR CHAMP

Un matin, M. Madeleine était dans son cabinet, occupé à régler d'avance quelques affaires pressantes de la mairie pour le cas où il se déciderait à ce voyage de Montfermeil, lorsqu'on vint lui dire que l'inspecteur de police Javert demandait à lui parler. En entendant prononcer ce nom, M. Madeleine ne put se défendre d'une impression désagréable. Depuis l'aventure du bureau de police, Javert l'avait plus que jamais évité, et M. Madeleine ne l'avait point revu.

— Faites entrer, dit-il.

Javert entra.

M. Madeleine était resté assis près de la cheminée, une plume à la main, l'œil sur un dossier qu'il feuilletait et qu'il annotait, et qui contenait des procès-verbaux de contraventions à la police de la voirie. Il ne se dérangea point pour Javert. Il ne pouvait s'empêcher de songer à la pauvre Fantine, et il lui convenait d'être glacial.

Javert salua respectueusement M. le maire qui lui

tournait le dos. M. le maire ne le regarda pas et continua d'annoter son dossier.

Javert fit deux ou trois pas dans le cabinet, et s'arrêta
sans rompre le silence.

Un physionomiste qui eût été familier avec la nature
de Javert, qui eût étudié depuis longtemps ce sauvage
au service de la civilisation, ce composé bizarre du
Romain, du Spartiate, du moine et du caporal, cet
espion incapable d'un mensonge, ce mouchard vierge,
un physionomiste qui eût su sa secrète et ancienne aversion pour M. Madeleine, son conflit avec le maire au
sujet de la Fantine, et qui eût considéré Javert en ce
moment, se fût dit : que s'est-il passé ? Il était évident,
pour qui eût connu cette conscience droite, claire, sincère, probe, austère et féroce, que Javert sortait de quelque grand événement intérieur. Javert n'avait rien dans
l'âme qu'il ne l'eût aussi sur le visage. Il était, comme
les gens violents, sujet aux revirements brusques.
Jamais sa physionomie n'avait été plus étrange et plus
inattendue. En entrant, il s'était incliné devant M.
Madeleine avec un regard où il n'y avait ni rancune, ni
colère, ni défiance, il s'était arrêté à quelques pas derrière le fauteuil du maire ; et maintenant il se tenait là,
debout, dans une attitude presque disciplinaire, avec la
rudesse naïve et froide d'un homme qui n'a jamais été
doux et qui a toujours été patient ; il attendait, sans dire
un mot, sans faire un mouvement, dans une humilité
vraie et dans une résignation tranquille, qu'il plût à
monsieur le maire de se retourner, calme, sérieux, le
chapeau à la main, les yeux baissés, avec une expression
qui tenait le milieu entre le soldat devant son officier et
le coupable devant son juge. Tous les sentiments comme
tous les souvenirs qu'on eût pu lui supposer avaient disparu. Il n'y avait plus rien sur ce visage impénétrable et
simple comme le granit, qu'une morne tristesse. Toute
sa personne respirait l'abaissement et la fermeté, et je
ne sais quel accablement courageux.

Enfin M. le maire posa sa plume et se tourna à demi :

— Eh bien ! qu'est-ce ? qu'y a-t-il, Javert ?

Javert demeura un instant silencieux comme s'il se recueillait, puis éleva la voix avec une sorte de solennité triste qui n'excluait pourtant pas la simplicité :

— Il y a, monsieur le maire, qu'un acte coupable a été commis.

— Quel acte ?

— Un agent inférieur de l'autorité a manqué de respect à un magistrat de la façon la plus grave. Je viens, comme c'est mon devoir, porter le fait à votre connaissance.

— Quel est cet agent ? demanda M. Madeleine.

— Moi, dit Javert.

— Vous ?

— Moi.

— Et quel est le magistrat qui aurait à se plaindre de l'agent ?

— Vous, monsieur le maire.

M. Madeleine se dressa sur son fauteuil. Javert poursuivit, l'air sévère et les yeux toujours baissés :

— Monsieur le maire, je viens vous prier de vouloir bien provoquer près de l'autorité ma destitution.

M. Madeleine stupéfait ouvrit la bouche. Javert l'interrompit.

— Vous direz, j'aurais pu donner ma démission, mais cela ne suffit pas. Donner sa démission, c'est honorable. J'ai failli, je dois être puni. Il faut que je sois chassé.

Et après une pause, il ajouta :

— Monsieur le maire, vous avez été sévère pour moi l'autre jour injustement. Soyez-le aujourd'hui justement.

— Ah çà ! pourquoi ? s'écria M. Madeleine. Quel est ce galimatias ? qu'est-ce que cela veut dire ? où y a-t-il un acte coupable commis contre moi par vous ? qu'est-ce que vous m'avez fait ? quels torts avez-vous envers moi ? Vous vous accusez, vous voulez être remplacé...

— Chassé, dit Javert.

— Chassé, soit. C'est fort bien. Je ne comprends pas.

— Vous allez comprendre, monsieur le maire.

Javert soupira du fond de sa poitrine et reprit toujours froidement et tristement :

— Monsieur le maire, il y a six semaines, à la suite de cette scène pour cette fille, j'étais furieux, je vous ai dénoncé.

— Dénoncé !

— À la préfecture de police de Paris.

M. Madeleine, qui ne riait pas beaucoup plus souvent que Javert, se mit à rire.

— Comme maire ayant empiété sur la police ?

— Comme ancien forçat.

Le maire devint livide.

Javert, qui n'avait pas levé les yeux, continua :

— Je le croyais. Depuis longtemps j'avais des idées. Une ressemblance, des renseignements que vous avez fait prendre à Faverolles, votre force des reins, l'aventure du vieux Fauchelevent, votre adresse au tir, votre jambe qui traîne un peu, est-ce que je sais, moi ? des bêtises ! mais enfin je vous prenais pour un nommé Jean Valjean.

— Un nommé ?... Comment dites-vous ce nom-là ?

— Jean Valjean. C'est un forçat que j'avais vu il y a vingt ans quand j'étais adjudant-garde-chiourme à Toulon. En sortant du bagne, ce Jean Valjean avait, à ce qu'il paraît, volé chez un évêque, puis il avait commis un autre vol à main armée, dans un chemin public, sur un petit savoyard. Depuis huit ans il s'était dérobé, on ne sait comment, et on le cherchait. Moi je m'étais figuré... — Enfin, j'ai fait cette chose ! La colère m'a décidé, je vous ai dénoncé à la préfecture.

M. Madeleine, qui avait ressaisi le dossier depuis quelques instants, reprit avec un accent de parfaite indifférence :

— Et que vous a-t-on répondu ?

— Que j'étais fou.

— Eh bien ?

— Eh bien, on avait raison.

— C'est heureux que vous le reconnaissiez !

— Il faut bien, puisque le véritable Jean Valjean est trouvé.

La feuille que tenait M. Madeleine lui échappa des mains, il leva la tête, regarda fixement Javert, et dit avec un accent inexprimable : — Ah !

Javert poursuivit :

— Voilà ce que c'est, monsieur le maire. Il paraît qu'il y avait dans le pays, du côté d'Ailly-le-Haut-Clocher, une espèce de bonhomme qu'on appelait le père Champmathieu. C'était très misérable. On n'y faisait pas attention. Ces gens-là, on ne sait pas de quoi cela vit. Dernièrement, cet automne, le père Champmathieu a été arrêté pour un vol de pommes à cidre, commis chez... — enfin n'importe ! Il y a eu vol, mur escaladé, branches de l'arbre cassées. On a arrêté mon Champmathieu. Il avait encore la branche de pommier à la main. On coffre le drôle. Jusqu'ici ce n'est pas beaucoup plus qu'une affaire correctionnelle. Mais voici qui est de la providence. La geôle étant en mauvais état, monsieur le juge d'instruction trouve à propos de faire transférer Champmathieu à Arras où est la prison départementale. Dans cette prison d'Arras, il y a un ancien forçat nommé Brevet qui est détenu pour je ne sais quoi et qu'on a fait guichetier de chambrée parce qu'il se conduit bien. Monsieur le maire, Champmathieu n'est pas plus tôt débarqué que voilà Brevet qui s'écrie : « Eh mais ! je connais cet homme-là. C'est un fagot*a*. Regardez-moi donc, bonhomme ! Vous êtes Jean Valjean ! — Jean Valjean ! qui ça Jean Valjean ? Le Champmathieu joue l'étonné. — Ne fais donc pas le sinvre, dit Brevet. Tu es Jean Valjean ! Tu as été au bagne de Toulon. Il y a vingt ans. Nous y étions ensemble. — Le Champmathieu nie. Parbleu ! vous comprenez. On approfondit. On me fouille cette aventure-là. Voici ce qu'on trouve : ce

---

a. Fagot, ancien forçat

Champmathieu, il y a une trentaine d'années, a été ouvrier émondeur d'arbres dans plusieurs pays, notamment à Faverolles. Là on perd sa trace. Longtemps après, on le revoit en Auvergne, puis à Paris, où il dit avoir été charron et avoir eu une fille blanchisseuse, mais cela n'est pas prouvé ; enfin dans ce pays-ci. Or, avant d'aller au bagne pour vol qualifié, qu'était Jean Valjean ? émondeur. Où ? à Faverolles. Autre fait. Ce Valjean s'appelait de son nom de baptême Jean et sa mère se nommait de son nom de famille Mathieu. Quoi de plus naturel que de penser qu'en sortant du bagne il aura pris le nom de sa mère pour se cacher et se sera fait appeler Jean Mathieu ? Il va en Auvergne. De *Jean* la prononciation du pays fait *Chan*, on l'appelle Chan Mathieu. Notre homme se laisse faire et le voilà transformé en Champmathieu. Vous me suivez, n'est-ce pas ? On s'informe à Faverolles. La famille de Jean Valjean n'y est plus. On ne sait plus où elle est. Vous savez, dans ces classes-là, il y a souvent de ces évanouissements d'une famille. On cherche, on ne trouve plus rien. Ces gens-là, quand ce n'est pas de la boue, c'est de la poussière. Et puis, comme le commencement de ces histoires date de trente ans, il n'y a plus personne à Faverolles qui ait connu Jean Valjean. On s'informe à Toulon. Avec Brevet, il n'y a plus que deux forçats qui aient vu Jean Valjean. Ce sont les condamnés à vie Cochepaille et Chenildieu. On les extrait du bagne et on les fait venir. On les confronte au prétendu Champmathieu. Ils n'hésitent pas. Pour eux comme pour Brevet, c'est Jean Valjean. Même âge, il a cinquante-quatre ans, même taille, même air, même homme enfin, c'est lui. C'est en ce moment-là même que j'envoyais ma dénonciation à la préfecture de Paris. On me répond que je perds l'esprit et que Jean Valjean est à Arras au pouvoir de la justice. Vous concevez si cela m'étonne, moi qui croyais tenir ici ce même Jean Valjean ! J'écris à monsieur le juge d'instruction. Il me fait venir, on m'amène le Champmathieu...

— Eh bien ? interrompit M Madeleine.

Javert répondit avec son visage incorruptible et triste :

— Monsieur le maire, la vérité est la vérité. J'en suis fâché, mais c'est cet homme-là qui est Jean Valjean. Moi aussi je l'ai reconnu.

M. Madeleine reprit d'une voix très basse :

— Vous êtes sûr ?

Javert se mit à rire de ce rire douloureux qui échappe à une conviction profonde :

— Oh, sûr !

Il demeura un moment pensif, prenant machinalement des pincées de poudre de bois dans la sébille à sécher l'encre qui était sur la table, et il ajouta :

— Et même, maintenant que je vois le vrai Jean Valjean, je ne comprends pas comment j'ai pu croire autre chose. Je vous demande pardon, monsieur le maire.

En adressant cette parole suppliante et grave à celui qui, six semaines auparavant, l'avait humilié en plein corps de garde et lui avait dit : sortez ! Javert, cet homme hautain, était à son insu plein de simplicité et de dignité. M. Madeleine ne répondit à sa prière que par cette question brusque :

— Et que dit cet homme ?

— Ah, dame ! monsieur le maire, l'affaire est mauvaise. Si c'est Jean Valjean, il y a récidive. Enjamber un mur, casser une branche, chiper des pommes, pour un enfant, c'est une polissonnerie ; pour un homme, c'est un délit ; pour un forçat, c'est un crime. Escalade et vol, tout y est. Ce n'est plus la police correctionnelle, c'est la cour d'assises. Ce n'est plus quelques jours de prison, ce sont les galères à perpétuité. Et puis, il y a l'affaire du petit savoyard que j'espère bien qui reviendra. Diable ! il y a de quoi se débattre, n'est-ce pas ? Oui, pour un autre que Jean Valjean. Mais Jean Valjean est un sournois. C'est encore là que je le reconnais. Un autre sentirait que cela chauffe ; il se démènerait, il crierait, la bouilloire chante devant le feu, il ne voudrait pas être

Jean Valjean, et cætera. Lui, il n'a pas l'air de comprendre, il dit : Je suis Champmathieu, je ne sors pas de là !
Il a l'air étonné, il fait la brute, c'est bien mieux. Oh ! le
drôle est habile. Mais c'est égal, les preuves sont là. Il
est reconnu par quatre personnes, le vieux coquin sera
condamné. C'est porté aux assises, à Arras. Je vais y
aller pour témoigner. Je suis cité.

M. Madeleine s'était remis à son bureau, avait ressaisi
son dossier, et le feuilletait tranquillement, lisant et écrivant tour à tour comme un homme affairé. Il se tourna
vers Javert :

— Assez, Javert. Au fait, tous ces détails m'intéres-
sent fort peu. Nous perdons notre temps, et nous avons
des affaires pressées. Javert, vous allez vous rendre sur-
le-champ chez la bonne femme Buseaupied qui vend
des herbes là-bas au coin de la rue Saint-Saulve. Vous
lui direz de déposer sa plainte contre le charretier Pierre
Chesnelong. Cet homme est un brutal qui a failli écraser
cette femme et son enfant. Il faut qu'il soit puni. Vous
irez ensuite chez M. Charcellay, rue Montre-de-Cham-
pigny. Il se plaint qu'il y a une gouttière de la maison
voisine qui verse l'eau de la pluie chez lui, et qui affouille
les fondations de sa maison. Après vous constaterez des
contraventions de police qu'on me signale rue Guibourg
chez la veuve Doris, et rue du Garraud-Blanc chez
madame Renée Le Bossé, et vous dresserez procès-ver-
bal. Mais je vous donne là beaucoup de besogne.
N'allez-vous pas être absent ? ne m'avez-vous pas dit
que vous alliez à Arras pour cette affaire dans huit ou
dix jours ?...

— Plus tôt que cela, monsieur le maire.

— Quel jour donc ?

— Mais je croyais avoir dit à monsieur le maire que
cela se jugeait demain et que je partais par la diligence
cette nuit.

M. Madeleine fit un mouvement imperceptible.

— Et combien de temps durera l'affaire ?

— Un jour tout au plus. L'arrêt sera prononcé au plus

tard demain dans la nuit. Mais je n'attendrai pas l'arrêt, qui ne peut manquer. Sitôt ma déposition faite, je reviendrai ici.

— C'est bon, dit M. Madeleine

Et il congédia Javert d'un signe de main.

Javert ne s'en alla pas.

— Pardon, monsieur le maire, dit-il.

— Qu'est-ce encore ? demanda M. Madeleine.

— Monsieur le maire, il me reste une chose à vous rappeler.

— Laquelle ?

— C'est que je dois être destitué.

M. Madeleine se leva.

— Javert, vous êtes un homme d'honneur, et je vous estime. Vous vous exagérez votre faute. Ceci d'ailleurs est encore une offense qui me concerne. Javert, vous êtes digne de monter et non de descendre. J'entends que vous gardiez votre place.

Javert regarda M. Madeleine avec sa prunelle candide au fond de laquelle il semblait qu'on vît cette conscience peu éclairée, mais rigide et chaste, et il dit d'une voix tranquille :

— Monsieur le maire, je ne puis vous accorder cela.

— Je vous répète, répliqua M. Madeleine, que la chose me regarde.

Mais Javert, attentif à sa seule pensée, continua :

— Quant à exagérer, je n'exagère point. Voici comment je raisonne. Je vous ai soupçonné injustement. Cela, ce n'est rien. C'est notre droit à nous autres de soupçonner, quoiqu'il y ait pourtant abus à soupçonner au-dessus de soi. Mais, sans preuves, dans un accès de colère, dans le but de me venger, je vous ai dénoncé comme forçat, vous, un homme respectable, un maire, un magistrat ! ceci est grave. Très grave. J'ai offensé l'autorité dans votre personne, moi, agent de l'autorité ! Si l'un de mes subordonnés avait fait ce que j'ai fait, je l'aurais déclaré indigne du service, et chassé. Eh bien ?

— Tenez, monsieur le maire, encore un mot. J'ai sou-

vent été sévère dans ma vie. Pour les autres. C'était juste.
Je faisais bien. Maintenant, si je n'étais pas sévère pour
moi, tout ce que j'ai fait de juste deviendrait injuste.
Est-ce que je dois m'épargner plus que les autres ? Non.
Quoi ! je n'aurais été bon qu'à châtier autrui, et pas
moi ! mais je serais un misérable ! mais ceux qui disent :
ce gueux de Javert ! auraient raison ! Monsieur le maire,
je ne souhaite pas que vous me traitiez avec bonté, votre
bonté m'a fait faire assez de mauvais sang quand elle
était pour les autres. Je n'en veux pas pour moi. La
bonté qui consiste à donner raison à la fille publique
contre le bourgeois, à l'agent de police contre le maire,
à celui qui est en bas contre celui qui est en haut, c'est
ce que j'appelle de la mauvaise bonté. C'est avec cette
bonté-là que la société se désorganise. Mon Dieu ! c'est
bien facile d'être bon, le malaisé c'est d'être juste. Allez !
si vous aviez été ce que je croyais, je n'aurais pas été
bon pour vous, moi ! vous auriez vu ! Monsieur le maire,
je dois me traiter comme je traiterais tout autre. Quand
je réprimais des malfaiteurs, quand je sévissais sur des
gredins, je me suis souvent dit à moi-même : toi, si tu
bronches, si jamais je te prends en faute, sois tranquille ! — J'ai bronché, je me prends en faute, tant pis !
Allons, renvoyé, cassé, chassé ! c'est bon. J'ai des bras,
je travaillerai à la terre, cela m'est égal. Monsieur le
maire, le bien du service veut un exemple. Je demande
simplement la destitution de l'inspecteur Javert.

Tout cela était prononcé d'un accent humble, fier,
désespéré et convaincu qui donnait je ne sais quelle
grandeur bizarre à cet étrange honnête homme.

— Nous verrons, fit M. Madeleine.

Et il lui tendit la main.

Javert recula, et dit d'un ton farouche :

— Pardon, monsieur le maire, mais cela ne doit pas
être. Un maire ne donne pas la main à un mouchard.

Il ajouta entre ses dents :

— Mouchard, oui ; du moment où j'ai mésusé de la
police, je ne suis plus qu'un mouchard.

Puis il salua profondément, et se dirigea vers la porte. Là il se retourna, et, les yeux toujours baissés :

— Monsieur le maire, dit-il, je continuerai le service jusqu'à ce que je sois remplacé.

Il sortit. M. Madeleine resta rêveur, écoutant ce pas ferme et assuré qui s'éloignait sur le pavé du corridor.

Livre septième

L'AFFAIRE CHAMPMATHIEU

I

LA SŒUR SIMPLICE

Les incidents qu'on va lire n'ont pas tous été connus à Montreuil-sur-mer, mais le peu qui en a percé a laissé dans cette ville un tel souvenir, que ce serait une grave lacune dans ce livre si nous ne les racontions dans leurs moindres détails.

Dans ces détails, le lecteur rencontrera deux ou trois circonstances invraisemblables que nous maintenons par respect pour la vérité.

Dans l'après-midi qui suivit la visite de Javert, M. Madeleine alla voir la Fantine comme d'habitude.

Avant de pénétrer près de Fantine, il fit demander la sœur Simplice. Les deux religieuses qui faisaient le service de l'infirmerie, dames lazaristes comme toutes les sœurs de charité, s'appelaient sœur Perpétue et sœur Simplice.

La sœur Perpétue était la première villageoise venue, grossièrement sœur de charité, entrée chez Dieu comme on entre en place. Elle était religieuse comme on est cuisinière. Ce type n'est point très rare. Les ordres monastiques acceptent volontiers cette lourde poterie paysanne, aisément façonnée en capucin ou en ursuline. Ces rusticités s'utilisent pour les grosses besognes de la dévotion. La transition d'un bouvier à un carme n'a rien de heurté ; l'un devient l'autre sans grand travail ; le fond commun d'ignorance du village et du cloître est une préparation toute faite, et met tout de suite le campagnard de plain-pied avec le moine. Un peu d'ampleur au sarrau, et voilà un froc. La sœur Perpétue était une forte religieuse, de Marines, près Pontoise, patoisant, psalmodiant, bougonnant, sucrant la tisane selon le bigotisme ou l'hypocrisie du grabataire, brusquant les malades, bourrue avec les mourants, leur jetant presque Dieu au visage, lapidant l'agonie avec des prières en colère, hardie, honnête et rougeaude.

La sœur Simplice était blanche d'une blancheur de cire. Près de sœur Perpétue, c'était le cierge à côté de la chandelle. Vincent de Paul a divinement fixé la figure de la sœur de charité dans ces admirables paroles où il mêle tant de liberté à tant de servitude : « Elles n'auront pour monastère que la maison des malades, pour cellule qu'une chambre de louage, pour chapelle que l'église de leur paroisse, pour cloître que les rues de la ville ou les salles des hôpitaux, pour clôture que l'obéissance, pour grille que la crainte de Dieu, pour voile que la modestie. » Cet idéal était vivant dans la sœur Simplice. Personne n'eût pu dire l'âge de la sœur Simplice ; elle n'avait jamais été jeune et semblait ne devoir jamais être vieille. C'était une personne — nous n'osons dire une femme — calme, austère, de bonne compagnie, froide, et qui n'avait jamais menti. Elle était si douce qu'elle paraissait fragile ; plus solide d'ailleurs que le granit. Elle touchait aux malheureux avec de charmants doigts fins et purs. Il y avait, pour ainsi dire, du silence dans sa parole ; elle parlait juste le nécessaire, et elle avait un son de voix qui eût tout à la fois édifié un confessionnal et enchanté un salon. Cette délicatesse s'accommodait de la robe de bure, trouvant à ce rude contact un rappel continuel du ciel et de Dieu. Insistons sur un détail. N'avoir jamais menti, n'avoir jamais dit, pour un intérêt quelconque, même indifféremment, une chose qui ne fût la vérité, la sainte vérité, c'était le trait distinctif de la sœur Simplice ; c'était l'accent de sa vertu. Elle était presque célèbre dans la congrégation

pour cette véracité imperturbable. L'abbé Sicard parle
de la sœur Simplice dans une lettre au sourd-muet Mas-
sieu. Si sincères, si loyaux et si purs que nous soyons,
nous avons tous sur notre candeur au moins la fêlure
du petit mensonge innocent. Elle, point. Petit mensonge, mensonge innocent, est-ce que cela existe ? Mentir, c'est l'absolu du mal. Peu mentir n'est pas possible ;
celui qui ment, ment tout le mensonge ; mentir, c'est la
face même du démon ; Satan a deux noms, il s'appelle
Satan et il s'appelle Mensonge. Voilà ce qu'elle pensait.
Et comme elle pensait, elle pratiquait. Il en résultait
cette blancheur dont nous avons parlé, blancheur qui
couvrait de son rayonnement même ses lèvres et ses
yeux. Son sourire était blanc, son regard était blanc. Il
n'y avait pas une toile d'araignée, pas un grain de poussière à la vitre de cette conscience. En entrant dans
l'obédience de saint Vincent de Paul, elle avait pris le
nom de Simplice par choix spécial. Simplice de Sicile,
on le sait, est cette sainte qui aima mieux se laisser arracher les deux seins que de répondre, étant née à Syra-
cuse, qu'elle était née à Ségeste, mensonge qui la sauvait. Cette patronne convenait à cette âme.

La sœur Simplice, en entrant dans l'ordre, avait deux
défauts dont elle s'était peu à peu corrigée ; elle avait
eu le goût des friandises et elle avait aimé à recevoir des
lettres. Elle ne lisait jamais qu'un livre de prières en
gros caractères et en latin. Elle ne comprenait pas le
latin, mais elle comprenait le livre.

La pieuse fille avait pris en affection Fantine, y sentant probablement de la vertu latente, et s'était dévouée
à la soigner presque exclusivement.

M. Madeleine emmena à part la sœur Simplice et lui
recommanda Fantine avec un accent singulier dont la
sœur se souvint plus tard.

En quittant la sœur, il s'approcha de Fantine.

Fantine attendait chaque jour l'apparition de M.
Madeleine comme on attend un rayon de chaleur et de

joie. Elle disait aux sœurs : — Je ne vis que lorsque monsieur le maire est là.

Elle avait ce jour-là beaucoup de fièvre. Dès qu'elle vit M. Madeleine, elle lui demanda :

— Et Cosette ?

Il répondit en souriant :

— Bientôt.

M. Madeleine fut avec Fantine comme à l'ordinaire. Seulement il resta une heure au lieu d'une demi-heure, au grand contentement de Fantine. Il fit mille instances à tout le monde pour que rien ne manquât à la malade. On remarqua qu'il y eut un moment où son visage devint très sombre. Mais cela s'expliqua quand on sut que le médecin s'était penché à son oreille et lui avait dit : — Elle baisse beaucoup.

Puis il rentra à la mairie, et le garçon de bureau le vit examiner avec attention une carte routière de France qui était suspendue dans son cabinet. Il écrivit quelques chiffres au crayon sur un papier.

II

PERSPICACITÉ
DE MAÎTRE SCAUFFLAIRE

De la mairie il se rendit au bout de la ville chez un Flamand, maître Scaufflaër, francisé Scaufflaire, qui louait des chevaux et des « cabriolets à volonté ».

Pour aller chez ce Scaufflaire, le plus court était de prendre une rue peu fréquentée où était le presbytère de la paroisse que M. Madeleine habitait. Le curé était, disait-on, un homme digne et respectable, et de bon conseil. À l'instant où M. Madeleine arriva devant le presbytère, il n'y avait dans la rue qu'un passant, et ce passant remarqua ceci : M. le maire, après avoir dépassé la maison curiale, s'arrêta, demeura immobile, puis revint sur ses pas et rebroussa chemin jusqu'à la porte du presbytère, qui était une porte bâtarde avec marteau de fer. Il mit vivement la main au marteau, et le souleva ; puis il s'arrêta de nouveau, et resta court, et comme pensif, et, après quelques secondes, au lieu de laisser bruyamment retomber le marteau, il le reposa doucement et reprit son chemin avec une sorte de hâte qu'il n'avait pas auparavant.

M. Madeleine trouva maître Scaufflaire chez lui occupé à repiquer un harnais.

— Maître Scaufflaire, demanda-t-il, avez-vous un bon cheval ?

— Monsieur le maire, dit le Flamand, tous mes chevaux sont bons. Qu'entendez-vous par un bon cheval ?

— J'entends un cheval qui puisse faire vingt lieues en un jour.

— Diable ! fit le Flamand, vingt lieues !

— Oui.

— Attelé à un cabriolet ?

— Oui.

— Et combien de temps se reposera-t-il après la course ?

— Il faut qu'il puisse au besoin repartir le lendemain.

— Pour refaire le même trajet ?

— Oui.

— Diable ! diable ! et c'est vingt lieues ?

M. Madeleine tira de sa poche le papier où il avait crayonné des chiffres. Il les montra au Flamand. C'étaient les chiffres 5, 6, 8 1/2.

— Vous voyez, dit-il. Total, dix-neuf et demi, autant dire vingt lieues.

— Monsieur le maire, reprit le Flamand, j'ai votre affaire. Mon petit cheval blanc. Vous avez dû le voir passer quelquefois. C'est une petite bête du bas Boulonnais. C'est plein de feu. On a voulu d'abord en faire un cheval de selle. Bah ! il ruait, il flanquait tout le monde par terre. On le croyait vicieux, on ne savait qu'en faire. Je l'ai acheté. Je l'ai mis au cabriolet. Monsieur, c'est

cela qu'il voulait ; il est doux comme une fille, il va le
vent. Ah ! par exemple, il ne faudrait pas lui monter sur
le dos. Ce n'est pas son idée d'être cheval de selle. Chacun a son ambition. Tirer, oui, porter, non ; il faut croire
qu'il s'est dit ça.

— Et il fera la course ?

— Vos vingt lieues. Toujours au grand trot, et en
moins de huit heures. Mais voici à quelles conditions.

— Dites.

— Premièrement, vous le ferez souffler une heure à
moitié chemin ; il mangera, et on sera là pendant qu'il
mangera pour empêcher le garçon de l'auberge de lui
voler son avoine ; car j'ai remarqué que dans les
auberges l'avoine est plus souvent bue par les garçons
d'écurie que mangée par les chevaux.

— On sera là.

— Deuxièmement... Est-ce pour monsieur le maire le
cabriolet ?

— Oui.

— Monsieur le maire sait conduire ?

— Oui.

— Eh bien, monsieur le maire voyagera seul et sans
bagage afin de ne point charger le cheval.

— Convenu.

— Mais monsieur le maire, n'ayant personne avec lui,
sera obligé de prendre la peine de surveiller lui-même
l'avoine.

— C'est dit.

— Il me faudra trente francs par jour. Les jours de
repos payés. Pas un liard de moins, et la nourriture de
la bête à la charge de monsieur le maire.

M. Madeleine tira trois napoléons de sa bourse et les
mit sur la table.

— Voilà deux jours d'avance.

— Quatrièmement, pour une course pareille un
cabriolet serait trop lourd et fatiguerait le cheval. Il faudrait que monsieur le maire consentît à voyager dans
un petit tilbury que j'ai.

— J'y consens.

— C'est léger, mais c'est découvert.

— Cela m'est égal.

— Monsieur le maire a-t-il réfléchi que nous sommes en hiver ?...

M. Madeleine ne répondit pas. Le Flamand reprit :

— Qu'il fait très froid ?

M. Madeleine garda le silence. Maître Scaufflaire continua :

— Qu'il peut pleuvoir ?

M. Madeleine leva la tête et dit :

— Le tilbury et le cheval seront devant ma porte demain à quatre heures et demie du matin.

— C'est entendu, monsieur le maire, répondit Scaufflaire, puis, grattant avec l'ongle de son pouce une tache qui était dans le bois de la table, il reprit de cet air insouciant que les Flamands savent si bien mêler à leur finesse :

— Mais voilà que j'y songe à présent ! monsieur le maire ne me dit pas où il va. Où est-ce que va monsieur le maire ?

Il ne songeait pas à autre chose depuis le commencement de la conversation, mais il ne savait pourquoi il n'avait pas osé faire cette question.

— Votre cheval a-t-il de bonnes jambes de devant ? dit M. Madeleine.

— Oui, monsieur le maire. Vous le soutiendrez un peu dans les descentes. Y a-t-il beaucoup de descentes d'ici où vous allez ?

— N'oubliez pas d'être à ma porte à quatre heures et demie du matin, très précises, répondit M. Madeleine ; et il sortit.

Le Flamand resta « tout bête », comme il disait lui-même quelque temps après.

Monsieur le maire était sorti depuis deux ou trois minutes, lorsque la porte se rouvrit ; c'était M. le maire.

Il avait toujours le même air impassible et préoccupé.

— Monsieur Scaufflaire, dit-il, à quelle somme estimez-vous le cheval et le tilbury que vous me louerez, l'un portant l'autre ?

— L'un traînant l'autre, monsieur le maire, dit le Flamand avec un gros rire.

— Soit. Eh bien !

— Est-ce que monsieur le maire veut me les acheter ?

— Non, mais à tout événement, je veux vous les garantir. À mon retour vous me rendrez la somme. À combien estimez-vous cabriolet et cheval ?

— À cinq cents francs, monsieur le maire.

— Les voici.

M. Madeleine posa un billet de banque sur la table, puis sortit et cette fois ne rentra plus.

Maître Scaufflaire regretta affreusement de n'avoir point dit mille francs. Du reste le cheval et le tilbury, en bloc, valaient cent écus.

Le Flamand appela sa femme, et lui conta la chose. Où diable monsieur le maire peut-il aller ? Ils tinrent conseil. — Il va à Paris, dit la femme. — Je ne crois pas, dit le mari. M. Madeleine avait oublié sur la cheminée le papier où il avait tracé des chiffres. Le Flamand le prit et l'étudia. — Cinq, six, huit et demi ? cela doit marquer des relais de poste. Il se tourna vers sa femme. — J'ai trouvé. — Comment ? — Il y a cinq lieues d'ici à Hesdin, six de Hesdin à Saint-Pol, huit et demie de Saint-Pol à Arras. Il va à Arras.

Cependant M. Madeleine était rentré chez lui.

Pour revenir de chez maître Scaufflaire, il avait pris le plus long, comme si la porte du presbytère avait été pour lui une tentation, et qu'il eût voulu l'éviter. Il était monté dans sa chambre et s'y était enfermé, ce qui n'avait rien que de simple, car il se couchait volontiers de bonne heure. Pourtant la concierge de la fabrique, qui était en même temps l'unique servante de M. Madeleine, observa que sa lumière s'éteignit à huit heures et demie, et elle le dit au caissier qui rentrait, en ajoutant :

— Est-ce que monsieur le maire est malade ? je lui ai trouvé l'air un peu singulier.

Ce caissier habitait une chambre située précisément au-dessous de la chambre de M. Madeleine. Il ne prit point garde aux paroles de la portière, se coucha et s'endormit. Vers minuit, il se réveilla brusquement ; il avait entendu à travers son sommeil un bruit au-dessus de sa tête. Il écouta. C'était un pas qui allait et venait, comme si l'on marchait dans la chambre en haut. Il écouta plus attentivement, et reconnut le pas de M. Madeleine. Cela lui parut étrange ; habituellement aucun bruit ne se faisait dans la chambre de M. Madeleine avant l'heure de son lever. Un moment après le caissier entendit quelque chose qui ressemblait à une armoire qu'on ouvre et qu'on referme. Puis on dérangea un meuble, il y eut un silence, et le pas recommença. Le caissier se dressa sur son séant, s'éveilla tout à fait, regarda, et à travers les vitres de sa croisée aperçut sur le mur d'en face la réverbération rougeâtre d'une fenêtre éclairée. À la direction des rayons, ce ne pouvait être que la fenêtre de la chambre de M. Madeleine. La réverbération tremblait comme si elle venait plutôt d'un feu allumé que d'une lumière. L'ombre des châssis vitrés ne s'y dessinait pas, ce qui indiquait que la fenêtre était toute grande ouverte. Par le froid qu'il faisait, cette fenêtre ouverte était surprenante. Le caissier se rendormit. Une heure ou deux après, il se réveilla encore. Le même pas, lent et régulier, allait et venait toujours au-dessus de sa tête.

La réverbération se dessinait toujours sur le mur, mais elle était maintenant pâle et paisible comme le reflet d'une lampe ou d'une bougie. La fenêtre était toujours ouverte.

Voici ce qui se passait dans la chambre de M. Madeleine.

III

UNE TEMPÊTE SOUS UN CRÂNE

Le lecteur a sans doute deviné que M. Madeleine n'est autre que Jean Valjean.

Nous avons déjà regardé dans les profondeurs de cette conscience ; le moment est venu d'y regarder encore. Nous ne le faisons pas sans émotion et sans tremblement. Il n'existe rien de plus terrifiant que cette sorte de contemplation. L'œil de l'esprit ne peut trouver nulle part plus d'éblouissements ni plus de ténèbres que dans l'homme ; il ne peut se fixer sur aucune chose qui soit plus redoutable, plus compliquée, plus mystérieuse et plus infinie. Il y a un spectacle plus grand que la mer, c'est le ciel ; il y a un spectacle plus grand que le ciel, c'est l'intérieur de l'âme.

Faire le poème de la conscience humaine, ne fût-ce qu'à propos d'un seul homme, ne fût-ce qu'à propos du plus infime des hommes, ce serait fondre toutes les épopées dans une épopée supérieure et définitive. La conscience, c'est le chaos des chimères, des convoitises et des tentatives, la fournaise des rêves, l'antre des idées dont on a honte ; c'est le pandémonium des sophismes, c'est le champ de bataille des passions. À de certaines heures, pénétrez à travers la face livide d'un être humain qui réfléchit, et regardez derrière, regardez dans cette âme, regardez dans cette obscurité. Il y a là, sous le silence extérieur, des combats de géants comme dans Homère, des mêlées de dragons et d'hydres et des nuées de fantômes comme dans Milton, des spirales visionnaires comme chez Dante. Chose sombre que cet infini que tout homme porte en soi et auquel il mesure avec désespoir les volontés de son cerveau et les actions de sa vie !

Alighieri rencontra un jour une sinistre porte devant laquelle il hésita. En voici une aussi devant nous, au seuil de laquelle nous hésitons. Entrons pourtant.

Nous n'avons que peu de chose à ajouter à ce que le lecteur connaît déjà de ce qui était arrivé à Jean Valjean depuis l'aventure de Petit-Gervais. À partir de ce moment, on l'a vu, il fut un autre homme. Ce que l'évêque avait voulu faire de lui, il l'exécuta. Ce fut plus qu'une transformation, ce fut une transfiguration.

Il réussit à disparaître, vendit l'argenterie de l'évêque, ne gardant que les flambeaux, comme souvenir, se glissa de ville en ville, traversa la France, vint à Montreuil-sur-mer, eut l'idée que nous avons dite, accomplit ce que nous avons raconté, parvint à se faire insaisissable et inaccessible, et désormais, établi à Montreuil-sur-mer, heureux de sentir sa conscience attristée par son passé et la première moitié de son existence démentie par la dernière, il vécut paisible, rassuré et espérant, n'ayant plus que deux pensées : cacher son nom, et sanctifier sa vie ; échapper aux hommes, et revenir à Dieu.

Ces deux pensées étaient si étroitement mêlées dans son esprit qu'elles n'en formaient qu'une seule ; elles étaient toutes deux également absorbantes et impérieuses, et dominaient ses moindres actions. D'ordinaire elles étaient d'accord pour régler la conduite de sa vie ; elles le tournaient vers l'ombre ; elles le faisaient bienveillant et simple ; elles lui conseillaient les mêmes choses. Quelquefois cependant il y avait conflit entre elles. Dans ce cas-là, on s'en souvient, l'homme que tout le pays de Montreuil-sur-mer appelait M. Madeleine ne balançait pas à sacrifier la première à la seconde, sa sécurité à sa vertu. Ainsi, en dépit de toute réserve et de toute prudence, il avait gardé les chandeliers de l'évêque, porté son deuil, appelé et interrogé tous les petits savoyards qui passaient, pris des renseignements sur les familles de Faverolles, et sauvé la vie au vieux Fauchelevent, malgré les inquiétantes insinuations de Javert. Il semblait, nous l'avons déjà remarqué, qu'il pensât, à l'exemple de tous ceux qui ont été sages, saints et justes, que son premier devoir n'était pas envers lui.

Toutefois, il faut le dire, jamais rien de pareil ne s'était encore présenté. Jamais les deux idées qui gouvernaient le malheureux homme dont nous racontons les souffrances n'avaient engagé une lutte si sérieuse. Il le comprit confusément, mais profondément, dès les premières paroles que prononça Javert, en entrant dans son cabinet. Au moment où fut si étrangement articulé ce nom qu'il avait enseveli sous tant d'épaisseurs, il fut saisi de stupeur et comme enivré par la sinistre bizarrerie de sa destinée, et, à travers cette stupeur, il eut ce tressaillement qui précède les grandes secousses ; il se courba comme un chêne à l'approche d'un orage, comme un soldat à l'approche d'un assaut. Il sentit venir sur sa tête des ombres pleines de foudres et d'éclairs. Tout en écoutant parler Javert, il eut une première pensée d'aller, de courir, de se dénoncer, de tirer ce Champmathieu de prison et de s'y mettre ; cela fut douloureux et poignant comme une incision dans la chair vive, puis cela passa, et il se dit : Voyons ! voyons ! — Il réprima ce premier mouvement généreux et recula devant l'héroïsme.

Sans doute, il serait beau qu'après les saintes paroles de l'évêque, après tant d'années de repentir et d'abnégation, au milieu d'une pénitence admirablement commencée, cet homme, même en présence d'une si terrible conjoncture, n'eût pas bronché un instant et eût continué de marcher du même pas vers ce précipice ouvert au fond duquel était le ciel ; cela serait beau, mais cela ne fut pas ainsi. Il faut bien que nous rendions compte des choses qui s'accomplissaient dans cette âme, et nous ne pouvons dire que ce qui y était. Ce qui l'emporta tout d'abord, ce fut l'instinct de la conservation ; il rallia en hâte ses idées, étouffa ses émotions, considéra la présence de Javert, ce grand péril, ajourna toute résolution avec la fermeté de l'épouvante, s'étourdit sur ce qu'il y avait à faire, et reprit son calme comme un lutteur ramasse son bouclier.

Le reste de la journée il fut dans cet état, un tourbillon au dedans, une tranquillité profonde au dehors ; il ne prit que ce qu'on pourrait appeler « les mesures conservatoires ». Tout était encore confus et se heurtait dans son cerveau ; le trouble y était tel qu'il ne voyait distinctement la forme d'aucune idée ; et lui-même n'aurait pu rien dire de lui-même, si ce n'est qu'il venait de recevoir un grand coup. Il se rendit comme d'habitude près du lit de douleur de Fantine et prolongea sa visite, par un instinct de bonté, se disant qu'il fallait agir ainsi et la bien recommander aux sœurs pour le cas où il arriverait qu'il eût à s'absenter. Il sentit vaguement qu'il faudrait peut-être aller à Arras, et, sans être le moins du monde décidé à ce voyage, il se dit qu'à l'abri de tout soupçon comme il l'était, il n'y avait point d'inconvénient à être témoin de ce qui se passerait, et il retint le tilbury de Scaufflaire, afin d'être préparé à tout événement.

Il dîna avec assez d'appétit.

Rentré dans sa chambre il se recueillit.

Il examina la situation et la trouva inouïe ; tellement inouïe qu'au milieu de sa rêverie, par je ne sais quelle impulsion d'anxiété presque inexplicable, il se leva de sa chaise et ferma sa porte au verrou. Il craignait qu'il n'entrât encore quelque chose. Il se barricadait contre le possible.

Un moment après il souffla sa lumière. Elle le gênait.

Il lui semblait qu'on pouvait le voir.

Qui, on ?

Hélas ! ce qu'il voulait mettre à la porte était entré ; ce qu'il voulait aveugler, le regardait. Sa conscience.

Sa conscience, c'est-à-dire Dieu.

Pourtant, dans le premier moment, il se fit illusion ; il eut un sentiment de sûreté et de solitude ; le verrou tiré, il se crut imprenable ; la chandelle éteinte, il se sentit invisible. Alors il prit possession de lui-même ; il posa ses coudes sur la table, appuya la tête sur sa main, et se mit à songer dans les ténèbres.

— Où en suis-je ? — Est-ce que je ne rêve pas ? — Que m'a-t-on dit ? — Est-il bien vrai que j'aie vu ce Javert et qu'il m'ait parlé ainsi ? — Que peut être ce Champmathieu ? — Il me ressemble donc ? — Est-ce possible ? — Quand je pense qu'hier j'étais si tranquille et si loin de me douter de rien ! — Qu'est-ce que je faisais donc hier à pareille heure ? — Qu'y a-t-il dans cet incident ? — Comment se dénouera-t-il ? — Que faire ?

Voilà dans quelle tourmente il était. Son cerveau avait perdu la force de retenir ses idées, elles passaient comme des ondes, et il prenait son front dans ses deux mains pour les arrêter.

De ce tumulte qui bouleversait sa volonté et sa raison, et dont il cherchait à tirer une évidence et une résolution, rien ne se dégageait que l'angoisse.

Sa tête était brûlante. Il alla à la fenêtre et l'ouvrit toute grande. Il n'y avait pas d'étoiles au ciel. Il revint s'asseoir près de la table.

La première heure s'écoula ainsi.

Peu à peu cependant des linéaments vagues commencèrent à se former et à se fixer dans sa méditation, et il put entrevoir avec la précision de la réalité, non l'ensemble de la situation, mais quelques détails.

Il commença par reconnaître que, si extraordinaire et si critique que fût cette situation, il en était tout à fait le maître.

Sa stupeur ne fit que s'en accroître.

Indépendamment du but sévère et religieux que se proposaient ses actions, tout ce qu'il avait fait jusqu'à ce jour n'était autre chose qu'un trou qu'il creusait pour y enfouir son nom. Ce qu'il avait toujours le plus redouté, dans ses heures de repli sur lui-même, dans ses nuits d'insomnie, c'était d'entendre jamais prononcer ce nom ; il se disait que ce serait là pour lui la fin de tout ; que le jour où ce nom reparaîtrait, il ferait

évanouir autour de lui sa vie nouvelle, et qui sait même
peut-être ? au dedans de lui sa nouvelle âme. Il frémissait de la seule pensée que c'était possible. Certes, si
quelqu'un lui eût dit en ces moments-là qu'une heure
viendrait où ce nom retentirait à son oreille, où ce
hideux mot, Jean Valjean, sortirait tout à coup de la nuit
et se dresserait devant lui, où cette lumière formidable
faite pour dissiper le mystère dont il s'enveloppait res-
plendirait subitement sur sa tête ; et que ce nom ne le
menacerait pas, que cette lumière ne produirait qu'une
obscurité plus épaisse, que ce voile déchiré accroîtrait
le mystère ; que ce tremblement de terre consoliderait
son édifice, que ce prodigieux incident n'aurait d'autre
résultat, si bon lui semblait, à lui, que de rendre son
existence à la fois plus claire et plus impénétrable, et
que, de sa confrontation avec le fantôme de Jean Valjean, le bon et digne bourgeois monsieur Madeleine sortirait plus honoré, plus paisible et plus respecté que
jamais, — si quelqu'un lui eût dit cela, il eût hoché la
tête et regardé ces paroles comme insensées. Eh bien !
tout cela venait précisément d'arriver, tout cet entassement de l'impossible était un fait, et Dieu avait permis
que ces choses folles devinssent des choses réelles !

Sa rêverie continuait de s'éclaircir. Il se rendait de
plus en plus compte de sa position.

Il lui semblait qu'il venait de s'éveiller de je ne sais
quel sommeil, et qu'il se trouvait glissant sur une pente
au milieu de la nuit, debout, frissonnant, reculant en
vain, sur le bord extrême d'un abîme. Il entrevoyait distinctement dans l'ombre un inconnu, un étranger, que
la destinée prenait pour lui et poussait dans le gouffre
à sa place. Il fallait, pour que le gouffre se refermât, que
quelqu'un y tombât, lui ou l'autre.

Il n'avait qu'à laisser faire.

La clarté devint complète, et il s'avoua ceci : — Que
sa place était vide aux galères, qu'il avait beau faire,
qu'elle l'y attendait toujours, que le vol de Petit-Gervais
l'y ramenait, que cette place vide l'attendrait et l'attire-

rait jusqu'à ce qu'il y fût, que cela était inévitable et fatal. — Et puis il se dit : — Qu'en ce moment il avait un remplaçant, qu'il paraissait qu'un nommé Champmathieu avait cette mauvaise chance, et que, quant à lui, présent désormais au bagne dans la personne de ce Champmathieu, présent dans la société sous le nom de M. Madeleine, il n'avait plus rien à redouter, pourvu qu'il n'empêchât pas les hommes de sceller sur la tête de ce Champmathieu cette pierre de l'infamie qui, comme la pierre du sépulcre, tombe une fois et ne se relève jamais.

Tout cela était si violent et si étrange qu'il se fit soudain en lui cette espèce de mouvement indescriptible qu'aucun homme n'éprouve plus de deux ou trois fois dans sa vie, sorte de convulsion de la conscience qui remue tout ce que le cœur a de douteux, qui se compose d'ironie, de joie et de désespoir, et qu'on pourrait appeler un éclat de rire intérieur.

Il ralluma brusquement sa bougie.

— Eh bien quoi ! se dit-il, de quoi est-ce que j'ai peur ? qu'est-ce que j'ai à songer comme cela ? Me voilà sauvé. Tout est fini. Je n'avais plus qu'une porte entr'ouverte par laquelle mon passé pouvait faire irruption dans ma vie ; cette porte, la voilà murée ! à jamais ! Ce Javert qui me trouble depuis si longtemps, ce redoutable instinct qui semblait m'avoir deviné, qui m'avait deviné, pardieu ! et qui me suivait partout, cet affreux chien de chasse toujours en arrêt sur moi, le voilà dérouté, occupé ailleurs, absolument dépisté ! Il est satisfait désormais, il me laissera tranquille, il tient son Jean Valjean ! Qui sait même, il est probable qu'il voudra quitter la ville ! Et tout cela s'est fait sans moi ! Et je n'y suis pour rien ! Ah çà, mais ! qu'est-ce qu'il y a de malheureux dans ceci ? Des gens qui me verraient, parole d'honneur ! croiraient qu'il m'est arrivé une catastrophe ! Après tout, s'il y a du mal pour quelqu'un, ce n'est aucunement de ma faute. C'est la providence qui a tout fait. C'est qu'elle veut cela apparemment !

Ai-je le droit de déranger ce qu'elle arrange ? Qu'est-ce que je demande à présent ? De quoi est-ce que je vais me mêler ? Cela ne me regarde pas. Comment ! je ne suis pas content ! Mais qu'est-ce qu'il me faut donc ? Le but auquel j'aspire depuis tant d'années, le songe de mes nuits, l'objet de mes prières au ciel, la sécurité, je l'atteins ! C'est Dieu qui le veut. Je n'ai rien à faire contre la volonté de Dieu. Et pourquoi Dieu le veut-il ? Pour que je continue ce que j'ai commencé, pour que je fasse le bien, pour que je sois un jour un grand et encourageant exemple, pour qu'il soit dit qu'il y a eu enfin un peu de bonheur attaché à cette pénitence que j'ai subie et à cette vertu où je suis revenu ! Vraiment je ne comprends pas pourquoi j'ai eu peur tantôt d'entrer chez ce brave curé et de tout lui raconter comme à un confesseur, et de lui demander conseil, c'est évidemment là ce qu'il m'aurait dit. C'est décidé, laissons aller les choses ! laissons faire le bon Dieu !

Il se parlait ainsi dans les profondeurs de sa conscience, penché sur ce qu'on pourrait appeler son propre abîme. Il se leva de sa chaise, et se mit à marcher dans la chambre. — Allons, dit-il, n'y pensons plus. Voilà une résolution prise ! — Mais il ne sentit aucune joie.

Au contraire.

On n'empêche pas plus la pensée de revenir à une idée que la mer de revenir à un rivage. Pour le matelot, cela s'appelle la marée ; pour le coupable, cela s'appelle le remords. Dieu soulève l'âme comme l'océan.

Au bout de peu d'instants, il eut beau faire, il reprit ce sombre dialogue dans lequel c'était lui qui parlait et lui qui écoutait, disant ce qu'il eût voulu taire, écoutant ce qu'il n'eût pas voulu entendre, cédant à cette puissance mystérieuse qui lui disait : pense ! comme elle disait il y a deux mille ans à un autre condamné : marche !

Avant d'aller plus loin et pour être pleinement compris, insistons sur une observation nécessaire.

Il est certain qu'on se parle à soi-même, il n'est pas un être pensant qui ne l'ait éprouvé. On peut dire même que le verbe n'est jamais un plus magnifique mystère que lorsqu'il va, dans l'intérieur d'un homme, de la pensée à la conscience et qu'il retourne de la conscience à la pensée. C'est dans ce sens seulement qu'il faut entendre les mots souvent employés dans ce chapitre, *il dit*, *il s'écria*. On se dit, on se parle, on s'écrie en soi-même, sans que le silence extérieur soit rompu. Il y a un grand tumulte ; tout parle en nous, excepté la bouche. Les réalités de l'âme, pour n'être point visibles et palpables, n'en sont pas moins des réalités.

Il se demanda donc où il en était. Il s'interrogea sur cette « résolution prise ». Il se confessa à lui-même que tout ce qu'il venait d'arranger dans son esprit était monstrueux, que « laisser aller les choses, laisser faire le bon Dieu », c'était tout simplement horrible. Laisser s'accomplir cette méprise de la destinée et des hommes, ne pas l'empêcher, s'y prêter par son silence, ne rien faire enfin, c'était faire tout ! c'était le dernier degré de l'indignité hypocrite ! c'était un crime bas, lâche, sournois, abject, hideux !

Pour la première fois depuis huit années, le malheureux homme venait de sentir la saveur amère d'une mauvaise pensée et d'une mauvaise action.

Il la recracha avec dégoût.

Il continua de se questionner. Il se demanda sévèrement ce qu'il avait entendu par ceci : « Mon but est atteint ! » Il se déclara que sa vie avait un but en effet. Mais quel but ? cacher son nom ? tromper la police ? Était-ce pour une chose si petite qu'il avait fait tout ce qu'il avait fait ? Est-ce qu'il n'avait pas un autre but, qui était le grand, qui était le vrai ? Sauver, non sa personne, mais son âme. Redevenir honnête et bon. Être un juste ! est-ce que ce n'était pas là surtout, là uniquement, ce qu'il avait toujours voulu, ce que l'évêque lui avait ordonné ? — Fermer la porte à son passé ? Mais il ne la fermait pas, grand Dieu ! il la rouvrait en faisant une action infâme ! mais il redevenait un voleur, et le plus odieux des voleurs ! il volait à un autre son existence, sa vie, sa paix, sa place au soleil ! il devenait un assassin ! il tuait, il tuait moralement un misérable homme, il lui infligeait cette affreuse mort vivante, cette mort à ciel ouvert, qu'on appelle le bagne ! Au contraire, se livrer, sauver cet homme frappé d'une si lugubre erreur, reprendre son nom, redevenir par devoir le forçat Jean Valjean, c'était là vraiment achever sa résurrection, et fermer à jamais l'enfer d'où il sortait ! Y retomber en apparence, c'était en sortir en réalité ! Il fallait faire cela ! il n'avait rien fait s'il ne faisait pas cela ! toute sa vie était inutile, toute sa pénitence était perdue, et il n'y avait plus qu'à dire : à quoi bon ? Il sentait que l'évêque était là, que l'évêque était d'autant plus présent qu'il était mort, que l'évêque le regardait fixement, que désormais le maire Madeleine avec toutes ses vertus lui serait abominable, et que le galérien Jean Valjean serait admirable et pur devant lui. Que les hommes voyaient son masque, mais que l'évêque voyait sa face. Que les hommes voyaient sa vie, mais que l'évêque voyait sa conscience. Il fallait donc aller à Arras, délivrer le faux Jean Valjean, dénoncer le véritable ! Hélas ! c'était là le plus grand des sacrifices, la plus poignante des victoires, le dernier pas à franchir ; mais il le fallait. Douloureuse destinée ! il n'entrerait dans la sainteté aux yeux de Dieu que s'il rentrait dans l'infamie aux yeux des hommes !

— Eh bien, dit-il, prenons ce parti ! faisons notre devoir ! sauvons cet homme !

Il prononça ces paroles à haute voix, sans s'apercevoir qu'il parlait tout haut.

Il prit ses livres, les vérifia et les mit en ordre. Il jeta au feu une liasse de créances qu'il avait sur de petits commerçants gênés. Il écrivit une lettre qu'il cacheta et sur l'enveloppe de laquelle on aurait pu lire, s'il y avait eu quelqu'un dans sa chambre en cet instant : *À Monsieur Laffitte, banquier, rue d'Artois, à Paris*.

Il tira d'un secrétaire un portefeuille qui contenait quelques billets de banque et le passeport dont il s'était servi cette même année pour aller aux élections.

Qui l'eût vu pendant qu'il accomplissait ces divers actes auxquels se mêlait une méditation si grave, ne se fût pas douté de ce qui se passait en lui. Seulement par moments ses lèvres remuaient ; dans d'autres instants il relevait la tête et fixait son regard sur un point quelconque de la muraille, comme s'il y avait précisément là quelque chose qu'il voulait éclaircir ou interroger.

La lettre à M. Laffitte terminée, il la mit dans sa poche ainsi que le portefeuille, et recommença à marcher.

Sa rêverie n'avait point dévié. Il continuait de voir clairement son devoir écrit en lettres lumineuses qui flamboyaient devant ses yeux et se déplaçaient avec son regard : — *Va ! nomme-toi ! dénonce-toi !* —

Il voyait de même, et comme si elles se fussent mues devant lui avec des formes sensibles, les deux idées qui avaient été jusque-là la double règle de sa vie : cacher son nom, sanctifier son âme. Pour la première fois, elles lui apparaissaient absolument distinctes, et il voyait la différence qui les séparait. Il reconnaissait que l'une de ces idées était nécessairement bonne, tandis que l'autre pouvait devenir mauvaise ; que celle-là était le dévouement et que celle-ci était la personnalité ; que l'une disait : *le prochain*, et que l'autre disait : *moi* ; que l'une venait de la lumière et que l'autre venait de la nuit.

Elles se combattaient, il les voyait se combattre. À mesure qu'il songeait, elles avaient grandi devant l'œil de son esprit ; elles avaient maintenant des statures colossales ; et il lui semblait qu'il voyait lutter au dedans de lui-même, dans cet infini dont nous parlions tout à l'heure, au milieu des obscurités et des lueurs, une déesse et une géante.

Il était plein d'épouvante, mais il lui semblait que la bonne pensée l'emportait.

Il sentait qu'il touchait à l'autre moment décisif de sa conscience et de sa destinée ; que l'évêque avait marqué

la première phase de sa vie nouvelle, et que ce Champmathieu en marquait la seconde. Après la grande crise,
la grande épreuve.

Cependant la fièvre, un instant apaisée, lui revenait
peu à peu. Mille pensées le traversaient, mais elles continuaient de le fortifier dans sa résolution.

Un moment il s'était dit : — qu'il prenait peut-être la
chose trop vivement, qu'après tout ce Champmathieu
n'était pas intéressant, qu'en somme il avait volé.

Il se répondit : — Si cet homme a en effet volé
quelques pommes, c'est un mois de prison. Il y a loin
de là aux galères. Et qui sait même ? a-t-il volé ? est-ce
prouvé ? Le nom de Jean Valjean l'accable et semble
dispenser de preuves. Les procureurs du roi n'agis-
sent-ils pas habituellement ainsi ? On le croit voleur,
parce qu'on le sait forçat.

Dans un autre instant, cette idée lui vint que, lorsqu'il
se serait dénoncé, peut-être on considérerait l'héroïsme
de son action, et sa vie honnête depuis sept ans, et ce
qu'il avait fait pour le pays, et qu'on lui ferait grâce.

Mais cette supposition s'évanouit bien vite, et il sourit
amèrement en songeant que le vol des quarante sous à
Petit-Gervais le faisait récidiviste, que cette affaire reparaîtrait certainement et, aux termes précis de la loi, le
ferait passible des travaux forcés à perpétuité.

Il se détourna de toute illusion, se détacha de plus en
plus de la terre et chercha la consolation et la force
ailleurs. Il se dit qu'il fallait faire son devoir ; que peut-
être même ne serait-il pas plus malheureux après avoir
fait son devoir qu'après l'avoir éludé ; que s'il *laissait
faire*, s'il restait à Montreuil-sur-mer, sa considération,
sa bonne renommée, ses bonnes œuvres, la déférence,
la vénération, sa charité, sa richesse, sa popularité, sa
vertu, seraient assaisonnées d'un crime ; et quel goût
auraient toutes ces choses saintes liées à cette chose
hideuse ! tandis que, s'il accomplissait son sacrifice, au
bagne, au poteau, au carcan, au bonnet vert, au travail

sans relâche, à la honte sans pitié, il se mêlerait une idée céleste !

Enfin il se dit qu'il y avait nécessité, que sa destinée était ainsi faite, qu'il n'était pas maître de déranger les arrangements d'en haut, que dans tous les cas il fallait choisir : ou la vertu au dehors et l'abomination au dedans, ou la sainteté au dedans et l'infamie au dehors.

À remuer tant d'idées lugubres, son courage ne défaillait pas, mais son cerveau se fatiguait. Il commençait à penser malgré lui à d'autres choses, à des choses indifférentes.

Ses artères battaient violemment dans ses tempes. Il allait et venait toujours. Minuit sonna d'abord à la paroisse, puis à la maison de ville. Il compta les douze coups aux deux horloges, et il compara le son des deux cloches. Il se rappela à cette occasion que quelques jours auparavant il avait vu chez un marchand de ferrailles une vieille cloche à vendre sur laquelle ce nom était écrit : *Antoine Albin de Romainville*.

Il avait froid. Il alluma un peu de feu. Il ne songea pas à fermer la fenêtre.

Cependant il était retombé dans sa stupeur. Il lui fallait faire un assez grand effort pour se rappeler à quoi il songeait avant que minuit sonnât. Il y parvint enfin.

— Ah ! oui, se dit-il, j'avais pris la résolution de me dénoncer.

Et puis tout à coup il pensa à la Fantine.

— Tiens ! dit-il, et cette pauvre femme !

Ici une crise nouvelle se déclara.

Fantine, apparaissant brusquement dans sa rêverie, y fut comme un rayon d'une lumière inattendue. Il lui sembla que tout changeait d'aspect autour de lui, il s'écria :

— Ah ça, mais ! jusqu'ici je n'ai considéré que moi ! je n'ai eu égard qu'à ma convenance ! Il me convient de me taire ou de me dénoncer, — cacher ma personne ou sauver mon âme, — être un magistrat méprisable et respecté ou un galérien infâme et vénérable, c'est moi, c'est toujours moi, ce n'est que moi ! Mais, mon Dieu, c'est de l'égoïsme tout cela ! Ce sont des formes diverses de l'égoïsme, mais c'est de l'égoïsme ! Si je songeais un peu aux autres ? La première sainteté est de penser à autrui. Voyons, examinons. Moi excepté, moi effacé, moi oublié, qu'arrivera-t-il de tout ceci ? — Si je me dénonce ? on me prend, on lâche ce Champmathieu, on me remet aux galères, c'est bien. Et puis ? Que se passe-t-il ici ? Ah ! ici, il y a un pays, une ville, des fabriques, une industrie, des ouvriers, des hommes, des femmes, des vieux grands-pères, des enfants, des pauvres gens ! J'ai créé tout ceci, je fais vivre tout cela ; partout où il y a une cheminée qui fume, c'est moi qui ai mis le tison dans le feu et la viande dans la marmite ; j'ai fait l'aisance, la circulation, le crédit ; avant moi il n'y avait rien ; j'ai relevé, vivifié, animé, fécondé, stimulé, enrichi tout le pays ; moi de moins, c'est l'âme de moins. Je m'ôte, tout meurt. — Et cette femme qui a tant souffert, qui a tant de mérites dans sa chute, dont j'ai causé sans le vouloir tout le malheur ! Et cet enfant que je voulais aller chercher, que j'ai promis à la mère ! Est-ce que je ne dois pas aussi quelque chose à cette femme, en réparation du mal que je lui ai fait ? Si je disparais, qu'arrive-t-il ? La mère meurt. L'enfant devient ce qu'il peut. Voilà ce qui se passe, si je me dénonce. — Si je ne me dénonce pas ? Voyons, si je ne me dénonce pas ?

Après s'être fait cette question, il s'arrêta ; il eut comme un moment d'hésitation et de tremblement ; mais ce moment dura peu, et il se répondit avec calme :

— Eh bien, cet homme va aux galères, c'est vrai, mais, que diable ! il a volé ! J'ai beau me dire qu'il n'a pas volé, il a volé ! Moi, je reste ici, je continue. Dans dix ans j'aurai gagné dix millions, je les répands dans le pays, je n'ai rien à moi, qu'est-ce que cela me fait ? Ce n'est pas pour moi ce que je fais ! La prospérité de tous va croissant, les industries s'éveillent et s'excitent, les manufactures et les usines se multiplient, les familles, cent familles, mille familles ! sont heureuses ; la contrée se peuple ; il naît des villages où il n'y a que des fermes, il naît des fermes où il n'y a rien ; la misère disparaît, et avec la misère disparaissent la débauche, la prostitution, le vol, le meurtre, tous les vices, tous les crimes ! Et cette pauvre mère élève son enfant ! et voilà tout un pays riche et honnête ! Ah çà, j'étais fou, j'étais absurde, qu'est-ce que je parlais donc de me dénoncer ? Il faut faire attention, vraiment, et ne rien précipiter. Quoi ! parce qu'il m'aura plus de faire le grand et le généreux, — c'est du mélodrame, après tout ! — parce que je n'aurai songé qu'à moi, qu'à moi seul, quoi ! pour sauver d'une punition peut-être un peu exagérée, mais juste au fond, on ne sait qui, un voleur, un drôle évidemment, il faudra que tout un pays périsse ! il faudra qu'une pauvre femme crève à l'hôpital ! qu'une pauvre petite fille crève sur le pavé ! comme des chiens ! Ah ! mais c'est abominable ! Sans même que la mère ait revu son enfant ! sans que l'enfant ait presque connu sa mère ! Et tout ça pour ce vieux gredin de voleur de pommes qui, à coup sûr, a mérité les galères pour autre chose, si ce n'est pour cela ! Beaux scrupules qui sauvent un coupable et qui sacrifient des innocents, qui sauvent un vieux vagabond, lequel n'a plus que quelques années à vivre au bout du compte et ne sera guère plus malheureux au bagne que dans sa masure, et qui sacrifient toute une population, mères, femmes, enfants ! Cette pauvre petite Cosette qui n'a que moi au monde et qui est sans doute en ce moment toute bleue de froid dans le bouge de ces Thénardier ! Voilà encore des canailles ceux-là ! Et je manquerais à mes devoirs envers tous ces pauvres êtres ! Et je m'en irais me dénoncer ! Et je ferais cette inepte sottise ! Mettons tout au pis. Supposons qu'il y ait une mauvaise action pour moi dans ceci et que ma conscience me la reproche un jour, accepter, pour le bien d'autrui, ces reproches qui ne chargent que moi, cette mauvaise action qui ne compromet que mon âme, c'est là qu'est le dévouement, c'est là qu'est la vertu.

Il se leva, il se remit à marcher. Cette fois il lui semblait qu'il était content.

On ne trouve les diamants que dans les ténèbres de la terre ; on ne trouve les vérités que dans les profondeurs de la pensée. Il lui semblait qu'après être descendu dans ces profondeurs, après avoir longtemps tâtonné au plus noir de ces ténèbres, il venait enfin de trouver un de ces diamants, une de ces vérités, et qu'il la tenait dans sa main ; et il s'éblouissait à la regarder.

— Oui, pensa-t-il, c'est cela. Je suis dans le vrai. J'ai la solution. Il faut finir par s'en tenir à quelque chose. Mon parti est pris. Laissons faire ! Ne vacillons plus, ne reculons plus. Ceci est dans l'intérêt de tous, non dans le mien. Je suis Madeleine, je reste Madeleine. Malheur à celui qui est Jean Valjean ! Ce n'est plus moi. Je ne connais pas cet homme, je ne sais plus ce que c'est, s'il se trouve que quelqu'un est Jean Valjean à cette heure, qu'il s'arrange ! cela ne me regarde pas. C'est un nom de fatalité qui flotte dans la nuit, s'il s'arrête et s'abat sur une tête, tant pis pour elle !

Il se regarda dans le petit miroir qui était sur sa cheminée, et dit :

— Tiens ! cela m'a soulagé de prendre une résolution ! Je suis tout autre à présent.

Il marcha encore quelques pas, puis il s'arrêta court :

— Allons ! dit-il, il ne faut hésiter devant aucune des conséquences de la résolution prise. Il y a encore des fils qui m'attachent à ce Jean Valjean. Il faut les briser ! Il y a ici, dans cette chambre même, des objets qui m'accuseraient, des choses muettes qui seraient des témoins, c'est dit, il faut que tout cela disparaisse.

Il fouilla dans sa poche, en tira sa bourse, l'ouvrit, et y prit une petite clef.

Il introduisit cette clef dans une serrure dont on voyait à peine le trou, perdu qu'il était dans les nuances les plus sombres du dessin qui couvrait le papier collé sur le mur. Une cachette s'ouvrit, une espèce de fausse armoire ménagée entre l'angle de la muraille et le manteau de la cheminée. Il n'y avait dans cette cachette que quelques guenilles, un sarrau de toile bleue, un vieux pantalon, un vieux havresac, et un gros bâton d'épine ferré aux deux bouts. Ceux qui avaient vu Jean Valjean à l'époque où il traversait Digne, en octobre 1815, eussent aisément reconnu toutes les pièces de ce misérable accoutrement.

Il les avait conservées comme il avait conservé les chandeliers d'argent, pour se rappeler toujours son point de départ. Seulement il cachait ceci qui venait du bagne, et il laissait voir les flambeaux qui venaient de l'évêque.

Il jeta un regard furtif vers la porte, comme s'il eût craint qu'elle ne s'ouvrît malgré le verrou qui la fermait ; puis d'un mouvement vif et brusque et d'une seule brassée, sans même donner un coup d'œil à ces choses qu'il avait si religieusement et si périlleusement gardées pendant tant d'années, il prit tout, haillons, bâton, havresac, et jeta tout au feu.

Il referma la fausse armoire, et, redoublant de précautions, désormais inutiles puisqu'elle était vide, en cacha la porte derrière un gros meuble qu'il y poussa.

Au bout de quelques secondes, la chambre et le mur d'en face furent éclairés d'une grande réverbération rouge et tremblante. Tout brûlait. Le bâton d'épine pétillait et jetait des étincelles jusqu'au milieu de la chambre.

Le havresac, en se consumant avec d'affreux chiffons qu'il contenait, avait mis à nu quelque chose qui brillait dans la cendre. En se penchant, on eût aisément reconnu une pièce d'argent. Sans doute la pièce de quarante sous volée au petit savoyard.

Lui ne regardait pas le feu et marchait, allant et venant toujours du même pas.

Tout à coup ses yeux tombèrent sur les deux flambeaux d'argent que la réverbération faisait reluire vaguement sur la cheminée.

— Tiens ! pensa-t-il, tout Jean Valjean est encore là-dedans. Il faut aussi détruire cela.

Il prit les deux flambeaux.

Il y avait assez de feu pour qu'on pût les déformer promptement et en faire une sorte de lingot méconnaissable.

Il se pencha sur le foyer et s'y chauffa un instant. Il eut un vrai bien-être. — La bonne chaleur ! dit-il.

Il remua le brasier avec un des deux chandeliers.

Une minute de plus, et ils étaient dans le feu.

En ce moment il lui sembla qu'il entendait une voix qui criait au dedans de lui :

— Jean Valjean ! Jean Valjean !

Ses cheveux se dressèrent, il devint comme un homme qui écoute une chose terrible.

— Oui, c'est cela, achève ! disait la voix. Complète ce que tu fais ! détruis ces flambeaux ! anéantis ce souvenir ! oublie l'évêque ! oublie tout ! perds ce Champmathieu ! va, c'est bien. Applaudis-toi ! Ainsi, c'est convenu, c'est résolu, c'est dit, voilà un homme, voilà un vieillard qui ne sait ce qu'on lui veut, qui n'a rien fait peut-être, un innocent, dont ton nom fait tout le malheur, sur qui ton nom pèse comme un crime, qui va être pris pour toi, qui va être condamné, qui va finir ses jours dans l'abjection et dans l'horreur ! c'est bien. Sois honnête homme, toi. Reste monsieur le maire, reste honorable et honoré, enrichis la ville, nourris des indigents, élève des orphelins, vis heureux, vertueux et admiré, et pendant ce temps-là, pendant que tu seras ici dans la joie et dans la lumière, il y aura quelqu'un qui aura ta casaque rouge, qui portera ton nom dans l'ignominie et qui traînera ta chaîne au bagne ! Oui, c'est bien arrangé ainsi ! Ah ! misérable !

La sueur lui coulait du front. Il attachait sur les flambeaux un œil hagard. Cependant ce qui parlait en lui n'avait pas fini. La voix continuait :

— Jean Valjean ! il y aura autour de toi beaucoup de voix qui feront un grand bruit, qui parleront bien haut, et qui te béniront, et une seule que personne n'entendra et qui te maudira dans les ténèbres. Eh bien ! écoute, infâme ! toutes ces bénédictions retomberont avant d'arriver au ciel, et il n'y aura que la malédiction qui montera jusqu'à Dieu !

Cette voix, d'abord toute faible et qui s'était élevée du plus obscur de sa conscience, était devenue par degrés éclatante et formidable, et il l'entendait maintenant à son oreille. Il lui semblait qu'elle était sortie de lui-même et qu'elle parlait à présent en dehors de lui. Il crut entendre les dernières paroles si distinctement qu'il regarda dans la chambre avec une sorte de terreur.

— Y a-t-il quelqu'un ici ? demanda-t-il à haute voix, et tout égaré.

Puis il reprit avec un rire qui ressemblait au rire d'un idiot :

— Que je suis bête ! il ne peut y avoir personne.

Il y avait quelqu'un ; mais celui qui y était n'était pas de ceux que l'œil humain peut voir.

Il posa les flambeaux sur la cheminée.

Alors il reprit cette marche monotone et lugubre qui troublait dans ses rêves et réveillait en sursaut l'homme endormi au-dessous de lui.

Cette marche le soulageait et l'enivrait en même temps. Il semble que parfois dans les occasions suprêmes on se remue pour demander conseil à tout ce qu'on peut rencontrer en se déplaçant. Au bout de quelques instants il ne savait plus où il en était.

Il reculait maintenant avec une égale épouvante devant les deux résolutions qu'il avait prises tour à tour. Les deux idées qui le conseillaient lui paraissaient aussi funestes l'une que l'autre. — Quelle fatalité ! quelle rencontre que ce Champmathieu pris pour lui ! Être précipité justement par le moyen que la providence paraissait d'abord avoir employé pour l'affermir !

Il y eut un moment où il considéra l'avenir. Se dénoncer, grand Dieu ! se livrer ! Il envisagea avec un immense désespoir tout ce qu'il faudrait quitter, tout ce qu'il fau-

drait reprendre. Il faudrait donc dire adieu à cette existence si bonne, si pure, si radieuse, à ce respect de tous,
à l'honneur, à la liberté ! Il n'irait plus se promener dans
les champs, il n'entendrait plus chanter les oiseaux au
mois de mai, il ne ferait plus l'aumône aux petits
enfants ! Il ne sentirait plus la douceur des regards de
reconnaissance et d'amour fixés sur lui ! Il quitterait
cette maison qu'il avait bâtie, cette chambre, cette petite
chambre ! Tout lui paraissait charmant à cette heure. Il
ne lirait plus dans ces livres, il n'écrirait plus sur cette
petite table de bois blanc ! Sa vieille portière, la seule
servante qu'il eût, ne lui monterait plus son café le
matin. Grand Dieu ! au lieu de cela, la chiourme, le carcan, la veste rouge, la chaîne au pied, la fatigue, le
cachot, le lit de camp, toutes ces horreurs connues ! À
son âge, après avoir été ce qu'il était ! Si encore il était
jeune ! Mais, vieux, être tutoyé par le premier venu, être
fouillé par le garde-chiourme, recevoir le coup de bâton
de l'argousin ! avoir les pieds nus dans des souliers ferrés ! tendre matin et soir sa jambe au marteau du ron-
dier qui visite la manille ! subir la curiosité des
étrangers auxquels on dirait : *Celui-là, c'est le fameux
Jean Valjean, qui a été maire à Montreuil-sur-mer* ! Le
soir, ruisselant de sueur, accablé de lassitude, le bonnet
vert sur les yeux, remonter deux à deux, sous le fouet
du sergent, l'escalier-échelle du bagne flottant ! Oh !
quelle misère ! La destinée peut-elle donc être méchante
comme un être intelligent et devenir monstrueuse
comme le cœur humain !

Et, quoi qu'il fît, il retombait toujours sur ce poignant
dilemme qui était au fond de sa rêverie : — rester dans
le paradis, et y devenir démon ! rentrer dans l'enfer, et
y devenir ange !

Que faire, grand Dieu ! que faire ?

La tourmente dont il était sorti avec tant de peine se
déchaîna de nouveau en lui. Ses idées recommencèrent
à se mêler. Elles prirent ce je ne sais quoi de stupéfié et
de machinal qui est propre au désespoir. Ce nom de

Romainville lui revenait sans cesse à l'esprit avec deux vers d'une chanson qu'il avait entendue autrefois. Il songeait que Romainville est un petit bois près Paris où les jeunes gens amoureux vont cueillir des lilas au mois d'avril.

Il chancelait au dehors comme au dedans. Il marchait comme un petit enfant qu'on laisse aller seul.

À de certains moments, luttant contre sa lassitude, il faisait effort pour ressaisir son intelligence. Il tâchait de se poser une dernière fois, et définitivement, le problème sur lequel il était en quelque sorte tombé d'épuisement. Faut-il se dénoncer ? Faut-il se taire ? — Il ne réussissait à rien voir de distinct. Les vagues aspects de tous les raisonnements ébauchés par sa rêverie tremblaient et se dissipaient l'un après l'autre en fumée. Seulement il sentait que, à quelque parti qu'il s'arrêtât, nécessairement, et sans qu'il fût possible d'y échapper, quelque chose de lui allait mourir ; qu'il entrait dans un sépulcre à droite comme à gauche ; qu'il accomplissait une agonie, l'agonie de son bonheur ou l'agonie de sa vertu.

Hélas ! toutes ses irrésolutions l'avaient repris. Il n'était pas plus avancé qu'au commencement.

Ainsi se débattait sous l'angoisse cette malheureuse âme. Dix-huit cents ans avant cet homme infortuné, l'être mystérieux, en qui se résument toutes les saintetés et toutes les souffrances de l'humanité, avait aussi lui, pendant que les oliviers frémissaient au vent farouche de l'infini, longtemps écarté de la main l'effrayant calice qui lui apparaissait ruisselant d'ombre et débordant de ténèbres dans des profondeurs pleines d'étoiles.

FORMES QUE PREND LA SOUFFRANCE
PENDANT LE SOMMEIL

Trois heures du matin venaient de sonner, et il y avait
cinq heures qu'il marchait ainsi, presque sans interruption, lorsqu'il se laissa tomber sur sa chaise.

Il s'y endormit et fit un rêve.

Ce rêve, comme la plupart des rêves, ne se rapportait
à la situation que par je ne sais quoi de funeste et de
poignant, mais il lui fit impression. Ce cauchemar le
frappa tellement que plus tard il l'a écrit. C'est un des
papiers écrits de sa main qu'il a laissés. Nous croyons
devoir transcrire ici cette chose textuellement.

Quel que soit ce rêve, l'histoire de cette nuit serait
incomplète si nous l'omettions. C'est la sombre aventure d'une âme malade.

Le voici. Sur l'enveloppe nous trouvons cette ligne
écrite : *Le rêve que j'ai eu cette nuit-là.*

« J'étais dans une campagne. Une grande campagne
triste où il n'y avait pas d'herbe. Il ne me semblait pas
qu'il fît jour ni qu'il fît nuit.

« Je me promenais avec mon frère, le frère de mes
années d'enfance, ce frère auquel je dois dire que je ne
pense jamais et dont je ne me souviens presque plus.

« Nous causions, et nous rencontrions des passants.
Nous parlions d'une voisine que nous avions eue autrefois, et qui, depuis qu'elle demeurait sur la rue, travaillait la fenêtre toujours ouverte. Tout en causant, nous
avions froid à cause de cette fenêtre ouverte.

« Il n'y avait pas d'arbres dans la campagne.

« Nous vîmes un homme qui passa près de nous.
C'était un homme tout nu, couleur de cendre, monté
sur un cheval couleur de terre. L'homme n'avait pas de

cheveux ; on voyait son crâne et des veines sur son crâne. Il tenait à la main une baguette qui était souple comme un sarment de vigne et lourde comme du fer. Ce cavalier passa et ne nous dit rien.

« Mon frère me dit : Prenons par le chemin creux.

« Il y avait un chemin creux où l'on ne voyait pas une broussaille ni un brin de mousse. Tout était couleur de terre, même le ciel. Au bout de quelques pas, on ne me répondit plus quand je parlais. Je m'aperçus que mon frère n'était plus avec moi.

« J'entrai dans un village que je vis. Je songeai que ce devait être là Romainville (pourquoi Romainville ?) *a*.

« La première rue où j'entrai était déserte. J'entrai dans une seconde rue. Derrière l'angle que faisaient les deux rues, il y avait un homme debout contre le mur. Je dis à cet homme : — Quel est ce pays ? où suis-je ? L'homme ne répondit pas. Je vis la porte d'une maison ouverte, j'y entrai.

« La première chambre était déserte. J'entrai dans la seconde. Derrière la porte de cette chambre, il y avait un homme debout contre le mur. Je demandai à cet homme : — À qui est cette maison ? où suis-je ? L'homme ne répondit pas. La maison avait un jardin.

« Je sortis de la maison et j'entrai dans le jardin. Le jardin était désert. Derrière le premier arbre, je trouvai un homme qui se tenait debout. Je dis à cet homme : — Quel est ce jardin ? où suis-je ? L'homme ne répondit pas.

« J'errai dans le village, et je m'aperçus que c'était une ville. Toutes les rues étaient désertes, toutes les portes étaient ouvertes. Aucun être vivant ne passait dans les rues, ne marchait dans les chambres ou ne se promenait dans les jardins. Mais il y avait derrière chaque angle de mur, derrière chaque porte, derrière chaque arbre, un homme debout qui se taisait. On n'en voyait

a. Cette parenthèse est de la main de Jean Valjean[1].

jamais qu'un à la fois. Ces hommes me regardaient passer.

« Je sortis de la ville et je me mis à marcher dans les champs.

« Au bout de quelque temps, je me retournai, et je vis une grande foule qui venait derrière moi. Je reconnus tous les hommes que j'avais vus dans la ville. Ils avaient des têtes étranges. Ils ne semblaient pas se hâter, et cependant ils marchaient plus vite que moi. Ils ne faisaient aucun bruit en marchant. En un instant, cette foule me rejoignit et m'entoura. Les visages de ces hommes étaient couleur de terre.

« Alors le premier que j'avais vu et questionné en entrant dans la ville me dit : — Où allez-vous ? Est-ce que vous ne savez pas que vous êtes mort depuis longtemps ?

« J'ouvris la bouche pour répondre, et je m'aperçus qu'il n'y avait personne autour de moi. »

Il se réveilla. Il était glacé. Un vent qui était froid comme le vent du matin faisait tourner dans leurs gonds les châssis de la croisée restée ouverte. Le feu s'était éteint. La bougie touchait à sa fin. Il était encore nuit noire.

Il se leva, il alla à la fenêtre. Il n'y avait toujours pas d'étoiles au ciel.

De sa fenêtre on voyait la cour de la maison et la rue. Un bruit sec et dur qui résonna tout à coup sur le sol lui fit baisser les yeux.

Il vit au-dessous de lui deux étoiles rouges dont les rayons s'allongeaient et se raccourcissaient bizarrement dans l'ombre.

Comme sa pensée était encore à demi submergée dans la brume des rêves : — tiens ! songea-t-il, il n'y en a pas dans le ciel. Elles sont sur la terre maintenant.

Cependant ce trouble se dissipa, un second bruit pareil au premier acheva de le réveiller ; il regarda, et il reconnut que ces deux étoiles étaient les lanternes d'une voiture. À la clarté qu'elles jetaient, il put distin-

guer la forme de cette voiture. C'était un tilbury attelé
d'un petit cheval blanc. Le bruit qu'il avait entendu,
c'étaient les coups de pied du cheval sur le pavé.

— Qu'est-ce que c'est que cette voiture ? se dit-il. Qui
est-ce qui vient donc si matin ?

En ce moment on frappa un petit coup à la porte de
sa chambre.

Il frissonna de la tête aux pieds, et cria d'une voix
terrible :

— Qui est là ?

Quelqu'un répondit :

— Moi, monsieur le maire.

Il reconnut la voix de la vieille femme, sa portière.

— Eh bien, reprit-il, qu'est-ce que c'est ?

— Monsieur le maire, il est tout à l'heure cinq heures
du matin.

— Qu'est-ce que cela me fait ?

— Monsieur le maire, c'est le cabriolet.

— Quel cabriolet ?

— Le tilbury.

— Quel tilbury ?

— Est-ce que monsieur le maire n'a pas fait demander un tilbury ?

— Non, dit-il.

— Le cocher dit qu'il vient chercher monsieur le
maire.

— Quel cocher ?

— Le cocher de M. Scaufflaire.

— M. Scaufflaire ?

Ce nom le fit tressaillir comme si un éclair lui eût
passé devant la face.

— Ah ! oui ! reprit-il, M. Scaufflaire.

Si la vieille femme l'eût pu voir en ce moment, elle
eût été épouvantée.

Il se fit un assez long silence. Il examinait d'un air
stupide la flamme de la bougie et prenait autour de la
mèche de la cire brûlante qu'il roulait dans ses doigts.

La vieille attendait. Elle se hasarda pourtant à élever
encore la voix :

— Monsieur le maire, que faut-il que je réponde ?

— Dites que c'est bien, et que je descends.

V

BÂTONS DANS LES ROUES

Le service des postes d'Arras à Montreuil-sur-mer se
faisait encore à cette époque par de petites malles du
temps de l'empire. Ces malles étaient des cabriolets à
deux roues, tapissés de cuir fauve au dedans, suspendus
sur des ressorts à pompe, et n'ayant que deux places,
l'une pour le courrier, l'autre pour le voyageur. Les roues
étaient armées de ces longs moyeux offensifs qui tiennent les autres voitures à distance et qu'on voit encore
sur les routes d'Allemagne. Le coffre aux dépêches,
immense boîte oblongue, était placé derrière le cabriolet et faisait corps avec lui. Ce coffre était peint en noir
et le cabriolet en jaune.

Ces voitures, auxquelles rien ne ressemble
aujourd'hui, avaient je ne sais quoi de difforme et de
bossu, et, quand on les voyait passer de loin et ramper
dans quelque route à l'horizon, elles ressemblaient à ces
insectes qu'on appelle, je crois, termites, et qui, avec un
petit corsage, traînent un gros arrière-train. Elles
allaient, du reste, fort vite. La malle partie d'Arras toutes
les nuits à une heure, après le passage du courrier de
Paris, arrivait à Montreuil-sur-mer un peu avant cinq
heures du matin.

Cette nuit-là, la malle qui descendait à Montreuil-sur-
mer par la route de Hesdin accrocha, au tournant d'une
rue, au moment où elle entrait dans la ville, un petit
tilbury attelé d'un cheval blanc, qui venait en sens
inverse et dans lequel il n'y avait qu'une personne, un

homme enveloppé d'un manteau. La roue du tilbury reçut un choc assez rude. Le courrier cria à cet homme d'arrêter, mais le voyageur n'écouta pas, et continua sa route au grand trot.

— Voilà un homme diablement pressé ! dit le courrier.

L'homme qui se hâtait ainsi, c'est celui que nous venons de voir se débattre dans des convulsions dignes à coup sûr de pitié.

Où allait-il ? Il n'eût pu le dire. Pourquoi se hâtait-il ? Il ne savait. Il allait au hasard devant lui. Où ? À Arras sans doute ; mais il allait peut-être ailleurs aussi. Par moments il le sentait, et il tressaillait.

Il s'enfonçait dans cette nuit comme dans un gouffre. Quelque chose le poussait, quelque chose l'attirait. Ce qui se passait en lui, personne ne pourrait le dire, tous le comprendront. Quel homme n'est entré, au moins une fois en sa vie, dans cette obscure caverne de l'inconnu ?

Du reste il n'avait rien résolu, rien décidé, rien arrêté, rien fait. Aucun des actes de sa conscience n'avait été définitif. Il était plus que jamais comme au premier moment.

Pourquoi allait-il à Arras ?

Il se répétait ce qu'il s'était déjà dit en retenant le cabriolet de Scaufflaire, — que, quel que dût être le résultat, il n'y avait aucun inconvénient à voir de ses yeux, à juger les choses par lui-même ; — que cela même était prudent, qu'il fallait savoir ce qui se passerait ; — qu'on ne pouvait rien décider sans avoir observé et scruté ; — que de loin on se faisait des montagnes de tout ; qu'au bout du compte, lorsqu'il aurait vu ce Champmathieu, quelque misérable, sa conscience serait probablement fort soulagée de le laisser aller au bagne à sa place ; — qu'à la vérité il y aurait là Javert, et ce Brevet, ce Chenildieu, ce Cochepaille, anciens forçats qui l'avaient connu ; mais qu'à coup sûr ils ne le reconnaîtraient pas ; — bah ! quelle idée ! — que Javert en était à cent lieues ; — que toutes les conjectures et toutes les suppositions étaient fixées sur ce Champmathieu, et que rien n'est entêté comme les suppositions et les conjectures ; — qu'il n'y avait donc aucun danger.

Que sans doute c'était un moment noir, mais qu'il en sortirait ; — qu'après tout il tenait sa destinée, si mauvaise qu'elle voulût être, dans sa main ; — qu'il en était le maître. Il se cramponnait à cette pensée.

Au fond, pour tout dire, il eût mieux aimé ne point aller à Arras.

Cependant il y allait.

Tout en songeant, il fouettait le cheval, lequel trottait de ce bon trot réglé et sûr qui fait deux lieues et demie à l'heure.

À mesure que le cabriolet avançait, il sentait quelque chose en lui qui reculait.

Au point du jour il était en rase campagne ; la ville de Montreuil-sur-mer était assez loin derrière lui. Il regarda l'horizon blanchir ; il regarda, sans les voir, passer devant ses yeux toutes les froides figures d'une aube d'hiver. Le matin a ses spectres comme le soir. Il ne les voyait pas, mais, à son insu, et par une sorte de pénétration presque physique, ces noires silhouettes d'arbres et de collines ajoutaient à l'état violent de son âme je ne sais quoi de morne et de sinistre.

Chaque fois qu'il passait devant une de ces maisons isolées qui côtoient parfois les routes, il se disait : il y a pourtant là-dedans des gens qui dorment !

Le trot du cheval, les grelots du harnais, les roues sur le pavé, faisaient un bruit doux et monotone. Ces choses-là sont charmantes quand on est joyeux et lugubres quand on est triste.

Il était grand jour lorsqu'il arriva à Hesdin. Il s'arrêta devant une auberge pour laisser souffler le cheval et lui faire donner l'avoine.

Ce cheval était, comme l'avait dit Scaufflaire, de cette petite race du Boulonnais qui a trop de tête, trop de ventre et pas assez d'encolure, mais qui a le poitrail ouvert, la croupe large, la jambe sèche et fine et le pied solide ; race laide, mais robuste et saine. L'excellente bête avait fait cinq lieues en deux heures et n'avait pas une goutte de sueur sur la croupe.

Il n'était pas descendu du tilbury. Le garçon d'écurie qui apportait l'avoine se baissa tout à coup et examina la roue de gauche.

— Allez-vous loin comme cela ? dit cet homme.

Il répondit, presque sans sortir de sa rêverie :

— Pourquoi ?

— Venez-vous de loin ? reprit le garçon.

— De cinq lieues d'ici.

— Ah !

— Pourquoi dites-vous : ah ?

Le garçon se pencha de nouveau, resta un moment silencieux, l'œil fixé sur la roue, puis se redressa en disant :

— C'est que voilà une roue qui vient de faire cinq lieues, c'est possible, mais qui à coup sûr ne fera pas maintenant un quart de lieue.

Il sauta à bas du tilbury.

— Que dites-vous là, mon ami ?

— Je dis que c'est un miracle que vous ayez fait cinq lieues sans rouler, vous et votre cheval, dans quelque fossé de la grande route. Regardez plutôt.

La roue en effet était gravement endommagée. Le choc de la malle-poste avait fendu deux rayons et labouré le moyeu dont l'écrou ne tenait plus.

— Mon ami, dit-il au garçon d'écurie, il y a un charron ici ?

— Sans doute, monsieur.

— Rendez-moi le service de l'aller chercher.

— Il est là, à deux pas. Hé ! maître Bourgaillard !

Maître Bourgaillard, le charron, était sur le seuil de sa porte. Il vint examiner la roue et fit la grimace d'un chirurgien qui considère une jambe cassée.

— Pouvez-vous raccommoder cette roue sur-le-champ ?

— Oui, monsieur.

— Quand pourrai-je repartir ?

— Demain.

— Demain !

— Il y a une grande journée d'ouvrage. Est-ce que monsieur est pressé ?

— Très pressé. Il faut que je reparte dans une heure au plus tard.

— Impossible, monsieur.

— Je payerai tout ce qu'on voudra.

— Impossible.

— Eh bien ! dans deux heures.

— Impossible pour aujourd'hui. Il faut refaire deux rais et un moyeu. Monsieur ne pourra repartir avant demain.

— L'affaire que j'ai ne peut attendre à demain. Si, au lieu de raccommoder cette roue, on la remplaçait ?

— Comment cela ?

— Vous êtes charron ?

— Sans doute, monsieur.

— Est-ce que vous n'auriez pas une roue à me vendre ? Je pourrais repartir tout de suite.

— Une roue de rechange ?

— Oui.

— Je n'ai pas une roue toute faite pour votre cabriolet. Deux roues font la paire. Deux roues ne vont pas ensemble au hasard.

— En ce cas, vendez-moi une paire de roues.

— Monsieur, toutes les roues ne vont pas à tous les essieux.

— Essayez toujours.

— C'est inutile, monsieur. Je n'ai à vendre que des roues de charrette. Nous sommes un petit pays ici.

— Auriez-vous un cabriolet à me louer ?

Le maître charron, du premier coup d'œil, avait reconnu que le tilbury était une voiture de louage. Il haussa les épaules.

— Vous les arrangez bien, les cabriolets qu'on vous loue ! j'en aurais un que je ne vous le louerais pas.

— Eh bien, à me vendre ?

— Je n'en ai pas.

— Quoi ! pas une carriole ? Je ne suis pas difficile, comme vous voyez.

— Nous sommes un petit pays. J'ai bien là sous la remise, ajouta le charron, une vieille calèche qui est à un bourgeois de la ville qui me l'a donnée en garde et qui s'en sert tous les trente-six du mois. Je vous la louerais bien, qu'est-ce que cela me fait ? mais il ne faudrait pas que le bourgeois la vît passer ; et puis, c'est une calèche, il faudrait deux chevaux.

— Je prendrai des chevaux de poste.

— Où va monsieur ?

— À Arras.

— Et monsieur veut arriver aujourd'hui ?

— Mais oui.

— En prenant des chevaux de poste ?

— Pourquoi pas ?

— Est-il égal à monsieur d'arriver cette nuit à quatre heures du matin ?

— Non certes.

— C'est que, voyez-vous bien, il y a une chose à dire, en prenant des chevaux de poste... — Monsieur a son passeport ?

— Oui.

— Eh bien, en prenant des chevaux de poste, monsieur n'arrivera pas à Arras avant demain. Nous sommes un chemin de traverse. Les relais sont mal servis, les chevaux sont aux champs. C'est la saison des grandes charrues qui commence, il faut de forts attelages, et l'on prend les chevaux partout, à la poste comme ailleurs. Monsieur attendra au moins trois ou quatre heures à chaque relais. Et puis on va au pas. Il y a beaucoup de côtes à monter.

— Allons, j'irai à cheval. Dételez le cabriolet. On me vendra bien une selle dans le pays.

— Sans doute. Mais ce cheval-ci endure-t-il la selle ?

— C'est vrai, vous m'y faites penser. Il ne l'endure pas.

— Alors...

— Mais je trouverai bien dans le village un cheval à louer ?

— Un cheval pour aller à Arras d'une traite !

— Oui.

— Il faudrait un cheval comme on n'en a pas dans nos endroits. Il faudrait l'acheter d'abord, car on ne vous connaît pas. Mais ni à vendre ni à louer, ni pour cinq cents francs, ni pour mille, vous ne le trouveriez pas !

— Comment faire ?

— Le mieux, là, en honnête homme, c'est que je raccommode la roue et que vous remettiez votre voyage à demain.

— Demain il sera trop tard.

— Dame !

— N'y a-t-il pas la malle-poste qui va à Arras ? Quand passe-t-elle ?

— La nuit prochaine. Les deux malles font le service la nuit, celle qui monte comme celle qui descend.

— Comment ! il vous faut une journée pour raccommoder cette roue ?

— Une journée, et une bonne !

— En mettant deux ouvriers ?

— En en mettant dix !

— Si on liait les rayons avec des cordes ?

— Les rayons, oui ; le moyeu, non. Et puis la jante aussi est en mauvais état.

— Y a-t-il un loueur de voitures dans la ville ?

— Non.

— Y a-t-il un autre charron ?

Le garçon d'écurie et le maître charron répondirent en même temps en hochant la tête.

— Non.

Il sentit une immense joie.

Il était évident que la providence s'en mêlait. C'était elle qui avait brisé la roue du tilbury et qui l'arrêtait en route. Il ne s'était pas rendu à cette espèce de première sommation ; il venait de faire tous les efforts possibles pour continuer son voyage ; il avait loyalement et scrupuleusement épuisé tous les moyens ; il n'avait reculé ni devant la saison, ni devant la fatigue, ni devant la dépense ; il n'avait rien à se reprocher. S'il n'allait pas plus loin, cela ne le regardait plus. Ce n'était plus sa faute, c'était, non le fait de sa conscience, mais le fait de la providence.

Il respira. Il respira librement et à pleine poitrine pour la première fois depuis la visite de Javert. Il lui semblait que le poignet de fer qui lui serrait le cœur depuis vingt heures venait de le lâcher.

Il lui paraissait que maintenant Dieu était pour lui, et se déclarait.

Il se dit qu'il avait fait tout ce qu'il pouvait, et qu'à présent il n'avait qu'à revenir sur ses pas, tranquillement.

Si sa conversation avec le charron eût eu lieu dans une chambre de l'auberge, elle n'eût point eu de témoins, personne ne l'eût entendue, les choses en fussent restées là, et il est probable que nous n'aurions eu à raconter aucun des événements qu'on va lire ; mais cette conversation s'était faite dans la rue. Tout colloque dans la rue produit inévitablement un cercle. Il y a toujours des gens qui ne demandent qu'à être spectateurs. Pendant qu'il questionnait le charron, quelques allants et venants s'étaient arrêtés autour d'eux. Après avoir écouté pendant quelques minutes, un jeune garçon, auquel personne n'avait pris garde, s'était détaché du groupe en courant.

Au moment où le voyageur, après la délibération intérieure que nous venons d'indiquer, prenait la résolution de rebrousser chemin, cet enfant revenait. Il était accompagné d'une vieille femme.

— Monsieur, dit la femme, mon garçon me dit que vous avez envie de louer un cabriolet.

Cette simple parole, prononcée par une vieille femme que conduisait un enfant, lui fit ruisseler la sueur dans les reins. Il crut voir la main qui l'avait lâché reparaître dans l'ombre derrière lui, toute prête à le reprendre

Il répondit :

— Oui, bonne femme, je cherche un cabriolet à louer. Et il se hâta d'ajouter :

— Mais il n'y en a pas dans le pays.

— Si fait, dit la vieille.

— Où ça donc ? reprit le charron.

— Chez moi, répliqua la vieille.

Il tressaillit. La main fatale l'avait ressaisi.

La vieille avait en effet sous un hangar une façon de carriole en osier. Le charron et le garçon d'auberge, désolés que le voyageur leur échappât, intervinrent.

— C'était une affreuse guimbarde, — cela était posé à cru sur l'essieu, — il est vrai que les banquettes étaient suspendues à l'intérieur avec des lanières de cuir, — il pleuvait dedans, — les roues étaient rouillées et rongées d'humidité, — cela n'irait pas beaucoup plus loin que le tilbury, — une vraie patache ! — Ce monsieur aurait bient tort de s'y embarquer, — etc., etc.

Tout cela était vrai, mais cette guimbarde, cette patache, cette chose, quelle qu'elle fût, roulait sur ses deux roues et pouvait aller à Arras.

Il paya ce qu'on voulut, laissa le tilbury à réparer chez le charron pour l'y retrouver à son retour, fit atteler le cheval blanc à la carriole, y monta, et reprit la route qu'il suivait depuis le matin.

Au moment où la carriole s'ébranla, il s'avoua qu'il avait eu l'instant d'auparavant une certaine joie de songer qu'il n'irait point où il allait. Il examina cette joie avec une sorte de colère et la trouva absurde. Pourquoi de la joie à revenir en arrière ? Après tout, il faisait ce voyage librement. Personne ne l'y forçait. Et, certainement, rien n'arriverait que ce qu'il voudrait bien.

Comme il sortait de Hesdin, il entendit une voix qui lui criait : arrêtez ! arrêtez ! Il arrêta la carriole d'un mouvement vif dans lequel il y avait encore je ne sais quoi de fébrile et de convulsif qui ressemblait à de l'espérance.

C'était le petit garçon de la vieille.

— Monsieur, dit-il, c'est moi qui vous ai procuré la carriole.

— Eh bien !

— Vous ne m'avez rien donné.

Lui qui donnait à tous et si facilement, il trouva cette prétention exorbitante et presque odieuse.

— Ah ! c'est toi, drôle ? dit-il, tu n'auras rien !

Il fouetta le cheval et repartit au grand trot.

Il avait perdu beaucoup de temps à Hesdin, il eût voulu le rattraper. Le petit cheval était courageux et tirait comme deux ; mais on était au mois de février, il avait plu, les routes étaient mauvaises. Et puis, ce n'était plus le tilbury. La carriole était dure et très lourde. Avec cela force montées.

Il mit près de quatre heures pour aller de Hesdin à Saint-Pol. Quatre heures pour cinq lieues.

À Saint-Pol il dételа à la première auberge venue, et fit mener le cheval à l'écurie. Comme il l'avait promis à Scaufflaire, il se tint près du râtelier pendant que le cheval mangeait. Il songeait à des choses tristes et confuses.

La femme de l'aubergiste entre dans l'écurie.

— Est-ce que monsieur ne veut pas déjeuner ?

— Tiens, c'est vrai, dit-il, j'ai même bon appétit.

Il suivit cette femme qui avait une figure fraîche et réjouie. Elle le conduisit dans une salle basse où il y avait des tables ayant pour nappes des toiles cirées.

— Dépêchez-vous, reprit-il, il faut que je reparte. Je suis pressé.

Une grosse servante flamande mit son couvert en toute hâte. Il regardait cette fille avec un sentiment de bien-être.

— C'est là ce que j'avais, pensa-t-il. Je n'avais pas déjeuné.

On le servit. Il se jeta sur le pain, mordit une bouchée, puis le reposa lentement sur la table et n'y toucha plus.

Un roulier mangeait à une autre table. Il dit à cet homme :

— Pourquoi leur pain est-il donc si amer ?

Le roulier était allemand et n'entendit pas.

Il retourna dans l'écurie près du cheval.

Une heure après, il avait quitté Saint-Pol et se dirigeait vers Tinques qui n'est qu'à cinq lieues d'Arras.

Que faisait-il pendant ce trajet ? À quoi pensait-il ? Comme le matin, il regardait passer les arbres, les toits de chaume, les champs cultivés, et les évanouissements du paysage qui se disloque à chaque coude du chemin. C'est là une contemplation qui suffit quelquefois à l'âme et qui la dispense presque de penser. Voir mille objets pour la première et pour la dernière fois, quoi de plus mélancolique et de plus profond ! Voyager, c'est naître et mourir à chaque instant. Peut-être, dans la région la plus vague de son esprit, faisait-il des rapprochements entre ces horizons changeants et l'existence humaine. Toutes les choses de la vie sont perpétuellement en fuite devant nous. Les obscurcissements et les clartés s'entre-mêlent : après un éblouissement, une éclipse ; on regarde, on se hâte, on tend les mains pour saisir ce qui passe ; chaque événement est un tournant de la route ; et tout à coup on est vieux. On sent comme une secousse, tout est noir, on distingue une porte obscure, ce sombre cheval de la vie qui vous traînait s'arrête, et l'on voit quelqu'un de voilé et d'inconnu qui le dételle dans les ténèbres.

Le crépuscule tombait au moment où des enfants qui sortaient de l'école regardèrent ce voyageur entrer dans Tinques. Il est vrai qu'on était encore aux jours courts de l'année. Il ne s'arrêta pas à Tinques. Comme il débouchait du village, un cantonnier qui empierrait la route dressa la tête et dit :

— Voilà un cheval bien fatigué.

La pauvre bête en effet n'allait plus qu'au pas.

— Est-ce que vous allez à Arras ? ajouta le cantonnier.

— Oui.

— Si vous allez de ce train, vous n'y arriverez pas de bonne heure.

Il arrêta le cheval et demanda au cantonnier :

— Combien y a-t-il encore d'ici à Arras ?

— Près de sept grandes lieues.

— Comment cela ? le livre de poste ne marque que cinq lieues et un quart.

— Ah ! reprit le cantonnier, vous ne savez donc pas que la route est en réparation ? Vous allez la trouver coupée à un quart d'heure d'ici. Pas moyen d'aller plus loin.

— Vraiment.

— Vous prendrez à gauche, le chemin qui va a Carency, vous passerez la rivière ; et, quand vous serez à Camblin, vous tournerez à droite ; c'est la route de Mont-Saint-Éloy qui va à Arras.

— Mais voilà la nuit, je me perdrai.

— Vous n'êtes pas du pays ?

— Non.

— Avec ça, c'est tout chemins de traverse. — Tenez, Monsieur, reprit le cantonnier, voulez-vous que je vous donne un conseil ? Votre cheval est las, rentrez dans Tinques. Il y a une bonne auberge. Couchez-y. Vous irez demain à Arras.

— Il faut que j'y sois ce soir.

— C'est différent. Alors allez tout de même à cette auberge et prenez-y un cheval de renfort. Le garçon du cheval vous guidera dans la traverse.

Il suivit le conseil du cantonnier, rebroussa chemin, et une demi-heure après il repassait au même endroit, mais au grand trot, avec un bon cheval de renfort. Un garçon d'écurie qui s'intitulait postillon était assis sur le brancard de la carriole.

Cependant il sentait qu'il perdait du temps.

Il faisait tout à fait nuit.

Ils s'engagèrent dans la traverse. La route devint affreuse. La carriole tombait d'une ornière dans l'autre. Il dit au postillon :

— Toujours au trot, et double pourboire.

Dans un cahot le palonnier cassa.

— Monsieur, dit le postillon, voilà le palonnier cassé, je ne sais plus comment atteler mon cheval, cette route-ci est bien mauvaise la nuit ; si vous vouliez revenir coucher à Tinques, nous pourrions être demain matin de bonne heure à Arras.

Il répondit : — As-tu un bout de corde et un couteau ?

— Oui, monsieur.

Il coupa une branche d'arbre et en fit un palonnier.

Ce fut encore une perte de vingt minutes ; mais ils repartirent au galop.

La plaine était ténébreuse. Des brouillards bas, courts et noirs rampaient sur les collines et s'en arrachaient comme des fumées. Il y avait des lueurs blanchâtres dans les nuages. Un grand vent qui venait de la mer faisait dans tous les coins de l'horizon le bruit de quelqu'un qui remue des meubles. Tout ce qu'on entrevoyait avait des attitudes de terreur. Que de choses frissonnent sous ces vastes souffles de la nuit !

Le froid le pénétrait. Il n'avait pas mangé depuis la veille. Il se rappelait vaguement son autre course nocturne dans la grande plaine aux environs de Digne. Il y avait huit ans ; et cela lui semblait hier.

Une heure sonna à quelque clocher lointain. Il demanda au garçon :

— Quelle est cette heure ?

— Sept heures, monsieur. Nous serons à Arras à huit. Nous n'avons plus que trois lieues.

En ce moment il fit pour la première fois cette réflexion, — en trouvant étrange qu'elle ne lui fût pas venue plus tôt : — que c'était peut-être inutile, toute la peine qu'il prenait ; qu'il ne savait seulement pas l'heure du procès ; qu'il aurait dû au moins s'en informer ; qu'il était extravagant d'aller ainsi devant soi sans savoir si cela servirait à quelque chose. — Puis il ébaucha quelques calculs dans son esprit : — qu'ordinairement les séances des cours d'assises commençaient à neuf heures du matin ; — que cela ne devait pas être long, cette affaire-là ; — que le vol de pommes, ce serait très court ; — qu'il n'y aurait plus ensuite qu'une question d'identité ; — quatre ou cinq dépositions, peu de chose à dire pour les avocats ; — qu'il allait arriver lorsque tout serait fini !

Le postillon fouettait les chevaux. Ils avaient passé la rivière et laissé derrière eux Mont-Saint-Éloy.

La nuit devenait de plus en plus profonde.

VI

LA SŒUR SIMPLICE
MISE À L'ÉPREUVE

Cependant, en ce moment-là même, Fantine était dans la joie.

Elle avait passé une très mauvaise nuit. Toux affreuse, redoublement de fièvre ; elle avait eu des songes. Le matin, à la visite du médecin, elle délirait. Il avait eu l'air alarmé et avait recommandé qu'on le prévînt dès que M. Madeleine viendrait.

Toute la matinée elle fut morne, parla peu, et fit des plis à ses draps en murmurant à voix basse des calculs qui avaient l'air d'être des calculs de distances. Ses yeux étaient caves et fixes. Ils paraissaient presque éteints, et puis, par moments, ils se rallumaient et resplendissaient comme des étoiles. Il semble qu'aux approches d'une certaines heure sombre, la clarté du ciel emplisse ceux que quitte la clarté de la terre.

Chaque fois que la sœur Simplice lui demandait

comment elle se trouvait, elle répondait invariablement : — Bien. Je voudrais voir monsieur Madeleine

Quelques mois auparavant, à ce moment où Fantine
venait de perdre sa dernière pudeur, sa dernière honte
et sa dernière joie, elle était l'ombre d'elle-même ; maintenant elle en était le spectre. Le mal physique avait
complété l'œuvre du mal moral. Cette créature de vingt-
cinq ans avait le front ridé, les joues flasques, les narines
pincées, les dents déchaussées, le teint plombé, le cou
osseux, les clavicules saillantes, les membres chétifs, la
peau terreuse, et ses cheveux blonds poussaient mêlés
de cheveux gris. Hélas ! comme la maladie improvise la
vieillesse !

À midi, le médecin revint, il fit quelques prescriptions, s'informa si M. le maire avait paru à l'infirmerie,
et branla la tête.

M. Madeleine venait d'habitude à trois heures voir la
malade. Comme l'exactitude était de la bonté, il était
exact.

Vers deux heures et demie, Fantine commença à s'agiter. Dans l'espace de vingt minutes, elle demanda plus
de dix fois à la religieuse : — Ma sœur, quelle heure
est-il ?

Trois heures sonnèrent. Au troisième coup, Fantine
se dressa sur son séant, elle qui d'ordinaire pouvait à
peine remuer dans son lit ; elle joignit dans une sorte
d'étreinte convulsive ses deux mains décharnées et jaunes, et la religieuse entendit sortir de sa poitrine un de
ces soupirs profonds qui semblent soulever un accablement. Puis Fantine se tourna et regarda la porte.

Personne n'entra ; la porte ne s'ouvrit point.

Elle resta ainsi un quart d'heure, l'œil attaché sur la
porte, immobile et comme retenant son haleine. La
sœur n'osait lui parler. L'église sonna trois heures un
quart. Fantine se laissa retomber sur l'oreiller.

Elle ne dit rien et se remit à faire des plis à son drap.

La demi-heure passa, puis l'heure. Personne ne vint.

Chaque fois que l'horloge sonnait, Fantine se dressait et regardait du côté de la porte, puis elle retombait.

On voyait clairement sa pensée, mais elle ne prononçait aucun nom, elle ne se plaignait pas, elle n'accusait pas. Seulement elle toussait d'une façon lugubre. On eût dit que quelque chose d'obscur s'abaissait sur elle. Elle était livide et avait les lèvres bleues. Elle souriait par moments.

Cinq heures sonnèrent. Alors la sœur l'entendit qui disait très bas et doucement : — Mais puisque je m'en vais demain, il a tort de ne pas venir aujourd'hui !

La sœur Simplice elle-même était surprise du retard de M. Madeleine.

Cependant Fantine regardait le ciel de son lit. Elle avait l'air de chercher à se rappeler quelque chose. Tout à coup elle se mit à chanter d'une voix faible comme un souffle. La religieuse écouta. Voici ce que Fantine chantait :

> *Nous achèterons de bien belles choses*
> *En nous promenant le long des faubourgs.*
> *Les bleuets sont bleus, les roses sont roses,*
> *Les bleuets sont bleus, j'aime mes amours*
>
> *La vierge Marie auprès de mon poêle*
> *Est venue hier en manteau brodé,*
> *Et m'a dit : — Voici, caché sous mon voile,*
> *Le petit qu'un jour tu m'as demandé. —*
> *Courez à la ville, ayez de la toile,*
> *Achetez du fil, achetez un dé.*
>
> *Nous achèterons de bien belles choses*
> *En nous promenant le long des faubourgs.*
>
> *Bonne sainte Vierge, auprès de mon poêle*
> *J'ai mis un berceau de rubans orné.*
> *Dieu me donnerait sa plus belle étoile,*
> *J'aime mieux l'enfant que tu m'as donné.*

— *Madame, que faire avec cette toile ?*
— *Faites un trousseau pour mon nouveau-né.*

Les bleuets sont bleus, les roses sont roses,
Les bleuets sont bleus, j'aime mes amours.

— *Lavez cette toile.* — *Où ?* — *Dans la rivière.*
Faites-en, sans rien gâter ni salir,
Une belle jupe avec sa brassière
Que je veux broder et de fleurs emplir.
— *L'enfant n'est plus là, madame, qu'en faire ?*
— *Faites-en un drap pour m'ensevelir.*

Nous achèterons de bien belles choses
En nous promenant le long des faubourgs.
Les bleuets sont bleus, les roses sont roses,
Les bleuets sont bleus, j'aime mes amours.

Cette chanson était une vieille romance de berceuse avec laquelle autrefois elle endormait sa petite Cosette, et qui ne s'était pas offerte à son esprit depuis cinq ans qu'elle n'avait plus son enfant. Elle chantait cela d'une voix si triste et sur un air si doux que c'était à faire pleurer, même une religieuse. La sœur, habituée aux choses austères, sentit une larme lui venir.

L'horloge sonna six heures. Fantine ne parut pas entendre. Elle semblait ne plus faire attention à aucune chose autour d'elle.

La sœur Simplice envoya une fille de service s'informer près de la portière de la fabrique si M. le maire était rentré et s'il ne monterait pas bientôt à l'infirmerie. La fille revint au bout de quelques minutes.

Fantine était toujours immobile et paraissait attentive à des idées qu'elle avait.

La servante raconta très bas à la sœur Simplice que M. le maire était parti le matin même avant six heures dans un petit tilbury attelé d'un cheval blanc, par le froid qu'il faisait, qu'il était parti seul, pas même de cocher, qu'on ne savait pas le chemin qu'il avait pris, que des personnes disaient l'avoir vu tourner par la route d'Arras, que d'autres assuraient l'avoir rencontré sur la route de Paris. Qu'en s'en allant il avait été comme à l'ordinaire très doux, et qu'il avait seulement dit à la portière qu'on ne l'attendît pas cette nuit.

Pendant que les deux femmes, le dos tourné au lit de la Fantine, chuchotaient, la sœur questionnant, la servante conjecturant, la Fantine, avec cette vivacité fébrile de certaines maladies organiques qui mêle les mouvements libres de la santé à l'effrayante maigreur de la mort, s'était mise à genoux sur son lit, ses deux poings crispés appuyés sur le traversin, et, la tête passée par l'intervalle des rideaux, elle écoutait. Tout à coup elle cria :

— Vous parlez là de monsieur Madeleine ! pourquoi parlez-vous tout bas ? Qu'est-ce qu'il fait ? Pourquoi ne vient-il pas ?

Sa voix était si brusque et si rauque que les deux femmes crurent entendre une voix d'homme ; elles se retournèrent effrayées.

— Répondez donc ! cria Fantine.

La servante balbutia :

— La portière m'a dit qu'il ne pourrait pas venir aujourd'hui.

— Mon enfant, dit la sœur, tenez-vous tranquille, recouchez-vous.

Fantine, sans changer d'attitude, reprit d'une voix haute et avec un accent tout à la fois impérieux et déchirant :

— Il ne pourra venir ? Pourquoi cela ? Vous savez la raison. Vous la chuchotiez là entre vous. Je veux la savoir.

La servante se hâta de dire à l'oreille de la religieuse :

— Répondez qu'il est occupé au conseil municipal.

La sœur Simplice rougit légèrement ; c'était un mensonge que la servante lui proposait. D'un autre côté il lui semblait bien que dire la vérité à la malade ce serait sans doute lui porter un coup terrible et que cela était grave dans l'état où était Fantine. Cette rougeur dura peu. La sœur leva sur Fantine son œil calme et triste, et dit :

— Monsieur le maire est parti.

Fantine se redressa et s'assit sur ses talons. Ses yeux étincelèrent. Une joie inouïe rayonna sur cette physionomie douloureuse.

— Parti ! s'écria-t-elle. Il est allé chercher Cosette !

Puis elle tendit ses deux mains vers le ciel et tout son visage devint ineffable. Ses lèvres remuaient ; elle priait à voix basse.

Quand sa prière fut finie : — Ma sœur, dit-elle, je veux bien me recoucher, je vais faire tout ce qu'on voudra ; tout à l'heure j'ai été méchante, je vous demande pardon d'avoir parlé si haut, c'est très mal de parler haut, je le sais bien, ma bonne sœur, mais voyez-vous, je suis très contente. Le bon Dieu est bon, monsieur Madeleine est bon, figurez-vous qu'il est allé chercher ma petite Cosette à Montfermeil.

Elle se recoucha, aida la religieuse à arranger l'oreiller et baisa une petite croix d'argent qu'elle avait au cou et que la sœur Simplice lui avait donnée.

— Mon enfant, dit la sœur, tâchez de reposer maintenant, et ne parlez plus.

Fantine prit dans ses mains moites la main de la sœur, qui souffrait de lui sentir cette sueur.

— Il est parti ce matin pour aller à Paris. Au fait il n'a pas même besoin de passer par Paris. Montfermeil, c'est un peu à gauche en venant. Vous rappelez-vous comme il me disait hier quand je lui parlais de Cosette : *bientôt, bientôt ?* C'est une surprise qu'il veut me faire. Vous savez ? il m'avait fait signer une lettre pour la reprendre aux Thénardier. Ils n'auront rien à dire, pas vrai ? Ils rendront Cosette. Puisqu'ils sont payés. Les autorités ne souffriraient pas qu'on garde un enfant quand on est payé. Ma sœur, ne me faites pas signe qu'il ne faut pas que je parle. Je suis extrêmement heureuse.

je vais très bien, je n'ai plus de mal du tout, je vais revoir
Cosette, j'ai même très faim. Il y a près de cinq ans que
je ne l'ai vue. Vous ne vous figurez pas, vous, comme
cela vous tient, les enfants ! Et puis elle sera si gentille,
vous verrez ! Si vous saviez, elle a de si jolis petits doigts
roses ! D'abord elle aura de très belles mains. À un an,
elle avait des mains ridicules. Ainsi ! — Elle doit être
grande à présent. Cela vous a sept ans. C'est une demoiselle. Je l'appelle Cosette, mais elle s'appelle Euphrasie.
Tenez, ce matin, je regardais de la poussière qui était
sur la cheminée et j'avais bien l'idée comme cela que je
reverrais bientôt Cosette. Mon Dieu ! comme on a tort
d'être des années sans voir ses enfants ! on devrait bien
réfléchir que la vie n'est pas éternelle ! Oh ! comme il
est bon d'être parti, monsieur le maire ! C'est vrai ça,
qu'il fait bien froid ? avait-il son manteau au moins ? Il
sera ici demain, n'est-ce pas ? Ce sera demain fête.
Demain matin, ma sœur, vous me ferez penser à mettre
mon petit bonnet qui a de la dentelle. Montfermeil, c'est
un pays. J'ai fait cette route-là, à pied, dans le temps. Il
y a eu bien loin pour moi. Mais les diligences vont très
vite ! Il sera ici demain avec Cosette. Combien y a-t-il
d'ici Montfermeil ?

La sœur, qui n'avait aucune idée des distances, répondit : — Oh ! je crois bien qu'il pourra être ici demain.

— Demain ! demain ! dit Fantine, je verrai Cosette
demain ! Voyez-vous, bonne sœur du bon Dieu, je
ne suis plus malade. Je suis folle. Je danserais, si on
voulait.

Quelqu'un qui l'eût vue un quart d'heure auparavant
n'y eût rien compris. Elle était maintenant toute rose,
elle parlait d'une voix vive et naturelle, toute sa figure
n'était qu'un sourire. Par moments elle riait en se parlant tout bas. Joie de mère, c'est presque joie d'enfant.

— Eh bien, reprit la religieuse, vous voilà heureuse,
obéissez-moi, ne parlez plus.

Fantine posa sa tête sur l'oreiller et dit à demi-voix :
— Oui, recouche-toi, sois sage puisque tu vas avoir ton

enfant. Elle a raison, sœur Simplice. Tous ceux qui sont ici ont raison.

Et puis, sans bouger, sans remuer la tête, elle se mit à regarder partout avec ses yeux tout grands ouverts et un air joyeux, et elle ne dit plus rien.

La sœur referma ses rideaux, espérant qu'elle s'assoupirait.

Entre sept et huit heures le médecin vint. N'entendant aucun bruit, il crut que Fantine dormait, entra doucement et s'approcha du lit sur la pointe du pied. Il entr'ouvrit les rideaux, et à la lueur de la veilleuse il vit les grands yeux calmes de Fantine qui le regardaient.

Elle lui dit : — Monsieur, n'est-ce pas, on me laissera la coucher à côté de moi dans un petit lit ?

Le médecin crut qu'elle délirait. Elle ajouta :

— Regardez plutôt, il y a juste de la place.

Le médecin prit à part la sœur Simplice qui lui expliqua la chose, que M. Madeleine était absent pour un jour ou deux, et que, dans le doute, on n'avait pas cru devoir détromper la malade qui croyait monsieur le maire parti pour Montfermeil ; qu'il était possible en somme qu'elle eût deviné juste. Le médecin approuva.

Il se rapprocha du lit de Fantine, qui reprit :

— C'est que, voyez-vous, le matin, quand elle s'éveillera, je lui dirai bonjour à ce pauvre chat, et la nuit, moi qui ne dors pas, je l'entendrai dormir. Sa petite respiration si douce, cela me fera du bien.

— Donnez-moi votre main, dit le médecin.

Elle tendit son bras, et s'écria en riant.

— Ah ! tiens ! au fait, c'est vrai, vous ne savez pas ! c'est que je suis guérie. Cosette arrive demain.

Le médecin fut surpris. Elle était mieux. L'oppression était moindre. Le pouls avait repris de la force. Une sorte de vie survenue tout à coup ranimait ce pauvre être épuisé.

— Monsieur le docteur, reprit-elle, la sœur vous a-t-elle dit que monsieur le maire était allé chercher le chiffon ?

Le médecin recommanda le silence et qu'on évitât toute émotion pénible. Il prescrivit une infusion de quinquina pur, et, pour le cas où la fièvre reprendrait dans la nuit, une potion calmante. En s'en allant, il dit à la sœur : — Cela va mieux. Si le bonheur voulait qu'en effet monsieur le maire arrivât demain avec l'enfant, qui sait ? il y a des crises si étonnantes, on a vu de grandes joies arrêter court des maladies ; je sais bien que celle-ci est une maladie organique, et bien avancée, mais c'est un tel mystère que tout cela ! Nous la sauverions peut-être.

VII

LE VOYAGEUR ARRIVÉ

PREND SES PRÉCAUTIONS

POUR REPARTIR

Il était près de huit heures du soir quand la carriole que nous avons laissée en route entra sous la porte cochère de l'hôtel de la Poste à Arras. L'homme que nous avons suivi jusqu'à ce moment en descendit, répondit d'un air distrait aux empressements des gens de l'auberge, renvoya le cheval de renfort, et conduisit lui-même le petit cheval blanc à l'écurie ; puis il poussa la porte d'une salle de billard qui était au rez-de-chaussée, s'y assit, et s'accouda sur une table. Il avait mis quatorze heures à ce trajet qu'il comptait faire en six. Il se rendait la justice que ce n'était pas sa faute ; mais au fond il n'en était pas fâché.

La maîtresse de l'hôtel entra.

— Monsieur couche-t-il ? monsieur soupe-t-il ?

Il fit un signe de tête négatif.

— Le garçon d'écurie dit que le cheval de monsieur est bien fatigué !

Ici il rompit le silence.

— Est-ce que le cheval ne pourra pas repartir demain matin ?

— Oh ! monsieur ! il lui faut au moins deux jours de repos.

Il demanda :

— N'est-ce pas ici le bureau de poste ?

— Oui, monsieur.

L'hôtesse le mena à ce bureau ; il montra son passeport et s'informa s'il y avait moyen de revenir cette nuit même à Montreuil-sur-mer par la malle ; la place à côté du courrier était justement vacante ; il la retint et la paya. — Monsieur, dit le buraliste, ne manquez pas d'être ici pour partir à une heure précise du matin.

Cela fait, il sortit de l'hôtel et se mit à marcher dans la ville.

Il ne connaissait pas Arras, les rues étaient obscures, et il allait au hasard. Cependant il semblait s'obstiner à ne pas demander son chemin aux passants. Il traversa la petite rivière Crinchon et se trouva dans un dédale de ruelles étroites où il se perdit. Un bourgeois cheminait avec un falot. Après quelque hésitation, il prit le parti de s'adresser à ce bourgeois, non sans avoir d'abord regardé devant et derrière lui, comme s'il craignait que quelqu'un n'entendît la question qu'il allait faire.

— Monsieur, dit-il, le palais de justice, s'il vous plaît ?

— Vous n'êtes pas de la ville, monsieur ? répondit le bourgeois qui était un assez vieux homme, eh bien, suivez-moi. Je vais précisément du côté du palais de justice, c'est-à-dire du côté de l'hôtel de la préfecture. Car on répare en ce moment le palais, et provisoirement les tribunaux ont leurs audiences à la préfecture.

— Est-ce là, demanda-t-il, qu'on tient les assises ?

— Sans doute, monsieur. Voyez-vous, ce qui est la préfecture aujourd'hui était l'évêché avant la révolution. Monsieur de Conzié, qui était évêque en quatre-vingt-deux, y a fait bâtir une grande salle C'est dans cette grande salle qu'on juge.

Chemin faisant, le bourgeois lui dit :

— Si c'est un procès que monsieur veut voir, il est un peu tard. Ordinairement les séances finissent à six heures.

Cependant, comme ils arrivaient sur la grande place, le bourgeois lui montra quatre longues fenêtres éclairées sur la façade d'un vaste bâtiment ténébreux.

— Ma foi, monsieur, vous arrivez à temps, vous avez du bonheur. Voyez-vous ces quatre fenêtres ? c'est la cour d'assises. Il y a de la lumière. Donc ce n'est pas fini. L'affaire aura traîné en longueur et on fait une audience du soir. Vous vous intéressez à cette affaire ? Est-ce que c'est un procès criminel ? Est-ce que vous êtes témoin ?

Il répondit :

— Je ne viens pour aucune affaire, j'ai seulement à parler à un avocat.

— C'est différent, dit le bourgeois. Tenez, monsieur, voici la porte. Où est le factionnaire. Vous n'aurez qu'à monter le grand escalier.

Il se conforma aux indications du bourgeois, et, quelques minutes après, il était dans une salle où il y avait beaucoup de monde et où des groupes mêlés d'avocats en robe chuchotaient çà et là.

C'est toujours une chose qui serre le cœur de voir ces attroupements d'hommes vêtus de noir qui murmurent entre eux à voix basse sur le seuil des chambres de justice. Il est rare que la charité et la pitié sortent de toutes ces paroles. Ce qui en sort le plus souvent, ce sont des condamnations faites d'avance. Tous ces groupes semblent à l'observateur qui passe et qui rêve autant de ruches sombres où des espèces d'esprits bourdonnants construisent en commun toutes sortes d'édifices ténébreux.

Cette salle, spacieuse et éclairée d'une seule lampe, était une ancienne antichambre de l'évêché et servait de salle des pas perdus. Une porte à deux battants, fermée en ce moment, la séparait de la grande chambre où siégeait la cour d'assises.

L'obscurité était telle qu'il ne craignit pas de s'adresser au premier avocat qu'il rencontra.

— Monsieur, dit-il, où en est-on ?

— C'est fini, dit l'avocat.

— Fini !

Ce mot fut répété d'un tel accent que l'avocat se retourna.

— Pardon, monsieur, vous êtes peut-être un parent ?

— Non. Je ne connais personne ici. Et y a-t-il eu condamnation ?

— Sans doute. Cela n'était guère possible autrement.

— Aux travaux forcés ?...

— À perpétuité.

Il reprit d'une voix tellement faible qu'on l'entendait à peine ·

— L'identité a donc été constatée ?

— Quelle identité ? répondit l'avocat. Il n'y avait pas d'identité à constater. L'affaire était simple. Cette femme avait tué son enfant, l'infanticide a été prouvé, le jury a écarté la préméditation, on l'a condamnée à vie.

— C'est donc une femme ? dit-il.

— Mais sûrement. La fille Limosin. De quoi me parlez-vous donc ?

— De rien. Mais puisque c'est fini, comment se fait-il que la salle soit encore éclairée ?

— C'est pour l'autre affaire qu'on a commencée il y a à peu près deux heures.

— Quelle autre affaire ?

— Oh ! celle-là est claire aussi. C'est une espèce de gueux, un récidiviste, un galérien, qui a volé. Je ne sais plus trop son nom. En voilà un qui vous a une mine de bandit. Rien que pour avoir cette figure-là, je l'enverrais aux galères.

— Monsieur, demanda-t-il, y a-t-il moyen de pénétrer dans la salle ?

— Je ne crois vraiment pas. Il y a beaucoup de foule. Cependant l'audience est suspendue. Il y a des gens qui sont sortis, et, à la reprise de l'audience, vous pourrez essayer.

— Par où entre-t-on ?

— Par cette grande porte.

L'avocat le quitta. En quelques instants, il avait éprouvé, presque en même temps, presque mêlées, toutes les émotions possibles. Les paroles de cet indifférent lui avaient tour à tour traversé le cœur comme des aiguilles de glace et comme des lames de feu. Quand il vit que rien n'était terminé, il respira ; mais il n'eût pu dire si ce qu'il ressentait était du contentement ou de la douleur.

Il s'approcha de plusieurs groupes et il écouta ce qu'on disait. Le rôle de la session étant très chargé, le président avait indiqué pour ce même jour deux affaires simples et courtes. On avait commencé par l'infanticide, et maintenant on en était au forçat, au récidiviste, au « cheval de retour ». Cet homme avait volé des pommes, mais cela ne paraissait pas bien prouvé ; ce qui était prouvé, c'est qu'il avait été déjà aux galères à Toulon. C'est ce qui faisait son affaire mauvaise. Du reste, l'interrogatoire de l'homme était terminé et les dépositions des témoins ; mais il y avait encore les plaidoiries de l'avocat et le réquisitoire du ministère public ; cela ne devait guère finir avant minuit. L'homme serait probablement condamné ; l'avocat général était très bon, — et ne *manquait* pas ses accusés ; — c'était un garçon d'esprit qui faisait des vers.

Un huissier se tenait debout près de la porte qui communiquait avec la salle des assises. Il demanda à cet huissier :

— Monsieur, la porte va-t-elle bientôt s'ouvrir ?

— Elle ne s'ouvrira pas, dit l'huissier.

— Comment ! on ne l'ouvrira pas à la reprise de l'audience ? est-ce que l'audience n'est pas suspendue ?

— L'audience vient d'être reprise, répondit l'huissier, mais la porte ne se rouvrira pas.

— Pourquoi ?

— Parce que la salle est pleine.

— Quoi ? il n'y a plus une place ?

— Plus une seule. La porte est fermée. Personne ne peut plus entrer.

L'huissier ajouta après un silence : — Il y a bien encore deux ou trois places derrière monsieur le président, mais monsieur le président n'y admet que les fonctionnaires publics.

Cela dit, l'huissier lui tourna le dos.

Il se retira la tête baissée, traversa l'antichambre et redescendit l'escalier lentement, comme hésitant à chaque marche. Il est probable qu'il tenait conseil avec lui-même. Le violent combat qui se livrait en lui depuis la veille n'était pas fini ; et, à chaque instant, il en traversait quelque nouvelle péripétie. Arrivé sur le palier de l'escalier, il s'adossa à la rampe et croisa les bras. Tout à coup il ouvrit sa redingote, prit son portefeuille, en tira un crayon, déchira une feuille, et écrivit rapidement sur cette feuille à la lueur du réverbère cette ligne : — *M. Madeleine, maire de Montreuil-sur-mer.* Puis il remonta l'escalier à grands pas, fendit la foule, marcha droit à l'huissier, lui remit le papier, et lui dit avec autorité : — Portez ceci à monsieur le président.

L'huissier prit le papier, y jeta un coup d'œil et obéit.

VIII

ENTRÉE DE FAVEUR

Sans qu'il s'en doutât, le maire de Montreuil-sur-mer avait une sorte de célébrité. Depuis sept ans que sa répu-

tation de vertu remplissait tout le bas Boulonnais, elle
avait fini par franchir les limites d'un petit pays et s'était
répandue dans les deux ou trois départements voisins.
Outre le service considérable qu'il avait rendu au chef-
lieu en y restaurant l'industrie des verroteries noires, il
n'était pas une des cent quarante et une communes de
l'arrondissement de Montreuil-sur-mer qui ne lui dût
quelque bienfait. Il avait su même au besoin aider et
féconder les industries des autres arrondissements.
C'est ainsi qu'il avait dans l'occasion soutenu de son
crédit et de ses fonds la fabrique de tulle de Boulogne,
la filature de lin à la mécanique de Frévent et la manufacture hydraulique de toiles de Boubers-sur-Canche.
Partout on prononçait avec vénération le nom de M.
Madeleine. Arras et Douai enviaient son maire à l'heureuse petite ville de Montreuil-sur-mer.

Le conseiller à la cour royale de Douai, qui présidait
cette session des assises à Arras, connaissait comme
tout le monde ce nom si profondément et si universel-
lement honoré. Quand l'huissier, ouvrant discrètement
la porte qui communiquait de la chambre du conseil à
l'audience, se pencha derrière le fauteuil du président
et lui remit le papier où était écrite la ligne qu'on vient
de lire, en ajoutant : *Ce monsieur désire assister à
l'audience*, le président fit un vif mouvement de déférence, saisit une plume, écrivit quelques mots au bas
du papier, et le rendit à l'huissier en lui disant : Faites
entrer.

L'homme malheureux dont nous racontons l'histoire
était resté près de la porte de la salle à la même place
et dans la même attitude où l'huissier l'avait quitté. Il
entendit, à travers sa rêverie, quelqu'un qui lui disait :
Monsieur veut-il bien me faire l'honneur de me suivre ?
C'était ce même huissier qui lui avait tourné le dos l'instant d'auparavant et qui maintenant le saluait jusqu'à
terre. L'huissier en même temps lui remit le papier. Il
le déplia, et, comme il se rencontrait qu'il était près de
la lampe, il put lire :

« Le président de la cour d'assises présente son respect à M. Madeleine. »

Il froissa le papier entre ses mains, comme si ces quelques mots eussent eu pour lui un arrière-goût étrange et amer.

Il suivit l'huissier.

Quelques minutes après, il se trouvait seul dans une espèce de cabinet lambrissé, d'un aspect sévère, éclairé par deux bougies posées sur une table à tapis vert. Il avait encore dans l'oreille les dernières paroles de l'huissier qui venait de le quitter : « Monsieur, vous voici dans la chambre du conseil ; vous n'avez qu'à tourner le bouton de cuivre de cette porte, et vous vous trouverez dans l'audience derrière le fauteuil de monsieur le président. » — Ces paroles se mêlaient dans sa pensée à un souvenir vague de corridors étroits et d'escaliers noirs qu'il venait de parcourir.

L'huissier l'avait laissé seul. Le moment suprême était arrivé. Il cherchait à se recueillir sans pouvoir y parvenir. C'est surtout aux heures où l'on aurait le plus besoin de les rattacher aux réalités poignantes de la vie que tous les fils de la pensée se rompent dans le cerveau. Il était dans l'endroit même où les juges délibèrent et condamnent. Il regardait avec une tranquillité stupide cette chambre paisible et redoutable où tant d'existences avaient été brisées, où son nom allait retentir tout à l'heure, et que sa destinée traversait en ce moment. Il regardait la muraille, puis il se regardait lui-même, s'étonnant que ce fût cette chambre et que ce fût lui.

Il n'avait pas mangé depuis plus de vingt-quatre heures, il était brisé par les cahots de la carriole, mais il ne le sentait pas ; il lui semblait qu'il ne sentait rien.

Il s'approcha d'un cadre noir qui était accroché au mur et qui contenait sous verre une vieille lettre autographe de Jean-Nicolas Pache, maire de Paris et ministre, datée, sans doute par erreur, du 9 *juin* an II, et dans laquelle Pache envoyait à la commune la liste des ministres et des députés tenus en arrestation chez eux. Un témoin qui l'eût pu voir et qui l'eût observé en cet instant eût sans doute imaginé que cette lettre lui paraissait bien curieuse, car il n'en détachait pas ses yeux, et il la lut deux ou trois fois. Il la lisait sans y faire attention et à son insu. Il pensait à Fantine et à Cosette.

Tout en rêvant, il se retourna, et ses yeux rencontrèrent le bouton de cuivre de la porte qui le séparait de la salle des assises. Il avait presque oublié cette porte. Son regard, d'abord calme, s'y arrêta, resta attaché à ce bouton de cuivre, puis devint effaré et fixe, et s'empreignit peu à peu d'épouvante. Des gouttes de sueur lui sortaient d'entre les cheveux et ruisselaient sur ses tempes.

À un certain moment, il fit avec une sorte d'autorité mêlée de rébellion ce geste indescriptible qui veut dire et qui dit si bien : *Pardieu ! qui est-ce qui m'y force ?* Puis il se tourna vivement, vit devant lui la porte par laquelle il était entré, y alla, l'ouvrit, et sortit. Il n'était plus dans cette chambre, il était dehors, dans un corridor, un corridor long, étroit, coupé de degrés et de guichets, faisant toutes sortes d'angles, éclairé çà et là de réverbères pareils à des veilleuses de malades, le corridor par où il était venu. Il respira, il écouta ; aucun bruit derrière lui, aucun bruit devant lui ; il se mit à fuir comme si on le poursuivait.

Quand il eut doublé plusieurs des coudes de ce couloir, il écouta encore. C'était toujours le même silence et la même ombre autour de lui. Il était essoufflé, il chancelait, il s'appuya au mur. La pierre était froide, sa sueur était glacée sur son front, il se redressa en frissonnant.

Alors, là, seul, debout dans cette obscurité, tremblant de froid et d'autre chose peut-être, il songea.

Il avait songé toute la nuit, il avait songé toute la journée ; il n'entendait plus en lui qu'une voix qui disait · hélas !

Un quart d'heure s'écoula ainsi. Enfin, il pencha la tête, soupira avec angoisse, laissa pendre ses bras, et

revint sur ses pas. Il marchait lentement et comme accablé. Il semblait que quelqu'un l'eût atteint dans sa fuite
et le ramenât.

Il rentra dans la chambre du conseil. La première
chose qu'il aperçut, ce fut la gâchette de la porte. Cette
gâchette, ronde et en cuivre poli, resplendissait pour lui
comme une effroyable étoile. Il la regardait comme une
brebis regarderait l'œil d'un tigre.

Ses yeux ne pouvaient s'en détacher.

De temps en temps il faisait un pas et se rapprochait
de la porte.

S'il eût écouté, il eût entendu, comme une sorte de
murmure confus, le bruit de la salle voisine ; mais il
n'écoutait pas, et il n'entendait pas.

Tout à coup, sans qu'il sût lui-même comment, il se
trouva près de la porte. Il saisit convulsivement le bouton ; la porte s'ouvrit.

Il était dans la salle d'audience.

IX

UN LIEU OÙ DES CONVICTIONS
SONT EN TRAIN DE SE FORMER

Il fit un pas, referma machinalement la porte derrière
lui, et resta debout, considérant ce qu'il voyait.

C'était une assez vaste enceinte à peine éclairée, tantôt pleine de rumeur, tantôt pleine de silence, où tout
l'appareil d'un procès criminel se développait avec sa
gravité mesquine et lugubre au milieu de la foule.

À un bout de la salle, celui où il se trouvait, des juges
à l'air distrait, en robe usée, se rongeant les ongles ou
fermant les paupières ; à l'autre bout, une foule en haillons ; des avocats dans toutes sortes d'attitudes ; des
soldats au visage honnête et dur ; de vieilles boiseries
tachées, un plafond sale, des tables couvertes d'une

serge plutôt jaune que verte, des portes noircies par les mains ; à des clous plantés dans le lambris, des quinquets d'estaminet donnant plus de fumée que de clarté ; sur les tables, des chandelles dans des chandeliers de cuivre ; l'obscurité, la laideur, la tristesse ; et de tout cela se dégageait une impression austère et auguste, car on y sentait cette grande chose humaine qu'on appelle la loi et cette grande chose divine qu'on appelle la justice.

Personne dans cette foule ne fit attention à lui. Tous les regards convergeaient vers un point unique, un banc de bois adossé à une petite porte, le long de la muraille, à gauche du président. Sur ce banc, que plusieurs chandelles éclairaient, il y avait un homme entre deux gendarmes.

Cet homme, c'était l'homme [1].

Il ne le chercha pas, il le vit. Ses yeux allèrent là naturellement, comme s'ils avaient su d'avance où était cette figure.

Il crut se voir lui-même, vieilli, non pas sans doute absolument semblable de visage, mais tout pareil d'attitude et d'aspect, avec ces cheveux hérissés, avec cette prunelle fauve et inquiète, avec cette blouse, tel qu'il était le jour où il entrait à Digne, plein de haine et cachant dans son âme ce hideux trésor de pensées affreuses qu'il avait mis dix-neuf ans à ramasser sur le pavé du bagne.

Il se dit avec un frémissement : — Mon Dieu ! est-ce que je redeviendrai ainsi ?

Cet être paraissait au moins soixante ans. Il avait je ne sais quoi de rude, de stupide et d'effarouché.

Au bruit de la porte, on s'était rangé pour lui faire place, le président avait tourné la tête, et comprenant que le personnage qui venait d'entrer était M. le maire de Montreuil-sur-mer, il l'avait salué. L'avocat général, qui avait vu M. Madeleine à Montreuil-sur-mer où des opérations de son ministère l'avaient plus d'une fois appelé, le reconnut, et salua également. Lui s'en aperçut à peine. Il était en proie à une sorte d'hallucination ; il regardait.

Des juges, un greffier, des gendarmes, une foule de têtes cruellement curieuses, il avait déjà vu cela une fois, autrefois, il y avait vingt-sept ans. Ces choses funestes, il les retrouvait ; elles étaient là, elles remuaient, elles existaient. Ce n'était plus un effort de sa mémoire, un mirage de sa pensée, c'étaient de vrais gendarmes et de vrais juges, une vraie foule et de vrais hommes en chair et en os. C'en était fait, il voyait reparaître et revivre autour de lui, avec tout ce que la réalité a de formidable, les aspects monstrueux de son passé.

Tout cela était béant devant lui.

Il en eut horreur, il ferma les yeux, et s'écria au plus profond de son âme : jamais !

Et par un jeu tragique de la destinée qui faisait trembler toutes ses idées et le rendait presque fou, c'était un autre lui-même qui était là ! Cet homme qu'on jugeait, tous l'appelaient Jean Valjean !

Il avait sous les yeux, vision inouïe, une sorte de représentation du moment le plus horrible de sa vie, jouée par son fantôme.

Tout y était, c'était le même appareil, la même heure de nuit, presque les mêmes faces de juges, de soldats et de spectateurs. Seulement, au-dessus de la tête du président, il y avait un crucifix, chose qui manquait aux tribunaux du temps de sa condamnation. Quand on l'avait jugé, Dieu était absent.

Une chaise était derrière lui ; il s'y laissa tomber, terrifié de l'idée qu'on pouvait le voir. Quand il fut assis, il profita d'une pile de cartons qui était sur le bureau des juges pour dérober son visage à toute la salle. Il pouvait maintenant voir sans être vu. Peu à peu il se remit. Il rentra pleinement dans le sentiment du réel ; il arriva à cette phase de calme où l'on peut écouter.

M. Bamatabois était au nombre des jurés.

Il chercha Javert, mais il ne le vit pas. Le banc des

témoins lui était caché par la table du greffier. Et puis,
nous venons de le dire, la salle était à peine éclairée.

Au moment où il était entré, l'avocat de l'accusé achevait sa plaidoirie. L'attention de tous était excitée au
plus haut point ; l'affaire durait depuis trois heures.
Depuis trois heures, cette foule regardait plier peu à peu
sous le poids d'une vraisemblance terrible un homme,
un inconnu, une espèce d'être misérable, profondément
stupide ou profondément habile. Cet homme, on le sait
déjà, était un vagabond qui avait été trouvé dans un
champ, emportant une branche chargée de pommes
mûres, cassée à un pommier dans un clos voisin, appelé
le clos Pierron. Qui était cet homme ? Une enquête avait
eu lieu ; des témoins venaient d'être entendus, ils
avaient été unanimes, des lumières avaient jailli de tout
le débat. L'accusation disait : — Nous ne tenons pas seulement un voleur de fruits, un maraudeur ; nous tenons
là, dans notre main, un bandit, un relaps en rupture de
ban, un ancien forçat, un scélérat des plus dangereux,
un malfaiteur appelé Jean Valjean que la justice recherche depuis longtemps, et qui, il y a huit ans, en sortant
du bagne de Toulon, a commis un vol de grand chemin
à main armée sur la personne d'un enfant savoyard
appelé Petit-Gervais, crime prévu par l'article 383 du
code pénal, pour lequel nous nous réservons de le pour-
suivre ultérieurement, quand l'identité sera judiciaire-
ment acquise. Il vient de commettre un nouveau vol.
C'est un cas de récidive. Condamnez-le pour le fait nouveau ; il sera jugé plus tard pour le fait ancien. — Devant
cette accusation, devant l'unanimité des témoins,
l'accusé paraissait surtout étonné. Il faisait des gestes
et des signes qui voulaient dire non, ou bien il considérait le plafond. Il parlait avec peine, répondait avec
embarras, mais de la tête aux pieds toute sa personne
niait. Il était comme un idiot en présence de toutes ces
intelligences rangées en bataille autour de lui, et comme
un étranger au milieu de cette société qui le saisissait.
Cependant il y allait pour lui de l'avenir le plus mena-

çant, la vraisemblance croissait à chaque minute, et toute cette foule regardait avec plus d'anxiété que lui-même cette sentence pleine de calamités qui penchait sur lui de plus en plus. Une éventualité laissait même entrevoir, outre le bagne, la peine de mort possible, si l'identité était reconnue et si l'affaire Petit-Gervais se terminait plus tard par une condamnation. Qu'était-ce que cet homme ? De quelle nature était son apathie ? Était-ce imbécillité ou ruse ? Comprenait-il trop, ou ne comprenait-il pas du tout ? Questions qui divisaient la foule et semblaient partager le jury. Il y avait dans ce procès ce qui effraye et ce qui intrigue ; le drame n'était pas seulement sombre, il était obscur.

Le défenseur avait assez bien plaidé, dans cette langue de province qui a longtemps constitué l'éloquence du barreau et dont usaient jadis tous les avocats, aussi bien à Paris qu'à Romorantin ou à Montbrison, et qui aujourd'hui, étant devenue classique, n'est plus guère parlée que par les orateurs officiels du parquet, auxquels elle convient par sa sonorité grave et son allure majestueuse ; langue où un mari s'appelle *un époux*, une femme, *une épouse*, Paris, *le centre des arts et de la civilisation*, le roi, *le monarque*, monseigneur l'évêque, *un saint pontife*, l'avocat général, *l'éloquent interprète de la vindicte*, la plaidoirie, *les accents qu'on vient d'entendre*, le siècle de Louis XIV, *le grand siècle*, un théâtre, *le temple de Melpomène*, la famille régnante, *l'auguste sang de nos rois*, un concert, *une solennité musicale*, monsieur le général commandant le département, *l'illustre guerrier qui*, etc., les élèves du séminaire, *ces tendres lévites*, les erreurs imputées aux journaux, *l'imposture qui distille son venin dans les colonnes de ces organes*, etc., etc.

— L'avocat donc avait commencé par s'expliquer sur le vol des pommes, — chose malaisée en beau style ; mais Bénigne Bossuet lui-même a été obligé de faire allusion à une poule en pleine oraison funèbre, et il s'en est tiré avec pompe. L'avocat avait établi que le vol de pommes n'était pas matériellement prouvé. — Son client, qu'en sa qualité de défenseur, il persistait à appeler Champmathieu, n'avait été vu de personne escaladant le mur ou cassant la branche. On l'avait arrêté nanti de cette branche (que l'avocat appelait plus volontiers *rameau*) ; mais il disait l'avoir trouvée à terre et ramassée. Où était la preuve du contraire ? — Sans doute cette branche avait été cassée et dérobée après escalade, puis jetée là par le maraudeur alarmé ; sans doute il y avait un voleur. Mais qu'est-ce qui prouvait que ce voleur était Champmathieu ? Une seule chose. Sa qualité d'ancien forçat. L'avocat ne niait pas que cette qualité ne parût malheureusement bien constatée ; l'accusé avait résidé à Faverolles ; l'accusé y avait été émondeur ; le nom de Champmathieu pouvait bien avoir pour origine Jean Mathieu ; tout cela était vrai ; enfin quatre témoins reconnaissaient sans hésiter et positivement Champmathieu pour être le galérien Jean Valjean ; à ces indications, à ces témoignages, l'avocat ne pouvait opposer que la dénégation de son client, dénégation intéressée ; mais en supposant qu'il fût le forçat Jean Valjean, cela prouvait-il qu'il fût le voleur des pommes ? C'était une présomption, tout au plus ; non une preuve. L'accusé, cela était vrai, et le défenseur « dans sa bonne foi » devait en convenir, avait adopté « un mauvais système de défense ». Il s'obstinait à nier tout, le vol et sa qualité de forçat. Un aveu sur ce dernier point eût mieux valu, à coup sûr, et lui eût concilié l'indulgence de ses juges ; l'avocat le lui avait conseillé ; mais l'accusé s'y était refusé obstinément, croyant sans doute sauver tout en n'avouant rien. C'était un tort ; mais ne fallait-il pas considérer la brièveté de cette intelligence ? Cet homme était visiblement stupide. Un long malheur au bagne, une longue misère hors du bagne, l'avaient abruti, etc., etc. Il se défendait mal, était-ce une raison pour le condamner ? Quant à l'affaire Petit-Gervais, l'avocat n'avait pas à la discuter, elle n'était point dans la cause. L'avocat concluait en suppliant le jury et la cour, si l'identité de Jean Valjean leur paraissait évidente, de lui appliquer les peines de police qui s'adressent au condamné en rupture de ban, et non le châtiment épouvantable qui frappe le forçat récidiviste.

L'avocat général répliqua au défenseur. Il fut violent et fleuri, comme sont habituellement les avocats généraux.

Il félicita le défenseur de sa « loyauté », et profita habilement de cette loyauté. Il atteignit l'accusé par toutes les concessions que l'avocat avait faites. L'avocat semblait accorder que l'accusé était Jean Valjean. Il en prit acte. Cet homme était donc Jean Valjean. Ceci était acquis à l'accusation et ne pouvait plus se contester. Ici, par une habile antonomase, remontant aux sources et aux causes de la criminalité, l'avocat général tonna contre l'immoralité de l'école romantique, alors à son aurore sous le nom d'*école satanique* que lui avaient décerné les critiques de *l'Oriflamme* et de *la Quotidienne*, il attribua, non sans vraisemblance, à l'influence de cette littérature perverse le délit de Champmathieu, ou pour mieux dire, de Jean Valjean. Ces considérations épuisées, il passa à Jean Valjean lui-même. Qu'était-ce que Jean Valjean ? Description de Jean Valjean. Un monstre vomi, etc. Le modèle de ces sortes de descriptions est dans le récit de Théramène, lequel n'est pas utile à la tragédie, mais rend tous les jours de grands services à l'éloquence judiciaire. L'auditoire et les jurés « frémirent ». La description achevée, l'avocat général reprit, dans un mouvement oratoire fait pour exciter au plus haut point le lendemain matin l'enthousiasme du Journal de la Préfecture : — Et c'est un pareil homme, etc., etc., etc., vagabond, mendiant, sans moyens d'existence, etc., etc., — accoutumé par sa vie passée aux actions coupables et peu corrigé par son séjour au bagne, comme le prouve le crime commis sur Petit-Gervais, etc., etc., — c'est un homme pareil qui, trouvé sur la voie publique en flagrant délit de vol, à quelques pas d'un mur escaladé, tenant encore à la main l'objet volé, nie le flagrant délit, le vol, l'escalade, nie tout, nie jusqu'à son nom, nie jusqu'à son identité ! Outre cent autres preuves sur lesquelles nous ne revenons pas, quatre témoins le reconnaissent, Javert, l'intègre inspecteur de police Javert, et trois de ses anciens compagnons d'ignominie, les forçats Brevet, Chenildieu et Cochepaille. Qu'oppose-t-il à cette unanimité foudroyante ? Il nie. Quel endurcissement ! Vous ferez justice, messieurs les jurés, etc., etc. — Pendant que l'avocat général parlait, l'accusé écoutait, la bouche ouverte, avec une sorte d'étonnement où il entrait bien quelque admiration. Il était évidemment surpris qu'un homme pût parler comme cela. De temps en temps, aux moments les plus « énergiques » du réquisitoire, dans ces instants où l'éloquence, qui ne peut se contenir, déborde dans un flux d'épithètes flétrissantes et enveloppe l'accusé comme un orage, il remuait lentement la tête de droite à gauche et de gauche à droite, sorte de protestation triste et muette dont il se contentait depuis le commencement des débats. Deux ou trois fois les spectateurs placés le plus près de lui l'entendirent dire à demi-voix : — Voilà ce que c'est, de n'avoir pas demandé à M. Baloup ! — L'avocat général fit remarquer au jury cette attitude hébétée, calculée évidemment, qui dénotait, non l'imbécillité, mais l'adresse, la ruse, l'habitude de tromper la justice, et qui mettait dans tout son jour « la profonde perversité » de cet homme. Il termina en faisant ses réserves pour l'affaire Petit-Gervais, et en réclamant une condamnation sévère.

C'était, pour l'instant, on s'en souvient, les travaux forcés à perpétuité.

Le défenseur se leva, commença par complimenter « monsieur l'avocat général » sur son « admirable parole », puis répliqua comme il put, mais il faiblissait ; le terrain évidemment se dérobait sous lui.

X

LE SYSTÈME DES DÉNÉGATIONS

L'instant de clore les débats était venu. Le président fit lever l'accusé et lui adressa la question d'usage : — Avez-vous quelque chose à ajouter à votre défense ?

L'homme, debout, roulant dans ses mains un affreux bonnet qu'il avait, sembla ne pas entendre.

Le président répéta la question.

Cette fois l'homme entendit. Il parut comprendre, il fit le mouvement de quelqu'un qui se réveille, promena ses yeux autour de lui, regarda le public, les gendarmes, son avocat, les jurés, la cour, posa son poing mons-trueux sur le rebord de la boiserie placée devant son banc, regarda encore, et tout à coup, fixant sont regard sur l'avocat général, il se mit à parler. Ce fut comme une éruption. Il sembla, à la façon dont les paroles s'échappaient de sa bouche, incohérentes, impétueuses, heurtées, pêle-mêle, qu'elles s'y pressaient toutes à la fois pour sortir en même temps. Il dit :

— J'ai à dire ça. Que j'ai été charron à Paris, même que c'était chez monsieur Baloup. C'est un état dur. Dans la chose de charron, on travaille toujours en plein air, dans des cours, sous des hangars chez les bons maî-tres, jamais dans des ateliers fermés, parce qu'il faut des espaces, voyez-vous. L'hiver, on a si froid qu'on se bat les bras pour se réchauffer ; mais les maîtres ne veu-lent pas, ils disent que cela perd du temps. Manier du fer quand il y a de la glace entre les pavés, c'est rude. Ça vous use vite un homme. On est vieux tout jeune dans cet état-là. À quarante ans, un homme est fini. Moi, j'en avais cinquante-trois, j'avais bien du mal. Et puis c'est si méchant les ouvriers ! Quand un bon-homme n'est plus jeune, on vous l'appelle pour tout vieux serin, vieille bête ! Je ne gagnais plus que trente sous par jour, on me payait le moins cher qu'on pouvait, les maîtres profitaient de mon âge. Avec ça, j'avais ma fille qui était blanchisseuse à la rivière. Elle gagnait un peu de son côté. À nous deux, cela allait. Elle avait de la peine aussi. Toute la journée dans un baquet jusqu'à mi-corps, à la pluie, à la neige, avec le vent qui vous coupe la figure ; quand il gèle, c'est tout de même, il faut laver ; il y a des personnes qui n'ont pas beaucoup de linge et qui attendent après ; si on ne lavait pas, on perdrait des pratiques. Les planches sont mal jointes et il vous tombe des gouttes d'eau partout. On a ses jupes toutes mouillées, dessus et dessous. Ça pénètre. Elle a aussi travaillé au lavoir des Enfants-Rouges, où l'eau arrive par des robinets. On n'est pas dans le baquet. On lave devant soi au robinet et on rince derrière soi dans le bassin. Comme c'est fermé, on a moins froid au corps. Mais il y a une buée d'eau chaude qui est terrible et qui vous perd les yeux. Elle revenait à sept heures du soir, et se couchait bien vite ; elle était si fatiguée. Son mari la battait. Elle est morte. Nous n'avons pas été bien heureux. C'était une brave fille qui n'allait pas au bal, qui était bien tranquille. Je me rappelle un mardi gras où elle était couchée à huit heures. Voilà. Je dis vrai. Vous n'avez qu'à demander. Ah, bien oui, demander ! que je suis bête ! Paris, c'est un gouffre. Qui est-ce qui connaît le père Champmathieu ? Pourtant je vous dis monsieur Baloup. Voyez chez monsieur Baloup. Après ça, je ne sais pas ce qu'on me veut.

L'homme se tut, et resta debout. Il avait dit ces choses d'une voix haute, rapide, rauque, dure et enrouée, avec une sorte de naïveté irritée et sauvage. Une fois il s'était interrompu pour saluer quelqu'un dans la foule. Les espèces d'affirmations qu'il semblait jeter au hasard devant lui, lui venaient comme des hoquets, et il ajoutait à chacune d'elles le geste d'un bûcheron qui fend du bois. Quand il eut fini, l'auditoire éclata de rire [1]. Il

regarda le public, et voyant qu'on riait, et ne comprenant pas, il se mit à rire lui-même.

Cela était sinistre.

Le président, homme attentif et bienveillant, éleva la
voix.

Il rappela à « messieurs les jurés » que « le sieur
Baloup, l'ancien maître charron chez lequel l'accusé
disait avoir servi, avait été inutilement cité. Il était en
faillite, et n'avait pu être retrouvé. » Puis se tournant
vers l'accusé, il l'engagea à écouter ce qu'il allait lui dire
et ajouta : — Vous êtes dans une situation où il faut
réfléchir. Les présomptions les plus graves pèsent sur
vous et peuvent entraîner des conséquences capitales.
Accusé, dans votre intérêt, je vous interpelle une dernière fois, expliquez-vous clairement sur ces deux faits :
— Premièrement, avez-vous, oui ou non, franchi le mur
du clos Pierron, cassé la branche et volé les pommes,
c'est-à-dire commis le crime de vol avec escalade ?
Deuxièmement, oui ou non, êtes-vous le forçat libéré
Jean Valjean ?

L'accusé secoua la tête d'un air capable, comme un
homme qui a bien compris et qui sait ce qu'il va répondre. Il ouvrit la bouche, se tourna vers le président
et dit :

— D'abord...

Puis il regarda son bonnet, il regarda le plafond, et
se tut.

— Accusé, reprit l'avocat général d'une voix sévère,
faites attention. Vous ne répondez à rien de ce qu'on
vous demande. Votre trouble vous condamne. Il est évident que vous ne vous appelez pas Champmathieu, que
vous êtes le forçat Jean Valjean caché d'abord sous le
nom de Jean Mathieu qui était le nom de sa mère, que
vous êtes allé en Auvergne, que vous êtes né à Faverolles
où vous avez été émondeur. Il est évident que vous avez
volé avec escalade des pommes mûres dans le clos Pierron. Messieurs les jurés apprécieront.

L'accusé avait fini par se rasseoir ; il se leva brusquement quand l'avocat général eut fini, et s'écria :

— Vous êtes très méchant, vous ! Voilà ce que je voulais dire. Je ne trouvais pas d'abord. Je n'ai rien volé. Je suis un homme qui ne mange pas tous les jours. Je venais d'Ailly, je marchais dans le pays après une ondée qui avait fait la campagne toute jaune, même que les mares débordaient et qu'il ne sortait plus des sables que de petits brins d'herbe au bord de la route, j'ai trouvé une branche cassée par terre où il y avait des pommes, j'ai ramassé la branche sans savoir qu'elle me ferait arriver de la peine. Il y a trois mois que je suis en prison et qu'on me trimballe. Après ça, je ne peux pas dire, on parle contre moi, on me dit : répondez ! le gendarme, qui est bon enfant, me pousse le coude et me dit tout bas : réponds donc. Je ne sais pas expliquer, moi, je n'ai pas fait les études, je suis un pauvre homme. Voilà ce qu'on a tort de ne pas voir. Je n'ai pas volé, j'ai ramassé par terre des choses qu'il y avait. Vous dites Jean Valjean, Jean Mathieu ! Je ne connais pas ces personnes-là. C'est des villageois. J'ai travaillé chez monsieur Baloup, boulevard de l'Hôpital. Je m'appelle Champmathieu. Vous êtes bien malins de me dire où je suis né. Moi, je l'ignore. Tout le monde n'a pas des maisons pour y venir au monde. Ce serait trop commode. Je crois que mon père et ma mère étaient des gens qui allaient sur les routes. Je ne sais pas d'ailleurs. Quand j'étais enfant, on m'appelait Petit, maintenant, on m'appelle Vieux. Voilà mes noms de baptême. Prenez ça comme vous voudrez. J'ai été en Auvergne, j'ai été à Faverolles, pardi ! Eh bien ? est-ce qu'on ne peut pas avoir été en Auvergne et avoir été à Faverolles sans avoir été aux galères ? Je vous dis que je n'ai pas volé, et que je suis le père Champmathieu. J'ai été chez monsieur Baloup, j'ai été domicilié. Vous m'ennuyez avec vos bêtises à la fin ! Pourquoi donc est-ce que le monde est après moi comme des acharnés !

L'avocat général était demeuré debout ; il s'adressa au président :

— Monsieur le président, en présence des dénégations confuses, mais fort habiles de l'accusé, qui voudrait bien se faire passer pour idiot, mais qui n'y parviendra pas, — nous l'en prévenons, — nous requérons qu'il vous plaise et qu'il plaise à la cour appeler de nouveau dans cette enceinte les condamnés Brevet, Cochepaille et Chenildieu et l'inspecteur de police Javert, et les interpeller une dernière fois sur l'identité de l'accusé avec le forçat Jean Valjean.

— Je fais remarquer à monsieur l'avocat général, dit le président, que l'inspecteur de police Javert, rappelé par ses fonctions au chef-lieu d'un arrondissement voisin, a quitté l'audience et même la ville, aussitôt sa déposition faite. Nous lui en avons accordé l'autorisation, avec l'agrément de monsieur l'avocat général et du défenseur de l'accusé.

— C'est juste, monsieur le président, reprit l'avocat général. En l'absence du sieur Javert, je crois devoir rappeler à messieurs les jurés ce qu'il a dit ici-même, il y a peu d'heures. Javert est un homme estimé qui honore par sa rigoureuse et stricte probité des fonctions inférieures, mais importantes. Voici en quels termes il a déposé : — « Je n'ai pas même besoin des présomptions morales et des preuves matérielles qui démentent les dénégations de l'accusé. Je le reconnais parfaitement. Cet homme ne s'appelle pas Champmathieu ; c'est un ancien forçat très méchant et très redouté nommé Jean Valjean. On ne l'a libéré à l'expiration de sa peine qu'avec un extrême regret. Il a subi dix-neuf ans de travaux forcés pour vol qualifié. Il avait cinq ou six fois tenté de s'évader. Outre le vol Petit-Gervais et le vol Pierron, je le soupçonne encore d'un vol commis chez sa grandeur le défunt évêque de Digne. Je l'ai souvent vu, à l'époque où j'étais adjudant garde-chiourme au bagne de Toulon. Je répète que je le reconnais parfaitement. »

Cette déclaration si précise parut produire une vive

impression sur le public et le jury. L'avocat général termina en insistant pour qu'à défaut de Javert, les trois témoins Brevet, Chenildieu et Cochepaille fussent entendus de nouveau et interpellés solennellement.

Le président transmit un ordre à un huissier, et un moment après la porte de la chambre des témoins s'ouvrit. L'huissier, accompagné d'un gendarme prêt à lui prêter main-forte, introduisit le condamné Brevet. L'auditoire était en suspens et toutes les poitrines palpitaient comme si elles n'eussent eu qu'une seule âme.

L'ancien forçat Brevet portait la veste noire et grise des maisons centrales. Brevet était un personnage d'une soixantaine d'années qui avait une espèce de figure d'homme d'affaires et l'air d'un coquin. Cela va quelquefois ensemble. Il était devenu, dans la prison où de nouveaux méfaits l'avaient ramené, quelque chose comme guichetier. C'était un homme dont les chefs disaient : Il cherche à se rendre utile. Les aumôniers portaient bon témoignage de ses habitudes religieuses. Il ne faut pas oublier que ceci se passait sous la restauration.

— Brevet, dit le président, vous avez subi une condamnation infamante et vous ne pouvez prêter serment...

Brevet baissa les yeux.

— Cependant, reprit le président, même dans l'homme que la loi a dégradé, il peut rester, quand la pitié divine le permet, un sentiment d'honneur et d'équité. C'est à ce sentiment que je fais appel à cette heure décisive. S'il existe encore en vous, et je l'espère, réfléchissez avant de me répondre, considérez d'une part cet homme qu'un mot de vous peut perdre, d'autre part la justice qu'un mot de vous peut éclairer. L'instant est solennel, et il est toujours temps de vous rétracter, si vous croyez vous être trompé. — Accusé, levez-vous. — Brevet, regardez bien l'accusé, recueillez vos souvenirs, et dites-nous, en votre âme et conscience, si vous persistez à reconnaître cet homme pour votre ancien camarade de bagne Jean Valjean.

Brevet regarda l'accusé, puis se retourna vers la cour.

— Oui, monsieur le président. C'est moi qui l'ai reconnu le premier et je persiste. Cet homme est Jean Valjean. Entré à Toulon en 1796 et sorti en 1815. Je suis sorti l'an d'après. Il a l'air d'une brute maintenant, alors ce serait que l'âge l'a abruti ; au bagne il était sournois. Je le reconnais positivement.

— Allez vous asseoir, dit le président. Accusé, restez debout.

On introduisit Chenildieu, forçat à vie, comme l'indiquaient sa casaque rouge et son bonnet vert. Il subissait sa peine au bagne de Toulon, d'où on l'avait extrait pour cette affaire. C'était un petit homme d'environ cinquante ans, vif, ridé, chétif, jaune, effronté, fiévreux, qui avait dans tous ses membres et dans toute sa personne une sorte de faiblesse maladive et dans le regard une force immense. Ses compagnons du bagne l'avaient surnommé Je-nie-Dieu.

Le président lui adressa à peu près les mêmes paroles qu'à Brevet. Au moment où il lui rappela que son infamie lui ôtait le droit de prêter serment, Chenildieu leva la tête et regarda la foule en face. Le président l'invita à se recueillir et lui demanda, comme à Brevet, s'il persistait à reconnaître l'accusé.

Chenildieu éclata de rire.

— Pardine ! si je le reconnais ! nous avons été cinq ans attachés à la même chaîne. Tu boudes donc, mon vieux ?

— Allez vous asseoir, dit le président.

L'huissier amena Cochepaille. Cet autre condamné à perpétuité, venu du bagne et vêtu de rouge comme Chenildieu, était un paysan de Lourdes et un demi-ours des Pyrénées. Il avait gardé des troupeaux dans la montagne, et de pâtre il avait glissé brigand. Cochepaille n'était pas moins sauvage et paraissait plus stupide encore que l'accusé. C'était un de ces malheureux hommes que la nature à ébauchés en bêtes fauves et que la société termine en galériens.

Le président essaya de le remuer par quelques paroles pathétiques et graves et lui demanda, comme aux deux autres, s'il persistait, sans hésitation et sans trouble, à reconnaître l'homme debout devant lui.

— C'est Jean Valjean, dit Cochepaille. Même qu'on l'appelait Jean-le-Cric, tant il était fort.

Chacune des affirmations de ces trois hommes, évidemment sincères et de bonne foi, avait soulevé dans l'auditoire un murmure de fâcheux augure pour l'accusé, murmure qui croissait et se prolongeait plus longtemps chaque fois qu'une déclaration nouvelle venait s'ajouter à la précédente. L'accusé, lui, les avait écoutées avec ce visage étonné qui, selon l'accusation, était son principal moyen de défense. À la première, les gendarmes ses voisins l'avaient entendu grommeler entre ses dents : Ah bien ! en voilà un ! Après la seconde il dit un peu plus haut, d'un air presque satisfait : Bon ! À la troisième il s'écria : Fameux !

Le président l'interpella :

— Accusé, vous avez entendu. Qu'avez-vous à dire ? Il répondit :

— Je dis — Fameux !

Une rumeur éclata dans le public et gagna presque le jury. Il était évident que l'homme était perdu.

— Huissiers, dit le président, faites faire silence. Je vais clore les débats.

En ce moment un mouvement se fit tout à côté du président. On entendit une voix qui criait :

— Brevet, Chenildieu, Cochepaille ! regardez de ce côté-ci.

Tous ceux qui entendirent cette voix se sentirent glacés, tant elle était lamentable et terrible. Les yeux se tournèrent vers le point d'où elle venait. Un homme, placé parmi les spectateurs privilégiés qui étaient assis derrière la cour, venait de se lever, avait poussé la porte à hauteur d'appui qui séparait le tribunal du prétoire, et était debout au milieu de la salle. Le président, l'avocat général, M. Bamatabois, vingt personnes, le reconnurent, et s'écrièrent à la fois :

— Monsieur Madeleine !

XI

CHAMPMATHIEU
DE PLUS EN PLUS ÉTONNÉ

C'était lui en effet. La lampe du greffier éclairait son visage. Il tenait son chapeau à la main, il n'y avait aucun désordre dans ses vêtements, sa redingote était boutonnée avec soin. Il était très pâle et il tremblait légèrement. Ses cheveux, gris encore au moment de son arrivée à Arras, étaient maintenant tout à fait blancs. Ils avaient blanchi depuis une heure qu'il était là.

Toutes les têtes se dressèrent. La sensation fut indescriptible. Il y eut dans l'auditoire un instant d'hésitation. La voix avait été si poignante, l'homme qui était là paraissait si calme, qu'au premier abord on ne comprit pas. On se demanda qui avait crié. On ne pouvait croire que ce fût cet homme tranquille qui eût jeté ce cri effrayant.

Cette indécision ne dura que quelques secondes. Avant même que le président et l'avocat général eussent pu dire un mot, avant que les gendarmes et les huissiers eussent pu faire un geste, l'homme que tous appelaient encore en ce moment M. Madeleine s'était avancé vers les témoins Cochepaille, Brevet et Chenildieu.

— Vous ne me reconnaissez pas ? dit-il.

Tous trois demeurèrent interdits et indiquèrent par un signe de tête qu'ils ne le connaissaient point. Cochepaille intimidé fit le salut militaire. M. Madeleine se tourna vers les jurés et vers la cour et dit d'une voix douce :

— Messieurs les jurés, faites relâcher l'accusé. Monsieur le président, faites-moi arrêter. L'homme que vous cherchez, ce n'est pas lui, c'est moi. Je suis Jean Valjean.

Pas une bouche ne respirait. À la première commotion de l'étonnement avait succédé un silence de sépulcre. On sentait dans la salle cette espèce de terreur religieuse qui saisit la foule lorsque quelque chose de grand s'accomplit.

Cependant le visage du président s'était empreint de sympathie et de tristesse ; il avait échangé un signe rapide avec l'avocat et quelques paroles à voix basse avec les conseillers assesseurs. Il s'adressa au public, et demanda avec un accent qui fut compris de tous :

— Y a-t-il un médecin ici ?

L'avocat général prit la parole :

— Messieurs les jurés, l'incident si étrange et si inattendu qui trouble l'audience ne nous inspire, ainsi qu'à vous, qu'un sentiment que nous n'avons pas besoin d'exprimer. Vous connaissez tous, au moins de réputation, l'honorable M. Madeleine, maire de Montreuil-sur-mer. S'il y a un médecin dans l'auditoire, nous nous joignons à monsieur le président pour le prier de vouloir bien assister monsieur Madeleine et le reconduire à sa demeure.

M. Madeleine ne laissa point achever l'avocat général. Il l'interrompit d'un accent plein de mansuétude et d'autorité. Voici les paroles qu'il prononça ; les voici littéralement, telles qu'elles furent écrites immédiatement après l'audience par un des témoins de cette scène ; telles qu'elles sont encore dans l'oreille de ceux qui les ont entendues, il y a près de quarante ans aujourd'hui.

— Je vous remercie, monsieur l'avocat général, mais je ne suis pas fou. Vous allez voir. Vous étiez sur le point de commettre une grande erreur, lâchez cet homme, j'accomplis un devoir, je suis ce malheureux condamné. Je suis le seul qui voie clair ici, et je vous dis la vérité. Ce que je fais en ce moment, Dieu, qui est là-haut, le regarde, et cela suffit. Vous pouvez me prendre, puisque me voilà. J'avais pourtant fait de mon mieux. Je me suis caché sous un nom ; je suis devenu riche, je suis devenu maire ; j'ai voulu rentrer parmi les honnêtes gens. Il paraît que cela ne se peut pas. Enfin, il y a bien des choses que je ne puis pas dire, je ne vais pas vous raconter ma vie, un jour on saura. J'ai volé monseigneur l'évêque, cela est vrai ; j'ai volé Petit-Gervais, cela est vrai. On a eu raison de vous dire que Jean Valjean était un malheureux très méchant. Toute la faute n'est peut-être pas à lui. Écoutez, messieurs les juges, un homme aussi abaissé que moi n'a pas de remontrance à faire à la providence ni de conseil à donner à la société ; mais, voyez-vous, l'infamie d'où j'avais essayé de sortir est une chose nuisible. Les galères font le galérien. Recueillez cela, si vous voulez. Avant le bagne, j'étais un pauvre paysan très peu intelligent, une espèce d'idiot ; le bagne m'a changé. J'étais stupide, je suis devenu méchant ; j'étais bûche, je suis devenu tison. Plus tard l'indulgence et la bonté m'ont sauvé, comme la sévérité m'avait perdu. Mais, pardon, vous ne pouvez pas comprendre ce que je dis là. Vous trouverez chez moi, dans les cendres de la cheminée, la pièce de quarante sous que j'ai volée il y a sept ans à Petit-Gervais. Je n'ai plus rien à ajouter. Prenez-moi. Mon Dieu ! monsieur l'avocat général remue la tête, vous dites : M. Madeleine est devenu fou, vous ne me croyez pas ! Voilà qui est affligeant. N'allez point condamner cet homme au moins ! Quoi ! ceux-ci ne me reconnaissent pas ! Je voudrais que Javert fût ici. Il me reconnaîtrait, lui !

Rien ne pourrait rendre ce qu'il y avait de mélancolie bienveillante et sombre dans l'accent qui accompagnait ces paroles.

Il se tourna vers les trois forçats :

— Eh bien, je vous reconnais, moi ! Brevet ! vous rappelez-vous ?...

Il s'interrompit, hésita un moment, et dit :

— Te rappelles-tu ces bretelles en tricot à damier que tu avais au bagne ?

Brevet eut comme une secousse de surprise et le regarda de la tête aux pieds d'un air effrayé. Lui continua :

— Chenildieu, qui te surnommais toi-même Je-nie-Dieu, tu as toute l'épaule droite brûlée profondément, parce que tu t'es couché un jour l'épaule sur un réchaud plein de braise, pour effacer les trois lettres T. F. P., qu'on y voit toujours cependant. Réponds, est-ce vrai ?

— C'est vrai, dit Chenildieu.

Il s'adressa à Cochepaille :

— Cochepaille, tu as près de la saignée du bras gauche une date gravée en lettres bleues avec de la poudre brûlée. Cette date, c'est celle du débarquement de l'empereur à Cannes, *1er mars 1815*. Relève ta manche.

Cochepaille releva sa manche, tous les regards se penchèrent autour de lui sur son bras nu. Un gendarme approcha une lampe ; la date y était.

Le malheureux homme se tourna vers l'auditoire et vers les juges avec un sourire dont ceux qui l'ont vu sont encore navrés lorsqu'ils y songent. C'était le sourire du triomphe, c'était aussi le sourire du désespoir.

— Vous voyez bien, dit-il, que je suis Jean Valjean.

Il n'y avait plus dans cette enceinte ni juges, ni accusateurs, ni gendarmes ; il n'y avait que des yeux fixes et des cœurs émus. Personne ne se rappelait plus le rôle que chacun pouvait avoir à jouer ; l'avocat général oubliait qu'il était là pour requérir, le président qu'il était là pour présider, le défenseur qu'il était là pour défendre. Chose frappante, aucune question ne fut faite, aucune autorité n'intervint. Le propre des spectacles sublimes, c'est de prendre toutes les âmes et de faire de tous les témoins des spectateurs. Aucun peut-être ne se rendait compte de ce qu'il éprouvait ; aucun, sans doute, ne se disait qu'il voyait resplendir là une grande lumière ; tous intérieurement se sentaient éblouis.

Il était évident qu'on avait sous les yeux Jean Valjean. Cela rayonnait. L'apparition de cet homme avait suffi pour remplir de clarté cette aventure si obscure le moment d'auparavant. Sans qu'il fût besoin d'aucune explication désormais, toute cette foule, comme par une sorte de révélation électrique, comprit tout de suite et d'un seul coup d'œil cette simple et magnifique histoire d'un homme qui se livrait pour qu'un autre homme ne fût pas condamné à sa place. Les détails, les hésitations, les petites résistances possibles se perdirent dans ce vaste fait lumineux.

Impression qui passa vite, mais qui dans l'instant fut irrésistible.

— Je ne veux pas déranger davantage l'audience, reprit Jean Valjean. Je m'en vais, puisqu'on ne m'arrête pas. J'ai plusieurs choses à faire. Monsieur l'avocat général sait qui je suis, il sait où je vais, il me fera arrêter quand il voudra.

Il se dirigea vers la porte de sortie. Pas une voix ne s'éleva, pas un bras ne s'étendit pour l'empêcher. Tous s'écartèrent. Il avait en ce moment ce je ne sais quoi de divin qui fait que les multitudes reculent et se rangent devant un homme. Il traversa la foule à pas lents. On n'a jamais su qui ouvrit la porte, mais il est certain que la porte se trouva ouverte lorsqu'il y parvint. Arrivé là, il se retourna et dit :

— Monsieur l'avocat général, je reste à votre disposition.

Puis il s'adressa à l'auditoire :

— Vous tous, tous ceux qui sont ici, vous me trouvez digne de pitié, n'est-ce pas ? Mon Dieu ! quand je pense à ce que j'ai été sur le point de faire, je me trouve digne d'envie. Cependant j'aurais mieux aimé que tout ceci n'arrivât pas.

Il sortit, et la porte se referma comme elle avait été ouverte, car ceux qui font de certaines choses souveraines sont toujours sûrs d'être servis par quelqu'un dans la foule.

Moins d'une heure après, le verdict du jury déchargeait de toute accusation le nommé Champmathieu ; et

Champmathieu, mis en liberté immédiatement, s'en allait stupéfait, croyant tous les hommes fous et ne comprenant rien à cette vision.

Livre huitième

CONTRE-COUP

I

DANS QUEL MIROIR
M. MADELEINE
REGARDE SES CHEVEUX

Le jour commençait à poindre. Fantine avait eu une nuit de fièvre et d'insomnie, pleine d'ailleurs d'images heureuses ; au matin, elle s'endormit. La sœur Simplice qui l'avait veillée profita de ce sommeil pour aller préparer une nouvelle potion de quinquina. La digne sœur était depuis quelques instants dans le laboratoire de l'infirmerie, penchée sur ses drogues et sur ses fioles et regardant de très près à cause de cette brume que le crépuscule répand sur les objets. Tout à coup elle tourna la tête et fit un léger cri. M. Madeleine était devant elle. Il venait d'entrer silencieusement.

— C'est vous, monsieur le maire ! s'écria-t-elle.

Il répondit, à voix basse :

— Comment va cette pauvre femme ?

— Pas mal en ce moment. Mais nous avons été bien inquiets, allez !

Elle lui expliqua ce qui s'était passé, que Fantine était bien mal la veille et que maintenant elle était mieux, parce qu'elle croyait que monsieur le maire était allé chercher son enfant à Montfermeil. La sœur n'osa pas interroger monsieur le maire, mais elle vit bien à son air que ce n'était point de là qu'il venait.

— Tout cela est bien, dit-il, vous avez eu raison de ne pas la détromper.

— Oui, reprit la sœur, mais maintenant, monsieur le

maire, qu'elle va vous voir et qu'elle ne verra pas son
enfant, que lui dirons-nous ?

Il resta un moment rêveur.

— Dieu nous inspirera, dit-il.

— On ne pourrait cependant pas mentir, murmura la
sœur à demi-voix.

Le plein jour s'était fait dans la chambre. Il éclairait
en face le visage de M. Madeleine. Le hasard fit que la
sœur leva les yeux.

— Mon Dieu, monsieur ! s'écria-t-elle, que vous est-il
donc arrivé ? vos cheveux sont tout blancs !

— Blancs ! dit-il.

La sœur Simplice n'avait point de miroir ; elle fouilla
dans une trousse et en tira une petite glace dont se servait le médecin de l'infirmerie pour constater qu'un
malade était mort et ne respirait plus. M. Madeleine prit
la glace, y considéra ses cheveux, et dit : Tiens !

Il prononça ce mot avec indifférence et comme s'il
pensait à autre chose.

La sœur se sentit glacée par je ne sais quoi d'inconnu
qu'elle entrevoyait dans tout ceci.

Il demanda :

— Puis-je la voir ?

— Est-ce que monsieur le maire ne lui fera pas revenir son enfant ? dit la sœur, osant à peine hasarder une
question.

— Sans doute, mais il faut au moins deux ou trois
jours.

— Si elle ne voyait pas monsieur le maire d'ici là,
reprit timidement la sœur, elle ne saurait pas que monsieur le maire est de retour, il serait aisé de lui faire
prendre patience, et quand l'enfant arriverait elle penserait tout naturellement que monsieur le maire est
arrivé avec l'enfant. On n'aurait pas de mensonge à
faire.

M. Madeleine parut réfléchir quelques instants, puis
il dit avec sa gravité calme :

— Non, ma sœur, il faut que je la voie. Je suis peut-être pressé.

La religieuse ne sembla pas remarquer ce mot « peut-être », qui donnait un sens obscur et singulier aux paroles de M. le maire. Elle répondit en baissant les yeux et la voix respectueusement :

— En ce cas, elle repose, mais monsieur le maire peut entrer.

Il fit quelques observations sur une porte qui fermait mal, et dont le bruit pouvait réveiller la malade, puis il entra dans la chambre de Fantine, s'approcha du lit et entr'ouvrit les rideaux. Elle dormait. Son souffle sortait de sa poitrine avec ce bruit tragique qui est propre à ces maladies, et qui navre les pauvres mères lorsqu'elles veillent la nuit près de leur enfant condamné et endormi. Mais cette respiration pénible troublait à peine une sorte de sérénité ineffable, répandue sur son visage, qui la transfigurait dans son sommeil. Sa pâleur était devenue de la blancheur ; ses joues étaient vermeilles. Ses longs cils blonds la seule beauté qui lui fût restée de sa virginité et de sa jeunesse, palpitaient tout en demeurant clos et baissés. Toute sa personne tremblait de je ne sais quel déploiement d'ailes prêtes à s'entr'ouvrir et à l'emporter, qu'on sentait frémir, mais qu'on ne voyait pas. À la voir ainsi, on n'eût jamais pu croire que c'était là une malade presque désespérée. Elle ressemblait plutôt à ce qui va s'envoler qu'à ce qui va mourir.

La branche, lorsqu'une main s'approche pour détacher la fleur, frissonne, et semble à la fois se dérober et s'offrir. Le corps humain a quelque chose de ce tressaillement, quand arrive l'instant où les doigts mystérieux de la mort vont cueillir l'âme.

M. Madeleine resta quelque temps immobile près de ce lit, regardant tour à tour la malade et le crucifix, comme il faisait deux mois auparavant, le jour où il était venu pour la première fois la voir dans cet asile. Ils étaient encore là tous les deux dans la même attitude, elle dormant, lui priant ; seulement maintenant, depuis ces deux mois écoulés, elle avait des cheveux gris et lui des cheveux blancs.

La sœur n'était pas entrée avec lui. Il se tenait près de ce lit, debout, le doigt sur la bouche, comme s'il y eût eu dans la chambre quelqu'un à faire taire.

Elle ouvrit les yeux, le vit, et dit paisiblement, avec un sourire :

— Et Cosette ?

II

FANTINE HEUREUSE

Elle n'eut pas un mouvement de surprise, ni un mouvement de joie ; elle était la joie même. Cette simple question : — Et Cosette ? fut faite avec une foi si profonde, avec tant de certitude, avec une absence si complète d'inquiétude et de doute, qu'il ne trouva pas une parole. Elle continua :

— Je savais que vous étiez là. Je dormais, mais je vous voyais. Il y a longtemps que je vous vois. Je vous ai suivi des yeux toute la nuit. Vous étiez dans une gloire et vous aviez autour de vous toutes sortes de figures célestes.

Il leva son regard vers le crucifix.

— Mais, reprit-elle, dites-moi donc où est Cosette ? Pourquoi ne l'avoir pas mise sur mon lit pour le moment où je m'éveillerais ?

Il répondit machinalement quelque chose qu'il n'a jamais pu se rappeler plus tard.

Heureusement le médecin, averti, était survenu. Il vint en aide à M. Madeleine.

— Mon enfant, dit le médecin, calmez-vous. Votre enfant est là.

Les yeux de Fantine s'illuminèrent et couvrirent de

clarté tout son visage. Elle joignit les mains avec une expression qui contenait tout ce que la prière peut avoir à la fois de plus violent et de plus doux.

— Oh ! s'écria-t-elle, apportez-la-moi !

Touchante illusion de mère ! Cosette était toujours pour elle le petit enfant qu'on apporte.

— Pas encore, reprit le médecin, pas en ce moment. Vous avez un reste de fièvre. La vue de votre enfant vous agiterait et vous ferait du mal. Il faut d'abord vous guérir.

Elle l'interrompit impétueusement.

— Mais je suis guérie ! je vous dis que je suis guérie ! Est-il âne, ce médecin ! Ah çà ! je veux voir mon enfant, moi !

— Vous voyez, dit le médecin, comme vous vous emportez. Tant que vous serez ainsi, je m'opposerai à ce que vous ayez votre enfant. Il ne suffit pas de la voir, il faut vivre pour elle. Quand vous serez raisonnable, je vous l'amènerai moi-même.

La pauvre mère courba la tête.

— Monsieur le médecin, je vous demande pardon, je vous demande vraiment bien pardon. Autrefois, je n'aurais pas parlé comme je viens de faire, il m'est arrivé tant de malheurs que quelquefois je ne sais plus ce que je dis. Je comprends, vous craignez l'émotion, j'attendrai tant que vous voudrez, mais je vous jure que cela ne m'aurait pas fait de mal de voir ma fille. Je la vois, je ne la quitte pas des yeux depuis hier au soir. Savez-vous ? on me l'apporterait maintenant que je me mettrais à lui parler doucement. Voilà tout. Est-ce que ce n'est pas bien naturel que j'aie envie de voir mon enfant qu'on a été me chercher exprès à Montfermeil ? Je ne suis pas en colère. Je sais bien que je vais être heureuse. Toute la nuit j'ai vu des choses blanches et des personnes qui me souriaient. Quand monsieur le médecin voudra, il m'apportera ma Cosette. Je n'ai plus de fièvre, puisque je suis guérie ; je sens bien que je n'ai plus rien du tout ; mais je vais faire comme si j'étais malade et ne pas bouger pour faire plaisir aux dames d'ici. Quand on verra que je suis bien tranquille, on dira : il faut lui donner son enfant.

M. Madeleine s'était assis sur une chaise qui était à côté du lit. Elle se tourna vers lui ; elle faisait visiblement effort pour paraître calme et « bien sage », comme elle disait dans cet affaiblissement de la maladie qui ressemble à l'enfance, afin que, la voyant si paisible, on ne fît pas difficulté de lui amener Cosette. Cependant, tout en se contenant, elle ne pouvait s'empêcher d'adresser à M. Madeleine mille questions.

— Avez-vous fait un bon voyage, monsieur le maire ? Oh ! comme vous êtes bon d'avoir été me la chercher ! Dites-moi seulement comment elle est. A-t-elle bien supporté la route ? Hélas ! elle ne me reconnaîtra pas ! Depuis le temps, elle m'a oubliée, pauvre chou ! Les enfants, cela n'a pas de mémoire. C'est comme des oiseaux. Aujourd'hui cela voit une chose et demain une autre, et cela ne pense plus à rien. Avait-elle du linge blanc seulement ? Ces Thénardier la tenaient-ils proprement ? Comment la nourrissait-on ? Oh ! comme j'ai souffert, si vous saviez ! de me faire toutes ces questions-là dans le temps de ma misère ! Maintenant, c'est passé. Je suis joyeuse. Oh ! que je voudrais donc la voir ! Monsieur le maire, l'avez-vous trouvée jolie ? N'est-ce pas qu'elle est belle, ma fille ? Vous devez avoir eu bien froid dans cette diligence ! Est-ce qu'on ne pourrait pas l'amener rien qu'un petit moment ? On la remporterait tout de suite après. Dites ! vous qui êtes le maître, si vous vouliez !

Il lui prit la main : — Cosette est belle, dit-il, Cosette se porte bien, vous la verrez bientôt, mais apaisez-vous Vous parlez trop vivement, et puis vous sortez vos bras du lit, et cela vous fait tousser.

En effet, des quintes de toux interrompaient Fantine presque à chaque mot.

Fantine ne murmura pas, elle craignait d'avoir compromis par quelques plaintes trop passionnées la confiance qu'elle voulait inspirer, et elle se mit à dire des paroles indifférentes.

— C'est assez joli, Montfermeil, n'est-ce pas ? L'été, on va y faire des parties de plaisir. Ces Thénardier font-ils de bonnes affaires ? Il ne passe pas grand monde dans leur pays. C'est une espèce de gargote que cette auberge-là.

M. Madeleine lui tenait toujours la main, il la considérait avec anxiété ; il était évident qu'il était venu pour lui dire des choses devant lesquelles sa pensée hésitait maintenant. Le médecin, sa visite faite, s'était retiré. La sœur Simplice était seule restée auprès d'eux.

Cependant, au milieu de ce silence, Fantine s'écria :

— Je l'entends ! mon Dieu ! je l'entends !

Elle étendit le bras pour qu'on se tût autour d'elle, retint son souffle, et se mit à écouter avec ravissement.

Il y avait un enfant qui jouait dans la cour ; l'enfant de la portière ou d'une ouvrière quelconque. C'est là un de ces hasards qu'on retrouve toujours et qui semblent faire partie de la mystérieuse mise en scène des événements lugubres. L'enfant, c'était une petite fille, allait, venait, courait pour se réchauffer, riait et chantait à haute voix. Hélas ! à quoi les jeux des enfants ne se mêlent-ils pas ! C'était cette petite fille que Fantine entendait chanter.

— Oh ! reprit-elle, c'est ma Cosette ! je reconnais sa voix !

L'enfant s'éloigna comme il était venu, la voix s'éteignit, Fantine écouta encore quelque temps, puis son visage s'assombrit, et M. Madeleine l'entendit qui disait à voix basse : — Comme ce médecin est méchant de ne pas me laisser voir ma fille ! Il a une mauvaise figure, cet homme-là !

Cependant le fond riant de ses idées revint. Elle continua de se parler à elle-même, la tête sur l'oreiller. — Comme nous allons être heureuses ! Nous aurons un petit jardin, d'abord ! M. Madeleine me l'a promis. Ma fille jouera dans le jardin. Elle doit savoir ses lettres

maintenant. Je la ferai épeler. Elle courra dans l'herbe
après les papillons. Je la regarderai. Et puis elle fera sa
première communion. Ah çà ! quand fera-t-elle sa première communion ?

Elle se mit à compter sur ses doigts.

— ... Un, deux, trois, quatre..., elle a sept ans. Dans
cinq ans. Elle aura un voile blanc, des bas à jour, elle
aura l'air d'une petite femme. Ô ma bonne sœur, vous
ne savez pas comme je suis bête, voilà que je pense à la
première communion de ma fille !

Et elle se mit à rire.

Il avait quitté la main de Fantine. Il écoutait ces
paroles comme on écoute un vent qui souffle, les yeux
à terre, l'esprit plongé dans des réflexions sans fond.
Tout à coup elle cessa de parler, cela lui fit lever machinalement la tête. Fantine était devenue effrayante.

Elle ne parlait plus, elle ne respirait plus ; elle s'était
soulevée à demi sur son séant, son épaule maigre sortait
de sa chemise, son visage, radieux le moment d'auparavant, était blême, et elle paraissait fixer sur quelque
chose de formidable, devant elle, à l'autre extrémité de
la chambre, son œil agrandi par la terreur.

— Mon Dieu ! s'écria-t-il. Qu'avez-vous, Fantine ?

Elle ne répondit pas, elle ne quitta point des yeux
l'objet quelconque qu'elle semblait voir, elle lui toucha
le bras d'une main et de l'autre lui fit signe de regarder
derrière lui.

Il se retourna, et vit Javert.

III

JAVERT CONTENT

Voici ce qui s'était passé.

Minuit et demi venait de sonner, quand M. Madeleine
était sorti de la salle des assises d'Arras. Il était rentré

à son auberge juste à temps pour repartir par la malle-poste où l'on se rappelle qu'il avait retenu sa place. Un peu avant six heures du matin, il était arrivé à Montreuil-sur-mer, et son premier soin avait été de jeter à la poste sa lettre à M. Laffitte, puis d'entrer à l'infirmerie et de voir Fantine.

Cependant, à peine avait-il quitté la salle d'audience de la cour d'assises, que l'avocat général, revenu du premier saisissement, avait pris la parole pour déplorer l'acte de folie de l'honorable maire de Montreuil-sur-mer, déclarer que ses convictions n'étaient en rien modifiées par cet incident bizarre qui s'éclaircirait plus tard, et requérir, en attendant, la condamnation de ce Champmathieu, évidemment le vrai Jean Valjean. La persistance de l'avocat général était visiblement en contradiction avec le sentiment de tous, du public, de la cour et du jury. Le défenseur avait eu peu de peine à réfuter cette harangue et à établir que, par suite des révélations de M. Madeleine, c'est-à-dire du vrai Jean Valjean, la face de l'affaire était bouleversée de fond en comble, et que le jury n'avait plus devant les yeux qu'un innocent. L'avocat avait tiré de là quelques épiphonèmes, malheureusement peu neufs, sur les erreurs judiciaires, etc., etc., le président dans son résumé s'était joint au défenseur, et le jury en quelques minutes avait mis hors de cause Champmathieu.

Cependant il fallait un Jean Valjean à l'avocat général, et, n'ayant plus Champmathieu, il prit Madeleine.

Immédiatement après la mise en liberté de Champmathieu, l'avocat général s'enferma avec le président. Ils conférèrent « de la nécessité de se saisir de la personne de M. le maire de Montreuil-sur-mer ». Cette phrase, où il y a beaucoup de *de*, est de M. l'avocat général, entièrement écrite de sa main sur la minute de son rapport au procureur général. La première émotion passée, le président fit peu d'objections. Il fallait bien que justice eût son cours. Et puis, pour tout dire, quoique le président fût homme bon et assez intelligent, il était en même temps fort royaliste et presque ardent, et il avait été choqué que le maire de Montreuil-sur-mer, en parlant du débarquement à Cannes, eût dit *l'empereur* et non *Buonaparte*.

L'ordre d'arrestation fut donc expédié. L'avocat général l'envoya à Montreuil-sur-mer par un exprès, à franc étrier, et en chargea l'inspecteur de police Javert.

On sait que Javert était revenu à Montreuil-sur-mer immédiatement après avoir fait sa déposition.

Javert se levait au moment où l'exprès lui remit l'ordre d'arrestation et le mandat d'amener.

L'exprès était lui-même un homme de police fort entendu qui, en deux mots, mit Javert au fait de ce qui était arrivé à Arras. L'ordre d'arrestation, signé de l'avocat général, était ainsi conçu : — L'inspecteur Javert appréhendera au corps le sieur Madeleine, maire de Montreuil-sur-mer, qui, dans l'audience de ce jour, a été reconnu pour être le forçat libéré Jean Valjean.

Quelqu'un qui n'eût pas connu Javert et qui l'eût vu au moment où il pénétra dans l'antichambre de l'infirmerie n'eût pu rien deviner de ce qui se passait, et lui eût trouvé l'air le plus ordinaire du monde. Il était froid, calme, grave, avait ses cheveux gris parfaitement lissés sur les tempes et venait de monter l'escalier avec sa lenteur habituelle. Quelqu'un qui l'eût connu à fond et qui l'eût examiné attentivement eût frémi. La boucle de son col de cuir, au lieu d'être sur sa nuque, était sur son oreille gauche. Ceci révélait une agitation inouïe.

Javert était un caractère complet, ne laissant faire de pli ni à son devoir, ni à son uniforme ; méthodique avec les scélérats, rigide avec les boutons de son habit.

Pour qu'il eût mal mis la boucle de son col, il fallait qu'il y eût en lui une de ces émotions qu'on pourrait appeler des tremblements de terre intérieurs.

Il était venu simplement, avait requis un caporal et quatre soldats au poste voisin, avait laissé les soldats dans la cour, et s'était fait indiquer la chambre de Fantine par la portière sans défiance, accoutumée qu'elle était à voir des gens armés demander monsieur le maire.

Arrivé à la chambre de Fantine, Javert tourna la clef, poussa la porte avec une douceur de garde-malade ou de mouchard, et entra.

À proprement parler, il n'entra pas. Il se tint debout dans la porte entrabâillée, le chapeau sur la tête, la main gauche dans sa redingote fermée jusqu'au menton. Dans le pli du coude on pouvait voir le pommeau de plomb de son énorme canne, laquelle disparaissait derrière lui.

Il resta ainsi près d'une minute sans qu'on s'aperçût de sa présence. Tout à coup Fantine leva les yeux, le vit, et fit retourner M. Madeleine.

À l'instant où le regard de Madeleine rencontra le regard de Javert, Javert, sans bouger, sans remuer, sans approcher, devint épouvantable. Aucun sentiment humain ne réussit à être effroyable comme la joie.

Ce fut le visage d'un démon qui vient de retrouver son damné.

La certitude de tenir enfin Jean Valjean fit apparaître sur sa physionomie tout ce qu'il avait dans l'âme. Le fond remué monta à la surface. L'humiliation d'avoir un peu perdu la piste et de s'être mépris quelques minutes sur ce Champmathieu, s'effaçait sous l'orgueil d'avoir si bien deviné d'abord et d'avoir eu si longtemps un instinct juste. Le contentement de Javert éclata dans son attitude souveraine. La difformité du triomphe s'épanouit sur ce front étroit. Ce fut tout le déploiement d'horreur que peut donner une figure satisfaite.

Javert en ce moment était au ciel. Sans qu'il s'en rendît nettement compte, mais pourtant avec une intuition confuse de sa nécessité et de son succès, il personnifiait, lui Javert, la justice, la lumière et la vérité dans leur fonction céleste d'écrasement du mal. Il avait derrière lui et autour de lui, à une profondeur infinie, l'autorité, la raison, la chose jugée, la conscience légale, la vindicte publique, toutes les étoiles ; il protégeait l'ordre, il fai-

sait sortir de la loi la foudre, il vengeait la société, il
prêtait main-forte à l'absolu ; il se dressait dans une
gloire ; il y avait dans sa victoire un reste de défi et de
combat ; debout, altier, éclatant, il étalait en plein azur
la bestialité surhumaine d'un archange féroce ; l'ombre
redoutable de l'action qu'il accomplissait faisait visible
à son poing crispé le vague flamboiement de l'épée
sociale ; heureux et indigné, il tenait sous son talon le
crime, le vice, la rébellion, la perdition, l'enfer, il rayonnait, il exterminait, il souriait et il y avait une incontestable grandeur dans ce saint Michel monstrueux.

Javert, effroyable, n'avait rien d'ignoble.

La probité, la sincérité, la candeur, la conviction,
l'idée du devoir, sont des choses qui, en se trompant,
peuvent devenir hideuses, mais qui, même hideuses,
restent grandes ; leur majesté, propre à la conscience
humaine, persiste dans l'horreur. Ce sont des vertus qui
ont un vice, l'erreur. L'impitoyable joie honnête d'un
fanatique en pleine atrocité conserve on ne sait quel
rayonnement lugubrement vénérable. Sans qu'il s'en
doutât, Javert, dans son bonheur formidable, était à
plaindre comme tout ignorant qui triomphe. Rien
n'était poignant et terrible comme cette figure où se
montrait ce qu'on pourrait appeler tout le mauvais
du bon.

IV

L'AUTORITÉ REPREND SES DROITS

La Fantine n'avait point vu Javert depuis le jour où
M. le maire l'avait arrachée à cet homme. Son cerveau
malade ne se rendit compte de rien, seulement elle ne
douta pas qu'il ne revînt la chercher. Elle ne put supporter cette figure affreuse, elle se sentit expirer, elle

cacha son visage de ses deux mains et cria avec angoisse :

— Monsieur Madeleine, sauvez-moi !

Jean Valjean, — nous ne le nommerons plus désormais autrement, — s'était levé. Il dit à Fantine de sa voix la plus douce et la plus calme :

— Soyez tranquille. Ce n'est pas pour vous qu'il vient.

Puis il s'adressa à Javert et lui dit :

— Je sais ce que vous voulez.

Javert répondit :

— Allons, vite !

Il y eut dans l'inflexion qui accompagna ces deux mots je ne sais quoi de fauve et de frénétique. Javert ne dit pas : Allons, vite ! il dit : Allonouaite ! Aucune orthographe ne pourrait rendre l'accent dont cela fut prononcé ; ce n'était plus une parole humaine, c'était un rugissement.

Il ne fit point comme d'habitude ; il n'entra point en matière ; il n'exhiba point de mandat d'amener. Pour lui, Jean Valjean était une sorte de combattant mystérieux et insaisissable, un lutteur ténébreux qu'il étreignait depuis cinq ans sans pouvoir le renverser. Cette arrestation n'était pas un commencement, mais une fin. Il se borna à dire : Allons, vite !

En parlant ainsi, il ne fit point un pas ; il lança sur Jean Valjean ce regard qu'il jetait comme un crampon, et avec lequel il avait coutume de tirer violemment les misérables à lui.

C'était ce regard que la Fantine avait senti pénétrer jusque dans la moelle de ses os deux mois auparavant.

Au cri de Javert, Fantine avait rouvert les yeux. Mais M. le maire était là. Que pouvait-elle craindre ?

Javert avança au milieu de la chambre et cria :

— Ah çà ! viendras-tu ?

La malheureuse regarda autour d'elle. Il n'y avait personne que la religieuse et monsieur le maire. À qui pouvait s'adresser ce tutoiement abject ? À elle seulement. Elle frissonna.

Alors elle vit une chose inouïe, tellement inouïe que jamais rien de pareil ne lui était apparu dans les plus noirs délires de la fièvre.

Elle vit le mouchard Javert saisir au collet monsieur le maire ; elle vit monsieur le maire courber la tête. Il lui sembla que le monde s'évanouissait.

Javert, en effet, avait pris Jean Valjean au collet.

— Monsieur le maire ! cria Fantine.

Javert éclata de rire, de cet affreux rire qui lui déchaussait toutes les dents.

— Il n'y a plus de monsieur le maire ici !

Jean Valjean n'essaya pas de déranger la main qui tenait le col de sa redingote. Il dit :

— Javert...

Javert l'interrompit : — Appelle-moi monsieur l'inspecteur.

— Monsieur, reprit Jean Valjean, je voudrais vous dire un mot en particulier.

— Tout haut ! parle tout haut ! répondit Javert ; on me parle tout haut à moi !

Jean Valjean continua en baissant la voix :

— C'est une prière que j'ai à vous faire...

— Je te dis de parler tout haut.

— Mais cela ne doit être entendu que de vous seul...

— Qu'est-ce que cela me fait ? je n'écoute pas !

Jean Valjean se tourna vers lui et lui dit rapidement et très bas :

— Accordez-moi trois jours ! trois jours pour aller chercher l'enfant de cette malheureuse femme ! Je payerai ce qu'il faudra. Vous m'accompagnerez si vous voulez.

— Tu veux rire ! cria Javert. Ah çà ! je ne te croyais pas bête ! Tu me demandes trois jours pour t'en aller ! Tu dis que c'est pour aller chercher l'enfant de cette fille ! Ah ! ah ! c'est bon ! voilà qui est bon !

Fantine eut un tremblement.

— Mon enfant ! s'écria-t-elle, aller chercher mon enfant ! Elle n'est donc pas ici ! Ma sœur, répondez-moi, où est Cosette ? Je veux mon enfant ! Monsieur Madeleine ! monsieur le maire !

Javert frappa du pied.

— Voilà l'autre, à présent ! Te tairas-tu, drôlesse ! Gredin de pays où les galériens sont magistrats et où les filles publiques sont soignées comme des comtesses ! Ah mais ! tout ça va changer ; il était temps !

Il regarda fixement Fantine et ajouta en reprenant à poignée la cravate, la chemise et le collet de Jean Valjean :

— Je te dis qu'il n'y a point de monsieur Madeleine et qu'il n'y a point de monsieur le maire. Il y a un voleur, il y a un brigand, il y a un forçat appelé Jean Valjean ! c'est lui que je tiens ! voilà ce qu'il y a !

Fantine se dressa en sursaut, appuyée sur ses bras roides et sur ses deux mains, elle regarda Jean Valjean, elle regarda Javert, elle regarda la religieuse, elle ouvrit la bouche comme pour parler, un râle sortit du fond de sa gorge, ses dents claquèrent, elle étendit les bras avec angoisse, ouvrant convulsivement les mains, et cherchant autour d'elle comme quelqu'un qui se noie, puis elle s'affaissa subitement sur l'oreiller. Sa tête heurta le chevet du lit et vint retomber sur sa poitrine, la bouche béante, les yeux ouverts et éteints.

Elle était morte.

Jean Valjean posa sa main sur la main de Javert qui le tenait, et l'ouvrit comme il eût ouvert la main d'un enfant, puis il dit à Javert :

— Vous avez tué cette femme.

— Finirons-nous ! cria Javert furieux. Je ne suis pas ici pour entendre des raisons. Économisons tout ça. La garde est en bas. Marchons tout de suite, ou les poucettes !

Il y avait dans un coin de la chambre un vieux lit en fer en assez mauvais état qui servait de lit de camp aux sœurs quand elles veillaient. Jean Valjean alla à ce lit, disloqua en un clin d'œil le chevet déjà fort délabré, chose facile à des muscles comme les siens, saisit à poigne-main la maîtresse-tringle, et considéra Javert. Javert recula vers la porte.

Jean Valjean, sa barre de fer au poing, marcha lentement vers le lit de Fantine. Quand il y fut parvenu, il se retourna, et dit à Javert d'une voix qu'on entendait à peine :

— Je ne vous conseille pas de me déranger en ce moment.

Ce qui est certain, c'est que Javert tremblait.

Il eut l'idée d'aller appeler la garde, mais Jean Valjean pouvait profiter de cette minute pour s'évader. Il resta donc, saisit sa canne par le petit bout, et s'adossa au chambranle de la porte sans quitter du regard Jean Valjean.

Jean Valjean posa son coude sur la pomme du chevet du lit et son front sur sa main, et se mit à contempler Fantine immobile et étendue. Il demeura ainsi, absorbé, muet, et ne songeant évidemment plus à aucune chose de cette vie. Il n'y avait plus rien sur son visage et dans son attitude qu'une inexprimable pitié. Après quelques instants de cette rêverie, il se pencha vers Fantine et lui parla à voix basse.

Que lui dit-il ? Que pouvait dire cet homme qui était réprouvé à cette femme qui était morte ? Qu'était-ce que ces paroles ? Personne sur la terre ne les a entendues. La morte les entendit-elle ? Il y a des illusions touchantes qui sont peut-être des réalités sublimes. Ce qui est hors de doute, c'est que la sœur Simplice, unique témoin de la chose qui se passait, a souvent raconté qu'au moment où Jean Valjean parla à l'oreille de Fantine, elle vit distinctement poindre un ineffable sourire sur ces lèvres pâles et dans ces prunelles vagues, pleines de l'étonnement du tombeau.

Jean Valjean prit dans ses deux mains la tête de Fantine et l'arrangea sur l'oreiller comme une mère eût fait pour son enfant, il lui rattacha le cordon de sa chemise et rentra ses cheveux sous son bonnet. Cela fait, il lui ferma les yeux.

La face de Fantine en cet instant semblait étrangement éclairée.

La mort, c'est l'entrée dans la grande lueur.

La main de Fantine pendait hors du lit. Jean Valjean s'agenouilla devant cette main, la souleva doucement, et la baisa.

Puis il se redressa, et, se tournant vers Javert :

— Maintenant, dit-il, je suis à vous.

V

TOMBEAU CONVENABLE

Javert déposa Jean Valjean à la prison de la ville.

L'arrestation de M. Madeleine produisit à Montreuil-sur-mer une sensation, ou pour mieux dire une commotion extraordinaire. Nous sommes triste de ne pouvoir dissimuler que sur ce seul mot : *c'était un galérien,* tout le monde à peu près l'abandonna. En moins de deux heures tout le bien qu'il avait fait fut oublié, et ce ne fut plus « qu'un galérien ». Il est juste de dire qu'on ne connaissait pas encore les détails de l'événement d'Arras. Toute la journée on entendait dans toutes les parties de la ville des conversations comme celle-ci :

— Vous ne savez pas ? c'était un forçat libéré ! — Qui ça ? — Le maire. — Bah ! M. Madeleine ? — Oui. — Vraiment ? — Il ne s'appelait pas Madeleine, il a un affreux nom, Béjean, Bojean, Boujean. — Ah, mon Dieu ! — Il est arrêté. — Arrêté ! — En prison à la prison de la ville, en attendant qu'on le transfère. — Qu'on le transfère ! On va le transférer ! Où va-t-on le transférer ? — Il va passer aux assises pour un vol de grand chemin qu'il a fait autrefois. — Eh bien ! je m'en doutais. Cet homme était trop bon, trop parfait, trop confit. Il refusait la croix, il donnait des sous à tous les petits drôles qu'il rencontrait. J'ai toujours pensé qu'il y avait là-dessous quelque mauvaise histoire.

« Les salons » surtout abondèrent dans ce sens.

Une vieille dame, abonnée au *Drapeau blanc*, fit cette réflexion dont il est presque impossible de sonder la profondeur :

— Je n'en suis pas fâchée. Cela apprendra aux buonapartistes !

C'est ainsi que ce fantôme qui s'était appelé M. Madeleine se dissipa à Montreuil-sur-mer. Trois ou quatre personnes seulement dans toute la ville restèrent fidèles à cette mémoire. La vieille portière qui l'avait servi fut du nombre.

Le soir de ce même jour, cette digne vieille était assise dans sa loge, encore tout effarée et réfléchissant tristement. La fabrique avait été fermée toute la journée, la porte cochère était verrouillée, la rue était déserte. Il n'y avait dans la maison que deux religieuses, sœur Perpétue et sœur Simplice, qui veillaient près du corps de Fantine.

Vers l'heure où M. Madeleine avait coutume de rentrer, la brave portière se leva machinalement, prit la clef de la chambre de M. Madeleine dans un tiroir et le bougeoir dont il se servait tous les soirs pour monter chez lui, puis elle accrocha la clef au clou où il la prenait d'habitude, et plaça le bougeoir à côté, comme si elle l'attendait. Ensuite elle se rassit sur sa chaise et se remit à songer. La pauvre bonne vieille avait fait tout cela sans en avoir conscience.

Ce ne fut qu'au bout de plus de deux heures qu'elle sortit de sa rêverie et s'écria : Tiens ! mon bon Dieu Jésus ! moi qui ai mis sa clef au clou !

En ce moment la vitre de la loge s'ouvrit, une main passa par l'ouverture, saisit la clef et le bougeoir et alluma la bougie à la chandelle qui brûlait.

La portière leva les yeux et resta béante, avec un cri dans le gosier qu'elle retint.

Elle connaissait cette main, ce bras, cette manche de redingote.

C'était M. Madeleine.

Elle fut quelques secondes avant de pouvoir parler, *saisie*, comme elle le disait elle-même plus tard en racontant son aventure.

— Mon Dieu, monsieur le maire, s'écria-t-elle enfin, je vous croyais...

Elle s'arrêta, la fin de sa phrase eût manqué de respect au commencement. Jean Valjean était toujours pour elle monsieur le maire.

Il acheva sa pensée.

— En prison, dit-il. J'y étais. J'ai brisé un barreau d'une fenêtre, je me suis laissé tomber du haut d'un toit, et me voici. Je monte à ma chambre, allez me chercher la sœur Simplice. Elle est sans doute près de cette pauvre femme.

La vieille obéit en toute hâte.

Il ne lui fit aucune recommandation ; il était bien sûr qu'elle le garderait mieux qu'il ne se garderait lui-même.

On n'a jamais su comment il avait réussi à pénétrer dans la cour sans faire ouvrir la porte cochère. Il avait, et portait toujours sur lui, un passe-partout qui ouvrait une petite porte latérale ; mais on avait dû le fouiller et lui prendre son passe-partout. Ce point n'a pas été éclairci.

Il monta l'escalier qui conduisait à sa chambre. Arrivé en haut, il laissa son bougeoir sur les dernières marches de l'escalier, ouvrit sa porte avec peu de bruit, et alla fermer à tâtons sa fenêtre et son volet, puis il revint prendre sa bougie et rentra dans sa chambre.

La précaution était utile ; on se souvient que sa fenêtre pouvait être aperçue de la rue.

Il jeta un coup d'œil autour de lui, sur sa table, sur sa chaise, sur son lit qui n'avait pas été défait depuis trois jours. Il ne restait aucune trace du désordre de l'avant-dernière nuit. La portière avait « fait la chambre ». Seulement elle avait ramassé dans les cendres et

posé proprement sur la table les deux bouts du bâton
ferré et la pièce de quarante sous noircie par le feu.

Il prit une feuille de papier sur laquelle il écrivit : *Voici
les deux bouts de mon bâton ferré et la pièce de quarante
sous volée à Petit-Gervais dont j'ai parlé à la cour d'assises*, et il posa sur cette feuille la pièce d'argent et les
deux morceaux de fer, de façon que ce fût la première
chose qu'on aperçût en entrant dans la chambre. Il tira
d'une armoire une vieille chemise à lui qu'il déchira.
Cela fit quelques morceaux de toile dans lesquels il
emballa les deux flambeaux d'argent. Du reste il n'avait
ni hâte ni agitation, et, tout en emballant les chandeliers de l'évêque, il mordait dans un morceau de pain
noir. Il est probable que c'était le pain de la prison qu'il
avait emporté en s'évadant.

Ceci a été constaté par les miettes de pain qui furent
trouvées sur le carreau de la chambre, lorsque la justice
plus tard fit une perquisition.

On frappa deux petits coups à la porte.

— Entrez, dit-il.

C'était la sœur Simplice.

Elle était pâle, elle avait les yeux rouges, la chandelle
qu'elle tenait vacillait dans sa main. Les violences de la
destinée ont cela de particulier que, si perfectionnés ou
si refroidis que nous soyons, elles nous tirent du fond
des entrailles la nature humaine et la forcent de reparaître au dehors. Dans les émotions de cette journée, la
religieuse était redevenue femme. Elle avait pleuré, et
elle tremblait.

Jean Valjean venait d'écrire quelques lignes sur un
papier qu'il tendit à la religieuse en disant : — Ma sœur,
vous remettrez ceci à monsieur le curé.

Le papier était déplié. Elle y jeta les yeux.

— Vous pouvez lire, dit-il.

Elle lut : — « Je prie monsieur le curé de veiller sur
tout ce que je laisse ici. Il voudra bien payer là-dessus
les frais de mon procès et l'enterrement de la femme
qui est morte aujourd'hui. Le reste sera aux pauvres. »

La sœur voulut parler, mais elle put à peine balbutier quelques sons inarticulés. Elle parvint cependant à dire :

— Est-ce que monsieur le maire ne désire pas revoir une dernière fois cette pauvre malheureuse ?

— Non, dit-il, on est à ma poursuite, on n'aurait qu'à m'arrêter dans sa chambre, cela la troublerait.

Il achevait à peine qu'un grand bruit se fit dans l'escalier. Ils entendirent un tumulte de pas qui montaient, et la vieille portière qui disait de sa voix la plus haute et la plus perçante :

— Mon bon monsieur, je vous jure le bon Dieu qu'il n'est entré personne ici de toute la journée ni de toute la soirée, que même je n'ai pas quitté ma porte !

Un homme répondit :

— Cependant il y a de la lumière dans cette chambre.

Ils reconnurent la voix de Javert.

La chambre était disposée de façon que la porte en s'ouvrant masquait l'angle du mur à droite. Jean Valjean souffla la bougie et se mit dans cet angle.

La sœur Simplice tomba à genoux près de la table.

La porte s'ouvrit.

Javert entra.

On entendait le chuchotement de plusieurs hommes et les protestations de la portière dans le corridor.

La religieuse ne leva pas les yeux. Elle priait.

La chandelle était sur la cheminée et ne donnait que peu de clarté.

Javert aperçut la sœur et s'arrêta interdit.

On se rappelle que le fond même de Javert, son élément, son milieu respirable, c'était la vénération de toute autorité. Il était tout d'une pièce et n'admettait ni objection, ni restriction. Pour lui, bien entendu, l'autorité ecclésiastique était la première de toutes. Il était religieux, superficiel et correct sur ce point comme sur tous. À ses yeux un prêtre était un esprit qui ne se trompe pas, une religieuse était une créature qui ne pèche pas. C'étaient des âmes murées à ce monde avec une seule porte qui ne s'ouvrait jamais que pour laisser sortir la vérité.

En apercevant la sœur, son premier mouvement fut de se retirer.

Cependant il y avait aussi un autre devoir qui le tenait, et qui le poussait impérieusement en sens inverse. Son second mouvement fut de rester, et de hasarder au moins une question.

C'était cette sœur Simplice qui n'avait menti de sa vie. Javert le savait, et la vénérait particulièrement à cause de cela.

— Ma sœur, dit-il, êtes-vous seule dans cette chambre ?

Il y eut un moment affreux pendant lequel la pauvre portière se sentit défaillir.

La sœur leva les yeux et répondit :

— Oui.

— Ainsi, reprit Javert, excusez-moi si j'insiste, c'est mon devoir, vous n'avez pas vu ce soir une personne, un homme. Il s'est évadé, nous le cherchons, — ce nommé Jean Valjean, vous ne l'avez pas vu ?

La sœur répondit : — Non.

Elle mentit. Elle mentit deux fois de suite, coup sur coup, sans hésiter, rapidement, comme on se dévoue.

— Pardon, dit Javert, et il se retira en saluant profondément.

Ô sainte fille ! vous n'êtes plus de ce monde depuis beaucoup d'années ; vous avez rejoint dans la lumière vos sœurs les vierges et vos frères les anges ; que ce mensonge vous soit compté dans le paradis !

L'affirmation de la sœur fut pour Javert quelque chose de si décisif qu'il ne remarqua même pas la singularité de cette bougie qu'on venait de souffler et qui fumait sur la table.

Une heure après, un homme, marchant à travers les arbres et les brumes, s'éloignait rapidement de Montreuil-sur-mer dans la direction de Paris. Cet homme était Jean Valjean. Il a été établi, par le témoignage de deux ou trois rouliers qui l'avaient rencontré, qu'il portait un paquet et qu'il était vêtu d'une blouse. Où avait-il pris cette blouse ? On ne l'a jamais su. Cependant un vieux ouvrier était mort quelques jours auparavant à l'infirmerie de la fabrique, ne laissant que sa blouse. C'était peut-être celle-là.

Un dernier mot sur Fantine.

Nous avons tous une mère, la terre. On rendit Fantine à cette mère.

Le curé crut bien faire, et fit bien peut-être, en réservant, sur ce que Jean Valjean **avait** laissé, le plus d'argent possible aux pauvres. Après tout, de qui s'agissait-il ? d'un forçat et d'une fille publique. C'est pourquoi il simplifia l'enterrement de Fantine, et le réduisit à ce strict nécessaire qu'on appelle la fosse commune.

Fantine fut donc enterrée dans ce coin gratis du cimetière qui est à tous et à personne, et où l'on perd les pauvres. Heureusement Dieu sait où retrouver l'âme. On coucha Fantine dans les ténèbres parmi les premiers os venus ; elle subit la promiscuité des cendres. Elle fut jetée à la fosse publique. Sa tombe ressembla à son lit.

DEUXIÈME PARTIE

Cosette

Livre premier

WATERLOO

I

CE QU'ON RENCONTRE
EN VENANT DE NIVELLES [1]

L'an dernier (1861), par une belle matinée de mai, un passant, celui qui raconte cette histoire, arrivait de Nivelles et se dirigeait vers La Hulpe. Il allait à pied. Il suivait, entre deux rangées d'arbres, une large chaussée pavée ondulant sur des collines qui viennent l'une après l'autre, soulèvent la route et la laissent retomber, et font là comme des vagues énormes. Il avait dépassé Lillois et Bois-Seigneur-Isaac. Il apercevait, à l'ouest, le clo-cher d'ardoise de Braine-l'Alleud qui a la forme d'un vase renversé. Il venait de laisser derrière lui un bois sur une hauteur, et, à l'angle d'un chemin de traverse, à côté d'une espèce de potence vermoulue portant l'ins-cription : *Ancienne barrière n° 4*, un cabaret ayant sur sa façade cet écriteau : *Au quatre vents. Échabeau, café de particulier.*

Un demi-quart de lieue plus loin que ce cabaret, il arriva au fond d'un petit vallon où il y a de l'eau qui passe sous une arche pratiquée dans le remblai de la route. Le bouquet d'arbres, clair-semé mais très vert, qui emplit le vallon d'un côté de la chaussée, s'éparpille de l'autre dans les prairies et s'en va avec grâce et comme en désordre vers Braine-l'Alleud.

Il y avait là, à droite, au bord de la route, une auberge, une charrette à quatre roues devant la porte, un grand faisceau de perches à houblon, une charrue, un tas de

broussailles sèches près d'une haie vive, de la chaux qui
fumait dans un trou carré, une échelle le long d'un vieux
hangar à cloisons de paille. Une jeune fille sarclait dans
un champ où une grande affiche jaune, probablement
du spectacle forain de quelque kermesse, volait au vent.
À l'angle de l'auberge, à côté d'une mare où naviguait
une flottille de canards, un sentier mal pavé s'enfonçait
dans les broussailles. Ce passant y entra.

Au bout d'une centaine de pas, après avoir longé un
mur du quinzième siècle surmonté d'un pignon aigu à
briques contrariées, il se trouva en présence d'une grande
porte de pierre cintrée, avec imposte rectiligne, dans le
grave style de Louis XIV, accostée de deux médaillons
planes. Une façade sévère dominait cette porte ; un mur
perpendiculaire à la façade venait presque toucher la
porte et la flanquait d'un brusque angle droit. Sur le pré
devant la porte gisaient trois herses à travers lesquelles
poussaient pêle-mêle toutes les fleurs de mai. La porte
était fermée. Elle avait pour clôture deux battants
décrépits ornés d'un vieux marteau rouillé.

Le soleil était charmant ; les branches avaient ce doux
frémissement de mai qui semble venir des nids plus
encore que du vent. Un brave petit oiseau, probablement amoureux, vocalisait éperdument dans un grand
arbre.

Le passant se courba et considéra dans la pierre à
gauche, au bas du pied-droit de la porte, une assez large
excavation circulaire ressemblant à l'alvéole d'une
sphère. En ce moment les battants s'écartèrent et une
paysanne sortit.

Elle vit le passant et aperçut ce qu'il regardait.

— C'est un boulet français qui a fait ça, lui dit-elle.

Et elle ajouta :

— Ce que vous voyez là, plus haut, dans la porte, près
d'un clou, c'est le trou d'un gros biscayen. Le biscayen
n'a pas traversé le bois.

— Comment s'appelle cet endroit-ci ? demanda le
passant.

— Hougomont, dit la paysanne.

Le passant se redressa. Il fit quelques pas et s'en alla regarder au-dessus des haies. Il aperçut à l'horizon à travers les arbres une espèce de monticule et sur ce monticule quelque chose qui, de loin, ressemblait à un lion.

Il était dans le champ de bataille de Waterloo.

II

HOUGOMONT

Hougomont, ce fut là un lieu funèbre, le commencement de l'obstacle, la première résistance que rencontra à Waterloo ce grand bûcheron de l'Europe qu'on appelait Napoléon ; le premier nœud sous le coup de hache.

C'était un château, ce n'est plus qu'une ferme. Hougomont, pour l'antiquaire, c'est *Hugomons*. Ce manoir fut bâti par Hugo, sire de Somerel, le même qui dota la sixième chapellenie de l'abbaye de Villers.

Le passant poussa la porte, coudoya sous un porche une vieille calèche, et entra dans la cour.

La première chose qui le frappa dans ce préau, ce fut une porte du seizième siècle qui y simule une arcade, tout étant tombé autour d'elle. L'aspect monumental naît souvent de la ruine. Auprès de l'arcade s'ouvre dans un mur une autre porte avec claveaux du temps de Henri IV, laissant voir les arbres d'un verger. À côté de cette porte un trou à fumier, des pioches et des pelles, quelques charrettes, un vieux puits avec sa dalle et son tourniquet de fer, un poulain qui saute, un dindon qui fait la roue, une chapelle que surmonte un petit clocher, un poirier en fleur en espalier sur le mur de la chapelle, voilà cette cour dont la conquête fut un rêve de Napoléon. Ce coin de terre, s'il eût pu le prendre, lui eût peut-être donné le monde. Des poules y éparpillent du bec la

poussière. On entend un grondement ; c'est un gros
chien qui montre les dents et qui remplace les Anglais.

Les Anglais là ont été admirables. Les quatre compagnies des gardes de Cooke y ont tenu tête pendant sept
heures à l'acharnement d'une armée.

Hougomont, vu sur la carte, en plan géométral, bâtiments et enclos compris, présente une espèce de rec-
tangle irrégulier dont un angle aurait été entaillé. C'est
à cet angle qu'est la porte méridionale, gardée par ce
mur qui la fusille à bout portant. Hougomont a deux
portes : la porte méridionale, celle du château, et la
porte septentrionale, celle de la ferme. Napoléon envoya
contre Hougomont son frère Jérôme ; les divisions ;
Guilleminot, Foy et Bachelu s'y heurtèrent, presque tout
le corps de Reille y fut employé et y échoua, les boulets
de Kellermann s'épuisèrent sur cet héroïque pan de
mur. Ce ne fut pas trop de la brigade Bauduin pour
forcer Hougomont au nord, et la brigade Soye ne put
que l'entamer au sud, sans le prendre.

Les bâtiments de la ferme bordent la cour au sud.
Un morceau de la porte nord, brisée par les Français,
pend accroché au mur. Ce sont quatre planches clouées
sur deux traverses, et où l'on distingue les balafres de
l'attaque.

La porte septentrionale, enfoncée par les Français, et
à laquelle on a mis une pièce pour remplacer le pan-
neau suspendu à la muraille, s'entre-bâille au fond du
préau ; elle est coupée carrément dans un mur, de pierre
en bas, de brique en haut, qui ferme la cour au nord.
C'est une simple porte charretière comme il y en a dans
toutes les métairies, deux larges battants faits de
planches rustiques ; au delà, des prairies. La dispute de
cette entrée a été furieuse. On a longtemps vu sur le
montant de la porte toutes sortes d'empreintes de mains
sanglantes. C'est là que Bauduin fut tué.

L'orage du combat est encore dans cette cour ; l'horreur y est visible ; le bouleversement de la mêlée s'y est
pétrifié ; cela vit, cela meurt ; c'était hier. Les murs ago-

nisent, les pierres tombent, les brèches crient ; les trous sont des plaies ; les arbres penchés et frissonnants semblent faire effort pour s'enfuir.

Cette cour, en 1815, était plus bâtie qu'elle ne l'est aujourd'hui. Des constructions qu'on a depuis jetées bas y faisaient des redans, des angles et des coudes d'équerre.

Les Anglais s'y étaient barricadés ; les Français y pénétrèrent, mais ne purent s'y maintenir. À côté de la chapelle, une aile du château, le seul débris qui reste du manoir d'Hougomont, se dresse écroulée, on pourrait dire éventrée. Le château servit de donjon, la chapelle servit de blockhaus. On s'y extermina. Les Français, arquebusés de toutes parts, de derrière les murailles, du haut des greniers, du fond des caves, par toutes les croisées, par tous les soupiraux, par toutes les fentes des pierres, apportèrent des fascines et mirent le feu aux murs et aux hommes ; la mitraille eut pour réplique l'incendie.

On entrevoit dans l'aile ruinée, à travers des fenêtres garnies de barreaux de fer, les chambres démantelées d'un corps de logis en brique ; les gardes anglaises étaient embusquées dans ces chambres ; la spirale de l'escalier, crevassé du rez-de-chaussée jusqu'au toit, apparaît comme l'intérieur d'un coquillage brisé. L'escalier a deux étages ; les Anglais, assiégés dans l'escalier, et massés sur les marches supérieures, avaient coupé les marches inférieures. Ce sont de larges dalles de pierre bleue qui font un monceau dans les orties. Une dizaine de marches tiennent encore au mur ; sur la première est entaillée l'image d'un trident. Ces degrés inaccessibles sont solides dans leurs alvéoles. Tout le reste ressemble à une mâchoire édentée. Deux vieux arbres sont là ; l'un est mort, l'autre est blessé au pied, et reverdit en avril. Depuis 1815, il s'est mis à pousser à travers l'escalier.

On s'est massacré dans la chapelle. Le dedans, redevenu calme, est étrange. On n'y a plus dit la messe

depuis le carnage. Pourtant l'autel y est resté, un autel
de bois grossier adossé à un fond de pierre brute. Quatre murs lavés au lait de chaux, une porte vis-à-vis
l'autel, deux petites fenêtres cintrées, sur la porte un
grand crucifix de bois, au-dessus du crucifix un soupirail carré bouché d'une botte de foin, dans un coin, à
terre, un vieux châssis vitré tout cassé, telle est cette
chapelle. Près de l'autel est clouée une statue en bois de
sainte Anne, du quinzième siècle ; la tête de l'enfant
Jésus a été emportée par un biscayen. Les Français,
maîtres un moment de la chapelle, puis délogés, l'ont
incendiée. Les flammes ont rempli cette masure ; elle a
été fournaise ; la porte a brûlé, le plancher a brûlé, le
Christ en bois n'a pas brûlé. Le feu lui a rongé les pieds
dont on ne voit plus que les moignons noircis, puis s'est
arrêté. Miracle, au dire des gens du pays. L'enfant Jésus,
décapité, n'a pas été aussi heureux que le Christ.

Les murs sont couverts d'inscriptions. Près des pieds
du Christ on lit ce nom : *Henquinez.* Puis ces autres :
*Conde de Rio Maïor. Marques y Marquesa de Almagro
(Habana).* Il y a des noms français avec des points
d'exclamation, signes de colère. On a reblanchi le mur
en 1849. Les nations s'y insultaient.

C'est à la porte de cette chapelle qu'a été ramassé un
cadavre qui tenait une hache à la main. Ce cadavre était
le sous-lieutenant Legros.

On sort de la chapelle, et à gauche, on voit un puits.
Il y en a deux dans cette cour. On demande : pourquoi
n'y a-t-il pas de seau et de poulie à celui-ci ? C'est qu'on
n'y puise plus d'eau. Pourquoi n'y puise-t-on plus d'eau ?
Parce qu'il est plein de squelettes.

Le dernier qui ait tiré de l'eau de ce puits se nommait
Guillaume Van Kylsom. C'était un paysan qui habitait
Hougomont et y était jardinier. Le 18 juin 1815, sa
famille prit la fuite et s'alla cacher dans les bois.

La forêt autour de l'abbaye de Villers abrita pendant
plusieurs jours et plusieurs nuits toutes ces malheu-
reuses populations dispersées. Aujourd'hui encore de

certains vestiges reconnaissables, tels que de vieux troncs d'arbres brûlés, marquent la place de ces pauvres bivouacs tremblants au fond des halliers.

Guillaume Van Kylsom demeura à Hougomont « pour garder le château » et se blottit dans une cave. Les Anglais l'y découvrirent. On l'arracha de sa cachette, et, à coups de plat de sabre, les combattants se firent servir par cet homme effrayé. Ils avaient soif ; ce Guillaume leur portait à boire. C'est à ce puits qu'il puisait l'eau. Beaucoup burent là leur dernière gorgée. Ce puits, où burent tant de morts, devait mourir lui aussi.

Après l'action, on eut une hâte, enterrer les cadavres. La mort a une façon à elle de harceler la victoire, et elle fait suivre la gloire par la peste. Le typhus est une annexe du triomphe. Ce puits était profond, on en fit un sépulcre. On y jeta trois cents morts. Peut-être avec trop d'empressement. Tous étaient-ils morts ? la légende dit non. Il paraît que, la nuit qui suivit l'ensevelissement, on entendit sortir du puits des voix faibles qui appelaient.

Ce puits est isolé au milieu de la cour. Trois murs mi-partis pierre et brique, repliés comme les feuilles d'un paravent et simulant une tourelle carrée, l'entourent de trois côtés. Le quatrième côté est ouvert. C'est par là qu'on puisait l'eau. Le mur du fond a une façon d'œil-de-bœuf informe, peut-être un trou d'obus. Cette tourelle avait un plafond dont il ne reste que les poutres. La ferrure de soutènement du mur de droite dessine une croix. On se penche, et l'œil se perd dans un profond cylindre de brique qu'emplit un entassement de ténèbres. Tout autour du puits, le bas des murs disparaît dans les orties.

Ce puits n'a point pour devanture la large dalle bleue qui sert de tablier à tous les puits de Belgique. La dalle bleue y est remplacée par une traverse à laquelle s'appuient cinq ou six difformes tronçons de bois noueux et ankylosés qui ressemblent à de grands ossements. Il n'a plus ni seau, ni chaîne, ni poulie ; mais il a encore la cuvette de pierre qui servait de déversoir. L'eau des pluies s'y amasse, et de temps en temps un oiseau des forêts voisines vient y boire et s'envole.

Une maison dans cette ruine, la maison de la ferme, est encore habitée. La porte de cette maison donne sur la cour. À côté d'une jolie plaque de serrure gothique il y a sur cette porte une poignée de fer à trèfles, posée de biais. Au moment où le lieutenant hanovrien Wilda saisissait cette poignée pour se réfugier dans la ferme, un sapeur français lui abattit la main d'un coup de hache.

La famille qui occupe la maison a pour grand-père l'ancien jardinier Van Kylsom, mort depuis longtemps. Une femme en cheveux gris vous dit : — J'étais là. J'avais trois ans. Ma sœur, plus grande, avait peur et pleurait. On nous a emportées dans les bois. J'étais dans les bras de ma mère. On se collait l'oreille à terre pour écouter. Moi, j'imitais le canon, et je faisais *boum, boum*.

Une porte de la cour, à gauche, nous l'avons dit, donne dans le verger.

Le verger est terrible.

Il est en trois parties, on pourrait presque dire en trois actes. La première partie est un jardin, la deuxième est le verger, la troisième est un bois. Ces trois parties ont une enceinte commune, du côté de l'entrée les bâtiments du château et de la ferme, à gauche une haie, à droite un mur, au fond un mur. Le mur de droite est en brique, le mur du fond est en pierre. On entre dans le jardin d'abord. Il est en contre-bas, planté de groseilliers, encombré de végétations sauvages, fermé d'un terrassement monumental en pierre de taille avec balustres à double renflement. C'était un jardin seigneurial dans ce premier style français qui a précédé Lenôtre ; ruine et ronce aujourd'hui. Les pilastres sont surmontés de globes qui semblent des boulets de pierre. On compte encore quarante-trois balustres sur leurs dés ; les autres sont couchés dans l'herbe. Presque tous ont des éraflures de mousqueterie. Un balustre brisé est posé sur l'étrave comme une jambe cassée.

C'est dans ce jardin, plus bas que le verger, que six voltigeurs du 1er léger, ayant pénétré là et n'en pouvant plus sortir, pris et traqués comme des ours dans leur fosse, acceptèrent le combat comme avec deux compagnies hanovriennes, dont une était armée de carabines. Les hanovriens bordaient ces balustres et tiraient d'en haut. Ces voltigeurs, ripostant d'en bas, six contre deux cents, intrépides, n'ayant pour abri que les groseilliers, mirent un quart d'heure à mourir.

On monte quelques marches, et du jardin on passe dans le verger proprement dit. Là, dans ces quelques toises carrées, quinze cents hommes tombèrent en moins d'une heure. Le mur semble prêt à recommencer le combat. Les trente-huit meurtrières percées par les Anglais à des hauteurs irrégulières, y sont encore. Devant la seizième sont couchées deux tombes anglaises en granit. Il n'y a de meurtrières qu'au mur sud ; l'attaque principale venait de là. Ce mur est caché au dehors par une grande haie vive ; les Français arrivèrent, croyant n'avoir affaire qu'à la haie, la franchirent, et trouvèrent ce mur, obstacle et embuscade, les gardes anglaises derrière, les trente-huit meurtrières faisant feu à la fois, un orage de mitraille et de balles ; et la brigade Soye s'y brisa. Waterloo commença ainsi.

Le verger pourtant fut pris. On n'avait pas d'échelles, les Français grimpèrent avec les ongles. On se battit corps à corps sous les arbres. Toute cette herbe a été mouillée de sang. Un bataillon de Nassau, sept cents hommes, fut foudroyé là. Au dehors le mur, contre lequel furent braquées les deux batteries de Kellermann, est rongé par la mitraille.

Ce verger est sensible comme un autre au mois de mai. Il a ses boutons d'or et ses pâquerettes, l'herbe y est haute, des chevaux de charrue y paissent, des cordes de crin où sèche du linge traversent les intervalles des arbres et font baisser la tête aux passants, on marche dans cette friche et le pied enfonce dans les trous de taupes. Au milieu de l'herbe on remarque un tronc déra-

ciné, gisant, verdissant. Le major Blackman s'y est
adossé pour expirer. Sous un grand arbre voisin est
tombé le général allemand Duplat, d'une famille française réfugiée à la révocation de l'édit de Nantes. Tout
à côté se penche un vieux pommier malade pansé avec
un bandage de paille et de terre glaise. Presque tous les
pommiers tombent de vieillesse. Il n'y en a pas un qui
n'ait sa balle ou son biscayen. Les squelettes d'arbres
morts abondent dans ce verger. Les corbeaux volent
dans les branches, au fond il y a un bois plein de violettes.

Bauduin tué, Foy blessé, l'incendie, le massacre, le
carnage, un ruisseau fait de sang anglais, de sang allemand et de sang français, furieusement mêlés, un puits
comblé de cadavres, le régiment de Nassau et le régiment de Brunswick détruits, Duplat tué, Blackman tué,
les gardes anglaises mutilées, vingt bataillons français,
sur les quarante du corps de Reille, décimés, trois mille
hommes, dans cette seule masure de Hougomont,
sabrés, écharpés, égorgés, fusillés, brûlés ; et tout cela
pour qu'aujourd'hui un paysan dise à un voyageur :
Monsieur, donnez-moi trois francs ; si vous aimez, je
vous expliquerai la chose de Waterloo !

III

LE 18 JUIN 1815

Retournons en arrière, c'est un des droits du narrateur, et replaçons-nous en l'année 1815, et même un peu
avant l'époque où commence l'action racontée dans la
première partie de ce livre.

S'il n'avait pas plu dans la nuit du 17 au 18 juin 1815,
l'avenir de l'Europe était changé. Quelques gouttes
d'eau de plus ou de moins ont fait pencher Napoléon.
Pour que Waterloo fût la fin d'Austerlitz, la providence

n'a eu besoin que d'un peu de pluie, et un nuage traversant le ciel à contre-sens de la saison a suffi pour l'écroulement d'un monde.

La bataille de Waterloo, et ceci a donné à Blücher le temps d'arriver, n'a pu commencer qu'à onze heures et demie. Pourquoi ? Parce que la terre était mouillée. Il a fallu attendre un peu de raffermissement pour que l'artillerie pût manœuvrer.

Napoléon était officier d'artillerie, et il s'en ressentait. Le fond de ce prodigieux capitaine, c'était l'homme qui, dans le rapport au Directoire sur Aboukir, disait : *Tel de nos boulets a tué six hommes*. Tous ses plans de bataille sont faits pour le projectile. Faire converger l'artillerie sur un point donné, c'était là sa clef de victoire. Il traitait la stratégie du général ennemi comme une citadelle, et il la battait en brèche. Il accablait le point faible de mitraille ; il nouait et dénouait les batailles avec le canon. Il y avait du tir dans son génie. Enfoncer les carrés, pulvériser les régiments, rompre les lignes, broyer et disperser les masses, tout pour lui était là, frapper, frapper, frapper sans cesse, et il confiait cette besogne au boulet. Méthode redoutable, et qui, jointe au génie, a fait invincible pendant quinze ans ce sombre athlète du pugilat de la guerre.

Le 18 juin 1815, il comptait d'autant plus sur l'artillerie qu'il avait pour lui le nombre. Wellington n'avait que cent cinquante-neuf bouches à feu ; Napoléon en avait deux cent quarante.

Supposez la terre sèche, l'artillerie pouvant rouler, l'action commençait à six heures du matin. La bataille était gagnée et finie à deux heures, trois heures avant la péripétie prussienne.

Quelle quantité de faute y a-t-il de la part de Napoléon dans la perte de cette bataille ? le naufrage est-il imputable au pilote ?

Le déclin physique évident de Napoléon se compliquait-il à cette époque d'une certaine diminution intérieure ? les vingt ans de guerre avaient-ils usé la lame

comme le fourreau, l'âme comme le corps ? le vétéran
se faisait-il fâcheusement sentir dans le capitaine ? en
un mot, ce génie, comme beaucoup d'historiens considérables l'ont cru, s'éclipsait-il ? entrait-il en frénésie
pour se déguiser à lui-même son affaiblissement ?
commençait-il à osciller sous l'égarement d'un souffle
d'aventure ? devenait-il, chose grave dans un général,
inconscient du péril ? dans cette classe de grands
hommes matériels qu'on peut appeler les géants de
l'action, y a-t-il un âge pour la myopie du génie ? La
vieillesse n'a pas de prise sur les génies de l'idéal ; pour
les Dantes et les Michel-Anges, vieillir, c'est croître ;
pour les Annibals et les Bonapartes, est-ce décroître ?
Napoléon avait-il perdu le sens direct de la victoire ? en
était-il à ne plus reconnaître l'écueil, à ne plus deviner
le piège, à ne plus discerner le bord croulant des abîmes ? manquait-il du flair des catastrophes ? lui qui
jadis savait toutes les routes du triomphe et qui, du haut
de son char d'éclairs, les indiquait d'un doigt souverain,
avait-il maintenant cet ahurissement sinistre de mener
aux précipices son tumultueux attelage de légions ?
était-il pris, à quarante-six ans, d'une folie suprême ? ce
cocher titanique du destin n'était-il plus qu'un immense
casse-cou ?

Nous ne le pensons point.

Son plan de bataille était, de l'aveu de tous, un chef-
d'œuvre. Aller droit au centre de la ligne alliée, faire un
trou dans l'ennemi, le couper en deux, pousser la moitié
britannique sur Hal et la moitié prussienne sur Tongres,
faire de Wellington et de Blücher deux tronçons ; enlever Mont-Saint-Jean, saisir Bruxelles, jeter l'Allemand
dans le Rhin et l'Anglais dans la mer. Tout cela, pour
Napoléon, était dans cette bataille. Ensuite on verrait.

Il va sans dire que nous ne prétendons pas faire ici
l'histoire de Waterloo ; une des scènes génératrices du
drame que nous racontons se rattache à cette bataille ;
mais cette histoire n'est pas notre sujet ; cette histoire
d'ailleurs est faite, et faite magistralement, à un point

de vue par Napoléon, à l'autre point de vue[1] par toute une pléiade d'historiens[a]. Quant à nous, nous laissons les historiens aux prises, nous ne sommes qu'un témoin à distance, un passant dans la plaine, un chercheur penché sur cette terre pétrie de chair humaine, prenant peut-être des apparences pour des réalités ; nous n'avons pas le droit de tenir tête, au nom de la science, à un ensemble de faits où il y a sans doute du mirage, nous n'avons ni la pratique militaire ni la compétence stratégique qui autorisent un système ; selon nous, un enchaînement de hasards domine à Waterloo les deux capitaines ; et quand il s'agit du destin, ce mystérieux accusé, nous jugeons comme le peuple, ce juge naïf

IV

A

Ceux qui veulent se figurer nettement la bataille de Waterloo n'ont qu'à coucher sur le sol par la pensée un A majuscule. Le jambage gauche de l'A est la route de Nivelles, le jambage droit est la route de Genappe, la corde de l'A est le chemin creux d'Ohain à Braine-l'Alleud. Le sommet de l'A est Mont-Saint-Jean, là est Wellington ; la pointe gauche inférieure est Hougomont, là est Reille avec Jérôme Bonaparte ; la pointe droite inférieure est la Belle-Alliance, là est Napoléon. Un peu au-dessous du point où la corde de l'A rencontre et coupe le jambage droit est la Haie-Sainte. Au milieu de cette corde est le point précis où s'est dit le mot final de la bataille. C'est là qu'on a placé le lion, symbole involontaire du suprême héroïsme de la garde impériale.

Le triangle compris au sommet de l'A, entre les deux

a. Walter Scott, Lamartine, Vaulabelle, Charras, Quinet, Thiers jambages et la corde, est le plateau de Mont-Saint-Jean. La dispute de ce plateau fut toute la bataille.

Les ailes des deux armées s'étendent à droite et à gauche des deux routes de Genappe et de Nivelles ; d'Erlon faisant face à Picton, Reille faisant face à Hill.

Derrière la pointe de l'A, derrière le plateau de Mont-Saint-Jean, est la forêt de Soignes.

Quant à la plaine en elle-même, qu'on se représente un vaste terrain ondulant ; chaque pli domine le pli suivant, et toutes les ondulations montent vers Mont-Saint-Jean, et y aboutissent à la forêt.

Deux troupes ennemies sur un champ de bataille sont deux lutteurs. C'est un bras-le-corps. L'une cherche à faire glisser l'autre. On se cramponne à tout ; un buisson est un point d'appui ; un angle de mur est un épaulement ; faute d'une bicoque où s'adosser, un régiment lâche pied ; un ravalement de la plaine, un mouvement de terrain, un sentier transversal à propos, un bois, un ravin, peuvent arrêter le talon de ce colosse qu'on appelle une armée et l'empêcher de reculer. Qui sort du champ est battu. De là, pour le chef responsable, la nécessité d'examiner la moindre touffe d'arbres, et d'approfondir le moindre relief.

Les deux généraux avaient attentivement étudié la plaine de Mont-Saint-Jean, dite aujourd'hui plaine de Waterloo. Dès l'année précédente, Wellington, avec une sagacité prévoyante, l'avait examinée comme un en-cas de grande bataille. Sur ce terrain et pour ce duel, le 18 juin, Wellington avait le bon côté, Napoléon le mauvais. L'armée anglaise était en haut, l'armée française en bas.

Esquisser ici l'aspect de Napoléon, à cheval, sa lunette à la main, sur la hauteur de Rossomme, à l'aube du 18 juin 1815, cela est presque de trop. Avant qu'on le montre, tout le monde l'a vu. Ce profil calme sous le petit chapeau de l'école de Brienne, cet uniforme vert, le revers blanc cachant la plaque, la redingote grise cachant les épaulettes, l'angle du cordon rouge sous le gilet, la culotte de peau, le cheval blanc avec sa housse

de velours pourpre ayant aux coins des N couronnées
et des aigles, les bottes à l'écuyère sur des bas de soie,
les éperons d'argent, l'épée de Marengo, toute cette
figure du dernier césar est debout dans les imaginations, acclamée des uns, sévèrement regardée par les
autres.

Cette figure a été longtemps toute dans la lumière ;
cela tenait à un certain obscurcissement légendaire que
la plupart des héros dégagent et qui voile toujours plus
ou moins longtemps la vérité ; mais aujourd'hui l'histoire et le jour se font.

Cette clarté, l'histoire, est impitoyable ; elle a cela
d'étrange et de divin que, toute lumière qu'elle est, et
précisément parce qu'elle est lumière, elle met souvent
de l'ombre là où l'on voyait des rayons ; du même homme
elle fait deux fantômes différents, et l'un attaque l'autre,
et en fait justice, et les ténèbres du despote luttent avec
l'éblouissement du capitaine. De là une mesure plus
vraie dans l'appréciation définitive des peuples. Baby-
lone violée diminue Alexandre ; Rome enchaînée diminue César ; Jérusalem tuée diminue Titus. La tyrannie
suit le tyran. C'est un malheur pour un homme de laisser derrière lui de la nuit qui a sa forme.

V

LE « QUID OBSCURUM [1] »

DES BATAILLES

Tout le monde connaît la première phase de cette
bataille ; début trouble, incertain, hésitant, menaçant
pour les deux armées, mais pour les Anglais plus encore
que pour les Français.

Il avait plu toute la nuit ; la terre était défoncée par
l'averse ; l'eau s'était çà et là amassée dans les creux de
la plaine comme dans des cuvettes ; sur de certains

points les équipages du train en avaient jusqu'à l'essieu ; les sous-ventrières des attelages dégouttaient de boue liquide ; si les blés et les seigles couchés par cette cohue de charrois en masse n'eussent comblé les ornières et fait litière sous les roues, tout mouvement, particulièrement dans les vallons du côté de Papelotte, eût été impossible.

L'affaire commença tard ; Napoléon, nous l'avons expliqué, avait l'habitude de tenir toute l'artillerie dans sa main comme un pistolet, visant tantôt tel point, tantôt tel autre de la bataille, et il avait voulu attendre que les batteries attelées pussent rouler et galoper librement ; il fallait pour cela que le soleil parût et séchât le sol. Mais le soleil ne parut pas. Ce n'était plus le rendez-vous d'Austerlitz. Quand le premier coup de canon fut tiré, le général anglais Colville regarda à sa montre et constata qu'il était onze heures trente-cinq minutes.

L'action s'engagea avec furie, plus de furie peut-être que l'empereur n'eût voulu, par l'aile gauche française sur Hougomont. En même temps Napoléon attaqua le centre en précipitant la brigade Quiot sur la Haie-Sainte, et Ney poussa l'aile droite française contre l'aile gauche anglaise qui s'appuyait sur Papelotte.

L'attaque sur Hougomont avait quelque simulation : attirer là Wellington, le faire pencher à gauche, tel était le plan. Ce plan eût réussi, si les quatre compagnies des gardes anglaises et les braves Belges de la division Perponcher n'eussent solidement gardé la position, et Wellington, au lieu de s'y masser, put se borner à y envoyer pour tout renfort quatre autres compagnies de gardes et un bataillon de Brunswick.

L'attaque de l'aile droite française sur Papelotte était à fond ; culbuter la gauche anglaise, couper la route de Bruxelles, barrer le passage aux Prussiens possibles, forcer Mont-Saint-Jean, refouler Wellington sur Hougomont, de là sur Braine-l'Alleud, de là sur Hal, rien de plus net. À part quelques incidents, cette attaque réussit. Papelotte fut pris ; la Haie-Sainte fut enlevée.

Détail à noter. Il y avait dans l'infanterie anglaise, particulièrement dans la brigade de Kempt, force recrues. Ces jeunes soldats, devant nos redoutables fantassins, furent vaillants ; leur inexpérience se tira intrépidement d'affaire ; ils firent surtout un excellent service de tirailleurs ; le soldat en tirailleur, un peu livré à lui-même, devient pour ainsi dire son propre général ; ces recrues montrèrent quelque chose de l'invention et de la furie françaises. Cette infanterie novice eut de la verve. Ceci déplut à Wellington.

Après la prise de la Haie-Sainte, la bataille vacilla.

Il y a dans cette journée, de midi à quatre heures, un intervalle obscur ; le milieu de cette bataille est presque indistinct et participe du sombre de la mêlée. Le crépuscule s'y fait. On aperçoit de vastes fluctuations dans cette brume, un mirage vertigineux, l'attirail de guerre d'alors presque inconnu aujourd'hui, les colbacks à flamme, les sabretaches flottantes, les buffleteries croisées, les gibernes à grenade, les dolmans des hussards, les bottes rouges à mille plis, les lourds shakos enguirlandés de torsades, l'infanterie presque noire de Brunswick mêlée à l'infanterie écarlate d'Angleterre, les soldats anglais ayant aux entournures pour épaulettes de gros bourrelets blancs circulaires, les chevau-légers hanovriens avec leur casque de cuir oblong à bandes de cuivre et à crinières de crins rouges, les Écossais aux genoux nus et aux plaids quadrillés, les grandes guêtres blanches de nos grenadiers, des tableaux, non des lignes stratégiques, ce qu'il faut à Salvator Rosa, non ce qu'il faut à Gribeauval.

Une certaine quantité de tempête se mêle toujours à une bataille. *Quid obscurum, quid divinum.* Chaque historien trace un peu le linéament qui lui plaît dans ces pêle-mêle. Quelle que soit la combinaison des généraux, le choc des masses armées a d'incalculables reflux ; dans l'action, les deux plans des deux chefs entrent l'un dans l'autre et se déforment l'un par l'autre. Tel point du champ de bataille dévore plus de combattants que

tel autre, comme ces sols plus ou moins spongieux qui
boivent plus ou moins vite l'eau qu'on y jette. On est
obligé de reverser là plus de soldats qu'on ne voudrait.
Dépenses qui sont l'imprévu. La ligne de bataille flotte
et serpente comme un fil, les traînées de sang ruissel-
lent illogiquement, les fronts des armées ondoient, les
régiments entrant ou sortant font des caps ou des gol-
fes, tous ces écueils remuent continuellement les uns
devant les autres ; où était l'infanterie, l'artillerie arrive ;
où était l'artillerie, accourt la cavalerie ; les bataillons
sont des fumées. Il y avait là quelque chose, cherchez,
c'est disparu ; les éclaircies se déplacent ; les plis
sombres avancent et reculent ; une sorte de vent du
sépulcre pousse, refoule, enfle et disperse ces multitudes tragiques. Qu'est-ce qu'une mêlée ? une oscillation. L'immobilité d'un plan mathématique exprime
une minute et non une journée. Pour peindre une
bataille, il faut de ces puissants peintres qui aient du
chaos dans le pinceau ; Rembrandt vaut mieux que Van
Der Meulen. Van der Meulen, exact à midi, ment à trois
heures. La géométrie trompe ; l'ouragan seul est vrai.
C'est ce qui donne à Folard le droit de contredire Polybe.
Ajoutons qu'il y a toujours un certain instant où la
bataille dégénère en combat, se particularise, et s'épar
pille en d'innombrables faits de détails qui, pour
emprunter l'expression de Napoléon lui-même, « appar
tiennent plutôt à la biographie des régiments qu'à l'his
toire de l'armée ». L'historien, en ce cas, a le droit évi
dent de résumé. Il ne peut que saisir les contours
principaux de la lutte, et il n'est donné à aucun narra
teur, si consciencieux qu'il soit, de fixer absolument la
forme de ce nuage horrible, qu'on appelle une bataille

Ceci, qui est vrai de tous les grands chocs armés, est
particulièrement applicable à Waterloo.

Toutefois, dans l'après-midi, à un certain moment, la
bataille se précisa.

Vers quatre heures, la situation de l'armée anglaise était grave. Le prince d'Orange commandait le centre, Hill l'aile droite, Picton l'aile gauche. Le prince d'Orange, éperdu et intrépide, criait aux Hollando-Belges : *Nassau ! Brunswick ! jamais en arrière !* Hill, affaibli, venait s'adosser à Wellington, Picton était mort. Dans la même minute où les Anglais avaient enlevé aux Français le drapeau du 105e de ligne, les Français avaient tué aux Anglais le général Picton, d'une balle à travers la tête. La bataille, pour Wellington, avait deux points d'appui, Hougomont et la Haie-Sainte ; Hougomont tenait encore, mais brûlait ; la Haie-Sainte était prise. Du bataillon allemand qui la défendait, quarante-deux hommes seulement survivaient ; tous les officiers, moins cinq, étaient morts ou pris. Trois mille combattants s'étaient massacrés dans cette grange. Un sergent des gardes anglaises, le premier boxeur de l'Angleterre, réputé par ses compagnons invulnérable, y avait été tué par un petit tambour français. Baring était délogé. Alten était sabré. Plusieurs drapeaux étaient perdus, dont un de la division Alten, et un du bataillon de Lunebourg porté par un prince de la famille de Deux-Ponts. Les Écossais gris n'existaient plus ; les gros dragons de Ponsonby étaient hachés. Cette vaillante cavalerie avait plié sous les lanciers de Bro et sous les cuirassiers de Travers ; de douze cents chevaux il en restait six cents ; des trois lieutenants-colonels, deux étaient à terre, Hamilton blessé, Mater tué. Ponsonby était tombé, troué de sept coups de lance. Gordon était mort, Marsh était mort. Deux divisions, la cinquième et la sixième, étaient détruites.

Hougomont entamé, la Haie-Sainte prise, il n'y avait plus qu'un nœud, le centre. Ce nœud-là tenait toujours. Wellington le renforça. Il y appela Hill qui était à Merbe-Braine, il y appela Chassé qui était à Braine-l'Alleud.

Le centre de l'armée anglaise, un peu concave, très dense et très compact, était fortement situé. Il occupait le plateau de Mont-Saint-Jean, ayant derrière lui le village et devant lui la pente, assez âpre alors. Il s'adossait à cette forte maison de pierre, qui était à cette époque un bien domanial de Nivelles et qui marque l'intersection des routes, masse du seizième siècle si robuste que les boulets y ricochaient sans l'entamer. Tout autour du plateau, les Anglais avaient taillé çà et là les haies, fait des embrasures dans les aubépines, mis une gueule de canon entre deux branches, crénelé les buissons. Leur artillerie était en embuscade sous les broussailles. Ce travail punique, incontestablement autorisé par la guerre qui admet le piège, était si bien fait que Haxo, envoyé par l'empereur à neuf heures du matin pour reconnaître les batteries ennemies, n'en avait rien vu, et était revenu dire à Napoléon qu'il n'y avait pas d'obstacle, hors les deux barricades barrant les routes de Nivelles et de Genappe. C'était le moment où la moisson est haute ; sur la lisière du plateau, un bataillon de la brigade de Kempt, le 95e, armé de carabines, était couché dans les grands blés.

Ainsi assuré et contre-buté, le centre de l'armée anglo-hollandaise était en bonne posture.

Le péril de cette position était la forêt de Soignes, alors contiguë au champ de bataille et coupée par les étangs de Groenendael et de Boitsfort. Une armée n'eût pu y reculer sans se dissoudre ; les régiments s'y fussent tout de suite désagrégés. L'artillerie s'y fût perdue dans les marais. La retraite, selon l'opinion de plusieurs hommes du métier, contestée par d'autres, il est vrai, eût été là un sauve-qui-peut.

Wellington ajouta à ce centre une brigade de Chassé, ôtée à l'aile droite, et une brigade de Wincke, ôtée à l'aile gauche, plus la division Clinton. À ses Anglais, aux régiments de Halkett, à la brigade de Mitchell, aux gardes de Maitland, il donna comme épaulements et contreforts l'infanterie de Brunswick, le contingent de Nassau, les Hanovriens de Kielmansegge et les Allemands d'Ompteda. Cela lui mit sous la main vingt-six bataillons. *L'aile droite,* comme dit Charras, *fut rabattue derrière le centre.* Une batterie énorme était masquée par des sacs à terre à l'endroit où est aujourd'hui ce qu'on appelle « le musée de Waterloo ». Wellington avait en outre dans un pli de terrain les dragons-gardes de Somerset, quatorze cents chevaux. C'était l'autre moitié de cette cavalerie anglaise, si justement célèbre. Ponsonby détruit, restait Somerset.

La batterie, qui, achevée, eût été presque une redoute, était disposée derrière un mur de jardin très bas, revêtu à la hâte d'une chemise de sacs de sable et d'un large talus de terre. Cet ouvrage n'était pas fini ; on n'avait pas eu le temps de le palissader.

Wellington, inquiet, mais impassible, était à cheval, et y demeura toute la journée dans la même attitude, un peu en avant du vieux moulin de Mont-Saint-Jean, qui existe encore, sous un orme qu'un Anglais, depuis, vandale enthousiaste, a acheté deux cents francs, scié et emporté. Wellington fut là froidement héroïque. Les boulets pleuvaient. L'aide de camp Gordon venait de tomber à côté de lui. Lord Hill, lui montrant un obus qui éclatait, lui dit : — Mylord, quelles sont vos instructions, et quels ordres nous laissez-vous si vous vous faites tuer ? — *De faire comme moi,* répondit Wellington. À Clinton, il dit laconiquement : — *Tenir ici jusqu'au dernier homme.* — La journée visiblement tournait mal. Wellington criait à ses anciens compagnons de Talavera, de Vitoria et de Salamanque : — *Boys* (garçons) ! *est-ce qu'on peut songer à lâcher pied ? pensez à la vieille Angleterre !*

Vers quatre heures, la ligne anglaise s'ébranla en arrière. Tout à coup on ne vit plus sur la crête du plateau

que l'artillerie et les tirailleurs, le reste disparut ; les
régiments, chassés par les obus et les boulets français,
se replièrent dans le fond que coupe encore aujourd'hui
le sentier de service de la ferme de Mont-Saint-Jean, un
mouvement rétrograde se fit, le front de bataille anglais
se déroba, Wellington recula. — Commencement de
retraite ! cria Napoléon.

VII

NAPOLÉON DE BELLE HUMEUR

L'empereur, quoique malade et gêné à cheval par une
souffrance locale, n'avait jamais été de si bonne humeur
que ce jour-là. Depuis le matin, son impénétrabilité souriait. Le 18 juin 1815, cette âme profonde, masquée de
marbre, rayonnait aveuglément. L'homme qui avait été
sombre à Austerlitz fut gai à Waterloo. Les plus grands
prédestinés font de ces contre-sens. Nos joies sont de
l'ombre. Le suprême sourire est à Dieu.

Ridet Caesar, Pompeius flebit, disaient les légionnaires
de la légion Fulminatrix. Pompée cette fois ne devait
pas pleurer, mais il est certain que César riait.

Dès la veille, la nuit, à une heure, explorant à cheval,
sous l'orage et sous la pluie, avec Bertrand, les collines
qui avoisinent Rossomme, satisfait de voir la longue
ligne des feux anglais illuminant tout l'horizon de Frischemont à Braine-l'Alleud, il lui avait semblé que le destin, assigné par lui à jour fixe sur ce champ de Waterloo,
était exact ; il avait arrêté son cheval, et était demeuré
quelque temps immobile, regardant les éclairs, écoutant le tonnerre, et on avait entendu ce fataliste jeter
dans l'ombre cette parole mystérieuse : « Nous sommes
d'accord. » Napoléon se trompait. Ils n'étaient plus
d'accord.

Il n'avait pas pris une minute de sommeil, tous les

instants de cette nuit-là avaient été marqués pour lui par une joie. Il avait parcouru toute la ligne des grand'gardes, en s'arrêtant çà et là pour parler aux vedettes. À deux heures et demie, près du bois d'Hougomont, il avait entendu le pas d'une colonne en marche ; il avait cru un moment à la reculade de Wellington. Il avait dit à Bertrand : *C'est l'arrière-garde anglaise qui s'ébranle pour décamper. Je ferai prisonniers les six mille Anglais qui viennent d'arriver à Ostende.* Il causait avec expansion ; il avait retrouvé cette verve du débarquement du 1er mars, quand il montrait au grand-maréchal le paysan enthousiaste du golfe Juan, en s'écriant : — *Eh bien, Bertrand, voilà déjà du renfort !* La nuit du 17 au 18 juin, il raillait Wellington. — *Ce petit Anglais a besoin d'une leçon,* disait Napoléon. La pluie redoublait, il tonnait pendant que l'empereur parlait.

À trois heures et demie du matin, il avait perdu une illusion ; des officiers envoyés en reconnaissance lui avaient annoncé que l'ennemi ne faisait aucun mouvement. Rien ne bougeait ; pas un feu de bivouac n'était éteint. L'armée anglaise dormait. Le silence était profond sur la terre ; il n'y avait de bruit que dans le ciel. À quatre heures, un paysan lui avait été amené par les coureurs ; ce paysan avait servi de guide à une brigade de cavalerie anglaise, probablement la brigade Vivian, qui allait prendre position au village d'Ohain, à l'extrême gauche. À cinq heures, deux déserteurs belges lui avaient rapporté qu'ils venaient de quitter leur régiment, et que l'armée anglaise attendait la bataille. — *Tant mieux !* s'était écrié Napoléon. *J'aime encore mieux les culbuter que les refouler.*

Le matin, sur la berge qui fait l'angle du chemin de Plancenoit, il avait mis pied à terre dans la boue, s'était fait apporter de la ferme de Rossomme une table de cuisine et une chaise de paysan, s'était assis, avec une botte de paille pour tapis, et avait déployé sur la table la carte du champ de bataille, en disant à Soult : *Joli échiquier !*

Par suite des pluies de la nuit, les convois de vivres, empêtrés dans des routes défoncées, n'avaient pu arriver le matin, le soldat n'avait pas dormi, était mouillé, et était à jeun ; cela n'avait pas empêché Napoléon de crier allégrement à Ney : *Nous avons quatre-vingt-dix chances sur cent.* À huit heures, on avait apporté le déjeuner de l'empereur. Il y avait invité plusieurs généraux. Tout en déjeunant, on avait raconté que Wellington était l'avant-veille au bal à Bruxelles, chez la duchesse de Richmond, et Soult, rude homme de guerre avec une figure d'archevêque, avait dit : *Le bal, c'est aujourd'hui.* L'empereur avait plaisanté Ney qui disait : *Wellington ne sera pas assez simple pour attendre Votre Majesté.* C'était là d'ailleurs sa manière. *Il badinait volontiers*, dit Fleury de Chaboulon. *Le fond de son caractère était une humeur enjouée*, dit Gourgaud. *Il abondait en plaisanteries, plutôt bizarres que spirituelles*, dit Benjamin Constant. Ces gaîtés de géant valent la peine qu'on y insiste. C'est lui qui avait appelé ses grenadiers « les grognards » ; il leur pinçait l'oreille, il leur tirait la moustache. *L'empereur ne faisait que nous faire des niches ;* ceci est un mot de l'un d'eux. Pendant le mystérieux trajet de l'île d'Elbe en France, le 27 février, en pleine mer, le brick de guerre français le *Zéphir* ayant rencontré le brick l'*Inconstant* où Napoléon était caché et ayant demandé à l'*Inconstant* des nouvelles de Napoléon, l'empereur, qui avait encore en ce moment-là à son chapeau la cocarde blanche et amarante semée d'abeilles, adoptée par lui à l'île d'Elbe, avait pris en riant le porte-voix et avait répondu lui-même : *L'empereur se porte bien.* Qui rit de la sorte est en familiarité avec les événements. Napoléon avait eu plusieurs accès de ce rire pendant le déjeuner de Waterloo. Après le déjeuner il s'était recueilli un quart d'heure, puis deux généraux s'étaient assis sur la botte de paille, une plume à la main, une feuille de papier sur le genou, et l'empereur leur avait dicté l'ordre de bataille.

À neuf heures, à l'instant où l'armée française, éche-

lonnée et mise en mouvement sur cinq colonnes, s'était
déployée, les divisions sur deux lignes, l'artillerie entre
les brigades, musique en tête, battant aux champs, avec
les roulements des tambours et les sonneries des trompettes, puissante, vaste, joyeuse, mer de casques, de
sabres et de bayonnettes sur l'horizon, l'empereur, ému,
s'était écrié à deux reprises : Magnifique ! magnifique !

De neuf heures à dix heures et demie, toute l'armée,
ce qui semble incroyable, avait pris position et s'était
rangée sur six lignes, formant, pour répéter l'expression
de l'empereur, « la figure de six V ». Quelques instants
après la formation du front de bataille, au milieu de ce
profond silence de commencement d'orage qui précède
les mêlées, voyant défiler les trois batteries de douze,
détachées sur son ordre des trois corps de d'Erlon, de
Reille et de Lobau, et destinées à commencer l'action
en battant Mont-Saint-Jean où est l'intersection des
routes de Nivelles et de Genappe, l'empereur avait
frappé sur l'épaule de Haxo en lui disant : *Voilà vingt-
quatre belles filles, général.*

Sûr de l'issue, il avait encouragé d'un sourire, à son
passage devant lui, la compagnie de sapeurs du premier
corps, désignée par lui pour se barricader dans Mont-
Saint-Jean, sitôt le village enlevé. Toute cette sérénité
n'avait été traversée que par un mot de pitié hautaine ;
en voyant à sa gauche, à un endroit où il y a aujourd'hui
une grande tombe, se masser avec leurs chevaux
superbes ces admirables Écossais gris, il avait dit : *C'est
dommage.*

Puis il était monté à cheval, s'était porté en avant de
Rossomme, et avait choisi pour observatoire une étroite
croupe de gazon à droite de la route de Genappe à
Bruxelles, qui fut sa seconde station pendant la bataille.
La troisième station, celle de sept heures du soir, entre
la Belle-Alliance et la Haie-Sainte, est redoutable ; c'est
un tertre assez élevé qui existe encore et derrière lequel
la garde était massée dans une déclivité de la plaine.
Autour de ce tertre, les boulets ricochaient sur le pavé

de la chaussée jusqu'à Napoléon. Comme à Brienne, il avait sur sa tête le sifflement des balles et des biscayens. On a ramassé, presque à l'endroit où étaient les pieds de son cheval, des boulets vermoulus, de vieilles lames de sabre et des projectiles informes, mangés de rouille. *Scabra rubigine* [1]. Il y a quelques années, on y a déterré un obus de soixante, encore chargé, dont la fusée s'était brisée au ras de la bombe. C'est à cette dernière station que l'empereur disait à son guide Lacoste, paysan hostile, effaré, attaché à la selle d'un hussard, se retournant à chaque paquet de mitraille, et tâchant de se cacher derrière lui : — *Imbécile ! c'est honteux, tu vas te faire tuer dans le dos.* Celui qui écrit ces lignes a trouvé lui-même dans le talus friable de ce tertre, en creusant le sable, les restes du col d'une bombe désagrégés par l'oxyde de quarante-six années, et de vieux tronçons de fer qui cassaient comme des bâtons de sureau entre ses doigts.

Les ondulations des plaines diversement inclinées où eut lieu la rencontre de Napoléon et de Wellington ne sont plus, personne ne l'ignore, ce qu'elles étaient le 18 juin 1815. En prenant à ce champ funèbre de quoi lui faire un monument, on lui a ôté son relief réel, et l'histoire, déconcertée, ne s'y reconnaît plus. Pour le glorifier, on l'a défiguré. Wellington, deux ans après, revoyant Waterloo, s'est écrié : *On m'a changé mon champ de bataille.* Là où est aujourd'hui la grosse pyramide de terre surmontée du lion, il y avait une crête qui, vers la route de Nivelles, s'abaissait en rampe praticable, mais qui, du côté de la chaussée de Genappe, était presque un escarpement. L'élévation de cet escarpement peut encore être mesurée aujourd'hui par la hauteur des deux tertres des deux grandes sépultures qui encaissent la route de Genappe à Bruxelles ; l'une, le tombeau anglais, à gauche ; l'autre, le tombeau allemand, à droite. Il n'y a point de tombeau français. Pour la France, toute cette plaine est sépulcre. Grâce aux mille et mille charretées de terre employées à la butte

de cent cinquante pieds de haut et d'un demi-mille de
circuit, le plateau de Mont-Saint-Jean est aujourd'hui
accessible en pente douce ; le jour de la bataille, surtout
du côté de la Haie-Sainte, il était d'un abord âpre et
abrupt. Le versant là était si incliné que les canons
anglais ne voyaient pas au-dessous d'eux la ferme située
au fond du vallon, centre du combat. Le 18 juin 1815,
les pluies avaient encore raviné cette roideur, la fange
compliquait la montée, et non seulement on gravissait,
mais on s'embourbait. Le long de la crête du plateau
courait une sorte de fossé impossible à deviner pour un
observateur lointain.

Qu'était-ce que ce fossé ? Disons-le. Braine-l'Alleud
est un village de Belgique, Ohain en est un autre. Ces
villages, cachés tous les deux dans des courbes de terrain, sont joints par un chemin d'une lieue et demie
environ qui traverse une plaine à niveau ondulant, et
souvent entre et s'enfonce dans des collines comme un
sillon, ce qui fait que sur divers points cette route est
un ravin. En 1815, comme aujourd'hui, cette route coupait la crête du plateau de Mont-Saint-Jean entre les
deux chaussées de Genappe et de Nivelles ; seulement,
elle est aujourd'hui de plain-pied avec la plaine ; elle
était alors chemin creux. On lui a pris ses deux talus
pour la butte-monument. Cette route était et est encore
une tranchée dans la plus grande partie de son par-
cours ; tranchée creuse quelquefois d'une douzaine de
pieds et dont les talus trop escarpés s'écroulaient çà et
là, surtout en hiver, sous les averses. Des accidents y
arrivaient. La route était si étroite à l'entrée de Braine-
l'Alleud qu'un passant y avait été broyé par un chariot,
comme le constate une croix de pierre debout près du
cimetière qui donne le nom du mort, *Monsieur Bernard
Debrye, marchand à Bruxelles,* et la date de l'accident,
février 1637 [a]. Elle était si profonde sur le plateau du
Mont-Saint-Jean qu'un paysan, Mathieu Nicaise, y avait

a. Voici l'inscription [voir page suivante] ·

été écrasé en 1783 par un éboulement du talus, comme
le constatait une autre croix de pierre dont le faîte a
disparu dans les défrichements, mais dont le piédestal
renversé est encore visible aujourd'hui sur la pente du
gazon à gauche de la chaussée entre la Haie-Sainte et
la ferme de Mont-Saint-Jean.

Un jour de bataille, ce chemin creux dont rien n'aver-
tissait, bordant la crête de Mont-Saint-Jean, fossé au
sommet de l'escarpement, ornière cachée dans les terres, était invisible, c'est-à-dire terrible.

VIII

L'EMPEREUR FAIT UNE QUESTION
AU GUIDE LACOSTE [1]

Donc, le matin de Waterloo, Napoléon était content.

Il avait raison ; le plan de bataille conçu par lui, nous
l'avons constaté, était en effet admirable.

Une fois la bataille engagée, ses péripéties très diverses, la résistance d'Hougomont, la ténacité de la Haie-
Sainte, Bauduin tué, Foy mis hors de combat, la
muraille inattendue où s'était brisée la brigade Soye,
l'étourderie fatale de Guilleminot n'ayant ni pétards ni
sacs à poudre, l'embourbement des batteries, les quinze
pièces sans escorte culbutées par Uxbridge dans un chemin creux, le peu d'effet des bombes tombant dans les
lignes anglaises, s'y enfouissant dans le sol détrempé
par les pluies et ne réussissant qu'à y faire des volcans

DOM
CY A ÉTÉ ÉCRASÉ
PAR MALHEUR
SOUS UN CHARIOT
MONSIEUR BERNARD
DE BRYE MARCHAND
À BRUXELLE LE (illisible)
FEBVRIER 1637

de boue, de sorte que la mitraille se changeait en écla-
boussure, l'inutilité de la démonstration de Piré sur
Braine-l'Alleud, toute cette cavalerie, quinze escadrons,
à peu près annulée, l'aile droite anglaise mal inquiétée,
l'aile gauche mal entamée, l'étrange malentendu de Ney
massant, au lieu de les échelonner, les quatre divisions
du premier corps, des épaisseurs de vingt-sept rangs et
des fronts de deux cents hommes livrés de la sorte à la
mitraille, l'effrayante trouée des boulets dans ces masses, les colonnes d'attaque désunies, la batterie
d'écharpe brusquement démasquée sur leur flanc,
Bourgeois, Donzelot et Durutte compromis, Quiot
repoussé, le lieutenant Vieux, cet hercule sorti de l'école
polytechnique, blessé au moment où il enfonçait à
coups de hache la porte de la Haie-Sainte sous le feu
plongeant de la barricade anglaise barrant le coude de
la route de Genappe à Bruxelles, la division Marcognet,
prise entre l'infanterie et la cavalerie, fusillée à bout portant dans les blés par Best et Pack, sabrée par Ponsonby,
sa batterie de sept pièces enclouée, le prince de Saxe-
Weimar tenant et gardant, malgré le comte d'Erlon,
Frischemont et Smohain, le drapeau du 105ᵉ pris, le
drapeau du 45ᵉ pris, ce hussard noir prussien arrêté par
les coureurs de la colonne volante de trois cents chasseurs battant l'estrade entre Wavre et Plancenoit, les
choses inquiétantes que ce prisonnier avait dites, le
retard de Grouchy, les quinze cents hommes tués en
moins d'une heure dans le verger d'Hougomont, les dix-
huit cents hommes couchés en moins de temps encore
autour de la Haie-Sainte, tous ces incidents orageux,
passant comme les nuées de la bataille devant Napoléon, avaient à peine troublé son regard et n'avaient
point assombri cette face impériale de la certitude.
Napoléon était habitué à regarder la guerre fixement ;
il ne faisait jamais chiffre à chiffre l'addition poignante
du détail ; les chiffres lui importaient peu, pourvu qu'ils
donnassent ce total : victoire ; que les commencements
s'égarassent, il ne s'en alarmait point, lui qui se croyait

maître et possesseur de la fin ; il savait attendre, se supposant hors de question, et il traitait le destin d'égal à
égal. Il paraissait dire au sort : tu n'oserais pas.

Mi-parti lumière et ombre, Napoléon se sentait protégé dans le bien et toléré dans le mal. Il avait, ou croyait
avoir pour lui, une connivence, on pourrait presque dire
une complicité des événements, équivalente à l'antique
invulnérabilité.

Pourtant, quand on a derrière soi la Bérésina, Leipsick et Fontainebleau, il semble qu'on pourrait se défier
de Waterloo. Un mystérieux froncement de sourcil
devient visible au fond du ciel.

Au moment où Wellington rétrograda, Napoléon tressaillit. Il vit subitement le plateau de Mont-Saint-Jean
se dégarnir et le front de l'armée anglaise disparaître.
Elle se ralliait, mais se dérobait. L'empereur se souleva
à demi sur ses étriers. L'éclair de la victoire passa dans
ses yeux.

Wellington acculé à la forêt de Soignes et détruit,
c'était le terrassement définitif de l'Angleterre par la
France ; c'était Crécy, Poitiers, Malplaquet et Ramillies
vengés. L'homme de Marengo raturait Azincourt.

L'empereur alors, méditant la péripétie terrible, promena une dernière fois sa lunette sur tous les points du
champ de bataille. Sa garde, l'arme au pied derrière lui,
l'observait d'en bas avec une sorte de religion. Il songeait ; il examinait les versants, notait les pentes, scru-
tait le bouquet d'arbres, le carré de seigles, le sentier ;
il semblait compter chaque buisson. Il regarda avec
quelque fixité les barricades anglaises des deux chaussées, deux larges abatis d'arbres, celle de la chaussée de
Genappe au-dessus de la Haie-Sainte, armée de deux
canons, les seuls de toute l'artillerie anglaise qui vissent
le fond du champ de bataille, et celle de la chaussée de
Nivelles où étincelaient les bayonnettes hollandaises de
la brigade Chassé. Il remarqua près de cette barricade
la vieille chapelle de Saint-Nicolas peinte en blanc qui
est à l'angle de la traverse vers Braine-l'Alleud. Il se pen-

cha et parla à demi-voix au guide Lacoste. Le guide fit
un signe de tête négatif, probablement perfide.

L'empereur se redressa et se recueillit.

Wellington avait reculé. Il ne restait plus qu'à achever
ce recul par un écrasement.

Napoléon, se retournant brusquement, expédia une
estafette à franc étrier à Paris pour y annoncer que la
bataille était gagnée.

Napoléon était un de ces génies d'où sort le tonnerre.

Il venait de trouver son coup de foudre.

Il donna l'ordre aux cuirassiers de Milhaud d'enlever
le plateau de Mont-Saint-Jean.

IX

L'INATTENDU

Ils étaient trois mille cinq cents. Ils faisaient un front
d'un quart de lieue. C'étaient des hommes géants sur
des chevaux colosses. Ils étaient vingt-six escadrons ; et
ils avaient derrière eux, pour les appuyer, la division de
Lefebvre-Desnouettes, les cent six gendarmes d'élite, les
chasseurs de la garde, onze cent quatre-vingt-dix-sept
hommes, et les lanciers de la garde, huit cent quatre-
vingts lances. Ils portaient le casque sans crins et la cuirasse de fer battu, avec les pistolets d'arçon dans les
fontes et le long sabre-épée. Le matin toute l'armée les
avait admirés quand, à neuf heures, les clairons son-
nant, toutes les musiques chantant *Veillons au salut de
l'empire*, ils étaient venus, colonne épaisse, une de leurs
batteries à leur flanc, l'autre à leur centre, se déployer
sur deux rangs entre la chaussée de Genappe et Frischemont, et prendre leur place de bataille dans cette
puissante deuxième ligne, si savamment composée par
Napoléon, laquelle, ayant à son extrémité de gauche les
cuirassiers de Kellermann et à son extrémité de droite

les cuirassiers de Milhaud, avait, pour ainsi dire, deux ailes de fer.

L'aide de camp Bernard leur porta l'ordre de l'empereur. Ney tira son épée et prit la tête. Les escadrons énormes s'ébranlèrent.

Alors on vit un spectacle formidable.

Toute cette cavalerie, sabres levés, étendards et trompettes au vent, formée en colonne par division, descendit, d'un même mouvement et comme un seul homme, avec la précision d'un bélier de bronze qui ouvre une brèche, la colline de la Belle-Alliance, s'enfonça dans le fond redoutable où tant d'hommes déjà étaient tombés, y disparut dans la fumée, puis, sortant de cette ombre, reparut de l'autre côté du vallon, toujours compacte et serrée, montant au grand trot, à travers un nuage de mitraille crevant sur elle, l'épouvantable pente de boue du plateau de Mont-Saint-Jean. Ils montaient, graves, menaçants, imperturbables ; dans les intervalles de la mousqueterie et de l'artillerie, on entendait ce piétinement colossal. Étant deux divisions, ils étaient deux colonnes ; la division Wathier avait la droite, la division Delord avait la gauche. On croyait voir de loin s'allonger vers la crête du plateau deux immenses couleuvres d'acier. Cela traversa la bataille comme un prodige.

Rien de semblable ne s'était vu depuis la prise de la grande redoute de la Moskowa par la grosse cavalerie ; Murat y manquait, mais Ney s'y retrouvait. Il semblait que cette masse était devenue monstre et n'eût qu'une âme. Chaque escadron ondulait et se gonflait comme un anneau du polype. On les apercevait à travers une vaste fumée déchirée çà et là. Pêle-mêle de casques, de cris, de sabres, bondissement orageux des croupes des chevaux dans le canon et la fanfare, tumulte discipliné et terrible ; là-dessus les cuirasses, comme les écailles sur l'hydre.

Ces récits semblent d'un autre âge. Quelque chose de pareil à cette vision apparaissait sans doute dans les vieilles épopées orphiques racontant les hommes-chevaux, les antiques hippanthropes, ces titans à face humaine et à poitrail équestre dont le galop escalada l'Olympe, horribles, invulnérables, sublimes ; dieux et bêtes.

Bizarre coïncidence numérique, vingt-six bataillons allaient recevoir ces vingt-six escadrons. Derrière la crête du plateau, à l'ombre de la batterie masquée, l'infanterie anglaise, formée en treize carrés, deux bataillons par carré, et sur deux lignes, sept sur la première, six sur la seconde, la crosse à l'épaule, couchant en joue ce qui allait venir, calme, muette, immobile, attendait. Elle ne voyait pas les cuirassiers et les cuirassiers ne la voyaient pas. Elle écoutait monter cette marée d'hommes. Elle entendait le grossissement du bruit des trois mille chevaux, le frappement alternatif et symétrique des sabots au grand trot, le froissement des cuirasses, le cliquetis des sabres, et une sorte de grand souffle farouche. Il y eut un silence redoutable, puis, subitement, une longue file de bras levés brandissant des sabres apparut au-dessus de la crête, et les casques, et les trompettes, et les étendards, et trois mille têtes à moustaches grises criant : vive l'empereur ! toute cette cavalerie déboucha sur le plateau, et ce fut comme l'entrée d'un tremblement de terre.

Tout à coup, chose tragique, à la gauche des Anglais, à notre droite, la tête de colonne des cuirassiers se cabra avec une clameur effroyable. Parvenus au point culminant de la crête, effrénés, tout à leur furie et à leur course d'extermination sur les carrés et les canons, les cuirassiers venaient d'apercevoir entre eux et les Anglais un fossé, une fosse. C'était le chemin creux d'Ohain.

L'instant fut épouvantable. Le ravin était là, inattendu, béant, à pic sous les pieds des chevaux, profond de deux toises entre son double talus ; le second rang y poussa le premier, et le troisième y poussa le second ; les chevaux se dressaient, se rejetaient en arrière, tombaient sur la croupe, glissaient les quatre pieds en l'air, pilant et bouleversant les cavaliers, aucun moyen de reculer, toute la colonne n'était plus qu'un projectile, la force acquise pour écraser les Anglais écrasa les Français, le ravin inexorable ne pouvait se rendre que comblé, cavaliers et chevaux y roulèrent pêle-mêle se broyant les uns sur les autres, ne faisant qu'une chair dans ce gouffre, et, quand cette fosse fut pleine d'hommes vivants, on marcha dessus et le reste passa. Presque un tiers de la brigade Dubois croula dans cet abîme.

Ceci commença la perte de la bataille.

Une tradition locale, qui exagère évidemment, dit que deux mille chevaux et quinze cents hommes furent ensevelis dans le chemin creux d'Ohain. Ce chiffre vraisemblablement comprend tous les autres cadavres qu'on jeta dans ce ravin le lendemain du combat.

Notons en passant que c'était cette brigade Dubois, si funestement éprouvée, qui, une heure auparavant, chargeant à part, avait enlevé le drapeau du bataillon de Lunebourg.

Napoléon, avant d'ordonner cette charge des cuirassiers de Milhaud, avait scruté le terrain, mais n'avait pu voir ce chemin creux qui ne faisait pas même une ride à la surface du plateau. Averti pourtant et mis en éveil par la petite chapelle blanche qui en marque l'angle sur la chaussée de Nivelles, il avait fait, probablement sur l'éventualité d'un obstacle, une question au guide Lacoste. Le guide avait répondu non. On pourrait presque dire que de ce signe de tête d'un paysan est sortie la catastrophe de Napoléon.

D'autres fatalités encore devaient surgir.

Était-il possible que Napoléon gagnât cette bataille ? Nous répondons non. Pourquoi ? À cause de Wellington ? à cause de Blücher ? Non. À cause de Dieu.

Bonaparte vainqueur à Waterloo, ceci n'était plus dans la loi du dix-neuvième siècle. Une autre série de faits se préparait, où Napoléon n'avait plus de place. La mauvaise volonté des événements s'était annoncée de longue date.

Il était temps que cet homme vaste tombât.

L'excessive pesanteur de cet homme dans la destinée humaine troublait l'équilibre. Cet individu comptait à lui seul plus que le groupe universel. Ces pléthores de toute la vitalité humaine concentrée dans une seule tête, le monde montant au cerveau d'un homme, cela serait mortel à la civilisation si cela durait. Le moment était venu pour l'incorruptible équité suprême d'aviser. Probablement les principes et les éléments, d'où dépendent les gravitations régulières dans l'ordre moral comme dans l'ordre matériel, se plaignaient. Le sang qui fume, le trop-plein des cimetières, les mères en larmes, ce sont des plaidoyers redoutables. Il y a, quand la terre souffre d'une surcharge, de mystérieux gémissements de l'ombre, que l'abîme entend.

Napoléon avait été dénoncé dans l'infini, et sa chute était décidée.

Il gênait Dieu.

Waterloo n'est point une bataille ; c'est le changement de front de l'univers.

X

LA PLATEAU DE MONT-SAINT-JEAN

En même temps que le ravin, la batterie s'était démasquée.

Soixante canons et les treize carrés foudroyèrent les cuirassiers à bout portant. L'intrépide général Delord fit le salut militaire à la batterie anglaise.

Toute l'artillerie volante anglaise était rentrée au galop dans les carrés. Les cuirassiers n'eurent pas même un temps d'arrêt. Le désastre du chemin creux les avait décimés, mais non découragés. C'étaient de ces hommes qui, diminués de nombre, grandissent de cœur.

La colonne Wathier seule avait souffert du désastre ;

la colonne Delord, que Ney avait fait obliquer à gauche, comme s'il pressentait l'embûche, était arrivée entière.

Les cuirassiers se ruèrent sur les carrés anglais.

Ventre à terre, brides lâchées, sabre aux dents, pistolets au poing, telle fut l'attaque.

Il y a des moments dans les batailles où l'âme durcit l'homme jusqu'à changer le soldat en statue, et où toute cette chair se fait granit. Les bataillons anglais, éperdument assaillis, ne bougèrent pas.

Alors ce fut effrayant.

Toutes les faces des carrés anglais furent attaquées à la fois. Un tournoiement frénétique les enveloppa. Cette froide infanterie demeura impassible. Le premier rang, genou en terre, recevait les cuirassiers sur les bayonnettes, le second rang les fusillait ; derrière le second rang les canonniers chargeaient les pièces, le front du carré s'ouvrait, laissait passer une éruption de mitraille et se refermait. Les cuirassiers répondaient par l'écrasement. Leurs grands chevaux se cabraient, enjambaient les rangs, sautaient par-dessus les bayonnettes et tombaient, gigantesques, au milieu de ces quatre murs vivants. Les boulets faisaient des trouées dans les cuirassiers, les cuirassiers faisaient des brèches dans les carrés. Des files d'hommes disparaissaient broyées sous les chevaux. Les bayonnettes s'enfonçaient dans les ventres de ces centaures. De là une difformité de blessures qu'on n'a pas vue peut-être ailleurs. Les carrés, rongés par cette cavalerie forcenée, se rétrécissaient sans broncher. Inépuisables en mitraille, ils faisaient explosion au milieu des assaillants. La figure de ce combat était monstrueuse. Ces carrés n'étaient plus des bataillons, c'étaient des cratères ; ces cuirassiers n'étaient plus une cavalerie, c'était une tempête. Chaque carré était un volcan attaqué par un nuage ; la lave combattait la foudre.

Le carré extrême de droite, le plus exposé de tous, étant en l'air, fut presque anéanti dès les premiers chocs. Il était formé du 75e régiment de highlanders. Le joueur de cornemuse au centre, pendant qu'on s'exterminait autour de lui, baissant dans une inattention profonde son œil mélancolique plein du reflet des forêts et des lacs, assis sur un tambour, son pibroch sous le bras, jouait les airs de la montagne. Ces Écossais mouraient en pensant au Ben Lothian, comme les Grecs en se souvenant d'Argos. Le sabre d'un cuirassier, abattant le pibroch et le bras qui le portait, fit cesser le chant en tuant le chanteur.

Les cuirassiers, relativement peu nombreux, amoindris par la catastrophe du ravin, avaient là contre eux presque toute l'armée anglaise, mais ils se multipliaient, chaque homme valant dix. Cependant quelques bataillons hanovriens plièrent. Wellington le vit, et songea à sa cavalerie. Si Napoléon, en ce moment-là même, eût songé à son infanterie, il eût gagné la bataille. Cet oubli fut sa grande faute fatale.

Tout à coup les cuirassiers, assaillants, se sentirent assaillis. La cavalerie anglaise était sur leur dos. Devant eux les carrés, derrière eux Somerset ; Somerset, c'étaient les quatorze cents dragons-gardes. Somerset avait à sa droite Dornberg avec les chevau-légers allemands, et à sa gauche Trip avec les carabiniers belges ; les cuirassiers, attaqués en flanc et en tête, en avant et en arrière, par l'infanterie et par la cavalerie, durent faire face de tous les côtés. Que leur importait ? ils étaient tourbillon. La bravoure devint inexprimable.

En outre, ils avaient derrière eux la batterie toujours tonnante. Il fallait cela pour que ces hommes fussent blessés dans le dos. Une de leurs cuirasses, trouée à l'omoplate gauche d'un biscayen, est dans la collection dite musée de Waterloo.

Pour de tels Français, il ne fallait pas moins que de tels Anglais.

Ce ne fut plus une mêlée, ce fut une ombre, une furie, un vertigineux emportement d'âmes et de courages, un ouragan d'épées éclairs. En un instant les quatorze cents dragons-gardes ne furent plus que huit cents ; Fuller, leur lieutenant-colonel, tomba mort. Ney accourut avec les lanciers et les chasseurs de Lefebvre-Desnouettes. Le plateau de Mont-Saint-Jean fut pris, repris, pris encore. Les cuirassiers quittaient la cavalerie pour retourner à l'infanterie, ou, pour mieux dire, toute cette cohue formidable se colletait sans que l'un lâchât l'autre. Les carrés tenaient toujours. Il y eut douze assauts. Ney eut quatre chevaux tués sous lui. La moitié des cuirassiers resta sur le plateau. Cette lutte dura deux heures.

L'armée anglaise en fut profondément ébranlée. Nul doute que, s'ils n'eussent été affaiblis dans leur premier choc par le désastre du chemin creux, les cuirassiers n'eussent culbuté le centre et décidé la victoire. Cette cavalerie extraordinaire pétrifia Clinton qui avait vu Talavera et Badajoz. Wellington, aux trois quarts vaincu, admirait héroïquement. Il disait à demi-voix : sublime [a] !

Les cuirassiers anéantirent sept carrés sur treize, prirent ou enclouèrent soixante pièces de canon, et enlevèrent aux régiments anglais six drapeaux, que trois cuirassiers et trois chasseurs de la garde allèrent porter à l'empereur devant la ferme de la Belle-Alliance.

La situation de Wellington avait empiré. Cette étrange bataille était comme un duel entre deux blessés acharnés qui, chacun de leur côté, tout en combattant et en se résistant toujours, perdent tout leur sang. Lequel des deux tombera le premier ?

La lutte du plateau continuait.

Jusqu'où sont allés les cuirassiers ? personne ne saurait le dire. Ce qui est certain, c'est que, le lendemain de la bataille, un cuirassier et son cheval furent trouvés morts dans la charpente de la bascule du pesage des voitures à Mont-Saint-Jean, au point même où s'entrecoupent et se rencontrent les quatre routes de Nivelles, de Genappe, de La Hulpe et de Bruxelles. Ce cavalier

---

a. *Splendid !* mot textuel.

avait percé les lignes anglaises. Un des hommes qui ont relevé ce cadavre vit encore à Mont-Saint-Jean. Il se nomme Dehaze. Il avait alors dix-huit ans.

Wellington se sentait pencher. La crise était proche.

Les cuirassiers n'avaient point réussi, en ce sens que le centre n'était pas enfoncé. Tout le monde ayant le plateau, personne ne l'avait, et en somme il restait pour la plus grande part aux Anglais. Wellington avait le village et la plaine culminante ; Ney n'avait que la crête et la pente. Des deux côtés on semblait enraciné dans ce sol funèbre.

Mais l'affaiblissement des Anglais paraissait irrémédiable. L'hémorragie de cette armée était horrible. Kempt, à l'aile gauche, réclamait du renfort. — *Il n'y en a pas*, répondait Wellington, *qu'il se fasse tuer !* — Presque à la même minute, rapprochement singulier qui peint l'épuisement des deux armées, Ney demandait de l'infanterie à Napoléon, et Napoléon s'écriait : *De l'infanterie ! où veut-il que j'en prenne ? Veut-il que j'en fasse ?*

Pourtant l'armée anglaise était la plus malade. Les poussées furieuses de ces grands escadrons à cuirasses de fer et à poitrines d'acier avaient broyé l'infanterie. Quelques hommes autour d'un drapeau marquaient la place d'un régiment, tel bataillon n'était plus commandé que par un capitaine ou par un lieutenant ; la division Alten, déjà si maltraitée à la Haie-Sainte, était presque détruite ; les intrépides Belges de la brigade Van Kluze jonchaient les seigles le long de la route de Nivelles ; il ne restait presque rien de ces grenadiers hollandais qui, en 1811, mêlés en Espagne à nos rangs, combattaient Wellington, et qui, en 1815, ralliés aux Anglais, combattaient Napoléon. La perte en officiers était considérable. Lord Uxbridge, qui le lendemain fit enterrer sa jambe, avait le genou fracassé. Si, du côté des Français, dans cette lutte des cuirassiers, Delord, Lhéritier, Colbert, Dnop, Travers et Blancard étaient hors de combat, du côté des Anglais, Alten était blessé,

Barne était blessé, Delancey était tué, Van Merlen était tué, Ompteda était tué, tout l'état-major de Wellington était décimé, et l'Angleterre avait le pire partage dans ce sanglant équilibre. Le 2e régiment des gardes à pied avait perdu cinq lieutenants-colonels, quatre capitaines et trois enseignes ; le premier bataillon du 30e d'infanterie avait perdu vingt-quatre officiers et cent douze soldats ; le 79e montagnards avait vingt-quatre officiers blessés, dix-huit officiers morts, quatre cent cinquante soldats tués. Les hussards hanovriens de Cumberland, un régiment tout entier, ayant à sa tête son colonel Hacke, qui devait plus tard être jugé et cassé, avaient tourné bride devant la mêlée et étaient en fuite dans la forêt de Soignes, semant la déroute jusqu'à Bruxelles. Les charrois, les prolonges, les bagages, les fourgons pleins de blessés, voyant les Français gagner du terrain et s'approcher de la forêt, s'y précipitaient ; les Hollandais, sabrés par la cavalerie française, criaient : alarme ! De Vert-Coucou jusqu'à Groenendael, sur une longueur de près de deux lieues dans la direction de Bruxelles, il y avait, au dire des témoins qui existent encore, un encombrement de fuyards. Cette panique fut telle qu'elle gagna le prince de Condé à Malines et Louis XVIII à Gand. À l'exception de la faible réserve échelonnée derrière l'ambulance établie dans la ferme de Mont-Saint-Jean et des brigades Vivian et Vandeleur qui flanquaient l'aile gauche, Wellington n'avait plus de cavalerie. Nombre de batteries gisaient démontées. Ces faits sont avoués par Siborne ; et Pringle, exagérant le désastre, va jusqu'à dire que l'armée anglo-hollandaise était réduite à trente-quatre mille hommes. Le duc-de-fer demeurait calme, mais ses lèvres avaient blêmi. Le commissaire autrichien Vincent, le commissaire espagnol Alava, présents à la bataille dans l'état-major anglais, croyaient le duc perdu. À cinq heures, Wellington tira sa montre, et on l'entendit murmurer ce mot sombre : *Blücher, ou la nuit !*

Ce fut vers ce moment-là qu'une ligne lointaine de

bayonnettes étincela sur les hauteurs du côté de Frischemont.

Ici est la péripétie de ce drame géant.

XI

MAUVAIS GUIDE À NAPOLÉON,
BON GUIDE À BÜLOW [1]

On connaît la poignante méprise de Napoléon : Grouchy espéré, Blücher survenant, la mort au lieu de la vie.

La destinée a de ces tournants ; on s'attendait au trône
du monde ; on aperçoit Sainte-Hélène.

Si le petit pâtre, qui servait de guide à Bülow, lieutenant de Blücher, lui eût conseillé de déboucher de la
forêt au-dessus de Frischemont plutôt qu'au dessous de
Plancenoît, la forme du dix-neuvième siècle eût peut-
être été différente. Napoléon eût gagné la bataille de
Waterloo. Par tout autre chemin qu'au-dessous de Plancenoit, l'armée prussienne aboutissait à un ravin infran-
chissable à l'artillerie, et Bülow n'arrivait pas.

Or, une heure de retard, c'est le général prussien Muffling qui le déclare, et Blücher n'aurait plus trouvé Wellington debout ; « la bataille était perdue ».

Il était temps, on le voit, que Bülow arrivât. Il avait
du reste été fort retardé. Il avait bivouaqué à Dion-le-
Mont et était parti dès l'aube. Mais les chemins étaient
impraticables et ses divisions s'étaient embourbées. Les
ornières venaient au moyeu des canons. En outre, il
avait fallu passer la Dyle sur l'étroit pont de Wavre ; la
rue menant au pont avait été incendiée par les Français ; les caissons et les fourgons de l'artillerie, ne pouvant passer entre deux rangs de maisons en feu, avaient
dû attendre que l'incendie fût éteint. Il était midi que
l'avant-garde de Bülow n'avait pu encore atteindre Chapelle-Saint-Lambert.

L'action, commencée deux heures plus tôt, eût été finie à quatre heures, et Blücher serait tombé sur la bataille gagnée par Napoléon. Tels sont ces immenses hasards, proportionnés à un infini qui nous échappe.

Dès midi, l'empereur, le premier, avec sa longue-vue, avait aperçu à l'extrême horizon quelque chose qui avait fixé son attention. Il avait dit : — Je vois là-bas un nuage qui me paraît être des troupes. Puis il avait demandé au duc de Dalmatie : — Soult, que voyez-vous vers Chapelle-Saint-Lambert ? — Le maréchal braquant sa lunette avait répondu : — Quatre ou cinq mille hommes, sire. Évidemment Grouchy. — Cependant cela restait immobile dans la brume. Toutes les lunettes de l'état-major avaient étudié « le nuage » signalé par l'empereur. Quelques-uns avaient dit : Ce sont des colonnes qui font halte. La plupart avaient dit : Ce sont des arbres. La vérité est que le nuage ne remuait pas. L'empereur avait détaché en reconnaissance vers ce point obscur la division de cavalerie légère de Domon.

Bülow en effet n'avait pas bougé. Son avant-garde était très faible, et ne pouvait rien. Il devait attendre le gros du corps d'armée, et il avait l'ordre de se concentrer avant d'entrer en ligne ; mais à cinq heures, voyant le péril de Wellington, Blücher ordonna à Bülow d'attaquer et dit ce mot remarquable : « Il faut donner de l'air à l'armée anglaise. »

Peu après, les divisions Losthin, Hiller, Hacke et Ryssel se déployaient devant le corps de Lobau, la cavalerie du prince Guillaume de Prusse débouchait du bois de Paris, Plancenoit était en flammes, et les boulets prussiens commençaient à pleuvoir jusque dans les rangs de la garde en réserve derrière Napoléon.

XII

LA GARDE

On sait le reste : l'irruption d'une troisième armée, la bataille disloquée, quatre-vingt-six bouches à feu tonnant tout à coup, Pirch Ier survenant avec Bülow, la cavalerie de Zieten menée par Blücher en personne, les Français refoulés, Marcognet balayé du plateau d'Ohain, Durutte délogé de Papelotte, Donzelot et Quiot reculant, Lobau pris en écharpe, une nouvelle bataille se précipitant à la nuit tombante sur nos régiments démantelés, toute la ligne anglaise reprenant l'offensive et poussée en avant, la gigantesque trouée faite dans l'armée française, la mitraille anglaise et la mitraille prussienne s'entr'aidant, l'extermination, le désastre de front, le désastre en flanc, la garde entrant en ligne sous cet épouvantable écroulement.

Comme elle sentait qu'elle allait mourir, elle cria : vive l'empereur ! L'histoire n'a rien de plus émouvant que cette agonie éclatant en acclamations.

Le ciel avait été couvert toute la journée. Tout à coup, en ce moment-là même, il était huit heures du soir, les nuages de l'horizon s'écartèrent et laissèrent passer, à travers les ormes de la route de Nivelles, la grande rougeur sinistre du soleil qui se couchait. On l'avait vu se lever à Austerlitz.

Chaque bataillon de la garde, pour ce dénouement, était commandé par un général. Friant, Michel, Roguet, Harlet, Mallet, Poret de Morvan, étaient là. Quand les hauts bonnets des grenadiers de la garde avec la large plaque à l'aigle apparurent, symétriques, alignés, tranquilles, superbes, dans la brume de cette mêlée, l'ennemi sentit le respect de la France ; on crut voir vingt victoires entrer sur le champ de bataille, ailes déployées,

et ceux qui étaient vainqueurs, s'estimant vaincus, recu-
lèrent ; mais Wellington cria : *Debout, gardes, et visez
juste !* le régiment rouge des gardes anglaises, couché
derrière les haies, se leva, une nuée de mitraille cribla
le drapeau tricolore frissonnant autour de nos aigles,
tous se ruèrent, et le suprême carnage commença. La
garde impériale sentit dans l'ombre l'armée lâchant pied
autour d'elle, et le vaste ébranlement de la déroute, elle
entendit le sauve-qui-peut ! qui avait remplacé le vive
l'empereur ! et, avec la fuite derrière elle, elle continua
d'avancer, de plus en plus foudroyée et mourant davantage à chaque pas qu'elle faisait. Il n'y eut point d'hésitants ni de timides. Le soldat dans cette troupe était
aussi héros que le général. Pas un homme ne manqua
au suicide.

Ney, éperdu, grand de toute la hauteur de la mort
acceptée, s'offrait à tous les coups dans cette tourmente.
Il eut là son cinquième cheval tué sous lui. En sueur, la
flamme aux yeux, l'écume aux lèvres, l'uniforme débou-
tonné, une de ses épaulettes à demi coupée par le coup
de sabre d'un horse-guard, sa plaque de grand-aigle bos-
selée par une balle, sanglant, fangeux, magnifique, une
épée cassée à la main, il disait : *Venez voir comment
meurt un maréchal de France sur le champ de bataille !*
Mais en vain ; il ne mourut pas. Il était hagard et indigné. Il jetait à Drouet d'Erlon cette question : *Est-ce que
tu ne te fais pas tuer, toi ?* Il criait au milieu de toute
cette artillerie écrasant une poignée d'hommes : — *Il
n'y a donc rien pour moi ! Oh ! je voudrais que tous ces
boulets anglais m'entrassent dans le ventre !* — Tu étais
réservé à des balles françaises, infortuné !

XIII

LA CATASTROPHE

La déroute derrière la garde fut lugubre.

L'armée plia brusquement de tous les côtés à la fois de Hougomont, de la Haie-Sainte, de Papelotte, de Plancenoit. Le cri Trahison ! fut suivi du cri Sauve-qui-peut ! Une armée qui se débande, c'est un dégel. Tout fléchit, se fêle, craque, flotte, roule, tombe, se heurte, se hâte, se précipite. Désagrégation inouïe. Ney emprunte un cheval, saute dessus, et, sans chapeau, sans cravate, sans épée, se met en travers de la chaussée de Bruxelles, arrêtant à la fois les Anglais et les Français. Il tâche de retenir l'armée, il la rappelle, il l'insulte, il se cramponne à la déroute. Il est débordé. Les soldats le fuient, en criant : *Vive le maréchal Ney !* Deux régiments de Durutte vont et viennent effarés et comme ballottés entre le sabre des uhlans et la fusillade des brigades de Kempt, de Best, de Pack et de Rylandt ; la pire des mêlées, c'est la déroute, les amis s'entretuent pour fuir ; les escadrons et les bataillons se brisent et se dispersent les uns contre les autres, énorme écume de la bataille. Lobau à une extrémité comme Reille à l'autre sont roulés dans le flot. En vain Napoléon fait des murailles avec ce qui lui reste de la garde ; en vain il dépense à un dernier effort ses escadrons de service. Quiot recule devant Vivian, Kellermann devant Vandeleur, Lobau devant Bülow, Morand devant Pirch, Domon et Subervic devant le prince Guillaume de Prusse. Guyot, qui a mené à la charge les escadrons de l'empereur, tombe sous les pieds des dragons anglais. Napoléon court au galop le long des fuyards, les harangue, presse, menace, supplie. Toutes ces bouches qui criaient le matin vive l'empereur, restent béantes ; c'est à peine si on le connaît. La cavalerie prussienne, fraîche venue, s'élance, vole, sabre, taille, hache, tue, extermine. Les attelages se ruent, les canons se sauvent ; les soldats du train détellent les caissons et en prennent les chevaux pour s'échapper ; des fourgons culbutés les quatre roues en l'air entravent la route et sont des occasions de massacre. On s'écrase, on se foule, on marche sur les morts et sur les vivants. Les bras sont éperdus. Une multitude vertigineuse emplit les routes, les sentiers, les ponts, les plaines, les collines, les vallées, les bois, encombrés par cette évasion de quarante mille hommes. Cris, désespoir, sacs et fusils jetés dans les seigles, passages frayés à coups d'épée, plus de camarades, plus d'officiers, plus de généraux, une inexprimable épouvante. Zieten sabrant la France à son aise. Les lions devenus chevreuils. Telle fut cette fuite.

À Genappe, on essaya de se retourner, de faire front, d'enrayer. Lobau rallia trois cents hommes. On barricada l'entrée du village ; mais à la première volée de la mitraille prussienne, tout se remit à fuir, et Lobau fut pris. On voit encore aujourd'hui cette volée de mitraille empreinte sur le vieux pignon d'une masure en brique à droite de la route, quelques minutes avant d'entrer à Genappe. Les Prussiens s'élancèrent dans Genappe, furieux sans doute d'être si peu vainqueurs. La poursuite fut monstrueuse. Blücher ordonna l'extermination. Roguet avait donné ce lugubre exemple de menacer de mort tout grenadier français qui lui amènerait un prisonnier prussien. Blücher dépassa Roguet. Le général de la jeune garde, Ducesme, acculé sur la porte d'une auberge de Genappe, rendit son épée à un hussard de la Mort qui prit l'épée et tua le prisonnier. La victoire s'acheva par l'assassinat des vaincus. Punissons, puisque nous sommes l'histoire : le vieux Blücher se déshonora. Cette férocité mit le comble au désastre. La déroute désespérée traversa Genappe, traversa les Quatre-Bras, traversa Gosselies, traversa Frasnes, traversa Charleroi, traversa Thuin, et ne s'arrêta qu'à la frontière. Hélas ! et qui donc fuyait de la sorte ? la grande armée.

Ce vertige, cette terreur, cette chute en ruine de la plus haute bravoure qui ait jamais étonné l'histoire, est-ce que cela est sans cause ? Non. L'ombre d'une droite énorme se projette sur Waterloo. C'est la journée du destin. La force au-dessus de l'homme a donné ce jour-là. De là le pli épouvanté des têtes ; de là toutes ces grandes âmes rendant leur épée. Ceux qui avaient vaincu l'Europe sont tombés terrassés, n'ayant plus rien à dire ni à faire, sentant dans l'ombre une présence terrible. *Hoc erat in fatis* [1]. Ce jour-là, la perspective du genre humain a changé. Waterloo, c'est le gond du dix-neuvième siècle. La disparition du grand homme était nécessaire à l'avènement du grand siècle. Quelqu'un à qui on ne réplique pas s'en est chargé. La panique des héros s'explique. Dans la bataille de Waterloo, il y a plus que du nuage, il y a du météore. Dieu a passé.

À la nuit tombante, dans un champ près de Genappe, Bernard et Bertrand saisirent par un pan de sa redingote et arrêtèrent un homme hagard, pensif, sinistre, qui, entraîné jusque-là par le courant de la déroute, venait de mettre pied à terre, avait passé sous son bras la bride de son cheval, et, l'œil égaré, s'en retournait seul vers Waterloo. C'était Napoléon essayant encore d'aller en avant, immense somnambule de ce rêve écroulé.

XIV

LE DERNIER CARRÉ

Quelques carrés de la garde, immobiles dans le ruissellement de la déroute comme des rochers dans de l'eau qui coule, tinrent jusqu'à la nuit. La nuit venant, la mort aussi, ils attendirent cette ombre double, et, iné-

branlables, s'en laissèrent envelopper. Chaque régiment, isolé des autres et n'ayant plus de lien avec
l'armée rompue de toutes parts, mourait pour son
compte. Ils avaient pris position, pour faire cette dernière action, les uns sur les hauteurs de Rossomme, les
autres dans la plaine de Mont-Saint-Jean. Là, abandonnés, vaincus, terribles, ces carrés sombres agonisaient
formidablement Ulm, Wagram, Iéna, Friedland, mouraient en eux.

Au crépuscule, vers neuf heures du soir, au bas du
plateau de Mont-Saint-Jean, il en restait un. Dans ce
vallon funeste, au pied de cette pente gravie par les cuirassiers, inondée maintenant par les masses anglaises,
sous les feux convergents de l'artillerie ennemie victorieuse, sous une effroyable densité de projectiles, ce
carré luttait. Il était commandé par un officier obscur
nommé Cambronne. À chaque décharge, le carré diminuait, et ripostait. Il répliquait à la mitraille par la fusillade, rétrécissant continuellement ses quatre murs. De
loin les fuyards, s'arrêtant par moment essoufflés, écou-
taient dans les ténèbres ce sombre tonnerre décrois-
sant.

Quand cette légion ne fut plus qu'une poignée, quand
leur drapeau ne fut plus qu'une loque, quand leurs fusils
épuisés de balles ne furent plus que des bâtons, quand
le tas de cadavres fut plus grand que le groupe vivant,
il y eut parmi les vainqueurs une sorte de terreur sacrée
autour de ces mourants sublimes, et l'artillerie anglaise,
reprenant haleine, fit silence. Ce fut une espèce de répit.
Ces combattants avaient autour d'eux comme un fourmillement de spectres, des silhouettes d'hommes à cheval, le profil noir des canons, le ciel blanc aperçu à
travers les roues et les affûts ; la colossale tête de mort
que les héros entrevoient toujours dans la fumée au
fond de la bataille, s'avançait sur eux et les regardait.
Ils purent entendre dans l'ombre crépusculaire qu'on
chargeait les pièces, les mèches allumées pareilles à des
yeux de tigre dans la nuit firent un cercle autour de

leurs têtes, tous les boute-feu des batteries anglaises s'approchèrent des canons, et alors, ému, tenant la minute suprême suspendue au-dessus de ces hommes, un général anglais, Colville selon les uns, Maitland selon les autres, leur cria : Braves Français, rendez-vous ! Cambronne répondit : Merde !

XV

CAMBRONNE

Le lecteur français voulant être respecté, le plus beau mot peut-être qu'un Français ait jamais dit ne peut lui être répété. Défense de déposer du sublime dans l'histoire.

À nos risques et périls, nous enfreignons cette défense [1].

Donc, parmi tous ces géants, il y eut un titan, Cambronne.

Dire ce mot, et mourir ensuite. Quoi de plus grand ! car c'est mourir que de le vouloir, et ce n'est pas la faute de cet homme, si, mitraillé, il a survécu.

L'homme qui a gagné la bataille de Waterloo, ce n'est pas Napoléon en déroute, ce n'est pas Wellington pliant à quatre heures, désespéré à cinq, ce n'est pas Blücher qui ne s'est point battu ; l'homme qui a gagné la bataille de Waterloo, c'est Cambronne.

Foudroyer d'un tel mot le tonnerre qui vous tue, c'est vaincre.

Faire cette réponse à la catastrophe, dire cela au destin, donner cette base au lion futur, jeter cette réplique à la pluie de la nuit, au mur traître de Hougomont, au chemin creux d'Ohain, au retard de Grouchy, à l'arrivée de Blücher, être l'ironie dans le sépulcre, faire en sorte de rester debout après qu'on sera tombé, noyer dans deux syllabes la coalition européenne, offrir aux rois ces

latrines déjà connues des césars, faire du dernier des
mots le premier en y mêlant l'éclair de la France, clore
insolemment Waterloo par le mardi gras, compléter
Léonidas par Rabelais, résumer cette victoire dans une
parole suprême impossible à prononcer, perdre le terrain et garder l'histoire, après ce carnage avoir pour soi
les rieurs, c'est immense.

C'est l'insulte à la foudre. Cela atteint la grandeur
eschylienne.

Le mot de Cambronne fait l'effet d'une fracture. C'est
la fracture d'une poitrine par le dédain ; c'est le trop-
plein de l'agonie qui fait explosion. Qui a vaincu ? Est-ce
Wellington ? Non. Sans Blücher il était perdu. Est-ce
Blücher ? Non. Si Wellington n'eût pas commencé, Blücher n'aurait pu finir. Ce Cambronne, ce passant de la
dernière heure, ce soldat ignoré, cet infiniment petit de
la guerre, sent qu'il y a là un mensonge, un mensonge
dans une catastrophe, redoublement poignant, et, au
moment où il en éclate de rage, on lui offre cette dérision, la vie ! Comment ne pas bondir ?

Ils sont là, tous les rois de l'Europe, les généraux heureux, les Jupiters tonnants, ils ont cent mille soldats victorieux, et derrière les cent mille, un million, leurs
canons, mèche allumée, sont béants, ils ont sous leurs
talons la garde impériale et la grande armée, ils viennent d'écraser Napoléon, et il ne reste plus que Cambronne ; il n'y a plus pour protester que ce ver de terre.
Il protestera. Alors il cherche un mot comme on cherche une épée. Il lui vient de l'écume, et cette écume,
c'est le mot. Devant cette victoire prodigieuse et médiocre, devant cette victoire sans victorieux, ce désespéré
se redresse ; il en subit l'énormité, mais il en constate
le néant ; et il fait plus que cracher sur elle ; et sous
l'accablement du nombre, de la force et de la matière,
il trouve à l'âme une expression, l'excrément. Nous le
répétons. Dire cela, faire cela, trouver cela, c'est être le
vainqueur.

L'esprit des grands jours entra dans cet homme

inconnu à cette minute fatale. Cambronne trouve le mot
de Waterloo comme Rouget de l'Isle trouve la Marseillaise, par visitation du souffle d'en haut. Un effluve de
l'ouragan divin se détache et vient passer à travers ces
hommes, et ils tressaillent, et l'un chante le chant
suprême et l'autre pousse le cri terrible. Cette parole du
dédain titanique, Cambronne ne la jette pas seulement
à l'Europe au nom de l'empire, ce serait peu ; il la jette
au passé au nom de la révolution. On l'entend, et l'on
reconnaît dans Cambronne la vieille âme des géants. Il
semble que c'est Danton qui parle ou Kléber qui rugit.

Au mot de Cambronne, la voix anglaise répondit :
feu ! les batteries flamboyèrent, la colline trembla, de
toutes ces bouches d'airain sortit un dernier vomisse-
ment de mitraille, épouvantable, une vaste fumée,
vaguement blanchie du lever de la lune, roula, et quand
la fumée se dissipa, il n'y avait plus rien. Ce reste formidable était anéanti ; la garde était morte. Les quatre
murs de la redoute vivante gisaient, à peine distin-
guait-on çà et là un tressaillement parmi les cadavres ;
et c'est ainsi que les légions françaises, plus grandes que
les légions romaines, expirèrent à Mont-Saint-Jean sur
la terre mouillée de pluie et de sang, dans les blés sombres, à l'endroit où passe maintenant, à quatre heures
du matin, en sifflant et en fouettant gaîment son cheval,
Joseph, qui fait le service de la malle-poste de Nivelles.

XVI

« QUOT LIBRAS IN DUCE [1] ? »

La bataille de Waterloo est une énigme. Elle est aussi
obscure pour ceux qui l'ont gagnée que pour celui qui
l'a perdue. Pour Napoléon, c'est une panique [a] ; Blücher

_____
a. « Une bataille terminée, une journée finie, de fausses mesures répa-

n'y voit que du feu ; Wellington n'y comprend rien.
Voyez les rapports. Les bulletins sont confus, les
commentaires sont embrouillés. Ceux-ci balbutient,
ceux-là bégayent. Jomini partage la bataille de Waterloo
en quatre moments ; Muffling la coupe en trois péripéties ; Charras, quoique sur quelques points nous ayons
une autre appréciation que lui, a seul saisi de son fier
coup d'œil les linéaments caractéristiques de cette
catastrophe du génie humain aux prises avec le hasard
divin. Tous les autres historiens ont un certain éblouissement, et dans cet éblouissement ils tâtonnent. Journée fulgurante, en effet, écroulement de la monarchie
militaire qui, à la grande stupeur des rois, a entraîné
tous les royaumes, chute de la force, déroute de la
guerre.

Dans cet événement, empreint de nécessité surhumaine, la part des hommes n'est rien.

Retirer Waterloo à Wellington et à Blücher, est-ce ôter
quelque chose à l'Angleterre et à l'Allemagne ? Non. Ni
cette illustre Angleterre ni cette auguste Allemagne ne
sont en question dans le problème de Waterloo. Grâce
au ciel, les peuples sont grands en dehors des lugubres
aventures de l'épée. Ni l'Allemagne, ni l'Angleterre, ni la
France, ne tiennent dans un fourreau. Dans cette époque où Waterloo n'est qu'un cliquetis de sabres, au-
dessus de Blücher l'Allemagne a Goethe et au-dessus de
Wellington l'Angleterre a Byron. Un vaste lever d'idées
est propre à notre siècle, et dans cette aurore l'Angleterre et l'Allemagne ont leur lueur magnifique. Elles
sont majestueuses par ce qu'elles pensent. L'élévation
de niveau qu'elles apportent à la civilisation leur est
intrinsèque ; il vient d'elles-mêmes, et non d'un accident. Ce qu'elles ont d'agrandissement au dix-neuvième
siècle n'a point Waterloo pour source. Il n'y a que les

---

rées, de plus grands succès assurés pour le lendemain, tout fut perdu
par un moment de terreur panique. » (Napoléon, *Dictées de Sainte-
Hélène*.)

peuples barbares qui aient des crues subites après une
victoire. C'est la vanité passagère des torrents enflés
d'un orage. Les peuples civilisés, surtout au temps où
nous sommes, ne se haussent ni ne s'abaissent par la
bonne ou mauvaise fortune d'un capitaine. Leur poids
spécifique dans le genre humain résulte de quelque
chose de plus qu'un combat. Leur honneur, Dieu merci,
leur dignité, leur lumière, leur génie, ne sont pas des
numéros que les héros et les conquérants, ces joueurs,
peuvent mettre à la loterie des batailles. Souvent
bataille perdue, progrès conquis. Moins de gloire, plus
de liberté. Le tambour se tait, la raison prend la parole.
C'est le jeu à qui perd gagne. Parlons donc de Waterloo
froidement des deux côtés. Rendons au hasard ce qui
est au hasard et à Dieu ce qui est à Dieu. Qu'est-ce que
Waterloo ? Une victoire ? Non. Un quine [1].

Quine gagné par l'Europe, payé par la France.

Ce n'était pas beaucoup la peine de mettre là un lion.

Waterloo du reste est la plus étrange rencontre qui
soit dans l'histoire. Napoléon et Wellington. Ce ne sont
pas des ennemis, ce sont des contraires. Jamais Dieu,
qui se plaît aux antithèses, n'a fait un plus saisissant
contraste et une confrontation plus extraordinaire. D'un
côté, la précision, la prévision, la géométrie, la prudence, la retraite assurée, les réserves ménagées, un
sang-froid opiniâtre, une méthode imperturbable, la
stratégie qui profite du terrain, la tactique qui équilibre
les bataillons, le carnage tiré au cordeau, la guerre
réglée montre en main, rien laissé volontairement au
hasard, le vieux courage classique, la correction absolue ; de l'autre l'intuition, la divination, l'étrangeté militaire, l'instinct surhumain, le coup d'œil flamboyant, on
ne sait quoi qui regarde comme l'aigle et qui frappe
comme la foudre, un art prodigieux dans une impétuo-
sité dédaigneuse, tous les mystères d'une âme profonde,
l'association avec le destin, le fleuve, la plaine, la forêt,
la colline, sommés et en quelque sorte forcés d'obéir, le
despote allant jusqu'à tyranniser le champ de bataille,

la foi à l'étoile mêlée à la science stratégique, la grandissant, mais la troublant. Wellington était le Barême
de la guerre, Napoléon en était le Michel-Ange ; et cette
fois le génie fut vaincu par le calcul.

Des deux côtés on attendait quelqu'un. Ce fut le cal-
culateur exact qui réussit. Napoléon attendait Grouchy ;
il ne vint pas. Wellington attendait Blücher ; il vint.

Wellington, c'est la guerre classique qui prend sa
revanche. Bonaparte, à son aurore, l'avait rencontrée
en Italie, et superbement battue. La vieille chouette
avait fui devant le jeune vautour. L'ancienne tactique
avait été non seulement foudroyée, mais scandalisée.
Qu'était-ce que ce Corse de vingt-six ans, que signifiait
cet ignorant splendide qui, ayant tout contre lui, rien
pour lui, sans vivres, sans munitions, sans canons, sans
souliers, presque sans armée, avec une poignée
d'hommes contre des masses, se ruait sur l'Europe coa-
lisée, et gagnait absurdement des victoires dans l'impossible ? D'où sortait ce forcené foudroyant qui, presque
sans reprendre haleine, et avec le même jeu de combattants dans la main, pulvérisait l'une après l'autre les
cinq armées de l'empereur d'Allemagne, culbutant
Beaulieu sur Alvinzi, Wurmser sur Beaulieu, Mélas sur
Wurmser, Mack sur Mélas ? Qu'était-ce que ce nouveau
venu de la guerre ayant l'effronterie d'un astre ? L'école
académique militaire l'excommuniait en lâchant pied.
De là une implacable rancune du vieux césarisme contre
le nouveau, du sabre correct contre l'épée flamboyante,
et de l'échiquier contre le génie. Le 18 juin 1815, cette
rancune eut le dernier mot, et au-dessous le Lodi, de
Montebello, de Montenotte, de Mantoue, de Marengo,
d'Arcole, elle écrivit : Waterloo. Triomphe des médio-
cres, doux aux majorités. Le destin consentit à cette ironie. À son déclin, Napoléon retrouva devant lui Wurmser jeune.

Pour avoir Wurmser en effet, il suffit de blanchir les
cheveux de Wellington.

Waterloo est une bataille du premier ordre gagnée par un capitaine du second.

Ce qu'il faut admirer dans la bataille de Waterloo, c'est l'Angleterre, c'est la fermeté anglaise, c'est la résolution anglaise, c'est le sang anglais ; ce que l'Angleterre a eu là de superbe, ne lui en déplaise, c'est elle-même. Ce n'est pas son capitaine, c'est son armée.

Wellington, bizarrement ingrat, déclare dans une lettre à lord Bathurst que son armée, l'armée qui a combattu le 18 juin 1815, était une « détestable armée ». Qu'en pense cette sombre mêlée d'ossements enfouis sous les sillons de Waterloo ?

L'Angleterre a été trop modeste vis-à-vis de Wellington. Faire Wellington si grand, c'est faire l'Angleterre petite. Wellington n'est qu'un héros comme un autre. Ces Écossais gris, ces horse-guards, ces régiments de Maitland et de Mitchell, cette infanterie de Pack et de Kempt, cette cavalerie de Ponsonby et de Somerset, ces highlanders jouant du pibroch sous la mitraille, ces bataillons de Rylandt, ces recrues toutes fraîches qui savaient à peine manier le mousquet tenant tête aux vieilles bandes d'Essling et de Rivoli, voilà ce qui est grand. Wellington a été tenace, ce fut là son mérite, et nous ne le lui marchandons pas, mais le moindre de ses fantassins et de ses cavaliers a été tout aussi solide que lui. L'iron-soldier vaut l'iron-duke [1]. Quant à nous, toute notre glorification va au soldat anglais, à l'armée anglaise, au peuple anglais. Si trophée il y a, c'est à l'Angleterre que le trophée est dû. La colonne de Waterloo serait plus juste si au lieu de la figure d'un homme, elle élevait dans la nue la statue d'un peuple.

Mais cette grande Angleterre s'irritera de ce que nous disons ici. Elle a encore, après son 1688 et notre 1789, l'illusion féodale. Elle croit à l'hérédité et à la hiérarchie. Ce peuple, qu'aucun ne dépasse en puissance et en gloire, s'estime comme nation, non comme peuple. En tant que peuple, il se subordonne volontiers et prend un lord pour une tête. Workman, il se laisse dédaigner ;

soldat, il se laisse bâtonner. On se souvient qu'à la
bataille d'Inkermann un sergent qui, à ce qu'il paraît,
avait sauvé l'armée, ne put être mentionné par lord
Raglan, la hiérarchie militaire anglaise ne permettant
de citer dans un rapport aucun héros au-dessous du
grade d'officier.

Ce que nous admirons par-dessus tout, dans une rencontre du genre de celle de Waterloo, c'est la prodigieuse habileté du hasard. Pluie nocturne, mur de Hougomont, chemin creux d'Ohain, Grouchy sourd au
canon, guide de Napoléon qui le trompe, guide de
Bülow qui l'éclaire ; tout ce cataclysme est merveilleu-
sement conduit.

Au total, disons-le, il y eut à Waterloo plus de massacre que de bataille.

Waterloo est de toutes les batailles rangées celle qui
a le plus petit front sur un tel nombre de combattants.
Napoléon, trois quarts de lieue, Wellington, une demi-
lieue ; soixante-douze mille combattants de chaque
côté. De cette épaisseur vint le carnage.

On a fait ce calcul et établi cette proportion : Perte
d'hommes : à Austerlitz, Français, quatorze pour cent ;
Russes, trente pour cent ; Autrichiens, quarante-quatre
pour cent. À Wagram, Français, treize pour cent ; Autrichiens, quatorze. À la Moskowa, Français, trente-sept
pour cent ; Russes, quarante-quatre. À Bautzen, Français, treize pour cent ; Russes et Prussiens, quatorze. À
Waterloo, Français, cinquante-six pour cent ; Alliés,
trente et un. Total pour Waterloo, quarante et un pour
cent. Cent quarante-quatre mille combattants ; soixante
mille morts [1].

Le champ de Waterloo aujourd'hui a le calme qui
appartient à la terre, support impassible de l'homme, et
il ressemble à toutes les plaines.

La nuit pourtant une espèce de brume visionnaire
s'en dégage, et si quelque voyageur s'y promène, s'il
regarde, s'il écoute, s'il rêve comme Virgile devant les
funestes plaines de Philippes [2], l'hallucination de la

catastrophe le saisit. L'effrayant 18 juin revit ; la fausse colline-monument s'efface, ce lion quelconque se dissipe, le champ de bataille reprend sa réalité ; des lignes d'infanterie ondulent dans la plaine, des galops furieux traversent l'horizon ! le songeur effaré voit l'éclair des sabres, l'étincelle des bayonnettes, le flamboiement des bombes, l'entre-croisement monstrueux des tonnerres ; il entend, comme un râle au fond d'une tombe, la clameur vague de la bataille fantôme ; ces ombres, ce sont les grenadiers ; ces lueurs, ce sont les cuirassiers ; ce squelette, c'est Napoléon ; ce squelette, c'est Wellington ; tout cela n'est plus et se heurte et combat encore ; et les ravins s'empourprent, et les arbres frissonnent, et il y a de la furie jusque dans les nuées, et, dans les ténèbres, toutes ces hauteurs farouches, Mont-Saint-Jean, Hougomont, Frischemont, Papelotte, Plancenoit, apparaissent confusément couronnées de tourbillons de spectres s'exterminant.

XVII

FAUT-IL TROUVER BON WATERLOO ?

Il existe une école libérale très respectable qui ne hait point Waterloo. Nous n'en sommes pas. Pour nous, Waterloo n'est que la date stupéfaite de la liberté. Qu'un tel aigle sorte d'un tel œuf, c'est à coup sûr l'inattendu.

Waterloo, si l'on se place au point de vue culminant de la question, est intentionnellement une victoire contre-révolutionnaire. C'est l'Europe contre la France, c'est Pétersbourg, Berlin et Vienne contre Paris, c'est le *statu quo* contre l'initiative, c'est le 14 juillet 1789 attaqué à travers le 20 mars 1815, c'est le branle-bas des monarchies contre l'indomptable émeute française. Éteindre enfin ce vaste peuple en éruption depuis vingt-six ans, tel était le rêve. Solidarité des Brunswick, des

Nassau, des Romanoff, des Hohenzollern, des Habs-
bourg, avec les Bourbons. Waterloo porte en croupe le
droit divin. Il est vrai que, l'empire ayant été despoti-
que, la royauté, par la réaction naturelle des choses,
devait forcément être libérale, et qu'un ordre constitutionnel à contre-cœur est sorti de Waterloo, au grand
regret des vainqueurs. C'est que la révolution ne peut
être vraiment vaincue, et qu'étant providentielle et absolument fatale, elle reparaît toujours, avant Waterloo,
dans Bonaparte jetant bas les vieux trônes, après Waterloo, dans Louis XVIII octroyant et subissant la Charte.
Bonaparte met un postillon sur le trône de Naples et un
sergent sur le trône de Suède, employant l'inégalité à
démontrer l'égalité ; Louis XVIII à Saint-Ouen contre-
signe la déclaration des droits de l'homme. Voulez-vous
vous rendre compte de ce que c'est que la révolution,
appelez-la Progrès ; et voulez-vous vous rendre compte
de ce que c'est que le progrès, appelez-le Demain.
Demain fait irrésistiblement son œuvre, et il la fait dès
aujourd'hui. Il arrive toujours à son but, étrangement.
Il emploie Wellington à faire de Foy, qui n'était qu'un
soldat, un orateur. Foy tombe à Hougomont et se relève
à la tribune. Ainsi procède le progrès. Pas de mauvais
outil pour cet ouvrier-là. Il ajuste à son travail divin,
sans se déconcerter, l'homme qui a enjambé les Alpes,
et le bon vieux malade chancelant du père Élysée [1]. Il
se sert du podagre comme du conquérant ; du conquérant au dehors, du podagre au dedans. Waterloo, en
coupant court à la démolition des trônes européens par
l'épée, n'a eu d'autre effet que de faire continuer le travail révolutionnaire d'un autre côté. Les sabreurs ont
fini, c'est le tour des penseurs. Le siècle que Waterloo
voulait arrêter a marché dessus et a poursuivi sa route.
Cette victoire sinistre a été vaincue par la liberté.

En somme, et incontestablement, ce qui triomphait
à Waterloo, ce qui souriait derrière Wellington, ce qui
lui apportait tous les bâtons de maréchal de l'Europe,
y compris, dit-on, le bâton de maréchal de France, ce

qui roulait joyeusement les brouettées de terre pleine
d'ossements pour élever la butte du lion, ce qui a triom-
phalement écrit sur ce piédestal cette date : *18 juin
1815*, ce qui encourageait Blücher sabrant la déroute,
ce qui du haut du plateau de Mont-Saint-Jean se penchait sur la France comme sur une proie, c'était la
contre-révolution. C'est la contre-révolution qui mur-
murait ce mot infâme : démembrement. Arrivée à Paris,
elle a vu le cratère de près, elle a senti que cette cendre
lui brûlait les pieds, et elle s'est ravisée. Elle est revenue
au bégayement d'une charte.

Ne voyons dans Waterloo que ce qui est dans Waterloo. De liberté intentionnelle, point. La contre-révolution était involontairement libérale, de même que, par
un phénomène correspondant, Napoléon était involontairement révolutionnaire. Le 18 juin 1815, Robespierre
à cheval fut désarçonné.

XVIII

RECRUDESCENCE DU DROIT DIVIN

Fin de la dictature. Tout un système d'Europe croula.

L'empire s'affaissa dans une ombre qui ressembla à
celle du monde romain expirant. On revit de l'abîme
comme au temps des barbares. Seulement la barbarie
de 1815, qu'il faut nommer de son petit nom, la contre-
révolution, avait peu d'haleine, s'essouffla vite, et resta
court. L'empire, avouons-le, fut pleuré, et pleuré par des
yeux héroïques. Si la gloire est dans le glaive fait sceptre, l'empire avait été la gloire même. Il avait répandu
sur la terre toute la lumière que la tyrannie peut donner ; lumière sombre. Disons plus : lumière obscure.
Comparée au vrai jour, c'est de la nuit. Cette disparition
de la nuit fit l'effet d'une éclipse.

Louis XVIII rentra dans Paris. Les danses en rond du

8 juillet effacèrent les enthousiasmes du 20 mars. Le
Corse devint l'antithèse du Béarnais. Le drapeau du
dôme des Tuileries fut blanc. L'exil trôna. La table de
sapin de Hartwell prit place devant le fauteuil fleurde-
lysé de Louis XIV. On parla de Bouvines et de Fontenoy
comme d'hier, Austerlitz ayant vieilli. L'autel et le trône
fraternisèrent majestueusement. Une des formes les
plus incontestées du salut de la société au dix-neuvième
siècle s'établit sur la France et sur le continent.
L'Europe prit la cocarde blanche. Trestaillon fut célèbre. La devise *non pluribus impar* [1] reparut dans des
rayons de pierre figurant un soleil sur la façade de la
caserne du quai d'Orsay. Où il y avait eu une garde impériale, il y eut une maison rouge. L'arc du carrousel, tout
chargé de victoires mal portées, dépaysé dans ces nou-
veautés, un peu honteux peut-être de Marengo et
d'Arcole, se tira d'affaire avec la statue du duc d'Angoulême. Le cimetière de la Madeleine, redoutable fosse
commune de 93, se couvrit de marbre et de jaspe, les
os de Louis XVI et de Marie-Antoinette étant dans cette
poussière. Dans le fossé de Vincennes, un cippe sépulcral sortit de terre, rappelant que le duc d'Enghien était
mort dans le mois même où Napoléon avait été couronné. Le pape Pie VII, qui avait fait ce sacre très près
de cette mort, bénit tranquillement la chute comme il
avait béni l'élévation. Il y eut à Schœnbrunn une petite
ombre âgée de quatre ans qu'il fut séditieux d'appeler
le roi de Rome. Et ces choses se sont faites, et ces rois
ont repris leurs trônes, et le maître de l'Europe a été
mis dans une cage, et l'ancien régime est devenu le nouveau, et toute l'ombre et toute la lumière de la terre ont
changé de place, parce que, dans l'après-midi d'un jour
d'été, un pâtre a dit à un Prussien dans un bois : passez
par ici et non par là !

Ce 1815 fut une sorte d'avril lugubre. Les vieilles réalités malsaines et vénéneuses se couvrirent d'apparences neuves. Le mensonge épousa 1789, le droit divin
se masqua d'une charte, les fictions se firent constitu-

tionnelles, les préjugés, les superstitions et les arrière-
pensées, avec l'article 14 au cœur, se vernirent de libéralisme. Changement de peau des serpents.

L'homme avait été à la fois agrandi et amoindri par
Napoléon. L'idéal, sous ce règne de la matière splendide, avait reçu le nom étrange d'idéologie. Grave
imprudence d'un grand homme, tourner en dérision
l'avenir. Les peuples cependant, cette chair à canon si
amoureuse du canonnier, le cherchaient des yeux. Où
est-il ? Que fait-il ? Napoléon est mort, disait un passant
à un invalide de Marengo et de Waterloo. — *Lui mort !*
s'écria ce soldat, *vous le connaissez bien !* Les imaginations déifiaient cet homme terrassé. Le fond de
l'Europe, après Waterloo, fut ténébreux Quelque chose
d'énorme resta longtemps vide par l'évanouissement de
Napoléon.

Les rois se mirent dans ce vide. La vieille Europe en
profita pour se reformer. Il y eut une Sainte-Alliance.
Belle-Alliance, avait dit d'avance le champ fatal de
Waterloo.

En présence et en face de cette antique Europe
refaite, les linéaments d'une France nouvelle s'ébauchè-
rent. L'avenir, raillé par l'empereur, fit son entrée. Il
avait sur le front cette étoile, Liberté. Les yeux ardents
des jeunes générations se tournèrent vers lui. Chose singulière, on s'éprit en même temps de cet avenir, Liberté,
et de ce passé, Napoléon. La défaite avait grandi le
vaincu. Bonaparte tombé semblait plus haut que Napoléon debout. Ceux qui avaient triomphé eurent peur.
L'Angleterre le fit garder par Hudson Lowe et la France
le fit guetter par Montchenu. Ses bras croisés devinrent
l'inquiétude des trônes. Alexandre le nommait : mon
insomnie. Cet effroi venait de la quantité de révolution
qu'il avait en lui. C'est ce qui explique et excuse le libéralisme bonapartiste. Ce fantôme donnait le tremblement au vieux monde. Les rois régnèrent mal à leur
aise, avec le rocher de Sainte-Hélène à l'horizon.

Pendant que Napoléon agonisait à Longwood, les

soixante mille hommes tombés dans le champ de Waterloo pourrirent tranquillement, et quelque chose de leur
paix se répandit dans le monde. Le congrès de Vienne
en fit les traités de 1815, et l'Europe nomma cela la
restauration.

Voilà ce que c'est que Waterloo.

Mais qu'importe à l'infini ? Toute cette tempête, tout
ce nuage, cette guerre, puis cette paix, toute cette
ombre, ne troubla pas un moment la lueur de l'œil
immense devant lequel un puceron sautant d'un brin
d'herbe à l'autre égale l'aigle volant de clocher en clocher aux tours de Notre-Dame.

XIX

LE CHAMP DE BATAILLE LA NUIT

Revenons, c'est une nécessité de ce livre, sur ce fatal
champ de bataille.

Le 18 juin 1815, c'était pleine lune. Cette clarté favo-
risa la poursuite féroce de Blücher, dénonça les traces
des fuyards, livra cette masse désastreuse à la cavalerie
prussienne acharnée, et aida au massacre. Il y a parfois
dans les catastrophes de ces tragiques complaisances
de la nuit.

Après le dernier coup de canon tiré, la plaine de Mont-
Saint-Jean resta déserte.

Les Anglais occupèrent le campement des Français,
c'est la constatation habituelle de la victoire ; coucher
dans le lit du vaincu. Ils établirent leur bivouac au delà
de Rossomme. Les Prussiens, lâchés sur la déroute,
poussèrent en avant. Wellington alla au village de
Waterloo rédiger son rapport à lord Bathurst.

Si jamais le *sic vos non vobis* [1] a été applicable, c'est
à coup sûr à ce village de Waterloo. Waterloo n'a rien
fait, et est resté à une demi-lieue de l'action. Mont-

Saint-Jean a été canonné, Hougomont a été brûlé, Papelotte a été brûlé, Plancenoit a été brûlé, la Haie-Sainte
a été prise d'assaut, la Belle-Alliance a vu l'embrasement des deux vainqueurs ; on sait à peine ces noms, et
Waterloo qui n'a point travaillé dans la bataille en a tout
l'honneur.

Nous ne sommes pas de ceux qui flattent la guerre ;
quand l'occasion s'en présente, nous lui disons ses vérités. La guerre a d'affreuses beautés que nous n'avons
point cachées ; elle a aussi, convenons-en, quelques laideurs. Une des plus surprenantes, c'est le prompt
dépouillement des morts après la victoire. L'aube qui
suit une bataille se lève toujours sur des cadavres nus.

Qui fait cela ? Qui souille ainsi le triomphe ? Quelle
est cette hideuse main furtive qui se glisse dans la poche
de la victoire ? Quels sont ces filous faisant leur coup
derrière la gloire ? Quelques philosophes, Voltaire entre
autres, affirment que ce sont précisément ceux-là qui
ont fait la gloire. Ce sont les mêmes, disent-ils, il n'y a
pas de rechange, ceux qui sont debout pillent ceux qui
sont à terre. Le héros du jour est le vampire de la nuit.
On a bien le droit, après tout, de détrousser un peu un
cadavre dont on est l'auteur. Quant à nous, nous ne le
croyons pas. Cueillir des lauriers et voler les souliers
d'un mort, cela nous semble impossible à la même
main.

Ce qui est certain, c'est que, d'ordinaire, après les
vainqueurs viennent les voleurs. Mais mettons le soldat,
surtout le soldat contemporain, hors de cause.

Toute armée a une queue, et c'est là ce qu'il faut accu-
ser. Des êtres chauves-souris, mi-partis brigands et
valets, toutes les espèces de vespertilio qu'engendre ce
crépuscule qu'on appelle la guerre, des porteurs d'uni-
formes qui ne combattent pas, de faux malades, des
éclopés redoutables, des cantiniers interlopes trottant,
quelquefois avec leurs femmes, sur de petites charrettes
et volant ce qu'ils revendent, des mendiants s'offrant
pour guides aux officiers, des goujats, des maraudeurs,

les armées en marche autrefois, — nous ne parlons pas du temps présent, — traînaient tout cela, si bien que, dans la langue spéciale, cela s'appelait « les traînards ». Aucune armée ni aucune nation n'étaient responsables de ces êtres ; ils parlaient italien et suivaient les Allemands ; ils parlaient français et suivaient les Anglais. C'est par un de ces misérables, traînard espagnol qui parlait français, que le marquis de Fervacques, trompé par son baragouin picard, et le prenant pour un des nôtres, fut tué en traître et volé sur le champ de bataille même, dans la nuit qui suivit la victoire de Cerisoles. De la maraude naissait le maraud. La détestable maxime : *vivre sur l'ennemi,* produisait cette lèpre, qu'une forte discipline pouvait seule guérir. Il y a des renommées qui trompent ; on ne sait pas toujours pourquoi de certains généraux, grands d'ailleurs, ont été si populaires. Turenne était adoré de ses soldats parce qu'il tolérait le pillage ; le mal permis fait partie de la bonté ; Turenne était si bon qu'il a laissé mettre à feu et à sang le Palatinat [1]. On voyait à la suite des armées moins ou plus de maraudeurs selon que le chef était plus ou moins sévère. Hoche et Marceau n'avaient point de traînards ; Wellington, nous lui rendons volontiers cette justice, en avait peu.

Pourtant, dans la nuit du 18 au 19 juin, on dépouilla les morts. Wellington fut rigide ; ordre de passer par les armes quiconque serait pris en flagrant délit ; mais la rapine est tenace. Les maraudeurs volaient dans un coin du champ de bataille pendant qu'on les fusillait dans l'autre.

La lune était sinistre sur cette plaine.

Vers minuit, un homme rôdait, ou plutôt rampait, du côté du chemin creux d'Ohain. C'était, selon toute apparence, un de ceux que nous venons de caractériser, ni Anglais, ni Français, ni paysan, ni soldat, moins homme que goule, attiré par le flair des morts, ayant pour victoire le vol, venant dévaliser Waterloo. Il était vêtu d'une blouse qui était un peu une capote, il était inquiet et

audacieux, il allait devant lui et regardait derrière lui.
Qu'était-ce que cet homme ? La nuit probablement en
savait plus sur son compte que le jour. Il n'avait point
de sac, mais évidemment de larges poches sous sa
capote. De temps en temps, il s'arrêtait, examinait la
plaine autour de lui comme pour voir s'il n'était pas
observé, se penchait brusquement, dérangeait à terre
quelque chose de silencieux et d'immobile, puis se
redressait et s'esquivait. Son glissement, ses attitudes,
son geste rapide et mystérieux le faisaient ressembler à
ces larves crépusculaires qui hantent les ruines et que
les anciennes légendes normandes appellent les Alleurs.

De certains échassiers nocturnes font de ces silhouettes dans les marécages.

Un regard qui eût sondé attentivement toute cette
brume eût pu remarquer, à quelque distance, arrêté et
comme caché derrière la masure qui borde sur la chaus
sée de Nivelles l'angle de la route de Mont-Saint-Jean a
Braine-l'Alleud, une façon de petit fourgon de vivandier
à coiffe d'osier goudronnée, attelé d'une haridelle affa-
mée broutant l'ortie à travers son mors, et dans ce fourgon une espèce de femme assise sur des coffres et des
paquets. Peut-être y avait-il un lien entre ce fourgon et
ce rôdeur.

L'obscurité était sereine. Pas un nuage au zénith.
Qu'importe que la terre soit rouge, la lune reste blanche. Ce sont là les indifférences du ciel. Dans les prairies, des branches d'arbre cassées par la mitraille mais
non tombées et retenues par l'écorce se balançaient
doucement au vent de la nuit. Une haleine, presque une
respiration, remuait les broussailles. Il y avait dans
l'herbe des frissons qui ressemblaient à des départs
d'âmes.

On entendait vaguement au loin aller et venir les
patrouilles et les rondes-major du campement anglais.

Hougomont et la Haie-Sainte continuaient de brûler,
faisant, l'un à l'ouest, l'autre à l'est, deux grosses
flammes auxquelles venait se rattacher, comme un col-

lier de rubis dénoué ayant à ses extrémités deux escar-
boucles, le cordon de feux du bivouac anglais étalé en
demi-cercle immense sur les collines de l'horizon.

Nous avons dit la catastrophe du chemin d'Ohain. Ce
qu'avait été cette mort pour tant de braves, le cœur
s'épouvante d'y songer.

Si quelque chose est effroyable, s'il existe une réalité
qui dépasse le rêve, c'est ceci : vivre, voir le soleil, être
en pleine possession de la force virile, avoir la santé et
la joie, rire vaillamment, courir vers une gloire qu'on a
devant soi, éblouissante, se sentir dans la poitrine un
poumon qui respire, un cœur qui bat, une volonté qui
raisonne, parler, penser, espérer, aimer, avoir une mère,
avoir une femme, avoir des enfants, avoir la lumière, et
tout à coup, le temps d'un cri, en moins d'une minute,
s'effondrer dans un abîme, tomber, rouler, écraser, être
écrasé, voir des épis de blé, des fleurs, des feuilles, des
branches, ne pouvoir se retenir à rien, sentir son sabre
inutile, des hommes sous soi, des chevaux sur soi, se
débattre en vain, les os brisés par quelque ruade dans
les ténèbres, sentir un talon qui vous fait jaillir les yeux,
mordre avec rage des fers de chevaux, étouffer, hurler,
se tordre, être là-dessous, et se dire : tout à l'heure j'étais
un vivant [1] !

Là où avait râlé ce lamentable désastre, tout faisait
silence maintenant. L'encaissement du chemin creux
était comble de chevaux et de cavaliers inextricable-
ment amoncelés. Enchevêtrement terrible. Il n'y avait
plus de talus. Les cadavres nivelaient la route avec la
plaine et venaient au ras du bord comme un boisseau
d'orge bien mesuré. Un tas de morts dans la partie
haute, une rivière de sang dans la partie basse ; telle
était cette route le soir du 18 juin 1815. Le sang coulait
jusque sur la chaussée de Nivelles et s'y extravasait en
une large mare devant l'abatis d'arbres qui barrait la
chaussée, à un endroit qu'on montre encore. C'est, on
s'en souvient, au point opposé, vers la chaussée de
Genappe, qu'avait eu lieu l'effondrement des cuiras-

siers. L'épaisseur des cadavres se proportionnait à la profondeur du chemin creux. Vers le milieu, à l'endroit où il devenait plane, là où avait passé la division Delord, la couche des morts s'amincissait.

Le rôdeur nocturne, que nous venons de faire entrevoir au lecteur, allait de ce côté. Il furetait cette immense tombe. Il regardait. Il passait on ne sait quelle hideuse revue des morts. Il marchait les pieds dans le sang.

Tout à coup il s'arrêta.

À quelques pas devant lui, dans le chemin creux, au point où finissait le monceau des morts, de dessous cet amas d'hommes et de chevaux, sortait une main ouverte, éclairée par la lune.

Cette main avait au doigt quelque chose qui brillait, et qui était un anneau d'or.

L'homme se courba, demeura un moment accroupi, et quand il se releva, il n'y avait plus d'anneau à cette main.

Il ne se releva pas précisément ; il resta dans une attitude fauve et effarouchée, tournant le dos au tas de morts, scrutant l'horizon, à genoux, tout l'avant du corps portant sur ses deux index appuyés à terre, la tête guettant par-dessus le bord du chemin creux. Les quatre pattes du chacal conviennent à de certaines actions.

Puis, prenant son parti, il se dressa.

En ce moment il eut un soubresaut. Il sentit que par derrière on le tenait.

Il se retourna ; c'était la main ouverte qui s'était refermée et qui avait saisi le pan de sa capote.

Un honnête homme eût eu peur. Celui-ci se mit à rire.

— Tiens, dit-il, ce n'est que le mort. J'aime mieux un revenant qu'un gendarme.

Cependant la main défaillit et le lâcha. L'effort s'épuise vite dans la tombe.

— Ah çà ! reprit le rôdeur, est-il vivant ce mort ? Voyons donc.

Il se pencha de nouveau, fouilla le tas, écarta ce qui faisait obstacle, saisit la main, empoigna le bras, déga-

gea la tête, tira le corps, et quelques instants après il
traînait dans l'ombre du chemin creux un homme ina-
nimé, au moins évanoui. C'était un cuirassier, un officier, un officier même d'un certain rang ; une grosse
épaulette d'or sortait de dessous la cuirasse ; cet officier
n'avait plus de casque. Un furieux coup de sabre bala-
frait son visage où l'on ne voyait que du sang. Du reste,
il ne semblait pas qu'il eût de membre cassé, et par quelque hasard heureux, si ce mot est possible ici, les morts
s'étaient arc-boutés au-dessus de lui de façon à le garantir de l'écrasement. Ses yeux étaient fermés.

Il avait sur sa cuirasse la croix d'argent de la Légion
d'honneur.

Le rôdeur arracha cette croix qui disparut dans un
des gouffres qu'il avait sous sa capote.

Après quoi, il tâta le gousset de l'officier, y sentit une
montre et la prit. Puis il fouilla le gilet, y trouva une
bourse et l'empocha.

Comme il en était à cette phase des secours qu'il portait à ce mourant, l'officier ouvrit les yeux.

— Merci, dit-il faiblement.

La brusquerie des mouvements de l'homme qui le
maniait, la fraîcheur de la nuit, l'air respiré librement,
l'avaient tiré de sa léthargie.

Le rôdeur ne répondit point. Il leva la tête. On entendait un bruit de pas dans la plaine ; probablement quelque patrouille qui approchait.

L'officier murmura, car il y avait encore de l'agonie
dans sa voix :

— Qui a gagné la bataille ?

— Les Anglais, répondit le rôdeur.

L'officier reprit :

— Cherchez dans mes poches. Vous y trouverez une
bourse et une montre. Prenez-les.

C'était déjà fait.

Le rôdeur exécuta le semblant demandé, et dit :

— Il n'y a rien.

— On m'a volé, reprit l'officier ; j'en suis fâché. C'eût été pour vous.

Les pas de la patrouille devenaient de plus en plus distincts.

— Voici qu'on vient, dit le rôdeur, faisant le mouvement d'un homme qui s'en va.

L'officier, soulevant péniblement le bras, le retint :

— Vous m'avez sauvé la vie. Qui êtes-vous ?

Le rôdeur répondit vite et bas :

— J'étais comme vous de l'armée française. Il faut que je vous quitte. Si l'on me prenait, on me fusillerait. Je vous ai sauvé la vie. Tirez-vous d'affaire maintenant.

— Quel est votre grade ?

— Sergent.

— Comment vous appelez-vous ?

— Thénardier.

— Je n'oublierai pas ce nom, dit l'officier. Et vous, retenez le mien. Je me nomme Pontmercy.

Livre deuxième

LE VAISSEAU L'ORION

I

LE NUMÉRO 24601
DEVIENT LE NUMÉRO 9430

Jean Valjean avait été repris.

On nous saura gré de passer rapidement sur des détails douloureux. Nous nous bornons à transcrire deux entrefilets publiés par les journaux du temps, quelques mois après les événements surprenants accomplis à Montreuil-sur-mer.

Ces articles sont un peu sommaires. On se souvient qu'il n'existait pas encore à cette époque de *Gazette des Tribunaux*.

Nous empruntons le premier au *Drapeau blanc*. Il est daté du 25 juillet 1823 :

« — Un arrondissement du Pas-de-Calais vient d'être le théâtre d'un événement peu ordinaire. Un homme étranger au département et nommé M. Madeleine avait relevé depuis quelques années, grâce à des procédés nouveaux, une ancienne industrie locale, la fabrication des jais et des verroteries noires. Il y avait fait sa fortune, et, disons-le, celle de l'arrondissement. En reconnaissance de ses services, on l'avait nommé maire. La police a découvert que ce M. Madeleine n'était autre qu'un ancien forçat en rupture de ban, condamné en 1796 pour vol, et nommé Jean Valjean. Jean Valjean a été réintégré au bagne. Il paraît qu'avant son arrestation il avait réussi à retirer de chez M. Laffitte une somme de plus d'un demi-million qu'il y avait placée, et qu'il avait, du reste, très légitimement, dit-on, gagnée dans son commerce. On n'a pu savoir où Jean Valjean avait caché cette somme depuis sa rentrée au bagne de Toulon. »

Le deuxième article, un peu plus détaillé, est extrait du *Journal de Paris*, même date.

« — Un ancien forçat libéré, nommé Jean Valjean, vient de comparaître devant la cour d'assises du Var dans des circonstances faites pour appeler l'attention. Ce scélérat était parvenu à tromper la vigilance de la police ; il avait changé de nom et avait réussi à se faire nommer maire d'une de nos petites villes du Nord. Il avait établi dans cette ville un commerce assez considérable. Il a été enfin démasqué et arrêté, grâce au zèle infatigable du ministère public. Il avait pour concubine une fille publique qui est morte de saisissement au moment de son arrestation. Ce misérable, qui est doué d'une force herculéenne, avait trouvé moyen de s'évader ; mais, trois ou quatre jours après son évasion, la police mit de nouveau la main sur lui, à Paris même, au moment où il montait dans une de ces petites voitures qui font le trajet de la capitale au village de Montfermeil (Seine-et-Oise). On dit qu'il avait profité de l'intervalle de ces trois ou quatre jours de liberté pour rentrer en possession d'une somme considérable placée par lui chez un de nos principaux banquiers. On évalue cette somme à six ou sept cent mille francs. À en croire l'acte d'accusation, il l'aurait enfouie en un lieu connu de lui seul et l'on n'a pas pu la saisir. Quoi qu'il en soit, le nommé Jean Valjean vient d'être traduit aux assises du département du Var comme accusé d'un vol de grand chemin commis à main armée, il y a huit ans environ, sur la personne d'un de ces honnêtes enfants qui, comme l'a dit le patriarche de Ferney en vers immortels,

... De Savoie arrivent tous les ans
Et dont la main légèrement essuie
Ces longs canaux engorgés par la suie.

« Ce bandit a renoncé à se défendre. Il a été établi, par l'habile et éloquent organe du ministère public, que le vol avait été commis de complicité, et que Jean Valjean faisait partie d'une bande de voleurs dans le Midi. En conséquence Jean Valjean, déclaré coupable, a été condamné à la peine de mort. Ce criminel avait refusé de se pourvoir en cassation. Le roi, dans son inépuisable clémence, a daigné commuer sa peine en celle des travaux forcés à perpétuité. Jean Valjean a été immédiatement dirigé sur le bagne de Toulon [1]. »

On n'a pas oublié que Jean Valjean avait à Montreuil-sur-mer des habitudes religieuses. Quelques journaux, entre autres le *Constitutionnel*, présentèrent cette commutation comme un triomphe du parti prêtre.

Jean Valjean changea de chiffre au bagne. Il s'appela 9430.

Du reste, disons-le pour n'y plus revenir, avec M. Madeleine la prospérité de Montreuil-sur-mer disparut ; tout ce qu'il avait prévu dans sa nuit de fièvre et d'hésitation se réalisa ; lui de moins, ce fut en effet l'*âme de moins*. Après sa chute, il se fit à Montreuil-sur-mer ce partage égoïste des grandes existences tombées, ce fatal dépècement des choses florissantes qui s'accomplit tous les jours obscurément dans la communauté humaine et que l'histoire n'a remarqué qu'une fois, parce qu'il s'est fait après la mort d'Alexandre. Les lieutenants se couronnent rois ; les contre-maîtres s'improvisèrent fabricants. Les rivalités envieuses surgirent. Les vastes ateliers de M. Madeleine furent fermés ; les bâtiments tombèrent en ruine, les ouvriers se dispersèrent. Les uns quittèrent le pays, les autres quittèrent le métier. Tout se fit désormais en petit, au lieu de se faire en grand ;

pour le lucre, au lieu de se faire pour le bien. Plus de centre ; la concurrence partout, et l'acharnement. M. Madeleine dominait tout, et dirigeait. Lui tombé, chacun tira à soi ; l'esprit de lutte succéda à l'esprit d'organisation, l'âpreté à la cordialité, la haine de l'un contre l'autre à la bienveillance du fondateur pour tous ; les fils noués par M. Madeleine se brouillèrent et se rompirent ; on falsifia les procédés, on avilit les produits, on tua la confiance ; les débouchés diminuèrent, moins de commandes ; le salaire baissa, les ateliers chômèrent, la faillite vint. Et puis plus rien pour les pauvres. Tout s'évanouit.

L'état lui-même s'aperçut que quelqu'un avait été écrasé quelque part. Moins de quatre ans après l'arrêt de la cour d'assises constatant au profit du bagne l'identité de M. Madeleine et de Jean Valjean, les frais de perception de l'impôt étaient doublés dans l'arrondissement de Montreuil-sur-mer, et M. de Villèle en faisait l'observation à la tribune au mois de février 1827.

II

OÙ ON LIRA DEUX VERS
QUI SONT PEUT-ÊTRE DU DIABLE

Avant d'aller plus loin, il est à propos de raconter avec quelque détail un fait singulier qui se passa vers la même époque à Montfermeil et qui n'est peut-être pas sans coïncidence avec certaines conjectures du ministère public.

Il y a dans le pays de Montfermeil une superstition très ancienne, d'autant plus curieuse et d'autant plus précieuse qu'une superstition populaire dans le voisinage de Paris est comme un aloès en Sibérie. Nous sommes de ceux qui respectent tout ce qui est à l'état de plante rare. Voici donc la superstition de Montfermeil. On croit que le diable a, de temps immémorial, choisi la forêt pour y cacher ses trésors. Les bonnes femmes affirment qu'il n'est pas rare de rencontrer, à la chute du jour, dans les endroits écartés du bois, un homme noir, ayant la mine d'un charretier ou d'un bûcheron, chaussé de sabots, vêtu d'un pantalon et d'un sarrau de toile, et reconnaissable en ce qu'au lieu de bonnet ou de chapeau il a deux immenses cornes sur la tête. Ceci doit le rendre reconnaissable en effet. Cet homme est habituellement occupé à creuser un trou. Il y a trois manières de tirer parti de cette rencontre. La première, c'est d'aborder l'homme et de lui parler. Alors on s'aperçoit que cet homme est tout bonnement un paysan, qu'il paraît noir parce qu'on est au crépuscule, qu'il ne creuse pas le moindre trou, mais qu'il coupe de l'herbe pour ses vaches, et que ce qu'on avait pris pour des cornes n'est autre chose qu'une fourche à fumier qu'il porte sur son dos et dont les dents, grâce à la perspective du soir, semblaient lui sortir de la tête. On rentre chez soi, et l'on meurt dans la semaine. La seconde manière, c'est de l'observer, d'attendre qu'il ait creusé son trou, qu'il l'ait refermé et qu'il s'en soit allé ; puis de courir bien vite à la fosse, de la rouvrir et d'y prendre le « trésor » que l'homme noir y a nécessairement déposé. En ce cas, on meurt dans le mois. Enfin la troisième manière, c'est de ne point parler à l'homme noir, de ne point le regarder, et de s'enfuir à toutes jambes. On meurt dans l'année.

Comme les trois manières ont leurs inconvénients, la seconde, qui offre du moins quelques avantages, entre autres celui de posséder un trésor, ne fût-ce qu'un mois, est la plus généralement adoptée. Les hommes hardis, que toutes les chances tentent, ont donc, assez souvent, à ce qu'on assure, rouvert les trous creusés par l'homme noir et essayé de voler le diable. Il paraît que l'opération est médiocre. Du moins, s'il faut en croire la tradition et en particulier les deux vers énigmatiques en latin barbare qu'a laissés sur ce sujet un mauvais moine nor-

mand, un peu sorcier, appelé Tryphon. Ce Tryphon est
enterré à l'abbaye de Saint-Georges de Bocherville près
Rouen, et il naît des crapauds sur sa tombe.

On fait donc des efforts énormes, ces fosses-là sont
ordinairement très creuses, on sue, on fouille, on travaille toute une nuit, car c'est la nuit que cela se fait,
on mouille sa chemise, on brûle sa chandelle, on ébrè-
che sa pioche, et lorsqu'on est arrivé enfin au fond du
trou, lorsqu'on met la main sur « le trésor », que trouve-
t-on ? qu'est-ce que c'est que le trésor du diable ? Un
sou, parfois un écu, une pierre, un squelette, un cadavre
saignant, quelquefois un spectre plié en quatre comme
une feuille de papier dans un portefeuille, quelquefois
rien. C'est ce que semblent annoncer aux curieux indiscrets les vers de Tryphon :

Fodit, et in fossa thesauros condit opaca,
As, nummos, lapides, cadaver, simulacra, nihilque [1].

Il paraît que de nos jours on y trouve aussi, tantôt
une poire à poudre avec des balles, tantôt un vieux jeu
de cartes gras et roussi qui a évidemment servi aux diables. Tryphon n'enregistre point ces deux dernières
trouvailles, attendu que Tryphon vivait au douzième siècle et qu'il ne semble point que le diable ait eu l'esprit
d'inventer la poudre avant Roger Bacon et les cartes
avant Charles VI.

Du reste, si l'on joue avec ces cartes, on est sûr de
perdre tout ce qu'on possède ; et quant à la poudre qui
est dans la poire, elle a la propriété de vous faire éclater
votre fusil à la figure.

Or, fort peu de temps après l'époque où il sembla au
ministère public que le forçat libéré Jean Valjean, pendant son évasion de quelques jours, avait rôdé autour
de Montfermeil, on remarqua dans ce même village
qu'un certain vieux cantonnier appelé Boulatruelle
avait « des allures » dans le bois. On croyait savoir dans
le pays que ce Boulatruelle avait été au bagne ; il était

soumis à de certaines surveillances de police, et, comme il ne trouvait d'ouvrage nulle part, l'administration l'employait au rabais comme cantonnier sur le chemin de traverse de Gagny à Lagny.

Ce Boulatruelle était un homme vu de travers par les gens de l'endroit, trop respectueux, trop humble, prompt à ôter son bonnet à tout le monde, tremblant et souriant devant les gendarmes, probablement affilié à des bandes, disait-on, suspect d'embuscade au coin des taillis à la nuit tombante. Il n'avait que cela pour lui qu'il était ivrogne.

Voici ce qu'on croyait avoir remarqué :

Depuis quelque temps, Boulatruelle quittait de fort bonne heure sa besogne d'empierrement et d'entretien de la route et s'en allait dans la forêt avec sa pioche. On le rencontrait vers le soir dans les clairières les plus désertes, dans les fourrés les plus sauvages, ayant l'air de chercher quelque chose, quelquefois creusant des trous. Les bonnes femmes qui passaient le prenaient d'abord pour Belzébuth, puis elles reconnaissaient Boulatruelle, et n'étaient guère plus rassurées. Ces rencontres paraissaient contrarier vivement Boulatruelle. Il était visible qu'il cherchait à se cacher, et qu'il y avait un mystère dans ce qu'il faisait.

On disait dans le village : — C'est clair que le diable a fait quelque apparition. Boulatruelle l'a vu, et cherche. Au fait il est fichu pour empoigner le magot de Lucifer. — Les voltairiens ajoutaient : Sera-ce Boulatruelle qui attrapera le diable, ou le diable qui attrapera Boulatruelle ? – Les vieilles femmes faisaient beaucoup de signes de croix.

Cependant les manèges de Boulatruelle dans le bois cessèrent, et il reprit régulièrement son travail de cantonnier. On parla d'autre chose.

Quelques personnes toutefois étaient restées curieuses, pensant qu'il y avait probablement dans ceci, non point les fabuleux trésors de la légende, mais quelque bonne aubaine, plus sérieuse et plus palpable que les billets de banque du diable, et dont le cantonnier avait sans doute surpris à moitié le secret. Les plus « intrigués » étaient le maître d'école et le gargotier Thénardier, lequel était l'ami de tout le monde et n'avait point dédaigné de se lier avec Boulatruelle.

— Il a été aux galères ? disait Thénardier. Eh ! mon Dieu ! on ne sait ni qui y est, ni qui y sera.

Un soir le maître d'école affirmait qu'autrefois la justice se serait enquise de ce que Boulatruelle allait faire dans le bois, et qu'il aurait bien fallu qu'il parlât, et qu'on l'aurait mis à la torture au besoin, et que Boulatruelle n'aurait point résisté, par exemple, à la question de l'eau. — Donnons-lui la question du vin, dit Thénardier.

On se mit à quatre et l'on fit boire le vieux cantonnier. Boulatruelle but énormément, et parla peu. Il combina, avec un art admirable et dans une proportion magistrale, la soif d'un goinfre avec la discrétion d'un juge. Cependant, à force de revenir à la charge, et de rapprocher et de presser les quelques paroles obscures qui lui échappaient, voici ce que le Thénardier et le maître d'école crurent comprendre :

Boulatruelle, un matin, en se rendant au point du jour à son ouvrage, aurait été surpris de voir dans un coin du bois, sous une broussaille, une pelle et une pioche, *comme qui dirait cachées*. Cependant, il aurait pensé que c'étaient probablement la pelle et la pioche du père Six-Fours, le porteur d'eau, et il n'y aurait plus songé. Mais le soir du même jour, il aurait vu, sans pouvoir être vu lui-même, étant masqué par un gros arbre, se diriger de la route vers le plus épais du bois « un particulier qui n'était pas du tout du pays, et que lui, Boulatruelle, connaissait très bien ». Traduction par Thénardier : *un camarade du bagne*. Boulatruelle s'était obstinément refusé à dire le nom. Ce particulier portait un paquet, quelque chose de carré, comme une grande boîte ou un petit coffre. Surprise de Boulatruelle. Ce ne serait pourtant qu'au bout de sept ou huit minutes que l'idée de

suivre « le particulier » lui serait venue. Mais il était trop
tard, le particulier était déjà dans le fourré, la nuit s'était
faite, et Boulatruelle n'avait pu le rejoindre. Alors il
avait pris le parti d'observer la lisière du bois. « Il faisait
lune. » Deux ou trois heures après, Boulatruelle avait
vu ressortir du taillis son particulier portant maintenant, non plus le petit coffre-malle, mais une pioche et
une pelle. Boulatruelle avait laissé passer le particulier
et n'avait pas eu l'idée de l'aborder, parce qu'il s'était dit
que l'autre était trois fois plus fort que lui, et armé d'une
pioche, et l'assommerait probablement en le reconnaissant et en se voyant reconnu. Touchante effusion de
deux vieux camarades qui se retrouvent. Mais la pelle
et la pioche avaient été un trait de lumière pour Boulatruelle ; il avait couru à la broussaille du matin, et n'y
avait plus trouvé ni pelle ni pioche. Il en avait conclu
que son particulier, entré dans le bois, y avait creusé un
trou avec la pioche, avait enfoui le coffre, et avait
refermé le trou avec la pelle. Or, le coffre était trop petit
pour contenir un cadavre, donc il contenait de l'argent.
De là ses recherches. Boulatruelle avait exploré, sondé
et fureté toute la forêt, et fouillé partout où la terre lui
avait paru fraîchement remuée. En vain.

Il n'avait rien « déniché ». Personne n'y pensa plus
dans Montfermeil. Il y eut seulement quelques braves
commères qui dirent : Tenez pour certain que le cantonnier de Gagny n'a pas fait tout ce triquemaque pour
rien ; il est sûr que le diable est venu.

III

QU'IL FALLAIT QUE LA CHAÎNE
DE LA MANILLE EÛT SUBI
UN CERTAIN TRAVAIL PRÉPARATOIRE
POUR ÊTRE AINSI BRISÉE
D'UN COUP DE MARTEAU

Vers la fin d'octobre de cette même année 1823, les habitants de Toulon virent rentrer dans leur port, à la suite d'un gros temps et pour réparer quelques avaries, le vaisseau l'*Orion* qui a été plus tard employé à Brest comme vaisseau-école et qui faisait alors partie de l'escadre de la Méditerranée [1].

Ce bâtiment, tout éclopé qu'il était, car la mer l'avait malmené, fit de l'effet en entrant dans la rade. Il portait je ne sais plus quel pavillon qui lui valut un salut réglementaire de onze coups de canon, rendus par lui coup pour coup ; total : vingt-deux. On a calculé qu'en salves, politesses royales et militaires, échanges de tapages courtois, signaux d'étiquette, formalités de rades et de citadelles, levers et couchers de soleil salués tous les jours par toutes les forteresses et tous les navires de guerre, ouvertures et fermetures de portes, etc., etc., le monde civilisé tirait à poudre par toute la terre, toutes les vingt-quatre heures, cent cinquante mille coups de canon inutiles. À six francs le coup de canon, cela fait neuf cent mille francs par jour, trois cents millions par an, qui s'en vont en fumée. Ceci n'est qu'un détail. Pendant ce temps-là les pauvres meurent de faim.

L'année 1823 était ce que la restauration a appelé « l'époque de la guerre d'Espagne [2]. »

Cette guerre contenait beaucoup d'événements dans un seul, et force singularités. Une grosse affaire de

famille pour la maison de Bourbon ; la branche de
France secourant et protégeant la branche de Madrid,
c'est-à-dire faisant acte d'aînesse ; un retour apparent à
nos traditions nationales compliqué de servitude et de
sujétion aux cabinets du nord ; M. le duc d'Angoulême,
surnommé par les feuilles libérales *le héros d'Andujar*,
comprimant, dans une attitude triomphale un peu
contrariée par son air paisible, le vieux terrorisme fort
réel du saint-office aux prises avec le terrorisme chimérique des libéraux ; les sans-culottes ressuscités au
grand effroi des douairières sous le nom de *descamisados* ; le monarchisme faisant obstacle au progrès qualifié anarchie ; les théories de 89 brusquement inter-
rompues dans la sape ; un holà européen intimé à l'idée
française faisant son tour du monde ; à côté du fils de
France généralissime, le prince de Carignan, depuis
Charles-Albert, s'enrôlant dans cette croisade des rois
contre les peuples comme volontaire avec des épaulettes
de grenadier en laine rouge ; les soldats de l'empire se
remettant en campagne, mais après huit années de
repos, vieillis, tristes, et sous la cocarde blanche ; le drapeau tricolore agité à l'étranger par une héroïque poignée de Français comme le drapeau blanc l'avait été à
Coblentz trente ans auparavant ; les moines mêlés à nos
troupiers ; l'esprit de liberté et de nouveauté mis à la
raison par les bayonnettes ; les principes matés à coups
de canon ; la France défaisant par ses armes ce qu'elle
avait fait par son esprit ; du reste, les chefs ennemis
vendus, les soldats hésitants, les villes assiégées par des
millions ; point de périls militaires et pourtant des
explosions possibles, comme dans toute mine surprise
et envahie ; peu de sang versé, peu d'honneur conquis,
de la honte pour quelques-uns, de la gloire pour personne ; telle fut cette guerre, faite par des princes qui
descendaient de Louis XIV et conduite par des généraux qui sortaient de Napoléon. Elle eut ce triste sort
de ne rappeler ni la grande guerre ni la grande politique.

Quelques faits d'armes furent sérieux ; la prise du Tro-
cadéro, entre autres, fut une belle action militaire ; mais
en somme, nous le répétons, les trompettes de cette
guerre rendent un son fêlé, l'ensemble fut suspect, l'histoire approuve la France dans sa difficulté d'acceptation de ce faux triomphe. Il parut évident que certains
officiers espagnols chargés de la résistance cédèrent
trop aisément, l'idée de corruption se dégagea de la victoire ; il sembla qu'on avait plutôt gagné les généraux
que les batailles, et le soldat vainqueur rentra humilié.
Guerre diminuante en effet où l'on put lire *Banque de
France* dans les plis du drapeau.

Des soldats de la guerre de 1808, sur lesquels s'était
formidablement écroulée Saragosse, fronçaient le sourcil en 1823 devant l'ouverture facile des citadelles, et se
prenaient à regretter Palafox. C'est l'humeur de la
France d'aimer encore mieux avoir devant elle Rostop-
chine que Ballesteros.

À un point de vue plus grave encore, et sur lequel il
convient d'insister aussi, cette guerre, qui froissait en
France l'esprit militaire, indignait l'esprit démocratique. C'était une entreprise d'asservissement. Dans cette
campagne, le but du soldat français, fils de la démocratie, était la conquête d'un joug pour autrui. Contresens
hideux. La France est faite pour réveiller l'âme des peuples, non pour l'étouffer. Depuis 1792, toutes les révolutions de l'Europe sont la révolution française ; la
liberté rayonne de France. C'est là un fait solaire. Aveugle qui ne le voit pas ! c'est Bonaparte qui l'a dit.

La guerre de 1823, attentat à la généreuse nation
espagnole, était donc en même temps un attentat à la
révolution française. Cette voie de fait monstrueuse,
c'était la France qui la commettait ; de force ; car, en
dehors des guerres libératrices, tout ce que font les
armées, elles le font de force. Le mot *obéissance passive*
l'indique. Une armée est un étrange chef-d'œuvre de
combinaison où la force résulte d'une somme énorme

d'impuissance. Ainsi s'explique la guerre, faite par l'humanité contre l'humanité malgré l'humanité.

Quant aux Bourbons, la guerre de 1823 leur fut fatale. Ils la prirent pour un succès. Ils ne virent point quel danger il y a à faire tuer une idée par une consigne. Ils se méprirent dans leur naïveté au point d'introduire dans leur établissement comme élément de force l'immense affaiblissement d'un crime. L'esprit de guet-apens entra dans leur politique. 1830 germa dans 1823. La campagne d'Espagne devint dans leurs conseils un argument pour les coups de force et pour les aventures de droit divin. La France, ayant rétabli *el rey neto* en Espagne, pouvait bien rétablir le roi absolu chez elle. Ils tombèrent dans cette redoutable erreur de prendre l'obéissance du soldat pour le consentement de la nation. Cette confiance-là perd les trônes. Il ne faut s'endormir, ni à l'ombre d'un mancenillier ni à l'ombre d'une armée.

Revenons au navire l'*Orion*.

Pendant les opérations de l'armée commandée par le prince-généralissime, une escadre croisait dans la Méditerranée. Nous venons de dire que l'*Orion* était de cette escadre et qu'il fut ramené par des événements de mer dans le port de Toulon.

La présence d'un vaisseau de guerre dans un port a je ne sais quoi qui appelle et qui occupe la foule. C'est que cela est grand, et que la foule aime ce qui est grand.

Un vaisseau de ligne est une des plus magnifiques rencontres qu'ait le génie de l'homme avec la puissance de la nature.

Un vaisseau de ligne est composé à la fois de ce qu'il y a de plus lourd et de ce qu'il y a de plus léger, parce qu'il a affaire en même temps aux trois formes de la substance, au solide, au liquide, au fluide, et qu'il doit lutter contre toutes les trois. Il a onze griffes de fer pour saisir le granit au fond de la mer, et plus d'ailes et plus d'antennes que la bigaille pour prendre le vent dans les nuées. Son haleine sort par ses cent vingt canons

comme par des clairons énormes, et répond fièrement
à la foudre. L'océan cherche à l'égarer dans l'effrayante
similitude de ses vagues, mais le vaisseau a son âme, sa
boussole, qui le conseille et lui montre toujours le nord.
Dans les nuits noires ses fanaux suppléent aux étoiles.
Ainsi, contre le vent il a la corde et la toile, contre l'eau
le bois, contre le rocher le fer, le cuivre et le plomb,
contre l'ombre la lumière, contre l'immensité une
aiguille.

Si l'on veut se faire une idée de toutes ces proportions
gigantesques dont l'ensemble constitue le vaisseau de
ligne, on n'a qu'à entrer sous une des cales couvertes, à
six étages, des ports de Brest ou de Toulon. Les vaisseaux en construction sont là sous cloche, pour ainsi
dire. Cette poutre colossale, c'est une vergue ; cette
grosse colonne de bois couchée à terre à perte de vue,
c'est le grand mât. À le prendre de sa racine dans la cale
à sa cime dans la nuée, il est long de soixante toises, et
il a trois pieds de diamètre à sa base. Le grand mât
anglais s'élève à deux cent dix-sept pieds au-dessus de
la ligne de flottaison. La marine de nos pères employait
des câbles, la nôtre emploie des chaînes. Le simple tas
de chaînes d'un vaisseau de cent canons a quatre pieds
de haut, vingt pieds de large, huit pieds de profondeur.
Et pour faire ce vaisseau, combien faut-il de bois ? Trois
mille stères. C'est une forêt qui flotte.

Et encore, qu'on le remarque bien, il ne s'agit ici que
du bâtiment militaire d'il y a quarante ans, du simple
navire à voiles ; la vapeur, alors dans l'enfance, a depuis
ajouté de nouveaux miracles à ce prodige qu'on appelle
le vaisseau de guerre. À l'heure qu'il est, par exemple,
le navire mixte à hélice est une machine surprenante
traînée par une voilure de trois mille mètres carrés de
surface et par une chaudière de la force de deux mille
cinq cents chevaux.

Sans parler de ces merveilles nouvelles, l'ancien
navire de Christophe Colomb et de Ruyter est un des
grands chefs-d'œuvre de l'homme. Il est inépuisable en

force comme l'infini en souffles, il emmagasine le vent
dans sa voile, il est précis dans l'immense diffusion des
vagues, il flotte et il règne.

Il vient une heure pourtant où la rafale brise comme
une paille cette vergue de soixante pieds de long, où le
vent ploie comme un jonc ce mât de quatre cents pieds
de haut, où cette ancre qui pèse dix milliers se tord dans
la gueule de la vague comme l'hameçon d'un pêcheur
dans la mâchoire d'un brochet, où ces canons monstrueux poussent des rugissements plaintifs et inutiles
que l'ouragan emporte dans le vide et dans la nuit, où
toute cette puissance et toute cette majesté s'abîment
dans une puissance et dans une majesté supérieures.

Toutes les fois qu'une force immense se déploie pour
aboutir à une immense faiblesse, cela fait rêver les hommes. De là, dans les ports, les curieux qui abondent,
sans qu'ils s'expliquent eux-mêmes parfaitement pourquoi, autour de ces merveilleuses machines de guerre
et de navigation.

Tous les jours donc, du matin au soir, les quais, les
musoirs et les jetées du port de Toulon étaient couverts
d'une quantité d'oisifs et de badauds, comme on dit à
Paris, ayant pour affaire de regarder l'*Orion*.

L'*Orion* était un navire malade depuis longtemps.
Dans ses navigations antérieures, des couches épaisses
de coquillages s'étaient amoncelées sur sa carène au
point de lui faire perdre la moitié de sa marche ; on
l'avait mis à sec l'année précédente pour gratter ces
coquillages, puis il avait repris la mer. Mais ce grattage
avait altéré les boulonnages de la carène. À la hauteur
des Baléares, le bordé s'était fatigué et ouvert, et,
comme le vaigrage ne se faisait pas alors en tôle, le
navire avait fait de l'eau. Un violent coup d'équinoxe
était survenu, qui avait défoncé à bâbord la poulaine et
un sabord et endommagé le porte-haubans de misaine.
À la suite de ces avaries, l'*Orion* avait regagné Toulon.

Il était mouillé près de l'Arsenal. Il était en armement
et on le réparait. La coque n'avait pas été endommagée

à tribord, mais quelques bordages y étaient décloués çà
et là, selon l'usage, pour laisser pénétrer de l'air dans la
carcasse.

Un matin la foule qui le contemplait fut témoin d'un
accident.

L'équipage était occupé à enverguer les voiles [1]. Le
gabier chargé de prendre l'empointure du grand hunier
tribord perdit l'équilibre. On le vit chanceler, la multitude amassée sur le quai de l'Arsenal jeta un cri, la tête
emporta le corps, l'homme tourna autour de la vergue,
les mains étendues vers l'abîme ; il saisit, au passage, le
faux marchepied d'une main d'abord, puis de l'autre, et
il y resta suspendu. La mer était au-dessous de lui à une
profondeur vertigineuse. La secousse de sa chute avait
imprimé au faux marchepied un violent mouvement
d'escarpolette. L'homme allait et venait au bout de cette
corde comme la pierre d'une fronde.

Aller à son secours, c'était courir un risque effrayant.
Aucun des matelots, tous pêcheurs de la côte nouvellement levés pour le service, n'osait s'y aventurer. Cependant le malheureux gabier se fatiguait ; on ne pouvait
voir son angoisse sur son visage, mais on distinguait
dans tous ses membres son épuisement. Ses bras se tendaient dans un tiraillement horrible. Chaque effort qu'il
faisait pour remonter ne servait qu'à augmenter les
oscillations du faux marchepied. Il ne criait pas de peur
de perdre de la force. On n'attendait plus que la minute
où il lâcherait la corde et par instants toutes les têtes se
détournaient afin de ne pas le voir passer. Il y a des
moments où un bout de corde, une perche, une branche
d'arbre, c'est la vie même, et c'est une chose affreuse de
voir un être vivant s'en détacher et tomber comme un
fruit mûr.

Tout à coup, on aperçut un homme qui grimpait dans
le gréement avec l'agilité d'un chat-tigre. Cet homme
était vêtu de rouge, c'était un forçat ; il avait un bonnet
vert, c'était un forçat à vie. Arrivé à la hauteur de la

hune, un coup de vent emporta son bonnet et laissa voir une tête toute blanche ; ce n'était pas un jeune homme.

Un forçat en effet, employé à bord avec une corvée du bagne, avait dès le premier moment couru à l'officier de quart et au milieu du trouble et de l'hésitation de l'équipage, pendant que tous les matelots tremblaient et reculaient, il avait demandé à l'officier la permission de risquer sa vie pour sauver le gabier. Sur un signe affirmatif de l'officier, il avait rompu d'un coup de marteau la chaîne rivée à la manille de son pied, puis il avait pris une corde, et il s'était élancé dans les haubans. Personne ne remarqua en cet instant-là avec quelle facilité cette chaîne fut brisée. Ce ne fut que plus tard qu'on s'en souvint.

En un clin d'œil il fut sur la vergue. Il s'arrêta quelques secondes et parut la mesurer du regard. Ces secondes, pendant lesquelles le vent balançait le gabier à l'extrémité d'un fil, semblèrent des siècles à ceux qui regardaient. Enfin le forçat leva les yeux au ciel, et fit un pas en avant. La foule respira. On le vit parcourir la vergue en courant. Parvenu à la pointe, il y attacha un bout de la corde qu'il avait apportée, et laissa pendre l'autre bout, puis il se mit à descendre avec les mains le long de cette corde, et alors ce fut une inexplicable angoisse, au lieu d'un homme suspendu sur le gouffre, on en vit deux.

On eût dit une araignée venant saisir une mouche ; seulement ici l'araignée apportait la vie et non la mort. Dix mille regards étaient fixés sur ce groupe. Pas un cri, pas une parole, le même frémissement fronçait tous les sourcils. Toutes les bouches retenaient leur haleine, comme si elles eussent craint d'ajouter le moindre souffle au vent qui secouait les deux misérables.

Cependant le forçat était parvenu à s'affaler près du matelot. Il était temps ; une minute de plus, l'homme, épuisé et désespéré, se laissait tomber dans l'abîme ; le forçat l'avait amarré solidement avec la corde à laquelle il se tenait d'une main pendant qu'il travaillait de l'autre.

Enfin on le vit remonter sur la vergue et y haler le matelot ; il le soutint là un instant pour lui laisser reprendre des forces, puis il le saisit dans ses bras et le porta, en marchant sur la vergue jusqu'au chouquet, et de là dans la hune où il le laissa dans les mains de ses camarades.

À cet instant la foule applaudit ; il y eut de vieux argousins de chiourme qui pleurèrent, les femmes s'embrassaient sur le quai, et l'on entendit toutes les voix crier avec une sorte de fureur attendrie : « La grâce de cet homme ! »

Lui, cependant, s'était mis en devoir de redescendre immédiatement pour rejoindre sa corvée. Pour être plus promptement arrivé, il se laissa glisser dans le gréement et se mit à courir sur une basse vergue. Tous les yeux le suivaient. À un certain moment, on eut peur ; soit qu'il fût fatigué, soit que la tête lui tournât, on crut le voir hésiter et chanceler. Tout à coup la foule poussa un grand cri, le forçat venait de tomber à la mer.

La chute était périlleuse. La frégate l'*Algésiras* était mouillée auprès de l'*Orion*, et le pauvre galérien était tombé entre les deux navires. Il était à craindre qu'il ne glissât sous l'un ou sous l'autre. Quatre hommes se jetèrent en hâte dans une embarcation. La foule les encourageait, l'anxiété était de nouveau dans toutes les âmes. L'homme n'était pas remonté à la surface. Il avait disparu dans la mer sans y faire un pli, comme s'il fût tombé dans une tonne d'huile. On sonda, on plongea. Ce fut en vain. On chercha jusqu'au soir ; on ne retrouva pas même le corps.

Le lendemain, le journal de Toulon imprimait ces quelques livres : — « 17 novembre 1823. — Hier, un forçat, de corvée à bord de l'*Orion*, en revenant de porter secours à un matelot, est tombé à la mer et s'est noyé. On n'a pu retrouver son cadavre. On présume qu'il se sera engagé sous le pilotis de la pointe de l'Arsenal. Cet homme était écroué sous le n° 9430 et se nommait Jean Valjean. »

Livre troisième

ACCOMPLISSEMENT
DE LA PROMESSE
FAITE À LA MORTE

I

LA QUESTION DE L'EAU À MONTFERMEIL

Montfermeil est situé entre Livry et Chelles, sur la lisière méridionale de ce haut plateau qui sépare l'Ourcq de la Marne. Aujourd'hui c'est un assez gros bourg orné, toute l'année, de villas en plâtre, et, le dimanche, de bourgeois épanouis. En 1823, il n'y avait à Montfermeil ni tant de maisons blanches ni tant de bourgeois satisfaits. Ce n'était qu'un village dans les bois. On y rencontrait bien çà et là quelques maisons de plaisance du dernier siècle, reconnaissables à leur grand air, à leurs balcons en fer tordu et à ces longues fenêtres dont les petits carreaux font sur le blanc des volets fermés toutes sortes de verts différents. Mais Montfermeil n'en était pas moins un village. Les marchands de drap retirés et les agréés en villégiature ne l'avaient pas encore découvert. C'était un endroit paisible et charmant, qui n'était sur la route de rien ; on y vivait à bon marché de cette vie paysanne si abondante et si facile. Seulement l'eau y était rare à cause de l'élévation du plateau.

Il fallait aller la chercher assez loin. Le bout du village qui est du côté de Gagny puisait son eau aux magnifiques étangs qu'il y a là dans les bois ; l'autre bout, qui entoure l'église et qui est du côté de Chelles, ne trouvait d'eau potable qu'à une petite source à mi-côte, près de la route de Chelles, à environ un quart d'heure de Montfermeil.

C'était donc une assez rude besogne pour chaque ménage que cet approvisionnement de l'eau. Les grosses maisons, l'aristocratie, la gargote Thénardier en faisait partie, payaient un liard par seau d'eau à un bonhomme dont c'était l'état et qui gagnait à cette entreprise des eaux de Montfermeil environ huit sous par jour ; mais ce bonhomme ne travaillait que jusqu'à sept heures du soir l'été et jusqu'à cinq heures l'hiver, et une fois la nuit venue, une fois les volets des rez-de-chaussée clos, qui n'avait pas d'eau à boire en allait chercher ou s'en passait.

C'était là la terreur de ce pauvre être que le lecteur n'a peut-être pas oublié, de la petite Cosette. On se souvient que Cosette était utile aux Thénardier de deux manières, ils se faisaient payer par la mère et ils se faisaient servir par l'enfant. Aussi quand la mère cessa tout à fait de payer, on vient de lire pourquoi dans les chapitres précédents, les Thénardier gardèrent Cosette. Elle leur remplaçait une servante. En cette qualité, c'était elle qui courait chercher de l'eau quand il en fallait. Aussi l'enfant, fort épouvantée de l'idée d'aller à la source la nuit, avait-elle grand soin que l'eau ne manquât jamais à la maison.

La Noël de l'année 1823 fut particulièrement brillante à Montfermeil. Le commencement de l'hiver avait été doux ; il n'avait encore ni gelé ni neigé. Des bateleurs venus de Paris avaient obtenu de M. le maire la permission de dresser leurs baraques dans la grande rue du village, et une bande de marchands ambulants avait, sous la même tolérance, construit ses échoppes sur la place de l'église et jusque dans la ruelle du Boulanger, où était située, on s'en souvient peut-être, la gargote des Thénardier. Cela emplissait les auberges et les cabarets, et donnait à ce petit pays tranquille une vie bruyante et joyeuse. Nous devons même dire, pour être fidèle historien, que parmi les curiosités étalées sur la place, il y avait une ménagerie dans laquelle d'affreux paillasses, vêtus de loques et venus on ne sait d'où, montraient en

1823 aux paysans de Montfermeil un de ces effrayants vautours du Brésil que notre Muséum royal ne possède que depuis 1845, et qui ont pour œil une cocarde tricolore. Les naturalistes appellent, je crois, cet oiseau Caracara Polyborus : il est de l'ordre des apicides et de la famille des vautouriens. Quelques bons vieux soldats bonapartistes retirés dans le village allaient voir cette bête avec dévotion. Les bateleurs donnaient la cocarde tricolore comme un phénomène unique et fait exprès par le bon Dieu pour leur ménagerie.

Dans la soirée même de Noël, plusieurs hommes, rouliers et colporteurs, étaient attablés et buvaient autour de quatre ou cinq chandelles dans la salle basse de l'auberge Thénardier. Cette salle ressemblait à toutes les salles de cabaret ; des tables, des brocs d'étain, des bouteilles, des buveurs, des fumeurs ; peu de lumière, beaucoup de bruit. La date de l'année 1823 était pourtant indiquée par les deux objets à la mode alors dans la classe bourgeoise qui étaient sur une table, savoir un kaléidoscope et une lampe de fer-blanc moiré. La Thénardier surveillait le souper qui rôtissait devant un bon feu clair ; le mari Thénardier buvait avec ses hôtes et parlait politique.

Outre les causeries politiques, qui avaient pour objets principaux la guerre d'Espagne et M. le duc d'Angoulême, on entendait dans le brouhaha des parenthèses toutes locales comme celles-ci :

— Du côté de Nanterre et de Suresnes le vin a beaucoup donné. Où l'on comptait sur dix pièces on en a eu douze. Cela a beaucoup juté sous le pressoir. — Mais le raisin ne devait pas être mûr ? — Dans ces pays-là il ne faut pas qu'on vendange mûr. Si l'on vendange mûr, le vin tourne au gras sitôt le printemps. — C'est donc tout petit vin ? — C'est des vins encore plus petits que par ici. Il faut qu'on vendange vert.

Etc. —

Ou bien, c'était un meunier qui s'écriait :

— Est-ce que nous sommes responsables de ce qu'il

y a dans les sacs ? Nous y trouvons un tas de petites graines que nous ne pouvons pas nous amuser à éplucher, et qu'il faut bien laisser passer sous les meules ; c'est l'ivraie, c'est la luzette, la nielle, la vesce, le chènevis, la gaverolle, la queue-de-renard, et une foule d'autres drogues, sans compter les cailloux qui abondent dans de certains blés, surtout dans les blés bretons. Je n'ai pas l'amour de moudre du blé breton, pas plus que les scieurs de long de scier des poutres où il y a des clous. Jugez de la mauvaise poussière que tout cela fait dans le rendement. Après quoi on se plaint de la farine. On a tort. La farine n'est pas notre faute.

Dans un entre-deux de fenêtres, un faucheur, attablé avec un propriétaire qui faisait prix pour un travail de prairie à faire au printemps, disait :

— Il n'y a point de mal que l'herbe soit mouillée. Elle se coupe mieux. La rousée est bonne, monsieur. C'est égal, cette herbe-là, votre herbe, est jeune et bien difficile encore. Que voilà qui est si tendre, que voilà qui plie devant la planche de fer.

Etc. —

Cosette était à sa place ordinaire, assise sur la traverse de la table de cuisine près de la cheminée. Elle était en haillons, elle avait ses pieds nus dans des sabots, et elle tricotait à la lueur du feu des bas de laine destinés aux petites Thénardier. Un tout jeune chat jouait sous les chaises. On entendait rire et jaser dans une pièce voisine deux fraîches voix d'enfants ; c'était Éponine et Azelma.

Au coin de la cheminée, un martinet était suspendu à un clou.

Par intervalles, le cri d'un très jeune enfant, qui était quelque part dans la maison, perçait au milieu du bruit du cabaret. C'était un petit garçon que la Thénardier avait eu un des hivers précédents, — « sans savoir pourquoi, disait-elle, effet du froid, » — et qui était âgé d'un peu plus de trois ans. La mère l'avait nourri, mais ne l'aimait pas. Quand la clameur acharnée du mioche

devenait trop importune : — Ton fils piaille, disait Thénardier, va donc voir ce qu'il veut. — Bah ! répondait la
mère, il m'ennuie. — Et le petit abandonné continuait
de crier dans les ténèbres [1].

II

DEUX PORTRAITS COMPLÉTÉS

On n'a encore aperçu dans ce livre les Thénardier que
de profil ; le moment est venu de tourner autour de ce
couple et de le regarder sous toutes ses faces.

Thénardier venait de dépasser ses cinquante ans ;
madame Thénardier touchait à la quarantaine, qui est
la cinquantaine de la femme ; de façon qu'il y avait équilibre d'âge entre la femme et le mari.

Les lecteurs ont peut-être, dès sa première apparition, conservé quelque souvenir de cette Thénardier
grande, blonde, rouge, grasse, charnue, carrée, énorme
et agile ; elle tenait, nous l'avons dit, de la race de ces
sauvagesses colosses qui se cambrent dans les foires
avec des pavés pendus à leur chevelure. Elle faisait tout
dans le logis, les lits, les chambres, la lessive, la cuisine,
la pluie, le beau temps, le diable. Elle avait pour tout
domestique Cosette ; une souris au service d'un éléphant. Tout tremblait au son de sa voix, les vitres, les
meubles et les gens. Son large visage, criblé de taches de
rousseur, avait l'aspect d'une écumoire. Elle avait de la
barbe. C'était l'idéal d'un fort de la halle habillé en fille.
Elle jurait splendidement ; elle se vantait de casser une
noix d'un coup de poing. Sans les romans qu'elle avait
lus, et qui, par moments, faisaient bizarrement reparaître la mijaurée sous l'ogresse, jamais l'idée ne fût venue
à personne de dire d'elle : c'est une femme. Cette Thénardier était comme le produit de la greffe d'une don-
zelle sur une poissarde. Quand on l'entendait parler, on

disait : C'est un gendarme ; quand on la regardait boire, on disait : C'est un charretier ; quand on la voyait manier Cosette, on disait : C'est le bourreau. Au repos, il lui sortait de la bouche une dent.

Le Thénardier était un homme petit, maigre, blême, anguleux, osseux, chétif, qui avait l'air malade et qui se portait à merveille ; sa fourberie commençait là. Il souriait habituellement par précaution, et était poli à peu près avec tout le monde, même avec le mendiant auquel il refusait un liard. Il avait le regard d'une fouine et la mine d'un homme de lettres. Il ressemblait beaucoup aux portraits de l'abbé Delille. Sa coquetterie consistait à boire avec les rouliers. Personne n'avait jamais pu le griser. Il fumait dans une grosse pipe. Il portait une blouse et sous sa blouse un vieil habit noir. Il avait des prétentions à la littérature et au matérialisme. Il y avait des noms qu'il prononçait souvent, pour appuyer les choses quelconques qu'il disait, Voltaire, Raynal, Parny, et, chose bizarre, saint Augustin. Il affirmait avoir « un système ». Du reste fort escroc. Un filousophe. Cette nuance existe. On se souvient qu'il prétendait avoir servi ; il contait avec quelque luxe qu'à Waterloo, étant sergent dans un 6e ou un 9e léger quelconque, il avait, seul contre un escadron de hussards de la Mort, couvert de son corps et sauvé à travers la mitraille « un général dangereusement blessé ». De là, venait, pour son mur, sa flamboyante enseigne, et, pour son auberge, dans le pays, le nom de « cabaret du sergent de Waterloo ». Il était libéral, classique et bonapartiste. Il avait souscrit pour le champ d'Asile. On disait dans le village qu'il avait étudié pour être prêtre.

Nous croyons qu'il avait simplement étudié en Hollande pour être aubergiste. Ce gredin de l'ordre composite était, selon les probabilités, quelque Flamand de Lille en Flandre, Français à Paris, Belge à Bruxelles, commodément à cheval sur deux frontières. Sa prouesse à Waterloo, on la connaît. Comme on voit, il l'exagérait un peu. Le flux et le reflux, le méandre,

l'aventure, était l'élément de son existence ; conscience
déchirée entraîne vie décousue ; et vraisemblablement,
à l'orageuse époque du 18 juin 1815, Thénardier appartenait à cette variété de cantiniers maraudeurs dont
nous avons parlé, battant l'estrade, vendant à ceux-ci,
volant ceux-là, et roulant en famille, homme, femme et
enfants, dans quelque carriole boiteuse, à la suite des
troupes en marche, avec l'instinct de se rattacher toujours à l'armée victorieuse. Cette campagne faite, ayant,
comme il disait, « du quibus », il était venu ouvrir gargote à Montfermeil.

Ce quibus, composé des bourses et des montres, des
bagues d'or et des croix d'argent récoltées au temps de
la moisson dans les sillons ensemencés de cadavres, ne
faisait pas un gros total et n'avait pas mené bien loin ce
vivandier passé gargotier.

Thénardier avait ce je ne sais quoi de rectiligne dans
le geste qui, avec un juron, rappelle la caserne et, avec
un signe de croix, le séminaire. Il était beau parleur. Il
se laissait croire savant. Néanmoins, le maître d'école
avait remarqué qu'il faisait — « des cuirs ». Il composait
la carte à payer des voyageurs avec supériorité, mais
des yeux exercés y trouvaient parfois des fautes d'orthographe. Thénardier était sournois, gourmand, flâneur
et habile. Il ne dédaignait pas ses servantes, ce qui faisait que sa femme n'en avait plus. Cette géante était
jalouse. Il lui semblait que ce petit homme maigre et
jaune devait être l'objet de la convoitise universelle.

Thénardier, par-dessus tout, homme d'astuce et
d'équilibre, était un coquin du genre tempéré. Cette
espèce est la pire ; l'hypocrisie s'y mêle.

Ce n'est pas que Thénardier ne fût dans l'occasion
capable de colère au moins autant que sa femme ; mais
cela était très rare, et dans ces moments-là, comme il
en voulait au genre humain tout entier, comme il avait
en lui une profonde fournaise de haine, comme il était
de ces gens qui se vengent perpétuellement, qui accu-
sent tout ce qui passe devant eux de tout ce qui est

tombé sur eux, et qui sont toujours prêts à jeter sur le premier venu, comme légitime grief, le total des déceptions, des banqueroutes et des calamités de leur vie, comme tout ce levain se soulevait en lui et lui bouillonnait dans la bouche et dans les yeux, il était épouvantable. Malheur à qui passait sous sa fureur alors !

Outre toutes ses autres qualités, Thénardier était attentif et pénétrant, silencieux ou bavard à l'occasion, et toujours avec une haute intelligence. Il avait quelque chose du regard des marins accoutumés à cligner des yeux dans les lunettes d'approche. Thénardier était un homme d'État.

Tout nouveau venu qui entrait dans la gargote disait en voyant la Thénardier : Voilà le maître de la maison. Erreur. Elle n'était même pas la maîtresse. Le maître et la maîtresse, c'était le mari. Elle faisait, il créait. Il dirigeait tout par une sorte d'action magnétique invisible et continuelle. Un mot lui suffisait, quelquefois un signe ; le mastodonte obéissait. Le Thénardier était pour la Thénardier, sans qu'elle s'en rendît trop compte, une espèce d'être particulier et souverain. Elle avait les vertus de sa façon d'être ; jamais, eût-elle été en dissentiment sur un détail avec « monsieur Thénardier », hypothèse du reste inadmissible, elle n'eût donné publiquement tort à son mari, sur quoi que ce soit. Jamais elle n'eût commis « devant des étrangers » cette faute que font si souvent les femmes, et qu'on appelle, en langage parlementaire : découvrir la couronne. Quoique leur accord n'eût pour résultat que le mal, il y avait de la contemplation dans la soumission de la Thénardier à son mari. Cette montagne de bruit et de chair se mouvait sous le petit doigt de ce despote frêle. C'était, vu par son côté nain et grotesque, cette grande chose universelle : l'adoration de la matière pour l'esprit ; car de certaines laideurs ont leur raison d'être dans les profondeurs mêmes de la beauté éternelle. Il y avait de l'inconnu dans Thénardier ; de là l'empire absolu de cet homme sur cette femme. À de certains moments, elle

le voyait comme une chandelle allumée ; dans d'autres,
elle le sentait comme une griffe.

Cette femme était une créature formidable qui
n'aimait que ses enfants et ne craignait que son mari.
Elle était mère parce qu'elle était mammifère. Du reste,
sa maternité s'arrêtait à ses filles, et, comme on le verra,
ne s'étendait pas jusqu'aux garçons. Lui, l'homme,
n'avait qu'une pensée : s'enrichir.

Il n'y réussissait point. Un digne théâtre manquait à
ce grand talent. Thénardier à Montfermeil se ruinait, si
la ruine est possible à zéro ; en Suisse ou dans les Pyrénées, ce sans-le-sou serait devenu millionnaire. Mais où
le sort attache l'aubergiste, il faut qu'il broute.

On comprend que le mot *aubergiste* est employé ici
dans un sens restreint, et qui ne s'étend pas à une classe
entière.

En cette même année 1823, Thénardier était endetté
d'environ quinze cents francs de dettes criardes, ce qui
le rendait soucieux.

Quelle que fût envers lui l'injustice opiniâtre de la destinée, le Thénardier était un des hommes qui comprenaient le mieux, avec le plus de profondeur et de la
façon la plus moderne, cette chose qui est une vertu
chez les peuples barbares et une marchandise chez les
peuples civilisés, l'hospitalité. Du reste braconnier
admirable et cité pour son coup de fusil. Il avait un
certain rire froid et paisible qui était particulièrement
dangereux.

Ses théories d'aubergiste jaillissaient quelquefois de
lui par éclairs. Il avait des aphorismes professionnels
qu'il insérait dans l'esprit de sa femme. — « Le devoir
de l'aubergiste, lui disait-il un jour violemment et à voix
basse, c'est de vendre au premier venu du fricot, du
repos, de la lumière, du feu, des draps sales, de la bonne,
des puces, du sourire ; d'arrêter les passants, de vider
les petites bourses et d'alléger honnêtement les grosses,
d'abriter avec respect les familles en route, de râper
l'homme, de plumer la femme, d'éplucher l'enfant ; de

coter la fenêtre ouverte, la fenêtre fermée, le coin de la cheminée, le fauteuil, la chaise, le tabouret, l'escabeau, le lit de plume, le matelas et la botte de paille ; de savoir de combien l'ombre use le miroir et de tarifer cela, et, par les cinq cent mille diables, de faire tout payer au voyageur, jusqu'aux mouches que son chien mange ! »

Cet homme et cette femme, c'était ruse et rage mariés ensemble, attelage hideux et terrible.

Pendant que le mari ruminait et combinait, la Thénardier, elle, ne pensait pas aux créanciers absents, n'avait souci d'hier ni de demain, et vivait avec emportement, toute dans la minute.

Tels étaient ces deux êtres. Cosette était entre eux, subissant leur double pression, comme une créature qui serait à la fois broyée par une meule et déchiquetée par une tenaille. L'homme et la femme avaient chacun une manière différente ; Cosette était rouée de coups, cela venait de la femme ; elle allait pieds nus l'hiver, cela venait du mari.

Cosette montait, descendait, lavait, brossait, frottait, balayait, courait, trimait, haletait, remuait des choses lourdes, et, toute chétive, faisait les grosses besognes. Nulle pitié ; une maîtresse farouche, un maître venimeux. La gargote Thénardier était comme une toile où Cosette était prise et tremblait. L'idéal de l'oppression était réalisé par cette domesticité sinistre. C'était quelque chose comme la mouche servante des araignées [1].

La pauvre enfant, passive, se taisait.

Quand elles se trouvent ainsi, dès l'aube, toutes petites, toutes nues, parmi les hommes, que se passe-t-il dans ces âmes qui viennent de quitter Dieu ?

III

IL FAUT DU VIN AUX HOMMES
ET DE L'EAU AUX CHEVAUX

Il était arrivé quatre nouveaux voyageurs.

Cosette songeait tristement ; car, quoiqu'elle n'eût que huit ans, elle avait déjà tant souffert qu'elle rêvait avec l'air lugubre d'une vieille femme.

Elle avait la paupière noire d'un coup de poing que la Thénardier lui avait donné, ce qui faisait dire de temps en temps à la Thénardier : — Est-elle laide avec son pochon sur l'œil !

Cosette pensait donc qu'il était nuit, très nuit, qu'il avait fallu remplir à l'improviste les pots et les carafes dans les chambres des voyageurs survenus, et qu'il n'y avait plus d'eau dans la fontaine.

Ce qui la rassurait un peu, c'est qu'on ne buvait pas beaucoup d'eau dans la maison Thénardier. Il ne manquait pas là de gens qui avaient soif ; mais c'était de cette soif qui s'adresse plus volontiers au broc qu'à la cruche. Qui eût demandé un verre d'eau parmi ces verres de vin eût semblé un sauvage à tous ces hommes. Il y eut pourtant un moment où l'enfant trembla : la Thénardier souleva le couvercle d'une casserole qui bouillait sur le fourneau, puis saisit un verre et s'approcha vivement de la fontaine. Elle tourna le robinet, l'enfant avait levé la tête et suivait tous ses mouvements. Un maigre filet d'eau coula du robinet et remplit le verre à moitié. — Tiens, dit-elle, il n'y a plus d'eau !

Puis elle eut un moment de silence. L'enfant ne respirait pas.

— Bah, reprit la Thénardier en examinant le verre à demi plein, il y en aura assez comme cela.

Cosette se remit à son travail, mais pendant plus d'un quart d'heure elle sentit son cœur sauter comme un gros flocon dans sa poitrine.

Elle comptait les minutes qui s'écoulaient ainsi, et eût bien voulu être au lendemain matin.

De temps en temps, un des buveurs regardait dans la rue et s'exclamait : — Il fait noir comme dans un four ! — ou : — Il faut être chat pour aller dans la rue sans lanterne à cette heure-ci ! — Et Cosette tressaillait.

Tout à coup, un des marchands colporteurs logés dans l'auberge entra, et dit d'une voix dure :

— On n'a pas donné à boire à mon cheval.

— Si fait vraiment, dit la Thénardier.

— Je vous dis que non, la mère, reprit le marchand.

Cosette était sortie de dessous la table.

— Oh ! si ! monsieur ! dit-elle, le cheval a bu, il a bu dans le seau, plein le seau, et même que c'est moi qui lui ai porté à boire, et je lui ai parlé.

Cela n'était pas vrai. Cosette mentait.

— En voilà une qui est grosse comme le poing et qui ment gros comme la maison, s'écria le marchand. Je te dis qu'il n'a pas bu, petite drôlesse ! Il a une manière de souffler quand il n'a pas bu que je connais bien.

Cosette persista, et ajouta d'une voix enrouée par l'angoisse et qu'on entendait à peine :

— Et même qu'il a bien bu !

— Allons, reprit le marchand avec colère, ce n'est pas tout ça, qu'on donne à boire à mon cheval et que cela finisse !

Cosette rentra sous la table.

— Au fait, c'est juste, dit la Thénardier, si cette bête n'a pas bu, il faut qu'elle boive.

Puis, regardant autour d'elle :

— Eh bien, où est donc cette autre ?

Elle se pencha et découvrit Cosette blottie à l'autre bout de la table, presque sous les pieds des buveurs.

— Vas-tu venir ? cria la Thénardier.

Cosette sortit de l'espèce de trou où elle s'était cachée. La Thénardier reprit :

— Mademoiselle Chien-faute-de-nom, va porter à boire à ce cheval.

— Mais, madame, dit Cosette faiblement, c'est qu'il n'y a pas d'eau.

La Thénardier ouvrit toute grande la porte de la rue.

— Eh bien, va en chercher !

Cosette baissa la tête, et alla prendre un seau vide qui était au coin de la cheminée.

Ce seau était plus grand qu'elle, et l'enfant aurait pu s'asseoir dedans et y tenir à l'aise.

La Thénardier se remit à son fourneau, et goûta avec une cuillère de bois ce qui était dans la casserole, tout en grommelant :

— Il y en a à la source. Ce n'est pas plus malin que ça. Je crois que j'aurais mieux fait de passer mes oignons.

Puis elle fouilla dans un tiroir où il y avait des sous, du poivre et des échalotes.

— Tiens, mamzelle Crapaud, ajouta-t-elle, en revenant tu prendras un gros pain chez le boulanger. Voilà une pièce-quinze-sous.

Cosette avait une petite poche de côté à son tablier ; elle prit la pièce sans dire un mot, et la mit dans cette poche.

Puis elle resta immobile, le seau à la main, la porte ouverte devant elle. Elle semblait attendre qu'on vînt à son secours.

— Va donc ! cria la Thénardier.

Cosette sortit. La porte se referma.

IV

ENTRÉE EN SCÈNE D'UNE POUPÉE

La file de boutiques en plein vent qui partait de l'église se développait, on s'en souvient, jusqu'à l'auberge Thénardier. Ces boutiques, à cause du passage prochain des bourgeois allant à la messe de minuit, étaient toutes illuminées de chandelles brûlant dans des entonnoirs de papier, ce qui, comme le disait le maître d'école de Montfermeil attablé en ce moment chez Thénardier, faisait « un effet magique ». En revanche, on ne voyait pas une étoile au ciel.

La dernière de ces baraques, établie précisément en face de la porte des Thénardier, était une boutique de bimbeloterie, toute reluisante de clinquants, de verroteries et de choses magnifiques en fer-blanc. Au premier rang, et en avant, le marchand avait placé, sur un fond de serviettes blanches, une immense poupée haute de près de deux pieds qui était vêtue d'une robe de crêpe rose avec des épis d'or sur la tête et qui avait de vrais cheveux et des yeux en émail. Tout le jour, cette merveille avait été étalée à l'ébahissement des passants de moins de dix ans, sans qu'il se fût trouvé à Montfermeil une mère assez riche, ou assez prodigue, pour la donner à son enfant. Éponine et Azelma avaient passé des heures à la contempler, et Cosette elle-même, furtivement, il est vrai, avait osé la regarder.

Au moment où Cosette sortit, son seau à la main, si morne et si accablée qu'elle fût, elle ne put s'empêcher de lever les yeux sur cette prodigieuse poupée, vers *la dame*, comme elle l'appelait. La pauvre enfant s'arrêta pétrifiée. Elle n'avait pas encore vu cette poupée de près. Toute cette boutique lui semblait un palais ; cette poupée n'était pas une poupée, c'était une vision. C'étaient la joie, la splendeur, la richesse, le bonheur, qui apparaissaient dans une sorte de rayonnement chimérique à ce malheureux petit être englouti si profondément dans une misère funèbre et froide. Cosette mesurait avec cette sagacité naïve et triste de l'enfance l'abîme qui la séparait de cette poupée. Elle se disait qu'il fallait être reine ou au moins princesse pour avoir une « chose » comme cela. Elle considérait cette belle robe rose, ces beaux cheveux lisses, et elle pensait : Comme elle doit être heureuse, cette poupée-là ! Ses yeux ne pouvaient se détacher de cette boutique fantastique. Plus elle regardait, plus elle s'éblouissait. Elle croyait voir le paradis. Il y avait d'autres poupées derrière la grande qui lui paraissaient des fées et des génies. Le marchand qui allait et venait au fond de sa baraque lui faisait un peu l'effet d'être le Père éternel.

Dans cette adoration, elle oubliait tout, même la commission dont elle était chargée. Tout à coup, la voix rude de la Thénardier la rappela à la réalité : — Comment, péronnelle, tu n'es pas partie ! Attends ! je vais à toi ! Je vous demande un peu ce qu'elle fait là ! Petit monstre, va !

La Thénardier avait jeté un coup d'œil dans la rue et aperçu Cosette en extase.

Cosette s'enfuit emportant son seau et faisant les plus grands pas qu'elle pouvait.

V

LA PETITE TOUTE SEULE

Comme l'auberge Thénardier était dans cette partie du village qui est près de l'église, c'était à la source du bois du côté de Chelles que Cosette devait aller puiser de l'eau.

Elle ne regarda plus un seul étalage de marchand.

Tant qu'elle fut dans la ruelle du Boulanger et dans les environs de l'église, les boutiques illuminées éclairaient le chemin, mais bientôt la dernière lueur de la dernière baraque disparut. La pauvre enfant se trouva dans l'obscurité. Elle s'y enfonça. Seulement, comme une certaine émotion la gagnait, tout en marchant elle agitait le plus qu'elle pouvait l'anse du seau. Cela faisait un bruit qui lui tenait compagnie.

Plus elle cheminait, plus les ténèbres devenaient épaisses. Il n'y avait plus personne dans les rues. Pourtant, elle rencontra une femme qui se retourna en la voyant passer, et qui resta immobile, marmottant entre ses lèvres : « Mais où peut donc aller cet enfant ? Est-ce que c'est un enfant-garou ? » Puis la femme reconnut Cosette. « Tiens, dit-elle, c'est l'Alouette ! »

Cosette traversa ainsi le labyrinthe de rues tortueuses et désertes qui termine du côté de Chelles le village de Montfermeil. Tant qu'elle eut des maisons et même seulement des murs des deux côtés de son chemin, elle alla assez hardiment. De temps en temps, elle voyait le rayonnement d'une chandelle à travers la fente d'un volet, c'était de la lumière et de la vie, il y avait là des gens, cela la rassurait. Cependant, à mesure qu'elle avançait, sa marche se ralentissait comme machinalement. Quand elle eut passé l'angle de la dernière maison, Cosette s'arrêta. Aller au delà de la dernière boutique, cela avait été difficile ; aller plus loin que la dernière maison, cela devenait impossible. Elle posa le seau à terre, plongea sa main dans ses cheveux et se mit à se gratter lentement la tête, geste propre aux enfants terrifiés et indécis. Ce n'était plus Montfermeil, c'étaient les champs. L'espace noir et désert était devant elle. Elle regarda avec désespoir cette obscurité où il n'y avait plus personne, où il y avait des bêtes, où il y avait peut-être des revenants. Elle regarda bien, et elle entendit les bêtes qui marchaient dans l'herbe, et elle vit distinctement les revenants qui remuaient dans les arbres. Alors elle ressaisit le seau, la peur lui donna de l'audace :

— Bah ! dit-elle, je lui dirai qu'il n'y avait plus d'eau !
Et elle rentra résolument dans Montfermeil.

À peine eut-elle fait cent pas qu'elle s'arrêta encore,
et se remit à se gratter la tête. Maintenant, c'était la
Thénardier qui lui apparaissait ; la Thénardier hideuse
avec sa bouche d'hyène et la colère flamboyante dans
les yeux. L'enfant jeta un regard lamentable en avant et
en arrière. Que faire ? que devenir ? où aller ? Devant
elle le spectre de la Thénardier ; derrière elle tous les
fantômes de la nuit et des bois. Ce fut devant la Thénardier qu'elle recula. Elle reprit le chemin de la source
et se mit à courir. Elle sortit du village en courant, elle
entra dans le bois en courant, ne regardant plus rien,
n'écoutant plus rien. Elle n'arrêta sa course que lorsque
la respiration lui manqua, mais elle n'interrompit point
sa marche. Elle allait devant elle, éperdue.

Tout en courant, elle avait envie de pleurer.

Le frémissement nocturne de la forêt l'enveloppait
tout entière. Elle ne pensait plus, elle ne voyait plus.
L'immense nuit faisait face à ce petit être. D'un côté,
toute l'ombre ; de l'autre, un atome.

Il n'y avait que sept ou huit minutes de la lisière du
bois à la source. Cosette connaissait le chemin pour
l'avoir fait bien souvent le jour. Chose étrange, elle ne
se perdit pas. Un reste d'instinct la conduisait vaguement. Elle ne jetait cependant les yeux ni à droite ni à
gauche, de crainte de voir des choses dans les branches
et dans les broussailles. Elle arriva ainsi à la source.

C'était une étroite cuve naturelle creusée par l'eau
dans un sol glaiseux, profonde d'environ deux pieds,
entourée de mousses et de ces grandes herbes gaufrées
qu'on appelle collerettes de Henri IV, et pavée de
quelques grosses pierres. Un ruisseau s'en échappait
avec un petit bruit tranquille.

Cosette ne prit pas le temps de respirer. Il faisait très
noir, mais elle avait l'habitude de venir à cette fontaine.
Elle chercha de la main gauche dans l'obscurité un
jeune chêne incliné sur la source qui lui servait ordi-

nairement de point d'appui, rencontra une branche, s'y suspendit, se pencha et plongea le seau dans l'eau. Elle était dans un moment si violent que ses forces étaient triplées. Pendant qu'elle était ainsi penchée, elle ne fit pas attention que la poche de son tablier se vidait dans la source. La pièce de quinze sous tomba dans l'eau. Cosette ne la vit ni ne l'entendit tomber. Elle retira le seau presque plein et le posa sur l'herbe.

Cela fait, elle s'aperçut qu'elle était épuisée de lassitude. Elle eût bien voulu repartir tout de suite ; mais l'effort de remplir le seau avait été tel qu'il lui fut impossible de faire un pas. Elle fut bien forcée de s'asseoir. Elle se laissa tomber sur l'herbe et y demeura accroupie.

Elle ferma les yeux, puis elle les rouvrit, sans savoir pourquoi, mais ne pouvant faire autrement.

À côté d'elle l'eau agitée dans le seau faisait des cercles qui ressemblaient à des serpents de feu blanc.

Au-dessus de sa tête, le ciel était couvert de vastes nuages noirs qui étaient comme des pans de fumée. Le tragique masque de l'ombre semblait se pencher vaguement sur cet enfant.

Jupiter se couchait dans les profondeurs.

L'enfant regardait d'un œil égaré cette grosse étoile qu'elle ne connaissait pas et qui lui faisait peur. La planète, en effet, était en ce moment très près de l'horizon et traversait une épaisse couche de brume qui lui donnait une rougeur horrible. La brume, lugubrement empourprée, élargissait l'astre. On eût dit une plaie lumineuse.

Un vent froid soufflait de la plaine. Le bois était ténébreux, sans aucun froissement de feuilles, sans aucune de ces vagues et fraîches lueurs de l'été. De grands branchages s'y dressaient affreusement. Des buissons chétifs et difformes sifflaient dans les clairières. Les hautes herbes fourmillaient sous la bise comme des anguilles. Les ronces se tordaient comme de longs bras armés de griffes cherchant à prendre des proies ; quelques

bruyères sèches, chassées par le vent, passaient rapidement et avaient l'air de s'enfuir avec épouvante devant
quelque chose qui arrivait. De tous les côtés il y avait
des étendues lugubres.

L'obscurité est vertigineuse. Il faut à l'homme de la
clarté. Quiconque s'enfonce dans le contraire du jour se
sent le cœur serré. Quand l'œil voit noir, l'esprit voit
trouble. Dans l'éclipse, dans la nuit, dans l'opacité fuli-
gineuse, il y a de l'anxiété, même pour les plus forts.
Nul ne marche seul la nuit dans la forêt sans tremblement. Ombres et arbres, deux épaisseurs redoutables.
Une réalité chimérique apparaît dans la profondeur
indistincte. L'inconcevable s'ébauche à quelques pas de
vous avec une netteté spectrale. On voit flotter, dans
l'espace ou dans son propre cerveau, on ne sait quoi de
vague et d'insaisissable comme les rêves des fleurs
endormies. Il y a des attitudes farouches sur l'horizon.
On aspire les effluves du grand vide noir. On a peur et
envie de regarder derrière soi. Les cavités de la nuit, les
choses devenues hagardes, des profils taciturnes qui se
dissipent quand on avance, des échevellements obscurs,
des touffes irritées, des flaques livides, le lugubre reflété
dans le funèbre, l'immensité sépulcrale du silence, les
êtres inconnus possibles, des penchements de branches
mystérieux, d'effrayants torses d'arbres, de longues poignées d'herbes frémissantes, on est sans défense contre
tout cela. Pas de hardiesse qui ne tressaille et qui ne
sente le voisinage de l'angoisse. On éprouve quelque
chose de hideux comme si l'âme s'amalgamait à
l'ombre. Cette pénétration des ténèbres est inexprimablement sinistre dans un enfant.

Les forêts sont des apocalypses ; et le battement
d'ailes d'une petite âme fait un bruit d'agonie sous leur
voûte monstrueuse [1].

Sans se rendre compte de ce qu'elle éprouvait, Cosette
se sentait saisir par cette énormité noire de la nature.
Ce n'était plus seulement de la terreur qui la gagnait,
c'était quelque chose de plus terrible même que la ter-

reur. Elle frissonnait. Les expressions manquent pour dire ce qu'avait d'étrange ce frisson qui la glaçait jusqu'au fond du cœur. Son œil était devenu farouche. Elle croyait sentir qu'elle ne pourra peut-être pas s'empêcher de revenir là à la même heure le lendemain.

Alors, par une sorte d'instinct, pour sortir de cet état singulier qu'elle ne comprenait pas, mais qui l'effrayait, elle se mit à compter à haute voix un, deux, trois, quatre, jusqu'à dix, et, quand elle eut fini, elle recommença. Cela lui rendit la perception vraie des choses qui l'entouraient. Elle sentit le froid à ses mains qu'elle avait mouillées en puisant de l'eau. Elle se leva. La peur lui était revenue, une peur naturelle et insurmontable. Elle n'eut plus qu'une pensée, s'enfuir ; s'enfuir à toutes jambes, à travers bois, à travers champs, jusqu'aux maisons, jusqu'aux fenêtres, jusqu'aux chandelles allumées. Son regard tomba sur le seau qui était devant elle. Tel était l'effroi que lui inspirait la Thénardier qu'elle n'osa pas s'enfuir sans le seau d'eau. Elle saisit l'anse à deux mains. Elle eut de la peine à soulever le seau.

Elle fit ainsi une douzaine de pas, mais le seau était plein, il était lourd, elle fut forcée de le reposer à terre. Elle respira un instant, puis elle enleva l'anse de nouveau, et se remit à marcher, cette fois un peu plus longtemps. Mais il fallut s'arrêter encore. Après quelques secondes de repos, elle repartit. Elle marchait penchée en avant, la tête baissée, comme une vieille ; le poids du seau tendait et roidissait ses bras maigres ; l'anse de fer achevait d'engourdir et de geler ses petites mains mouillées ; de temps en temps elle était forcée de s'arrêter, et chaque fois qu'elle s'arrêtait l'eau froide qui débordait du seau tombait sur ses jambes nues. Cela se passait au fond d'un bois, la nuit, en hiver, loin de tout regard humain ; c'était un enfant de huit ans. Il n'y avait que Dieu en ce moment qui voyait cette chose triste.

Et sans doute sa mère, hélas !

Car il est des choses qui font ouvrir les yeux aux mortes dans leur tombeau.

Elle soufflait avec une sorte de râlement douloureux ; des sanglots lui serraient la gorge, mais elle n'osait pas pleurer, tant elle avait peur de la Thénardier, même loin. C'était son habitude de se figurer toujours que la Thénardier était là.

Cependant elle ne pouvait pas faire beaucoup de chemin de la sorte, et elle allait bien lentement. Elle avait beau diminuer la durée des stations et marcher entre chaque le plus longtemps possible, elle pensait avec angoisse qu'il lui faudrait plus d'une heure pour retourner ainsi à Montfermeil et que la Thénardier la battrait. Cette angoisse se mêlait à son épouvante d'être seule dans le bois la nuit. Elle était harassée de fatigue et n'était pas encore sortie de la forêt. Parvenue près d'un vieux châtaignier qu'elle connaissait, elle fit une dernière halte plus longue que les autres pour se bien reposer, puis elle rassembla toutes ses forces, reprit le seau et se remit à marcher courageusement. Cependant le pauvre petit être désespéré ne put s'empêcher de s'écrier : Ô mon Dieu ! mon Dieu !

En ce moment, elle sentit tout à coup que le seau ne pesait plus rien. Une main, qui lui parut énorme, venait de saisir l'anse et la soulevait vigoureusement. Elle leva la tête. Une grande forme noire, droite et debout, marchait auprès d'elle dans l'obscurité. C'était un homme qui était arrivé derrière elle et qu'elle n'avait pas entendu venir. Cet homme, sans dire un mot, avait empoigné l'anse du seau qu'elle portait.

Il y a des instincts pour toutes les rencontres de la vie. L'enfant n'eut pas peur.

VI

QUI PEUT-ÊTRE
PROUVE L'INTELLIGENCE
DE BOULATRUELLE

Dans l'après-midi de cette même journée de Noël 1823, un homme se promena assez longtemps dans la partie la plus déserte du boulevard de l'Hôpital à Paris. Cet homme avait l'air de quelqu'un qui cherche un logement, et semblait s'arrêter de préférence aux plus modestes maisons de cette lisière délabrée du faubourg Saint-Marceau.

On verra plus loin que cet homme avait en effet loué une chambre dans ce quartier isolé.

Cet homme, dans son vêtement comme dans toute sa personne, réalisait le type de ce qu'on pourrait nommer le mendiant de bonne compagnie, l'extrême misère combinée avec l'extrême propreté. C'est là un mélange assez rare qui inspire aux cœurs intelligents ce double respect qu'on éprouve pour celui qui est très pauvre et pour celui qui est très digne. Il avait un chapeau rond fort vieux et fort brossé, une redingote râpée jusqu'à la corde en gros drap jaune d'ocre, couleur qui n'avait rien de trop bizarre à cette époque, un grand gilet à poches de forme séculaire, des culottes noires devenues grises aux genoux, des bas de laine noire et d'épais souliers à boucles de cuivre. On eût dit un ancien précepteur de bonne maison revenu de l'émigration. À ses cheveux tout blancs, à son front ridé, à ses lèvres livides, à son visage où tout respirait l'accablement et la lassitude de la vie, on lui eût supposé beaucoup plus de soixante ans. À sa démarche ferme, quoique lente, à la vigueur sin-gulière empreinte dans tous ses mouvements, on lui en eût donné à peine cinquante. Les rides de son front étaient bien placées, et eussent prévenu en sa faveur quelqu'un qui l'eût observé avec attention. Sa lèvre se contractait avec un pli étrange, qui semblait sévère et qui était humble. Il y avait au fond de son regard on ne sait quelle sérénité lugubre. Il portait de la main gauche un petit paquet noué dans un mouchoir ; de la droite il s'appuyait sur une espèce de bâton coupé dans une haie. Ce bâton avait été travaillé avec quelque soin, et n'avait pas trop méchant air ; on avait tiré parti des nœuds, et on lui avait figuré un pommeau de corail avec de la cire rouge ; c'était un gourdin, et cela semblait une canne.

Il y a peu de passants sur ce boulevard, surtout l'hiver. Cet homme, sans affectation pourtant, paraissait les éviter plutôt que les chercher.

À cette époque le roi Louis XVIII allait presque tous les jours à Choisy-le-Roi. C'était une de ses promenades favorites. Vers deux heures, presque invariablement, on voyait la voiture et la cavalcade royale passer ventre à terre sur le boulevard de l'Hôpital.

Cela tenait lieu de montre et d'horloge aux pauvresses du quartier qui disaient : — Il est deux heures, le voilà qui s'en retourne aux Tuileries.

Et les uns accouraient, et les autres se rangeaient ; car un roi qui passe, c'est toujours un tumulte. Du reste l'apparition et la disparition de Louis XVIII faisaient un certain effet dans les rues de Paris. Cela était rapide, mais majestueux. Ce roi impotent avait le goût du grand galop ; ne pouvant marcher, il voulait courir ; ce cul-de-jatte se fût fait volontiers traîner par l'éclair. Il passait, pacifique et sévère, au milieu des sabres nus. Sa berline massive, toute dorée, avec de grosses branches de lys peintes sur les panneaux, roulait bruyamment. À peine avait-on le temps d'y jeter un coup d'œil. On voyait dans l'angle du fond à droite, sur des coussins capitonnés de satin blanc, une face large, ferme et vermeille, un front frais poudré à l'oiseau royal, un œil fier, dur et fin, un sourire de lettré, deux grosses épaulettes à torsades flottantes sur un habit bourgeois, la Toison d'or, la croix de Saint-Louis, la croix de la Légion d'honneur, la plaque d'argent du Saint-Esprit, un gros ventre et un large cordon bleu ; c'était le roi. Hors de Paris, il tenait son chapeau à plumes blanches sur ses genoux emmaillottés de hautes guêtres anglaises ; quand il rentrait dans la ville, il mettait son chapeau sur sa tête, saluant peu. Il regardait froidement le peuple, qui le lui rendait. Quand il parut pour la première fois dans le quartier Saint-Marceau, tout son succès fut ce mot d'un faubourien à son camarade : « C'est ce gros-là qui est le gouvernement. »

Cet infaillible passage du roi à la même heure était donc l'événement quotidien du boulevard de l'Hôpital.

Le promeneur à la redingote jaune n'était évidemment pas du quartier, et probablement pas de Paris, car il ignorait ce détail. Lorsqu'à deux heures la voiture royale, entourée d'un escadron de gardes du corps galonnés d'argent, déboucha sur le boulevard, après avoir tourné la Salpêtrière, il parut surpris et presque effrayé. Il n'y avait que lui dans la contre-allée, il se rangea vivement derrière un angle de mur d'enceinte, ce qui n'empêcha pas M. le duc d'Havré de l'apercevoir. M. le duc d'Havré, comme capitaine des gardes de service ce jour-là, était assis dans la voiture vis-à-vis du roi. Il dit à Sa Majesté : « Voilà un homme d'assez mauvaise mine. » Des gens de police, qui éclairaient le passage du roi, le remarquèrent également, et l'un d'eux reçut l'ordre de le suivre. Mais l'homme s'enfonça dans les petites rues solitaires du faubourg, et comme le jour commençait à baisser, l'agent perdit sa trace, ainsi que cela est constaté par un rapport adressé le soir même à M. le comte Anglès, ministre d'État, préfet de police.

Quand l'homme à la redingote jaune eut dépisté l'agent, il doubla le pas, non sans s'être retourné bien des fois pour s'assurer qu'il n'était pas suivi. À quatre heures un quart, c'est-à-dire à la nuit close, il passait devant le théâtre de la Porte-Saint-Martin où l'on donnait ce jour-là *les Deux Forçats* [1]. Cette affiche, éclairée par les réverbères du théâtre, le frappa, car, quoiqu'il marchât vite, il s'arrêta pour la lire. Un instant après, il était dans le cul-de sac de la Planchette, et il entrait au *Plat d'étain*, où était alors le bureau de la voiture de Lagny. Cette voiture partait à quatre heures et demie. Les chevaux étaient attelés, et les voyageurs, appelés par le cocher, escaladaient en hâte le haut escalier de fer du coucou.

L'homme demanda :

— Avez-vous une place ?

— Une seule, à côté de moi, sur le siège, dit le cocher.

— Je la prends.

— Montez.

Cependant, avant de partir, le cocher jeta un coup d'œil sur le costume médiocre du voyageur, sur la petitesse de son paquet, et se fit payer.

— Allez-vous jusqu'à Lagny ? demanda le cocher.

— Oui, dit l'homme.

Le voyageur paya jusqu'à Lagny.

On partit. Quand on eut passé la barrière, le cocher essaya de nouer la conversation, mais le voyageur ne répondait que par monosyllabes. Le cocher prit le parti de siffler et de jurer après ses chevaux.

Le cocher s'enveloppa dans son manteau. Il faisait froid. L'homme ne paraissait pas y songer. On traversa ainsi Gournay et Neuilly-sur-Marne.

Vers six heures du soir on était à Chelles. Le cocher s'arrêta pour laisser souffler ses chevaux, devant l'auberge à rouliers installée dans les vieux bâtiments de l'abbaye royale.

— Je descends ici, dit l'homme.

Il prit son paquet et son bâton, et sauta à bas de la voiture.

Un instant après, il avait disparu.

Il n'était pas entré dans l'auberge.

Quand, au bout de quelques minutes, la voiture repartit pour Lagny, elle ne le rencontra pas dans la grande rue de Chelles.

Le cocher se tourna vers les voyageurs de l'intérieur.

— Voilà, dit-il, un homme qui n'est pas d'ici, car je ne le connais pas. Il a l'air de n'avoir pas le sou ; cependant il ne tient pas à l'argent ; il paye pour Lagny, et il ne va que jusqu'à Chelles. Il est nuit, toutes les maisons sont fermées, il n'entre pas à l'auberge, et on ne le retrouve plus. Il s'est donc enfoncé dans la terre.

L'homme ne s'était pas enfoncé dans la terre, mais il avait arpenté en hâte dans l'obscurité la grande rue de Chelles ; puis il avait pris à gauche avant d'arriver à l'église le chemin vicinal qui mène à Montfermeil, comme quelqu'un qui eût connu le pays et qui y fût déjà venu.

Il suivit ce chemin rapidement. À l'endroit où il est coupé par l'ancienne route bordée d'arbres qui va de Gagny à Lagny, il entendit venir des passants. Il se cacha précipitamment dans un fossé, et y attendit que les gens qui passaient se fussent éloignés. La précaution était d'ailleurs presque superflue, car, comme nous l'avons déjà dit, c'était une nuit de décembre très noire. On voyait à peine deux ou trois étoiles au ciel.

C'est à ce point-là que commence la montée de la colline. L'homme ne rentra pas dans le chemin de Montfermeil ; il prit à droite, à travers champs, et gagna à grands pas le bois.

Quand il fut dans le bois, il ralentit sa marche, et se mit à regarder soigneusement tous les arbres, avançant pas à pas, comme s'il cherchait et suivait une route mystérieuse connue de lui seul. Il y eut un moment où il parut se perdre et où il s'arrêta indécis. Enfin il arriva, de tâtonnements en tâtonnements, à une clairière où il y avait un monceau de grosses pierres blanchâtres. Il se dirigea vivement vers ces pierres et les examina avec attention à travers la brume de la nuit, comme s'il les passait en revue. Un gros arbre, couvert de ces excroissances qui sont les verrues de la végétation, était à quelques pas du tas de pierres. Il alla à cet arbre, et promena sa main sur l'écorce du tronc, comme s'il cherchait à reconnaître et à compter toutes les verrues.

Vis-à-vis de cet arbre, qui était un frêne, il y avait un châtaignier malade d'une décortication, auquel on avait mis pour pansement une bande de zinc clouée. Il se haussa sur la pointe des pieds et toucha cette bande de zinc.

Puis il piétina pendant quelque temps sur le sol dans l'espace compris entre l'arbre et les pierres, comme quelqu'un qui s'assure que la terre n'a pas été fraîchement remuée.

Cela fait, il s'orienta et reprit sa marche à travers le bois.

C'était cet homme qui venait de rencontrer Cosette.

En cheminant par le taillis dans la direction de Montfermeil, il avait aperçu cette petite ombre qui se mouvait avec un gémissement, qui déposait un fardeau à terre, puis le reprenait, et se remettait à marcher. Il s'était approché et avait reconnu que c'était un tout jeune enfant chargé d'un énorme seau d'eau. Alors il était allé à l'enfant, et avait pris silencieusement l'anse du seau.

VII

COSETTE CÔTE À CÔTE
DANS L'OMBRE AVEC L'INCONNU

Cosette, nous l'avons dit, n'avait pas eu peur.

L'homme lui adressa la parole. Il parlait d'une voix grave et presque basse.

— Mon enfant, c'est bien lourd pour vous ce que vous portez là.

Cosette leva la tête et répondit :

— Oui, monsieur.

— Donnez, reprit l'homme. Je vais vous le porter.

Cosette lâcha le seau. L'homme se mit à cheminer près d'elle.

— C'est très lourd en effet, dit-il entre ses dents. Puis il ajouta :

— Petite, quel âge as-tu ?

— Huit ans, monsieur.

— Et viens-tu de loin comme cela ?

— De la source qui est dans le bois.

— Et est-ce loin où tu vas ?

— À un bon quart d'heure d'ici.

L'homme resta un moment sans parler, puis il dit brusquement :

— Tu n'as donc pas de mère ?

— Je ne sais pas, répondit l'enfant.

Avant que l'homme eût eu le temps de reprendre la parole, elle ajouta :

— Je ne crois pas. Les autres en ont. Moi, je n'en ai pas.

Et après un silence, elle reprit :

— Je crois que je n'en ai jamais eu.

L'homme s'arrêta, il posa le seau à terre, se pencha et mit ses deux mains sur les deux épaules de l'enfant, faisant effort pour la regarder et voir son visage dans l'obscurité.

La figure maigre et chétive de Cosette se dessinait vaguement à le lueur livide du ciel.

— Comment t'appelles-tu ? dit l'homme.

— Cosette.

L'homme eut comme une secousse électrique. Il la regarda encore, puis il ôta ses mains de dessus les épaules de Cosette, saisit le seau, et se remit à marcher.

Au bout d'un instant il demanda :

— Petite, où demeures-tu ?

— À Montfermeil, si vous connaissez.

— C'est là que nous allons ?

— Oui, monsieur.

Il fit encore une pause, puis recommença :

— Qui est-ce donc qui t'a envoyée à cette heure chercher de l'eau dans le bois ?

— C'est madame Thénardier.

L'homme repartit d'un son de voix qu'il voulait s'efforcer de rendre indifférent, mais où il y avait pourtant un tremblement singulier :

— Qu'est-ce qu'elle fait, ta madame Thénardier ?

— C'est ma bourgeoise, dit l'enfant. Elle tient l'auberge.

— L'auberge ? dit l'homme. Eh bien, je vais aller y loger cette nuit. Conduis-moi.

— Nous y allons, dit l'enfant.

L'homme marchait assez vite. Cosette le suivait sans peine. Elle ne sentait plus la fatigue. De temps en temps, elle levait les yeux vers cet homme avec une sorte de tranquillité et d'abandon inexprimables. Jamais on ne lui avait appris à se tourner vers la providence et à prier. Cependant elle sentait en elle quelque chose qui ressemblait à de l'espérance et à de la joie et qui s'en allait vers le ciel.

Quelques minutes s'écoulèrent. L'homme reprit :

— Est-ce qu'il n'y a pas de servante chez madame Thénardier ?

— Non, monsieur.

— Est-ce que tu es seule ?

— Oui, monsieur.

Il y eut encore une interruption. Cosette éleva la voix :

— C'est-à-dire il y a deux petites filles.

— Quelles petites filles ?

— Ponine et Zelma.

L'enfant simplifiait de la sorte les noms romanesques chers à la Thénardier.

— Qu'est-ce que c'est que Ponine et Zelma ?

— Ce sont les demoiselles de madame Thénardier. Comme qui dirait ses filles.

— Et que font-elles, celles-là ?

— Oh ! dit l'enfant, elles ont de belles poupées, des

choses où il y a de l'or, tout plein d'affaires. Elles jouent, elles s'amusent.

— Toute la journée ?

— Oui, monsieur.

— Et toi ?

— Moi, je travaille.

— Toute la journée ?

L'enfant leva ses grands yeux où il y avait une larme qu'on ne voyait pas à cause de la nuit, et répondit doucement :

— Oui, monsieur.

Elle poursuivit après un intervalle de silence :

— Des fois, quand j'ai fini l'ouvrage et qu'on veut bien, je m'amuse aussi.

— Comment t'amuses-tu ?

— Comme je peux. On me laisse. Mais je n'ai pas beaucoup de joujoux. Ponine et Zelma ne veulent pas que je joue avec leurs poupées. Je n'ai qu'un petit sabre en plomb, pas plus long que ça.

L'enfant montrait son petit doigt.

— Et qui ne coupe pas ?

— Si, monsieur, dit l'enfant, ça coupe la salade et les têtes de mouches.

Ils atteignirent le village ; Cosette guida l'étranger dans les rues. Ils passèrent devant la boulangerie ; mais Cosette ne songea pas au pain qu'elle devait rapporter. L'homme avait cessé de lui faire des questions et gardait maintenant un silence morne. Quand ils eurent laissé l'église derrière eux, l'homme, voyant toutes ces boutiques en plein vent, demanda à Cosette :

— C'est donc la foire ici ?

— Non, monsieur, c'est Noël.

Comme ils approchaient de l'auberge, Cosette lui toucha le bras timidement.

— Monsieur ?

— Quoi, mon enfant ?

— Nous voilà tout près de la maison.

— Eh bien ?

— Voulez-vous me laisser reprendre le seau à présent ?

— Pourquoi ?

— C'est que, si madame voit qu'on me l'a porté, elle me battra.

L'homme lui remit le seau. Un instant après, ils étaient à la porte de la gargote.

VIII

DÉSAGRÉMENT DE RECEVOIR
CHEZ SOI UN PAUVRE
QUI EST PEUT-ÊTRE UN RICHE

Cosette ne put s'empêcher de jeter un regard de côté à la grande poupée toujours étalée chez le bimbelotier, puis elle frappa. La porte s'ouvrit. La Thénardier parut une chandelle à la main.

— Ah ! c'est toi, petite gueuse ! Dieu merci, tu y as mis le temps ! elle se sera amusée, la drôlesse !

— Madame, dit Cosette toute tremblante, voilà un monsieur qui vient loger.

La Thénardier remplaça bien vite sa mine bourrue par sa grimace aimable, changement à vue propre aux aubergistes, et chercha avidement des yeux le nouveau venu.

— C'est monsieur ? dit-elle.

— Oui, madame, répondit l'homme en portant la main à son chapeau.

Les voyageurs riches ne sont pas si polis. Ce geste et l'inspection du costume et du bagage de l'étranger que la Thénardier passa en revue d'un coup d'œil firent évanouir la grimace aimable et reparaître la mine bourrue. Elle reprit sèchement :

— Entrez, bonhomme.

Le « bonhomme » entra. La Thénardier lui jeta un second coup d'œil, examina particulièrement sa redingote qui était absolument râpée et son chapeau qui était un peu défoncé, et consulta d'un hochement de tête, d'un froncement de nez et d'un clignement d'yeux, son mari, lequel buvait toujours avec les rouliers. Le mari répondit par cette imperceptible agitation de l'index qui, appuyée du gonflement des lèvres, signifie en pareil cas : débine complète. Sur ce, la Thénardier s'écria :

— Ah ! çà, brave homme, je suis bien fâchée, mais c'est que je n'ai plus de place.

— Mettez-moi où vous voudrez, dit l'homme, au grenier, à l'écurie. Je payerai comme si j'avais une chambre.

— Quarante sous.

— Quarante sous. Soit.

— À la bonne heure.

— Quarante sous ! dit un roulier bas à la Thénardier, mais ce n'est que vingt sous.

— C'est quarante sous pour lui, répliqua la Thénardier du même ton. Je ne loge pas des pauvres à moins.

— C'est vrai, ajouta le mari avec douceur, ça gâte une maison d'y avoir de ce monde-là.

Cependant l'homme, après avoir laissé sur un banc son paquet et son bâton, s'était assis à une table où Cosette s'était empressée de poser une bouteille de vin et un verre. Le marchand qui avait demandé le seau d'eau était allé lui-même le porter à son cheval. Cosette avait repris sa place sous la table de cuisine et son tricot.

L'homme, qui avait à peine trempé ses lèvres dans le verre de vin qu'il s'était versé, considérait l'enfant avec une attention étrange.

Cosette était laide. Heureuse, elle eût peut-être été jolie. Nous avons déjà esquissé cette petite figure sombre. Cosette était maigre et blême. Elle avait près de huit ans, on lui en eût donné à peine six. Ses grands yeux enfoncés dans une sorte d'ombre profonde étaient presque éteints à force d'avoir pleuré. Les coins de sa bouche avaient cette courbe de l'angoisse habituelle, qu'on observe chez les condamnés et chez les malades désespérés. Ses mains étaient, comme sa mère l'avait deviné, « perdues d'engelures ». Le feu qui l'éclairait en ce moment faisait saillir les angles de ses os et rendait sa maigreur affreusement visible. Comme elle grelottait toujours, elle avait pris l'habitude de serrer ses deux genoux l'un contre l'autre. Tout son vêtement n'était qu'un haillon qui eût fait pitié l'été et qui faisait horreur l'hiver. Elle n'avait sur elle que de la toile trouée ; pas un chiffon de laine. On voyait sa peau çà et là, et l'on y distinguait partout des taches bleues ou noires qui indiquaient les endroits où la Thénardier l'avait touchée. Ses jambes nues étaient rouges et grêles. Le creux de ses clavicules était à faire pleurer. Toute la personne de cette enfant, son allure, son attitude, le son de sa voix, ses intervalles entre un mot et l'autre, son regard, son silence, son moindre geste, exprimaient et traduisaient une seule idée : la crainte.

La crainte était répandue sur elle ; elle en était pour ainsi dire couverte ; la crainte ramenait ses coudes contre ses hanches, retirait ses talons sous ses jupes, lui faisait tenir le moins de place possible, ne lui laissait de souffle que le nécessaire, et était devenue ce qu'on pourrait appeler son habitude de corps, sans variation possible que d'augmenter. Il y avait au fond de sa prunelle un coin étonné où était la terreur.

Cette crainte était telle qu'en arrivant, toute mouillée comme elle était, Cosette n'avait pas osé s'aller sécher au feu et s'était remise silencieusement à son travail.

L'expression du regard de cette enfant de huit ans était habituellement si morne et parfois si tragique qu'il semblait, à de certains moments, qu'elle fût en train de devenir une idiote ou un démon.

Jamais, nous l'avons dit, elle n'avait su ce que c'est que prier, jamais elle n'avait mis le pied dans une église. « Est-ce que j'ai le temps ? » disait la Thénardier.

L'homme à la redingote jaune ne quittait pas Cosette des yeux.

Tout à coup la Thénardier s'écria :

— À propos ! et ce pain ?

Cosette, selon sa coutume toutes les fois que la Thénardier élevait la voix, sortit bien vite de dessous la table.

Elle avait complètement oublié ce pain. Elle eut recours à l'expédient des enfants toujours effrayés. Elle mentit.

— Madame, le boulanger était fermé.

— Il fallait cogner.

— J'ai cogné, madame.

— Eh bien ?

— Il n'a pas ouvert.

— Je saurai demain si c'est vrai, dit la Thénardier, et si tu mens, tu auras une fière danse. En attendant, rends-moi la pièce-quinze-sous.

Cosette plongea sa main dans la poche de son tablier, et devint verte. La pièce de quinze sous n'y était plus.

— Ah çà ! dit la Thénardier, m'as-tu entendue ?

Cosette retourna la poche, il n'y avait rien. Qu'est-ce que cet argent pouvait être devenu ? La malheureuse petite ne trouva pas une parole. Elle était pétrifiée.

— Est-ce que tu l'as perdue, la pièce-quinze-sous ? râla la Thénardier, ou bien est-ce que tu veux me la voler ?

En même temps elle allongea le bras vers le martinet suspendu à la cheminée.

Ce geste redoutable rendit à Cosette la force de crier :

— Grâce ! madame ! madame ! je ne le ferai plus.

La Thénardier détacha le martinet.

Cependant l'homme à la redingote jaune avait fouillé dans le gousset de son gilet, sans qu'on eût remarqué ce mouvement. D'ailleurs les autres voyageurs buvaient ou jouaient aux cartes et ne faisaient attention à rien.

Cosette se pelotonnait avec angoisse dans l'angle de

la cheminée, tâchant de ramasser et de dérober ses pauvres membres demi-nus. La Thénardier leva le bras.

— Pardon, madame, dit l'homme, mais tout à l'heure j'ai vu quelque chose qui est tombé de la poche du tablier de cette petite et qui a roulé. C'est peut-être cela.

En même temps il se baissa et parut chercher à terre un instant.

— Justement. Voici, reprit-il en se relevant.

Et il tendit une pièce d'argent à la Thénardier.

— Oui, c'est cela, dit-elle.

Ce n'était pas cela, car c'était une pièce de vingt sous, mais la Thénardier y trouvait du bénéfice. Elle mit la pièce dans sa poche, et se borna à jeter un regard farouche à l'enfant en disant : — Que cela ne t'arrive plus, toujours !

Cosette rentra dans ce que la Thénardier appelait « sa niche », et son grand œil, fixé sur le voyageur inconnu, commença à prendre une expression qu'il n'avait jamais eue. Ce n'était encore qu'un naïf étonnement, mais une sorte de confiance stupéfaite s'y mêlait.

— À propos, voulez-vous souper ? demanda la Thénardier au voyageur.

Il ne répondit pas. Il semblait songer profondément.

— Qu'est-ce que c'est que cet homme-là ? dit-elle entre ses dents. C'est quelque affreux pauvre. Cela n'a pas le sou pour souper. Me payera-t-il mon logement seulement ? Il est bien heureux tout de même qu'il n'ait pas eu l'idée de voler l'argent qui était à terre.

Cependant une porte s'était ouverte et Éponine et Azelma étaient entrées.

C'étaient vraiment deux jolies petites filles, plutôt bourgeoises que paysannes, très charmantes, l'une avec ses tresses châtaines bien lustrées, l'autre avec ses longues nattes noires tombant derrière le dos, toutes deux vives, propres, grasses, fraîches et saines à réjouir le regard. Elles étaient chaudement vêtues, mais avec un tel art maternel, que l'épaisseur des étoffes n'ôtait rien à la coquetterie de l'ajustement. L'hiver était prévu sans que le printemps fût effacé. Ces deux petites dégageaient de la lumière. En outre, elles étaient régnantes. Dans leur toilette, dans leur gaîté, dans le bruit qu'elles faisaient, il y avait de la souveraineté. Quand elles entrèrent, la Thénardier leur dit d'un ton grondeur, qui était plein d'adoration : — Ah ! vous voilà donc, vous autres !

Puis, les attirant dans ses genoux l'une après l'autre, lissant leurs cheveux, renouant leurs rubans, et les lâchant ensuite avec cette douce façon de secouer qui est propre aux mères, elle s'écria : — Sont-elles fagotées !

Elles vinrent s'asseoir au coin du feu. Elles avaient une poupée qu'elles tournaient et retournaient sur leurs genoux avec toutes sortes de gazouillements joyeux. De temps en temps, Cosette levait les yeux de son tricot, et les regardait jouer d'un air lugubre.

Éponine et Azelma ne regardaient pas Cosette. C'était pour elles comme le chien. Ces trois petites filles n'avaient pas vingt-quatre ans à elles trois, et elles représentaient déjà toute la société des hommes ; d'un côté l'envie, de l'autre le dédain.

La poupée des sœurs Thénardier était très fanée et très vieille et toute cassée, mais elle n'en paraissait pas moins admirable à Cosette, qui de sa vie n'avait eu une poupée, *une vraie poupée,* pour nous servir d'une expression que tous les enfants comprendront.

Tout à coup la Thénardier, qui continuait d'aller et de venir dans la salle, s'aperçut que Cosette avait des distractions et qu'au lieu de travailler elle s'occupait des petites qui jouaient.

— Ah ! je t'y prends ! cria-t-elle. C'est comme cela que tu travailles ! Je vais te faire travailler à coups de martinet, moi.

L'étranger, sans quitter sa chaise, se tourna vers la Thénardier.

— Madame, dit-il en souriant d'un air presque craintif, bah ! laissez-la jouer !

De la part de tout voyageur qui eût mangé une tranche de gigot et bu deux bouteilles de vin à son souper et qui n'eût pas eu l'air d'*un affreux pauvre*, un pareil souhait eût été un ordre. Mais qu'un homme qui avait ce chapeau se permît d'avoir un désir et qu'un homme qui avait cette redingote se permît d'avoir une volonté, c'est ce que la Thénardier ne crut pas devoir tolérer. Elle repartit aigrement :

— Il faut qu'elle travaille, puisqu'elle mange. Je ne la nourris pas à rien faire.

— Qu'est-ce qu'elle fait donc ? reprit l'étranger de cette voix douce qui contrastait si étrangement avec ses habits de mendiant et ses épaules de portefaix.

La Thénardier daigna répondre :

— Des bas, s'il vous plaît. Des bas pour mes petites filles qui n'en ont pas, autant dire, et qui vont tout à l'heure pieds nus.

L'homme regarda les pauvres pieds rouges de Cosette, et continua :

— Quand aura-t-elle fini cette paire de bas ?

— Elle en a encore au moins pour trois ou quatre grands jours, la paresseuse.

— Et combien peut valoir cette paire de bas, quand elle sera faite ?

La Thénardier lui jeta un coup d'œil méprisant.

— Au moins trente sous.

— La donneriez-vous pour cinq francs ? reprit l'homme.

— Pardieu ! s'écria avec un gros rire un roulier qui écoutait, cinq francs ? je crois fichtre bien ! cinq balles !

Le Thénardier crut devoir prendre la parole.

— Oui, monsieur, si c'est votre fantaisie, on vous donnera cette paire de bas pour cinq francs. Nous ne savons rien refuser aux voyageurs.

— Il faudrait payer tout de suite, dit la Thénardier avec sa façon brève et péremptoire.

— J'achète cette paire de bas, répondit l'homme, et, ajouta-t-il en tirant de sa poche une pièce de cinq francs qu'il posa sur la table, — je la paye.

Puis il se tourna vers Cosette.

— Maintenant ton travail est à moi. Joue, mon enfant.

Le roulier fut si ému de la pièce de cinq francs, qu'il laissa là son verre et accourut.

— C'est pourtant vrai ! cria-t-il en l'examinant. Une vraie roue de derrière ! et pas fausse !

Le Thénardier approcha et mit silencieusement la pièce dans son gousset.

La Thénardier n'avait rien à répliquer. Elle se mordit les lèvres, et son visage prit une expression de haine.

Cependant Cosette tremblait. Elle se risqua à demander :

— Madame, est-ce que c'est vrai ? est-ce que je peux jouer ?

— Joue ! dit la Thénardier d'une voix terrible.

— Merci, madame, dit Cosette.

Et pendant que sa bouche remerciait la Thénardier, toute sa petite âme remerciait le voyageur.

Le Thénardier s'était remis à boire. Sa femme lui dit à l'oreille :

— Qu'est-ce que ça peut être que cet homme jaune ?

— J'ai vu, répondit souverainement Thénardier, des millionnaires qui avaient des redingotes comme cela.

Cosette avait laissé là son tricot, mais elle n'était pas sortie de sa place. Cosette bougeait toujours le moins possible. Elle avait pris dans une boîte derrière elle quelques vieux chiffons et son petit sabre de plomb.

Éponine et Azelma ne faisaient aucune attention à ce qui se passait. Elles venaient d'exécuter une opération fort importante ; elles s'étaient emparées du chat. Elles avaient jeté la poupée à terre, et Éponine, qui était l'aînée, emmaillottait le petit chat, malgré ses miaulements et ses contorsions, avec une foule de nippes et de guenilles rouges et bleues. Tout en faisant ce grave et difficile travail, elle disait à sa sœur dans ce doux et adorable langage des enfants dont la grâce, pareille à la splendeur de l'aile des papillons, s'en va quand on veut la fixer :

— Vois-tu, ma sœur, cette poupée-là est plus amusante que l'autre. Elle remue, elle crie, elle est chaude.
Vois-tu, ma sœur, jouons avec. Ce serait ma petite fille.
Je serais une dame. Je viendrais te voir et tu la regar-
derais. Peu à peu tu verrais ses moustaches, et cela
t'étonnerait. Et puis tu verrais ses oreilles, et puis tu
verrais sa queue, et cela t'étonnerait. Et tu me dirais :
Ah ! mon Dieu ! et je te dirais : Oui, madame, c'est une
petite fille que j'ai comme ça. Les petites filles sont
comme ça à présent.

Azelma écoutait Éponine avec admiration.

Cependant, les buveurs s'étaient mis à chanter une
chanson obscène dont ils riaient à faire trembler le plafond. Le Thénardier les encourageait et les accompagnait.

Comme les oiseaux font un nid avec tout, les enfants
font une poupée avec n'importe quoi. Pendant qu'Éponine et Azelma emmaillottaient le chat, Cosette de son
côté avait emmaillotté le sabre. Cela fait, elle l'avait couché sur ses bras, et elle chantait doucement pour
l'endormir.

La poupée est un des plus impérieux besoins et en
même temps un des plus charmants instincts de
l'enfance féminine. Soigner, vêtir, parer, habiller, désha-
biller, rhabiller, enseigner, un peu gronder, bercer, dor-
loter, endormir, se figurer que quelque chose est
quelqu'un, tout l'avenir de la femme est là. Tout en
rêvant et tout en jasant, tout en faisant de petits trous-
seaux et de petites layettes, tout en cousant de petites
robes, de petits corsages et de petites brassières, l'enfant
devient jeune fille, la jeune fille devient grande fille, la
grande fille devient femme. Le premier enfant continue
la dernière poupée.

Une petite fille sans poupée est à peu près aussi malheureuse et tout à fait aussi impossible qu'une femme
sans enfant.

Cosette s'était donc fait une poupée avec le sabre.

La Thénardier, elle, s'était rapprochée de l'*homme
jaune*.

— Mon mari a raison, pensait-elle, c'est peut-être monsieur Laffitte. Il y a des riches si farces !

Elle vint s'accouder à sa table.

— Monsieur... dit-elle.

À ce mot *monsieur*, l'homme se retourna. La Thénardier ne l'avait encore appelé que *brave homme* ou *bonhomme*.

— Voyez-vous, monsieur, poursuivit-elle en prenant son air douceâtre qui était encore plus fâcheux à voir que son air féroce, je veux bien que l'enfant joue, je ne m'y oppose pas, mais c'est bon pour une fois, parce que vous êtes généreux. Voyez-vous, cela n'a rien. Il faut que cela travaille.

— Elle n'est donc pas à vous, cette enfant ? demanda l'homme.

— Oh mon Dieu non, monsieur ! c'est une petite pauvre que nous avons recueillie comme cela, par charité. Une espèce d'enfant imbécile. Elle doit avoir de l'eau dans la tête. Elle a la tête grosse, comme vous voyez. Nous faisons pour elle ce que nous pouvons, car nous ne sommes pas riches. Nous avons beau écrire à son pays, voilà six mois qu'on ne nous répond plus. Il faut croire que sa mère est morte.

— Ah ! dit l'homme, et il retomba dans sa rêverie.

— C'était une pas grand'chose que cette mère, ajouta la Thénardier. Elle abandonnait son enfant.

Pendant toute cette conversation, Cosette, comme si un instinct l'eût avertie qu'on parlait d'elle, n'avait pas quitté des yeux la Thénardier. Elle écoutait vaguement. Elle entendait çà et là quelques mots.

Cependant les buveurs, tous ivres aux trois quarts, répétaient leur refrain immonde avec un redoublement de gaîté. C'était une gaillardise de haut goût où étaient mêlés la Vierge et l'enfant Jésus. La Thénardier était allée prendre sa part des éclats de rire. Cosette, sous la table, regardait le feu qui se réverbérait dans son œil fixe ; elle s'était remise à bercer l'espèce de maillot qu'elle avait fait, et, tout en le berçant, elle chantait à voix basse : « Ma mère est morte ! ma mère est morte ! ma mère est morte ! »

Sur de nouvelles insistances de l'hôtesse, l'homme jaune, « le millionnaire », consentit enfin à souper.

— Que veut monsieur ?

— Du pain et du fromage, dit l'homme.

— Décidément c'est un gueux, pensa la Thénardier.

Les ivrognes chantaient toujours leur chanson, et l'enfant, sous la table, chantait aussi la sienne.

Tout à coup Cosette s'interrompit. Elle venait de se retourner et d'apercevoir la poupée des petites Thénardier qu'elles avaient quittée pour le chat et laissée à terre à quelques pas de la table de cuisine.

Alors elle laissa tomber le sabre emmaillotté qui ne lui suffisait qu'à demi, puis elle promena lentement ses yeux autour de la salle. La Thénardier parlait bas à son mari, et comptait de la monnaie, Ponine et Zelma jouaient avec le chat, les voyageurs mangeaient, ou buvaient, ou chantaient, aucun regard n'était fixé sur elle. Elle n'avait pas un moment à perdre. Elle sortit de dessous la table en rampant sur ses genoux et sur ses mains, s'assura encore une fois qu'on ne la guettait pas, puis se glissa vivement jusqu'à la poupée, et la saisit. Un instant après elle était à sa place, assise, immobile, tournée seulement de manière à faire de l'ombre sur la poupée qu'elle tenait dans ses bras. Ce bonheur de jouer avec une poupée était tellement rare pour elle qu'il avait toute la violence d'une volupté.

Personne ne l'avait vue, excepté le voyageur, qui mangeait lentement son maigre souper.

Cette joie dura près d'un quart d'heure.

Mais, quelque précaution que prît Cosette, elle ne s'apercevait pas qu'un des pieds de la poupée — *passait*, — et que le feu de la cheminée l'éclairait très vivement. Ce pied rose et lumineux qui sortait de l'ombre frappa subitement le regard d'Azelma qui dit à Éponine : — Tiens ! ma sœur !

Les deux petites filles s'arrêtèrent, stupéfaites. Cosette avait osé prendre la poupée !

Éponine se leva, et, sans lâcher le chat, alla vers sa mère et se mit à la tirer par sa jupe.

— Mais laisse-moi donc ! dit la mère. Qu'est-ce que tu me veux ?

— Mère, dit l'enfant, regarde donc !

Et elle désignait du doigt Cosette.

Cosette, elle, tout entière aux extases de la possession, ne voyait et n'entendait plus rien.

Le visage de la Thénardier prit cette expression particulière qui se compose du terrible mêlé aux riens de la vie et qui a fait nommer ces sortes de femmes : mégères.

Cette fois, l'orgueil blessé exaspérait encore sa colère. Cosette avait franchi tous les intervalles, Cosette avait attenté à la poupée de « ces demoiselles ».

Une czarine qui verrait un mougick essayer le grand cordon bleu de son impérial fils n'aurait pas une autre figure.

Elle cria d'une voix que l'indignation enrouait :

— Cosette !

Cosette tressaillit comme si la terre eût tremblé sous elle. Elle se retourna.

— Cosette, répéta la Thénardier.

Cosette prit la poupée et la posa doucement à terre avec une sorte de vénération mêlée de désespoir. Alors, sans la quitter des yeux, elle joignit les mains, et, ce qui est effrayant à dire dans un enfant de cet âge, elle se les tordit ; puis, ce que n'avait pu lui arracher aucune des émotions de la journée, ni la course dans le bois, ni la pesanteur du seau d'eau, ni la perte de l'argent, ni la vue du martinet, ni même la sombre parole qu'elle avait entendu dire à la Thénardier, — elle pleura. Elle éclata en sanglots.

Cependant le voyageur s'était levé.

— Qu'est-ce donc ? dit-il à la Thénardier.

— Vous ne voyez pas ? dit la Thénardier en montrant du doigt le corps du délit qui gisait aux pieds de Cosette.

— Hé bien, quoi ? reprit l'homme.

— Cette gueuse, répondit la Thénardier, s'est permis de toucher à la poupée des enfants !

— Tout ce bruit pour cela ! dit l'homme. Eh bien, quand elle jouerait avec cette poupée ?

— Elle y a touché avec ses mains sales ! poursuivit la Thénardier, avec ses affreuses mains !

Ici Cosette redoubla ses sanglots.

— Te tairas-tu ? cria la Thénardier.

L'homme alla droit à la porte de la rue, l'ouvrit et sortit.

Dès qu'il fut sorti, la Thénardier profita de son absence pour allonger sous la table à Cosette un grand coup de pied qui fit jeter à l'enfant les hauts cris.

La porte se rouvrit, l'homme reparut, il portait dans ses deux mains la poupée fabuleuse dont nous avons parlé, et que tous les marmots du village contemplaient depuis le matin, et il la posa debout devant Cosette en disant :

— Tiens, c'est pour toi.

Il faut croire que, depuis plus d'une heure qu'il était là, au milieu de sa rêverie, il avait confusément remarqué cette boutique de bimbeloterie éclairée de lampions et de chandelles si splendidement qu'on l'apercevait à travers la vitre du cabaret comme une illumination.

Cosette leva les yeux, elle avait vu venir l'homme à elle avec cette poupée comme elle eût vu venir le soleil, elle entendit ces paroles inouïes : *c'est pour toi*, elle le regarda, elle regarda la poupée, puis elle recula lentement, et s'alla cacher tout au fond sous la table dans le coin du mur.

Elle ne pleurait plus, elle ne criait plus, elle avait l'air de ne plus oser respirer.

La Thénardier, Éponine, Azelma étaient autant de statues. Les buveurs eux-mêmes s'étaient arrêtés. Il s'était fait un silence solennel dans tout le cabaret.

La Thénardier, pétrifiée et muette, recommençait ses conjectures : — Qu'est-ce que c'est que ce vieux ? est-ce un pauvre ? est-ce un millionnaire ? C'est peut-être les deux, c'est-à-dire un voleur.

La face du mari Thénardier offrit cette ride expressive qui accentue la figure humaine chaque fois que l'instinct dominant y apparaît avec toute sa puissance bestiale. Le gargotier considérait tour à tour la poupée et le voyageur ; il semblait flairer cet homme comme il eût flairé un sac d'argent. Cela ne dura que le temps d'un éclair. Il s'approcha de sa femme et lui dit bas :

— Cette machine coûte au moins trente francs. Pas de bêtises. À plat ventre devant l'homme.

Les natures grossières ont cela de commun avec les natures naïves qu'elles n'ont pas de transitions.

— Eh bien, Cosette, dit la Thénardier d'une voix qui voulait être douce et qui était toute composée de ce miel aigre des méchantes femmes, est-ce que tu ne prends pas ta poupée ?

Cosette se hasarda à sortir de son trou.

— Ma petite Cosette, reprit la Thénardier d'un air caressant, monsieur te donne une poupée. Prends-la. Elle est à toi.

Cosette considérait la poupée merveilleuse avec une sorte de terreur. Son visage était encore inondé de larmes, mais ses yeux commençaient à s'emplir, comme le ciel au crépuscule du matin, des rayonnements étranges de la joie. Ce qu'elle éprouvait en ce moment-là était un peu pareil à ce qu'elle eût ressenti si on lui eût dit brusquement : Petite, vous êtes la reine de France.

Il lui semblait que si elle touchait à cette poupée, le tonnerre en sortirait.

Ce qui était vrai jusqu'à un certain point, car elle se disait que la Thénardier gronderait, — et la battrait.

Pourtant l'attraction l'emporta. Elle finit par s'approcher, et murmura timidement en se tournant vers la Thénardier :

— Est-ce que je peux, madame ?

Aucune expression ne saurait rendre cet air à la fois
désespéré, épouvanté et ravi.

— Pardi ! fit la Thénardier, c'est à toi. Puisque monsieur te la donne.

— Vrai, monsieur ? reprit Cosette, est-ce que c'est
vrai ? c'est à moi, la dame ?

L'étranger paraissait avoir les yeux pleins de larmes.
Il semblait être à ce point d'émotion où l'on ne parle
pas pour ne pas pleurer. Il fit un signe de tête à Cosette,
et mit la main de « la dame » dans sa petite main.

Cosette retira vivement sa main, comme si celle de
la dame la brûlait, et se mit à regarder le pavé. Nous
sommes forcé d'ajouter qu'en cet instant-là elle tirait la
langue d'une façon démesurée. Tout à coup elle se
retourna et saisit la poupée avec emportement.

— Je l'appellerai Catherine, dit-elle.

Ce fut un moment bizarre que celui où les haillons
de Cosette rencontrèrent et étreignirent les rubans et
les fraîches mousselines roses de la poupée.

— Madame, reprit-elle, est-ce que je peux la mettre
sur une chaise ?

— Oui, mon enfant, répondit la Thénardier.

Maintenant c'était Éponine et Azelma qui regardaient Cosette avec envie.

Cosette posa Catherine sur une chaise, puis s'assit à
terre devant elle, et demeura immobile, sans dire un
mot, dans l'attitude de la contemplation.

— Joue donc, Cosette, dit l'étranger.

— Oh ! je joue, répondit l'enfant.

Cet étranger, cet inconnu qui avait l'air d'une visite
que la providence faisait à Cosette, était en ce
moment-là ce que la Thénardier haïssait le plus au
monde. Pourtant il fallait se contraindre. C'était plus
d'émotions qu'elle n'en pouvait supporter, si habituée
qu'elle fût à la dissimulation par la copie qu'elle tâchait
de faire de son mari dans toutes ses actions. Elle se hâta
d'envoyer ses filles coucher, puis elle demanda à
l'homme jaune *la permission* d'y envoyer aussi Cosette,

— *qui a bien fatigué aujourd'hui,* ajouta-t-elle d'un air maternel. Cosette s'alla coucher emportant Catherine entre ses bras.

La Thénardier allait de temps en temps à l'autre bout de la salle où était son homme, *pour se soulager l'âme,* disait-elle. Elle échangeait avec son mari quelques paroles d'autant plus furieuses qu'elle n'osait les dire haut :

— Vieille bête ! qu'est-ce qu'il a donc dans le ventre ? Venir nous déranger ici ! vouloir que ce petit monstre joue ! lui donner des poupées ! donner des poupées de quarante francs à une chienne que je donnerais moi pour quarante sous ! Encore un peu il lui dirait votre majesté comme à la duchesse de Berry ! Y a-t-il du bon sens ? il est donc enragé, ce vieux mystérieux-là ?

— Pourquoi ? C'est tout simple, répliquait le Thénardier. Si ça l'amuse ! Toi, ça t'amuse que la petite travaille, lui, ça l'amuse qu'elle joue. Il est dans son droit. Un voyageur, ça fait ce que ça veut quand ça paye. Si ce vieux est un philanthrope, qu'est-ce que ça te fait ? Si c'est un imbécile, ça ne te regarde pas. De quoi te mêles-tu, puisqu'il a de l'argent ?

Langage de maître et raisonnement d'aubergiste qui n'admettaient ni l'un ni l'autre la réplique.

L'homme s'était accoudé sur la table et avait repris son attitude de rêverie. Tous les autres voyageurs, marchands et rouliers, s'étaient un peu éloignés et ne chantaient plus. Ils le considéraient à distance avec une sorte de crainte respectueuse. Ce particulier si pauvrement vêtu, qui tirait de sa poche les roues de derrière avec tant d'aisance et qui prodiguait des poupées gigantesques à de petites souillons en sabots, était certainement un bonhomme magnifique et redoutable.

Plusieurs heures s'écoulèrent. La messe de minuit était dite, le réveillon était fini, les buveurs s'en étaient allés, le cabaret était fermé, la salle basse était déserte, le feu s'était éteint, l'étranger était toujours à la même place et dans la même posture. De temps en temps il changeait le coude sur lequel il s'appuyait. Voilà tout. Mais il n'avait pas dit un mot depuis que Cosette n'était plus là.

Les Thénardier seuls, par convenance et par curiosité, étaient restés dans la salle. — Est-ce qu'il va passer la nuit comme ça ? grommelait la Thénardier. Comme deux heures du matin sonnaient, elle se déclara vaincue et dit à son mari : — Je vais me coucher. Fais-en ce que tu voudras. — Le mari s'assit à une table dans un coin, alluma une chandelle et se mit à lire le *Courrier français*.

Une bonne heure se passa ainsi. Le digne aubergiste avait lu au moins trois fois le *Courrier français*, depuis la date du numéro jusqu'au nom de l'imprimeur. L'étranger ne bougeait pas.

Le Thénardier remua, toussa, cracha, se moucha, fit craquer sa chaise. Aucun mouvement de l'homme. — Est-ce qu'il dort ? pensa Thénardier. — L'homme ne dormait pas, mais rien ne pouvait l'éveiller.

Enfin Thénardier ôta son bonnet, s'approcha doucement, et s'aventura à dire :

— Est-ce que monsieur ne va pas reposer ?

Ne va pas se coucher lui eût semblé excessif et familier. *Reposer* sentait le luxe et était du respect. Ces mots-là ont la propriété mystérieuse et admirable de gonfler le lendemain matin le chiffre de la carte à payer. Une chambre où l'on *couche* coûte vingt sous ; une chambre où l'on *repose* coûte vingt francs.

— Tiens ! dit l'étranger, vous avez raison. Où est votre écurie ?

— Monsieur, fit le Thénardier avec un sourire, je vais conduire monsieur.

Il prit la chandelle, l'homme prit son paquet et son bâton, et Thénardier le mena dans une chambre au premier qui était d'une rare splendeur, toute meublée en acajou avec un lit-bateau et des rideaux de calicot rouge.

— Qu'est-ce que c'est que cela ? dit le voyageur.

— C'est notre propre chambre de noce, dit l'aubergiste. Nous en habitons une autre, mon épouse et moi. On n'entre ici que trois ou quatre fois dans l'année.

— J'aurais autant aimé l'écurie, dit l'homme brusquement.

Le Thénardier n'eut pas l'air d'entendre cette réflexion peu obligeante.

Il alluma deux bougies de cire toutes neuves qui figuraient sur la cheminée. Un assez bon feu flambait dans l'âtre.

Il y avait sur cette cheminée, sous un bocal, une coiffure de femme en fils d'argent et en fleurs d'oranger.

— Et ceci, qu'est-ce que c'est ? reprit l'étranger.

— Monsieur, dit le Thénardier, c'est le chapeau de mariée de ma femme.

Le voyageur regarda l'objet d'un regard qui semblait dire : il y a donc eu un moment où ce monstre a été une vierge !

Du reste le Thénardier mentait. Quand il avait pris à bail cette bicoque pour en faire une gargote, il avait trouvé cette chambre ainsi garnie, et avait acheté ces meubles et brocanté ces fleurs d'oranger, jugeant que cela ferait une ombre gracieuse sur « son épouse », et qu'il en résulterait pour sa maison ce que les Anglais appellent de la respectabilité.

Quand le voyageur se retourna, l'hôte avait disparu. Le Thénardier s'était éclipsé discrètement, sans oser dire bonsoir, ne voulant pas traiter avec une cordialité irrespectueuse un homme qu'il se proposait d'écorcher royalement le lendemain matin.

L'aubergiste se retira dans sa chambre. Sa femme était couchée, mais elle ne dormait pas. Quand elle entendit le pas de son mari, elle se tourna et lui dit :

— Tu sais que je flanque demain Cosette à la porte.

Le Thénardier répondit froidement :

— Comme tu y vas !

Ils n'échangèrent pas d'autres paroles, et quelques minutes après leur chandelle était éteinte.

De son côté le voyageur avait déposé dans un coin

son bâton et son paquet. L'hôte parti, il s'assit sur un fauteuil et resta quelque temps pensif. Puis il ôta ses souliers, prit une des deux bougies, souffla l'autre, poussa la porte et sortit de la chambre, regardant autour de lui comme quelqu'un qui cherche. Il traversa un corridor et parvint à l'escalier. Là il entendit un petit bruit très doux qui ressemblait à une respiration d'enfant. Il se laissa conduire par ce bruit et arriva à une espèce d'enfoncement triangulaire pratiqué sous l'escalier ou pour mieux dire formé par l'escalier même. Cet enfoncement n'était autre chose que le dessous des marches. Là, parmi toutes sortes de vieux paniers et de vieux tessons, dans la poussière et dans les toiles d'araignées, il y avait un lit ; si l'on peut appeler lit une paillasse trouée jusqu'à montrer la paille et une couverture trouée jusqu'à laisser voir la paillasse. Point de draps. Cela était posé à terre sur le carreau. Dans ce lit Cosette dormait.

L'homme s'approcha, et la considéra.

Cosette dormait profondément. Elle était toute habillée. L'hiver elle ne se déshabillait pas pour avoir moins froid.

Elle tenait serrée contre elle la poupée dont les grands yeux ouverts brillaient dans l'obscurité. De temps en temps elle poussait un grand soupir comme si elle allait se réveiller, et elle étreignait la poupée dans ses bras presque convulsivement. Il n'y avait à côté de son lit qu'un de ses sabots.

Une porte ouverte près du galetas de Cosette laissait voir une assez grande chambre sombre. L'étranger y pénétra. Au fond, à travers une porte vitrée, on apercevait deux petits lits jumeaux très blancs. C'étaient ceux d'Azelma et d'Éponine. Derrière ces lits disparaissait à demi un berceau d'osier sans rideaux où dormait le petit garçon qui avait crié toute la soirée.

L'étranger conjectura que cette chambre communiquait avec celle des époux Thénardier. Il allait se retirer quand son regard rencontra la cheminée ; une de ces vastes cheminées d'auberge où il y a toujours un si petit feu, quand il y a du feu, et qui sont si froides à voir. Dans celle-là il n'y avait pas de feu, il n'y avait pas même de cendre ; ce qui y était attira pourtant l'attention du voyageur. C'étaient deux petits souliers d'enfant de forme coquette et de grandeur inégale ; le voyageur se rappela la gracieuse et immémoriale coutume des enfants qui déposent leur chaussure dans la cheminée le jour de Noël pour y attendre dans les ténèbres quelque étincelant cadeau de leur bonne fée [1]. Éponine et Azelma n'avaient eu garde d'y manquer, et elles avaient mis chacune un de leurs souliers dans la cheminée.

Le voyageur se pencha.

La fée, c'est-à-dire la mère, avait déjà fait sa visite, et l'on voyait reluire dans chaque soulier une belle pièce de dix sous toute neuve.

L'homme se relevait et allait s'en aller lorsqu'il aperçut au fond, à l'écart, dans le coin le plus obscur de l'âtre, un autre objet. Il regarda, et reconnut un sabot, un affreux sabot du bois le plus grossier, à demi brisé, et tout couvert de cendre et de boue desséchée. C'était le sabot de Cosette. Cosette, avec cette touchante confiance des enfants qui peut être trompée toujours sans se décourager jamais, avait mis, elle aussi, son sabot dans la cheminée.

C'est une chose sublime et douce que l'espérance dans un enfant qui n'a jamais connu que le désespoir.

Il n'y avait rien dans ce sabot.

L'étranger fouilla dans son gilet, se courba, et mit dans le sabot de Cosette un louis d'or.

Puis il regagna sa chambre à pas de loup.

IX

THÉNARDIER À LA MANŒUVRE

Le lendemain matin, deux heures au moins avant le jour, le mari Thénardier, attablé près d'une chandelle dans la salle basse du cabaret, une plume à la main, composait la carte du voyageur à la redingote jaune.

La femme debout, à demi courbée sur lui, le suivait des yeux. Ils n'échangeaient pas une parole. C'était, d'un côté, une méditation profonde, de l'autre, cette admiration religieuse avec laquelle on regarde naître et s'épanouir une merveille de l'esprit humain. On entendait un bruit dans la maison ; c'était l'Alouette qui balayait l'escalier.

Après un bon quart d'heure et quelques ratures, le Thénardier produisit ce chef-d'œuvre :

NOTE DU MONSIEUR DU N° 1.

Souper	fr.	3
Chambre	»	10
Bougie	»	5
Feu	»	4
Service	»	1
TOTAL	fr.	23

Service était écrit *servisse*.

— Vingt-trois francs ! s'écria la femme avec un enthousiasme mêlé de quelque hésitation.

Comme tous les grands artistes, le Thénardier n'était pas content.

— Peuh ! fit-il.

C'était l'accent de Castlereagh rédigeant au congrès de Vienne la carte à payer de la France.

— Monsieur Thénardier, tu as raison, il doit bien cela, murmura la femme qui songeait à la poupée donnée à Cosette en présence de ses filles, c'est juste, mais c'est trop. Il ne voudra pas payer.

Le Thénardier fit son rire froid, et dit :

— Il payera.

Ce rire était la signification suprême de la certitude et de l'autorité. Ce qui était dit ainsi devait être. La femme n'insista point. Elle se mit à ranger les tables ; le mari marchait de long en large dans la salle. Un moment après il ajouta :

— Je dois bien quinze cents francs, moi !

Il alla s'asseoir au coin de la cheminée, méditant, les pieds sur les cendres chaudes.

— Ah çà ! reprit la femme, tu n'oublies pas que je flanque Cosette à la porte aujourd'hui ? Ce monstre ! elle me mange le cœur avec sa poupée ! J'aimerais mieux épouser Louis XVIII que de la garder un jour de plus à la maison.

Le Thénardier alluma sa pipe et répondit entre deux bouffées.

— Tu remettras la carte à l'homme.

Puis il sortit.

Il était à peine hors de la salle que le voyageur y entra.

Le Thénardier reparut sur-le-champ derrière lui et demeura immobile dans la porte entre-bâillée, visible seulement pour sa femme.

L'homme jaune portait à la main son bâton et son paquet.

— Levé si tôt ! dit la Thénardier, est-ce que monsieur nous quitte déjà ?

Tout en parlant ainsi, elle tournait d'un air embarrassé la carte dans ses mains et y faisait des plis avec ses ongles. Son visage dur offrait une nuance qui ne lui était pas habituelle, la timidité et le scrupule.

Présenter une pareille note à un homme qui avait si parfaitement l'air d'« un pauvre », cela lui paraissait malaisé.

Le voyageur semblait préoccupé et distrait. Il répondit :

— Oui, madame. Je m'en vais.

— Monsieur, reprit-elle, n'avait donc pas d'affaires à Montfermeil ?

— Non. Je passe par ici. Voilà tout. — Madame, ajouta-t-il, qu'est-ce que je dois ?

La Thénardier, sans répondre, lui tendit la carte pliée.

L'homme déplia le papier, le regarda, mais son attention était visiblement ailleurs.

— Madame, reprit-il, faites-vous de bonnes affaires dans ce Montfermeil ?

— Comme cela, monsieur, répondit la Thénardier stupéfaite de ne point voir d'autre explosion.

Elle poursuivit d'un accent élégiaque et lamentable :

— Oh ! monsieur, les temps sont bien durs ! et puis nous avons si peu de bourgeois dans nos endroits ! C'est tout petit monde, voyez-vous. Si nous n'avions pas par-ci par-là des voyageurs généreux et riches comme monsieur ! Nous avons tant de charges. Tenez, cette petite nous coûte les yeux de la tête.

— Quelle petite ?

— Eh bien, la petite, vous savez ! Cosette ! l'Alouette, comme on dit dans le pays !

— Ah ! dit l'homme.

Elle continua :

— Sont-ils bêtes, ces paysans, avec leurs sobriquets ! elle a plutôt l'air d'une chauve-souris que d'une alouette. Voyez-vous, monsieur, nous ne demandons pas la charité, mais nous ne pouvons pas la faire. Nous ne gagnons rien, et nous avons gros à payer. La patente, les impositions, les portes et fenêtres, les centimes ! Monsieur sait que le gouvernement demande un argent terrible ! Et puis j'ai mes filles, moi. Je n'ai pas besoin de nourrir l'enfant des autres.

L'homme reprit, de cette voix qu'il s'efforçait de rendre indifférente et dans laquelle il y avait un tremblement :

— Et si l'on vous en débarrassait ?

— De qui ? de la Cosette ?

— Oui.

La face rouge et violente de la gargotière s'illumina d'un épanouissement hideux.

— Ah, monsieur ! mon bon monsieur ! prenez-la, gardez-la, emmenez-la, emportez-la, sucrez-la, truffez-la, buvez-la, mangez-la, et soyez béni de la bonne sainte Vierge et de tous les saints du paradis !

— C'est dit.

— Vrai ? vous l'emmenez ?

— Je l'emmène.

— Tout de suite ?

— Tout de suite. Appelez l'enfant.

— Cosette ! cria la Thénardier.

— En attendant, poursuivit l'homme, je vais toujours vous payer ma dépense. Combien est-ce ?

Il jeta un coup d'œil sur la carte et ne put réprimer un mouvement de surprise :

— Vingt-trois francs !

Il regarda la gargotière et répéta :

— Vingt-trois francs ?

Il y avait dans la prononciation de ces deux mots ainsi répétés l'accent qui sépare le point d'exclamation du point d'interrogation.

La Thénardier avait eu le temps de se préparer au choc. Elle répondit avec assurance :

— Dame oui, monsieur ! c'est vingt-trois francs.

L'étranger posa cinq pièces de cinq francs sur la table.

— Allez chercher la petite, dit-il.

En ce moment, le Thénardier s'avança au milieu de la salle et dit :

— Monsieur doit vingt-six sous.

— Vingt-six sous ! s'écria la femme.

— Vingt sous pour la chambre, reprit le Thénardier froidement, et six sous pour le souper. Quant à la petite, j'ai besoin d'en causer un peu avec monsieur. Laisse-nous, ma femme.

La Thénardier eut un de ces éblouissements que donnent les éclairs imprévus du talent. Elle sentit que le grand acteur entrait en scène, ne répliqua pas un mot, et sortit.

Dès qu'ils furent seuls, le Thénardier offrit une chaise au voyageur. Le voyageur s'assit ; le Thénardier resta debout, et son visage prit une singulière expression de bonhomie et de simplicité.

— Monsieur, dit-il, tenez, je vais vous dire. C'est que je l'adore, moi, cette enfant.

L'étranger le regarda fixement.

— Quelle enfant ?

Thénardier continua :

— Comme c'est drôle ! on s'attache. Qu'est-ce que c'est que tout cet argent-là ? reprenez-donc vos pièces de cent sous. C'est une enfant que j'adore.

— Qui ça ? demanda l'étranger.

— Hé, notre petite Cosette ! ne voulez-vous pas nous l'emmener ? Eh bien, je parle franchement, vrai comme vous êtes un honnête homme, je ne peux pas y consentir. Elle me ferait faute, cette enfant. J'ai vu ça tout petit. C'est vrai qu'elle nous coûte de l'argent, c'est vrai qu'elle a des défauts, c'est vrai que nous ne sommes pas riches, c'est vrai que j'ai payé plus de quatre cents francs en drogues rien que pour une de ses maladies ! Mais il faut bien faire quelque chose pour le bon Dieu. Ça n'a ni père ni mère, je l'ai élevée. J'ai du pain pour elle et pour moi. Au fait j'y tiens, à cette enfant. Vous comprenez, on se prend d'affection ; je suis une bonne bête, moi ; je ne raisonne pas ; je l'aime, cette petite ; ma femme est vive, mais elle l'aime aussi. Voyez-vous, c'est comme notre enfant. J'ai besoin que ça babille dans la maison.

L'étranger le regardait toujours fixement. Il continua :

— Pardon, excuse, monsieur, mais on ne donne point son enfant comme ça à un passant. Pas vrai que j'ai raison ? Après cela, je ne dis pas, vous êtes riche, vous avez l'air d'un bien brave homme, si c'était pour son bonheur ? mais il faudrait savoir. Vous comprenez ? une supposition que je la laisserais aller et que je me sacrifierais, je voudrais savoir où elle va, je ne voudrais pas la perdre de vue, je voudrais savoir chez qui elle est, pour l'aller voir de temps en temps, qu'elle sache que son bon père nourricier est là, qu'il veille sur elle. Enfin il y a des choses qui ne sont pas possibles. Je ne sais seulement pas votre nom ? Vous l'emmèneriez, je dirais : eh bien, l'Alouette ? où donc a-t-elle passé ? Il faudrait au moins voir quelque méchant chiffon de papier, un petit bout de passeport, quoi !

L'étranger, sans cesser de le regarder de ce regard qui va, pour ainsi dire, jusqu'au fond de la conscience, lui répondit d'un accent grave et ferme :

— Monsieur Thénardier, on n'a pas de passeport pour venir à cinq lieues de Paris. Si j'emmène Cosette, je l'emmènerai, voilà tout. Vous ne saurez pas mon nom, vous ne saurez pas ma demeure, vous ne saurez pas où elle sera, et mon intention est qu'elle ne vous revoie de sa vie. Je casse le fil qu'elle a au pied, et elle s'en va. Cela vous convient-il ? Oui ou non.

De même que les démons et les génies reconnaissaient à certains signes la présence d'un dieu supérieur, le Thénardier comprit qu'il avait affaire à quelqu'un de très fort. Ce fut comme une intuition ; il comprit cela avec sa promptitude nette et sagace. La veille, tout en buvant avec les rouliers, tout en fumant, tout en chantant des gaudrioles, il avait passé la soirée à observer l'étranger, le guettant comme un chat et l'étudiant comme un mathématicien. Il l'avait à la fois épié pour son propre compte, pour le plaisir et par instinct, et espionné comme s'il eût été payé pour cela. Pas un geste, pas un mouvement de l'homme à la capote jaune ne lui était échappé. Avant même que l'inconnu manifestât si clairement son intérêt pour Cosette, le Thénardier l'avait deviné. Il avait surpris les regards profonds de ce vieux qui revenaient toujours à l'enfant. Pourquoi cet intérêt ? qu'était-ce que cet homme ? pourquoi, avec

tant d'argent dans sa bourse, ce costume si misérable ?
Questions qu'il se posait sans pouvoir les résoudre et
qui l'irritaient. Il y avait songé toute la nuit. Ce ne pouvait être le père de Cosette. Était-ce quelque grand-
père ? Alors pourquoi ne pas se faire connaître tout de
suite ? Quand on a un droit, on le montre. Cet homme
évidemment n'avait pas de droit sur Cosette. Alors
qu'était-ce ? Le Thénardier se perdait en suppositions.
Il entrevoyait tout, et ne voyait rien. Quoi qu'il en fût,
en entamant la conversation avec l'homme, sûr qu'il y
avait un secret dans tout cela, sûr que l'homme était
intéressé à rester dans l'ombre, il se sentait fort ; à la
réponse nette et ferme de l'étranger, quand il vit que ce
personnage mystérieux était mystérieux si simplement,
il se sentit faible. Il ne s'attendait à rien de pareil. Ce
fut la déroute de ses conjectures. Il rallia ses idées. Il
pesa tout cela en une seconde. Le Thénardier était un
de ces hommes qui jugent d'un coup d'œil une situation.
Il estima que c'était le moment de marcher droit et vite.
Il fit comme les grands capitaines à cet instant décisif
qu'ils savent seuls reconnaître, il démasqua brusquement sa batterie.

— Monsieur, dit-il, il me faut quinze cents francs.

L'étranger prit dans sa poche de côté un vieux portefeuille en cuir noir, l'ouvrit et en tira trois billets de banque qu'il posa sur la table. Puis il appuya son large
pouce sur ces billets, et dit au gargotier :

— Faites venir Cosette.

Pendant que ceci se passait, que faisait Cosette ?

Cosette, en s'éveillant, avait couru à son sabot. Elle y
avait trouvé la pièce d'or. Ce n'était pas un napoléon,
c'était une de ces pièces de vingt francs toutes neuves
de la restauration sur l'effigie desquelles la petite queue
prussienne avait remplacé la couronne de laurier.
Cosette fut éblouie. Sa destinée commençait à l'enivrer.
Elle ne savait pas ce que c'était qu'une pièce d'or, elle
n'en avait jamais vu, elle la cacha bien vite dans sa
poche comme si elle l'avait volée. Cependant elle sentait

que cela était bien à elle, elle devinait d'où ce don lui venait, mais elle éprouvait une sorte de joie pleine de peur. Elle était contente ; elle était surtout stupéfaite. Ces choses si magnifiques et si jolies ne lui paraissaient pas réelles. La poupée lui faisait peur, la pièce d'or lui faisait peur. Elle tremblait vaguement devant ces magnificences. L'étranger seul ne lui faisait pas peur. Au contraire, il la rassurait. Depuis la veille, à travers ses étonnements, à travers son sommeil, elle songeait dans son petit esprit d'enfant à cet homme qui avait l'air vieux et pauvre et si triste, et qui était si riche et si bon. Depuis qu'elle avait rencontré ce bonhomme dans le bois, tout était comme changé pour elle. Cosette, moins heureuse que la moindre hirondelle du ciel, n'avait jamais su ce que c'est que de se réfugier à l'ombre de sa mère et sous une aile. Depuis cinq ans, c'est-à-dire aussi loin que pouvaient remonter ses souvenirs, la pauvre enfant frissonnait et grelottait. Elle avait toujours été toute nue sous la bise aigre du malheur, maintenant il lui semblait qu'elle était vêtue. Autrefois son âme avait froid, maintenant elle avait chaud. Elle n'avait plus autant de crainte de la Thénardier. Elle n'était plus seule ; il y avait quelqu'un là.

Elle s'était mise bien vite à sa besogne de tous les matins. Ce louis, qu'elle avait sur elle, dans ce même gousset de son tablier d'où la pièce de quinze sous était tombée la veille, lui donnait des distractions. Elle n'osait pas y toucher, mais elle passait des cinq minutes à le contempler, il faut le dire, en tirant la langue. Tout en balayant l'escalier, elle s'arrêtait, et restait là, immobile, oubliant le balai et l'univers entier, occupée à regarder cette étoile briller au fond de sa poche.

Ce fut dans une de ces contemplations que la Thénardier la rejoignit.

Sur l'ordre de son mari, elle l'était allée chercher. Chose inouïe, elle ne lui donna pas une tape et ne lui dit pas une injure.

— Cosette, dit-elle presque doucement, viens tout de suite.

Un instant après, Cosette entrait dans la salle basse.

L'étranger prit le paquet qu'il avait apporté et le dénoua. Ce paquet contenait une petite robe de laine, un tablier, une brassière de futaine, un jupon, un fichu, des bas de laine, des souliers, un vêtement complet pour une fille de huit ans. Tout cela était noir.

— Mon enfant, dit l'homme, prends ceci et va t'habiller bien vite.

Le jour paraissait lorsque ceux des habitants de Montfermeil qui commençaient à ouvrir leurs portes virent passer dans la rue de Paris un bonhomme pauvrement vêtu donnant la main à une petite fille tout en deuil qui portait une grande poupée rose dans ses bras. Ils se dirigeaient du côté de Livry.

C'étaient notre homme et Cosette.

Personne ne connaissait l'homme ; comme Cosette n'était plus en guenilles, beaucoup ne la reconnurent pas.

Cosette s'en allait. Avec qui ? elle l'ignorait. Où ? elle ne savait. Tout ce qu'elle comprenait, c'est qu'elle laissait derrière elle la gargote Thénardier. Personne n'avait songé à lui dire adieu, ni elle à dire adieu à personne. Elle sortait de cette maison haïe et haïssant.

Pauvre doux être dont le cœur n'avait jusqu'à cette heure été que comprimé !

Cosette marchait gravement, ouvrant ses grands yeux et considérant le ciel. Elle avait mis son louis dans la poche de son tablier neuf. De temps en temps elle se penchait et lui jetait un coup d'œil, puis elle regardait le bonhomme. Elle sentait quelque chose comme si elle était près du bon Dieu.

X

QUI CHERCHE LE MIEUX
PEUT TROUVER LE PIRE

La Thénardier, selon son habitude, avait laissé faire son mari. Elle s'attendait à de grands événements. Quand l'homme et Cosette furent partis, le Thénardier laissa s'écouler un grand quart d'heure, puis il la prit à part et lui montra les quinze cents francs.

— Que ça ! dit-elle.

C'était la première fois, depuis le commencement de leur ménage, qu'elle osait critiquer un acte du maître.

Le coup porta.

— Au fait, tu as raison, dit-il, je suis un imbécile. Donne-moi mon chapeau.

Il plia les trois billets de banque, les enfonça dans sa poche et sortit en toute hâte, mais il se trompa et prit d'abord à droite. Quelques voisines auxquelles il s'informa le remirent sur la trace, l'Alouette et l'homme avaient été vus allant dans la direction de Livry. Il suivit cette indication, marchant à grands pas et monologuant.

— Cet homme est évidemment un million habillé en jaune, et moi je suis un animal. Il a d'abord donné vingt sous, puis cinq francs, puis cinquante francs, puis quinze cents francs, toujours aussi facilement. Il aurait donné quinze mille francs. Mais je vais le rattraper.

Et puis ce paquet d'habits préparés d'avance pour la petite, tout cela était singulier ; il y avait bien des mystères là-dessous. On ne lâche pas des mystères quand on les tient. Les secrets des riches sont des éponges pleines d'or ; il faut savoir les presser. Toutes ces pensées lui tourbillonnaient dans le cerveau. — Je suis un animal, disait-il.

Quand on est sorti de Montfermeil et qu'on a atteint le coude que fait la route qui va à Livry, on la voit se développer devant soi très loin sur le plateau. Parvenu là, il calcula qu'il devait apercevoir l'homme et la petite. Il regarda aussi loin que sa vue put s'étendre, et ne vit rien. Il s'informa encore. Cependant il perdait du temps. Des passants lui dirent que l'homme et l'enfant qu'il cherchait s'étaient acheminés vers les bois du côté de Gagny. Il se hâta dans cette direction.

Ils avaient de l'avance sur lui, mais un enfant marche lentement, et lui il allait vite. Et puis le pays lui était bien connu.

Tout à coup il s'arrêta et se frappa le front comme un homme qui a oublié l'essentiel, et qui est prêt à revenir sur ses pas.

— J'aurais dû prendre mon fusil ! se dit-il.

Thénardier était une de ces natures doubles qui passent quelquefois au milieu de nous à notre insu et qui disparaissent sans qu'on les ait connues parce que la destinée n'en a montré qu'un côté. Le sort de beaucoup d'hommes est de vivre ainsi à demi submergés. Dans une situation calme et plate, Thénardier avait tout ce qu'il fallait pour faire — nous ne disons pas pour être — ce qu'on est convenu d'appeler un honnête commerçant, un bon bourgeois. En même temps, certaines circonstances étant données, certaines secousses venant à soulever sa nature de dessous, il avait tout ce qu'il fallait pour être un scélérat. C'était un boutiquier dans lequel il y avait du monstre. Satan devait par moments s'accroupir dans quelque coin du bouge où vivait Thénardier et rêver devant ce chef-d'œuvre hideux.

Après une hésitation d'un instant :

— Bah ! pensa-t-il, ils auraient le temps d'échapper !

Et il continua son chemin, allant devant lui rapidement, et presque d'un air de certitude, avec la sagacité du renard flairant une compagnie de perdrix.

En effet, quand il eut dépassé les étangs et traversé obliquement la grande clairière qui est à droite de l'avenue de Bellevue, comme il arrivait à cette allée de gazon qui fait presque le tour de la colline et qui recouvre la voûte de l'ancien canal des eaux de l'abbaye de Chelles, il aperçut au-dessus d'une broussaille un chapeau sur lequel il avait déjà échafaudé bien des conjectures. C'était le chapeau de l'homme. La broussaille était basse. Le Thénardier reconnut que l'homme et Cosette étaient assis là. On ne voyait pas l'enfant à cause de sa petitesse, mais on apercevait la tête de la poupée.

Le Thénardier ne se trompait pas. L'homme s'était assis là pour laisser un peu reposer Cosette. Le gargotier tourna la broussaille et apparut brusquement aux regards de ceux qu'il cherchait.

— Pardon excuse, monsieur, dit-il tout essoufflé, mais voici vos quinze cents francs.

En parlant ainsi, il tendait à l'étranger les trois billets de banque.

L'homme leva les yeux.

— Qu'est-ce que cela signifie ?

Le Thénardier répondit respectueusement :

— Monsieur, cela signifie que je reprends Cosette.

Cosette frissonna et se serra contre le bonhomme.

Lui, il répondit en regardant le Thénardier dans le fond des yeux et en espaçant toutes les syllabes :

— Vous re-pre-nez Cosette ?

— Oui, monsieur, je la reprends. Je vais vous dire. J'ai réfléchi. Au fait, je n'ai pas le droit de vous la donner. Je suis un honnête homme, voyez-vous. Cette petite n'est pas à moi, elle est à sa mère. C'est sa mère qui me l'a confiée, je ne puis la remettre qu'à sa mère. Vous me direz : Mais la mère est morte. Bon. En ce cas je ne puis rendre l'enfant qu'à une personne qui m'apporterait un écrit signé de la mère comme quoi je dois remettre l'enfant à cette personne-là. Cela est clair.

L'homme, sans répondre, fouilla dans sa poche et le Thénardier vit reparaître le portefeuille aux billets de banque.

Le gargotier eut un frémissement de joie.

— Bon ! pensa-t-il, tenons-nous. Il va me corrompre !

Avant d'ouvrir le portefeuille, le voyageur jeta un coup d'œil autour de lui. Le lieu était absolument désert. Il n'y avait pas une âme dans le bois ni dans la vallée. L'homme ouvrit le portefeuille et en tira, non la poignée de billets de banque qu'attendait Thénardier, mais un simple petit papier qu'il développa et présenta tout ouvert à l'aubergiste en disant :

— Vous avez raison. Lisez.

Le Thénardier prit le papier, et lut :

Montreuil-sur-mer, le 25 mars 1823.

« Monsieur Thénardier,

« Vous remettrez Cosette à la personne. On vous payera toutes les petites choses.

« J'ai l'honneur de vous saluer avec considération.

« Fantine. »

— Vous connaissez cette signature ? reprit l'homme.

C'était bien la signature de Fantine. Le Thénardier la reconnut.

Il n'y avait rien à répliquer. Il sentit deux violents dépits, le dépit de renoncer à la corruption qu'il espérait, et le dépit d'être battu. L'homme ajouta :

— Vous pouvez garder ce papier pour votre décharge.

Le Thénardier se replia en bon ordre.

— Cette signature est assez bien imitée, grommela-t-il entre ses dents. Enfin, soit !

Puis il essaya un effort désespéré.

— Monsieur, dit-il, c'est bon. Puisque vous êtes la personne. Mais il faut me payer « toutes les petites choses ». On me doit gros.

L'homme se dressa debout, et dit en époussetant avec des chiquenaudes sa manche râpée où il y avait de la poussière.

— Monsieur Thénardier, en janvier la mère comptait qu'elle vous devait cent vingt francs ; vous lui avez envoyé en février un mémoire de cinq cents francs ; vous avez reçu trois cents francs fin février et trois cents francs au commencement de mars. Il s'est écoulé depuis lors neuf mois à quinze francs, prix convenu, cela fait cent trente-cinq francs. Vous aviez reçu cent francs de trop. Reste trente-cinq francs qu'on vous doit. Je viens de vous donner quinze cents francs.

Le Thénardier éprouva ce qu'éprouve le loup au moment où il se sent mordu et saisi par la mâchoire d'acier du piège.

— Quel est ce diable d'homme ? pensa-t-il.

Il fit ce que fait le loup. Il donna une secousse. L'audace lui avait déjà réussi une fois.

— Monsieur-dont-je-ne-sais-pas-le-nom, dit-il résolument et mettant cette fois les façons respectueuses de côté, je reprendrai Cosette ou vous me donnerez mille écus.

L'étranger dit tranquillement :

— Viens, Cosette.

Il prit Cosette de la main gauche, et de la droite il ramassa son bâton qui était à terre.

Le Thénardier remarqua l'énormité de la trique et la solitude du lieu.

L'homme s'enfonça dans le bois avec l'enfant, laissant le gargotier immobile et interdit.

Pendant qu'ils s'éloignaient, le Thénardier considérait ses larges épaules un peu voûtées et ses gros poings.

Puis ses yeux, revenant à lui-même, retombaient sur ses bras chétifs et sur ses mains maigres. — Il faut que je sois vraiment bien bête, pensait-il, de n'avoir pas pris mon fusil, puisque j'allais à la chasse !

Cependant l'aubergiste ne lâcha pas prise.

— Je veux savoir où il ira, dit-il. — Et il se mit à les suivre à distance. Il lui restait deux choses dans les mains, une ironie, le chiffon de papier signé *Fantine,* et une consolation, les quinze cents francs.

L'homme emmenait Cosette dans la direction de Livry et de Bondy. Il marchait lentement, la tête baissée, dans une attitude de réflexion et de tristesse. L'hiver avait fait le bois à claire-voie, si bien que le Thénardier ne les perdait pas de vue, tout en restant assez loin. De temps en temps l'homme se retournait et regardait si on ne le suivait pas. Tout à coup il aperçut Thénardier. Il entra brusquement avec Cosette dans un taillis où ils pouvaient tous deux disparaître. — Diantre ! dit le Thénardier. — Et il doubla le pas.

L'épaisseur du fourré l'avait forcé de se rapprocher d'eux. Quand l'homme fut au plus épais, il se retourna. Thénardier eut beau se cacher dans les branches ; il ne put faire que l'homme ne le vît pas. L'homme lui jeta un coup d'œil inquiet, puis hocha la tête et reprit sa route. L'aubergiste se remit à le suivre. Ils firent ainsi deux ou trois cents pas. Tout à coup l'homme se retourna encore. Il aperçut l'aubergiste. Cette fois il le regarda d'un air si sombre que le Thénardier jugea « inutile » d'aller plus loin. Thénardier rebroussa chemin.

XI

LE NUMÉRO 9430 REPARAÎT
ET COSETTE
LE GAGNE À LA LOTERIE

Jean Valjean n'était pas mort.

En tombant à la mer, ou plutôt en s'y jetant, il était, comme on l'a vu, sans fers. Il nagea entre deux eaux jusque sous un navire au mouillage, auquel était amarrée une embarcation. Il trouva moyen de se cacher dans cette embarcation jusqu'au soir. À la nuit, il se jeta de nouveau à la nage, et atteignit la côte à peu de distance du cap Brun. Là, comme ce n'était pas l'argent qui lui manquait, il put se procurer des vêtements. Une guinguette aux environs de Balaguier était alors le vestiaire des forçats évadés, spécialité lucrative. Puis, Jean Valjean, comme tous ces tristes fugitifs qui tâchent de dépister le guet de la loi et la fatalité sociale, suivit un itinéraire obscur et ondulant. Il trouva un premier asile aux Pradeaux, près Beausset. Ensuite il se dirigea vers le Grand-Villard, près Briançon, dans les Hautes-Alpes. Fuite tâtonnante et inquiète, chemin de taupe dont les embranchements sont inconnus. On a pu, plus tard, retrouver quelque trace de son passage dans l'Ain sur le territoire de Civrieux, dans les Pyrénées, à Accons au lieu dit la Grange-de-Doumecq, près du hameau de Chavailles, et dans les environs de Périgueux, à Brunies, canton de la Chapelle-Gonaguet. Il gagna Paris. On vient de le voir à Montfermeil.

Son premier soin, en arrivant à Paris, avait été d'acheter des habits de deuil pour une petite fille de sept à huit ans, puis de se procurer un logement. Cela fait, il s'était rendu à Montfermeil.

On se souvient que déjà, lors de sa précédente évasion, il y avait fait, ou dans les environs, un voyage mystérieux dont la justice avait eu quelque lueur.

Du reste on le croyait mort, et cela épaississait l'obscurité qui s'était faite sur lui. À Paris, il lui tomba sous la main un des journaux qui enregistraient le fait. Il se sentit rassuré et presque en paix comme s'il était réellement mort.

Le soir même du jour où Jean Valjean avait tiré Cosette des griffes des Thénardier, il rentrait dans Paris Il y rentrait à la nuit tombante, avec l'enfant, par la barrière de Monceaux. Là il monta dans un cabriolet qui le conduisit à l'esplanade de l'Observatoire. Il y descendit, paya le cocher, prit Cosette par la main, et tous deux, dans la nuit noire, par les rues désertes qui avoisinent l'Ourcine et la Glacière, se dirigèrent vers le boulevard de l'Hôpital.

La journée avait été étrange et remplie d'émotions pour Cosette ; on avait mangé derrière des haies du pain et du fromage achetés dans des gargotes isolées, on avait souvent changé de voiture, on avait fait des bouts de chemin à pied, elle ne se plaignait pas, mais elle était fatiguée, et Jean Valjean s'en aperçut à sa main qu'elle tirait davantage en marchant. Il la prit sur son dos ; Cosette, sans lâcher Catherine, posa sa tête sur l'épaule de Jean Valjean, et s'y endormit.

Livre quatrième

LA MASURE GORBEAU

I

MAÎTRE GORBEAU

Il y a quarante ans, le promeneur solitaire qui s'aventurait dans les pays perdus de la Salpêtrière, et qui montait par le boulevard jusque vers la barrière d'Italie, arrivait à des endroits où l'on eût pu dire que Paris
disparaissait [1]. Ce n'était pas la solitude, il y avait des
passants ; ce n'était pas la campagne, il y avait des
maisons et des rues ; ce n'était pas une ville, les rues
avaient des ornières comme les grandes routes et l'herbe
y poussait ; ce n'était pas un village, les maisons étaient
trop hautes. Qu'était-ce donc ? C'était un lieu habité où
il n'y avait personne, c'était un lieu désert où il y avait
quelqu'un ; c'était un boulevard de la grande ville, une
rue de Paris, plus farouche la nuit qu'une forêt, plus
morne le jour qu'un cimetière.

C'était le vieux quartier du Marché-aux-Chevaux.

Ce promeneur, s'il se risquait au delà des quatre murs
caducs de ce Marché-aux-Chevaux, s'il consentait même
à dépasser la rue du Petit-Banquier, après avoir laissé
à sa droite un courtil gardé par de hautes murailles,
puis un pré où se dressaient des meules de tan pareilles
à des huttes de castors gigantesques, puis un enclos
encombré de bois de charpente avec des tas de souches,
de sciures et de copeaux en haut desquels aboyait un
gros chien, puis un long mur bas tout en ruine, avec
une petite porte noire et en deuil, chargé de mousses

qui s'emplissaient de fleurs au printemps, puis, au plus désert, une affreuse bâtisse décrépite sur laquelle on lisait en grosses lettres : DÉFENCE D'AFFICHER, ce promeneur hasardeux atteignait l'angle de la rue des Vignes-Saint-Marcel, latitudes peu connues. Là, près d'une usine et entre deux murs de jardins, on voyait en ce temps-là une masure qui, au premier coup d'œil, semblait petite comme une chaumière et qui en réalité était grande comme une cathédrale. Elle se présentait sur la voie publique de côté, par le pignon ; de là son exiguïté apparente. Presque toute la maison était cachée. On n'en apercevait que la porte et une fenêtre.

Cette masure n'avait qu'un étage.

En l'examinant, le détail qui frappait d'abord, c'est que cette porte n'avait jamais pu être que la porte d'un bouge, tandis que cette croisée, si elle eût été coupée dans la pierre de taille au lieu de l'être dans le moellon, aurait pu être la croisée d'un hôtel.

La porte n'était autre chose qu'un assemblage de planches vermoulues grossièrement reliées par des traverses pareilles à des bûches mal équarries. Elle s'ouvrait immédiatement sur un roide escalier à hautes marches, boueux, plâtreux, poudreux, de la même largeur qu'elle, qu'on voyait de la rue monter droit comme une échelle et disparaître dans l'ombre entre deux murs. Le haut de la baie informe que battait cette porte était masqué d'une volige étroite au milieu de laquelle on avait scié un jour triangulaire, tout ensemble lucarne et vasistas quand la porte était fermée. Sur le dedans de la porte un pinceau trempé dans l'encre avait tracé en deux coups de poing le chiffre 52, et au-dessus de la volige le même pinceau avait barbouillé le numéro 50 ; de sorte qu'on hésitait. Où est-on ? Le dessus de la porte dit : au numéro 50 ; le dedans réplique : non, au numéro 52. On ne sait quels chiffons couleur de poussière pendaient comme des draperies au vasistas triangulaire.

La fenêtre était large, suffisamment élevée, garnie de persiennes et de châssis à grands carreaux ; seulement ces grands carreaux avaient des blessures variées, à la fois cachées et trahies par un ingénieux bandage en papier, et les persiennes, disloquées et descellées, menaçaient plutôt les passants qu'elles ne gardaient les habitants. Les abat-jour horizontaux y manquaient çà et là et étaient naïvement remplacés par des planches clouées perpendiculairement ; si bien que la chose commençait en persienne et finissait en volet.

Cette porte qui avait l'air immonde et cette fenêtre qui avait l'air honnête, quoique délabrée, ainsi vues sur la même maison, faisaient l'effet de deux mendiants dépareillés qui iraient ensemble et marcheraient côte à côte avec deux mines différentes sous les mêmes haillons, l'un ayant toujours été un gueux, l'autre ayant été un gentilhomme.

L'escalier menait à un corps de bâtiment très vaste qui ressemblait à un hangar dont on aurait fait une maison. Ce bâtiment avait pour tube intestinal un long corridor sur lequel s'ouvraient, à droite et à gauche, des espèces de compartiments de dimensions variées, à la rigueur logeables et plutôt semblables à des échoppes qu'à des cellules. Ces chambres prenaient jour sur des terrains vagues des environs. Tout cela était obscur, fâcheux, blafard, mélancolique, sépulcral ; traversé, selon que les fentes étaient dans le toit ou dans la porte, par des rayons froids ou par des bises glacées. Une particularité intéressante et pittoresque de ce genre d'habitation, c'est l'énormité des araignées.

À gauche de la porte d'entrée, sur le boulevard, à hauteur d'homme, une lucarne qu'on avait murée faisait une niche carrée pleine de pierres que les enfants y jetaient en passant.

Une partie de ce bâtiment a été dernièrement démolie. Ce qui en reste aujourd'hui peut encore faire juger de ce qu'il a été. Le tout, dans son ensemble, n'a guère plus d'une centaine d'années. Cent ans, c'est la jeunesse d'une église et la vieillesse d'une maison. Il semble que le logis de l'homme participe de sa brièveté et le logis de Dieu de son éternité.

Les facteurs de la poste appelaient cette masure le numéro 50-52 ; mais elle était connue dans le quartier sous le nom de maison Gorbeau.

Disons d'où lui venait cette appellation.

Les collecteurs de petits faits, qui se font des herbiers d'anecdotes et qui piquent dans leur mémoire les dates fugaces avec une épingle, savent qu'il y avait à Paris, au siècle dernier, vers 1770, deux procureurs au Châtelet, appelés, l'un Corbeau, l'autre Renard. Deux noms prévus par La Fontaine. L'occasion était trop belle pour que la basoche n'en fît point gorge chaude. Tout de suite la parodie courut, en vers quelque peu boiteux, les galeries du Palais :

> *Maître Corbeau, sur un dossier perché,*
> *Tenait dans son bec une saisie exécutoire ;*
> *Maître Renard, par l'odeur alléché,*
> *Lui fit à peu près cette histoire :*
> *Hé bonjour ! etc.*

Les deux honnêtes praticiens, gênés par les quolibets et contrariés dans leur port de tête par les éclats de rire qui les suivaient, résolurent de se débarrasser de leurs noms et prirent le parti de s'adresser au roi. La requête fut présentée à Louis XV le jour même où le nonce du pape, d'un côté, et le cardinal de La Roche-Aymon, de l'autre, dévotement agenouillés tous les deux, chaussèrent, en présence de sa majesté, chacun d'une pantoufle les deux pieds nus de madame Du Barry sortant du lit. Le roi, qui riait, continua de rire, passa gaîment des deux évêques aux deux procureurs, et fit à ces robins grâce de leurs noms, ou à peu près. Il fut permis, de par le roi, à maître Corbeau d'ajouter une queue à son initiale et de se nommer Gorbeau ; maître Renard fut moins heureux, il ne put obtenir que de mettre un P devant son R et de s'appeler Prenard ; si bien que le deuxième nom n'était guère moins ressemblant que le premier.

Or, selon la tradition locale, ce maître Gorbeau avait été propriétaire de la bâtisse numérotée 50-52 boulevard de l'Hôpital. Il était même l'auteur de la fenêtre monumentale.

De là à cette masure le nom de maison Gorbeau.

Vis-à-vis le numéro 50-52 se dresse, parmi les plantations du boulevard, un grand orme aux trois quarts mort ; presque en face s'ouvre la rue de la barrière des Gobelins, rue alors sans maisons, non pavée, plantée d'arbres mal venus, verte ou fangeuse selon la saison, qui allait aboutir carrément au mur d'enceinte de Paris. Une odeur de couperose sort par bouffées des toits d'une fabrique voisine.

La barrière était tout près. En 1823, le mur d'enceinte existait encore.

Cette barrière elle-même jetait dans l'esprit des figures funestes. C'était le chemin de Bicêtre. C'est par là que, sous l'Empire et la Restauration, rentraient à Paris les condamnés à mort le jour de leur exécution. C'est là que fut commis vers 1829 ce mystérieux assassinat dit « de la barrière de Fontainebleau » dont la justice n'a pu découvrir les auteurs, problème funèbre qui n'a pas été éclairci, énigme effroyable qui n'a pas été ouverte. Faites quelques pas, vous trouvez cette fatale rue Croulebarbe où Ulbach poignarda la chevrière d'Ivry au bruit du tonnerre, comme dans un mélodrame [1]. Quelques pas encore, et vous arrivez aux abominables ormes étêtés de la barrière Saint-Jacques, cet expédient des philanthropes cachant l'échafaud, cette mesquine et honteuse place de Grève d'une société boutiquière et bourgeoise, qui a reculé devant la peine de mort ; n'osant ni l'abolir avec grandeur, ni la maintenir avec autorité.

Il y a trente-sept ans, en laissant à part cette place Saint-Jacques qui était comme prédestinée et qui a toujours été horrible, le point le plus morne peut-être de

tout ce morne boulevard était l'endroit, si peu attrayant
encore aujourd'hui, où l'on rencontrait la masure 50-52.

Les maisons bourgeoises n'ont commencé à poindre
là que vingt-cinq ans plus tard. Le lieu était morose.
Aux idées funèbres qui vous y saisissaient, on se sentait
entre la Salpêtrière dont on entrevoyait le dôme et Bicêtre dont on touchait la barrière ; c'est-à-dire entre la
folie de la femme et la folie de l'homme. Si loin que la
vue pût s'étendre, on n'apercevait que les abattoirs, le
mur d'enceinte et quelques rares façades d'usines,
pareilles à des casernes ou à des monastères ; partout
des baraques et des plâtras, de vieux murs noirs comme
des linceuls, des murs neufs blancs comme des suaires ;
partout des rangées d'arbres parallèles, des bâtisses
tirées au cordeau, des constructions plates, de longues
lignes froides, et la tristesse lugubre des angles droits.
Pas un accident de terrain, pas un caprice d'architec-
ture, pas un pli. C'était un ensemble glacial, régulier,
hideux. Rien ne serre le cœur comme la symétrie. C'est
que la symétrie, c'est l'ennui, et l'ennui est le fond même
du deuil Le désespoir bâille. On peut rêver quelque
chose de plus terrible qu'un enfer où l'on souffre, c'est
un enfer où l'on s'ennuierait. Si cet enfer existait, ce
morceau du boulevard de l'Hôpital en eût pu être
l'avenue.

Cependant, à la nuit tombante, au moment où la
clarté s'en va, l'hiver surtout, à l'heure où la bise crépusculaire arrache aux ormes leurs dernières feuilles
rousses, quand l'ombre est profonde et sans étoiles, ou
quand la lune et le vent font des trous dans les nuages,
ce boulevard devenait tout à coup effrayant. Les lignes
droites s'enfonçaient et se perdaient dans les ténèbres
comme des tronçons de l'infini. Le passant ne pouvait
s'empêcher de songer aux innombrables traditions pati-
bulaires du lieu. La solitude de cet endroit où il s'était
commis tant de crimes avait quelque chose d'affreux.
On croyait pressentir des pièges dans cette obscurité,
toutes les formes confuses de l'ombre paraissaient sus-

pectes, et les longs creux carrés qu'on apercevait entre chaque arbre semblaient des fosses. Le jour, c'était laid ; le soir, c'était lugubre ; la nuit, c'était sinistre.

L'été, au crépuscule, on voyait çà et là quelques vieilles femmes, assises au pied des ormes sur des bancs moisis par les pluies. Ces bonnes vieilles mendiaient volontiers.

Du reste ce quartier, qui avait plutôt l'air suranné qu'antique, tendait dès lors à se transformer. Dès cette époque, qui voulait le voir devait se hâter. Chaque jour quelque détail de cet ensemble s'en allait. Aujourd'hui, et depuis vingt ans, l'embarcadère du chemin de fer d'Orléans est là, à côté du vieux faubourg, et le travaille. Partout où l'on place, sur la lisière d'une capitale, l'embarcadère d'un chemin de fer, c'est la mort d'un faubourg et la naissance d'une ville. Il semble qu'autour de ces grands centres du mouvement des peuples, au roulement de ces puissantes machines, au souffle de ces monstrueux chevaux de la civilisation qui mangent du charbon et vomissent du feu, la terre pleine de germes tremble et s'ouvre pour engloutir les anciennes demeures des hommes et laisser sortir les nouvelles. Les vieilles maisons croulent, les maisons neuves montent.

Depuis que la gare du railway d'Orléans a envahi les terrains de la Salpêtrière, les antiques rues étroites qui avoisinent les fossés Saint-Victor et le Jardin des Plantes s'ébranlent, violemment traversées trois ou quatre fois chaque jour par ces courants de diligences, de fiacres et d'omnibus qui, dans un temps donné, refoulent les maisons à droite et à gauche ; car il y a des choses bizarres à énoncer qui sont rigoureusement exactes, et de même qu'il est vrai de dire que dans les grandes villes le soleil fait végéter et croître les façades des maisons au midi, il est certain que le passage fréquent des voitures élargit les rues. Les symptômes d'une vie nouvelle sont évidents. Dans ce vieux quartier provincial, aux recoins les plus sauvages, le pavé se montre, les trottoirs commencent à ramper et à s'allonger, même là où il n'y a pas encore de passants. Un matin, matin mémorable, en juillet 1845, on y vit tout à coup fumer les marmites noires du bitume ; ce jour-là on put dire que la civilisation était arrivée rue de Lourcine et que Paris était entré dans le faubourg Saint-Marceau.

II

NID POUR HIBOU ET FAUVETTE

Ce fut devant cette masure Gorbeau que Jean Valjean s'arrêta. Comme les oiseaux fauves, il avait choisi le lieu le plus désert pour y faire son nid.

Il fouilla dans son gilet, y prit une sorte de passe-partout, ouvrit la porte, entra, puis la referma avec soin, et monta l'escalier, portant toujours Cosette.

Au haut de l'escalier, il tira de sa poche une autre clef avec laquelle il ouvrit une autre porte. La chambre où il entra et qu'il referma sur-le-champ était une espèce de galetas assez spacieux meublé d'un matelas posé à terre, d'une table et de quelques chaises. Un poêle allumé et dont on voyait la braise était dans un coin. Le réverbère du boulevard éclairait vaguement cet intérieur pauvre. Au fond il y avait un cabinet avec un lit de sangle. Jean Valjean porta l'enfant sur ce lit et l'y déposa sans qu'elle s'éveillât.

Il battit le briquet, et alluma une chandelle ; tout cela était préparé d'avance sur la table ; et, comme il l'avait fait la veille, il se mit à considérer Cosette d'un regard plein d'extase où l'expression de la bonté et de l'attendrissement allait presque jusqu'à l'égarement. La petite fille, avec cette confiance tranquille qui n'appartient qu'à l'extrême force et qu'à l'extrême faiblesse, s'était endormie sans savoir avec qui elle était, et continuait de dormir sans savoir où elle était.

Jean Valjean se courba et baisa la main de cette enfant.

Neuf mois auparavant il baisait la main de la mère qui, elle aussi, venait de s'endormir [1].

Le même sentiment douloureux, religieux, poignant, lui remplissait le cœur.

Il s'agenouilla près du lit de Cosette.

Il faisait grand jour que l'enfant dormait encore. Un rayon pâle du soleil de décembre traversait la croisée du galetas et traînait sur le plafond de longs filandres d'ombre et de lumière. Tout à coup une charrette de carrier, lourdement chargée, qui passait sur la chaussée du boulevard, ébranla la baraque comme un roulement d'orage et la fit trembler du haut en bas.

— Oui, madame ! cria Cosette réveillée en sursaut, voilà ! voilà !

Et elle se jeta à bas du lit, les paupières encore à demi fermées par la pesanteur du sommeil, étendant le bras vers l'angle du mur.

— Ah ! mon Dieu ! mon balai ! dit-elle.

Elle ouvrit tout à fait les yeux, et vit le visage souriant de Jean Valjean.

— Ah ! tiens, c'est vrai ! dit l'enfant. Bonjour, monsieur.

Les enfants acceptent tout de suite et familièrement la joie et le bonheur, étant eux-mêmes naturellement bonheur et joie.

Cosette aperçut Catherine au pied de son lit, et s'en empara, et, tout en jouant, elle faisait cent questions à Jean Valjean. — Où elle était ? Si c'était grand, Paris ? Si madame Thénardier était bien loin ? Si elle ne reviendrait pas ? etc., etc. Tout à coup elle s'écria : — Comme c'est joli ici !

C'était un affreux taudis ; mais elle se sentait libre.

— Faut-il que je balaye ? reprit-elle enfin.

— Joue, dit Jean Valjean.

La journée se passa ainsi. Cosette, sans s'inquiéter de

rien comprendre, était inexprimablement heureuse entre cette poupée et ce bonhomme.

III

DEUX MALHEURS MÊLÉS
FONT DU BONHEUR

Le lendemain au point du jour, Jean Valjean était encore près du lit de Cosette. Il attendit là, immobile, et il la regarda se réveiller.

Quelque chose de nouveau lui entrait dans l'âme.

Jean Valjean n'avait jamais rien aimé. Depuis vingt-cinq ans il était seul au monde. Il n'avait jamais été père, amant, mari, ami. Au bagne il était mauvais, sombre, chaste, ignorant et farouche. Le cœur de ce vieux forçat était plein de virginités. Sa sœur et les enfants de sa sœur ne lui avaient laissé qu'un souvenir vague et lointain qui avait fini par s'évanouir presque entièrement. Il avait fait tous ses efforts pour les retrouver, et, n'ayant pu les retrouver, il les avait oubliés. La nature humaine est ainsi faite. Les autres émotions tendres de sa jeunesse, s'il en avait, étaient tombées dans un abîme.

Quand il vit Cosette, quand il l'eut prise, emportée et délivrée, il sentit se remuer ses entrailles. Tout ce qu'il y avait de passionné et d'affectueux en lui s'éveilla et se précipita vers cet enfant. Il allait près du lit où elle dormait, et il y tremblait de joie ; il éprouvait des épreintes comme une mère et il ne savait ce que c'était ; car c'est une chose bien obscure et bien douce que ce grand et étrange mouvement d'un cœur qui se met à aimer.

Pauvre vieux cœur tout neuf !

Seulement, comme il avait cinquante-cinq ans et que Cosette en avait huit, tout ce qu'il aurait pu avoir d'amour dans toute sa vie se fondit en une sorte de lueur ineffable.

C'était la deuxième apparition blanche qu'il rencontrait. L'évêque avait fait lever à son horizon l'aube de la vertu ; Cosette y faisait lever l'aube de l'amour.

Les premiers jours s'écoulèrent dans cet éblouissement.

De son côté, Cosette, elle aussi, devenait autre, à son insu, pauvre petit être ! Elle était si petite quand sa mère l'avait quittée qu'elle ne s'en souvenait plus. Comme tous les enfants, pareils aux jeunes pousses de la vigne qui s'accrochent à tout, elle avait essayé d'aimer. Elle n'y avait pu réussir. Tous l'avaient repoussée, les Thénardier, leurs enfants, d'autres enfants. Elle avait aimé le chien, qui était mort. Après quoi, rien n'avait voulu d'elle, ni personne. Chose lugubre à dire, et que nous avons déjà indiquée, à huit ans elle avait le cœur froid. Ce n'était pas sa faute, ce n'était point la faculté d'aimer qui lui manquait ; hélas ! c'était la possibilité. Aussi, dès le premier jour, tout ce qui sentait et songeait en elle se mit à aimer ce bonhomme. Elle éprouvait ce qu'elle n'avait jamais ressenti, une sensation d'épanouissement.

Le bonhomme ne lui faisait même plus l'effet d'être vieux, ni d'être pauvre. Elle trouvait Jean Valjean beau, de même qu'elle trouvait le taudis joli.

Ce sont là des effets d'aurore, d'enfance, de jeunesse, de joie. La nouveauté de la terre et de la vie y est pour quelque chose. Rien n'est charmant comme le reflet colorant du bonheur sur le grenier. Nous avons tous ainsi dans notre passé un galetas bleu.

La nature, cinquante ans d'intervalle, avaient mis une séparation profonde entre Jean Valjean et Cosette ; cette séparation, la destinée la combla. La destinée unit brusquement et fiança avec son irrésistible puissance ces deux existences déracinées, différentes par l'âge, semblables par le deuil. L'une en effet complétait l'autre. L'instinct de Cosette cherchait un père comme l'instinct de Jean Valjean cherchait un enfant. Se rencontrer, ce fut se trouver. Au moment mystérieux où leurs deux mains se touchèrent, elles se soudèrent. Quand ces deux âmes s'aperçurent, elles se reconnurent comme étant le besoin l'une de l'autre et s'embrassèrent étroitement.

En prenant les mots dans leur sens le plus compréhensif et le plus absolu, on pourrait dire que, séparés de tout par des murs de tombe, Jean Valjean était le Veuf comme Cosette était l'Orpheline. Cette situation fit que Jean Valjean devint d'une façon céleste le père de Cosette.

Et, en vérité, l'impression mystérieuse produite à Cosette, au fond du bois de Chelles, par la main de Jean Valjean saisissant la sienne dans l'obscurité, n'était pas une illusion, mais une réalité. L'entrée de cet homme dans la destinée de cet enfant avait été l'arrivée de Dieu.

Du reste, Jean Valjean avait bien choisi son asile. Il était là dans une sécurité qui pouvait sembler entière.

La chambre à cabinet qu'il occupait avec Cosette était celle dont la fenêtre donnait sur le boulevard. Cette fenêtre étant unique dans la maison, aucun regard de voisin n'était à craindre, pas plus de côté qu'en face.

Le rez-de-chaussée du numéro 50-52, espèce d'appentis délabré, servait de remise à des maraîchers, et n'avait aucune communication avec le premier. Il en était séparé par le plancher qui n'avait ni trappe ni escalier et qui était comme le diaphragme de la masure. Le premier étage contenait, comme nous l'avons dit, plusieurs chambres et quelques greniers, dont un seulement était occupé par une vieille femme qui faisait le ménage de Jean Valjean. Tout le reste était inhabité.

C'était cette vieille femme, ornée du nom de *principale locataire* et en réalité chargée des fonctions de portière, qui lui avait loué ce logis dans la journée de Noël. Il s'était donné à elle pour un rentier ruiné par les bons d'Espagne, qui allait venir demeurer là avec sa petite-fille. Il avait payé six mois d'avance et chargé la vieille de meubler la chambre et le cabinet comme on a vu. C'était cette bonne femme qui avait allumé le poêle et tout préparé le soir de leur arrivée.

Les semaines se succédèrent. Ces deux êtres menaient dans ce taudis misérable une existence heureuse.

Dès l'aube Cosette riait, jasait, chantait. Les enfants ont leur chant du matin comme les oiseaux.

Il arrivait quelquefois que Jean Valjean lui prenait sa petite main rouge et crevassée d'engelures et la baisait. La pauvre enfant, accoutumée à être battue, ne savait ce que cela voulait dire, et s'en allait toute honteuse.

Par moments elle devenait sérieuse et elle considérait sa petite robe noire. Cosette n'était plus en guenilles, elle était en deuil. Elle sortait de la misère et elle entrait dans la vie.

Jean Valjean s'était mis à lui enseigner à lire. Parfois, tout en faisant épeler l'enfant, il songeait que c'était avec l'idée de faire le mal qu'il avait appris à lire au bagne. Cette idée avait tourné à montrer à lire à un enfant. Alors le vieux galérien souriait du sourire pensif des anges.

Il sentait là une préméditation d'en haut, une volonté de quelqu'un qui n'est pas l'homme, et il se perdait dans la rêverie. Les bonnes pensées ont leurs abîmes comme les mauvaises.

Apprendre à lire à Cosette, et la laisser jouer, c'était à peu près là toute la vie de Jean Valjean. Et puis il lui parlait de sa mère et il la faisait prier.

Elle l'appelait : *père*, et ne lui savait pas d'autre nom.

Il passait des heures à la contempler, habillant et déshabillant sa poupée, et à l'écouter gazouiller. La vie lui paraissait désormais pleine d'intérêt, les hommes lui semblaient bons et justes, il ne reprochait dans sa pensée plus rien à personne, il n'apercevait aucune raison de ne pas vieillir très vieux maintenant que cette enfant l'aimait. Il se voyait tout un avenir éclairé par Cosette comme par une charmante lumière. Les meilleurs ne sont pas exempts d'une pensée égoïste. Par moments il songeait avec une sorte de joie qu'elle serait laide.

Ceci n'est qu'une opinion personnelle ; mais pour dire notre pensée tout entière, au point où en était Jean Val-

jean quand il se mit à aimer Cosette, il ne nous est pas
prouvé qu'il n'ait pas eu besoin de ce ravitaillement pour
persévérer dans le bien. Il venait de voir sous de nouveaux aspects la méchanceté des hommes et la misère
de la société, aspects incomplets et qui ne montraient
fatalement qu'un côté du vrai, le sort de la femme
résumé dans Fantine, l'autorité publique personnifiée
dans Javert ; il était retourné au bagne, cette fois pour
avoir bien fait ; de nouvelles amertumes l'avaient
abreuvé ; le dégoût et la lassitude le reprenaient ; le souvenir même de l'évêque touchait peut-être à quelque
moment d'éclipse, sauf à reparaître plus tard lumineux
et triomphant ; mais enfin ce souvenir sacré s'affaiblis-
sait. Qui sait si Jean Valjean n'était pas à la veille de se
décourager et de retomber ? Il aima, et il redevint fort.
Hélas ! il n'était guère moins chancelant que Cosette. Il
la protégea et elle l'affermit. Grâce à lui, elle put marcher dans la vie ; grâce à elle, il put continuer dans la
vertu. Il fut le soutien de cet enfant et cet enfant fut son
point d'appui. Ô mystère insondable et divin des équi-
libres de la destinée !

IV

LES REMARQUES
DE LA PRINCIPALE LOCATAIRE

Jean Valjean avait la prudence de ne sortir jamais le
jour. Tous les soirs, au crépuscule, il se promenait une
heure ou deux, quelquefois seul, souvent avec Cosette,
cherchant les contre-allées du boulevard les plus solitaires, ou entrant dans les églises à la tombée de la nuit.
Il allait volontiers à Saint-Médard qui est l'église la plus
proche. Quand il n'emmenait pas Cosette, elle restait
avec la vieille femme ; mais c'était la joie de l'enfant de
sortir avec le bonhomme. Elle préférait une heure avec

lui même aux tête-à-tête ravissants de Catherine. Il marchait en la tenant par la main et en lui disant des choses douces.

Il se trouva que Cosette était très gaie.

La vieille faisait le ménage et la cuisine et allait aux provisions.

Ils vivaient sobrement, ayant toujours un peu de feu, mais comme des gens très gênés Jean Valjean n'avait rien changé au mobilier du premier jour ; seulement il avait fait remplacer par une porte pleine la porte vitrée du cabinet de Cosette.

Il avait toujours sa redingote jaune, sa culotte noire et son vieux chapeau. Dans la rue on le prenait pour un pauvre. Il arrivait quelquefois que des bonnes femmes se retournaient et lui donnaient un sou. Jean Valjean recevait le sou et saluait profondément. Il arrivait aussi parfois qu'il rencontrait quelque misérable demandant la charité, alors il regardait derrière lui si personne ne le voyait, s'approchait furtivement du malheureux, lui mettait dans la main une pièce de monnaie, souvent une pièce d'argent, et s'éloignait rapidement. Cela avait ses inconvénients. On commençait à le connaître dans le quartier sous le nom du *mendiant qui fait l'aumône*.

La vieille *principale locataire*, créature rechignée, toute pétrie vis-à-vis du prochain de l'attention des envieux, examinait beaucoup Jean Valjean, sans qu'il s'en doutât. Elle était un peu sourde, ce qui la rendait bavarde. Il lui restait de son passé deux dents, l'une en haut, l'autre en bas, qu'elle cognait toujours l'une contre l'autre. Elle avait fait des questions à Cosette qui, ne sachant rien, n'avait pu rien dire, sinon qu'elle venait de Montfermeil. Un matin, cette guetteuse aperçut Jean Valjean qui entrait, d'un air qui sembla à la commère particulier, dans un des compartiments inhabités de la masure. Elle le suivit du pas d'une vieille chatte, et put l'observer, sans en être vue, par la fente de la porte qui était tout contre. Jean Valjean, pour plus de précaution sans doute, tournait le dos à cette porte. La vieille le vit fouiller dans sa poche et y prendre un étui, des ciseaux et du fil, puis il se mit à découdre la doublure d'un pan de sa redingote et il tira de l'ouverture un morceau de papier jaunâtre qu'il déplia. La vieille reconnut avec épouvante que c'était un billet de mille francs. C'était le second ou le troisième qu'elle voyait depuis qu'elle était au monde. Elle s'enfuit très effrayée.

Un moment après, Jean Valjean l'aborda et la pria d'aller lui changer ce billet de mille francs, ajoutant que c'était le semestre de sa rente qu'il avait touché la veille.
— Où ? pensa la vieille. Il n'est sorti qu'à six heures du soir, et la caisse du gouvernement n'est certainement pas ouverte à cette heure-là. La vieille alla changer le billet et fit ses conjectures. Ce billet de mille francs, commenté et multiplié, produisit une foule de conversations effarées parmi les commères de la rue des Vignes-Saint-Marcel.

Les jours suivants, il arriva que Jean Valjean, en manches de veste, scia du bois dans le corridor. La vieille était dans la chambre et faisait le ménage. Elle était seule, Cosette étant occupée à admirer le bois qu'on sciait, la vieille vit la redingote accrochée à un clou, et la scruta : la doublure avait été recousue. La bonne femme la palpa attentivement, et crut sentir dans les pans et dans les entournures des épaisseurs de papier. D'autres billets de mille francs sans doute !

Elle remarqua en outre qu'il y avait toutes sortes de choses dans les poches, non seulement les aiguilles, les ciseaux et le fil qu'elle avait vus, mais un gros porte-feuille, un très grand couteau, et, détail suspect, plusieurs perruques de couleurs variées. Chaque poche de cette redingote avait l'air d'être une façon d'en-cas pour des événements imprévus.

Les habitants de la masure atteignirent ainsi les derniers jours de l'hiver.

V

UNE PIÈCE DE CINQ FRANCS
QUI TOMBE À TERRE FAIT DU BRUIT

Il y avait près de Saint-Médard un pauvre qui
s'accroupissait sur la margelle d'un puits banal
condamné, et auquel Jean Valjean faisait volontiers la
charité. Il ne passait guère devant cet homme sans lui
donner quelques sous. Parfois il lui parlait. Les envieux
de ce mendiant disaient qu'il était *de la police.* C'était
un vieux bedeau de soixante-quinze ans qui marmottait
continuellement des oraisons.

Un soir que Jean Valjean passait par là, il n'avait pas
Cosette avec lui, il aperçut le mendiant à sa place ordinaire sous le réverbère qu'on venait d'allumer. Cet
homme, selon son habitude, semblait prier et était tout
courbé. Jean Valjean alla à lui et lui mit dans la main
son aumône accoutumée. Le mendiant leva brusquement les yeux, regarda fixement Jean Valjean, puis
baissa rapidement la tête. Ce mouvement fut comme un
éclair, Jean Valjean eut un tressaillement. Il lui sembla
qu'il venait d'entrevoir, à la lueur du réverbère, non le
visage placide et béat du vieux bedeau, mais une figure
effrayante et connue. Il eut l'impression qu'on aurait en
se trouvant tout à coup dans l'ombre face à face avec
un tigre. Il recula terrifié et pétrifié, n'osant ni respirer,
ni parler, ni rester, ni fuir, considérant le mendiant qui
avait baissé sa tête couverte d'une loque et paraissait ne
plus savoir qu'il était là. Dans ce moment étrange, un
instinct, peut-être l'instinct mystérieux de la conservation, fit que Jean Valjean ne prononça pas une parole.
Le mendiant avait la même taille, les mêmes guenilles,
la même apparence que tous les jours. — Bah !... dit

Jean Valjean, je suis fou ! je rêve ! impossible ! — Et il rentra profondément troublé.

C'est à peine s'il osait s'avouer à lui-même que cette figure qu'il avait cru voir était la figure de Javert.

La nuit, en y réfléchissant, il regretta de n'avoir pas questionné l'homme pour le forcer à lever la tête une seconde fois.

Le lendemain à la nuit tombante il y retourna. Le mendiant était à sa place. — Bonjour, bonhomme, dit résolument Jean Valjean en lui donnant un sou. Le mendiant leva la tête, et répondit d'une voix dolente : — Merci, mon bon monsieur. — C'était bien le vieux bedeau.

Jean Valjean se sentit pleinement rassuré. Il se mit à rire. — Où diable ai-je été voir là Javert ? pensa-t-il. Ah çà, est-ce que je vais avoir la berlue à présent ? — Il n'y songea plus.

Quelques jours après, il pouvait être huit heures du soir, il était dans sa chambre et il faisait épeler Cosette à haute voix, il entendit ouvrir, puis refermer la porte de la masure. Cela lui parut singulier. La vieille, qui seule habitait avec lui la maison, se couchait toujours à la nuit pour ne point user de chandelle. Jean Valjean fit signe à Cosette de se taire. Il entendit qu'on montait l'escalier. À la rigueur ce pouvait être la vieille qui avait pu se trouver malade et aller chez l'apothicaire. Jean Valjean écouta. Le pas était lourd et sonnait comme le pas d'un homme ; mais la vieille portait de gros souliers et rien ne ressemble au pas d'un homme comme le pas d'une vieille femme. Cependant Jean Valjean souffla sa chandelle.

Il avait envoyé Cosette au lit en lui disant tout bas : — Couche-toi bien doucement ; et, pendant qu'il la baisait au front, les pas s'étaient arrêtés. Jean Valjean demeura en silence, immobile, le dos tourné à la porte, assis sur sa chaise dont il n'avait pas bougé, retenant son souffle dans l'obscurité. Au bout d'un temps assez long, n'entendant plus rien, il se retourna sans faire de bruit, et, comme il levait les yeux vers la porte de sa chambre, il vit une lumière par le trou de la serrure. Cette lumière faisait une sorte d'étoile sinistre dans le noir de la porte et du mur. Il y avait évidemment là quelqu'un qui tenait une chandelle à la main, et qui écoutait.

Quelques minutes s'écoulèrent, et la lumière s'en alla. Seulement il n'entendit plus aucun bruit de pas, ce qui semblait indiquer que celui qui était venu écouter à la porte avait ôté ses souliers.

Jean Valjean se jeta tout habillé sur son lit et ne put fermer l'œil de la nuit.

Au point du jour, comme il s'assoupissait de fatigue, il fut réveillé par le grincement d'une porte qui s'ouvrait à quelque mansarde du fond du corridor, puis il entendit le même pas d'homme qui avait monté l'escalier la veille. Le pas s'approchait. Il se jeta à bas du lit et appliqua son œil au trou de sa serrure, lequel était assez grand, espérant voir au passage l'être quelconque qui s'était introduit la nuit dans la masure et qui avait écouté à sa porte. C'était un homme en effet qui passa, cette fois sans s'arrêter, devant la chambre de Jean Valjean. Le corridor était encore trop obscur pour qu'on pût distinguer son visage ; mais quand l'homme arriva à l'escalier, un rayon de la lumière du dehors le fit saillir comme une silhouette, et Jean Valjean le vit de dos complètement. L'homme était de haute taille, vêtu d'une redingote longue, avec un gourdin sous son bras. C'était l'encolure formidable de Javert.

Jean Valjean aurait pu essayer de le revoir par sa fenêtre sur le boulevard. Mais il eût fallu ouvrir cette fenêtre, il n'osa pas.

Il était évident que cet homme était entré avec une clef, et comme chez lui. Qui lui avait donné cette clef ? qu'est-ce que cela voulait dire ?

À sept heures du matin, quand la vieille vint faire le ménage, Jean Valjean lui jeta un coup d'œil pénétrant, mais il ne l'interrogea pas. La bonne femme était comme à l'ordinaire.

Tout en balayant, elle lui dit :

— Monsieur a peut-être entendu quelqu'un qui entrait cette nuit ?

À cet âge et sur ce boulevard, huit heures du soir, c'est la nuit la plus noire.

— À propos, c'est vrai, répondit-il de l'accent le plus naturel. Qui était-ce donc ?

— C'est un nouveau locataire, dit le vieille, qu'il y a dans la maison.

— Et qui s'appelle ?

— Je ne sais plus trop. Monsieur Dumont ou Daumont. Un nom comme cela.

— Et qu'est-ce qu'il est, ce monsieur Dumont ?

La vieille le considéra avec ses petits yeux de fouine, et répondit :

— Un rentier, comme vous.

Elle n'avait peut-être aucune intention. Jean Valjean crut lui en démêler une.

Quant la vieille fut partie, il fit un rouleau d'une centaine de francs qu'il avait dans une armoire et le mit dans sa poche. Quelque précaution qu'il prît dans cette opération pour qu'on ne l'entendît pas remuer de l'argent, une pièce de cent sous lui échappa des mains et roula bruyamment sur le carreau.

À la brune, il descendit et regarda avec attention de tous les côtés sur le boulevard. Il n'y vit personne. Le boulevard semblait absolument désert. Il est vrai qu'on peut s'y cacher derrière les arbres.

Il remonta.

— Viens, dit-il à Cosette.

Il la prit par la main, et ils sortirent tous deux.

Livre cinquième

À CHASSE NOIRE,
MEUTE MUETTE

I

LES ZIGZAGS DE LA STRATÉGIE

Ici, pour les pages qu'on va lire et pour d'autres encore qu'on rencontrera plus tard, une observation est nécessaire [1].

Voilà bien des années déjà que l'auteur de ce livre, forcé, à regret, de parler de lui, est absent de Paris. Depuis qu'il l'a quitté, Paris s'est transformé. Une ville nouvelle a surgi qui lui est en quelque sorte inconnue. Il n'a pas besoin de dire qu'il aime Paris ; Paris est la ville natale de son esprit. Par suite des démolitions et des reconstructions, le Paris de sa jeunesse, ce Paris qu'il a religieusement emporté dans sa mémoire, est à cette heure un Paris d'autrefois. Qu'on lui permette de parler de ce Paris-là comme s'il existait encore. Il est possible que là où l'auteur va conduire les lecteurs en disant : « Dans telle rue il y a telle maison », il n'y ait plus aujourd'hui ni maison ni rue. Les lecteurs vérifieront, s'ils veulent en prendre la peine. Quant à lui, il ignore le Paris nouveau, et il écrit avec le Paris ancien devant les yeux dans une illusion qui lui est précieuse. C'est une douceur pour lui de rêver qu'il reste derrière lui quelque chose de ce qu'il voyait quand il était dans son pays, et que tout ne s'est pas évanoui. Tant qu'on va et vient dans le pays natal, on s'imagine que ces rues vous sont indifférentes, que ces fenêtres, ces toits et ces portes ne vous sont de rien, que ces murs vous sont étrangers, que ces arbres sont les premiers arbres venus, que ces maisons où l'on n'entre pas vous sont inutiles, que ces pavés où l'on marche sont des pierres. Plus tard, quand on n'y est plus, on s'aperçoit que ces rues vous sont chères, que ces toits, ces fenêtres et ces portes vous manquent, que ces murailles vous sont nécessaires, que ces arbres sont vos bien-aimés, que ces maisons où l'on n'entrait pas on y entrait tous les jours, et qu'on a laissé de ses entrailles, de son sang et de son cœur dans ces pavés. Tous ces lieux qu'on ne voit plus, qu'on ne reverra jamais peut-être, et dont on a gardé l'image, prennent un charme douloureux, vous reviennent avec la mélancolie d'une apparition, vous font la terre sainte visible, et sont, pour ainsi dire, la forme même de la France ; et on les aime et on les invoque tels qu'ils sont, tels qu'ils étaient, et l'on s'y obstine, et l'on n'y veut rien changer, car on tient à la figure de la patrie comme au visage de sa mère.

Qu'il nous soit donc permis de parler du passé au présent. Cela dit, nous prions le lecteur d'en tenir note, et nous continuons.

Jean Valjean avait tout de suite quitté le boulevard et s'était engagé dans les rues, faisant le plus de lignes brisées qu'il pouvait, revenant quelquefois brusquement sur ses pas pour s'assurer qu'il n'était point suivi.

Cette manœuvre est propre au cerf traqué. Sur les terrains où la trace peut s'imprimer, cette manœuvre a, entre autres avantages, celui de tromper les chasseurs et les chiens par le contre-pied. C'est ce qu'en vénerie on appelle *faux rembuchement*.

C'était une nuit de pleine lune. Jean Valjean n'en fut pas fâché. La lune, encore très près de l'horizon, coupait dans les rues de grands pans d'ombre et de lumière. Jean Valjean pouvait se glisser le long des maisons et des murs dans le côté sombre et observer le côté clair. Il ne réfléchissait peut-être pas assez que le côté obscur lui échappait. Pourtant, dans toutes les ruelles désertes qui avoisinent la rue de Poliveau, il crut être certain que personne ne venait derrière lui.

Cosette marchait sans faire de questions. Les souffrances des six premières années de sa vie avaient introduit quelque chose de passif dans sa nature. D'ailleurs, et c'est là une remarque sur laquelle nous aurons plus d'une occasion de revenir, elle était habituée, sans trop s'en rendre compte, aux singularités du bonhomme et aux bizarreries de la destinée. Et puis elle se sentait en sûreté, étant avec lui.

Jean Valjean, pas plus que Cosette, ne savait où il allait. Il se confiait à Dieu comme elle se confiait à lui. Il lui semblait qu'il tenait, lui aussi, quelqu'un de plus grand que lui par la main ; il croyait sentir un être qui le menait, invisible. Du reste il n'avait aucune idée arrêtée, aucun plan, aucun projet. Il n'était même pas absolument sûr que ce fût Javert, et puis ce pouvait être Javert sans que Javert sût que c'était lui Jean Valjean. N'était-il pas déguisé ? ne le croyait-on pas mort ? Cependant depuis quelques jours il se passait des choses qui devenaient singulières. Il ne lui en fallait pas davantage. Il était déterminé à ne plus rentrer dans la maison Gorbeau. Comme l'animal chassé du gîte, il cherchait un trou où se cacher, en attendant qu'il en trouvât un où se loger.

Jean Valjean décrivit plusieurs labyrinthes variés dans le quartier Mouffetard, déjà endormi comme s'il avait encore la discipline du Moyen Âge et le joug du couvre-feu ; il combina de diverses façons, dans des stratégies savantes, la rue Censier et la rue Copeau, la rue du Battoir-Saint-Victor et la rue du Puits-l'Ermite. Il y a par là des logeurs, mais il n'y entrait même pas, ne trouvant point ce qui lui convenait. Par exemple, il ne doutait pas que, si, par hasard, on avait cherché sa piste, on ne l'eût perdue.

Comme onze heures sonnaient à Saint-Étienne-du-Mont, il traversait la rue de Pontoise devant le bureau du commissaire de police qui est au n° 14. Quelques instants après, l'instinct dont nous parlions plus haut fit qu'il se retourna. En ce moment, il vit distinctement, grâce à la lanterne du commissaire qui les trahissait, trois hommes qui le suivaient d'assez près passer successivement sous cette lanterne dans le côté ténébreux de la rue. L'un de ces trois hommes entra dans l'allée de la maison du commissaire. Celui qui marchait en tête lui parut décidément suspect.

— Viens, enfant, dit-il à Cosette, et il se hâta de quitter la rue de Pontoise.

Il fit un circuit, tourna le passage des Patriarches qui était fermé à cause de l'heure, arpenta la rue de l'Épée-de-Bois et la rue de l'Arbalète et s'enfonça dans la rue des Postes.

Il y a là un carrefour, où est aujourd'hui le collège Rollin et où vient s'embrancher la rue Neuve-Sainte-Geneviève.

(Il va sans dire que la rue Neuve-Sainte-Geneviève est une vieille rue, et qu'il ne passe pas une chaise de poste tous les dix ans rue des Postes. Cette rue des Postes était au treizième siècle habitée par des potiers et son vrai nom est rue des Pots.)

La lune jetait une vive lumière dans ce carrefour. Jean Valjean s'embusqua sous une porte, calculant que si ces hommes le suivaient encore, il ne pourrait manquer de les très bien voir lorsqu'ils traverseraient cette clarté.

En effet, il ne s'était pas écoulé trois minutes que les hommes parurent. Ils étaient maintenant quatre ; tous de haute taille, vêtus de longues redingotes brunes, avec des chapeaux ronds, et de gros bâtons à la main. Ils n'étaient pas moins inquiétants par leur grande stature et leurs vastes poings que par leur marche sinistre dans les ténèbres. On eût dit quatre spectres déguisés en bourgeois.

Ils s'arrêtèrent au milieu du carrefour et firent groupe, comme des gens qui se consultent. Ils avaient l'air indécis. Celui qui paraissait les conduire se tourna et désigna vivement de la main droite la direction où s'était engagé Jean Valjean ; un autre semblait indiquer avec une certaine obstination la direction contraire. À l'instant où le premier se retourna, la lune éclaira en plein son visage. Jean Valjean reconnut parfaitement Javert.

II

IL EST HEUREUX
QUE LE PONT D'AUSTERLITZ
PORTE VOITURES

L'incertitude cessait pour Jean Valjean ; heureusement elle durait encore pour ces hommes. Il profita de leur hésitation ; c'était du temps perdu pour eux, gagné pour lui. Il sortit de dessous la porte où il s'était tapi, et poussa dans la rue des Postes vers la région du Jardin des Plantes. Cosette commençait à se fatiguer, il la prit dans ses bras, et la porta. Il n'y avait point un passant, et l'on n'avait pas allumé les réverbères à cause de la lune.

Il doubla le pas.

En quelques enjambées, il atteignit la poterie Goblet sur la façade de laquelle le clair de lune faisait très distinctement lisible la vieille inscription :

> *De Goblet fils c'est ici la fabrique ;*
> *Venez choisir des cruches et des brocs,*
> *Des pots à fleurs, des tuyaux, de la brique.*
> *À tout venant le Cœur vend des Carreaux.*

Il laissa derrière lui la rue de la Clef, puis la fontaine Saint-Victor, longea le Jardin des Plantes par les rues basses, et arriva au quai. Là il se retourna. Le quai était

désert. Les rues étaient désertes. Personne derrière lui.
Il respira.

Il gagna le pont d'Austerlitz.

Le péage y existait encore à cette époque.

Il se présenta au bureau du péager, et donna un sou.

— C'est deux sous, dit l'invalide du pont. Vous portez
là un enfant qui peut marcher. Payez pour deux.

Il paya, contrarié que son passage eût donné lieu à
une observation. Toute fuite doit être un glissement.

Une grosse charrette passait la Seine en même temps
que lui et allait comme lui sur la rive droite. Cela lui fut
utile. Il put traverser tout le pont dans l'ombre de cette
charrette.

Vers le milieu du pont, Cosette, ayant les pieds
engourdis, désira marcher. Il la posa à terre et la reprit
par la main.

Le pont franchi, il aperçut un peu à droite des chantiers devant lui ; il y marcha. Pour y arriver, il fallait
s'aventurer dans un assez large espace découvert et
éclairé. Il n'hésita pas. Ceux qui le traquaient étaient
évidemment dépistés et Jean Valjean se croyait hors de
danger. Cherché, oui ; suivi, non.

Une petite rue, la rue du Chemin-Vert-Saint-Antoine,
s'ouvrait entre deux chantiers enclos de murs. Cette rue
était étroite, obscure, et comme faite exprès pour lui.
Avant d'y entrer, il regarda en arrière.

Du point où il était, il voyait dans toute sa longueur
le pont d'Austerlitz.

Quatre ombres venaient d'entrer sur le pont.

Ces ombres tournaient le dos au Jardin des Plantes
et se dirigeaient vers la rive droite.

Ces quatre ombres, c'étaient les quatre hommes.

Jean Valjean eut le frémissement de la bête reprise.

Il lui restait une espérance ; c'est que ces hommes
peut-être n'étaient pas encore entrés sur le pont et ne
l'avaient pas aperçu au moment où il avait traversé,
tenant Cosette par la main, la grande place éclairée.

En ce cas-là, en s'enfonçant dans la petite rue qui

était devant lui, s'il parvenait à atteindre les chantiers, les marais, les cultures, les terrains non bâtis, il pouvait échapper.

Il lui sembla qu'on pouvait se confier à cette petite rue silencieuse. Il y entra.

III

VOIR LE PLAN DE PARIS DE 1727 [1]

Au bout de trois cents pas, il arriva à un point où la rue se bifurquait. Elle se partageait en deux rues, obliquant l'une à gauche, l'autre à droite. Jean Valjean avait devant lui comme les deux branches d'un Y. Laquelle choisir ?

Il ne balança point, il prit la droite.

Pourquoi ?

C'est que la branche gauche allait vers le faubourg, c'est-à-dire vers les lieux habités, et la branche droite vers la campagne, c'est-à-dire vers les lieux déserts.

Cependant ils ne marchaient plus très rapidement. Le pas de Cosette ralentissait le pas de Jean Valjean.

Il se remit à la porter. Cosette appuyait sa tête sur l'épaule du bonhomme et ne disait pas un mot.

Il se retournait de temps en temps et regardait. Il avait soin de se tenir toujours du côté obscur de la rue. La rue était droite derrière lui. Les deux ou trois premières fois qu'il se retourna, il ne vit rien, le silence était profond, il continua sa marche un peu rassuré. Tout à coup, à un certain instant, s'étant retourné, il lui sembla voir dans la partie de la rue où il venait de passer, loin dans l'obscurité, quelque chose qui bougeait.

Il se précipita en avant, plutôt qu'il ne marcha, espérant trouver quelque ruelle latérale, s'évader par là, et rompre encore une fois sa piste.

Il arriva à un mur.

Ce mur pourtant n'était point une impossibilité d'aller plus loin ; c'était une muraille bordant une ruelle transversale à laquelle aboutissait la rue où s'était engagé Jean Valjean.

Ici encore il fallait se décider ; prendre à droite ou à gauche.

Il regarda à droite. La ruelle se prolongeait en tronçon entre des constructions qui étaient des hangars ou des granges, puis se terminait en impasse. On voyait distinctement le fond du cul-de-sac ; un grand mur blanc.

Il regarda à gauche. La ruelle de ce côté était ouverte, et, au bout de deux cents pas environ, tombait dans une rue dont elle était l'affluent. C'était de ce côté-là qu'était le salut.

Au moment où Jean Valjean songeait à tourner à gauche, pour tâcher de gagner la rue qu'il entrevoyait au bout de la ruelle, il aperçut, à l'angle de la ruelle et de cette rue vers laquelle il allait se diriger, une espèce de statue noire, immobile.

C'était quelqu'un, un homme, qui venait d'être posté là évidemment, et qui, barrant le passage, attendait.

Jean Valjean recula.

Le point de Paris où se trouvait Jean Valjean, situé entre le faubourg Saint-Antoine et la Râpée, est un de ceux qu'ont transformés de fond en comble les travaux récents, enlaidissements selon les uns, transfiguration selon les autres. Les cultures, les chantiers et les vieilles bâtisses se sont effacés. Il y a là aujourd'hui de grandes rues toutes neuves, des arènes, des cirques, des hippodromes, des embarcadères de chemin de fer, une prison, Mazas ; le progrès, comme on voit, avec son correctif.

Il y a un demi-siècle, dans cette langue usuelle populaire, toute faite de traditions, qui s'obstine à appeler l'Institut *les Quatre-Nations* et l'Opéra-Comique *Feydeau*, l'endroit précis où était parvenu Jean Valjean se nommait le *Petit-Picpus*. La porte Saint-Jacques, la

porte Paris, la barrière des Sergents, les Porcherons, la
Galiote, les Célestins, les Capucins, le Mail, la Bourbe,
l'Arbre-de-Cracovie, la Petite-Pologne, le Petit-Picpus,
ce sont les noms du vieux Paris surnageant dans le nouveau. La mémoire du peuple flotte sur ces épaves du
passé.

Le Petit-Picpus, qui du reste a existé à peine et n'a
jamais été qu'une ébauche de quartier, avait presque
l'aspect monacal d'une ville espagnole. Les chemins
étaient peu pavés, les rues étaient peu bâties. Excepté
les deux ou trois rues dont nous allons parler, tout y
était muraille et solitude. Pas une boutique, pas une
voiture ; à peine çà et là une chandelle allumée aux fenêtres ; toute lumière éteinte après dix heures. Des jardins, des couvents, des chantiers, des marais ; de rares
maisons basses, et de grands murs aussi hauts que les
maisons.

Tel était ce quartier au dernier siècle. La révolution
l'avait déjà fort rabroué. L'édilité républicaine l'avait
démoli, percé, troué. Des dépôts de gravats y avaient
été établis. Il y a trente ans, ce quartier disparaissait
sous la rature des constructions nouvelles. Aujourd'hui
il est biffé tout à fait. Le Petit-Picpus, dont aucun plan
actuel n'a gardé trace, est assez clairement indiqué dans
le plan de 1727, publié à Paris chez Denis Thierry, rue
Saint-Jacques, vis-à-vis la rue du Plâtre, et à Lyon chez
Jean Girin, rue Mercière, à la Prudence. Le Petit-Picpus
avait ce que nous venons d'appeler un Y de rues, formé
par la rue du Chemin-Vert-Saint-Antoine s'écartant en
deux branches et prenant à gauche le nom de petite rue
Picpus et à droite le nom de rue Polonceau. Les deux
branches de l'Y étaient réunies à leur sommet comme
par une barre. Cette barre se nommait rue Droit-Mur.
La rue Polonceau y aboutissait ; la petite rue Picpus passait outre, et montait vers le marché Lenoir. Celui qui,
venant de la Seine, arrivait à l'extrémité de la rue Polonceau, avait à sa gauche la rue Droit-Mur, tournant brusquement à angle droit, devant lui la muraille de cette

rue, et à sa droite un prolongement tronqué de la rue Droit-Mur, sans issue, appelé le cul-de-sac Genrot.

C'est là qu'était Jean Valjean.

Comme nous venons de le dire, en apercevant la silhouette noire, en vedette à l'angle de la rue Droit-Mur et de la petite rue Picpus, il recula. Nul doute. Il était guetté par ce fantôme.

Que faire ?

Il n'était plus temps de rétrograder. Ce qu'il avait vu remuer dans l'ombre à quelque distance derrière lui le moment d'auparavant, c'était sans doute Javert et son escouade. Javert était probablement déjà au commencement de la rue à la fin de laquelle était Jean Valjean. Javert, selon toute apparence, connaissait ce petit dédale, et avait pris ses précautions en envoyant un de ses hommes garder l'issue. Ces conjectures, si ressemblantes à des évidences, tourbillonnèrent tout de suite, comme une poignée de poussière qui s'envole à un vent subit, dans le cerveau douloureux de Jean Valjean. Il examina le cul-de-sac Genrot ; là, barrage. Il examina la petite rue Picpus ; là, une sentinelle. Il voyait cette figure sombre se détacher en noir sur le pavé blanc inondé de lune. Avancer, c'était tomber sur cet homme. Reculer, c'était se jeter dans Javert. Jean Valjean se sentait pris comme dans un filet qui se resserrait lentement. Il regarda le ciel avec désespoir.

IV

LES TÂTONNEMENTS DE L'ÉVASION

Pour comprendre ce qui va suivre, il faut se figurer d'une manière exacte la ruelle Droit-Mur, et en particulier l'angle qu'on laissait à gauche quand on sortait de la rue Polonceau pour entrer dans cette ruelle. La ruelle Droit-Mur était à peu près entièrement bordée à droite jusqu'à la petite rue Picpus par des maisons de pauvre apparence ; à gauche par un seul bâtiment d'une ligne sévère composé de plusieurs corps de logis qui allaient se haussant graduellement d'un étage ou deux à mesure qu'ils approchaient de la petite rue Picpus ; de sorte que ce bâtiment, très élevé du côté de la petite rue Picpus, était assez bas du côté de la rue Polonceau. Là, à l'angle dont nous avons parlé, il s'abaissait au point de n'avoir plus qu'une muraille. Cette muraille n'allait pas aboutir carrément à la rue ; elle dessinait un pan coupé fort en retraite, dérobé par ses deux angles à deux observateurs qui eussent été l'un rue Polonceau, l'autre rue Droit-Mur.

À partir des deux angles du pan coupé, la muraille se prolongeait sur la rue Polonceau jusqu'à une maison qui portait le n° 49 et sur la rue Droit-Mur, où son tronçon était beaucoup plus court, jusqu'au bâtiment sombre dont nous avons parlé et dont elle coupait le pignon, faisant ainsi dans la rue un nouvel angle rentrant. Ce pignon était d'un aspect morne ; on n'y voyait qu'une seule fenêtre, ou, pour mieux dire, deux volets revêtus d'une feuille de zinc, et toujours fermés.

L'état de lieux que nous dressons ici est d'une rigoureuse exactitude et éveillera certainement un souvenir très précis dans l'esprit des anciens habitants du quartier.

Le pan coupé était entièrement rempli par une chose qui ressemblait à une porte colossale et misérable. C'était un vaste assemblage informe de planches perpendiculaires, celles d'en haut plus larges que celles d'en bas, reliées par de longues lanières de fer transversales. À côté il y avait une porte cochère de dimension ordinaire et dont le percement ne remontait évidemment pas à plus d'une cinquantaine d'années.

Un tilleul montrait son branchage au-dessus du pan coupé, et le mur était couvert de lierre du côté de la rue Polonceau.

Dans l'imminent péril où se trouvait Jean Valjean, ce

bâtiment sombre avait quelque chose d'inhabité et de
solitaire qui le tentait. Il le parcourut rapidement des
yeux. Il se disait que s'il parvenait à y pénétrer, il était
peut-être sauvé. Il eut d'abord une idée et une espérance.

Dans la partie moyenne de la devanture de ce bâtiment sur la rue Droit-Mur, il y avait à toutes les fenêtres
des divers étages de vieilles cuvettes-entonnoirs en
plomb. Les embranchements variés des conduits qui
allaient d'un conduit central aboutir à toutes ces
cuvettes dessinaient sur la façade une espèce d'arbre.
Ces ramifications de tuyaux avec leurs cent coudes imi-
taient ces vieux ceps de vigne dépouillés qui se tordent
sur les devantures des anciennes fermes.

Ce bizarre espalier aux branches de tôle et de fer fut
le premier objet qui frappa le regard de Jean Valjean. Il
assit Cosette le dos contre une borne en lui recomman-
dant le silence et courut à l'endroit où le conduit venait
toucher le pavé. Peut-être y avait-il moyen d'escalader
par là et d'entrer dans la maison. Mais le conduit était
délabré et hors de service et tenait à peine à son scelle-
ment. D'ailleurs toutes les fenêtres de ce logis silencieux
étaient grillées d'épaisses barres de fer, même les man-
sardes du toit. Et puis la lune éclairait pleinement cette
façade, et l'homme qui l'observait du bout de la rue
aurait vu Jean Valjean faire l'escalade. Enfin que faire
de Cosette ? comment la hisser au haut d'une maison à
trois étages ?

Il renonça à grimper par le conduit et rampa le long
du mur pour rentrer dans la rue Polonceau.

Quand il fut au pan coupé où il avait laissé Cosette,
il remarqua que, là, personne ne pouvait le voir. Il
échappait, comme nous venons de l'expliquer, à tous les
regards, de quelque côté qu'ils vinssent. En outre il était
dans l'ombre. Enfin il y avait deux portes. Peut-être
pourrait-on les forcer. Le mur au-dessus duquel il voyait
le tilleul et le lierre donnait évidemment dans un jardin
où il pourrait tout au moins se cacher, quoiqu'il n'y eût

pas encore de feuilles aux arbres, et passer le reste de
la nuit.

Le temps s'écoulait. Il fallait faire vite.

Il tâta la porte cochère et reconnut tout de suite
qu'elle était condamnée au dedans et au dehors.

Il s'approcha de l'autre grande porte avec plus
d'espoir. Elle était affreusement décrépite, son immensité même la rendait moins solide, les planches étaient
pourries, les ligatures de fer, il n'y en avait que trois,
étaient rouillées. Il semblait possible de percer cette clôture vermoulue.

En l'examinant, il vit que cette porte n'était pas une
porte. Elle n'avait ni gonds, ni pentures, ni serrure, ni
fente au milieu. Les bandes de fer la traversaient de part
en part sans solution de continuité. Par les crevasses
des planches il entrevit des moellons et des pierres grossièrement cimentés que les passants pouvaient y voir
encore il y a dix ans. Il fut forcé de s'avouer avec conster-
nation que cette apparence de porte était simplement
le parement en bois d'une bâtisse à laquelle elle était
adossée. Il était facile d'arracher une planche, mais on
se trouvait face à face avec un mur.

V

QUI SERAIT IMPOSSIBLE
AVEC L'ÉCLAIRAGE AU GAZ

En ce moment un bruit sourd et cadencé commença
à se faire entendre à quelque distance. Jean Valjean risqua un peu son regard en dehors du coin de la rue. Sept
ou huit soldats disposés en peloton venaient de déboucher dans la rue Polonceau. Il voyait briller les bayonnettes. Cela venait vers lui.

Ces soldats, en tête desquels il distinguait la haute
stature de Javert, s'avançaient lentement et avec pré-

caution. Ils s'arrêtaient fréquemment. Il était visible qu'ils exploraient tous les recoins des murs et toutes les embrasures de portes et d'allées.

C'était, et ici la conjecture ne pouvait se tromper, quelque patrouille que Javert avait rencontrée et qu'il avait requise.

Les deux acolytes de Javert marchaient dans leurs rangs.

Du pas dont ils marchaient, et avec les stations qu'ils faisaient, il leur fallait environ un quart d'heure pour arriver à l'endroit où se trouvait Jean Valjean. Ce fut un instant affreux. Quelques minutes séparaient Jean Valjean de cet épouvantable précipice qui s'ouvrait devant lui pour la troisième fois. Et le bagne maintenant n'était plus seulement le bagne, c'était Cosette perdue à jamais ; c'est-à-dire une vie qui ressemblait au dedans d'une tombe.

Il n'y avait plus qu'une chose possible.

Jean Valjean avait cela de particulier qu'on pouvait dire qu'il portait deux besaces ; dans l'une il avait les pensées d'un saint, dans l'autre les redoutables talents d'un forçat. Il fouillait dans l'une ou dans l'autre, selon l'occasion.

Entre autres ressources, grâce à ses nombreuses évasions du bagne de Toulon, il était, on s'en souvient, passé maître dans cet art incroyable de s'élever, sans échelles, sans crampons, par la seule force musculaire, en s'appuyant de la nuque, des épaules, des hanches et des genoux, en s'aidant à peine des rares reliefs de la pierre, dans l'angle droit d'un mur, au besoin jusqu'à la hauteur d'un sixième étage ; art qui a rendu si effrayant et si célèbre le coin de la cour de la Conciergerie de Paris par où s'échappa, il y a une vingtaine d'années, le condamné Battemolle.

Jean Valjean mesura des yeux la muraille au-dessus de laquelle il voyait le tilleul. Elle avait environ dix-huit pieds de haut. L'angle qu'elle faisait avec le pignon du grand bâtiment était rempli, dans sa partie inférieure, d'un massif de maçonnerie de forme triangulaire, pro-bablement destiné à préserver ce trop commode recoin des stations de ces stercoraires qu'on appelle les pas-sants. Ce remplissage préventif des coins de mur est fort usité à Paris.

Ce massif avait environ cinq pieds de haut. Du som-met de ce massif l'espace à franchir pour arriver sur le mur n'était guère que de quatorze pieds.

Le mur était surmonté d'une pierre plate sans che-vron.

La difficulté était Cosette. Cosette, elle, ne savait pas escalader un mur. L'abandonner ? Jean Valjean n'y son-geait pas. L'emporter était impossible. Toutes les forces d'un homme lui sont nécessaires pour mener à bien ces étranges ascensions. Le moindre fardeau dérangerait son centre de gravité et le précipiterait.

Il aurait fallu une corde. Jean Valjean n'en avait pas. Où trouver une corde à minuit, rue Polonceau ? Certes, en cet instant-là, si Jean Valjean avait eu un royaume, il l'eût donné pour une corde.

Toutes les situations extrêmes ont leurs éclairs qui tantôt nous aveuglent, tantôt nous illuminent.

Le regard désespéré de Jean Valjean rencontra la potence du réverbère du cul-de-sac Genrot.

À cette époque il n'y avait point de becs de gaz dans les rues de Paris. À la nuit tombante on y allumait des réverbères placés de distance en distance, lesquels mon-taient et descendaient au moyen d'une corde qui traver-sait la rue de part en part et qui s'ajustait dans la rainure d'une potence. Le tourniquet où se dévidait cette corde était scellé au-dessous de la lanterne dans une petite armoire de fer dont l'allumeur avait la clef, et la corde elle-même était protégée jusqu'à une certaine hauteur par un étui de métal.

Jean Valjean, avec l'énergie d'une lutte suprême, fran-chit la rue d'un bond, entra dans le cul-de-sac, fit sauter le pêne de la petite armoire avec la pointe de son cou-teau, et un instant après il était revenu près de Cosette.

Il avait une corde. Ils vont vite en besogne, ces sombres
trouveurs d'expédients, aux prises avec la fatalité.

Nous avons expliqué que les réverbères n'avaient pas
été allumés cette nuit-là. La lanterne du cul-de-sac Genrot se trouvait donc naturellement éteinte comme les
autres, et l'on pouvait passer à côté sans même remarquer qu'elle n'était plus à sa place.

Cependant l'heure, le lieu, l'obscurité, la préoccupation de Jean Valjean, ses gestes singuliers, ses allées et
venues, tout cela commençait à inquiéter Cosette. Tout
autre enfant qu'elle aurait depuis longtemps jeté les
hauts cris. Elle se borna à tirer Jean Valjean par le pan
de sa redingote. On entendait toujours de plus en plus
distinctement le bruit de la patrouille qui approchait.

— Père, dit-elle tout bas, j'ai peur. Qu'est-ce qui vient
donc là ?

— Chut ! répondit le malheureux homme. C'est la
Thénardier.

Cosette tressaillit. Il ajouta :

— Ne dis rien. Laisse-moi faire. Si tu cries, si tu pleu-
res, la Thénardier te guette. Elle vient pour te ravoir.

Alors, sans se hâter, mais sans s'y reprendre à deux
fois pour rien, avec une précision ferme et brève,
d'autant plus remarquable en un pareil moment que la
patrouille et Javert pouvaient survenir d'un instant à
l'autre, il défit sa cravate, la passa autour du corps de
Cosette sous les aisselles en ayant soin qu'elle ne pût
blesser l'enfant, rattacha cette cravate à un bout de la
corde au moyen de ce nœud que les gens de mer appellent nœud d'hirondelle, prit l'autre bout de cette corde
dans ses dents, ôta ses souliers et ses bas qu'il jeta par-
dessus la muraille, monta sur le massif de maçonnerie,
et commença à s'élever dans l'angle du mur et du pignon
avec autant de solidité et de certitude que s'il eût eu des
échelons sous les talons et sous les coudes. Une demi-
minute ne s'était pas écoulée qu'il était à genoux sur le
mur.

Cosette le considérait avec stupeur, sans dire une

parole. La recommandation de Jean Valjean et le nom
de la Thénardier l'avaient glacée.

Tout à coup elle entendit la voix de Jean Valjean qui
lui criait, tout en restant très basse :

— Adosse-toi au mur.

Elle obéit.

— Ne dis pas un mot et n'aie pas peur, reprit Jean
Valjean.

Et elle se sentit enlever de terre.

Avant qu'elle eût eu le temps de se reconnaître, elle
était au haut de la muraille.

Jean Valjean la saisit, la mit sur son dos, lui prit ses
deux petites mains dans sa main gauche, se coucha à
plat ventre et rampa sur le haut du mur jusqu'au pan
coupé. Comme il l'avait deviné, il y avait là une bâtisse
dont le toit partait du haut de la clôture en bois et descendait fort près de terre, selon un plan assez doucement incliné, en effleurant le tilleul.

Circonstance heureuse, car la muraille était beaucoup plus haute de ce côté que du côté de la rue. Jean
Valjean n'apercevait le sol au-dessous de lui que très
profondément.

Il venait d'arriver au plan incliné du toit et n'avait pas
encore lâché la crête de la muraille lorsqu'un hourvari
violent annonça l'arrivée de la patrouille. On entendit
la voix tonnante de Javert :

— Fouillez le cul-de-sac ! La rue Droit-Mur est gardée, la petite rue Picpus aussi. Je réponds qu'il est dans
le cul-de-sac !

Les soldats se précipitèrent dans le cul-de-sac Genrot.

Jean Valjean se laissa glisser le long du toit, tout en
soutenant Cosette, atteignit le tilleul et sauta à terre.
Soit terreur, soit courage, Cosette n'avait pas soufflé.
Elle avait les mains un peu écorchées.

COMMENCEMENT D'UNE ÉNIGME

Jean Valjean se trouvait dans une espèce de jardin fort vaste et d'un aspect singulier ; un de ces jardins tristes qui semblent faits pour être regardés l'hiver et la nuit. Ce jardin était d'une forme oblongue, avec une allée de grands peupliers au fond, des futaies assez hautes dans les coins, et un espace sans ombre au milieu, où l'on distinguait un très grand arbre isolé, puis quelques arbres fruitiers tordus et hérissés comme de grosses broussailles, des carrés de légumes, une melonnière dont les cloches brillaient à la lune, et un vieux puisard. Il y avait çà et là des bancs de pierre qui semblaient noirs de mousse. Les allées étaient bordées de petits arbustes sombres, et toutes droites. L'herbe en envahissait la moitié et une moisissure verte couvrait le reste.

Jean Valjean avait à côté de lui la bâtisse dont le toit lui avait servi pour descendre, un tas de fagots, et derrière les fagots, tout contre le mur, une statue de pierre dont la face mutilée n'était plus qu'un masque informe qui apparaissait vaguement dans l'obscurité.

La bâtisse était une sorte de ruine où l'on distinguait des chambres démantelées dont une, tout encombrée, semblait servir de hangar.

Le grand bâtiment de la rue Droit-Mur qui faisait retour sur la petite rue Picpus développait sur ce jardin deux façades en équerre. Ces façades du dedans étaient plus tragiques encore que celles du dehors. Toutes les fenêtres étaient grillées. On n'y entrevoyait aucune lumière. Aux étages supérieurs il y avait des hottes comme aux prisons. L'une de ces façades projetait sur l'autre son ombre qui retombait sur le jardin comme un immense drap noir.

On n'apercevait pas d'autre maison. Le fond du jardin se perdait dans la brume et dans la nuit. Cependant on y distinguait confusément des murailles qui s'entrecoupaient comme s'il y avait d'autres cultures au delà, et les toits bas de la rue Polonceau.

On ne pouvait rien se figurer de plus farouche et de plus solitaire que ce jardin. Il n'y avait personne, ce qui était tout simple à cause de l'heure ; mais il ne semblait pas que cet endroit fût fait pour que quelqu'un y marchât, même en plein midi.

Le premier soin de Jean Valjean avait été de retrouver ses souliers et de se rechausser, puis d'entrer dans le hangar avec Cosette. Celui qui s'évade ne se croit jamais assez caché. L'enfant, songeant toujours à la Thénardier, partageait son instinct de se blottir le plus possible.

Cosette tremblait et se serrait contre lui. On entendait le bruit tumultueux de la patrouille qui fouillait le cul-de-sac et la rue, les coups de crosse contre les pierres, les appels de Javert aux mouchards qu'il avait postés, et ses imprécations mêlées de paroles qu'on ne distinguait point.

Au bout d'un quart d'heure, il sembla que cette espèce de grondement orageux commençait à s'éloigner. Jean Valjean ne respirait pas.

Il avait posé doucement sa main sur la bouche de Cosette.

Au reste la solitude où il se trouvait était si étrangement calme que cet effroyable tapage, si furieux et si proche, n'y jetait même pas l'ombre d'un trouble. Il semblait que ces murs fussent bâtis avec ces pierres sourdes dont parle l'Écriture.

Tout à coup, au milieu de ce calme profond, un nouveau bruit s'éleva ; un bruit céleste, divin, ineffable, aussi ravissant que l'autre était horrible. C'était un hymne qui sortait des ténèbres, un éblouissement de prière et d'harmonie dans l'obscur et effrayant silence de la nuit ; des voix de femmes, mais des voix composées à la fois de l'accent pur des vierges et de

l'accent naïf des enfants, de ces voix qui ne sont pas de
la terre et qui ressemblent à celles que les nouveau-nés
entendent encore et que les moribonds entendent déjà.
Ce chant venait du sombre édifice qui dominait le jardin. Au moment où le vacarme des démons s'éloignait,
on eût dit un chœur d'anges qui s'approchait dans
l'ombre.

Cosette et Jean Valjean tombèrent à genoux.

Ils ne savaient pas ce que c'était, ils ne savaient pas
où ils étaient, mais ils sentaient tous deux, l'homme et
l'enfant, le pénitent et l'innocent, qu'il fallait qu'ils fussent à genoux.

Ces voix avaient cela d'étrange qu'elles n'empêchaient
pas que le bâtiment ne parût désert. C'était comme un
chant surnaturel dans une demeure inhabitée.

Pendant que ces voix chantaient, Jean Valjean ne songeait plus à rien. Il ne voyait plus la nuit, il voyait un
ciel bleu. Il lui semblait sentir s'ouvrir ces ailes que nous
avons tous au dedans de nous.

Le chant s'éteignit. Il avait peut-être duré longtemps.
Jean Valjean n'aurait pu le dire. Les heures de l'extase
ne sont jamais qu'une minute.

Tout était retombé dans le silence. Plus rien dans la
rue, plus rien dans le jardin. Ce qui menaçait, ce qui
rassurait, tout s'était évanoui. Le vent froissait dans la
crête du mur quelques herbes sèches qui faisaient un
petit bruit doux et lugubre.

VII

SUITE DE L'ÉNIGME

La bise de nuit s'était levée, ce qui indiquait qu'il
devait être entre une et deux heures du matin. La pauvre Cosette ne disait rien. Comme elle s'était assise à
terre à son côté et qu'elle avait penché sa tête sur lui,

Jean Valjean pensa qu'elle s'était endormie. Il se baissa et la regarda. Cosette avait les yeux tout grands ouverts et un air pensif qui fit mal à Jean Valjean.

Elle tremblait toujours.

— As-tu envie de dormir ? dit Jean Valjean.

— J'ai bien froid, répondit-elle.

Un moment après elle reprit :

— Est-ce qu'elle est toujours là ?

— Qui ? dit Jean Valjean.

— Madame Thénardier.

Jean Valjean avait déjà oublié le moyen dont il s'était servi pour faire garder le silence à Cosette.

— Ah ! dit-il, elle est partie. Ne crains plus rien.

L'enfant soupira comme si un poids se soulevait de dessus sa poitrine.

La terre était humide, le hangar ouvert de toute part, la bise plus fraîche à chaque instant. Le bonhomme ôta sa redingote et en enveloppa Cosette.

— As-tu moins froid ainsi ? dit-il.

— Oh oui, père !

— Eh bien, attends-moi un instant. Je vais revenir.

Il sortit de la ruine, et se mit à longer le grand bâtiment, cherchant quelque abri meilleur. Il rencontra des portes, mais elles étaient fermées. Il y avait des barreaux à toutes les croisées du rez-de-chaussée.

Comme il venait de dépasser l'angle intérieur de l'édifice, il remarqua qu'il arrivait à des fenêtres cintrées, et il y aperçut quelque clarté. Il se haussa sur la pointe du pied et regarda par l'une de ces fenêtres. Elles donnaient toutes dans une salle assez vaste, pavée de larges dalles, coupée d'arcades et de piliers, où l'on ne distinguait rien qu'une petite lueur et de grandes ombres. La lueur venait d'une veilleuse allumée dans un coin. Cette salle était déserte et rien n'y bougeait. Cependant, à force de regarder, il crut voir à terre, sur le pavé, quelque chose qui paraissait couvert d'un linceul et qui ressemblait à une forme humaine. Cela était étendu à plat ventre, la face contre la pierre, les bras en croix, dans

l'immobilité de la mort. On eût dit, à une sorte de serpent qui traînait sur le pavé, que cette forme sinistre
avait la corde au cou.

Toute la salle baignait dans cette brume des lieux à
peine éclairés qui ajoute à l'horreur.

Jean Valjean a souvent dit depuis que, quoique bien
des spectacles funèbres eussent traversé sa vie, jamais
il n'avait rien vu de plus glaçant et de plus terrible que
cette figure énigmatique accomplissant on ne sait quel
mystère inconnu dans ce lieu sombre et ainsi entrevue
dans la nuit. Il était effrayant de supposer que cela était
peut-être mort, et plus effrayant encore de songer que
cela était peut-être vivant.

Il eut le courage de coller son front à la vitre et d'épier
si cette chose remuerait. Il eut beau rester un temps qui
lui parut très long, la forme étendue ne faisait aucun
mouvement. Tout à coup il se sentit pris d'une épouvante inexprimable, et il s'enfuit. Il se mit à courir vers
le hangar sans oser regarder en arrière. Il lui semblait
que s'il tournait la tête il verrait la figure marcher derrière lui à grands pas en agitant les bras.

Il arriva à la ruine haletant. Ses genoux pliaient ; la
sueur lui coulait dans les reins.

Où était-il ? qui aurait jamais pu s'imaginer quelque
chose de pareil à cette espèce de sépulcre au milieu de
Paris ? qu'était-ce que cette étrange maison ? Édifice
plein de mystères nocturnes, appelant les âmes dans
l'ombre avec la voix des anges et, lorsqu'elles viennent,
leur offrant brusquement cette vision épouvantable,
promettant d'ouvrir la porte radieuse du ciel et ouvrant
la porte horrible du tombeau ! Et cela était bien en effet
un édifice, une maison qui avait son numéro dans une
rue ! Ce n'était pas un rêve ! Il avait besoin d'en toucher
les pierres pour y croire.

Le froid, l'anxiété, l'inquiétude, les émotions de la soirée, lui donnaient une véritable fièvre, et toutes ces
idées s'entre-heurtaient dans son cerveau.

Il s'approcha de Cosette. Elle dormait.

L'enfant avait posé sa tête sur une pierre et s'était endormie.

Il s'assit auprès d'elle et se mit à la considérer. Peu à peu, à mesure qu'il la regardait, il se calmait, et il reprenait possession de sa liberté d'esprit.

Il percevait clairement cette vérité, le fond de sa vie désormais, que tant qu'elle serait là, tant qu'il l'aurait près de lui, il n'aurait besoin de rien que pour elle, ni peur de rien qu'à cause d'elle. Il ne sentait même pas qu'il avait très froid, ayant quitté sa redingote pour l'en couvrir.

Cependant, à travers la rêverie où il était tombé, il entendait depuis quelque temps un bruit singulier. C'était comme un grelot qu'on agitait. Ce bruit était dans le jardin. On l'entendait distinctement, quoique faiblement. Cela ressemblait à la petite musique vague que font les clarines des bestiaux la nuit dans les pâturages.

Ce bruit fit retourner Jean Valjean.

Il regarda, et vit qu'il y avait quelqu'un dans le jardin.

Un être qui ressemblait à un homme marchait au milieu des cloches de la melonnière, se levant, se baissant, s'arrêtant, avec des mouvements réguliers, comme s'il traînait ou étendait quelque chose à terre. Cet être paraissait boiter.

Jean Valjean tressaillit avec ce tremblement continuel des malheureux. Tout leur est hostile et suspect. Ils se défient du jour parce qu'il aide à les voir et de la nuit parce qu'elle aide à les surprendre. Tout à l'heure il frissonnait de ce que le jardin était désert, maintenant il frissonnait de ce qu'il y avait quelqu'un.

Il retomba des terreurs chimériques aux terreurs réelles. Il se dit que Javert et les mouchards n'étaient peut-
être pas partis, que sans doute ils avaient laissé dans la
rue des gens en observation, que, si cet homme le découvrait dans ce jardin, il crierait au voleur, et le livrerait.
Il prit doucement Cosette endormie dans ses bras et la
porta derrière un tas de vieux meubles hors d'usage,
dans le coin le plus reculé du hangar. Cosette ne remua
pas.

De là il observa les allures de l'être qui était dans la
melonnière. Ce qui était bizarre, c'est que le bruit du
grelot suivait tous les mouvements de cet homme.
Quand l'homme s'approchait, le bruit s'approchait,
quand il s'éloignait, le bruit s'éloignait ; s'il faisait quelque geste précipité, un tremolo accompagnait ce geste ;
quand il s'arrêtait, le bruit cessait. Il paraissait évident
que le grelot était attaché à cet homme ; mais alors
qu'est-ce que cela pouvait signifier ? qu'était-ce que cet
homme auquel une clochette était suspendue comme à
un bélier ou à un bœuf ?

Tout en se faisant ces questions, il toucha les mains
de Cosette. Elles étaient glacées.

— Ah mon Dieu ! dit-il.

Il appela à voix basse :

— Cosette !

Elle n'ouvrit pas les yeux.

Il la secoua vivement.

Elle ne s'éveilla pas.

— Serait-elle morte ! dit-il, et il se dressa debout, frémissant de la tête aux pieds.

Les idées les plus affreuses lui traversèrent l'esprit
pêle-mêle. Il y a des moments où les suppositions
hideuses nous assiègent comme une cohue de furies et
forcent violemment les cloisons de notre cerveau.
Quand il s'agit de ceux que nous aimons, notre prudence invente toutes les folies. Il se souvint que le sommeil peut être mortel en plein air dans une nuit froide.

Cosette, pâle, était retombée étendue à terre à ses pieds sans faire un mouvement.

Il écouta son souffle ; elle respirait ; mais d'une respiration qui lui paraissait faible et prête à s'éteindre.

Comment la réchauffer ? comment la réveiller ? Tout ce qui n'était pas ceci s'effaça de sa pensée. Il s'élança éperdu hors de la ruine.

Il fallait absolument qu'avant un quart d'heure Cosette fût devant un feu et dans un lit.

IX

L'HOMME AU GRELOT

Il marcha droit à l'homme qu'il apercevait dans le jardin. Il avait pris à sa main le rouleau d'argent qui était dans la poche de son gilet.

Cet homme baissait la tête et ne le voyait pas venir. En quelques enjambées, Jean Valjean fut à lui.

Jean Valjean l'aborda en criant :

— Cent francs !

L'homme fit un soubresaut et leva les yeux.

— Cent francs à gagner, reprit Jean Valjean, si vous me donnez asile pour cette nuit !

La lune éclairait en plein le visage effaré de Jean Valjean.

— Tiens, c'est vous, père Madeleine ! dit l'homme.

Ce nom, ainsi prononcé, à cette heure obscure, dans ce lieu inconnu, par cet homme inconnu, fit reculer Jean Valjean.

Il s'attendait à tout, excepté à cela. Celui qui lui parlait était un vieillard courbé et boiteux, vêtu à peu près comme un paysan, qui avait au genou gauche une genouillère de cuir où pendait une assez grosse cloche. On ne distinguait pas son visage qui était dans l'ombre.

Cependant ce bonhomme avait ôté son bonnet, et s'écriait tout tremblant :

— Ah mon Dieu ! comment êtes-vous ici, père Madeleine ? Par où êtes-vous entré, Dieu Jésus ? Vous tombez donc du ciel ! Ce n'est pas l'embarras, si vous tombez jamais, c'est de là que vous tomberez. Et comme vous voilà fait ! Vous n'avez pas de cravate, vous n'avez pas de chapeau, vous n'avez pas d'habit ! Savez-vous que vous auriez fait peur à quelqu'un qui ne vous aurait pas connu ? Mon Dieu Seigneur, est-ce que les saints deviennent fous à présent ? Mais comment donc êtes-vous entré ici ?

Un mot n'attendait pas l'autre. Le vieux homme parlait avec une volubilité campagnarde où il n'y avait rien d'inquiétant. Tout cela était dit avec un mélange de stupéfaction et de bonhomie naïve.

— Qui êtes-vous ? et qu'est-ce que c'est que cette maison-ci ? demanda Jean Valjean.

— Ah, pardieu, voilà qui est fort ! s'écria le vieillard, je suis celui que vous avez fait placer ici, et cette maison est celle où vous m'avez fait placer. Comment ! vous ne me reconnaissez pas ?

— Non, dit Jean Valjean. Et comment se fait-il que vous me connaissiez, vous ?

— Vous m'avez sauvé la vie, dit l'homme.

Il se tourna, un rayon de lune lui dessina le profil, et Jean Valjean reconnut le vieux Fauchelevent.

— Ah ! dit Jean Valjean, c'est vous ? oui, je vous reconnais.

— C'est bien heureux ! fit le vieux d'un ton de reproche.

— Et que faites-vous ici ? reprit Jean Valjean.

— Tiens ! je couvre mes melons donc !

Le vieux Fauchelevent tenait en effet à la main, au moment où Jean Valjean l'avait accosté, le bout d'un paillasson qu'il était occupé à étendre sur la melonnière. Il en avait déjà ainsi posé un certain nombre depuis une heure environ qu'il était dans le jardin.

C'était cette opération qui lui faisait faire les mouvements particuliers observés du hangar par Jean Valjean.

Il continua :

— Je me suis dit : la lune est claire, il va geler. Si je mettais à mes melons leurs carricks ? — Et, ajouta-t-il en regardant Jean Valjean avec un gros rire, vous auriez pardieu bien dû en faire autant ! Mais comment donc êtes-vous ici ?

Jean Valjean, se sentant connu par cet homme, du moins sous son nom de Madeleine, n'avançait plus qu'avec précaution. Il multipliait les questions. Chose bizarre, les rôles semblaient intervertis. C'était lui, intrus, qui interrogeait.

— Et qu'est-ce que c'est que cette sonnette que vous avez au genou ?

— Ça ? répondit Fauchelevent, c'est pour qu'on m'évite.

— Comment ! pour qu'on vous évite ?

Le vieux Fauchelevent cligna de l'œil d'un air inexprimable.

— Ah dame ! il n'y a que des femmes dans cette maison-ci ; beaucoup de jeunes filles. Il paraît que je serais dangereux à rencontrer. La sonnette les avertit. Quand je viens, elles s'en vont.

— Qu'est-ce que c'est que cette maison-ci ?

— Tiens ! vous savez bien.

— Mais non, je ne sais pas.

— Puisque vous m'y avez fait placer jardinier !

— Répondez-moi comme si je ne savais rien.

— Eh bien, c'est le couvent du Petit-Picpus donc !

Les souvenirs revenaient à Jean Valjean. Le hasard, c'est-à-dire la providence, l'avait jeté précisément dans ce couvent du quartier Saint-Antoine où le vieux Fauchelevent, estropié par la chute de sa charrette, avait été admis sur sa recommandation, il y avait deux ans de cela [1]. Il répéta comme se parlant à lui-même :

— Le couvent du Petit-Picpus !

— Ah çà mais, au fait, reprit Fauchelevent, comment

diable avez-vous fait pour y entrer, vous, père Madeleine ? Vous avez beau être un saint, vous êtes un
homme, et il n'entre pas d'hommes ici.

— Vous y êtes bien.

— Il n'y a que moi.

— Cependant, reprit Jean Valjean, il faut que j'y reste.

— Ah mon Dieu ! s'écria Fauchelevent.

Jean Valjean s'approcha du vieillard et lui dit d'une
voix grave :

— Père Fauchelevent, je vous ai sauvé la vie.

— C'est moi qui m'en suis souvenu le premier, répondit Fauchelevent.

— Eh bien, vous pouvez faire aujourd'hui pour moi
ce que j'ai fait autrefois pour vous.

Fauchelevent prit dans ses vieilles mains ridées et
tremblantes les deux robustes mains de Jean Valjean,
et fut quelques secondes comme s'il ne pouvait parler.
Enfin il s'écria :

— Oh ! ce serait une bénédiction du bon Dieu
si je pouvais vous rendre un peu cela ! Moi ! vous sauver
la vie ! Monsieur le maire, disposez du vieux bonhomme !

Une joie admirable avait comme transfiguré ce vieillard. Un rayon semblait lui sortir du visage.

— Que voulez-vous que je fasse ? reprit-il.

— Je vous expliquerai cela. Vous avez une chambre ?

— J'ai une baraque isolée, là, derrière la ruine du
vieux couvent, dans un recoin que personne ne voit. Il
y a trois chambres.

La baraque était en effet si bien cachée derrière la
ruine et si bien disposée pour que personne ne la vît,
que Jean Valjean ne l'avait pas vue.

— Bien, dit Jean Valjean. Maintenant je vous
demande deux choses.

— Lesquelles, monsieur le maire ?

— Premièrement, vous ne direz à personne ce que
vous savez de moi. Deuxièmement, vous ne chercherez
pas à en savoir davantage.

— Comme vous voudrez. Je sais que vous ne pouvez rien faire que d'honnête et que vous avez toujours été un homme du bon Dieu. Et puis d'ailleurs, c'est vous qui m'avez mis ici. Ça vous regarde. Je suis à vous.

— C'est dit. À présent, venez avec moi. Nous allons chercher l'enfant.

— Ah ! dit Fauchelevent. Il y a un enfant !

Il n'ajouta pas une parole et suivit Jean Valjean comme un chien suit son maître.

Moins d'une demi-heure après, Cosette, redevenue rose à la flamme d'un bon feu, dormait dans le lit du vieux jardinier. Jean Valjean avait remis sa cravate et sa redingote ; le chapeau lancé par-dessus le mur avait été retrouvé et ramassé ; pendant que Jean Valjean endossait sa redingote, Fauchelevent avait ôté sa genouillère à clochette, qui maintenant, accrochée à un clou près d'une hotte, ornait le mur. Les deux hommes se chauffaient accoudés sur une table où Fauchelevent avait posé un morceau de fromage, du pain bis, une bouteille de vin et deux verres, et le vieux disait à Jean Valjean en lui posant la main sur le genou :

— Ah ! père Madeleine ! vous ne m'avez pas reconnu tout de suite ! Vous sauvez la vie aux gens, et après vous les oubliez ! Oh ! c'est mal ! eux ils se souviennent de vous ! vous êtes un ingrat !

X

OÙ IL EST EXPLIQUÉ COMMENT JAVERT
A FAIT BUISSON CREUX

Les événements dont nous venons de voir, pour ainsi dire, l'envers, s'étaient accomplis dans les conditions les plus simples.

Lorsque Jean Valjean, dans la nuit même du jour où

Javert l'arrêta près du lit de mort de Fantine, s'échappa de la prison municipale de Montreuil-sur-mer, la police supposa que le forçat évadé avait dû se diriger vers Paris. Paris est un maelstrom où tout se perd, et tout disparaît dans ce nombril du monde comme dans le nombril de la mer. Aucune forêt ne cache un homme comme cette foule. Les fugitifs de toute espèce le savent. Ils vont à Paris comme à un engloutissement ; il y a des engloutissements qui sauvent. La police aussi le sait, et c'est à Paris qu'elle cherche ce qu'elle a perdu ailleurs. Elle y chercha l'ex-maire de Montreuil-sur-mer. Javert fut appelé à Paris afin d'éclairer les perquisitions. Javert en effet aida puissamment à reprendre Jean Valjean. Le zèle et l'intelligence de Javert en cette occasion furent remarqués de M. Chabouillet, secrétaire de la préfecture sous le comte Anglès. M. Chabouillet, qui du reste avait déjà protégé Javert, fit attacher l'inspecteur de Montreuil-sur-mer à la police de Paris. Là Javert se rendit diversement et, disons-le, quoique le mot semble inattendu pour de pareils services, honorablement utile.

Il ne songeait plus à Jean Valjean, — à ces chiens toujours en chasse, le loup d'aujourd'hui fait oublier le loup d'hier, — lorsqu'en décembre 1823 il lut un journal, lui qui ne lisait jamais de journaux ; mais Javert, homme monarchique, avait tenu à savoir les détails de l'entrée triomphale du « prince généralissime » à Bayonne. Comme il achevait l'article qui l'intéressait, un nom, le nom de Jean Valjean, au bas d'une page, appela son attention. Le journal annonçait que le forçat Jean Valjean était mort, et publiait le fait en termes si formels que Javert n'en douta pas. Il se borna à dire : *c'est là le bon écrou.* Puis il jeta le journal, et n'y pensa plus.

Quelque temps après il arriva qu'une note de police fut transmise par la préfecture de Seine-et-Oise à la préfecture de police de Paris sur l'enlèvement d'un enfant, qui avait eu lieu, disait-on, avec des circonstances particulières, dans la commune de Montfermeil. Une petite fille de sept à huit ans, disait la note, qui avait été confiée par sa mère à un aubergiste du pays, avait été volée par un inconnu ; cette petite répondait au nom de Cosette et était l'enfant d'une fille nommée Fantine, morte à l'hôpital, on ne savait quand ni où. Cette note passa sous les yeux de Javert, et le rendit rêveur.

Le nom de Fantine lui était bien connu. Il se souvenait que Jean Valjean l'avait fait éclater de rire, lui Javert, en lui demandant un répit de trois jours pour aller chercher l'enfant de cette créature. Il se rappela que Jean Valjean avait été arrêté à Paris au moment où il montait dans la voiture de Montfermeil. Quelques indications avaient même fait songer à cette époque que c'était la seconde fois qu'il montait dans cette voiture, et qu'il avait déjà, la veille, fait une première excursion aux environs de ce village, car on ne l'avait point vu dans le village même. Qu'allait-il faire dans ce pays de Montfermeil ? on ne l'avait pu deviner. Javert le comprenait maintenant. La fille de Fantine s'y trouvait. Jean Valjean l'allait chercher. Or, cette enfant venait d'être volée par un inconnu. Quel pouvait être cet inconnu ? Serait-ce Jean Valjean ? mais Jean Valjean était mort. Javert, sans rien dire à personne, prit le coucou du Plat-d'étain, cul-de-sac de la Planchette, et fit le voyage de Montfermeil.

Il s'attendait à trouver là un grand éclaircissement ; il y trouva une grande obscurité.

Dans les premiers jours, les Thénardier, dépités, avaient jasé. La disparition de l'Alouette avait fait bruit dans le village. Il y avait eu tout de suite plusieurs versions de l'histoire qui avait fini par être un vol d'enfant. De là, la note de police. Cependant, la première humeur passée, le Thénardier, avec son admirable instinct, avait très vite compris qu'il n'est jamais utile d'émouvoir monsieur le procureur du roi, et que ses plaintes à propos de l'*enlèvement* de Cosette auraient pour premier résultat de fixer sur lui, Thénardier, et sur beaucoup d'affaires troubles qu'il avait, l'étincelante prunelle

de la justice. La première chose que les hiboux ne veulent pas, c'est qu'on leur apporte une chandelle. Et
d'abord, comment se tirerait-il des quinze cents francs
qu'il avait reçus ? Il tourna court, mit un bâillon à sa
femme, et fit l'étonné quand on lui parlait de l'*enfant
volé*. Il n'y comprenait rien ; sans doute il s'était plaint
dans le moment de ce qu'on lui « enlevait » si vite cette
chère petite ; il eût voulu par tendresse la garder encore
deux ou trois jours ; mais c'était son « grand-père » qui
était venu la chercher le plus naturellement du monde.
Il avait ajouté le grand-père, qui faisait bien. Ce fut sur
cette histoire que Javert tomba en arrivant à Montfermeil. Le grand-père faisait évanouir Jean Valjean.

Javert pourtant enfonça quelques questions, comme
des sondes, dans l'histoire de Thénardier. — Qu'était-ce
que ce grand-père, et comment s'appelait-il ? — Thénardier répondit avec simplicité : — C'est un riche cultivateur. J'ai vu son passeport. Je crois qu'il s'appelle M.
Guillaume Lambert.

Lambert est un nom bonhomme et très rassurant.
Javert s'en revint à Paris.

— Le Jean Valjean est bien mort, se dit-il, et je suis
un jobard.

Il recommençait à oublier toute cette histoire, lorsque, dans le courant de mars 1824, il entendit parler
d'un personnage bizarre qui habitait sur la paroisse de
Saint-Médard et qu'on surnommait « le mendiant qui
fait l'aumône ». Ce personnage était, disait-on, un rentier dont personne ne savait au juste le nom et qui vivait
seul avec une petite fille de huit ans, laquelle ne savait
rien elle-même sinon qu'elle venait de Montfermeil.
Montfermeil ! ce nom revenait toujours, et fit dresser
l'oreille à Javert. Un vieux mendiant mouchard, ancien
bedeau, auquel ce personnage faisait la charité, ajoutait
quelques autres détails. — Ce rentier était un être très
farouche, — ne sortant jamais que le soir, — ne parlant
à personne, — qu'aux pauvres quelquefois, — et ne se
laissant pas approcher. Il portait une horrible vieille

redingote jaune qui valait plusieurs millions, étant toute
cousue de billets de banque. — Ceci piqua décidément
la curiosité de Javert. Afin de voir ce rentier fantastique
de très près sans l'effaroucher, il emprunta un jour au
bedeau sa défroque et la place où le vieux mouchard
s'accroupissait tous les soirs en nasillant des oraisons
et en espionnant à travers la prière.

« L'individu suspect » vint en effet à Javert ainsi tra-
vesti, et lui fit l'aumône. En ce moment Javert leva la
tête, et la secousse que reçut Jean Valjean en croyant
reconnaître Javert, Javert la reçut en croyant reconnaître Jean Valjean.

Cependant l'obscurité avait pu le tromper ; la mort de
Jean Valjean était officielle ; il restait à Javert des doutes, et des doutes graves ; et dans le doute Javert,
l'homme du scrupule, ne mettait la main au collet de
personne.

Il suivit son homme jusqu'à la masure Gorbeau, et fit
parler « la vieille », ce qui n'était pas malaisé. La vieille
lui confirma le fait de la redingote doublée de millions,
et lui conta l'épisode du billet de mille francs. Elle avait
vu ! elle avait touché ! Javert loua une chambre. Le soir
même il s'y installa. Il vint écouter à la porte du locataire mystérieux, espérant entendre le son de sa voix,
mais Jean Valjean aperçut sa chandelle à travers la serrure et déjoua l'espion en gardant le silence.

Le lendemain Jean Valjean décampait. Mais le bruit
de la pièce de cinq francs qu'il laissa tomber fut remarqué de la vieille qui, entendant remuer de l'argent, songea qu'on allait déménager et se hâta de prévenir Javert.
À la nuit, lorsque Jean Valjean sortit, Javert l'attendait
derrière les arbres du boulevard avec deux hommes.

Javert avait réclamé main-forte à la préfecture, mais
il n'avait pas dit le nom de l'individu qu'il espérait saisir.
C'était son secret ; et il l'avait gardé pour trois raisons :
d'abord, parce que la moindre indiscrétion pouvait donner l'éveil à Jean Valjean ; ensuite, parce que mettre la
main sur un vieux forçat évadé et réputé mort, sur un

condamné que les notes de justice avaient jadis classé
à jamais *parmi les malfaiteurs de l'espèce la plus dange-
reuse*, c'était un magnifique succès que les anciens de
la police parisienne ne laisseraient certainement pas à
un nouveau venu comme Javert, et qu'il craignait qu'on
ne lui prît son galérien ; enfin, parce que Javert, étant
un artiste, avait le goût de l'imprévu. Il haïssait ces
succès annoncés qu'on déflore en en parlant longtemps
d'avance. Il tenait à élaborer ses chefs-d'œuvre dans
l'ombre et à les dévoiler ensuite brusquement.

Javert avait suivi Jean Valjean d'arbre en arbre, puis
de coin de rue en coin de rue, et ne l'avait pas perdu de
vue un seul instant. Même dans les moments où Jean
Valjean se croyait le plus en sûreté, l'œil de Javert était
sur lui.

Pourquoi Javert n'arrêtait-il pas Jean Valjean ? c'est
qu'il doutait encore.

Il faut se souvenir qu'à cette époque la police n'était
pas précisément à son aise ; la presse libre la gênait.
Quelques arrestations arbitraires, dénoncées par les
journaux, avaient retenti jusqu'aux chambres, et rendu
la préfecture timide. Attenter à la liberté individuelle
était un fait grave. Les agents craignaient de se tromper ; le préfet s'en prenait à eux ; une erreur, c'était la
destitution. Se figure-t-on l'effet qu'eût fait dans Paris
ce bref entrefilet reproduit par vingt journaux : — Hier,
un vieux grand-père en cheveux blancs, rentier respectable, qui se promenait avec sa petite-fille âgée de huit
ans, a été arrêté et conduit au Dépôt de la Préfecture
comme forçat évadé ! —

Répétons en outre que Javert avait ses scrupules à
lui ; les recommandations de sa conscience s'ajoutaient
aux recommandations du préfet. Il doutait réellement.

Jean Valjean tournait le dos et marchait dans l'obscurité.

La tristesse, l'inquiétude, l'anxiété, l'accablement, ce
nouveau malheur d'être obligé de s'enfuir la nuit et de
chercher un asile au hasard dans Paris pour Cosette et

pour lui, la nécessité de régler son pas sur le pas d'un enfant, tout cela, à son insu même, avait changé la démarche de Jean Valjean et imprimé à son habitude de corps une telle sénilité que la police elle-même, incarnée dans Javert, pouvait s'y tromper, et s'y trompa. L'impossibilité d'approcher de trop près, son costume de vieux précepteur émigré, la déclaration de Thénardier qui le faisait grand-père, enfin la croyance de sa mort au bagne, ajoutaient encore aux incertitudes qui s'épaississaient dans l'esprit de Javert.

Il eut un moment l'idée de lui demander brusquement ses papiers. Mais si cet homme n'était pas Jean Valjean, et si cet homme n'était pas un bon vieux rentier honnête, c'était probablement quelque gaillard profondément et savamment mêlé à la trame obscure des méfaits parisiens, quelque chef de bande dangereux, faisant l'aumône pour cacher ses autres talents, vieille rubrique. Il avait des affidés, des complices, des logis en-cas où il allait se réfugier sans doute. Tous ces détours qu'il faisait dans les rues semblaient indiquer que ce n'était pas un simple bonhomme. L'arrêter trop vite, c'était « tuer la poule aux œufs d'or ». Où était l'inconvénient d'attendre ? Javert était bien sûr qu'il n'échapperait pas.

Il cheminait donc assez perplexe, en se posant cent questions sur ce personnage énigmatique.

Ce ne fut qu'assez tard, rue de Pontoise, que, grâce à la vive clarté que jetait un cabaret, il reconnut décidément Jean Valjean.

Il y a dans ce monde deux êtres qui tressaillent profondément : la mère qui retrouve son enfant, et le tigre qui retrouve sa proie. Javert eut ce tressaillement profond.

Dès qu'il eut positivement reconnu Jean Valjean, le forçat redoutable, il s'aperçut qu'ils n'étaient que trois, et il fit demander du renfort au commissaire de police de la rue de Pontoise.

Avant d'empoigner un bâton d'épines, on met des gants.

Ce retard et la station au carrefour Rollin pour se concerter avec ses agents faillirent lui faire perdre la piste. Cependant, il eut bien vite deviné que Jean Valjean voudrait placer la rivière entre ses chasseurs et lui. Il pencha la tête et réfléchit comme un limier qui met le nez à terre pour être juste à la voie. Javert, avec sa puissante rectitude d'instinct, alla droit au pont d'Austerlitz. Un mot au péager le mit au fait : — Avez-vous vu un homme avec une petite fille ? — Je lui ai fait payer deux sous, répondit le péager. Javert arriva sur le pont à temps pour voir de l'autre côté de l'eau Jean Valjean traverser avec Cosette à la main l'espace éclairé par la lune. Il le vit s'engager dans la rue du Chemin-Vert-Saint-Antoine ; il songea au cul-de-sac Genrot disposé là comme une trappe et à l'issue unique de la rue Droit-Mur sur la petite rue Picpus. Il *assura les grands devants*, comme parlent les chasseurs ; il envoya en hâte par un détour un de ses agents garder cette issue. Une patrouille, qui rentrait au poste de l'Arsenal, ayant passé, il la requit et s'en fit accompagner. Dans ces parties-là, les soldats sont des atouts. D'ailleurs, c'est le principe que, pour venir à bout d'un sanglier, il faut faire science de veneur et force de chiens. Ces dispositions combinées, sentant Jean Valjean saisi entre l'impasse Genrot à droite, son agent à gauche, et lui Javert derrière, il prit une prise de tabac.

Puis il se mit à jouer. Il eut un moment ravissant et infernal ; il laissa aller son homme devant lui, sachant qu'il le tenait, mais désirant reculer le plus possible le moment de l'arrêter, heureux de le sentir pris et de le voir libre, le couvant du regard avec cette volupté de l'araignée qui laisse voleter la mouche et du chat qui laisse courir la souris. La griffe et la serre ont une sensualité monstrueuse ; c'est le mouvement obscur de la bête emprisonnée dans leur tenaille. Quel délice que cet étouffement !

Javert jouissait. Les mailles de son filet étaient solidement attachées. Il était sûr du succès ; il n'avait plus
maintenant qu'à fermer la main.

Accompagné comme il l'était, l'idée même de la résistance était impossible, si énergique, si vigoureux, et si
désespéré que fût Jean Valjean.

Javert avança lentement, sondant et fouillant sur son
passage tous les recoins de la rue comme les poches
d'un voleur.

Quand il arriva au centre de sa toile, il n'y trouva plus
la mouche.

On imagine son exaspération.

Il interrogea sa vedette des rues Droit-Mur et Picpus ;
cet agent, resté imperturbable à son poste, n'avait point
vu passer l'homme.

Il arrive quelquefois qu'un cerf est brisé la tête couverte, c'est-à-dire s'échappe, quoique ayant la meute sur
le corps, et alors les plus vieux chasseurs ne savent que
dire. Duvivier, Ligniville et Desprez restent court. Dans
une déconvenue de ce genre, Artonge s'écria : *Ce n'est
pas un cerf, c'est un sorcier.*

Javert eût volontiers jeté le même cri.

Son désappointement tint un moment du désespoir
et de la fureur.

Il est certain que Napoléon fit des fautes dans la
guerre de Russie, qu'Alexandre fit des fautes dans la
guerre de l'Inde, que César fit des fautes dans la guerre
d'Afrique, que Cyrus fit des fautes dans la guerre de
Scythie, et que Javert fit des fautes dans cette campagne
contre Jean Valjean. Il eut tort peut-être d'hésiter à
reconnaître l'ancien galérien. Le premier coup d'œil
aurait dû lui suffire. Il eut tort de ne pas l'appréhender
purement et simplement dans la masure. Il eut tort de
ne pas l'arrêter quand il le reconnut positivement rue
de Pontoise. Il eut tort de se concerter avec ses auxi-
liaires en plein clair de lune dans le carrefour Rollin ;
certes, les avis sont utiles, et il est bon de connaître et
d'interroger ceux des chiens qui méritent créance. Mais

le chasseur ne saurait prendre trop de précautions quand il chasse des animaux inquiets, comme le loup et le forçat. Javert, en se préoccupant trop de mettre les limiers de meute sur la voie, alarma la bête en lui donnant vent du trait et la fit partir. Il eut tort surtout, dès qu'il eut retrouvé la piste au pont d'Austerlitz, de jouer ce jeu formidable et puéril de tenir un pareil homme au bout d'un fil. Il s'estima plus fort qu'il n'était, et crut pouvoir jouer à la souris avec un lion. En même temps, il s'estima trop faible quand il jugea nécessaire de s'adjoindre du renfort. Précaution fatale, perte d'un temps précieux. Javert commit toutes ces fautes, et n'en était pas moins un des espions les plus savants et les plus corrects qui aient existé. Il était, dans toute la force du terme, ce qu'en vénerie on appelle *un chien sage*. Mais qui est-ce qui est parfait ?

Les grands stratégistes ont leurs éclipses.

Les fortes sottises sont souvent faites, comme les grosses cordes, d'une multitude de brins. Prenez le câble fil à fil, prenez séparément tous les petits motifs déterminants, vous les cassez l'un après l'autre, et vous dites : Ce n'est que cela ! Tressez-les et tordez-les ensemble, c'est une énormité ; c'est Attila qui hésite entre Marcien à l'Orient et Valentinien à l'Occident ; c'est Annibal qui s'attarde à Capoue ; c'est Danton qui s'endort à Arcis-sur-Aube.

Quoi qu'il en soit, au moment même où il s'aperçut que Jean Valjean lui échappait, Javert ne perdit pas la tête. Sûr que le forçat en rupture de ban ne pouvait être bien loin, il établit des guets, il organisa des souricières et des embuscades et battit le quartier toute la nuit. La première chose qu'il vit, ce fut le désordre du réverbère, dont la corde était coupée. Indice précieux, qui l'égara pourtant en ce qu'il fit dévier toutes ses recherches vers le cul-de-sac Genrot. Il y a dans ce cul-de-sac des murs assez bas qui donnent sur des jardins dont les enceintes touchent à d'immenses terrains en friche. Jean Valjean avait dû évidemment s'enfuir par là. Le fait est que, s'il eût pénétré un peu plus avant dans le cul-de-sac Genrot, il l'eût fait probablement, et il était perdu. Javert explora ces jardins et ces terrains comme s'il y eût cherché une aiguille.

Au point du jour, il laissa deux hommes intelligents en observation et il regagna la préfecture de police, honteux comme un mouchard qu'un voleur aurait pris.

Livre sixième

LE PETIT-PICPUS [1]

I

PETITE RUE PICPUS, NUMÉRO 62

Rien ne ressemblait plus, il y a un demi-siècle, à la première porte cochère venue que la porte cochère du numéro 62 de la petite rue Picpus. Cette porte, habituellement entr'ouverte de la façon la plus engageante, laissait voir deux choses qui n'ont rien de très funèbre, une cour entourée de murs tapissés de vigne et la face d'un portier qui flâne. Au-dessus du mur du fond on apercevait de grands arbres. Quand un rayon de soleil égayait la cour, quand un verre de vin égayait le portier, il était difficile de passer devant le numéro 62 de la petite rue Picpus sans en emporter une idée riante. C'était pourtant un lieu sombre qu'on avait entrevu.

Le seuil souriait, la maison priait et pleurait.

Si l'on parvenait, ce qui n'était point facile, à franchir le portier, — ce qui même pour presque tous était impossible, car il y avait un *sésame, ouvre-toi !* qu'il fallait savoir ; — si, le portier franchi, on entrait à droite dans un petit vestibule où donnait un escalier resserré entre deux murs, et si étroit qu'il n'y pouvait passer qu'une personne à la fois, si l'on ne se laissait pas effrayer par le badigeonnage jaune serin avec soubassement chocolat qui enduisait cet escalier, si l'on s'aventurait à monter, on dépassait un premier palier, puis un deuxième, et l'on arrivait au premier étage dans un corridor où la détrempe jaune et la plinthe chocolat vous suivaient avec un acharnement paisible. Escalier et corridor étaient éclairés par deux belles fenêtres. Le corridor faisait un coude et devenait obscur. Si l'on doublait ce cap, on parvenait après quelques pas devant une porte d'autant plus mystérieuse qu'elle n'était pas fermée. On la poussait, et l'on se trouvait dans une petite chambre d'environ six pieds carrés, carrelée, lavée, propre, froide, tendue de papier nankin à fleurettes vertes, à quinze sous le rouleau. Un jour blanc et mat venait d'une grande fenêtre à petits carreaux qui était à gauche et qui tenait toute la largeur de la chambre. On regardait, on ne voyait personne ; on écoutait, on n'entendait ni un pas, ni un murmure humain. La muraille était nue ; la chambre n'était point meublée ; pas une chaise.

On regardait encore, et l'on voyait au mur en face de la porte un trou quadrangulaire d'environ un pied carré, grillé d'une grille en fer à barreaux entre-croisés, noirs, noueux, solides, lesquels formaient des carreaux, j'ai presque dit des mailles, de moins d'un pouce et demi de diagonale. Les petites fleurettes vertes du papier nankin arrivaient avec calme et en ordre jusqu'à ces barreaux de fer, sans que ce contact funèbre les effarouchât et les fît tourbillonner. En supposant qu'un être vivant eût été assez admirablement maigre pour essayer d'entrer ou de sortir par le trou carré, cette grille l'en eût empêché. Elle ne laissait point passer le corps, mais elle laissait passer les yeux, c'est-à-dire l'esprit. Il semblait qu'on eût songé à cela, car on l'avait doublée d'une lame de fer blanc sertie dans la muraille un peu en arrière et piquée de mille trous plus microscopiques que les trous d'une écumoire. Au bas de cette plaque était percée une ouverture tout à fait pareille à la bouche d'une boîte aux lettres. Un ruban de fil attaché à un mouvement de sonnette pendait à droite du trou grillé.

Si l'on agitait ce ruban, une clochette tintait et l'on entendait une voix, tout près de soi, ce qui faisait tressaillir.

— Qui est là ? demandait la voix.

C'était une voix de femme, une voix douce, si douce qu'elle en était lugubre.

Ici encore il y avait un mot magique qu'il fallait savoir. Si on ne le savait pas, la voix se taisait, et le mur redevenait silencieux comme si l'obscurité effarée du sépulcre eût été de l'autre côté.

Si l'on savait le mot, la voix reprenait :

— Entrez à droite.

On remarquait alors à sa droite, en face de la fenêtre, une porte vitrée surmontée d'un châssis vitré et peinte en gris. On soulevait le loquet, on franchissait la porte, et l'on éprouvait absolument la même impression que lorsqu'on entre au spectacle dans une baignoire grillée avant que la grille soit baissée et que le lustre soit allumé. On était en effet dans une espèce de loge de théâtre, à peine éclairée par le jour vague de la porte vitrée, étroite, meublée de deux vieilles chaises et d'un paillasson tout démaillé, véritable loge avec sa devanture à hauteur d'appui qui portait une tablette en bois noir. Cette loge était grillée, seulement ce n'était pas une grille de bois doré comme à l'Opéra, c'était un monstrueux treillis de barres de fer affreusement enchevêtrées et scellées au mur par des scellements énormes qui ressemblaient à des poings fermés.

Les premières minutes passées, quand le regard commençait à se faire à ce demi-jour de cave, il essayait de franchir la grille, mais il n'allait pas plus loin que six pouces au delà. Là il rencontrait une barrière de volets noirs, assurés et fortifiés de traverses de bois peintes en jaune pain d'épice. Ces volets étaient à jointures, divisés en longues lames minces, et masquaient toute la largeur de la grille. Ils étaient toujours clos.

Au bout de quelques instants, on entendait une voix qui vous appelait de derrière ces volets et qui vous disait :

— Je suis là. Que me voulez-vous ?

C'était une voix aimée, quelquefois une voix adorée. On ne voyait personne. On entendait à peine le bruit d'un souffle. Il semblait que ce fût une évocation qui vous parlait à travers la cloison de la tombe.

Si l'on était dans de certaines conditions voulues, bien rares, l'étroite lame d'un des volets s'ouvrait en face de vous, et l'évocation devenait une apparition. Derrière la grille, derrière le volet, on apercevait, autant que la grille permettait d'apercevoir, une tête dont on ne voyait que la bouche et le menton ; le reste était couvert d'un voile noir. On entrevoyait une guimpe noire et une forme à peine distincte couverte d'un suaire noir. Cette tête vous parlait, mais ne vous regardait pas et ne vous souriait jamais.

Le jour qui venait de derrière vous était disposé de telle façon que vous la voyiez blanche et qu'elle vous voyait noir. Ce jour était un symbole.

Cependant les yeux plongeaient avidement, par cette ouverture qui s'était faite, dans ce lieu clos à tous les regards. Un vague profond enveloppait cette forme vêtue de deuil. Les yeux fouillaient ce vague et cherchaient à démêler ce qui était autour de l'apparition. Au bout de très peu de temps on s'apercevait qu'on ne voyait rien. Ce qu'on voyait, c'était la nuit, le vide, les ténèbres, une brume de l'hiver mêlée à une vapeur du tombeau, une sorte de paix effrayante, un silence où l'on ne recueillait rien, pas même des soupirs, une ombre où l'on ne distinguait rien, pas même des fantômes.

Ce qu'on voyait, c'était l'intérieur d'un cloître.

C'était l'intérieur de cette maison morne et sévère qu'on appelait le couvent des bernardines de l'Adoration Perpétuelle. Cette loge où l'on était, c'était le parloir. Cette voix, la première qui vous avait parlé, c'était la voix de la tourière qui était toujours assise, immobile et silencieuse, de l'autre côté du mur, près de l'ouverture carrée, défendue par la grille de fer et par la plaque à mille trous comme par une double visière.

L'obscurité où plongeait la loge grillée venait de ce que le parloir qui avait une fenêtre du côté du monde n'en avait aucune du côté du couvent. Les yeux profanes ne devaient rien voir de ce lieu sacré.

Pourtant il y avait quelque chose au delà de cette ombre, il y avait une lumière ; il y avait une vie dans cette mort. Quoique ce couvent fût le plus muré de tous, nous allons essayer d'y pénétrer, et d'y faire pénétrer le lecteur, et de dire, sans oublier la mesure, des choses que les raconteurs n'ont jamais vues et par conséquent jamais dites.

II

L'OBÉDIENCE DE MARTIN VERGA

Ce couvent, qui en 1824 existait depuis longues années déjà petite rue Picpus, était une communauté de bernardines de l'obédience de Martin Verga [1].

Ces bernardines, par conséquent, se rattachaient non à Clairvaux, comme les bernardins, mais à Cîteaux, comme les bénédictins. En d'autres termes, elles étaient sujettes, non de saint Bernard, mais de saint Benoît.

Quiconque a un peu remué des in-folio sait que Martin Verga fonda en 1425 une congrégation de bernardines-bénédictines, ayant pour chef d'ordre Salamanque et pour succursale Alcala.

Cette congrégation avait poussé des rameaux dans tous les pays catholiques de l'Europe.

Ces greffes d'un ordre sur l'autre n'ont rien d'inusité dans l'église latine. Pour ne parler que du seul ordre de saint Benoît dont il est ici question, à cet ordre se rattachent, sans compter l'obédience de Martin Verga, quatre congrégations : deux en Italie, le Mont-Cassin et Sainte-Justine de Padoue, deux en France, Cluny et Saint-Maur ; et neuf ordres, Valombrosa, Grammont, les célestins, les camaldules, les chartreux, les humiliés, les olivateurs, et les silvestrins, enfin Cîteaux ; car

Cîteaux lui-même, tronc pour d'autres ordres, n'est qu'un rejeton pour saint Benoît. Cîteaux date de saint Robert, abbé de Molesme dans le diocèse de Langres en 1098. Or c'est en 529 que le diable, retiré au désert de Subiaco (il était vieux. S'était-il fait ermite ?), fut chassé de l'ancien temple d'Apollon où il demeurait par saint Benoît, âgé de dix-sept ans.

Après la règle des carmélites, lesquelles vont pieds nus, portent une pièce d'osier sur la gorge et ne s'asseyent jamais, la règle la plus dure est celle des bernardines-bénédictines de Martin Verga. Elles sont vêtues de noir avec une guimpe qui, selon la prescription expresse de saint Benoît, monte jusqu'au menton. Une robe de serge à manches larges, un grand voile de laine, la guimpe qui monte jusqu'au menton coupée carrément sur la poitrine, le bandeau qui descend jusqu'aux yeux, voilà leur habit. Tout est noir, excepté le bandeau qui est blanc. Les novices portent le même habit, tout blanc. Les professes ont en outre un rosaire au côté.

Les bernardines-bénédictines de Martin Verga pratiquent l'Adoration Perpétuelle, comme les bénédictines dites dames du Saint-Sacrement, lesquelles, au commencement de ce siècle, avaient à Paris deux maisons, l'une au Temple, l'autre rue Neuve-Sainte-Geneviève. Du reste les bernardines-bénédictines du Petit-Picpus, dont nous parlons, étaient un ordre absolument autre que les dames du Saint-Sacrement cloîtrées rue Neuve-Sainte-Geneviève et au Temple. Il y avait de nombreuses différences dans la règle ; il y en avait dans le costume. Les bernardines-bénédictines du Petit-Picpus portaient la guimpe noire, et les bénédictines du Saint-Sacrement et de la rue Neuve-Sainte-Geneviève la portaient blanche, et avaient de plus sur la poitrine un saint-sacrement d'environ trois pouces de haut en vermeil ou en cuivre doré. Les religieuses du Petit-Picpus ne portaient point ce saint-sacrement. L'Adoration Perpétuelle, commune à la maison du Petit-Picpus et à la

maison du Temple, laisse les deux ordres parfaitement
distincts. Il y a seulement ressemblance pour cette pratique entre les dames du Saint-Sacrement et les bernardines de Martin Verga, de même qu'il y avait similitude,
pour l'étude et la glorification de tous les mystères
relatifs à l'enfance, à la vie et à la mort de Jésus-Christ,
et à la Vierge, entre deux ordres pourtant fort séparés
et dans l'occasion ennemis : l'Oratoire d'Italie, établi à
Florence par Philippe de Néri, et l'Oratoire de France,
établi à Paris par Pierre de Bérulle. L'Oratoire de Paris
prétendait le pas, Philippe de Néri n'étant que saint, et
Bérulle étant cardinal.

Revenons à la dure règle espagnole de Martin Verga.

Les bernardines-bénédictines de cette obédience font
maigre toute l'année, jeûnent le carême et beaucoup
d'autres jours qui leur sont spéciaux, se relèvent dans
leur premier sommeil depuis une heure du matin
jusqu'à trois pour lire le bréviaire et chanter matines,
couchent dans des draps de serge en toute saison et sur
la paille, n'usent point de bains, n'allument jamais de
feu, se donnent la discipline tous les vendredis, observent la règle du silence, ne se parlent qu'aux récréations,
lesquelles sont très courtes, et portent des chemises de
bure pendant six mois, du 14 septembre, qui est l'exal-
tation de la sainte-croix, jusqu'à Pâques. Ces six mois
sont une modération ; la règle dit toute l'année ; mais
cette chemise de bure, insupportable dans les chaleurs
de l'été, produisait des fièvres et des spasmes nerveux.
Il a fallu en restreindre l'usage. Même avec cet adoucissement, le 14 septembre, quand les religieuses mettent
cette chemise, elles ont trois ou quatre jours de fièvre.
Obéissance, pauvreté, chasteté, stabilité sous clôture ;
voilà leurs vœux, fort aggravés par la règle.

La prieure est élue pour trois ans par les mères, qu'on
appelle *mères vocales* parce qu'elles ont voix au chapitre. Une prieure ne peut être réélue que deux fois, ce
qui fixe à neuf ans le plus long règne possible d'une
prieure.

Elles ne voient jamais le prêtre officiant, qui leur est toujours caché par une serge tendue à sept pieds de haut. Au sermon, quand le prédicateur est dans la chapelle, elles baissent leur voile sur leur visage. Elles doivent toujours parler bas, marcher les yeux à terre et la tête inclinée. Un seul homme peut entrer dans le couvent, l'archevêque diocésain.

Il y en a bien un autre, qui est le jardinier ; mais c'est toujours un vieillard, et afin qu'il soit perpétuellement seul dans le jardin et que les religieuses soient averties de l'éviter, on lui attache une clochette au genou.

Elles sont soumises à la prieure d'une soumission absolue et passive. C'est la sujétion canonique dans toute son abnégation. Comme à la voix du Christ, *ut voci Christi*, au geste, au premier signe, *ad nutum, ad primum signum*, tout de suite, avec bonheur, avec persévérance, avec une certaine obéissance aveugle, *prompte, hilariter, perseveranter et caeca quadam obedientia*, comme la lime dans la main de l'ouvrier, *quasi limam in manibus fabri*, ne pouvant lire ni écrire quoi que ce soit sans permission expresse, *legere vel scribere non addiscerit sine expressa superioris licentia*.

À tour de rôle chacune d'elles fait ce qu'elles appellent *la réparation*. La réparation, c'est la prière pour tous les péchés, pour toutes les fautes, pour tous les désordres, pour toutes les violations, pour toutes les iniquités, pour tous les crimes qui se commettent sur la terre. Pendant douze heures consécutives, de quatre heures du soir à quatre heures du matin, ou de quatre heures du matin à quatre heures du soir, la sœur qui fait *la réparation* reste à genoux sur la pierre devant le Saint-Sacrement, les mains jointes, la corde au cou. Quand la fatigue devient insupportable, elle se prosterne à plat ventre, la face contre terre, les bras en croix. C'est là tout son soulagement. Dans cette attitude, elle prie pour tous les coupables de l'univers. Ceci est grand jusqu'au sublime.

Comme cet acte s'accomplit devant un poteau au haut duquel brûle un cierge, on dit indistinctement *faire la réparation* ou *être au poteau*. Les religieuses préfèrent même, par humilité, cette dernière expression qui contient une idée de supplice et d'abaissement.

Faire la réparation est une fonction où toute l'âme s'absorbe. La sœur au poteau ne se retournerait pas pour le tonnerre tombant derrière elle.

En outre, il y a toujours une religieuse à genoux devant le Saint-Sacrement. Cette station dure une heure. Elles se relèvent comme des soldats en faction. C'est là l'Adoration Perpétuelle.

Les prieures et les mères portent presque toujours des noms empreints d'une gravité particulière, rappelant, non des saintes et des martyres, mais des moments de la vie de Jésus-Christ, comme la mère Nativité, la mère Conception, la mère Présentation, la mère Passion. Cependant les noms de saintes ne sont pas interdits.

Quand on les voit, on ne voit jamais que leur bouche. Toutes ont les dents jaunes. Jamais une brosse à dents n'est entrée dans le couvent. Se brosser les dents, est au haut d'une échelle au bas de laquelle il y a : perdre son âme.

Elles ne disent de rien *ma* ni *mon*. Elles n'ont rien à elles et ne doivent tenir à rien. Elles disent de toute chose *notre* ; ainsi : notre voile, notre chapelet ; si elles parlaient de leur chemise, elles diraient *notre chemise*. Quelquefois elles s'attachent à quelque petit objet, à un livre d'heures, à une relique, à une médaille bénie. Dès qu'elles s'aperçoivent qu'elles commencent à tenir à cet objet, elles doivent le donner. Elles se rappellent le mot de sainte Thérèse à laquelle une grande dame, au moment d'entrer dans son ordre, disait : Permettez, ma mère, que j'envoie chercher une sainte bible à laquelle je tiens beaucoup. — *Ah ! vous tenez à quelque chose ! En ce cas, n'entrez pas chez nous.*

Défense à qui que ce soit de s'enfermer, et d'avoir un *chez-soi*, une *chambre*. Elles vivent cellules ouvertes. Quand elles s'abordent, l'une dit : *Loué soit et adoré le Très Saint-Sacrement de l'autel !* L'autre répond : *À jamais.* Même cérémonie quand l'une frappe à la porte de l'autre. À peine la porte a-t-elle été touchée qu'on entend de l'autre côté une voix douce dire précipitamment : À jamais ! Comme toutes les pratiques, cela devient machinal par l'habitude ; et l'une dit quelquefois *à jamais* avant que l'autre ait eu le temps de dire, ce qui est assez long d'ailleurs : *Loué soit et adoré le Très Saint-Sacrement de l'autel !*

Chez les visitandines, celle qui entre dit : *Ave Maria*, et celle chez laquelle on entre dit : *Gratia plena*. C'est leur bonjour, qui est « plein de grâce » en effet.

À chaque heure du jour, trois coups supplémentaires sonnent à la cloche de l'église du couvent. À ce signal, prieure, mères vocales, professes, converses, novices, postulantes, interrompent ce qu'elles disent, ce qu'elles font ou ce qu'elles pensent, et toutes disent à la fois, s'il est cinq heures, par exemple : — *À cinq heures et à toute heure, loué soit et adoré le Très Saint-Sacrement de l'autel !* S'il est huit heures : — *À huit heures et à toute heure,* etc., et ainsi de suite, selon l'heure qu'il est.

Cette coutume, qui a pour but de rompre la pensée et de la ramener toujours à Dieu, existe dans beaucoup de communautés ; seulement la formule varie. Ainsi, à l'Enfant-Jésus, on dit : — *À l'heure qu'il est et à toute heure que l'amour de Jésus enflamme mon cœur !*

Les bénédictines-bernardines de Martin Verga, cloîtrées il y a cinquante ans au Petit-Picpus, chantent les offices sur une psalmodie grave, plain-chant pur, et toujours à pleine voix toute la durée de l'office. Partout où il y a un astérisque dans le missel, elles font une pause et disent à voix basse : *Jésus-Marie-Joseph.* Pour l'office des morts, elles prennent le ton si bas, que c'est à peine si des voix de femmes peuvent descendre jusque-là. Il en résulte un effet saisissant et tragique.

Celles du Petit-Picpus avaient fait faire un caveau sous leur maître-autel pour la sépulture de leur communauté. *Le gouvernement*, comme elles disent, ne permit pas que ce caveau reçût les cercueils. Elles sortaient donc du couvent quand elles étaient mortes. Ceci les affligeait et les consternait comme une infraction.

Elles avaient obtenu, consolation médiocre, d'être enterrées à une heure spéciale et en un coin spécial dans l'ancien cimetière Vaugirard, qui était fait d'une terre appartenant jadis à leur communauté [1].

Le jeudi ces religieuses entendent la grand'messe, vêpres et tous les offices comme le dimanche. Elles observent en outre scrupuleusement toutes les petites fêtes, presque inconnues aux gens du monde, que l'église prodiguait autrefois en France et prodigue encore en Espagne et en Italie. Leurs stations à la chapelle sont interminables. Quant au nombre et à la durée de leurs prières, nous n'en pouvons donner une meilleure idée qu'en citant le mot naïf de l'une d'elles : *Les prières des postulantes sont effrayantes, les prières des novices encore pires, et les prières des professes encore pires.*

Une fois par semaine, on assemble le chapitre · la prieure préside, les mères vocales assistent. Chaque sœur vient à son tour s'agenouiller sur la pierre, et confesser à haute voix, devant toutes, les fautes et les péchés qu'elle a commis dans la semaine. Les mères vocales se consultent après chaque confession, et infligent tout haut les pénitences.

Outre la confession à haute voix, pour laquelle on réserve toutes les fautes un peu graves, elles ont pour les fautes vénielles ce qu'elles appellent *la coulpe*. Faire sa coulpe, c'est se prosterner à plat ventre durant l'office devant la prieure jusqu'à ce que celle-ci, qu'on ne nomme jamais autrement que *notre mère*, avertisse la patiente par un petit coup frappé sur le bois de sa stalle qu'elle peut se relever. On fait sa coulpe pour très peu de chose. Un verre cassé, un voile déchiré, un retard involontaire de quelques secondes à un office, une fausse note à l'église, etc., cela suffit, on fait sa coulpe. La coulpe est toute spontanée ; c'est la *coupable* elle-même (ce mot est ici étymologiquement à sa place) qui se juge et qui se l'inflige. Les jours de fêtes et les dimanches il y a quatre mères chantres qui psalmodient les offices devant un grand lutrin à quatre pupitres. Un jour une mère chantre entonna un psaume qui commençait par *Ecce*, et, au lieu de *Ecce*, dit à haute voix ces trois notes : *ut, si, sol ;* elle subit pour cette distraction une coulpe qui dura tout l'office. Ce qui rendait la faute énorme, c'est que le chapitre avait ri.

Lorsqu'une religieuse est appelée au parloir, fût-ce la prieure, elle baisse son voile de façon, l'on s'en souvient, à ne laisser voir que sa bouche.

La prieure seule peut communiquer avec des étrangers. Les autres ne peuvent voir que leur famille étroite, et très rarement. Si par hasard une personne du dehors se présente pour voir une religieuse qu'elle a connue ou aimée dans le monde, il faut toute une négociation. Si c'est une femme, l'autorisation peut être quelquefois accordée ; la religieuse vient et on lui parle à travers les volets, lesquels ne s'ouvrent que pour une mère ou une sœur. Il va sans dire que la permission est toujours refusée aux hommes.

Telle est la règle de saint Benoît, aggravée par Martin Verga.

Ces religieuses ne sont point gaies, roses et fraîches comme le sont souvent les filles des autres ordres. Elles sont pâles et graves. De 1825 à 1830 trois sont devenues folles.

III

SÉVÉRITÉS

On est au moins deux ans postulante, souvent quatre ; quatre ans novice. Il est rare que les vœux définitifs puissent être prononcés avant vingt-trois ou vingt-qua-

tre ans. Les bernardines-bénédictines de Martin Verga
n'admettent point de veuves dans leur ordre.

Elles se livrent dans leurs cellules à beaucoup de
macérations inconnues dont elles ne doivent jamais
parler.

Le jour où une novice fait profession, on l'habille de
ses plus beaux atours, on la coiffe de roses blanches, on
lustre et on boucle ses cheveux, puis elle se prosterne ;
on étend sur elle un grand voile noir et l'on chante
l'office des morts. Alors les religieuses se divisent en
deux files, une file passe près d'elle en disant d'un accent
plaintif : *notre sœur est morte,* et l'autre file répond d'une
voix éclatante : *vivante en Jésus-Christ !*

À l'époque où se passe cette histoire, un pensionnat
était joint au couvent. Pensionnat de jeunes filles
nobles, la plupart riches, parmi lesquelles on remarquait mesdemoiselles de Sainte-Aulaire et de Bélissen
et une anglaise portant l'illustre nom catholique de Tal-
bot. Ces jeunes filles, élevées par ces religieuses entre
quatre murs, grandissaient dans l'horreur du monde et
du siècle. Une d'elles nous disait un jour : *Voir le pavé
de la rue me faisait frissonner de la tête aux pieds.* Elles
étaient vêtues de bleu avec un bonnet blanc et un Saint-
Esprit de vermeil ou de cuivre fixé sur la poitrine. À de
certains jours de grande fête, particulièrement à la
Sainte-Marthe, on leur accordait, comme haute faveur
et bonheur suprême, de s'habiller en religieuses et de
faire les offices et les pratiques de saint Benoît pendant
toute une journée. Dans les premiers temps, les religieuses leur prêtaient leurs vêtements noirs. Cela parut
profane, et la prieure le défendit. Ce prêt ne fut permis
qu'aux novices. Il est remarquable que ces représenta-
tions, tolérées sans doute et encouragées dans le couvent par un secret esprit de prosélytisme, et pour donner à ces enfants quelque avant-goût du saint habit,
étaient un bonheur réel et une vraie récréation pour les
pensionnaires. Elles s'en amusaient tout simplement.
C'était nouveau, cela les changeait. Candides raisons de

l'enfance qui ne réussissent pas d'ailleurs à faire
comprendre à nous mondains cette félicité de tenir en
main un goupillon et de rester debout des heures
entières chantant à quatre devant un lutrin.

Les élèves, aux austérités près, se conformaient à
toutes les pratiques du couvent. Il est telle jeune femme
qui, entrée dans le monde et après plusieurs années de
mariage, n'était pas encore parvenue à se déshabituer
de dire en toute hâte chaque fois qu'on frappait à sa
porte : *à jamais !* Comme les religieuses, les pensionnaires ne voyaient leurs parents qu'au parloir. Leurs
mères elles-mêmes n'obtenaient pas de les embrasser.
Voici jusqu'où allait la sévérité sur ce point. Un jour une
jeune fille fut visitée par sa mère accompagnée d'une
petite sœur de trois ans. La jeune fille pleurait, car elle
eût bien voulu embrasser sa sœur. Impossible. Elle sup-
plia du moins qu'il fût permis à l'enfant de passer à
travers les barreaux sa petite main pour qu'elle pût la
baiser. Ceci fut refusé, presque avec scandale.

IV

GAÎTÉS

Ces jeunes filles n'en ont pas moins rempli cette grave
maison de souvenirs charmants.

À de certaines heures, l'enfance étincelait dans ce cloître. La récréation sonnait. Une porte tournait sur ses
gonds. Les oiseaux disaient : Bon ! voilà les enfants !
Une irruption de jeunesse inondait ce jardin coupé
d'une croix comme un linceul. Des visages radieux, des
fronts blancs, des yeux ingénus pleins de gaie lumière,
toutes sortes d'aurores, s'éparpillaient dans ces ténèbres. Après les psalmodies, les cloches, les sonneries,
les glas, les offices, tout à coup éclatait ce bruit des
petites filles, plus doux qu'un bruit d'abeilles. La ruche

de la joie s'ouvrait, et chacune apportait son miel. On jouait, on s'appelait, on se groupait, on courait ; de jolies petites dents blanches jasaient dans des coins ; les voiles, de loin, surveillaient les rires, les ombres guettaient les rayons, mais qu'importe ! on rayonnait et on riait. Ces quatre murs lugubres avaient leur minute d'éblouissement. Ils assistaient, vaguement blanchis du reflet de tant de joie, à ce doux tourbillonnement d'essaims. C'était comme une pluie de roses traversant ce deuil. Les jeunes filles folâtraient sous l'œil des religieuses ; le regard de l'impeccabilité ne gêne pas l'innocence. Grâce à ces enfants, parmi tant d'heures austères, il y avait l'heure naïve. Les petites sautaient, les grandes dansaient. Dans ce cloître, le jeu était mêlé de ciel. Rien n'était ravissant et auguste comme toutes ces fraîches âmes épanouies. Homère fût venu rire là avec Perrault, et il y avait, dans ce jardin noir, de la jeunesse, de la santé, du bruit, des cris, de l'étourdissement, du plaisir, du bonheur, à dérider toutes les aïeules, celles de l'épopée comme celles du conte, celles du trône comme celles du chaume, depuis Hécube jusqu'à la Mère-Grand.

Il s'est dit dans cette maison, plus que partout ailleurs peut-être, de ces *mots d'enfants* qui ont toujours tant de grâce et qui font rire d'un rire plein de rêverie. C'est entre ces quatre murs funèbres qu'une enfant de cinq ans s'écria un jour : — *Ma mère ! une grande vient de me dire que je n'ai plus que neuf ans et dix mois à rester ici. Quel bonheur !*

C'est là encore qu'eut lieu ce dialogue mémorable :

UNE MÈRE VOCALE : Pourquoi pleurez-vous, mon enfant ?

L'ENFANT *(six ans)*, sanglotant : J'ai dit à Alix que je savais mon histoire de France. Elle me dit que je ne la sais pas, et je la sais.

ALIX *(la grande, neuf ans)* : Non. Elle ne la sait pas.

LA MÈRE : Comment cela, mon enfant ?

ALIX : Elle m'a dit d'ouvrir le livre au hasard et de lui

faire une question qu'il y a dans le livre, et qu'elle répondrait.

— Eh bien ?

— Elle n'a pas répondu.

— Voyons. Que lui avez-vous demandé ?

— J'ai ouvert le livre au hasard comme elle disait, et je lui ai demandé la première demande que j'ai trouvée.

— Et qu'est-ce que c'était que cette demande ?

— C'était : *Qu'arriva-t-il ensuite ?*

C'est là qu'a été faite cette observation profonde sur une perruche un peu gourmande qui appartenait à une dame pensionnaire :

— *Est-elle gentille ! elle mange le dessus de sa tartine, comme une personne !*

C'est sur une des dalles de ce cloître qu'a été ramassée cette confession, écrite d'avance, pour ne pas l'oublier, par une pécheresse âgée de sept ans :

« — Mon père, je m'accuse d'avoir été avarice.

« — Mon père, je m'accuse d'avoir été adultère.

« — Mon père, je m'accuse d'avoir élevé mes regards vers les monsieurs. »

C'est sur un des bancs de gazon de ce jardin qu'a été improvisé par une bouche rose de six ans ce conte écouté par des yeux bleus de quatre à cinq ans :

« — Il y avait trois petits coqs qui avaient un pays où il y avait beaucoup de fleurs. Ils ont cueilli les fleurs, et ils les ont mises dans leur poche. Après ça, ils ont cueilli les feuilles, et ils les ont mises dans leurs joujoux. Il y avait un loup dans le pays, et il y avait beaucoup de bois ; et le loup était dans le bois ; et il a mangé les petits coqs. »

Et encore cet autre poëme :

« — Il est arrivé un coup de bâton.

« C'est Polichinelle qui l'a donné au chat.

« Ça ne lui a pas fait de bien, ça lui a fait du mal.

« Alors une dame a mis Polichinelle en prison. »

C'est là qu'a été dit, par une petite abandonnée, enfant trouvé que le couvent élevait par charité, ce mot doux et navrant. Elle entendait les autres parler de leurs mères, et elle murmura dans son coin :

— *Moi, ma mère n'était pas là quand je suis née !*

Il y avait une grosse tourière qu'on voyait toujours se hâter dans les corridors avec son trousseau de clefs et qui se nommait sœur Agathe. Les *grandes grandes*, — au-dessus de dix ans, — l'appelaient *Agathoclès*.

Le réfectoire, grande pièce oblongue et carrée, qui ne recevait de jour que par un cloître à archivoltes de plain-pied avec le jardin, était obscur et humide, et comme disent les enfants, — plein de bêtes. Tous les lieux cir-convoisins y fournissaient leur contingent d'insectes. Chacun des quatre coins en avait reçu, dans le langage des pensionnaires, un nom particulier et expressif. Il y avait le coin des Araignées, le coin des Chenilles, le coin des Cloportes et le coin des Cricris. Le coin des Cricris était voisin de la cuisine et fort estimé. On y avait moins froid qu'ailleurs. Du réfectoire les noms avaient passé au pensionnat et servaient à y distinguer comme à l'ancien collège Mazarin quatre nations. Toute élève était de l'une de ces quatre nations selon le coin du réfectoire où elle s'asseyait aux heures des repas. Un jour, M. l'archevêque, faisant la visite pastorale, vit entrer dans la classe où il passait une jolie petite fille toute vermeille avec d'admirables cheveux blonds, il demanda à une autre pensionnaire, charmante brune aux joues fraîches qui était près de lui :

— Qu'est-ce que c'est que celle-ci ?

— C'est une araignée, monseigneur.

— Bah ! et cette autre ?

— C'est un cricri.

— Et celle-là ?

— C'est une chenille.

— En vérité, et vous-même ?

— Je suis un cloporte, monseigneur.

Chaque maison de ce genre a ses particularités. Au commencement de ce siècle, Écouen était un de ces lieux gracieux et sévères où grandit, dans une ombre presque auguste, l'enfance des jeunes filles. À Écouen, pour prendre rang dans la procession du Saint-Sacrement, on distinguait entre les vierges et les fleuristes. Il y avait aussi « les dais » et « les encensoirs », les unes portant les cordons du dais, les autres encensant le Saint-Sacrement. Les fleurs revenaient de droit aux fleuristes. Quatre « vierges » marchaient en avant. Le matin de ce grand jour, il n'était pas rare d'entendre demander dans le dortoir :

— Qui est-ce qui est vierge ?

Madame Campan citait ce mot d'une « petite » de sept ans à une « grande » de seize, qui prenait la tête de la procession pendant qu'elle, la petite, restait à la queue :

— Tu es vierge, toi ; moi, je ne le suis pas.

V

DISTRACTIONS

Au-dessus de la porte du réfectoire était écrite en grosses lettres noires cette prière qu'on appelait *la Patenôtre blanche,* et qui avait pour vertu de mener les gens droit en paradis :

« Petite patenôtre blanche, que Dieu fit, que Dieu dit, que Dieu mit en paradis. Au soir, m'allant coucher, je trouvis *(sic)* trois anges à mon lit couchis, un aux pieds, deux au chevet, la bonne vierge Marie au milieu, qui me dit que je m'y couchis, que rien ne doutis. Le bon Dieu est mon père, la bonne Vierge est ma mère, les trois apôtres sont mes frères, les trois vierges sont mes sœurs. La chemise où Dieu fut né, mon corps en est enveloppé ; la croix Sainte-Marguerite à ma poitrine est écrite ; madame la Vierge s'en va sur les champs, Dieu pleurant, rencontrit M. saint Jean. Monsieur saint Jean, d'où venez-vous ? Je viens d'*Ave Salus.* Vous n'avez pas vu le bon Dieu, si est ? Il est dans l'arbre de la croix, les pieds pendants, les mains clouants, un petit chapeau d'épine blanche sur la tête. Qui la dira trois fois au soir, trois fois au matin, gagnera le paradis à la fin. »

En 1827, cette oraison caractéristique avait disparu du mur sous une triple couche de badigeon. Elle achève à cette heure de s'effacer dans la mémoire de quelques jeunes filles d'alors, vieilles femmes aujourd'hui.

Un grand crucifix accroché au mur complétait la décoration de ce réfectoire, dont la porte unique, nous croyons l'avoir dit, s'ouvrait sur le jardin. Deux tables étroites, côtoyées chacune de deux bancs de bois, faisaient deux longues lignes parallèles d'un bout à l'autre du réfectoire. Les murs étaient blancs, les tables étaient noires ; ces deux couleurs du deuil sont le seul rechange des couvents. Les repas étaient revêches et la nourriture des enfants eux-mêmes sévère. Un seul plat, viande et légumes mêlés, ou poisson salé, tel était le luxe. Ce bref ordinaire, réservé aux pensionnaires seules, était pourtant une exception. Les enfants mangeaient et se taisaient sous le guet de la mère semainière qui, de temps en temps, si une mouche s'avisait de voler et de bourdonner contre la règle, ouvrait et fermait bruyamment un livre de bois. Ce silence était assaisonné de la vie des saints, lue à haute voix dans une petite chaire à pupitre située au pied du crucifix. La lectrice était une grande élève, de semaine. Il y avait de distance en distance sur la table nue des terrines vernies où les élèves lavaient elles-mêmes leur timbale et leur couvert, et quelquefois jetaient quelque morceau de rebut, viande dure ou poisson gâté ; ceci était puni. On appelait ces terrines *ronds d'eau*.

L'enfant qui rompait le silence faisait une « croix de langue ». Où ? à terre. Elle léchait le pavé. La poussière, cette fin de toutes les joies, était chargée de châtier ces pauvres petites feuilles de rose, coupables de gazouillement.

Il y avait dans le couvent un livre qui n'a jamais été imprimé qu'à *exemplaire unique*, et qu'il est défendu de lire. C'est la règle de saint Benoît. Arcane où nul œil profane ne doit pénétrer. *Nemo regulas, seu constitutiones nostras, externis communicabit* [1].

Les pensionnaires parvinrent un jour à dérober ce livre, et se mirent à le lire avidement, lecture souvent interrompue par des terreurs d'être surprises qui leur faisaient refermer le volume précipitamment. Elles ne tirèrent de ce grand danger couru qu'un plaisir médiocre. Quelques pages inintelligibles sur les péchés des jeunes garçons, voilà ce qu'elles eurent de « plus intéressant ».

Elles jouaient dans une allée du jardin, bordée de quelques maigres arbres fruitiers. Malgré l'extrême surveillance et la sévérité des punitions, quand le vent avait secoué les arbres, elles réussissaient quelquefois à ramasser furtivement une pomme verte, ou un abricot gâté, ou une poire habitée. Maintenant je laisse parler une lettre que j'ai sous les yeux, lettre écrite il y a vingt-cinq ans par une ancienne pensionnaire, aujourd'hui madame la duchesse de —, une des plus élégantes femmes de Paris. Je cite textuellement [2] : « On cache sa poire ou sa pomme comme on peut. Lorsqu'on monte mettre le voile sur le lit en attendant le souper, on les fourre sous son oreiller et le soir on les mange dans son lit, et lorsqu'on ne peut pas, on les mange dans les commodités. » C'était là une de leurs voluptés les plus vives.

Une fois, c'était encore à l'époque d'une visite de M. l'archevêque au couvent, une des jeunes filles, mademoiselle Bouchard, qui était un peu Montmorency, gagea qu'elle lui demanderait un jour de congé, énormité dans une communauté si austère. La gageure fut acceptée, mais aucune de celles qui tenaient le pari n'y croyait. Au moment venu, comme l'archevêque passait devant les pensionnaires, mademoiselle Bouchard, à l'indescriptible épouvante de ses compagnes, sortit des rangs, et dit : « Monseigneur, un jour de congé. » Mademoiselle Bouchard était fraîche et grande, avec la plus

jolie petite mine rose du monde. M. de Quélen sourit et
dit : *Comment donc, ma chère enfant, un jour de congé !
Trois jours, s'il vous plaît. J'accorde trois jours.* La
prieure n'y pouvait rien, l'archevêque avait parlé. Scandale pour le couvent, mais joie pour le pensionnat.
Qu'on juge de l'effet.

Ce cloître bourru n'était pourtant pas si bien muré
que la vie des passions du dehors, que le drame, que le
roman même, n'y pénétrassent. Pour le prouver, nous
nous bornerons à constater ici et à indiquer brièvement
un fait réel et incontestable, qui d'ailleurs n'a en lui-
même aucun rapport et ne tient par aucun fil à l'histoire
que nous racontons. Nous mentionnons ce fait pour
compléter dans l'esprit du lecteur la physionomie du
couvent.

Vers cette époque donc, il y avait dans le couvent une
personne mystérieuse qui n'était pas religieuse, qu'on
traitait avec grand respect, et qu'on nommait *madame
Albertine.* On ne savait rien d'elle sinon qu'elle était folle,
et que dans le monde elle passait pour morte. Il y avait
sous cette histoire, disait-on, des arrangements de fortune nécessaires pour un grand mariage.

Cette femme, de trente ans à peine, brune, assez belle,
regardait vaguement avec de grands yeux noirs. Voyait-
elle ? On en doutait. Elle glissait plutôt qu'elle ne marchait ; elle ne parlait jamais ; on n'était pas bien sûr
qu'elle respirât. Ses narines étaient pincées et livides
comme après le dernier soupir. Toucher sa main, c'était
toucher de la neige. Elle avait une étrange grâce spectrale. Là où elle entrait, on avait froid. Un jour une sœur,
la voyant passer, dit à une autre : Elle passe pour morte.
— Elle l'est peut-être, répondit l'autre.

On faisait sur madame Albertine cent récits. C'était
l'éternelle curiosité des pensionnaires. Il y avait dans la
chapelle une tribune qu'on appelait l'*Œil-de-Bœuf.* C'est
de cette tribune qui n'avait qu'une baie circulaire, un
œil-de-bœuf, que madame Albertine assistait aux offices. Elle y était habituellement seule, parce que de cette

tribune, placée au premier étage, on pouvait voir le prédicateur ou l'officiant ; ce qui était interdit aux religieuses. Un jour la chaire était occupée par un jeune prêtre
de haut rang, M. le duc de Rohan, pair de France, officier des mousquetaires rouges en 1815 lorsqu'il était
prince de Léon, mort après 1830 cardinal et archevêque
de Besançon. C'était la première fois que M. de Rohan
prêchait au couvent du Petit-Picpus. Madame Albertine
assistait ordinairement aux sermons et aux offices dans
un calme profond et dans une immobilité complète. Ce
jour-là, dès qu'elle aperçut M. de Rohan, elle se dressa
à demi, et dit à haute voix dans le silence de la chapelle :
Tiens ! Auguste ! Toute la communauté stupéfaite
tourna la tête, le prédicateur leva les yeux, mais
madame Albertine était retombée dans son immobilité.
Un souffle du monde extérieur, une lueur de vie avait
passé un moment sur cette figure éteinte et glacée, puis
tout s'était évanoui, et la folle était redevenue cadavre.

Ces deux mots cependant firent jaser tout ce qui pouvait parler dans le couvent. Que de choses dans ce *tiens !
Auguste !* que de révélations ! M. de Rohan s'appelait en
effet Auguste. Il était évident que madame Albertine sortait du plus grand monde, puisqu'elle connaissait M. de
Rohan, qu'elle y était elle-même haut placée, puisqu'elle
parlait d'un si grand seigneur si familièrement, et qu'elle
avait avec lui une relation, de parenté peut-être, mais à
coup sûr bien étroite, puisqu'elle savait son « petit
nom ».

Deux duchesses très sévères, mesdames de Choiseul
et de Sérent, visitaient souvent la communauté, où elles
pénétraient sans doute en vertu du privilège *Magnates
mulieres* [1], et faisaient grand'peur au pensionnat. Quand
les deux vieilles dames passaient, toutes les pauvres
jeunes filles tremblaient et baissaient les yeux.

M. de Rohan était du reste, à son insu, l'objet de
l'attention des pensionnaires. Il venait à cette époque
d'être fait, en attendant l'épiscopat, grand vicaire de
l'archevêque de Paris. C'était une de ses habitudes de

venir assez souvent chanter aux offices de la chapelle des religieuses du Petit-Picpus. Aucune des jeunes recluses ne pouvait l'apercevoir, à cause du rideau de serge, mais il avait une voix douce et un peu grêle qu'elles étaient parvenues à reconnaître et à distinguer. Il avait été mousquetaire ; et puis on le disait fort coquet, fort bien coiffé avec de beaux cheveux châtains arrangés en rouleau autour de la tête, et qu'il avait une large ceinture noire magnifique, et que sa soutane noire était coupée le plus élégamment du monde. Il occupait fort toutes ces imaginations de seize ans [1].

Aucun bruit du dehors ne pénétrait dans le couvent. Cependant il y eut une année où le son d'une flûte y parvint. Ce fut un événement, et les pensionnaires d'alors s'en souviennent encore.

C'était une flûte dont quelqu'un jouait dans le voisinage. Cette flûte jouait toujours le même air, un air aujourd'hui bien lointain : *Ma Zétulbé, viens régner sur mon âme* [2], et on l'entendait deux ou trois fois dans la journée.

Les jeunes filles passaient des heures à écouter, les mères vocales étaient bouleversées, les cervelles travaillaient, les punitions pleuvaient. Cela dura plusieurs mois. Les pensionnaires étaient toutes plus ou moins amoureuses du musicien inconnu. Chacune se rêvait Zétulbé. Le bruit de flûte venait du côté de la rue Droit-Mur ; elles auraient tout donné, tout compromis, tout tenté, pour voir, ne fût-ce qu'une seconde, pour entrevoir, pour apercevoir, le « jeune homme » qui jouait si délicieusement de cette flûte et qui, sans s'en douter, jouait en même temps de toutes ces âmes. Il y en eut qui s'échappèrent par une porte de service et qui montèrent au troisième sur la rue Droit-Mur, afin d'essayer de voir par les jours de souffrance. Impossible. Une alla jusqu'à passer son bras au-dessus de sa tête par la grille et agita son mouchoir blanc. Deux furent plus hardies encore. Elles trouvèrent moyen de grimper jusque sur un toit et s'y risquèrent et réussirent enfin à voir « le jeune homme ». C'était un vieux gentilhomme émigré, aveugle et ruiné, qui jouait de la flûte dans son grenier pour se désennuyer.

VI

LE PETIT COUVENT

Il y avait dans cette enceinte du Petit-Picpus trois bâtiments parfaitement distincts, le grand couvent qu'habitaient les religieuses, le pensionnat où logeaient les élèves, et enfin ce qu'on appelait *le petit couvent*. C'était un corps de logis avec jardin où demeuraient en commun toutes sortes de vieilles religieuses de divers ordres, restes des cloîtres détruits par la révolution ; une réunion de toutes les bigarrures noires, grises et blanches, de toutes les communautés et de toutes les variétés possibles ; ce qu'on pourrait appeler, si un pareil accouplement de mots était permis, une sorte de couvent-arlequin.

Dès l'Empire, il avait été permis à toutes ces pauvres filles dispersées et dépaysées de venir s'abriter là sous les ailes des bénédictines-bernardines. Le gouvernement leur payait une petite pension ; les dames du Petit-Picpus les avaient reçues avec empressement. C'était un pêle-mêle bizarre. Chacune suivait sa règle. On permettait quelquefois aux élèves pensionnaires, comme grande récréation, de leur rendre visite, ce qui fait que ces jeunes mémoires ont gardé entre autres le souvenir de la mère Saint-Basile, de la mère Sainte-Scolastique et de la mère Jacob.

Une de ces réfugiées se retrouvait presque chez elle. C'était une religieuse de Sainte-Aure, la seule de son ordre qui eût survécu. L'ancien couvent des dames de Sainte-Aure occupait dès le commencement du XVIIIe siècle précisément cette même maison du Petit-Picpus qui appartint plus tard aux bénédictines de Martin Verga. Cette sainte fille, trop pauvre pour porter le magnifique habit de son ordre, qui était une robe blanche avec le scapulaire écarlate, en avait revêtu pieusement un petit mannequin qu'elle montrait avec complaisance et qu'à sa mort elle a légué à la maison. En 1824, il ne restait de cet ordre qu'une religieuse ; aujourd'hui il n'en reste qu'une poupée.

Outre ces dignes mères, quelques vieilles femmes du monde avaient obtenu de la prieure, comme madame Albertine, la permission de se retirer dans le petit couvent. De ce nombre étaient madame de Beaufort d'Hautpoul et madame la marquise Dufresne. Une autre n'a jamais été connue dans le couvent que par le bruit formidable qu'elle faisait en se mouchant. Les élèves l'appelaient madame Vacarmini.

Vers 1820 ou 1821, madame de Genlis, qui rédigeait à cette époque un petit recueil périodique intitulé l'*Intrépide*, demanda à entrer dame en chambre au couvent du Petit-Picpus. M. le duc d'Orléans la recommandait. Rumeur dans la ruche ; les mères vocales étaient toutes tremblantes ; madame de Genlis avait fait des romans. Mais elle déclara qu'elle était la première à les détester, et puis elle était arrivée à sa phase de dévotion farouche. Dieu aidant, et le prince aussi, elle entra. Elle s'en alla au bout de six ou huit mois, donnant pour raison que le jardin n'avait pas d'ombre. Les religieuses en furent ravies. Quoique très vieille, elle jouait encore de la harpe, et fort bien.

En s'en allant, elle laissa sa marque à sa cellule. Madame de Genlis était superstitieuse et latiniste. Ces deux mots donnent d'elle un assez bon profil. On voyait encore, il y a quelques années, collés dans l'intérieur d'une petite armoire de sa cellule où elle serrait son argent et ses bijoux, ces cinq vers latins écrits de sa main à l'encre rouge sur papier jaune, et qui, dans son opinion, avaient la vertu d'effaroucher les voleurs :

Imparibus meritis pendent tria corpora ramis :
Dismas et Gesmas, media est divina potestas ;
Alta petit Dismas, infelix, infima, Gesmas.
Nos et res nostras conservet summa potestas.
Hos versus dicas, ne tu furto tua perdas [1].

Ces vers, en latin du sixième siècle, soulèvent la question de savoir si les deux larrons du calvaire s'appelaient, comme on le croit communément, Dimas et Gestas, ou Dismas et Gesmas. Cette orthographe eût pu contrarier les prétentions qu'avait, au siècle dernier, le vicomte de Gestas à descendre du mauvais larron. Du reste, la vertu utile attachée à ces vers fait article de foi dans l'ordre des hospitalières.

L'église de la maison, construite de manière à séparer, comme une véritable coupure, le grand couvent du pensionnat, était, bien entendu, commune au pensionnat, au grand couvent et au petit couvent. On y admettait même le public par une sorte d'entrée de lazaret ménagée sur la rue. Mais tout était disposé de façon qu'aucune des habitantes du cloître ne pût voir un visage du dehors. Supposez une église dont le chœur serait saisi par une main gigantesque, et plié de manière à former, non plus, comme dans les églises ordinaires, un prolongement derrière l'autel, mais une sorte de salle ou de caverne obscure à la droite de l'officiant ; supposez cette salle fermée par le rideau de sept pieds de haut dont nous avons déjà parlé ; entassez dans l'ombre de ce rideau, sur des stalles de bois, les religieuses de chœur à gauche, les pensionnaires à droite, les converses et les novices au fond, et vous aurez quelque idée des religieuses du Petit-Picpus, assistant au service divin. Cette caverne, qu'on appelait le chœur, communiquait avec le cloître par un couloir. L'église prenait jour sur le jardin. Quand les religieuses assistaient à des offices où leur règle leur commandait le silence, le public n'était averti de leur présence que par le choc des miséricordes des stalles se levant ou s'abaissant avec bruit.

VII

QUELQUES SILHOUETTES
DE CETTE OMBRE [1]

Pendant les six années qui séparent 1819 de 1825, la prieure du Petit-Picpus était mademoiselle de Blemeur qui en religion s'appelait mère Innocente. Elle était de la famille de la Marguerite de Blemeur, auteur de *la Vie des saints de l'ordre de Saint-Benoît*. Elle avait été réélue. C'était une femme d'une soixantaine d'années, courte, grosse, « chantant comme un pot fêlé », dit la lettre que nous avons déjà citée ; du reste excellente, la seule gaie dans tout le couvent, et pour cela adorée.

Mère Innocente tenait de son ascendante Marguerite, la Dacier de l'Ordre. Elle était lettrée, érudite, savante, compétente, curieusement historienne, farcie de latin, bourrée de grec, pleine d'hébreu, et plutôt bénédictin que bénédictine.

La sous-prieure était une vieille religieuse espagnole presque aveugle, la mère Cineres.

Les plus comptées parmi les *vocales* étaient la mère Sainte-Honorine, trésorière, la mère Sainte-Gertrude, première maîtresse des novices, la mère Sainte-Ange, deuxième maîtresse, la mère Annonciation, sacristaine, la mère Saint-Augustin, infirmière, la seule dans tout le couvent qui fût méchante ; puis mère Sainte-Mechtilde (Mlle Gauvain), toute jeune, ayant une admirable voix ; mère des Anges (Mlle Drouet), qui avait été au couvent des Filles-Dieu et au couvent du Trésor entre Gisors et Magny ; mère Saint-Joseph (Mlle de Cogolludo), mère Sainte-Adélaïde (Mlle d'Auverney), mère Miséricorde (Mlle de Cifuentes, qui ne put résister aux austérités) ;

mère Compassion (Mlle de la Miltière, reçue à soixante
ans malgré la règle, très riche) ; mère Providence (Mlle
de Laudinière) ; mère Présentation (Mlle de Siguenza),
qui fut prieure en 1847 ; enfin, mère Sainte-Céligne (la
sœur du sculpteur Ceracchi), devenue folle ; mère
Sainte-Chantal (Mlle de Suzon), devenue folle.

Il y avait encore parmi les plus jolies une charmante
fille de vingt-trois ans, qui était de l'île Bourbon et descendante du chevalier Roze, qui se fût appelée dans le
monde mademoiselle Roze et qui là s'appelait mère
Assomption.

La mère Sainte-Mechtilde, chargée du chant et du
chœur, y employait volontiers les pensionnaires. Elle en
prenait ordinairement une gamme complète, c'est-
à-dire sept, de dix ans à seize inclusivement, voix et
tailles assorties, qu'elle faisait chanter debout, alignées
côte à côte par rang d'âge de la plus petite à la plus
grande. Cela offrait aux regards quelque chose comme
un pipeau de jeunes filles, une sorte de flûte de Pan
vivante faite avec des anges.

Celles des sœurs converses que les pensionnaires
aimaient le mieux, c'étaient la sœur Sainte-Euphrasie,
la sœur Sainte-Marguerite, la sœur Sainte-Marthe, qui
était en enfance, et la sœur Saint-Michel, dont le long
nez les faisait rire.

Toutes ces femmes étaient douces pour tous ces
enfants. Les religieuses n'étaient sévères que pour elles-
mêmes. On ne faisait de feu qu'au pensionnat, et la
nourriture, comparée à celle du couvent, y était recher-
chée. Avec cela mille soins. Seulement, quand un enfant
passait près d'une religieuse et lui parlait, la religieuse
ne répondait jamais.

Cette règle du silence avait engendré ceci que, dans
tout le couvent, la parole était retirée aux créatures
humaines et donnée aux objets inanimés. Tantôt c'était
la cloche de l'église qui parlait, tantôt le grelot du jardinier. Un timbre très sonore, placé à côté de la tourière
et qu'on entendait de toute la maison, indiquait par des

sonneries variées, qui étaient une façon de télégraphe acoustique, toutes les actions de la vie matérielle à accomplir, et appelait au parloir, si besoin était, telle ou telle habitante de la maison. Chaque personne et chaque chose avait sa sonnerie. La prieure avait un et un ; la sous-prieure un et deux. Six-cinq annonçait la classe, de telle sorte que les élèves ne disaient jamais rentrer en classe, mais aller à six-cinq. Quatre-quatre était le timbre de madame de Genlis. On l'entendait très souvent. *C'est le diable à quatre,* disaient celles qui n'étaient point charitables. Dix-neuf coups annonçaient un grand événement. C'était l'ouverture de la *porte de clôture,* effroyable planche de fer hérissée de verrous qui ne tournait sur ses gonds que devant l'archevêque.

Lui et le jardinier exceptés, nous l'avons dit, aucun homme n'entrait dans le couvent. Les pensionnaires en voyaient deux autres ; l'un, l'aumônier, l'abbé Banès, vieux et laid, qu'il leur était donné de contempler au chœur à travers une grille ; l'autre, le maître de dessin, M. Ansiaux, que la lettre dont on a déjà lu quelques lignes appelle *M. Anciot,* et qualifie *vieux affreux bossu.*

On voit que tous les hommes étaient choisis.

Telle était cette curieuse maison.

VIII

« POST CORDA LAPIDES [1] »

Après en avoir esquissé la figure morale, il n'est pas inutile d'en indiquer en quelques mots la configuration matérielle. Le lecteur en a déjà quelque idée.

Le couvent du Petit-Picpus-Saint-Antoine emplissait presque entièrement le vaste trapèze qui résultait des intersections de la rue Polonceau, de la rue Droit-Mur, de la petite rue Picpus et de la ruelle condamnée nommée dans les vieux plans rue Aumarais. Ces quatre rues entouraient ce trapèze comme ferait un fossé. Le couvent se composait de plusieurs bâtiments et d'un jardin. Le bâtiment principal, pris dans son entier, était une juxtaposition de constructions hybrides qui, vues à vol d'oiseau, dessinaient assez exactement une potence posée sur le sol. Le grand bras de la potence occupait tout le tronçon de la rue Droit-Mur compris entre la petite rue Picpus et la rue Polonceau ; le petit bras était une haute, grise et sévère façade grillée qui regardait la petite rue Picpus ; la porte cochère n° 62 en marquait l'extrémité. Vers le milieu de cette façade, la poussière et la cendre blanchissaient une vieille porte basse cintrée où les araignées faisaient leur toile et qui ne s'ouvrait qu'une heure ou deux le dimanche et aux rares occasions où le cercueil d'une religieuse sortait du couvent. C'était l'entrée publique de l'église. Le coude de la potence était une salle carrée qui servait d'office et que les religieuses nommaient *la dépense*. Dans le grand bras étaient les cellules des mères et des sœurs et le noviciat. Dans le petit bras les cuisines, le réfectoire, doublé du cloître, et l'église. Entre la porte n° 62 et le coin de la ruelle fermée Aumarais était le pensionnat, qu'on ne voyait pas du dehors. Le reste du trapèze formait le jardin qui était beaucoup plus bas que le niveau de la rue Polonceau ; ce qui faisait les murailles bien plus élevées encore au dedans qu'à l'extérieur. Le jardin, légèrement bombé, avait à son milieu, au sommet d'une butte, un beau sapin aigu et conique duquel partaient, comme du rond-point à pique d'un bouclier, quatre grandes allées, et, disposées deux par deux dans les embranchements des grandes, huit petites, de façon que, si l'enclos eût été circulaire, le plan géométral des allées eût ressemblé à une croix posée sur une roue. Les allées, venant toutes aboutir aux murs très irréguliers du jardin, étaient de longueurs inégales. Elles étaient bordées de groseilliers. Au fond une allée de grands peupliers allait des ruines du vieux couvent, qui était à l'angle de la rue Droit-Mur, à la maison du petit cou-

vent, qui était à l'angle de la ruelle Aumarais. En avant
du petit couvent, il y avait ce qu'on intitulait le petit
jardin. Qu'on ajoute à cet ensemble une cour, toutes
sortes d'angles variés que faisaient les corps de logis
intérieurs, des murailles de prison, pour toute perspective et pour tout voisinage la longue ligne noire de toits
qui bordait l'autre côté de la rue Polonceau, et l'on
pourra se faire une idée complète de ce qu'était, il y a
quarante-cinq ans, la maison des bernardines du Petit-
Picpus. Cette sainte maison avait été bâtie précisément
sur l'emplacement d'un jeu de paume fameux du qua-
torzième au seizième siècle qu'on appelait le *tripot des
onze mille diables*.

Toutes ces rues du reste étaient des plus anciennes de
Paris. Ces noms, Droit-Mur et Aumarais, sont bien
vieux ; les rues qui les portent sont beaucoup plus
vieilles encore. La ruelle Aumarais s'est appelée la ruelle
Maugout ; la rue Droit-Mur s'est appelée la rue des
Églantiers, car Dieu ouvrait les fleurs avant que
l'homme taillât les pierres.

IX

UN SIÈCLE SOUS UNE GUIMPE [1]

Puisque nous sommes en train de détails sur ce
qu'était autrefois le couvent du Petit-Picpus et que nous
avons osé ouvrir une fenêtre sur ce discret asile, que le
lecteur nous permette encore une petite digression,
étrangère au fond de ce livre, mais caractéristique et
utile en ce qu'elle fait comprendre que le cloître lui-
même a ses figures originales.

Il y avait dans le petit couvent une centenaire qui
venait de l'abbaye de Fontevrault. Avant la révolution
elle avait même été du monde. Elle parlait beaucoup de
M. de Miromesnil, garde des sceaux sous Louis XVI, et

d'une présidente Duplat qu'elle avait beaucoup connue.
C'était son plaisir et sa vanité de ramener ces deux noms
à tout propos. Elle disait merveilles de l'abbaye de Fontevrault, que c'était comme une ville, et qu'il y avait des
rues dans le monastère.

Elle parlait avec un parler picard qui égayait les pensionnaires. Tous les ans, elle renouvelait solennellement
ses vœux, et, au moment de faire serment, elle disait au
prêtre : Monseigneur saint François l'a baillé à monseigneur saint Julien, monseigneur saint Julien l'a baillé à
monseigneur saint Eusèbe, monseigneur saint Eusèbe
l'a baillé à monseigneur saint Procope, etc., etc. ; ainsi
je vous le baille, mon père. — Et les pensionnaires de
rire, non sous cape, mais sous voile ; charmants petits
rires étouffés qui faisaient froncer le sourcil aux mères
vocales.

Une autre fois, la centenaire racontait des histoires.
Elle disait que *dans sa jeunesse les bernardins ne le
cédaient pas aux mousquetaires.* C'était un siècle qui
parlait, mais c'était le dix-huitième siècle. Elle contait
la coutume champenoise et bourguignonne des quatre
vins. Avant la révolution, quand un grand personnage,
un maréchal de France, un prince, un duc et pair, traversait une ville de Bourgogne ou de Champagne, le
corps de ville venait le haranguer et lui présentait quatre gondoles d'argent dans lesquelles on avait versé de
quatre vins différents. Sur le premier gobelet on lisait
cette inscription : *vin de singe,* sur le deuxième : *vin de
lion,* sur le troisième : *vin de mouton,* sur le quatrième :
vin de cochon. Ces quatre légendes exprimaient les quatre degrés que descend l'ivrogne : la première ivresse,
celle qui égaye ; la deuxième, celle qui irrite ; la troisième, celle qui hébète ; la dernière enfin, celle qui
abrutit.

Elle avait dans une armoire, sous clef, un objet mystérieux auquel elle tenait fort. La règle de Fontevrault
ne le lui défendait pas. Elle ne voulait montrer cet objet
à personne. Elle s'enfermait, ce que sa règle lui permet-

tait, et se cachait chaque fois qu'elle voulait le contempler. Si elle entendait marcher dans le corridor, elle refermait l'armoire aussi précipitamment qu'elle le pouvait avec ses vieilles mains. Dès qu'on lui parlait de cela, elle se taisait, elle qui parlait si volontiers. Les plus curieuses échouèrent devant son silence et les plus tenaces devant son obstination. C'était aussi là un sujet de commentaires pour tout ce qui était désœuvré ou ennuyé dans le couvent. Que pouvait donc être cette chose si précieuse et si secrète qui était le trésor de la centenaire ? Sans doute quelque saint livre ? quelque chapelet unique ? quelque relique prouvée ? On se perdait en conjectures. À la mort de la pauvre vieille, on courut à l'armoire plus vite peut-être qu'il n'eût convenu et on l'ouvrit. On trouva l'objet sous un triple linge comme une patène bénite. C'était un plat de Faenza représentant des amours qui s'envolent poursuivis par des garçons apothicaires armés d'énormes seringues. La poursuite abonde en grimaces et en postures comiques. Un des charmants petits amours est déjà tout embroché. Il se débat, agite ses petites ailes et essaye encore de voler, mais le matassin rit d'un rire satanique. Moralité : l'amour vaincu par la colique. Ce plat, fort curieux d'ailleurs, et qui a peut-être eu l'honneur de donner une idée à Molière, existait encore en septembre 1845 ; il était à vendre chez un marchand de bric-à-brac du boulevard Beaumarchais.

Cette bonne vieille ne voulait recevoir aucune visite du dehors, *à cause*, disait-elle, *que le parloir est trop triste.*

X

ORIGINE
DE L'ADORATION PERPÉTUELLE

Du reste, ce parloir presque sépulcral dont nous avons essayé de donner idée est un fait tout local qui ne se reproduit pas avec la même sévérité dans d'autres couvents. Au couvent de la rue du Temple en particulier qui, à la vérité, était d'un autre ordre, les volets noirs étaient remplacés par des rideaux bruns, et le parloir lui-même était un salon parqueté dont les fenêtres s'encadraient de bonnes-grâces en mousseline blanche et dont les murailles admettaient toutes sortes de cadres, un portrait d'une bénédictine à visage découvert, des bouquets en peinture, et jusqu'à une tête de turc.

C'est dans le jardin du couvent de la rue du Temple que se trouvait ce marronnier d'Inde qui passait pour le plus beau et le plus grand de France et qui avait parmi le bon peuple du dix-huitième siècle la renommée d'être *le père de tous les marronniers du royaume.*

Nous l'avons dit, ce couvent du Temple était occupé par des bénédictines de l'Adoration Perpétuelle, bénédictines tout autres que celles qui relevaient de Cîteaux Cet ordre de l'Adoration Perpétuelle n'est pas très ancien et ne remonte pas à plus de deux cents ans. En 1649, le Saint-Sacrement fut profané deux fois, à quelques jours de distance, dans deux églises de Paris, à Saint-Sulpice et à Saint-Jean en Grève, sacrilège effrayant et rare qui émut toute la ville. M. le prieur-grand vicaire de Saint-Germain-des-Prés ordonna une procession solennelle de tout son clergé où officia le nonce du pape. Mais l'expiation ne suffit pas à deux dignes femmes, madame Courtin, marquise de Boucs,

et la comtesse de Châteauvieux. Cet outrage, fait au
« très auguste sacrement de l'autel », quoique passager,
ne sortait pas de ces deux saintes âmes, et leur parut
ne pouvoir être réparé que par une « Adoration Perpétuelle » dans quelque monastère de filles. Toutes deux,
l'une en 1652, l'autre en 1653, firent donation de
sommes notables à la mère Catherine de Bar, dite du
Saint-Sacrement, religieuse bénédictine, pour fonder,
dans ce but pieux, un monastère de l'ordre de Saint-
Benoît ; la première permission pour cette fondation fut
donnée à la mère Catherine de Bar par M. de Metz, abbé
de Saint-Germain, « à la charge qu'aucune fille ne pour-
« rait « être reçue qu'elle n'apportât trois cents livres de
« pension, qui font six mille livres au principal ». Après
l'abbé de Saint-Germain, le roi accorda des lettres
patentes, et le tout, charte abbatiale et lettres royales,
fut homologué en 1654 à la chambre des comptes et au
parlement.

Telle est l'origine et la consécration légale de l'établissement des bénédictines de l'Adoration Perpétuelle du
Saint-Sacrement à Paris. Leur premier couvent fut
« bâti à neuf », rue Cassette, des deniers de mesdames
de Boucs et de Châteauvieux.

Cet ordre, comme on voit, ne se confondait point avec
les bénédictines dites de Cîteaux. Il relevait de l'abbé de
Saint-Germain-des-Prés de la même manière que les
dames du Sacré-Cœur relèvent du général des jésuites
et les sœurs de charité du général des lazaristes.

Il était également tout à fait différent des bernardines
du Petit-Picpus dont nous venons de montrer l'intérieur.
En 1657, le pape Alexandre VII avait autorisé, par bref
spécial, les bernardines du Petit-Picpus à pratiquer
l'Adoration Perpétuelle comme les bénédictines du
Saint-Sacrement. Mais les deux ordres n'en étaient pas
moins restés distincts.

XI

FIN DU PETIT-PICPUS

Dès le commencement de la Restauration, le couvent du Petit-Picpus dépérissait, ce qui fait partie de la mort générale de l'ordre, lequel, après le dix-huitième siècle, s'en va comme tous les ordres religieux. La contemplation est, ainsi que la prière, un besoin de l'humanité ; mais, comme tout ce que la Révolution a touché, elle se transformera, et, d'hostile au progrès social, lui deviendra favorable.

La maison du Petit-Picpus se dépeuplait rapidement. En 1840, le petit couvent avait disparu, le pensionnat avait disparu. Il n'y avait plus ni les vieilles femmes, ni les jeunes filles ; les unes étaient mortes, les autres s'en étaient allées. *Volaverunt* [1].

La règle de l'Adoration Perpétuelle est d'une telle rigidité qu'elle épouvante ; les vocations reculent, l'ordre ne se recrute pas. En 1845, il se faisait encore çà et là quelques sœurs converses ; mais de religieuses de chœur, point. Il y a quarante ans, les religieuses étaient près de cent ; il y a quinze ans, elles n'étaient plus que vingt-huit. Combien sont-elles aujourd'hui ? En 1847, la prieure était jeune, signe que le cercle du choix se restreint. Elle n'avait pas quarante ans. À mesure que le nombre diminue, la fatigue augmente, le service de chacune devient plus pénible ; on voyait dès lors approcher le moment où elles ne seraient plus qu'une douzaine d'épaules douloureuses et courbées pour porter la lourde règle de saint Benoît. Le fardeau est implacable et reste le même à peu comme à beaucoup. Il pesait, il écrase. Aussi elles meurent. Du temps que l'auteur de ce livre habitait encore Paris deux sont mortes. L'une avait vingt-cinq ans, l'autre vingt-trois. Celle-ci peut dire comme Julia Alpinula : *Hic jaceo, vixi annos viginti et tres* [1]. C'est à cause de cette décadence que le couvent a renoncé à l'éducation des filles.

Nous n'avons pu passer devant cette maison extraordinaire, inconnue, obscure, sans y entrer et sans y faire entrer les esprits qui nous accompagnent et qui nous écoutent raconter, pour l'utilité de quelques-uns peut-être, l'histoire mélancolique de Jean Valjean. Nous avons jeté un coup d'œil dans cette communauté toute pleine de ces vieilles pratiques qui semblent si nouvelles aujourd'hui. C'est le jardin fermé. *Hortus conclusus.* Nous avons parlé de ce lieu singulier avec détail, mais avec respect, autant du moins que le respect et le détail sont conciliables. Nous ne comprenons pas tout, mais nous n'insultons rien. Nous sommes à égale distance de l'hosanna de Joseph de Maistre qui aboutit à sacrer le bourreau et du ricanement de Voltaire qui va jusqu'à railler le crucifix.

Illogisme de Voltaire, soit dit en passant ; car Voltaire eût défendu Jésus comme il défendait Calas ; et, pour ceux-là mêmes qui nient les incarnations surhumaines, que représente le crucifix ? Le sage assassiné.

Au dix-neuvième siècle, l'idée religieuse subit une crise. On désapprend de certaines choses, et l'on fait bien, pourvu qu'en désapprenant ceci, on apprenne cela. Pas de vide dans le cœur humain. De certaines démolitions se font, et il est bon qu'elles se fassent, mais à la condition d'être suivies de reconstructions [2].

En attendant, étudions les choses qui ne sont plus. Il est nécessaire de les connaître, ne fût-ce que pour les éviter. Les contrefaçons du passé prennent de faux noms et s'appellent volontiers l'avenir. Ce revenant, le passé, est sujet à falsifier son passeport. Mettons-nous au fait du piège. Défions-nous. Le passé a un visage, la superstition, et un masque, l'hypocrisie. Dénonçons le visage et arrachons le masque.

Quant aux couvents, ils offrent une question complexe. Question de civilisation, qui les condamne ; question de liberté, qui les protège.

Livre septième

PARENTHÈSE [1]

I

LE COUVENT, IDÉE ABSTRAITE

Ce livre est un drame dont le premier personnage est l'infini.

L'homme est le second.

Cela étant, comme un couvent s'est trouvé sur notre chemin, nous avons dû y pénétrer. Pourquoi ? C'est que le couvent, qui est propre à l'orient comme à l'occident, à l'antiquité comme aux temps modernes, au paganisme, au bouddhisme, au mahométisme, comme au christianisme, est un des appareils d'optique appliqués par l'homme sur l'infini.

Ce n'est point ici le lieu de développer hors de mesure de certaines idées ; cependant, tout en maintenant absolument nos réserves, nos restrictions, et même nos indignations, nous devons le dire, toutes les fois que nous rencontrons dans l'homme l'infini, bien ou mal compris, nous nous sentons pris de respect. Il y a dans la synagogue, dans la mosquée, dans la pagode, dans le wigwam, un côté hideux que nous exécrons et un côté sublime que nous adorons. Quelle contemplation pour l'esprit et quelle rêverie sans fond ! la réverbération de Dieu sur le mur humain.

II

LE COUVENT, FAIT HISTORIQUE

Au point de vue de l'histoire, de la raison et de la vérité, le monachisme est condamné.

Les monastères, quand ils abondent chez une nation, sont des nœuds à la circulation, des établissements encombrants, des centres de paresse là où il faut des centres de travail. Les communautés monastiques sont à la grande communauté sociale ce que le gui est au chêne, ce que la verrue est au corps humain. Leur prospérité et leur embonpoint sont l'appauvrissement du pays. Le régime monacal, bon au début des civilisations, utile à produire la réduction de la brutalité par le spirituel, est mauvais à la virilité des peuples. En outre, lorsqu'il se relâche et qu'il entre dans sa période de dérèglement, comme il continue à donner l'exemple il devient mauvais par toutes les raisons qui le faisaient salutaire dans sa période de pureté.

Les claustrations ont fait leur temps. Les cloîtres, utiles à la première éducation de la civilisation moderne, ont été gênants pour sa croissance et sont nuisibles à son développement. En tant qu'institution et que mode de formation pour l'homme, les monastères, bons au dixième siècle, discutables au quinzième, sont détestables au dix-neuvième. La lèpre monacale a presque rongé jusqu'au squelette deux admirables nations, l'Italie et l'Espagne, l'une la lumière, l'autre la splendeur de l'Europe pendant des siècles, et, à l'époque où nous sommes, ces deux illustres peuples ne commencent à guérir que grâce à la saine et vigoureuse hygiène de 1789.

Le couvent, l'antique couvent de femmes particulièrement, tel qu'il apparaît encore au seuil de ce siècle en

Italie, en Autriche, en Espagne, est une des plus
sombres concrétions du Moyen Âge. Le cloître, ce cloî-
tre-là, est le point d'intersection des terreurs. Le cloître
catholique proprement dit est tout rempli du rayonnement noir de la mort.

Le couvent espagnol surtout est funèbre. Là montent
dans l'obscurité, sous des voûtes pleines de brume, sous
des dômes vagues à force d'ombre, de massifs autels
babéliques, hauts comme des cathédrales ; là pendent
à des chaînes dans les ténèbres d'immenses crucifix
blancs ; là s'étalent, nus sur l'ébène, de grands Christs
d'ivoire ; plus que sanglants, saignants ; hideux et
magnifiques, les coudes montrant les os, les rotules
montrant les téguments, les plaies montrant les chairs,
couronnés d'épines d'argent, cloués de clous d'or, avec
des gouttes de sang en rubis sur le front et des larmes
en diamants dans les yeux. Les diamants et les rubis
semblent mouillés, et font pleurer en bas dans l'ombre
des êtres voilés qui ont les flancs meurtris par le cilice
et par le fouet aux pointes de fer, les seins écrasés par
des claies d'osier, les genoux écorchés par la prière ; des
femmes qui se croient des épouses ; des spectres qui se
croient des séraphins. Ces femmes pensent-elles ? non.
Veulent-elles ? non. Aiment-elles ? non. Vivent-elles ?
non. Leurs nerfs sont devenus des os ; leurs os sont
devenus des pierres. Leur voile est de la nuit tissue. Leur
souffle sous le voile ressemble à on ne sait quelle tragique respiration de la mort. L'abbesse, une larve, les
sanctifie et les terrifie. L'immaculé est là, farouche. Tels
sont les vieux monastères d'Espagne. Repaires de la
dévotion terrible, antres de vierges, lieux féroces.

L'Espagne catholique était plus romaine que Rome
même. Le couvent espagnol était par excellence le couvent catholique. On y sentait l'orient. L'archevêque, kis-
lar-aga [1] du ciel, verrouillait et espionnait ce sérail
d'âmes réservé à Dieu. La nonne était l'odalisque, le prêtre était l'eunuque. Les ferventes étaient choisies en
songe et possédaient Christ. La nuit, le beau jeune

homme nu descendait de la croix et devenait l'extase de
la cellule. De hautes murailles gardaient de toute distraction vivante la sultane mystique qui avait le crucifié
pour sultan. Un regard dehors était une infidélité. L'in-
pace remplaçait le sac de cuir. Ce qu'on jetait à la mer
en orient, on le jetait à la terre en occident. Des deux
côtés, des femmes se tordaient les bras ; la vague aux
unes, la fosse aux autres ; ici les noyées, là les enterrées.
Parallélisme monstrueux.

Aujourd'hui les souteneurs du passé, ne pouvant nier
ces choses, ont pris le parti d'en sourire. On a mis à la
mode une façon commode et étrange de supprimer les
révélations de l'histoire, d'infirmer les commentaires de
la philosophie, et d'élider tous les faits gênants et toutes
les questions sombres. *Matière à déclamations*, disent
les habiles. Déclamations, répètent les niais. Jean-Jacques, déclamateur ; Diderot, déclamateur ; Voltaire sur
Calas, Labarre et Sirven, déclamateur. Je ne sais qui a
trouvé dernièrement que Tacite était un déclamateur,
que Néron était une victime, et que décidément il fallait
s'apitoyer « sur ce pauvre Holopherne ».

Les faits pourtant sont malaisés à déconcerter, et
s'obstinent. L'auteur de ce livre a vu, de ses yeux, à huit
lieues de Bruxelles, c'est là du Moyen Âge que tout le
monde a sous la main, à l'abbaye de Villers, le trou des
oubliettes au milieu du pré qui a été la cour du cloître
et, au bord de la Dyle, quatre cachots de pierre, moitié
sous terre, moitié sous l'eau. C'étaient des *in-pace*. Chacun de ces cachots a un reste de porte de fer, une latrine,
et une lucarne grillée qui, dehors, est à deux pieds au-
dessus de la rivière, et dedans, à six pieds au-dessus du
sol. Quatre pieds de rivière coulent extérieurement le
long du mur. Le sol est toujours mouillé. L'habitant de
l'*in-pace* avait pour lit cette terre mouillée. Dans l'un
des cachots, il y a un tronçon de carcan scellé au mur ;
dans un autre, on voit une espèce de boîte carrée faite
de quatre lames de granit, trop courte pour qu'on s'y
couche, trop basse pour qu'on s'y dresse. On mettait là

dedans un être avec un couvercle de pierre par-dessus. Cela est. On le voit. On le touche. Ces *in-pace*, ces cachots, ces gonds de fer, ces carcans, cette haute lucarne au ras de laquelle coule la rivière, cette boîte de pierre fermée d'un couvercle de granit comme une tombe, avec cette différence qu'ici le mort était vivant, ce sol qui est de la boue, ce trou de latrines, ces murs qui suintent, quels déclamateurs !

III

À QUELLE CONDITION
ON PEUT RESPECTER LE PASSÉ

Le monachisme, tel qu'il existait en Espagne, et tel qu'il existe au Thibet, est pour la civilisation une sorte de phtisie. Il arrête net la vie. Il dépeuple, tout simplement. Claustration, castration. Il a été fléau en Europe. Ajoutez à cela la violence si souvent faite à la conscience, les vocations forcées, la féodalité s'appuyant au cloître, l'aînesse versant dans le monachisme le trop-plein de la famille, les férocités dont nous venons de parler, les *in-pace*, les bouches closes, les cerveaux murés, tant d'intelligences infortunées mises au cachot des vœux éternels, la prise d'habit, enterrement des âmes toutes vives. Ajoutez les supplices individuels aux dégradations nationales, et, qui que vous soyez, vous vous sentirez tressaillir devant le froc et le voile, ces deux suaires d'invention humaine.

Pourtant, sur certains points et en certains lieux, en dépit de la philosophie, en dépit du progrès, l'esprit claustral persiste en plein dix-neuvième siècle, et une bizarre recrudescence ascétique étonne en ce moment le monde civilisé. L'entêtement des institutions vieillies à se perpétuer ressemble à l'obstination du parfum ranci qui réclamerait votre chevelure, à la prétention

du poisson gâté qui voudrait être mangé, à la persécu-
tion du vêtement d'enfant qui voudrait habiller
l'homme, et à la tendresse des cadavres qui revien-
draient embrasser les vivants.

Ingrats ! dit le vêtement, je vous ai protégés dans le
mauvais temps. Pourquoi ne voulez-vous plus de moi ?
Je viens de la pleine mer, dit le poisson. J'ai été la rose,
dit le parfum. Je vous ai aimés, dit le cadavre. Je vous
ai civilisés, dit le couvent.

À cela une seule réponse : Jadis.

Rêver la prolongation indéfinie des choses défuntes
et le gouvernement des hommes par embaumement,
restaurer les dogmes en mauvais état, redorer les châs-
ses, recrépir les cloîtres, rebénir les reliquaires, remeu-
bler les superstitions, ravitailler les fanatismes, rem-
mancher les goupillons et les sabres, reconstituer le
monachisme et le militarisme, croire au salut de la
société par la multiplication des parasites, imposer le
passé au présent, cela semble étrange. Il y a cependant
des théoriciens pour ces théories-là. Ces théoriciens,
gens d'esprit d'ailleurs, ont un procédé bien simple, ils
appliquent sur le passé un enduit qu'ils appellent ordre
social, droit divin, morale, famille, respect des aïeux,
autorité antique, tradition sainte, légitimité, religion ;
et ils vont criant : — Voyez ! prenez ceci, honnêtes gens.
— Cette logique était connue des anciens. Les aruspices
la pratiquaient. Ils frottaient de craie une génisse noire,
et disaient : Elle est blanche. *Bos cretatus* [1].

Quant à nous, nous respectons çà et là et nous épar-
gnons partout le passé, pourvu qu'il consente à être
mort. S'il veut être vivant, nous l'attaquons, et nous
tâchons de le tuer.

Superstitions, bigotismes, cagotismes, préjugés, ces
larves, toutes larves qu'elles sont, sont tenaces à la vie,
elles ont des dents et des ongles dans leur fumée ; et il
faut les étreindre corps à corps, et leur faire la guerre,
et la leur faire sans trêve, car c'est une des fatalités de
l'humanité d'être condamnée à l'éternel combat des fan-

tômes. L'ombre est difficile à prendre à la gorge et à terrasser.

Un couvent en France, en plein midi du dix-neuvième siècle, c'est un collège de hiboux faisant face au jour. Un cloître, en flagrant délit d'ascétisme au beau milieu de la cité de 89, de 1830 et de 1848, Rome s'épanouissant dans Paris, c'est un anachronisme. En temps ordinaire, pour dissoudre un anachronisme et le faire évanouir, on n'a qu'à lui faire épeler le millésime. Mais nous ne sommes point en temps ordinaire [1].

Combattons.

Combattons, mais distinguons. Le propre de la vérité, c'est de n'être jamais excessive. Quel besoin a-t-elle d'exagérer ? Il y a ce qu'il faut détruire, et il y a ce qu'il faut simplement éclairer et regarder. L'examen bienveillant et grave, quelle force ! N'apportons point la flamme là où la lumière suffit.

Donc, le dix-neuvième siècle étant donné, nous sommes contraire, en thèse générale, et chez tous les peuples, en Asie comme en Europe, dans l'Inde comme en Turquie, aux claustrations ascétiques. Qui dit couvent dit marais. Leur putrescibilité est évidente, leur stagnation est malsaine, leur fermentation enfièvre les peuples et les étiole ; leur multiplication devient plaie d'Égypte. Nous ne pouvons penser sans effroi à ces pays où les fakirs, les bonzes, les santons, les caloyers, les marabouts, les talapoins et les derviches pullulent jusqu'au fourmillement vermineux.

Cela dit, la question religieuse subsiste. Cette question a de certains côtés mystérieux, presque redoutables ; qu'il nous soit permis de la regarder fixement.

IV

LE COUVENT
AU POINT DE VUE DES PRINCIPES

Des hommes se réunissent et habitent en commun
En vertu de quel droit ? en vertu du droit d'association.

Ils s'enferment chez eux. En vertu de quel droit ? en
vertu du droit qu'a tout homme d'ouvrir ou de fermer
sa porte.

Ils ne sortent pas. En vertu de quel droit ? en vertu
du droit d'aller et de venir, qui implique le droit de rester chez soi.

Là, chez eux, que font-ils ?

Ils parlent bas ; ils baissent les yeux ; ils travaillent.
Ils renoncent au monde, aux villes, aux sensualités, aux
plaisirs, aux vanités, aux orgueils, aux intérêts. Ils sont
vêtus de grosse laine ou de grosse toile. Pas un d'eux ne
possède en propriété quoi que ce soit. En entrant là,
celui qui était riche se fait pauvre. Ce qu'il a, il le donne
à tous. Celui qui était ce qu'on appelle noble, gentilhomme et seigneur, est l'égal de celui qui était paysan.
La cellule est identique pour tous. Tous subissent la
même tonsure, portent le même froc, mangent le même
pain noir, dorment sur la même paille, meurent sur la
même cendre. Le même sac sur le dos, la même corde
autour des reins. Si le parti pris est d'aller pieds nus,
tous vont pieds nus. Il peut y avoir là un prince, ce
prince est la même ombre que les autres. Plus de titres.
Les noms de famille même ont disparu. Ils ne portent
que des prénoms. Tous sont courbés sous l'égalité des
noms de baptême. Ils ont dissous la famille charnelle
et constitué dans leur communauté la famille spirituelle. Ils n'ont plus d'autres parents que tous les hommes. Ils secourent les pauvres, ils soignent les malades.

Ils élisent ceux auxquels ils obéissent. Ils se disent l'un à l'autre : mon frère.

Vous m'arrêtez, et vous vous écriez : — Mais c'est là le couvent idéal !

Il suffit que ce soit le couvent possible, pour que j'en doive tenir compte.

De là vient que, dans le livre précédent, j'ai parlé d'un couvent avec un accent respectueux. Le moyen-âge écarté, l'Asie écartée, la question historique et politique réservée, au point de vue philosophique pur, en dehors des nécessités de la polémique militante, à la condition que le monastère soit absolument volontaire et ne renferme que des consentements, je considérerai toujours la communauté claustrale avec une certaine gravité attentive et, à quelques égards, déférente. Là où il y a la communauté, il y a la commune ; là où il y a la commune, il y a le droit. Le monastère est le produit de la formule : Égalité, Fraternité. Oh ! que la Liberté est grande ! et quelle transfiguration splendide ! la Liberté suffit à transformer le monastère en république.

Continuons.

Mais ces hommes, ou ces femmes, qui sont derrière ces quatre murs, ils s'habillent de bure, ils sont égaux, ils s'appellent frères ; c'est bien ; mais ils font encore autre chose ?

Oui.

Quoi ?

Ils regardent l'ombre, ils se mettent à genoux, et ils joignent les mains.

Qu'est-ce que cela signifie ?

V

LA PRIÈRE

Ils prient.

Qui ?

Dieu.

Prier Dieu, que veut dire ce mot ?

Y a-t-il un infini hors de nous ? Cet infini est-il un, immanent, permanent ; nécessairement substantiel, puisqu'il est infini, et que, si la matière lui manquait, il serait borné là, nécessairement intelligent, puisqu'il est infini, et que, si l'intelligence lui manquait, il serait fini là ? Cet infini éveille-t-il en nous l'idée d'essence, tandis que nous ne pouvons nous attribuer à nous-mêmes que l'idée d'existence ? En d'autres termes, n'est-il pas l'absolu dont nous sommes le relatif ?

En même temps qu'il y a un infini hors de nous, n'y a-t-il pas un infini en nous ? Ces deux infinis (quel pluriel effrayant !) ne se superposent-ils pas l'un à l'autre ? Le second infini n'est-il pas pour ainsi dire sous-jacent au premier ? n'en est-il pas le miroir, le reflet, l'écho, abîme concentrique à un autre abîme ? Ce second infini est-il intelligent lui aussi ? Pense-t-il ? aime-t-il ? veut-il ? Si les deux infinis sont intelligents, chacun d'eux a un principe voulant, et il y a un moi dans l'infini d'en haut comme il y a un moi dans l'infini d'en bas. Ce moi d'en bas, c'est l'âme ; ce moi d'en haut, c'est Dieu.

Mettre, par la pensée, l'infini d'en bas en contact avec l'infini d'en haut, cela s'appelle prier.

Ne retirons rien à l'esprit humain ; supprimer est mauvais. Il faut réformer et transformer. Certaines facultés de l'homme sont dirigées vers l'Inconnu ; la pensée, la rêverie, la prière. L'Inconnu est un océan. Qu'est-ce que la conscience ? C'est la boussole de l'Inconnu. Pensée, rêverie, prière ; ce sont là de grands rayonnements mystérieux. Respectons-les. Où vont ces irradiations majestueuses de l'âme ? à l'ombre ; c'est-à-dire à la lumière.

La grandeur de la démocratie, c'est de ne rien nier et de ne rien renier de l'humanité. Près du droit de l'Homme, au moins à côté, il y a le droit de l'Âme.

Écraser les fanatismes et vénérer l'infini, telle est la loi. Ne nous bornons pas à nous prosterner sous l'arbre Création, et à contempler ses immenses branchages pleins d'astres. Nous avons un devoir : travailler à l'âme humaine, défendre le mystère contre le miracle, adorer l'incompréhensible et rejeter l'absurde, n'admettre, en fait d'inexplicable, que le nécessaire, assainir la croyance, ôter les superstitions de dessus la religion ; écheniller Dieu.

VI

BONTÉ ABSOLUE DE LA PRIÈRE

Quant au mode de prier, tous sont bons, pourvu qu'ils soient sincères. Tournez votre livre à l'envers, et soyez dans l'infini.

Il y a, nous le savons, une philosophie qui nie l'infini. Il y a aussi une philosophie, classée pathologiquement, qui nie le soleil ; cette philosophie s'appelle cécité.

Ériger un sens qui nous manque en source de vérité, c'est un bel aplomb d'aveugle.

Le curieux, ce sont les airs hautains, supérieurs et compatissants que prend, vis-à-vis de la philosophie qui voit Dieu, cette philosophie à tâtons. On croit entendre une taupe s'écrier : Ils me font pitié avec leur soleil !

Il y a, nous le savons, d'illustres et puissants athées. Ceux-là, au fond, ramenés au vrai par leur puissance même, ne sont pas bien sûrs d'être athées, ce n'est guère avec eux qu'une affaire de définition, et, dans tous les cas, s'ils ne croient pas Dieu, étant de grands esprits, ils prouvent Dieu.

Nous saluons en eux les philosophes, tout en qualifiant inexorablement leur philosophie.

Continuons.

L'admirable aussi, c'est la facilité à se payer de mots. Une école métaphysique du nord, un peu imprégnée de brouillard, a cru faire une révolution dans l'entendement humain en remplaçant le mot Force par le mot Volonté.

Dire : la plante veut ; au lieu de : la plante croît ; cela serait fécond, en effet, si l'on ajoutait : l'univers veut. Pourquoi ? C'est qu'il en sortirait ceci : la plante veut, donc elle a un moi ; l'univers veut, donc il a un Dieu.

Quant à nous, qui pourtant, au rebours de cette école, ne rejetons rien à priori, une volonté dans la plante, acceptée par cette école, nous paraît plus difficile à admettre qu'une volonté dans l'univers, niée par elle.

Nier la volonté de l'infini, c'est-à-dire Dieu, cela ne se peut qu'à la condition de nier l'infini. Nous l'avons démontré.

La négation de l'infini mène droit au nihilisme. Tout devient « une conception de l'esprit ».

Avec le nihilisme pas de discussion possible. Car le nihilisme logique doute que son interlocuteur existe, et n'est pas bien sûr d'exister lui-même.

À son point de vue, il est possible qu'il ne soit lui-même pour lui-même qu'une « conception de son esprit ».

Seulement, il ne s'aperçoit point que tout ce qu'il a nié, il l'admet en bloc, rien qu'en prononçant ce mot : Esprit.

En somme, aucune voie n'est ouverte pour la pensée par une philosophie qui fait tout aboutir au monosyllabe : Non.

A : Non, il n'y a qu'une réponse : Oui.

Le nihilisme est sans portée.

Il n'y a pas de néant. Zéro n'existe pas. Tout est quelque chose. Rien n'est rien.

L'homme vit d'affirmation plus encore que de pain.

Voir et montrer, cela même ne suffit pas. La philosophie doit être une énergie ; elle doit avoir pour effort et pour effet d'améliorer l'homme. Socrate doit entrer dans Adam et produire Marc-Aurèle ; en d'autres termes, faire sortir de l'homme de la félicité l'homme de la sagesse. Changer l'Éden en Lycée [1]. La science doit être un cordial. Jouir, quel triste but et quelle ambition chétive ! La brute jouit. Penser, voilà le triomphe vrai de l'âme. Tendre la pensée à la soif des hommes, leur donner à tous en élixir la notion de Dieu, faire fraterniser en eux la conscience et la science, les rendre justes par cette confrontation mystérieuse, telle est la fonction de la philosophie réelle. La morale est un épanouissement de vérités. Contempler mène à agir. L'absolu doit être pratique. Il faut que l'idéal soit respirable, potable et mangeable à l'esprit humain. C'est l'idéal qui a le droit de dire : *Prenez, ceci est ma chair, ceci est mon sang*. La sagesse est une communion sacrée. C'est à cette condition qu'elle cesse d'être un stérile amour de la science pour devenir le mode un et souverain du ralliement humain, et que de philosophie elle est promue religion.

La philosophie ne doit pas être un simple encorbellement bâti sur le mystère pour le regarder à son aise, sans autre résultat que d'être commode à la curiosité.

Pour nous, en ajournant le développement de notre pensée à une autre occasion, nous nous bornons à dire que nous ne comprenons ni l'homme comme point de départ, ni le progrès comme but, sans ces deux forces qui sont les deux moteurs : croire et aimer.

Le progrès est le but ; l'idéal est le type.

Qu'est-ce que l'idéal ? C'est Dieu.

Idéal, absolu, perfection, infini ; mots identiques.

PRÉCAUTIONS À PRENDRE
DANS LE BLÂME

L'histoire et la philosophie ont d'éternels devoirs qui sont en même temps des devoirs simples ; combattre Caïphe évêque, Dracon juge, Trimalcion législateur, Tibère empereur ; cela est clair, direct et limpide et n'offre aucune obscurité. Mais le droit de vivre à part, même avec ses inconvénients et ses abus, veut être constaté et ménagé. Le cénobitisme est un problème humain.

Lorsqu'on parle des couvents, ces lieux d'erreur, mais d'innocence, d'égarement, mais de bonne volonté, d'ignorance, mais de dévouement, de supplice, mais de martyre, il faut presque toujours dire oui et non.

Un couvent, c'est une contradiction. Pour but, le salut ; pour moyen, le sacrifice. Le couvent, c'est le suprême égoïsme ayant pour résultante la suprême abnégation.

Abdiquer pour régner, semble être la devise du monachisme.

Au cloître, on souffre pour jouir. On tire une lettre de change sur la mort. On escompte en nuit terrestre la lumière céleste. Au cloître, l'enfer est accepté en avance d'hoirie sur le paradis.

La prise de voile ou de froc est un suicide payé d'éternité.

Il ne nous paraît pas qu'en un pareil sujet la moquerie soit de mise. Tout y est sérieux, le bien comme le mal.

L'homme juste fronce le sourcil, mais ne sourit jamais du mauvais sourire. Nous comprenons la colère, non la malignité.

VIII

FOI, LOI

Encore quelques mots.

Nous blâmons l'Église quand elle est saturée d'intrigue, nous méprisons le spirituel âpre au temporel ; mais nous honorons partout l'homme pensif.

Nous saluons qui s'agenouille.

Une foi ; c'est là pour l'homme le nécessaire. Malheur à qui ne croit rien !

On n'est pas inoccupé parce qu'on est absorbé. Il y a le labeur visible et le labeur invisible.

Contempler, c'est labourer ; penser, c'est agir. Les bras croisés travaillent, les mains jointes font. Le regard au ciel est une œuvre.

Thalès resta quatre ans immobile. Il fonda la philosophie.

Pour nous les cénobites ne sont pas des oisifs, et les solitaires ne sont pas des fainéants.

Songer à l'Ombre est une chose sérieuse.

Sans rien infirmer de ce que nous venons de dire, nous croyons qu'un perpétuel souvenir du tombeau convient aux vivants. Sur ce point le prêtre et le philosophe sont d'accord. *Il faut mourir.* L'abbé de La Trappe donne la réplique à Horace.

Mêler à sa vie une certaine présence du sépulcre, c'est la loi du sage ; et c'est la loi de l'ascète. Sous ce rapport l'ascète et le sage convergent.

Il y a la croissance matérielle ; nous la voulons. Il y a aussi la grandeur morale ; nous y tenons.

Les esprits irréfléchis et rapides disent :

— À quoi bon ces figures immobiles du côté du mystère ? À quoi servent-elles ? qu'est-ce qu'elles font ?

Hélas ! en présence de l'obscurité qui nous environne

et qui nous attend, ne sachant pas ce que la dispersion immense fera de nous, nous répondons : Il n'y a pas d'œuvre plus sublime peut-être que celle que font ces âmes. Et nous ajoutons : Il n'y a peut-être pas de travail plus utile.

Il faut bien ceux qui prient toujours pour ceux qui ne prient jamais.

Pour nous, toute la question est dans la quantité de pensée qui se mêle à la prière.

Leibnitz priant, cela est grand ; Voltaire adorant, cela est beau. *Deo erexit Voltaire* [1].

Nous sommes pour la religion contre les religions.

Nous sommes de ceux qui croient à la misère des oraisons et à la sublimité de la prière.

Du reste, dans cette minute que nous traversons, minute qui heureusement ne laissera pas au dix-neuvième siècle sa figure, à cette heure où tant d'hommes ont le front bas et l'âme peu haute, parmi tant de vivants ayant pour morale de jouir, et occupés des choses courtes et difformes de la matière, quiconque s'exile nous semble vénérable. Le monastère est un renoncement. Le sacrifice qui porte à faux est encore le sacrifice. Prendre pour devoir une erreur sévère, cela a sa grandeur.

Pris en soi, et idéalement, et pour tourner autour de la vérité jusqu'à épuisement impartial de tous les aspects, le monastère, le couvent de femmes surtout, car dans notre société c'est la femme qui souffre le plus, et dans cet exil du cloître il y a de la protestation, le couvent de femmes a incontestablement une certaine majesté.

Cette existence claustrale si austère et si morne, dont nous venons d'indiquer quelques linéaments, ce n'est pas la vie, car ce n'est pas la liberté ; ce n'est pas la tombe, car ce n'est pas la plénitude ; c'est le lieu étrange d'où l'on aperçoit, comme de la crête d'une haute montagne, d'un côté l'abîme où nous sommes, de l'autre l'abîme où nous serons ; c'est une frontière étroite et brumeuse séparant deux mondes, éclairée et obscurcie par les deux à la fois, où le rayon affaibli de la vie se mêle au rayon vague de la mort ; c'est la pénombre du tombeau.

Quant à nous, qui ne croyons pas ce que ces femmes croient, mais qui vivons comme elles par la foi, nous n'avons jamais pu considérer sans une espèce de terreur religieuse et tendre, sans une sorte de pitié pleine d'envie, ces créatures dévouées, tremblantes et confiantes, ces âmes humbles et augustes qui osent vivre au bord même du mystère, attendant, entre le monde qui est fermé et le ciel qui n'est pas ouvert, tournées vers la clarté qu'on ne voit pas, ayant seulement le bonheur de penser qu'elles savent où elle est, aspirant au gouffre et à l'inconnu, l'œil fixé sur l'obscurité immobile, agenouillées, éperdues, stupéfaites, frissonnantes, à demi soulevées à de certaines heures par les souffles profonds de l'éternité.

Livre huitième

LES CIMETIÈRES PRENNENT
CE QU'ON LEUR DONNE

I

OÙ IL EST TRAITÉ DE LA MANIÈRE
D'ENTRER AU COUVENT

C'est dans cette maison que Jean Valjean était, comme avait dit Fauchelevent, « tombé du ciel ».

Il avait franchi le mur du jardin qui faisait l'angle de la rue Polonceau. Cet hymne des anges qu'il avait entendu au milieu de la nuit, c'étaient les religieuses chantant matines ; cette salle qu'il avait entrevue dans l'obscurité, c'était la chapelle ; ce fantôme qu'il avait vu étendu à terre, c'était la sœur faisant la réparation ; ce grelot dont le bruit l'avait si étrangement surpris, c'était le grelot du jardinier attaché au genou du père Fauchelevent.

Une fois Cosette couchée, Jean Valjean et Fauchelevent avaient, comme on l'a vu, soupé d'un verre de vin et d'un morceau de fromage devant un bon fagot flambant ; puis, le seul lit qu'il y eût dans la baraque étant occupé par Cosette, ils s'étaient jetés chacun sur une botte de paille. Avant de fermer les yeux, Jean Valjean avait dit : — Il faut désormais que je reste ici.

Cette parole avait trotté toute la nuit dans la tête de Fauchelevent.

À vrai dire, ni l'un ni l'autre n'avaient dormi.

Jean Valjean, se sentant découvert et Javert sur sa piste, comprenait que lui et Cosette étaient perdus s'ils rentraient dans Paris. Puisque le nouveau coup de vent qui venait de souffler sur lui l'avait échoué dans ce cloître, Jean Valjean n'avait plus qu'une pensée, y rester. Or, pour un malheureux dans sa position, ce couvent était à la fois le lieu le plus dangereux et le plus sûr ; le plus dangereux, car, aucun homme ne pouvant y pénétrer, si on l'y découvrait, c'était un flagrant délit, et Jean Valjean ne faisait qu'un pas du couvent à la prison ; le plus sûr, car si l'on parvenait à s'y faire accepter et à y demeurer, qui viendrait vous chercher là ? Habiter un lieu impossible, c'était le salut.

De son côté, Fauchelevent se creusait la cervelle. Il commençait par se déclarer qu'il n'y comprenait rien. Comment M. Madeleine se trouvait-il là, avec les murs qu'il y avait ? Des murs de cloître ne s'enjambent pas. Comment s'y trouvait-il avec un enfant ? On n'escalade pas une muraille à pic avec un enfant dans ses bras. Qu'était-ce que cet enfant ? D'où venaient-ils tous les deux ? Depuis que Fauchelevent était dans le couvent, il n'avait plus entendu parler de Montreuil-sur-mer, et il ne savait rien de ce qui s'était passé. Le père Madeleine avait cet air qui décourage les questions ; et d'ailleurs Fauchelevent se disait : On ne questionne pas un saint. M. Madeleine avait conservé pour lui tout son prestige. Seulement, de quelques mots échappés à Jean Valjean, le jardinier crut pouvoir conclure que M. Madeleine avait probablement fait faillite par la dureté des temps, et qu'il était poursuivi par ses créanciers ; ou bien qu'il était compromis dans une affaire politique et qu'il se cachait ; ce qui ne déplut point à Fauchelevent, lequel, comme beaucoup de nos paysans du nord, avait un vieux fond bonapartiste. Se cachant, M. Madeleine avait pris le couvent pour asile, et il était simple qu'il voulût y rester. Mais l'inexplicable, où Fauchelevent revenait toujours et où il se cassait la tête, c'était que M. Madeleine fût là, et qu'il y fût avec cette petite. Fauchelevent les voyait, les touchait, leur parlait, et n'y croyait pas. L'incompréhensible venait de faire son entrée dans la cahute de Fauchelevent. Fauchelevent était à tâtons dans les conjectures, et ne voyait plus rien

de clair sinon ceci : M. Madeleine m'a sauvé la vie. Cette
certitude unique suffisait, et le détermina. Il se dit à
part lui : C'est mon tour. Il ajouta dans sa conscience :
M. Madeleine n'a pas tant délibéré quand il s'est agi de
se fourrer sous la voiture pour m'en tirer. Il décida qu'il
sauverait M. Madeleine.

Il se fit pourtant diverses questions et diverses répon-
ses : — Après ce qu'il a été pour moi, si c'était un voleur,
le sauverais-je ? Tout de même. Si c'était un assassin, le
sauverais-je ? Tout de même. Puisque c'est un saint, le
sauverai-je ? Tout de même.

Mais le faire rester dans le couvent, quel problème !
Devant cette tentative presque chimérique, Fauchelevent ne recula point ; ce pauvre paysan picard, sans
autre échelle que son dévouement, sa bonne volonté, et
un peu de cette vieille finesse campagnarde mise cette
fois au service d'une intention généreuse, entreprit
d'escalader les impossibilités du cloître et les rudes
escarpements de la règle de saint Benoît. Le père Fauchelevent était un vieux qui toute sa vie avait été égoïste,
et qui, à la fin de ses jours, boiteux, infirme, n'ayant
plus aucun intérêt au monde, trouva doux d'être reconnaissant, et, voyant une vertueuse action à faire, se jeta
dessus comme un homme qui, au moment de mourir,
rencontrerait sous sa main un verre d'un bon vin dont
il n'aurait jamais goûté et le boirait avidement. On peut
ajouter que l'air qu'il respirait depuis plusieurs années
déjà dans ce couvent avait détruit la personnalité en lui,
et avait fini par lui rendre nécessaire une bonne action
quelconque.

Il prit donc sa résolution : se dévouer à M. Madeleine.

Nous venons de le qualifier *pauvre paysan picard*. La
qualification est juste, mais incomplète. Au point de
cette histoire où nous sommes, un peu de physiologie
du père Fauchelevent devient utile. Il était paysan, mais
il avait été tabellion, ce qui ajoutait de la chicane à sa
finesse, et de la pénétration à sa naïveté. Ayant, pour
des causes diverses, échoué dans ses affaires, de tabel-

lion il était tombé charretier et manœuvre. Mais, en dépit des jurons et des coups de fouet, nécessaires aux chevaux, à ce qu'il paraît, il était resté du tabellion en lui. Il avait quelque esprit naturel ; il ne disait ni j'ons ni j'avons ; il causait, chose rare au village ; et les autres paysans disaient de lui : Il parle quasiment comme un monsieur à chapeau. Fauchelevent était en effet de cette espèce que le vocabulaire impertinent et léger du dernier siècle qualifiait : *demi-bourgeois, demi-manant ;* et que les métaphores tombant du château sur la chaumière étiquetaient dans le casier de la roture *un peu rustre, un peu citadin ; poivre et sel.* Fauchelevent, quoique fort éprouvé et fort usé par le sort, espèce de pauvre vieille âme montrant la corde, était pourtant homme de premier mouvement, et très spontané ; qualité précieuse qui empêche qu'on soit jamais mauvais. Ses défauts et ses vices, car il en avait eu, étaient de surface ; en somme, sa physionomie était de celles qui réussissent près de l'observateur. Ce vieux visage n'avait aucune de ces fâcheuses rides du haut du front qui signifient méchanceté ou bêtise.

Au point du jour, ayant énormément songé, le père Fauchelevent ouvrit les yeux et vit M. Madeleine qui, assis sur sa botte de paille, regardait Cosette dormir. Fauchelevent se dressa sur son séant et dit :

— Maintenant que vous êtes ici, comment allez-vous faire pour y entrer ?

Ce mot résumait la situation, et réveilla Jean Valjean de sa rêverie.

Les deux bonshommes tinrent conseil.

— D'abord, dit Fauchelevent, vous allez commencer par ne pas mettre les pieds hors de cette chambre. La petite ni vous. Un pas dans le jardin, nous sommes flambés.

— C'est juste.

— Monsieur Madeleine, reprit Fauchelevent, vous êtes arrivé dans un moment très bon, je veux dire très mauvais, il y a une de ces dames fort malade. Cela fait qu'on ne regardera pas beaucoup de notre côté. Il paraît qu'elle se meurt. On dit les prières de quarante heures. Toute la communauté est en l'air. Ça les occupe. Celle qui est en train de s'en aller est une sainte. Au fait, nous sommes tous des saints ici. Toute la différence entre elles et moi, c'est qu'elles disent : notre cellule, et que je dis : ma piolle. Il va y avoir l'oraison pour les agonisants, et puis l'oraison pour les morts. Pour aujourd'hui nous serons tranquilles ici ; mais je ne réponds pas de demain.

— Pourtant, observa Jean Valjean, cette baraque est dans le rentrant du mur, elle est cachée par une espèce de ruine, il y a des arbres, on ne la voit pas du couvent.

— Et j'ajoute que les religieuses n'en approchent jamais.

— Eh bien ? fit Jean Valjean.

Le point d'interrogation qui accentuait cet : eh bien, signifiait : il me semble qu'on peut y demeurer caché. C'est à ce point d'interrogation que Fauchelevent répondit :

— Il y a les petites.

— Quelles petites ? demanda Jean Valjean.

Comme Fauchelevent ouvrait la bouche pour expliquer le mot qu'il venait de prononcer, une cloche sonna un coup.

— La religieuse est morte, dit-il. Voici le glas.

Et il fit signe à Jean Valjean d'écouter.

La cloche sonna un second coup.

— C'est le glas, monsieur Madeleine. La cloche va continuer de minute en minute pendant vingt-quatre heures jusqu'à la sortie du corps de l'église. Voyez-vous, ça joue. Aux récréations, il suffit qu'une balle roule pour qu'elles s'en viennent, malgré les défenses, chercher et fourbanser partout par ici. C'est des diables, ces chérubins-là.

— Qui ? demanda Jean Valjean.

— Les petites. Vous seriez bien vite découvert, allez. Elles crieraient : Tiens ! un homme ! Mais il n'y a pas de danger aujourd'hui. Il n'y aura pas de récréation. La journée va être tout prières. Vous entendez la cloche. Comme je vous le disais, un coup par minute. C'est le glas.

— Je comprends, père Fauchelevent. Il y a des pensionnaires.

Et Jean Valjean pensa à part lui :

— Ce serait l'éducation de Cosette toute trouvée.

Fauchelevent s'exclama :

— Pardine ! s'il y a des petites filles ! Et qui piailleraient autour de vous ! et qui se sauveraient ! Ici, être homme, c'est avoir la peste. Vous voyez bien qu'on m'attache un grelot à la patte comme à une bête féroce.

Jean Valjean songeait de plus en plus profondément.

— Ce couvent nous sauverait, murmurait-il. Puis il éleva la voix :

— Oui, le difficile, c'est de rester.

— Non, dit Fauchelevent, c'est de sortir.

Jean Valjean sentit le sang lui refluer au cœur.

— Sortir !

— Oui, monsieur Madeleine, pour rentrer, il faut que vous sortiez.

Et, après avoir laissé passer un coup de cloche du glas, Fauchelevent poursuivit :

— On ne peut pas vous trouver ici comme ça. D'où venez-vous ? Pour moi vous tombez du ciel, parce que je vous connais ; mais des religieuses, ça a besoin qu'on entre par la porte.

Tout à coup on entendit une sonnerie assez compliquée d'une autre cloche.

— Ah ! dit Fauchelevent, on sonne les mères vocales. Elles vont au chapitre. On tient toujours chapitre quand quelqu'un est mort. Elle est morte au point du jour. C'est ordinairement au point du jour qu'on meurt. Mais est-ce que vous ne pourriez pas sortir par où vous êtes entré ? Voyons, ce n'est pas pour vous faire une question, par où êtes-vous entré ?

Jean Valjean devint pâle. La seule idée de redescendre

dans cette rue formidable le faisait frissonner. Sortez
d'une forêt pleine de tigres, et, une fois dehors, imagi-
nez-vous un conseil d'ami qui vous engage à y rentrer.
Jean Valjean se figurait toute la police encore grouil-
lante dans le quartier, des agents en observation, des
vedettes partout, d'affreux poings tendus vers son collet,
Javert peut-être au coin du carrefour.

— Impossible ! dit-il. Père Fauchelevent, mettez que
je suis tombé de là-haut.

— Mais je le crois, je le crois, reprit Fauchelevent.
Vous n'avez pas besoin de me le dire. Le bon Dieu vous
aura pris dans sa main pour vous regarder de près, et
puis vous aura lâché. Seulement il voulait vous mettre
dans un couvent d'hommes ; il s'est trompé. Allons,
encore une sonnerie. Celle-ci est pour avertir le portier
d'aller prévenir la municipalité pour qu'elle aille prévenir le médecin des morts pour qu'il vienne voir qu'il y
a une morte. Tout ça, c'est la cérémonie de mourir. Elles
n'aiment pas beaucoup cette visite-là, ces bonnes
dames. Un médecin, ça ne croit à rien. Il lève le voile.
Il lève même quelquefois autre chose. Comme elles ont
vite fait avertir le médecin, cette fois-ci ! Qu'est-ce qu'il
y a donc ? Votre petite dort toujours. Comment se
nomme-t-elle ?

— Cosette.

— C'est votre fille ? comme qui dirait : vous seriez
son grand-père ?

— Oui.

— Pour elle, sortir d'ici, ce sera facile. J'ai ma porte
de service qui donne sur la cour. Je cogne. Le portier
ouvre. J'ai ma hotte sur le dos, la petite est dedans. Je
sors. Le père Fauchelevent sort avec sa hotte, c'est tout
simple. Vous direz à la petite de se tenir bien tranquille.
Elle sera sous la bâche. Je la déposerai le temps qu'il
faudra chez une vieille bonne amie de fruitière que j'ai
rue du Chemin-Vert, qui est sourde et où il y a un petit
lit. Je crierai dans l'oreille à la fruitière que c'est une
nièce à moi, et de me la garder jusqu'à demain. Puis la

petite rentrera avec vous. Car je vous ferai rentrer. Il le faudra bien. Mais vous, comment ferez-vous pour sortir ?

Jean Valjean hocha la tête.

— Que personne ne me voie. Tout est là, père Fauchelevent. Trouvez moyen de me faire sortir comme Cosette dans une hotte et sous une bâche.

Fauchelevent se grattait le bas de l'oreille avec le médium de la main gauche, signe de sérieux embarras.

Une troisième sonnerie fit diversion.

— Voici le médecin des morts qui s'en va, dit Fauchelevent. Il a regardé, et dit : elle est morte, c'est bon. Quand le médecin a visé le passeport pour le paradis, les pompes funèbres envoient une bière. Si c'est une mère, les mères l'ensevelissent ; si c'est une sœur, les sœurs l'ensevelissent. Après quoi, je cloue. Cela fait partie de mon jardinage. Un jardinier est un peu un fossoyeur. On la met dans une salle basse de l'église qui communique à la rue et où pas un homme ne peut entrer que le médecin des morts. Je ne compte pas pour des hommes les croque-morts et moi. C'est dans cette salle que je cloue la bière. Les croque-morts viennent la prendre, et fouette cocher ! c'est comme cela qu'on s'en va au ciel. On apporte une boîte où il n'y a rien, on la remporte avec quelque chose dedans. Voilà ce que c'est qu'un enterrement. *De profundis.*

Un rayon de soleil horizontal effleurait le visage de Cosette endormie qui entr'ouvrait vaguement la bouche, et avait l'air d'un ange buvant de la lumière. Jean Valjean s'était mis à la regarder. Il n'écoutait plus Fauchelevent.

N'être pas écouté ce n'est pas une raison pour se taire. Le brave vieux jardinier continuait paisiblement son rabâchage :

— On fait la fosse au cimetière Vaugirard. On prétend qu'on va le supprimer, ce cimetière Vaugirard. C'est un ancien cimetière qui est en dehors des règlements, qui n'a pas l'uniforme, et qui va prendre sa retraite. C'est dommage, car il est commode. J'ai là un ami, le père Mestienne, le fossoyeur. Les religieuses d'ici ont un privilège, c'est d'être portées à ce cimetière-là à la tombée de la nuit. Il y a un arrêté de la préfecture exprès pour elles. Mais que d'événements depuis hier ! la mère Crucifixion est morte, et le père Madeleine...

— Est enterré, dit Jean Valjean souriant tristement.

Fauchelevent fit ricocher le mot.

— Dame ! si vous étiez ici tout à fait, ce serait un véritable enterrement.

Une quatrième sonnerie éclata. Fauchelevent détacha vivement du clou la genouillère à grelot et la reboucla à son genou.

— Cette fois, c'est moi. La mère prieure me demande. Bon, je me pique à l'ardillon de ma boucle. Monsieur Madeleine, ne bougez pas, et attendez-moi. Il y a du nouveau. Si vous avez faim, il y a là le vin, le pain et le fromage.

Et il sortit de la cahute en disant : On y va ! on y va !

Jean Valjean le vit se hâter à travers le jardin, aussi vite que sa jambe torse le lui permettait, tout en regardant de côté ses melonnières.

Moins de dix minutes après, le père Fauchelevent, dont le grelot mettait sur son passage les religieuses en déroute, frappait un petit coup à une porte, et une voix douce répondait : *À jamais. À jamais*, c'est-à-dire : *Entrez.*

Cette porte était celle du parloir réservé au jardinier pour les besoins du service. Ce parloir était contigu à la salle du chapitre. La prieure, assise sur l'unique chaise du parloir, attendait Fauchelevent.

II

FAUCHELEVENT
EN PRÉSENCE DE LA DIFFICULTÉ

Avoir l'air agité et grave, cela est particulier, dans les occasions critiques, à de certains caractères et à de certaines professions, notamment aux prêtres et aux religieux. Au moment où Fauchelevent entra, cette double forme de la préoccupation était empreinte sur la physionomie de la prieure, qui était cette charmante et savante Mlle de Blemeur, mère Innocente, ordinairement gaie.

Le jardinier fit un salut craintif, et resta sur le seuil de la cellule. La prieure, qui égrenait son rosaire, leva les yeux et dit :

— Ah ! c'est vous, père Fauvent.

Cette abréviation avait été adoptée dans le couvent.

Fauchelevent recommença son salut.

— Père Fauvent, je vous ai fait appeler.

— Me voici, révérende mère.

— J'ai à vous parler.

— Et moi, de mon côté, dit Fauchelevent avec une hardiesse dont il avait peur intérieurement, j'ai quelque chose à dire à la très révérende mère.

La prieure le regarda.

— Ah ! vous avez une communication à me faire.

— Une prière.

— Eh bien, parlez.

Le bonhomme Fauchelevent, ex-tabellion, appartenait à la catégorie des paysans qui ont de l'aplomb. Une certaine ignorance habile est une force ; on ne s'en défie pas et cela vous prend. Depuis un peu plus de deux ans qu'il habitait le couvent, Fauchelevent avait réussi dans la communauté. Toujours solitaire, et tout en vaquant à son jardinage, il n'avait guère autre chose à faire que d'être curieux. À distance comme il était de toutes ces femmes voilées allant et venant, il ne voyait guère devant lui qu'une agitation d'ombres. À force d'attention et de pénétration, il était parvenu à remettre de la chair dans tous ces fantômes, et ces mortes vivaient pour lui. Il était comme un sourd dont la vue s'allonge et comme un aveugle dont l'ouïe s'aiguise. Il s'était appliqué à démêler le sens des diverses sonneries, et il y était arrivé, de sorte que ce cloître énigmatique et taciturne n'avait rien de caché pour lui ; ce sphinx lui bavardait tous ses secrets à l'oreille. Fauchelevent, sachant tout, cachait tout. C'était là son art. Tout le couvent le croyait stupide. Grand mérite en religion. Les mères vocales faisaient cas de Fauchelevent. C'était un curieux muet. Il inspirait la confiance. En outre, il était régulier, et ne sortait que pour les nécessités démontrées du verger et du potager. Cette discrétion d'allures lui était comptée. Il n'en avait pas moins fait jaser deux hommes : au couvent, le portier, et il savait les particularités du parloir ; et, au cimetière, le fossoyeur, et il savait les singularités de la sépulture ; de la sorte il avait, à l'endroit de ces religieuses, une double lumière, l'une sur la vie, l'autre sur la mort. Mais il n'abusait de rien. La congrégation tenait à lui. Vieux, boiteux, n'y voyant goutte, probablement un peu sourd, que de qualités ! On l'eût difficilement remplacé.

Le bonhomme, avec l'assurance de celui qui se sent apprécié, entama, vis-à-vis de la révérende prieure, une harangue campagnarde assez diffuse et très profonde. Il parla longuement de son âge, de ses infirmités, de la surcharge des années comptant double désormais pour lui, des exigences croissantes du travail, de la grandeur du jardin, des nuits à passer, comme la dernière, par exemple, où il avait fallu mettre des paillassons sur les melonnières à cause de la lune, et il finit par aboutir à ceci : qu'il avait un frère, — (la prieure fit un mouvement) — un frère point jeune, — (second mouvement de la prieure, mais mouvement rassuré) — que, si on le voulait bien, ce frère pourrait venir loger avec lui et l'aider, qu'il était excellent jardinier, que la communauté en tirerait de bons services, meilleurs que les siens à lui ; — que, autrement, si l'on n'admettait point son frère, comme, lui, l'aîné, il se sentait cassé, et insuffisant à la besogne, il serait, avec bien du regret, obligé de s'en aller ; — et que son frère avait une petite fille qu'il amènerait avec lui, qui s'élèverait en Dieu dans la maison, et qui peut-être, qui sait ? ferait une religieuse un jour.

Quand il eut fini de parler, la prieure interrompit le glissement de son rosaire entre ses doigts, et lui dit :

— Pourriez-vous, d'ici à ce soir, vous procurer une forte barre de fer ?

— Pourquoi faire ?

— Pour servir de levier.

— Oui, révérende mère, répondit Fauchelevent.

La prieure, sans ajouter une parole, se leva, et entra dans la chambre voisine, qui était la salle du chapitre et où les mères vocales étaient probablement assemblées. Fauchelevent demeura seul.

III

MÈRE INNOCENTE

Un quart d'heure environ s'écoula. La prieure rentra et revint s'asseoir sur la chaise.

Les deux interlocuteurs semblaient préoccupés. Nous sténographions de notre mieux le dialogue qui s'engagea.

— Père Fauvent ?

— Révérende mère ?

— Vous connaissez la chapelle ?

— J'y ai une petite cage pour entendre la messe et les offices.

— Et vous êtes entré dans le chœur pour votre ouvrage ?

— Deux ou trois fois.

— Il s'agit de soulever une pierre.

— Lourde ?

— La dalle du pavé qui est à côté de l'autel.

— La pierre qui ferme le caveau ?

— Oui.

— C'est là une occasion où il serait bon d'être deux hommes.

— La mère Ascension, qui est forte comme un homme, vous aidera.

— Une femme n'est jamais un homme.

— Nous n'avons qu'une femme pour vous aider. Chacun fait ce qu'il peut. Parce que dom Mabillon donne quatre cent dix-sept épîtres de saint Bernard et que Merlonus Horstius n'en donne que trois cent soixante-sept, je ne méprise point Merlonus Horstius.

— Ni moi non plus.

— Le mérite est de travailler selon ses forces. Un cloître n'est pas un chantier.

— Et une femme n'est pas un homme. C'est mon frère qui est fort !

— Et puis vous aurez un levier.

— C'est la seule espèce de clef qui aille à ces espèces de portes.

— Il y a un anneau à la pierre.

— J'y passerai le levier.

— Et la pierre est arrangée de façon à pivoter.

— C'est bien, révérende mère. J'ouvrirai le caveau.

— Et les quatre mères chantres vous assisteront.

— Et quand le caveau sera ouvert ?

— Il faudra le refermer.

— Sera-ce tout ?

— Non.

— Donnez-moi vos ordres, très révérende mère.

— Fauvent, nous avons confiance en vous.

— Je suis ici pour tout faire.

— Et pour tout taire.

— Oui, révérende mère.

— Quand le caveau sera ouvert...

— Je le refermerai.

— Mais auparavant...

— Quoi, révérende mère ?

— Il faudra y descendre quelque chose.

Il y eut un silence. La prieure, après une moue de la lèvre inférieure qui ressemblait à de l'hésitation, le rompit.

— Père Fauvent ?

— Révérende mère ?

— Vous savez qu'une mère est morte ce matin.

— Non.

— Vous n'avez donc pas entendu la cloche ?

— On n'entend rien au fond du jardin.

— En vérité ?

— C'est à peine si je distingue ma sonnerie.

— Elle est morte à la pointe du jour.

— Et puis, ce matin, le vent ne portait pas de mon côté.

— C'est la mère Crucifixion. Une bienheureuse.

La prieure se tut, remua un moment les lèvres, comme pour une oraison mentale, et reprit :

— Il y a trois ans, rien que pour avoir vu prier la mère Crucifixion, une janséniste, madame de Béthune, s'est faite orthodoxe.

— Ah oui, j'entends le glas maintenant, révérende mère.

— Les mères l'ont portée dans la chambre des mortes qui donne dans l'église.

— Je sais.

— Aucun autre homme que vous ne peut et ne doit entrer dans cette chambre-là. Veillez-y bien. Il ferait beau voir qu'un homme entrât dans la chambre des mortes !

— Plus souvent !

— Hein ?

— Plus souvent !

— Qu'est-ce que vous dites ?

– Je dis plus souvent.

— Plus souvent que quoi ?

— Révérende mère, je ne dis pas plus souvent que quoi, je dis plus souvent.

— Je ne vous comprends pas. Pourquoi dites-vous plus souvent ?

— Pour dire comme vous, révérende mère.

— Mais je n'ai pas dit plus souvent.

— Vous ne l'avez pas dit, mais je l'ai dit pour dire comme vous.

En ce moment neuf heures sonnèrent.

— À neuf heures du matin et à toute heure loué soit et adoré le très saint-sacrement de l'autel, dit la prieure.

— Amen, dit Fauchelevent.

L'heure sonna à propos. Elle coupa court à Plus Souvent. Il est probable que sans elle la prieure et Fauchelevent ne se fussent jamais tirés de cet écheveau.

Fauchelevent s'essuya le front.

La prieure fit un nouveau petit murmure intérieur, probablement sacré, puis haussa la voix.

— De son vivant, mère Crucifixion faisait des conversions ; après sa mort, elle fera des miracles.

— Elle en fera ! répondit Fauchelevent emboîtant le pas, et faisant effort pour ne plus broncher désormais.

— Père Fauvent, la communauté a été bénie en la mère Crucifixion. Sans doute il n'est point donné à tout le monde de mourir comme le cardinal de Bérulle en disant la sainte messe, et d'exhaler son âme vers Dieu en prononçant ces paroles : *Hanc igitur oblationem.* Mais, sans atteindre à tant de bonheur, la mère Crucifixion a eu une mort très précieuse. Elle a eu sa connaissance jusqu'au dernier instant. Elle nous parlait, puis elle parlait aux anges. Elle nous a fait ses derniers commandements. Si vous aviez un peu plus de foi, et si vous aviez pu être dans sa cellule, elle vous aurait guéri votre jambe en y touchant. Elle souriait. On sentait qu'elle ressuscitait en Dieu. Il y a eu du paradis dans cette mort-là.

Fauchelevent crut que c'était une oraison qui finissait.

— Amen, dit-il.

— Père Fauvent, il faut faire ce que veulent les morts.

La prieure dévida quelques grains de son chapelet. Fauchelevent se taisait. Elle poursuivit.

— J'ai consulté sur cette question plusieurs ecclésiastiques travaillant en Notre-Seigneur qui s'occupent dans l'exercice de la vie cléricale et qui font un fruit admirable.

— Révérende mère, on entend bien mieux le glas d'ici que dans le jardin.

— D'ailleurs, c'est plus qu'une morte, c'est une sainte.

— Comme vous, révérende mère.

— Elle couchait dans son cercueil depuis vingt ans, par permission expresse de notre saint-père Pie VII.

— Celui qui a couronné l'emp... Buonaparte.

Pour un habile homme comme Fauchelevent, le souvenir était malencontreux. Heureusement la prieure, toute à sa pensée, ne l'entendit pas. Elle continua :

— Père Fauvent ?

— Révérende mère ?

— Saint Diodore, archevêque de Cappadoce, voulut qu'on écrivît sur sa sépulture ce seul mot : *Acarus*, qui signifie ver de terre ; cela fut fait. Est-ce vrai ?

— Oui, révérende mère.

— Le bienheureux Mezzocane, abbé d'Aquila, voulut être inhumé sous la potence ; cela fut fait.

— C'est vrai.

— Saint Térence, évêque de Port sur l'embouchure du Tibre dans la mer, demanda qu'on gravât sur sa pierre le signe qu'on mettait sur la fosse des parricides, dans l'espoir que les passants cracheraient sur son tombeau. Cela fut fait. Il faut obéir aux morts.

— Ainsi soit-il.

— Le corps de Bernard Guidonis, né en France près

de Roche-Abeille, fut, comme il l'avait ordonné et malgré le roi de Castille, porté en l'église des Dominicains
de Limoges, quoique Bernard Guidonis fût évêque de
Tuy en Espagne. Peut-on dire le contraire ?

— Pour ça non, révérende mère.

— Le fait est attesté par Plantavit de la Fosse.

Quelques grains du chapelet s'égrenèrent encore
silencieusement. La prieure reprit :

— Père Fauvent, la mère Crucifixion sera ensevelie
dans le cercueil où elle a couché depuis vingt ans.

— C'est juste.

— C'est une continuation de sommeil.

— J'aurai donc à la clouer dans ce cercueil-là ?

— Oui.

— Et nous laisserons de côté la bière des pompes ?

— Précisément.

— Je suis aux ordres de la très révérende communauté.

— Les quatre mères chantres vous aideront.

— À clouer le cercueil ? Je n'ai pas besoin d'elles.

— Non. À le descendre.

— Où ?

— Dans le caveau.

— Quel caveau ?

— Sous l'autel.

Fauchelevent fit un soubresaut.

— Le caveau sous l'autel !

— Sous l'autel.

— Mais...

— Vous aurez une barre de fer.

— Oui, mais...

— Vous lèverez la pierre avec la barre au moyen de
l'anneau.

— Mais...

— Il faut obéir aux morts. Être enterrée dans le
caveau sous l'autel de la chapelle, ne point aller en sol
profane, rester morte là où elle a prié vivante ; ç'a été

le vœu suprême de la mère Crucifixion. Elle nous l'a demandé, c'est-à-dire commandé.

— Mais c'est défendu.

— Défendu par les hommes, ordonné par Dieu.

— Si cela venait à se savoir ?

— Nous avons confiance en vous.

— Oh, moi, je suis une pierre de votre mur.

— Le chapitre s'est assemblé. Les mères vocales, que je viens de consulter encore et qui sont en délibération, ont décidé que la mère Crucifixion serait, selon son vœu, enterrée dans son cercueil sous notre autel. Jugez, père Fauvent, s'il allait se faire des miracles ici ! quelle gloire en Dieu pour la communauté ! Les miracles sortent des tombeaux.

— Mais, révérende mère, si l'agent de la commission de salubrité...

— Saint Benoît II, en matière de sépulture, a résisté à Constantin Pogonat.

— Pourtant le commissaire de police...

— Chonodemaire, un des sept rois allemands qui entrèrent dans les Gaules sous l'empire de Constance, a reconnu expressément le droit des religieux d'être inhumés en religion, c'est-à-dire sous l'autel.

— Mais l'inspecteur de la préfecture...

— Le monde n'est rien devant la croix. Martin, onzième général des chartreux, a donné cette devise à son ordre : *Stat crux dum volvitur orbis* [1].

— Amen, dit Fauchelevent, imperturbable dans cette façon de se tirer d'affaire toutes les fois qu'il entendait du latin.

Un auditoire quelconque suffit à qui s'est tu trop longtemps. Le jour où le rhéteur Gymnastoras sortit de prison, ayant dans le corps beaucoup de dilemmes et de syllogismes rentrés, il s'arrêta devant le premier arbre qu'il rencontra, le harangua, et fit de très grands efforts pour le convaincre. La prieure, habituellement sujette au barrage du silence, et ayant du trop-plein dans son

réservoir, se leva et s'écria avec une loquacité d'écluse
lâchée :

— J'ai à ma droite Benoît et à ma gauche Bernard.
Qu'est-ce que Bernard ? c'est le premier abbé de Clairvaux. Fontaines en Bourgogne est un pays béni pour
l'avoir vu naître. Son père s'appelait Técelin et sa mère
Alèthe. Il a commencé par Cîteaux pour aboutir à Clairvaux ; il a été ordonné abbé par l'évêque de Châlon-sur-
Saône, Guillaume de Champeaux ; il a eu sept cents
novices et fondé cent soixante monastères ; il a terrassé
Abeilard au concile de Sens, en 1140, et Pierre de Bruys
et Henry son disciple, et une autre sorte de dévoyés
qu'on nommait les Apostoliques ; il a confondu Arnaud
de Bresce, foudroyé le moine Raoul, le tueur de juifs,
dominé en 1148 le concile de Reims, fait condamner
Gilbert de la Porée, évêque de Poitiers, fait condamner
Éon de l'Étoile, arrangé les différends des princes,
éclairé le roi Louis le Jeune, conseillé le pape Eugène III, réglé le Temple, prêché la croisade, fait deux
cent cinquante miracles dans sa vie, et jusqu'à trente-
neuf en un jour. Qu'est-ce que Benoît ? c'est le patriarche de Mont-Cassin ; c'est le deuxième fondateur de la
sainteté claustrale ; c'est le Basile de l'occident. Son
ordre a produit quarante papes, deux cents cardinaux,
cinquante patriarches, seize cents archevêques, quatre
mille six cents évêques, quatre empereurs, douze impé-
ratrices, quarante-six rois, quarante et une reines, trois
mille six cents saints canonisés, et subsiste depuis quatorze cents ans. D'un côté saint Bernard ; de l'autre
l'agent de la salubrité ! D'un côté saint Benoît ; de l'autre
l'inspecteur de la voirie ! L'état, la voirie, les pompes
funèbres, les règlements, l'administration, est-ce que
nous connaissons cela ? Aucuns passants seraient
indignés de voir comme on nous traite. Nous n'avons
même pas le droit de donner notre poussière à Jésus-
Christ ! Votre salubrité est une invention révolutionnaire. Dieu subordonné au commissaire de police ; tel
est le siècle. Silence, Fauvent !

Fauchelevent, sous cette douche, n'était pas fort à son aise. La prieure continua.

— Le droit du monastère à la sépulture ne fait doute pour personne. Il n'y a pour le nier que les fanatiques et les errants. Nous vivons dans des temps de confusion terrible. On ignore ce qu'il faut savoir, et l'on sait ce qu'il faut ignorer. On est crasse et impie. Il y a dans cette époque des gens qui ne distinguent pas entre le grandissime saint Bernard et le Bernard dit des Pauvres Catholiques, certain bon ecclésiastique qui vivait dans le treizième siècle. D'autres blasphèment jusqu'à rapprocher l'échafaud de Louis XVI de la croix de Jésus-Christ. Louis XVI n'était qu'un roi. Prenons donc garde à Dieu ! Il n'y a plus ni juste ni injuste. On sait le nom de Voltaire et l'on ne sait pas le nom de César de Bus. Pourtant César de Bus est un bienheureux, et Voltaire est un malheureux. Le dernier archevêque, le cardinal de Périgord, ne savait même pas que Charles de Condren a succédé à Bérulle, et François Bourgoin à Condren, et Jean-François Senault à Bourgoin, et le père de Sainte-Marthe à Jean-François Senault. On connaît le nom du père Coton, non parce qu'il a été un des trois qui ont poussé à la fondation de l'Oratoire, mais parce qu'il a été matière à juron pour le roi huguenot Henri IV. Ce qui fait saint François de Sales aimable aux gens du monde, c'est qu'il trichait au jeu. Et puis on attaque la religion. Pourquoi ? Parce qu'il y a eu de mauvais prêtres, parce que Sagittaire, évêque de Gap, était frère de Salone, évêque d'Embrun, et que tous les deux ont suivi Mommol. Qu'est-ce que cela fait ? Cela empêche-t-il Martin de Tours d'être un saint et d'avoir donné la moitié de son manteau à un pauvre ? On persécute les saints. On ferme les yeux aux vérités. Les ténèbres sont l'habitude. Les plus féroces bêtes sont les bêtes aveugles. Personne ne pense à l'enfer pour de bon. Oh ! le méchant peuple ! De par le Roi signifie aujourd'hui de par la Révolution. On ne sait plus ce qu'on doit, ni aux vivants, ni aux morts. Il est défendu de mourir saintement. Le sépulcre est une affaire civile. Ceci fait horreur. Saint Léon II a écrit deux lettres exprès, l'une à Pierre Notaire, l'autre au roi des Visigoths, pour combattre et rejeter, dans les questions qui touchent aux morts, l'autorité de l'exarque et la suprématie de l'empereur. Gautier, évêque de Châlons, tenait tête en cette matière à Othon, duc de Bourgogne. L'ancienne magistrature en tombait d'accord. Autrefois nous avions voix au chapitre même dans les choses du siècle. L'abbé de Cîteaux, général de l'ordre, était conseiller-né au parlement de Bourgogne. Nous faisons de nos morts ce que nous voulons. Est-ce que le corps de saint Benoît lui-même n'est pas en France dans l'abbaye de Fleury, dite Saint-Benoît-sur-Loire, quoiqu'il soit mort en Italie au Mont-Cassin, un samedi 21 du mois de mars de l'an 543 ? Tout ceci est incontestable. J'abhorre les psallants, je hais les prieurs, j'exècre les hérétiques, mais je détesterais plus encore quiconque me soutiendrait le contraire. On n'a qu'à lire Arnoul Wion, Gabriel Bucelin, Trithème, Maurolicus et dom Luc d'Achery [1].

La prieure respira, puis se tourna vers Fauchelevent :

— Père Fauvent, est-ce dit ?

— C'est dit, révérende mère.

— Peut-on compter sur vous ?

— J'obéirai.

— C'est bien.

— Je suis tout dévoué au couvent.

— C'est entendu. Vous fermerez le cercueil. Les sœurs le porteront dans la chapelle. On dira l'office des morts. Puis on rentrera dans le cloître. Entre onze heures et minuit, vous viendrez avec votre barre de fer. Tout se passera dans le plus grand secret. Il n'y aura dans la chapelle que les quatre mères chantres, la mère Ascension, et vous.

— Et la sœur qui sera au poteau

— Elle ne se retournera pas.

— Mais elle entendra.

— Elle n'écoutera pas. D'ailleurs, ce que le cloître sait, le monde l'ignore.

Il y eut encore une pause. La prieure poursuivit :

— Vous ôterez votre grelot. Il est inutile que la sœur au poteau s'aperçoive que vous êtes là.

— Révérende mère ?

— Quoi, père Fauvent ?

— Le médecin des morts a-t-il fait sa visite ?

— Il va la faire aujourd'hui à quatre heures. On a sonné la sonnerie qui fait venir le médecin des morts. Mais vous n'entendez donc aucune sonnerie ?

— Je ne fais attention qu'à la mienne.

— Cela est bien, père Fauvent.

— Révérende mère, il faudra un levier d'au moins six pieds.

— Où le prendrez-vous ?

— Où il ne manque pas de grilles, il ne manque pas de barres de fer. J'ai mon tas de ferrailles au fond du jardin.

— Trois quarts d'heure environ avant minuit ; n'oubliez pas.

— Révérende mère ?

— Quoi ?

— Si jamais vous aviez d'autres ouvrages comme ça, c'est mon frère qui est fort. Un Turc !

— Vous ferez le plus vite possible.

— Je ne vais pas hardi vite. Je suis infirme ; c'est pour cela qu'il me faudrait un aide. Je boite.

— Boiter n'est pas un tort, et peut être une bénédiction. L'empereur Henri II, qui combattit l'antipape Grégoire et rétablit Benoît VIII, a deux surnoms : le Saint et le Boiteux.

— C'est bien bon deux surtouts, murmura Fauchelevent, qui, en réalité, avait l'oreille un peu dure.

— Père Fauvent, j'y pense, prenons une heure entière. Ce n'est pas trop. Soyez près du maître-autel avec votre barre de fer à onze heures. L'office commence à minuit. Il faut que tout soit fini un bon quart d'heure auparavant.

— Je ferai tout pour prouver mon zèle à la communauté. Voilà qui est dit. Je clouerai le cercueil. À onze heures précises je serai dans la chapelle. Les mères chantres y seront, la mère Ascension y sera. Deux hommes, cela vaudrait mieux. Enfin, n'importe ! J'aurai mon levier. Nous ouvrirons le caveau, nous descendrons le cercueil, et nous refermerons le caveau. Après quoi, plus trace de rien. Le gouvernement ne s'en doutera pas. Révérende mère, tout est arrangé ainsi ?

— Non.

— Qu'y a-t-il donc encore ?

— Il reste la bière vide.

Ceci fit un temps d'arrêt. Fauchelevent songeait. La prieure songeait.

— Père Fauvent, que fera-t-on de la bière ?

— On la portera en terre.

— Vide ?

Autre silence. Fauchelevent fit de la main gauche cette espèce de geste qui donne congé à une question inquiétante.

— Révérende mère, c'est moi qui cloue la bière dans la chambre basse de l'église, et personne n'y peut entrer que moi, et je couvrirai la bière du drap mortuaire.

— Oui, mais les porteurs, en la mettant dans le corbillard et en la descendant dans la fosse, sentiront bien qu'il n'y a rien dedans.

— Ah ! di... ! s'écria Fauchelevent.

La prieure commença un signe de croix, et regarda fixement le jardinier. *Able* lui resta dans le gosier.

Il se hâta d'improviser un expédient pour faire oublier le juron.

— Révérende mère, je mettrai de la terre dans la bière. Cela fera l'effet de quelqu'un.

— Vous avez raison. La terre, c'est la même chose que l'homme. Ainsi vous arrangerez la bière vide ?

— J'en fais mon affaire.

Le visage de la prieure, jusqu'alors trouble et obscur, se rasséréna. Elle lui fit le signe du supérieur congédiant l'inférieur. Fauchelevent se dirigea vers la porte. Comme il allait sortir, la prieure éleva doucement la voix :

— Père Fauvent, je suis contente de vous ; demain, après l'enterrement, amenez-moi votre frère, et dites-lui qu'il m'amène sa fille.

IV

OÙ JEAN VALJEAN

A TOUT À FAIT L'AIR

D'AVOIR LU AUSTIN CASTILLEJO

Des enjambées de boiteux sont comme des œillades de borgne ; elles n'arrivent pas vite au but. En outre, Fauchelevent était perplexe. Il mit près d'un quart d'heure à revenir dans la baraque du jardin. Cosette était éveillée. Jean Valjean l'avait assise près du feu. Au moment où Fauchelevent entra, Jean Valjean lui montrait la hotte du jardinier accrochée au mur et lui disait :

— Écoute-moi bien, ma petite Cosette. Il faudra nous en aller de cette maison, mais nous y reviendrons et nous y serons très bien. Le bonhomme d'ici t'emportera sur son dos là-dedans. Tu m'attendras chez une dame. J'irai te retrouver. Surtout, si tu ne veux pas que la Thénardier te reprenne, obéis et ne dis rien !

Cosette fit un signe de tête d'un air grave.

Au bruit de Fauchelevent poussant la porte, Jean Valjean se retourna.

— Eh bien ?

— Tout est arrangé, et rien ne l'est, dit Fauchelevent. J'ai permission de vous faire entrer ; mais avant de vous

faire entrer, il faut vous faire sortir. C'est là qu'est
l'embarras de charrettes. Pour la petite, c'est aisé.

— Vous l'emporterez ?

— Et elle se taira ?

— J'en réponds.

— Mais vous, père Madeleine ?

Et, après un silence où il y avait de l'anxiété, Fauchelevent s'écria :

— Mais sortez donc par où vous êtes entré !

Jean Valjean, comme la première fois, se borna à
répondre : — Impossible.

Fauchelevent, se parlant plus à lui-même qu'à Jean
Valjean, grommela :

— Il y a une autre chose qui me tourmente. J'ai dit
que j'y mettrais de la terre. C'est que je pense que de la
terre là-dedans, au lieu d'un corps, ça ne sera pas ressemblant, ça n'ira pas, ça se déplacera, ça remuera. Les
hommes le sentiront. Vous comprenez, père Madeleine,
le gouvernement s'en apercevra.

Jean Valjean le considéra entre les deux yeux, et crut
qu'il délirait.

Fauchelevent reprit :

— Comment di... — antre allez-vous sortir ? C'est
qu'il faut que tout cela soit fait demain ! C'est demain
que je vous amène. La prieure vous attend.

Alors il expliqua à Jean Valjean que c'était une récompense pour un service que lui, Fauchelevent, rendait à
la communauté. Qu'il entrait dans ses attributions de
participer aux sépultures, qu'il clouait les bières et assistait le fossoyeur au cimetière. Que la religieuse morte
le matin avait demandé d'être ensevelie dans le cercueil
qui lui servait de lit et enterrée dans le caveau sous
l'autel de la chapelle. Que cela était défendu par les
règlements de police, mais que c'était une de ces mortes
à qui l'on ne refuse rien. Que la prieure et les mères
vocales entendaient exécuter le vœu de la défunte. Que
tant pis pour le gouvernement. Que lui Fauchelevent
clouerait le cercueil dans la cellule, lèverait la pierre

dans la chapelle, et descendrait la morte dans le caveau. Et que, pour le remercier, la prieure admettait dans la maison son frère comme jardinier et sa nièce comme pensionnaire. Que son frère, c'était M. Madeleine, et que sa nièce, c'était Cosette. Que la prieure lui avait dit d'amener son frère le lendemain soir, après l'enterrement postiche au cimetière. Mais qu'il ne pouvait pas amener du dehors M. Madeleine, si M. Madeleine n'était pas dehors. Que c'était là le premier embarras. Et puis qu'il avait encore un embarras : la bière vide.

— Qu'est-ce que c'est que la bière vide ? demanda Jean Valjean.

Fauchelevent répondit :

— La bière de l'administration.

— Quelle bière ? et quelle administration ?

— Une religieuse meurt. Le médecin de la municipalité vient et dit : il y a une religieuse morte. Le gouvernement envoie une bière. Le lendemain il envoie un corbillard et des croque-morts pour reprendre la bière et la porter au cimetière. Les croque-morts viendront, et soulèveront la bière ; il n'y aura rien dedans.

— Mettez-y quelque chose.

— Un mort ? je n'en ai pas.

— Non.

— Quoi donc ?

— Un vivant.

— Quel vivant ?

— Moi, dit Jean Valjean.

Fauchelevent, qui s'était assis, se leva comme si un pétard fût parti sous sa chaise.

— Vous !

— Pourquoi pas ?

Jean Valjean eut un de ces rares sourires qui lui venaient comme une lueur dans un ciel d'hiver.

— Vous savez, Fauchelevent, que vous avez dit : La mère Crucifixion est morte, et j'ai ajouté : Et le père Madeleine est enterré. Ce sera cela.

— Ah, bon, vous riez. Vous ne parlez pas sérieusement.

— Très sérieusement. Il faut sortir d'ici ?

— Sans doute.

— Je vous ai dit de me trouver pour moi aussi une
hotte et une bâche.

— Eh bien ?

— La hotte sera en sapin, et la bâche sera un drap
noir.

— D'abord, un drap blanc. On enterre les religieuses
en blanc.

— Va pour le drap blanc.

— Vous n'êtes pas un homme comme les autres, père
Madeleine.

Voir de telles imaginations, qui ne sont pas autre
chose que les sauvages et téméraires inventions du
bagne, sortir des choses paisibles qui l'entouraient et se
mêler à ce qu'il appelait le « petit train-train du couvent », c'était pour Fauchelevent une stupeur compara-
ble à celle d'un passant qui verrait un goéland pêcher
dans le ruisseau de la rue Saint-Denis.

Jean Valjean poursuivit :

— Il s'agit de sortir d'ici sans être vu. C'est un moyen.
Mais d'abord renseignez-moi. Comment cela se passe-
t-il ? Où est cette bière ?

— Celle qui est vide ?

— Oui.

— En bas, dans ce qu'on appelle la salle des mortes.
Elle est sur deux tréteaux et sous le drap mortuaire.

— Quelle est la longueur de la bière ?

— Six pieds.

— Qu'est-ce que c'est que la salle des mortes ?

— C'est une chambre du rez-de-chaussée qui a une
fenêtre grillée sur le jardin qu'on ferme du dehors avec
un volet, et deux portes ; l'une qui va au couvent, l'autre
qui va à l'église.

— Quelle église ?

— L'église de la rue, l'église de tout le monde.

— Avez-vous les clefs de ces deux portes ?

— Non. J'ai la clef de la porte qui communique au couvent ; le concierge a la clef de la porte qui communique à l'église.

— Quand le concierge ouvre-t-il cette porte-là ?

— Uniquement pour laisser entrer les croque-morts qui viennent chercher la bière. La bière sortie, la porte se referme.

— Qui est-ce qui cloue la bière ?

— C'est moi.

— Qui est-ce qui met le drap dessus ?

— C'est moi.

— Êtes-vous seul ?

— Pas un autre homme, excepté le médecin de la police, ne peut entrer dans la salle des mortes. C'est même écrit sur le mur.

— Pourriez-vous, cette nuit, quand tout dormira dans le couvent, me cacher dans cette salle ?

— Non. Mais je puis vous cacher dans un petit réduit noir qui donne dans la salle des mortes, où je mets mes outils d'enterrement, et dont j'ai la garde et la clef

— À quelle heure le corbillard viendra-t-il chercher la bière demain ?

— Vers trois heures du soir. L'enterrement se fait au cimetière Vaugirard, un peu avant la nuit. Ce n'est pas tout près.

— Je resterai caché dans votre réduit a outils toute la nuit et toute la matinée. Et à manger ? J'aurai faim.

— Je vous porterai de quoi.

— Vous pourriez venir me clouer dans la bière à deux heures.

Fauchelevent recula et se fit craquer les os des doigts.

— Mais c'est impossible !

— Bah ! prendre un marteau et clouer des clous dans une planche !

Ce qui semblait inouï à Fauchelevent était, nous le répétons, simple pour Jean Valjean. Jean Valjean avait traversé de pires détroits. Quiconque a été prisonnier sait l'art de se rapetisser selon le diamètre des évasions. Le prisonnier est sujet à la fuite comme le malade à la crise qui le sauve ou qui le perd. Une évasion, c'est une guérison. Que n'accepte-t-on pas pour guérir ? Se faire clouer et emporter dans une caisse comme un colis, vivre longtemps dans une boîte, trouver de l'air où il n'y en a pas, économiser sa respiration des heures entières, savoir étouffer sans mourir, c'était là un des sombres talents de Jean Valjean.

Du reste, une bière dans laquelle il y a un être vivant, cet expédient de forçat, est aussi un expédient d'empereur. S'il faut en croire le moine Austin Castillejo, ce fut le moyen que Charles-Quint, voulant après son abdication revoir une dernière fois la Plombes, employa pour la faire entrer dans le monastère de Saint-Just et pour l'en faire sortir [1].

Fauchelevent, un peu revenu à lui, s'écria :

— Mais comment ferez-vous pour respirer ?

— Je respirerai.

— Dans cette boîte ! Moi, seulement d'y penser, je suffoque.

— Vous avez bien une vrille, vous ferez quelques petits trous autour de la bouche çà et là, et vous clouerez sans serrer la planche de dessus.

— Bon ! Et s'il vous arrive de tousser ou d'éternuer ?

— Celui qui s'évade ne tousse pas et n'éternue pas.

Et Jean Valjean ajouta :

— Père Fauchelevent, il faut se décider : ou être pris ici, ou accepter la sortie par le corbillard.

Tout le monde a remarqué le goût qu'ont les chats de s'arrêter et de flâner entre les deux battants d'une porte entre-bâillée. Qui n'a dit à un chat : Mais entre donc ! Il y a des hommes qui, dans un incident entr'ouvert devant eux, ont aussi une tendance à rester indécis entre deux résolutions, au risque de se faire écraser par le destin fermant brusquement l'aventure. Les trop prudents, tout chats qu'ils sont, et parce qu'ils sont chats, courent quelquefois plus de danger que les audacieux.

Fauchelevent était de cette nature hésitante. Pourtant le sang-froid de Jean Valjean le gagnait malgré lui. Il grommela :

— Au fait, c'est qu'il n'y a pas d'autre moyen.

Jean Valjean reprit :

— La seule chose qui m'inquiète, c'est ce qui se passera au cimetière.

— C'est justement cela qui ne m'embarrasse pas, s'écria Fauchelevent. Si vous êtes sûr de vous tirer de la bière, moi je suis sûr de vous tirer de la fosse. Le fossoyeur est un ivrogne de mes amis. C'est le père Mestienne. Un vieux de la vieille vigne. Le fossoyeur met les morts dans la fosse, et moi je mets le fossoyeur dans ma poche. Ce qui se passera, je vais vous le dire. On arrivera un peu avant la brune, trois quarts d'heure avant la fermeture des grilles du cimetière. Le corbillard roulera jusqu'à la fosse. Je suivrai ; c'est ma besogne. J'aurai un marteau, un ciseau et des tenailles dans ma poche. Le corbillard s'arrête, les croque-morts vous nouent une corde autour de votre bière et vous descendent. Le prêtre dit les prières, fait le signe de croix, jette l'eau bénite, et file. Je reste seul avec le père Mestienne. C'est mon ami, je vous dis. De deux choses l'une, ou il sera soûl, ou il ne sera pas soûl. S'il n'est pas soûl, je lui dis : Viens boire un coup pendant que le *Bon Coing* est encore ouvert. Je l'emmène, je le grise, le père Mestienne n'est pas long à griser, il est toujours commencé, je te le couche sous la table, je lui prends sa carte pour rentrer au cimetière, et je reviens sans lui. Vous n'avez plus affaire qu'à moi. S'il est soûl, je lui dis : Va-t'en, je vais faire ta besogne. Il s'en va, et je vous tire du trou.

Jean Valjean lui tendit sa main sur laquelle Fauchelevent se précipita avec une touchante effusion paysanne.

— C'est convenu, père Fauchelevent. Tout ira bien.

— Pourvu que rien ne se dérange, pensa Fauchelevent. Si cela allait devenir terrible !

V

IL NE SUFFIT PAS D'ÊTRE IVROGNE
POUR ÊTRE IMMORTEL

Le lendemain, comme le soleil déclinait, les allants et
venants fort clairsemés du boulevard du Maine ôtaient
leur chapeau au passage d'un corbillard vieux modèle,
orné de têtes de mort, de tibias et de larmes. Dans ce
corbillard il y avait un cercueil couvert d'un drap blanc
sur lequel s'étalait une vaste croix noire, pareille à une
grande morte dont les bras pendent. Un carrosse drapé,
où l'on apercevait un prêtre en surplis et un enfant de
chœur en calotte rouge, suivait. Deux croque-morts en
uniforme gris à parements noirs marchaient à droite et
à gauche du corbillard. Derrière venait un vieux homme
en habits d'ouvrier, qui boitait. Ce cortège se dirigeait
vers le cimetière Vaugirard [1].

On voyait passer de la poche de l'homme le manche
d'un marteau, la lame d'un ciseau à froid, et la double
antenne d'une paire de tenailles.

Le cimetière Vaugirard faisait exception parmi les
cimetières de Paris. Il avait ses usages particuliers, de
même qu'il avait sa porte cochère et sa porte bâtarde
que, dans le quartier, les vieilles gens, tenaces aux vieux
mots, appelaient la porte cavalière et la porte piétonne.
Les bernardines-bénédictines du Petit-Picpus avaient
obtenu, nous l'avons dit, d'y être enterrées dans un coin
à part, et le soir, ce terrain ayant jadis appartenu à leur
communauté. Les fossoyeurs, ayant de cette façon dans
le cimetière un service du soir l'été et de nuit l'hiver, y
étaient astreints à une discipline particulière. Les portes
des cimetières de Paris se fermaient à cette époque au
coucher du soleil, et, ceci étant une mesure d'ordre
municipal, le cimetière Vaugirard y était soumis comme

les autres. La porte cavalière et la porte piétonne étaient deux grilles contiguës, accostées d'un pavillon bâti par l'architecte Perronet et habité par le portier du cimetière. Ces grilles tournaient donc inexorablement sur leurs gonds à l'instant où le soleil disparaissait derrière le dôme des Invalides. Si quelque fossoyeur, à ce moment-là, était attardé dans le cimetière, il n'avait qu'une ressource pour sortir, sa carte de fossoyeur délivrée par l'administration des pompes funèbres. Une espèce de boîte aux lettres était pratiquée dans le volet de la fenêtre du concierge. Le fossoyeur jetait sa carte dans cette boîte, le concierge l'entendait tomber, tirait le cordon, et la porte piétonne s'ouvrait. Si le fossoyeur n'avait pas sa carte, il se nommait, le concierge, parfois couché et endormi, se levait, allait reconnaître le fossoyeur, et ouvrait la porte avec la clef ; le fossoyeur sortait, mais payait quinze francs d'amende.

Ce cimetière, avec ses originalités en dehors de la règle, gênait la symétrie administrative. On l'a supprimé peu après 1830. Le cimetière Montparnasse, dit cimetière de l'Est, lui a succédé, et a hérité de ce fameux cabaret mitoyen au cimetière Vaugirard qui était surmonté d'un coing peint sur une planche, et qui faisait angle, d'un côté sur les tables des buveurs, de l'autre sur les tombeaux, avec cette enseigne : *Au Bon Coing.*

Le cimetière Vaugirard était ce qu'on pourrait appeler un cimetière fané. Il tombait en désuétude. La moisissure l'envahissait, les fleurs le quittaient. Les bourgeois se souciaient peu d'être enterrés à Vaugirard ; cela sentait le pauvre. Le Père-Lachaise, à la bonne heure ! Être enterré au Père-Lachaise, c'est comme avoir des meubles en acajou. L'élégance se reconnaît là. Le cimetière Vaugirard était un enclos vénérable, planté en ancien jardin français. Des allées droites, des buis, des thuias, des houx, de vieilles tombes sous de vieux ifs, l'herbe très haute. Le soir y était tragique. Il y avait là des lignes très lugubres.

Le soleil n'était pas encore couché quand le corbillard

au drap blanc et à la croix noire entra dans l'avenue du cimetière Vaugirard. L'homme boiteux qui le suivait n'était autre que Fauchelevent.

L'enterrement de la mère Crucifixion dans le caveau sous l'autel, la sortie de Cosette, l'introduction de Jean Valjean dans la salle des mortes, tout s'était exécuté sans encombre, et rien n'avait accroché.

Disons-le en passant, l'inhumation de la mère Crucifixion sous l'autel du couvent est pour nous chose parfaitement vénielle. C'est une de ces fautes qui ressemblent à un devoir. Les religieuses l'avaient accomplie, non seulement sans trouble, mais avec l'applaudissement de leur conscience. Au cloître, ce qu'on appelle « le gouvernement » n'est qu'une immixtion dans l'autorité, immixtion toujours discutable. D'abord la règle ; quant au code, on verra. Hommes, faites des lois tant qu'il vous plaira, mais gardez-les pour vous. Le péage à César n'est jamais que le reste du péage à Dieu. Un prince n'est rien près d'un principe.

Fauchelevent boitait derrière le corbillard, très content. Ses deux mystères, ses deux complots jumeaux, l'un avec les religieuses, l'autre avec M. Madeleine, l'un pour le couvent, l'autre contre, avaient réussi de front. Le calme de Jean Valjean était de ces tranquillités puissantes qui se communiquent. Fauchelevent ne doutait plus du succès. Ce qui restait à faire n'était rien. Depuis deux ans, il avait grisé dix fois le fossoyeur, le brave père Mestienne, un bonhomme joufflu. Il en jouait, du père Mestienne. Il en faisait ce qu'il voulait. Il le coiffait de sa volonté et de sa fantaisie. La tête de Mestienne s'ajustait au bonnet de Fauchelevent. La sécurité de Fauchelevent était complète.

Au moment où le convoi entra dans l'avenue menant au cimetière, Fauchelevent, heureux, regarda le corbillard et se frotta ses grosses mains en disant à demi-voix :

— En voilà une farce !

Tout à coup le corbillard s'arrêta ; on était à la grille.

Il fallait exhiber le permis d'inhumer. L'homme des pompes funèbres s'aboucha avec le portier du cimetière. Pendant ce colloque, qui produit toujours un temps d'arrêt d'une ou deux minutes, quelqu'un, un inconnu, vint se placer derrière le corbillard à côté de Fauchelevent. C'était une espèce d'ouvrier qui avait une veste aux larges poches, et une pioche sous le bras.

Fauchelevent regarda cet inconnu.

— Qui êtes-vous ? demanda-t-il.

L'homme répondit :

— Le fossoyeur.

Si l'on survivait à un boulet de canon en pleine poitrine, on ferait la figure que fit Fauchelevent.

— Le fossoyeur !

— Oui.

— Vous !

— Moi.

— Le fossoyeur, c'est le père Mestienne.

— C'était.

— Comment ! c'était ?

— Il est mort.

Fauchelevent s'était attendu à tout, excepté à ceci, qu'un fossoyeur pût mourir. C'est pourtant vrai ; les fossoyeurs eux-mêmes meurent. À force de creuser la fosse des autres, on ouvre la sienne.

Fauchelevent demeura béant. Il eut à peine la force de bégayer :

— Mais ce n'est pas possible !

— Cela est.

— Mais, reprit-il faiblement, le fossoyeur. c'est le père Mestienne.

— Après Napoléon, Louis XVIII. Après Mestienne, Gribier. Paysan, je m'appelle Gribier.

Fauchelevent, tout pâle, considéra ce Gribier.

C'était un homme long, maigre, livide, parfaitement funèbre. Il avait l'air d'un médecin manqué tourné fossoyeur.

Fauchelevent éclata de rire.

— Ah ! comme il arrive de drôles de choses ! le père Mestienne est mort. Le petit père Mestienne est mort, mais vive le petit père Lenoir ! Vous savez ce que c'est que le petit père Lenoir ? C'est le cruchon du rouge à six sur le plomb. C'est le cruchon du Suresne, morbigou ! du vrai Suresne de Paris ! Ah ! il est mort, le vieux Mestienne ! J'en suis fâché ! c'était un bon vivant. Mais vous aussi, vous êtes un bon vivant. Pas vrai, camarade ? Nous allons aller boire ensemble un coup, tout à l'heure.

L'homme répondit : — J'ai étudié. J'ai fait ma quatrième. Je ne bois jamais.

Le corbillard s'était remis en marche et roulait dans la grande allée du cimetière.

Fauchelevent avait ralenti son pas. Il boitait, plus encore d'anxiété que d'infirmité.

Le fossoyeur marchait devant lui.

Fauchelevent passa encore une fois l'examen du Gribier inattendu.

C'était un de ces hommes qui, jeunes, ont l'air vieux, et qui, maigres, sont très forts.

— Camarade ! cria Fauchelevent.

L'homme se retourna.

— Je suis le fossoyeur du couvent.

— Mon collègue, dit l'homme.

Fauchelevent, illettré, mais très fin, comprit qu'il avait affaire à une espèce redoutable, à un beau parleur.

Il grommela :

— Comme ça, le père Mestienne est mort.

L'homme répondit :

— Complètement. Le bon Dieu a consulté son carnet d'échéances. C'était le tour du père Mestienne. Le père Mestienne est mort.

Fauchelevent répéta machinalement :

— Le bon Dieu...

— Le bon Dieu, fit l'homme avec autorité. Pour les philosophes, le Père éternel ; pour les jacobins, l'Être suprême.

— Est-ce que nous ne ferons pas connaissance ? balbutia Fauchelevent.

— Elle est faite. Vous êtes paysan, je suis parisien.

— On ne se connaît pas tant qu'on n'a pas bu ensemble. Qui vide son verre vide son cœur. Vous allez venir boire avec moi. Ça ne se refuse pas.

— D'abord la besogne.

Fauchelevent pensa : je suis perdu.

On n'était plus qu'à quelques tours de roue de la petite allée qui menait au coin des religieuses.

Le fossoyeur reprit :

— Paysan, j'ai sept mioches qu'il faut nourrir. Comme il faut qu'ils mangent, il ne faut pas que je boive.

Et il ajouta avec la satisfaction d'un être sérieux qui fait une phrase :

— Leur faim est ennemie de ma soif.

Le corbillard tourna un massif de cyprès, quitta la grande allée, en prit une petite, entra dans les terres et s'enfonça dans un fourré. Ceci indiquait la proximité immédiate de la sépulture. Fauchelevent ralentissait son pas, mais ne pouvait ralentir le corbillard. Heureusement la terre meuble, et mouillée par les pluies d'hiver, engluait les roues et alourdissait la marche.

Il se rapprocha du fossoyeur.

— Il y a un si bon petit vin d'Argenteuil, murmura Fauchelevent.

— Villageois, reprit l'homme, cela ne devrait pas être que je sois fossoyeur. Mon père était portier au Prytanée. Il me destinait à la littérature. Mais il a eu des malheurs. Il a fait des pertes à la Bourse. J'ai dû renoncer à l'état d'auteur. Pourtant je suis encore écrivain public.

— Mais vous n'êtes donc pas fossoyeur ? repartit Fauchelevent, se raccrochant à cette branche, bien faible.

— L'un n'empêche pas l'autre. Je cumule.

Fauchelevent ne comprit pas ce dernier mot.

— Venons boire, dit-il.

Ici une observation est nécessaire. Fauchelevent, quelle que fût son angoisse, offrait à boire, mais ne s'expliquait pas sur un point : qui payera ? D'ordinaire Fauchelevent offrait, et le père Mestienne payait. Une offre à boire résultait évidemment de la situation nouvelle créée par le fossoyeur nouveau, et cette offre, il fallait la faire, mais le vieux jardinier laissait, non sans intention, le proverbial quart d'heure, dit de Rabelais, dans l'ombre. Quant à lui, Fauchelevent, si ému qu'il fût, il ne se souciait point de payer.

Le fossoyeur poursuivit, avec un sourire supérieur :

— Il faut manger. J'ai accepté la survivance du père Mestienne. Quand on a fait presque ses classes, on est philosophe. Au travail de la main, j'ai ajouté le travail du bras. J'ai mon échoppe d'écrivain au marché de la rue de Sèvres. Vous savez ? le marché aux Parapluies. Toutes les cuisinières de la Croix-Rouge s'adressent à moi. Je leur bâcle leurs déclarations aux tourlourous. Le matin j'écris des billets doux, le soir je creuse des fosses. Telle est la vie, campagnard.

Le corbillard avançait. Fauchelevent, au comble de l'inquiétude, regardait de tous les côtés autour de lui. De grosses larmes de sueur lui tombaient du front.

— Pourtant, continua le fossoyeur, on ne peut pas servir deux maîtresses. Il faudra que je choisisse de la plume ou de la pioche. La pioche me gâte la main.

Le corbillard s'arrêta.

L'enfant de chœur descendit de la voiture drapée, puis le prêtre.

Une des petites roues de devant du corbillard montait un peu sur un tas de terre au delà duquel on voyait une fosse ouverte.

— En voilà une farce ! répéta Fauchelevent consterné

VI

ENTRE QUATRE PLANCHES [1]

Qui était dans la bière ? on le sait. Jean Valjean.

Jean Valjean s'était arrangé pour vivre là dedans, et il respirait à peu près.

C'est une chose étrange à quel point la sécurité de la conscience donne la sécurité du reste. Toute la combinaison préméditée par Jean Valjean marchait, et marchait bien, depuis la veille. Il comptait, comme Fauchelevent, sur le père Mestienne. Il ne doutait pas de la fin. Jamais situation plus critique, jamais calme plus complet.

Les quatre planches du cercueil dégagent une sorte de paix terrible. Il semblait que quelque chose du repos des morts entrât dans la tranquillité de Jean Valjean.

Du fond de cette bière, il avait pu suivre et il suivait toutes les phases du drame redoutable qu'il jouait avec la mort.

Peu après que Fauchelevent eut achevé de clouer la planche de dessus, Jean Valjean s'était senti emporter, puis rouler. À moins de secousses, il avait senti qu'on passait du pavé à la terre battue, c'est-à-dire qu'on quittait les rues et qu'on arrivait aux boulevards. À un bruit sourd, il avait deviné qu'on traversait le pont d'Austerlitz. Au premier temps d'arrêt, il avait compris qu'on entrait dans le cimetière ; au second temps d'arrêt, il s'était dit : voici la fosse.

Brusquement il sentit que des mains saisissaient la bière, puis un frottement rauque sur les planches ; il se rendit compte que c'était une corde qu'on nouait autour du cercueil pour le descendre dans l'excavation.

Puis il eut une espèce d'étourdissement.

Probablement les croque-morts et le fossoyeur

avaient laissé basculer le cercueil et descendu la tête avant les pieds. Il revint pleinement à lui en se sentant horizontal et immobile. Il venait de toucher le fond.

Il sentit un certain froid.

Une voix s'éleva au-dessus de lui, glaciale et solennelle. Il entendit passer, si lentement qu'il pouvait les saisir l'un après l'autre, des mots latins qu'il ne comprenait pas :

— *Qui dormiunt in terræ pulvere, evigilabunt ; alii in vitam æternam, et alii in opprobrium, ut videant semper* [1].

Une voix d'enfant dit :

— *De profundis.*

La voix grave recommença :

— *Requiem æternam dona ei, Domine.*

La voix d'enfant répondit :

— *Et lux perpetua luceat ei.*

Il entendit sur la planche qui le recouvrait quelque chose comme le frappement doux de quelques gouttes de pluie. C'était probablement l'eau bénite.

Il songea : Cela va être fini. Encore un peu de patience. Le prêtre va s'en aller. Fauchelevent emmènera Mestienne boire. On me laissera. Puis Fauchelevent reviendra seul, et je sortirai. Ce sera l'affaire d'une bonne heure.

La voix grave reprit :

— *Requiescat in pace.*

Et la voix d'enfant dit :

— *Amen.*

Jean Valjean, l'oreille tendue, perçut quelque chose comme des pas qui s'éloignaient.

— Les voilà qui s'en vont, pensa-t-il. Je suis seul.

Tout à coup il entendit sur sa tête un bruit qui lui sembla la chute du tonnerre.

C'était une pelletée de terre qui tombait sur le cercueil. Une seconde pelletée de terre tomba.

Un des trous par où il respirait venait de se boucher.

Une troisième pelletée de terre tomba.

Puis une quatrième.

Il est des choses plus fortes que l'homme le plus fort. Jean Valjean perdit connaissance.

VII

OÙ L'ON TROUVERA L'ORIGINE DU MOT
NE PAS PERDRE LA CARTE

Voici ce qui se passait au-dessus de la bière où était Jean Valjean.

Quand le corbillard se fut éloigné, quand le prêtre et l'enfant de chœur furent remontés en voiture et partis, Fauchelevent, qui ne quittait pas des yeux le fossoyeur, le vit se pencher et empoigner sa pelle, qui était enfoncée droite dans le tas de terre.

Alors Fauchelevent prit une résolution suprême.

Il se plaça entre la fosse et le fossoyeur, croisa les bras, et dit :

— C'est moi qui paye !

Le fossoyeur le regarda avec étonnement, et répondit :

— Quoi, paysan ?

Fauchelevent répéta :

— C'est moi qui paye !

— Quoi ?

— Le vin.

— Quel vin ?

— L'Argenteuil.

— Où ça l'Argenteuil ?

— Au Bon Coing.

— Va-t'en au diable ! dit le fossoyeur.

Et il jeta une pelletée de terre sur le cercueil.

La bière rendit un son creux. Fauchelevent se sentit

chanceler et prêt à tomber lui-même dans la fosse. Il cria, d'une voix où commençait à se mêler l'étranglement du râle :

— Camarade, avant que le Bon Coing soit fermé !

Le fossoyeur reprit de la terre dans la pelle. Fauchelevent continua :

— Je paye !

Et il saisit le bras du fossoyeur.

— Écoutez-moi, camarade. Je suis le fossoyeur du couvent. Je viens pour vous aider. C'est une besogne qui peut se faire la nuit. Commençons donc par aller boire un coup.

Et tout en parlant, tout en se cramponnant à cette insistance désespérée, il faisait cette réflexion lugubre : — Et quand il boirait ! se griserait-il ?

— Provincial, dit le fossoyeur, si vous le voulez absolument, j'y consens. Nous boirons. Après l'ouvrage, jamais avant.

Et il donna le branle à sa pelle. Fauchelevent le retint.

— C'est de l'Argenteuil à six !

— Ah ça, dit le fossoyeur, vous êtes sonneur de cloches. Din don, din don ; vous ne savez dire que ça. Allez vous faire lanlaire.

Et il lança la seconde pelletée.

Fauchelevent arrivait à ce moment où l'on ne sait plus ce qu'on dit.

— Mais venez donc boire, cria-t-il, puisque c'est moi qui paye !

— Quand nous aurons couché l'enfant, dit le fossoyeur.

Il jeta la troisième pelletée.

Puis il enfonça la pelle dans la terre et ajouta :

— Voyez-vous, il va faire froid cette nuit, et la morte crierait derrière nous si nous la plantions là sans couverture.

En ce moment, tout en chargeant sa pelle, le fossoyeur se courbait et la poche de sa veste bâillait.

Le regard égaré de Fauchelevent tomba machinalement dans cette poche, et s'y arrêta.

Le soleil n'était pas encore caché par l'horizon ; il faisait assez jour pour qu'on pût distinguer quelque chose de blanc au fond de cette poche béante.

Toute la quantité d'éclair que peut avoir l'œil d'un paysan picard traversa la prunelle de Fauchelevent. Il venait de lui venir une idée.

Sans que le fossoyeur, tout à sa pelletée de terre, s'en aperçût, il lui plongea par derrière la main dans la poche, et il retira de cette poche la chose blanche qui était au fond.

Le fossoyeur envoya dans la fosse la quatrième pelletée.

Au moment où il se retournait pour prendre la cinquième, Fauchelevent le regarda avec un profond calme et lui dit :

— À propos, nouveau, avez-vous votre carte ?

Le fossoyeur s'interrompit.

— Quelle carte ?

— Le soleil va se coucher.

— C'est bon, qu'il mette son bonnet de nuit.

— La grille du cimetière va se fermer.

— Eh bien, après ?

— Avez-vous votre carte ?

— Ah, ma carte ! dit le fossoyeur.

Et il fouilla dans sa poche.

Une poche fouillée, il fouilla l'autre. Il poussa aux goussets, explora le premier, retourna le second.

— Mais non, dit-il, je n'ai pas ma carte. Je l'aurai oubliée.

— Quinze francs d'amende, dit Fauchelevent.

Le fossoyeur devint vert. Le vert est la pâleur des gens livides.

— Ah Jésus-mon-Dieu-bancroche-à-bas-la-lune ! s'écriat-il. Quinze francs d'amende !

— Trois pièces-cent-sous, dit Fauchelevent.

Le fossoyeur laissa tomber sa pelle.

Le tour de Fauchelevent était venu.

— Ah çà, dit Fauchelevent, conscrit, pas de désespoir.
Il ne s'agit pas de se suicider, et de profiter de la fosse.
Quinze francs, c'est quinze francs, et d'ailleurs vous
pouvez ne pas les payer. Je suis vieux, vous êtes nouveau. Je connais les trucs, les trocs, les trics et les tracs.
Je vas vous donner un conseil d'ami. Une chose est
claire, c'est que le soleil se couche, il touche au dôme,
le cimetière va fermer dans cinq minutes.

— C'est vrai, répondit le fossoyeur.

— D'ici à cinq minutes, vous n'avez pas le temps de
remplir la fosse, elle est creuse comme le diable, cette
fosse, et d'arriver à temps pour sortir avant que la grille
soit fermée.

— C'est juste.

— En ce cas quinze francs d'amende.

— Quinze francs.

— Mais vous avez le temps... — Où demeurez-vous ?

— À deux pas de la barrière. À un quart d'heure d'ici.
Rue de Vaugirard, numéro 87.

— Vous avez le temps, en pendant vos guiboles à
votre cou, de sortir tout de suite.

— C'est exact.

— Une fois hors de la grille, vous galopez chez vous,
vous prenez votre carte, vous revenez, le portier du
cimetière vous ouvre. Ayant votre carte, rien à payer. Et
vous enterrez votre mort. Moi, je vas vous le garder en
attendant pour qu'il ne se sauve pas.

— Je vous dois la vie, paysan.

— Fichez-moi le camp, dit Fauchelevent.

Le fossoyeur, éperdu de reconnaissance, lui secoua la
main, et partit en courant.

Quand le fossoyeur eut disparu dans le fourré, Fauchelevent écouta jusqu'à ce qu'il eût entendu le pas se
perdre, puis il se pencha vers la fosse et dit à demi-voix :

— Père Madeleine !

Rien ne répondit.

Fauchelevent eut un frémissement. Il se laissa rouler

dans la fosse plutôt qu'il n'y descendit, se jeta sur la tête du cercueil et cria :

— Êtes-vous là ?

Silence dans la bière.

Fauchelevent, ne respirant plus à force de tremblement, prit son ciseau à froid et son marteau, et fit sauter la planche de dessus. La face de Jean Valjean apparut dans le crépuscule, les yeux fermés, pâle.

Les cheveux de Fauchelevent se hérissèrent, il se leva debout, puis tomba adossé à la paroi de la fosse, prêt à s'affaisser sur la bière. Il regarda Jean Valjean.

Jean Valjean gisait, blême et immobile.

Fauchelevent murmura d'une voix basse comme un souffle :

— Il est mort !

Et se redressant, croisant les bras si violemment que ses deux poings fermés vinrent frapper ses deux épaules, il cria :

— Voilà comme je le sauve, moi !

Alors le pauvre bonhomme se mit à sangloter. Monologuant, car c'est une erreur de croire que le monologue n'est pas dans la nature. Les fortes agitations parlent souvent à haute voix.

— C'est la faute au père Mestienne. Pourquoi est-il mort, cet imbécile-là ? qu'est-ce qu'il avait besoin de crever au moment où on ne s'y attend pas ? c'est lui qui fait mourir monsieur Madeleine. Père Madeleine ! Il est dans la bière. Il est tout porté. C'est fini. — Aussi, ces choses-là, est-ce que ça a du bon sens ? Ah ! mon Dieu ! il est mort ! Eh bien, et sa petite, qu'est-ce que je vas en faire ? qu'est-ce que la fruitière va dire ? Qu'un homme comme ça meure comme ça, si c'est Dieu possible ! Quand je pense qu'il s'était mis sous ma charrette ! Père Madeleine ! père Madeleine ! Pardine, il a étouffé, je disais bien. Il n'a pas voulu me croire. Eh bien, voilà une jolie polissonnerie de faite ! Il est mort, ce brave homme, le plus bon homme qu'il y eût dans les bonnes gens du bon Dieu ! Et sa petite ! Ah ! d'abord je ne rentre

pas là-bas, moi. Je reste ici. Avoir fait un coup comme
ça ! C'est bien la peine d'être deux vieux pour être deux
vieux fous. Mais d'abord comment avait-il fait pour
entrer dans le couvent ? c'était déjà le commencement.
On ne doit pas faire de ces choses-là. Père Madeleine !
père Madeleine ! père Madeleine ! Madeleine ! monsieur Madeleine ! monsieur le maire ! Il ne m'entend
pas. Tirez-vous donc de là à présent !

Et il s'arracha les cheveux.

On entendit au loin dans les arbres un grincement
aigu. C'était la grille du cimetière qui se fermait.

Fauchelevent se pencha sur Jean Valjean, et tout à
coup eut une sorte de rebondissement et tout le recul
qu'on peut avoir dans une fosse. Jean Valjean avait les
yeux ouverts, et le regardait.

Voir une mort est effrayant, voir une résurrection l'est
presque autant. Fauchelevent devint comme de pierre,
pâle, hagard, bouleversé par tous ces excès d'émotions,
ne sachant s'il avait affaire à un vivant ou à un mort,
regardant Jean Valjean qui le regardait.

— Je m'endormais, dit Jean Valjean.

Et il se mit sur son séant.

Fauchelevent tomba à genoux.

— Juste bonne Vierge ! m'avez-vous fait peur !

Puis il se releva et cria :

— Merci, père Madeleine !

Jean Valjean n'était qu'évanoui. Le grand air l'avait
réveillé.

La joie est le reflux de la terreur. Fauchelevent avait
presque autant à faire que Jean Valjean pour revenir à
lui.

— Vous n'êtes donc pas mort ! Oh ! comme vous avez
de l'esprit, vous ! Je vous ai tant appelé que vous êtes
revenu. Quand j'ai vu vos yeux fermés, j'ai dit : bon ! le
voilà étouffé. Je serais devenu fou furieux, vrai fou à
camisole. On m'aurait mis à Bicêtre. Qu'est-ce que vous
voulez que je fasse si vous étiez mort ? Et votre petite !
c'est la fruitière qui n'y aurait rien compris ! On lui

campe l'enfant sur les bras, et le grand-père est mort ! Quelle histoire ! mes bons saints du paradis, quelle histoire ! Ah ! vous êtes vivant, voilà le bouquet.

— J'ai froid, dit Jean Valjean.

Ce mot rappela complètement Fauchelevent à la réalité, qui était urgente. Ces deux hommes, même revenus à eux, avaient, sans s'en rendre compte, l'âme trouble, et en eux quelque chose d'étrange qui était l'égarement sinistre du lieu.

— Sortons vite d'ici, s'écria Fauchelevent.

Il fouilla dans sa poche, et en tira une gourde dont il s'était pourvu.

— Mais d'abord la goutte ! dit-il.

La gourde acheva ce que le grand air avait commencé. Jean Valjean but une gorgée d'eau-de-vie et reprit pleine possession de lui-même.

Il sortit de la bière, et aida Fauchelevent à en reclouer le couvercle.

Trois minutes après, ils étaient hors de la fosse.

Du reste Fauchelevent était tranquille. Il prit son temps. Le cimetière était fermé. La survenue du fossoyeur Gribier n'était pas à craindre. Ce « conscrit » était chez lui, occupé à chercher sa carte, et bien empêché de la trouver dans son logis puisqu'elle était dans la poche de Fauchelevent. Sans carte, il ne pouvait rentrer au cimetière.

Fauchelevent prit la pelle et Jean Valjean la pioche, et tous deux firent l'enterrement de la bière vide.

Quand la fosse fut comblée, Fauchelevent dit à Jean Valjean :

— Venons-nous-en. Je garde la pelle ; emportez la pioche.

La nuit tombait.

Jean Valjean eut quelque peine à se remuer et à marcher. Dans cette bière, il s'était roidi et était devenu un peu cadavre. L'ankylose de la mort l'avait saisi entre ces quatre planches. Il fallut, en quelque sorte, qu'il se dégelât du sépulcre.

— Vous êtes gourd, dit Fauchelevent. C'est dommage que je sois bancal, nous battrions la semelle.

— Bah ! répondit Jean Valjean, quatre pas me mettront la marche dans les jambes.

Ils s'en allèrent par les allées où le corbillard avait passé. Arrivés devant la grille fermée et le pavillon du portier, Fauchelevent, qui tenait à sa main la carte du fossoyeur, la jeta dans la boîte, le portier tira le cordon, la porte s'ouvrit, ils sortirent.

— Comme tout cela va bien ! dit Fauchelevent ; quelle bonne idée vous avez eue, père Madeleine !

Ils franchirent la barrière Vaugirard de la façon la plus simple du monde. Aux alentours d'un cimetière, une pelle et une pioche sont deux passeports.

La rue de Vaugirard était déserte.

— Père Madeleine, dit Fauchelevent tout en cheminant et en levant les yeux vers les maisons, vous avez de meilleurs yeux que moi. Indiquez-moi donc le numéro 87.

— Le voici justement, dit Jean Valjean.

— Il n'y a personne dans la rue, reprit Fauchelevent. Donnez-moi la pioche, et attendez-moi deux minutes.

Fauchelevent entra au numéro 87, monta tout en haut, guidé par l'instinct qui mène toujours le pauvre au grenier, et frappa dans l'ombre à la porte d'une mansarde. Une voix répondit :

— Entrez.

C'était la voix de Gribier.

Fauchelevent poussa la porte. Le logis du fossoyeur était, comme toutes ces infortunées demeures, un galetas démeublé et encombré. Une caisse d'emballage, — une bière peut-être, — y tenait lieu de commode, un pot à beurre y tenait lieu de fontaine, une paillasse y tenait lieu de lit, le carreau y tenait lieu de chaises et de table. Il y avait dans un coin, sur une loque qui était un vieux lambeau de tapis, une femme maigre et force enfants, faisant un tas. Tout ce pauvre intérieur portait les traces d'un bouleversement. On eût dit qu'il y avait eu là un tremblement de terre « pour un ». Les couvercles étaient déplacés, les haillons étaient épars, la cruche était cassée, la mère avait pleuré, les enfants probablement avaient été battus ; traces d'une perquisition acharnée et bourrue. Il était visible que le fossoyeur avait éperdument cherché sa carte, et fait tout responsable de cette perte dans le galetas, depuis sa cruche jusqu'à sa femme. Il avait l'air désespéré.

Mais Fauchelevent se hâtait trop vers le dénouement de l'aventure pour remarquer ce côté triste de son succès.

Il entra et dit :

— Je vous rapporte votre pioche et votre pelle.

Gribier le regarda stupéfait.

— C'est vous, paysan ?

— Et demain matin chez le concierge du cimetière vous trouverez votre carte.

Et il posa la pelle et la pioche sur le carreau.

— Qu'est-ce que cela veut dire ? demanda Gribier.

— Cela veut dire que vous aviez laissé tomber votre carte de votre poche, que je l'ai trouvée à terre quand vous avez été parti, que j'ai enterré le mort, que j'ai rempli la fosse, que j'ai fait votre besogne, que le portier vous rendra votre carte, et que vous ne payerez pas quinze francs. Voilà, conscrit.

— Merci, villageois ! s'écria Gribier ébloui. La prochaine fois, c'est moi qui paye à boire.

VIII

INTERROGATOIRE RÉUSSI

Une heure après, par la nuit noire, deux hommes et un enfant se présentaient au numéro 62 de la petite rue Picpus. Le plus vieux de ces hommes levait le marteau et frappait.

C'étaient Fauchelevent, Jean Valjean et Cosette.

Les deux bonshommes étaient allés chercher Cosette chez la fruitière de la rue du Chemin-Vert, où Fauchelevent l'avait déposée la veille. Cosette avait passé ces vingt-quatre heures à ne rien comprendre et à trembler silencieusement. Elle tremblait tant qu'elle n'avait pas pleuré. Elle n'avait pas mangé non plus, ni dormi. La digne fruitière lui avait fait cent questions, sans obtenir d'autre réponse qu'un regard morne, toujours le même. Cosette n'avait rien laissé transpirer de tout ce qu'elle avait entendu et vu depuis deux jours. Elle devinait qu'on traversait une crise. Elle sentait profondément qu'il fallait « être sage ». Qui n'a éprouvé la souveraine puissance de ces trois mots prononcés avec un certain accent dans l'oreille d'un petit être effrayé : *Ne dis rien !* La peur est une muette. D'ailleurs, personne ne garde un secret comme un enfant.

Seulement, quand, après ces lugubres vingt-quatre heures, elle avait revu Jean Valjean, elle avait poussé un tel cri de joie, que quelqu'un de pensif qui l'eût entendu eût deviné dans ce cri la sortie d'un abîme.

Fauchelevent était du couvent et savait les mots de passe. Toutes les portes s'ouvrirent.

Ainsi fut résolu le double et effrayant problème : sortir, et entrer.

Le portier, qui avait ses instructions, ouvrit la petite porte de service qui communiquait de la cour au jardin, et qu'il y a vingt ans on voyait encore de la rue, dans le mur du fond de la cour, faisant face à la porte cochère. Le portier les introduisit tous les trois par cette porte, et, de là, ils gagnèrent ce parloir intérieur réservé où Fauchelevent, la veille, avait pris les ordres de la prieure.

La prieure, son rosaire à la main, les attendait. Une mère vocale, le voile bas, était debout près d'elle. Une chandelle discrète éclairait, on pourrait presque dire faisait semblant d'éclairer le parloir.

La prieure passa en revue Jean Valjean. Rien n'examine comme un œil baissé.

Puis elle le questionna :

— C'est vous le frère ?

— Oui, révérende mère, répondit Fauchelevent.

— Comment vous appelez-vous ?

Fauchelevent répondit :

— Ultime Fauchelevent.

Il avait eu en effet un frère nommé Ultime qui était mort.

— De quel pays êtes-vous ?

Fauchelevent répondit :

— De Picquigny, près Amiens.

— Quel âge avez-vous ?

Fauchelevent répondit :

— Cinquante ans.

— Quel est votre état ?

Fauchelevent répondit :

— Jardinier.

— Êtes-vous bon chrétien ?

Fauchelevent répondit :

— Tout le monde l'est dans la famille.

— Cette petite est à vous ?

Fauchelevent répondit :

— Oui, révérende mère.

— Vous êtes son père ?

Fauchelevent répondit :

— Son grand-père.

La mère vocale dit à la prieure à demi-voix :

— Il répond bien.

Jean Valjean n'avait pas prononcé un mot.

La prieure regarda Cosette avec attention, et dit à demi-voix à la mère vocale :

— Elle sera laide.

Les deux mères causèrent quelques minutes très bas dans l'angle du parloir, puis la prieure se retourna et dit :

— Père Fauvent, vous aurez une autre genouillère avec grelot. Il en faut deux maintenant.

Le lendemain en effet on entendait deux grelots dans le jardin, et les religieuses ne résistaient pas à soulever un coin de leur voile. On voyait au fond sous les arbres deux hommes bêcher côte à côte, Fauvent et un autre. Événement énorme. Le silence fut rompu jusqu'à s'entre-dire : C'est un aide-jardinier.

Les mères vocales ajoutaient : C'est un frère au père Fauvent.

Jean Valjean en effet était régulièrement installé ; il avait la genouillère de cuir et le grelot ; il était désormais officiel. Il s'appelait Ultime Fauchelevent.

La plus forte cause déterminante de l'admission avait été l'observation de la prieure sur Cosette : *Elle sera laide.*

La prieure, ce pronostic prononcé, prit immédiatement Cosette en amitié, et lui donna place au pensionnat comme élève de charité.

Ceci n'a rien que de très logique. On a beau n'avoir point de miroir au couvent, les femmes ont une conscience pour leur figure ; or, les filles qui se sentent jolies se laissent malaisément faire religieuses ; la vocation étant assez volontiers en proportion inverse de la beauté, on espère plus des laides que des belles. De là un goût vif pour les laiderons.

Toute cette aventure grandit le bon vieux Fauchelevent ; il eut un triple succès ; auprès de Jean Valjean qu'il sauva et abrita ; auprès du fossoyeur Gribier qui se disait : il m'a épargné l'amende ; auprès du couvent qui, grâce à lui, en gardant le cercueil de la mère Crucifixion sous l'autel, éluda César et satisfit Dieu. Il y eut une bière avec cadavre au Petit-Picpus et une bière sans cadavre au cimetière Vaugirard ; l'ordre public en fut sans doute profondément troublé, mais ne s'en aperçut pas. Quant au couvent, sa reconnaissance pour Fauchelevent fut grande. Fauchelevent devint le meilleur des serviteurs et le plus précieux des jardiniers. À la plus prochaine visite de l'archevêque, la prieure conta la chose à Sa Grandeur, en s'en confessant un peu et en s'en vantant aussi. L'archevêque, au sortir du couvent, en parla, avec applaudissement et tout bas, à M. de Latil, confesseur de Monsieur, plus tard archevêque de Reims et cardinal. L'admiration pour Fauchelevent fit du chemin, car elle alla à Rome. Nous avons eu sous les yeux un billet adressé par le pape régnant alors, Léon XII, à un de ses parents, monsignor dans la non-ciature de Paris, et nommé comme lui Della Genga ; on y lit ces lignes : « Il paraît qu'il y a dans un couvent de Paris un jardinier excellent, qui est un saint homme, appelé Fauvan. » Rien de tout ce triomphe ne parvint jusqu'à Fauchelevent dans sa baraque ; il continua de greffer, de sarcler, et de couvrir ses melonnières, sans être au fait de son excellence et de sa sainteté. Il ne se douta pas plus de sa gloire que ne s'en doute un bœuf de Durham ou de Surrey dont le portrait est publié dans l'*Illustrated London News* avec cette inscription : *Bœuf qui a remporté le prix au concours des bêtes à cornes.*

IX

CLÔTURE

Cosette au couvent continua de se taire.

Cosette se croyait tout naturellement la fille de Jean Valjean. Du reste, ne sachant rien, elle ne pouvait rien dire, et puis, dans tous les cas, elle n'aurait rien dit. Nous venons de le faire remarquer, rien ne dresse les enfants au silence comme le malheur. Cosette avait tant souffert qu'elle craignait tout, même de parler, même de respirer. Une parole avait si souvent fait crouler sur elle une avalanche ! À peine commençait-elle à se rassurer depuis qu'elle était à Jean Valjean. Elle s'habitua assez vite au couvent. Seulement elle regrettait Cathe-

rine, mais elle n'osait pas le dire. Une fois pourtant elle
dit à Jean Valjean : — Père, si j'avais su, je l'aurais
emmenée.

Cosette, en devenant pensionnaire du couvent, dut
prendre l'habit des élèves de la maison. Jean Valjean
obtint qu'on lui remît les vêtements qu'elle dépouillait.
C'était ce même habillement de deuil qu'il lui avait fait
revêtir lorsqu'elle avait quitté la gargote Thénardier. Il
n'était pas encore très usé. Jean Valjean enferma ces
nippes, plus les bas de laine et les souliers, avec force
camphre et tous les aromates dont abondent les couvents, dans une petite valise qu'il trouva moyen de se
procurer. Il mit cette valise sur une chaise près de son
lit, et il en avait toujours la clef sur lui. — Père, lui
demanda un jour Cosette, qu'est-ce que c'est donc que
cette boîte-là qui sent si bon ?

Le père Fauchelevent, outre cette gloire que nous
venons de raconter et qu'il ignora, fut récompensé de
sa bonne action ; d'abord il en fut heureux ; puis il eut
beaucoup moins de besogne, la partageant. Enfin,
comme il aimait beaucoup le tabac, il trouvait à la présence de M. Madeleine cet avantage qu'il prenait trois
fois plus de tabac que par le passé, et d'une manière
infiniment plus voluptueuse, attendu que M. Madeleine
le lui payait.

Les religieuses n'adoptèrent point ce nom d'Ultime ;
elles appelèrent Jean Valjean *l'autre Fauvent*.

Si ces saintes filles avaient eu quelque chose du
regard de Javert, elles auraient pu finir par remarquer
que, lorsqu'il y avait quelque course à faire au dehors
pour l'entretien du jardin, c'était toujours l'aîné Fauchelevent, le vieux, l'infirme, le bancal, qui sortait, et jamais
l'autre ; mais, soit que les yeux toujours fixés sur Dieu
ne sachent pas espionner, soit qu'elles fussent, de préférence, occupées à se guetter entre elles, elles n'y firent
point attention.

Du reste bien en prit à Jean Valjean de se tenir coi et

de ne pas bouger. Javert observa le quartier plus d'un grand mois.

Ce couvent était pour Jean Valjean comme une île entourée de gouffres. Ces quatre murs étaient désormais le monde pour lui. Il y voyait le ciel assez pour être serein et Cosette assez pour être heureux.

Une vie très douce recommença pour lui.

Il habitait avec le vieux Fauchelevent la baraque du fond du jardin. Cette bicoque, bâtie en plâtras, qui existait encore en 1845, était composée, comme on sait, de trois chambres, lesquelles étaient toutes nues et n'avaient que les murailles. La principale avait été cédée de force, car Jean Valjean avait résisté en vain, par le père Fauchelevent à M. Madeleine. Le mur de cette chambre, outre les deux clous destinés à l'accrochement de la genouillère et de la hotte, avait pour ornement un papier-monnaie royaliste de 93 appliqué à la muraille au-dessus de la cheminée et dont voici le fac-similé exact :

Cet assignat vendéen avait été cloué au mur par le précédent jardinier, ancien chouan qui était mort dans le couvent et que Fauchelevent avait remplacé.

Jean Valjean travaillait tout le jour dans le jardin et y était très utile. Il avait été jadis émondeur et se retrouvait volontiers jardinier. On se rappelle qu'il avait toutes sortes de recettes et de secrets de culture. Il en tira parti. Presque tous les arbres du verger étaient des sauvageons ; il les écussonna et leur fit donner d'excellents fruits.

Cosette avait permission de venir tous les jours passer une heure près de lui. Comme les sœurs étaient tristes et qu'il était bon, l'enfant le comparait et l'adorait. À l'heure fixée elle accourait vers la baraque. Quand elle entrait dans la masure, elle l'emplissait de paradis. Jean Valjean s'épanouissait, et sentait son bonheur s'accroître du bonheur qu'il donnait à Cosette. La joie que nous inspirons a cela de charmant que, loin de s'affaiblir comme tout reflet, elle nous revient plus rayonnante. Aux heures des récréations, Jean Valjean regardait de loin Cosette jouer et courir, et il distinguait son rire du rire des autres.

Car maintenant Cosette riait.

La figure de Cosette en était même jusqu'à un certain point changée. Le sombre en avait disparu. Le rire, c'est le soleil ; il chasse l'hiver du visage humain.

Cosette, toujours pas jolie, devenait bien charmante d'ailleurs. Elle disait des petites choses raisonnables avec sa douce voix enfantine.

La récréation finie, quand Cosette rentrait, Jean Valjean regardait les fenêtres de sa classe, et la nuit il se relevait pour regarder les fenêtres de son dortoir.

Du reste Dieu a ses voies ; le couvent contribua, comme Cosette, à maintenir et à compléter dans Jean Valjean l'œuvre de l'évêque. Il est certain qu'un des côtés de la vertu aboutit à l'orgueil. Il y a là un pont bâti par le diable. Jean Valjean était peut-être à son insu assez près de ce côté-là et de ce pont-là, lorsque la providence le jeta dans le couvent du Petit-Picpus. Tant qu'il ne s'était comparé qu'à l'évêque, il s'était trouvé indigne et il avait été humble ; mais depuis quelque temps il commençait à se comparer aux hommes, et l'orgueil naissait. Qui sait ? il aurait peut-être fini par revenir tout doucement à la haine.

Le couvent l'arrêta sur cette pente.

C'était le deuxième lieu de captivité qu'il voyait. Dans

sa jeunesse, dans ce qui avait été pour lui le commencement de la vie, et plus tard, tout récemment encore, il en avait vu un autre, lieu affreux, lieu terrible, et dont les sévérités lui avaient toujours paru être l'iniquité de la justice et le crime de la loi. Aujourd'hui après le bagne il voyait le cloître ; et songeant qu'il avait fait partie du bagne et qu'il était maintenant, pour ainsi dire, spectateur du cloître, il les confrontait dans sa pensée avec anxiété.

Quelquefois il s'accoudait sur sa bêche et descendait lentement dans les spirales sans fond de la rêverie.

Il se rappelait ses anciens compagnons ; comme ils étaient misérables ; ils se levaient dès l'aube et travaillaient jusqu'à la nuit ; à peine leur laissait-on le sommeil ; ils couchaient sur des lits de camp, où l'on ne leur tolérait que des matelas de deux pouces d'épaisseur, dans des salles qui n'étaient chauffées qu'aux mois les plus rudes de l'année ; ils étaient vêtus d'affreuses casaques rouges ; on leur permettait, par grâce, un pantalon de toile dans les grandes chaleurs et une roulière de laine sur le dos dans les grands froids ; ils ne buvaient de vin et ne mangeaient de viande que lorsqu'ils allaient « à la fatigue ». Ils vivaient, n'ayant plus de noms, désignés seulement par des numéros et en quelque sorte faits chiffres, baissant les yeux, baissant la voix, les cheveux coupés, sous le bâton, dans la honte.

Puis son esprit retombait sur les êtres qu'il avait devant les yeux.

Ces êtres vivaient, eux aussi, les cheveux coupés, les yeux baissés, la voix basse, non dans la honte, mais au milieu des railleries du monde, non le dos meurtri par le bâton, mais les épaules déchirées par la discipline. À eux aussi, leur nom parmi les hommes s'était évanoui ; ils n'existaient plus que sous des appellations austères. Ils ne mangeaient jamais de viande et ne buvaient jamais de vin ; ils restaient souvent jusqu'au soir sans nourriture ; ils étaient vêtus, non de vestes rouges, mais de suaires noirs, en laine, pesants l'été, légers l'hiver,

sans pouvoir y rien retrancher ni y rien ajouter ; sans
même avoir, selon la saison, la ressource du vêtement
de toile ou du surtout de laine ; et ils portaient six mois
de l'année des chemises de serge qui leur donnaient la
fièvre. Ils habitaient, non des salles chauffées seulement
dans les froids rigoureux, mais des cellules où l'on
n'allumait jamais de feu ; ils couchaient, non sur des
matelas épais de deux pouces, mais sur la paille. Enfin
on ne leur laissait pas même le sommeil ; toutes les
nuits, après une journée de labeur, il fallait, dans l'accablement du premier repos, au moment où l'on s'endormait et où l'on se réchauffait à peine, se réveiller, se
lever, et s'en aller prier dans une chapelle glacée et sombre, les deux genoux sur la pierre.

À de certains jours, il fallait que chacun de ces êtres,
à tour de rôle, restât douze heures de suite agenouillé
sur la dalle ou prosterné la face contre terre et les bras
en croix.

Les autres étaient des hommes ; ceux-ci étaient des
femmes.

Qu'avaient fait ces hommes ? Ils avaient volé, violé,
pillé, tué, assassiné. C'étaient des bandits, des faussai-
res, des empoisonneurs, des incendiaires, des meurtriers, des parricides. Qu'avaient fait ces femmes ? Elles
n'avaient rien fait.

D'un côté le brigandage, la fraude, le dol, la violence,
la lubricité, l'homicide, toutes les espèces du sacrilège,
toutes les variétés de l'attentat ; de l'autre une seule
chose, l'innocence.

L'innocence parfaite, presque enlevée dans une mystérieuse assomption, tenant encore à la terre par la
vertu, tenant déjà au ciel par la sainteté.

D'un côté des confidences de crimes qu'on se fait à
voix basse ; de l'autre la confession des fautes qui se fait
à voix haute. Et quels crimes ! et quelles fautes !

D'un côté des miasmes, de l'autre un ineffable parfum. D'un côté une peste morale, gardée à vue, parquée
sous le canon, et dévorant lentement ses pestiférés ; de

l'autre un chaste embrasement de toutes les âmes dans le même foyer. Là les ténèbres ; ici l'ombre ; mais une ombre pleine de clartés, et des clartés pleines de rayonnements.

Deux lieux d'esclavage ; mais dans le premier la délivrance possible, une limite légale toujours entrevue, et puis l'évasion. Dans le second, la perpétuité ; pour toute espérance, à l'extrémité lointaine de l'avenir, cette lueur de liberté que les hommes appellent la mort.

Dans le premier, on n'était enchaîné que par des chaînes ; dans l'autre, on était enchaîné par sa foi.

Que se dégageait-il du premier ? Une immense malédiction, le grincement de dents, la haine, la méchanceté désespérée, un cri de rage contre l'association humaine, un sarcasme au ciel.

Que sortait-il du second ? La bénédiction et l'amour.

Et dans ces deux endroits si semblables et si divers, ces deux espèces d'êtres si différents accomplissaient la même œuvre, l'expiation.

Jean Valjean comprenait bien l'expiation des premiers ; l'expiation personnelle, l'expiation pour soi-même. Mais il ne comprenait pas celle des autres, celle de ces créatures sans reproche et sans souillure, et il se demandait avec un tremblement : Expiation de quoi ? quelle expiation ?

Une voix répondait dans sa conscience : La plus divine des générosités humaines, l'expiation pour autrui.

Ici toute théorie personnelle est réservée, nous ne sommes que narrateur ; c'est au point de vue de Jean Valjean que nous nous plaçons, et nous traduisons ses impressions [1].

Il avait sous les yeux le sommet sublime de l'abnégation, la plus haute cime de la vertu possible ; l'innocence qui pardonne aux hommes leurs fautes et qui les expie à leur place ; la servitude subie, la torture acceptée, le supplice réclamé par les âmes qui n'ont pas péché pour en dispenser les âmes qui ont failli ; l'amour de l'humanité s'abîmant dans l'amour de Dieu, mais y demeurant distinct, et suppliant ; de doux êtres faibles ayant la misère de ceux qui sont punis et le sourire de ceux qui sont récompensés.

Et il se rappelait qu'il avait osé se plaindre !

Souvent, au milieu de la nuit, il se relevait pour écouter le chant reconnaissant de ces créatures innocentes et accablées de sévérités, et il se sentait froid dans les veines en songeant que ceux qui étaient châtiés justement n'élevaient la voix vers le ciel que pour blasphémer, et que lui, misérable, il avait montré le poing à Dieu.

Chose frappante et qui le faisait rêver profondément comme un avertissement à voix basse de la providence même : l'escalade, les clôtures franchies, l'aventure acceptée jusqu'à la mort, l'ascension difficile et dure, tous ces mêmes efforts qu'il avait faits pour sortir de l'autre lieu d'expiation, il les avait faits pour entrer dans celui-ci. Était-ce un symbole de sa destinée ?

Cette maison était une prison aussi, et ressemblait lugubrement à l'autre demeure dont il s'était enfui, et pourtant il n'avait jamais eu l'idée de rien de pareil.

Il revoyait des grilles, des verrous, des barreaux de fer, pour garder qui ? Des anges.

Ces hautes murailles qu'il avait vues autour des tigres, il les revoyait autour des brebis.

C'était un lieu d'expiation, et non de châtiment ; et pourtant il était plus austère encore, plus morne et plus impitoyable que l'autre. Ces vierges étaient plus durement courbées que les forçats. Un vent froid et rude, ce vent qui avait glacé sa jeunesse, traversait la fosse grillée et cadenassée des vautours ; une bise plus âpre et plus douloureuse encore soufflait dans la cage des colombes.

Pourquoi ?

Quand il pensait à ces choses, tout ce qui était en lui s'abîmait devant ce mystère de sublimité.

Dans ces méditations l'orgueil s'évanouit. Il fit toutes

sortes de retours sur lui-même ; il se sentit chétif et pleura bien des fois. Tout ce qui était entré dans sa vie depuis six mois le ramenait vers les saintes injonctions de l'évêque, Cosette par l'amour, le couvent par l'humilité.

Quelquefois, le soir, au crépuscule, à l'heure où le jardin était désert, on le voyait à genoux au milieu de l'allée qui côtoyait la chapelle, devant la fenêtre où il avait regardé la nuit de son arrivée, tourné vers l'endroit où il savait que la sœur qui faisait la réparation était prosternée et en prière. Il priait, ainsi agenouillé devant cette sœur.

Il semblait qu'il n'osait s'agenouiller directement devant Dieu.

Tout ce qui l'entourait, ce jardin paisible, ces fleurs embaumées, ces enfants poussant des cris joyeux, ces femmes graves et simples, ce cloître silencieux, le pénétraient lentement, et peu à peu son âme se composait de silence comme ce cloître, de parfum comme ces fleurs, de paix comme ce jardin, de simplicité comme ces femmes, de joie comme ces enfants. Et puis il songeait que c'étaient deux maisons de Dieu qui l'avaient successivement recueilli aux deux instants critiques de sa vie, la première lorsque toutes les portes se fermaient et que la société humaine le repoussait, la deuxième au moment où la société humaine se remettait à sa poursuite et où le bagne se rouvrait ; et que sans la première il serait retombé dans le crime et sans la seconde dans le supplice.

Tout son cœur se fondait en reconnaissance et il aimait de plus en plus.

Plusieurs années s'écoulèrent ainsi ; Cosette grandissait.

TROISIÈME PARTIE

Marius

Livre premier

PARIS ÉTUDIÉ
DANS SON ATOME [1]

I

« PARVULUS »

Paris a un enfant et la forêt a un oiseau ; l'oiseau s'appelle le moineau ; l'enfant s'appelle le gamin.

Accouplez ces deux idées qui contiennent, l'une toute la fournaise, l'autre toute l'aurore, choquez ces étincelles, Paris, l'enfance ; il en jaillit un petit être. *Homuncio*, dirait Plaute.

Ce petit être est joyeux. Il ne mange pas tous les jours et il va au spectacle, si bon lui semble, tous les soirs. Il n'a pas de chemise sur le corps, pas de souliers aux pieds, pas de toit sur la tête ; il est comme les mouches du ciel qui n'ont rien de tout cela. Il a de sept à treize ans, vit par bandes, bat le pavé, loge en plein air, porte un vieux pantalon de son père qui lui descend plus bas que les talons, un vieux chapeau de quelque autre père qui lui descend plus bas que les oreilles, une seule bretelle en lisière jaune, court, guette, quête, perd le temps, culotte des pipes, jure comme un damné, hante le cabaret, connaît des voleurs, tutoie des filles, parle argot, chante des chansons obscènes, et n'a rien de mauvais dans le cœur. C'est qu'il a dans l'âme une perle, l'innocence, et les perles ne se dissolvent pas dans la boue. Tant que l'homme est enfant, Dieu veut qu'il soit innocent.

Si l'on demandait à l'énorme ville : Qu'est-ce que c'est que cela ? elle répondrait : C'est mon petit.

II

QUELQUES-UNS
DE SES SIGNES PARTICULIERS

Le gamin de Paris, c'est le nain de la géante.

N'exagérons point, ce chérubin du ruisseau a quelquefois une chemise mais alors il n'en a qu'une ; il a quelquefois des souliers, mais alors ils n'ont point de semelles ; il a quelquefois un logis, et il l'aime, car il y trouve sa mère ; mais il préfère la rue, parce qu'il y trouve la liberté. Il a ses jeux à lui, ses malices à lui dont la haine des bourgeois fait le fond ; ses métaphores à lui ; être mort, cela s'appelle *manger des pissenlits par la racine ;* ses métiers à lui, amener des fiacres, baisser les marchepieds des voitures, établir des péages d'un côté de la rue à l'autre dans les grosses pluies, ce qu'il appelle faire *des ponts des arts,* crier les discours prononcés par l'autorité en faveur du peuple français, gratter l'entre-deux des pavés ; il a sa monnaie à lui, qui se compose de tous les petits morceaux de cuivre façonné qu'on peut trouver sur la voie publique. Cette curieuse monnaie, qui prend le nom de *loques,* a un cours invariable et fort bien réglé dans cette petite bohème d'enfants.

Enfin il a sa faune à lui, qu'il observe studieusement dans des coins ; la bête à bon Dieu, le puceron tête-de-mort, le faucheux, le « diable », insecte noir qui menace en tordant sa queue armée de deux cornes. Il a son monstre fabuleux qui a des écailles sous le ventre et qui n'est pas un lézard, qui a des pustules sur le dos et qui n'est pas un crapaud, qui habite les trous des vieux fours à chaux et des puisards desséchés, noir, velu, visqueux, rampant, tantôt lent, tantôt rapide, qui ne crie pas, mais qui regarde, et qui est si terrible que personne ne l'a

jamais vu ; il nomme ce monstre « le sourd » [1]. Chercher
des sourds dans les pierres, c'est un plaisir du genre
redoutable. Autre plaisir, lever brusquement un pavé, et
voir des cloportes. Chaque région de Paris est célèbre
par les trouvailles intéressantes qu'on peut y faire. Il y
a des perce-oreilles dans les chantiers des Ursulines, il
y a des mille-pieds au Panthéon, il y a des têtards dans
les fossés du Champ de Mars.

Quant à des mots, cet enfant en a comme Talleyrand.
Il n'est pas moins cynique, mais il est plus honnête. Il
est doué d'on ne sait quelle jovialité imprévue ; il ahurit
le boutiquier de son fou rire. Sa gamme va gaillarde-
ment de la haute comédie à la farce.

Un enterrement passe. Parmi ceux qui accompagnent
le mort, il y a un médecin. — Tiens, s'écrie un gamin,
depuis quand les médecins reportent-ils leur ouvrage ?

Un autre est dans une foule. Un homme grave, orné
de lunettes et de breloques, se retourne indigné : — Vaurien, tu viens de prendre « la taille » à ma femme.

— Moi, monsieur ! fouillez-moi.

III

IL EST AGRÉABLE

Le soir, grâce à quelques sous qu'il trouve toujours
moyen de se procurer, l'*homuncio* entre à un théâtre.
En franchissant ce seuil magique, il se transfigure ; il
était le gamin, il devient le titi. Les théâtres sont des
espèces de vaisseaux retournés qui ont la cale en haut.
C'est dans cette cale que le titi s'entasse. Le titi est au
gamin ce que la phalène est à la larve ; le même être
envolé et planant. Il suffit qu'il soit là, avec son rayonnement de bonheur, avec sa puissance d'enthousiasme
et de joie, avec son battement de mains qui ressemble
à un battement d'ailes, pour que cette cale étroite,

fétide, obscure, sordide, malsaine, hideuse, abominable, se nomme le Paradis.

Donnez à un être l'inutile et ôtez-lui le nécessaire,
vous aurez le gamin.

Le gamin n'est pas sans quelque intuition littéraire.
Sa tendance, nous le disons avec la quantité de regret
qui convient, ne serait point le goût classique. Il est, de
sa nature, peu académique. Ainsi, pour donner un
exemple, la popularité de mademoiselle Mars dans ce
petit public d'enfants orageux était assaisonnée d'une
pointe d'ironie. Le gamin l'appelait mademoiselle
Muche.

Cet être braille, raille, gouaille, bataille, a des chiffons
comme un bambin et des guenilles comme un philosophe, pêche dans l'égout, chasse dans le cloaque, extrait
la gaîté de l'immondice, fouaille de sa verve les carre-
fours, ricane et mord, siffle et chante, acclame et
engueule, tempère Alleluia par Matanturlurette, psalmodie tous les rhythmes depuis le De Profundis jusqu'à
la Chienlit, trouve sans chercher, sait ce qu'il ignore, est
spartiate jusqu'à la filouterie, est fou jusqu'à la sagesse,
est lyrique jusqu'à l'ordure, s'accroupirait sur l'Olympe,
se vautre dans le fumier et en sort couvert d'étoiles. Le
gamin de Paris, c'est Rabelais petit.

Il n'est pas content de sa culotte, s'il n'y a point de
gousset de montre.

Il s'étonne peu, s'effraye encore moins, chansonne les
superstitions, dégonfle les exagérations, blague les mystères, tire la langue aux revenants, dépoétise les échas-
ses, introduit la caricature dans les grossissements épiques. Ce n'est pas qu'il est prosaïque ; loin de là ; mais
il remplace la vision solennelle par la fantasmagorie
farce. Si Adamastor lui apparaissait, le gamin dirait :
Tiens ! Croquemitaine !

IV

IL PEUT ÊTRE UTILE

Paris commence au badaud et finit au gamin, deux êtres dont aucune autre ville n'est capable ; l'acceptation passive qui se satisfait de regarder, et l'initiative inépuisable ; Prudhomme et Fouillou. Paris seul a cela dans son histoire naturelle. Toute la monarchie est dans le badaud. Toute l'anarchie est dans le gamin.

Ce pâle enfant des faubourgs de Paris vit et se développe, se noue et « se dénoue » dans la souffrance, en présence des réalités sociales et des choses humaines, témoin pensif. Il se croit lui-même insouciant ; il ne l'est pas. Il regarde, prêt à rire ; prêt à autre chose aussi. Qui que vous soyez qui vous nommez Préjugé, Abus, Ignominie, Oppression, Iniquité, Despotisme, Injustice, Fanatisme, Tyrannie, prenez garde au gamin béant.

Ce petit grandira.

De quelle argile est-il fait ? de la première fange venue. Une poignée de boue, un souffle, et voilà Adam. Il suffit qu'un dieu passe. Un dieu a toujours passé sur le gamin. La fortune travaille à ce petit être. Par ce mot la fortune, nous entendons un peu l'aventure. Ce pygmée pétri à même dans la grosse terre commune, ignorant, illettré, ahuri, vulgaire, populacier, sera-ce un ionien ou un béotien ? Attendez, *currit rota* [1], l'esprit de Paris, ce démon qui crée les enfants du hasard et les hommes du destin, au rebours du potier latin, fait de la cruche une amphore.

V

SES FRONTIÈRES

Le gamin aime la ville, il aime aussi la solitude, ayant du sage en lui. *Urbis amator,* comme Fuscus ; *ruris amator,* comme Flaccus [1].

Errer songeant, c'est-à-dire flâner, est un bon emploi du temps pour le philosophe ; particulièrement dans cette espèce de campagne un peu bâtarde, assez laide, mais bizarre et composée de deux natures, qui entoure certaines grandes villes, notamment Paris. Observer la banlieue, c'est observer l'amphibie. Fin des arbres, commencement des toits, fin de l'herbe, commencement du pavé, fin des sillons, commencement des boutiques, fin des ornières, commencement des passions, fin du murmure divin, commencement de la rumeur humaine ; de là un intérêt extraordinaire.

De là, dans ces lieux peu attrayants, et marqués à jamais par le passant de l'épithète : *triste,* les promenades, en apparence sans but, du songeur.

Celui qui écrit ces lignes a été longtemps rôdeur de barrières à Paris [2], et c'est pour lui une source de souvenirs profonds. Ce gazon ras, ces sentiers pierreux, cette craie, ces marnes, ces plâtres, ces âpres monotonies des friches et des jachères, les plants de primeurs des maraîchers aperçus tout à coup dans un fond, ce mélange du sauvage et du bourgeois, ces vastes recoins déserts où les tambours de la garnison tiennent bruyamment école et font une sorte de bégayement de la bataille, ces thébaïdes le jour, coupe-gorge la nuit, le moulin dégingandé qui tourne au vent, les roues d'extraction des carrières, les guinguettes au coin des cimetières, le charme mystérieux des grands murs sombres coupant carrément d'immenses terrains vagues inondés de soleil et pleins de papillons, tout cela l'attirait.

Presque personne sur la terre ne connaît ces lieux singuliers [1], la Glacière, la Cunette, le hideux mur de Grenelle tigré de balles, le Mont-Parnasse, la Fosse-aux-Loups, les Aubiers sur la berge de la Marne, Montsouris, la Tombe-Issoire, la Pierre-Plate de Châtillon où il y a une vieille carrière épuisée qui ne sert plus qu'à faire pousser des champignons, et que ferme à fleur de terre une trappe en planches pourries. La campagne de Rome est une idée, la banlieue de Paris en est une autre ; ne voir dans ce que nous offre un horizon rien que des champs, des maisons ou des arbres, c'est rester à la surface ; tous les aspects des choses sont des pensées de Dieu. Le lieu où une plaine fait sa jonction avec une ville est toujours empreint d'on ne sait quelle mélancolie pénétrante. La nature et l'humanité vous y parlent à la fois. Les originalités locales y apparaissent.

Quiconque a erré comme nous dans ces solitudes contiguës à nos faubourgs qu'on pourrait nommer les limbes de Paris, y a entrevu çà et là, à l'endroit le plus abandonné, au moment le plus inattendu, derrière une haie maigre ou dans l'angle d'un mur lugubre, des enfants, groupés tumultueusement, livides, boueux, poudreux, dépenaillés, hérissés, qui jouent à la pigoche [2] couronnés de bleuets. Ce sont tous les petits échappés des familles pauvres. Le boulevard extérieur est leur milieu respirable ; la banlieue leur appartient. Ils y font une éternelle école buissonnière. Ils y chantent ingénument leur répertoire de chansons malpropres. Ils sont là, ou pour mieux dire, ils existent là, loin de tout regard, dans la douce clarté de mai ou de juin, agenouillés autour d'un trou dans la terre, chassant des billes avec le pouce, se disputant des liards, irresponsables, envolés, lâchés, heureux ; et, dès qu'ils vous aperçoivent, ils se souviennent qu'ils ont une industrie, et qu'il leur faut gagner leur vie, et ils vous offrent à vendre un vieux bas de laine plein de hannetons ou une touffe de lilas. Ces rencontres d'enfants étranges sont une des grâces charmantes, et en même temps poignantes, des environs de Paris.

Quelquefois, dans ces tas de garçons, il y a des petites filles, — sont-ce leurs sœurs ? — presque jeunes filles, maigres, fiévreuses, gantées de hâle, marquées de taches de rousseur, coiffées d'épis de seigle et de coquelicots, gaies, hagardes, pieds nus. On en voit qui mangent des cerises dans les blés. Le soir on les entend rire. Ces groupes, chaudement éclairés de la pleine lumière de midi ou entrevus dans le crépuscule, occupent longtemps le songeur, et ces visions se mêlent à son rêve.

Paris, centre, la banlieue, circonférence ; voilà pour ces enfants toute la terre. Jamais ils ne se hasardent au delà. Ils ne peuvent pas plus sortir de l'atmosphère parisienne que les poissons ne peuvent sortir de l'eau. Pour eux, à deux lieues des barrières, il n'y a plus rien. Ivry, Gentilly, Arcueil, Belleville, Aubervilliers, Ménilmontant, Choisy-le-Roi, Billancourt, Meudon, Issy, Vanvres, Sèvres, Puteaux, Neuilly, Gennevilliers, Colombes, Romainville, Chatou, Asnières, Bougival, Nanterre, Enghien, Noisy-le-Sec, Nogent, Gournay, Drancy, Gonesse, c'est là que finit l'univers.

VI

UN PEU D'HISTOIRE

À l'époque, d'ailleurs presque contemporaine, où se passe l'action de ce livre, il n'y avait pas, comme aujourd'hui, un sergent de ville à chaque coin de rue (bienfait qu'il n'est pas temps de discuter) ; les enfants errants abondaient dans Paris. Les statistiques donnent une moyenne de deux cent soixante enfants sans asile ramassés alors annuellement par les rondes de police dans les terrains non clos, dans les maisons en construc-

tion et sous les arches des ponts. Un de ces nids, resté
fameux, a produit « les hirondelles du pont d'Arcole ».
C'est là, du reste, le plus désastreux des symptômes
sociaux. Tous les crimes de l'homme commencent au
vagabondage de l'enfant.

Exceptons Paris pourtant. Dans une mesure relative,
et nonobstant le souvenir que nous venons de rappeler,
l'exception est juste. Tandis que dans toute autre grande
ville un enfant vagabond est un homme perdu, tandis
que, presque partout, l'enfant livré à lui-même est en
quelque sorte dévoué et abandonné à une sorte
d'immersion fatale dans les vices publics qui dévore en
lui l'honnêteté et la conscience, le gamin de Paris, insistons-y, si fruste, et si entamé à la surface, est intérieurement à peu près intact. Chose magnifique à constater
et qui éclate dans la splendide probité de nos révolutions populaires, une certaine incorruptibilité résulte de
l'idée qui est dans l'air de Paris comme du sel qui est
dans l'eau de l'océan. Respirer Paris, cela conserve
l'âme.

Ce que nous disons là n'ôte rien au serrement de cœur
dont on se sent pris chaque fois qu'on rencontre un de
ces enfants autour desquels il semble qu'on voie flotter
les fils de la famille brisée. Dans la civilisation actuelle
si incomplète encore, ce n'est point une chose très anor-
male que ces fractures de familles se vidant dans
l'ombre, ne sachant plus trop ce que leurs enfants sont
devenus, et laissant tomber leurs entrailles sur la voie
publique. De là des destinées obscures. Cela s'appelle,
car cette chose triste a fait locution, « être jeté sur le
pavé de Paris ».

Soit dit en passant, ces abandons d'enfants n'étaient
point découragés par l'ancienne monarchie. Un peu
d'Égypte et de Bohême dans les basses régions accommodait les hautes sphères, et faisait l'affaire des puissants. La haine de l'enseignement des enfants du peuple
était un dogme. À quoi bon les « demi-lumières » ? Tel

était le mot d'ordre. Or l'enfant errant est le corollaire de l'enfant ignorant.

D'ailleurs, la monarchie avait quelquefois besoin d'enfants, et alors elle écumait la rue.

Sous Louis XIV, pour ne pas remonter plus haut, le roi voulait, avec raison, créer une flotte. L'idée était bonne. Mais voyons le moyen. Pas de flotte si, à côté du navire à voiles, jouet du vent, et pour le remorquer au besoin, on n'a pas le navire qui va où il veut, soit par la rame, soit par la vapeur ; les galères étaient alors à la marine ce que sont aujourd'hui les steamers. Il fallait donc des galères ; mais la galère ne se meut que par le galérien ; il fallait donc des galériens. Colbert faisait faire par les intendants de province et par les parlements le plus de forçats qu'il pouvait. La magistrature y mettait beaucoup de complaisance. Un homme gardait son chapeau sur sa tête devant une procession, attitude huguenote ; on l'envoyait aux galères. On rencontrait un enfant dans la rue, pourvu qu'il eût quinze ans et qu'il ne sût où coucher, on l'envoyait aux galères. Grand règne ; grand siècle.

Sous Louis XV, les enfants disparaissaient dans Paris ; la police les enlevait, on ne sait pour quel mystérieux emploi. On chuchotait avec épouvante de monstrueuses conjectures sur les bains de pourpre du roi. Barbier parle naïvement de ces choses. Il arrivait parfois que les exempts, à court d'enfants, en prenaient qui avaient des pères. Les pères, désespérés, couraient sus aux exempts. En ce cas-là, le parlement intervenait, et faisait pendre, qui ? Les exempts ? Non. Les pères.

VII

LE GAMIN AURAIT SA PLACE
DANS LES CLASSIFICATIONS
DE L'INDE

La gaminerie parisienne est presque une caste. On pourrait dire : n'en est pas qui veut.

Ce mot, *gamin*, fut imprimé pour la première fois et arriva de la langue populaire dans la langue littéraire en 1834. C'est dans un opuscule intitulé *Claude Gueux* que ce mot fit son apparition [1]. Le scandale fut vif. Le mot a passé.

Les éléments qui constituent la considération des gamins entre eux sont très variés. Nous en avons connu et pratiqué un qui était fort respecté et fort admiré pour avoir vu tomber un homme du haut des tours de Notre-Dame ; un autre, pour avoir réussi à pénétrer dans l'arrière-cour où étaient momentanément déposées les statues du dôme des Invalides et leur avoir « chipé » du plomb ; un troisième, pour avoir vu verser une diligence ; un autre encore, parce qu'il « connaissait » un soldat qui avait manqué crever un œil à un bourgeois.

C'est ce qui explique cette exclamation d'un gamin parisien, épiphonème profond dont le vulgaire rit sans le comprendre : — *Dieu de Dieu ! ai-je du malheur ! dire que je n'ai pas encore vu quelqu'un tomber d'un cinquième !* (*Ai-je* se prononce *j'ai-t-y* ; *cinquième* se prononce *cintième*.)

Certes, c'est un beau mot de paysan que celui-ci : — Père un tel, votre femme est morte de sa maladie ; pourquoi n'avez-vous pas envoyé chercher de médecin ? — Que voulez-vous, monsieur, nous autres pauvres gens, *j'nous mourons nous-mêmes*. Mais si toute la passivité

narquoise du paysan est dans ce mot, toute l'anarchie
libre-penseuse du mioche faubourien est, à coup sûr,
dans cet autre. Un condamné à mort dans la charrette
écoute son confesseur. L'enfant de Paris se récrie : — *Il
parle à son calotin. Oh ! le capon !*

Une certaine audace en matière religieuse rehausse
le gamin. Être esprit fort est important.

Assister aux exécutions constitue un devoir. On se
montre la guillotine et l'on rit. On l'appelle de toutes
sortes de petits noms : — Fin de la soupe, — Grognon,
— La mère au Bleu (au ciel), — La dernière bouchée,
— etc., etc. Pour ne rien perdre de la chose, on escalade
les murs, on se hisse aux balcons, on monte aux arbres,
on se suspend aux grilles, on s'accroche aux cheminées.
Le gamin naît couvreur comme il naît marin. Un toit
ne lui fait pas plus peur qu'un mât. Pas de fête qui vaille
la Grève. Sanson et l'abbé Montès sont les vrais noms
populaires [1]. On hue le patient pour l'encourager. On
l'admire quelquefois. Lacenaire, gamin, voyant l'affreux
Dautun mourir bravement, a dit ce mot où il y a un
avenir : *J'en étais jaloux.* Dans la gaminerie, on ne
connaît pas Voltaire, mais on connaît Papavoine. On
mêle dans la même légende « les politiques » aux assassins. On a les traditions du dernier vêtement de tous.
On sait que Tolleron avait un bonnet de chauffeur, Avril
une casquette de loutre, Louvel un chapeau rond, que
le vieux Delaporte était chauve et nu-tête, que Castaing
était tout rose et très joli, que Bories avait une barbiche
romantique, que Jean-Martin avait gardé ses bretelles,
que Lecouffé et sa mère se querellaient. — *Ne vous
reprochez donc pas votre panier,* leur cria un gamin. Un
autre, pour voir passer Debacker, trop petit dans la
foule, avise la lanterne du quai et y grimpe. Un gendarme, de station là, fronce le sourcil. — Laissez-moi
monter, m'sieu le gendarme, dit le gamin. Et pour atten-
drir l'autorité, il ajoute : Je ne tomberai pas. — Je
m'importe peu que tu tombes, répond le gendarme.

Dans la gaminerie, un accident mémorable est fort

compté. On parvient au sommet de la considération s'il arrive qu'on se coupe très profondément, « jusqu'à l'os ».

Le poing n'est pas un médiocre élément de respect. Une des choses que le gamin dit le plus volontiers, c'est : *Je suis joliment fort, va !* — Être gaucher vous rend fort enviable. Loucher est une chose estimée.

VIII

OÙ ON LIRA UN MOT CHARMANT
DU DERNIER ROI

L'été, il se métamorphose en grenouille ; et le soir, à la nuit tombante, devant les ponts d'Austerlitz et d'Iéna, du haut des trains à charbon et des bateaux de blanchisseuses, il se précipite tête baissée dans la Seine et dans toutes les infractions possibles aux lois de la pudeur et de la police. Cependant les sergents de ville veillent, et il en résulte une situation hautement dramatique qui a donné lieu une fois à un cri fraternel et mémorable ; ce cri, qui fut célèbre vers 1830, est un avertissement stratégique de gamin à gamin ; il se scande comme un vers d'Homère, avec une notation presque aussi inexprimable que la mélopée éleusiaque des Panathénées, et l'on y retrouve l'antique Évohé. Le voici : — *Ohé, Titi, ohéé ! y a de la grippe, y a de la cogne, prends tes zardes et va-t'en, pâsse par l'égout !*

Quelquefois ce moucheron — c'est ainsi qu'il se qualifie lui-même — sait lire ; quelquefois il sait écrire, toujours il sait barbouiller. Il n'hésite pas à se donner, par on ne sait quel mystérieux enseignement mutuel, tous les talents qui peuvent être utiles à la chose publique : de 1815 à 1830, il imitait le cri du dindon ; de 1830 à 1848, il griffonnait une poire sur les murailles. Un soir d'été, Louis-Philippe, rentrant à pied, en vit un, tout

petit, haut comme cela, qui suait et se haussait pour
charbonner une poire gigantesque sur un des piliers de
la grille de Neuilly ; le roi, avec cette bonhomie qui lui
venait de Henri IV, aida le gamin, acheva la poire, et
donna un louis à l'enfant en lui disant : *La poire est aussi
là-dessus.* Le gamin aime le hourvari. Un certain état
violent lui plaît. Il exècre « les curés ». Un jour, rue de
l'Université, un de ces jeunes drôles faisait un pied de
nez à la porte cochère du numéro 69. — Pourquoi
fais-tu cela à cette porte ? lui demanda un passant.
L'enfant répondit : Il y a là un curé. C'est là, en effet,
que demeure le nonce du pape. Cependant, quel que
soit le voltairianisme du gamin, si l'occasion se présente
d'être enfant de chœur, il se peut qu'il accepte, et dans
ce cas il sert la messe poliment. Il y a deux choses dont
il est le Tantale et qu'il désire toujours sans y atteindre
jamais : renverser le gouvernement et faire recoudre son
pantalon.

Le gamin à l'état parfait possède tous les sergents de
ville de Paris, et sait toujours, lorsqu'il en rencontre un,
mettre le nom sous la figure. Il les dénombre sur le bout
du doigt. Il étudie leurs mœurs et il a sur chacun des
notes spéciales. Il lit à livre ouvert dans les âmes de la
police. Il vous dira couramment et sans broncher : —
« Un tel est *traître* ; — un tel est *très méchant* ; — un tel
est *grand* ; — un tel est *ridicule* ; » (tous ces mots, traître, méchant, grand, ridicule, ont dans sa bouche une
acception particulière) — « celui-ci s'imagine que le
Pont-Neuf est à lui et empêche *le monde* de se promener
sur la corniche en dehors des parapets ; celui-là a la
manie de « tirer les oreilles aux *personnes* ; — etc., etc. ».

IX

LA VIEILLE ÂME DE LA GAULE

Il y avait de cet enfant-là dans Poquelin, fils des Halles ; il y en avait dans Beaumarchais. La gaminerie est une nuance de l'esprit gaulois. Mêlée au bon sens, elle lui ajoute parfois de la force, comme l'alcool au vin. Quelquefois elle est défaut. Homère rabâche, soit ; on pourrait dire que Voltaire gamine. Camille Desmoulins était faubourien. Championnet, qui brutalisait les miracles, était sorti du pavé de Paris ; il avait, tout petit, *inondé les portiques* de Saint-Jean-de-Beauvais et de Saint-Étienne-du-Mont ; il avait assez tutoyé la châsse de sainte Geneviève pour donner des ordres à la fiole de saint Janvier [1].

Le gamin de Paris est respectueux, ironique et insolent. Il a de vilaines dents parce qu'il est mal nourri et que son estomac souffre, et de beaux yeux parce qu'il a de l'esprit. Jéhovah présent, il sauterait à cloche-pied les marches du paradis. Il est fort à la savate. Toutes les croissances lui sont possibles. Il joue dans le ruisseau et se redresse par l'émeute ; son effronterie persiste devant la mitraille ; c'était un polisson, c'est un héros ; ainsi que le petit thébain, il secoue la peau du lion ; le tambour Bara était un gamin de Paris ; il crie : En avant ! comme le cheval de l'Écriture dit : Vah ! et en une minute, il passe du marmot au géant.

Cet enfant du bourbier est aussi l'enfant de l'idéal. Mesurez cette envergure qui va de Molière à Bara.

Somme toute, et pour tout résumer d'un mot, le gamin est un être qui s'amuse, parce qu'il est malheureux.

X

« ECCE PARIS, ECCE HOMO [1] »

Pour tout résumer encore, le gamin de Paris aujourd'hui, comme autrefois le græculus de Rome, c'est le peuple enfant ayant au front la ride du monde vieux.

Le gamin est une grâce pour la nation, et en même temps une maladie. Maladie qu'il faut guérir. Comment ? Par la lumière.

La lumière assainit.

La lumière allume.

Toutes les généreuses irradiations sociales sortent de la science, des lettres, des arts, de l'enseignement. Faites des hommes, faites des hommes. Éclairez-les pour qu'ils vous échauffent. Tôt ou tard la splendide question de l'instruction universelle se posera avec l'irrésistible autorité du vrai absolu ; et alors ceux qui gouverneront sous la surveillance de l'idée française auront à faire ce choix : les enfants de la France, ou les gamins de Paris ; des flammes dans la lumière ou des feux follets dans les ténèbres.

Le gamin exprime Paris, et Paris exprime le monde.

Car Paris est un total. Paris est le plafond du genre humain. Toute cette prodigieuse ville est un raccourci des mœurs mortes et des mœurs vivantes. Qui voit Paris croit voir le dessous de toute l'histoire avec du ciel et des constellations dans les intervalles. Paris a un Capitole, l'Hôtel de ville, un Parthénon, Notre-Dame, un Mont-Aventin, le faubourg Saint-Antoine, un Asinarium, la Sorbonne, un Panthéon, le Panthéon, une Voie Sacrée, le boulevard des Italiens, une Tour des Vents, l'opinion ; et il remplace les Gémonies par le ridicule. Son majo s'appelle le faraud, son transtévérin s'appelle

le faubourien, son hammal s'appelle le fort de la halle,
son lazzarone s'appelle la pègre, son cockney s'appelle
le gandin. Tout ce qui est ailleurs est à Paris. La poissarde de Dumarsais peut donner la réplique à la ven-
deuse d'herbes d'Euripide, le discobole Vejanus revit
dans le danseur de corde Forioso, Therapontigonus
Miles prendrait bras dessus bras dessous le grenadier
Vadeboncœur, Damasippe le brocanteur serait heureux
chez les marchands de bric-à-brac, Vincennes empoi-
gnerait Socrate tout comme l'Agora coffrerait Diderot,
Grimod de la Reynière a découvert le roastbeef au suif
comme Curtillus avait inventé le hérisson rôti, nous
voyons reparaître sous le ballon de l'arc de l'Étoile le
trapèze qui est dans Plaute, le mangeur d'épées du
Pœcile rencontré par Apulée est avaleur de sabres sur
le Pont-Neuf, le neveu de Rameau et Curculion le parasite font la paire, Ergasile se ferait présenter chez Cam-
bacérès par d'Aigrefeuille ; les quatre muscadins de
Rome, Alcesimarchus, Phœdromus, Diabolus et Argy-
rippe descendent de la Courtille dans la chaise de poste
de Labatut ; Aulu-Gelle ne s'arrêtait pas plus longtemps
devant Congrio que Charles Nodier devant Polichinelle ;
Marton n'est pas une tigresse, mais Pardalisca n'était
point un dragon ; Pantolabus le loustic blague au café
anglais Nomentanus le viveur, Hermogène est ténor aux
Champs-Élysées, et, autour de lui, Thrasius le gueux,
vêtu en Bobèche, fait la quête ; l'importun qui vous
arrête aux Tuileries par le bouton de votre habit vous
fait répéter après deux mille ans l'apostrophe de Thes-
prion : *quis properantem me prehendit pallio ?* le vin de
Suresnes parodie le vin d'Albe, le rouge bord de Désaugiers fait équilibre à la grande coupe de Balatron, le
Père-Lachaise exhale sous les pluies nocturnes les
mêmes lueurs que les Esquilies, et la fosse du pauvre
achetée pour cinq ans vaut la bière de louage de
l'esclave.

Cherchez quelque chose que Paris n'ait pas. La cuve
de Trophonius ne contient rien qui ne soit dans le

baquet de Mesmer ; Ergaphilas ressuscite dans Cagliostro ; le brahmine Vâsaphantâ s'incarne dans le comte de Saint-Germain ; le cimetière de Saint-Médard fait de tout aussi bons miracles que la mosquée Oumoumié de Damas.

Paris a un Ésope qui est Mayeux, et une Canidie qui est mademoiselle Lenormand. Il s'effare comme Delphes aux réalités fulgurantes de la vision ; il fait tourner les tables comme Dodone les trépieds. Il met la grisette sur le trône comme Rome y met la courtisane ; et, somme toute, si Louis XV est pire que Claude, madame Du Barry vaut mieux que Messaline. Paris combine dans un type inouï, qui a vécu et que nous avons coudoyé, la nudité grecque, l'ulcère hébraïque et le quolibet gascon. Il mêle Diogène, Job et Paillasse, habille un spectre de vieux numéros du *Constitutionnel*, et fait Chodruc Duclos.

Bien que Plutarque dise : *le tyran n'envieillit guère*, Rome, sous Sylla comme sous Domitien, se résignait et mettait volontiers de l'eau dans son vin. Le Tibre était un Léthé, s'il faut en croire l'éloge un peu doctrinaire qu'en faisait Varus Vibiscus : *Contra Gracchos Tiberim habemus. Bibere Tiberim, id est seditionem oblivisci.* Paris boit un million de litres d'eau par jour, mais cela ne l'empêche pas dans l'occasion de battre la générale et de sonner le tocsin.

À cela près, Paris est bon enfant. Il accepte royalement tout ; il n'est pas difficile en fait de Vénus ; sa callipyge est hottentote ; pourvu qu'il rie, il amnistie ; la laideur l'égaye, la difformité le désopile, le vice le distrait ; soyez drôle, et vous pourrez être un drôle ; l'hypocrisie même, ce cynisme suprême, ne le révolte pas ; il est si littéraire qu'il ne se bouche pas le nez devant Basile, et il ne se scandalise pas plus de la prière de Tartuffe qu'Horace ne s'effarouche du « hoquet » de Priape. Aucun trait de la face universelle ne manque au profil de Paris. Le bal Mabille n'est pas la danse polymnienne du Janicule, mais la revendeuse à la toilette y couve des yeux la lorette exactement comme l'entremetteuse Staphyla guettait la vierge Planesium. La barrière du Combat n'est pas un Colisée, mais on y est féroce comme si César regardait. L'hôtesse syrienne a plus de grâce que la mère Saguet, mais, si Virgile hantait le cabaret romain, David d'Angers, Balzac et Charlet se sont attablés à la gargote parisienne. Paris règne. Les génies y flamboient, les queues rouges y prospèrent. Adonaï y passe sur son char aux douze roues de tonnerre et d'éclairs ; Silène y fait son entrée sur sa bourrique. Silène, lisez Ramponneau.

Paris est synonyme de Cosmos. Paris est Athènes, Rome, Sybaris, Jérusalem, Pantin. Toutes les civilisations y sont en abrégé, toutes les barbaries aussi. Paris serait bien fâché de n'avoir pas une guillotine.

Un peu de place de Grève est bon. Que serait toute cette fête éternelle sans cet assaisonnement ? Nos lois y ont sagement pourvu, et, grâce à elles, ce couperet s'égoutte sur ce mardi gras.

XI

RAILLER · RÉGNER

De limite a Paris, point. Aucune ville n'a eu cette domination qui bafoue parfois ceux qu'elle subjugue. *Vous plaire, ô Athéniens !* s'écriait Alexandre. Paris fait plus que la loi, il fait la mode ; Paris fait plus que la mode, il fait la routine. Paris peut être bête si bon lui semble ; il se donne quelquefois ce luxe ; alors l'univers est bête avec lui ; puis Paris se réveille, se frotte les yeux, dit : Suis-je stupide ! et éclate de rire à la face du genre humain. Quelle merveille qu'une telle ville ! Chose étrange que ce grandiose et ce burlesque fassent bon voisinage, que toute cette majesté ne soit pas dérangée par toute cette parodie, et que la même bouche puisse souffler aujourd'hui dans le clairon du jugement dernier et demain dans la flûte à l'oignon ! Paris a une jovialité souveraine. Sa gaîté est de la foudre et sa farce tient un sceptre. Son ouragan sort parfois d'une grimace. Ses explosions, ses journées, ses chefs-d'œuvre, ses prodiges, ses épopées, vont au bout de l'univers, et ses coq-à-l'âne aussi. Son rire est une bouche de volcan qui éclabousse toute la terre. Ses lazzi sont des flammèches. Il impose aux peuples ses caricatures aussi bien que son idéal ; les plus hauts monuments de la civilisation humaine acceptent ses ironies et prêtent leur éternité à ses polissonneries. Il est superbe ; il a un prodigieux 14 juillet qui délivre le globe ; il fait faire le serment du Jeu de Paume à toutes les nations ; sa nuit du 4 août dissout en trois heures mille ans de féodalité ; il fait de sa logique le muscle de la volonté unanime ; il se multiplie sous toutes les formes du sublime ; il emplit de sa lueur Washington, Kosciusko, Bolivar, Botzaris, Riego, Bem, Manin, Lopez, John Brown, Garibaldi ; il est partout où l'avenir s'allume, à Boston en 1779, à l'île de Léon en 1820, à Pesth en 1848, à Palerme en 1860 ; il chuchote le puissant mot d'ordre : *Liberté*, à l'oreille des abolitionnistes américains groupés au bac de Harper's Ferry, et à l'oreille des patriotes d'Ancône assemblés dans l'ombre aux Archi, devant l'auberge Gozzi, au bord de la mer ; il crée Canaris ; il crée Quiroga ; il crée Pisacane ; il rayonne le grand sur la terre ; c'est en allant où son souffle les pousse que Byron meurt à Missolonghi et que Mazet meurt à Barcelone ; il est tribune sous les pieds de Mirabeau et cratère sous les pieds de Robespierre ; ses livres, son théâtre, son art, sa science, sa littérature, sa philosophie, sont les manuels du genre humain ; il a Pascal, Régnier, Corneille, Descartes, Jean-Jacques, Voltaire pour toutes les minutes, Molière pour tous les siècles ; il fait parler sa langue à la bouche universelle, et cette langue devient le Verbe ; il construit dans tous les esprits l'idée de progrès ; les dogmes libérateurs qu'il forge sont pour les générations des épées de chevet, et c'est avec l'âme de ses penseurs et de ses poètes que sont faits depuis 1789 tous les héros de tous les peuples ; cela ne l'empêche pas de gaminer ; et ce génie énorme qu'on appelle Paris, tout en transfigurant le monde par sa lumière, charbonne le nez de Bouginier au mur du temple de Thésée et écrit *Crédeville voleur* sur les pyramides.

Paris montre toujours les dents ; quand il ne gronde pas, il rit.

Tel est ce Paris. Les fumées de ses toits sont les idées de l'univers. Tas de boue et de pierres si l'on veut, mais, par-dessus tout, être moral. Il est plus que grand, il est immense. Pourquoi ? parce qu'il ose.

Oser ; le progrès est à ce prix.

Toutes les conquêtes sublimes sont plus ou moins des prix de hardiesse. Pour que la révolution soit, il ne suffit pas que Montesquieu la pressente, que Diderot la prêche, que Beaumarchais l'annonce, que Condorcet la calcule, qu'Arouet la prépare, que Rousseau la prémédite ; il faut que Danton l'ose.

Le cri : *Audace !* est un Fiat Lux. Il faut, pour la marche en avant du genre humain, qu'il y ait sur les sommets en permanence de fières leçons de courage. Les témérités éblouissent l'histoire et sont une des grandes clartés de l'homme. L'aurore ose quand elle se lève. Tenter, braver, persister, persévérer, s'être fidèle à soi-même, prendre corps à corps le destin, étonner la catastrophe par le peu de peur qu'elle nous fait, tantôt affronter la puissance injuste, tantôt insulter la victoire ivre, tenir bon, tenir tête ; voilà l'exemple dont les peuples ont besoin, et la lumière qui les électrise. Le même éclair formidable va de la torche de Prométhée au brûle-gueule de Cambronne.

XII

L'AVENIR LATENT DANS LE PEUPLE

Quant au peuple parisien, même homme fait, il est toujours le gamin ; peindre l'enfant, c'est peindre la ville ; et c'est pour cela que nous avons étudié cet aigle dans ce moineau franc.

C'est surtout dans les faubourgs, insistons-y, que la race parisienne apparaît ; là est le pur sang ; là est la vraie physionomie ; là ce peuple travaille et souffre, et la souffrance et le travail sont les deux figures de l'homme. Il y a là des quantités profondes d'êtres inconnus où fourmillent les types les plus étranges depuis le déchargeur de la Râpée jusqu'à l'équarrisseur de Montfaucon. *Fex urbis*, s'écrie Cicéron ; *mob*, ajoute Burke indigné [1] ; tourbe, multitude, populace. Ces mots-là sont vite dits. Mais soit. Qu'importe ? qu'est-ce que cela fait qu'ils aillent pieds nus ? Ils ne savent pas lire ; tant pis. Les abandonnerez-vous pour cela ? leur ferez-vous de leur détresse une malédiction ? la lumière ne peut-elle pénétrer ces masses ? Revenons à ce cri : Lumière ! et obstinons-nous-y ! Lumière ! lumière ! — Qui sait si ces opacités ne deviendront pas transparentes ? les révolutions ne sont-elles pas des transfigurations ? Allez, philosophes, enseignez, éclairez, allumez, pensez haut, parlez haut, courez joyeux au grand soleil, fraternisez avec les places publiques, annoncez les bonnes nouvelles, prodiguez les alphabets, proclamez les droits, chantez les Marseillaises, semez les enthousiasmes, arrachez des branches vertes aux chênes. Faites de l'idée un tourbillon. Cette foule peut être sublimée. Sachons nous servir de ce vaste embrasement des principes et des vertus qui pétille, éclate et frissonne à de certaines heures. Ces pieds nus, ces bras nus, ces haillons, ces ignorances, ces abjections, ces ténèbres, peuvent être employés à la conquête de l'idéal. Regardez à travers le peuple et vous apercevrez la vérité. Ce vil sable que vous foulez aux pieds, qu'on le jette dans la fournaise, qu'il y fonde et qu'il y bouillonne, il deviendra cristal splendide, et c'est grâce à lui que Galilée et Newton découvriront les astres

XIII

LE PETIT GAVROCHE

Huit ou neuf ans environ après les événements racontés dans la deuxième partie de cette histoire [1], on remarquait sur le boulevard du Temple et dans les régions du Château-d'Eau un petit garçon de onze à douze ans qui eût assez correctement réalisé cet idéal du gamin ébauché plus haut, si, avec le rire de son âge sur les lèvres, il n'eût pas eu le cœur absolument sombre et vide. Cet enfant était bien affublé d'un pantalon d'homme, mais il ne le tenait pas de son père, et d'une camisole de femme, mais il ne la tenait pas de sa mère. Des gens quelconques l'avaient habillé de chiffons par charité. Pourtant il avait un père et une mère. Mais son père ne songeait pas à lui et sa mère ne l'aimait point. C'était un de ces enfants dignes de pitié entre tous qui ont père et mère et qui sont orphelins.

Cet enfant ne se sentait jamais si bien que dans la rue. Le pavé lui était moins dur que le cœur de sa mère.

Ses parents l'avaient jeté dans la vie d'un coup de pied. Il avait tout bonnement pris sa volée.

C'était un garçon bruyant, blême, leste, éveillé, goguenard, à l'air vivace et maladif. Il allait, venait, chantait, jouait à la fayousse, grattait les ruisseaux, volait un peu, mais comme les chats et les passereaux, gaîment, riait quand on l'appelait galopin, se fâchait quand on l'appelait voyou. Il n'avait pas de gîte, pas de pain, pas de feu, pas d'amour ; mais il était joyeux parce qu'il était libre.

Quand ces pauvres êtres sont hommes, presque toujours la meule de l'ordre social les rencontre et les broie, mais tant qu'ils sont enfants, ils échappent, étant petits. Le moindre trou les sauve.

Pourtant, si abandonné que fût cet enfant, il arrivait parfois, tous les deux ou trois mois, qu'il disait : « Tiens, je vas voir maman ! » Alors il quittait le boulevard, le Cirque, la Porte Saint-Martin, descendait aux quais, passait les ponts, gagnait les faubourgs, atteignait la Salpêtrière, et arrivait où ? Précisément à ce double numéro 50-52 que le lecteur connaît, à la masure Gorbeau.

À cette époque, la masure 50-52, habituellement déserte et éternellement décorée de l'écriteau : « Chambres à louer », se trouvait, chose rare, habitée par plusieurs individus qui, du reste, comme cela est toujours à Paris, n'avaient aucun lien ni aucun rapport entre eux. Tous appartenaient à cette classe indigente qui commence à partir du dernier petit bourgeois gêné et qui se prolonge de misère en misère dans les basfonds de la société jusqu'à ces deux êtres auxquels toutes les choses matérielles de la civilisation viennent aboutir, l'égoutier qui balaye la boue et le chiffonnier qui ramasse les guenilles

La « principale locataire » du temps de Jean Valjean était morte et avait été remplacée par une toute pareille. Je ne sais quel philosophe a dit : On ne manque jamais de vieilles femmes.

Cette nouvelle vieille s'appelait madame Burgon, et n'avait rien de remarquable dans sa vie qu'une dynastie de trois perroquets, lesquels avaient successivement régné sur son âme.

Les plus misérables entre ceux qui habitaient la masure étaient une famille de quatre personnes, le père, la mère et deux filles déjà assez grandes, tous les quatre logés dans le même galetas, une de ces cellules dont nous avons déjà parlé.

Cette famille n'offrait au premier abord rien de très particulier que son extrême dénûment ; le père en louant la chambre avait dit s'appeler Jondrette. Quelque temps après son emménagement qui avait singulièrement ressemblé, pour emprunter l'expression mémorable de la principale locataire, à *l'entrée de rien du tout*, ce Jondrette avait dit à cette femme qui, comme sa devancière, était en même temps portière et balayait l'escalier : — Mère une telle, si quelqu'un venait par hasard demander un Polonais ou un Italien, ou peut-être un Espagnol, ce serait moi.

Cette famille était la famille du joyeux petit va-nu-pieds. Il y arrivait, et il trouvait la pauvreté, la détresse, et, ce qui est plus triste, aucun sourire ; le froid dans l'âtre et le froid dans les cœurs. Quand il entrait, on lui demandait : — D'où viens-tu ? Il répondait : — De la rue. Quand il s'en allait, on lui demandait : — Où vas-tu ? Il répondait : — Dans la rue. Sa mère lui disait : — Qu'est-ce que tu viens faire ici ?

Cet enfant vivait dans cette absence d'affection comme ces herbes pâles qui viennent dans les caves. Il ne souffrait pas d'être ainsi et n'en voulait à personne. Il ne savait pas au juste comment devaient être un père et une mère.

Du reste sa mère aimait ses sœurs.

Nous avons oublié de dire que sur le boulevard du Temple on nommait cet enfant le petit Gavroche. Pourquoi s'appelait-il Gavroche ? Probablement parce que son père s'appelait Jondrette.

Casser le fil semble être l'instinct de certaines familles misérables.

La chambre que les Jondrette habitaient dans la masure Gorbeau était la dernière au bout du corridor. La cellule d'à côté était occupée par un jeune homme très pauvre qu'on nommait monsieur Marius.

Disons ce que c'était que monsieur Marius.

Livre deuxième

LE GRAND BOURGEOIS

.

QUATRE-VINGT-DIX ANS
ET TRENTE-DEUX DENTS

Rue Boucherat [1], rue de Normandie et rue de Saintonge, il existe encore quelques anciens habitants qui
ont gardé le souvenir d'un bonhomme appelé M. Gillenormand, et qui en parlent avec complaisance. Ce bonhomme était vieux quand ils étaient jeunes. Cette silhouette, pour ceux qui regardent mélancoliquement ce
vague fourmillement d'ombres qu'on nomme le passé,
n'a pas encore tout à fait disparu du labyrinthe des rues
voisines du Temple auxquelles, sous Louis XIV, on a
attaché les noms de toutes les provinces de France absolument comme on a donné de nos jours aux rues du
nouveau quartier Tivoli les noms de toutes les capitales
d'Europe ; progression, soit dit en passant, où est visible
le progrès.

M. Gillenormand, lequel était on ne peut plus vivant
en 1831, était un de ces hommes devenus curieux à voir
uniquement à cause qu'ils ont longtemps vécu, et qui
sont étranges parce qu'ils ont jadis ressemblé à tout le
monde et que maintenant ils ne ressemblent plus à personne. C'était un vieillard particulier, et bien véritablement l'homme d'un autre âge, le vrai bourgeois complet
et un peu hautain du dix-huitième siècle, portant sa
bonne vieille bourgeoisie de l'air dont les marquis portaient leur marquisat. Il avait dépassé quatre-vingt-dix
ans, marchait droit, parlait haut, voyait clair, buvait sec,
mangeait, dormait et ronflait. Il avait ses trente-deux

dents. Il ne mettait de lunettes que pour lire. Il était d'humeur amoureuse, mais disait que depuis une dizaine d'années il avait décidément et tout à fait renoncé aux femmes. Il ne pouvait plus plaire, disait-il ; il n'ajoutait pas : Je suis trop vieux, mais : Je suis trop pauvre. Il disait : Si je n'étais pas ruiné... héée ! — Il ne lui restait en effet qu'un revenu d'environ quinze mille livres. Son rêve était de faire un héritage et d'avoir cent mille francs de rente pour avoir des maîtresses. Il n'appartenait point, comme on voit, à cette variété malingre d'octogénaires qui, comme M. de Voltaire, ont été mourants toute leur vie ; ce n'était pas une longévité de pot fêlé ; ce vieillard gaillard s'était toujours bien porté. Il était superficiel, rapide, aisément courroucé. Il entrait en tempête à tout propos, le plus souvent à contresens du vrai. Quand on le contredisait, il levait la canne ; il battait les gens, comme au grand siècle. Il avait une fille de cinquante ans passés, non mariée, qu'il rossait très fort quand il se mettait en colère, et qu'il eût volontiers fouettée. Elle lui faisait l'effet d'avoir huit ans. Il souffletait énergiquement ses domestiques et disait : Ah ! carogne ! Un de ses jurons était : *Par la pantoufloche de la pantouflochade !* Il avait des tranquillités singulières ; il se faisait raser tous les jours par un barbier qui avait été fou, et qui le détestait, étant jaloux de M. Gillenormand à cause de sa femme, jolie barbière coquette. M. Gillenormand admirait son propre discernement en toute chose, et se déclarait très sagace ; voici un de ses mots : « J'ai, en vérité, quelque pénétration ; je suis de force à dire, quand une puce me pique, de quelle femme elle me vient. » Les mots qu'il prononçait le plus souvent, c'était : *l'homme sensible* et *la nature.* Il ne donnait pas à ce dernier mot la grande acception que notre époque lui a rendue. Mais il le faisait entrer à sa façon dans ses petites satires du coin du feu : — La nature, disait-il, pour que la civilisation ait un peu de tout, lui donne jusqu'à des spécimens de barbarie amusante. L'Europe a des échantillons de l'Asie et de

l'Afrique, en petit format. Le chat est un tigre de salon,
le lézard est un crocodile de poche. Les danseuses de
l'Opéra sont des sauvagesses roses. Elles ne mangent
pas les hommes, elles les grugent. Ou bien, les magi-
ciennes ! elles les changent en huîtres, et les avalent.
Les caraïbes ne laissent que les os, elles ne laissent que
l'écaille. Telles sont nos mœurs. Nous ne dévorons pas,
nous rongeons ; nous n'exterminons pas, nous griffons.

II

TEL MAÎTRE, TEL LOGIS

Il demeurait au Marais, rue des Filles-du-Calvaire,
n° 6. La maison était à lui. Cette maison a été démolie
et rebâtie depuis, et le chiffre en a probablement été
changé dans ces révolutions de numérotage que subissent les rues de Paris. Il occupait un vieil et vaste appartement au premier, entre la rue et des jardins, meublé
jusqu'aux plafonds de grandes tapisseries des Gobelins
et de Beauvais représentant des bergerades ; les sujets
des plafonds et des panneaux étaient répétés en petit
sur les fauteuils. Il enveloppait son lit d'un vaste paravent à neuf feuilles en laque de Coromandel. De longs
rideaux diffus pendaient aux croisées et y faisaient de
grands plis cassés très magnifiques. Le jardin immédiatement situé sous ses fenêtres se rattachait à celle
d'entre elles qui faisait l'angle au moyen d'un escalier
de douze ou quinze marches fort allégrement monté et
descendu par ce bonhomme. Outre une bibliothèque
contiguë à sa chambre, il avait un boudoir auquel il
tenait fort, réduit galant tapissé d'une magnifique ten-
ture de paille fleurdelysée et fleurie faite sur les galères
de Louis XIV et commandée par M. de Vivonne à ses
forçats pour sa maîtresse. M. Gillenormand avait hérité
cela d'une farouche grand'tante maternelle, morte cen-

tenaire. Il avait eu deux femmes. Ses manières tenaient
le milieu entre l'homme de cour qu'il n'avait jamais été
et l'homme de robe qu'il aurait pu être. Il était gai, et
caressant quand il voulait. Dans sa jeunesse, il avait été
de ces hommes qui sont toujours trompés par leur
femme et jamais par leur maîtresse, parce qu'ils sont à
la fois les plus maussades maris et les plus charmants
amants qu'il y ait. Il était connaisseur en peinture. Il
avait dans sa chambre un merveilleux portrait d'on ne
sait qui, peint par Jordaens, fait à grands coups de
brosse, avec des millions de détails, à la façon fouillis
et comme au hasard. Le vêtement de M. Gillenormand
n'était pas l'habit Louis XV, ni même l'habit Louis XVI ;
c'était le costume des incroyables du Directoire. Il s'était
cru tout jeune jusque-là et avait suivi les modes. Son
habit était en drap léger, avec de spacieux revers, une
longue queue de morue et de larges boutons d'acier.
Avec cela la culotte courte et les souliers à boucles. Il
mettait toujours les mains dans ses goussets. Il disait
avec autorité : *La Révolution française est un tas de chenapans.*

III

LUC-ESPRIT

À l'âge de seize ans, un soir, à l'Opéra, il avait eu l'honneur d'être lorgné à la fois par deux beautés alors mûres
et célèbres et chantées par Voltaire, la Camargo et la
Sallé. Pris entre deux feux, il avait fait une retraite
héroïque vers une petite danseuse fillette appelée
Nahenry, qui avait seize ans comme lui, obscure comme
un chat, et dont il était amoureux. Il abondait en souvenirs. Il s'écriait : — Qu'elle était jolie, cette Guimard-
Guimardini-Guimardinette, la dernière fois que je l'ai
vue à Longchamps, frisée en sentiments soutenus, avec

ses venez-y-voir en turquoises, sa robe couleur de gens
nouvellement arrivés, et son manchon d'agitation ! —
Il avait porté dans son adolescence une veste de Nain-
Londrin dont il parlait volontiers et avec effusion. —
J'étais vêtu comme un turc du Levant levantin, disait-il.
Madame de Boufflers, l'ayant vu par hasard quand il
avait vingt ans, l'avait qualifié « un fol charmant ». Il se
scandalisait de tous les noms qu'il voyait dans la politique et au pouvoir, les trouvant bas et bourgeois. Il
lisait les journaux, *les papiers nouvelles, les gazettes,*
comme il disait, en étouffant des éclats de rire. Oh !
disait-il, quelles sont ces gens-là ! Corbière ! Humann !
Casimir Périer ! cela vous est ministre. Je me figure ceci
dans un journal : M. Gillenormand, ministre ! ce serait
farce. Eh bien ! ils sont si bêtes que ça irait ! Il appelait
allégrement toutes choses par le mot propre ou malpro-
pre et ne se gênait pas devant les femmes. Il disait des
grossièretés, des obscénités et des ordures avec je ne
sais quoi de tranquille et de peu étonné qui était élégant. C'était le sans-façon de son siècle. Il est à remarquer que le temps des périphrases en vers a été le temps
des crudités en prose. Son parrain avait prédit qu'il
serait un homme de génie, et lui avait donné ces deux
prénoms significatifs : Luc-Esprit.

IV

ASPIRANT CENTENAIRE

Il avait eu des prix en son enfance au collège de
Moulins où il était né, et il avait été couronné de la main
du duc de Nivernais qu'il appelait le duc de Nevers. Ni
la Convention ni la mort de Louis XVI, ni Napoléon, ni
le retour des Bourbons, rien n'avait pu effacer le souvenir de ce couronnement. *Le duc de Nevers* était pour
lui la grande figure du siècle. Quel charmant grand sei-

gneur, disait-il, et qu'il avait bon air avec son cordon bleu ! Aux yeux de M. Gillenormand, Catherine II avait réparé le crime du partage de la Pologne en achetant pour trois mille roubles le secret de l'élixir d'or à Bestuchef. Là-dessus, il s'animait : — L'élixir d'or, s'écriait-il, la teinture jaune de Bestuchef, les gouttes du général Lamotte, c'était, au dix-huitième siècle, à un louis le flacon d'une demi-once, le grand remède aux catastrophes de l'amour, la panacée contre Vénus. Louis XV en envoyait deux cents flacons au pape. — On l'eût fort exaspéré et mis hors des gonds si on lui eût dit que l'elixir d'or n'est autre chose que le perchlorure de fer. M. Gillenormand adorait les Bourbons et avait en horreur 1789 ; il racontait sans cesse de quelle façon il s'était sauvé dans la Terreur, et comment il lui avait fallu bien de la gaîté et bien de l'esprit pour ne pas avoir la tête coupée. Si quelque jeune homme s'avisait de faire devant lui l'éloge de la République, il devenait bleu et s'irritait à s'évanouir. Quelquefois il faisait allusion à son âge de quatre-vingt-dix ans, et disait : *J'espère bien que je ne verrai pas deux fois quatre-vingt-treize.* D'autres fois, il signifiait aux gens qu'il entendait vivre cent ans.

v

BASQUE ET NICOLETTE

Il avait des théories. En voici une : « Quand un homme aime passionnément les femmes, et qu'il a lui-même une femme à lui dont il se soucie peu, laide, revêche, légitime, pleine de droits, juchée sur le code et jalouse au besoin, il n'a qu'une façon de s'en tirer et d'avoir la paix, c'est de laisser à sa femme les cordons de la bourse. Cette abdication le fait libre. La femme s'occupe alors, se passionne au maniement des espèces, s'y vert-de-grise les doigts, entreprend l'élève des

métayers et le dressage des fermiers, convoque les
avoués, préside les notaires, harangue les tabellions,
visite les robins, suit les procès, rédige les baux, dicte
les contrats, se sent souveraine, vend, achète, règle, jor-
donne, promet et compromet, lie et résilie, cède,
concède et rétrocède, arrange, dérange, thésaurise, prodigue ; elle fait des sottises, bonheur magistral et personnel, et cela console. Pendant que son mari la dédaigne, elle a la satisfaction de ruiner son mari. » Cette
théorie, M. Gillenormand se l'était appliquée, et elle
était devenue son histoire. Sa femme, la deuxième, avait
administré sa fortune de telle façon qu'il restait à M.
Gillenormand, quand un beau jour il se trouva veuf,
juste de quoi vivre, en plaçant presque tout en viager,
une quinzaine de mille francs de rente dont les trois
quarts devaient s'éteindre avec lui. Il n'avait pas hésité,
peu préoccupé du souci de laisser un héritage. D'ailleurs il avait vu que les patrimoines avaient des aventures, et, par exemple, devenaient des *biens nationaux ;*
il avait assisté aux avatars du tiers consolidé, et il croyait
peu au grand-livre. — *Rue Quincampoix que tout cela !*
disait-il. Sa maison de la rue des Filles-du-Calvaire,
nous l'avons dit, lui appartenait. Il avait deux domestiques, « un mâle et un femelle ». Quand un domestique
entrait chez lui, M. Gillenormand le rebaptisait. Il donnait aux hommes le nom de leur province : Nîmois,
Comtois, Poitevin, Picard. Son dernier valet était un
gros homme fourbu et poussif de cinquante-cinq ans,
incapable de courir vingt pas, mais, comme il était né
à Bayonne, M. Gillenormand l'appelait Basque. Quant
aux servantes, toutes s'appelaient chez lui Nicolette
(même la Magnon dont il sera question plus loin). Un
jour une fière cuisinière, cordon bleu, de haute race de
concierges, se présenta. — Combien voulez-vous gagner
de gages par mois ? lui demanda M. Gillenormand. —
Trente francs. — Comment vous nommez-vous ? —
Olympie. — Tu auras cinquante francs, et tu t'appelleras
Nicolette.

VI

OÙ L'ON ENTREVOIT LA MAGNON
ET SES DEUX PETITS

Chez M. Gillenormand la douleur se traduisait en
colère ; il était furieux d'être désespéré. Il avait tous les
préjugés et prenait toutes les licences. Une des choses
dont il composait son relief extérieur et sa satisfaction
intime, c'était, nous venons de l'indiquer, d'être resté
vert-galant, et de passer énergiquement pour tel. Il
appelait cela avoir « royale renommée ». La royale
renommée lui attirait parfois de singulières aubaines.
Un jour on apporta chez lui dans une bourriche, comme
une cloyère d'huîtres, un gros garçon nouveau-né,
criant le diable et dûment emmitouflé de langes, qu'une
servante chassée six mois auparavant lui attribuait. M.
Gillenormand avait alors ses parfaits quatre-vingt-qua-
tre ans. Indignation et clameur dans l'entourage. Et à
qui cette effrontée drôlesse espérait-elle faire accroire
cela ? Quelle audace ! quelle abominable calomnie ! M.
Gillenormand, lui, n'eut aucune colère. Il regarda le
maillot avec l'aimable sourire d'un bonhomme flatté de
la calomnie, et dit à la cantonade : « — Hé bien quoi ?
qu'est-ce ? qu'y a-t-il ? qu'est-ce qu'il y a ? vous vous éba-
hissez bellement, et, en vérité, comme aucunes personnes ignorantes. Monsieur le duc d'Angoulême,
bâtard de sa majesté Charles IX, se maria à quatre-
vingt-cinq ; ans avec une péronnelle de quinze ans,
monsieur Virginal, marquis d'Alluye, frère du cardinal
de Sourdis, archevêque de Bordeaux, eut à quatre-vingt-
trois ans d'une fille de chambre de madame la présidente Jacquin un fils, un vrai fils d'amour, qui fut chevalier de Malte et conseiller d'État d'épée ; un des
grands hommes de ce siècle-ci, l'abbé Tabaraud, est fils

d'un homme de quatre-vingt-sept ans. Ces choses-là n'ont rien que d'ordinaire. Et la Bible donc ! Sur ce, je déclare que ce petit monsieur n'est pas de moi. Qu'on en prenne soin. Ce n'est pas sa faute. » — Le procédé était débonnaire. La créature, celle-là qui se nommait Magnon, lui fit un deuxième envoi l'année d'après. C'était encore un garçon. Pour le coup, M. Gillenormand capitula. Il remit à la mère les deux mioches, s'engageant à payer pour leur entretien quatre-vingts francs par mois, à la condition que ladite mère ne recommencerait plus. Il ajouta : « J'entends que la mère les traite bien. Je les irai voir de temps en temps. » Ce qu'il fit. Il avait eu un frère prêtre, lequel avait été trente-trois ans recteur de l'académie de Poitiers, et était mort à soixante-dix-neuf ans. *Je l'ai perdu jeune*, disait-il. Ce frère, dont il est resté peu de souvenir, était un paisible avare qui, étant prêtre, se croyait obligé de faire l'aumône aux pauvres qu'il rencontrait, mais il ne leur donnait jamais que des monnerons ou des sous démonétisés, trouvant ainsi moyen d'aller en enfer par le chemin du paradis. Quant à M. Gillenormand aîné, il ne marchandait pas l'aumône et donnait volontiers, et noblement. Il était bienveillant, brusque, charitable, et s'il eût été riche, sa pente eût été le magnifique. Il voulait que tout ce qui le concernait fût fait grandement, même les friponneries. Un jour, dans une succession, ayant été dévalisé par un homme d'affaires d'une manière grossière et visible, il jeta cette exclamation solennelle : — « Fi ! c'est malproprement fait ! j'ai vraiment honte de ces grivèleries. Tout a dégénéré dans ce siècle, même les coquins. Morbleu ! ce n'est pas ainsi qu'on doit voler un homme de ma sorte. Je suis volé comme dans un bois, mais mal volé. *Sylvæ sint consule dignæ*[1] ! »

Il avait eu, nous l'avons dit, deux femmes ; de la première une fille qui était restée fille, et de la seconde une autre fille, morte vers l'âge de trente ans, laquelle avait épousé par amour ou hasard ou autrement un soldat de fortune qui avait servi dans les armées de la République et de l'Empire, avait eu la croix à Austerlitz et avait été fait colonel à Waterloo. *C'est la honte de ma famille,* disait le vieux bourgeois. Il prenait force tabac, et avait une grâce particulière à chiffonner son jabot de dentelle d'un revers de main. Il croyait fort peu en Dieu.

VII

RÈGLE : NE RECEVOIR

PERSONNE QUE LE SOIR

Tel était M. Luc-Esprit Gillenormand, lequel n'avait point perdu ses cheveux, plutôt gris que blancs, et était toujours coiffé en oreilles de chien. En somme, et avec tout cela, vénérable.

Il tenait du dix-huitième siècle : frivole et grand.

Dans les premières années de la Restauration, M. Gillenormand, qui était encore jeune, — il n'avait que soixante-quatorze ans en 1814, — avait habité le faubourg Saint-Germain, rue Servandoni, près Saint-Sulpice. Il ne s'était retiré au Marais qu'en sortant du monde, bien après ses quatre-vingts ans sonnés.

Et en sortant du monde, il s'était muré dans ses habitudes. La principale, et où il était invariable, c'était de tenir sa porte absolument fermée le jour, et de ne jamais recevoir qui que ce soit, pour quelque affaire que ce fût, que le soir. Il dînait à cinq heures, puis sa porte était ouverte. C'était la mode de son siècle, et il n'en voulait point démordre. — Le jour est canaille, disait-il, et ne mérite qu'un volet fermé. Les gens comme il faut allument leur esprit quand le zénith allume ses étoiles. — Et il se barricadait pour tout le monde, fût-ce pour le roi. Vieille élégance de son temps.

VIII

LES DEUX NE FONT PAS LA PAIRE

Quant aux deux filles de M. Gillenormand, nous venons d'en parler. Elles étaient nées à dix ans d'intervalle. Dans leur jeunesse elles s'étaient fort peu ressemblé, et, par le caractère comme par le visage, avaient été aussi peu sœurs que possible. La cadette était une charmante âme tournée vers tout ce qui est lumière, occupée de fleurs, de vers et de musique, envolée dans des espaces glorieux, enthousiaste, éthérée, fiancée dès l'enfance dans l'idéal à une vague figure héroïque. L'aînée avait aussi sa chimère ; elle voyait dans l'azur un fournisseur, quelque bon gros munitionnaire bien riche, un mari splendidement bête, un million fait homme, ou bien, un préfet ; les réceptions de la préfecture, un huissier d'antichambre chaîne au cou, les bals officiels, les harangues de la mairie, être « madame la préfète », cela tourbillonnait dans son imagination. Les deux sœurs s'égaraient ainsi, chacune dans son rêve, à l'époque où elles étaient jeunes filles. Toutes deux avaient des ailes, l'une comme un ange, l'autre comme une oie.

Aucune ambition ne se réalise pleinement, ici-bas du moins. Aucun paradis ne devient terrestre à l'époque où nous sommes. La cadette avait épousé l'homme de ses songes, mais elle était morte. L'aînée ne s'était pas mariée.

Au moment où elle fait son entrée dans l'histoire que nous racontons, c'était une vieille vertu, une prude incombustible, un des nez les plus pointus et un des esprits les plus obtus qu'on pût voir. Détail caractéristique : en dehors de la famille étroite, personne n'avait jamais su son petit nom. On l'appelait *mademoiselle Gillenormand l'aînée.*

En fait de cant, mademoiselle Gillenormand l'aînée eût rendu des points à une miss. C'était la pudeur poussée au noir. Elle avait un souvenir affreux dans sa vie ; un jour, un homme avait vu sa jarretière.

L'âge n'avait fait qu'accroître cette pudeur impitoyable. Sa guimpe n'était jamais assez opaque, et ne montait jamais assez haut. Elle multipliait les agrafes et les épingles là où personne ne songeait à regarder. Le propre de la pruderie, c'est de mettre d'autant plus de factionnaires que la forteresse est moins menacée.

Pourtant, explique qui pourra ces vieux mystères d'innocence, elle se laissait embrasser sans déplaisir par un officier de lanciers qui était son petit-neveu et qui s'appelait Théodule.

En dépit de ce lancier favorisé, l'étiquette : *Prude,* sous laquelle nous l'avons classée, lui convenait absolument. Mademoiselle Gillenormand était une espèce d'âme crépusculaire. La pruderie est une demi-vertu et un demi-vice.

Elle ajoutait à la pruderie le bigotisme, doublure assortie. Elle était de la confrérie de la Vierge, portait un voile blanc à de certaines fêtes, marmottait des oraisons spéciales, révérait « le saint sang », vénérait « le sacré cœur », restait des heures en contemplation devant un autel rococo-jésuite dans une chapelle fermée au commun des fidèles, et y laissait envoler son âme parmi de petites nuées de marbre et à travers de grands rayons de bois doré.

Elle avait une amie de chapelle, vieille vierge comme elle, appelée Mlle Vaubois, absolument hébétée, et près de laquelle mademoiselle Gillenormand avait le plaisir d'être une aigle. En dehors des agnus dei et des ave maria, Mlle Vaubois n'avait de lumières que sur les différentes façons de faire les confitures. Mlle Vaubois, parfaite en son genre, était l'hermine de la stupidité sans une seule tache d'intelligence.

Disons-le, en vieillissant mademoiselle Gillenormand avait plutôt gagné que perdu. C'est le fait des natures passives. Elle n'avait jamais été méchante, ce qui est une bonté relative ; et puis, les années usent les angles, et l'adoucissement de la durée lui était venu. Elle était triste d'une tristesse obscure dont elle n'avait pas elle-même le secret. Il y avait dans toute sa personne la stupeur d'une vie finie qui n'a pas commencé.

Elle tenait la maison de son père. M. Gillenormand avait près de lui sa fille comme on a vu que monseigneur Bienvenu avait près de lui sa sœur. Ces ménages d'un vieillard et d'une vieille fille ne sont point rares et ont l'aspect toujours touchant de deux faiblesses qui s'appuient l'une sur l'autre.

Il y avait en outre dans la maison, entre cette vieille fille et ce vieillard, un enfant, un petit garçon toujours tremblant et muet devant M. Gillenormand. M. Gillenormand ne parlait jamais à cet enfant que d'une voix sévère et quelquefois la canne levée : — *Ici ! monsieur !* — *Maroufle, polisson, approchez !* — *Répondez, drôle !* — *Que je vous voie, vaurien !* etc., etc. Il l'idolâtrait.

C'était son petit-fils. Nous retrouverons cet enfant.

Livre troisième

LE GRAND-PÈRE
ET LE PETIT-FILS

I

UN ANCIEN SALON

Lorsque M. Gillenormand habitait la rue Servandoni, il hantait plusieurs salons très bons et très nobles. Quoique bourgeois, M. Gillenormand était reçu. Comme il avait deux fois de l'esprit, d'abord l'esprit qu'il avait, ensuite l'esprit qu'on lui prêtait, on le recherchait même, et on le fêtait. Il n'allait nulle part qu'à la condition d'y dominer. Il est des gens qui veulent à tout prix l'influence et qu'on s'occupe d'eux ; là où ils ne peuvent être oracles, ils se font loustics. M. Gillenormand n'était pas de cette nature ; sa domination dans les salons royalistes qu'il fréquentait ne coûtait rien à son respect de lui-même. Il était oracle partout. Il lui arrivait de tenir tête à M. de Bonald, et même à M. Bengy-Puy-Vallée.

Vers 1817, il passait invariablement deux après-midi par semaine dans une maison de son voisinage, rue Férou, chez madame la baronne de T., digne et respectable personne dont le mari avait été, sous Louis XVI, ambassadeur de France à Berlin. Le baron de T., qui de son vivant donnait passionnément dans les extases et les visions magnétiques, était mort ruiné dans l'émigration, laissant, pour toute fortune, en dix volumes manuscrits reliés en maroquin rouge et dorés sur tranche, des mémoires fort curieux sur Mesmer et son baquet. Madame de T. n'avait point publié les mémoires par dignité, et se soutenait d'une petite rente, qui avait

surnagé on ne sait comment. Madame de T. vivait loin
de la cour, *monde fort mêlé*, disait-elle, dans un isolement noble, fier et pauvre. Quelques amis se réunissaient deux fois par semaine autour de son feu de veuve
et cela constituait un salon royaliste pur. On y prenait
le thé, et l'on y poussait, selon que le vent était à l'élégie
ou au dithyrambe, des gémissements ou des cris d'horreur sur le siècle, sur la charte, sur les buonapartistes,
sur la prostitution du cordon bleu à des bourgeois, sur
le jacobinisme de Louis XVIII, et l'on s'y entretenait tout
bas des espérances que donnait Monsieur, depuis
Charles X.

On y accueillait avec des transports de joie des
chansons poissardes où Napoléon était appelé *Nicolas*.
Des duchesses, les plus délicates et les plus charmantes
femmes du monde, s'y extasiaient sur des couplets
comme celui-ci adressé « aux fédérés » :

> *Renfoncez dans vos culottes*
> *Le bout d'chemis' qui vous pend.*
> *Qu'on n' dis' pas qu' les patriotes*
> *Ont arboré l' drapeau blanc !*

On s'y amusait à des calembours qu'on croyait terribles,
à des jeux de mots innocents qu'on supposait venimeux,
à des quatrains, même à des distiques ; ainsi sur le
ministère Dessolles, cabinet modéré dont faisaient partie MM. Decazes et Deserre :

> *Pour raffermir le trône ébranlé sur sa base,*
> *Il faut changer de sol, et de serre et de case.*

Ou bien on y façonnait la liste de la chambre des pairs,
« chambre abominablement jacobine », et l'on combinait sur cette liste des alliances de noms, de manière à
faire, par exemple, des phrases comme celle-ci : *Damas,
Sabran, Gouvion Saint-Cyr.* Le tout gaîment.

Dans ce monde-là on parodiait la Révolution. On

avait je ne sais quelles velléités d'aiguiser les mêmes colères en sens inverse. On chantait son petit *Ça ira* :

> *Ah ! ça ira ! ça ira ! ça ira !*
> *Les buonapartist' à la lanterne !*

Les chansons sont comme la guillotine ; elles coupent indifféremment, aujourd'hui cette tête-ci, demain celle-là. Ce n'est qu'une variante.

Dans l'affaire Fualdès, qui est de cette époque, 1816, on prenait parti pour Bastide et Jausion, parce que Fualdès était « buonapartiste [1] ». On qualifiait les libéraux, *les frères et amis ;* c'était le dernier degré de l'injure.

Comme certains clochers d'église, le salon de madame la baronne de T. avait deux coqs. L'un était M. Gillenormand, l'autre était le comte de Lamothe-Valois [2], duquel on se disait à l'oreille avec une sorte de considération : *Vous savez ? C'est le Lamothe de l'affaire du collier.* Les partis ont de ces amnisties singulières.

Ajoutons ceci : dans la bourgeoisie, les situations honorées s'amoindrissent par des relations trop faciles ; il faut prendre garde à qui l'on admet ; de même qu'il y a perte de calorique dans le voisinage de ceux qui ont froid, il y a diminution de considération dans l'approche des gens méprisés. L'ancien monde d'en haut se tenait au-dessus de cette loi-là comme de toutes les autres. Marigny, frère de la Pompadour, a ses entrées chez M. le prince de Soubise. Quoique ? non, parce que. Du Barry, parrain de la Vaubernier, est le très bien venu chez M. le maréchal de Richelieu. Ce monde-là, c'est l'olympe. Mercure et le prince de Guéménée y sont chez eux. Un voleur y est admis, pourvu qu'il soit dieu.

Le comte de Lamothe qui, en 1815, était un vieillard de soixante-quinze ans, n'avait de remarquable que son air silencieux et sentencieux, sa figure anguleuse et froide, ses manières parfaitement polies, son habit boutonné jusqu'à la cravate, et ses grandes jambes toujours

croisées dans un long pantalon flasque couleur de terre
de Sienne brûlée. Son visage était de la couleur de son
pantalon.

Ce M. de Lamothe était « compté » dans ce salon, à
cause de sa « célébrité », et, chose étrange à dire, mais
exacte, à cause du nom de Valois.

Quant à M. Gillenormand, sa considération était
absolument de bon aloi. Il faisait autorité parce qu'il
faisait autorité. Il avait, tout léger qu'il était et sans que
cela coûtât rien à sa gaîté, une certaine façon d'être,
imposante, digne, honnête et bourgeoisement altière ;
et son grand âge s'y ajoutait. On n'est pas impunément
un siècle. Les années finissent par faire autour d'une
tête un échevellement vénérable.

Il avait en outre de ces mots qui sont tout à fait l'étincelle de la vieille roche. Ainsi quand le roi de Prusse,
après avoir restauré Louis XVIII, vint lui faire visite
sous le nom de comte de Ruppin, il fut reçu par le descendant de Louis XIV un peu comme marquis de Bran-
debourg et avec l'impertinence la plus délicate. M. Gillenormand approuva. — *Tous les rois qui ne sont pas le
roi de France,* dit-il, *sont des rois de province.* On fit un
jour devant lui cette demande et cette réponse : — À
quoi donc a été condamné le rédacteur du *Courrier français ?* — À être suspendu. — *Sus* est de trop, observa
M. Gillenormand. Des paroles de ce genre fondent une
situation.

À un Te Deum anniversaire du retour des Bourbons,
voyant passer M. de Talleyrand, il dit : *Voilà son excellence le Mal.*

M. Gillenormand venait habituellement accompagné
de sa fille, cette longue mademoiselle qui avait alors
passé quarante ans et en semblait cinquante, et d'un
beau petit garçon de sept ans, blanc, rose, frais, avec
des yeux heureux et confiants, lequel n'apparaissait
jamais dans ce salon sans entendre toutes les voix bourdonner autour de lui : Qu'il est joli ! quel dommage !
pauvre enfant ! Cet enfant était celui dont nous avons

dit un mot tout à l'heure. On l'appelait — pauvre enfant — parce qu'il avait pour père « un brigand de la Loire [1] ».

Ce brigand de la Loire était ce gendre de M. Gillenormand dont il a déjà été fait mention, et que M. Gillenormand qualifiait *la honte de sa famille*.

II

UN DES SPECTRES ROUGES DE CE TEMPS-LÀ [2]

Quelqu'un qui aurait passé à cette époque dans la petite ville de Vernon et qui s'y serait promené sur ce beau pont monumental auquel succédera bientôt, espérons-le, quelque affreux pont en fil de fer, aurait pu remarquer, en laissant tomber ses yeux du haut du parapet, un homme d'une cinquantaine d'années coiffé d'une casquette de cuir, vêtu d'un pantalon et d'une veste de gros drap gris, à laquelle était cousu quelque chose de jaune qui avait été un ruban rouge, chaussé de sabots, hâlé par le soleil, la face presque noire et les cheveux presque blancs, une large cicatrice sur le front se continuant sur la joue, courbé, voûté, vieilli avant l'âge, se promenant à peu près tout le jour, une bêche ou une serpe à la main, dans un de ces compartiments entourés de murs qui avoisinent le pont et qui bordent comme une chaîne de terrasses la rive gauche de la Seine, charmants enclos pleins de fleurs desquels on dirait, s'ils étaient beaucoup plus grands : ce sont des jardins, et, s'ils étaient un peu plus petits : ce sont des bouquets. Tous ces enclos aboutissent par un bout à la rivière et par l'autre à une maison. L'homme en veste et en sabots dont nous venons de parler habitait vers 1817 le plus étroit de ces enclos et la plus humble de ces maisons. Il vivait là seul, et solitaire, silencieusement et pauvrement, avec une femme ni jeune, ni vieille, ni belle, ni laide, ni paysanne, ni bourgeoise, qui le servait. Le carré de terre qu'il appelait son jardin était célèbre dans la ville pour la beauté des fleurs qu'il y cultivait. Les fleurs étaient son occupation.

À force de travail, de persévérance, d'attention et de seaux d'eau, il avait réussi à créer après le créateur, et il avait inventé de certaines tulipes et de certains dahlias qui semblaient avoir été oubliés par la nature. Il était ingénieux ; il avait devancé Soulange Bodin dans la formation des petits massifs de terre de bruyère pour la culture des rares et précieux arbustes d'Amérique et de Chine. Dès le point du jour, en été, il était dans ses allées, piquant, taillant, sarclant, arrosant, marchant au milieu de ses fleurs avec un air de bonté, de tristesse et de douceur, quelquefois rêveur et immobile des heures entières, écoutant le chant d'un oiseau dans un arbre, le gazouillement d'un enfant dans une maison, ou bien les yeux fixés au bout d'un brin d'herbe sur quelque goutte de rosée dont le soleil faisait une escarboucle. Il avait une table fort maigre, et buvait plus de lait que de vin. Un marmot le faisait céder, sa servante le grondait. Il était timide jusqu'à sembler farouche, sortait rarement, et ne voyait personne que les pauvres qui frappaient à sa vitre et son curé, l'abbé Mabeuf, bon vieux homme. Pourtant si des habitants de la ville ou des étrangers, les premiers venus, curieux de voir ses tulipes et ses roses, venaient sonner à sa petite maison, il ouvrait sa porte en souriant. C'était le brigand de la Loire.

Quelqu'un qui, dans le même temps, aurait lu les mémoires militaires, les biographies, le *Moniteur* et les bulletins de la Grande Armée, aurait pu être frappé d'un nom qui y revient assez souvent, le nom de Georges Pontmercy. Tout jeune, ce Georges Pontmercy était soldat au régiment de Saintonge. La Révolution éclata. Le régiment de Saintonge fit partie de l'armée du Rhin. Car les anciens régiments de la monarchie gardèrent leurs noms de province, même après la chute de la monarchie, et ne furent embrigadés qu'en 1794. Pontmercy se battit à Spire, à Worms, à Neustadt, à Turkheim, à Alzey, à Mayence où il était des deux cents qui formaient l'arrière-garde de Houchard. Il tint, lui douzième, contre le corps entier du prince de Hesse, derrière le vieux rempart d'Andernach, et ne se replia sur le gros de l'armée que lorsque le canon ennemi eut ouvert la brèche depuis le cordon du parapet jusqu'au talus de plongée. Il était sous Kléber à Marchiennes et au combat du Mont-Palissel où il eut le bras cassé d'un biscayen. Puis il passa à la frontière d'Italie, et il fut un des trente grenadiers qui défendirent le col de Tende avec Joubert. Joubert en fut nommé adjudant-général et Pontmercy sous-lieutenant. Pontmercy était à côté de Berthier au milieu de la mitraille dans cette journée de Lodi qui fit dire à Bonaparte : *Berthier a été canonnier, cavalier et grenadier.* Il vit son ancien général Joubert tomber à Novi, au moment où, le sabre levé, il criait : « En avant ! » Ayant été embarqué avec sa compagnie pour les besoins de la campagne dans une péniche qui allait de Gênes à je ne sais plus quel petit port de la côte, il tomba dans un guêpier de sept ou huit voiles anglaises. Le commandant génois voulait jeter les canons à la mer, cacher les soldats dans l'entre-pont et se glisser dans l'ombre comme navire marchand. Pontmercy fit frapper les couleurs tricolores à la drisse du mât de pavillon, et passa fièrement sous le canon des frégates britanniques. À vingt lieues de là, son audace croissant, avec sa péniche il attaqua et captura un gros transport anglais qui portait des troupes en Sicile, si chargé d'hommes et de chevaux que le bâtiment était bondé jusqu'aux hiloires. En 1805, il était de cette division Malher qui enleva Günzbourg à l'archiduc Ferdinand. À Wettingen, il reçut dans ses bras, sous une grêle de balles, le colonel Maupetit blessé mortellement à la tête du 9e dragons. Il se distingua à Austerlitz dans cette admirable marche en échelons faite sous le feu de

l'ennemi. Lorsque la cavalerie de la garde impériale
russe écrasa un bataillon du 4e de ligne, Pontmercy fut
de ceux qui prirent la revanche et qui culbutèrent cette
garde. L'empereur lui donna la croix. Pontmercy vit successivement faire prisonniers Wurmser dans Mantoue,
Mélas dans Alexandrie, Mack dans Ulm. Il fit partie du
huitième corps de la Grande Armée que Mortier
commandait et qui s'empara de Hambourg. Puis il
passa dans le 55e de ligne qui était l'ancien régiment de
Flandre. À Eylau, il était dans le cimetière où l'héroïque
capitaine Louis Hugo, oncle de l'auteur de ce livre, soutint seul avec sa compagnie de quatre-vingt-trois hommes, pendant deux heures, tout l'effort de l'armée ennemie [1]. Pontmercy fut un des trois qui sortirent de ce
cimetière vivants. Il fut de Friedland. Puis il vit Moscou,
puis la Bérésina, puis Lutzen, Bautzen, Dresde,
Wachau, Leipsick, et les défilés de Gelenhausen ; puis
Montmirail, Château-Thierry, Craon, les bords de la
Marne, les bords de l'Aisne et la redoutable position de
Laon. À Arnay-le-Duc, étant capitaine, il sabra dix cosa-
ques, et sauva, non son général, mais son caporal. Il fut
haché à cette occasion, et on lui tira vingt-sept esquilles
rien que du bras gauche. Huit jours avant la capitula-
tion de Paris, il venait de permuter avec un camarade
et d'entrer dans la cavalerie. Il avait ce qu'on appelait
dans l'ancien régime *la double-main*, c'est-à-dire une
aptitude égale à manier, soldat, le sabre ou le fusil, officier, un escadron ou un bataillon. C'est de cette aptitude, perfectionnée par l'éducation militaire, que sont
nées certaines armes spéciales, les dragons, par exemple, qui sont tout ensemble cavaliers et fantassins. Il
accompagna Napoléon à l'île d'Elbe. À Waterloo, il était
chef d'escadron de cuirassiers dans la brigade Dubois.
Ce fut lui qui prit le drapeau du bataillon de Lunebourg.
Il vint jeter le drapeau aux pieds de l'empereur. Il était
couvert de sang. Il avait reçu, en arrachant le drapeau,
un coup de sabre à travers le visage. L'empereur,
content, lui cria : *Tu es colonel, tu es baron, tu es officier*

de la Légion d'honneur ! Pontmercy répondit : *Sire, je vous remercie pour ma veuve.* Une heure après, il tombait dans le ravin d'Ohain. Maintenant qu'était-ce que ce Georges Pontmercy ? C'était ce même brigand de la Loire.

On a déjà vu quelque chose de son histoire. Après Waterloo, Pontmercy, tiré, on s'en souvient, du chemin creux d'Ohain, avait réussi à regagner l'armée, et s'était traîné d'ambulance en ambulance jusqu'aux cantonnements de la Loire.

La Restauration l'avait mis à la demi-solde, puis l'avait envoyé en résidence, c'est-à-dire en surveillance, à Vernon. Le roi Louis XVIII, considérant comme non avenu tout ce qui s'était fait dans les Cent-Jours, ne lui avait reconnu ni sa qualité d'officier de la Légion d'honneur, ni son grade de colonel, ni son titre de baron. Lui de son côté ne négligeait aucune occasion de signer *le colonel baron Pontmercy*. Il n'avait qu'un vieil habit bleu, et il ne sortait jamais sans y attacher la rosette d'officier de la Légion d'honneur. Le procureur du roi le fit prévenir que le parquet le poursuivrait pour « port illégal de cette décoration ». Quand cet avis lui fut donné par un intermédiaire officieux, Pontmercy répondit avec un amer sourire : Je ne sais point si c'est moi qui n'entends plus le français, ou si c'est vous qui ne le parlez plus, mais le fait est que je ne comprends pas. — Puis il sortit huit jours de suite avec sa rosette. On n'osa point l'inquiéter. Deux ou trois fois le ministre de la guerre et le général commandant le département lui écrivirent avec cette suscription : *À monsieur le commandant Pontmercy.* Il renvoya les lettres non décachetées. En ce même moment, Napoléon à Sainte-Hélène traitait de la même façon les missives de sir Hudson Lowe adressées *au général Bonaparte.* Pontmercy avait fini, qu'on nous passe le mot, par avoir dans la bouche la même salive que son empereur.

Il y avait ainsi à Rome des soldats carthaginois pri-

sonniers qui refusaient de saluer Flaminius et qui
avaient un peu de l'âme d'Annibal.

Un matin, il rencontra le procureur du roi dans une
rue de Vernon, alla à lui, et lui dit : — Monsieur le procureur du roi, m'est-il permis de porter ma balafre ?

Il n'avait rien, que sa très chétive demi-solde de chef
d'escadron. Il avait loué à Vernon la plus petite maison
qu'il avait pu trouver. Il y vivait seul, on vient de voir
comment. Sous l'Empire, entre deux guerres, il avait
trouvé le temps d'épouser mademoiselle Gillenormand.
Le vieux bourgeois, indigné au fond, avait consenti en
soupirant et en disant : *Les plus grandes familles y sont
forcées.* En 1815, madame Pontmercy, femme du reste
de tout point admirable, élevée et rare et digne de son
mari, était morte, laissant un enfant. Cet enfant eût été
la joie du colonel dans sa solitude ; mais l'aïeul avait
impérieusement réclamé son petit-fils, déclarant que, si
on ne le lui donnait pas, il le déshériterait. Le père avait
cédé dans l'intérêt du petit, et, ne pouvant avoir son
enfant, il s'était mis à aimer les fleurs.

Il avait du reste renoncé à tout, ne remuant ni ne
conspirant. Il partageait sa pensée entre les choses innocentes qu'il faisait et les choses grandes qu'il avait faites.
Il passait son temps à espérer un œillet ou à se souvenir
d'Austerlitz.

M. Gillenormand n'avait aucune relation avec son
gendre. Le colonel était pour lui « un bandit », et il était
pour le colonel « une ganache ». M. Gillenormand ne
parlait jamais du colonel, si ce n'est quelquefois pour
faire des allusions moqueuses à « sa baronnie ». Il était
expressément convenu que Pontmercy n'essayerait
jamais de voir son fils ni de lui parler, sous peine qu'on
le lui rendît chassé et déshérité. Pour les Gillenormand,
Pontmercy était un pestiféré. Ils entendaient élever
l'enfant à leur guise. Le colonel eut tort peut-être
d'accepter ces conditions, mais il les subit, croyant bien
faire et ne sacrifier que lui. L'héritage du père Gillenormand était peu de chose, mais l'héritage de mademoi-

selle Gillenormand aînée était considérable. Cette tante, restée fille, était fort riche du côté maternel, et le fils de sa sœur était son héritier naturel.

L'enfant, qui s'appelait Marius, savait qu'il avait un père, mais rien de plus. Personne ne lui en ouvrait la bouche. Cependant, dans le monde où son grand-père le menait, les chuchotements, les demi-mots, les clins d'yeux, s'étaient fait jour à la longue jusque dans l'esprit du petit, il avait fini par comprendre quelque chose, et comme il prenait naturellement, par une sorte d'infiltration et de pénétration lente, les idées et les opinions qui étaient, pour ainsi dire, son milieu respirable, il en vint peu à peu à ne songer à son père qu'avec honte et le cœur serré.

Pendant qu'il grandissait ainsi, tous les deux ou trois mois, le colonel s'échappait, venait furtivement à Paris comme un repris de justice qui rompt son ban, et allait se poster à Saint-Sulpice, à l'heure où la tante Gillenormand menait Marius à la messe. Là, tremblant que la tante ne se retournât, caché derrière un pilier, immobile, n'osant respirer, il regardait son enfant. Ce balafré avait peur de cette vieille fille.

De là même était venue sa liaison avec le curé de Vernon, M. l'abbé Mabeuf.

Ce digne prêtre était frère d'un marguillier de Saint-Sulpice, lequel avait plusieurs fois remarqué cet homme contemplant cet enfant, et la cicatrice qu'il avait sur la joue, et la grosse larme qu'il avait dans les yeux. Cet homme qui avait si bien l'air d'un homme et qui pleurait comme une femme avait frappé le marguillier. Cette figure lui était restée dans l'esprit. Un jour, étant allé à Vernon voir son frère, il rencontra sur le pont le colonel Pontmercy et reconnut l'homme de Saint-Sulpice. Le marguillier en parla au curé, et tous deux sous un prétexte quelconque firent une visite au colonel. Cette visite en amena d'autres. Le colonel d'abord très fermé finit par s'ouvrir, et le curé et le marguillier arrivèrent à savoir toute l'histoire, et comment Pontmercy sacrifiait son bonheur à l'avenir de son enfant. Cela fit que le curé le prit en vénération et en tendresse, et le colonel de son côté prit en affection le curé. D'ailleurs, quand d'aventure ils sont sincères et bons tous les deux, rien ne se pénètre et ne s'amalgame plus aisément qu'un vieux prêtre et un vieux soldat. Au fond, c'est le même homme. L'un s'est dévoué pour la patrie d'en bas, l'autre pour la patrie d'en haut ; pas d'autre différence.

Deux fois par an, au 1er janvier et à la Saint-Georges, Marius écrivait à son père des lettres de devoir que sa tante dictait, et qu'on eût dit copiées dans quelque formulaire ; c'était tout ce que tolérait M. Gillenormand ; et le père répondait des lettres fort tendres que l'aïeul fourrait dans sa poche sans les lire.

III

« REQUIESCANT [1] »

Le salon de madame de T. était tout ce que Marius Pontmercy connaissait du monde. C'était la seule ouverture par laquelle il pût regarder dans la vie. Cette ouverture était sombre, et il lui venait par cette lucarne plus de froid que de chaleur, plus de nuit que de jour. Cet enfant, qui n'était que joie et lumière en entrant dans ce monde étrange, y devint en peu de temps triste, et, ce qui est plus contraire encore à cet âge, grave. Entouré de toutes ces personnes imposantes et singulières, il regardait autour de lui avec un étonnement sérieux. Tout se réunissait pour accroître en lui cette stupeur. Il y avait dans le salon de madame de T. de vieilles nobles dames très vénérables qui s'appelaient Mathan, Noé, Lévis qu'on prononçait Lévi, Cambis qu'on prononçait Cambyse. Ces antiques visages et ces noms bibliques se mêlaient dans l'esprit de l'enfant à son ancien testament qu'il apprenait par cœur, et quand elles étaient là toutes, assises en cercle autour d'un feu mourant, à peine éclairées par une lampe voilée de vert, avec leurs profils sévères, leurs cheveux gris ou blancs, leurs longues robes d'un autre âge dont on ne distinguait que les couleurs lugubres, laissant tomber à de rares intervalles des paroles à la fois majestueuses et farouches, le petit Marius les considérait avec des yeux effarés, croyant voir, non des femmes, mais des patriarches et des mages, non des êtres réels, mais des fantômes.

À ces fantômes se mêlaient plusieurs prêtres, habitués de ce salon vieux, et quelques gentilshommes ; le marquis de Sassenay, secrétaire des commandements de madame de Berry, le vicomte de Valory, qui publiait sous le pseudonyme de *Charles-Antoine* des odes monorimes, le prince de Beauffremont qui, assez jeune, avait un chef grisonnant et une jolie et spirituelle femme dont les toilettes de velours écarlate à torsades d'or, fort décolletées, effarouchaient ces ténèbres, le marquis de Coriolis d'Espinouse, l'homme de France qui savait le mieux « la politesse proportionnée », le comte d'Amendre, bonhomme au menton bienveillant, et le chevalier de Port de Guy, pilier de la bibliothèque du Louvre, dite le cabinet du roi. M. de Port de Guy, chauve et plutôt vieilli que vieux, contait qu'en 1793, âgé de seize ans, on l'avait mis au bagne comme réfractaire, et ferré avec un octogénaire, l'évêque de Mirepoix, réfractaire aussi, mais comme prêtre, tandis que lui l'était comme soldat. C'était à Toulon. Leur fonction était d'aller la nuit ramasser sur l'échafaud les têtes et les corps des guillotinés du jour ; ils emportaient sur leur dos ces troncs ruisselants, et leurs capes rouges de galériens avaient derrière leur nuque une croûte de sang, sèche le matin, humide le soir. Ces récits tragiques abondaient dans le salon de madame de T. ; et à force d'y maudire Marat, on y applaudissait Trestaillon. Quelques députés du genre introuvable y faisaient leur whist, M. Thibord du Chalard, M. Lemarchant de Gomicourt, et le célèbre railleur de la droite, M. Cornet-Dincourt. Le bailli de

Ferrette, avec ses culottes courtes et ses jambes maigres, traversait quelquefois ce salon en allant chez M.
de Talleyrand. Il avait été le camarade de plaisirs de M.
le comte d'Artois, et, à l'inverse d'Aristote accroupi sous
Campaspe, il avait fait marcher la Guimard à quatre
pattes, et de la sorte montré aux siècles un philosophe
vengé par un bailli.

Quant aux prêtres, c'étaient l'abbé Halma, le même à
qui M. Larose, son collaborateur à *la Foudre*, disait :
*Bah ! qui est-ce qui n'a pas cinquante ans ? quelques
blancs-becs peut-être !* l'abbé Letourneur, prédicateur du
roi, l'abbé Frayssinous, qui n'était encore ni comte, ni
évêque, ni ministre, ni pair, et qui portait une vieille
soutane où il manquait des boutons, et l'abbé Kerave-
nant, curé de Saint-Germain-des-Prés ; plus le nonce du
pape, alors monsignor Macchi, archevêque de Nisibis,
plus tard cardinal, remarquable par son long nez pensif,
et un autre monsignor ainsi intitulé : abbate Palmieri,
prélat domestique, un des sept protonotaires partici-
pants du saint-siège, chanoine de l'insigne basilique
libérienne, avocat des saints, *postulatore di santi*, ce qui
se rapporte aux affaires de canonisation et signifie à
peu près maître des requêtes de la section du paradis ;
enfin deux cardinaux, M. de la Luzerne et M. de Clermont-Tonnerre. M. le cardinal de la Luzerne était un
écrivain et devait avoir, quelques années plus tard,
l'honneur de signer dans le *Conservateur* des articles
côte à côte avec Chateaubriand ; M. de Clermont-Tonnerre était archevêque de Toulouse, et venait souvent
en villégiature à Paris chez son neveu le marquis de
Tonnerre, qui a été ministre de la marine et de la guerre.
Le cardinal de Clermont-Tonnerre était un petit vieillard gai montrant ses bas rouges sous sa soutane trous-
sée ; il avait pour spécialité de haïr l'Encyclopédie et de
jouer éperdument au billard, et les gens qui, à cette époque, passaient dans les soirs d'été rue Madame, où était
alors l'hôtel de Clermont-Tonnerre, s'arrêtaient pour
entendre le choc des billes, et la voix aiguë du cardinal

criant à son conclaviste, monseigneur Cottret, évêque
in partibus de Caryste : *Marque, l'abbé, je carambole.* Le
cardinal de Clermont-Tonnerre avait été amené chez
madame de T. par son ami le plus intime, M. de Roquelaure, ancien évêque de Senlis et l'un des quarante. M.
de Roquelaure était considérable par sa haute taille et
par son assiduité à l'Académie ; à travers la porte vitrée
de la salle voisine de la bibliothèque où l'Académie française tenait alors ses séances, les curieux pouvaient tous
les jeudis contempler l'ancien évêque de Senlis, habituellement debout, poudré à frais, en bas violets, et
tournant le dos à la porte, apparemment pour mieux
faire voir son petit collet. Tous ces ecclésiastiques, quoique la plupart hommes de cour autant qu'hommes
d'église, s'ajoutaient à la gravité du salon de T., dont
cinq pairs de France, le marquis de Vibraye, le marquis
de Talaru, le marquis d'Herbouville, le vicomte Dam-
bray et le duc de Valentinois, accentuaient l'aspect seigneurial. Ce duc de Valentinois, quoique prince de
Monaco, c'est-à-dire prince souverain étranger, avait
une si haute idée de la France et de la pairie qu'il voyait
tout à travers elles. C'était lui qui disait : *Les cardinaux
sont les pairs de France de Rome, les lords sont les pairs
de France d'Angleterre.* Au reste, car il faut en ce siècle
que la révolution soit partout, ce salon féodal était,
comme nous l'avons dit, dominé par un bourgeois. M.
Gillenormand y régnait.

C'était là l'essence et la quintessence de la société
parisienne blanche. On y tenait en quarantaine les
renommées, même royalistes. Il y a toujours de l'anarchie dans la renommée. Chateaubriand, entrant là, y
eût fait l'effet du père Duchêne. Quelques ralliés pourtant pénétraient, par tolérance, dans ce monde orthodoxe. Le comte Beugnot y était reçu à correction.

Les salons « nobles » d'aujourd'hui ne ressemblent
plus à ces salons-là. Le faubourg Saint-Germain d'à présent sent le fagot. Les royalistes de maintenant sont des
démagogues, disons-le à leur louange.

Chez madame de T., le monde étant supérieur, le goût était exquis et hautain, sous une grande fleur de politesse. Les habitudes y comportaient toutes sortes de raffinements involontaires qui étaient l'ancien régime même, enterré, mais vivant. Quelques-unes de ces habitudes, dans le langage surtout, semblaient bizarres. Des connaisseurs superficiels eussent pris pour province ce qui n'était que vétusté. On appelait une femme *madame la générale*. *Madame la colonelle* n'était pas absolument inusité. La charmante madame de Léon, en souvenir sans doute des duchesses de Longueville et de Chevreuse, préférait cette appellation à son titre de princesse. La marquise de Créquy, elle aussi, s'était appelée *madame la colonelle*.

Ce fut ce petit haut monde qui inventa aux Tuileries le raffinement de dire toujours en parlant au roi dans l'intimité *le roi* à la troisième personne et jamais *votre majesté*, la qualification *votre majesté* ayant été « souillée par l'usurpateur ».

On jugeait là les faits et les hommes. On raillait le siècle, ce qui dispensait de le comprendre. On s'entr'aidait dans l'étonnement. On se communiquait la quantité de clarté qu'on avait. Mathusalem renseignait Épiménide. Le sourd mettait l'aveugle au courant. On déclarait non avenu le temps écoulé depuis Coblentz. De même que Louis XVIII était, par la grâce de Dieu, à la vingt-cinquième année de son règne, les émigrés étaient, de droit, à la vingt-cinquième année de leur adolescence.

Tout était harmonieux ; rien ne vivait trop ; la parole était à peine un souffle ; le journal, d'accord avec le salon, semblait un papyrus. Il y avait des jeunes gens, mais ils étaient un peu morts. Dans l'antichambre, les livrées étaient vieillottes. Ces personnages, complètement passés, étaient servis par des domestiques du même genre. Tout cela avait l'air d'avoir vécu il y a long-temps, et de s'obstiner contre le sépulcre. Conserver, Conservation, Conservateur, c'était là à peu près tout le dictionnaire. *Être en bonne odeur*, était la question. Il y avait en effet des aromates dans les opinions de ces groupes vénérables, et leurs idées sentaient le vétyver. C'était un monde momie. Les maîtres étaient embaumés, les valets étaient empaillés.

Une digne vieille marquise émigrée et ruinée, n'ayant plus qu'une bonne, continuait de dire : *Mes gens*.

Que faisait-on dans le salon de madame de T. ? On était ultra.

Être ultra ; ce mot, quoique ce qu'il représente n'ait peut-être pas disparu, ce mot n'a plus de sens aujourd'hui. Expliquons-le.

Être ultra, c'est aller au delà. C'est attaquer le sceptre au nom du trône et la mitre au nom de l'autel ; c'est malmener la chose qu'on traîne ; c'est ruer dans l'attelage ; c'est chicaner le bûcher sur le degré de cuisson des hérétiques ; c'est reprocher à l'idole son peu d'idolâtrie ; c'est insulter par excès de respect ; c'est trouver dans le pape pas assez de papisme, dans le roi pas assez de royauté, et trop de lumière à la nuit ; c'est être mécontent de l'albâtre, de la neige, du cygne et du lys au nom de la blancheur ; c'est être partisan des choses au point d'en devenir l'ennemi ; c'est être si fort pour, qu'on est contre.

L'esprit ultra caractérise spécialement la première phase de la Restauration.

Rien dans l'histoire n'a ressemblé à ce quart d'heure qui commence à 1814 et qui se termine vers 1820 à l'avènement de M. de Villèle, l'homme pratique de la droite. Ces six années furent un moment extraordinaire, à la fois bruyant et morne, riant et sombre, éclairé comme par le rayonnement de l'aube et tout couvert en même temps des ténèbres des grandes catastrophes qui emplissaient encore l'horizon et s'enfonçaient lentement dans le passé. Il y eut là, dans cette lumière et dans cette ombre, tout un petit monde nouveau et vieux, bouffon et triste, juvénile et sénile, se frottant les yeux ; rien ne ressemble au réveil comme le retour ; groupe qui regardait la France avec humeur et que la France regardait avec ironie ; de bons vieux hiboux marquis plein les rues, les revenus et les revenants, des « ci-devant » stupéfaits de tout, de braves et nobles gentils-hommes souriant d'être en France et en pleurant aussi, ravis de revoir leur patrie, désespérés de ne plus retrouver leur monarchie ; la noblesse des croisades conspuant la noblesse de l'Empire, c'est-à-dire la noblesse de l'épée ; les races historiques ayant perdu le sens de l'histoire ; les fils des compagnons de Charlemagne dédaignant les compagnons de Napoléon. Les épées, comme nous venons de le dire, se renvoyaient l'insulte ; l'épée de Fontenoy était risible et n'était qu'une rouillarde ; l'épée de Marengo était odieuse et n'était qu'un sabre. Jadis méconnaissait Hier. On n'avait plus le sentiment de ce qui était grand, ni le sentiment de ce qui était ridicule. Il y eut quelqu'un qui appela Bonaparte Scapin. Ce monde n'est plus. Rien, répétons-le, n'en reste aujourd'hui. Quand nous en tirons par hasard quelque figure et que nous essayons de le faire revivre par la pensée, il nous semble étrange comme un monde antédiluvien. C'est qu'en effet il a été lui aussi englouti par un déluge. Il a disparu sous deux révolutions. Quels flots que les idées ! Comme elles couvrent vite tout ce qu'elles ont mission de détruire et d'ensevelir, et comme elles font promptement d'effrayantes profondeurs !

Telle était la physionomie des salons de ces temps lointains et candides où M. Martainville avait plus d'esprit que Voltaire.

Ces salons avaient une littérature et une politique à eux. On y croyait en Fiévée. M. Agier y faisait loi. On y commentait M. Colnet, le publiciste bouquiniste du quai Malaquais. Napoléon y était pleinement Ogre de Corse. Plus tard, l'introduction dans l'histoire de M. le marquis de Buonaparté, lieutenant général des armées du roi, fut une concession à l'esprit du siècle.

Ces salons ne furent pas longtemps purs. Dès 1818,

quelques doctrinaires commencèrent à y poindre, nuance inquiétante. La manière de ceux-là était d'être royalistes et de s'en excuser. Là où les ultras étaient très fiers, les doctrinaires étaient un peu honteux. Ils avaient de l'esprit ; ils avaient du silence ; leur dogme politique était convenablement empesé de morgue ; ils devaient réussir. Ils faisaient, utilement d'ailleurs, des excès de cravate blanche et d'habit boutonné. Le tort, ou le malheur, du parti doctrinaire a été de créer la jeunesse vieille. Ils prenaient des poses de sages. Ils rêvaient de greffer sur le principe absolu et excessif un pouvoir tempéré. Ils opposaient, et parfois avec une rare intelligence, au libéralisme démolisseur un libéralisme conservateur. On les entendait dire : « Grâce pour le royalisme ! il a rendu plus d'un service. Il a rapporté la tradition, le culte, la religion, le respect. Il est fidèle, brave, chevaleresque, aimant, dévoué. Il vient mêler, quoique à regret, aux grandeurs nouvelles de la nation les grandeurs séculaires de la monarchie. Il a le tort de ne pas comprendre la Révolution, l'Empire, la gloire, la liberté, les jeunes idées, les jeunes générations, le siècle. Mais ce tort qu'il a envers nous, ne l'avons-nous pas quelquefois envers lui ? La Révolution, dont nous sommes les héritiers, doit avoir l'intelligence de tout. Attaquer le royalisme, c'est le contre-sens du libéralisme. Quelle faute ! et quel aveuglement ! La France révolutionnaire manque de respect à la France historique, c'est-à-dire à sa mère, c'est-à-dire à elle-même. Après le 5 septembre, on traite la noblesse de la monarchie comme après le 8 juillet on traitait la noblesse de l'Empire. Ils ont été injustes pour l'aigle, nous sommes injustes pour la fleur de lys. On veut donc toujours avoir quelque chose à proscrire ! Dédorer la couronne de Louis XIV, gratter l'écusson d'Henri IV, cela est-il bien utile ? Nous raillons M. de Vaublanc qui effaçait les N du pont d'Iéna ! Que faisait-il donc ? Ce que nous faisons. Bouvines nous appartient comme Marengo. Les fleurs de lys sont à nous comme les N. C'est notre patri-

moine. À quoi bon l'amoindrir ? Il ne faut pas plus
renier la patrie dans le passé que dans le présent. Pourquoi ne pas vouloir toute l'histoire ? Pourquoi ne pas
aimer toute la France ? »

C'est ainsi que les doctrinaires critiquaient et proté-
geaient le royalisme, mécontent d'être critiqué et
furieux d'être protégé.

Les ultras marquèrent la première époque du royalisme ; la congrégation caractérisa la seconde. À la fou-
gue succéda l'habileté. Bornons ici cette esquisse.

Dans le cours de ce récit, l'auteur de ce livre a trouvé
sur son chemin ce moment curieux de l'histoire contemporaine ; il a dû y jeter en passant un coup d'œil et retra-
cer quelques-uns des linéaments singuliers de cette
société aujourd'hui inconnue. Mais il le fait rapidement
et sans aucune idée amère ou dérisoire. Des souvenirs,
affectueux et respectueux, car ils touchent à sa mère,
l'attachent à ce passé. D'ailleurs, disons-le, ce même
petit monde avait sa grandeur. On en peut sourire, mais
on ne peut ni le mépriser ni le haïr. C'était la France
d'autrefois.

Marius Pontmercy fit comme tous les enfants des
études quelconques. Quand il sortit des mains de la
tante Gillenormand, son grand-père le confia à un digne
professeur de la plus pure innocence classique. Cette
jeune âme qui s'ouvrait passa d'une prude à un cuistre.
Marius eut ses années de collège, puis il entra à l'école
de droit. Il était royaliste, fanatique et austère. Il aimait
peu son grand-père dont la gaîté et le cynisme le frois-
saient, et il était sombre à l'endroit de son père.

C'était du reste un garçon ardent et froid, noble, généreux, fier, religieux, exalté ; digne jusqu'à la dureté, pur
jusqu'à la sauvagerie.

IV

FIN DU BRIGAND

L'achèvement des études classiques de Marius coïncida avec la sortie du monde de M. Gillenormand. Le vieillard dit adieu au faubourg Saint-Germain et au salon de madame de T., et vint s'établir au Marais dans sa maison de la rue des Filles-du-Calvaire. Il avait là pour domestiques, outre le portier, cette femme de chambre Nicolette qui avait succédé à la Magnon, et ce Basque essoufflé et poussif dont il a été parlé plus haut.

En 1827, Marius venait d'atteindre ses dix-sept ans. Comme il rentrait un soir, il vit son grand-père qui tenait une lettre à la main.

— Marius, dit M. Gillenormand, tu partiras demain pour Vernon.

— Pourquoi ? dit Marius.

— Pour voir ton père.

Marius eut un tremblement. Il avait songé à tout, excepté à ceci, qu'il pourrait un jour se faire qu'il eût à voir son père. Rien ne pouvait être pour lui plus inattendu, plus surprenant, et, disons-le, plus désagréable. C'était l'éloignement contraint au rapprochement. Ce n'était pas un chagrin, non, c'était une corvée.

Marius, outre ses motifs d'antipathie politique, était convaincu que son père, le sabreur, comme l'appelait M. Gillenormand dans ses jours de douceur, ne l'aimait pas ; cela était évident, puisqu'il l'avait abandonné ainsi et laissé à d'autres. Ne se sentant point aimé, il n'aimait point. Rien de plus simple, se disait-il.

Il fut si stupéfait qu'il ne questionna pas M. Gillenormand. Le grand-père reprit :

— Il paraît qu'il est malade. Il te demande.

Et après un silence il ajouta :

— Pars demain matin. Je crois qu'il y a cour des Fontaines une voiture qui part à six heures et qui arrive le soir. Prends-la. Il dit que c'est pressé.

Puis il froissa la lettre et la mit dans sa poche. Marius aurait pu partir le soir même et être près de son père le lendemain matin. Une diligence de la rue du Bouloi faisait à cette époque le voyage de Rouen la nuit et passait par Vernon. Ni M. Gillenormand ni Marius ne songèrent à s'informer.

Le lendemain, à la brune, Marius arrivait à Vernon. Les chandelles commençaient à s'allumer. Il demanda au premier passant venu : *la maison de monsieur Pontmercy.* Car dans sa pensée il était de l'avis de la Restauration, et, lui non plus, ne reconnaissait son père ni baron ni colonel.

On lui indiqua le logis. Il sonna ; une femme vint lui ouvrir, une petite lampe à la main.

— Monsieur Pontmercy ? dit Marius.

La femme resta immobile.

— Est-ce ici ? demanda Marius.

La femme fit de la tête un signe affirmatif.

— Pourrais-je lui parler ?

La femme fit un signe négatif.

— Mais je suis son fils, reprit Marius. Il m'attend.

— Il ne vous attend plus, dit la femme.

Alors il s'aperçut qu'elle pleurait.

Elle lui désigna du doigt la porte d'une salle basse. Il entra.

Dans cette salle qu'éclairait une chandelle de suif posée sur la cheminée, il y avait trois hommes, un qui était debout, un qui était à genoux, et un qui était à terre et en chemise couché tout de son long sur le carreau. Celui qui était à terre était le colonel.

Les deux autres étaient un médecin et un prêtre, qui priait.

Le colonel était depuis trois jours atteint d'une fièvre cérébrale. Au début de la maladie, ayant un mauvais pressentiment, il avait écrit à M. Gillenormand pour

demander son fils. La maladie avait empiré. Le soir
même de l'arrivée de Marius à Vernon, le colonel avait
eu un accès de délire ; il s'était levé de son lit malgré la
servante, en criant : — Mon fils n'arrive pas ! je vais
au-devant de lui ! — Puis il était sorti de sa chambre et
était tombé sur le carreau de l'antichambre. Il venait
d'expirer.

On avait appelé le médecin et le curé. Le médecin
était arrivé trop tard, le curé était arrivé trop tard. Le
fils aussi était arrivé trop tard.

À la clarté crépusculaire de la chandelle, on distinguait sur la joue du colonel gisant et pâle une grosse
larme qui avait coulé de son œil mort. L'œil était éteint,
mais la larme n'était pas séchée. Cette larme, c'était le
retard de son fils.

Marius considéra cet homme qu'il voyait pour la première fois, et pour la dernière, ce visage vénérable et
mâle, ces yeux ouverts qui ne regardaient pas, ces cheveux blancs, ces membres robustes sur lesquels on distinguait çà et là des lignes brunes qui étaient des coups
de sabre et des espèces d'étoiles rouges qui étaient des
trous de balles. Il considéra cette gigantesque balafre
qui imprimait l'héroïsme sur cette face où Dieu avait
empreint la bonté. Il songea que cet homme était son
père et que cet homme était mort, et il resta froid.

La tristesse qu'il éprouvait fut la tristesse qu'il aurait
ressentie devant tout autre homme qu'il aurait vu
étendu mort.

Le deuil, un deuil poignant, était dans cette chambre.
La servante se lamentait dans un coin, le curé priait, et
on l'entendait sangloter, le médecin s'essuyait les yeux ;
le cadavre lui-même pleurait.

Ce médecin, ce prêtre et cette femme regardaient
Marius à travers leur affliction sans dire une parole ;
c'était lui qui était l'étranger. Marius, trop peu ému, se
sentit honteux et embarrassé de son attitude ; il avait
son chapeau à la main, il le laissa tomber à terre, afin
de faire croire que la douleur lui ôtait la force de le tenir.

En même temps il éprouvait comme un remords et il se méprisait d'agir ainsi. Mais était-ce sa faute ? Il n'aimait pas son père, quoi !

Le colonel ne laissait rien. La vente du mobilier paya à peine l'enterrement. La servante trouva un chiffon de papier qu'elle remit à Marius. Il y avait ceci, écrit de la main du colonel :

« — *Pour mon fils.* — L'empereur m'a fait baron sur le champ de bataille de Waterloo. Puisque la Restauration me conteste ce titre que j'ai payé de mon sang, mon fils le prendra et le portera. Il va sans dire qu'il en sera digne. »

Derrière, le colonel avait ajouté :

« À cette même bataille de Waterloo, un sergent m'a sauvé la vie. Cet homme s'appelle Thénardier. Dans ces derniers temps, je crois qu'il tenait une petite auberge dans un village des environs de Paris, à Chelles ou à Montfermeil. Si mon fils le rencontre, il fera à Thénardier tout le bien qu'il pourra. »

Non par religion pour son père, mais à cause de ce respect vague de la mort qui est toujours si impérieux au cœur de l'homme, Marius prit ce papier et le serra.

Rien ne resta du colonel. M. Gillenormand fit vendre au fripier son épée et son uniforme. Les voisins dévalisèrent le jardin et pillèrent les fleurs rares. Les autres plantes devinrent ronces et broussailles, ou moururent.

Marius n'était demeuré que quarante-huit heures à Vernon. Après l'enterrement, il était revenu à Paris et s'était remis à son droit, sans plus songer à son père que s'il n'eût jamais vécu. En deux jours le colonel avait été enterré, et en trois jours oublié.

Marius avait un crêpe à son chapeau. Voilà tout.

V

UTILITÉ D'ALLER À LA MESSE
POUR DEVENIR RÉVOLUTIONNAIRE

Marius avait gardé les habitudes religieuses de son enfance. Un dimanche qu'il était allé entendre la messe à Saint-Sulpice, à cette même chapelle de la Vierge où sa tante le menait quand il était petit, étant ce jour-là distrait et rêveur plus qu'à l'ordinaire, il s'était placé derrière un pilier et agenouillé, sans y faire attention, sur une chaise en velours d'Utrecht au dossier de laquelle était écrit ce nom : *Monsieur Mabeuf, marguillier.* La messe commençait à peine qu'un vieillard se présenta et dit à Marius :

— Monsieur, c'est ma place.

Marius s'écarta avec empressement, et le vieillard reprit sa chaise.

La messe finie, Marius était resté pensif à quelques pas ; le vieillard s'approcha de nouveau et lui dit :

— Je vous demande pardon, monsieur, de vous avoir dérangé tout à l'heure et de vous déranger encore en ce moment ; mais vous avez dû me trouver fâcheux, il faut que je vous explique.

— Monsieur, dit Marius, c'est inutile.

— Si ! reprit le vieillard, je ne veux pas que vous ayez mauvaise idée de moi. Voyez-vous, je tiens à cette place. Il me semble que la messe y est meilleure. Pourquoi ? je vais vous le dire. C'est à cette place-là que j'ai vu venir pendant des années, tous les deux ou trois mois régulièrement, un pauvre brave père qui n'avait pas d'autre occasion et pas d'autre manière de voir son enfant, parce que, pour des arrangements de famille, on l'en empêchait. Il venait à l'heure où il savait qu'on menait son fils à la messe. Le petit ne se doutait pas que son père était là. Il ne savait même peut-être pas qu'il avait un père, l'innocent ! Le père, lui, se tenait derrière ce pilier pour qu'on ne le vît pas. Il regardait son enfant, et il pleurait. Il adorait ce petit, ce pauvre homme ! J'ai vu cela. Cet endroit est devenu comme sanctifié pour moi, et j'ai pris l'habitude de venir y entendre la messe. Je le préfère au banc d'œuvre où j'aurais droit d'être comme marguillier. J'ai même un peu connu ce malheureux monsieur. Il avait un beau-père, une tante riche, des parents, je ne sais plus trop, qui menaçaient de déshériter l'enfant si, lui le père, il le voyait. Il s'était sacrifié pour que son fils fût riche un jour et heureux. On l'en séparait pour opinion politique. Certainement j'approuve les opinions politiques, mais il y a des gens qui ne savent pas s'arrêter. Mon Dieu ! parce qu'un homme a été à Waterloo, ce n'est pas un monstre ; on ne sépare point pour cela un père de son enfant. C'était un colonel de Bonaparte. Il est mort, je crois. Il demeurait à Vernon où j'ai mon frère curé, et il s'appelait quelque chose comme Pontmarie ou Montpercy... — Il avait, ma foi, un beau coup de sabre.

— Pontmercy ! dit Marius en pâlissant.

— Précisément. Pontmercy. Est-ce que vous l'avez connu ?

— Monsieur, dit Marius, c'était mon père.

Le vieux marguillier joignit les mains, et s'écria :

— Ah ! vous êtes l'enfant ! Oui, c'est cela, ce doit être un homme à présent. Eh bien ! pauvre enfant, vous pouvez dire que vous avez eu un père qui vous a bien aimé !

Marius offrit son bras au vieillard et le ramena jusqu'à son logis. Le lendemain, il dit à M. Gillenormand :

— Nous avons arrangé une partie de chasse avec quelques amis. Voulez-vous me permettre de m'absenter trois jours ?

— Quatre ! répondit le grand-père. Va, amuse-toi.

Et, clignant de l'œil, il dit bas à sa fille :

— Quelque amourette !

VI

CE QUE C'EST QUE D'AVOIR
RENCONTRÉ UN MARGUILLIER

Où alla Marius, on le verra un peu plus loin.

Marius fut trois jours absent, puis il revint à Paris, alla droit à la bibliothèque de l'école de droit, et demanda la collection du *Moniteur*.

Il lut le *Moniteur*, il lut toutes les histoires de la république et de l'empire, le *Mémorial de Sainte-Hélène*, tous les mémoires, les journaux, les bulletins, les proclamations ; il dévora tout. La première fois qu'il rencontra le nom de son père dans les bulletins de la grande armée, il en eut la fièvre toute une semaine. Il alla voir les généraux sous lesquels Georges Pontmercy avait servi, entre autres le comte H. Le marguillier Mabeuf, qu'il était allé revoir, lui avait conté la vie de Vernon, la retraite du colonel, ses fleurs, sa solitude. Marius arriva à connaître pleinement cet homme rare, sublime et doux, cette espèce de lion-agneau qui avait été son père.

Cependant, occupé de cette étude qui lui prenait tous ses instants comme toutes ses pensées, il ne voyait presque plus les Gillenormand. Aux heures des repas, il paraissait ; puis on le cherchait, il n'était plus là. La tante bougonnait. Le père Gillenormand souriait. — Bah ! bah ! c'est le temps des fillettes ! — Quelquefois le vieillard ajoutait : — Diable ! je croyais que c'était une galanterie, il paraît que c'est une passion.

C'était une passion en effet.

Marius était en train d'adorer son père.

En même temps un changement extraordinaire se faisait dans ses idées. Les phases de ce changement furent nombreuses et successives. Comme ceci est l'histoire de beaucoup d'esprits de notre temps, nous croyons utile de suivre ces phases pas à pas et de les indiquer toutes.

Cette histoire où il venait de mettre les yeux l'effarait.

Le premier effet fut l'éblouissement.

La république, l'empire, n'avaient été pour lui jusqu'alors que des mots monstrueux. La république, une guillotine dans un crépuscule ; l'empire, un sabre dans la nuit. Il venait d'y regarder, et là où il s'attendait à ne trouver qu'un chaos de ténèbres, il avait vu, avec une sorte de surprise inouïe mêlée de crainte et de joie, étinceler des astres, Mirabeau, Vergniaud, Saint-Just, Robespierre, Camille Desmoulins, Danton, et se lever un soleil, Napoléon. Il ne savait où il en était. Il reculait aveuglé de clartés. Peu à peu, l'étonnement passé, il s'accoutuma à ces rayonnements, il considéra les actions sans vertige, il examina les personnages sans terreur ; la révolution et l'empire se mirent lumineusement en perspective devant sa prunelle visionnaire ; il vit chacun de ces deux groupes d'événements et d'hommes se résumer dans deux faits énormes ; la république dans la souveraineté du droit civique restituée aux masses, l'empire dans la souveraineté de l'idée française imposée à l'Europe ; il vit sortir de la révolution la grande figure du peuple et de l'empire la grande figure de la France. Il se déclara dans sa conscience que tout cela avait été bon.

Ce que son éblouissement négligeait dans cette première appréciation beaucoup trop synthétique, nous ne croyons pas nécessaire de l'indiquer ici. C'est l'état d'un esprit en marche que nous constatons. Les progrès ne se font pas tous en une étape. Cela dit, une fois pour toutes, pour ce qui précède comme pour ce qui va suivre, nous continuons.

Il s'aperçut alors que jusqu'à ce moment il n'avait pas plus compris son pays qu'il n'avait compris son père. Il n'avait connu ni l'un ni l'autre, et il avait eu une sorte de nuit volontaire sur les yeux. Il voyait maintenant ; et d'un côté il admirait, de l'autre il adorait.

Il était plein de regrets, et de remords, et il songeait avec désespoir que tout ce qu'il avait dans l'âme, il ne pouvait plus le dire maintenant qu'à un tombeau ! Oh ! si son père avait existé, s'il l'avait eu encore, si Dieu dans sa compassion et dans sa bonté avait permis que ce père fût encore vivant, comme il aurait couru, comme il se serait précipité, comme il aurait crié à son père : Père ! me voici ! c'est moi ! j'ai le même cœur que toi ! je suis ton fils ! Comme il aurait embrassé sa tête blanche, inondé ses cheveux de larmes, contemplé sa cicatrice, pressé ses mains, adoré ses vêtements, baisé ses pieds ! Oh ! pourquoi ce père était-il mort si tôt, avant l'âge, avant la justice, avant l'amour de son fils ! Marius avait un continuel sanglot dans le cœur qui disait à tout moment : hélas ! En même temps, il devenait plus vraiment sérieux, plus vraiment grave, plus sûr de sa foi et de sa pensée. À chaque instant des lueurs du vrai venaient compléter sa raison. Il se faisait en lui comme une croissance intérieure. Il sentait une sorte d'agrandissement naturel que lui apportaient ces deux choses, nouvelles pour lui, son père et sa patrie.

Comme lorsqu'on a une clef, tout s'ouvrait ; il s'expliquait ce qu'il avait haï, il pénétrait ce qu'il avait abhorré ; il voyait désormais clairement le sens providentiel, divin et humain, des grandes choses qu'on lui avait appris à détester et des grands hommes qu'on lui avait enseigné à maudire. Quand il songeait à ses précédentes opinions, qui n'étaient que d'hier et qui pourtant lui semblaient déjà si anciennes, il s'indignait et il souriait.

De la réhabilitation de son père il avait naturellement passé à la réhabilitation de Napoléon.

Pourtant, celle-ci, disons-le, ne s'était point faite sans labeur.

Dès l'enfance on l'avait imbu des jugements du parti de 1814 sur Bonaparte. Or, tous les préjugés de la Restauration, tous ses intérêts, tous ses instincts, tendaient à défigurer Napoléon. Elle l'exécrait plus encore que

Robespierre. Elle avait exploité assez habilement la fatigue de la nation et la haine des mères. Bonaparte était devenu une sorte de monstre presque fabuleux, et, pour le peindre à l'imagination du peuple qui, comme nous l'indiquions tout à l'heure, ressemble à l'imagination des enfants, le parti de 1814 faisait apparaître successivement tous les masques effrayants, depuis ce qui est terrible en restant grandiose jusqu'à ce qui est terrible en devenant grotesque, depuis Tibère jusqu'à Croquemitaine. Ainsi, en parlant de Bonaparte, on était libre de sangloter ou de pouffer de rire, pourvu que la haine fît la basse. Marius n'avait jamais eu — sur cet homme, comme on l'appelait, — d'autres idées dans l'esprit. Elles s'étaient combinées avec la ténacité qui était dans sa nature. Il y avait en lui tout un petit homme têtu qui haïssait Napoléon.

En lisant l'histoire, en l'étudiant surtout dans les documents et dans les matériaux, le voile qui couvrait Napoléon aux yeux de Marius se déchira peu à peu. Il entrevit quelque chose d'immense, et soupçonna qu'il s'était trompé jusqu'à ce moment sur Bonaparte comme sur tout le reste ; chaque jour il voyait mieux ; et il se mit à gravir lentement, pas à pas, au commencement presque à regret, ensuite avec enivrement et comme attiré par une fascination irrésistible, d'abord les degrés sombres, puis les degrés vaguement éclairés, enfin les degrés lumineux et splendides de l'enthousiasme.

Une nuit, il était seul dans sa petite chambre située sous le toit. Sa bougie était allumée ; il lisait accoudé sur sa table à côté de sa fenêtre ouverte. Toutes sortes de rêveries lui arrivaient de l'espace et se mêlaient à sa pensée. Quel spectacle que la nuit ! on entend des bruits sourds sans savoir d'où ils viennent, on voit rutiler comme une braise Jupiter qui est douze cents fois plus gros que la terre, l'azur est noir, les étoiles brillent, c'est formidable.

Il lisait les bulletins de la grande armée, ces strophes homériques écrites sur le champ de bataille ; il y voyait par intervalles le nom de son père, toujours le nom de l'empereur ; tout le grand empire lui apparaissait ; il sentait comme une marée qui se gonflait en lui et qui montait ; il lui semblait par moments que son père passait près de lui comme un souffle, et lui parlait à l'oreille ; il devenait peu à peu étrange ; il croyait entendre les tambours, le canon, les trompettes, le pas mesuré des bataillons, le galop sourd et lointain des cavaleries ; de temps en temps ses yeux se levaient vers le ciel et regardaient luire dans les profondeurs sans fond les constellations colossales, puis ils retombaient sur le livre et ils y voyaient d'autres choses colossales remuer confusément. Il avait le cœur serré. Il était transporté, tremblant, haletant ; tout à coup, sans savoir lui-même ce qui était en lui et à quoi il obéissait, il se dressa, étendit ses deux bras hors de la fenêtre, regarda fixement l'ombre, le silence, l'infini ténébreux, l'immensité éternelle, et cria : Vive l'empereur !

À partir de ce moment, tout fut dit. L'ogre de Corse, — l'usurpateur, — le tyran, — le monstre qui était l'amant de ses sœurs, — l'histrion qui prenait des leçons de Talma, — l'empoisonneur de Jaffa, — le tigre, — Buonaparté, — tout cela s'évanouit, et fit place dans son esprit à un vague et éclatant rayonnement où resplendissait à une hauteur inaccessible le pâle fantôme de marbre de César. L'empereur n'avait été pour son père que le bien-aimé capitaine qu'on admire et pour qui l'on se dévoue ; il fut pour Marius quelque chose de plus. Il fut le constructeur prédestiné du groupe français succédant au groupe romain dans la domination de l'univers. Il fut le prodigieux architecte d'un écroulement, le continuateur de Charlemagne, de Louis XI, de Henri IV, de Richelieu, de Louis XIV et du comité de salut public, ayant sans doute ses taches, ses fautes et même son crime, c'est-à-dire étant homme ; mais auguste dans ses fautes, brillant dans ses taches, puissant dans son crime. Il fut l'homme prédestiné qui avait forcé toutes les nations à dire : — la grande nation. Il fut mieux

encore ; il fut l'incarnation même de la France, conquérant l'Europe par l'épée qu'il tenait et le monde par la
clarté qu'il jetait. Marius vit en Bonaparte le spectre
éblouissant qui se dressera toujours sur la frontière et
qui gardera l'avenir. Despote, mais dictateur ; despote
résultant d'une république et résumant une révolution.
Napoléon devint pour lui l'homme-peuple comme Jésus
est l'homme-Dieu.

On le voit, à la façon de tous les nouveaux venus dans
une religion, sa conversion l'enivrait, il se précipitait
dans l'adhésion et il allait trop loin. Sa nature était
ainsi : une fois sur une pente, il lui était presque impossible d'enrayer. Le fanatisme pour l'épée le gagnait et
compliquait dans son esprit l'enthousiasme pour l'idée.
Il ne s'apercevait point qu'avec le génie, et pêle-mêle, il
admirait la force, c'est-à-dire qu'il installait dans les
deux compartiments de son idolâtrie, d'un côté ce qui
est divin, de l'autre ce qui est brutal. À plusieurs égards,
il s'était mis à se tromper autrement. Il admettait tout.
Il y a une manière de rencontrer l'erreur en allant à la
vérité. Il avait une sorte de bonne foi violente qui prenait tout en bloc. Dans la voie nouvelle où il était entré,
en jugeant les torts de l'ancien régime comme en mesu-
rant la gloire de Napoléon, il négligeait les circonstances atténuantes.

Quoi qu'il en fût, un pas prodigieux était fait. Où il
avait vu autrefois la chute de la monarchie, il voyait
maintenant l'avènement de la France. Son orientation
était changée. Ce qui avait été le couchant était le levant.
Il s'était retourné.

Toutes ces révolutions s'accomplissaient en lui sans
que sa famille s'en doutât.

Quand, dans ce mystérieux travail, il eut tout à fait
perdu son ancienne peau de bourbonien et d'ultra,
quand il eut dépouillé l'aristocrate, le jacobite et le royaliste, lorsqu'il fut pleinement révolutionnaire, profondément démocrate, et presque républicain, il alla chez

un graveur du quai des Orfèvres et y commanda cent cartes portant ce nom : *le baron Marius Pontmercy* [1].

Ce qui n'était qu'une conséquence très logique du changement qui s'était opéré en lui, changement dans lequel tout gravitait autour de son père. Seulement, comme il ne connaissait personne, et qu'il ne pouvait semer ces cartes chez aucun portier, il les mit dans sa poche.

Par une autre conséquence naturelle, à mesure qu'il se rapprochait de son père, de sa mémoire, et des choses pour lesquelles le colonel avait combattu vingt-cinq ans, il s'éloignait de son grand-père. Nous l'avons dit, dès longtemps l'humeur de M. Gillenormand ne lui agréait point. Il y avait déjà entre eux toutes les dissonances de jeune homme grave à vieillard frivole. La gaîté de Géronte choque et exaspère la mélancolie de Werther. Tant que les mêmes opinions politiques et les mêmes idées leur avaient été communes, Marius s'était rencontré là avec M. Gillenormand comme sur un pont. Quand ce pont tomba, l'abîme se fit. Et puis, par-dessus tout, Marius éprouvait des mouvements de révolte inexprimables en songeant que c'était M. Gillenormand qui, pour des motifs stupides, l'avait arraché sans pitié au colonel, privant ainsi le père de l'enfant et l'enfant du père.

À force de piété pour son père, Marius en était presque venu à l'aversion pour son aïeul.

Rien de cela du reste, nous l'avons dit, ne se trahissait au dehors. Seulement il était froid de plus en plus ; laconique aux repas, et rare dans la maison. Quand sa tante l'en grondait, il était très doux et donnait pour prétexte ses études, les cours, les examens, des conférences, etc. Le grand-père ne sortait pas de son diagnostic infaillible : — Amoureux ! Je m'y connais.

Marius faisait de temps en temps quelques absences.

— Où va-t-il donc comme cela ? demandait la tante.

Dans un de ces voyages, toujours très courts, il était allé à Montfermeil pour obéir à l'indication que son père lui avait laissée, et il avait cherché l'ancien sergent de Waterloo, l'aubergiste Thénardier. Thénardier avait fait faillite, l'auberge était fermée, et l'on ne savait ce qu'il était devenu. Pour ces recherches, Marius fut quatre jours hors de la maison.

— Décidément, dit le grand-père, il se dérange.

On avait cru remarquer qu'il portait sur sa poitrine et sous sa chemise quelque chose qui était attaché à son cou par un ruban noir.

VII

QUELQUE COTILLON

Nous avons parlé d'un lancier.

C'était un arrière-petit-neveu que M. Gillenormand avait du côté paternel, et qui menait, en dehors de la famille et loin de tous les foyers domestiques, la vie de garnison. Le lieutenant Théodule Gillenormand remplissait toutes les conditions voulues pour être ce qu'on appelle un joli officier. Il avait « une taille de demoiselle », une façon de traîner le sabre victorieuse, et la moustache en croc. Il venait fort rarement à Paris, si rarement que Marius ne l'avait jamais vu. Les deux cousins ne se connaissaient que de nom. Théodule était, nous croyons l'avoir dit, le favori de la tante Gillenormand, qui le préférait parce qu'elle ne le voyait pas. Ne pas voir les gens, cela permet de leur supposer toutes les perfections.

Un matin, mademoiselle Gillenormand aînée était rentrée chez elle aussi émue que sa placidité pouvait l'être. Marius venait encore de demander à son grand-père la permission de faire un petit voyage, ajoutant qu'il comptait partir le soir même. — Va ! avait répondu le grand-père, et M. Gillenormand avait ajouté à part en poussant ses deux sourcils vers le haut de son front :

Il découche avec récidive. Mademoiselle Gillenormand était remontée dans sa chambre très intriguée, et avait jeté dans l'escalier ce point d'exclamation : C'est fort ! et ce point d'interrogation : Mais où donc est-ce qu'il va ? Elle entrevoyait quelque aventure de cœur plus ou moins illicite, une femme dans la pénombre, un rendez-vous, un mystère, et elle n'eût pas été fâchée d'y fourrer ses lunettes. La dégustation d'un mystère, cela ressemble à la primeur d'un esclandre ; les saintes âmes ne détestent point cela. Il y a dans les compartiments secrets de la bigoterie quelque curiosité pour le scandale.

Elle était donc en proie au vague appétit de savoir une histoire.

Pour se distraire de cette curiosité qui l'agitait un peu au delà de ses habitudes, elle s'était réfugiée dans ses talents, et elle s'était mise à festonner avec du coton sur du coton une de ces broderies de l'Empire et de la Restauration où il y a beaucoup de roues de cabriolet. Ouvrage maussade, ouvrière revêche. Elle était depuis plusieurs heures sur sa chaise quand la porte s'ouvrit. Mademoiselle Gillenormand leva le nez ; le lieutenant Théodule était devant elle, et lui faisait le salut d'ordonnance. Elle poussa un cri de bonheur. On est vieille, on est prude, on est dévote, on est la tante ; mais c'est toujours agréable de voir entrer dans sa chambre un lancier.

— Toi ici, Théodule ! s'écria-t-elle.

— En passant, ma tante.

— Mais embrasse-moi donc.

— Voilà ! dit Théodule.

Et il l'embrassa. La tante Gillenormand alla à son secrétaire, et l'ouvrit.

— Tu nous restes au moins toute la semaine ?

— Ma tante, je repars ce soir.

— Pas possible !

— Mathématiquement !

— Reste, mon petit Théodule, je t'en prie.

— Le cœur dit oui, mais la consigne dit non. L'histoire est simple. On nous change de garnison ; nous étions à Melun, on nous met à Gaillon. Pour aller de l'ancienne garnison à la nouvelle, il faut passer par Paris. J'ai dit : je vais aller voir ma tante.

— Et voici pour ta peine.

Elle lui mit dix louis dans la main.

— Vous voulez dire pour mon plaisir, chère tante.

Théodule l'embrassa une seconde fois, et elle eut la joie d'avoir le cou un peu écorché par les soutaches de l'uniforme.

— Est-ce que tu fais le voyage à cheval avec ton régiment ? lui demanda-t-elle.

— Non, ma tante. J'ai tenu à vous voir. J'ai une permission spéciale. Mon brosseur mène mon cheval ; je vais par la diligence. Et à ce propos, il faut que je vous demande une chose.

— Quoi ?

— Mon cousin Marius Pontmercy voyage donc aussi, lui ?

— Comment sais-tu cela ? fit la tante, subitement chatouillée au vif de la curiosité.

— En arrivant, je suis allé à la diligence retenir ma place dans le coupé.

— Eh bien ?

— Un voyageur était déjà venu retenir une place sur l'impériale. J'ai vu sur la feuille son nom.

— Quel nom ?

— Marius Pontmercy.

— Le mauvais sujet ! s'écria la tante. Ah ! ton cousin n'est pas un garçon rangé comme toi. Dire qu'il va passer la nuit en diligence !

— Comme moi.

— Mais toi, c'est par devoir ; lui, c'est par désordre.

— Bigre ! fit Théodule.

Ici, il arriva un événement à mademoiselle Gillenormand aînée ; elle eut une idée. Si elle eût été homme, elle se fût frappé le front. Elle apostropha Théodule :

— Sais-tu que ton cousin ne te connaît pas ?

— Non. Je l'ai vu, moi ; mais il n'a jamais daigné me remarquer.

— Vous allez donc voyager ensemble comme cela ?

— Lui sur l'impériale, moi dans le coupé.

— Où va cette diligence ?

— Aux Andelys.

— C'est donc là que va Marius ?

— À moins que, comme moi, il ne s'arrête en route. Moi, je descends à Vernon pour prendre la correspondance de Gaillon. Je ne sais rien de l'itinéraire de Marius.

— Marius ! quel vilain nom ! Quelle idée a-t-on eue de l'appeler Marius ! Tandis que toi, au moins, tu t'appelles Théodule !

— J'aimerais mieux m'appeler Alfred, dit l'officier.

— Écoute, Théodule.

— J'écoute, ma tante.

— Fais attention.

— Je fais attention.

— Y es-tu ?

— Oui.

— Eh bien, Marius fait des absences.

— Hé hé !

— Il voyage.

— Ah ah !

— Il découche.

— Oh oh !

— Nous voudrions savoir ce qu'il y a là-dessous.

Théodule répondit avec le calme d'un homme bronzé :

— Quelque cotillon.

Et avec ce rire entre cuir et chair qui décèle la certitude, il ajouta :

— Une fillette.

— C'est évident, s'écria la tante qui crut entendre parler M. Gillenormand, et qui sentit sa conviction sortir irrésistiblement de ce mot *fillette*, accentué presque de

la même façon par le grand-oncle et par le petit-neveu.
Elle reprit :

— Fais-nous un plaisir. Suis un peu Marius. Il ne te
connaît pas, cela te sera facile. Puisque fillette il y a,
tâche de voir la fillette. Tu nous écriras l'historiette. Cela
amusera le grand-père.

Théodule n'avait point un goût excessif pour ce genre
de guet ; mais il était fort touché des dix louis, et il
croyait leur voir une suite possible. Il accepta la
commission et dit : — Comme il vous plaira, ma tante.
Et il ajouta à part lui : — Me voilà duègne.

Mademoiselle Gillenormand l'embrassa.

— Ce n'est pas toi, Théodule, qui ferais de ces fras-
ques-là. Tu obéis à la discipline, tu es l'esclave de la
consigne, tu es un homme de scrupule et de devoir,
et tu ne quitterais pas ta famille pour aller voir une
créature.

Le lancier fit la grimace satisfaite de Cartouche loué
pour sa probité.

Marius, le soir qui suivit ce dialogue, monta en diligence sans se douter qu'il eût un surveillant. Quant au
surveillant, la première chose qu'il fit, ce fut de s'endormir. Le sommeil fut complet et consciencieux. Argus
ronfla toute la nuit.

Au point du jour, le conducteur de la diligence cria :
— Vernon ! relais de Vernon ! les voyageurs pour Vernon ! — Et le lieutenant Théodule se réveilla.

— Bon, grommela-t-il, à demi endormi encore, c'est
ici que je descends.

Puis, sa mémoire se nettoyant par degrés, effet du
réveil, il songea à sa tante, aux dix louis, et au compte
qu'il s'était chargé de rendre des faits et gestes de
Marius. Cela le fit rire.

Il n'est peut-être plus dans la voiture, pensa-t-il, tout
en reboutonnant sa veste de petit uniforme. Il a pu
s'arrêter à Poissy ; il a pu s'arrêter à Triel ; s'il n'est pas
descendu à Meulan, il a pu descendre à Mantes, à moins
qu'il ne soit descendu à Rolleboise, ou qu'il n'ait poussé

jusqu'à Pacy, avec le choix de tourner à gauche sur Évreux ou à droite sur Laroche-Guyon. Cours après, ma tante. Que diable vais-je lui écrire, à la bonne vieille ?

En ce moment un pantalon noir qui descendait de l'impériale apparut à la vitre du coupé.

— Serait-ce Marius ? dit le lieutenant.

C'était Marius.

Une petite paysanne, au bas de la voiture, mêlée aux chevaux et aux postillons, offrait des fleurs aux voyageurs. — Fleurissez vos dames, criait-elle.

Marius s'approcha d'elle et lui acheta les plus belles fleurs de son éventaire.

— Pour le coup, dit Théodule sautant à bas du coupé, voilà qui me pique. À qui diantre va-t-il porter ces fleurs-là ? Il faut une fièrement jolie femme pour un si beau bouquet. Je veux la voir.

Et, non plus par mandat maintenant, mais par curiosité personnelle, comme ces chiens qui chassent pour leur compte, il se mit à suivre Marius.

Marius ne faisait nulle attention à Théodule. Des femmes élégantes descendaient de la diligence ; il ne les regarda pas. Il semblait ne rien voir autour de lui.

— Est-il amoureux ! pensa Théodule.

Marius se dirigea vers l'église.

— À merveille, se dit Théodule. L'église ! c'est cela. Les rendez-vous assaisonnés d'un peu de messe sont les meilleurs. Rien n'est exquis comme une œillade qui passe par-dessus le bon Dieu.

Parvenu à l'église, Marius n'y entra point, et tourna derrière le chevet. Il disparut à l'angle d'un des contreforts de l'abside.

— Le rendez-vous est dehors, dit Théodule. Voyons la fillette.

Et il s'avança sur la pointe de ses bottes vers l'angle où Marius avait tourné.

Arrivé là, il s'arrêta stupéfait.

Marius, le front dans ses deux mains, était agenouillé dans l'herbe sur une fosse. Il y avait effeuillé son bou-

quet. À l'extrémité de la fosse, à un renflement qui marquait la tête, il y avait une croix de bois noir avec ce
nom en lettres blanches : Colonel baron Pontmercy.
On entendait Marius sangloter.

La fillette était une tombe [1].

VIII

MARBRE CONTRE GRANIT

C'était là que Marius était venu la première fois qu'il
s'était absenté de Paris. C'était là qu'il revenait chaque
fois que M. Gillenormand disait : Il découche.

Le lieutenant Théodule fut absolument décontenancé
par ce coudoiement inattendu d'un sépulcre ; il éprouva
une sensation désagréable et singulière qu'il était incapable d'analyser, et qui se composait du respect d'un
tombeau mêlé au respect d'un colonel. Il recula, laissant
Marius seul dans le cimetière, et il y eut de la discipline
dans cette reculade. La mort lui apparut avec de grosses
épaulettes, et il lui fit presque le salut militaire. Ne
sachant qu'écrire à la tante, il prit le parti de ne rien
écrire du tout ; et il ne serait probablement rien résulté
de la découverte faite par Théodule sur les amours de
Marius, si, par un de ces arrangements mystérieux si
fréquents dans le hasard, la scène de Vernon n'eût eu
presque immédiatement une sorte de contre-coup à
Paris.

Marius revint de Vernon le troisième jour de grand
matin, descendit chez son grand-père, et, fatigué de
deux nuits passées en diligence, sentant le besoin de
réparer son insomnie par une heure d'école de natation,
monta rapidement à sa chambre, ne prit que le temps
de quitter sa redingote de voyage et le cordon noir qu'il
avait au cou, et s'en alla au bain.

M. Gillenormand, levé de bonne heure comme tous

les vieillards qui se portent bien, l'avait entendu rentrer, et s'était hâté d'escalader, le plus vite qu'il avait pu avec ses vieilles jambes, l'escalier des combles où habitait Marius, afin de l'embrasser, et de le questionner dans l'embrassade, et de savoir un peu d'où il venait.

Mais l'adolescent avait mis moins de temps à descendre que l'octogénaire à monter, et quand le père Gillenormand entra dans la mansarde, Marius n'y était plus.

Le lit n'était pas défait, et sur le lit s'étalaient sans défiance la redingote et le cordon noir.

— J'aime mieux ça, dit M. Gillenormand.

Et un moment après il fit son entrée dans le salon où était déjà assise mademoiselle Gillenormand aînée, brodant ses roues de cabriolet.

L'entrée fut triomphante.

M. Gillenormand tenait d'une main la redingote et de l'autre le ruban de cou, et criait :

— Victoire ! nous allons pénétrer le mystère ! nous allons savoir le fin du fin ! nous allons palper les libertinages de notre sournois ! nous voici à même le roman. J'ai le portrait !

En effet, une boîte de chagrin noir, assez semblable à un médaillon, était suspendue au cordon.

Le vieillard prit cette boîte et la considéra quelque temps sans l'ouvrir, avec cet air de volupté, de ravissement et de colère d'un pauvre diable affamé regardant passer sous son nez un admirable dîner qui ne serait pas pour lui.

— Car c'est évidemment là un portrait. Je m'y connais. Cela se porte tendrement sur le cœur. Sont-ils bêtes ! Quelque abominable goton, qui fait frémir probablement ! Les jeunes gens ont si mauvais goût aujourd'hui !

— Voyons, mon père, dit la vieille fille.

La boîte s'ouvrait en pressant un ressort. Ils n'y trouvèrent rien qu'un papier soigneusement plié.

— *De la même au même*, dit M. Gillenormand éclatant de rire. Je sais ce que c'est. Un billet doux !

— Ah ! lisons donc ! dit la tante.

Et elle mit ses lunettes. Ils déplièrent le papier et lurent ceci :

« — *Pour mon fils*. — L'empereur m'a fait baron sur le champ de bataille de Waterloo. Puisque la Restauration me conteste ce titre que j'ai payé de mon sang, mon fils le prendra et le portera. Il va sans dire qu'il en sera digne. »

Ce que le père et la fille éprouvèrent ne saurait se dire. Ils se sentirent glacés comme par le souffle d'une tête de mort. Ils n'échangèrent pas un mot. Seulement M. Gillenormand dit à voix basse et comme se parlant à lui-même :

— C'est l'écriture de ce sabreur.

La tante examina le papier, le retourna dans tous les sens, puis le remit dans la boîte.

Au même moment, un petit paquet carré long enveloppé de papier bleu tomba d'une poche de la redingote. Mademoiselle Gillenormand le ramassa et développa le papier bleu. C'était le cent de cartes de Marius. Elle en passa une à M. Gillenormand qui lut : *Le baron Marius Pontmercy*.

Le vieillard sonna. Nicolette vint. M. Gillenormand prit le cordon, la boîte et la redingote, jeta le tout à terre au milieu du salon, et dit :

— Remportez ces nippes.

Une grande heure se passa dans le plus profond silence. Le vieux homme et la vieille fille s'étaient assis se tournant le dos l'un à l'autre, et pensaient, chacun de leur côté, probablement les mêmes choses. Au bout de cette heure, la tante Gillenormand dit :

— Joli !

Quelques instants après, Marius parut. Il rentrait. Avant même d'avoir franchi le seuil du salon, il aperçut son grand-père qui tenait à la main une de ses cartes et qui, en le voyant, s'écria avec son air de supériorité bourgeoise et ricanante qui était quelque chose d'écrasant :

— Tiens ! tiens ! tiens ! tiens ! tiens ! tu es baron à présent. Je te fais mon compliment. Qu'est-ce que cela veut dire ?

Marius rougit légèrement, et répondit :

— Cela veut dire que je suis le fils de mon père.

M. Gillenormand cessa de rire et dit durement :

— Ton père, c'est moi.

— Mon père, reprit Marius les yeux baissés et l'air sévère, c'était un homme humble et héroïque qui a glorieusement servi la république et la France, qui a été grand dans la plus grande histoire que les hommes aient jamais faite, qui a vécu un quart de siècle au bivouac, le jour sous la mitraille et sous les balles, la nuit dans la neige, dans la boue, sous la pluie, qui a pris deux drapeaux, qui a reçu vingt blessures, qui est mort dans l'oubli et dans l'abandon, et qui n'a jamais eu qu'un tort, c'est de trop aimer deux ingrats, son pays et moi !

C'était plus que M. Gillenormand n'en pouvait entendre. À ce mot, *la république*, il s'était levé, ou pour mieux dire, dressé debout. Chacune des paroles que Marius venait de prononcer avait fait sur le visage du vieux royaliste l'effet des bouffées d'un soufflet de forge sur un tison ardent. De sombre il était devenu rouge, de rouge pourpre, et de pourpre flamboyant.

— Marius ! s'écria-t-il. Abominable enfant ! je ne sais pas ce qu'était ton père ! je ne veux pas le savoir ! je n'en sais rien et je ne le sais pas ! mais ce que je sais, c'est qu'il n'y a jamais eu que des misérables parmi tous ces gens-là ! c'est que c'étaient tous des gueux, des assassins, des bonnets rouges, des voleurs ! je dis tous ! je dis tous ! je ne connais personne ! je dis tous ! entends-tu, Marius ! Vois-tu bien, tu es baron comme ma pantoufle ! C'étaient tous des bandits qui ont servi Robespierre ! tous des brigands qui ont servi Bu-o-na-parté ! tous des traîtres qui ont trahi, trahi, trahi ! leur roi légitime ! tous des lâches qui se sont sauvés devant les Prussiens et les Anglais à Waterloo ! Voilà ce que je sais. Si

monsieur votre père est là-dessous, je l'ignore, j'en suis
fâché, tant pis, votre serviteur !

À son tour, c'était Marius qui était le tison, et M. Gillenormand qui était le soufflet. Marius frissonnait dans
tous ses membres, il ne savait que devenir, sa tête flambait. Il était le prêtre qui regarde jeter au vent toutes
ses hosties, le fakir qui voit un passant cracher sur son
idole. Il ne se pouvait que de telles choses eussent été
dites impunément devant lui. Mais que faire ? Son père
venait d'être foulé aux pieds et trépigné en sa présence,
mais par qui ? par son grand-père. Comment venger l'un
sans outrager l'autre ? Il était impossible qu'il insultât
son grand-père, et il était également impossible qu'il ne
vengeât point son père. D'un côté une tombe sacrée, de
l'autre des cheveux blancs. Il fut quelques instants ivre
et chancelant, ayant tout ce tourbillon dans la tête ; puis
il leva les yeux, regarda fixement son aïeul, et cria d'une
voix tonnante :

— À bas les Bourbons, et ce gros cochon de Louis
XVIII !

Louis XVIII était mort depuis quatre ans, mais cela
lui était bien égal.

Le vieillard, d'écarlate qu'il était, devint subitement
plus blanc que ses cheveux. Il se tourna vers un buste
de M. le duc de Berry qui était sur la cheminée et le
salua profondément avec une sorte de majesté singulière. Puis il alla deux fois, lentement et en silence, de
la cheminée à la fenêtre et de la fenêtre à la cheminée,
traversant toute la salle et faisant craquer le parquet
comme une figure de pierre qui marche. À la seconde
fois, il se pencha vers sa fille, qui assistait à ce choc avec
la stupeur d'une vieille brebis, et lui dit en souriant d'un
sourire presque calme :

— Un baron comme monsieur et un bourgeois
comme moi ne peuvent rester sous le même toit.

Et tout à coup se redressant, blême, tremblant, terrible, le front agrandi par l'effrayant rayonnement de la
colère, il étendit le bras vers Marius et lui cria :

— Va-t'en.

Marius quitta la maison.

Le lendemain, M. Gillenormand dit à sa fille :

— Vous enverrez tous les six mois soixante pistoles à ce buveur de sang, et vous ne m'en parlerez jamais.

Ayant un immense reste de fureur à dépenser et ne sachant qu'en faire, il continua de dire *vous* à sa fille pendant plus de trois mois.

Marius, de son côté, était sorti indigné. Une circonstance qu'il faut dire avait aggravé encore son exaspération. Il y a toujours de ces petites fatalités qui compliquent les drames domestiques. Les griefs s'en augmentent, quoique au fond les torts n'en soient pas accrus. En reportant précipitamment, sur l'ordre du grand-père, « les nippes » de Marius dans sa chambre, Nicolette avait, sans s'en apercevoir, laissé tomber, probablement dans l'escalier des combles, qui était obscur, le médaillon de chagrin noir où était le papier écrit par le colonel. Ce papier ni ce médaillon ne purent être retrouvés. Marius fut convaincu que « monsieur Gillenormand », à dater de ce jour il ne l'appela plus autrement, avait jeté « le testament de son père » au feu. Il savait par cœur les quelques lignes écrites par le colonel, et, par conséquent, rien n'était perdu. Mais le papier, l'écriture, cette relique sacrée, tout cela était son cœur même. Qu'en avait-on fait ?

Marius s'en était allé, sans dire où il allait, et sans savoir où il allait, avec trente francs, sa montre, et quelques hardes dans un sac de nuit. Il était monté dans un cabriolet de place, l'avait pris à l'heure et s'était dirigé à tout hasard vers le pays latin.

Qu'allait devenir Marius ?

Livre quatrième

LES AMIS DE L'A B C

I

UN GROUPE
QUI A FAILLI DEVENIR HISTORIQUE

À cette époque, indifférente en apparence, un certain frisson révolutionnaire courait vaguement. Des souffles, revenus des profondeurs de 89 et de 92, étaient dans l'air. La jeunesse était, qu'on nous passe le mot, en train de muer. On se transformait, presque sans s'en douter, par le mouvement même du temps. L'aiguille qui marche sur le cadran marche aussi dans les âmes Chacun faisait en avant le pas qu'il avait à faire. Les royalistes devenaient libéraux, les libéraux devenaient démocrates.

C'était comme une marée montante compliquée de mille reflux ; le propre des reflux, c'est de faire des mélanges ; de là des combinaisons d'idées très singulières ; on adorait à la fois Napoléon et la liberté. Nous faisons ici de l'histoire. C'étaient les mirages de ce temps-là. Les opinions traversent des phases. Le royalisme voltairien, variété bizarre, a eu un pendant non moins étrange, le libéralisme bonapartiste.

D'autres groupes d'esprits étaient plus sérieux. Là on sondait le principe ; là on s'attachait au droit. On se passionnait pour l'absolu, on entrevoyait les réalisations infinies ; l'absolu, par sa rigidité même, pousse les esprits vers l'azur et les fait flotter dans l'illimité. Rien n'est tel que le dogme pour enfanter le rêve. Et rien n'est tel que le rêve pour engendrer l'avenir. Utopie aujourd'hui, chair et os demain.

Les opinions avancées avaient des doubles fonds. Un commencement de mystère menaçait « l'ordre établi », lequel était suspect et sournois. Signe au plus haut point révolutionnaire. L'arrière-pensée du pouvoir rencontre dans la sape l'arrière-pensée du peuple. L'incubation des insurrections donne la réplique à la préméditation des coups d'État.

Il n'y avait pas encore en France alors de ces vastes organisations sous-jacentes comme le tugendbund allemand et le carbonarisme italien : mais çà et là des creusements obscurs, se ramifiant. La Cougourde s'ébauchait à Aix ; il y avait à Paris, entre autres affiliations de ce genre, la société des Amis de l'A B C.

Qu'était-ce que les Amis de l'A B C ? une société ayant pour but, en apparence, l'éducation des enfants, en réalité le redressement des hommes.

On se déclarait les amis de l'A B C. — L'*Abaissé*, c'était le peuple. On voulait le relever. Calembour dont on aurait tort de rire. Les calembours sont quelquefois graves en politique ; témoin le *Castratus ad castra* qui fit de Narsès un général d'armée ; témoin : *Barbari et Barberini* ; témoin : *Fueros y Fuegos* ; témoin : *Tu es Petrus et super hanc petram*, etc., etc. [1].

Les amis de l'A B C étaient peu nombreux. C'était une société secrète à l'état d'embryon ; nous dirions presque une coterie, si les coteries aboutissaient à des héros. Ils se réunissaient à Paris en deux endroits, près des Halles, dans un cabaret appelé *Corinthe* dont il sera question plus tard, et près du Panthéon dans un petit café de la place Saint-Michel [2] appelé *le café Musain*, aujourd'hui démoli ; le premier de ces lieux de rendez-vous était contigu aux ouvriers, le deuxième, aux étudiants.

Les conciliabules habituels des Amis de l'A B C se tenaient dans une arrière-salle du café Musain. Cette salle, assez éloignée du café, auquel elle communiquait

par un très long couloir, avait deux fenêtres et une issue
avec un escalier dérobé sur la petite rue des Grès. On y
fumait, on y buvait, on y jouait, on y riait. On y causait
très haut de tout, et à voix basse d'autre chose. Au mur
était clouée, indice suffisant pour éveiller le flair d'un
agent de police, une vieille carte de la France sous la
République.

La plupart des Amis de l'A B C étaient des étudiants,
en entente cordiale avec quelques ouvriers. Voici les
noms des principaux. Ils appartiennent dans une certaine mesure à l'histoire : Enjolras, Combeferre, Jean
Prouvaire, Feuilly, Courfeyrac, Bahorel, Lesgle ou Laigle, Joly, Grantaire.

Ces jeunes gens faisaient entre eux une sorte de
famille, à force d'amitié. Tous, Laigle excepté, étaient
du midi.

Ce groupe était remarquable. Il s'est évanoui dans les
profondeurs invisibles qui sont derrière nous. Au point
de ce drame où nous sommes parvenus, il n'est pas inutile peut-être de diriger un rayon de clarté sur ces jeunes
têtes avant que le lecteur les voie s'enfoncer dans
l'ombre d'une aventure tragique.

Enjolras, que nous avons nommé le premier, on verra
plus tard pourquoi, était fils unique et riche.

Enjolras était un jeune homme charmant, capable
d'être terrible. Il était angéliquement beau. C'était Anti-
noüs, farouche. On eût dit, à voir la réverbération pensive de son regard, qu'il avait déjà, dans quelque existence précédente, traversé l'apocalypse révolutionnaire.
Il en avait la tradition comme un témoin. Il savait tous
les petits détails de la grande chose. Nature pontificale
et guerrière, étrange dans un adolescent. Il était officiant et militant ; au point de vue immédiat, soldat de
la démocratie ; au-dessus du mouvement contemporain, prêtre de l'idéal. Il avait la prunelle profonde, la
paupière un peu rouge, la lèvre inférieure épaisse et
facilement dédaigneuse, le front haut. Beaucoup de
front dans un visage, c'est comme beaucoup de ciel dans

un horizon. Ainsi que certains jeunes hommes du commencement de ce siècle et de la fin du siècle dernier qui ont été illustres de bonne heure, il avait une jeunesse excessive, fraîche comme chez les jeunes filles, quoique avec des heures de pâleur. Déjà homme, il semblait encore enfant. Ses vingt-deux ans en paraissaient dix-sept. Il était grave, il ne semblait pas savoir qu'il y eût sur la terre un être appelé la femme. Il n'avait qu'une passion, le droit, qu'une pensée, renverser l'obstacle. Sur le mont Aventin, il eût été Gracchus ; dans la Convention, il eût été Saint-Just. Il voyait à peine les roses, il ignorait le printemps, il n'entendait pas chanter les oiseaux ; la gorge nue d'Évadné ne l'eût pas plus ému qu'Aristogiton ; pour lui, comme pour Harmodius, les fleurs n'étaient bonnes qu'à cacher l'épée. Il était sévère dans les joies. Devant tout ce qui n'était pas la république, il baissait chastement les yeux. C'était l'amoureux de marbre de la Liberté. Sa parole était âprement inspirée et avait un frémissement d'hymne. Il avait des ouvertures d'ailes inattendues. Malheur à l'amourette qui se fût risquée de son côté ! Si quelque grisette de la place Cambrai ou de la rue Saint-Jean-de-Beauvais, voyant cette figure d'échappé de collège, cette encolure de page, ces longs cils blonds, ces yeux bleus, cette chevelure tumultueuse au vent, ces joues roses, ces lèvres neuves, ces dents exquises, eût eu appétit de toute cette aurore, et fût venue essayer sa beauté sur Enjolras, un regard surprenant et redoutable lui eût montré brusquement l'abîme, et lui eût appris à ne pas confondre avec le chérubin galant de Beaumarchais le formidable chérubin d'Ézéchiel.

À côté d'Enjolras qui représentait la logique de la révolution, Combeferre en représentait la philosophie. Entre la logique de la révolution et sa philosophie, il y a cette différence que sa logique peut conclure à la guerre, tandis que sa philosophie ne peut aboutir qu'à la paix. Combeferre complétait et rectifiait Enjolras. Il était moins haut et plus large. Il voulait qu'on versât

aux esprits les principes étendus d'idées générales ; il
disait : Révolution, mais civilisation ; et autour de la
montagne à pic il ouvrait le vaste horizon bleu. De là,
dans toutes les vues de Combeferre, quelque chose
d'accessible et de praticable. La révolution avec Combeferre était plus respirable qu'avec Enjolras. Enjolras en
exprimait le droit divin, et Combeferre le droit naturel.
Le premier se rattachait à Robespierre ; le second confi-
nait à Condorcet. Combeferre vivait plus qu'Enjolras de
la vie de tout le monde. S'il eût été donné à ces deux
jeunes hommes d'arriver jusqu'à l'histoire, l'un eût été
le juste, l'autre eût été le sage. Enjolras était plus viril,
Combeferre était plus humain. *Homo* et *Vir*, c'était bien
là en effet leur nuance. Combeferre était doux comme
Enjolras était sévère, par blancheur naturelle. Il aimait
le mot citoyen, mais il préférait le mot homme. Il eût
volontiers dit : *Hombre*, comme les Espagnols. Il lisait
tout, allait aux théâtres, suivait les cours publics, apprenait d'Arago la polarisation de la lumière, se passionnait pour une leçon où Geoffroy Saint-Hilaire avait
expliqué la double fonction de l'artère carotide externe
et de l'artère carotide interne, l'une qui fait le visage,
l'autre qui fait le cerveau ; il était au courant, suivait la
science pas à pas, confrontait Saint-Simon avec Fourier, déchiffrait les hiéroglyphes, cassait les cailloux
qu'il trouvait et raisonnait géologie, dessinait de
mémoire un papillon bombyx, signalait les fautes de
français dans le Dictionnaire de l'Académie, étudiait
Puységur et Deleuze [1], n'affirmait rien, pas même les
miracles, ne niait rien, pas même les revenants, feuilletait la collection du *Moniteur*, songeait. Il déclarait que
l'avenir est dans la main du maître d'école, et se préoc-
cupait des questions d'éducation. Il voulait que la
société travaillât sans relâche à l'élévation du niveau
intellectuel et moral, au monnayage de la science, à la
mise en circulation des idées, à la croissance de l'esprit
dans la jeunesse, et il craignait que la pauvreté actuelle
des méthodes, la misère du point de vue littéraire borné

à deux ou trois siècles dits classiques, le dogmatisme tyrannique des pédants officiels, les préjugés scolastiques et les routines ne finissent par faire de nos collèges des huîtrières artificielles. Il était savant, puriste, précis, polytechnique, piocheur, et en même temps pensif « jusqu'à la chimère », disaient ses amis. Il croyait à tous ces rêves : les chemins de fer, la suppression de la souffrance dans les opérations chirurgicales, la fixation de l'image de la chambre noire, le télégraphe électrique, la direction des ballons. Du reste peu effrayé des citadelles bâties de toutes parts contre le genre humain par les superstitions, les despotismes et les préjugés. Il était de ceux qui pensent que la science finira par tourner la position. Enjolras était un chef, Combeferre était un guide. On eût voulu combattre avec l'un et marcher avec l'autre. Ce n'est pas que Combeferre ne fût capable de combattre, il ne refusait pas de prendre corps à corps l'obstacle et de l'attaquer de vive force et par explosion ; mais mettre peu à peu, par l'enseignement des axiomes et la promulgation des lois positives, le genre humain d'accord avec ses destinées, cela lui plaisait mieux ; et, entre deux clartés, sa pente était plutôt pour l'illumination que pour l'embrasement. Un incendie peut faire une aurore sans doute, mais pourquoi ne pas attendre le lever du jour ? Un volcan éclaire, mais l'aube éclaire encore mieux. Combeferre préférait peut-être la blancheur du beau au flamboiement du sublime. Une clarté troublée par de la fumée, un progrès acheté par de la violence, ne satisfaisaient qu'à demi ce tendre et sérieux esprit. Une précipitation à pic d'un peuple dans la vérité, un 93, l'effarait ; cependant la stagnation lui répugnait plus encore, il y sentait la putréfaction et la mort ; à tout prendre, il aimait mieux l'écume que le miasme, et il préférait au cloaque le torrent, et la chute du Niagara au lac de Montfaucon. En somme il ne voulait ni halte, ni hâte. Tandis que ses tumultueux amis, chevaleresquement épris de l'absolu, adoraient et appelaient les splendides aventures révolutionnaires, Combeferre inclinait à laisser faire le progrès, le bon progrès, froid peut-être, mais pur ; méthodique, mais irréprochable ; flegmatique, mais imperturbable. Combeferre se fût agenouillé et eût joint les mains pour que l'avenir arrivât avec toute sa candeur, et pour que rien ne troublât l'immense évolution vertueuse des peuples. *Il faut que le bien soit innocent*, répétait-il sans cesse. Et en effet, si la grandeur de la révolution, c'est de regarder fixement l'éblouissant idéal et d'y voler à travers les foudres, avec du sang et du feu à ses serres, la beauté du progrès, c'est d'être sans tache ; et il y a entre Washington qui représente l'un et Danton qui incarne l'autre, la différence qui sépare l'ange aux ailes de cygne de l'ange aux ailes d'aigle.

Jean Prouvaire était une nuance plus adoucie encore que Combeferre. Il s'appelait Jehan, par cette petite fantaisie momentanée qui se mêlait au puissant et profond mouvement d'où est sortie l'étude si nécessaire du moyen-âge. Jean Prouvaire était amoureux, cultivait un pot de fleurs, jouait de la flûte, faisait des vers, aimait le peuple, plaignait la femme, pleurait sur l'enfant, confondait dans la même confiance l'avenir et Dieu, et blâmait la Révolution d'avoir fait tomber une tête royale, celle d'André Chénier. Il avait la voix habituellement délicate et tout à coup virile. Il était lettré jusqu'à l'érudition, et presque orientaliste. Il était bon par-dessus tout ; et, chose toute simple pour qui sait combien la bonté confine à la grandeur, en fait de poésie il préférait l'immense. Il savait l'italien, le latin, le grec et l'hébreu ; et cela lui servait à ne lire que quatre poëtes : Dante, Juvénal, Eschyle et Isaïe. En français, il préférait Corneille à Racine et Agrippa d'Aubigné à Corneille. Il flânait volontiers dans les champs de folle avoine et de bleuets, et s'occupait des nuages presque autant que des événements. Son esprit avait deux attitudes, l'une du côté de l'homme, l'autre du côté de Dieu ; il étudiait, ou il contemplait. Toute la journée il approfondissait les questions sociales : le salaire, le capital, le crédit, le mariage, la religion, la liberté de penser, la liberté d'aimer, l'éducation, la pénalité, la misère, l'association, la propriété, la production et la répartition, l'énigme d'en bas qui couvre d'ombre la fourmilière humaine ; et le soir, il regardait les astres, ces êtres énormes. Comme Enjolras, il était riche et fils unique. Il parlait doucement, penchait la tête, baissait les yeux, souriait avec embarras, se mettait mal, avait l'air gauche, rougissait de rien, était fort timide. Du reste, intrépide.

Feuilly était un ouvrier éventailliste, orphelin de père et de mère, qui gagnait péniblement trois francs par jour, et qui n'avait qu'une pensée, délivrer le monde. Il avait une autre préoccupation encore : s'instruire ; ce qu'il appelait aussi se délivrer. Il s'était enseigné à lui-même à lire et à écrire ; tout ce qu'il savait, il l'avait appris seul. Feuilly était un généreux cœur. Il avait l'embrassement immense. Cet orphelin avait adopté les peuples. Sa mère lui manquant, il avait médité sur la patrie. Il ne voulait pas qu'il y eût sur la terre un homme qui fût sans patrie. Il couvait en lui-même, avec la divination profonde de l'homme du peuple, ce que nous appelons aujourd'hui *l'idée des nationalités*. Il avait appris l'histoire exprès pour s'indigner en connaissance de cause. Dans ce jeune cénacle d'utopistes, surtout occupés de la France, il représentait le dehors. Il avait pour spécialité la Grèce, la Pologne, la Hongrie, la Roumanie, l'Italie. Il prononçait ces noms-là sans cesse, à propos et hors de propos, avec la ténacité du droit. La Turquie sur la Crète et la Thessalie, la Russie sur Varsovie, l'Autriche sur Venise, ces viols l'exaspéraient Entre toutes, la grande voie de fait de 1772 le soulevait [1]. Le vrai dans l'indignation, il n'y a pas de plus souveraine éloquence ; il était éloquent de cette éloquence-là. Il ne tarissait pas sur cette date infâme, 1772, sur ce noble et vaillant peuple supprimé par trahison, sur ce crime à trois, sur ce guet-apens monstre, prototype et patron de toutes ces effrayantes suppressions d'État qui, depuis, ont frappé plusieurs nobles nations, et leur ont, pour ainsi dire, raturé leur acte de naissance. Tous les attentats sociaux contemporains dérivent du partage de la Pologne. Le partage de la Pologne est un théorème dont tous les forfaits politiques actuels sont les corollaires. Pas un despote, pas un traître, depuis tout à l'heure un siècle, qui n'ait visé, homologué, contresigné et paraphé, *ne varietur*, le partage de la Pologne. Quand on compulse le dossier des trahisons modernes, celle-là apparaît la première. Le congrès de Vienne a consulté ce crime avant de consommer le sien. 1772 sonne l'hallali, 1815 est la curée. Tel était le texte habituel de Feuilly. Ce pauvre ouvrier s'était fait le tuteur de la justice, et elle le récompensait en le faisant grand. C'est qu'en effet il y a de l'éternité dans le droit. Varsovie ne peut pas plus être tartare que Venise ne peut être tudesque. Les rois y perdent leur peine, et leur honneur. Tôt ou tard, la patrie submergée flotte à la surface et reparaît. La Grèce redevient la Grèce ; l'Italie redevient l'Italie. La protestation du droit contre le fait persiste à jamais. Le vol d'un peuple ne se prescrit pas. Ces hautes escroqueries n'ont point d'avenir. On ne démarque pas une nation comme un mouchoir.

Courfeyrac avait un père qu'on nommait M. de Courfeyrac. Une des idées fausses de la bourgeoisie de la Restauration en fait d'aristocratie et de noblesse, c'était de croire à la particule. La particule, on le sait, n'a aucune signification. Mais les bourgeois du temps de *la Minerve* estimaient si haut ce pauvre *de* qu'on se croyait obligé de l'abdiquer. M. de Chauvelin se faisait appeler M. Chauvelin, M. de Caumartin, M. Caumartin, M. de Constant de Rebecque, Benjamin Constant, M. de Lafayette, M. Lafayette. Courfeyrac n'avait pas voulu rester en arrière, et s'appelait Courfeyrac tout court.

Nous pourrions presque, en ce qui concerne Courfeyrac, nous en tenir là, et nous borner à dire quant au reste : Courfeyrac, voyez Tholomyès.

Courfeyrac en effet avait cette verve de jeunesse qu'on

pourrait appeler la beauté du diable de l'esprit. Plus tard, cela s'éteint comme la gentillesse du petit chat, et toute cette grâce aboutit, sur deux pieds, au bourgeois, et, sur quatre pattes, au matou.

Ce genre d'esprit, les générations qui traversent les écoles, les levées successives de la jeunesse, se le transmettent, et se le passent de main en main, *quasi cursores* [1], à peu près toujours le même ; de sorte que, ainsi que nous venons de l'indiquer, le premier venu qui eût écouté Courfeyrac en 1828 eût cru entendre Tholomyès en 1817. Seulement Courfeyrac était un brave garçon. Sous les apparentes similitudes de l'esprit extérieur, la différence entre Tholomyès et lui était grande. L'homme latent qui existait entre eux était chez le premier tout autre que chez le second. Il y avait dans Tholomyès un procureur et dans Courfeyrac un paladin.

Enjolras était le chef. Combeferre était le guide, Courfeyrac était le centre. Les autres donnaient plus de lumière, lui il donnait plus de calorique ; le fait est qu'il avait toutes les qualités d'un centre, la rondeur et le rayonnement.

Bahorel avait figuré dans le tumulte sanglant de juin 1822, à l'occasion de l'enterrement du jeune Lallemand.

Bahorel était un être de bonne humeur et de mauvaise compagnie, brave, panier percé, prodigue et rencontrant la générosité, bavard et rencontrant l'éloquence, hardi et rencontrant l'effronterie ; la meilleure pâte de diable qui fût possible ; ayant des gilets téméraires et des opinions écarlates ; tapageur en grand, c'est-à-dire n'aimant rien tant qu'une querelle, si ce n'est une émeute, et rien tant qu'une émeute, si ce n'est une révolution ; toujours prêt à casser un carreau, puis à dépaver une rue, puis à démolir un gouvernement, pour voir l'effet ; étudiant de onzième année. Il flairait le droit, mais il ne le faisait pas. Il avait pris pour devise : *avocat jamais,* et pour armoiries une table de nuit dans laquelle on entrevoyait un bonnet carré. Chaque fois qu'il passait devant l'école de droit, ce qui lui arrivait rarement, il boutonnait sa redingote, le paletot n'était pas encore inventé, et il prenait des précautions hygiéniques. Il disait du portail de l'école : quel beau vieillard ! et du doyen, M. Delvincourt : quel monument ! Il voyait dans ses cours des sujets de chansons et dans ses professeurs des occasions de caricatures. Il mangeait à rien faire une assez grosse pension, quelque chose comme trois mille francs. Il avait des parents paysans auxquels il avait su inculquer le respect de leur fils.

Il disait d'eux : Ce sont des paysans, et non pas des bourgeois ; c'est pour cela qu'ils ont de l'intelligence.

Bahorel, homme de caprice, était épars sur plusieurs cafés ; les autres avaient des habitudes, lui n'en avait pas. Il flânait. Errer est humain, flâner est parisien. Au fond, esprit pénétrant, et penseur plus qu'il ne semblait.

Il servait de lien entre les Amis de l'A B C et d'autres groupes encore informes, mais qui devaient se dessiner plus tard.

Il y avait dans ce conclave de jeunes têtes un membre chauve.

Le marquis d'Avaray, que Louis XVIII fit duc pour l'avoir aidé à monter dans un cabriolet de place le jour où il émigra, racontait qu'en 1814, à son retour en France, comme le roi débarquait à Calais, un homme lui présenta un placet. — Que demandez-vous ? dit le roi. — Sire, un bureau de poste. — Comment vous appelez-vous ? — L'Aigle.

Le roi fronça le sourcil, regarda la signature du placet et vit le nom écrit ainsi : LESGLE. Cette orthographe peu bonapartiste toucha le roi et il commença à sourire. — Sire, reprit l'homme au placet, j'ai pour ancêtre un valet de chiens, surnommé Lesgueules. Ce surnom a fait mon nom. Je m'appelle Lesgueules, par contraction Lesgle, et par corruption L'Aigle. — Ceci fit que le roi acheva son sourire. Plus tard il donna à l'homme le bureau de poste de Meaux, exprès ou par mégarde.

Le membre chauve du groupe était fils de ce Lesgle,

ou Lègle, et signait Lègle (de Meaux). Ses camarades, pour abréger, l'appelaient Bossuet.

Bossuet était un garçon gai qui avait du malheur. Sa spécialité était de ne réussir à rien. Par contre, il riait de tout. À vingt-cinq ans, il était chauve. Son père avait fini par avoir une maison et un champ ; mais lui, le fils, n'avait rien eu de plus pressé que de perdre dans une fausse spéculation ce champ et cette maison. Il ne lui était rien resté. Il avait de la science et de l'esprit, mais il avortait. Tout lui manquait, tout le trompait ; ce qu'il échafaudait croulait sur lui. S'il fendait du bois, il se coupait un doigt. S'il avait une maîtresse, il découvrait bientôt qu'il avait aussi un ami. À tout moment quelque misère lui advenait ; de là sa jovialité. Il disait : *J'habite sous le toit des tuiles qui tombent.* Peu étonné, car pour lui l'accident était le prévu, il prenait la mauvaise chance en sérénité et souriait des taquineries de la destinée comme quelqu'un qui entend la plaisanterie. Il était pauvre, mais son gousset de bonne humeur était inépuisable. Il arrivait vite à son dernier sou, jamais à son dernier éclat de rire. Quand l'adversité entrait chez lui, il saluait cordialement cette ancienne connaissance ; il tapait sur le ventre aux catastrophes ; il était familier avec la Fatalité au point de l'appeler par son petit nom. — Bonjour, Guignon, lui disait-il.

Ces persécutions du sort l'avaient fait inventif. Il était plein de ressources. Il n'avait point d'argent, mais il trouvait moyen de faire, quand bon lui semblait, « des dépenses effrénées ». Une nuit, il alla jusqu'à manger « cent francs » dans un souper avec une péronnelle, ce qui lui inspira au milieu de l'orgie ce mot mémorable : *Fille de cinq louis, tire-moi mes bottes.*

Bossuet se dirigeait lentement vers la profession d'avocat, il faisait son droit, à la manière de Bahorel. Bossuet avait peu de domicile ; quelquefois pas du tout. Il logeait tantôt chez l'un, tantôt chez l'autre, le plus souvent chez Joly. Joly étudiait la médecine. Il avait deux ans de moins que Bossuet.

Joly était le malade imaginaire jeune. Ce qu'il avait gagné à la médecine, c'était d'être plus malade que médecin. À vingt-trois ans, il se croyait valétudinaire et passait sa vie à regarder sa langue dans son miroir. Il affirmait que l'homme s'aimante comme une aiguille, et dans sa chambre il mettait son lit au midi et les pieds au nord, afin que, la nuit, la circulation de son sang ne fût pas contrariée par le grand courant magnétique du globe. Dans les orages, il se tâtait le pouls. Du reste, le plus gai de tous. Toutes ces incohérences, jeune, maniaque, malingre, joyeux, faisaient bon ménage ensemble, et il en résultait un être excentrique et agréable que ses camarades, prodigues de consonnes ailées, appelaient Jolllly. — Tu peux t'envoler sur quatre L, lui disait Jean Prouvaire.

Joly avait l'habitude de se toucher le nez avec le bout de sa canne, ce qui est l'indice d'un esprit sagace.

Tous ces jeunes gens, si divers, et dont, en somme, il ne faut parler que sérieusement, avaient une même religion : le Progrès.

Tous étaient les fils directs de la révolution française. Les plus légers devenaient solennels en prononçant cette date : 89. Leurs pères selon la chair étaient ou avaient été feuillants, royalistes, doctrinaires ; peu importait ; ce pêle-mêle antérieur à eux, qui étaient jeunes, ne les regardait point ; le pur sang des principes coulait dans leurs veines. Ils se rattachaient sans nuance intermédiaire au droit incorruptible et au devoir absolu.

Affiliés et initiés, ils ébauchaient souterrainement l'idéal.

Parmi tous ces cœurs passionnés et tous ces esprits convaincus, il y avait un sceptique. Comment se trouvait-il là ? Par juxtaposition. Ce sceptique s'appelait Grantaire, et signait habituellement de ce rébus : R. Grantaire était un homme qui se gardait bien de croire à quelque chose. C'était du reste un des étudiants qui avaient le plus appris pendant leurs cours à Paris ; il savait que le meilleur café était au café Lemblin, et le meilleur billard au café Voltaire, qu'on trouvait de bonnes galettes et de bonnes filles à l'Ermitage sur le boulevard du Maine, des poulets à la crapaudine chez la mère Saguet, d'excellentes matelotes barrière de la Cunette, et un certain petit vin blanc barrière du Combat. Pour tout, il savait les bons endroits ; en outre la savate et le chausson, quelques danses, et il était profond bâtonniste. Par-dessus le marché, grand buveur. Il était laid démesurément ; la plus jolie piqueuse de bottines de ce temps-là, Irma Boissy, indignée de sa laideur, avait rendu cette sentence : *Grantaire est impossible ;* mais la fatuité de Grantaire ne se déconcertait pas. Il regardait tendrement et fixement toutes les femmes, ayant l'air de dire de toutes : *si je voulais !* et cherchant à faire croire aux camarades qu'il était généralement demandé.

Tous ces mots : droit du peuple, droits de l'homme, contrat social, révolution française, république, démocratie, humanité, civilisation, religion, progrès, étaient, pour Grantaire, très voisins de ne rien signifier du tout. Il en souriait. Le scepticisme, cette carie sèche de l'intelligence, ne lui avait pas laissé une idée entière dans l'esprit. Il vivait avec ironie. Ceci était son axiome : Il n'y a qu'une certitude, mon verre plein. Il raillait tous les dévouements dans tous les partis, aussi bien le frère que le père, aussi bien Robespierre jeune que Loizerolles. — Ils sont bien avancés d'être morts, s'écriait-il. Il disait du crucifix : Voilà une potence qui a réussi. Coureur, joueur, libertin, souvent ivre, il faisait à ces jeunes songeurs le déplaisir de chantonner sans cesse : *J'aimons les filles et j'aimons le bon vin.* Air : Vive Henri IV.

Du reste ce sceptique avait un fanatisme. Ce fanatisme n'était ni une idée ni un dogme, ni un art, ni une science ; c'était un homme : Enjolras. Grantaire admirait, aimait et vénérait Enjolras. À qui se ralliait ce douteur anarchique dans cette phalange d'esprits absolus ? Au plus absolu De quelle façon Enjolras le subjuguait-

il ? Par les idées ? Non. Par le caractère. Phénomène
souvent observé. Un sceptique qui adhère à un croyant,
cela est simple comme la loi des couleurs complémen-
taires. Ce qui nous manque nous attire. Personne
n'aime le jour comme l'aveugle. La naine adore le tam-
bour-major. Le crapaud a toujours les yeux au ciel ;
pourquoi ? pour voir voler l'oiseau. Grantaire, en qui
rampait le doute, aimait à voir dans Enjolras la foi planer. Il avait besoin d'Enjolras. Sans qu'il s'en rendît clairement compte et sans qu'il songeât à se l'expliquer à
lui-même, cette nature chaste, saine, ferme, droite,
dure, candide, le charmait. Il admirait, d'instinct, son
contraire. Ses idées molles, fléchissantes, disloquées,
malades, difformes, se rattachaient à Enjolras comme
à une épine dorsale. Son rachis moral s'appuyait
à cette fermeté. Grantaire, près d'Enjolras, redevenait
quelqu'un. Il était lui-même d'ailleurs composé de deux
éléments en apparence incompatibles. Il était ironique
et cordial. Son indifférence aimait. Son esprit se passait
de croyance et son cœur ne pouvait se passer d'amitié.
Contradiction profonde ; car une affection est une
conviction. Sa nature était ainsi. Il y a des hommes qui
semblent nés pour être le verso, l'envers, le revers. Ils
sont Pollux, Patrocle, Nisus, Eudamidas, Éphestion,
Pechméja. Ils ne vivent qu'à la condition d'être adossés
à un autre ; leur nom est une suite, et ne s'écrit que
précédé de la conjonction *et ;* leur existence ne leur est
pas propre ; elle est l'autre côté d'une destinée qui n'est
pas la leur. Grantaire était un de ces hommes. Il était
l'envers d'Enjolras.

On pourrait presque dire que les affinités commencent aux lettres de l'alphabet. Dans la série, O et P sont
inséparables. Vous pouvez, à votre gré, prononcer O et
P, ou Oreste et Pylade.

Grantaire, vrai satellite d'Enjolras, habitait ce cercle
de jeunes gens ; il y vivait ; il ne se plaisait que là ; il les
suivait partout. Sa joie était de voir aller et venir ces

silhouettes dans les fumées du vin. On le tolérait pour sa bonne humeur.

Enjolras, croyant, dédaignait ce sceptique, et, sobre, cet ivrogne. Il lui accordait un peu de pitié hautaine. Grantaire était un Pylade point accepté. Toujours rudoyé par Enjolras, repoussé durement, rejeté et revenant, il disait d'Enjolras : Quel beau marbre !

II

ORAISON FUNÈBRE DE BLONDEAU
PAR BOSSUET

Une certaine après-midi, qui avait, comme on va le voir, quelque coïncidence avec les événements racontés plus haut, Laigle de Meaux était sensuellement adossé au chambranle de la porte du café Musain. Il avait l'air d'une cariatide en vacances ; il ne portait rien que sa rêverie. Il regardait la place Saint-Michel. S'adosser, c'est une manière d'être couché debout qui n'est point haïe des songeurs. Laigle de Meaux pensait, sans mélancolie, à une petite mésaventure qui lui était échue l'avant-veille à l'école de droit, et qui modifiait ses plans personnels d'avenir, plans d'ailleurs assez indistincts.

La rêverie n'empêche pas un cabriolet de passer, et le songeur de remarquer le cabriolet. Laigle de Meaux, dont les yeux erraient dans une sorte de flânerie diffuse, aperçut, à travers ce somnambulisme, un véhicule à deux roues cheminant dans la place, lequel allait au pas, et comme indécis. À qui en voulait ce cabriolet ? pourquoi allait-il au pas ? Laigle y regarda. Il y avait dedans, à côté du cocher, un jeune homme, et devant ce jeune homme un assez gros sac de nuit. Le sac montrait aux passants ce nom écrit en grosses lettres noires sur une carte cousue à l'étoffe : MARIUS PONTMERCY.

Ce nom fit changer d'attitude à Laigle. Il se dressa et
jeta cette apostrophe au jeune homme du cabriolet :

— Monsieur Marius Pontmercy !

Le cabriolet interpellé s'arrêta.

Le jeune homme qui, lui aussi, semblait songer profondément, leva les yeux.

— Hein ? dit-il.

— Vous êtes monsieur Marius Pontmercy ?

— Sans doute.

— Je vous cherchais, reprit Laigle de Meaux.

— Comment cela ? demanda Marius ; car c'était lui,
en effet, qui sortait de chez son grand-père, et il avait
devant lui une figure qu'il voyait pour la première fois.
Je ne vous connais pas.

— Moi non plus, je ne vous connais point, répondit
Laigle

Marius crut à une rencontre de loustic, à un commencement de mystification en pleine rue. Il n'était pas
d'humeur facile en ce moment-là. Il fronça le sourcil.
Laigle de Meaux, imperturbable, poursuivit :

— Vous n'étiez pas avant-hier à l'école ?

— Cela est possible.

— Cela est certain.

— Vous êtes étudiant ? demanda Marius.

— Oui, monsieur. Comme vous. Avant-hier je suis
entré à l'école par hasard. Vous savez, on a quelquefois
de ces idées-là. Le professeur était en train de faire
l'appel. Vous n'ignorez pas qu'ils sont très ridicules dans
ce moment-ci. Au troisième appel manqué, on vous raye
l'inscription. Soixante francs dans le gouffre.

Marius commençait à écouter. Laigle continua :

— C'était Blondeau qui faisait l'appel. Vous connaissez Blondeau, il a le nez fort pointu et fort malicieux,
et il flaire avec délices les absents. Il a sournoisement
commencé par la lettre P. Je n'écoutais pas, n'étant point
compromis dans cette lettre-là. L'appel n'allait pas mal
Aucune radiation. L'univers était présent. Blondeau
était triste. Je disais à part moi : Blondeau, mon amour,

tu ne feras pas la plus petite exécution aujourd'hui. Tout
à coup Blondeau appelle *Marius Pontmercy*. Personne
ne répond. Blondeau, plein d'espoir, répète plus fort :
Marius Pontmercy. Et il prend sa plume. Monsieur, j'ai
des entrailles. Je me suis dit rapidement : Voilà un brave
garçon qu'on va rayer. Attention. Ceci est un véritable
vivant qui n'est pas exact. Ceci n'est pas un bon élève.
Ce n'est point là un cul-de-plomb, un étudiant qui étudie, un blanc-bec pédant, fort en sciences, lettres, théologie et sapience, un de ces esprits bêtas tirés à quatre
épingles ; une épingle par faculté. C'est un honorable
paresseux qui flâne, qui pratique la villégiature, qui
cultive la grisette, qui fait la cour aux belles, qui est
peut-être en cet instant-ci chez ma maîtresse. Sauvons-
le. Mort à Blondeau ! En ce moment, Blondeau a trempé
dans l'encre sa plume noire de ratures, a promené sa
prunelle fauve sur l'auditoire, et a répété pour la troisième fois : *Marius Pontmercy !* J'ai répondu : *Présent !*
Cela fait que vous n'avez pas été rayé.

— Monsieur !... dit Marius.

— Et que, moi, je l'ai été, ajouta Laigle de Meaux.

— Je ne vous comprends pas, fit Marius.

Laigle reprit :

— Rien de plus simple. J'étais près de la chaire pour
répondre et près de la porte pour m'enfuir. Le professeur me contemplait avec une certaine fixité. Brusquement, Blondeau, qui doit être le nez malin dont parle
Boileau [1], saute à la lettre L. L, c'est ma lettre. Je suis
de Meaux, et je m'appelle Lesgle.

— L'Aigle ! interrompit Marius, quel beau nom !

— Monsieur, le Blondeau arrive à ce beau nom, et
crie : *Laigle !* Je réponds : *Présent !* Alors Blondeau me
regarde avec la douceur du tigre, sourit, et me dit : Si
vous êtes Pontmercy, vous n'êtes pas Laigle. Phrase qui
a l'air désobligeante pour vous, mais qui n'était lugubre
que pour moi. Cela dit, il me raye.

Marius s'exclama.

— Monsieur, je suis mortifié...

— Avant tout, interrompit Laigle, je demande à embaumer Blondeau dans quelques phrases d'éloge senti. Je le suppose mort. Il n'y aurait pas grand'chose à changer à sa maigreur, à sa pâleur, à sa froideur, à sa roideur, et à son odeur. Et je dis : *Erudimini qui judicatis terram* [1]. Ci-gît Blondeau, Blondeau le Nez, Blondeau Nasica le bœuf de la discipline, *bos disciplinæ*, le molosse de la consigne, l'ange de l'appel, qui fut droit, carré, exact, rigide, honnête et hideux. Dieu le raya comme il m'a rayé

Marius reprit :

— Je suis désolé...

— Jeune homme, dit Laigle de Meaux, que ceci vous serve de leçon. À l'avenir, soyez exact.

— Je vous fais vraiment mille excuses.

— Ne vous exposez plus à faire rayer votre prochain.

— Je suis désespéré...

Laigle éclata de rire.

— Et moi, ravi. J'étais sur la pente d'être avocat. Cette rature me sauve. Je renonce aux triomphes du barreau. Je ne défendrai point la veuve et je n'attaquerai point l'orphelin. Plus de toge, plus de stage. Voilà ma radiation obtenue. C'est à vous que je la dois, monsieur Pontmercy. J'entends vous faire solennellement une visite de remercîments. Où demeurez-vous ?

— Dans ce cabriolet, dit Marius.

— Signe d'opulence, repartit Laigle avec calme. Je vous félicite. Vous avez là un loyer de neuf mille francs par an.

En ce moment Courfeyrac sortait du café.

Marius sourit tristement :

— Je suis dans ce loyer depuis deux heures et j'aspire à en sortir , mais c'est une histoire comme cela, je ne sais où aller.

— Monsieur, dit Courfeyrac, venez chez moi.

— J'aurais la priorité, observa Laigle, mais je n'ai pas de chez moi

— Tais-toi, Bossuet, reprit Courfeyrac.

— Bossuet, fit Marius, mais il me semblait que vous
vous appeliez Laigle.

— De Meaux, répondit Laigle, par métaphore,
Bossuet.

Courfeyrac monta dans le cabriolet.

— Cocher, dit-il, hôtel de la Porte-Saint-Jacques.

Et le soir même, Marius était installé dans une chambre de l'hôtel de la Porte-Saint-Jacques, côte à côte avec
Courfeyrac.

III

LES ÉTONNEMENTS DE MARIUS

En quelques jours, Marius fut l'ami de Courfeyrac. La
jeunesse est la saison des promptes soudures et des cica-
trisations rapides. Marius près de Courfeyrac respirait
librement, chose assez nouvelle pour lui. Courfeyrac ne
lui fit pas de questions. Il n'y songea même pas. À cet
âge, les visages disent tout de suite tout. La parole est
inutile. Il y a tel jeune homme dont on pourrait dire
que sa physionomie bavarde. On se regarde, on se
connaît.

Un matin pourtant, Courfeyrac lui jeta brusquement
cette interrogation :

— À propos, avez-vous une opinion politique ?

— Tiens ! dit Marius, presque offensé de la question.

— Qu'est-ce que vous êtes ?

— Démocrate-bonapartiste.

— Nuance gris de souris rassurée, dit Courfeyrac.

Le lendemain, Courfeyrac introduisit Marius au café
Musain. Puis il lui chuchota à l'oreille avec un sourire :
Il faut que je vous donne vos entrées dans la révolution.
Et il le mena dans la salle des Amis de l'A B C. Il le
présenta aux autres camarades en disant à demi-voix ce
simple mot que Marius ne comprit pas : Un élève.

Marius était tombé dans un guêpier d'esprits. Du reste, quoique silencieux et grave, il n'était ni le moins ailé ni le moins armé.

Marius, jusque-là solitaire et inclinant au monologue et à l'aparté par habitude et par goût, fut un peu effarouché de cette volée de jeunes gens autour de lui. Toutes ces initiatives diverses le sollicitaient à la fois, et le tiraillaient. Le va-et-vient tumultueux de tous ces esprits en liberté et en travail faisait tourbillonner ses idées. Quelquefois, dans le trouble, elles s'en allaient si loin de lui qu'il avait de la peine à les retrouver. Il entendait parler de philosophie, de littérature, d'art, d'histoire, de religion, d'une façon inattendue. Il entrevoyait des aspects étranges ; et comme il ne les mettait point en perspective, il n'était pas sûr de ne pas voir le chaos. En quittant les opinions de son grand-père pour les opinions de son père, il s'était cru fixé ; il soupçonnait maintenant, avec inquiétude et sans oser se l'avouer, qu'il ne l'était pas. L'angle sous lequel il voyait toute chose commençait de nouveau à se déplacer. Une certaine oscillation mettait en branle tous les horizons de son cerveau. Bizarre remue-ménage intérieur. Il en souffrait presque.

Il semblait qu'il n'y eût pas pour ces jeunes gens de « choses consacrées ». Marius entendait, sur toute matière, des langages singuliers, gênants pour son esprit encore timide.

Une affiche de théâtre se présentait, ornée d'un titre de tragédie du vieux répertoire, dit classique. — À bas la tragédie chère aux bourgeois ! criait Bahorel. Et Marius entendait Combeferre répliquer :

— Tu as tort, Bahorel. La bourgeoisie aime la tragédie, et il faut laisser sur ce point la bourgeoisie tranquille. La tragédie à perruque a sa raison d'être, et je ne suis pas de ceux qui, de par Eschyle, lui contestent le droit d'exister. Il y a des ébauches dans la nature ; il y a, dans la création, des parodies toutes faites ; un bec qui n'est pas un bec, des ailes qui ne sont pas des ailes, des nageoires qui ne sont pas des nageoires, des pattes qui ne sont pas des pattes, un cri douloureux qui donne envie de rire, voilà le canard. Or, puisque la volaille existe à côté de l'oiseau, je ne vois pas pourquoi la tragédie classique n'existerait point en face de la tragédie antique.

Ou bien le hasard faisait que Marius passait rue Jean-Jacques-Rousseau entre Enjolras et Courfeyrac.

Courfeyrac lui prenait le bras.

— Faites attention. Ceci est la rue Plâtrière, nommée aujourd'hui rue Jean-Jacques-Rousseau, à cause d'un ménage singulier qui l'habitait il y a une soixantaine d'années. C'étaient Jean-Jacques et Thérèse. De temps en temps, il naissait là de petits êtres. Thérèse les enfantait, Jean-Jacques les enfantrouvait [1].

Et Enjolras rudoyait Courfeyrac.

— Silence devant Jean-Jacques ! Cet homme, je l'admire. Il a renié ses enfants, soit ; mais il a adopté le peuple.

Aucun de ces jeunes gens n'articulait ce mot : l'empereur. Jean Prouvaire seul disait quelquefois Napoléon ; tous les autres disaient Bonaparte. Enjolras prononçait *Buonaparte.*

Marius s'étonnait vaguement. *Initium sapientiæ* [2].

IV

L'ARRIÈRE-SALLE DU CAFÉ MUSAIN

Une des conversations entre ces jeunes gens, auxquelles Marius assistait et dans lesquelles il intervenait quelquefois, fut une véritable secousse pour son esprit.

Cela se passait dans l'arrière-salle du café Musain. À peu près tous les Amis de l'A B C étaient réunis ce soir-là. Le quinquet était solennellement allumé. On parlait de choses et d'autres, sans passion et avec bruit. Excepté

Enjolras et Marius, qui se taisaient, chacun haranguait un peu au hasard. Les causeries entre camarades ont parfois de ces tumultes paisibles. C'était un jeu et un pêle-mêle autant qu'une conversation. On se jetait des mots qu'on rattrapait. On causait aux quatre coins.

Aucune femme n'était admise dans cette arrière-salle, excepté Louison, la laveuse de vaisselle du café, qui la traversait de temps en temps pour aller de la laverie au « laboratoire ».

Grantaire, parfaitement gris, assourdissait le coin dont il s'était emparé Il raisonnait et déraisonnait à tue-tête, il criait :

— J'ai soif. Mortels, je fais un rêve : que la tonne de Heidelberg ait une attaque d'apoplexie, et être de la douzaine de sangsues qu'on lui appliquera. Je voudrais boire. Je désire oublier la vie. La vie est une invention hideuse de je ne sais qui. Cela ne dure rien et cela ne vaut rien. On se casse le cou à vivre. La vie est un décor où il y a peu de praticables. Le bonheur est un vieux châssis peint d'un seul côté. L'Ecclésiaste dit : tout est vanité ; je pense comme ce bonhomme qui n'a peut-être jamais existé. Zéro, ne voulant pas aller tout nu, s'est vêtu de vanité. Ô vanité ! rhabillage de tout avec de grands mots ! une cuisine est un laboratoire, un danseur est un professeur, un saltimbanque est un gymnaste, un boxeur est un pugiliste, un apothicaire est un chimiste, un perruquier est un artiste, un gâcheux est un architecte, un jockey est un sportman, un cloporte est un ptérigibranche. La vanité a un envers et un endroit ; l'endroit est bête, c'est le nègre avec ses verroteries ; l'envers est sot, c'est le philosophe avec ses guenilles. Je pleure sur l'un et je ris de l'autre. Ce qu'on appelle honneurs et dignités, et même honneur et dignité, est généralement en chrysocale. Les rois font joujou avec l'orgueil humain. Caligula faisait consul un cheval ; Charles II faisait chevalier un aloyau. Drapez-vous donc maintenant entre le consul Incitatus et le baronnet Roastbeef. Quant à la valeur intrinsèque des

gens, elle n'est guère plus respectable. Écoutez le pané-
gyrique que le voisin fait du voisin. Blanc sur blanc est
féroce ; si le lys parlait, comme il arrangerait la
colombe ! une bigote qui jase d'une dévote est plus venimeuse que l'aspic et le bongare bleu. C'est dommage
que je sois un ignorant, car je vous citerais une foule
de choses ; mais je ne sais rien. Par exemple, j'ai toujours eu de l'esprit ; quand j'étais élève chez Gros, au
lieu de barbouiller des tableautins, je passais mon
temps à chiper des pommes ; rapin est le mâle de rapine.
Voilà pour moi ; quant à vous autres, vous me valez. Je
me fiche de vos perfections, excellences et qualités.
Toute qualité verse dans un défaut ; l'économe touche
à l'avare, le généreux confine au prodigue, le brave
côtoie le bravache ; qui dit très pieux dit un peu cagot ;
il y a juste autant de vices dans la vertu qu'il y a de trous
au manteau de Diogène. Qui admirez-vous, le tué ou le
tueur, César ou Brutus ? Généralement on est pour le
tueur. Vive Brutus ! il a tué. C'est ça qui est la vertu.
Vertu ? soit, mais folie aussi. Il y a des taches bizarres
à ces grands hommes-là. Le Brutus qui tua César était
amoureux d'une statue de petit garçon. Cette statue
était du statuaire grec Strongylion, lequel avait aussi
sculpté cette figure d'amazone appelée Belle-Jambe,
Eucnemos, que Néron emportait avec lui dans ses voyages. Ce Strongylion n'a laissé que deux statues qui ont
mis d'accord Brutus et Néron ; Brutus fut amoureux de
l'une et Néron de l'autre. Toute l'histoire n'est qu'un long
rabâchage. Un siècle est le plagiaire de l'autre. La
bataille de Marengo copie la bataille de Pydna ; le Tol-
biac de Clovis et l'Austerlitz de Napoléon se ressemblent
comme deux gouttes de sang. Je fais peu de cas de la
victoire. Rien n'est stupide comme vaincre ; la vraie
gloire est convaincre. Mais tâchez donc de prouver quelque chose ! Vous vous contentez de réussir, quelle
médiocrité ! et de conquérir, quelle misère ! Hélas,
vanité et lâcheté partout. Tout obéit au succès, même
la grammaire. *Si volet usus* [1], dit Horace. Donc, je dédai-

gne le genre humain. Descendrons-nous du tout à la partie ? Voulez-vous que je me mette à admirer les peuples ? Quel peuple, s'il vous plaît ? Est-ce la Grèce ? Les Athéniens, ces Parisiens de jadis, tuaient Phocion, comme qui dirait Coligny, et flagornaient les tyrans au point qu'Anacéphore disait de Pisistrate : Son urine attire les abeilles. L'homme le plus considérable de la Grèce pendant cinquante ans a été ce grammairien Philetas, lequel était si petit et si menu qu'il était obligé de plomber ses souliers pour n'être pas emporté par le vent. Il y avait sur la plus grande place de Corinthe une statue sculptée par Silanion et cataloguée par Pline ; cette statue représentait Épisthate. Qu'a fait Épisthate ? il a inventé le croc-en-jambe. Ceci résume la Grèce et la gloire. Passons à d'autres. Admirerai-je l'Angleterre ? Admirerai-je la France ? La France ? pourquoi ? À cause de Paris ? je viens de vous dire mon opinion sur Athènes. L'Angleterre ? pourquoi ? À cause de Londres ? je hais Carthage. Et puis, Londres, métropole du luxe, est le chef-lieu de la misère. Sur la seule paroisse de Charing-Cross, il y a par an cent morts de faim. Telle est Albion. J'ajoute, pour comble, que j'ai vu une Anglaise danser avec une couronne de roses et des lunettes bleues. Donc un groing pour l'Angleterre ! Si je n'admire pas John Bull, j'admirerai donc frère Jonathan ? Je goûte peu ce frère à esclaves. Ôtez *time is money*, que reste-t-il de l'Angleterre ? Ôtez *cotton is king*, que reste-t-il de l'Amérique ? L'Allemagne, c'est la lymphe ; l'Italie, c'est la bile. Nous extasierons-nous sur la Russie ? Voltaire l'admirait. Il admirait aussi la Chine. Je conviens que la Russie a ses beautés, entre autres un fort despotisme ; mais je plains les despotes. Ils ont une santé délicate. Un Alexis décapité, un Pierre poignardé, un Paul étranglé, un autre Paul aplati à coups de talon de botte, divers Ivans égorgés, plusieurs Nicolas et Basiles empoisonnés, tout cela indique que le palais des empereurs de Russie est dans une condition flagrante d'insalubrité. Tous les peuples civilisés offrent à l'admi-

ration du penseur ce détail : la guerre ; or la guerre, la
guerre civilisée, épuise et totalise toutes les formes du
banditisme, depuis le brigandage des trabucaires aux
gorges du mont Jaxa jusqu'à la maraude des Indiens
comanches dans la Passe-Douteuse. Bah ! me direz-
vous, l'Europe vaut pourtant mieux que l'Asie ? Je
conviens que l'Asie est farce ; mais je ne vois pas trop
ce que vous avez à rire du grand lama, vous peuples
d'occident qui avez mêlé à vos modes et à vos élégances
toutes les ordures compliquées de majesté, depuis la
chemise sale de la reine Isabelle jusqu'à la chaise percée
du dauphin. Messieurs les humains, je vous dis berni-
que ! C'est à Bruxelles que l'on consomme le plus de
bière, à Stockholm le plus d'eau-de-vie, à Madrid le plus
de chocolat, à Amsterdam le plus de genièvre, à Londres
le plus de vin, à Constantinople le plus de café, à Paris
le plus d'absinthe ; voilà toutes les notions utiles. Paris
l'emporte, en somme. À Paris, les chiffonniers mêmes
sont des sybarites ; Diogène eût autant aimé être chiffonnier place Maubert que philosophe au Pirée. Appre-
nez encore ceci : les cabarets des chiffonniers s'appellent bibines ; les plus célèbres sont *la Casserole* et
l'Abattoir. Donc, ô guinguettes, goguettes, bouchons,
caboulots, bouibouis, mastroquets, bastringues, mane-
zingues, bibines des chiffonniers, caravansérails des
califes, je vous atteste, je suis un voluptueux, je mange
chez Richard à quarante sous par tête, il me faut des
tapis de Perse à y rouler Cléopâtre nue ! Où est Cléopâtre ? Ah ! c'est toi, Louison. Bonjour.

Ainsi se répandait en paroles, accrochant la laveuse
de vaisselle au passage, dans son coin de l'arrière-salle
Musain, Grantaire plus qu'ivre.

Bossuet, étendant la main vers lui, essayait de lui
imposer silence, et Grantaire repartait de plus belle :

— Aigle de Meaux, à bas les pattes. Tu ne me fais
aucun effet avec ton geste d'Hippocrate refusant le bric-
à-brac d'Artaxerce. Je te dispense de me calmer. D'ailleurs je suis triste. Que voulez-vous que je vous dise ?

L'homme est mauvais, l'homme est difforme ; le papillon est réussi, l'homme est raté. Dieu a manqué cet animal-là. Une foule est un choix de laideurs. Le premier venu est un misérable. Femme rime à infâme. Oui, j'ai le spleen, compliqué de la mélancolie, avec la nostalgie, plus l'hypocondrie, et je bisque, et je rage, et je bâille, et je m'ennuie, et je m'assomme, et je m'embête ! Que Dieu aille au diable !

— Silence donc, R majuscule ! reprit Bossuet qui discutait un point de droit avec la cantonade, et qui était engagé plus qu'à mi-corps dans une phrase d'argot judiciaire dont voici la fin :

— ... Et quant à moi, quoique je sois à peine légiste et tout au plus procureur amateur, je soutiens ceci : qu'aux termes de la coutume de Normandie, à la Saint-Michel, et pour chaque année, un Équivalent devait être payé au profit du seigneur, sauf autrui droit, par tous et un chacun, tant les propriétaires que les saisis d'héritage, et ce, pour toutes emphytéoses, baux, alleux, contrats domaniaires et domaniaux, hypothécaires et hypothécaux...

— Échos, nymphes plaintives, fredonna Grantaire.

Tout près de Grantaire, sur une table presque silencieuse, une feuille de papier, un encrier et une plume entre deux petits verres annonçaient qu'un vaudeville s'ébauchait. Cette grosse affaire se traitait à voix basse, et les deux têtes en travail se touchaient :

— Commençons par trouver les noms. Quand on a les noms, on trouve le sujet.

— C'est juste. Dicte. J'écris.

— Monsieur Dorimon ?

— Rentier ?

— Sans doute.

— Sa fille, Célestine.

— ... tine. Après ?

— Le colonel Sainval.

— Sainval est usé. Je dirais Valsin.

À côté des aspirants vaudevillistes, un autre groupe,

qui, lui aussi, profitait du brouhaha pour parler bas, discutait un duel. Un vieux, trente ans, conseillait un jeune, dix-huit ans, et lui expliquait à quel adversaire il avait affaire :

— Diable ! méfiez-vous. C'est une belle épée. Son jeu est net. Il a de l'attaque, pas de feintes perdues, du poignet, du pétillement, de l'éclair, la parade juste, et des ripostes mathématiques, bigre ! et il est gaucher.

Dans l'angle opposé à Grantaire, Joly et Bahorel jouaient aux dominos et parlaient d'amour.

— Tu es heureux, toi, disait Joly. Tu as une maîtresse qui rit toujours.

— C'est une faute qu'elle fait, répondait Bahorel. La maîtresse qu'on a a tort de rire. Ça encourage à la tromper. La voir gaie, cela vous ôte le remords ; si on la voit triste, on se fait conscience.

— Ingrat ! c'est si bon une femme qui rit ! Et jamais vous ne vous querellez !

— Cela tient au traité que nous avons fait. En faisant notre petite sainte-alliance, nous nous sommes assigné à chacun notre frontière que nous ne dépassons jamais. Ce qui est situé du côté de bise appartient à Vaud, du côté de vent à Gex. De là la paix.

— La paix, c'est le bonheur digérant.

— Et toi, Jolllly, où en es-tu de ta brouillerie avec mamselle... tu sais qui je veux dire ?

— Elle me boude avec une patience cruelle.

— Tu es pourtant un amoureux attendrissant de maigreur.

— Hélas !

— À ta place, je la planterais là.

— C'est facile à dire.

— Et à faire. N'est-ce pas Musichetta qu'elle s'appelle ?

— Oui. Ah ! mon pauvre Bahorel, c'est une fille superbe, très littéraire, de petits pieds, de petites mains, se mettant bien, blanche, potelée, avec des yeux de tireuse de cartes. J'en suis fou.

— Mon cher, alors il faut lui plaire, être élégant, et
faire des effets de rotule. Achète-moi chez Staub un bon
pantalon de cuir de laine. Cela prête.

— À combien ? cria Grantaire.

Le troisième coin était en proie à une discussion poétique. La mythologie païenne se gourmait avec la
mythologie chrétienne. Il s'agissait de l'olympe dont
Jean Prouvaire, par romantisme même, prenait le parti.
Jean Prouvaire n'était timide qu'au repos. Une fois
excité, il éclatait, une sorte de gaîté accentuait son
enthousiasme, et il était à la fois riant et lyrique :

— N'insultons pas les dieux, disait-il. Les dieux ne
s'en sont peut-être pas allés. Jupiter ne me fait point
l'effet d'un mort. Les dieux sont des songes, dites-vous.
Eh bien, même dans la nature, telle qu'elle est
aujourd'hui, après la fuite de ces songes, on retrouve
tous les grands vieux mythes païens. Telle montagne à
profil de citadelle, comme le Vignemale, par exemple,
est encore pour moi la coiffure de Cybèle ; il ne m'est
pas prouvé que Pan ne vienne pas la nuit souffler dans
le tronc creux des saules, en bouchant tour à tour les
trous avec ses doigts ; et j'ai toujours cru qu'Io était pour
quelque chose dans la cascade de Pissevache.

Dans le dernier coin, on parlait politique. On malme-
nait la charte octroyée. Combeferre la soutenait molle-
ment, Courfeyrac la battait en brèche énergiquement.
Il y avait sur la table un malencontreux exemplaire de
la fameuse Charte-Touquet. Courfeyrac l'avait saisie et
la secouait, mêlant à ses arguments le frémissement de
cette feuille de papier.

— Premièrement, je ne veux pas de rois. Ne fût-ce
qu'au point de vue économique, je n'en veux pas ; un
roi est un parasite. On n'a pas de roi gratis. Écoutez
ceci : Cherté des rois. À la mort de François Iᵉʳ, la dette
publique en France était de trente mille livres de rente ;
à la mort de Louis XIV, elle était de deux milliards six
cents millions à vingt-huit livres le marc, ce qui équi-
valait en 1760, au dire de Desmarets, à quatre milliards

cinq cents millions, et ce qui équivaudrait aujourd'hui à douze milliards. Deuxièmement, n'en déplaise à Combeferre, une charte octroyée est un mauvais expédient de civilisation. Sauver la transition, adoucir le passage, amortir la secousse, faire passer insensiblement la nation de la monarchie à la démocratie par la pratique des fictions constitutionnelles, détestables raisons que tout cela ! Non ! non ! n'éclairons jamais le peuple à faux jour. Les principes s'étiolent et pâlissent dans votre cave constitutionnelle. Pas d'abâtardissement. Pas de compromis. Pas d'octroi du roi au peuple. Dans tous ces octrois-là, il y a un article 14 [1]. À côté de la main qui donne, il y a la griffe qui reprend. Je refuse net votre charte. Une charte est un masque ; le mensonge est dessous. Un peuple qui accepte une charte abdique. Le droit n'est le droit qu'entier. Non ! pas de charte !

On était en hiver ; deux bûches pétillaient dans la cheminée. Cela était tentant, et Courfeyrac n'y résista pas. Il froissa dans son poing la pauvre Charte-Touquet, et la jeta au feu. Le papier flamba. Combeferre regarda philosophiquement brûler le chef-d'œuvre de Louis XVIII, et se contenta de dire :

— La charte métamorphosée en flamme [2].

Et les sarcasmes, les saillies, les quolibets, cette chose française qu'on appelle l'entrain, cette chose anglaise qu'on appelle l'humour, le bon et le mauvais goût, les bonnes et les mauvaises raisons, toutes les folles fusées du dialogue, montant à la fois et se croisant de tous les points de la salle, faisaient au-dessus des têtes une sorte de bombardement joyeux.

V

ÉLARGISSEMENT DE L'HORIZON

Les chocs des jeunes esprits entre eux ont cela d'admirable qu'on ne peut jamais prévoir l'étincelle ni deviner
l'éclair. Que va-t-il jaillir tout à l'heure ? on l'ignore.
L'éclat de rire part de l'attendrissement. Au moment
bouffon, le sérieux fait son entrée. Les impulsions
dépendent du premier mot venu. La verve de chacun
est souveraine. Un lazzi suffit pour ouvrir le champ à
l'inattendu. Ce sont des entretiens à brusques tournants
où la perspective change tout à coup. Le hasard est le
machiniste de ces conversations-là.

Une pensée sévère, bizarrement sortie d'un cliquetis
de mots, traversa tout à coup la mêlée de paroles où
ferraillaient confusément Grantaire, Bahorel, Prouvaire, Bossuet, Combeferre et Courfeyrac.

Comment une phrase survient-elle dans le dialogue ?
d'où vient qu'elle se souligne tout à coup d'elle-même
dans l'attention de ceux qui l'entendent ? Nous venons
de le dire, nul n'en sait rien. Au milieu du brouhaha,
Bossuet termina tout à coup une apostrophe quelconque à Combeferre par cette date :

- 18 juin 1815 : Waterloo.

A ce nom, Waterloo, Marius, accoudé près d'un verre
d'eau sur une table, ôta son poignet de dessous son menton, et commença à regarder fixement l'auditoire.

— Pardieu, s'écria Courfeyrac (*Parbleu*, à cette époque, tombait en désuétude), ce chiffre 18 est étrange, et
me frappe. C'est le nombre fatal de Bonaparte. Mettez
Louis devant et Brumaire derrière, vous avez toute la
destinée de l'homme, avec cette particularité expressive
que le commencement y est talonné par la fin.

Enjolras, jusque-là muet, rompit le silence, et adressa à Courfeyrac cette parole :

— Tu veux dire le crime par l'expiation.

Ce mot, *crime*, dépassait la mesure de ce que pouvait accepter Marius, déjà très ému par la brusque évocation de Waterloo.

Il se leva, il marcha lentement vers la carte de France étalée sur le mur et au bas de laquelle on voyait une île dans un compartiment séparé, il posa son doigt sur ce compartiment, et dit :

— La Corse. Une petite île qui a fait la France bien grande.

Ce fut le souffle d'air glacé. Tous s'interrompirent. On sentit que quelque chose allait commencer.

Bahorel, ripostant à Bossuet, était en train de prendre une pose de torse à laquelle il tenait. Il y renonça pour écouter.

Enjolras, dont l'œil bleu n'était attaché sur personne et semblait considérer le vide, répondit sans regarder Marius :

— La France n'a besoin d'aucune Corse pour être grande. La France est grande parce qu'elle est la France *Quia nominor leo* [1]

Marius n'éprouva nulle velléité de reculer ; il se tourna vers Enjolras, et sa voix éclata avec une vibration qui venait du tressaillement des entrailles :

— À Dieu ne plaise que je diminue la France ! mais ce n'est point la diminuer que de lui amalgamer Napoléon. Ah ça, parlons donc. Je suis nouveau venu parmi vous, mais je vous avoue que vous m'étonnez. Où en sommes-nous ? qui sommes-nous ? qui êtes-vous ? qui suis-je ? Expliquons-nous sur l'empereur. Je vous entends dire Buonaparte en accentuant l'*u* comme des royalistes. Je vous préviens que mon grand-père fait mieux encore ; il dit Buonaparté. Je vous croyais des jeunes gens. Où mettez-vous donc votre enthousiasme ? et qu'est-ce que vous en faites ? qui admirez-vous si vous n'admirez pas l'empereur ? et que vous faut-il de plus ?

Si vous ne voulez pas de ce grand homme-là, de quels
grands hommes voudrez-vous ? Il avait tout. Il était
complet. Il avait dans son cerveau le cube des facultés
humaines. Il faisait des codes comme Justinien, il dictait comme César, sa causerie mêlait l'éclair de Pascal
au coup de foudre de Tacite, il faisait l'histoire et il l'écrivait, ses bulletins sont des Iliades, il combinait le chiffre
de Newton avec la métaphore de Mahomet, il laissait
derrière lui dans l'orient des paroles grandes comme les
pyramides ; à Tilsitt il enseignait la majesté aux empereurs, à l'académie des sciences il donnait la réplique à
Laplace, au conseil d'état il tenait tête à Merlin, il donnait une âme à la géométrie des uns et à la chicane des
autres, il était légiste avec les procureurs et sidéral avec
les astronomes ; comme Cromwell soufflant une chandelle sur deux, il s'en allait au Temple marchander un
gland de rideau ; il voyait tout, il savait tout ; ce qui ne
l'empêchait pas de rire d'un rire bonhomme au berceau
de son petit enfant ; et tout à coup, l'Europe effarée
écoutait, des armées se mettaient en marche, des parcs
d'artillerie roulaient, des ponts de bateaux s'allongeaient sur les fleuves, les nuées de la cavalerie galo-
paient dans l'ouragan, cris, trompettes, tremblement de
trônes partout, les frontières des royaumes oscillaient
sur la carte, on entendait le bruit d'un glaive surhumain
qui sortait du fourreau, on le voyait, lui, se dresser
debout sur l'horizon avec un flamboiement dans la
main et un resplendissement dans les yeux, déployant
dans le tonnerre ses deux ailes, la grande armée et la
vieille garde, et c'était l'archange de la guerre !

Tous se taisaient, et Enjolras baissait la tête. Le
silence fait toujours un peu l'effet de l'acquiescement
ou d'une sorte de mise au pied du mur. Marius, presque
sans reprendre haleine, continua avec un surcroît
d'enthousiasme :

— Soyons justes, mes amis ! être l'empire d'un tel
empereur, quelle splendide destinée pour un peuple,
lorsque ce peuple est la France et qu'il ajoute son génie

au génie de cet homme ! Apparaître et régner, marcher et triompher, avoir pour étapes toutes les capitales, prendre ses grenadiers et en faire des rois, décréter des chutes de dynastie, transfigurer l'Europe au pas de charge, qu'on sente, quand vous menacez, que vous mettez la main sur le pommeau de l'épée de Dieu, suivre dans un seul homme Annibal, César et Charlemagne, être le peuple de quelqu'un qui mêle à toutes vos aubes l'annonce éclatante d'une bataille gagnée, avoir pour réveille-matin le canon des Invalides, jeter dans des abîmes de lumière des mots prodigieux qui flamboient à jamais, Marengo, Arcole, Austerlitz, Iéna, Wagram ! faire à chaque instant éclore au zénith des siècles des constellations de victoires, donner l'empire français pour pendant à l'empire romain, être la grande nation et enfanter la grande armée, faire envoler par toute la terre ses légions comme une montagne envoie de tous côtés ses aigles, vaincre, dominer, foudroyer, être en Europe une sorte de peuple doré à force de gloire, sonner à travers l'histoire une fanfare de titans, conquérir le monde deux fois, par la conquête et par l'éblouissement, cela est sublime ; et qu'y a-t-il de plus grand ?

— Être libre, dit Combeferre.

Marius à son tour baissa la tête. Ce mot simple et froid avait traversé comme une lame d'acier son effusion épique, et il la sentait s'évanouir en lui. Lorsqu'il leva les yeux, Combeferre n'était plus là. Satisfait probablement de sa réplique à l'apothéose, il venait de partir, et tous, excepté Enjolras, l'avaient suivi. La salle s'était vidée. Enjolras, resté seul avec Marius, le regardait gravement. Marius cependant, ayant un peu rallié ses idées, ne se tenait pas pour battu ; il y avait en lui un reste de bouillonnement qui allait sans doute se traduire en syllogismes déployés contre Enjolras, quand tout à coup on entendit quelqu'un qui chantait dans l'escalier en s'en allant. C'était Combeferre, et voici ce qu'il chantait :

Si César m'avait donné
La gloire et la guerre,
Et qu'il me fallût quitter
    L'amour de ma mère,
Je dirais au grand César :
Reprends ton sceptre et ton char,
J'aime mieux ma mère, ô gué !
J'aime mieux ma mère.

L'accent tendre et farouche dont Combeferre le chan
tait donnait à ce couplet une sorte de grandeur étrange
Marius, pensif et l'œil au plafond, répéta presque
machinalement : Ma mère ?...

En ce moment, il sentit sur son épaule la main
d'Enjolras.

— Citoyen, lui dit Enjolras, ma mère, c'est la République.

VI

« RES ANGUSTA [1] »

Cette soirée laissa à Marius un ébranlement profond,
et une obscurité triste dans l'âme. Il éprouva ce
qu'éprouve peut-être la terre au moment où on l'ouvre
avec le fer pour y déposer le grain de blé ; elle ne sent
que la blessure ; le tressaillement du germe et la joie du
fruit n'arrivent que plus tard.

Marius fut sombre. Il venait à peine de se faire une
foi ; fallait-il donc déjà la rejeter ? Il s'affirma à lui-
même que non. Il se déclara qu'il ne voulait pas douter,
et il commença à douter malgré lui. Être entre deux
religions, l'une dont on n'est pas encore sorti, l'autre où
l'on n'est pas encore entré, cela est insupportable ; et
ces crépuscules ne plaisent qu'aux âmes chauves-souris.
Marius était une prunelle franche, et il lui fallait de la

vraie lumière. Les demi-jours du doute lui faisaient mal. Quel que fût son désir de rester où il était et de s'en tenir là, il était invinciblement contraint de continuer, d'avancer, d'examiner, de penser, de marcher plus loin. Où cela allait-il le conduire ? il craignait, après avoir fait tant de pas qui l'avaient rapproché de son père, de faire maintenant des pas qui l'en éloigneraient. Son malaise croissait de toutes les réflexions qui lui venaient. L'escarpement se dessinait autour de lui. Il n'était d'accord ni avec son grand-père, ni avec ses amis ; téméraire pour l'un, arriéré pour les autres ; et il se reconnut doublement isolé, du côté de la vieillesse, et du côté de la jeunesse. Il cessa d'aller au café Musain.

Dans ce trouble où était sa conscience, il ne songeait plus guère à de certains côtés sérieux de l'existence. Les réalités de la vie ne se laissent pas oubier. Elles vinrent brusquement lui donner leur coup de coude.

Un matin, le maître de l'hôtel entra dans la chambre de Marius et lui dit :

— Monsieur Courfeyrac a répondu pour vous.

— Oui.

— Mais il me faudrait de l'argent.

— Priez Courfeyrac de venir me parler, dit Marius.

Courfeyrac venu, l'hôte les quitta. Marius lui conta ce qu'il n'avait pas songé à lui dire encore, qu'il était comme seul au monde et n'ayant pas de parents.

— Qu'allez-vous devenir ? dit Courfeyrac.

— Je n'en sais rien, répondit Marius.

— Qu'allez-vous faire ?

— Je n'en sais rien.

— Avez-vous de l'argent ?

— Quinze francs.

— Voulez-vous que je vous en prête ?

— Jamais.

— Avez-vous des habits ?

— Voilà.

— Avez-vous des bijoux ?

— Une montre.

— D'argent ?

— D'or. La voici.

— Je sais un marchand d'habits qui vous prendra votre redingote et un pantalon.

— C'est bien.

— Vous n'aurez plus qu'un pantalon, un gilet, un chapeau et un habit.

— Et mes bottes.

— Quoi ! vous n'irez pas pieds nus ? quelle opulence !

— Ce sera assez.

— Je sais un horloger qui vous achètera votre montre.

— C'est bon.

— Non, ce n'est pas bon. Que ferez-vous après ?

— Tout ce qu'il faudra. Tout l'honnête du moins.

— Savez-vous l'anglais ?

— Non.

— Savez-vous l'allemand ?

— Non.

— Tant pis.

— Pourquoi ?

— C'est qu'un de mes amis, libraire, fait une façon d'encyclopédie pour laquelle vous auriez pu traduire des articles allemands ou anglais. C'est mal payé, mais on vit.

— J'apprendrai l'anglais et l'allemand.

— Et en attendant ?

— En attendant je mangerai mes habits et ma montre.

On fit venir le marchand d'habits. Il acheta la défroque vingt francs. On alla chez l'horloger. Il acheta la montre quarante-cinq francs.

— Ce n'est pas mal, disait Marius à Courfeyrac en rentrant à l'hôtel, avec mes quinze francs, cela fait quatre-vingts francs.

— Et la note de l'hôtel ? observa Courfeyrac.

— Tiens, j'oubliais, dit Marius.

— Diable, fit Courfeyrac, vous mangerez cinq francs

pendant que vous apprendrez l'anglais, et cinq francs pendant que vous apprendrez l'allemand. Ce sera avaler une langue bien vite ou une pièce de cent sous bien lentement.

Cependant la tante Gillenormand, assez bonne personne au fond dans les occasions tristes, avait fini par déterrer le logis de Marius. Un matin, comme Marius revenait de l'école, il trouva une lettre de sa tante et les *soixante pistoles*, c'est-à-dire six cents francs en or dans une boîte cachetée.

Marius renvoya les trente louis à sa tante avec une lettre respectueuse où il déclarait avoir des moyens d'existence et pouvoir suffire désormais à tous ses besoins. En ce moment-là il lui restait trois francs.

La tante n'informa point le grand-père de ce refus de peur d'achever de l'exaspérer. D'ailleurs n'avait-il pas dit : Qu'on ne me parle jamais de ce buveur de sang !

Marius sortit de l'hôtel de la Porte Saint-Jacques, ne voulant pas s'y endetter

Livre cinquième

EXCELLENCE DU MALHEUR [1]

I

MARIUS INDIGENT

La vie devint sévère pour Marius. Manger ses habits et sa montre, ce n'était rien. Il mangea de cette chose inexprimable qu'on appelle *de la vache enragée*. Chose horrible, qui contient les jours sans pain, les nuits sans sommeil, les soirs sans chandelle, l'âtre sans feu, les semaines sans travail, l'avenir sans espérance, l'habit percé au coude, le vieux chapeau qui fait rire les jeunes filles, la porte qu'on trouve fermée le soir parce qu'on ne paye pas son loyer, l'insolence du portier et du gargotier, les ricanements des voisins, les humiliations, la dignité refoulée, les besognes quelconques acceptées, les dégoûts, l'amertume, l'accablement. Marius apprit comment on dévore tout cela, et comment ce sont souvent les seules choses qu'on ait à dévorer. À ce moment de l'existence où l'homme a besoin d'orgueil parce qu'il a besoin d'amour, il se sentit moqué parce qu'il était mal vêtu, et ridicule parce qu'il était pauvre. À l'âge où la jeunesse vous gonfle le cœur d'une fierté impériale, il abaissa plus d'une fois ses yeux sur ses bottes trouées, et il connut les hontes injustes et les rougeurs poignantes de la misère. Admirable et terrible épreuve dont les faibles sortent infâmes, dont les forts sortent sublimes. Creuset où la destinée jette un homme, toutes les fois qu'elle veut avoir un gredin ou un demi-dieu.

Car il se fait beaucoup de grandes actions dans les

petites luttes. Il y a des bravoures opiniâtres et ignorées qui se défendent pied à pied dans l'ombre contre l'envahissement fatal des nécessités et des turpitudes. Nobles et mystérieux triomphes qu'aucun regard ne voit, qu'aucune renommée ne paye, qu'aucune fanfare ne salue. La vie, le malheur, l'isolement, l'abandon, la pauvreté, sont des champs de bataille qui ont leurs héros ; héros obscurs plus grands parfois que les héros illustres.

De fermes et rares natures sont ainsi créées ; la misère, presque toujours marâtre, est quelquefois mère ; le dénûment enfante la puissance d'âme et d'esprit ; la détresse est nourrice de la fierté ; le malheur est un bon lait pour les magnanimes.

Il y eut un moment dans la vie de Marius où il balayait son palier, où il achetait un sou de fromage de Brie chez la fruitière, où il attendait que la brune tombât pour s'introduire chez le boulanger, et y acheter un pain qu'il emportait furtivement dans son grenier, comme s'il l'eût volé. Quelquefois on voyait se glisser dans la boucherie du coin, au milieu des cuisinières goguenardes qui le coudoyaient, un jeune homme gauche portant des livres sous son bras, qui avait l'air timide et furieux, qui en entrant ôtait son chapeau de son front où perlait la sueur, faisait un profond salut à la bouchère étonnée, un autre salut au garçon boucher, demandait une côtelette de mouton, la payait six ou sept sous, l'enveloppait de papier, la mettait sous son bras entre deux livres, et s'en allait. C'était Marius. Avec cette côtelette, qu'il faisait cuire lui-même, il vivait trois jours.

Le premier jour il mangeait la viande, le second jour il mangeait la graisse, le troisième jour il rongeait l'os.

À plusieurs reprises la tante Gillenormand fit des tentatives, et lui adressa les soixante pistoles. Marius les renvoya constamment, en disant qu'il n'avait besoin de rien.

Il était encore en deuil de son père quand la révolution que nous avons racontée s'était faite en lui. Depuis lors, il n'avait plus quitté les vêtements noirs. Cependant ses vêtements le quittèrent. Un jour vint où il n'eut plus d'habit. Le pantalon allait encore. Que faire ? Courfeyrac, auquel il avait de son côté rendu quelques bons offices, lui donna un vieil habit. Pour trente sous, Marius le fit retourner par un portier quelconque, et ce fut un habit neuf. Mais cet habit était vert. Alors Marius ne sortit plus qu'après la chute du jour. Cela faisait que son habit était noir. Voulant toujours être en deuil, il se vêtissait de la nuit.

À travers tout cela, il se fit recevoir avocat. Il était censé habiter la chambre de Courfeyrac, qui était décente et où un certain nombre de bouquins de droit soutenus et complétés par des volumes de romans dépareillés figuraient la bibliothèque voulue par les règlements. Il se faisait adresser ses lettres chez Courfeyrac.

Quand Marius fut avocat, il en informa son grandpère par une lettre froide, mais pleine de soumission et de respect. M. Gillenormand prit la lettre avec un tremblement, la lut, et la jeta, déchirée en quatre, au panier. Deux ou trois jours après, mademoiselle Gillenormand entendit son père qui était seul dans sa chambre et qui parlait tout haut. Cela lui arrivait chaque fois qu'il était très agité. Elle prêta l'oreille ; le vieillard disait : — Si tu n'étais pas un imbécile, tu saurais qu'on ne peut pas être à la fois baron et avocat.

II

MARIUS PAUVRE

Il en est de la misère comme de tout. Elle arrive à devenir possible. Elle finit par prendre une forme et se composer. On végète, c'est-à-dire on se développe d'une certaine façon chétive, mais suffisante à la vie. Voici de quelle manière l'existence de Marius Pontmercy s'était arrangée :

Il était sorti du plus étroit ; le défilé s'élargissait un peu devant lui. À force de labeur, de courage, de persévérance et de volonté, il était parvenu à tirer de son travail environ sept cents francs par an. Il avait appris l'allemand et l'anglais ; grâce à Courfeyrac qui l'avait mis en rapport avec son ami le libraire, Marius remplissait dans la littérature-librairie le modeste rôle d'*utilité*. Il faisait des prospectus, traduisait des journaux, annotait des éditions, compilait des biographies, etc. Produit net, bon an mal an, sept cents francs. Il en vivait. Pas mal. Comment ? Nous l'allons dire.

Marius occupait dans la masure Gorbeau, moyennant le prix annuel de trente francs, un taudis sans cheminée qualifié cabinet où il n'y avait, en fait de meubles, que l'indispensable. Ces meubles étaient à lui. Il donnait trois francs par mois à la vieille principale locataire pour qu'elle vînt balayer le taudis et lui apporter chaque matin un peu d'eau chaude, un œuf frais et un pain d'un sou. De ce pain et de cet œuf, il déjeunait. Son déjeuner variait de deux à quatre sous selon que les œufs étaient chers ou bon marché. À six heures du soir, il descendait rue Saint-Jacques, dîner chez Rousseau, vis-à-vis Basset le marchand d'estampes du coin de la rue des Mathurins. Il ne mangeait pas de soupe. Il prenait un plat de viande de six sous, un demi-plat de légumes de trois sous, et un dessert de trois sous. Pour trois sous, du pain à discrétion. Quant au vin, il buvait de l'eau. En payant au comptoir, où siégeait majestueusement madame Rousseau, à cette époque toujours grasse et encore fraîche, il donnait un sou au garçon, et madame Rousseau lui donnait un sourire. Puis il s'en allait. Pour seize sous, il avait eu un sourire et un dîner.

Ce restaurant Rousseau, où l'on vidait si peu de bouteilles et tant de carafes, était un calmant plus encore qu'un restaurant. Il n'existe plus aujourd'hui. Le maître

avait un beau surnom ; on l'appelait *Rousseau l'aqua-
tique.*

Ainsi, déjeuner quatre sous, dîner seize sous ; sa nourriture lui coûtait vingt sous par jour ; ce qui faisait trois
cent soixante-cinq francs par an. Ajoutez les trente
francs de loyer et les trente-six francs à la vieille, plus
quelques menus frais ; pour quatre cent cinquante
francs, Marius était nourri, logé et servi. Son habillement lui coûtait cent francs, son linge cinquante francs,
son blanchissage cinquante francs. Le tout ne dépassait
pas six cent cinquante francs. Il lui restait cinquante
francs. Il était riche. Il prêtait dans l'occasion dix francs
à un ami ; Courfeyrac avait pu lui emprunter une fois
soixante francs. Quant au chauffage, n'ayant pas de cheminée, Marius l'avait « simplifié ».

Marius avait toujours deux habillements complets ;
l'un vieux, « pour tous les jours », l'autre tout neuf, pour
les occasions. Les deux étaient noirs. Il n'avait que trois
chemises, l'une sur lui, l'autre dans sa commode, la troisième chez la blanchisseuse. Il les renouvelait à mesure
qu'elles s'usaient. Elles étaient habituellement déchirées, ce qui lui faisait boutonner son habit jusqu'au
menton.

Pour que Marius en vînt à cette situation florissante,
il avait fallu des années. Années rudes ; difficiles, les
unes à traverser, les autres à gravir. Marius n'avait point
failli un seul jour. Il avait tout subi, en fait de dénûment ; il avait tout fait, excepté des dettes. Il se rendait
ce témoignage que jamais il n'avait dû un sou à personne. Pour lui, une dette, c'était le commencement de
l'esclavage. Il se disait même qu'un créancier est pire
qu'un maître ; car un maître ne possède que votre personne, un créancier possède votre dignité et peut la
souffleter. Plutôt que d'emprunter il ne mangeait pas. Il
avait eu beaucoup de jours de jeûne. Sentant que toutes
les extrémités se touchent et que, si l'on n'y prend garde,
l'abaissement de fortune peut mener à la bassesse
d'âme, il veillait jalousement sur sa fierté. Telle formule

ou telle démarche qui, dans toute autre situation, lui eût paru déférence, lui semblait platitude, et il se redressait. Il ne hasardait rien, ne voulant pas reculer. Il avait sur le visage une sorte de rougeur sévère. Il était timide jusqu'à l'âpreté.

Dans toutes ses épreuves il se sentait encouragé et quelquefois même porté par une force secrète qu'il avait en lui. L'âme aide le corps, et à de certains moments le soulève. C'est le seul oiseau qui soutienne sa cage.

À côté du nom de son père, un autre nom était gravé dans le cœur de Marius, le nom de Thénardier. Marius, dans sa nature enthousiaste et grave, environnait d'une sorte d'auréole l'homme auquel, dans sa pensée, il devait la vie de son père, cet intrépide sergent qui avait sauvé le colonel au milieu des boulets et des balles de Waterloo. Il ne séparait jamais le souvenir de cet homme du souvenir de son père, et il les associait dans sa vénération. C'était une sorte de culte à deux degrés, le grand autel pour le colonel, le petit pour Thénardier. Ce qui redoublait l'attendrissement de sa reconnaissance, c'est l'idée de l'infortune où il savait Thénardier tombé et englouti. Marius avait appris à Montfermeil la ruine et la faillite du malheureux aubergiste. Depuis il avait fait des efforts inouïs pour saisir sa trace et tâcher d'arriver à lui dans ce ténébreux abîme de la misère où Thénardier avait disparu. Marius avait battu tout le pays ; il était allé à Chelles, à Bondy, à Gournay, à Nogent, à Lagny. Pendant trois années il s'y était acharné, dépensant à ces explorations le peu d'argent qu'il épargnait. Personne n'avait pu lui donner de nouvelles de Thénardier ; on le croyait passé en pays étranger. Ses créanciers l'avaient cherché aussi, avec moins d'amour que Marius, mais avec autant d'acharnement, et n'avaient pu mettre la main sur lui. Marius s'accusait et s'en voulait presque de ne pas réussir dans ses recherches. C'était la seule dette que lui eût laissée le colonel, et Marius tenait à honneur de la payer. — Comment ! pensait-il, quand mon père gisait mourant sur le champ

de bataille, Thénardier, lui, a bien su le trouver à travers
la fumée et la mitraille et l'emporter sur ses épaules, et
il ne lui devait rien cependant, et moi qui dois tant à
Thénardier, je ne saurais pas le rejoindre dans cette
ombre où il agonise et le rapporter à mon tour de la
mort à la vie ! Oh ! je le retrouverai ! — Pour retrouver
Thénardier en effet, Marius eût donné un de ses bras,
et, pour le tirer de la misère, tout son sang. Revoir Thénardier, rendre un service quelconque à Thénardier, lui
dire : Vous ne me connaissez pas, eh bien, moi, je vous
connais ! je suis là ! disposez de moi ! — c'était le plus
doux et le plus magnifique rêve de Marius.

III

MARIUS GRANDI

À cette époque, Marius avait vingt ans. Il y avait trois
ans qu'il avait quitté son grand-père. On était resté dans
les mêmes termes de part et d'autre, sans tenter de rapprochement et sans chercher à se revoir. D'ailleurs, se
revoir, à quoi bon ? pour se heurter ? Lequel eût eu raison de l'autre ? Marius était le vase d'airain, mais le père
Gillenormand était le pot de fer.

Disons-le, Marius s'était mépris sur le cœur de son
grand-père. Il s'était figuré que M. Gillenormand ne
l'avait jamais aimé, et que ce bonhomme bref, dur et
riant, qui jurait, criait, tempêtait et levait la canne,
n'avait pour lui tout au plus que cette affection à la fois
légère et sévère des Gérontes de comédie. Marius se
trompait. Il y a des pères qui n'aiment pas leurs enfants ;
il n'existe point d'aïeul qui n'adore son petit-fils. Au
fond, nous l'avons dit, M. Gillenormand idolâtrait
Marius. Il l'idolâtrait à sa façon, avec accompagnement
de bourrades et même de gifles ; mais, cet enfant disparu, il se sentit un vide noir dans le cœur. Il exigea

qu'on ne lui en parlât plus, en regrettant tout bas d'être si bien obéi. Dans les premiers temps il espéra que ce buonapartiste, ce jacobin, ce terroriste, ce septembriseur reviendrait. Mais les semaines se passèrent, les mois se passèrent, les années se passèrent ; au grand désespoir de M. Gillenormand, le buveur de sang ne reparut pas. — Je ne pouvais pourtant pas faire autrement que de le chasser, se disait le grand-père, et il se demandait : Si c'était à refaire, le referais-je ? Son orgueil sur-le-champ répondait oui, mais sa vieille tête qu'il hochait en silence répondait tristement non. Il avait ses heures d'abattement. Marius lui manquait. Les vieillards ont besoin d'affections comme de soleil. C'est de la chaleur. Quelle que fût sa forte nature, l'absence de Marius avait changé quelque chose en lui. Pour rien au monde, il n'eût voulu faire un pas vers ce « petit drôle » ; mais il souffrait. Il ne s'informait jamais de lui, mais il y pensait toujours. Il vivait, de plus en plus retiré, au Marais. Il était encore, comme autrefois, gai et violent, mais sa gaîté avait une dureté convulsive comme si elle contenait de la douleur et de la colère, et ses violences se terminaient toujours par une sorte d'accablement doux et sombre. Il disait quelquefois : — Oh ! s'il revenait, quel bon soufflet je lui donnerais !

Quant à la tante, elle pensait trop peu pour aimer beaucoup ; Marius n'était plus pour elle qu'une espèce de silhouette noire et vague ; et elle avait fini par s'en occuper beaucoup moins que du chat ou du perroquet qu'il est probable qu'elle avait.

Ce qui accroissait la souffrance secrète du père Gillenormand, c'est qu'il la renfermait tout entière et n'en laissait rien deviner. Son chagrin était comme ces fournaises nouvellement inventées qui brûlent leur fumée. Quelquefois, il arrivait que des officieux malencontreux lui parlaient de Marius, et lui demandaient : — Que fait, ou que devient monsieur votre petit-fils ? — Le vieux bourgeois répondait, en soupirant, s'il était trop triste, ou en donnant une chiquenaude à sa manchette, s'il

voulait paraître gai : — Monsieur le baron Pontmercy
plaidaille dañs quelque coin.

Pendant que le vieillard regrettait, Marius s'applaudissait. Comme à tous les bons cœurs, le malheur lui
avait ôté l'amertume. Il ne pensait à M. Gillenormand
qu'avec douceur, mais il avait tenu à ne plus rien recevoir de l'homme *qui avait été mal pour son père.* —
C'était maintenant la traduction mitigée de ses premières indignations. En outre, il était heureux d'avoir
souffert, et de souffrir encore. C'était pour son père. La
dureté de sa vie le satisfaisait et lui plaisait. Il se disait
avec une sorte de joie que — *c'était bien le moins ;* —
que c'était — une expiation ; — que, — sans cela, il eût
été puni, autrement et plus tard, de son indifférence
impie pour son père et pour un tel père ; qu'il n'aurait
pas été juste que son père eût eu toute la souffrance, et
lui rien ; — qu'était-ce d'ailleurs que ses travaux et son
dénûment comparés à la vie héroïque du colonel ?
qu'enfin sa seule manière de se rapprocher de son père
et de lui ressembler, c'était d'être vaillant contre l'indigence comme lui avait été brave contre l'ennemi ; et que
c'était là sans doute ce que le colonel avait voulu dire
par ce mot : *il en sera digne.* — Paroles que Marius continuait de porter, non sur sa poitrine, l'écrit du colonel
ayant disparu, mais dans son cœur.

Et puis, le jour où son grand-père l'avait chassé, il
n'était encore qu'un enfant, maintenant il était un
homme. Il le sentait. La misère, insistons-y, lui avait été
bonne. La pauvreté dans la jeunesse, quand elle réussit,
a cela de magnifique qu'elle tourne toute la volonté vers
l'effort et toute l'âme vers l'aspiration. La pauvreté met
tout de suite la vie matérielle à nu et la fait hideuse ; de
là d'inexprimables élans vers la vie idéale. Le jeune
homme riche a cent distractions brillantes et grossières,
les courses de chevaux, la chasse, les chiens, le tabac,
le jeu, les bons repas, et le reste ; occupations des bas
côtés de l'âme aux dépens des côtés hauts et délicats.
Le jeune homme pauvre se donne de la peine pour avoir

son pain ; il mange ; quand il a mangé, il n'a plus que
la rêverie. Il va aux spectacles gratis que Dieu donne ;
il regarde le ciel, l'espace, les astres, les fleurs, les
enfants, l'humanité dans laquelle il souffre, la création
dans laquelle il rayonne. Il regarde tant l'humanité qu'il
voit l'âme, il regarde tant la création qu'il voit Dieu. Il
rêve, et il se sent grand ; il rêve encore, et il se sent
tendre. De l'égoïsme de l'homme qui souffre, il passe à
la compassion de l'homme qui médite. Un admirable
sentiment éclôt en lui, l'oubli de soi et la pitié pour tous.
En songeant aux jouissances sans nombre que la nature
offre, donne et prodigue aux âmes ouvertes et refuse
aux âmes fermées, il en vient à plaindre, lui millionnaire de l'intelligence, les millionnaires de l'argent.
Toute haine s'en va de son cœur à mesure que toute
clarté entre dans son esprit. D'ailleurs est-il malheureux ? Non. La misère d'un jeune homme n'est jamais
misérable. Le premier jeune garçon venu, si pauvre qu'il
soit, avec sa santé, sa force, sa marche vive, ses yeux
brillants, son sang qui circule chaudement, ses cheveux
noirs, ses joues fraîches, ses lèvres roses, ses dents blanches, son souffle pur, fera toujours envie à un vieil
empereur. Et puis chaque matin il se remet à gagner
son pain ; et tandis que ses mains gagnent du pain, son
épine dorsale gagne de la fierté, son cerveau gagne des
idées. Sa besogne finie, il revient aux extases ineffables,
aux contemplations, aux joies ; il vit les pieds dans les
afflictions, dans les obstacles, sur le pavé, dans les ronces, quelquefois dans la boue, la tête dans la lumière. Il
est ferme, serein, doux, paisible, attentif, sérieux,
content de peu, bienveillant ; et il bénit Dieu de lui avoir
donné ces deux richesses qui manquent à bien des
riches : le travail qui le fait libre et la pensée qui le fait
digne.

C'était là ce qui s'était passé en Marius. Il avait même,
pour tout dire, un peu trop versé du côté de la contemplation. Du jour où il était arrivé à gagner sa vie à peu
près sûrement, il s'était arrêté là, trouvant bon d'être

pauvre, et retranchant au travail pour donner à la pensée. C'est-à-dire qu'il passait quelquefois des journées
entières à songer, plongé et englouti comme un visionnaire dans les voluptés muettes de l'extase et du rayonnement intérieur. Il avait ainsi posé le problème de sa
vie : travailler le moins possible du travail matériel pour
travailler le plus possible du travail impalpable ; en
d'autres termes, donner quelques heures à la vie réelle,
et jeter le reste dans l'infini. Il ne s'apercevait pas,
croyant ne manquer de rien, que la contemplation ainsi
comprise finit par être une des formes de la paresse ;
qu'il s'était contenté de dompter les premières nécessités de la vie, et qu'il se reposait trop tôt.

Il était évident que, pour cette nature énergique et
généreuse, ce ne pouvait être là qu'un état transitoire,
et qu'au premier choc contre les inévitables complica-
tions de la destinée, Marius se réveillerait.

En attendant, bien qu'il fût avocat et quoi qu'en pensât le père Gillenormand, il ne plaidait pas, il ne plai-
daillait même pas. La rêverie l'avait détourné de la plaidoirie. Hanter les avoués, suivre le palais, chercher des
causes, ennui. Pourquoi faire ? Il ne voyait aucune raison pour changer de gagne-pain. Cette librairie mar-
chande et obscure avait fini par lui faire un travail sûr,
un travail de peu de labeur, qui, comme nous venons
de l'expliquer, lui suffisait.

Un des libraires pour lesquels il travaillait, M. Magi-
mel, je crois, lui avait offert de le prendre chez lui, de
le bien loger, de lui fournir un travail régulier, et de lui
donner quinze cents francs par an. Être bien logé !
quinze cents francs ! Sans doute. Mais renoncer à sa
liberté ! être un gagiste ! une espèce d'homme de lettres
commis ! Dans la pensée de Marius, en acceptant, sa
position devenait meilleure et pire en même temps, il
gagnait du bien-être et perdait de la dignité ; c'était un
malheur complet et beau qui se changeait en une gêne
laide et ridicule ; quelque chose comme un aveugle qui
deviendrait borgne. Il refusa.

Marius vivait solitaire. Par ce goût qu'il avait de rester en dehors de tout [1], et aussi pour avoir été par trop effarouché, il n'était décidément pas entré dans le groupe présidé par Enjolras. On était resté bons camarades ; on était prêt à s'entr'aider dans l'occasion de toutes les façons possibles ; mais rien de plus. Marius avait deux amis, un jeune, Courfeyrac, et un vieux, M. Mabeuf. Il penchait vers le vieux. D'abord il lui devait la révolution qui s'était faite en lui ; il lui devait d'avoir connu et aimé son père. *Il m'a opéré de la cataracte,* disait-il.

Certes, ce marguillier avait été décisif.

Ce n'est pas pourtant que M. Mabeuf eût été dans cette occasion autre chose que l'agent calme et impassible de la providence. Il avait éclairé Marius par hasard et sans le savoir, comme fait une chandelle que quelqu'un apporte ; il avait été la chandelle et non le quelqu'un.

Quant à la révolution politique intérieure de Marius, M. Mabeuf était tout à fait incapable de la comprendre, de la vouloir et de la diriger.

Comme on retrouvera plus tard M. Mabeuf, quelques mots ne sont pas inutiles.

IV

M. MABEUF

Le jour où M. Mabeuf disait à Marius : *Certainement, j'approuve les opinions politiques,* il exprimait le véritable état de son esprit. Toutes les opinions politiques lui étaient indifférentes, et il les approuvait toutes sans distinguer, pour qu'elles le laissassent tranquille, comme les Grecs appelaient les Furies « les belles, les bonnes, les charmantes », les *Euménides.* M. Mabeuf avait pour opinion politique d'aimer passionnément les plantes, et surtout les livres. Il possédait comme tout le monde sa terminaison en *iste*, sans laquelle personne n'aurait pu vivre en ce temps-là, mais il n'était ni royaliste, ni bonapartiste, ni chartiste, ni orléaniste, ni anarchiste ; il était bouquiniste.

Il ne comprenait pas que les hommes s'occupassent à se haïr à propos de billevesées comme la charte, la démocratie, la légitimité, la monarchie, la république, etc., lorsqu'il y avait dans ce monde toutes sortes de mousses, d'herbes et d'arbustes qu'ils pouvaient regarder, et des tas d'in-folio et même d'in-trente-deux qu'ils pouvaient feuilleter. Il se gardait fort d'être inutile ; avoir des livres ne l'empêchait pas de lire, être botaniste ne l'empêchait pas d'être jardinier. Quand il avait connu Pontmercy, il y avait eu cette sympathie entre le colonel et lui, que ce que le colonel faisait pour les fleurs, il le faisait pour les fruits. M. Mabeuf était parvenu à produire des poires de semis aussi savoureuses que les poires de Saint-Germain ; c'est d'une de ses combinaisons qu'est née, à ce qu'il paraît, la mirabelle d'octobre, célèbre aujourd'hui, et non moins parfumée que la mirabelle d'été. Il allait à la messe plutôt par douceur que par dévotion, et puis parce qu'aimant le visage des hommes, mais haïssant leur bruit, il ne les trouvait qu'à l'église réunis et silencieux. Sentant qu'il fallait être quelque chose dans l'état, il avait choisi la carrière de marguillier. Du reste, il n'avait jamais réussi à aimer aucune femme autant qu'un oignon de tulipe ou aucun homme autant qu'un elzévir. Il avait depuis longtemps passé soixante ans lorsqu'un jour quelqu'un lui demanda : — Est-ce que vous ne vous êtes jamais marié ? — J'ai oublié, dit-il. Quand il lui arrivait parfois — à qui cela n'arrive-t-il pas ? — de dire : — Oh ! si j'étais riche ! — ce n'était pas en lorgnant une jolie fille, comme le père Gillenormand, c'était en contemplant un bouquin. Il vivait seul, avec une vieille gouvernante. Il était un peu chiragre, et quand il dormait ses vieux doigts ankylosés par le rhumatisme s'arc-boutaient dans les plis de ses draps. Il avait fait et publié une *Flore des environs de Cauteretz* avec planches coloriées, ouvrage assez estimé dont il possédait les cuivres et qu'il vendait lui-même. On venait deux ou trois fois par jour sonner chez lui, rue Mézières [1], pour cela. Il en tirait bien deux mille francs par an ; c'était à peu près là toute sa fortune. Quoique pauvre, il avait eu le talent de se faire, à force de patience, de privations et de temps, une collection précieuse d'exemplaires rares en tous genres. Il ne sortait jamais qu'avec un livre sous le bras et il revenait souvent avec deux. L'unique décoration des quatre chambres au rez-de-chaussée qui, avec un petit jardin, composaient son logis, c'étaient des herbiers encadrés et des gravures de vieux maîtres. La vue d'un sabre ou d'un fusil le glaçait. De sa vie, il n'avait approché d'un canon, même aux Invalides. Il avait un estomac passable, un frère curé, les cheveux tout blancs, plus de dents ni dans la bouche ni dans l'esprit, un tremblement de tout le corps, l'accent picard, un rire enfantin, l'effroi facile, et l'air d'un vieux mouton. Avec cela point d'autre amitié ou d'autre habitude parmi les vivants qu'un vieux libraire de la Porte Saint-Jacques appelé Royol [2]. Il avait pour rêve de naturaliser l'indigo en France.

Sa servante était, elle aussi, une variété de l'innocence. La pauvre bonne vieille femme était vierge. Sultan, son matou, qui eût pu miauler le Miserere d'Allegri à la chapelle Sixtine, avait rempli son cœur et suffisait à la quantité de passion qui était en elle. Aucun de ses rêves n'était allé jusqu'à l'homme. Elle n'avait jamais pu franchir son chat. Elle avait, comme lui, des moustaches. Sa gloire était dans ses bonnets, toujours blancs. Elle passait son temps le dimanche après la messe à compter son linge dans sa malle et à étaler sur son lit des robes en pièce qu'elle achetait et qu'elle ne faisait jamais faire. Elle savait lire. M. Mabeuf l'avait surnommée *la mère Plutarque*.

M. Mabeuf avait pris Marius en gré, parce que Marius, étant jeune et doux, réchauffait sa vieillesse

sans effaroucher sa timidité. La jeunesse avec la douceur fait aux vieillards l'effet du soleil sans le vent.
Quand Marius était saturé de gloire militaire, de poudre
à canon, de marches et de contre-marches, et de toutes
ces prodigieuses batailles où son père avait donné et
reçu de si grands coups de sabre, il allait voir M.
Mabeuf, et M. Mabeuf lui parlait du héros au point de
vue des fleurs.

Vers 1830, son frère le curé était mort, et presque tout
de suite, comme lorsque la nuit vient, tout l'horizon
s'était assombri pour M. Mabeuf. Une faillite — de
notaire — lui enleva une somme de dix mille francs, qui
était tout ce qu'il possédait du chef de son frère et du
sien. La révolution de Juillet amena une crise dans la
librairie. En temps de gêne, la première chose qui ne
se vend pas, c'est une *Flore*. La *Flore des environs de
Cauteretz* s'arrêta court. Des semaines s'écoulaient sans
un acheteur. Quelquefois M. Mabeuf tressaillait à un
coup de sonnette. — Monsieur, lui disait tristement la
mère Plutarque, c'est le porteur d'eau. — Bref, un jour
M. Mabeuf quitta la rue Mézières, abdiqua les fonctions
de marguillier, renonça à Saint-Sulpice, vendit une partie, non de ses livres, mais de ses estampes, — ce à quoi
il tenait le moins, — et s'alla installer dans une petite
maison du boulevard Montparnasse, où du reste il ne
demeura qu'un trimestre, pour deux raisons : premièrement, le rez-de-chaussée et le jardin coûtaient trois
cents francs et il n'osait pas mettre plus de deux cents
francs à son loyer ; deuxièmement, étant voisin du tir
Fatou, il entendait toute la journée des coups de pistolet, ce qui lui était insupportable.

Il emporta sa *Flore*, ses cuivres, ses herbiers, ses por-
tefeuilles et ses livres, et s'établit près de la Salpêtrière
dans une espèce de chaumière du village d'Austerlitz [1],
où il avait pour cinquante écus par an trois chambres
et un jardin clos d'une haie avec puits. Il profita de ce
déménagement pour vendre presque tous ses meubles.
Le jour de son entrée dans ce nouveau logis, il fut très

gai et cloua lui-même les clous pour accrocher les gravures et les herbiers, il piocha son jardin le reste de la journée, et, le soir, voyant que la mère Plutarque avait l'air morne et songeait, il lui frappa sur l'épaule et lui dit en souriant : — Bah ! nous avons l'indigo !

Deux seuls visiteurs, le libraire de la Porte Saint-Jacques et Marius, étaient admis à le voir dans sa chaumière d'Austerlitz, nom tapageur qui lui était, pour tout dire, assez désagréable.

Du reste, comme nous venons de l'indiquer, les cerveaux absorbés dans une sagesse, ou dans une folie, ou, ce qui arrive souvent, dans les deux à la fois, ne sont que très lentement perméables aux choses de la vie. Leur propre destin leur est lointain. Il résulte de ces concentrations-là une passivité qui, si elle était raisonnée, ressemblerait à la philosophie. On décline, on descend, on s'écoule, on s'écroule même, sans trop s'en apercevoir. Cela finit toujours, il est vrai, par un réveil, mais tardif. En attendant, il semble qu'on soit neutre dans le jeu qui se joue entre notre bonheur et notre malheur. On est l'enjeu, et l'on regarde la partie avec indifférence.

C'est ainsi qu'à travers cet obscurcissement qui se faisait autour de lui, toutes ses espérances s'éteignant l'une après l'autre, M. Mabeuf était resté serein, un peu puérilement, mais très profondément. Ses habitudes d'esprit avaient le va-et-vient d'un pendule. Une fois monté par une illusion, il allait très longtemps, même quand l'illusion avait disparu. Une horloge ne s'arrête pas court au moment précis où l'on en perd la clef.

M. Mabeuf avait des plaisirs innocents. Ces plaisirs étaient peu coûteux et inattendus ; le moindre hasard les lui fournissait. Un jour la mère Plutarque lisait un roman dans un coin de la chambre. Elle lisait haut, trouvant qu'elle comprenait mieux ainsi. Lire haut, c'est s'affirmer à soi-même sa lecture. Il y a des gens qui lisent très haut et qui ont l'air de se donner leur parole d'honneur de ce qu'ils lisent.

La mère Plutarque lisait avec cette énergie-là le roman qu'elle tenait à la main. M. Mabeuf entendait sans écouter.

Tout en lisant, la mère Plutarque arriva à cette phrase. Il était question d'un officier de dragons et d'une belle :

« ... La belle bouda, et le dragon... »

Ici elle s'interrompit pour essuyer ses lunettes.

— Bouddha et le Dragon, reprit à mi-voix M. Mabeuf. Oui, c'est vrai, il y avait un dragon qui, du fond de sa caverne, jetait des flammes par la gueule et brûlait le ciel. Plusieurs étoiles avaient déjà été incendiées par ce monstre qui, en outre, avait des griffes de tigre. Bouddha alla dans son antre et réussit à convertir le dragon. C'est un bon livre que vous lisez là, mère Plutarque. Il n'y a pas de plus belle légende.

Et M. Mabeuf tomba dans une rêverie délicieuse.

V

PAUVRETÉ,
BONNE VOISINE DE MISÈRE

Marius avait du goût pour ce vieillard candide qui se voyait lentement saisi par l'indigence, et qui arrivait à s'étonner peu à peu, sans pourtant s'attrister encore. Marius rencontrait Courfeyrac et cherchait M. Mabeuf. Fort rarement pourtant, une ou deux fois par mois, tout au plus.

Le plaisir de Marius était de faire de longues promenades seul sur les boulevards extérieurs, ou au Champ de Mars ou dans les allées les moins fréquentées du Luxembourg. Il passait quelquefois une demi-journée à regarder le jardin d'un maraîcher, les carrés de salade, les poules dans le fumier et le cheval tournant la roue de la noria. Les passants le considéraient avec surprise, et quelques-uns lui trouvaient une mise suspecte et une mine sinistre. Ce n'était qu'un jeune homme pauvre, rêvant sans objet.

C'est dans une de ses promenades qu'il avait découvert la masure Gorbeau, et, l'isolement et le bon marché le tentant, il s'y était logé. On ne l'y connaissait que sous le nom de monsieur Marius.

Quelques-uns des anciens généraux ou des anciens camarades de son père l'avaient invité, quand ils le connurent, à les venir voir. Marius n'avait point refusé. C'étaient des occasions de parler de son père. Il allait ainsi de temps en temps chez le comte Pajol, chez le général Bellavesne, chez le général Fririon, aux Invalides. On y faisait de la musique, on y dansait. Ces soirs-là Marius mettait son habit neuf. Mais il n'allait jamais à ces soirées ni à ces bals que les jours où il gelait à pierre fendre, car il ne pouvait payer une voiture et il ne voulait arriver qu'avec des bottes comme des miroirs.

Il disait quelquefois, mais sans amertume : — Les hommes sont ainsi faits que, dans un salon, vous pouvez être crotté partout, excepté sur les souliers. On ne vous demande là, pour vous bien accueillir, qu'une chose irréprochable ; la conscience ? non, les bottes.

Toutes les passions, autres que celles du cœur, se dissipent dans la rêverie. Les fièvres politiques de Marius s'y étaient évanouies. La révolution de 1830, en le satisfaisant, et en le calmant, y avait aidé. Il était resté le même, aux colères près. Il avait toujours les mêmes opinions, seulement elles s'étaient attendries. À proprement parler, il n'avait plus d'opinions, il avait des sympathies. De quel parti était-il ? du parti de l'humanité. Dans l'humanité il choisissait la France ; dans la nation il choisissait le peuple ; dans le peuple il choisissait la femme. C'était là surtout que sa pitié allait. Maintenant il préférait une idée à un fait, un poète à un héros, et il admirait plus encore un livre comme Job qu'un événement comme Marengo. Et puis quand, après une journée de méditation, il s'en revenait le soir par les boulevards et qu'à travers les branches des arbres il apercevait l'espace sans fond, les lueurs sans nom, l'abîme, l'ombre, le mystère, tout ce qui n'est qu'humain lui semblait bien petit.

Il croyait être et il était peut-être en effet arrivé au vrai de la vie et de la philosophie humaine, et il avait fini par ne plus guère regarder que le ciel, seule chose que la vérité puisse voir du fond de son puits.

Cela ne l'empêchait pas de multiplier les plans, les combinaisons, les échafaudages, les projets d'avenir. Dans cet état de rêverie, un œil qui eût regardé au dedans de Marius, eût été ébloui de la pureté de cette âme. En effet, s'il était donné à nos yeux de chair de voir dans la conscience d'autrui, on jugerait bien plus sûrement un homme d'après ce qu'il rêve que d'après ce qu'il pense. Il y a de la volonté dans la pensée, il n'y en a pas dans le rêve. Le rêve, qui est tout spontané, prend et garde, même dans le gigantesque et l'idéal, la figure de notre esprit ; rien ne sort plus directement et plus sincèrement du fond même de notre âme que nos aspirations irréfléchies et démesurées vers les splendeurs de la destinée. Dans ces aspirations, bien plus que dans les idées composées, raisonnées et coordonnées, on peut retrouver le vrai caractère de chaque homme. Nos chimères sont ce qui nous ressemble le mieux. Chacun rêve l'inconnu et l'impossible selon sa nature.

Vers le milieu de cette année 1831, la vieille qui servait Marius lui conta qu'on allait mettre à la porte ses voisins, le misérable ménage Jondrette. Marius, qui passait presque toutes ses journées dehors, savait à peine qu'il eût des voisins.

— Pourquoi les renvoie-t-on ? dit-il.

— Parce qu'ils ne payent pas leur loyer. Ils doivent deux termes.

— Combien est-ce ?

— Vingt francs, dit la vieille.

Marius avait trente francs en réserve dans un tiroir.

— Tenez, dit-il à la vieille, voilà vingt-cinq francs.

Payez pour ces pauvres gens, donnez-leur cinq francs,
et ne dites pas que c'est moi.

VI

LE REMPLAÇANT

Le hasard fit que le régiment dont était le lieutenant
Théodule vint tenir garnison à Paris. Ceci fut l'occasion
d'une deuxième idée pour la tante Gillenormand. Elle
avait, une première fois, imaginé de faire surveiller
Marius par Théodule ; elle complota de faire succéder
Théodule à Marius.

À toute aventure, et pour le cas où le grand-père
aurait le vague besoin d'un jeune visage dans la maison,
ces rayons d'aurore sont quelquefois doux aux ruines,
il était expédient de trouver un autre Marius. Soit,
pensa-t-elle, c'est un simple erratum comme j'en vois
dans les livres ; Marius, lisez Théodule.

Un petit-neveu est l'à peu près d'un petit-fils ; à défaut
d'un avocat, on prend un lancier.

Un matin, que M. Gillenormand était en train de lire
quelque chose comme *la Quotidienne*, sa fille entra, et
lui dit de sa voix la plus douce, car il s'agissait de son
favori :

— Mon père, Théodule va venir ce matin vous présenter ses respects.

— Qui ça, Théodule ?

— Votre petit-neveu.

— Ah ! fit le grand-père.

Puis il se remit à lire, ne songea plus au petit-neveu
qui n'était qu'un Théodule quelconque, et ne tarda pas
à avoir beaucoup d'humeur, ce qui lui arrivait presque
toujours quand il lisait. La « feuille » qu'il tenait, royaliste d'ailleurs, cela va de soi, annonçait pour le lendemain, sans aménité aucune, un des petits événements

quotidiens du Paris d'alors : — Que les élèves des écoles
de droit et de médecine devaient se réunir sur la place
du Panthéon à midi ; — pour délibérer. — Il s'agissait
d'une des questions du moment : de l'artillerie de la
garde nationale, et d'un conflit entre le ministre de la
guerre et « la milice citoyenne » au sujet des canons
parqués dans la cour du Louvre. Les étudiants devaient
« délibérer » là-dessus. Il n'en fallait pas beaucoup plus
pour gonfler M. Gillenormand.

Il songea à Marius, qui était étudiant, et qui, probablement, irait, comme les autres, « délibérer, à midi, sur
la place du Panthéon ».

Comme il faisait ce songe pénible, le lieutenant Théodule entra, vêtu en bourgeois, ce qui était habile, et discrètement introduit par mademoiselle Gillenormand.
Le lancier avait fait ce raisonnement : — Le vieux druide
n'a pas tout placé en viager. Cela vaut bien qu'on se
déguise en pékin de temps en temps.

Mademoiselle Gillenormand dit, haut, à son père :

— Théodule, votre petit-neveu.

Et, bas, au lieutenant :

— Approuve tout.

Et se retira.

Le lieutenant, peu accoutumé à des rencontres si
vénérables, balbutia avec quelque timidité : Bonjour,
mon oncle, et fit un salut mixte composé de l'ébauche
involontaire et machinale du salut militaire achevée en
salut bourgeois.

— Ah ! c'est vous ; c'est bien, asseyez-vous, dit l'aïeul.

Cela dit, il oublia parfaitement le lancier.

Théodule s'assit, et M. Gillenormand se leva.

M. Gillenormand se mit à marcher de long en large,
les mains dans ses poches, parlant tout haut et tour-
mentant avec ses vieux doigts irrités les deux montres
qu'il avait dans ses deux goussets.

— Ce tas de morveux ! ça se convoque sur la place
du Panthéon ! Vertu de ma vie ! Des galopins qui étaient
hier en nourrice ! Si on leur pressait le nez, il en sorti-

rait du lait ! Et ça délibère demain à midi ! Où va-t-on ?
où va-t-on ? Il est clair qu'on va à l'abîme. C'est là que
nous ont conduits les descamisados ! L'artillerie
citoyenne ! Délibérer sur l'artillerie citoyenne ! S'en
aller jaboter en plein air sur les pétarades de la garde
nationale ! Et avec qui vont-ils se trouver là ? Voyez un
peu où mène le jacobinisme. Je parie tout ce qu'on voudra, un million contre un fichtre, qu'il n'y aura là que
des repris de justice et des forçats libérés. Les républicains et les galériens, ça ne fait qu'un nez et qu'un mouchoir. Carnot disait : Où veux-tu que j'aille, traître ? Fouché répondait : Où tu voudras, imbécile ! Voilà ce que
c'est que les républicains.

— C'est juste, dit Théodule.

M. Gillenormand tourna la tête à demi, vit Théodule,
et continua :

— Quand on pense que ce drôle a eu la scélératesse
de se faire carbonaro ! Pourquoi as-tu quitté ma maison ? Pour t'aller faire républicain. Pssst ! d'abord le
peuple n'en veut pas de ta république, il n'en veut pas,
il a du bon sens, il sait bien qu'il y a toujours eu des
rois et qu'il y en aura toujours, il sait bien que le peuple,
après tout, ce n'est que le peuple, il s'en burle, de ta
république, entends-tu, crétin ! Est-ce assez horrible, ce
caprice-là ! S'amouracher du père Duchêne, faire les
yeux doux à la guillotine, chanter des romances et jouer
de la guitare sous le balcon de 93, c'est à cracher sur
tous ces jeunes gens-là, tant ils sont bêtes ! Ils en sont
tous là. Pas un n'échappe. Il suffit de respirer l'air qui
passe dans la rue pour être insensé. Le dix-neuvième
siècle est du poison. Le premier polisson venu laisse
pousser sa barbe de bouc, se croit un drôle pour de vrai,
et vous plante là les vieux parents. C'est républicain,
c'est romantique. Qu'est-ce que c'est que ça, romantique ? faites-moi l'amitié de me dire ce que c'est que ça ?
Toutes les folies possibles. Il y a un an, ça vous allait à
Hernani. Je vous demande un peu, *Hernani* ! des antithèses, des abominations qui ne sont pas même écrites

en français ! Et puis on a des canons dans la cour du
Louvre. Tels sont les brigandages de ce temps-ci.

— Vous avez raison, mon oncle, dit Théodule.

M. Gillenormand reprit :

— Des canons dans la cour du Muséum ! pourquoi
faire ? Canon, que me veux-tu ? Vous voulez donc
mitrailler l'Apollon du Belvédère ? Qu'est-ce que les gar-
gousses ont à faire avec la Vénus de Médicis ? Oh ! ces
jeunes gens d'à présent, tous des chenapans ! Quel pas
grand'chose que leur Benjamin Constant ! Et ceux qui
ne sont pas des scélérats sont des dadais ! Ils font tout
ce qu'ils peuvent pour être laids, ils sont mal habillés,
ils ont peur des femmes, ils ont autour des cotillons un
air de mendier qui fait éclater de rire les Jeannetons ;
ma parole d'honneur, on dirait les pauvres honteux de
l'amour. Ils sont difformes, et ils se complètent en étant
stupides ; ils répètent les calembours de Tiercelin et de
Potier, ils ont des habits-sacs, des gilets de palefrenier,
des chemises de grosse toile, des pantalons de gros drap,
des bottes de gros cuir, et le ramage ressemble au plu-
mage. On pourrait se servir de leur jargon pour resse-
meler leurs savates. Et toute cette inepte marmaille
vous a des opinions politiques. Il devrait être sévèrement défendu d'avoir des opinions politiques. Ils fabri-
quent des systèmes, ils refont la société, ils démolissent
la monarchie, ils flanquent par terre toutes les lois, ils
mettent le grenier à la place de la cave et mon portier
à la place du roi, ils bousculent l'Europe de fond en
comble, ils rebâtissent le monde, et ils ont pour bonne
fortune de regarder sournoisement les jambes des blanchisseuses qui remontent dans leurs charrettes ! Ah !
Marius ! ah ! gueusard ! aller vociférer en place publique ! discuter, débattre, prendre des mesures ! ils appellent cela des mesures, justes dieux ! le désordre se rape-
tisse et devient niais. J'ai vu le chaos, je vois le gâchis.
Des écoliers délibérer sur la garde nationale, cela ne se
verrait pas chez les Ogibewas et chez les Cadodaches !
Les sauvages qui vont tout nus, la caboche coiffée

comme un volant de raquette, avec une massue à la
patte, sont moins brutes que ces bacheliers-là ! Des mar-
mousets de quatre sous ! ça fait les entendus et les jor-
donnes ! ça délibère et ratiocine ! C'est la fin du monde.
C'est évidemment la fin de ce misérable globe terraqué.
Il fallait un hoquet final, la France le pousse. Délibérez,
mes drôles ! Ces choses-là arriveront tant qu'ils iront
lire les journaux sous les arcades de l'Odéon. Cela leur
coûte un sou, et leur bon sens, et leur intelligence, et
leur cœur, et leur âme, et leur esprit. On sort de là, et
l'on fiche le camp de chez sa famille. Tous les journaux
sont de la peste ; tous, même le *Drapeau blanc* ! au fond
Martainville était un jacobin ! Ah ! juste ciel ! tu pourras
te vanter d'avoir désespéré ton grand-père, toi !

— C'est évident, dit Théodule.

Et, profitant de ce que M. Gillenormand reprenait
haleine, le lancier ajouta magistralement :

— Il ne devrait pas y avoir d'autre journal que le
Moniteur [1] et d'autre livre que l'*Annuaire militaire*.

M. Gillenormand poursuivit :

— C'est comme leur Sieyès ! un régicide aboutissant
à un sénateur ! car c'est toujours par là qu'ils finissent.
On se balafre avec le tutoiement citoyen pour arriver à
se faire dire monsieur le comte. Monsieur le comte gros
comme le bras, des assommeurs de septembre ! Le philosophe Sieyès ! Je me rends cette justice que je n'ai
jamais fait plus de cas des philosophies de tous ces phi-
losophes-là que des lunettes du grimacier de Tivoli ! J'ai
vu un jour les sénateurs passer sur le quai Malaquais
en manteaux de velours violet semés d'abeilles avec des
chapeaux à la Henri IV. Ils étaient hideux. On eût dit
les singes de la cour du tigre. Citoyens, je vous déclare
que votre progrès est une folie, que votre humanité est
un rêve, que votre révolution est un crime, que votre
république est un monstre, que votre jeune France
pucelle sort du lupanar, et je vous le soutiens à tous, qui
que vous soyez, fussiez-vous publicistes, fussiez-vous
économistes, fussiez-vous légistes, fussiez-vous plus

connaisseurs en liberté, en égalité et en fraternité que
le couperet de la guillotine ! Je vous signifie cela, mes
bonshommes !

— Parbleu, cria le lieutenant, voilà qui est admirablement vrai.

M. Gillenormand interrompit un geste qu'il avait
commencé, se retourna, regarda fixement le lancier
Théodule entre les deux yeux, et lui dit :

— Vous êtes un imbécile.

Livre sixième

LA CONJONCTION DE DEUX ÉTOILES

I

LE SOBRIQUET . MODE DE FORMATION
DES NOMS DE FAMILLE

Marius à cette époque était un beau jeune homme de moyenne taille, avec d'épais cheveux très noirs, un front haut et intelligent, les narines ouvertes et passionnées, l'air sincère et calme, et sur tout son visage je ne sais quoi qui était hautain, pensif et innocent. Son profil, dont toutes les lignes étaient arrondies sans cesser d'être fermes, avait cette douceur germanique qui a pénétré dans la physionomie française par l'Alsace et la Lorraine, et cette absence complète d'angles qui rendait les Sicambres si reconnaissables parmi les Romains et qui distingue la race léonine de la race aquiline. Il était à cette saison de la vie où l'esprit des hommes qui pensent se compose, presque à proportions égales, de profondeur et de naïveté. Une situation grave étant donnée, il avait tout ce qu'il fallait pour être stupide ; un tour de clef de plus, il pouvait être sublime. Ses façons étaient réservées, froides, polies, peu ouvertes. Comme sa bouche était charmante, ses lèvres les plus vermeilles et ses dents les plus blanches du monde, son sourire corrigeait ce que toute sa physionomie avait de sévère. À de certains moments, c'était un singulier contraste que ce front chaste et ce sourire voluptueux. Il avait l'œil petit et le regard grand [1].

Au temps de sa pire misère, il remarquait que les jeunes filles se retournaient quand il passait, et il se

sauvait ou se cachait, la mort dans l'âme. Il pensait
qu'elles le regardaient pour ses vieux habits et qu'elles
en riaient ; le fait est qu'elles le regardaient pour sa
grâce et qu'elles en rêvaient.

Ce muet malentendu entre lui et les jolies passantes
l'avait rendu farouche. Il n'en choisit aucune, par
l'excellente raison qu'il s'enfuyait devant toutes. Il vécut
ainsi indéfiniment, — bêtement, disait Courfeyrac.

Courfeyrac lui disait encore : — N'aspire pas à être
vénérable (car ils se tutoyaient ; glisser au tutoiement
est la pente des amitiés jeunes). Mon cher, un conseil.
Ne lis pas tant dans les livres et regarde un peu plus les
margotons. Les coquines ont du bon, ô Marius ! À force
de t'enfuir et de rougir, tu t'abrutiras.

D'autres fois Courfeyrac le rencontrait et lui disait :
— Bonjour, monsieur l'abbé.

Quand Courfeyrac lui avait tenu quelque propos de
ce genre, Marius était huit jours à éviter plus que jamais
les femmes, jeunes et vieilles, et il évitait par-dessus le
marché Courfeyrac.

Il y avait pourtant dans toute l'immense création deux
femmes que Marius ne fuyait pas et auxquelles il ne
prenait point garde. À la vérité on l'eût fort étonné si on
lui eût dit que c'étaient des femmes. L'une était la vieille
barbue qui balayait sa chambre et qui faisait dire à
Courfeyrac : Voyant que sa servante porte sa barbe,
Marius ne porte point la sienne. L'autre était une espèce
de petite fille qu'il voyait très souvent et qu'il ne regardait jamais.

Depuis plus d'un an, Marius remarquait dans une
allée déserte du Luxembourg, l'allée qui longe le parapet de la Pépinière, un homme et une toute jeune fille
presque toujours assis côte à côte sur le même banc, à
l'extrémité la plus solitaire de l'allée, du côté de la rue
de l'Ouest [1]. Chaque fois que ce hasard qui se mêle aux
promenades des gens dont l'œil est retourné en dedans
amenait Marius dans cette allée, et c'était presque tous
les jours, il y retrouvait ce couple. L'homme pouvait

avoir une soixantaine d'années, il paraissait triste et sérieux ; toute sa personne offrait cet aspect robuste et fatigué des gens de guerre retirés du service. S'il avait eu une décoration, Marius eût dit : c'est un ancien officier. Il avait l'air bon, mais inabordable, et il n'arrêtait jamais son regard sur le regard de personne. Il portait un pantalon bleu, une redingote bleue et un chapeau à bords larges, qui paraissaient toujours neufs, une cravate noire et une chemise de quaker, c'est-à-dire, éclatante de blancheur, mais de grosse toile. Une grisette passant un jour près de lui, dit : Voilà un veuf fort propre. Il avait les cheveux très blancs.

La première fois que la jeune fille qui l'accompagnait vint s'asseoir avec lui sur le banc qu'ils semblaient avoir adopté, c'était une façon de fille de treize ou quatorze ans, maigre, au point d'en être presque laide, gauche, insignifiante, et qui promettait peut-être d'avoir d'assez beaux yeux. Seulement ils étaient toujours levés avec une sorte d'assurance déplaisante. Elle avait cette mise à la fois vieille et enfantine des pensionnaires de couvent ; une robe mal coupée de gros mérinos noir. Ils avaient l'air du père et de la fille.

Marius examina pendant deux ou trois jours cet homme vieux qui n'était pas encore un vieillard et cette petite fille qui n'était pas encore une personne, puis il n'y fit plus aucune attention. Eux de leur côté semblaient ne pas même le voir. Ils causaient entre eux d'un air paisible et indifférent. La fille jasait sans cesse, et gaîment. Le vieux homme parlait peu, et, par instants, il attachait sur elle des yeux remplis d'une ineffable paternité.

Marius avait pris l'habitude machinale de se promener dans cette allée. Il les y retrouvait invariablement.

Voici comment la chose se passait :

Marius arrivait le plus volontiers par le bout de l'allée opposé à leur banc. Il marchait toute la longueur de l'allée, passait devant eux, puis s'en retournait jusqu'à l'extrémité par où il était venu, et recommençait. Il faisait ce va-et-vient cinq ou six fois dans sa promenade, et cette promenade cinq ou six fois par semaine sans qu'ils en fussent arrivés, ces gens et lui, à échanger un salut. Ce personnage et cette jeune fille, quoiqu'ils parussent et peut-être parce qu'ils paraissaient éviter les regards, avaient naturellement quelque peu éveillé l'attention des cinq ou six étudiants qui se promenaient de temps en temps le long de la Pépinière, les studieux après leur cours, les autres après leur partie de billard. Courfeyrac, qui était des derniers, les avait observés quelque temps, mais trouvant la fille laide, il s'en était bien vite et soigneusement écarté. Il s'était enfui comme un Parthe en leur décochant un sobriquet. Frappé uniquement de la robe de la petite et des cheveux du vieux, il avait appelé la fille *mademoiselle Lanoire* et le père *monsieur Leblanc,* si bien que, personne ne les connaissant d'ailleurs, en l'absence du nom, le surnom avait fait loi. Les étudiants disaient : — Ah ! monsieur Leblanc est à son banc ! et Marius, comme les autres, avait trouvé commode d'appeler ce monsieur inconnu M. Leblanc.

Nous ferons comme eux, et nous dirons M. Leblanc pour la facilité de ce récit.

Marius les vit ainsi presque tous les jours à la même heure pendant la première année. Il trouvait l'homme à son gré, mais la fille assez maussade.

II

« LUX FACTA EST [1] »

La seconde année, précisément au point de cette histoire où le lecteur est parvenu, il arriva que cette habitude du Luxembourg s'interrompit, sans que Marius sût trop pourquoi lui-même, et qu'il fut près de six mois sans mettre les pieds dans son allée. Un jour enfin il y retourna. C'était par une sereine matinée d'été, Marius était joyeux comme on l'est quand il fait beau. Il lui semblait qu'il avait dans le cœur tous les chants d'oiseaux qu'il entendait et tous les morceaux du ciel bleu qu'il voyait à travers les feuilles des arbres.

Il alla droit à « son allée », et, quand il fut au bout, il aperçut, toujours sur le même banc, ce couple connu. Seulement, quand il approcha, c'était bien le même homme ; mais il lui parut que ce n'était plus la même fille. La personne qu'il voyait maintenant était une grande et belle créature ayant toutes les formes les plus charmantes de la femme à ce moment précis où elles se combinent encore avec toutes les grâces les plus naïves de l'enfant ; moment fugitif et pur que peuvent seuls traduire ces deux mots : quinze ans. C'étaient d'admirables cheveux châtains nuancés de veines dorées, un front qui semblait fait de marbre, des joues qui semblaient faites d'une feuille de rose, un incarnat pâle, une blancheur émue, une bouche exquise d'où le sourire sortait comme une clarté et la parole comme une musique, une tête que Raphaël eût donnée à Marie posée sur un cou que Jean Goujon eût donné à Vénus. Et, afin que rien ne manquât à cette ravissante figure, le nez n'était pas beau, il était joli ; ni droit ni courbé, ni italien ni grec ; c'était le nez parisien ; c'est-à-dire quelque chose de spirituel, de fin, d'irrégulier et de pur, qui désespère les peintres et qui charme les poëtes.

Quand Marius passa près d'elle, il ne put voir ses yeux qui étaient constamment baissés. Il ne vit que ses longs cils châtains pénétrés d'ombre et de pudeur.

Cela n'empêchait pas la belle enfant de sourire tout en écoutant l'homme à cheveux blancs qui lui parlait, et rien n'était ravissant comme ce frais sourire avec des yeux baissés.

Dans le premier moment, Marius pensa que c'était une autre fille du même homme, une sœur sans doute de la première. Mais, quand l'invariable habitude de la promenade le ramena pour la seconde fois près du banc, et qu'il l'eut examinée avec attention, il reconnut que c'était la même. En six mois la petite fille était devenue jeune fille ; voilà tout. Rien n'est plus fréquent que ce phénomène. Il y a un instant où les filles s'épanouissent en un clin d'œil et deviennent des roses tout à coup. Hier on les a laissées enfants, aujourd'hui on les retrouve inquiétantes [1].

Celle-ci n'avait pas seulement grandi, elle s'était idéalisée. Comme trois jours en avril suffisent à de certains arbres pour se couvrir de fleurs, six mois lui avaient suffi pour se vêtir de beauté. Son avril à elle était venu.

On voit quelquefois des gens qui, pauvres et mesquins, semblent se réveiller, passent subitement de l'indigence au faste, font des dépenses de toutes sortes, et deviennent tout à coup éclatants, prodigues et magnifiques. Cela tient à une rente empochée ; il y a eu échéance hier. La jeune fille avait touché son semestre.

Et puis ce n'était plus la pensionnaire avec son chapeau de peluche, sa robe de mérinos, ses souliers d'écolier et ses mains rouges ; le goût lui était venu avec la beauté ; c'était une personne bien mise avec une sorte d'élégance simple et riche et sans manière. Elle avait une robe de damas noir, un camail de même étoffe et un chapeau de crêpe blanc. Ses gants blancs montraient la finesse de sa main qui jouait avec le manche d'une ombrelle en ivoire chinois, et son brodequin de soie dessinait la petitesse de son pied. Quand on passait près d'elle, toute sa toilette exhalait un parfum jeune et pénétrant.

Quant à l'homme, il était toujours le même.

La seconde fois que Marius arriva près d'elle, la jeune fille leva les paupières. Ses yeux étaient d'un bleu céleste et profond, mais dans cet azur voilé il n'y avait encore que le regard d'un enfant. Elle regarda Marius avec indifférence, comme elle eût regardé le marmot qui courait sous les sycomores, ou le vase de marbre qui faisait de l'ombre sur le banc ; et Marius de son côté continua sa promenade en pensant à autre chose.

Il passa encore quatre ou cinq fois près du banc où était la jeune fille, mais sans même tourner les yeux vers elle.

Les jours suivants, il revint comme à l'ordinaire au Luxembourg, comme à l'ordinaire, il y trouva « le père et la fille », mais il n'y fit plus attention. Il ne songea pas plus à cette fille quand elle fut belle qu'il n'y songeait lorsqu'elle était laide. Il passait toujours fort près du banc où elle était, parce que c'était son habitude.

III

EFFET DE PRINTEMPS

Un jour, l'air était tiède, le Luxembourg était inondé d'ombre et de soleil, le ciel était pur comme si les anges l'eussent lavé le matin, les passereaux poussaient de petits cris dans les profondeurs des marronniers, Marius avait ouvert toute son âme à la nature, il ne pensait à rien, il vivait et il respirait, il passa près de ce banc, la jeune fille leva les yeux sur lui, leurs deux regards se rencontrèrent.

Qu'y avait-il cette fois dans le regard de la jeune fille ? Marius n'eût pu le dire. Il n'y avait rien et il y avait tout. Ce fut un étrange éclair.

Elle baissa les yeux, et il continua son chemin.

Ce qu'il venait de voir, ce n'était pas l'œil ingénu et simple d'un enfant, c'était un gouffre mystérieux qui s'était entr'ouvert, puis brusquement refermé.

Il y a un jour où toute jeune fille regarde ainsi. Malheur à qui se trouve là !

Ce premier regard d'une âme qui ne se connaît pas encore est comme l'aube dans le ciel. C'est l'éveil de quelque chose de rayonnant et d'inconnu. Rien ne saurait rendre le charme dangereux de cette lueur inattendue qui éclaire vaguement tout à coup d'adorables ténèbres et qui se compose de toute l'innocence du présent et de toute la passion de l'avenir. C'est une sorte de tendresse indécise qui se révèle au hasard et qui attend. C'est un piège que l'innocence tend à son insu et où elle prend des cœurs sans le vouloir et sans le savoir. C'est une vierge qui regarde comme une femme.

Il est rare qu'une rêverie profonde ne naisse pas de ce regard là où il tombe. Toutes les puretés et toutes les ardeurs se concentrent dans ce rayon céleste et fatal qui, plus que les œillades les mieux travaillées des coquettes, a le pouvoir magique de faire subitement éclore au fond d'une âme cette fleur sombre, pleine de parfums et de poisons, qu'on appelle l'amour.

Le soir, en rentrant dans son galetas, Marius jeta les yeux sur son vêtement, et s'aperçut pour la première fois qu'il avait la malpropreté, l'inconvenance et la stupidité inouïe d'aller se promener au Luxembourg avec ses habits « de tous les jours », c'est-à-dire avec un chapeau cassé près de la ganse, de grosses bottes de roulier, un pantalon noir blanc aux genoux et un habit noir pâle aux coudes.

IV

COMMENCEMENT
D'UNE GRANDE MALADIE

Le lendemain, à l'heure accoutumée, Marius tira de son armoire son habit neuf, son pantalon neuf, son chapeau neuf et ses bottes neuves ; il se revêtit de cette panoplie complète, mit des gants, luxe prodigieux, et s'en alla au Luxembourg.

Chemin faisant, il rencontra Courfeyrac, et feignit de ne pas le voir. Courfeyrac en rentrant chez lui dit à ses amis — Je viens de rencontrer le chapeau neuf et l'habit neuf de Marius et Marius dedans. Il allait sans doute passer un examen. Il avait l air tout bête.

Arrivé au Luxembourg, Marius fit le tour du bassin et considéra les cygnes, puis il demeura longtemps en contemplation devant une statue qui avait la tête toute noire de moisissure et à laquelle une hanche manquait. Il y avait près du bassin un bourgeois quadragénaire et ventru qui tenait par la main un petit garçon de cinq ans et lui disait : — Évite les excès. Mon fils, tiens-toi à égale distance du despotisme et de l'anarchie. — Marius écouta ce bourgeois. Puis il fit encore une fois le tour du bassin. Enfin il se dirigea vers « son allée », lentement et comme s'il y allait à regret. On eût dit qu'il était à la fois forcé et empêché d'y aller. Il ne se rendait aucun compte de tout cela, et croyait faire comme tous les jours.

En débouchant dans l'allée, il aperçut à l'autre bout « sur leur banc » M. Leblanc et la jeune fille. Il boutonna son habit jusqu'en haut, le tendit sur son torse pour qu'il ne fît pas de plis, examina avec une certaine complaisance les reflets lustrés de son pantalon, et marcha sur le banc. Il y avait de l'attaque dans cette marche et certainement une velléité de conquête. Je dis donc : il marcha sur le banc, comme je dirais : Annibal marcha sur Rome.

Du reste il n'y avait rien que de machinal dans tous ses mouvements, et il n'avait aucunement interrompu les préoccupations habituelles de son esprit et de ses travaux. Il pensait en ce moment-là que le *Manuel du Baccalauréat* était un livre stupide et qu'il fallait qu'il eût été rédigé par de rares crétins pour qu'on y analysât comme chefs-d'œuvre de l'esprit humain trois tragédies de Racine et seulement une comédie de Molière. Il avait un sifflement aigu dans l'oreille. Tout en approchant du banc, il tendait les plis de son habit, et ses yeux se fixaient sur la jeune fille. Il lui semblait qu'elle emplissait toute l'extrémité de l'allée d'une vague lueur bleue.

À mesure qu'il approchait, son pas se ralentissait de

plus en plus. Parvenu à une certaine distance du banc,
bien avant d'être à la fin de l'allée, il s'arrêta, et il ne
put savoir lui-même comment il se fit qu'il rebroussa
chemin. Il ne se dit même point qu'il n'allait pas
jusqu'au bout. Ce fut à peine si la jeune fille put l'apercevoir de loin et voir le bel air qu'il avait dans ses habits
neufs. Cependant il se tenait très droit, pour avoir bonne
mine dans le cas où quelqu'un qui serait derrière lui le
regarderait.

Il atteignit le bout opposé, puis revint, et cette fois il
s'approcha un peu plus près du banc. Il parvint même
jusqu'à une distance de trois intervalles d'arbres, mais
là il sentit je ne sais quelle impossibilité d'aller plus loin,
et il hésita. Il avait cru voir le visage de la jeune fille se
pencher vers lui. Cependant il fit un effort viril et violent, dompta l'hésitation, et continua d'aller en avant.
Quelques secondes après, il passait devant le banc, droit
et ferme, rouge jusqu'aux oreilles, sans oser jeter un
regard à droite, ni à gauche, la main dans son habit
comme un homme d'État. Au moment où il passa —
sous le canon de la place — il éprouva un affreux battement de cœur. Elle avait comme la veille sa robe de
damas et son chapeau de crêpe. Il entendit une voix
ineffable qui devait être « sa voix ». Elle causait tranquillement. Elle était bien jolie. Il le sentait, quoiqu'il
n'essayât pas de la voir. — Elle ne pourrait cependant,
pensait-il, s'empêcher d'avoir de l'estime et de la considération pour moi si elle savait que c'est moi qui suis
le véritable auteur de la dissertation sur Marcos Obre
gon de la Ronda que monsieur François de Neufchâteau a mise, comme étant de lui, en tête de son édition
de *Gil Blas* [1] !

Il dépassa le banc, alla jusqu'à l'extrémité de l'allée
qui était tout proche, puis revint sur ses pas et passa
encore devant la belle fille. Cette fois il était très pâle.
Du reste il n'éprouvait rien que de fort désagréable. Il
s'éloigna du banc et de la jeune fille, et, tout en lui tour-

nant le dos, il se figurait qu'elle le regardait, et cela le faisait trébucher.

Il n'essaya plus de s'approcher du banc, il s'arrêta vers la moitié de l'allée, et là, chose qu'il ne faisait jamais, il s'assit, jetant des regards de côté, et songeant, dans les profondeurs les plus indistinctes de son esprit, qu'après tout il était difficile que les personnes dont il admirait le chapeau blanc et la robe noire fussent absolument insensibles à son pantalon lustré et à son habit neuf.

Au bout d'un quart d'heure il se leva, comme s'il allait recommencer à marcher vers ce banc qu'une auréole entourait. Cependant il restait debout et immobile. Pour la première fois depuis quinze mois il se dit que ce monsieur qui s'asseyait là tous les jours avec sa fille l'avait sans doute remarqué de son côté et trouvait probablement son assiduité étrange.

Pour la première fois aussi il sentit quelque irrévérence à désigner cet inconnu, même dans le secret de sa pensée, par le sobriquet de M. Leblanc.

Il demeura ainsi quelques minutes la tête baissée, et faisant des dessins sur le sable avec une baguette qu'il avait à la main.

Puis il se tourna brusquement du côté opposé au banc, à M. Leblanc et à sa fille, et s'en revint chez lui.

Ce jour-là il oublia d'aller dîner. À huit heures du soir il s'en aperçut, et comme il était trop tard pour descendre rue Saint-Jacques, tiens ! dit-il, et il mangea un morceau de pain.

Il ne se coucha qu'après avoir brossé son habit et l'avoir plié avec soin.

V

DIVERS COUPS DE FOUDRE
TOMBENT SUR MAME BOUGON

Le lendemain, mame Bougon, — c'est ainsi que Courfeyrac nommait la vieille portière-principale-locataire-
femme-de-ménage de la masure Gorbeau, elle s'appelait
en réalité madame Burgon, nous l'avons constaté, mais
ce brise-fer de Courfeyrac ne respectait rien, — mame
Bougon, stupéfaite, remarqua que monsieur Marius
sortait encore avec son habit neuf.

Il retourna au Luxembourg, mais il ne dépassa point
son banc de la moitié de l'allée. Il s'y assit comme la
veille, considérant de loin et voyant distinctement le
chapeau blanc, la robe noire et surtout la lueur bleue.
Il n'en bougea pas, et ne rentra chez lui que lorsqu'on
ferma les portes du Luxembourg. Il ne vit pas M.
Leblanc et sa fille se retirer. Il en conclut qu'ils étaient
sortis du jardin par la grille de la rue de l'Ouest. Plus
tard, quelques semaines après, quand il y songea, il ne
put jamais se rappeler où il avait dîné ce soir-là.

Le lendemain, c'était le troisième jour, mame Bougon
fut refoudroyée. Marius sortit avec son habit neuf.

— Trois jours de suite ! s'écria-t-elle.

Elle essaya de le suivre, mais Marius marchait leste-
ment et avec d'immenses enjambées ; c'était un hippo-
potame entreprenant la poursuite d'un chamois. Elle le
perdit de vue en deux minutes et rentra essoufflée. aux
trois quarts étouffée par son asthme, furieuse. — Si cela
a du bon sens, grommela-t-elle, de mettre ses beaux
habits tous les jours et de faire courir les personnes
comme cela !

Marius s'était rendu au Luxembourg.

La jeune fille y était avec M. Leblanc. Marius approcha le plus près qu'il put en faisant semblant de lire dans un livre, mais il resta encore fort loin, puis revint s'asseoir sur son banc où il passa quatre heures à regarder sauter dans l'allée les moineaux francs qui lui faisaient l'effet de se moquer de lui.

Une quinzaine s'écoula ainsi. Marius allait au Luxembourg non plus pour se promener, mais pour s'y asseoir toujours à la même place et sans savoir pourquoi. Arrivé là, il ne remuait plus. Il mettait chaque matin son habit neuf pour ne pas se montrer, et il recommençait le lendemain.

Elle était décidément d'une beauté merveilleuse. La seule remarque qu'on pût faire qui ressemblât à une critique, c'est que la contradiction entre son regard qui était triste et son sourire qui était joyeux donnait à son visage quelque chose d'un peu égaré, ce qui fait qu'à de certains moments ce doux visage devenait étrange sans cesser d'être charmant.

VI

FAIT PRISONNIER

Un des derniers jours de la seconde semaine, Marius était comme à son ordinaire assis sur son banc, tenant à la main un livre ouvert dont depuis deux heures il n'avait pas tourné une page. Tout à coup il tressaillit. Un événement se passait à l'extrémité de l'allée. M. Leblanc et sa fille venaient de quitter leur banc, la fille avait pris le bras du père, et tous deux se dirigeaient lentement vers le milieu de l'allée où était Marius. Marius ferma son livre, puis il le rouvrit, puis il s'efforça de lire. Il tremblait. L'auréole venait droit à lui. — Ah ! mon Dieu ! pensait-il, je n'aurai jamais le temps de prendre une attitude. — Cependant, l'homme à cheveux blancs et la jeune fille s'avançaient. Il lui paraissait que

cela durait un siècle et que cela n'était qu'une seconde.
— Qu'est-ce qu'ils viennent faire par ici ? se demandait-
il. Comment ! elle va passer là ! Ses pieds vont marcher
sur ce sable, dans cette allée, à deux pas de moi ! — Il
était bouleversé, il eût voulu être très beau, il eût voulu
avoir la croix ! Il entendait s'approcher le bruit doux et
mesuré de leurs pas. Il s'imaginait que M. Leblanc lui
jetait des regards irrités. Est-ce que ce monsieur va me
parler ? pensait-il. Il baissa la tête ; quand il la releva,
ils étaient tout près de lui. La jeune fille passa, et en
passant elle le regarda. Elle le regarda fixement, avec
une douceur pensive qui fit frissonner Marius de la tête
aux pieds. Il lui sembla qu'elle lui reprochait d'avoir été
si longtemps sans venir jusqu'à elle et qu'elle lui disait :
C'est moi qui viens. Marius resta ébloui devant ces prunelles pleines de rayons et d'abîmes.

Il se sentait un brasier dans le cerveau. Elle était
venue à lui, quelle joie ! Et puis, comme elle l'avait
regardé ! Elle lui parut plus belle qu'il ne l'avait encore
vue. Belle d'une beauté tout ensemble féminine et angélique, d'une beauté complète qui eût fait chanter Pétrar-
que et agenouiller Dante. Il lui semblait qu'il nageait en
plein ciel bleu. En même temps il était horriblement
contrarié, parce qu'il avait de la poussière sur ses bottes.

Il croyait être sûr qu'elle avait regardé aussi ses
bottes.

Il la suivit des yeux jusqu'à ce qu'elle eût disparu. Puis
il se mit à marcher dans le Luxembourg comme un fou.
Il est probable que par moments il riait tout seul et parlait haut. Il était si rêveur près des bonnes d'enfants que
chacune le croyait amoureux d'elle.

Il sortit du Luxembourg, espérant la retrouver dans
une rue.

Il se croisa avec Courfeyrac sous les arcades de
l'Odéon et lui dit : Viens dîner avec moi. Ils s'en allèrent
chez Rousseau, et dépensèrent six francs. Marius mangea comme un ogre. Il donna six sous au garçon. Au

dessert il dit à Courfeyrac : As-tu lu le journal ? Quel beau discours a fait Audry de Puyraveau !

Il était éperdument amoureux.

Après le dîner, il dit à Courfeyrac : Je te paye le spectacle. Ils allèrent à la Porte-Saint-Martin voir Frédérick dans *l'Auberge des Adrets.* Marius s'amusa énormément.

En même temps il eut un redoublement de sauvagerie. En sortant du théâtre, il refusa de regarder la jarretière d'une modiste qui enjambait un ruisseau, et Courfeyrac ayant dit : *Je mettrais volontiers cette femme dans ma collection,* lui fit presque horreur.

Courfeyrac l'avait invité à déjeuner au café Voltaire le lendemain. Marius y alla, et mangea encore plus que la veille. Il était tout pensif et très gai. On eût dit qu'il saisissait toutes les occasions de rire aux éclats. Il embrassa tendrement un provincial quelconque qu'on lui présenta. Un cercle d'étudiants s'était fait autour de la table et l'on avait parlé des niaiseries payées par l'État qui se débitent en chaire à la Sorbonne, puis la conversation était tombée sur les fautes et les lacunes des dictionnaires et des prosodies-Quicherat. Marius interrompit la discussion pour s'écrier : — C'est cependant bien agréable d'avoir la croix !

— Voilà qui est drôle ! dit Courfeyrac bas à Jean Prouvaire.

— Non, répondit Jean Prouvaire, voilà qui est sérieux.

Cela était sérieux en effet. Marius en était à cette première heure violente et charmante qui commence les grandes passions.

Un regard avait fait tout cela.

Quand la mine est chargée, quand l'incendie est prêt, rien n'est plus simple. Un regard est une étincelle.

C'en était fait. Marius aimait une femme. Sa destinée entrait dans l'inconnu.

Le regard des femmes ressemble à de certains rouages tranquilles en apparence et formidables. On passe à côté tous les jours paisiblement et impunément et sans se douter de rien. Il vient un moment où l'on oublie même que cette chose est là. On va, on vient, on rêve, on parle, on rit. Tout à coup on se sent saisi. C'est fini. Le rouage vous tient, le regard vous a pris. Il vous a pris, n'importe par où ni comment, par une partie quelconque de votre pensée qui traînait, par une distraction que vous avez eue. Vous êtes perdu. Vous y passerez tout entier. Un enchaînement de forces mystérieuses s'empare de vous. Vous vous débattez en vain. Plus de secours humain possible. Vous allez tomber d'engrenage en engrenage, d'angoisse en angoisse, de torture en torture, vous, votre esprit, votre fortune, votre avenir, votre âme ; et, selon que vous serez au pouvoir d'une créature méchante ou d'un noble cœur, vous ne sortirez de cette effrayante machine que défiguré par la honte ou transfiguré par la passion.

VII

AVENTURES DE LA LETTRE U
LIVRÉE AUX CONJECTURES

L'isolement, le détachement de tout, la fierté, l'indépendance, le goût de la nature, l'absence d'activité quotidienne et matérielle, la vie en soi, les luttes secrètes de la chasteté [1], l'extase bienveillante devant toute la création, avaient préparé Marius à cette possession qu'on nomme la passion. Son culte pour son père était devenu peu à peu une religion, et, comme toute religion, s'était retiré au fond de l'âme. Il fallait quelque chose sur le premier plan. L'amour vint.

Tout un grand mois s'écoula, pendant lequel Marius alla tous les jours au Luxembourg. L'heure venue, rien ne pouvait le retenir. — Il est de service, disait Courfeyrac. Marius vivait dans les ravissements. Il est certain que la jeune fille le regardait.

Il avait fini par s'enhardir, et il s'approchait du banc. Cependant il ne passait plus devant, obéissant à la fois à l'instinct de timidité et à l'instinct de prudence des amoureux. Il jugeait utile de ne point attirer « l'attention du père ». Il combinait ses stations derrière les arbres et les piédestaux des statues avec un machiavélisme profond, de façon à se faire voir le plus possible à la jeune fille et à se laisser voir le moins possible du vieux monsieur. Quelquefois pendant des demi-heures entières, il restait immobile à l'ombre d'un Léonidas ou d'un Spartacus quelconque, tenant à la main un livre au-dessus duquel ses yeux, doucement levés, allaient chercher la belle fille, et elle, de son côté, détournait avec un vague sourire son charmant profil vers lui. Tout en causant le plus naturellement et le plus tranquillement du monde avec l'homme à cheveux blancs, elle appuyait sur Marius toutes les rêveries d'un œil virginal et passionné. Antique et immémorial manège qu'Ève savait dès le premier jour du monde et que toute femme sait dès le premier jour de la vie ! Sa bouche donnait la réplique à l'un et son regard donnait la réplique à l'autre.

Il faut croire pourtant que M. Leblanc finissait par s'apercevoir de quelque chose, car souvent, lorsque Marius arrivait, il se levait et se mettait à marcher. Il avait quitté leur place accoutumée et avait adopté, à l'autre extrémité de l'allée, le banc voisin du Gladiateur, comme pour voir si Marius les y suivrait. Marius ne comprit point, et fit cette faute. Le « père » commença à devenir inexact, et n'amena plus « sa fille » tous les jours. Quelquefois il venait seul. Alors Marius ne restait pas. Autre faute.

Marius ne prenait point garde à ces symptômes. De la phase de timidité il avait passé, progrès naturel et fatal, à la phase d'aveuglement. Son amour croissait. Il en rêvait toutes les nuits. Et puis il lui était arrivé un bonheur inespéré, huile sur le feu, redoublement de ténèbres sur ses yeux. Un soir, à la brune, il avait trouvé sur le banc que « M. Leblanc et sa fille » venaient de quitter, un mouchoir. Un mouchoir tout simple et sans broderie, mais blanc, fin, et qui lui parut exhaler des senteurs ineffables. Il s'en empara avec transport. Ce mouchoir était marqué des lettres U. F. ; Marius ne savait rien de cette belle enfant, ni sa famille, ni son nom, ni sa demeure ; ces deux lettres étaient la première chose d'elle qu'il saisissait, adorables initiales sur lesquelles il commença tout de suite à construire son échafaudage. U était évidemment le prénom. Ursule ! pensa-t-il, quel délicieux nom ! Il baisa le mouchoir, l'aspira, le mit sur son cœur, sur sa chair, pendant le jour, et la nuit sous ses lèvres pour s'endormir.

– J'y sens toute son âme ! s'écriait-il [1].

Ce mouchoir était au vieux monsieur qui l'avait tout bonnement laissé tomber de sa poche.

Les jours qui suivirent la trouvaille, il ne se montra plus au Luxembourg que baisant le mouchoir et l'appuyant sur son cœur. La belle enfant n'y comprenait rien et le lui marquait par des signes imperceptibles.

— O pudeur ! disait Marius.

VIII

LES INVALIDES EUX-MÊMES
PEUVENT ÊTRE HEUREUX

Puisque nous avons prononcé le mot *pudeur*, et puisque nous ne cachons rien, nous devons dire qu'une fois pourtant, à travers ses extases, « son Ursule » lui donna un grief très sérieux. C'était un de ces jours où elle déterminait M. Leblanc à quitter le banc et à se promener dans l'allée. Il faisait une vive brise de prairial qui remuait le haut des platanes. Le père et la fille, se donnant le bras, venaient de passer devant le banc de Marius. Marius s'était levé derrière eux et les suivait du regard, comme il convient dans cette situation d'âme éperdue.

Tout à coup un souffle de vent, plus en gaîté que les autres, et probablement chargé de faire les affaires du printemps, s'envola de la pépinière, s'abattit sur l'allée, enveloppa la jeune fille dans un ravissant frisson digne des nymphes de Virgile et des faunes de Théocrite, et souleva sa robe, cette robe plus sacrée que celle d'Isis, presque jusqu'à la hauteur de la jarretière. Une jambe d'une forme exquise apparut. Marius la vit. Il fut exaspéré et furieux [1].

La jeune fille avait rapidement baissé sa robe d'un mouvement divinement effarouché, mais il n'en fut pas moins indigné. — Il était seul dans l'allée, c'est vrai. Mais il pouvait y avoir eu quelqu'un. Et s'il y avait eu quelqu'un ! Comprend-on une chose pareille ! C'est horrible ce qu'elle vient de faire là ! — Hélas ! la pauvre enfant n'avait rien fait ; il n'y avait qu'un coupable, le vent ; mais Marius, en qui frémissait confusément le Bartholo qu'il y a dans Chérubin, était déterminé à être mécontent. et était jaloux de son ombre. C'est ainsi en effet que s'éveille dans le cœur humain, et que s'impose, même sans droit, l'âcre et bizarre jalousie de la chair. Du reste, en dehors même de cette jalousie, la vue de cette jambe charmante n'avait eu pour lui rien d'agréable ; le bas blanc de la première femme venue lui eût fait plus de plaisir.

Quand « son Ursule », après avoir atteint l'extrémité de l'allée, revint sur ses pas avec M. Leblanc et passa devant le banc où Marius s'était rassis, Marius lui jeta un regard bourru et féroce. La jeune fille eut ce petit redressement en arrière accompagné d'un haussement de paupières qui signifie : Eh bien, qu'est-ce qu'il a donc ?

Ce fut là leur « première querelle »

Marius achevait à peine de lui faire cette scène avec les yeux que quelqu'un traversa l'allée. C'était un invalide tout courbé, tout ridé et tout blanc, en uniforme

Louis XV, ayant sur le torse la petite plaque ovale de
drap rouge aux épées croisées, croix de Saint-Louis du
soldat, et orné en outre d'une manche d'habit sans bras
dedans, d'un menton d'argent et d'une jambe de bois.
Marius crut distinguer que cet être avait l'air extrêmement satisfait. Il lui sembla même que le vieux cynique,
tout en clopinant près de lui, lui avait adressé un clignement d'œil très fraternel et très joyeux, comme si un
hasard quelconque avait fait qu'ils pussent être d'intelligence et qu'ils eussent savouré en commun quelque
bonne aubaine. Qu'avait-il donc à être si content, ce
débris de Mars ? Que s'était-il donc passé entre cette
jambe de bois et l'autre ? Marius arriva au paroxysme
de la jalousie. — Il était peut-être là ! se dit-il ; il a peut-
être vu ! — Et il eut envie d'exterminer l'invalide.

Le temps aidant, toute pointe s'émousse. Cette colère
de Marius contre « Ursule », si juste et si légitime qu'elle
fût, passa. Il finit par pardonner ; mais ce fut un grand
effort ; il la bouda trois jours.

Cependant, à travers tout cela et à cause de tout cela,
la passion grandissait et devenait folle.

IX

ÉCLIPSE

On vient de voir comment Marius avait découvert ou
cru découvrir qu'Elle s'appelait Ursule.

L'appétit vient en aimant. Savoir qu'elle se nommait
Ursule, c'était déjà beaucoup ; c'était peu. Marius en
trois ou quatre semaines eut dévoré ce bonheur. Il en
voulut un autre. Il voulut savoir où elle demeurait.

Il avait fait une première faute : tomber dans l'embûche du banc du Gladiateur. Il en avait fait une seconde :
ne pas rester au Luxembourg quand M. Leblanc y venait

seul. Il en fit une troisième. Immense. Il suivit
« Ursule ».

Elle demeurait rue de l'Ouest, à l'endroit de la rue le
moins fréquenté, dans une maison neuve à trois étages
d'apparence modeste.

À partir de ce moment, Marius ajouta à son bonheur
de la voir au Luxembourg le bonheur de la suivre jusque
chez elle.

Sa faim augmentait. Il savait comment elle s'appelait,
son petit nom du moins, le nom charmant, le vrai nom
d'une femme ; il savait où elle demeurait ; il voulut
savoir qui elle était.

Un soir, après qu'il les eut suivis jusque chez eux et
qu'il les eut vus disparaître sous la porte cochère, il
entra à leur suite et dit vaillamment au portier :

— C'est le monsieur du premier qui vient de rentrer ?

— Non, répondit le portier. C'est le monsieur du troisième.

Encore un pas de fait. Ce succès enhardit Marius.

— Sur le devant ? demanda-t-il.

— Parbleu ! fit le portier, la maison n'est bâtie que
sur la rue

— Et quel est l'état de ce monsieur ? repartit Marius.

— C'est un rentier, monsieur. Un homme bien bon,
et qui fait du bien aux malheureux, quoique pas riche.

— Comment s'appelle-t-il ? reprit Marius.

Le portier leva la tête, et dit :

— Est-ce que monsieur est mouchard ?

Marius s'en alla assez penaud, mais fort ravi. Il avançait.

— Bon, pensa-t-il. Je sais qu'elle s'appelle Ursule,
qu'elle est fille d'un rentier, et qu'elle demeure là, rue
de l'Ouest, au troisième.

Le lendemain M. Leblanc et sa fille ne firent au
Luxembourg qu'une courte apparition ; ils s'en allèrent
qu'il faisait grand jour. Marius les suivit rue de l'Ouest
comme il en avait pris l'habitude. En arrivant à la porte
cochère, M. Leblanc fit passer sa fille devant puis

s'arrêta avant de franchir le seuil, se retourna et regarda Marius fixement.

Le jour d'après, ils ne vinrent pas au Luxembourg. Marius attendit en vain toute la journée.

À la nuit tombée, il alla rue de l'Ouest, et vit de la lumière aux fenêtres du troisième. Il se promena sous ces fenêtres jusqu'à ce que cette lumière fût éteinte.

Le jour suivant, personne au Luxembourg. Marius attendit tout le jour, puis alla faire sa faction de nuit sous les croisées. Cela le conduisait jusqu'à dix heures du soir. Son dîner devenait ce qu'il pouvait. La fièvre nourrit le malade et l'amour l'amoureux.

Il se passa huit jours de la sorte. M. Leblanc et sa fille ne paraissaient plus au Luxembourg. Marius faisait des conjectures tristes ; il n'osait guetter la porte cochère pendant le jour. Il se contentait d'aller à la nuit contempler la clarté rougeâtre des vitres. Il y voyait par moments passer des ombres, et le cœur lui battait.

Le huitième jour, quand il arriva sous les fenêtres, il n'y avait pas de lumière. — Tiens ! dit-il, la lampe n'est pas encore allumée. Il fait nuit pourtant. Est-ce qu'ils seraient sortis ? Il attendit. Jusqu'à dix heures. Jusqu'à minuit. Jusqu'à une heure du matin. Aucune lumière ne s'alluma aux fenêtres du troisième étage et personne ne rentra dans la maison. Il s'en alla très sombre.

Le lendemain, — car il ne vivait que de lendemains en lendemains, il n'y avait, pour ainsi dire, plus d'aujourd'hui pour lui, — le lendemain il ne trouva personne au Luxembourg, il s'y attendait ; à la brune, il alla à la maison. Aucune lueur aux fenêtres ; les persiennes étaient fermées ; le troisième était tout noir.

Marius frappa à la porte cochère, entra et dit au portier :

— Le monsieur du troisième ?

— Déménagé, répondit le portier.

Marius chancela et dit faiblement :

— Depuis quand donc ?

— D'hier.

— Où demeure-t-il maintenant ?

— Je n'en sais rien.

— Il n'a donc point laissé sa nouvelle adresse ?

— Non.

Et le portier levant le nez reconnut Marius.

— Tiens ! c'est vous ! dit-il, mais vous êtes donc décidément quart-d'œil ?

Livre septième

PATRON-MINETTE [1]

1

LES MINES ET LES MINEURS

Les sociétés humaines ont toutes ce qu'on appelle dans les théâtres *un troisième dessous.* Le sol social est partout miné, tantôt pour le bien, tantôt pour le mal. Ces travaux se superposent. Il y a les mines supérieures et les mines inférieures. Il y a un haut et un bas dans cet obscur sous-sol qui s'effondre parfois sous la civilisation, et que notre indifférence et notre insouciance foulent aux pieds. L'Encyclopédie, au siècle dernier, était une mine, presque à ciel ouvert. Les ténèbres, ces sombres couveuses du christianisme primitif, n'attendaient qu'une occasion pour faire explosion sous les Césars et pour inonder le genre humain de lumière. Car dans les ténèbres sacrées il y a de la lumière latente. Les volcans sont pleins d'une ombre capable de flamboiement. Toute lave commence par être nuit. Les catacombes, où s'est dite la première messe, n'étaient pas seulement la cave de Rome, elles étaient le souterrain du monde.

Il y a sous la construction sociale, cette merveille compliquée d'une masure, des excavations de toutes sortes. Il y a la mine religieuse, la mine philosophique, la mine politique, la mine économique, la mine révolutionnaire. Tel pioche avec l'idée, tel pioche avec le chiffre, tel pioche avec la colère. On s'appelle et on se répond d'une catacombe à l'autre. Les utopies cheminent sous terre dans ces conduits. Elles s'y ramifient en tous sens. Elles s'y rencontrent parfois, et y fraternisent. Jean-Jacques prête son pic à Diogène qui lui prête sa lanterne. Quelquefois elles s'y combattent. Calvin prend Socin aux cheveux. Mais rien n'arrête ni n'interrompt la tension de toutes ces énergies vers le but, et la vaste activité simultanée, qui va et vient, monte, descend et remonte dans ces obscurités, et qui transforme lentement le dessus par le dessous et le dehors par le dedans ; immense fourmillement inconnu. La société se doute à peine de ce creusement qui lui laisse sa surface et lui change les entrailles. Autant d'étages souterrains, autant de travaux différents, autant d'extractions diverses. Que sort-il de toutes ces fouilles profondes ? L'avenir.

Plus on s'enfonce, plus les travailleurs sont mystérieux. Jusqu'à un degré que le philosophe social sait reconnaître, le travail est bon ; au delà de ce degré, il est douteux et mixte ; plus bas, il devient terrible. À une certaine profondeur, les excavations ne sont plus pénétrables à l'esprit de civilisation, la limite respirable à l'homme est dépassée ; un commencement de monstres est possible.

L'échelle descendante est étrange ; et chacun de ces échelons correspond à un étage où la philosophie peut prendre pied, et où l'on rencontre un de ces ouvriers, quelquefois divins, quelquefois difformes. Au-dessous de Jean Huss, il y a Luther ; au-dessous de Luther, il y a Descartes ; au-dessous de Descartes, il y a Voltaire ; au-dessous de Voltaire, il y a Condorcet ; au-dessous de Condorcet, il y a Robespierre ; au-dessous de Robespierre, il y a Marat ; au-dessous de Marat, il y a Babeuf. Et cela continue. Plus bas, confusément, à la limite qui sépare l'indistinct de l'invisible, on aperçoit d'autres hommes sombres, qui peut-être n'existent pas encore. Ceux d'hier sont des spectres ; ceux de demain sont des larves. L'œil de l'esprit les distingue obscurément. Le travail embryonnaire de l'avenir est une des visions du philosophe.

Un monde dans les limbes à l'état de fœtus, quelle silhouette inouïe !

Saint-Simon, Owen, Fourier, sont là aussi, dans des sapes latérales.

Certes, quoiqu'une divine chaîne invisible lie entre eux à leur insu tous ces pionniers souterrains, qui, presque toujours, se croient isolés, et qui ne le sont pas, leurs travaux sont bien divers, et la lumière des uns contraste avec le flamboiement des autres. Les uns sont paradisiaques, les autres sont tragiques. Pourtant, quel que soit le contraste, tous ces travailleurs, depuis le plus haut jusqu'au plus nocturne, depuis le plus sage jusqu'au plus fou, ont une similitude, et la voici : le désintéressement. Marat s'oublie comme Jésus. Ils se laissent de côté, ils s'omettent, ils ne songent point à eux. Ils voient autre chose qu'eux-mêmes. Ils ont un regard, et ce regard cherche l'absolu. Le premier a tout le ciel dans les yeux ; le dernier, si énigmatique qu'il soit, a encore sous le sourcil la pâle clarté de l'infini. Vénérez, quoi qu'il fasse, quiconque a ce signe : la prunelle étoile.

La prunelle ombre est l'autre signe.

À elle commence le mal. Devant qui n'a pas de regard songez et tremblez. L'ordre social a ses mineurs noirs.

Il y a un point où l'approfondissement est de l'ensevelissement, et où la lumière s'éteint.

Au-dessous de toutes ces mines que nous venons d'indiquer, au-dessous de toutes ces galeries, au-dessous de tout cet immense système veineux souterrain du progrès et de l'utopie, bien plus avant dans la terre, plus bas que Marat, plus bas que Babeuf, plus bas, beaucoup plus bas, et sans relation aucune avec les étages supérieurs, il y a la dernière sape. Lieu formidable. C'est ce que nous avons nommé le troisième dessous. C'est la fosse des ténèbres. C'est la cave des aveugles. *Inferi* [1].

Ceci communique aux abîmes.

II

LE BAS-FOND

Là le désintéressement s'évanouit. Le démon s'ébauche vaguement ; chacun pour soi. Le moi sans yeux hurle, cherche, tâtonne et ronge. L'Ugolin social est dans ce gouffre.

Les silhouettes farouches qui rôdent dans cette fosse, presque bêtes, presque fantômes, ne s'occupent pas du progrès universel, elles ignorent l'idée et le mot, elles n'ont souci que de l'assouvissement individuel. Elles sont presque inconscientes, et il y a au dedans d'elles une sorte d'effacement effrayant. Elles ont deux mères, toutes deux marâtres, l'ignorance et la misère. Elles ont un guide, le besoin ; et, pour toutes les formes de la satisfaction, l'appétit. Elles sont brutalement voraces, c'est-à-dire féroces, non à la façon du tyran, mais à la façon du tigre. De la souffrance ces larves passent au crime ; filiation fatale, engendrement vertigineux, logique de l'ombre. Ce qui rampe dans le troisième dessous social, ce n'est plus la réclamation étouffée de l'absolu ; c'est la protestation de la matière. L'homme y devient dragon. Avoir faim, avoir soif, c'est le point de départ ; être Satan, c'est le point d'arrivée. De cette cave sort Lacenaire.

On vient de voir tout à l'heure, au livre quatrième, un des compartiments de la mine supérieure, de la grande sape politique, révolutionnaire et philosophique. Là, nous venons de le dire, tout est noble, pur, digne, honnête. Là, certes, on peut se tromper, et l'on se trompe ; mais l'erreur y est vénérable tant elle implique d'héroïsme. L'ensemble du travail qui se fait là a un nom : le Progrès.

Le moment est venu d'entrevoir d'autres profondeurs, les profondeurs hideuses.

Il y a sous la société, insistons-y, et, jusqu'au jour où l'ignorance sera dissipée, il y aura la grande caverne du mal.

Cette cave est au-dessous de toutes et est l'ennemie de toutes. C'est la haine sans exception. Cette cave ne connaît pas de philosophes ; son poignard n'a jamais taillé de plume. Sa noirceur n'a aucun rapport avec la noirceur sublime de l'écritoire. Jamais les doigts de la nuit qui se crispent sous ce plafond asphyxiant n'ont feuilleté un livre ni déplié un journal. Babeuf est un exploiteur pour Cartouche ! Marat est un aristocrate pour Schinderhannes. Cette cave a pour but l'effondrement de tout.

De tout. Y compris les sapes supérieures, qu'elle exècre. Elle ne mine pas seulement, dans son fourmillement hideux, l'ordre social actuel ; elle mine la philosophie, elle mine la science, elle mine le droit, elle mine la pensée humaine, elle mine la civilisation, elle mine la révolution, elle mine le progrès. Elle s'appelle tout simplement vol, prostitution, meurtre et assassinat. Elle est ténèbres, et elle veut le chaos. Sa voûte est faite d'ignorance.

Toutes les autres, celles d'en haut, n'ont qu'un but, la supprimer. C'est là que tendent, par tous leurs organes à la fois, par l'amélioration du réel comme par la contemplation de l'absolu, la philosophie et le progrès. Détruisez la cave Ignorance, vous détruisez la taupe Crime.

Condensons en quelques mots une partie de ce que nous venons d'écrire. L'unique péril social, c'est l'Ombre.

Humanité, c'est identité. Tous les hommes sont la même argile. Nulle différence, ici-bas du moins, dans la prédestination. Même ombre avant, même chair pendant, même cendre après. Mais l'ignorance mêlée à la

ρâte humaine la noircit. Cette incurable noirceur gagne
le dedans de l'homme et y devient le Mal.

III

BABET, GUEULEMER, CLAQUESOUS ET MONTPARNASSE

Un quatuor de bandits, Claquesous, Gueulemer,
Babet et Montparnasse, gouvernait de 1830 à 1835 le
troisième dessous de Paris.

Gueulemer était un Hercule déclassé. Il avait pour
antre l'égout de l'Arche-Marion. Il avait six pieds de
haut, des pectoraux de marbre, des biceps d'airain, une
respiration de caverne, le torse d'un colosse, un crâne
d'oiseau. On croyait voir l'Hercule Farnèse vêtu d'un
pantalon de coutil et d'une veste de velours de coton.
Gueulemer, bâti de cette façon sculpturale, aurait pu
dompter les monstres ; il avait trouvé plus court d'en
être un. Front bas, tempes larges, moins de quarante
ans et la patte d'oie, le poil rude et court, la joue en
brosse, une barbe sanglière ; on voit d'ici l'homme. Ses
muscles sollicitaient le travail, sa stupidité n'en voulait
pas. C'était une grosse force paresseuse. Il était assassin
par nonchalance. On le croyait créole. Il avait probablement un peu touché au maréchal Brune, ayant été
portefaix à Avignon en 1815. Après ce stage, il était
passé bandit.

La diaphanéité de Babet contrastait avec la viande de
Gueulemer. Babet était maigre et savant. Il était trans-
parent mais impénétrable. On voyait le jour à travers
les os, mais rien à travers la prunelle. Il se déclarait
chimiste. Il avait été pitre chez Bobèche et paillasse
chez Bobino. Il avait joué le vaudeville à Saint-Mihiel.
C'était un homme à intentions, beau parleur, qui souli-
gnait ses sourires et guillemetait ses gestes. Son indus-

trie était de vendre en plein vent des bustes de plâtre et des portraits du « chef de l'État ». De plus, il arrachait les dents. Il avait montré des phénomènes dans les foires, et possédé une baraque avec trompette, et cette affiche : — Babet, artiste dentiste, membre des académies, fait des expériences physiques sur métaux et métalloïdes, extirpe les dents, entreprend les chicots abandonnés par ses confrères. Prix : une dent, un franc cinquante centimes ; deux dents, deux francs ; trois dents, deux francs cinquante. Profitez de l'occasion. — (Ce « profitez de l'occasion » signifiait : faites-vous-en arracher le plus possible.) Il avait été marié et avait eu des enfants. Il ne savait ce que sa femme et ses enfants étaient devenus. Il les avait perdus comme on perd son mouchoir. Haute exception dans le monde obscur dont il était, Babet lisait les journaux. Un jour, du temps qu'il avait sa famille avec lui dans sa baraque roulante, il avait lu dans le *Messager* qu'une femme venait d'accoucher d'un enfant suffisamment viable, ayant un mufle de veau, et il s'était écrié : *Voilà une fortune ! ce n'est pas ma femme qui aurait l'esprit de me faire un enfant comme cela !*

Depuis, il avait tout quitté pour « entreprendre Paris ». Expression de lui.

Qu'était-ce que Claquesous ? C'était la nuit. Il attendait pour se montrer que le ciel se fût barbouillé de noir. Le soir il sortait d'un trou où il rentrait avant le jour. Où était ce trou ? Personne ne le savait. Dans la plus complète obscurité, à ses complices, il ne parlait qu'en tournant le dos. S'appelait-il Claquesous ? non. Il disait : Je m'appelle Pas-du-tout. Si une chandelle survenait, il mettait un masque. Il était ventriloque. Babet disait : *Claquesous est un nocturne à deux voix.* Claquesous était vague, errant, terrible. On n'était pas sûr qu'il eût un nom, Claquesous étant un sobriquet ; on n'était pas sûr qu'il eût une voix, son ventre parlant plus souvent que sa bouche ; on n'était pas sûr qu'il eût un visage, personne n'ayant jamais vu que son masque. Il disparaissait comme un évanouissement ; ses apparitions étaient des sorties de terre.

Un être lugubre, c'était Montparnasse. Montparnasse était un enfant ; moins de vingt ans, un joli visage, des lèvres qui ressemblaient à des cerises, de charmants cheveux noirs, la clarté du printemps dans les yeux ; il avait tous les vices et aspirait à tous les crimes. La digestion du mal le mettait en appétit du pire. C'était le gamin tourné voyou, et le voyou devenu escarpe. Il était gentil, efféminé, gracieux, robuste, mou, féroce. Il avait le bord du chapeau relevé à gauche pour faire place à la touffe de cheveux, selon le style de 1829. Il vivait de voler violemment. Sa redingote était de la meilleure coupe, mais râpée. Montparnasse, c'était une gravure de modes ayant de la misère et commettant des meurtres. La cause de tous les attentats de cet adolescent était l'envie d'être bien mis. La première grisette qui lui avait dit : Tu es beau, lui avait jeté la tache de ténèbres dans le cœur, et avait fait un Caïn de cet Abel. Se trouvant joli, il avait voulu être élégant ; or la première élégance, c'est l'oisiveté ; l'oisiveté d'un pauvre, c'est le crime. Peu de rôdeurs étaient aussi redoutés que Montparnasse. À dix-huit ans, il avait déjà plusieurs cadavres derrière lui. Plus d'un passant les bras étendus gisait dans l'ombre de ce misérable, la face dans une mare de sang. Frisé, pommadé, pincé à la taille, des hanches de femme, un buste d'officier prussien, le murmure d'admiration des filles du boulevard autour de lui, la cravate savamment nouée, un casse-tête dans sa poche, une fleur à sa boutonnière ; tel était ce mirliflore du sépulcre.

À eux quatre, ces bandits formaient une sorte de **Pro-**
tée, serpentant à travers la police et s'efforçant d'échapper aux regards indiscrets de Vidocq « sous diverse
figure, arbre, flamme, fontaine », s'entre-prêtant leurs
noms et leurs trucs, se dérobant dans leur propre
ombre, boîtes à secrets et asiles les uns pour les autres,
défaisant leurs personnalités comme on ôte son faux
nez au bal masqué, parfois se simplifiant au point de
ne plus être qu'un, parfois se multipliant au point que
Coco-Lacour lui-même les prenait pour une foule.

Ces quatre hommes n'étaient point quatre hommes ;
c'était une sorte de mystérieux voleur à quatre têtes travaillant en grand sur Paris ; c'était le polype monstrueux
du mal habitant la crypte de la société.

Grâce à leurs ramifications, et au réseau sous-jacent
de leurs relations, Babet, Gueulemer, Claquesous et
Montparnasse avaient l'entreprise générale des guets-
apens du département de la Seine. Ils faisaient sur le
passant le coup d'État d'en bas. Les trouveurs d'idées
en ce genre, les hommes à imagination nocturne,
s'adressaient à eux pour l'exécution. On fournissait aux
quatre coquins le canevas, ils se chargeaient de la mise
en scène. Ils travaillaient sur scenario. Ils étaient toujours en situation de prêter un personnel proportionné
et convenable à tous les attentats ayant besoin d'un
coup d'épaule et suffisamment lucratifs. Un crime étant
en quête de bras, ils lui sous-louaient des complices. Ils
avaient une troupe d'acteurs de ténèbres à la disposition de toutes les tragédies de cavernes.

Ils se réunissaient habituellement à la nuit tombante,
heure de leur réveil, dans les steppes qui avoisinent la

Salpêtrière. Là, ils conféraient. Ils avaient les douze heures noires devant eux ; ils en réglaient l'emploi.

Patron-Minette, tel était le nom qu'on donnait dans la circulation souterraine à l'association de ces quatre hommes. Dans la vieille langue populaire fantasque qui va s'effaçant tous les jours, *Patron-Minette* signifie le matin, de même que *Entre chien et loup* signifie le soir. Cette appellation, Patron-Minette, venait probablement de l'heure à laquelle leur besogne finissait, l'aube étant l'instant de l'évanouissement des fantômes et de la séparation des bandits. Ces quatre hommes étaient connus sous cette rubrique. Quand le président des assises visita Lacenaire dans sa prison, il le questionna sur un méfait que Lacenaire niait. — Qui a fait cela ? demanda le président. Lacenaire fit cette réponse, énigmatique pour le magistrat, mais claire pour la police : — C'est peut-être Patron-Minette.

On devine parfois une pièce sur l'énoncé des personnages ; on peut de même presque apprécier une bande sur la liste des bandits. Voici, car ces noms-là surnagent dans les mémoires spéciales, à quelles appellations répondaient les principaux affiliés de Patron-Minette :

Panchaud, dit Printanier, dit Bigrenaille.

Brujon. (Il y avait une dynastie de Brujon ; nous ne renonçons pas à en dire un mot.)

Boulatruelle, le cantonnier déjà entrevu [1].

Laveuve.

Finistère.

Homère Hogu, nègre.

Mardisoir.

Dépêche

Fauntleroy, dit Bouquetière.

Glorieux, forçat libéré.

Barrecarrosse, dit monsieur Dupont

Lesplanade-du-Sud.

Poussagrive.

Carmagnolet.

Kruideniers, dit Bizarro

Mangedentelle.

Les-pieds-en-l'air.

Demi-liard, dit Deux-milliards.

Etc., etc.

Nous en passons, et non des pires. Ces noms ont des figures. Ils n'expriment pas seulement des êtres, mais des espèces. Chacun de ces noms répond à une variété de ces difformes champignons du dessous de la civilisation.

Ces êtres, peu prodigues de leurs visages, n'étaient pas de ceux qu'on voit passer dans les rues. Le jour, fatigués des nuits farouches qu'ils avaient, ils s'en allaient dormir, tantôt dans les fours à plâtre, tantôt dans les carrières abandonnées de Montmartre ou de Montrouge, parfois dans les égouts. Ils se terraient.

Que sont devenus ces hommes ? Ils existent toujours. Ils ont toujours existé. Horace en parle : *Ambubaiarum collegia, pharmacopolæ, mendici, mimæ* [1] ; et, tant que la société sera ce qu'elle est, ils seront ce qu'ils sont. Sous l'obscur plafond de leur cave, ils renaissent à jamais du suintement social. Ils reviennent, spectres, toujours identiques ; seulement ils ne portent plus les mêmes noms et ils ne sont plus dans les mêmes peaux.

Les individus extirpés, la tribu subsiste.

Ils ont toujours les mêmes facultés. Du truand au rôdeur, la race se maintient pure. Ils devinent les bourses dans les poches, ils flairent les montres dans les goussets. L'or et l'argent ont pour eux une odeur. Il y a des bourgeois naïfs dont on pourrait dire qu'ils ont l'air volables. Ces hommes suivent patiemment ces bourgeois. Au passage d'un étranger ou d'un provincial, ils ont des tressaillements d'araignée.

Ces hommes-là, quand, vers minuit, sur un boulevard désert, on les rencontre ou on les entrevoit, sont effrayants. Ils ne semblent pas des hommes, mais des formes faites de brume vivante ; on dirait qu'ils font habituellement bloc avec les ténèbres, qu'ils n'en sont pas distincts, qu'ils n'ont pas d'autre âme que l'ombre et que c'est momentanément, et pour vivre pendant quelques minutes d'une vie monstrueuse, qu'ils se sont désagrégés de la nuit.

Que faut-il pour faire évanouir ces larves ? De la lumière. De la lumière à flots. Pas une chauve-souris ne résiste à l'aube. Éclairez la société en dessous [1].

NOTES

Page 31.

1. Il existe plusieurs projets de préface, en dehors du texte *Philoso·phie* dont il a été dit un mot dans l'Introduction. En voici un, de la fin de 1861, proche du texte définitif, mais qui donne peut-être plus à penser dans son abstraite concision :

> *Tant que l'homme se croira le droit d'introduire l'indissoluble dans ses mœurs et l'irréparable dans ses lois, des livres de la nature de celui-ci pourront ne pas être inutiles.*
> *Ce livre n'est autre chose qu'une protestation contre l'inexorable.*

Mais plus intéressant encore, et plus beau, celui-ci, au dos d'une enveloppe timbrée le 11-6-1860 :

> *Si l'auteur avait réussi à faire sortir de lui ce qui était en lui et à mettre dans ce livre ce qu'il avait dans sa pensée, que serait-ce que Jean Valjean ? Ce serait une sorte de Job du monde moderne, ayant pour fumier toute la quantité de mal contenue dans la société actuelle.*
> *Et ce Job aurait pour ulcères l'irréparable, l'irrévocable, les flétrissures indéfinies, la damnation sociale inscrite encore à cette heure dans la loi*
> *Et lui aussi aurait le droit de dire : Vous qui passez par le chemin !*

Page 35.

1. Trop chrétien au goût de l'« intelligentsia » anticléricale (de G. Sand par exemple), ce portrait d'un prêtre plus proche de l'Évangile que de l'ordre social attira les foudres des catholiques, d'autant plus que Hugo transposait là un personnage réel, le baron Charles-François — Bienvenu de Miollis (1753-1843), évêque de Digne de 1806 à 1838. Un neveu de l'évêque protesta bien haut contre les détails « contraires à la vérité », le « caractère diffamatoire » de ce texte qu'il voulait considérer comme une biographie de son oncle (c'était flagrant dès la première page ! Mgr Miollis était bien le fils d'un conseiller au parlement d'Aix, mais ordonné prêtre en 1777, il n'avait pas été marié). Hugo répliqua : « Je savais très vaguement qu'il y avait eu au commencement de ce siècle un bon évêque à Digne, rien de plus. Je me suis cru suffisam-

ment autorisé par ce fait à y placer Mgr Myriel. Pourtant je n'ai point mis le nom de la ville en toutes lettres [dans l'édition originale il y a en effet D. au lieu de Digne, de même que M.-sur-M. pour Montreuil-sur-Mer], indiquant par là aux lecteurs intelligents la fiction. L'évêque Myriel est un personnage purement imaginaire, et les journaux catholiques ont eu raison de le trouver invraisemblable. On pourrait même ajouter impossible, si Charles Borromée, François de Sales, Belsunce et Las Cases n'avaient pas existé. » (Lettre de juin 1862.) En fait, Hugo en savait plus qu'il ne le dit là sur cet « évêque des montagnes » dont la charité, la simplicité de mœurs et d'accueil, la bonhomie, étaient célèbres en Provence dans la première moitié du XIXe siècle. Les notes qu'il avait prises sur lui vers 1834 (voir l'Introduction) étaient encore fort succinctes ; il avait écrit à propos du général Sextus de Miollis : « Son frère curé à Brignolles en 1804. Un des plus anciens évêques en 1834.[...] Le baron Charles-François-Bienvenu de Miollis, évêque de Digne 1806. Refuse de se rendre au concile de Paris convoqué par l'Empereur et de le voir revenir de l'île d'Elbe, et n'a pas ordonné de prière publique pour N. pendant les Cent-Jours. Encore évêque en 1818. » (Cette dernière date est bizarre : ne faudrait-il pas lire 1828 ou même 1838 ?) Il a sûrement recueilli par la suite des renseignements plus détaillés et plus exacts. Mais tout en tenant compte, sinon du vraisemblable, au moins du possible, tout en s'appliquant à présenter un prêtre parfaitement orthodoxe, il a transfiguré le personnage réel : Mgr Myriel se situe bien entre le Vicaire Savoyard de Rousseau et le Pape auquel dans un poème Hugo infligera ses rêves.

2. Prêtre réfractaire, Miollis s'exila en Italie de 1793 à 1801.

Page 36.

1. Cette anecdote semble bien inventée par Hugo pour réunir, au seuil des *Misérables*, le bonhomme de Digne et le grand homme de Waterloo.

Page 37.

1. Mgr Miollis passa ses dernières années à Aix chez l'une de ses sœurs qu'il appelait « la Séraphique ».

Page 40.

1. Mgr Miollis eut longtemps un modeste logement au Séminaire, mais, à la demande des autorités, il s'installa dans le palais épiscopal, après sa restauration, en 1825.

Page 44.

1. Mgr Miollis consacrait une grande part de son temps à la visite de son évêché, tout à fait comme ce chapitre le dit. Semblable au Christ et à ses apôtres, le premier personnage des *Misérables* est un homme en marche.

Page 49.

1. Ce résumé de la doctrine de Myriel est une addition de l'exil. On voit pourquoi ce que Hugo pouvait appeler avant 1848 l'« Histoire d'un saint » est devenu le portrait d'*Un juste*.

Page 56.

1. Les textes cités ici par Hugo existent, mais les manuscrits de l'évêque sont pure fiction romanesque. Il en va de même, en fait, pour la parenté que Hugo s'attribue. Il est vrai qu'il écrira (le 20-3-1867, à A. Caise) : « La parenté de l'évêque de Ptolémaïs est une tradition dans ma famille. Je n'ai jamais su que ce que mon père m'en a dit. » Aucun lien ne peut être établi entre l'évêque *in partibus*, de noble famille lorraine, Charles-Louis Hugo (1667-1739) et son contemporain, le paysan de la région de Mirecourt Jean Hugo, trisaïeul de Victor Hugo. Mais il y a là un « roman familial » que complétera, pour le lecteur des *Misérables*, cette autre phrase de la lettre que je viens de citer : « Les Hugo dont je descends sont, je crois, une branche cadette, et peut-être bâtarde, déchue par indigence et misère. »

Page 57.

1. Cette liste de noms donnés à Dieu dans la Bible (chaque référence est exacte, mais non pas exclusive) témoigne de la lecture assidue de ces textes par Hugo (en 1846 notamment) et surtout d'une interrogation qui s'épanouira dans le poème *Dieu* et s'achèvera toujours, pour autant qu'elle s'achèvera, sur l'idée de la « pitié suprême »

Page 63.

1. Transposition de deux phrases du Psaume CXXVII, notée et traduite ainsi par Hugo sur un de ses albums de voyage de 1839 : « Ceux-là veillent en vain qui gardent la demeure que Dieu ne garde pas. »

Page 64.

1. Gaspard Bès (ou de Besse), bandit à la façon de Mandrin, exécuté à Aix en 1781. En passant par Cuges et les gorges d'Ollioules, entre Marseille et Toulon, en octobre 1839, Hugo a pris des notes sur ce que disait de ce personnage la tradition locale (Massin, VI, p. 774-775), mais il n'a rien noté sur ledit Cravatte. Plus importante que l'exactitude historique, l'apparition ici d'une deuxième figure de « misérable » ; on remarquera la progression de l'évêque à travers ses « rencontres » successives du condamné à mort, du bandit, du conventionnel, avant l'arrivée de Jean Valjean.

Page 65.

1. L'embryon de ce dialogue (notamment cette phrase) et les deux dernières phrases de l'évêque à sa sœur à la fin de ce chapitre, ont été notés par Hugo sur un album de voyage de 1839 (voir plus haut, p. 63 et notre introduction, p. 13-14).

Page 68.

1. Pigault de l'Épinoy, dit Pigault-Lebrun (1753-1835), auteur de comédies et de romans licencieux, et d'un ouvrage anti-religieux, *Le Citateur*. À travers le personnage que cet auteur a pu produire, Hugo vise un certain type de carrière et une tournure d'esprit qui ne furent pas seulement caractéristiques de bien des gens en place sous Napoléon ; ce scepticisme commode, cette médiocre postérité du XVIIIe siècle contre laquelle a réagi le romantisme, l'exilé les voyait reparaître chez

bien des sénateurs du Second Empire. La totalité de ce chapitre est une addition de l'exil.

2. L'éloge est aussi ridicule que la juxtaposition de noms illustres, ceux du sceptique Pyrrhon et du matérialiste Hobbes, et de noms obscurs, ceux de ces écrivains « philosophes » du xviiiᵉ siècle, le marquis d'Argens et M. Naigeon.

3. Puisque Needham semble avoir établi que les êtres vivants naissent par « génération spontanée ».

Page 70.

1. *Le Moniteur* était l'équivalent de notre *Journal officiel ; inter pocula :* « entre les coupes » (« après boire » et avant).

Page 76.

1. Ce chapitre, ajouté en exil, modifie « le côté philosophique de l'évêque » selon l'intention notée par Hugo en 1860. Un brouillon de la même époque éclaire cette modification en imaginant cette réflexion de Myriel après la mort du conventionnel : « Il m'a semblé par moments que cet homme était un moi-même qui me parlait et qui n'est pas prêtre, et qui a une conscience non meilleure mais plus grande que la mienne. » Le modèle historique du personnage (à supposer qu'il soit unique) pourrait être le conventionnel Grégoire, mais il était prêtre, ou le conventionnel Sergent, mais il avait voté la mort du roi (avant d'adopter l'initiale G., Hugo avait désigné son personnage par l'initiale S.). Hugo met surtout beaucoup de lui-même, de sa pensée et de sa situation d'exilé, dans cet homme à qui l'évêque demande sa bénédiction : scandale affreux pour les bien-pensants du Second Empire. Il nous appelle à suivre désormais, à travers tout le roman, le cheminement de cette « lumière inconnue », jusqu'au moment où Jean Valjean, mourant sans autre prêtre à ses côtés que l'évêque disparu, dira : « Je ne sais pas ce que j'ai, je vois de la lumière. »

2. Une loi de janvier 1816, dite d'amnistie, permettait de bannir à perpétuité les conventionnels régicides.

Page 86.

1. À de célèbres violences révolutionnaires, le conventionnel a pu en opposer d'autres, de l'Ancien Régime : à Carrier (l'auteur des noyades de Nantes en 1793) et à Fouquier-Tinville, le marquis de Montrevel (1636-1716) et Lamoignon de Basville (1648-1724), persécuteurs des protestants du Languedoc (on voit que le sens s'accorde avec la rime) ; à Maillard, qui improvisa un tribunal dans les massacres de Septembre, Gaspard de Saulx, maréchal de Tavannes (1509-1573), l'un des instigateurs de la Saint-Barthélemy ; à Hébert, l'enragé « père Duchesne », le père Le Tellier (1643-1719), confesseur de Louis XIV, adversaire acharné des jansénistes et des protestants ; à Mathieu Jouve, dit Jourdan-Coupe-Tête pour son rôle à Avignon en 1791, le marquis de Louvois, qui ordonna l'incendie du palatinat ; enfin à la reine Marie-Antoinette, l'une de ces huguenotes dont le supplice avait été décrit par Michelet (*Louis XIV et la Révocation de l'édit de Nantes,* ch. xx) . « On liait la mère qui allaitait, et on lui tenait à distance son nourrisson qui pleurait, languissait, se mourait. Rien ne fut plus terrible ; toute la nature se soulevait ; la douleur, la pléthore du sein qui brûlait d'allaiter, le violent transport au cerveau qui se faisait, c'était trop... La tête échap-

pait. Elle ne se connaissait plus, et disait tout ce qu'on voulait pour être déliée, aller à lui et le nourrir. Mais, dans ce bonheur, quels regrets ! L'enfant, avec le lait, recevait des torrents de larmes. » Hugo récrit ce texte à sa manière (imaginant la femme nue, le point de vue de l'enfant, le conflit de la mère avec sa conscience), et sa pensée prolonge celle de Michelet, qui écrivait juste auparavant : « La Terreur de 1793, en pleine guerre, devant l'ennemi, dans la misère et la famine, fut sauvage, mais point hypocrite, et n'eut point les gaietés diaboliques de 1685. »

Page 90.

1. Parmi eux Mgr Miollis, qui y exprima son ultramontanisme : c'est par là qu'il se trouva en opposition avec la plupart de ses collègues.

Page 91

1. Détails empruntés à la biographie des deux frères cadets de Mgr Miollis.

Page 93.

1. Sous la Restauration, républicains et bonapartistes bafouaient les fleurs de lys du nom de « crapauds » ; on appelait « salsifis » la mèche de la perruque, cette coiffure d'un autre âge.

Page 94.

1. Ce chapitre, et le suivant jusqu'à « ces formations-là sont indestructibles » (p. 99), sont une addition de l'exil.

Page 97.

1. Allusions à Campistron (« faux Corneille »), à Wellington (« Prud-homme militaire »), au valet de Porthos dans *Les Trois Mousquetaires* (Mousqueton), à un empereur romain (Claude)... et à Napoléon-le-Petit par-dessous ces personnages et les autres.

Page 98.

1. « *Parce qu'elle a beaucoup aimé* », dit le Christ en parlant de Madeleine, pécheresse repentie, « il lui sera beaucoup pardonné » (Luc, VII, 47).
2. Ce « mot étrange » implique la théorie de la métempsycose développée dans *Les Contemplations* (VI, 26) et fait penser au poème de ce même recueil : « J'aime l'araignée et j'aime l'ortie, / Parce qu'on les hait... » (III, 27).

Page 102.

1. Chapitre ajouté en exil et qui marque la distance nouvelle prise par le Hugo « contemplateur » à l'égard de son personnage.

Page 104.

1. Le *Nil* (ou *Nihil*) et l'*Ens*, c'est en latin le Néant et l'Être ; Lucrèce, saint Paul et Dante figureront parmi les « géants de l'esprit humain » peints par Hugo dans son *William Shakespeare* ; la mention de Manou (Hugo possédait et avait lu la traduction des *Lois de Manou* publiée en 1840) met à égalité ici les visionnaires de l'Inde avec ceux de l'Antiquité, de la Bible et du christianisme.

Page 114.

1. Les notes en bas de page sont de Victor Hugo.

Page 118.

1. Hugo s'inspire ici d'un texte anonyme qui lui avait été dédicacé en décembre 1832, *Sommaire de l'exposition de la doctrine renfermée dans les Saintes Écritures, définie par les Conciles, expliquée par les Saints-Pères.*

Page 128.

1. Les fromageries de Franche-Comté ont été plusieurs fois mentionnées par Fourier comme exemple d'association ouvrière.

Page 138.

1. Actuelle rue Madame. Ce quartier de Paris est celui où Hugo a passé sa jeunesse.

Page 140.

1. Hugo rapproche Claude Gueux de Jean Valjean plus encore que ne le permettait son récit de 1834 (« Je ne sais ce qu'il vola... », écrivait-il alors).

Page 148.

1. Ce chapitre est une addition de l'exil, postérieure même à l'achèvement du roman. Le procédé rhétorique de l'allégorie y retrouve toute sa force poétique, en vertu de l'identité sous-jacente à la métaphore qu'il développe (mer = misère) et de la récurrence de l'image de l'engloutissement à travers tout le roman.

Page 174.

1. Ce « livre » est une addition de l'exil ; la première version du roman se bornait là à une page pour présenter Fantine, et à une phrase pour indiquer sa liaison avec un étudiant (qui n'avait pas de nom). Sur le premier chapitre, on pourrait faire tout un volume de notes (un historien, qui s'est illustré à la fin du xixᵉ siècle dans la critique anti-hugolienne, l'a écrit à sa façon : E. Biré, *L'Année 1817*) On trouvera ici quelques précisions, au fil du texte.
— Bruguière de Sorsum (1773-1823) ne fut jamais célèbre ; il avait obtenu en 1807 un accessit au concours de poésie de l'Académie française, et il fit quelques traductions, notamment de Shakespeare (mais publiées celles-là en 1826).
— Le Napolitain Pellegrini (p. 174) ne fit ses débuts à Paris qu'en 1819, l'acteur comique Odry jouait au même théâtre que Potier en 1817,

Mme Saqui et Forioso furent des danseurs de corde célèbres sous le Premier Empire.

— Le royaliste Delalot (ρ.175 était en 1817 rédacteur au *Journal des débats*.

— Pleignier, Carbonneau et Tolleron, accusés d'avoir voulu faire sauter les Tuileries, furent exécutés en 1816 pour crime de lèse-majesté (crime assimilé au parricide et puni comme tel selon la loi de Napoléon).

— L'édition des œuvres de Voltaire par Touquet (p. 175) date de 1821 ; c'est en 1820 que le même Touquet mit en vente des tabatières où était gravé le texte de la Charte de 1814.

— Dautun assassina son frère en novembre 1814 et fut décapité en mars 1815.

— Lors du naufrage de la *Méduse* en juillet 1816, le capitaine du navire, Chaumareix, fut l'un des premiers à quitter le bord. Le fameux tableau de Géricault fut exposé en 1819.

— Le colonel de Sèves (et non « Selves »), devenu musulman et général en Égypte où il s'était fixé en 1816, y fut surnommé Soliman-Pacha.

— La duchesse de Duras ne commença à écrire *Ourika* qu'en 1820 : elle publia cette nouvelle en 1823.

— La prose de Marchangy (p. 176) dans *La Gaule poétique* (1813-1817) ne vaut pas en effet celle de Chateaubriand, malgré son succès momentané, mais celle du vicomte d'Arlincourt dans *Le Solitaire* (1821) vaut bien à notre goût celle de Marchangy.

— Madame Cottin (1770-1807) ne fut rien de plus qu'une romancière encore en vogue à cette époque (Malek-Adel est un personnage de son roman *Mathilde*).

— Journal satirique, *Le Nain jaune* parut en 1814-1815 ; il n'eut pas directement pour successeur *Le Miroir* (1821-1823).

— Mme de Staël est morte le 14 juillet 1817

— Le périodique *La Minerve* ne commença à paraître qu'en février 1818.

— La statue de Henri IV (p. 177) fut replacée sur le Pont-Neuf en août 1818, avec l'inscription *redivivus*, c'est-à-dire « ressuscité » (voir les *Odes*, I, 6).

— Bacot, ancien bonapartiste, député *ultra*.

— « La conspiration du bord de l'eau », n'intéressa l'actualité que dans l'été 1818 ; mais c'est bien en 1817 que fut mise en cause *L'Épingle noire*, société secrète bonapartiste. Delaverderie et Trogoff complotèrent avec d'autres bonapartistes et républicains en 1819-1820.

— Decazes, ministre de la police depuis 1815, ne commença à dominer qu'à la fin de 1818.

— De l'abbé de Féletz à Hoffman : la critique littéraire sous la Restauration de A à Z. Ne pas confondre (comme le fait ici Hugo pour l'orthographe) le journaliste français Hoffman et le conteur allemand Hoffmann. Ce Hoffman signait H. en 1817, mais en 1824 il signa Z. un article peu élogieux pour les *Odes* d'un certain Victor Hugo qui, alors, répondit longuement.

— M. de Trinquelague... (p. 178) était un homme de droite, d'une importance à peu près égale à celle de MM. Clausel frères ou de M. de Salaberry. Passons par-dessus l'illustre Picard, nous trouvons sur la gauche un Cugnet, un Bavoux (ce Bavoux était un professeur de droit trop libéral pour n'être pas destitué en 1819 · le jeune Hugo approuva) · mais aussi Fabvier : l'ironie ne vise là sans doute que l'opinion, car Hugo doit avoir gardé quelque chose de son admiration de 1827 (*Les Orientales*, IV) pour ce colonel de Napoléon, rallié aux Bourbons en 1814 mais passé à l'opposition en 1819, accusé de complot, forcé de s'exiler, engagé du côté des Grecs dans leur guerre d'indépendance contre les Turcs.

— Pélicier n'a pas édité Voltaire ; il a été le premier éditeur des *Odes* de Victor Hugo, qui se brouilla avec lui.

— M. Charles Loyson n'a jamais passé pour le génie du siècle, mais l'Académie française lui accorda le premier accessit à ce concours de poésie de 1817 où le jeune Hugo n'obtint qu'une mention.

— Saint-Simon (1760-1825) avait déjà publié plusieurs ouvrages, et commença à exposer sa doctrine en 1817, mais il est vrai qu'il ne fut pas célèbre de son vivant. Le baron Fourier, élu à l'Académie des sciences en 1817, a laissé aux mathématiciens au moins le souvenir de son nom, puisqu'il désigne les séries qu'il a découvertes ; mais il est vrai que l'on se souvient davantage de l'obscur employé de commerce Charles Fourier, auteur de la *Théorie des quatre mouvements*, génial utopiste.

— *L'Essai sur l'indifférence* (p.179), le premier grand ouvrage de Lamennais, a commencé à paraître en 1817.

— C'est en 1816 que Jouffroy fit naviguer sur la Seine un bateau à vapeur, qui obtint un succès de curiosité mais aboutit à un échec financier. Le thème ici indiqué par Hugo sera largement développé dans *Les Travailleurs de la mer*.

— Le pavillon de Marsan était la résidence du comte d'Artois, futur Charles X.

— M. de Neufchâteau était en 1817, non tant un « louable cultivateur », fût-ce de la mémoire de Parmentier, qu'un gentil vieil académicien dont le petit Hugo apprécia les éloges mais auquel il eut l'amertume, peu après, de servir de « nègre » (voir p. 888).

— La victoire de Napoléon à Ligny en juin 1815 (p.180) n'eut pas de suite, particulièrement à cause de l'inaction de Ney aux Quatre-Bras ; parmi les traîtres ici visés, le plus notable est Bourmont, qui passa du service de Napoléon à celui de Louis XVIII quatre jours avant Waterloo. Que la peinture de cette époque s'achève sur ce trait — la turpitude d'un abandon ayant pour conséquence la réussite sociale, cela nous mène tout droit aux chapitres suivants — à la carrière de Tholomyès à laquelle s'oppose implicitement l'itinéraire de Jean Valjean.

Au total, quelle est la valeur historique de cette fresque ? La datation des faits est parfois inexacte, on l'a vu : quelle conclusion en tirer ? Plusieurs d'entre eux se situent en réalité quelques années avant ou après 1817. C'est qu'il s'agit d'une époque, celle des débuts de la Restauration. Hugo semble sourire par avance des critiques qu'il suscitera son Année 1817 ressemble à ce Champ de Mai « qui avait été tenu au mois de juin et au Champ de Mars ». Mais tout compte fait, l'année 1817 est bien au centre de cette fresque. Pourquoi ce choix ? Un minuscule événement est évoqué à plusieurs reprises : le concours de poésie de l'Académie française en 1817 ; en y obtenant une mention, Victor Hugo fit ses débuts d'écrivain, il entra dans cette société lilliputienne avec un sérieux qu'il peut maintenant trouver dérisoire.

Ce double point de vue, passé et présent, gouverne la composition savamment décousue de ce chapitre. Accumuler dans un désordre apparent les menus faits de la politique, de la littérature, de la mode, des spectacles, etc., c'est nous faire voir cette époque par le dedans, selon le pêle-mêle des gazettes, dans la confusion tout à la fois du quotidien et du souvenir. Un fil entre d'autres : c'est Paris vu par le collégien Hugo (les boutiques des perruquiers, la messe à Saint-Germain, les vestiges du Champ de Mai, les affiches de Franconi, le rétablissement solennel de la statue de Henri IV, etc.). — À ce bric-à-brac des choses vues correspond le coq-à-l'âne d'une satire qui remet les choses à leur place, marque l'insignifiance de ce qu'on trouvait important et l'importance de ce qu'on ignorait ou qu'on voulait oublier. Napoléon est partout présent dans ce monde qui effaçait les traces de son histoire.

Il faut prêter attention aux détails de ce chapitre pour en savourer l'animation intérieure, pour y voir voler, dans un rayon de sourire, la poussière du temps.

Page 183.

1. Après avoir d'abord appelé ce personnage Marguerite (cf. plus loin : « Ô Fantine, fille digne de vous appeler marguerite ou perle », perle se disant en latin *margarita*), Hugo lui a donné le nom de Fantine en novembre 1846. Il y a là un écho d'« enfantine » ; mais aussi, la connaissance du fait que les Fantines étaient pour les Vaudois des Alpes des fées protectrices de l'enfance, « images symboliques des forces de la nature ou de la providence de Dieu » (*Histoire des Vaudois* par le pasteur Muston, parue en 1834, ouvrage et auteur connus par Hugo dès cette époque et retrouvés lors de sa lecture du tome VIII de l'*Histoire de France* de Michelet, en 1855). L'auteur de *Notre-Dame de Paris* s'était intéressé aux Vaudois d'Arras (cette ville apparaît plus loin dans *Les Misérables*) : le sort de la Esmeralda correspond en partie à celui d'une sorcière brûlée à Arras au xve siècle. On voit ainsi ces deux romans s'entremêler, cependant que s'accuse le fantasme hugolien de la mère, bonne fée pour l'enfant, objet et victime du désir des hommes. (La documentation de cette note est empruntée à une étude de J. Gaulmier, *Bulletin de la Faculté des Lettres de Strasbourg*, 1er trimestre 1962.)

Page 185.

1. Sur ce criminel célèbre, voir note de la p. 744.

Page 186.

1. Un poème des *Feuilles d'automne* (commençant par les mêmes mots : « Oh ! qui que vous soyez... »), bien avant le livre « L'Âme en fleur » des *Contemplations* et *Les Chansons des rues et des bois*, chantait déjà la nostalgie de cette « ivresse matinale », que put éprouver l'amoureux d'Adèle Foucher, mais plus encore l'amant de Juliette Drouet et même (ou surtout) de Léonie Biard.

Page 191.

1. « Je suis de Badajoz. L'Amour m'appelle. Toute mon âme est dans mes yeux parce que tu montres tes jambes. » La partie de plaisir de 1817 hérite, comme d'autres bonheurs dans *Les Misérables*, des fêtes galantes du xviiie siècle. — Hugo doit se souvenir de ses visites à la famille Foucher, en villégiature à Issy durant l'été de 1819, et de ses jeux avec Adèle (on songe à la balançoire des Feuillantines et l'on atteint ici l'association si profonde chez lui de l'amour et de l'Espagne : voir en ce sens le chapitre xxxiii du *Dernier jour d'un condamné*)

Page 194

1. La rue Grenéta, entre la rue Saint-Martin et la rue Montorgueil, fut en 1839 le théâtre d'une tentative d'insurrection dirigée par Barbès et par Blanqui. Toute cette page fait gronder, sous l'opprimant bonheur de 1817, une révolte comme celle de 1832 (voir la IVe partie du roman).

Page 197.

1. La « sagesse de Tholomyès » porte à un degré supérieur la « philosophie après boire » du sénateur ; elle sera amplifiée par la verve de Grantaire, nuancée par celle de Gillenormand : continuité d'un certain Hugo, non le moindre, en qui s'allient à l'appétit de vivre la dérision de croire, au bonheur d'écrire l'ivresse de parler. Cette ivresse étant aussi celle de l'érudition, voici la source de quelques mots de Tholomyès au fil de ce chapitre.

— Jésus a dit à Pierre : « Sur cette pierre je bâtirai mon église » Moïse (auteur supposé de la *Genèse*) raconte que Dieu donna le nom de « celui qui a ri » (Isaac) au fils d'Abraham, celui-ci ayant ri à l'idée d'avoir un fils alors qu'il avait cent ans et que sa femme en avait quatre-vingt-dix ; Eschyle fait observer, dans *Les Sept contre Thèbes*, que Polynice est fort querelleur, selon le sens de son nom ; le mot de Cléopâtre ne portait pas sur le nom d'Octave, mais sur celui de Toryne (Octave n'était pas à craindre, dit-elle selon Plutarque, s'il était à « la cuiller à pot »).

— *Est modus in rebus* (« il y a une juste mesure en toute chose »), la « traduction » de ce mot d'Horace par Tholomyès est un calembour d'écolier.

— *Finis*, « fin » : coïncidence avec un mot du sénateur (p. 70).

— « Questeur du parricide » équivaut à juge d'instruction dans les affaires d'homicide ; mais on peut se demander si Hugo ne joue pas sur les mots (un fou, Demens, au service d'un Parricide, ce serait un beau type de juge).

— *Nunc te, Bacche, canam* : « Maintenant, Bacchus, c'est toi que je vais chanter » (Virgile, *Géorgiques*, II, 2).

— À la fin du chapitre (p. 202), jeu de mots sur « digeste » (le *Digeste* est le code publié par l'empereur Justinien), allusion à Elleviou, chanteur de l'Opéra-Comique dont les cachets étaient très élevés.

Page 203.

1. Voir le poème *Mélancolia* dans *Les Contemplations* (III, 2).

— Suite des plaisanteries de Tholomyès : Désaugiers fut un chansonnier à la mode sous la Restauration ; Berquin (1747-1791), un auteur de romances et de récits pour enfants, à l'origine du mot berquinade pour désigner un type d'œuvre douceâtre et moralisante ; Berchoux (1765-1839) écrivit notamment un poème en quatre chants *La Gastronomie, ou l'homme des champs à table* ; *nil sub sole novum* : « rien de nouveau sous le soleil » ; *amor omnibus idem* : « l'amour est la même chose pour tous ». Enfin, Tholomyès parodie une strophe célèbre de Malherbe sur la mort d'une jeune fille : « Mais elle était du monde où les plus belles choses / Ont le pire destin, / Et rose, elle a vécu que vivent les roses, / L'espace d'un matin »

Page 210.

1. En septembre 1845, Hugo est passé par ce village, peut-être en compagnie de Léonie Biard. Mais l'épisode principal qu'il a voulu y placer (le salut de Cosette par Jean Valjean, voir IIe part., liv. 3) rappelle en plus d'un point un roman de Paul de Kock, *La Laitière de Montfermeil*, 1827.

Page 217.

1. D'Euphrasie à Cosette, on passe d'une étymologie grecque à une étymologie latine, mais pour notre oreille « *Cosette* » n'est guère éloigné du sens grec d'*Euphrasia* : la fille de Fantine parle bien et d'abondance. On a vu dans ces deux noms une dérision de la réalité. Bien à tort. Car la gamine qui n'osait guère ouvrir la bouche devant la Thénardier ne cessera de babiller devant Jean Valjean. Par essence, elle est d'abord une voix unique, celle que Valjean voudra entendre une dernière fois avant de mourir. Mélodieuse comme les oiseaux des idylles hugoliennes, elle est musique, mais peut aussi être pensée ; elle a parfois des phrases pénétrantes, révélatrices d'une vive intelligence intuitive (voir au tome II, pages 233, 834, 879).

La réduira-t-on d'autre part à n'être qu'une petite chose ? Le mot spirituel de Gavroche (tome II, p. 530) est beaucoup moins péjoratif qu'il n'y paraît si on l'isole, et beaucoup plus juste encore que le gamin ne peut le savoir. Le nom de famille Cozette, équivalent de Chosette en dialecte picard, se trouve presque uniquement dans le département de la Somme ; Hugo a bien pu l'y entendre au cours de son voyage de 1835, puis de celui de 1837 juste après son étape à Montreuil-sur-Mer (pour constater l'importance de cette étape dans la genèse des *Misérables*, voir sa lettre du 5 septembre 1837, Massin, V, p. 1306-1311). A quoi s'ajoute que le rapprochement du « dérivé » Cosette avec le « dérivé » Pepita (pépite !) avait pour lui de vives valeurs affectives (voir au moins Massin, I, p. 915, n. 4)

En bref, si Cosette est une petite chose, c'est comme un très intime trésor.

Page 221.

1. Vers l'âge de dix-douze ans, Hugo a dévoré, sinon savouré, les mêmes romans que la Thénardier (à ce sujet, voir la préface de 1833 à *Han d'Islande*). Mais le nom d'Éponine, étant donné l'importance du personnage dans *Les Misérables*, appelle d'autres remarques. Éponine est d'abord le nom d'une héroïne gauloise qui partagea la vie clandestine de son mari Julius Sabinus (comme accepte de le faire doña Sol), réfugié dans une grotte après l'échec de la révolte de Civilis contre les Romains (« Éponine et Sabinus ou la généreuse épouse », note Hugo probablement en 1860). Son nom a servi de titre allégorique à un ouvrage de Delisles de Sales, *Éponine ou De la République* (1793). On le retrouve associé à celui d'une courtisane célèbre dans le poème *Les petites Vieilles* que Baudelaire dédia à Hugo en 1859 (« Ces monstres disloqués furent jadis des femmes, Éponine ou Laïs... »). Enfin la rime nous invite à rapprocher Éponine de Fantine, et de l'une comme de l'autre, Léopoldine.

Page 225.

1. On verra reparaître ce surnom (t. II, p. 453) ; il était d'abord expliqué par le nom de la mère, Louet, et de la fille, Anna — Anna Louet étant devenu Alouette ; l'auteur s'est finalement passé de cette raison-là.

Page 226.

1. Le choix de cette ville pour lieu nodal de la vie de Jean Valjean ne peut être étranger au passage de Hugo à Montreuil-sur-Mer, le 4 septembre 1837 (voir note p. 217).

Page 233.

1. Sous un aspect très pratique, résurgence de la pensée qui apparaissait déjà chez Mgr Myriel (voir n. 2 p. 98). Un peu plus loin, pages 239-240, Hugo se borne à faire allusion à la théorie de la métempsycose, sans vouloir la développer dans ce roman, même comme hypothèse.

Page 248.

1. La bienfaisance de Madeleine fut utile en somme au succès de la Restauration : voilà, parmi d'autres, une indication à retenir avant d'apprécier la portée sociale donnée par Hugo à cet épisode de son roman.

Page 255.

1. Une « descente » analogue à celle que raconte ce chapitre se trouve décrite dans un récit de Jules Janin, publié en 1832, *Elle se vend au détail* ; l'auteur en souligne avec insistance la cause : « la misère ».

Page 261.

1. « Le Christ a fait de nous des hommes libres. » En 1823 (année où se situe la suite de l'action jusqu'à l'entrée de Jean Valjean dans le couvent du Petit-Picpus), Hugo avait mis cette phrase de saint Paul en épigraphe à son ode royaliste *À la Liberté*.

Page 279.

1. Hugo francise le mot latin que l'on trouvera plus loin dans une citation d'Horace : les *ambubaiae* étaient des prostituées (joueuses de flûte).

Page 323.

1. « Pourquoi Romainville ? » Si Hugo voulait répondre, il pourrait au moins faire observer que ce nom vient de surgir de deux façons dans la pensée éveillée de Jean Valjean : souvenir d'une inscription sur une cloche : « *Antoine Albin de Romainville* » (p. 313) ; souvenir d'un « petit bois près Paris où les jeunes gens amoureux vont cueillir des lilas au mois d'avril » (p. 321). Mais pourquoi cette obsession précisément ? Il est plus que probable que Hugo a utilisé ici les données d'un rêve qu'il avait fait (attentif à sa vie nocturne, comme il l'a dit lui-même, il a souvent noté ses rêves, et il en a introduit un, au moins aussi angoissant que celui-ci, dans *Le Dernier Jour d'un condamné*, ch. xlii). Et il semble bien deviner que dans ce nom tous les fils de ce rêve-ci sont noués. Il nous est possible d'en saisir quelques-uns. Le premier nous mène à la

figure de son père : dans Romainville se condensent Thionville (dont le général Hugo — figure idéale du guerrier — fut le défenseur en 1814 et en 1815) et Romorantin (ville de cette région de Sologne où le général en demi-solde avait acquis la propriété de la Miltière ; en 1825, Hugo fit dans ce domaine un bref séjour dont il a gardé une image mythique : « Je me souviens qu'étant adolescent, un jour, à Romorantin... », voir ce beau texte dans *William Shakespeare*, I, ɪɪɪ, 4, Massin, XII, p. 202). Retrouvailles du fils et du père, bonheur et liberté de l'amour, cette association lisible dans le texte que je viens de mentionner est un nœud secret des *Chansons des rues et des bois*, recueil où l'on voit s'unir la campagne paternelle (*Fuite en Sologne*, I, 6) et la banlieue des idylles. Mais à la figure du père retrouvé s'adjoint celle du frère perdu (notamment parce qu'avant d'être interné, Eugène Hugo, en 1823, fut hébergé par son père à Blois). Entre Jean Valjean et Champmathieu on aperçoit la relation des frères ennemis, telle qu'elle obsède au plus profond Victor Hugo : tout s'est passé comme si les réussites de sa propre vie avaient dû être payées par l'échec, la démence et la mort de son frère. Cette relation est inscrite dans ces noms : *Albin de Romainville* (Albe et Rome, la tragédie d'*Horace*), d'autant plus certainement qu'Albin est l'ami inséparable du criminel dans *Claude Gueux*, et que le rapport entre l'inscription sur une cloche et l'identité du moi est la métaphore fondamentale d'un poème des *Chants du crépuscule* (XXXII). Au fond de ce rêve on peut entendre la voix qui disait à Job dans *Les Burgraves* : « Caïn, qu'as-tu fait de ton frère ? » ; et l'on voit passer l'ombre solitaire du parricide.

Page 357.

1. Difficile de ne pas penser au Christ présenté à la foule par Ponce Pilate : *ecce homo* (cf. III, 1, le titre du chapitre x, p. 748).

Page 365.

1. Voici déjà le rire des députés au discours de Hugo sur la misère (9 juillet 1849), le rire des dieux devant le Satyre de *La Légende des siècles*, le rire des Lords devant Gwynplaine.

Page 403.

1. Lettre de Hugo, de Braine-l'Alleud, le 20 mai 1861 : « Je suis ici près de Waterloo. Je n'aurai qu'un mot à en dire dans mon livre, mais je veux que ce mot soit juste. Je suis donc venu étudier cette aventure sur le terrain et confronter la légende avec la réalité. Ce que je dirai sera vrai. Ce ne sera sans doute que mon vrai à moi. Mais chacun ne peut donner que la réalité qu'il a. »

Page 415.

1. Texte de l'édition originale : « à l'autre point de vue par Charras. » C'est en 1881 que Hugo a modifié ce membre de phrase et ajouté la note. En 1862, il tenait davantage à marquer sa reconnaissance au colonel Charras (1810-1865), député et ministre en 1848, exilé à Bruxelles en 1852, auteur de l'*Histoire de la campagne de 1815 : Waterloo* (1857), principale source de la documentation de ce livre. Hugo lui écrivait le 10-9-1858 : « Cette sombre bataille de Waterloo est une de mes émotions permanentes, et je n'ai pu lire sans larmes et sans fièvre le grand récit que vous en faites. » La vision épique qu'il en a tirée, pour per-

sonnelle qu'elle soit, n'est pas infidèle aux réalités de l'événement. C'est bien à tort, par exemple, qu'on a mis en doute l'existence du chemin creux d'Ohain ou l'authenticité du mot de Cambronne. Quant à l'ampleur de cette digression, il faut en juger comme Hugo juge Waterloo, avec la même naïveté : qu'est-ce qu'un « enchaînement de hasards » ?

Page 417.

1. « *quid obscurum* » : « quelque chose d'obscur », qui est toujours pour Hugo comme ici (p. 419) *quid divinum* : « quelque chose de divin ».

Page 428.

1. « En labourant son champ, un paysan trouvera des armes rongées *d'une rouille rugueuse » (scabra rubigine),* prédisait Virgile (*Géorgiques,* I, 495) en évoquant deux batailles décisives en Macédoine : celle de Pharsale où César l'emporta sur Pompée (cf. au début du chapitre · *Ridet Caesar, Pompeius flebit :* le rire de César annonce les pleurs de Pompée), et celle de Philippes où Octave et Antoine vainquirent les meurtriers de César, Brutus et Cassius.

Page 430.

1. Ce guide s'appelait en réalité Decoster

Page 443.

1. Le récit des *Misérables* rejoint ici celui des *Châtiments* (V, 13, *L'Expiation*).

Page 449.

1. « Tel était leur destin » (transposition du mot d'Horace sur sa maison de campagne, *hoc erat in votis,* « tel était mon vœu »).

Page 451.

1. Lamartine a réprouvé la présence du mot de Cambronne dans *Les Misérables* : « c'est de la démagogie grammaticale » ; note de Hugo à ce sujet : « il entrait de droit dans mon livre. C'est le misérable des mots. »

Page 453.

1. « Combien pèse le chef ? » (Juvénal, *Satires,* X, 147) ; « le penseur, c'est le peseur » (*William Shakespeare,* III, 2).

Page 455.

1. Suite de cinq numéros avec laquelle on gagne à la loterie.

Page 457.

1. « Le soldat de fer vaut le duc-de-fer » (cf. p. 442 : on appelait ainsi le duc de Wellington).

Page 458.

1. Ces chiffres furent donnés le 6-6-1861 par le journal *L'Étoile belge* d'après *Le Moniteur de l'armée française.*
2. Voir note p. 422.

Page 460.

1. Surnom du premier chirurgien de Louis XVIII.

Page 462.

1. Exactement, *nec pluribus impar*, devise de Louis XIV (il faut sans doute comprendre : « supérieur à tous »). — Trestaillon (surnom de Jacques Dupont) fut l'un des meneurs de la Terreur blanche à Nîmes.

Page 464.

1. Début d'une épigramme de Virgile contre un plagiaire : « Ainsi vous (n'œuvrez) pas pour vous. »

Page 466.

1. Sans blanchir Turenne d'autres pillages, il faut préciser qu'il ne fut pour rien dans celui du Palatinat en 1693, étant mort en 1675.

Page 468.

1. Hantise hugolienne particulièrement inscrite dans *Les Misérables* : voir I, 2, viii (p. 148-151) ; II, 8, vi (p. 707-709) ; V, 3, v, etc.

Page 474.

1. Ces deux articles sont bien sûr fictifs, mais non les journaux mentionnés ni le style imité par Hugo.

Page 477.

1. *Il creuse, et cache dans une sombre fosse des trésors,*
   Un sou, de l'argent, des cailloux, un cadavre, des fantômes, rien du
   [tout.
Ces vers, ce Tryphon, ces légendes semblent bien forgés, à partir de croyances populaires, par le romancier.

Page 481.

1. L'*Orion*, lancé en 1813, servit effectivement de vaisseau-école mais il eut toujours son port d'attache à Brest, où Hugo le vit en 1834.

2. En 1823 Hugo écrivit une ode pour magnifier cette guerre : il n'avait pas encore pris le parti des « sans-chemise » (*descamisados*) contre les douairières. Le commentaire qui suit est une addition de l'exil : on remarquera la critique de l'*obéissance passive* (cf. *Châtiments*, II, 7) et du rôle de l'armée dans le rétablissement d'un *rey neto* (roi absolu).

Page 487.

1. On peut comparer ce récit avec sa source : une note écrite à l'intention de Hugo par un officier de marine en juin 1847. « Un vaisseau est en armement dans l'arsenal de Toulon. L'équipage est occupé à enverguer les voiles. Le gabier qui prend l'empointure du grand hunier tribord perd l'équilibre et, tournant autour de la vergue, saisit à temps le faux marchepied sur lequel il se balance dans l'air par l'élan qu'a donné sa chute. Aucun des matelots, tous pêcheurs nouvellement levés pour le service, n'ose se risquer à aller secourir cet homme que ses forces ne peuvent soutenir longtemps. Il se fatigue d'autant plus que les efforts

qu'il fait pour remonter ne font qu'augmenter les oscillations du faux marchepied.

Un forçat employé à bord avec une corvée du bagne court à l'officier de quart, lui demande la permission de monter dans le gréement pour sauver le malheureux que ses forces ne soutiendront peut-être pas assez longtemps. Sur un signe affirmatif de l'officier, il est en un instant sur la vergue, il la parcourt en courant. Arrivé au bout, il y attache l'extrémité d'une corde qu'il a prise avant de monter ; au moyen de cette corde, il s'affale près du matelot, l'amarre fortement avec cette même corde à laquelle il se tient d'une main pendant qu'il travaille de l'autre, puis remonte sur la vergue où il hale le matelot épuisé. Il le soutient là un instant pour lui laisser reprendre quelques forces, puis le saisissant dans ses bras, il le porte, en marchant sur la vergue, jusqu'au chouquet, et de là dans la hune où il le laisse entre les mains de ses camarades. Il redescend immédiatement rejoindre sa corvée. »

Page 494.

1. Première apparition de Gavroche, dont l'angoisse est voisine de celle de Cosette.

Page 499.

1. L'araignée, symbole de la fatalité dans *Notre-Dame de Paris* (VII, 5), reparaît dans *Les Misérables* avec la même signification : voir p. 612, tome II, p. 59, etc.

Page 508.

1. Depuis « L'obscurité est vertigineuse... », addition de l'exil.

Page 513.

1. Le titre de ce mélodrame, joué en 1822 à la Porte-Saint-Martin, est bien fait pour frapper le sauveur de Champmathieu

Page 539.

1. Première rédaction : leur *bon ange*. La bonne fée (Fantine) va devenir pour Cosette le bonhomme Jean Valjean.

Page 557.

1. Ce promeneur solitaire pouvait être, cinquante ans après le Rousseau des *Rêveries*, Victor Hugo — « rôdeur de barrières », dira-t-il lui-même ici, p. 738 — rêvant maintenant à un Paris doublement imaginaire, souvenir et fiction, avec l'amour le plus vif pour les réalités précises. Ce Paris de la première moitié du XIXᵉ siècle était encore entouré par le mur des Fermiers généraux et ses 57 portes, ou barrières. Hugo situe la « masure Gorbeau » à l'angle du boulevard de l'Hôpital et de l'actuelle rue Rubens, près de notre place d'Italie où se trouvait la barrière du même nom, dite aussi de Fontainebleau.

Page 561.

1. Sur le crime d'Ulbach, voir tome II, p. 458 et l'introduction, p. 11. Après 1830, les exécutions capitales ne se firent plus place de Grève mais à la barrière Saint-Jacques (place Saint-Jacques). Hugo résume

ici ce qu'il a dit à ce propos en 1833, dans la deuxième préface du *Dernier Jour d'un condamné*.

Page 565.

1   Neuf mois » : comme si la mort de Fantine avait fait de Jean Valjean la mère de Cosette (cf. au chapitre suivant : « il éprouvait des épreintes comme une mère ») ; le désir œdipien (du fils pour la mère) peut se lire à travers ces déplacements et ces inversions.

Page 577.

1. Ce préambule a été ajouté à la suite de la modification indiquée dans la note suivante.

Page 583.

1. Les principaux points de l'itinéraire de Jean Valjean peuvent être repérés sur un plan de Paris actuel (sachant que la rue des Postes est devenue rue Lhomond et la rue Neuve-Sainte-Geneviève rue Tournefort), jusqu'au moment où il franchit le pont d'Austerlitz. De l'autre côté de la Seine, la topographie devient fictive. Les rues indiquées, le couvent, le quartier du Petit-Picpus n'ont jamais existé (aucun rapport, sinon verbal, avec l'ancien village de Picpus qui a laissé son nom à une rue et à un boulevard près de la place de la Nation ; ne pas confondre non plus le couvent imaginé par Hugo avec celui des religieuses du Sacré-Cœur de Picpus, dans la rue du même nom) ; mais il est bien dans l'humour de Hugo d'inviter son lecteur à vérifier l'existence de ces lieux sur un plan de Paris tout aussi imaginaire qu'eux-mêmes. En fait, pour « ôter tout prétexte de criaillerie aux communautés qui existent » (lettre à son éditeur du 5-3-1862), Hugo a choisi de « dépayser » le couvent où il avait pensé situer cet épisode des *Misérables* : ce couvent était celui des Bénédictines de l'Adoration perpétuelle, rue Neuve-Sainte-Geneviève. Remaniant en janvier 1862 son texte de 1847, il a transposé point par point la topographie réelle, baptisant petite rue Picpus la rue Neuve-Sainte-Geneviève, rue Polonceau la rue des Postes, rue du Droit-Mur la rue du Pot-de-fer, et cul-de-sac Genrot le cul-de-sac des Vignes. Mais ce n'est pas par hasard, sans doute, que le couvent du Petit-Picpus se trouve à l'emplacement même de la prison Mazas (entre les avenues Ledru-Rollin et Daumesnil, le boulevard Diderot et la rue de Lyon), construite en 1845-1850, détruite en 1900, et utilisée lors de la répression de décembre 1851 (cf. *Histoire d'un crime*, I, 15) ; cet ordre de succession imaginaire, opposé à celui de la destinée de Jean Valjean (voir le chap. *Clôture*, p. 721-729, correspond à l'histoire de Clairvaux (« abbaye dont on a fait une bastille », *Claude Gueux*).

Page 603.

1. Voir I, 5, vii, p. 248.

Page 616.

1. Pour ce livre Hugo a utilisé la documentation qu'il avait demandée à Juliette Drouet, ensuite et surtout à Léonie Biard. Juliette avait été pensionnaire au couvent des Dames de Saint-Michel, rue Saint-Jacques, en 1819 ; Léonie avait recueilli, puis complété par ses propres informations, les souvenirs d'une de ses tantes, élevée sous la Restauration dans

le couvent des Bénédictines de la rue Neuve-Sainte-Geneviève. Avant l'exil, Hugo avait d'abord situé cet épisode de son roman dans le premier de ces couvents, puis l'avait transposé dans le second, tout en conservant bien des détails caractéristiques du premier.

Page 620.

1. Cette communauté est une invention de Hugo, qui utilise (sur une indication du dictionnaire de Moreri) le nom d'un réformateur espagnol de l'ordre cistercien, Martin de Vargas, mort en 1446.

Page 626.

1. Précision destinée à rendre vraisemblable le rôle de ce cimetière dans l'épisode du livre 8 (voir n. 1 de la p. 700).

Page 635.

1. « Personne ne communiquera nos règles ou nos institutions à des étrangers. »
2. Ce que cite Hugo (pas textuellement), c'est un passage des notes que lui avait remises J. Drouet, notes qu'il utilise particulièrement dans tout ce chapitre.

Page 637.

1. Privilège des « dames de haut rang ».

Page 638.

1. Hugo a bien connu ce personnage, chez qui il a séjourné en août 1821, à la Roche-Guyon. L'anecdote qu'il raconte plus haut pourrait être vraie. On appréciera l'exactitude et la modération du portrait qu'il trace ici de son « cher ami » d'un autre temps, en le comparant avec ces lignes de Chateaubriand : « Le duc de Rohan était fort joli ; il roucoulait la romance, lavait de petites aquarelles et se distinguait par une coquette étude de toilette. Quand il fut abbé, sa pieuse chevelure éprouvée au fer avait une élégance de martyr. Il prêchait à la brune, dans des oratoires, devant des dévotes, ayant soin, à l'aide de deux ou trois bougies artistement placées, d'éclairer en demi-teinte, comme un tableau, son visage pâle. »
2. Rondo de Vincenzo Martini dans *Le Calife de Bagdad* de Boieldieu (1800). Hugo transcrit un souvenir de Juliette Drouet.

Page 641.

1. *De mérite inégal, trois corps sont pendus à des branches :*
Dismas et Gesmas, au milieu d'eux la divine puissance ;
Dismas veut aller en haut, Gesmas, le malheureux, tout en bas ;
Que nos personnes et nos biens soient sauvegardés par la suprême
*   puissance.*
Récitez ces vers afin qu'un vol ne vous fasse pas perdre ce qui vous
*   appartient.*

Ces vers sont donnés dans le *Traité des superstitions* de J.-B. Thiers (1679). — Entre Victor Hugo et Mme de Genlis, fondatrice d'un périodique en 1820, auteur de romans, superstitieuse et latiniste, on voit quelque ressemblance...

Page 642.

1. Ce chapitre transpose des renseignements fournis par Léonie Biard. En particulier les noms des *mères vocales*, modifiés lors de la révision de l'exil : Hugo assemble à travers ceux qu'il a choisis, d'une façon qui n'est sûrement pas seulement plaisante, son père (honoré par le roi Joseph, en Espagne, des titres de comte de Collogudo, de Cifuentes et de Siguenza, et acquéreur sous la Restauration des terres de la Miltière et de Laudinière), sa mère (qui habita à Auverné, près de Nantes ; Hugo avait déjà attribué le nom d'Auverney à un personnage de son *Bug-Jargal* de 1826), et Juliette (née Gauvain, dite Drouet). Le seul nom qu'il n'a pas modifié est celui de Mlle Roze : ne serait-ce pas parce qu'une Mlle Rose, fille de son maître d'école du temps où il habitait avec sa mère rue de Clichy, se trouvait associée à ses premiers souvenirs érotiques (cf. *Victor Hugo raconté...*, chap. IV, Massin, I, p. 843) ?

Page 644.

1. « Après les cœurs, les pierres. »

Page 646.

1. Reprise presque parodique du titre « Une tempête sous un crâne » (I, 7, III).

Page 651.

1. « Elles se sont envolées. »

Page 652.

1. « Je suis couchée ici, j'ai vécu vingt-trois ans. » Début et fin d'une épitaphe retrouvée dans les décombres d'Aventicum (ancienne capitale de l'Helvétie) ; relevée par Hugo dans l'*Histoire de la confédération suisse* de Müller, et traduite par lui avec ce commentaire : « cette inscription qui faisait pleurer Byron et rêver Müller » (*Tas de pierres*, Massin, VI, p. 1138).

2. « Il faut détruire les religions afin de reconstruire Dieu. J'entends le reconstruire dans l'homme... » (lettre de Hugo, le 12-6-1860).

Page 653.

1. Ce « livre » fut écrit à la fin de 1861. Lacroix, l'éditeur des *Misérables*, demanda à Hugo d'y renoncer provisoirement afin de ne pas suspendre plus longtemps le récit. Hugo accepta un moment d'y faire des coupures, comme dans le livre précédent, puis n'y changea rien. Il s'était refusé absolument à le supprimer : « Je ne puis introduire un couvent dans *Les Misérables* pour le louer seulement. Il faut des restrictions » (lettre à Lacroix du 18-2-1862).

Page 655.

1. Chef des eunuques noirs du sérail à Constantinople.

Page 658.

1. « Bœuf blanchi à la craie » (Juvénal, *Satires*, X, 66).

Page 659.

1. Nous sommes sous le Second Empire.

Page 665.

1. Gymnase d'Athènes où enseignait Aristote.

Page 668.

1 « Monument élevé à Dieu par Voltaire », inscription sur l'église de Ferney (1770) ; Hugo est séduit par la formule, où il paraît un peu naïf de voir le témoignage d'une adoration.

Page 687.

1. « La croix reste debout tandis que tourne le monde. »

Page 690.

1. Grand manieur de dictionnaires (souvent, comme ici, celui de Moreri), Hugo se pastiche à travers la mère Innocente.

Page 698.

1. Cette anecdote et son narrateur semblent bien de l'invention de Hugo (on ne connaît d'autre Castillejo qu'un poète du xviᵉ siècle prénommé Christoval). L'expédient auquel recourt Jean Valjean a d'autres modèles : dans *Le Comte de Monte-Cristo* de Dumas, dans *Le Moine* de Lewis, par exemple. L'important, c'est la signification mythique que tout le contexte du roman lui donne : retour au couvent maternel, nouvelle naissance du héros, fonction de la mort dans le devenir du forçat.

Page 700.

1. La situation du Petit-Picpus dans Paris et la date de cet épisode (mars 1824) rendent peu vraisemblable l'enterrement des religieuses dans ce cimetière (voir cependant n. 1 p. 626, qui se trouvait à l'emplacement de l'actuel Lycée Buffon et cessa d'être utilisé précisément à cette époque. Mais dans ce cimetière avaient été enterrés en 1812 le général Lahorie, en 1821 la mère de Victor Hugo.

Page 707

1. Le fantasme d'être enterré vif a inspiré à Hugo de très belles strophes (voir en particulier dans *Les Contemplations*, VI, vi, *Pleurs dans la nuit*) et certainement joué un rôle dans sa croyance à la métempsycose (id., VI, xxvi, *Ce que dit la Bouche d'ombre*).

Page 708.

1. « Ceux qui dorment dans la poussière de la terre se réveilleront , les uns dans la vie éternelle, et les autres dans la honte, pour en avoir à jamais le spectacle. » Cette phrase n'est pas dans le rituel de l'inhumation, ni les mots *De profundis* (début d'un psaume) ; on y trouve en revanche les formules suivantes : « Donne-lui le repos éternel, Seigneur — Et que la lumière sans fin l'illumine. — Qu'il repose en paix.

Page 727.

1. Cette réserve a été ajoutée en 1862.

Page 733

1. Le texte de ce « livre » a été quintuplé par les additions de l'exil — *Parvulus* « le tout petit » ; *homuncio* « le petit homme » (ce mot

n'est pas particulier à Plaute, mais les références à l'auteur comique latin comme au poète Horace sont significativement nombreuses dans ce livre).

Page 735.

1. C'est Victor Hugo et son frère Eugène qui avaient ainsi désigné le « monstre » qu'ils se plaisaient à chercher dans le puisard des Feuillantines (*Victor Hugo raconté*, chap. VII, éd. Massin, 1 p. 854).

Page 737.

1. Allusion aux vers d'Horace (*Art poétique*, 21-22) : « Amphora coepit institui ; *currente rota* cur urceus exit ? » : On commence à faire une amphore ; quand *la roue tourne*, pourquoi vient-il une cruche ?

Page 738

1. « *Urbis amatorem* Fuscum salvere jubemus *ruris amatores* ». À Fuscus, *qui aime la ville*, moi *qui aime la campagne* j'envoie mon salut (début de l'Épître I, 10, de Quintus Horatius *Flaccus*, autrement dit Horace).

2. Voir la définition du « rôdeur de barrières », t. II, p. 46

Page 739.

1. Parmi ces lieux singuliers, le mur de Grenelle (partie du mur d'enceinte) où l'on fusilla le général Lahorie en 1812.

2. Jeu d'adresse avec des pièces de monnaie.

Page 743.

1. « Rien ne pouvait faire que cet ancien gamin des rues n'eût point par moments l'odeur des ruisseaux de Paris » (*Claude Gueux*). Ce mot — qui désignait à l'origine un garçon employé surtout pour faire les courses — ne put faire scandale en 1834, car il avait déjà été imprimé au XVIIIᵉ siècle, et en 1831 dans *Notre-Dame de Paris* : « Ces petits sauvages va-nu-pieds qui ont de tout temps battu le pavé de Paris sous le nom éternel de *gamins* et qui, lorsque nous étions enfants aussi, nous ont jeté des pierres à tous le soir au sortir de classe, parce que nos pantalons n'étaient pas déchirés » (II, VI). Quant au type du « gamin de Paris », il est devenu à la mode après 1830, dans un contexte social et politique assez bien illustré par le fameux tableau de Delacroix, « La Liberté guidant le peuple » (Gavroche lui aussi a fait le coup de feu en juillet 1830, cf. t. II, p. 462) ; mais on pouvait y voir soit le symptôme de la dépravation de la nature dans les villes, comme Michelet en 1846 dans *Le Peuple* (qui exalte par ailleurs l'enfant « interprète du peuple » ou plutôt « le peuple même ») ou comme Sue (voir Tortillard dans *Les Mystères de Paris*) ; soit l'incarnation de l'esprit français, comme Janin dans *Les Français peints par eux-mêmes*, 1840-1842. Ce sont *Les Misérables* qui lui ont donné définitivement son visage et son nom.

Page 744.

1. Les Sanson furent de père en fils exécuteurs des hautes œuvres à Paris, depuis 1688 jusqu'en 1847. L'abbé Montès fut aumônier des prisons sous la Restauration et sous la Monarchie de Juillet. — Dans l'énumération qui suit entrent des souvenirs personnels, des hantises

de Hugo ; il n'y a là aucune fiction (seul le nom de Debacker a échappé à mes recherches), plusieurs de ces condamnés à mort, « politiques » ou assassins, furent célèbres ; Bories, Dautun, Martin, Papavoine, Castaing, étaient déjà évoqués dans *Le Dernier Jour d'un condamné* (chap. xi et xii) ; sur Dautun, voir n. p. 174 ; Lacenaire (exécuté en 1835) avait quinze ans lors de l'exécution de Dautun ; Papavoine (1784-1825) avait assassiné deux enfants au bois de Vincennes ; sur Tolleron, voir n. p. 174 ; Avril était l'ami et le complice de Lacenaire ; Louvel tua le duc de Berry en 1820 (voir l'introduction, p. 11) ; Delaporte, voleur de grand chemin, fut exécuté en 1824 ; le docteur Castaing (1796-1823) empoisonna deux de ses amis pour en hériter ; Bories était l'un des quatre « sergents de La Rochelle » exécutés en 1822 pour complot républicain ; sur Pierre-Louis (et non Jean) Martin, voir l'introduction, p. 11 ; Lecouffe et sa mère (celle-ci avait poussé son fils à tuer une vieille femme pour la voler) furent exécutés en 1824.

Page 747.

1. Championnet (1762-1800), né à Valence et non à Paris, général de la Révolution, obtint du clergé napolitain que le miracle de saint Janvier se produisît comme à l'accoutumée malgré la présence de l'armée française. Le gamin Hugo parodie Racine : « Du temple, orné partout de festons magnifiques, Le peuple saint en foule inondait les portiques » (*Athalie*, I, i).

Page 748.

1. *Voici Paris, voici l'homme.* Cet écho de l'Évangile (voir n. p. 357) renvoie par-delà le carnaval des ressemblances (nous laisserons le lecteur s'y perdre) à l'analogie des supplices.

Page 750.

1. « Contre les Grecques nous avons le Tibre. Boire le Tibre, c'est oublier la révolte. »

Page 754.

1. *Fex urbis :* lie de la ville ; *mob :* populace ; Burke, homme politique anglais particulièrement hostile à la Révolution française.

Page 755.

1. Donc en 1831 ou 1832.

Page 758.

1. Rue du Marais entre la rue des Filles-du-Calvaire et la rue Charlot, absorbée depuis lors dans la rue de Turenne.

Page 766.

1. Plaisanterie sur un vers de Virgile : « Si canimus sylvas, *sylvae sint consule dignae* » (*Bucoliques*, IV) : Si nous chantons les forêts, que les forêts soient dignes d'un consul.

Page 773.

1. Fualdès, ancien magistrat de l'Empire, fut assassiné en 1817 et ses meurtriers présumés, Bastide et Jausion, exécutés en 1818

2. Le comte de La Motte-Valois (1754-1831) avait dû se réfugier en Angleterre après l'affaire du collier de la Reine.

Page 775.

1. En 1815 l'armée de Davout s'était repliée vers la Loire ; la moitié de ses effectifs déserta quand on voulut lui imposer le port de la cocarde blanche. L'expression « brigand de la Loire » pouvait désigner tout ancien soldat ou officier de l'Empire suspect d'être resté fidèle à Napoléon.

2. Allusion à un pamphlet d'Auguste Romieu, *Le Spectre rouge de 1852,* destiné à renforcer dans l'opinion, en 1851, la peur du socialisme et l'acceptation du coup d'État. Il est aisé de reconnaître le père de Hugo dans le colonel de Pontmercy, quoique leurs participations aux guerres de la Révolution et de l'Empire soient nettement distinctes (seul trait commun : leur présence dans l'armée du Rhin).

Page 778.

1. Sujet du poème *Le Cimetière d'Eylau* (dans *La Légende des siècles*) ébauché en 1859 et écrit en 1874.

Page 782.

1. *Qu'ils reposent... en paix* (rituel de l'inhumation). Hugo se souvient dans ce chapitre peut-être du salon de sa mère vers 1818-1820, mais surtout des personnages et des milieux que lui firent entrevoir alors ses premières activités d'écrivain. Il a évoqué ailleurs le marquis de Coriolis d'Espinouse (*Les Contemplations,* V, III) et M. de Roquelaure (voir Massin, VII, p. 1003).

Page 803.

1. Après la mort de son père, Victor Hugo s'attribua le titre de baron (et après la mort d'Eugène celui de vicomte), comme si lui en donnait le droit le titre de comte accordé au général par le roi Joseph et repris alors par son frère aîné Abel.

Page 810.

1. La part de l'autobiographie dans cette époque de la vie de Marius n'est pas aussi simple qu'on pourrait le croire. L'année 1828 où se place cette visite à la tombe du père est celle de la mort du général Hugo ; mais il y avait des années déjà que Victor entretenait avec lui des relations chaleureuses ; de même son évolution politique, analogue à celle de Marius, est antérieure à 1828. Curieusement, l'histoire des rapports de Marius avec son père transpose des faits qui ont marqué la vie de Hugo en 1821, surtout dans ses rapports avec Adèle Foucher (les messes à Saint-Sulpice où il allait pour la voir, le voyage qu'il fit à Dreux après la mort de sa mère pour essayer de renouer contact avec Adèle et ses parents). Il y a certes un lien entre le mariage auquel ces démarches aboutirent et sa réconciliation avec son père ; mais la transposition romanesque ne révèle-t-elle pas ce qu'elle tend à occulter : un sentiment de culpabilité à l'égard de sa mère dont il s'écarta par cette réconciliation comme par ce mariage ?

Page 817.

1. Rebondissement de la théorie de Tholomyès (p. 198 : « Loin de moi l'insulte au calembour ! ») de qui l'esprit va resurgir chez Grantaire.

— *Castratus ad castra* : le châtré au camp (l'eunuque Narsès, byzantin du VIᵉ s. apr. J.-C.) ; *Barbari et Barberini* : trait contre la famille romaine des Barberini qui avait pillé au XVIIᵉ siècle les monuments antiques pour se construire un palais ; *Fueros y Fuegos* : franchises et foyers — devise des libéraux espagnols.

2. Aujourd'hui place Edmond Rostand ; la rue des Grès est notre rue Cujas.

Page 820.

1. Spécialistes du magnétisme.

Page 823.

1. En 1772 la Pologne fut partagée entre la Prusse, la Russie et l'Autriche. Un des premiers discours de Hugo à la Chambre des pairs fut un plaidoyer pour l'indépendance de la nation polonaise (19 mars 1846).

Page 825.

1. *Comme des coureurs* (Lucrèce, *De Natura rerum*, II, 79).

Page 833.

1. « Le Français, né malin... » (*Art poétique*, II, 182).

Page 834.

1. « Instruisez-vous, juges de la terre... » citation des Psaumes traduite par Bossuet en tête de l'oraison funèbre de Henriette de France.

Page 837.

1. Quand Jean-Jacques et Thérèse ont vécu rue Plâtrière, de 1770 à 1778, ils avaient déjà eu les enfants dont parle Rousseau dans ses *Confessions*. Autre allusion à leur abandon, par Thénardier cette fois, IV, 6, I, p. 268.

2. *Commencement de la sagesse*, ce qu'est la crainte de Dieu selon la Bible (*Proverbes*, I, 7).

Page 839.

1. *Si l'usage le veut* (*Art poétique*, 71).

Page 845.

1. L'article 14 de la Charte donnait au Roi tout pouvoir, par le biais des Ordonnances, si la sûreté de l'État l'exigeait. Son application, deux ans après ce réquisitoire de Courfeyrac, provoqua la Révolution de Juillet.

2. Une fable de La Fontaine s'intitule *La Chatte métamorphosée en femme*.

Page 847.

1. *Parce que je m'appelle lion* (Phèdre, *Fables*, I, 6).

Page 850.

1. « Haud facile emergunt quorum virtutibus obstat / *Res angusta domi*... » : Ils ne percent pas facilement, ceux dont les mérites sont arrêtés par *l'étroitesse* de leur train de vie... (Juvénal, *Satires*, III, 164-165).

Page 854.

1. Ce livre, composé avec les souvenirs d'une année d'indigence et de solitude (Hugo en 1821-1822), s'intitulait d'abord : *La belle et bonne misère* ; le mot malheur convient mieux, car au fond, pour Hugo lui-même, la « vraie misère » (celle que découvrira Marius par « le judas de la providence », t. II, p. 27) n'est jamais bonne.

Page 865.

1. Il y aurait beaucoup à dire sur ce goût, si Marius est bien le reflet du jeune Hugo tel qu'il se voit depuis l'exil (ce membre de phrase est une addition de cette époque). En tout cas Marius se rapproche par là des « misérables » (voir l'introduction, p. 25) même s'il ne peut être aux yeux de Javert « en dehors de tout » comme Fantine.

Page 867.

1. Mᵐᵉ Hugo et ses deux plus jeunes fils ont habité 10, rue Mézières en 1820-1821.

2. La librairie Royol, 159, rue Saint-Jacques, n'existait plus depuis 1821 ; mais les fils Hugo l'avaient fréquentée en 1812-1813 (voir Massin, I, p. 928).

Page 868.

1. Village situé entre l'actuelle avenue de Choisy et la rue Jeanne d'Arc (donc non loin de la masure Gorbeau) ; là encore, le destin d'un « misérable » s'inscrit en contrepoint de celui de Napoléon.

Page 877.

1. Voir n. de la p. 70.

Page 879.

1. Marius ressemble beaucoup au jeune Victor Hugo sauf par les cheveux, que celui-ci avait châtain clair.

Page 880.

1. Actuellement partie de la rue d'Assas entre la rue Vaugirard et le boulevard du Montparnasse : nous revenons dans le quartier de la jeunesse de Hugo. Il a souvent épié Adèle dans le jardin du Luxembourg, en 1820-1821.

Page 882.

1. *La lumière fut* (*Genèse*, I, 3).

Page 884.

1. Ce mot vient d'une lointaine souffrance ; pour Hugo la mort de Léopoldine se confond avec la fin de son enfance (« Quand on a vu, seize ans, de cet autre soi-même... » *À Villequier, Contemplations*, IV, 15).

Page 888.

1. Ce détail autobiographique (voir p. 179 et n. de la p 174) révèle bien tout ce que Hugo met d'humour, voire d'ironie, à l'égard de son passé, dans l'histoire de Marius.

Page 894.

1. Ces « luttes secrètes de la chasteté » (addition de l'exil), le jeune Hugo ne pouvait tout à fait les taire même à la jeune Adèle (voir les « Lettres à la fiancée »).

Page 896.

1. Même fétichisme chez Hugo : mais c'était avec une boucle de cheveux d'Adèle, non avec le mouchoir d'un vieux monsieur...

Page 897.

1. Même jalousie chez Hugo, qui là encore se regarde avec quelque distance.

Page 902.

1. Ce livre est une addition de l'exil. Voir n. de la p. 913.

Page 904.

1. *Les enfers* (littéralement : ceux d'en dessous). Voir dans *La Légende des siècles* le poème de 1854 qui porte ce titre (éd. Massin, IX, p. 714-716).

Page 911.

1. Voir II, 2 (p. 477-480). On remarquera dans cette liste le nom du nègre, qui est aussi celui du génie.

Page 912.

1. *Les troupes de joueuses de flûte, les marchands de drogues, les mendiants, les comédiennes* (Satires, I, 2).

Page 913.

1. Les quatre chapitres qu'on vient de lire faisaient partie initialement d'un ensemble dont Hugo n'a pas publié la suite, gardée en réserve sous le titre *Les Fleurs*. On trouvera ce texte en appendice, à la fin du t. II (première publication en 1908 au t. II de l'Imprimerie Nationale). Outre son intérêt narratif, il est indispensable à la compréhension des intentions de Hugo dans *Les Misérables* : il sort du même mouvement de pensée, décisif pour l'achèvement du roman d'où est issu en 1860 le texte *Philosophie* (voir l'introduction p. 21).

Table de concordance

Plusieurs travaux critiques se référant à la précédente édition des **Misé-**
rables *parue dans Folio en trois volumes, il a semblé utile de procurer
une table de concordance entre cette ancienne édition en trois volumes et
la présente édition en deux volumes.*

*Le texte du tome I de la présente édition correspond à l'ensemble du
tome I et aux pages 1 à 312 du tome II de l'ancienne édition.*

La numérotation est donnée de 5 pages en 5 pages.

Ancienne édition en 3 volumes tome I	Nouvelle édition en 2 volumes	Ancienne édition en 3 volumes tome I	Nouvelle édition en 2 volumes
47	35	142	133
52	40-41	147	138-139
57	45-46	152	143-144
62	50-51	157	148-149
67	55-56	162	153-154
72	60-61	167	158-159
77	65-66	172	164-165
82	71	177	169-170
87	76-77	182	175
92	81-82	187	180-181
97	86-87	192	185-186
102	91-92	197	190-191
107	96-97	202	196
112	102	207	201-202
117	107	212	206-207
122	112-113	217	212
127	117-118	222	217-218
132	122-123	227	222-223
137	127-128	232	227

Ancienne édition en 3 volumes tome I	Nouvelle édition en 2 volumes	Ancienne édition en 3 volumes tome I	Nouvelle édition en 2 volumes
237	232-233	407	409-410
242	237-238	412	414-415
247	242-243	417	419-420
252	247-248	422	424-425
257	253-254	427	429-430
262	258-259	432	434-435
267	263-264	437	440-441
272	268-269	442	445-446
277	274	447	450-451
282	280-281	452	455-456
287	285-286	457	461
292	290-291	462	466-467
297	295-296	467	472
302	301-302	472	477-478
307	306-307	477	482-483
312	311-312	482	487-488
317	316-317	487	492
322	322	492	497-498
327	327-328	497	502-503
332	332-333	502	507-508
337	337-338	507	513-514
342	342-343	512	518-519
347	347-348	517	523-524
352	353	522	528-529
357	358-359	527	533-534
362	363-364	532	539
367	368-369	537	544-545
372	373-374	542	549-550
377	378	547	555
382	383-384	552	560
387	388-389	557	565
392	393-394	562	570-571
397	398-399	567	575-576
402	404		

Ancienne édition en 3 volumes tome II	Nouvelle édition en 2 volumes	Ancienne édition en 3 volumes tome II	Nouvelle édition en 2 volumes
9	577	29	599-600
14	582-583	34	604-605
19	588-589	39	610-611
24	593-594	44	615

Deuxième partie

COSETTE

LIVRE PREMIER. — WATERLOO

LIVRE HUITIÈME. — LES CIMETIÈRES

PRENNENT CE QU'ON LEUR DONNE

Troisième partie

MARIUS

LIVRE PREMIER. — PARIS ÉTUDIÉ

DANS SON ATOME

954 Table des matières

DU MÊME AUTEUR

Dans la même collection

CHOSES VUES, 1830-1848.

CHOSES VUES, 1849-1885. *Édition présentée et établie par Hubert Juin.*

LES MISÉRABLES I, II. *Édition présentée et établie par Yves Gohin.*

NOTRE-DAME DE PARIS. *Préface d'Adrien Goetz. Nouvelle édition de Benedikte Andersson..*

LE DERNIER JOUR D'UN CONDAMNÉ, *précédé de* BUG-JARGAL. *Édition présentée et établie par Roger Borderie.*

LE DERNIER JOUR D'UN CONDAMNÉ. *Édition présentée et établie par Roger Borderie.*

QUATREVINGT-TREIZE. *Édition présentée et établie par Yves Gohin.*

LES TRAVAILLEURS DE LA MER. *Édition présentée et établie par Yves Gohin.*

HAN D'ISLANDE. *Édition présentée et établie par Bernard Leuilliot.*

L'HOMME QUI RIT. *Introduction de Pierre Albouy. Édition de Roger Borderie .*

LE THÉÂTRE EN LIBERTÉ. *Édition présentée et établie par Arnaud Laster.*

Dans la collection Folio théâtre

HERNANI. *Édition présentée et établie par Yves Gohin.*

RUY BLAS. *Édition présentée et établie par Patrick Berthier.*

LUCRÈCE BORGIA. *Édition présentée et établie par Clélia Anfray.*

LE ROI S'AMUSE. *Édition présentée et établie par Clélia Anfray*

Composition et impression CPI Bussière
à Saint-Amand (Cher), le 4 février 2010.
Dépôt légal : février 2010.
1er dépôt légal dans la collection : avril 1999.
Numéro d'imprimeur : 100398/1.
ISBN 978-2-07-040922-8./Imprimé en France.